Ketil Bjørnstad

Die Welt, die meine war

Die sechziger Jahre

Ketil Bjørnstad

Die Welt, die meine war

Die sechziger Jahre

Roman

Aus dem Norwegischen von
Gabriele Haefs, Kerstin Reimers
und Andreas Brunstermann

Osburg Verlag

Titel der norwegischen Originalausgabe:
VERDEN SOM VAR MIN.
Bind I. Sekstitallet.

First published by H. Aschehoug & Co. (W. Nygaard) AS, 2015
Published in agreement with Oslo Literary Agency.

This translation has been published with the financial support of NORLA, Norwegian Literature Abroad.

NORLA
NORWEGIAN LITERATURE ABROAD

Erste Auflage 2018

www.osburgverlag.de

Lektorat: Ulrich Steinmetzger, Halle (Saale)
Umschlaggestaltung: Judith Hilgenstöhler, Hamburg
Satz: Hans-Jürgen Paasch, Oeste
Druck und Bindung: CPI books GmbH, Leck
Printed in Germany
ISBN 978-3-95510-163-3

Vorwort

Es gehört zu meinen glücklichsten Kindheitserinnerungen, Mutter unten in Cammermeyers Buchhandlung (die später in Tanum umbenannt wurde) auf Karl Johan zu besuchen. In der Welt der Bücher auf Schatzsuche zu gehen. Ein nagelneues Buch aus dem Bücherregal zu ziehen, daran zu schnuppern und den Geruch von Papier und Druckerschwärze in mich aufzunehmen, behutsam eine Seite nach der anderen umzublättern, um festzustellen, ob das ein Buch für mich sein könnte. Mit Mutter und ihren wunderbaren Kolleginnen zu sprechen, den schönen und witzigen Damen wie Jynge, Krokann und Frau Lorentzen – und den enthusiastischen jungen Herren wie Widmark und Pål Christian. Alle erzählten mir von Büchern, die ich lesen müsste, und das tat auch Kari Forfang Grimnes später, beim Konkurrenten Norli in der Universitetsgate. Und Finn Jan Henrichsen im *Bokladen* in Homansbyen. Wie Rønnaug und Rolf es jetzt tun, im Buchladen Ark hier in Nordstrand. Bücher, die ich nicht versäumen dürfe. Bücher, die in ihrem eigenen Leben wichtig waren, und die auch in meinem wichtig werden würden. Ich habe euch so vieles zu verdanken!

Jetzt, da Mutter tot ist, kommen diese Erinnerungen näher an mich heran als je zuvor. Wenn ich mit Freunden spreche, wird deutlich, dass diese Erfahrung nur natürlich ist, wenn man älter wird. Man sieht die Vergangenheit in einem anderen Licht. Was früher selbstverständlich war, verwandelt sich in Erkenntnisse oder Geschichten.

Als ich »Mein Weg zu Mozart« schrieb, merkte ich, welche Befreiung es war, zum ersten Mal in einer angenäherten Romanform über mein eigenes Leben zu schreiben. Seit ich in den siebziger Jahren angefangen hatte, Hans Jæger zu lesen, hatte ich das vermutet. Aber worüber sollte ich denn schreiben, damals, als ich mittendrin stand ohne irgendeine Distanz? Zeit gibt Distanz. Aber Zeit gibt auch Nähe. Neue Erkenntnisse. Um ein Lied meines lieben Freundes Ole Paus ein wenig abzuwandeln: »Das hier wird jetzt langsam zu einem Leben, das hier fängt an, einem Roman zu ähneln.«

Die Idee war plötzlich da. Ich dachte an meine eigene Geschichte. Aber ich dachte auch an die Geschehnisse dort draußen in der weiten Welt. Alles, was in diesen Jahren passiert ist, hat dazu beigetragen, mich zu formen, bis heute. In meiner Erinnerung hat jedes Jahrzehnt eine Farbe. Die sechziger Jahre sind gelb. Die siebziger Jahre sind blaugrau. Die achtziger Jahre sind braun. Die neunziger Jahre sind fast weiß. Und die nuller Jahre sind wieder blaugrau, genau wie die siebziger. Während die Jahre von 2010 bis heute … Was, wenn ich über jedes dieser Jahrzehnte einen Roman schriebe, dachte ich. Einen Roman, der eine persönliche Erinnerung und zugleich eine Erzählung über die großen Ereignisse in der Welt und in Norwegen wäre, betrachtet von einem subjektiven Standpunkt aus. Ich habe diese Idee an Freunden und Kollegen getestet. »Das musst du unbedingt«, sagten sie fast einstimmig. »So erinnern wir uns doch an unsere Leben. An das Große und das Kleine, das zu einer einzigen Erinnerung verschmilzt.«

Ich dachte an das Lied »The World I Used To Know« von Rod McKuen. Ich hatte es auf Schallplatte, in der phantastischen Version von Olle Adolphson: »Die Welt, die meine war«. In meiner allerersten Gedichtsammlung, »Alene ut« (Allein aus dem Haus) gibt es ein Gedicht, das so heißt: »Verden som var min.« Natürlich, dachte ich. Hier ist der Titel für meinen Romanzyklus. Etwas, das *war*, das zugleich aber stark in meiner Erinnerung fortlebt. Jedes Buch der Serie sollte heißen wie das darin beschriebene Jahrzehnt: sechziger Jahre, siebziger Jahre, achtziger Jahre, neunziger Jahre, nuller Jahre, Das letzte Jahrzehnt.

Ich konnte es so deutlich vor mir sehen, als ich mit dem ersten Buch begann. Die sechziger Jahre. Das Jahrzehnt, in dem ich mich langsam von meiner Kindheit losriss. Mein eigener kleiner Kampf um das Dasein, während die großen Ereignisse ihren Lauf nahmen: Der Tod von Camus, die Hinrichtung von Chessman, der U-2-Skandal, die Kubakrise, die Beatles, der Algerienkrieg, Marilyn Monroe, die Kennedy-Morde, der Mord an Martin Luther King, die Rassenunruhen in den USA, der Granatenmann hier in Norwegen, die Hippiezeit, der Vietnamkrieg, alle Filme, die Musik, die Bücher. Die Grenzen, die gesprengt wurden, und die indirekt dafür sorgten, dass ich nach Paris fuhr auf Suche nach der Liebe und nach allem, was nicht von mir erwartet wurde.

Das hier sind die *sechziger Jahre.* Das gelbe Buch. Das gelbe Haus im Melumvei, in dem ich aufgewachsen bin, ehe wir dann in das grüne Haus draußen in Bærum und noch später in das weiße Haus am Frogner plass zogen. Danach werde ich über die *siebziger Jahre* und über die große Befreiung im Schatten des Kalten Krieges schreiben, über die falschen und die richtigen Autoritäten, die entscheidende Begegnung mit Ole Paus, mit Liedermachern, Jazzmusikern, Schriftstellern und Malern. Den Weg von der klassischen Musik in der Aula der Universität zu den dunklen Kellern von Club 7, und die Begegnungen mit den Menschen, die in meinem Leben entscheidende Bedeutung gewinnen sollten. Über den neuen Feminismus, den Kampf gegen die EG, die politischen Kriege mit der AKP (m-l) im Zentrum des Sturms. Die Reisen, die Konzerte, die Bücher, das Leben am Meer auf Sandøya vor Tvedestrand. Die Organisation *Zukunft in Unseren Händen.* Die Zusammenarbeit mit Musikern und Sängern, von Lill Lindfors und Cornelis Vreeswijk bis zu Olle Adolphson und Radka Toneff auf »Leve Patagonia«. Police. New Wave. Den Kampf um Mardøla und gegen den Ausbau des Alta-Flusses. Das Festival auf Kalvøya. Die Musik, die sich veränderte. Danach die *achtziger Jahre.* Das Jahrzehnt Ronald Reagans. Aber auch das von Kåre Willoch. Die Treholt-Affäre, die großen Friedensdemonstrationen in Europa, den USA und der Sowjetunion. Meine eigenen Reisen nach Japan, New York und San Francisco. Die unangenehme Begegnung mit Mike Tyson vor dem Boxring in Las Vegas. Die Katastrophe von Tschernobyl, die Yuppiezeit, das wachsende Umweltbewusstsein und der Fall der Berliner Mauer. Die *neunziger Jahre,* als König Olav starb, während Präsident Bush den Golfkrieg startete, als die Sowjetunion sich auflöste, und als auch mein eigenes Leben durch und durch umgeworfen wurde. Die Kritik an der Männerkultur. Die grauenhaften Vergewaltigungen in der Gegend hinter dem Schloss. Der bittere Streit um die EU, der wieder auflebte. Die Begegnungen mit Bangladesh, mit Indien, mit dem Dalai Lama in Dharamsala, während die Angst vor Zukunft und Jahrtausendwechsel in allen Ländern wuchs. Die Jahre in Paris. Die »Reise nach Gallien« während der Fußball-WM mit meiner phantastischen Ehegenossin Jacobsen als Sparringpartnerin. Und danach die beiden letzten Bücher, in denen meine Eltern wieder stark vertreten sein werden, aber auf eine ganz andere Weise als in diesem. Mir ist noch nicht deutlich bewusst, was ich auf persönlicher Ebene aus den Ereignissen der letzten Jahre mitnehmen werde. Die entscheidende Reise nach China, zum Beispiel. Aber ich hoffe, dass die Auswahl an persönlichen Dramen und Ereignissen einen politischen Hintergrund deutlich macht, der für mich immer sichtbarer wird, jetzt, da der Kalte Krieg wieder auflodert und die Flüchtlinge auf dem Weg nach Europa ertrinken. Beim Schreiben denke ich an die Gemälde von Leonard Rickhard. An seine Fähigkeit, den Menschen in eine Landschaft zu stellen. Ich denke an Camus. An Vonnegut. An Bellow. An die Einsamkeit, die wir alle in uns tragen. An die Gemeinschaft, deren Teil wir zu werden versuchen. Die Geschichten über ein Leben. Die Geschichten über eine Zeit.

Oslo, 7. Mai 2015

Mit freundlichen Grüßen
Ketil Bjørnstad

Mit Dank an Kari Spjeldnæs, Øyvind Pharo, Trygve Åslund, Mads Nygaard, Vidar Strøm Fallrø, Mona Ek, Vegard Bye, Even H. Kaalstad, Therese Moe Leiner, Even Råkil, Line Noreng Frost, Anne Margrethe Aandahl Hummelsgaard, Asbjørg Engebø Rystad, Siv Helen Kjelstrup Andersen, Bjørg Ringstad, Siv Kvarekvål, Lilly Anne Hove und viele, viele andere im Aschehoug Forlag.

Besonderer Dank geht an Tine Kjær, Anne Grosvold, Knut Gørvell, Catharina Jacobsen und Tormod Bjørnstad.

1960

1

Als er mehr als fünfzig Jahre später Abschied von ihr nimmt, ist er es selbst, der den letzten Schlüssel zum Raum der Trennung hat. Obwohl es eine junge Schwesternhelferin aus Lettland ist, die ihm die Tür zum Kühlraum der Kapelle im Pflegeheim öffnet. Er ist den ganzen Weg aus China gekommen. Aber er kommt zwei Tage zu spät. Dennoch durfte sie dort liegen bleiben. Seinetwegen. Sie wartet auf ihn, wie sie so oft schon gewartet hat. Sie haben ihr ein weißes Band um das Gesicht geknüpft, damit sich ihr Mund nicht öffnet. Sie sieht aus wie ein Kaninchen im Kindertheater. Dennoch ist sie seine Mutter. Als er sie auf die Stirn küsst, merkt er, dass sie eiskalt ist. Unter den fast geschlossenen Augenlidern ahnt er ihre graublauen Augen. Als ob sie ihn anlächelt. Noch jetzt. Als ob sie zum letzten Mal versucht, seinen Blick zu erwidern.

»Du warst eine gute Mutter«, sagt er endlich, ohne dass die Schwesternhelferin, die sich diskret auf den Gang zurückgezogen hat, es hören kann. Dann küsst er sie ein letztes Mal auf die Stirn. Ein allerletztes Mal. Er merkt, dass von seinem Auge eine Träne fällt und ihre Wange trifft. Die Träne ist so groß, dass sie zu ihrem Mundwinkel rollt, wo sie innehält. Ist seine Mutter eigentlich tiefgefroren, so, wie sie dort liegt? Wird der Tropfen jetzt auch zu Eis werden? Er berührt die Träne, noch ist sie feucht. Er wischt sie mit einem Papiertaschentuch weg, als ob er die Tote trösten wolle.

Trennung ist Erfahrung. Das Erste, was er nach seiner Geburt getan hatte, war zu weinen. In all den Jahren, die darauf folgten, verbarg er das Weinen in sich, als ob es eine Schande wäre. Es war die erste Gefühlsäußerung, die er der Welt gezeigt hatte. Es war auch die tiefste. Diese Gefühle konnten in ihm aufbranden, wenn er an einer Straßenbahnhaltestelle oder auf einem Bootsanleger stand und sich von jemandem verabschieden wollte. Er konnte an die Existenz dieser Gefühle immer dann erinnert werden, wenn ein Flugzeug abhob. Wenn er weinte, nachdem er ein Buch gelesen, ein Theaterstück gesehen oder eine Kinovorstellung besucht hatte, lag das meistens daran, dass Menschen voneinander getrennt worden waren. So war auch das Weinen seiner Tochter, wenn sie sich von einem Menschen, einem Tier oder einem Gegenstand trennen musste, die für sie etwas Besonderes waren.

Eine Welt geht unter, wenn ein Kind geboren wird. Die Welt des Kindes und die der Mutter. Nie mehr wird das Kind später im Leben eine so umschließende Fürsorge erleben. Niemand möchte einen solchen Schutzzustand verlassen. Er wog viereinhalb Kilo, als er den Kampf aufgeben musste, drinnen bleiben zu dürfen, es war an einem Tag Ende April 1952. Der Stichtag war schon um viele Wochen überschritten. Seine erste Erfahrung im Leben war unerwarteter und brutaler als alles, was er später erleben würde. Und obwohl er sich an diesen Augenblick nicht erinnern kann, hat dieses Erlebnis sich in seinem Nervensystem festgesetzt. Seine gesamte Kindheit hindurch und bis weit in seine Jugend hinein konnte er es nicht ertragen, von seiner Mutter verlassen zu werden. Wenn sie kurz zum Einkaufen wegmusste, schloss er die Arme zu einer eisernen Klammer um ihre Oberschenkel, und dabei heulte er so sehr, dass es von den Wänden widerhallte. Einige kurze Sekunden lang konnte sie sich nicht rühren. »Aufhören, Ketil! Aber nun hör doch schon auf! In zehn Minuten bin ich ja schon wieder da!«

Dann ging sie.

Und er stand da in dem dunklen Gang. Er weinte. Die Haustür war abgesperrt, und er hatte keinen Schlüssel. Dann lief er in die Küche, wo er sie durch das Fenster sehen konnte. Er kratzte mit den Nägeln über das Glas. Das muss sie doch hören, dachte er. Er schrie lauter, als er es für möglich gehalten hätte. Aber sie drehte sich nicht um. Sie lief mit ihrem Einkaufskorb in Richtung Randklev. Manchmal stand sein Bruder neben ihm. Gemeinsam konnten sie sehen, wie die Mutter hinter der Kurve verschwand. Dann weinten sie beide.

Oft, wenn ich zurückblicke, denke ich nicht an mich selbst als *ich,* sondern als *er.* Zugleich war ich so sehr *ich* in den Situationen, in denen ich in meiner Erinnerung als *er* auftrete. Die Erinnerung ist ein eigenes Individuum in meinem Körper. Sie hat dasselbe Bedürfnis nach Schutz wie die Person, die ich *ich* nenne. Als der große Aufbruch stattfand, war ich zweifellos ich selbst. Aber später dachte ich an mich als *er.* Es war ein anderer, der das erlebt hatte.

Aber diese Person war auch ich.

Er war ich. Und ich war er.

2

Zu Silvester 1959 hatten sich alle im Melumvei im Wohnzimmer versammelt. Tante Svanhild war auch da. Sie hatte einen Kellerkuchen in einer Brotform mitgebracht. Bis sie geklingelt hatte, hatte der Vater seine Zeitung gelesen. Der Vater hatte gesagt, dieser Abend sei eine Zeitenscheide. Aber der Sohn wusste nicht, was eine Zeitenscheide war. Bei diesem Wort wurde ihm unbehaglich zumute. Weil da offenbar etwas war, das er hinter sich zurücklassen sollte. Er hasste es, etwas wegzuwerfen.

Draußen war finstere Nacht. Aber im Zimmer brannten alle Kerzen, auf den Fensterbänken, auf dem Kaminsims und auf den Tischen. Die Mutter hatte sogar auf den Nähmaschinentisch und neben die Fotografien, die sie retuschierte, Kerzen gestellt. Er fand es schön, dass sie Kerzen so liebte. Sie konnte davon nicht genug bekommen. Und deshalb konnte er das auch nicht. Sie hatten Blätterteigmuscheln mit Fischpudding in Sahnesoße gegessen. Er hatte roten Saft getrunken. Er hätte satt und glücklich sein können, aber er hatte »einen Kloß im Hals«, wie seine Mutter das immer nannte, wenn sie ganz besonders unglücklich war. Er hatte alles ruiniert. Das konnte er sehen. Er sah, wie sie sich zusammenriss. Tante Svanhild war seine Lieblingstante. Sie wohnte in Frogner, in der Gabelsgate, und sie hatte seit vielen Monaten schon Fernsehen, obwohl der norwegische Rundfunk NRK offiziell noch gar nicht sendete. Aber es gab Testprogramme. Die Olympischen Spiele in Rom sollten übertragen werden, und sicher auch die Winterspiele in Squaw Valley. Sogar Finnmark sollte innerhalb weniger Jahre an das Fernsehnetz angeschlossen werden, vielleicht schon 1969. Ihm kam das unendlich weit weg vor. Aber Tante Svanhild versuchte, optimistisch zu wirken, obwohl er sicher war, dass auch sie am liebsten geweint hätte. Sie erzählte davon, dass die Sendemasten von Berg zu Berg aufgestellt werden mussten, durch Gudbrandsdalen und Østerdalen, dann weiter durch Trøndelag, wo es immer wieder zu schrecklichen Erdrutschen kam, ganz zu schweigen von Westnorwegen, zwischen den verschlungenen Fjorden und bei den vielen Schafzüchtern in verdreckten Kleidern, die noch nicht einmal anständig Norwegisch reden gelernt hatten. Sie sprach tapfer über ihre beiden neuen Idole Kari Borg Mannsåker und Erik Diesen, die die Testsendungen moderierten. Sie seien so zuverlässig und ruhig und gebildet, sagte sie. Die Redaktion für Fernsehspiele hatte zudem zehn Schauspieler verpflichtet, und man sollte einen Anspruch auf fünf Minuten Übertragung von Sportveranstaltungen haben, auch wenn der Sportverband überaus skeptisch war.

Er befand sich tief in seinem eigenen Kopf und hätte ihn gern gegen eine Wand geschlagen. Mal um Mal, immer wieder, bis es wehtat. Und selbst dann wäre er noch immer nicht gestraft genug. Warum hatte er das gesagt?

Die Eltern hatten sich gestritten. Es war erst vier Stunden her. Eine ihrer vielen schrecklichen Auseinandersetzungen über Dinge, die er nicht begriff. Ein Essen für Ingenieure. Die vielen dummen Mannsbilder, die die Mutter verachtete. Sie wollte nichts mit ihnen zu tun haben, nicht mit ihnen reden, nicht zwischen ihnen sitzen. Die langweiligen Gespräche über den Ausbau der Wasserkraftwerke, die Frauengeschichten, die immer ein bisschen zu weit gingen. Aquavit und Cognac. Die Mutter wollte das nicht! Damit basta. Ihr Vater war zudem Trinker gewesen. Hatte sich auf einem Kreuzfahrtschiff zu Tode gesoffen. War über Bord gefallen. Der verletzte Ausdruck im Gesicht des Vaters. Die Mutter, die bald in Tränen ausbrechen und sagen würde, sie wolle sich irgendwo ein Zimmer mieten. Wenn sie an diesen Punkt gekommen waren, legte er sich immer mit einem Kissen über dem Kopf auf das Sofa. Dennoch konnte er hören, was sie sagten, oder schrien. »Und dann auch noch Tante Svanhild!«

Das hatte die Mutter gesagt, als das Geschrei abgeebbt war. Als sie im Badezimmer stand und versuchte, ihren Zorn wegzuschminken.

»Wir können anrufen und sagen, dass es doch nicht geht«, sagte der Vater. Er war immer loyal, nur dann nicht, wenn es um die Ingenieursfeste ging.

»Nein, das ist unmöglich.« Die Mutter seufzte. Aber er begriff, dass seine Eltern sich wieder versöhnt hatten.

Vielleicht, weil er von der Heftigkeit dieser Streitereien erschüttert war, von den hässlichen Wörtern, die diese gütigen Menschen einander sagen konnten, war ihm fast schwindlig, als er die Türklingel hörte und hinlief, um zu öffnen. Da stand sie. Die Lieblingstante Svanhild. Mit dem schwarzen Pelzmantel, den alle Persianer nannten und von dem er später erfuhr, dass er aus den Fellen neugeborener russischer und afghanischer Karakulschafe zusammengenäht war, von Lämmern, die nur einen Tag alt waren, noch feuchtes Fell hatten, nachdem sie in der beschützenden Feuchtigkeit und Dunkelheit ihrer Mutter gelegen hatten. Aber an diesem letzten Dezembermorgen der fünfziger Jahre war es draußen kalt. Bald würde in Europa ein neuer Kälterekord aufgestellt werden, Tante Svanhild hatte rote Wangen, von der Kälte und weil sie sich so freute, wieder dieses Haus in Røa zu besuchen, wo ihre Lieblingsnichte mit ihrem Mann und den beiden Söhnen wohnte. Sie war keine echte Tante. Sie war Großtante. Die Tante der Mutter. Was für ihn aber keine Rolle spielte. Sie hatte all die guten Seiten der Familie der Mutter. Sie war so sehr eine Tante wie jede andere. Er liebte sie. Warum sollte er sie nicht lieben? Diese besondere Vertraulichkeit, vielleicht, weil sie unverheiratet und allein war. Er war auch unverheiratet und allein. Kein blöder Partner mischte sich ein und bat zu Blaubeerpflücken oder Ingenieursessen. Warum also hatte er *das* gesagt?

»Mutter und Vater wollten eigentlich nicht, dass du kommst.«

Er merkte, wie ein Ruck durch ihren Leib ging, als sie da in der Tür stand. Sie hatte eine kleine, in Papier gewickelte Blume und die

Brotform mit dem Kellerkuchen bei sich. Am dritten Weihnachtstag war sie zweiundsechzig geworden. Genau sein Alter jetzt, da er das alles aufschreibt. Aber damals war er erst sieben. Er hatte nicht geglaubt, dass es möglich wäre, sie zu verletzen. Er war doch ein Kind. Sie war ein erwachsener Mensch. Seine Eltern kamen angestürzt. Der strenge Blick der beiden. Er wand sich.

»Das stimmt nicht. Du weißt, dass das nicht stimmt!«

Aber er sah, dass Tante Svanhild traurig war. Sie glaubte den Eltern nicht.

Alles wurde so traurig. Wie 1954, als der Vater die Sonnenfinsternis gesehen hatte. Er selbst hatte offenbar im Kinderwagen gelegen und zugeschaut. Die Vögel, die aufhörten zu singen. Der Vater, der es mit der Angst zu tun bekam. Die Natur, die starb. Etwas starb in ihm, als er sah, dass Tante Svanhild mit den Tränen kämpfte. War es wirklich *so* schlimm, was er gesagt hatte? Dann musste sie doch einsam sein. Schrecklich einsam.

Und noch hatten sie viele Stunden vor sich. Es war noch lange, bis die Uhr zwölf schlagen würde. Im Radio hörte er Erik Bye »Anna Lovinda« singen.

»Ihr müsstet euch einen Fernseher anschaffen«, sagte Tante Svanhild. »Bald kommt alles im Fernsehen.«

In einem verstohlenen Augenblick ging er in sein Zimmer und machte kein Licht. Die Luna 3 hatte Bilder von der Rückseite des Mondes gemacht. Dort war alles ganz tot. Kein Mensch war zu sehen, auch wenn viele das geglaubt, gehofft, gefürchtet hatten. »Der Mond schüttelte sich wie eine verwundete Schlange«, hatten irgendwelche Mönche gesagt, vor achthundert Jahren, vermutlich, nachdem sie gesehen hatten, wie ein Meteorit mit gewaltiger Kraft auf den Mond auftraf. Die Menschen hatten sich ihr Teil gedacht, Generationen lang. Und noch wusste man nicht, was da oben vor sich ging. Er hatte »Anna Lovinda« im Kopf, als er am Fenster stand und die Straßenlaternen im Melumvei und die Schneewehen anstarrte. Das Liebeslied. Ein Mensch kniet vor einer Frau, die unter einem Kreuz auf einem Friedhof am Meer in der

Nähe von Westport an der Küste von Neu-England liegt und zu Staub geworden ist. »Anna ... Anna Lovinda.« Im vergangenen Sommer war er mit Münzen in der Tasche bei Hvalstrand durch den Regen gegangen und hatte sich in das Café geschlichen, wo die Musikbox stand. Anna Lovindas Geschichte, wieder und wieder. Die verzaubernde Melodie. Der Text mit dem melancholischen Sog. »Es kommt ein Schiff mit gelöschten Laternen ...« Jetzt stand er am Fenster in seinem Zimmer und dachte, er könnte Tante Svanhild heiraten, wenn er etwas älter wäre. Niemand verstand ihn so, wie sie ihn verstand. Er fand auch, dass er sie verstehen konnte. Deshalb war es so traurig, dass er sie verletzt hatte. Die Liebe war grausam. Anna Lovinda war erst 20, als sie am 12. April 1872 starb. Und schon da war sie Witwe gewesen! Ebenezer Hunt, der Kapitän, war im selben Jahr mit seinem Schiff untergegangen, er war fünfundzwanzig Jahre alt. »Ja, schlaf unter Lilien, Anna Lovinda, schlaf süß unter Lilien und Laub. Ein Wanderer hat heute Abend sein Haupt entblößt. Ein Gedanke kniet vor deinem Staub.«

Er hauchte die Fensterscheibe an. Sofort war sie beschlagen. Er schrieb die Buchstaben S und K. Dann zeichnete er um sie herum ein Herz.

In diesem Moment hörte er den Lärm des Feuerwerks.

Er wischte rasch weg, was er geschrieben hatte. Draußen auf der Straße ging ein junges Mädchen vorüber, ganz allein. Woher kam sie? Wohin wollte sie? Und nun hörte er Rufe aus dem Wohnzimmer. »Ketil, jetzt musst du kommen! Du musst kommen, hörst du?«

Die vielen Raketen, die am Himmel barsten, zischten. Es klingt wie Krieg, dachte er.

Die sechziger Jahre hatten begonnen.

3

Albert Camus, über den der Vater schon so viel gesprochen hat, ist mit Francine und den vierzehn Jahre alten Zwillingen in Lourmarin, einer der schönsten Städte Frankreichs, siebzig Kilometer östlich von Avignon. Der letzte Abend mit den alten Francs. Vom ersten Tag des neuen Jahres an wird ein neuer Franc so viel wert sein wie hundert alte. Als Camus das Haus in der Grand'rue de l'Eglise in Lourmarin gesehen hatte, hatte er gesagt: »Das oder keins.« Da hatten er und Francine gemeinsam schon zwanzig Häuser und Bauernhöfe besichtigt. Er musste mehr als neun Millionen alte Francs bezahlen, und der Freund und Poet René Char hatte lakonisch bemerkt: »Bei solchen Gelegenheiten kann ein Nobelpreis nützlich sein.«

Francine war Pianistin und Mathematikerin. Sie lebten auf einem Grundstück, das früher eine Seidenfarm gewesen war. Ein Geruch nach Wachs. Der Garten breitete sich innerhalb einer niedrigen Ummauerung aus, es gab frischgepflanzte Olivenbäume, Rosen und Rosmarin. Nach all den Jahren der Seitensprünge und nachdem herausgekommen war, dass Camus noch immer eine ernsthafte Beziehung zu der in Spanien geborenen Schauspielerin Maria Casarès unterhielt, hatte Francine resigniert. Den letzten Tag der fünfziger Jahre feierten sie auf althergebrachte provençalische Weise mit dreizehn Desserts, inklusive einer *Fougasse,* Apfelsinen, Feigen, Mandarinen und Mandeln. Camus hatte zu Francine gesagt: »Du bist meine Schwester, du ähnelst mir, aber seine Schwester sollte man nicht heiraten.«

In letzter Zeit, nachdem er mit einer Art Resignation den Nobelpreis entgegengenommen hatte, hatte er sich in einer existenziellen Krise befunden. Nichts von dem, was er früher gedacht und geschrieben hatte, konnte ihm helfen. Seine jahrelange Behauptung, der Welt fehle es an Sinn und Zusammenhang, war nun eine Wahrheit, von der er hart getroffen wurde. Er konnte nicht wie die Hauptperson in *La peste* handeln, ohne an die persönlichen Konsequenzen zu denken. Das Gefühl der Entfremdung, über das er in irgendeiner Form fast immer schrieb, verstärkte sich in dieser Zeit, in der er noch immer ein konfliktreiches Privatleben mit mehreren unbeendeten Beziehungen hatte, während er vor allem auf dem neuen Grundstück in der Provence sein wollte. »Ich kann nicht lange mit Menschen zusammenleben. Ich brauche ein wenig Einsamkeit, ein Stück Ewigkeit.« Er arbeitete an dem Roman *Le premier homme*, der erst fünfundvierzig Jahre später veröffentlicht werden sollte. In seinem Tagebuch schreibt er: »Man kann ein Wesen erobern, weil man selbst erobert worden ist. Und es stimmt, dass ich gerade in diesem Augenblick ein Bedürfnis nach der Zusammengehörigkeit mit jemandem hatte, die du mir geschenkt hast. Und das ist der Grund, aus dem dein Verschwinden mich ebenso verletzt hat wie deine Lüge. Noch einmal eine kurze Zeit des Pessimismus, dann darf das Unglück leuchten: Dann werde ich wieder ich selbst sein.«

Der Neffe seines Verlegers, der linksorientierte Hedonist Michel Gallimard, ist mit seiner ganzen Familie mit von der Partie. Janine, Michel und Anne. Sie sind in einem Facel-Vega HK 500 aus Grasse gekommen. Camus hat Bahnfahrkarten gekauft, um zusammen mit Francine und den Zwillingen zurück nach Paris zu reisen, aber Gallimard überredet ihn, einige Tage später mit ihnen zu fahren. Camus hat eine ganz besondere Beziehung zu Gallimards Tochter, und nachdem Camus' Familie mit der Bahn losgefahren ist, feiern Camus und die Familie Gallimard den achtzehnten Geburtstag der Tochter mit einem Mittagessen im altmodischen Speisesaal des Hotels Ollier. Das neue Jahrzehnt ist jetzt zwei Tage alt. Camus hat eine Schwäche für Gallimards Hang zu Luxus und Genuss. Zugleich hat er in sein

Tagebuch geschrieben: »Jahrelang habe ich mir gewünscht, nach der Moral aller anderen zu leben. Ich habe mir Mühe gegeben, wie alle anderen zu leben, allen anderen zu ähneln. Ich habe gesagt, was gesagt werden musste, um zu vereinen, auch wenn ich mich ausgeschlossen fühlte. Und zum Abschluss von allem kam die Katastrophe. Jetzt irre ich zwischen den Trümmern umher. Ich stehe außerhalb des Gesetzes, bin zerrissen, einsam, und das akzeptiere ich, ich habe mich mit meiner Eigenheit und meinen Schwächen abgefunden. Und ich muss eine Wahrheit neu aufbauen – nachdem ich mein ganzes Leben in einer Art Lüge gelebt habe.«

Am folgenden Tag, dem 3. Januar, schaut der 46 Jahre alte Albert Camus, wie Stephen Bayley berichtet, in der Renault-Werkstatt in Lourmarin vorbei, um für den Besitzer ein Exemplar von »L'étranger« zu signieren. Als Widmung schreibt er: »Für M. Baumas, der dazu beigetragen hat, dass ich so oft in das schöne Lourmarin zurückkehren kann.« Dann geht er zurück zu seinem eigenen Haus, wo der Facel-Vega auf ihn und die Familie Gallimard wartet, die ihren Skye Terrier Floc bei sich hat. Er gibt die Hausschlüssel der Haushälterin Suzanne Ginoux, die erkältet ist, und ermahnt sie: »Passen Sie gut auf sich auf. Ich bleibe eine Woche aus, und wir haben noch immer viel zu erledigen.« Camus half ihr immer, wenn sie die Betten machte. »Das ist viel einfacher, wenn man zu zweit ist«, sagte er, und dann erzählte er ihr über seine Mutter und seine Kindheitserinnerungen aus Algerien: »Sie hat hart gearbeitet.«

Der Wagen, in den Camus nun einsteigt, ist schwarz mit beigen Ledersitzen; ein schönes und außergewöhnlich luxuriöses Auto, das den Konkurrenten Citroën DS weit hinter sich gelassen hat. Hier gab es keinen Kunststoff und keinen leichtfertigen Modernismus, sondern Holz und Leder. Und einen aus den USA importierten Chrysler-V-8-Motor, der dieses Modell zum schnellsten Viersitzer auf der Welt machte. Der Wagen war entworfen worden von Jean Daninos, einem Geschäftsmann, der mit dem Verkauf von Kühlschränken und Autowracks ein Vermögen gemacht hatte. Die englische Autorin Jackie Collins sollte viele Jahre später sagen: »Einen Facel-Vegal zu fahren ist, wie phantastischen Sex zu haben. Man wünscht, dass dieser

Augenblick nie ein Ende nimmt.« Aber der Konstrukteur des Wagens war sich auch darüber im Klaren, welche Gefahren damit verbunden sind, ein so schnelles Auto zu fahren: »Seien Sie vorsichtig bei hohem Tempo. Halten Sie das Lenkrad mit beiden Händen, wenn Sie nicht gerade schalten müssen. Halten Sie sich so weit wie möglich zur Mitte der Straße. Fahren Sie unten an einem Abhang nicht zu schnell, und drosseln Sie die Geschwindigkeit, wenn Sie oben ankommen, für den Fall, dass dort ein Auto stehengeblieben ist. Suchen Sie keinen anderen Radiosender. Rauchen Sie nicht.«

Niemand weiß, was Michel Gallimard gemacht hat. Wir wissen nur, dass er schnell gefahren ist. Von Lourmarin nach Paris auf der RN7 und der RN5 sind es etwas weniger als achthundert Kilometer. Eine wunderschöne Autofahrt durch Orange, Avignon, Lyon, Macon, Chalon, Beaune, Saulieu, Avallon, Auxerre, Sens und Fontainebleau, bis man dann endlich Paris erreicht hat. Die Reisegesellschaft aß in Orange zu Mittag. Als es auf den Abend zuging, hielten sie bei Paul Blancs *Chapeau Fin* bei Thoissey, einem Lokal, das einen Umweg verdiente und im Guide Michelin zwei Sterne hatte. Sie beschlossen zudem, dort zu übernachten, nachdem sie Foie Gras, Hühnerfrikassee mit Pilzen und Crêpes Parmentier verzehrt hatten. Camus trug sich nicht ins Gästebuch des Hotels ein, schrieb seinen Namen jedoch auf die obligatorische Registrierkarte. Später sollte Paul Blanc sich erinnern, dass er während der Nacht zwei Facels auf dem Parkplatz gesehen hatte und dass ihm die beunruhigend abgenutzten Reifen des Wagens von Gallimard aufgefallen waren.

Am nächsten Morgen ging die Fahrt nach Paris weiter. Janine Gallimard sollte später erzählen, dass die Reisegesellschaft sich in ein makabres Gespräch über Einbalsamierung verwickelt hatte. Camus meinte, es könne von Vorteil sein, nach dem Tod einbalsamiert zu werden. »Denn dann könnte ich Janine noch immer in ihrem Wohnzimmer Gesellschaft leisten.« »Quelle horreur«, hatte Madame Gallimard geantwortet, dann begann ihr Mann, noch schneller zu fahren. Worauf Camus von der Rückbank her rief: »He, mein Freund. Hat es hier jemand eilig?«

Sie hielten zum Mittagessen beim Hotel de Paris et de la Poste in Sens, einem weiteren Restaurant mit zwei Michelin-Sternen, das nur noch anderthalb Stunden von der Hauptstadt entfernt lag. Sie aßen extra blutige Blutwurst, Boudins noirs auf Pommes reinette, und tranken eine Flasche Burgunder. Dann ging es weiter über die langen und fast beängstigend geraden Alleen in Richtung Hauptstadt.

Es nieselte jetzt.

Später sollte sich Janine erinnern, dass sie im Augenblick vor dem Unfall kein Geräusch von dem explodierenden Reifen gehört hatte, wohl aber Michels Ausruf »Merde!« Der Wagen geriet sofort ins Schlingern. Ihre Erinnerung setzte wieder ein, als sie zu sich kam, sie saß auf der Straße im Schlamm und rief vergeblich nach Floc, der für immer verschwunden war.

Der Wagen hatte einen Baum getroffen, dann noch einen, dann hatte er sich überschlagen. Später konnten Pressefotografen bezeugen, dass das Auto eine fünfzig Meter lange Schramme in den Asphalt gezogen hatte. In einem Radius von 150 Metern wurden Wrackteile gefunden. Der Chryslermotor lag auf der anderen Straßenseite, vom Rumpf getrennt. Die Uhr im Armaturenbrett war bei 1.55 stehengeblieben. Ein Lastwagenfahrer, der sich als Zeuge meldete, sagte, er sei unmittelbar vor dem Unfall von Gallimard überholt worden. »Die hatten bestimmt über 150 Stundenkilometer drauf.«

Die beiden Frauen, die auf der Rückbank gesessen hatten, waren unverletzt. Camus dagegen war vom Beifahrersitz gegen das Armaturenbrett und danach mit gebrochenem Genick durch das Plexiglasfenster hinten im Wagen geschleudert worden. Er war sofort tot, die Rettungsmannschaft brauchte zwei Stunden, um die Leiche aus dem Wrack zu bergen, nachdem diese mit dem Kopf unter dem Kofferraum gefunden worden war. Michel Gallimard war bei Bewusstsein und fragte: »Bin ich gefahren?« Er starb fünf Tage später an einer Gehirnblutung.

Der Arzt, der den Totenschein unterzeichnete, hieß Marcel Camus.

In Camus' Koffer befanden sich die dicht beschriebenen 144 Seiten des Manuskriptes von *Le premier homme,* eine Schulübersetzung von Shakespeares *Othello* und eine französische Übersetzung von Nietzsches *Die fröhliche Wissenschaft*. Dazu die unbenutzte Zugfahrkarte nach Paris.

Bei früheren Gelegenheiten hatte Camus oft gesagt: »Die dümmste Art zu sterben ist durch einen Verkehrsunfall.«

Michel Gallimards alter Lehrer, René Etiemble, untersuchte den Unfall sorgfältig und gründlich auf französische Weise und konnte aus den Wartungsprotokollen für den Wagen entnehmen, dass einer der Hinterreifen schon zweimal eine Panne gehabt hatte. Jean Daninos sagte später, er habe Gallimard davor gewarnt, mit diesen offenkundig abgenutzten Reifen zu fahren. Und Etiemble kam zu dem Schluss, sie seien »in einem Sarg gefahren«.

Eine von Camus' letzten Tagebucheintragungen lautete: »Ich weiß, dass ich alles getan habe, um dich von mir loszulösen. Ich habe mein Leben lang, sobald ein Mensch mir Zuneigung entgegenbrachte, alles getan, damit er sich zurückzog … Aber seitdem bin ich meinerseits allen entglitten, und irgendwie wollte ich, dass mir alle entglitten.«

Der früher so enge Freund und Widersacher Jean-Paul Sartre schrieb im *France-Observateur:* »Wir hatten es nicht so leicht, wir beide, aber das hat nichts zu bedeuten. Selbst, einander niemals wieder zu begegnen ist nur eine andere Weise des Zusammenlebens.«

4

Er liegt schon lange still da und wartet, hofft, nicht gesehen zu werden. Er liebt seine Eltern. Betet sie beide auf unterschiedliche Weise an. Dennoch weiß er, dass sie einmal begreifen werden, dass dieses Kind, das er mit seinem launischen Körper darstellt, ein Irrtum war, etwas, das sie vergessen konnten, und das sie vielleicht vergaßen, wenn er still genug war, wenn er zu Hause vorsichtig genug die Türen öffnete und schloss, und wenn er nicht mit ihnen darüber sprach, was in der Schule vor sich ging.

Noch hatten sie nicht begriffen, dass etwas mit ihm nicht stimmte.

Aber er hat es an den Blicken gemerkt. Die ersten Tage und Monate in der Schule waren ebenso licht gewesen wie die rosa Farbe an den Wänden des Klassenzimmers. Er fuhr jeden Morgen gemeinsam mit seinem Bruder mit der Straßenbahn von Røa nach Smestad. Das waren fünf Haltestellen. Und wenn sie bei dem roten Klinkerbau ausstiegen, traf der Bruder Klassenkameraden, während er zumeist allein den Weg hinunter zu den alten Deutschenbaracken ging, in denen die Schule am Smestaddam untergebracht war. Er hatte nicht das Bedürfnis, sich irgendjemandem aufzudrängen. Die Unsichtbarkeit, die er zu Hause anstrebte, versuchte er auch im Klassenzimmer zu erobern. Der sein, der sich niemals zeigte. Der niemals gesehen wurde. Das Sicherste war es, allein zu sein. Dann konnte niemand ihm etwas nachweisen.

Der Lehrer schien aus einer anderen Welt geholt worden zu sein. Mild und energisch. Streng, aber nicht gefährlich. Sowie er die Arme hob, wurde es still. Warum war das so, dass der eine den Zauberstab des Gehorsams in Händen hielt, während andere vergeblich gegen eine Wand aus Lärm die Klasse anschrien?

Eines Tages sprach der Lehrer über das Böse.

Das hatten wir in uns.

Ja, dachte er, als er da in seiner Schulbank saß. Es war das Böse, das ihn dazu gebracht hatte, die Menschen zu verletzen, die er liebte. Als Tante Svanhild an jenem Abend zur letzten Straßenbahn nach Hause gegangen war, stand er leer und verzweifelt in der Türöffnung und blickte ihr hinterher. Er wollte nicht, dass sie ging. Er wollte ihr hinterherlaufen, die Arme um sie schlingen und rufen, dass er dumm gewesen sei, dass er nicht wisse, was in ihn gefahren war, dass es auf der ganzen Welt keinen Menschen gebe, den er lieber zu Besuch haben wollte als sie.

»Gesteht!«, sagte der Lehrer.

Ja, dachte er. Aber er sagte nichts. Zu gestehen würde auch bedeuten, sich sichtbar zu machen.

»Denn auch wenn ihr Kinder seid, habt ihr gesündigt«, sagte der Lehrer.

Niemand wollte das erste Geständnis ablegen. Draußen war Winter. Der Schnee türmte sich zu Wehen auf, nur nicht auf der Ullernchaussee, wo Salz gestreut worden war und die Autos vorsichtig in braunem Matsch hin und her fuhren.

Er sehnte sich nach Stille.

Aber in dieser Stille hier konnte er es nicht aushalten. Diese Stille war wie das Geräusch von Metallplatten, die sich ineinander bohrten. Sie war der Schrei, den er immer im Traum hörte, ehe er aufwachte.

Er hob die Hand.

»Ja«, sagte der Lehrer, streng und beifällig zugleich.

Er schaute sich um. Diese vielen Gesichter. Dreißig Kinder in seinem Alter. Aber er dachte nie daran, dass sie Kinder waren. Kluge Gesichter. Freundliche. Gemeine. Geruch und Ausdünstungen der vielen Körper. Ungewaschene Kleider und Pullover, die vage nach Parfüm rochen. Die Schlimmsten unter den Jungs, die nach ranzigem

Fett und schalem Zigarettenrauch rochen. Die schönsten Mädchen, die nach Pfirsich und Flieder dufteten.

»Ja?«, wiederholte der Lehrer.

Er starrte das unscheinbarste Mädchen an, die mit den glatten blonden Haaren. Die in Huseby wohnte. Die Hübscheste. Die, die nie ein Wort sagte.

Er hatte sie nie angerührt.

»Ich hab sie umgestoßen.«

Sie wurde rot, denn er starrte sie noch immer an.

»Du warst gemein zu ihr?«

»Ja, ich habe sie umgestoßen. Auf dem Schulhof. Ich tu das nie wieder.«

»Bitte um Entschuldigung«, sagte der Lehrer.

»Entschuldigung«, sagte er.

Sie deutete ein Nicken an und schlug die Augen nieder.

»Gut«, sagte der Lehrer. Er war zufrieden. Er setzte den Unterricht fort. Er hörte nicht, dass die Stille weiterging. Sie wuchs und wuchs. Wurde gewaltig. Dann fing sie an zu zittern.

Die Stille zwischen ihm und ihr.

Er glaubte, alle könnten das hören, noch viele Jahre danach.

Aber er bekam sie nie.

5

Er hat lesen gelernt, aber er kann nicht schreiben. Er liest *Aftenposten*, wenn er aus der Schule nach Hause kommt. Dann liest er *Dagbladet*, wenn der Vater nachmittags mit der Straßenbahn kommt. Er steht am Fenster und sieht zu, wie sein schöner Vater hinkend den Hang von der Haltestelle hochkommt und in den Melumvei einbiegt. Der Vater hat seine braune Tasche bei sich. Darin hat er Graubrot in einer Papiertüte. Und er hat *Dagbladet* unter dem Arm. Die wogende Bewegung, elegant und unbeholfen zugleich, als sehe man im Kino ein Kamel. Aber wann sieht man im Kino Kamele? *In 80 Tagen um die Welt* hatte am Zweiten Weihnachtstag im Colosseum-Kino Premiere. Tante Svanhild hat versprochen, dass er und sein Bruder den Film am kommenden Sonntag sehen werden. Er hat den Verdacht, dass sie in David Niven verliebt ist, der die Hauptrolle spielt. Er hat Bilder von David Niven in der Zeitung gesehen. Ja, David Niven passt zu Tante Svanhild. Sie haben sogar eine gewisse Ähnlichkeit. Die verfeinerten Gesichter, auch wenn Tante Svanhild eine ziemlich große Nase hat.

Wann hat er entdeckt, dass die Zeitungen das große Fenster zur Welt sind? Die vielen Bilder. Die Texte, die er liest, obwohl er oft etwas Falsches liest. Darüber wird gelacht, aber niemand ist boshaft. Er weiß, dass er in eine liebe Familie hineingeboren worden ist. Und dennoch hat er diese Angst, wenn die Stimmen seiner Eltern lauter werden. Das ist das schlimmste Geräusch von allen.

Jetzt weiß er, dass Einar Gerhardsen Ministerpräsident ist und Halvard Lange Außenminister. Er weiß die Namen sämtlicher Minister.

Aber er weiß sie nicht mehr, als er sich hinsetzt, um diese Geschichte zu schreiben. Vierundfünfzig Jahre später. Um im Leben allein sein zu können, wird er Kenntnisse brauchen. Er ist gern ein Betrachter. Er hat gesehen, wie gern die Eltern Bücher lesen, wie sie über Literatur sprechen, als sei das Gelesene wirklich. Wenn er Zeitung liest, ist alles wichtig.

Am wichtigsten ist, was in der gefährlichen Zeitung steht. Die heißt *Orientering.* Sie ist nicht wie die anderen. Es gibt sie nicht jeden Tag. Sie bringt die Nachbarn dazu, den Vater vielsagend anzusehen. Dann begreift er, dass auch der Vater nicht wie alle anderen ist. Das hat er schon im vergangenen Herbst bei den Gemeindewahlen begriffen, als er mit einem Pappschild auf der Brust dastehen durfte. Darauf standen etliche Namen, und keiner hatte etwas mit einer der großen Parteien zu tun. Es war nämlich eine freie Wählerliste, auf der die Schauspielerin Liv Dommersnes ganz weit oben stand. Er versuchte, alles aufzuschnappen, was die Erwachsenen untereinander redeten. Er merkte sich Wörter wie *Protest* und *Alternative. Orientering* war eine Alternative. In dieser Zeitschrift wurden die Aktivitäten der Regierung kritisch betrachtet. »Der dritte Standpunkt«, über den sein Vater so oft sprach. Weder rechte Sozialdemokraten noch Kommunisten, weder Moskau noch Washington, sondern eine unabhängige sozialistische Position.

Der Vater war Sozialist.

Aber das sagte er niemandem. Das wäre dumm gewesen. Sozialisten, das klang wie etwas, das man beim Metzger kaufte. »Vier Frikadellen und drei Sozialisten, bitte.«

Stattdessen nutzte er die Zeit zum Zuhören. Für den Versuch, zu verstehen. Und er begriff, dass der große Krieg noch nicht lange zurücklag. Den hatten seine Eltern beide erlebt. Die Deutschen hatten sogar auf die Mutter und die Großmutter geschossen, als die beiden über ein Feld bei Fredrikstad gelaufen waren. Und der Vater hätte durchaus umkommen können, wenn die geplante Sprengung der Brücke über den Sarpefoss nach Plan verlaufen wäre. Viele Jahre später erfuhr er, dass sein Onkel, der liebe Onkel Odd, der am Borgenhaugen Herrenkleidung verkaufte, einer der geheimen Widerstandsgruppen angehört hatte. Erst lange nach seinem Tod ging den anderen auf, was er während des Krieges geleistet hatte. Er hatte kein Wort gesagt. Er hatte versucht, sich unsichtbar zu machen. Ja, wichtig war doch gerade die Unsichtbarkeit!

Das Stichwort war nun NATO. Oder OTAN, wie es komischerweise auf Französisch hieß.

Er fand das witzig und dachte, Französisch müsse eine Sprache sein, bei der Amerikanisch rückwärts gesprochen werde. Sogar sein Vater, der in diesen Jahren so ernst war, musste lachen.

Der Vater war gegen die NATO. Die *North Atlantic Treaty Organization.* Ein Verteidigungsbündnis gegen den Kommunismus. Eine entsetzliche Vorstellung für die Kapitalisten: Gleichheit und Sicherheit für alle. Solche Gedanken dachte der Vater. Deshalb hatte er *Orientering* abonniert. Deshalb nahm er seine Söhne mit zur Kommunalwahl. Deshalb vergaß er, dass sie noch Kinder waren. In der Schule hörten sie Märchen über Prinzen und Prinzessinnen. Aber zu Hause war vor allem von Präsidenten und Staatsoberhäuptern die Rede. Sie wussten schon allerlei über die Präsidentschaftswahlen in den USA, wo Nixon und Kennedy wohl von Republikanern und Demokraten als Kandidaten aufgestellt werden würden. Sie wussten, dass es etwas gab, das Hiroshima und Nagasaki hieß, dass Atomwaffen das Schrecklichste waren, das überhaupt existierte. Sie wussten, dass der große Krieg vorüber war. Dennoch befanden sie sich in einem *Kalten Krieg.* Er konnte diesen Krieg nicht sehen, aber gerade jetzt, mitten im Winter, konnte er ihn spüren. Er fragte sich, ob es auch einen heißen Krieg gab. Könnte das der Krieg zwischen den Eltern sein? Auf diese Frage hatte ihm der Vater keine Antwort gegeben. Der kümmerte sich um den *Kalten* Krieg. Deshalb beteiligte sich der Vater in regelmäßigen Abständen an Protestmärschen durch die Osloer Innenstadt. Der Vater hatte zudem einen heimlichen Freund in Oslo, ja, sogar mitten in einem Wohnblock. Von außen konnte man nichts sehen. Aber wenn man durch den Torweg kam, sah man einen Hinterhof, und darin stand ein altes Haus. Ein rotes Holzhaus, dem sämtliche Aussicht verbaut worden war. Dort, auf dem Dachboden, wohnte ein Mann.

Er hieß Ulf.

Der das hier schreibt, liebte Ulf.

Ulfs kurzsichtige Freundlichkeit. Seine englische Freundin, die so ein seltsames Norwegisch sprach. Die altmodischen Kleider. Das Kneippbrot auf dem Tisch, zusammen mit Marmelade, Butter, der Milchflasche und den ungeheuren Stapeln aus Manuskripten, Büchern, Zeitungen und Kampfschriften. Und die Abziehmaschine! Selbst, als die Kinder- und Jugendredaktion des NRK anfing, für ihre Sendungen verrückte und zerstreute Professoren zu erfinden, konnten sie Ulfs Chaos nicht übertreffen. Weder früher noch später hat er je etwas Ähnliches gesehen.

Es gefiel der Mutter nicht, dass sie Ulf besuchten. Sie mochte Unordnung nicht, und sie mochte nichts, das gefährlich werden könnte. Deshalb kam sie niemals mit zu Ulf. Sie kam auch nie mit zu den obdachlosen Kriegsmatrosen in Mærradalen. Ulf und die Kriegsmatrosen konnten der Grund für einen Streit sein, aber zum Glück passierte das nur selten.

Er war jedenfalls froh darüber, dass er mitkommen durfte.

Erst zu den Kriegsmatrosen mit den vielen Katzenjungen und dem schwarzgebrannten Fusel, der so seltsam roch in dem überwucherten Tal zwischen Huseby und dem Radiumhospital. Der pure Urwald. Pflanzen und Bäume, die aussahen wie Spinnen und Schlangen. Der Geruch nach Harz und etwas Süßlichem, Undefinierbarem. Spinnweben zwischen den Baumstämmen. Dorthin gingen sie, ungefähr jeden zweiten Samstagnachmittag. Der Vater hatte Stullen aus Knäckebrot und Ziegenkäse geschmiert. Er klatschte extra viel Butter darauf, denn er meinte, die Männer brauchten mehr Fett auf den Rippen.

Der Sohn stand in der Küche, sah zu und lernte.

Er hatte bereits eine kleine Fettschicht um den Bauch. Eine dünne Fettlage auf den Hüften. Etwas dickere Oberschenkel als alle anderen. Eine etwas größere Brust.

Vielleicht wurde das seine liebste Kindheitserinnerung. Das Gefühl, etwas Verbotenes zu tun. Bei etwas dabeizusein, das sonst niemand tat. Zuerst mussten sie vorbei am Husebylager, wo die Gardisten untergebracht waren und wo sich die Armee in unterirdischen Höhlen versteckte. Ganz weit hinten saß der Verteidigungsminister Nils Kristoffer Handal an einem riesigen Schreibtisch mit Löschpapier, Füllfederhaltern, einer grünen Lampe und einem Telefon mit direkter Verbindung zu Eisenhower in Washington und zu den Festspielen in Bergen, zu deren Gründern er fast zehn Jahre zuvor gehört hatte. Das wüssten alle, behauptete die Mutter. Er wusste auch, dass es im Lager ein Schwimmbecken gab, das Menschen ohne Gewehr während der Sommermonate benutzen durften. Sein Vater hatte in letzter Zeit mehrmals gesagt, im Juni werde er seinen Sohn mitnehmen, damit der endlich schwimmen lernen könnte.

Erst wenn das riesige Militärlager hinter ihnen lag, konnten sie nach Mærradalen hin abbiegen. Die engen Pfade hinunter zum Lager der Obdachlosen. Mit einer Katze auf dem Schoß vor der dünnen Bretterwand. Die freundlichen Penner, die dicke Klumpen in einen Zinkeimer spuckten. Die runzligen Gesichter mit den Bartstoppeln und den verfilzten Haaren. Funkelnde braune und blaue Augen. Das Lächeln, das trotzdem so rätselhaft war. Die plötzlichen Tränen. Gedanken, die formuliert, freigelassen und beantwortet werden wollten. Sardinenbüchsen. Rentierklopse. Vaters Knäckebrot. Die Erwachsenen redeten miteinander. Und er setzte sich in eine Ecke und phantasierte. Hörte zu, was die anderen sagten. Ihre Wörter waren ungefährlich. Freundlich. Es ging um Hosen, Hemden, Reisig und Heizöfen. Alte Geschichten aus den Tagen des Krieges. Einige waren torpediert worden. Das war offenbar nicht so lustig. Vor allem einer, der Freundlichste, der die schönsten Katzen hatte, brach in Tränen aus, sobald er darüber redete. Dann musste sich der Vater zu ihm beugen, ihn in den Arm nehmen und ihm die Haare streicheln wie einem kleinen Kind.

»Ich habe Angst, dass es wieder Krieg gibt«, schluchzte der Mann und putzte sich die Nase mit einem schmutzigen gelben Taschentuch, das von altem Rotz ganz starr war.

»Wir werden alles tun, um das zu verhindern«, sagte der Vater ernst.

Danach fuhren sie mit der U-Bahn zu Ulf. Stiegen am Valkyrien plass aus. An dieser kleinen Haltestelle unter dem Bogstadvei, wo niemals viele Leute waren. Er fand es dort ein bisschen unheimlich und griff nach der Hand seines Vaters, wenn sie die Treppen hoch und hinaus ins Nachmittagslicht gingen. Die stillen vornehmen Straßen mit den vielen Fischgeschäften auf dem Weg zu Ulf. Ulf wohnte nicht weit von Tante Svanhild, aber Tante Svanhild wusste nichts von Ulf, und das war sicher auch besser so. Ulf saß nachmittags nicht mit übereinandergeschlagenen Beinen da, trank Sherry und rauchte Ascot. Ulf saß vor seinen Papieren, Büchern und Kampfschriften und schaute den Vater aus zusammengekniffenen Augen an, während er neue Angriffe auf das Weltkapital plante, auf das riesige kranke Tier, das im Verteidigungsministerium der USA hauste. NATO gegen Warschauer Pakt. Es war dann, als ob er mit dem Bruder spielte und sie auf dem Küchenboden mit ihren Brotformen zusammenstießen. Straßenbahn spielen war nicht ungefährlich. Es war ebenso riskant wie NATO und Warschauer Pakt. Eines Tages könnte es knallen. Und es machte ihm Sorgen, dass sein Vater sich vor fast allem so sehr fürchtete. Bei Ulf war das anders. Der schien das alles fast witzig zu finden. Die Vorstellung der vielen Demonstrationen und Protestmärsche, die sie organisieren würden. Die Artikel, die sie schreiben würden. An diesem Tag sprachen sie über den gemeinsamen Markt, die EFTA, das soeben unterzeichnete Freihandelsabkommen. Eine Hoffnung für das neue Europa, sagte der Vater, und Ulf nickte zustimmend. Die EWG war schon gegründet worden, zwei Jahre zuvor durch den Vertrag von Rom. Und jetzt würden sich Norwegen, Schweden, Dänemark, Großbritannien, die Schweiz, Österreich und Portugal zusammentun, um ihre Beziehungen untereinander zu stärken. Weder der Vater noch Ulf interessierte sich für die Handelspolitik an sich, sondern für die zugrundeliegende Vision: »Nie wieder Krieg auf europäischem Boden.«

Ihm fiel auf, wie die beiden Männer sich beim Reden gegenseitig anstachelten. Es konnte dort oben auf dem Dachboden eine aufgeheizte, fast revolutionäre Stimmung entstehen, ab und zu kamen

Personen dazu, die lange, dicke und verschmutzte Mäntel trugen und sich am Gespräch beteiligten. Sie sahen aus wie Deserteure oder wie Angestellte der Norwegischen Eisenbahn. Und alle trugen eine Brille. Er hatte schon längst begriffen, dass man eine Brille brauchte, wenn man sich Revolutionär nennen wollte. Ulf hatte eine Brille, jedenfalls zum Lesen. Der Vater hatte zum Glück keine. Also war er kein Revolutionär. Das beruhigte ihn. Er hatte die Demonstrationen, bei denen erwachsene Menschen Schlagwörter riefen und einander mit den Fäusten drohten, nie gemocht.

Manchmal packte der Vater auch für Ulf Knäckebrot mit Butter und Ziegenkäse ein. Dann begriff er, dass Ulf nicht im Geld schwamm, aber das tat sein Vater ja auch nicht.

Langsam ging ihm auf, dass sein Vater ein überaus gütiger Mann war.

6

Der seltsame General Charles de Gaulle lässt zur gewaltigen Verzweiflung und Verärgerung des Vaters in der Sahara eine Plutoniumbombe zünden, und Frankreich wird die vierte Atommacht auf der Welt. »Hurra für Frankreich«, schreibt der General in einem Telegramm an Atomminister Pierre Guillaumat.

»Was für eine Schande«, sagt Vater.

»Dass die wirklich einen eigenen Atomminister haben«, sage ich.

Aber Vater hört nicht zu. Er zieht seinen Mantel an und sagt zu Mutter, er gehe jetzt zu Ulf.

»Heute schon wieder?«

»Ja«, sagt Vater. In solchen Situationen kann er energisch sein.

Ich finde es verwirrend, dass sich nach einem dermaßen schwerwiegenden Ereignis die ganze Welt auf ein Kaff in der Sierra Nevada in Kalifornien namens Squaw Valley konzentriert, wo zwei Wochen lang Ski- und Schlittschuhlaufen angesagt sind. Sogar Vater interessiert sich dafür, klebt am Radio und notiert Rundenzeiten. Tormod und ich sind selbsternannte Sekundanten. Die gesamten Olympischen Winterspiele sind wie ein Schlussverkauf von Sieg und Niederlage. In der Zeitung sehe ich ein Bild des Eislaufstadions, in dem Roald Aas und Knut Johannesen, der Kupper'n genannt wird, ihre Triumphe feiern werden. Der Boden dort ist nicht flach. Es gibt mitten auf der Bahn eine Art Berg, oder vielleicht eine Schneewehe. Doch dann kommt Håkon Brusveen aus Vingrom bei Lillehammer. Er sollte eigentlich gar nicht dabei sein, denn er war nicht gut genug. Aber dann rief der Journalist Sverre Fodstad von *Aftenposten* im Schloss an und König Olav sagte: »Ich sehe es gern, dass Brusveen mit nach Squaw Valley fährt.« Brusveen gewinnt die fünfzehn Kilometer vor Jernberg und Hakulinen. Als einige Tage darauf der Staffellauf beginnt, ist es in Norwegen Abend, und alle sitzen nägelkauend vor dem Radio. Brusveen soll die letzten Etappen übernehmen. Grønningen, Brenden und Østby haben für einen soliden norwegischen Vorsprung gesorgt, als der Junge aus Vingrom die Loipe betritt. Zu diesem Zeitpunkt will die gesamte norwegische Bevölkerung, inklusive uns dreien, die wir zu Hause in Røa vor dem Radio sitzen, dass die Nation eine weitere Goldmedaille einheimst. »Hurra für Norwegen!« Aber Brusveen ist nicht gut genug. Er wird von Hakulinen mit weniger als einer Sekunde geschlagen, und hätte man das Stöhnen hören können, das an diesem Abend in allen Mietskasernen, Einfamilienhäusern, Bauernhöfen und Waldhütten erklang, dann hätte das einen gewaltigen Krach ergeben, wie niemand ihn je zuvor vernommen hatte. Diese Vorstellung faszinierte mich. Alle verließen ihre Radios und waren sauer.

Wozu sollte Sport gut sein? Hatte es irgendeine Bedeutung, dass wir bei den Damen keine einzige Medaille holten? Wurde das Leben leichter, weil Carol Heiss aus den USA die Goldmedaille im Eiskunstlauf bekam?

Kupper'n stellte auf zehntausend Metern den Weltrekord auf. 15.46.6. Der schwedische Kommentator Sven Låftman rief begeistert: »Kupper'ns fabelhafter Rekord wird vermutlich in alle Ewigkeit gelten. Jedenfalls wird er in den kommenden fünfzig Jahren wohl kaum bedroht werden.«

»Vielleicht stimmt das«, sagte ein Junge aus der Klasse.

Aber schon drei Jahre später übertraf Jonny Nilsson Kupper'ns Rekord in Karuizawa um über dreizehn Sekunden.

Damals dachte ich zum ersten Mal, dass Sport niemals Macht über mich haben sollte und dass ich niemals in den Zeitungen die Sportkommentare lesen würde.

Das widerliche Gefühl der Leere, wenn es vorüber war. Die traurige Stimmung gegen Ende einer Eislaufmeisterschaft, wenn der Sieger längst gesiegt hatte und alle Verlierer um die zweitschlechteste Zeit über zehntausend Meter kämpften. Das tat mir in der Seele weh.

Um uns zu trösten, ging Vater mit uns hinaus in die Sternennacht. Sein Vertrauen zum Universum war unendlich. Er zeigte auf die Sterne. Der Triumph der Natur über die Torheit der Menschen.

Deshalb hatte er solche Angst vor der Atombombe. Konnte sie die Natur herausfordern mit ihren ungeahnten Kräften? Konnte sie die Zivilisation auslöschen? China hatte bereits einen Wasserstoffbombentest angekündigt. Nicht nur Vater hatte jetzt Angst. In allen Zeitungen gab es Interviews mit Menschen, die sich zu Protestaktionen versammelt hatten. Helge Seip sagte in der Sendung *En verden* (Eine Welt): »Die Atomversuche in der Sahara waren ein unheilvolles Vorzeichen. Immer mehr Nationen können jetzt Atombomben herstellen. Deshalb müssen wir gegen diese Entwicklung protestieren. Es ist lebensgefährlich, das nicht zu tun.«

Tormod und ich standen mäuschenstill da und starrten gemeinsam mit Vater zu den Sternen hoch.

Mutter saß im Wohnzimmer und retuschierte Familienporträts für Fotograf Wickman.

Irgendwer musste ja schließlich Geld verdienen.

7

Der fast neununddreißig Jahre alte Caryl Chessman erwacht in seiner Todeszelle, Zelle Nr. 2455 im San Quentin State Prison, diesem gewaltigen Gefängnis auf dem Nordufer der San Francisco Bay in Kalilfornien, das sich über ein fast zwei Quadratkilometer großes Gelände erstreckt.

Es ist der 2. Mai 1960.

Chessman ist nicht allein. Mehr als dreitausend Häftlinge sind mit ihm eingesperrt, und an die zweitausend Menschen haben ihre Arbeit innerhalb der Gefängnismauern.

Zu Hause engagiert sich Vater schon seit vielen Jahren für Chessman. Wenige Dinge empören ihn mehr als die Todesstrafe. Er kann es nicht fassen, dass eine zivilisierte Nation wie die USA diese makabre Handlung noch immer nicht eingestellt hat. Er sprach über Chessman, als wir einige Monate zuvor bei Grini auf unserer letzten Skitour waren. Ich erinnere mich an den flammenden Sonnenuntergang, daran, wie die Welt dunkler wurde, während Vater von dem Gefangenen erzählte, der auf der anderen Seite des Erdballs in der Todeszelle saß.

Chessman weiß, dass seine Hinrichtung an diesem Morgen auf 10.00 Uhr anberaumt ist. Wenn er überhaupt geschlafen hat, dann nur wenige Stunden. Das Schlafbedürfnis ist nicht ganz so stark, wenn man weiß, dass man am nächsten Morgen vielleicht sterben wird.

Aber Chessman hat die Hoffnung noch nicht ganz aufgegeben. Er ist jetzt zum neunten Mal der »Dead man walking«. Er wurde schon acht Mal von seiner Zelle in den Raum gleich neben der Gaskammer verlegt. Oft kam die Begnadigung erst wenige Stunden, bevor die Hinrichtung stattfinden sollte, eine Hinrichtung durch Zyanid in der berüchtigten Gaskammer. Jetzt weiß er, dass sich die Aufmerksamkeit der ganzen Welt auf San Quentin richtet. Autoren wie Aldous Huxley, Norman Mailer und Ray Bradbury engagieren sich für ihn und haben an den kalifornischen Gouverneur Pat Brown appelliert. Sogar Eleanor Roosevelt hat inständig um Begnadigung gebeten. Chessman hat niemanden getötet. Er hat niemals gestanden, wofür er verurteilt worden ist: dass er vor zwölf Jahren Mary Alice Meza und Regina Johnson zur Fellatio gezwungen hat. Die zweiundzwanzig Jahre alte Johnson wurde von ihrem Wagen 22 Fuß zum Ort des Verbrechers geschleift. Die siebzehn Jahre alte Meza wurde noch weiter gezerrt, und laut Paragraph 209 im kalifornischen Strafgesetzbuch, das sich an das *Little Lindbergh Law* anlehnt, galt dies als Entführung, und darauf stand die Todesstrafe. Chessman wurde nicht wegen der eigentlichen sexuellen Handlung verurteilt, denn die war nicht mit Todesstrafe belegt, sondern weil er die beiden Frauen weiter als 20 Fuß von ihren Autos weggezwungen hatte.

Entführung.

Chessman stritt von Anfang an ab, mit diesen Dingen etwas zu tun zu haben. Er lehnte das Angebot eines Verteidigers ab. Das war eine schicksalhafte Entscheidung. Aber er war so sicher, dass die Jury seine Unschuld erkennen würde, dass er das Opfer einer Verwechslung war, dass er gefoltert worden war, dass die Anklagebehörden ihn mit Verbrechen im Rotlichtbezirk in Verbindung bringen wollten. Keine der Frauen konnte ihn als den Täter identifizieren. Sie erzählten von einem Mann, der sie zuerst vaginal hatte vergewaltigen wollen, der sie nach einigen Verhandlungen dann aber zu Fellatio zwang, die ohne körperliche Verletzungen, aber um einen hohen psychischen Preis ausgeführt wurde. Chessman behauptete während der Vernehmungen, den wahren Täter zu kennen, dessen Identität jedoch nicht verraten zu wollen. Der Prozess entwickelte sich zu einer juristischen Farce, als der Stenograph starb, bevor auch nur ein Drittel der Gerichtsprotokolle ausgeschrieben worden waren. Diese Arbeit wurde dann von einem stark alkoholisierten Verwandten des Staatsanwaltes übernommen, ohne dass Chessman zugestimmt hätte. Jury und Gericht gegenüber konnte dieser Verwandte für seine Arbeit kaum Rede und Antwort stehen. Chessman wurde von mehreren Seiten juristische Hilfe angeboten, er jedoch sagte »meine Seele ist nicht zu verkaufen«. Er bezichtigte den Bundesstaat Kalifornien eines konspirativen Angriffs mit dem Ziel, irgendeinen Kriminellen aus San Franciscos Rotlichtbezirk als Schuldigen dastehen zu lassen, weil die Polizei diesen Bezirk nicht in den Griff bekam. Er gab zu, ein Verbrecher zu sein, der mehrere Überfälle ausgeführt hatte, er sei jedoch nicht der »Red Light-Bandit«, der Frauen zu sexuellen Handlungen zwang.

Dass er allerdings Polizei und Staatsanwaltschaft angriff und anklagte, wie es niemand zuvor getan hatte, brachte ihm die strengstmögliche Strafe ein: Die Gaskammer im San Quentin State Prison. Strafgrund: Kidnapping.

Das Urteil war im Juli 1948 gefallen. Chessman saß seit elf Jahren und zehn Monaten in der Todeszelle. So viel Zeit hatte noch kein zum Tode Verurteilter in der Death Row zugebracht.

Chessman nutzte diese Zeit, um mehrere Bücher zu schreiben. Er war ein ungewöhnlich guter Autor. Die gelbe Taschenbuchausgabe von *Todeszelle 2455* stand schon seit vielen Jahren im Bücherregal meiner Eltern, zusammen mit *Mein Kampf ums Leben*. Ich hatte beide heimlich gelesen, obwohl Vater mir das verboten hatte. Aber sowie ich gelernt hatte, mehrere Sätze auf einmal zu begreifen, konnte ich mit großen Augen lesen: »Es ist hart, dem Tod ins Auge zu blicken. Der Tod ist ein seltsames Gefühl, etwas, das deinen Unterleib zusammenpresst, das in dich hineinkriecht und dich lähmt. Der Tod ist zu groß, um begriffen zu werden.« Chessman schrieb über Big Red, der in Zelle 2439 gesessen hatte, unter der Anklage, einen anderen Häftling totgeschlagen zu haben, nachdem er verhaftet worden war, weil er seine Frau bedroht hatte. Er war überzeugt, dass sie fremdging, dass sie daran schuld sei, dass ihre einzige Tochter in ein Kinderheim gesteckt worden war. Um 10.02 Uhr am 30. Oktober 1952 saß er auf dem Stuhl in der Gaskammer. Ein Wächter klopfte ihm auf den Rücken und sagte: »Viel Glück.« Chessman beschreibt sein Gesicht als eine ausdruckslose Maske. Der Gefängnisdirektor gibt dem Henker das Zeichen. Der Henker zieht an den Hebeln. Big Red kann das leise Plop-plop der tödlichen Zyanidkapseln hören, die in den Säurebehälter am Fußende des Stuhls fallen. Die chemische Reaktion setzt sofort ein: Das Blausäure-Gas steigt hoch und hüllt ihn in einen unsichtbaren Nebel. Big Red schnuppert in der Luft herum. Seine Nasenflügel zittern beim Kontakt mit dem widerlich süßen Pfirsichgeruch. Er schluckt eine Handvoll dieser tödlichen Dämpfe. In seinem Kopf dreht sich alles. Alles ist nur noch Nebel. Sein Bewusstsein ist schon weit in die ewige Finsternis gewandert. Er reißt verzweifelt an den Riemen. Seine Augen erstarren. Sie können nichts mehr erkennen. Der Kopf kippt grotesk vornüber. Sein Absturz in den schwarzen bodenlosen Abgrund hat begonnen. Er braucht zehn Minuten, um zu sterben. Sein Körper windet sich in Krämpfen. Einmal. Zweimal. Dreimal. Sein Herz rast, pocht wie ein Dampfhammer. Dann schlägt es langsamer, langsamer und langsamer – bis es ganz aufhört. Chessman schreibt über die Zeugen, die danach in den strahlend sonnigen Spätsommernachmittag hinauswandeln. Er schreibt über die Apparate, die noch immer dröhnen, die riesigen Pumpvorrichtungen, die das Giftgas durch ein langes Rohr aus der Kammer ziehen und es hoch über dem Gefängnisgebäude in die Luft entlassen. Die kleine schelmische Meeresbrise trägt einige Moleküle des Gases in den Todesgang zu den anderen zum Tode Verurteilten. Noch länger als eine Stunde, nachdem er für tot erklärt worden ist, sitzt Big Red leblos auf dem Stuhl. Dann werden Riemen und Fesseln gelöst und der Hingerichtete wird in die Leichenhalle des Gefängnisses gebracht.

Später sollten Zeugen berichten, Chessman sei an jenem Maimorgen guten Mutes gewesen. Er war sicher, dass auch diesmal in letzter Sekunde eine Begnadigung kommen würde. Er hatte die »letzte Nacht« schon mehrmals erlebt. Die Nacht, in der die Wärter so weit wie möglich die Wünsche des Häftlings erfüllen müssen. Er kann sich Sendungen in einem vor der Zelle aufgestellten Radioapparat oder auch seine

Lieblingsschallplatten anhören. Er bekommt so viel Tabak, wie er sich wünscht, und darf die ganze Zeit glühend heißen, frisch aufgebrühten Kaffee trinken. Ihm wird die traditionelle Henkersmahlzeit angeboten. Er darf lesen, was er will, und schreiben, an wen er will. Er kann sogar Besuch von einem Geistlichen bekommen und mit diesem für sein Seelenheil beten.

Aber dann kommt der Morgen.

Einige Minuten vor zehn wird Chessman aus dem Wartezimmer geholt und in die kleine isolierte Gaskammer mit der ovalen grünen Tür, die vage an ein U-Boot erinnert, geführt. Chessman weiß genau, was jetzt passieren wird. Er weiß, dass das Zyanidgas die Fähigkeit des Körpers zur Verarbeitung von Hämoglobin im Blut zerstören wird. Er weiß, dass diese Methode von den Deutschen zur Ermordung von Juden angewandt wurde. Er weiß, dass man heftige Krämpfe bekommt, wenn man versucht, den Atem anzuhalten.

Chessman sitzt angeschnallt auf dem Stuhl in der Gaskammer, als die Tür geschlossen wird. Die letzten Worte. Was sagt er eigentlich? Die hilflosen Wärter kennen ihn seit mehr als zehn Jahren. Sie haben ihn liebgewonnen und respektieren ihn. Was sagt man zu einem Menschen, der sterben wird? Gute Reise? Viel Glück? Durch kleine Fenster können ausgewählte Personen die Hinrichtung beobachten. Vertreter der beiden Frauen sind anwesend. Chessman weiß nicht, welches Drama sich abspielt, als die Kapsel um 10.03 Uhr platzt und das giftige Gas den Stuhl hochsteigt. Die Verteidiger, von denen Chessman dann doch begriffen hatte, dass er sie brauchte, die die ganze Zeit für eine Wiederaufnahme des Falles gekämpft haben, erlangen von Richter Louis E. Goodman diese Zustimmung, während Chessman schon in der Gaskammer sitzt. Als der Richter auf die Uhr schaut, ist ihm klar, dass es hier um Sekunden geht, und er bittet seine Sekretärin, sofort in San Quentin anzurufen und mitzuteilen, dass die Hinrichtung auf unbestimmte Zeit verschoben werden muss. Die Sekretärin ist so nervös, dass sie nicht alle fünf Ziffern der Nummer wählt. Sie wählt nur vier und entdeckt ihren Irrtum erst eine Minute später, als sie keinen Kontakt zum Gefängnis bekommt. Als sie endlich die richtige Nummer gewählt hat, ruft sie aufgeregt, die Hinrichtung sei aufgeschoben. Aber der Gefängnisbeamte, der, während er telefoniert, in die Kammer blicken kann, in der Chessman sitzt, sagt, es sei zu spät. »Die Hinrichtung läuft bereits. Wir können die Tür nicht öffnen und Chessman herausholen, ohne das Leben der anderen aufs Spiel zu setzen.«

Als das Gift endlich durch die Ventilationsanlage der Gaskammer abgezogen ist und die ovale Tür geöffnet werden kann, sitzt der angeschnallte Chessman mit vornübergekipptem Kopf leblos auf dem Stuhl.

Vater stand fast unter Schock. Mutter ebenfalls. Vielleicht bedeutete es für Vater etwas ganz Besonderes, dass er und Chessman gleichalt waren. Er sagte, dass er sich mit ihm identifizierte, nachdem er die Bücher des Todeskandidaten gelesen hatte. Der Mut, den Chessman angesichts der Übermacht zeigte, seine Gewissheit, dass Gerechtigkeit und Vernunft siegen würden, hatten einen tiefen Eindruck auf ihn gemacht.

Vater behandelte uns nicht mehr wie Kinder. Das machte nichts. Von nun an sprach er zu uns so, wie er zu Mutter sprach.

Wir hörten zu.

Oft hing sein Blick am Horizont in der Ferne, auch wenn er durch das Fenster nur den Rasen und die Johannisbeersträucher auf der anderen Seite des Melumvei sehen konnte.

Etwas machte ihm zu schaffen.

Vater war nicht mehr wie früher.

8

Der US-amerikanische Oberst und Flieger Marty Knutson trifft in geheimer Mission in Bodø ein. Der große Flugplatz liegt am offenen Meer und ist für die Amerikaner strategisch wichtig. Hektische militärische Aktivitäten gehen hier vor sich. Nordnorwegen ist nach den Verwüstungen des Krieges wieder auf die Beine gekommen. Allein in Finnmark ist mehr als eine Million Quadratmeter neue Wohnfläche gebaut worden. Weiter die Küste hinab bis tief nach Troms hinein muss die Lokalbevölkerung feststellen, wie die Armee dem Landesteil ihren Stempel aufdrückt. Auf Andøya wird eine Raketenabschussanlage gebaut, und Gerüchte wollen wissen, dass innerhalb von zwei Jahren eine Forschungsrakete namens Ferdinand gezündet werden soll. Aber kann man wirklich sicher sein, dass diese Rakete einfach nur die polare Ionosphäre studieren wird? Und warum halten sich in Bardufoss plötzlich so viele Amerikaner auf?

Marty Knutson ist nicht allein gekommen. Flugzeuge, die nichts mit der norwegischen Luftwaffe zu tun haben können, starten und landen. Alle, die in Bodø wohnen, können sie sehen. Man braucht nur zum Zaun vor dem Rollfeld zu schlendern und zu warten.

Zur gleichen Zeit startet von einem NATO-Stützpunkt in Peshawar ein Aufklärungsflugzeug. Der Mann am Steuerknüppel heißt Francis Gary Powers und das Flugzeug ist eine U-2 und heißt also genau wie eine später weltberühmte irische Rockgruppe.

Dieses Flugzeug, ein amerikanisches Spionageflugzeug, soll ICBM-Einrichtungen in Swerdlowsk und Plessezk fotografieren. ICBM ist die Abkürzung für »intercontinental ballistic missiles«, also Langstreckenraketen, die Vater mehr fürchtet denn je, jetzt, wo Eisenhower im Weißen Haus sitzt und Chruschtschow im Kreml regiert.

Ich mag Chruschtschow. Ich sehe fast jeden Tag Bilder von ihm in der Zeitung. Er erinnert mich an Onkel Birger. Nikita Sergejewitsch mit diesem munteren, fast schelmischen Gesicht, selbst wenn er über ernste Dinge redet. Vater respektiert ihn ebenfalls, seit Chruschtschow vor vier Jahren mit Stalin abgerechnet hat. »Das hat der Welt neue Hoffnung geschenkt«, sagt Vater. Er erzählt mir von dem jungen Eisenarbeiter aus Kalinova in Kursk, der mit vierzehn Jahren nach Donezk umzieht. Später machte er Karriere bei der Roten Armee. Allein schon der Name! Ich sehe vor mir berittene Soldaten, die rote kommunistische Flaggen schwenken. Und sie können singen. Ich habe es mit eigenen Ohren gehört, im Radio. Das ist etwas anderes als diese Schreihälse in Washington. Chruschtschow hat sicher einen phantastischen Bass. Ich weiß einiges über Chruschtschow. Ich rede gern mit Mads aus meiner Klasse über Politik. Mads ist klüger als ich. Er hat ein freundliches Gesicht und einen Kopf mit schönen kleinen Locken. Er war nie ein Kind. Er redet wie die Erwachsenen, benutzt Wörter, die ich noch nie gehört habe. Das wirkt bei ihm ganz natürlich. Er tut nicht so, er ist. Er sieht jetzt schon aus wie ein Rechtsanwalt. Ich weiß damals noch nicht, dass er wirklich Jura studieren wird. Ich weiß nur, dass ich Mads engagiert hätte, wenn ich Caryl Chessman gewesen wäre, ich hätte mich nicht selbst verteidigt. Mads spricht mit einer Selbstsicherheit, die niemand sonst in unserem Alter besitzt. Er protzt nicht mit seinem Wissen. Die Wörter kommen einfach immer in der richtigen Reihenfolge. Wenn man nicht zuhörte, könnte man glauben, er rede über Dampfmaschinen oder Märklin-Eisenbahnen. Aber er redet über etwas ganz anderes. Über Dinge, für die sich sonst kein Kind interessiert. Doch die Art, wie er redet, bringt mich zum Zuhören. Manches davon höre ich ja nicht zum ersten Mal. Er interessiert sich ungeheuer für alle gesellschaftlichen Entwicklungen, genau wie Vater. Wir Achtjährigen stehen jeden Tag nach der Schule an der Haltestelle Smestad und tauschen politische Erfahrungen aus.

Ich verpasse eine Straßenbahn nach der anderen, weil wir so viel zu besprechen haben. Erst einige Stunden später trennen sich unsere Wege. Ich muss zurück zu dem gelben Haus in Røa, Mads zu dem gelben Haus in Vinderen. Wir haben schon viel über Chruschtschow gesprochen. Ich weiß sogar, wie seine Frau heißt. Nina. Sie ist so alt wie Vater und sieht ebenfalls lieb aus. Schon jetzt habe ich einen Hang dazu, Leute zu mögen, die in der westlichen Welt nicht angesehen sind. Später kommen weitere dazu. Saddam Hussein. Radovan Karadzic. Wladimir Putin. Ich finde, sie alle sehen sympathisch und vertrauenserweckend aus. Saddam verbrachte die Wochen vor seiner Hinrichtung mit der Beobachtung von Singvögeln. Karadzic schrieb in seiner Zelle Gedichte. Und Putin wirkt immer auf so charmante Weise geniert.

Das amerikanische Spionageflugzeug soll illegale Bilder von Chruschtschows riesiger Sowjetunion machen, aus extremer Höhe, damit es nicht so leicht abgeschossen werden kann. Der Flug ist genau geplant, und die Amerikaner sind bereit, ein Risiko einzugehen. Es gehört zu ihren Berechnungen, dass das Flugzeug zweimal so dicht an einer Raketenabschussrampe vorbeifliegen wird, dass es schlimmstenfalls getroffen werden kann.

Die Befürchtungen erfüllen sich. Vierzehn SA-2 Guideline Missiles detonieren in solcher Nähe, dass das Flugzeug im Flug schwer beschädigt wird. In hohem Tempo stürzt es dem Boden entgegen in der Nähe von Swerdlowsk.

Was ist mit dem Flugzeug passiert? Was ist mit Powers passiert? In Bodø sitzt Marty Knutson zusammen mit den anderen Amerikanern und hat kein gutes Gefühl. Powers sollte doch nach Bodø fliegen, um dort in aller Heimlichkeit mit seiner U-2 zu landen und aufzutanken, ehe Marty Knutson dann plangemäß weiterfliegen sollte mit unbekanntem Ziel, vermutlich zu einem Militärstützpunkt in Asien, vielleicht in der Türkei.

Im Pentagon herrscht tiefe Bestürzung. Hat die Sowjetunion das Flugzeug abgeschossen? Lebt Powers noch, oder ist er tot? Konnte er den Selbstzerstörungsmechanismus auslösen?

Um Chruschtschow zuvorzukommen, sendet die NASA das Bild einer anderen U-2, angestrichen in den Farben der NASA, damit es aussieht wie ein Forschungsflugzeug, das keinerlei militärische Aufgaben erfüllen kann. Sie geben zudem eine Pressemeldung heraus, dass ein Flugzeug im Norden der Türkei vermisst wird und dass die Möglichkeit besteht, der Flieger habe, während er auf Autopilot flog, einen Schwächeanfall erlitten. Mit anderen Worten: Das Flugzeug habe sich durch einen unglücklichen Zufall in den sowjetischen Luftraum verirrt, was natürlich durchaus nicht der Sinn dieses Fluges war.

Als Antwort berichtet Chruschtschow vor dem Obersten Sowjet, ein amerikanisches Spionageflugzeug sei über sowjetischem Territorium abgeschossen worden.

Die USA setzen alles auf eine Karte, in der Hoffnung, dass das Flugzeug bis zur Unkenntlichkeit zerstört und Powers tot ist. Aus dem Weißen Haus wird mitgeteilt: »There was absolutely no deliberate attempt to violate Soviet airspace and never has been.« Gleichzeitig heißt es, sämliche Maschinen dieses Typs seien aus dem Verkehr gezogen worden und würden auf »Sauerstoffprobleme« untersucht.

Chruschtschow lässt drei Tage verstreichen, dann erzählt er der Welt, was er schon längst weiß: dass es sich um ein amerikanisches Spionageflugzeug handelt, dass Powers unverletzt ist und dass der Pilot sich in sowjetischer Gefangenschaft befindet.

An der Haltestelle Smestad grinst Mads triumphierend. Wie blöd sind die Amis denn eigentlich? Er hält mir einen Vortrag über den Unterschied zwischen der UdSSR und den USA. Und nun ist mir klar, dass auch er Chruschtschow mag. Chruschtschow hat die Amerikaner ganz bewusst an der Nase herumgeführt und als Erstes gesagt: »Ich muss ein Geheimnis lüften. Als ich zuerst über diesen Zwischenfall berichtet habe, habe ich nicht erwähnt, dass der Pilot am Leben und unversehrt ist. Und jetzt sehen wir ja, wie viele Dummheiten die Amerikaner uns aufgetischt haben!«

Wir fanden das wunderbar, Mads und ich. Diesen spöttischen Tonfall. Chruschtschow sprach eine Sprache, die Achtjährige verstehen konnten. Die Amerikaner taten das nicht. An der Haltestelle Smestad nahm Mads mich beiseite und erklärte uns beide zu Chruschtschow-Freunden. »Lang lebe Chruschtschow!«, riefen wir und hoben dabei nach russischer Art einen Arm.

Ich fuhr zurück nach Røa, und als Vater mit *Dagbladet* und seinem grünen Vollkornbrot von der Arbeit kam, erzählte ich ihm, was geschehen war.

Er lächelte und hörte zu. »Es ist schön, dass ihr euch politisch engagiert, du und Mads«, sagte er. »Aber es steht nicht fest, ob Chruschtschow so ungefährlich ist wie ihr meint. Es ist nicht immer so einfach.«

Es war nicht so einfach.

Powers war unversehrt, und wichtige Teile vom Cockpit des Flugzeugs waren intakt. Selbst die Kamera, die Powers unterwegs benutzt hatte, war so wenig beschädigt, dass die Fotos entwickelt werden konnten, was das sowjetische Verteidigungsministerium nur zu gern übernahm. Außerdem hatten sie Powers' Überlebensausrüstung gefunden: 7500 Rubel und Schmuckstücke, die er im Notfall zur Bestechung benutzen sollte.

Aber der Präsident der USA weigerte sich, eine Bitte um Entschuldigung auszusprechen.

Norwegen streitet ebenfalls ab, etwas mit der U-2 zu tun zu haben. Aber eine Maschine, die in Pakistan gestartet ist und über die Sowjetunion nach Westen fliegt, wo sollte die denn landen, wenn nicht in Bodø, wo die Amerikaner sowieso bestimmen, was Sache ist?

Absolut nicht in Bodø, sagt Außenminister Halvard Lange.

Aber diese Lüge überlebt nicht einmal bis zum Ende der Woche. Am 13. Mai tritt Lange vor das norwegische Parlament und gibt alles zu. Das Flugzeug hätte in Bodø landen sollen. Zu allem Überfluss kommt heraus, dass sich Powers erst kürzlich für längere Zeit in Bodø aufgehalten hatte, um sich mit dem Flugplatz und den dortigen Verhältnissen vertraut zu machen.

»Aber Norwegen war darüber nicht informiert«, sagt Lange.

Er beteuert, dass die norwegische Regierung dem US-Botschafter in Oslo eine Protestnote überreicht hat.

»Pöh!«, sagt Mads.

Mads ließ sich nicht beeindrucken. »Spiegelfechterei«, sagte er.

Das meinte auch Chruschtschow. Norwegen als Lakai in der Großmachtstrategie der Amerikaner? Wollte das friedliche Nachbarland der Sowjetunion wirklich eine solche Rolle spielen? Er machte die norwegische Regierung für alles verantwortlich und ließ eine besonders scharf formulierte Note überreichen, in der klargestellt wurde, dass sich die Sowjetunion nicht zum ersten Mal gezwungen sah, gegen Verletzungen der territorialen Integrität zu protestieren, Verletzungen, an denen auch Norwegen in höchstem Grade beteiligt war. Beim nächsten Mal werde die Sowjetunion die Militärstützpunkte, die zu solchen Zwecken benutzt würden, unschädlich machen.

»Also ein großer Krieg«, sagte Mads.

»Weltkrieg«, sagte Vater.

Wieder sehe ich die furchtbare Angst in Vaters Gesicht. Der Zeitpunkt dieser Ereignisse ist extrem unglücklich. Nur eine Woche darauf werden Eisenhower und Chruschtschow bei der Ost-West-Konferenz in Paris aufeinandertreffen. Aber jetzt wütet Chruschtschow gegen Norwegen und die USA. Er trifft am 14. Mai in Paris ein, zwei Tage vor dem geplanten Gipfeltreffen, und geht sofort mit der Aufforderung zu General de Gaulle, die USA und indirekt auch Norwegen energisch zu verurteilen. Aber der französische Präsident will davon nichts wissen. Am Eröffnungstag, dem 16. Mai, dem Tag der geplanten Begegnung zwischen Chruschtschow und Eisenhower, stellt die UdSSR den USA ein Ultimatum und fordert das Eingeständnis, dass es sich bei der U-2-Affäre um eine aggressive Handlung gehandelt habe.

Eisenhower lehnt das Ultimatum ab.

Chruschtschow erhebt sich und verlässt die Konferenz.

Vier Tage darauf holt Fellinis Film *La dolce vita* in Cannes die Goldene Palme. Mads zeigt mir ein Zeitungsbild der nassen und halbnackten Anita Ekberg, die in der Fontana di Trevi badet. Er hat dieses Bild aus *Aftenposten* ausgeschnitten, nachdem seine Eltern die Zeitung ausgelesen und in den Mülleimer geworfen hatten. Anita Ekberg hat gewaltig große Brüste. Größer als Mutter. Größer auch als Mads' Mutter, sagt Mads und wird rot. Ich weiß nicht so recht, was ich meinen soll.

Bald werden Mads und ich mit der Straßenbahn in die Stadt fahren, um im Palassteater die Wochenschau zu sehen. Die ist ab sieben Jahren freigegeben. Dort können wir sehen, wie Chruschtschow wütend wird. Dort können wir auch sehen, wie Anita Ekberg in der Fontana di Trevi badet.

9

Frühling im Melumvei. Er hatte nicht gewusst, wie sehr er sich über das Licht, den Duft und die grünen Bäume freuen würde. Darüber, dass er sein Fahrrad wieder benutzen konnte. Dass es bald möglich sein würde, im Fluss zu baden.

Die Mutter lag im dunklen Schlafzimmer und nieste. Oft stand er vor der Tür und horchte. Er hatte Angst. Das passierte immer, wenn die Birken ausschlugen. Schon mitten im Winter ging sie zum eleganten Dr. K. in der Holtegate und ließ sich Medikamente verschreiben.

Er hatte sie einige Male begleiten dürfen, vor allem, damit festgestellt würde, ob bei ihm alles in Ordnung war. Er wusste, dass etwas nicht stimmte, aber der Doktor konnte nichts finden. Dr. K. sah aus wie Clark Gable, hatte an den Kopf geklatschte Haare, trug einen Anzug, weißes Hemd und Fliege, er stank nach Rasierwasser. Er sah überhaupt nicht aus wie ein Doktor. Wo war der weiße Kittel? Das Stethoskop? Die langen Nasenhaare, die alle Ärzte und Zahnärzte hatten? War die Mutter vielleicht verliebt in ihn? Der Sohn wusste es nicht. Die Vorstellung aber machte ihm Angst. Dr. K. konnte auf Schlittschuhen zehntausend Meter offenbar genauso schnell schaffen wie Kupper'n. Angeblich konnte er auch an einem Tag eine ganze Flasche Whisky leeren.

Das klang unheimlich.

Der Mutter gefiel es auch nicht besonders. Ihr Vater, den sie nie erwähnte, war doch Alkoholiker gewesen. Und gemein noch dazu. Aber bei Dr. K. war das alles offenbar nicht so gefährlich.

Wenn er so dastand und das Niesen der Mutter hörte, überlegte er sich, dass der Doktor in der Holtegate ein schlechter Doktor sein müsse. Er verschrieb die falschen Tabletten. Die durften nicht rosa sein. Die mussten blau oder weiß sein. Keine andere Mutter lag bei geschlossenen Vorhängen Tag für Tag im Schlafzimmer und nieste, immer wenn es auf den 17. Mai zuging. Manchmal klang es, als ob sie platzte, als ob ihr das Gehirn aus den Nasenlöchern lief. Solchen Plagen war einfach kein Mensch gewachsen. Sie lag da und zappelte wie ein frischgefangener Fisch, während sie nieste und nieste. Wenn sie ab und zu aufstand, um sich in der Küche eine Tasse Tee zu holen, hörte er, dass ihre Lunge von Schleim verstopft war. Sie pfiff beim Reden.

»Mutter!«, rief er und schlang die Arme um sie.

»Das ist nicht gefährlich«, sagte sie. »Setz dich im Wohnzimmer ans Klavier. Denk nicht an mich. Spiel etwas, bitte.«

Er begann, ein ängstlicher Mensch zu werden. Er hatte Angst vor Atombomben und Todesstrafe. Hatte Angst davor, dass Chruschtschow und Eisenhower sich nicht einigen würden, dass der Körper der Mutter es nicht mehr ertragen würde, dass beide Eltern unten in der Stadt, wo sie beide arbeiteten, von einem Auto überfahren oder zwischen Bahnsteig und Straßenbahn eingeklemmt werden könnten, um dann von riesigen Rädern den Kopf abgeschnitten zu bekommen. Er hatte Angst, dass Tante Svanhild ihn nicht mehr liebte. Sie hatte ihn und den Bruder schon lange nicht mehr eingeladen zum Fernsehen in die kleine Wohnung in der Gabelsgate mit Blick auf den Hinterhof, auf den sie so stolz war. Man konnte zwischen den weißen Hausmauern sogar ein kleines Stück vom Frognervei sehen. Aber ganz besondere Angst hatte er, als er eines Morgens aufwachte und sah, dass er am ganzen Leib von roten Flecken übersät war, sogar im Gesicht. Wie sollte er das nur verbergen?

Er hatte keine Angst um sich, sondern davor, seinen Eltern noch mehr Sorgen zu machen. Die waren für Sorgen nicht geschaffen. Sie waren doch beide so stark. Gesunde, schöne Menschen, wie Onkel Aage immer sagte, wenn er zu Besuch kam. Es kamen so viele zu

Besuch. Deshalb durften die Eltern sich nicht in ihren Ängsten verlieren. Sie mussten lächeln und froh sein.

Aber ein einziger Blick der Mutter machte ihm klar, dass hier etwas nicht stimmte.

»Lass mal sehen«, sagte sie.

»Das ist doch nicht wichtig«, sagte er.

»Red keinen Unsinn«, sagte sie.

Nun hatte er nichts mehr zu sagen. So war das immer. Aber er fand es schrecklich. Das Wissen, das sie besaßen. Das sie dazu zwang, Dinge zu tun. Auf irgendeine Weise hatten sie entdeckt, dass aus seinem Po weiße Würmer krochen. Nun beugte der Vater ihn über seine Knie, wobei er auf der Badewannenkante saß und die weißen Würmer mit einer Pinzette hervorfischte. Konnte irgendwer begreifen, wie demütigend das war? Aber er ließ es sich brav gefallen. Das war sein Lebensziel, umgänglich zu sein, aber zugleich schwer, so schwer wie überhaupt nur möglich, um keine Beeren pflücken zu müssen, zum Beispiel.

Aber das hier war ein Ausschlag. Und Ausschlag wurde nicht mit der Pinzette weggezupft. Ausschlag entfernte man offenbar mit Pulver und Schwefel.

Die Mutter ging mit ihm zu Dr. K. in der Holtegate. Das war unheimlich, denn jetzt gab es zum ersten Mal einen Grund, warum er sich in den Untersuchungssessel setzen sollte.

»Lass dich mal ansehen«, sagte Dr. K.

Er hoffte, dass er seinen Po nicht vorzeigen müsste. Es juckte jetzt überall. Am Hintern, unter den Armen, an den Oberschenkeln und am Kopf. Vielleicht hatte er Läuse. Oder die Würmer waren aus ihrem Darmgefängnis entflohen, obwohl er immer wieder versuchte, gegen den Druck aus seinem Inneren die Tür zu verschließen.

Dr. K. sah sich seinen Bauch an. »Du hast Nesselfieber«, sagte er. Der Arzt musste nicht einmal zum Stethoskop greifen.

Nesselfieber. Das klang gefährlich. Und das war es auch. Er musste ins Krankenhaus. Jedenfalls für eine Nacht. Vielleicht für zwei.

Ohne seine Eltern?

Ja. Auf die Kinderstation. Ullevål.

Er hatte gehofft, im Krankenwagen hingebracht zu werden, aber sie nahmen die Straßenbahn. Die Mutter hatte Brote geschmiert. Knäckebrot mit Ziegenkäse und dick Butter. Sie wusste, dass ihm das schmeckte.

Oft dachte er, er wäre lieber ein Obdachloser mit vielen kleinen Katzen gewesen.

Aber er brauchte keinen Schwarzgebrannten. Ihm reichte Leberwurst.

Sie begleitete ihn in das Sechsbettzimmer. Dort lagen fünf andere Jungen. Sie waren größer als er. Vielleicht waren sie schon neun oder zehn. Er hatte nicht das Gefühl, dass ihm etwas fehlte, abgesehen von diesen Flecken auf seiner Haut. Vielleicht steckte es in seinem Inneren. »Ganz bestimmt pyschisch«, wie Tante Svanhild immer sagte.

Ein Monster von einer Frau in Weiß kam herein und sagte, jetzt müsse die Mutter gehen. Plötzlich war er allein mit den Jungen. Die Stimmung war nicht gut. Er hatte schon immer auf Stimmungen reagiert. Hier sollte er also eine Nacht mit wildfremdem Pöbel verbringen. Sie redeten über Boxen. Er fand das beunruhigend. Floyd Patterson. Ingemar Johansson. Ihm taten die Kiefer weh, wenn er nur daran dachte. Bald würden sie wieder kämpfen. Beim letzten Mal hatte Johansson gewonnen, aber schon in einigen Tagen würde der neue Kampf stattfinden. Sogar sein Bruder hatte davon gesprochen. Der eine Junge im Schlafzimmer, ein unangenehmer langer Lulatsch, fing an zu sabbern, während er immer erregter über Floyd sprach, dass Floyd dem Schweden den Schädel einschlagen sollte. »Scheißschwede«, rief er, als ob Johanssen bei ihnen im Zimmer stünde. Da erwachte der kleine Albino in der rechten Ecke und setzte sich auf: »Hältst du etwa zu dem Neger? Hä?« Der Lulatsch nickte eifrig, aber der Albino hatte rote Augen, und das wirkte bedrohlich. »Neger fressen ihre eigene Kacke«, sagte der Albino. »Deshalb sind sie so braun in der Fresse.«

Er fühlte sich nicht wohl in dieser Gesellschaft. Es ist so seltsam, wenn mehrere Menschen zusammenkommen, dachte er. Man wusste sofort, wenn etwas nicht stimmte. In der Schule, zum Beispiel. In zwei

Klassen dort war die Stimmung um einiges schlechter als in seiner. Es gab sogar Klassen, in denen alle einfach gemein wirkten und auf dem Schulhof aufeinander einprügelten, während in anderen Klassen alles harmonisch und freundschaftlich vor sich ging und Jungen und Mädchen sich gegenseitig umarmten. Wie konnte es so weit kommen? Waren die Lehrer schuld? Er hatte schon jetzt Sehnsucht nach dem Melumvei, nach den ruhigen Nachmittagen und Abenden. Nach dem Bruder, der so schön auf dem neuen braunen Klavier spielte, das Onkel Aage ihnen geliehen hatte. Nach Mutter, die immer mit Nähen und Retuschieren beschäftigt war. Nach Vater, der *Orientering* las mit besorgt gerunzelter Stirn.

Er schloss die Augen, hoffte, die Tatsache, dass er selbst nichts sehen konnte, werde ihn auch für andere unsichtbar machen. Er lag stocksteif da und hoffte auf das Beste. Und lange sah es aus, als hätten die anderen ihn vergessen.

Aber als es Nachmittag wurde, lange nachdem die Krankenschwestern ihn vor aller Augen ausgezogen und mit Salbe eingeschmiert hatten, wurde er von den roten Sonnenstrahlen geweckt, die ihn mitten im Gesicht trafen. Er begriff nicht, dass es ihm wirklich gelungen war, mitten am Tag einzuschlafen. Und er wusste nicht, wie dieses Gefühl hieß, das er jetzt verspürte. Erst später sollte er begreifen, dass manche es Melancholie nannten. Tristesse. Angst. Depression. Er fühlte sich wie betäubt. Leer. Es war nicht nur die Sonne, die bald über dem Dach im Westen untergehen würde. Es war, als werde gerade die ganze Welt dunkel. Als solle der Vater recht behalten. Als drohe ein gewaltiges Ereignis.

Als lese der Albino seine Gedanken, fragte er: »Bist du jetzt wach?«

»Ja.« Er hielt sich die Hand über die Augen. Das Sonnenlicht war so grell.

»Dann steh auf, ich will dir was zeigen«, sagte der Albino.

Er wagte keinen Widerspruch, sondern stieg aus dem Bett in dem hellblauen Krankenhaushemd, das keine Hose hatte und deshalb offenbar für Mädchen gedacht war.

»Sieh mal, die Sonne«, sagte der Albino.

»Die sehe ich«, antwortete er.

»Aber nicht so, wie du glaubst«, sagte er Albino. »Diese Sonne leuchtet nicht mehr.«

»Ach?«

»Nein, die ist eben erloschen. Sie ist gestorben. Alles wird schwarz werden. Aber wir werden das erst viele Minuten später merken. Weißt du nicht, dass das Sonnenlicht sieben Minuten braucht, um durch den Weltraum zu reisen und die Erde zu treffen?«

»Nein, das habe ich nicht gewusst.«

»Jetzt weißt du es. Mit uns ist es aus. Die Vögel werden aufhören zu singen. Die Sowjets schicken eine Rakete. Amerika schickt eine zurück. Es wird so kalt wie am Nordpol. Denn die Sonne hat aufgehört zu scheinen. Du kannst auch gleich versuchen, das zu begreifen. So einfach ist das. In wenigen Minuten schon ist Schluss.«

10

Im Kongo ist Bürgerkrieg und in Oslo regnet es. Es regnet wirklich die ganze Zeit. Ein kalter und widerlicher Sommer, in dem Vater die fixe Idee hat, dass wir einige Wochen Ferien in Tolga machen sollen. Das haben wir verdient, wir alle. Da oben im Tal bei Røros ist besseres Wetter, aber es gibt auch mehr Mücken. Wir werden uns in einer kleinen Hütte einrichten, von der Vater über einen Arbeitskollegen gehört hat. Es ist jedenfalls nicht die Sorte von Hütte, die über die Anzeigen in *Aftenposten* vermietet wird. Ein einziges Zimmer, das zudem als Schlafzimmer für vier Personen dient. Mutter freut sich nicht. Aber alle finden sich damit ab. Wir fahren mit dem Zug durch Østerdalen. In Koppang wohnt eine alte Freundin von Mutter. Sie ist Hautärztin, und Mutter wirkt ausgelassen, als sie den Kopf aus dem Zugfenster steckt und zur Glomma hinüberschaut. »Sonja? Wo bist du denn nur, Sonja?«

Aber die Freundin ist nicht da. Keine fröhlichen und verbotenen Ausflüge nach Kråkerøy, sondern Vater, Mutter, mein Bruder und ich auf dem Weg nach Tolga. Das hier wird der Sommer mit den Kühen und der Gerstensuppe zum Frühstück. Mit saurer Milch, die in einem Zimmer steht, wo es nie kalt genug wird. Süße Milch, die sich zersetzt, ganz dünnes Knäckebrot und Zucker. Plumpsklo mit Bremsen und riesigen Fliegen. Die Kacke ragt gleich unter dem Loch auf wie eine ägyptische Pyramide. Die Kacke unten im Klo reicht garantiert bis zum Ersten Weltkrieg zurück. Deshalb muss man ungeheuer vorsichtig sein, wenn man sich den Hintern abwischt. Aber Vater ist

Ingenieur, er hat studiert. Er ist daran gewöhnt, Aufgaben zu lösen. Am Tag nach unserer Ankunft steht er hinter dem Klo und schaufelt Kacke heraus, während ihm der Schweiß über die Stirn läuft und die Mücken in seinem Nacken sitzen, der dick und rot wird.

Einige Stunden verstreichen.

Danach sind wir alle zufrieden und kommen uns fast vor wie in einem Luxushotel. Wir trinken mit Wasser verdünnten Saft und lächeln einander an. Gott ist gut, und wir haben allerlei Grund, uns zu bedanken.

Ich freunde mich mit einer Kuh an. Sie heißt Klara und ist nicht so intelligent wie Mads. Dennoch kann ich mit ihr über Politik sprechen, wenn ich auf der Weide stehe und in ihre schönen, klugen und schwarzen Augen schaue, während ich versuche, ihre Aufmerksamkeit zu erregen. Klara findet es wunderbar, wenn ich die Arme um ihren Hals lege. Das hat mir noch nie eine fremde Frau erlaubt, und es ist nicht dasselbe wie bei Mutter, Oma oder Tante Svanhild. Klara kann ich alles erzählen. Sie ist braun, hat große weiße Flecken an der Seite und einen weißen Fleck zwischen den Augen. Sie schnuppert an meinem Nacken herum, und ich schnuppere zurück. Ich erzähle über alles, was mir Angst macht, und sie versteht. Es sind lange Stunden und Tage, in denen nichts passiert. Absolut nichts. Vater erzählt mir Neues über John F. Kennedy, der endlich zum Präsidentschaftskandidaten der Demokraten nominiert worden ist, obwohl der Wahlkampf schon seit Monaten läuft. Aber durch Mads weiß ich schon viel mehr über Richard Milhouse Nixon, den Kandidaten der Republikaner. Noch ist er Vizepräsident von Eisenhower, dem es gelungen ist, Chruschtschow zutiefst zu verärgern. Aber wir werden sehen, wie Mads immer sagt. Vielleicht hat Nixon auch seine guten Seiten. Wenn nicht, hätte er nicht solche Ähnlichkeit mit Vater.

Wo sind die Erwachsenen? Wo ist mein Bruder? Pflücken sie Beeren, sammeln sie Pilze? Ich kann mich nur an das Alleinsein erinnern. An den weichen Nieselregen. Die plötzliche scharfe Sonne. Den Zug, der im Norden der Brücke um die Kurve biegt. Die Stunden mit Klara oben auf der Weide.

Aber Mutter und Vater streiten sich nicht. Wenn wir abends zusammen sind, herrscht Friede in der kleinen Hütte. Wir spielen Karten. Mutter hört Radio. Auf Langwelle gibt es immer Musik. Mein Bruder liest jetzt die Bücher der Hardy Boys-Serie. Vater auch, damit sie darüber reden können. Ansonsten liest er Tolstoi und Dostojewski. Die beiden haben ihre eigene Gemeinschaft.

Der Sommer ohne *Orientering, Dagbladet* und *Aftenposten.* Die Welt lässt uns in Ruhe, solange Mutter die Kontrolle über das Radio hat. Nicht so viele Nachrichtensendungen. Umso mehr Musik. Mutter und Vater, die plötzlich auf der Wiese nach oben Hand in Hand gehen. Mein Bruder und ich hören Geschichten aus der Studienzeit der beiden in Trondheim. Vater, der Chemie studiert und einen Eimer mit sechzigprozentigem Alkohol ausschüttet, weil er den für Wasser hält. Oder die Geschichten aus Fredrikstad, als sie frisch verliebt waren. Vater, der plötzlich zu einem unerwarteten Besuch kommt. Mutter, die auf dem Fahrrad sitzt, als sie ihn entdeckt, und die Arme begeistert nach beiden Seiten ausstreckt, worauf das Rad in den Straßengraben kippt und Mutter mit dem Kopf auf einen Stein schlägt. Mutter, die bewusstlos und in Krämpfen daliegt, während Vater sich keinen Rat weiß. So viele Gründe, sich zu ängstigen. Aber es sollte eine glückliche Geschichte werden. Sie kam wieder zu sich. Vater hielt sie in seinen starken Armen.

Der Tag, an dem wir aufbrechen. Der kommt so plötzlich. Der Sommer der Langeweile hat etwas mit uns allen gemacht. Jetzt fahren wir wieder nach Hause in den Melumvei. Ich komme in die zweite Klasse und habe einen neuen Lehrer. Lindholm muss eine Klasse übernehmen, die total aus dem Ruder gelaufen ist. Zu uns kommt Ledsaak. Mit Vornamen heißt er Sam. Das ist ungewohnt. Aber wir mögen ihn alle. Unsere Klasse darf nicht in den Abgrund stürzen, denke ich. Wir dürfen uns nicht auf dem Schulhof prügeln. Wir müssen jetzt brav sein. Auf der Welt passieren ohnehin schon so viele traurige Dinge.

Abschied von Klara. Die letzten schweren Schritte den Hang hinauf, wo sie steht und auf mich wartet. Als ob sie weiß, was passieren wird. »Hallo Klara«, sage ich mit belegter Stimme. »Isst du gerade?«

Sie nickt mir zu. Käut wieder.

Ich lege ihr die Arme um den Hals. Fange an zu weinen. Ich weine wie ein Wasserfall, wirklich. Alles ist so schrecklich.

Sie lässt Luft aus ihren Nasenlöchern entweichen. Das macht sie immer, wenn sie versteht.

»Ich will nicht weg«, sage ich.

Wieder nickt sie.

»Aber ich komme zurück.«

Sie steht still da und hört zu.

Aber ich weiß ja nicht, wem sie gehört. Was sie mit ihr vorhaben. Sie steht nur da mit der vielen Milch im Euter. Wer wird jetzt auf sie aufpassen? Der alte Mann, der sie jeden Abend melkt? Er ist nicht nett. Er verjagt mich mit einem Stock, wann immer er mich sieht. »Du darfst hier nicht langgehen!«, ruft er.

Ich laufe zu der kleinen Hütte hinunter, wo Mutter und Vater die Rucksäcke gepackt haben und mein Bruder mich mit ernster Miene mustert.

»Ich will Klara nicht verlassen«, sage ich und weine, wie ich noch nie zuvor geweint habe. Dieses Weinen kommt von einem Ort, der tiefer liegt als mein Bauch. Ich erschrecke über mich selbst. Über diese wilde Trauer.

Mutter nimmt mich in die Arme. Weint ebenfalls. Sie ist so leicht gerührt. »Aber wir müssen jetzt los, Lieber. Der Zug geht in einer halben Stunde. Und am Montag fängt die Schule wieder an.«

Ich weiß, dass es nichts gibt, was ich tun könnte. Ich starre zu Klara hoch, die da steht, am anderen Ende der Weide, und uns aus ihren guten, traurigen Augen anschaut. Ich laufe ein letztes Mal zu ihr nach oben, obwohl die anderen hinter mir herrufen. »Ich komme wieder!«

Aber was, wenn ich einfach wegliefe? Verschwände? Was, wenn es von nun an nur noch mich und Klara gäbe?

Endlich halte ich sie in meinen Armen. »Wir dürfen einander nicht verlieren, Klara.«

Sie nickt. Der Atem kommt aus ihren Nasenlöchern. Auf ihrer Stirn sitzt eine Fliege. Auf dem weißen Fleck zwischen den Augen. Sie ist so schön, wie sie da steht.

Aber ich höre die Stimmen unten von der Hütte her. »In zehn Minuten kommt der Zug.«

»Jetzt muss ich gehen«, sage ich. »Du darfst keine Angst haben. Ich liebe dich, Klara. Verstehst du das? Ich liebe dich.«

Sie steht still da und hört zu. Ich sehe sie ein letztes Mal an.

Eine große Träne läuft über ihre Wange. Jetzt weiß sie, dass es ernst ist. Dass ich sie verlassen werde.

»Klara«, flüstere ich. »Ich werde dich niemals vergessen.«

Aber sie weint immer weiter.

11

Tante Svanhild hat alles für ein Fest vorbereitet in ihrer kleinen Wohnung. Mutter und Vater bekommen Sherry, Tormod und ich Solo. Solo ist in Ordnung, auch wenn es aus dem Schlimmsten hergestellt ist, das es überhaupt gibt, Apfelsinen nämlich. Der Albtraum aller Skiausflüge. Auslaufender Apfelsinensaft bei beißender Kälte. Klebrige Hände und verschmutzte Fäustlinge. Es muss ein Sadist gewesen, sein, der irgendwann die gesamte norwegische Bevölkerung gezwungen hat, bei jedem Gang zu den Skiloipen riesige graue Rucksäcke auf dem Rücken zu tragen und Apfelsinen zu essen. Zum Glück wusste man immer, dass es im Rucksack auch etwas viel Besseres gab, das man bekommen würde, wenn man es geschafft hätte, die ganze Apfelsine aufzuessen: Kvikk Lunsj. Die Schokolade, die sich als Keks verkleidet hatte. Deshalb wagten es die Erwachsenen, den Kindern besonders viel davon zu geben.

Aber Tante Svanhild hat für uns einen Kellerkuchen gemacht. Deshalb weiß ich endlich, dass wir wieder Freunde sind und dass der schlimme Silvesterabend vergessen ist. Mutter und Vater haben sie außerdem im Frühling und Sommer besonders oft eingeladen. Jetzt streiten sie sich nie vor einem Besuch von Tante Svanhild. Sie sind so munter, dass es schon fast verlogen wirkt. Ich versuche, auch munter zu sein, schließlich war ja alles meine Schuld.

Der große Tag. Das Fernsehen wird seinen offiziellen Einzug in der norwegischen Gesellschaft halten. Wir sehen König Olav an, der mit einem Blumenstrauß auf dem Tisch da sitzt und uns auf seine seltsame, abgehackte Weise einfach so ins Gesicht redet. Tante Svanhild liebt ihn. Ich selbst weiß nicht, was ich von ihm halten soll. Ich weiß nur noch, wie ich zusammen mit Vater und Tormod Schlange stand, nachdem sein Vater gestorben war. König Haakon. Schon damals konnte ich nicht begreifen, warum wir anstanden, um uns im Kondolenzbuch einzutragen, zusammen mit halb Norwegen. Als hätte ich instinktiv begriffen, dass Vater zur anderen Hälfte gehörte, zu den Republikanern. Aber damals war ich so klein, dass ich nicht begriff, was ein Republikaner ist.

»Wir erweisen ihm trotzdem unseren Respekt«, sagte Vater. »Für alles, was er während des Krieges getan hat.«

»Weil er abgehauen ist?«, fragte Tormod sofort. Er war so viel intelligenter als ich. Aber er war ja auch drei Jahre älter.

»Darüber reden wir später«, sagte Vater mit diesem müden Zug um die Mundwinkel. Ja, seine Mundwinkel waren damals müde, müder als jetzt. Warum war Mutter nicht dabei? Weil sie arbeitete. Ab und zu half sie in einer Buchhandlung aus und verkaufte Bücher. Dann bekam sie Leseexemplare. Deshalb stapelten sich bei uns zu Hause die Bücher. Jetzt war die Stimmung zwischen ihnen besser. Es hatte ihnen gutgetan, in Tolga zu sein. Weiß Gott, was sie gemacht hatten, wenn sie allein in der Hütte waren und ich oben auf der Weide Klara umarmte und Tormod unten im Bach angelte. Vielleicht hatten sie einfach miteinander geredet. Vater sagte immer, Gespräche seien wichtig. Verständigung zwischen den Menschen. Oder vielleicht hatten sie abgewaschen? Die Gerstensuppe klebte an allen Tellern.

Aber jetzt sitzen wir bei Tante Svanhild, und Mutter ist ausgelassener als sonst, denn nach den Reden wird eine Show aus der norwegischen Oper übertragen werden, wenn auch nur für Abonnenten in Oslo und Bergen. 20 000 Menschen haben sich verpflichtet, pro Jahr eine bestimmte Summe zu bezahlen, um die Sendungen des NRK sehen zu können. Aber im Melumvei können wir uns das nicht leisten. Wir haben auch keinen Kühlschrank. Ich begreife nicht, wie Tante Svanhild, die als Sekretärin in einem Patentbüro arbeitet und in einer winzigkleinen Wohnung haust, sich beides leisten kann, aber ich traue mich nicht zu fragen.

Mutter ist Souffleuse in der norwegischen Oper. Das ist einer ihrer vielen unbegreiflichen Berufe. Deshalb ist sie so aufgekratzt. Aber diesmal soll sie nicht den schusseligen Sängern helfen, sich an die Texte zu erinnern. Sie darf einfach ganz entspannt zusehen, wie Menschen etwas auf der Bühne aufführen, wo sie mehrere Abende pro Woche in einem Kasten eingesperrt ist. Tagelang haben die großen Wagen des NRK in der Folketeaterpassage gestanden, die dann später in Operapassage umbenannt werden wird, und dicke schwarze Kabel haben sich wie Schlangen durch die Türen gewunden, die Treppen hoch bis auf die Bühne. Kameras von der Größe der allergrößten Walharpunen sind in strategischen Ecken aufgebaut worden, um Kari Borg Mansåker, Erik Diesen und alle anderen einzufangen, die für die Auserwählten ein Fest veranstalten sollen. Und Tante Svanhild ist auserwählt. Sie hat die Lizenz bezahlt. Sie kann sich dreimal pro Woche die Fernsehnachrichten ansehen. Bald wird sie erleben, dass Willy Rasmussen aus Kongsberg bei den Olympischen Spielen in Rom den fünften Platz im Speerwerfen belegt mit einem Wurf von 78,36 m. Und dass Dänemark im Fußball die Silbermedaille holt. Ich kann es ihr ansehen, denn sie ist heute besonders elegant mit ihrem schottisch-karierten Rock, dem Twinset und dem Sherryglas, das sie nicht aus der Hand gibt. Gleich wird sie sich eine Ascot-Zigarette genehmigen. Was für ein Luxus! Kann sie sich das alles vielleicht leisten, weil sie allein lebt, überlege ich plötzlich. Vielleicht sind Beziehungen und eine Familie etwas Entsetzliches. Vielleicht wären wir alle reicher und glücklicher, wenn wir allein lebten? Denn mit wem soll Tante Svanhild sich streiten? Mit niemandem, absolut mit niemandem. Sie hat wohl keine Lust, sich mit ihren vielen Geschwistern zu streiten, und Mutter und Vater haben sicher nie ein böses Wort zu ihr gesagt. Das habe nur ich. Jetzt sitzt sie da mit roten Wangen, muss ihr Geld nicht mit einem anspruchsvollen Ehemann teilen und lässt sich sogar von Rundfunkdirektor Kaare Fostervoll begeistern, der mit dem aufdringlichen Akzent von Nordmøre redet. Der frühere Rektor des Firda-Gymnasiums von Sandane in der Gemeinde Gloppen. Schade für alle in Sandane, dass sie diese Eröffnungszeremonie nicht sehen können.

»Ich finde ihn gar nicht unattraktiv«, sagt Tante Svanhild und kichert. Sie hat eine Schwäche für Promis.

»Ja, er sieht aus wie ein amerikanischer Senator«, sagt Vater freundlich.

»Oder wie ein General der Roten Armee«, sage ich.

»Nein, pfui!«, sagt Tante Svanhild. »Rede jetzt nicht von Kommunisten!«

»Ich mag die Russen«, necke ich sie. Zum Glück kann sie mit solchen Frechheiten leben.

»Ja, das tut Gerhardsen auch«, erwidert sie, während gleichzeitig Einar Henry Gerhardsen, der Sohn des städtischen Beamten Gerhard Olsen und der Hausfrau Emma Hansen, uns anstarrt und mit seiner trockenen, ein wenig quengelnden Stimme anfängt zu reden. Vater ist immer besonders gerührt, wenn Gerhardsen zu sehen ist, auch wenn er dessen Bündnispolitik skeptisch betrachtet.

»Dass er wirklich in Sachsenhausen gesessen hat!«, sagt Vater.

»Dass er wirklich Straßenarbeiter war!«, sagt Mutter.

»Dass er im Mai noch in Grini saß und im Oktober schon Ministerpräsident war!«, sagt Tormod.

»Woher weißt du das?«, frage ich verblüfft und ein bisschen neidisch. Denn solche Dinge wissen eben nur große Brüder.

»Man hat doch seine Quellen«, sagt Tormod mit schlauem Lächeln. Er wird jetzt offenbar erwachsen.

»Ich finde, er sieht aus wie ein gequälter Hühnerhund«, sagt Mutter. Sie hat einen aufmerksamen Blick für das Leid in uns allen.

12

Mads und ich stehen vor den Schaukästen von Oslo Kinematografer neben dem Eingang zum Scala-Kino. Dort laufen die meisten französischen Filme, wenn sie nicht im Gimle oben in der Bygdøy allé gezeigt werden. Beide Kinos sind amerikafreie Zonen. Hier wird man niemals John Wayne zu Pferd erblicken.

Wir sehen uns die Plakate und Fotos an. Es ist Donnerstag, der 25. August 1960. Jean-Luc Godards Film *A bout de souffle* läuft in den norwegischen Kinos an. Bei uns in Norwegen heißt der Film *Bis zum letzten Atemzug* und ist freigegeben ab 16.

»Das Mädchen ist hübsch«, sagt Mads.

»Der Junge sieht aus wie Onkel Kjell«, sage ich.

Das Mädchen und der Junge sind Jean Seberg und Jean-Paul Belmondo. Seberg wird sich neunzehn Jahre später in Paris mit einer Überdosis das Leben nehmen, nachdem sie vom FBI verfolgt worden ist, weil sie die Black Panther Party unterstützt, eine sozialistisch-revolutionäre Bürgerrechtsgruppe aus Afro-Amerikanern, die für bessere Wohnverhältnisse, mehr Ausbildungsmöglichkeiten und freie Berufswahl für Schwarze kämpft. Neun Jahre vor dem Selbstmord hatte das FBI die Lüge in die Welt gesetzt, das Kind, das Seberg bald zur Welt bringen würde, habe nicht ihren Ehemann, den Autor Romain Gary, zum Vater, sondern den Black-Panther-Aktivisten Raymond Hewitt. Sebergs Tochter kam viele Wochen zu früh zur Welt, nachdem sie eine Beziehung zu einem anderen Aktivisten zugegeben hatte, Carlos Ornelas Navarro. Die Tochter wog bei der Geburt 1,8 Kilo und starb zwei Tage später. Bei der Beerdigung entschieden sich Seberg und Gary für einen offenen Sarg, damit alle die weiße Haut der Kleinen sehen konnten. Später erstattete das Ehepaar Anzeige gegen *Newsweek* aufgrund eines beleidigenden Artikels, den Seberg für den Auslöser ihrer frühen Niederkunft hielt. Ein französisches Gericht gab ihr recht und verurteilte *Newsweek* zu Schadenersatz, zusammen mit acht weiteren Zeitungen. Die Schikanen aber gingen weiter, zusammen mit Telefonüberwachung, Stalker-artigen Episoden und häufigen Wohnungseinbrüchen. Als später FBI-Berichte zugänglich gemacht wurden, stellte es sich heraus, dass auch CIA, U. S. Secret Service und U. S. Military Intelligence sich das sogenannte FBI-Legat zunutze gemacht hatten, um Seberg konstant durch Attachés an den Botschaften in Paris und Rom überwachen zu lassen, weil sie US-Bürgerin war und Kontakt zu schwarzen Sozialisten hatte.

Aber vorläufig ging es um sie und Belmondo, den ehemaligen Boxer, der dreimal durch Knock-out in der ersten Runde gesiegt hatte, ehe er ein Interesse am Theater entwickelte und die Schauspielschule besuchte. Belmondo und Seberg erregten beide das Interesse des französisch-schweizerischen Regisseurs Jean-Luc Godard. Die neue Welle, *la Nouvelle Vague*. Eine ganz neue Art, Film zu denken und zu machen. Sie wissen nicht, dass die Geschichte, die Godard hier entwickelt, später wie ein Vorspiel zum chaotischen Leben der schönen, kurzgeschorenen Jean Seberg wirken wird. Noch sind sie jung und stehen am Anfang ihrer Karriere. Es gibt ein Drehbuch, inspiriert von einem Zeitungsartikel, den Godards Kollege François Truffaut gelesen hat, über einen gewissen Michel Portail, der mit seiner amerikanischen Freundin, der Journalistin Beverley Lynette, ein Auto stiehlt, um seine kranke Mutter in Le Havre zu besuchen, und unterwegs ein Liebespaar auf einem Motorrad tötet. Im Film wird der junge Michel zu einem anderen Michel. Der stiehlt in Marseille ein Auto und erschießt einen Polizisten, der ihn auf der Landstraße verfolgt. Ohne Geld und auf der Flucht vor der Polizei begegnet Michel Patricia, einer angehenden Journalistin, die in Paris die *New York Herald Tribune* auf der Straße verkauft. Unter Zweifeln versteckt sie Michel in ihrem

Hotelzimmer, wo er versucht, sie zu verführen und Geld aufzutreiben, mit dem sie beide nach Italien fliehen können. Patricia sagt, sie sei schwanger und Michel sei der Vater, aber als ihr aufgeht, dass nach Michel gefahndet wird, verrät sie ihn, und der Film endet damit, dass Michel auf offener Straße erschossen wird und einen langsamen Tod stirbt, womit der Titel des Films seine Erklärung findet. Ein endloses Tauziehen um das Drehbuch zwischen Truffaut, Claude Chabrol und Godard endete damit, dass Godard den Film machen durfte, und nun stehen plötzlich Seberg, Belmondo und Godard in Paris auf der Straße, vor dem Café Notre Dame in der Nähe des Hôtel de Suède, wo die lange Schlafzimmerszene aufgenommen werden soll. Godard hat selbst in diesem Hotel gewohnt, nachdem er zu Beginn der fünfziger Jahre aus Südamerika zurückgekehrt war. Die Kamera bei den Aufnahmen führt Raoul Coutard, der eine Handkamera vom Typ Eclair Cameflex einsetzt und fast ganz auf zusätzliche Beleuchtung verzichtet. Gerade dieser Mangel an künstlichem Licht sorgt dafür, dass sie einen Filmtyp benutzen müssen, der für Spielfilme eigentlich nicht geeignet ist. Coutard entscheidet sich für 18 Meter lange Ilford HPS-Filme, die für 35 Millimeter-Kameras verkauft werden, und schließt sie zu Rollen von 120 Metern zusammen, die er bei der Entwicklung von 400 auf 800 ASA presst. Zu Beginn der Aufnahmen arbeiten alle zwei Stunden lang, dann gehen Godard die Ideen aus. Coutard sieht, dass der Film in beiden Richtungen improvisiert wird. Godard schreibt die Repliken in ein Notizbuch, das niemand außer ihm lesen darf. Dann gibt er Seberg und Belmondo ihren Text und lässt ihnen nur ein Minimum an Probezeit, ehe sie gefilmt werden. Die Polizei wurde nicht um Genehmigung für die Dreharbeiten in den Straßen von Paris ersucht. Godard setzt auf Spontaneität, und an einem Tag kann er die Aufnahmen schon nach fünfzehn Minuten abschließen, während er am nächsten alle zu Zwölf-Stunden-Schichten zwingt, je nachdem, welche Ideen ihm gerade gekommen sind. Der Produzent Georges Beauregard ist dermaßen frustriert von diesem Chaos, dass er und Godard in einem Café mit Fäusten aufeinander losgehen. Vor der Premiere hört die Cutterin Cécile Decugis, dass der Film als

»schlechtester des Jahres« bezeichnet wird. Später sagt Kameramann Coutard, der schnelle Schnitt habe dem langsamen Filmen widersprochen. Die abrupten Szenenwechsel, die später zu Godards Kennzeichen werden, waren nicht geplant. Dennoch sehen in Frankreich mehr als zwei Millionen Menschen den Film und Godard wird in Berlin mit dem Silbernen Bären für die beste Regie ausgezeichnet. Er bezeichnet den Erfolg des Films als Missverständnis, er bereue jedoch nicht, ihn gemacht zu haben, da man bisher nur auf eine einzige Weise Filme machen konnte. In der letzten Szene, wenn Michel im Sterben liegt, nachdem er in der Rue Campagne-Première am Montparnasse angeschossen worden ist, sagt er zu Patricia: »Das ist zum Kotzen.« Sie antwortet: »Was denn?« Der Polizeiinspektor: »Er sagt, *du* bist zum Kotzen« Aber sie ist Amerikanerin und versteht das Wort *dégeulasse* nicht. »Was bedeutet das, zum Kotzen«, fragt sie.

Mads und ich stehen vor den Schaukästen mit den Erwachsenenfilmen beim Scala-Kino. Wir sehnen uns beide danach, erwachsen zu sein. Wir sind erst acht, haben aber das Gefühl, alles zu wissen. Mads jedenfalls. Außerdem können wir allein mit der Straßenbahn fahren, und wir können in dem dunklen Saal im Palassteater sitzen und sehen, wie die Nachrichten aus aller Welt über die Leinwand flimmern. Ich sehe das schöne Gesicht von Jean Seberg an. Sie ist so jung. Es dauert noch so lange, bis wir alt genug sind, um diesen Film zu sehen. Wovon um alles in der Welt handelt der eigentlich? Von wahrer Liebe? Mord? Sie ist so hübsch. So ungeheuer, ungeheuer hübsch.

Sie müsste meine Schwester sein, denke ich.

Oder etwas ganz anderes.

13

In der letzten Ferienwoche will Vater mir Schwimmunterricht geben. Tormod schwimmt schon wie ein Fisch. Ich weigere mich. Der Schwimmgürtel ist mein Freund. Warum tragen wir nicht allesamt Schwimmgürtel? Dann würde nie jemand ertrinken.

»Wir gehen ins Gardebad«, entscheidet Vater.

Ich begreife nicht, wie er, der alte Pazifist, sich auf ein hochmilitärisches Gelände verirren kann. Aber er schnaubt nur.

»Komm mir ja nicht so, Junge.«

Obwohl überall Soldaten herumstehen, lässt er sich nichts anmerken.

»Ich habe zwei Mann im Sarpefoss untergehen sehen«, fügt er hinzu. Vielsagend.

Ach, nicht schon wieder diese alten Geschichte. Die Tuberkulose in seiner Kindheit. Die Mutter, die gestorben ist. Die armen Kinder, die in dem Kälteloch auf Hafslundsøy zurückblieben. Der Großvater, der Gesundheitskostfanatiker, der Vater mit einem glühendheißen Handtuch aufwärmte und ihn in den Schnee warf, um seinen Blutkreislauf zu stärken. Kein Wunder, dass Vater lahm und taub wurde, denke ich, auch wenn die Lahmheit davon kommt, dass er mit sieben Jahren eine Treppe hinuntergefallen ist, und die Taubheit von einer kräftigen Ohrenentzündung herrührt. Aber jetzt etwas zu sagen, wäre, wie in der Kirche zu fluchen.

»Sie sind in dem Wasserfall untergegangen, weil sie nicht schwimmen konnten.«

»Das weiß ich, Vater.«

»Es sind schon Kinder im Lysakerelv ertrunken, Junge.«

»Das weiß ich auch.«

Es ist ein Ritual. Dieselben Sätze, wieder und wieder. Weil ich damals, als ich von der Strömung erfasst wurde, bei Taterberget fast ertrunken bin. So what, wie es fünfzig Jahre später heißen wird. Ein Leben mehr oder weniger in dieser Welt. Vielleicht wäre ohne mich alles leichter. Die Einzigen, die mich vermissen würden, sind Mutter und Tante Svanhild. Und möglicherweise Tormod. Loyalere Menschen als sie gab es nicht. Obwohl auch sie sich mit anderen Dingen beschäftigten, ängstigten sie sich nicht um alle Welt, so wie Vater. Bei seiner Angst vor dem Weltuntergang könnte doch der Verlust eines einzigen Sohnes kein Grund zu solcher Verzweiflung sein?

Aber nun gehe ich hier neben ihm und sehe all die anderen Kinder, die auf dem Lagergelände zum Becken rennen. Was hat sich das Verteidigungsministerium dabei eigentlich gedacht? Dass Kinder schwimmen und Spaß haben sollen, bis die Atombombe kommt und sie holt, still und unbemerkt? Kein Schlag. Kein Schrei. Nur ruhiges Nasenbluten und Sekret aus den Augen, welches das Wasser rot färbt, während wir das Bewusstsein verlieren und langsam auf den Meeresgrund hinabsinken. Dort liegen wir dann voll mit Radium und wissen nichts von dem Untergang, der über uns seinen Lauf nimmt.

Aber wir haben den Gürtel dabei. Den gelben Gürtel mit den Rechtecken aus Isopor. Den ganzen vergangenen Sommer habe ich diesen Gürtel getragen, zu Vaters Verzweiflung. Er hat die unangenehme Gewohnheit, sich Ziele zu setzen. Ich hätte schon voriges Jahr schwimmen lernen sollen. Ich muss es jedenfalls in diesem Jahr lernen. Aber dann darf man nicht nach Tolga fahren, denke ich.

Hier kommt die Strafe. Ich schaue zum Becken hinüber, in dem es von Kindern in jedem Alter nur so wimmelt. Das Grausame daran, Kind zu sein, ist, dass es so viele von uns gibt, und nur die Wenigsten sind sympathisch. Viele sind böse. Seht, da springen sie vom Zehner, jetzt schon. Dünne, bleiche Körper. Platsch, macht es. Aber das ist ihnen egal. Sie sind total in ihrer eigenen Welt.

Vater zieht mich zu einer Ecke des Beckens auf die entgegengesetzte Seite des Sprungturms.

»Jetzt üben wir Brustschwimmen, Ketil.«

Ich hasse das. Ohne Gürtel. Er steht im Becken an der seichtesten Stelle und hält mich unter der Brust fest, damit ich das Wasser mit zusammengelegten Händen teile, geradeaus nach vorn und zur Seite, während sich die Beine gleichzeitig aus einer Art verkrüppelter Krümmung lösen. Es ist krankhaft und gemein. Eine alberne Art zu schwimmen, die allzu viel Kraft verschlingt. Es ist leichter, sich auf den Rücken zu legen und an Armen und Beinen zu zittern. Vater schwimmt auch lieber auf dem Rücken. Was soll das Ganze also? Steckt Gesundheitsdirektor Evang dahinter, der uns quälen will?

Ich frage und frage, aber Vater kann nicht antworten.

»Ich will den Gürtel«, sage ich.

»Kommt nicht in Frage«, sagt er.

Aber ich gebe nicht auf. Ich sinke wie ein Stein aus purem Trotz. Sinken kann ich gut.

»Verflixt, Ketil«, sagt er resigniert.

Er lässt mir meinen Willen. Man muss nur stark genug sein, dann kann man seinen Willen durchsetzen. Sonst stirbt man.

Ich will nicht sterben. Ich laufe mit dem Schwimmgürtel zum Sprungturm.

»Wag das ja nicht!«, ruft er. »Du kannst doch nicht schwimmen!«

»Der Gürtel rettet mich, Vater!«

Ich steige die Leitern zum Fünfer hoch. Auf den Zehner traue ich mich noch nicht. Ich stehe auf dem Brett und sehe hinab auf das Wasser an der tiefsten Stelle. Die dunkelblaue Farbe. Unheimlich, würde Mutter sagen. Aber es ist weniger unheimlich, als Brust zu schwimmen. Und auch weniger anstrengend.

Jemand hat mich gesehen. Mir wird Aufmerksamkeit zuteil. Ich will aber keine Aufmerksamkeit. Ich will in der Tiefe verschwinden. Nun springe ich. Es kitzelt in meinem Hinterkopf. Vielleicht habe ich etwas vergessen. Vielleicht sterbe ich. So what.

Es spritzt gewaltig.

Was bin ich schwer! Ich sinke viele Meter tief, obwohl ich den Gürtel habe. Dahin, wo es keine Erwartungen gibt. Auf dem Meeresboden liegen, ohne dass irgendwer mich sieht.

Sie klatschen, als ich wieder nach oben komme. Vater schüttelt langsam den Kopf.

Der Junge mit dem Schwimmgürtel.

Feigheit. Verkleidet als Mut.

14

Die Schule geht wieder los. Jetzt die zweite Klasse. Nicht mehr die Kleinsten. In der großen Pause rücken wir ein wenig näher an die Großen heran. Ledsaak ist anders. Weniger streng, aber ziemlich temperamentvoll. Er will das Gewölbe über unserer Kindheit errichten, wie er sagt. Im Märchenerzählen ist er ein Meister.

Dieser Herbst beginnt hell. Sonne draußen und Sonne auf den großen Bögen, die wir mit Wasserfarben bemalen. Jetzt sind Buchstaben und Phantasie angesagt. B für Boot. D für Drache. A für Alles Mögliche Andere.

Es gibt viele B-Boote mit großen B-Segeln. Blaues Meer. Riesige Sonne am Himmel. Wir gehen in den Eurythmiesaal. Wir stehen kerzengerade da und sagen »Beee«. Wir strecken die Arme aus und sagen »Aaaa«. Wir gehen auf die Waldorfschule, und wir finden das wunderbar, denn es gibt so viel Jux und Spaß, und wenn sie ein seltenes Mal streng sind, ist uns klar, dass es nicht anders geht.

Aber wenn ich male, kommt immer eine Hand, eine freundliche, hilfsbereite Hand, die mir den Pinsel aus der Linken nimmt, langsam, fast liebevoll.

»Nimm die andere Hand. Das ist viel besser für dich.«

Ich gehorche der Stimme, aber sehe sie nicht an. Sie ist nicht Ledsaak. Sie kommt von irgendwo draußen. Sie ist alt. Sie sieht aus wie die Großmutter im Märchen. Oder die Hexe, die mit der Nase im Baumstumpf feststeckt. Sie trägt einen alten blauen Rock und eine grüne Strickjacke, in der Tante Svanhild sich niemals sehen lassen würde.

Dann male ich einige Sekunden mit der rechten Hand, ehe ich merke, dass das unmöglich ist.

Einige Sekunden vergehen. Ich male ein großes Boot in starkem Wind. B für Boot.

Aber dann ist die alte braune Frauenhand wieder da.

Ich sehe die Runzeln an. Die braunen Flecken, die alte Menschen oft bekommen. Warum muss sie so alt sein? Warum kommt sie ausgerechnet zu mir, wieder und wieder?

Das vertraute Gefühl: dass mit mir etwas nicht stimmt.

Aber sie ist nie so lange im Klassenzimmer. Sie ist fast wie eine Fee oder wie eine Hexe, die auf ihrem Besenstiel davonfliegt.

Ich habe ihr Lächeln gesehen. Ich habe die Wärme ihrer Hände gespürt.

Ich habe keine Angst vor ihr.

Trotzdem macht sie mir Angst.

Sie hat einen vornehmen Nachnamen. Irgendetwas aus dem Westend. Hæsjbærg oder so.

Die anderen nennen sie Fräulein Ätschbätsch.

Ich weiß noch nicht, dass ich einen Gehirnschaden habe. Das erfahre ich viele Jahre später, ungefähr zu dem Zeitpunkt, als ich mich hinsetze, um dieses Buch zu schreiben. Ein Gehirnschaden, der sich in frühem Alter einstellt, und der Zentren in der linken Gehirnhälfte trifft, sodass die rechte Gehirnhälfte einspringen muss. Oder es ist ererbt oder eine Verletzung durch ärztliche Untersuchungen. Aber weder mein Bruder noch mein Vater oder meine Mutter sind Linkshänder. Vielleicht lag es an den Untersuchungen? Während der Schwangerschaft? Haben sie die Wanderungen der Nervenzellen gestört? Bin ich zerstört? Ein Krüppel?

Als ich hier in den Deutschenbaracken in Smestad sitze und mich nach Mads sehne, der einige Tische weiter sitzt, spüre ich, dass die Sonne vor dem Fenster ein wenig erlischt. Ich male nicht mehr so unbeschwert. Jetzt merke ich auch, dass ich mir die Hand mit Farbe beschmiere, wenn ich von links nach rechts male.

Dann wird es ernst.

»Du gehst zu Frau H.«, sagt Ledsaak.

»Jetzt sofort?«, frage ich.

Er nickt, ein wenig ausweichend.

»Fräulein Ätschbätsch«, rufen alle Mädchen wie aus einem Mund und lachen hysterisch.

Soll wirklich ich diese Ehre haben? Ganz allein?

Ich stehe auf, hummerrot im Gesicht. So eine Röte habe ich noch nie gespürt. Sie brennt.

Ich muss auf die andere Seite des Schulhofs. Zu dem anderen Hang. Zum *Haus im Wald,* wie einige voller Schadenfreude sagen. Dorthin, wo die seltsamen Kinder sind. Die, die Hilfe brauchen. Die Mongos. Die Spastis. Es gibt einen Witz, der wie ein Ball bei allen Kindern an dieser Schule herumfliegt. Wir schlagen die Hände vors Gesicht und rufen »Uääääh!« Wir äffen die Verrückten nach. Diese Schule ist so lieb, dass sie auch Verrückte aufnimmt. Wir sind lieb zu den Verrückten, aber sobald sie uns nicht sehen können, machen wir uns über sie lustig. Ihr Geschrei. Es ist so leicht, sie zu verspotten. Auch sie können hummerrot im Gesicht werden.

Vielleicht bin ich verrückt? Darüber habe ich noch nie nachgedacht. Mongo? Spasti? Im Kino läuft ein Film namens *Blick zurück im Zorn.* Mads und ich haben in den Schaukästen beim Scala-Kino Bilder von Richard Burton und Claire Bloom gesehen. Ich spüre plötzlich den Zorn. Ledsaaks freundliches Gesicht, wenn er mich auffordert, das Klassenzimmer zu verlassen.

Aber ich will doch nicht zu Fräulein Ätschbätsch. Wir sind mitten in einer spannenden Geschichtsstunde. Wir erforschen die Märchen. Wir beschäftigen uns mit Formzeichnung. Wir malen Engel, Sonnen, Bäume und tausend Sterne. Unsere Kindheit blüht, wie die Erwachsenen sagen. Wenn ich in das *Haus im Wald* gehe, komme ich als Mongo oder Spast wieder heraus. Muss ich dann für den Rest meines Lebens durch den Melumvei gehen und »Uääääh!« rufen? Muss ich sabbern und trockene Haut bekommen, die schuppt? Muss ich dann Nägelkauen?

Aber das tu ich doch schon!

Das hier ist gefährlich. Mehr als gefährlich. Aber ich habe nichts zu sagen, als ich nun losgehe, mit krummem Rücken und für krank erklärt, über den Schulhof, auf dem sonst niemand herumläuft. Natürlich nicht. Alle Gesunden haben ja Unterricht. Muss ich die nächsten Minuten in einem Raum verbringen, wo Kinder schreien und sich gegenseitig mit Brei bewerfen?

Aber dort ist niemand. Nur sie. Die Hexe. Fräulein Ätschbätsch. Ach, was ist sie alt. Der Geruch von fauligen Pilzen, Kalk und Lavendel. Aber der Lavendel ist eine Fälschung, ein Hilfsmittel aus einer Flasche. Was verbirgt sich in diesem Haus? Folterkammern? Riemen und Nägel? Schallisolierte Zimmer?

Sie zieht mich in die Dunkelheit.

Ein undefinierbarer, süßsaurer Geruch. Eine Spur Kacke, eine Prise übelkeiterregender Zucker.

»Hast du Hunger? Möchtest du ein Karamellbonbon?«

Sie zeigt auf eine kleine Schale, in der einige unförmige, aneinander klebende Kugeln liegen. Bestimmt Spucke und Rotz der Hilfsbedürftigen. Ich weigere mich.

»Iss schon, greif einfach zu.«

»Aber ich will nicht!«

»Die sind lecker, das ist doch klar!« Sie presst mir den Spuckeklumpen in den Mund.

»Igitt! Ich will nicht!«, sage ich. Ich bin jetzt allein mit ihr. Ich halte Ausschau nach einer Waffe.

»Jetzt hebst du es auf! Es liegt dort auf dem Boden!«

Ja, da lag es in seiner ganzen Ekelhaftigkeit. »Das ist Rotz!«, rufe ich. »Den will ich nicht!«

»Du hebst es auf!«

Sie hebt den Arm. Großer Gott. Ich könnte sie jetzt umbringen. Ihr eine Faust in den schlaffen, bebenden Bauch rammen, sie umstürzen und auf ihr herumspringen, wie die Jungen aus der Klasse im vergangenen Winter auf dem Eis des Smestaddam herumgehüpft sind, bis das Eis barst und die Jungen einbrachen. Fast wären sie ertrunken.

Aber hier bei Fräulein Ätschbätsch gibt es kein Wasser. Nur Kiefernholzboden. Ich fange an, groß und fett zu werden. Ich bin nicht ganz ungefährlich.

»Setz dich«, sagt sie und seufzt. Der Spuckeklumpen ist plötzlich vergessen. Ich begreife nichts mehr.

Sie sitzt neben mir. Nimmt meine Arme, fängt an, sie zu bewegen, wie Tormod und ich das gern vor dem Radio machen, wenn Mutter eine ganz besonders schöne Symphonie gefunden hat.

»Das ist dein Werkzeug«, sagt sie.

»Ach«, sage ich.

»Jetzt wirst du lernen, es richtig zu benutzen.«

Ich spüre es tief in mir. Sie versucht, das, was links ist, nach rechts zu verlagern. Aber das geht nicht im Handumdrehen, so wie sie glaubt.

Nun beginnt sie mit Kinderversen. Den allerkindlichsten. Sie findet einen Rhythmus. Ich soll diesen Rhythmus mit Klötzen auf den Tisch schlagen. Das hier ist ernst. Sie hält mich für verrückt. Für einen kleinen Dreck mit Spucke und Schuppen und Krämpfen.

»Ich finde links gut!«, rufe ich plötzlich. »Und Vater ist auch ein Linker! Er sagt nein zur NATO! Nein zu Atomwaffen!«

Aber sie hört nicht zu. Sie ist total in ihrer eigenen Welt. Die Klötzchen. Die Rhythmen. Plötzlich höre ich einen Furz. Der kam einfach so aus ihrem Hintern. Ein langes, trauriges Heulen.

»Du furzt«, rufe ich triumphierend.

Sie sieht mich an, ist plötzlich anwesend, ein bisschen traurig. Aber das dauert nur einige Sekunden. Dann ist sie wieder im Rhythmus.

»Uääääh!«, rufe ich.

Ihr ist das egal. Sie ist daran gewöhnt. Ich bin jetzt ein Verrückter. Ein kleiner sabbernder Drecksack, der im Heim wohnt. Den Melumvei werde ich niemals wiedersehen.

Ein Zustand entsteht. Das Geräusch der Klötzchen, die auf den Tisch auftreffen, klingt wie die Maschinengewehre aus einem Weltkrieg.

»Hoppi doppi stoppi ploppi!«

Was glaubt sie denn, mit wem sie redet? Für wen hält sie sich?

Ich springe auf. Versuche, den Tisch umzustoßen. Aber das schaffe ich nicht.

Wir stehen in der Türöffnung, alle beide. Sie drinnen. Ich draußen. Wir sind die Überlebenden einer Schlacht.

»Ich finde, das ging gut«, sagt sie. »Du warst tüchtig.«

Ich war tüchtig? Ich sehe sie mit Tränen in den Augen an. So einer Wut bin ich bisher nie auch nur nahegekommen. Nicht einmal, als mich die Nachbarjungen gezwungen haben, mich unter ihren Pointer zu legen. Wie rot bin ich jetzt? Kochrot? Hummerrot? Wenn ich noch röter werde, kriege ich Wundbrand im Gesicht. Mutter sagt, Wundbrand sei gefährlich.

»Kann ich gehen?«, frage ich und stelle im selben Moment fest, dass Pause ist, dass meine ganze Klasse in beruhigender Entfernung steht, nur einige Meter weiter.

»Ja, du kannst gehen«, sagt sie mit ihrem liebenswürdigsten Lächeln. Dann entdeckt sie die anderen. »Ist er nicht tüchtig?«, ruft sie ihnen zu.

Die anderen nicken und kichern. »Bald schreibt er mit rechts!«

»Uääääh!«, rufen die anderen zurück.

»Fräulein Ätschbätsch«, rufen die Mädchen.

Aber sie hört nichts.

»Geh jetzt«, sagt sie mit sanfter Stimme.

Ich verspüre eine kolossale Erleichterung.

Aber dann fügt sie hinzu: »Das war vielversprechend für eine erste Stunde. Dann sehen wir uns nächste Woche um dieselbe Zeit. Und in der Woche darauf. Und in der Woche darauf. Sprich mir das nach und heb dabei die Hände in die Luft. Sei fest und rhythmisch. So, ja. Die Woche darauf. Die Woche darauf. Und die Woche darauf …«

15

Der Herbst kommt. Vater pflückt Äpfel. Mutter steht am Fenster und seufzt: »Wie sollen wir die denn alle aufessen?«

Ich stehe in unserem Garten, oder dem Garten, den wir gemietet haben, und schnuppere die scharfe Herbstluft. Alles kommt mir jetzt klarer vor, draußen und drinnen. Ich weiß, wo die Freunde sind, und wo sich die Feinde aufhalten. Aber die ganze Zeit passiert Unerwartetes. Tormod und ich dürfen Vater nicht mehr zu Ulf begleiten. Die beiden haben zu viel zu besprechen, sagt Vater.

Aber nach Mærradalen dürfen wir mitkommen.

Die Miezekatzen. Die sind einfach nur da. Sie lassen sich nicht zu rhythmischer Gesundheitsgymnastik zwingen, um vollwertige Menschen zu werden, die den Unterschied zwischen links und rechts kennen. Ich streichle den kleinen grauen Wicht, der schnurrt wie der Fiatmotor der Nachbarn, während ich dem langen Gespräch der Erwachsenen zuhöre. Vater spricht über den Krieg, der vielleicht wieder kommen wird, über die Sowjetunion und die USA.

Warum können sich die Politiker nie einigen, frage ich mich. Warum gibt keiner je nach? Chruschtschow sieht doch so lieb aus. Bei Eisenhower bin ich mir nicht so sicher, aber seine Tage sind ja ohnehin gezählt. Begreifen die nicht, welche Angst Vater hat? Verstehen sie nicht, wie schlimm alles kommen kann?

Auf dem Heimweg begegnet uns ein Mann. Er kommt uns mit einem irischen Setter auf dem Weg entgegen. Der Setter ist dünn und nervös, schielt die ganze Zeit zu seinem Herrn hoch, aus Angst, etwas falsch gemacht zu haben. Und wer ist der Herr, denke ich. Ein echter Bürger von Makrellbekken, mit einem Ferienhaus in Haugastøl und einer Anwaltskanzlei beim Rathaus. Da fehlt nur noch das Schrotgewehr.

Vater grüßt. Die beiden kennen einander. Also habe ich mich geirrt. Das ist kein Jurist. Er ist Ingenieur, wie Vater. Einer von denen, die alles wissen. Die Atombomben bauen und dagegen demonstrieren.

Sie kommen ins Gespräch. Aber ich höre nicht zu. Ich sehe den Hund an. Der sieht mich an. Was hat er davon, dass er gehorsam ist? Sein kluger Kopf. Die sensiblen Schnurrhaare. Der sanfte, wachsame Blick. Er könnte uns alle drei umbringen. Er könnte sich in unseren Kehlen verbeißen, wenn er das wollte. Aber das will er nicht. Er will gehorsam und brav sein. Er hält das für den richtigen Weg. Aber was weiß er über das Leben? Hat er recht? Wird der Besitzer freundlicher, weil der Hund gehorsamer wird? Der Ingenieur aus Makrellbekken reißt an der Leine, wenn der Hund an Pflanzen schnuppert, die ein wenig zu weit wegstehen. Der Hund soll still sitzen und gehorchen.

Und der Hund sitzt. Der Hund gehorcht.

Die Erwachsenen achten nicht auf ihn, während sie reden. Nicht einmal Vater würdigt ihn eines Blickes. Aber er hatte ja immer schon Angst vor Hunden.

Und dann sehe ich ihn.

Den aufrichtigen, suchenden Blick. Wann habe ich zuletzt gesehen, dass mich ein Mensch so angestarrt hat? Dieses niemals Verurteilende. Das Erwartungsvolle. Wollen wir spielen? Spaß haben? Willst du mich streicheln? Vielleicht eine Runde durch den Wald mit mir gehen? Ist das nicht ein phantastischer Tag?

Er wedelt vorsichtig mit dem Schwanz. Er möchte mein Freund sein. Er ist hier auf der Welt, und er möchte das Beste daraus machen. Was wäre nötig, damit er wütend wird? Wann sagt er, jetzt reicht es? Wann schlägt er zurück?

»Du bist ein Freund«, flüstere ich und gehe in die Hocke, während er mein Gesicht leckt.

Chruschtschow spricht vor der UN-Vollversammlung. Er wedelt nicht mit dem Schwanz. Er ist guter Dinge. An der Haltestelle Smestad stehe ich mit Mads. Mads redet drauflos.

»Jetzt gibt es Krach«, sagt er.

»Wieso denn?«

»Chruschtschow bei der UN.«

»Ach«, sage ich. Ich weiß nicht viel über die UN. Ich weiß nur, dass die Amerikaner sie UN nennen, während die Franzosen ONU schreiben, noch ein Beweis dafür, dass Französisch einfach Amerikanisch von hinten ist. Außerdem sind sie Snobs, die einen Extra-Vokal brauchen. In einigen Jahren wird mein Bruder sich zum Glück eine Freundin zulegen, die sich über diesen Snobismus lustig macht. Alle glauben, dass sie Französisch spricht, wenn sie sagt: »Bleu de Gans, oh là là!« Das klingt doch so vornehm!

Mads ist außer sich vor Begeisterung, als Chruschtschow im UN-Gebäude eingetroffen ist.

»Weißt du, wie norwegisch die UN eigentlich ist? Trygve Lie war der erste Generalsekretär. Und wo hat er gewohnt, was meinst du? Na, oben in dem Hochhaus, das wir jeden Tag von der Schule aus sehen können. Vielleicht ist er auch auf die Waldorfschule gegangen? Aber sollten wir darauf stolz sein?«

»Nein«, sage ich, weiß aber nicht, ob ja richtiger gewesen wäre.

»Genau, lieber Freund.« Mads setzt die selbstsichere, supererwachsene Maske auf, die ich liebe.

»Ist das UN-Gebäude eigentlich nicht viel zu norwegisch? Merkst du nicht den Stallgeruch? Sieh dir den Saal des Sicherheitsrates an. Mein Vater sagt, den hat dieser Arneberg entworfen, von dem auch die Villa unserer Nachbarn stammt. Und wer, glaubst du, hat das große hoffnungsvolle, kitschoptimistische Bild an der Fondwand gemalt?«

»Was ist kitschoptimistisch, und was ist eine Fondwand?«, frage ich.

»So ist es eben, Ketil. Du musst aufhören, Erklärungen für Dinge zu verlangen, die ohnehin gut klingen. Frag lieber, wie der Maler heißt. Per Krohg. Genau. Der Sohn von Christian Krohg. Von dem hast du doch wohl schon mal gehört? Einer aus unserer Klasse hat zu Hause einen echten Krohg im Wohnzimmer hängen. Weißt du nicht mehr? Bei dem Reederssohn zu Hause? Wo das Geld aus der Wand quillt? Kannst du dich nicht an den Geburtstag erinnern? Diese komische Frau mit dem riesigen Hut? Das war ein Porträt seiner Tante. Bokken Lasson. Sie hat Laute gespielt und in Kabaretts gesungen. Außerdem war sie eine der Gründerinnen der Waldorfschulen in Norwegen. Und jedenfalls ist das ein norwegischer Maler. Also drei Norweger im Hauptgebäude der UN. Aber stimmt das rechnerisch? Dürfen wir so großtun, Ketil? Weißt du nicht mehr, wie Ledsaak uns vorige Woche genannt hat? Eine winzigkleine Nation mit vier Millionen Stallwichteln?«

»Ich weiß nicht so ganz«, sage ich.

»Aber Chruschtschow ist in New York«, sagt Mads mit verträumtem Blick, als sei er auch da.

»Eines Tages wirst du Ministerpräsident«, sage ich.

»Nein, Justizminister«, korrigiert er, während er sich mit seinem schmutzigen Zeigefinger einen dicken Popel aus der Nase holt.

16

Oktober 1960. In der Zeitung ist ein Bild von Castro und Chruschtschow, die einander umarmen. Sie sehen so freundlich aus, alle beide. Ich merke, dass Vater sie lange anstarrt und sich seine Gedanken macht. Es ist eine nervöse Zeit auf der Welt. Vater gefällt es nicht, dass Eisenhower nicht zugibt, dass die USA während des U-2-Skandals gelogen haben. Vater will die Karten auf dem Tisch haben. Will, dass die Dinge bei ihrem rechten Namen genannt werden. Chruschtschow hat eine Art von Volkstümlichkeit, die Eisenhower fehlt. In meinen Augen ist er der liebe Onkel. An die dreißig Jahre später werde ich an ihn denken, als ich mit einem Cellisten und einer Sängerin durch Lettland fahre. Der Kapitalismus hat sie eingeholt. Der, von dem sie ihre ganze Jugend hindurch geträumt haben. Aber jetzt sind sie arm. Ärmer denn je. Sie sehnen sich nach der Sowjet-Zeit. »Vielleicht hatten wir damals nur Kartoffeln oder Möhren. Aber wir hatten immerhin Kartoffeln oder Möhren.«

Chruschtschow ist mächtig. Und umstritten. Sechs Jahre zuvor hat er der Ukraine die Halbinsel Krim gegeben. Jetzt sitzt er mit der russischen Delegation unten im Saal. Es ist die alljährliche Hauptversammlung der UN. Eine große Möglichkeit, quer über die starren Grenzen hinweg miteinander zu reden. Vater bekommt immer einen verträumten Blick, wenn er über die UN spricht. Diese Organisation ist die Hoffnung der Welt. Er meint, es müsse möglich sein, die UN zu einem Nein zu Atomwaffen zu bringen, Nein zur Todesstrafe, Nein zum Krieg.

Chruschtschow ist seit drei Wochen in New York. Es ist der 12. Oktober. Am Tag darauf will er in den Kreml zurückkehren. Die Sitzung war ein Albtraum voller Konflikte und Anschuldigungen. Die Delegierten sind vom Kalten Krieg geprägt. Von Misstrauen. Von Lügen. Die Amerikaner behaupten noch immer, das Spionageflugzeug sei ein Forschungsflugzeug gewesen, obwohl die UdSSR Beweise vorlegen kann. Alle schreien. Der Hammer des Vorsitzenden zerbricht nach zahllosen Versuchen, den Saal zur Ruhe zu bringen. Chruschtschow schlägt schließlich auf den Tisch, immer wieder, wie ein trotziger Fünfjähriger vor dem Breiteller. Seine Uhr löst sich von der Kette und fällt zu Boden. Der Delegierte von den Philippinen wirft Chruschtschows Regime vor, Osteuropa geschluckt und den Ländern dort ihre politischen und bürgerlichen Rechte genommen zu haben. Chruschtschow bückt sich, um seine Uhr aufzuheben. Dabei fällt sein Blick auf die Schuhe, die er abgestreift hat, weil sie zu eng sind. Er nimmt einen in die rechte Hand und richtet sich auf. Mehrere Male schlägt er mit dem Schuh auf den Tisch und ruft dabei etwas auf Russisch. Am selben Tag verbreiten die Nachrichtenagenturen das Bild von Chruschtschow, der einen Schuh hochhebt. Aber das Bild ist manipuliert. Es sieht aus, als stehe Chruschtschow auf dem Rednerpodium. Es ist im Interesse der USA, Chruschtschow als gestört darzustellen. Ein Bild zu fälschen ist für die Fototechniker der CIA das Einfachste auf der Welt. Oder für FBI, U. S. Secret Service oder U. S. Military Intelligence. Chruschtschow wird für immer in schlechtes Licht gerückt.

17

Mads und ich fahren mit der Straßenbahn zur Haltestelle Nationaltheater. Wochenschau im Palassteater. Dort sehen wir den Bericht aus New York über Chruschtschow und das UN-Chaos. Außerdem rücken die Präsidentschaftswahlen näher. Nixon gegen Kennedy. Das große politische Drama will kein Ende nehmen. Vater geht ebenfalls ins Palassteater. Er versucht, so oft wie möglich die Wochenschau zu sehen. Aber er geht nie zusammen mit uns. Er hat so viel zu tun. Er arbeitet bei der Studiengesellschaft für die Norwegische Industrie. Er arbeitet im Haus der Ingenieure. Er arbeitet auf Ulfs Dachboden. Er kommt abends spät nach Hause, und dann ist Mutter verärgert, wenn sie nicht selbst in der Oper sitzt und aufpasst, dass alle in der *Zauberflöte* den richtigen Text haben.

In der Schule wollen Ledsaak und die anderen Lehrer, dass wir so lange wie möglich Kinder sind. Wir ziehen pastellfarbene Kostüme an und gehen im Kreis, während wir Musik von Schubert hören. Der liebenswürdige Musik-Smith sitzt am Klavier. Er ist der netteste Mann auf der Welt, groß und sanft. Ein Bergenser mit leiser Stimme. Er ertränkt die Vokale gern in seinem schnarrenden r. Am Ende hört es sich nur noch an wie Gurgeln.

Vielen von uns Jungen fehlt es an Körpergefühl, aber wir beobachten verstohlen die Mädchen. Schon drei Jahre zuvor wurde mir schwindlig. Als ein Mädchen aus dem Kindergarten sich auf einer Waldwanderung vollständig auszog. Sie wälzte sich im Dreck und war ungezogen. Aber als sie wieder aufstand, konnten wir den kleinen

Spalt zwischen ihren Beinen sehen, und ich wusste nicht, wohin mit meinem Körper. Vielleicht stimmte auch in dieser Hinsicht etwas mit mir nicht. Solche Gefühle waren ja mit den Jahren nicht weniger geworden, wie man doch hätte hoffen können, ich ging ja schon auf die neun zu. Immer, wenn ich zusah, wie das blonde Mädchen, von dem ich behauptet hatte, sie umgestoßen zu haben, mit ihrem schlanken, hochaufgerichteten Leib den Buchstaben D darstellte, wurde mir schwindlig. Sie war keine von den Beliebten. Sie wurde nicht zum Nähkränzchen der Königinnen eingeladen. Niemand wusste, dass sie die Schönste war, nur ich.

Ich versuchte, mit Mads über diese Dinge zu sprechen, wenn wir an der Haltestelle Smestad standen und die vielen Autos über den Sørkedalsvei sausen sahen. Aber er begriff das nicht. Mädchen waren kein Thema für einen angehenden Justizminister. Er wollte lieber über Nixon und Kennedy reden.

Natürlich hielt ich zu Nixon. Der hatte doch Locken, genau wie Vater. Er hatte sogar Ähnlichkeit mit Vater. Aber Vater war hübscher. Nixon war der menschlichere der beiden Präsidentschaftskandidaten. In der Wochenschau hatten Mads und ich gesehen, dass Nixon bei den wichtigen Fernsehdebatten der Schweiß ausbrach. Die Schminke war ihm über die Stirn gelaufen. Sogar das Schwarze um die Augen, dessen Namen ich nicht wusste, hatte angefangen, sich aufzulösen. Er sah aus wie ein Clown. Aber ich mochte Clowns. Als ob ich schon wüsste, dass er ein Verlierer war. Ich mochte Verlierer. Kennedy sah auf die falsche Weise gut aus. Und seine Frau war viel zu hübsch. Jacqueline. Mads ist total verschossen in sie. Ich hatte gar nicht gewusst, dass er Mädchen überhaupt ansah. In meinem Zimmer zu Hause im Melumvei hatte ich Bilder vieler Filmstars, aber wenn Mads zu Besuch war, würdigte er sie keines Blickes. Nicht einmal Audrey Hepburn. Er wollte Jackie.

»Du darfst nicht zu Nixon halten, Ketil«, sagt Mads. »Denn sonst begehst du einen historischen Irrtum. Es hilft nichts, dass er Vizepräsident war. Denn er war Vizepräsident für den Falschen. Außerdem ist er Republikaner.«

»Abraham Lincoln war auch Republikaner«, sage ich.

Mads läuft rot an. Woher ich das denn weiß? Er rechnet nicht damit, dass ich überhaupt etwas wissen könnte. Er hat nicht begriffen, dass ich bei jeder Gelegenheit Vater ausfrage. In der Schule will ich Märchen hören. Zu Hause und zusammen mit Mads ist Weltpolitik angesagt.

Nixon verliert mit dem kleinstmöglichen Rückstand. 49,7 Prozent zu 49,6. Ich hatte es im Gefühl. Die Ungerechtigkeit, von der meine Mutter spricht. Alle Frauen, die weniger verdienen als die Männer. Chessman, der sein Leben verliert, weil eine Sekretärin eine Ziffer von einer Telefonnummer vergessen hat.

Aber Vater scheint zufrieden zu sein. »Ich glaube an Kennedy«, sagt er. »Es wird spannend sein, ihn zu beobachten. Wir müssen ihm eine Chance geben.«

Diese widerlichen dicken Lippen? Das anbiedernde Lächeln? Nein danke. Nixon zeigt uns wenigstens, dass er ein Mensch ist.

Das norwegische Nobelkomitee vergibt in diesem Jahr keinen Friedenspreis. Sie finden einfach keine geeigneten Kandidaten. Der Literaturnobelpreis dagegen geht an den französischen Lyriker Saint-John Perse.

»Perse hat das sicher verdient«, sagt Mads. Er sieht plötzlich aus wie Francis Bull.

Am Sonntag, dem 27. November, sitzen Vater und Ulf im Klingenberg-Kino. Wir Kinder dürfen diesmal nicht mitgehen, begreifen aber nicht, warum. Es ist die erste öffentliche Kundgebung gegen Atomwaffen, die in Norwegen abgehalten wird. Dreizehn Personen stehen auf dem Podium und erzählen, dass sie einen moralischen Ostermarsch planen. Diese Menschen, zu denen Reidar Aulie, Otto Bastiansen, Kristian Schjelderup und Odd Hølaas gehören, werden von *Morgenbladet* als Sendboten der Kommunisten angeprangert. Aber *Dagbladet* schreibt, das sei böswillige Verleumdung, und bezeichnet die Gerüchtemacher als Brunnenpisser, die eine wichtige Debatte vergiften.

Drei Wochen später, kurz vor Weihnachten, kollidieren in einem Schneesturm über New York zwei Passagierflugzeuge. 127 Fluggäste und die Mannschaft stürzen in Brooklyn ab, wodurch fünf weitere Personen das Leben verlieren. Der einzige Überlebende ist ein elf Jahre alter Junge, der in eine Schneewehe fällt. Am selben Tag streift ein amerikanisches Militärflugzeug einen Kirchturm in München und stürzt mitten in der Stadt in eine Menschenmenge. Das Flugzeug stößt mit einer Straßenbahn und mehreren Autos zusammen. Dreiundfünfzig Menschen kommen um, viele hundert müssen mit schwerwiegenden Verbrennungen ins Krankenhaus gebracht werden.

Mutter betrachtet das als Omen. »Vor Feiertagen passiert immer etwas Schlimmes«, sagt sie. Sie weiß noch nicht, dass sie an einem Ostersonntag sterben wird.

Aber als es dann Weihnachten wird, herrscht Friede im Melumvei. Vater ist in diesem Jahr zum letzten Mal der Weihnachtsmann. Tormod und ich haben ihn schon vor vielen Jahren erkannt. Mutter und Vater sind nett zueinander. Wir singen Weihnachtslieder und hören Bachs *Weihnachtsoratorium*. Und zu Silvester steht wieder Tante Svanhild vor der Tür, mit Geschenken, dem Kellerkuchen und dem feinen Persianer.

Ich falle ihr um den Hals und fange an zu weinen.

»Aber wieso weinst du denn?«, fragt sie verdutzt. »Was ist denn passiert?«

»Nichts«, antworte ich. »Ich freue mich nur so über deinen Besuch.«

1961

18

Die Schulleitung von Vegårshei sitzt allen Ernstes zusammen und diskutiert über die großen Lebensfragen. Es ist der dritte Tag des neuen Jahres. Die Schulleitung interessiert sich nicht für den Kalten Krieg. Und auch nicht für John F. Kennedy. Die Schulleitung besteht aus denkenden Menschen, die allerlei gelesen haben. Sie haben sich in diesem Raum versammelt, um sich von Darwins Entwicklungslehre zu distanzieren. Die stimmt nicht mit der Bibel überein. Es ist die Pflicht der Schulleitung, diese Irrlehre anzuprangern. Und das tun sie, nach einer langen und inhaltsreichen Sitzung. Der Vertreter der Lokalpresse macht eifrig Notizen.

Mads und ich stehen vor den Schaukästen beim Scala-Kino und sehen uns Bilder aus dem Film *Line* an. Wenn ich Margarete Robsahm sehe, kriege ich sofort weiche Knie. Was ist los mit mir? Warum interessiere ich mich so sehr für erwachsene Frauen? Diese Sehnsucht. In dem Film geht es offenbar um einen Jazzmusiker. Ich lese jetzt die Filmrezensionen in *Aftenposten* und *Dagbladet*. Ich begreife so viel von der Welt der Erwachsenen, wenn mir der Inhalt dieser Filme beschrieben wird. *Line* ist ein sogenannter gewagter Film. Das entnehme ich den Zeitungen. Robsahm zeigt etwas von ihrem Körper. Was kann das sein? Ihr Busen? Oder das Unaussprechliche? Mads interessiert sich inzwischen so sehr für diese Dinge wie ich, aber für das hier hat auch er keine Sprache.

»Mein Onkel war Jazzmusiker«, sage ich zaghaft.

»Ach was«, sagt Mads. »Aber hatte er Frauen?«

»Er hat jetzt eine, aber er macht keinen Jazz mehr.«

»Ach. Wie schade.«

»Er hat auch kein Klavier.«

»Was ist schlimmer, kein Klavier zu haben oder keine Frau?«

»Keine Frau«, antworte ich voller Überzeugung.

»Würdest du das Klavier bei euch zu Hause gegen eine Frau eintauschen?«

»Wenn es Leah wäre, dann ja.«

Leah kommt mit ihrem Vater auf dem Motorrad angefahren, obwohl Winter ist und hoher Schnee liegt. Sie sitzt hinten und hat die Arme um ihn gelegt. Wenn Abel und Leah angesaust kommen, ist das ein Fest, jedenfalls für Abel selbst, meine Eltern, meinen Bruder und mich. Abel bringt nämlich Schokolade mit, die allergrößten Tafeln, die aussehen wie braun angestrichene Goldbarren. Er lässt sich auf das Sofa fallen und fängt an, die erste Tafel in Stücke zu brechen. Alle bekommen etwas ab, nur Leah nicht. Abel ist Vegetarier, und deshalb muss Leah auch vegetarisch leben. »Zucker ist ungesund« mahnt er, während er sich die Backen mit Haselnuss- und Milchschokolade vollstopft.

»Natürlich bekommt auch Leah Schokolade«, sagt Mutter wütend. »Folter gibt es bei uns im Haus nicht.«

Also bekommt auch Leah Schokolade, aber nicht so viel wie mein Bruder und ich.

Das wiederholt sich wirklich jedes Mal, wenn sie zu Besuch kommen.

Leah hat dicke dunkle Locken und sieht aus wie die indische Prinzessin aus dem Mädchen, das die Lehrer in der Schule bei der Weihnachtsfeier im Puppentheater spielen. Mutter und Vater erzählen uns, dass Leah Jüdin ist, jedenfalls Halbjüdin. Und Abel ist ein *echter* Jude. Er ist im Krieg nach Schweden geflohen. Jetzt wohnt er an verschiedenen Orten in Norwegen, meine Eltern werden nie so recht schlau daraus. Außerdem sollen wir nicht so viel darüber reden, dass er Jude ist, so lange Abel nicht selbst davon anfängt. Abel ist Abel. Man kann ihn ohnehin nicht fangen. Er kommt wie ein Wind und ist ebenso schnell wieder verschwunden, mit Leah auf dem Rücksitz. Was machen sie, wenn sie nicht bei uns sind? Das ist unmöglich zu beantworten, und es hat auch keinen Sinn, zu fragen. Wenn Abel nach Oslo kommt, geht er ins Kino. In Erwachsenenfilme, die weder Leah noch andere Kinder sehen dürfen, obwohl Leah schon fast zwölf ist. Abel lacht gern, und wir lachen gern mit ihm. Er mag Filme, in denen alles richtig schiefgeht, in denen Leute die Treppe hinunterfallen und sich Arme und Beine brechen. Er liebt tote Menschen, die bei der Beerdigung aus dem Sarg plumpsen. Er liebt alles, was makaber und surrealistisch ist, und so, wie er erzählt, bringt er Vater immer zum Lachen, so sehr, dass er schluchzt und ihm die Tränen aus den Augen strömen, so sehr, dass ich mich manchmal frage, ob er in Wirklichkeit nicht weint. Sie waren zusammen Vegetarier, aber das war, als meine Eltern in Trondheim wohnten. Vater kann einfach nie ganz normal gewesen sein, denke ich. Erst, als Mutter anfing, unwiderstehliche Fleischsuppen zu kochen, musste Vater aufgeben. Seine Kapitulation war übrigens dramatisch. Abel war zu ihnen nach Tyholt gekommen und wollte dort übernachten. Das war vor Leahs Geburt, und Abel hatte sich damals nicht einmal Schokolade gegönnt. Mutter hatte es nach einigen Jahren total satt, immer nur Gemüse zu essen, und sie verfluchte Vaters viele fixe Ideen. Man wurde krank, wenn man keinen Fisch und kein Fleisch aß. Da war sie sich sicher. Eine Welt ohne Wiener Würstchen war nicht lebenswert. Abel sprach ebenfalls auffällig viel über Würste, auch wenn er sie nicht aß. Er machte immer Witze über Nonnen und Würste und den Heiligen Geist. Ich verstand nicht alle, aber mein Bruder sagte, sie seien grob.

Damals, oben in Trondheim, hatte Mutter auf alles gepfiffen und eine Suppe aus Gemüse und dicken Knochen und Fleischresten einer geschlachteten Kuh gekocht. Sie konnten sich damals nichts Besseres leisten. Sie ernährten sich vor allem von Rüben, Roter Bete, Weißkohl, Kohlrabi und Kartoffeln. Außerdem von Graubrotscheiben mit roher

Zwiebel und Ziegenkäse. Vater war ein bettelarmer Student. Mutter versuchte, sich als Reklamezeichnerin zu ernähren, verdiente damit aber nicht gerade Millionen. Abel kam und nahm sich Suppe, verdrehte die Augen und sagte, das sei die leckerste Suppe, die er je gegessen habe.

»Weil ich sie von Rinderknochen gekocht habe«, sagte Mutter.

»Von Rinderknochen?« Abel verschluckte sich an der Suppe, als er das hörte. »Du weißt doch, dass ich kein Fleisch esse, Alfhild. Das war gemein von dir.«

»Ich esse Fleisch«, sagte Mutter auf die souveräne Art, die sie manchmal haben konnte, wenn sie die Umwelt aufgab und alle anderen Idioten waren.

Aber Abel hatte jetzt ein Problem. Er hatte erst einige Löffel von der Suppe gegessen, als die Wahrheit ans Licht kam. Sollte er aufstehen und gehen, oder sollte er sich an der verdammten Suppe satt essen, ehe er ging?

»Du vergiftest meinen Leib!«, schrie er Mutter an.

»Du brauchst ja nichts zu essen«, sagte Mutter kalt.

Aber Abel schlürfte die Suppe, er konnte es nicht lassen. Ein hungriges Raubtier ohne jegliche Kontrolle, dann stand er auf, satt und zufrieden, und ging. Er wolle mit meinen Eltern nichts mehr zu tun haben, sagte er. Er sagte, er werde in der Stadt in einem Hospiz übernachten.

»Wenn er sich wie ein Idiot aufführen will, ist mir das doch egal«, sagte Mutter. Sie kannte ihn zu gut. Abel kam nach einigen Stunden zurück. Er hatte schließlich auch kein Geld.

Ich starrte Leah an, die dort neben ihrem Vater auf dem Sofa saß und die wenigen Schokoladenstücke genoss, die ihr zugeteilt worden waren, während wir anderen uns hemmungslos vollstopften.

»Können wir bei euch übernachten?«, fragte Abel.

Ich fuhr zusammen. Ich wusste, was kommen würde. Das letzte Mal war so lange her.

Aber ich war keine sechs mehr.

Leah war anders. Leah war ein Traum. Leah hatte keine Vorbehalte, wie die Mädchen in der Klasse. Sie stand nicht in einer Ecke und machte sich interessant. Sie zierte sich nicht. Neckte nicht, spottete nicht. Hatte kein Nähkränzchen für sich und die Auserwählten. Sie interessierte sich immer für meinen Bruder und mich. Spielte gern, rannte, sprang. Ein klingendes munteres Lachen, als wäre die ganze Zeit Frühling.

Als es Abend wurde, war ich schrecklich aufgeregt. Wir sollten im selben Bett schlafen, während Abel auf dem Wohnzimmersofa übernachtete. Würde sie auch diesmal nackt sein?

Wir kicherten und lachten. Putzten uns nacheinander die Zähne. Sie sah sich die großen Filmplakate an, die ich an der Wand hängen hatte, von Filmstars, deren Filme ich noch gar nicht sehen durfte. Natalie Wood. Audrey Hepburn. Margarete Robsahm wagte ich nicht hinzuhängen, obwohl Tante Svanhild den Film am Tag der Premiere gesehen hatte. Sie ging jeden Donnerstag um fünf ins Kino. Immer allein, ins Frogner Kino. Oder ins Gimle. Zur Not ins Saga, Scala, Klingenberg oder eins der anderen Kinos unten in der Stadt.

»Der war überaus gewagt«, sagte sie mit einem geheimnisvollen Lächeln.

Gewagt, überlegte er. Wieso denn? Was zeigte diese schöne blonde norwegische Schauspielerin denn, was so gefährlich war? Das gleiche, was Leah vielleicht in einigen Minuten zeigen würde? Einen nackten Mädchenkörper? Vielleicht hätte er doch ein Bild von Margarete Robsahm aufhängen sollen. Oft stahl er sich einige Münzen aus der gemeinsamen Kasse der Eltern, um sich Filmzeitschriften zu kaufen. Die hatten so glänzendes Papier. Die Mädchen waren schön. Strahlten. Große Augen. Knallrote Lippen. Fast, als ob sie wirklich wären.

Allein im Zimmer mit Leah. Sie wagten wohl nicht, Leah mit seinem Bruder alleinzulassen, denn der war drei Jahre älter, so alt wie sie. In dem Alter war offenbar alles möglich.

Er ist so aufgeregt, glücklich und froh. Seine Wangen werden rot. Und Leah lacht ihr klingendes Lachen. Lächelt ihn an, als ob sie ihn die ganze Zeit neckte. Aber das ist nicht gemein. Er wird gern geneckt, wenn Leah das macht.

Sie haben seinem Bruder und den Erwachsenen gute Nacht gesagt.

Sie sind allein in seinem Zimmer, hinter einer geschlossenen Tür.

Sie machen eine Kissenschlacht. Sie hüpfen auf dem Bett auf und ab und bewerfen sich gegenseitig mit Kissen.

Leah wird es warm, und sie zieht ihr Nachthemd aus.

Splitternackt steht sie vor ihm und lacht. »Du hast einen stehen!«, kichert sie.

»Wieso denn stehen?«, fragt er.

19

Er denkt oft an Abel und Leah. Jeder ihrer Besuche ist wie ein Traum. Immer darf er hinten auf Abels Motorrad aufsitzen, auch wenn seine Mutter wütend wird und es verbieten will. Es ist zu gefährlich. Aber Abel verspricht, langsam zu fahren. Er wird nur ganz wenig Gas geben, sagt er, dann dreht er voll auf, und das Motorrad jagt wie ein Pfeil durch den Melumvei. Bis zum Grinidam braucht es weniger als dreißig Sekunden. Er hält sich fest, während sie nach Lijordet hochfahren. Das hier ist das Jet-Zeitalter. Ist es so ein Gefühl, wenn man fliegt? Die SAS hat von der Swissair zwei Convair-600-Coronado-Maschinen ausgeliehen. Die schaffen angeblich fast tausend Stundenkilometer. Das ist etwas anderes als das viermotorige Propellerflugzeug, mit dem sein Vater einige Monate zuvor aus Spanien gekommen ist. Sie waren mit dem Bus nach Fornebu gefahren, um ihn abzuholen. Schließlich flog der Vater nicht jeden Tag. Und was in aller Welt hatte er in Spanien gewollt? Er erinnert sich, wie das Flugzeug gelandet ist und wie der Vater herauskam, zusammen mit den anderen Fluggästen, leichenblass im Gesicht. Er hatte sich offenbar eine Lebensmittelvergiftung zugezogen. Er saß drei ganze Tage lang auf dem Klo. Aber er hatte Geschenke im Gepäck. Eine Señorita-Puppe mit rotem Flamencorock, die an Leah erinnerte. Einen 8-Millimeter-Schmalfilm, dessen Inhalt der Vater nicht kannte und bei dem es dann um einen Stierkämpfer ging, der in einer riesigen Arena einen großen schwarzen Stier tötete. »Widerlich«, sagte die Mutter. Er selbst sah sich den Film oft heimlich an. Er liebte das Verbotene, genau wie Abel. Abel hätte über diesen Film sicher gelacht. Abel hätte sicher auch gelacht, wenn er mit einem riesigen Auto zusammengestoßen und zu Hackfleisch geworden wäre. Natürlich nur, wenn er dann noch lachen könnte. Er musste einmal etwas Schreckliches erlebt haben. Abel fürchtete sich vor gar nichts mehr. War es so, wenn man Jude war? Er sitzt hinten auf dem Motorrad. Er ist fast neun Jahre alt und hat die Arme fest um den Erwachsenen geschlungen, der nur Rohkost und Schokolade isst. Er denkt, dass er eines Tages auf Reisen gehen wird. Der Vater hatte eine SAS-Broschüre mitgebracht, in der alle Flugstrecken in eine Weltkarte eingezeichnet waren. Zusammen mit Mads hatte er sich diese Karte genau angesehen. Die SAS flog nach New York und Moskau, nach Wien und Warschau. Sie flogen nach Istanbul, Ankara, Teheran, Beirut, Damaskus, Kairo, Abadan, Bagdad, Manila und Jakarta, und natürlich in alle europäischen Städte. Und nach Montreal, Anchorage, Søndre Strømfjord, Santiago, Rio, Montevideo und Buenos Aires. Er wusste nicht, dass er mehr als fünfzig Jahre später dieses Streckennetz nicht wiedererkennen würde. Dass sich die Welt verändern könnte. So, wie er sich auch veränderte, Tag um Tag, mit einer Ausnahme.

Fräulein Ätschbätsch hatte total versagt bei ihrem Versuch, ihn zum Rechtshänder zu machen. Jetzt hatte er sogar schreiben gelernt, und er wusste, dass er niemals, unter keinen Umständen, die richtige Hand benutzen würde. Nur beim Klavierspielen konnte er die rechte Hand benutzen, zusammen mit der linken. Aber das hatte er ihr noch nicht gesagt.

Dreimal pro Woche wird er weiterhin aus der Klasse geholt und muss über den leeren Schulhof zu dem *Haus im Wald* gehen.

Da erwartet sie ihn.

Sie tut ihm immer mehr leid. Der krumme Rücken. Die verstockte Freundlichkeit. Sie begreift nicht, dass er ein Spiel spielt. Dass er sich bereits entschieden hat. Dass ihre Bemühungen sinnlos sind. Dass er sich nur verstellt.

Sie stopft ihm keine Süßigkeiten mehr in den Mund. Ab und zu, wenn er nach einer Stunde in einem Hauptfach müde oder wenn sein Magen aufgequollen ist, weil er zum Frühstück zu viele rohe Zwiebeln gegessen hat, kann er abweisend wirken. Dann sieht er in ihren Augen etwas Trauriges, das ihn rührt. Er sieht, dass die Erwachsenen nicht immer so stark sind, wie sie vorgeben. Er sieht, dass sie bald sterben wird.

Sie packt seine Hände, als wäre er eine Puppe. Es ist ein starker Griff, aber kein unfreundlicher. Er lässt sie gewähren. Er lernt etwas Wichtiges, das ihm später im Leben oft helfen wird: Ausweichen. Den Kampf nicht aufnehmen. Nicht auf seinem Standpunkt beharren. Es ist so leicht, das zu tun, denn es gibt keinen Widerstand. Keine Konflikte. Und dann glauben sie, sie könnten ihn fangen. Aber sowie er allein ist oder sich ungesehen wähnt, ist er frei. Dann schreibt er wieder mit der linken Hand. Das ist sein kostbares Geheimnis: Niemand kann über ihn bestimmen. In seinem Reich ist er Chruschtschow. Er ist Kennedy. Er ist Diktator für einen einzigen Menschen: sich selbst.

Ihr ganzes Leben hat sie dafür gearbeitet, dass Kinder es besser haben. Deshalb schreibt er mit der rechten Hand, so lange er bei ihr ist. Buchstaben, die unleserlich sind. Sie sagt, er sei tüchtig, während Darmgase aus ihr heraussickern. Körperdünste, die sich mit dem Geruch von verfaulenden Pilzen, Kalk und Lavendel mischen.

Er lässt sich nichts anmerken. Lügt wie gedruckt. Er merkt, dass sie sich freut. Hat sie es wirklich geschafft? Schreibt er jetzt mit der rechten Hand? Kommt ihm das ganz natürlich vor?

Fräulein Ätschbätsch sieht ihn triumphierend an. Sie ist stolz auf sich, weil ihr etwas gelungen ist. Ein gehorsamer Schüler, der tut, was sie sagt. Davon hat sie nicht allzu viele.

Wenn er wieder in der Klasse ist, lässt er sich nichts anmerken. Er schreibt mit links. Verschmiert Tinte auf dem Papier, wenn seine Handfläche die noch nicht getrocknete Schrift verwischt. Er spürt die Blicke der anderen. Sie sehen ihn an. Einige Mädchen kichern. Er wird rot. Denkt daran, was sie denken. Dass er es auch diesmal nicht geschafft hat.

Ledsaak steht an der Tafel und beobachtet das alles.

Er sagt nichts.

Viele Jahre später wird er denken: Die größten Helden sind nicht immer die, die handeln, die eingreifen, die etwas sagen. Sondern manchmal auch die, die im richtigen Augenblick den Mund halten.

20

Sonntag, 26. Februar 1961. Er geht mit Vater und Bruder über die Wiesen bei Grini. Der Vater hinkt nicht so stark, wenn er auf Skiern geht. Er hat riesige Holzskier, die so viel wiegen wie ein Mensch. Auf denen gleitet er vorwärts, in langsamen, entschiedenen Zügen, während ihm der Schweiß über die Stirn läuft. Selbstgestrickte Ohrwärmer. Der Sonnenuntergang ist flammendgelb und blaurot. Vor Einbruch der Dunkelheit schaffen sie es nicht zurück in den Melumvei. Vielleicht dürfen sie von Eiksmarka nach Røa die Straßenbahn nehmen? Das haben sie schon mal gemacht, zweimal sogar, auch wenn der Vater sagt, dass sie es sich nicht leisten können.

Sie wissen nicht, dass Sputnik 7, Tyazhely Sputnik, der sieben Tonnen wiegt, jetzt gerade über Sibirien abstürzt. Nur drei Wochen vorher wurde er ins All geschossen, nachdem die Amerikaner ihre erste Minuteman-Rakete gestartet hatten, die in weniger als fünfzehn Minuten viertausend Meilen fliegen konnte. Sputnik sollte die Venus erforschen und zwei Jahre später in den Pazifik stürzen. Aber etwas ging schief und das Raumschiff kehrte zurück in die Atmosphäre.

In die Natur hinausgehen. Das hasst er, aber der Vater findet es wichtig. Was ist wichtig? Die schweißnasse Wollkleidung, die kratzt, die Strümpfe, die ins Fleisch schneiden, die Stiefel, die scheuern, die Skier, die wegrutschen, der Saft der Apfelsine, der in die Fäustlinge läuft, der Rotz, der in den Nasenlöchern gefriert. Das einzig Tröstliche ist die Kvikk Lunsj-Schokolade.

Er sieht, dass der Vater nachdenkt. Er denkt derzeit sehr viel nach. Es sind gewaltig große Gedanken. Und dann werden die beiden Brüder neugierig. Hinten im Sonnenuntergang hängt eine Wolke, die aussieht wie ein Pilz. Wie ein Atompilz? Aus der Wochenschau kennt er die alte Aufnahme: eine explodierende Atombombe und der Rauchpilz, der danach entstand. Das macht weder ihm noch Mads Angst. Sie fühlen sich sicher in ihrer Kindheit. »Wir müssen Vertrauen zu den Erwachsenen haben«, hat Mads einmal gesagt. »Sonst haben wir keine Chance.«

Aber da geht der Vater und hat durchaus kein Vertrauen zu den Erwachsenen.

»Siehst du den Atompilz, Vater?«

»Mach keine Witze darüber, Ketil.«

»Warum nicht? Abel macht über alles Witze.«

»Abel ist Abel«, sagt der Vater fast wie zur Entschuldigung.

Lange gehen sie schweigend weiter.

»Am Dienstag geht es los.«

»Was geht am Dienstag los, Vater?«

»Der große Atommarsch. Endlich. Das hätte schon längst passieren müssen.«

»Gehst du zusammen mit Ulf?«

»Hoffentlich kommen noch viel mehr außer mir und Ulf.«

»Ich will mitkommen!«, sagt Tormod.

»Ich auch!«, sage ich.

»Natürlich kommt ihr mit.«

»Mutter auch?«

»Die mag keine Demonstrationen.«

»Die mag Ulf nicht.«

»Doch, aber sie findet, dass ich zu oft mit ihm zusammen bin. Und vergesst nicht, Mutter hat so viel anderes zu tun. Ohne Mutter würde dieses gesamte Bauwerk einstürzen.«

»Welches Bauwerk?«

»Das Bauwerk, das Familie Bjørnstad heißt, natürlich.« Er lächelt. Aber es ist ein trauriges Lächeln.

Sie haben es nicht leicht, Mutter und Vater. Wenn ich einen Blick in dieses Bauwerk werfe, sehe ich vier Personen, die in ihrer eigenen Welt leben und die einander zugleich wahnsinnig gern haben. Ich habe das glänzende Bild von Mitzi Gaynor in mein Kinderzimmer gehängt. Sie spielt die Hauptrolle in *South Pacific*, das gerade in 70-Millimeter-Format im Colosseum läuft. Mutter hat gesagt, dass wir den Film zusammen sehen werden, aber so weit kommt es nie. Am Ende muss sich dann doch Tante Svanhild erbarmen. Mitzi hat Brüste, die geradeaus ragen. Das ist vielleicht doch zu viel. Leah hat gar keine Brüste, und das gefällt mir viel besser.

Dann ist da das Zimmer meines Bruders. Es liegt für mich in einem ewigen Halbdunkel. Ich habe keine Ahnung, was er dort drinnen treibt. Er ist in allem tüchtiger als ich. Das ist das Teuflische, wenn man einen großen Bruder hat. Man hat keine Ahnung, was der treibt, weil er so viel mehr lernt. Die Rechenaufgaben in seinem Buch sind für mich total unlösbar. Außerdem ist er gut in Deutsch. »Wir sind alle fleißig und gehorsam.« Und nachts liegt er unter seiner Decke und hört Luxemburg in seinem kleinen Radio. Wenn Mutter das wüsste, sie hasst Popmusik doch. Er hat alle Bücher über die Hardy Boys und drei aus der Norman Conquest-Serie gelesen. Bücher, auf die ich mich noch nicht konzentrieren kann. Da sind die politischen Artikel in *Aftenposten, Orientering* und *Dagbladet* schon leichter, denn sie sind viel kürzer und außerdem kann ich mit Mads darüber reden. Mads liest keine Jugendbücher. Es ist nur eine Frage der Zeit, bis er sich über die norwegischen Gesetzessammlungen hermacht.

Aber das Bauwerk. Der große warme Raum, das Wohnzimmer, wo Mutter Kerzen anzündet und sich über die Bilder beugt, die sie retuschieren soll, während Vater ein dickes Buch liest. Mein Bruder spielt Klavier, und ich liege auf dem Sofa und starre Löcher in die Luft. Das Glück wohnt in diesem Raum. Deshalb sind wir so gern dort. Dort sind wir alle zusammen. Sonst ist Mutter unten in der Waschküche und schrubbt Kleidung mit Waschbrett und Bütte. Oder sie ist in der Küche und kocht Leber in Sahnesoße oder putzt den kleinen gelben Kühlschrank, den wir gerade bekommen haben und auf dem mein

Bruder und ich Marmeladeflecken hinterlassen haben. Oder sie putzt den Boden. Oder sie bügelt. Oder sie hängt Wäsche zum Trocknen auf. Oder sie bezieht die Betten neu.

Es ist dunkel, als wir endlich zurück in den Melumvei kommen. Ich sehe Mutters Schatten hinter dem beschlagenen Küchenfenster. Schon in der Haustür riecht es nach Hammeleintopf.

Zwei Tage später findet der große Anti-Atommarsch statt. Ich frage Mads, ob er nicht mitkommen will. Er antwortet ausweichend. Vielleicht ist sein Vater für Atomwaffen, denke ich. Oder er findet, dass fast neun Jahre alte Jungs bei Demonstrationen und Protestmärschen nichts zu suchen haben.

Vater sieht das anders.

Er will, dass wir das hier erleben. »Protest gegen Atomwaffen« steht auf dem Haupttransparent. Unten in der Stadt liegt fast kein Schnee, aber noch immer ist Winter. Die Männer tragen lange Mäntel und breitkrempige Hüte. Die Frauen, von denen nicht so viele dabei sind, tragen Mäntel und Kopfbedeckungen in allen möglichen Farben. In Oslo setzen sich gleichzeitig vier verschiedene Züge von unterschiedlichen Orten aus in Bewegung. Alle treffen sich am Fridtjof Nansens plass, wo die Teilnehmer sich im Hof des Rathauses versammeln und Appellen und Reden lauschen werden. Ulf kommt die Bygdøy allé herunter. Vater ruft ihm aus dem Gewimmel zu und schon ist er bei uns. Der freundliche Mann, der nur lächeln und kichern kann, egal, worüber gerade diskutiert wird. Man sollte eigentlich nicht glauben, dass er gegen irgendetwas protestieren kann.

Er merkt, dass die Stimmung in seiner Umgebung ernst ist. Als ob sie gegen den Untergang der Welt protestierten. Und das tun sie ja auch, denkt er. Wenn die Atomwaffen zu einem Teil des Kalten Krieges werden. Bei der Demo sind kaum Kinder dabei. Nur einige Mädchen und Jungen auf Fahrrädern, die versuchen, Ärger zu machen. Er dreht ihnen eine lange Nase. Sie antworten mit Grimassen, während Ulf dem Vater strahlend erzählen kann, dass sie über 150 000 Unterschriften gegen Atomwaffen gesammelt haben und dass es in allen großen Städten zu Protestmärschen kommt.

Ein junger Mann springt auf die Rednertribüne. Arne Haugestad, 25. Er merkt, dass er diesen Mann mag. Die Intensität. Die Art, in der er die UdSSR und die USA angreift. Mads würde ihn auch leiden können. Haugestad hat überhaupt keine Angst vor Autoritäten. Heißt auch nicht alles gut, was aus Amerika kommt. Haugestad ist Vorsitzender des Studentenverbandes. Studiert Jura. Ja, er hat ein bisschen Ähnlichkeit mit Mads, denkt er. Was bringt ihn dazu, einen bestimmten Menschentyp vorzuziehen und anderen aus dem Weg zu gehen? Er weiß nicht, dass er Haugestad wieder begegnen wird. Viele Jahre später. Dass dieser Mann in seinem Leben besonders wichtig sein wird. Dass noch weitere solche Mads-Typen in sein Leben treten werden, aber nicht allzu viele, weil es so viele eben nicht gibt. Die nicht still in der Schafherde verharren und alles hinnehmen. Die nicht fliehen, wenn die anderen fliehen, und die nicht schlafen, wenn die anderen schlafen. Die Gedanken fliegen, während er dort steht und lauscht. Er prägt sich den Namen ein. Vergisst ihn nie. Aber dann kommt der Gesundheitsdirektor, Karl Evang, den er noch nie leiden konnte, weil der diese widerliche Yankee-Frisur hat, die er selbst jetzt auch haben muss, seit in der Schule Läuse entdeckt worden sind. Außerdem ist Evang schuld an Brustschwimmen, Skiwanderungen, Apfelsinen und allem, was als gesund gilt, aber nur abscheulich ist. Vielleicht hat auch Evang Läuse, und deshalb steht er da mit seinen kurzen Haaren und predigt? Er beobachtet, dass der Vater zuhört und applaudiert, als nun Johan B. Hygen spricht, der Theologieprofessor. Viel älter als Haugestad, schon fünfzig. Aber er wirkt trotzdem jung. »Wir sind weder Wölfe im Schafspelz noch Schafe im Wolfspelz«, sagt er. »Wir sind nur ganz normale Menschen, die versuchen, in einer vernunftlosen und unmenschlichen Zeit für die Sache der Vernunft und der Menschlichkeit zu sprechen.«

Er steht da zusammen mit 20 000 Menschen und fühlt sich zum ersten Mal in seinem Leben als Teil einer tieferen Gemeinschaft. Nicht nur als Teil der vierköpfigen Familie zu Hause im Wohnzimmer in

Røa. Nicht nur als Teil des Klassenzimmers am Smestaddam. Sondern der wirklich großen Gemeinschaft. Tausende von Menschen, die dasselbe wollen wie er. Er liebt diese Intensität. Den Vater, der mit erhobenem Blick dasteht. Ulf, der neben ihm steht. Tormod, in beruhigender Nähe. Hygens Stimme, die über den Platz hallt: »Im Namen der Menschlichkeit protestieren wir dagegen, weiter auf einem Weg zu gehen, der eines bösen Tages kein Weg mehr sein wird, sondern ein Abgrund.«

21

Er denkt an den Tod, schon lange. Es ist nicht die Angst vor dem Sterben. Sondern die Gewissheit, dass er es eines Tages tun wird. Vor zwei Jahren noch hat er sich jeden Abend von seinen Eltern verabschiedet, wenn er schlafen ging. Er hat nicht gute Nacht gesagt, sondern lebt wohl. Auf ewig. Er war sicher, dass er den Schlaf nicht überleben würde. Aber er ist nicht gestorben.

Er weiß, dass die Mutter an Gott glaubt, aber sie übertreibt es nicht. Sie gehen nicht jeden Sonntag in die Kirche. Aber als sie, später im März, im Radio hören, dass Ingrid Bjerkås zur ersten weiblichen Geistlichen in Norwegen ordiniert worden ist, sitzt die Mutter an ihrem Retuschiertisch und faucht: »Diese blöden alten Trottel!«

»Willst du nicht, dass sie Pastorin wird?«

Sie dreht sich zu mir um. Zu meiner Überraschung sehe ich, dass sie geweint hat. »Sei nicht so dumm, mein Junge! Das hätte schon längst passieren müssen.«

An diesem Tag bringt Vater aus der Stadt einen Kuchen mit. Er findet, die neue Pastorin muss gefeiert werden. Vater will kein Mann von gestern sein, der Frauen unterdrückt. Es ist ein Marzipankuchen mit Walnüssen und ganz oben Cocktailkirschen. Er isst das so idiotisch gern. Ich merke, dass Mutter gerührt ist. Die beiden haben so viele Gemeinsamkeiten. Und dabei sind sie so verschieden. Ist das so, wenn Erwachsene sich gern haben? Dass sie enthusiastisch über dasselbe Buch sprechen und sich trotzdem streiten? Mutter ist Musik, und Vater Wort. Man sollte meinen, daraus könnte ein Lied werden, aber es wird eine ganze Symphonie mit langen literarischen Partien und gewaltigen musikalischen Einschüben. Pauken und Tubas oder die hundert Violinen, während Vater bereits steht, um aus *Tausendundeine Nacht* vorzulesen.

Mads und ich haben andere Gesprächsthemen, als wir an der Haltestelle Smestad stehen und über den Prozess gegen Adolf Eichmann diskutieren, der an diesem Tag, am Dienstag, dem 11. April 1961, in Jerusalem beginnt.

Eichmann ist der Verbrechen gegen das jüdische Volk in den Jahren 1939 bis 1945 angeklagt, als Millionen von Juden ermordet wurden, erklärt Mads auf eine leicht irritierende Weise. Er scheint zu glauben, ich wüsste gar nichts darüber. Aber ich werde in vierzehn Tagen neun, und dieser Fall interessiert mich ganz besonders, da Abel hundertprozentig jüdisch ist und Leah »Fast-Jüdin«, mit jüdischem Vater, auch wenn offenbar nur die Mutter zählt. Das hat Abel erklärt, mit seinem galgenhumorigen Lachen. Aber hätten die Nazis darauf Rücksicht genommen? Ich erzähle, was ich über Abel weiß, und Mads findet es wichtig, dass ich jemanden kenne, der während des Krieges fast ermordet worden wäre. Dann wäre Abel Mitte zwanzig gewesen, ungefähr wie dieser Haugestad. Die Vorstellung von Abel in der Gaskammer macht mich wütend. Auch wenn Abel sicher Witze darüber gerissen hätte. Er hat Gaskammerwitze erzählt, die Mutter deutlich missbilligte, aber ich kann mich nicht daran erinnern.

Ich sehe nur Leahs nackten Körper. Und dann sehe ich die nackten Judenkörper, die Mads und ich in der Wochenschau gesehen haben. Die in der Todesschlange stehen, ohne so richtig zu wissen, worauf sie warten.

SS-Obersturmbannführer Adolf Eichmann setzte sich nach Argentinien ab, nachdem er die »Endlösung« in Bezug auf die Vernichtung der Juden herbeigeführt hatte: physische Vernichtung. Schon am 20. Januar 1942 war alles geplant. Die Juden mussten verschwinden. Fast wäre Eichmann alles gelungen.

Dann verschwand er. Abel erzählt mir diese Einzelheiten, als er einmal im zeitigen Frühling zu uns kommt, ganz unangemeldet, und dabei lacht er die ganze Zeit. Als könnte er selbst in der Tatsache noch Humor finden, dass dieser halbstudierte Gauner, der reisende Vertreter der *Oberösterreichischen Elektrobau-AG* und der *Vacuum Oil Company*, 1950 als der Techniker Ricardo Klement in Buenos Aires auftauchte. Vorher hatte er unter falscher Identität in Italien gelebt, als »demobilisierter Wehrmachtssoldat«. Abel findet es besonders kurios, dass die Lüge, die Eichmann einem mitfühlenden Franziskaner auftischt, ihm einen humanitären Pass vom Internationalen Roten Kreuz in Genf und ein Visum für Argentinien einträgt. »Humanitärer Pass«, keucht Abel und will sich ausschütten vor Lachen, während er eine Hälfte von einer Tafel Vollmilchschokolade abbricht. »Und ausgerechnet vom Roten Kreuz! Da weißt du alles über diesen Verein!« Auf jeden Fall gelang Eichmann die Flucht, und er fand nun allerlei Posten wie Fabrikvorarbeiter, stellvertretender Wasserwerksingenieur und … Hasenzüchter! Bei diesem Teil der Geschichte liegt Abel zu Hause im Melumvei auf dem Boden und krümmt sich vor Lachen. Sogar Vater lacht, auch wenn es aussieht, als ob er weint. Nur Mutter ist leichenblass und ernst.

Aber es kommt noch kurioser, jedenfalls von Abels Standpunkt aus. Schon drei Jahre später erhält nämlich der Nazijäger Simon Wiesenthal eine Karte von einem jüdischen Freund aus Argentinien. Er hat »dieses Dreckschwein Eichmann« gesehen, das jetzt »in einem Wasserwerk« arbeitet. Eichmann wohnt in der Nähe von Buenos Aires. Er ist verheiratet und hat drei Kinder. Der Freund bietet an, Eichmann aufzuspüren, hat aber kein Geld. Als Wiesenthal Nahum Goldmann vom Jüdischen Weltkongress um Unterstützung bittet, handelt er sich eine Absage ein. Und nun lacht Abel so laut, dass selbst Mutter sich um seine körperliche und geistige Gesundheit sorgt. »Goldmann weist ihn ab!«, keucht Abel. »Goldmann ist doch Jude! Und wofür sind wir Juden bekannt?«

Abel kreischt vor Lachen. Erst Minuten später kommt der Rest der Geschichte an den Tag. Wie ein überlebender Jude aus Dachau, wo

Eichmann stellvertretender Lagerleiter war, zu einem wichtigen Zeugen wird. Das Haus in der Calle Garibaldi, wo der Mossad Eichmann überwacht, ehe sie ihn am 11. Mai entführen. Sie schleppen ihn zu einem Auto und zwingen ihn, eine Erklärung zu unterschreiben, in der steht, dass er freiwillig nach Israel reist. »Freiwillig nach Israel!« Abel schnappt nach Luft. Aber Israel und Argentinien haben ja kein Auslieferungsabkommen. Dennoch sitzt Eichmann in der El Al-Maschine, als eine israelische Delegation, die zu den Feiern zum argentinischen Unabhängigkeitstag eingereist war, zehn Tage später nach Tel Aviv zurückfliegt.

Abel hält den Prozess für eine Farce, denn so viele Gesetze wurden gebrochen, als Eichmann entführt und nach Israel gebracht wurde. »Man kann niemanden der Verbrechen gegen die Menschlichkeit anklagen, wenn man sich selbst verbrecherisch verhält.« Außerdem wurde Eichmann gehängt, und Abel ist, wie Vater, gegen die Todesstrafe.

»Von mir aus, verlier den Verstand«, sagt Mutter.

»Sicher doch«, sagt Abel und verschwindet auf seinem Motorrad, diesmal ohne Leah, auf dem Weg an einen Ort, wo niemand ihn fangen kann.

22

Mads und ich fahren zum Palassteater und sehen uns die neue Wochenschau an. In aller Heimlichkeit hat die sowjetische Raumfahrtsbehörde den siebenundzwanzig Jahre alten Juri Gagarin zum ersten Menschen im Weltraum auserkoren, wenn man von den Piloten des amerikanischen Raketenflugzeugs X-15 absieht, die sich bereits 1959 am Rand der Atmosphäre bewegt hatten.

Der nur 1,57 m große Gagarin trainiert seit über anderthalb Jahren. Er hat Raumnavigation und Astronomie studiert. Er wurde physisch und psychisch getestet. Er hat 13 g in einer Zentrifuge erlebt, und nicht zuletzt hat er vierundzwanzig Stunden in einem lautlosen und vollständig dunklen Zimmer gesessen.

Mads und ich sind jetzt von der Raumfahrt besessen. Und Vater ist der Eifrigste von uns allen. Als im November 1957 die streunende Hündin Laika mit Sputnik 2 ins All geschossen wurde, ging Vater mit Tormod und mir hinaus in die Dunkelheit, obwohl längst Schlafenszeit war, um den Satelliten am Himmel zu sehen. Chruschtschow hatte mit Sputnik 1 großen Erfolg gehabt. Er wusste, dass es die Amerikaner ärgern würde, wenn er ihnen mit einem lebenden Menschen im Weltraum zuvorkäme, und bei den Vorbereitungen dafür war es nur natürlich, zu testen, was ein Hund da oben im Zustand der Schwerelosigkeit ertragen könnte. Die Wahl fiel auf Kudryavka (die Kleine mit den Locken), eine Streunerin, die in den Straßen von Moskau aufgegriffen worden war. Die Ingenieure hatten eine Vorliebe für Hunde aus Moskau. Die waren an Hunger und extreme Kälte gewöhnt. Die UdSSR hatte seit 1951 bereits zwölf Hunde in eine ballistische Bahn geschossen. Jetzt sollte also ein Hund in eine Umlaufbahn um die Erde gebracht werden, und das war etwas ganz anderes. Sie wurde in Laika umgetauft (die, die heult oder bellt). Aber die Behörden hatten es eilig. Die Ingenieure hatten nur vier Wochen Zeit, um Sputnik 2 zu bauen. Futter in Gelatineform wurde entwickelt, das durch Schläuche in den Magen eingeführt werden sollte. Das Futter würde für sieben Tage reichen. Danach würde Laika mit einer Dosis vergifteten Futters getötet werden. Ein Ventilator wurde installiert, der sich in Bewegung setzen sollte, wenn es zu warm würde. Zudem wurde eine Art Zaumzeug entworfen, das Laikas Möglichkeiten, zu stehen, zu sitzen oder zu liegen, an den Tagen vor ihrem Tod begrenzen sollte, weil in der Kabine nicht genug Platz war, um sich umzudrehen. Zudem wurde zwischen Laikas Hinterbeinen ein Beutel angebracht, um ihre Exkremente aufzufangen. Um die Hündin auf ihre Reise vorzubereiten, wurde sie bis zu zwanzig Tage hintereinander in immer engere Käfige gesperrt, als der Starttermin für Sputnik 2 noch längst nicht feststand. Nun hörte das Tier auf, zu urinieren oder Exkremente abzusondern. Die Wissenschaftler maßen zudem erhöhten Stress und eine allgemeine Verschlechterung der Lebensumstände. Aufgrund dieser Entdeckungen wurde nun auf hartes Training gesetzt. Laika wurde in eine große Zentrifuge gesteckt, die die Schwerkraftverhältnisse simulieren konnte. Es stellte sich heraus, dass sich ihre Pulsschläge verdoppelten und dass der Blutdruck stieg, aber das war nichts im Vergleich dazu, was dann beim Start passierte. Inzwischen steckte Laika schon seit drei Tagen in der kleinen Raumkapsel. Wegen der Kälte in der Umgebung um den Monatswechsel November/Dezember war ein an einen Heizkörper angeschlossener Schlauch notwendig, wenn Laika nicht erfrieren sollte. Einige Tage vorher hatte einer der Wissenschaftler Laika mit nach Hause genommen. Er hatte bedauert, dass die Hündin nur noch so kurze Zeit zu leben hatte. Deshalb ließ er sie einige Stunden mit seinen Kindern spielen.

Als Laika dann wieder in der Kapsel steckte, wurde die Sache ernst. Zwei Männer sollten Laika in den Stunden vor dem Start überwachen.

Sie desinfizierten ihr Fell mit einer alkoholhaltigen Flüssigkeit und bürsteten es sorgfältig. Dann rieben sie bestimmte Stellen an ihrem Körper mit Jodtinktur ein, damit die Sensoren für die wissenschaftlichen Messapparate angebracht werden konnten.

Danach nahmen sie Abschied von ihr, versiegelten die Tür von Sputnik 2 und verließen den Startbereich.

Sowie die Rakete ihre Geschwindigkeit steigerte, vervierfachte sich Laikas Atemfrequenz. Ihr Herzrhythmus stieg von 103 auf 240 Schläge in der Minute. Als Block A der Rakete sich nicht planmäßig ablöste, funktionierte die Temperaturregelung nicht mehr. Die Temperatur stieg auf 40 Grad, nach drei Stunden der Schwerelosigkeit sank der Puls der kleinen Hündin auf 102. Unten auf der Erde konnten die Wissenschaftler messen, dass sie unruhig war, aber sie verzehrte den Teil des Futters, der nicht intravenös gegeben wurde. Zwei Stunden später waren keine Lebenszeichen mehr wahrnehmbar. Fünf Monate lang sollte sie tot die Welt umkreisen, 2570 Umkreisungen insgesamt. Später kamen die Wissenschaftler zu dem Schluss, dass sie an Überhitzung und Stress gestorben war, nur wenige Stunden nach dem Start. Oro Jaska Beana. Armer Hund. Es war nicht einmal ein Trost, dass die Amerikaner für solche Experimente Schimpansen und Rhesusaffen vorzogen.

Der Winter mit Laika. Vater ging mit uns nach draußen, um sie zu sehen, als sie wie ein Stern über den Himmel jagte. Wir standen im Garten im Melumvei und sahen Sputnik 2 kommen. Das kleine starke Licht, das über den Sternenhimmel glitt. Einfach nur eine Raumkapsel. An Bord lag Laika, mit einem Schlauch im Magen und einem Beutel zwischen den Hinterbeinen. Was hatte sie im Sterben wohl gedacht?

Manchmal weinte ich. Manchmal weinte mein Bruder. Andere Male standen wir einfach nur da und schauten nach oben. Der Kosmos war so groß. Die Milchstraße. Der Große Bär. Der Gürtel des Orion. Laika, die über den Himmel sauste.

Vater schüttelte den Kopf. Er liebte die Wissenschaft. Aber dieses Experiment fand er unerträglich.

Hoffentlich denkt Gagarin nicht vor allem an Laika, wenn er an diesem Tag im April um neun Uhr morgens Moskauer Zeit mit der Wostok 1 hochgeschossen wird. Die gewaltigen Erschütterungen, wenn eine Rakete auf dem Weg in den Weltraum ist. Er liegt angeschnallt da, und es gibt nichts, was er tun könnte. Er hat keine Möglichkeit, das Raumfahrzeug zu lenken. Der alte Jagdflieger aus der MiG-15, der auf dem Luftwaffenstützpunkt Luostari im Oblast Murmansk ausgebildet worden war, hat keinerlei Herrschaft über sein eigenes Fahrzeug. Man weiß nicht, wie ein Mensch reagiert, wenn er ins Weltall geschossen wird. Deshalb wird alles vom Boden her gesteuert.

Nach einigen Minuten befindet er sich in der Umlaufbahn um die Erde. Und er ruft: »Ich sehe die Erde! Sie ist so schön!«

Er hat einen Umschlag mit einem Schlüssel, den er benutzen soll, wenn alles schiefgeht, aber auf diesem Flug entscheidet nicht er. Deshalb sagt er: »Ich weiß nicht, ob ich der erste Mensch im All bin oder der letzte Hund.«

Er fliegt an die 29 000 Kilometer in der Stunde. Er kann die Erdoberfläche aus einer Entfernung von 320 Kilometern sehen. Dann wird er wieder in die Atmosphäre zurückgeholt, nach etwas mehr als einer halben Stunde. Die kleine Kapsel glüht beim Kontakt. Gagarin verliert die Verbindung zur Bodenmannschaft. Siebentausend Meter über dem Erdboden schießt er sich hinaus in den offenen Raum. Dann sinkt er abwärts im längsten Fallschirmsprung aller Zeiten. Das Raumfahrzeug hat ebenfalls einen Fallschirm, aber es geht so schnell, dass ein Mensch nicht überleben könnte. Gagarin landet auf einem Feld in der Nähe der Großstadt Saratow an der Wolga.

Eine alte Babuschka und ihre Enkelkinder kommen angelaufen, als der Mann vom Himmel fällt. Woher kommt er? Ist er Freund oder Feind?

Der Mann sagt, er sei Juri Gagarin, er komme aus dem Weltall und sei der erste Mensch, der jemals den Erdball umrundet habe.

23

In der Nacht träume ich von Laika. Aber ehe ich träume, denke ich an Chruschtschow, der in einer Rede gesagt hat: »Gagarin ist durch das All geflogen, aber er hat dort keinen Gott gesehen.« Das erschreckt mich eigentlich nicht. Es passt zu dem, was Vater denkt, auch wenn er an eine »höhere Intelligenz« glaubt, wie er sagt. Dennoch ist es so einsam, sich den Sternenhimmel als leeren Raum vorzustellen. Nur Kälte und Frost oder gewaltige Hitze. Laikas Leiche, die in dem kleinen Raumfahrzeug ihre Runden dreht. Was hat sie gedacht, als sie dort in der Kapsel lag, ganz allein, und das gewaltige Gebrüll der Trägerrakete hörte, die Beschleunigung, die Erschütterungen, und danach die große Stille draußen in dem dunklen Raum? Ich lebe mich in diese Situation hinein, genauso, wie ich mich in die Gaskammer in San Quentin hineingelebt habe, wieder und wieder. Ich sitze angeschnallt auf dem Stuhl und höre das leise Tropfen der tödlichen Zyanidkapseln, die in den Säurebehälter unten am Stuhl tropfen. Das Blausäuregas steigt auf und hüllt mich in einen unsichtbaren Nebel. Aber ich sterbe nicht! Ich sitze nur da! So, wie Laika dagelegen haben muss, stundenlang, während sie versuchte, aufzustehen. Was ihr nicht gelang, wegen der Riemen. Wo waren die Kinder, mit denen sie einige Tage zuvor gespielt hatte? Wo waren die Menschen, die, früher oder später, die Kapsel öffnen und sie herausholen würden, wie sie das bisher immer getan hatten? Während ich in der Gaskammer sitze, bin ich schon tief in meinem Traum, und zugleich unendlich weit draußen im Weltraum. Nun sehe ich, wie Gagarin vorüberkommt, langsam, in seiner eigenen Kapsel. Sein Gesicht im Raumanzug. Der riesige Helm. Die Mikrofone auf jeder Seite des Mundes. Er versucht zu lächeln. Aber gleich hinter ihm kommen meine Eltern. Erst Mutter in ihrer eigenen Kapsel. Und sie lächelt nicht. Sie starrt vor sich hin. Ich rufe: »Mutter! Mutter! Ich bin auch hier! Siehst du mich nicht? Sieh mich an! Schau nach links, Mutter!« Und dann kommt Vater, ebenfalls in einer eigenen Kapsel. Und er sieht mich. Er sieht durch mich hindurch. Er ist tot! So tot wie Laika! Schon nach wenigen Sekunden ist er in der unendlichen Dunkelheit verschwunden. Aber dann kommt Tormod. Er sitzt ebenfalls in einer kleinen Kapsel. Er hat einen Raumanzug und Mikrofone, und er lebt! Er sagt etwas zu mir. Er versucht zu erklären. Klopft an das Fenster. Erzählt er mir, wie ich hinauskommen kann? Aber ist es nicht lebensgefährlich, die Luke zu öffnen? Ist das nicht der sichere Tod? Er schüttelt den Kopf. Da sehe ich seine Hände. Auch er will die Luke öffnen. Wir müssen das gemeinsam machen, signalisiert er. Na gut, dann tun wir das! Gemeinsam! So, wie wir in diesem Leben vieles gemeinsam machen! Natürlich. Tormod und ich werden überleben. Ich öffne die Luke. Ich krieche aus der kleinen Kapsel. Werde ich jetzt schweben? Mit Tormod zusammen schweben? Werden wir zurechtkommen, obwohl Vater tot ist und Mutter wie versteinert um den Erdball kreist, wieder und wieder? Vielleicht können wir auch ihre Kapsel öffnen. Sie hinaus in die Freiheit holen, in den großen Raum, wo uns niemand erreichen kann.

Wir gleiten aus der Kapsel, Tormod und ich. Ich strecke die Arme aus, mache mich bereit zum Fliegen. Tormod tut es mir nach. Es ist wie bei der Eurythmie in unserer Schule. Die großen, unförmigen Körper. Jetzt sind wir noch größer, das verdanken wir den Raumanzügen. Aber wir sind doch nicht schwerelos! Wir sind betrogen worden. Wir fallen und fallen. Hilflos sind wir. Ach und weh! Wir fallen zur Erde. Auf das große blaue Meer zu. Es kitzelt in meinem Bauch. Ich versuche es mit Brustschwimmen, aber keine Bewegung hilft.

In der Schule steht Ledsaak bereit, um uns von Luzifer zu erzählen, der dort oben im Himmel saß, zusammen mit Gott und dem Erzengel

Michael. Luzifer war nicht schlecht, sagt Ledsaak. Er war in vieler Hinsicht sympathisch, aber er war von sich eingenommen und stolz. Er wollte sich an Gottes Stelle setzen. Er konnte nicht begreifen, warum seine Kenntnisse und Fähigkeiten nicht so sehr geschätzt wurden, dass alle in ihm den wahren Anführer erkannten. Er wollte der Beste sein und diese Verantwortung übernehmen. Deshalb forderte er Gott heraus, und es kam zum Krieg im Himmel.

Der Erzengel Michael bekämpfte Luzifer. Danach setzte er sich an Luzifers Platz.

Luzifer selbst stürzt in die Finsternis und wird von nun an seine vielen Talente und seine reizende Persönlichkeit einsetzen, um die Hölle zu organisieren mit hilfreicher Unterstützung von Mammon und Beelzebub.

Wir hören Ledsaak zu, wie er dort steht und mit großer Anteilnahme von den Engeln erzählt. Etwas an der Art, wie er redet, bringt mich dazu, Luzifer zu mögen. Jedenfalls bekomme ich eine Gänsehaut, als ich dort mit einem blanken weißen Blatt sitze und mit Wasserfarben Luzifers Sturz in die Hölle malen soll.

Soll Gott dann Kennedy sein? Oder Chruschtschow?

Aber an dieser Schule sollen wir nicht so konkret sein. Deshalb male ich einen Engel mit schwarzen Flügeln. Er ähnelt niemandem besonders. Er stürzt in brodelnde Lava.

Beim Malen betritt ein weiterer Lehrer das Zimmer.

Er ist strenger als Ledsaak. Zusammen mit Ledsaak hat sich die Klasse gefunden. Es gibt viel Spaß und Vergnügen. Aber jetzt wird es still. Der Lehrer soll Ledsaak etwas ausrichten, aber während die beiden miteinander tuscheln, schaut der andere Lehrer zu meinem Tisch herüber.

Er sieht, dass ich mit der linken Hand male.

Ich versuche zu wechseln. Blitzschnell. Aber es ist zu spät. Er kommt auf mich zu. »Hab keine Angst«, sagt er.

»Ich habe keine Angst«, sage ich.

Dann steht er da, ohne etwas zu sagen. Ich versuche, mit der rechten Hand zu malen. Das geht nicht gut. Alles verschwimmt. Luzifer ist ruiniert. Gott ebenfalls. Das ganze Bild ist zerstört. Der Lehrer geht zu Ledsaak zurück. Sie sprechen leise miteinander.

Zwei Stunden später gehe ich wieder über den Platz zum *Haus im Wald*. Fräulein Ätschbätsch wartet schon auf mich. Sie hat offenbar mit jemandem geredet. Sie packt meine linke Hand. »Das ist Luzifer«, sagt sie.

»Ach so«, sage ich.

Dann packte sie die andere Hand. »Und das ist der Erzengel Michael.«

Langsam begreife ich. Es gibt das Gute und das Böse, auch in meinem eigenen Körper. Jetzt muss ich gegen das Böse kämpfen, sonst wird es mir schlecht ergehen.

Fräulein Ätschbätsch beugt sich über mich. Packt meine rechte Hand, während ich schreibe. Macht mit großen Bewegungen Buchstaben, sodass die Fingerknöchel weiß werden: »Wieder und wieder. Wieder und wieder. Sprich mir nach, rhythmisch und kraftvoll. Luzifer und Michael. Luzifer und Michael. Wieder und wieder. Wieder und wieder.«

24

Exil-Kubaner und Batista-Anhänger versuchen eine Invasion auf Südkuba, nach vielen Monaten im Exil. Fidel Castro ist Chruschtschows Mann, und Kuba liegt gefährlich nahe an den USA. Es ist der 17. April 1961. Eine Gruppe von 1500 Exil-Kubanern beteiligt sich an der Aktion, und 1300 von ihnen gehen mit zwei CIA-Agenten an Land. Sie haben sich für ihren Invasionsversuch die Bahía de Cochinos ausgesucht, die Schweinbucht. Aber in Kuba warten 25 000 Soldaten, 200 000 Milizionäre und 9000 bewaffnete Polizisten. Schon nach drei Tagen sind die Invasionstruppen besiegt, und sie stecken fest in den Mangrovensümpfen an der Westküste, in den Savannen im Osten oder an den Stränden.

Als Castro später zur Bevölkerung spricht, erwähnt er Kennedy nicht ein einziges Mal namentlich. Er weiß, dass eigentlich das Regime von Eisenhower und Nixon hinter dieser Aktion steckt. Kennedy sitzt noch keine drei Monate im Weißen Haus. Castro will dem Verhältnis zum neuen Präsidenten des Nachbarlandes nicht schaden.

Fünf Tage danach machen vier französische Generäle unter Führung von Maurice Challe in Algerien einen Putschversuch gegen Frankreich. Sie wollen an der französischen Südküste an Land gehen und de Gaulle absetzen, den sie überaus kritisch sehen. Seit vielen Jahren gab es nun schon den Cafékrieg. Die Gegner bringen sich gegenseitig in Cafés um, schießen einander nieder, wenn sie dort bei Rotwein und Pfefferminztee sitzen. Allein dieser Teil des Krieges hat zu über 15 000 Toten geführt. Viel höher waren die Todeszahlen, als französische Soldaten an der Grenze zu Tunesien und Marokko 900 000 Landminen auslegten, um die Unabhängigkeitsbewegung FNL zu bekämpfen. Frankreich hatte soeben seine Kolonien in Südostasien verloren. Es wollte nicht auch noch Algerien einbüßen. Dennoch war de Gaulle ins Schwanken geraten. Er wollte den Krieg beenden. 25 000 französische Soldaten und 150 000 FNL-Angehörige sollten noch ums Leben kommen. Die Verlustzahlen auf algerischer Seite werden schließlich anderthalb Millionen betragen.

Aber de Gaulle und seine Soldaten sind vorbereitet. Der Putschversuch wird zurückgeschlagen und Challe stellt sich den französischen Behörden. Der Junge steht am Fenster, als der Vater mit Graubrot und *Dagbladet* unter dem Arm nach Hause kommt. Die Schlagzeilen sind schwärzer und fetter denn je. Der Vater runzelt auf seine unverkennbare Weise die Stirn. Diesmal geht es also um Algerien. Er ist empört darüber, dass Frankreich in diesem Land eine Atombombe gezündet hat, aber dass die verrückten Generäle in Algerien de Gaulle stürzen und auf französischem Boden an Land gehen wollten, ist Wahnsinn.

»Was ist denn bloß los?«, sagt er zur Mutter. »Er versucht doch trotz allem, Algerien Selbstständigkeit zu geben.«

Der Glaube des Vaters an die Demokratie. Humanismus. Der Glaube des Vaters an den Dialog. Die Möglichkeit der langen Gedanken. Der Glaube des Vaters an Camus, der als *Pied-noir* geboren war. Der Glaube des Vaters an eine europäische Föderation. An alles, was einen neuen Krieg in diesem bereits zerschlagenen Erdteil verhindern kann.

Aber das alles ist zu hoch für ihn. Und auch zu hoch für Mads. Sie haben mehr als genug zu tun mit UdSSR, USA und Weltraum. Soll denn noch mehr kommen? Ja, es kommt noch mehr. Die *Orienterings*-Jungs, zu denen Vater so großes Vertrauen hat, trennen sich von den Sozialdemokraten und gründen ihre eigene Partei. SF. Sozialistische Volkspartei, mit Knut Løfsnes als Vorsitzendem, Berge Furre als Sekretär und Finn Gustavsen als Leiter der Ortsgruppe Oslo.

Der Vater wirkt erleichtert, aber er ist trotzdem nicht sicher, dass dieses politische Projekt gelingen kann. Sie haben sich gewehrt, als es um Atomwaffen und NATO ging. Aber können sie mit den Wünschen der USA umgehen? Und mit Chruschtschow?

Der Vater sitzt bei Ulf auf dem Dachboden und diskutiert mit seinem Freund, der ohnehin niemals in irgendeine Partei eintreten wird. Ulf will lieber die Bevölkerung mit Demonstrationen, Pamphleten und Aufforderungen zum Protest aufrütteln. Volksaufstand gegen den Krieg. Der endgültige Bruch mit den Machtpolitikern, die die Verantwortung für den Kalten Krieg tragen. Sind die *Orienterings*-Jungs bereit dazu?

Er hört dem Vater und Ulf zu und merkt, dass er Bauchweh hat. Das hat er immer, wenn er zum Ballett muss. Er kneift alles zusammen, bis er einfach aufs Klo muss. Sitzt da wie ein Krüppel mit krummem Rücken und stöhnt. Es war die seltsame Idee der Mutter, dass er Klavier spielen soll. Aber es ist ihre noch seltsamere Idee, dass er, zusammen mit dem Bruder, Ballett tanzen soll. Unten in der Oper hat sich die Mutter mit der Star-Ballerina Jorun K. angefreundet, einer schönen jungen Frau, deren Bild er gern zu Hause in seinem Zimmer hätte. Aber er traut sich nicht, weil ihr Sohn in dieselbe Klasse geht wie sein Bruder. Er tanzt auch. Alle tanzen. Auch der Gatte ist Tänzer. Even. Er hat einen so geraden Rücken, dass es aussieht, als lehne er sich rückwärts gegen eine Wand, obwohl gar keine Wand vorhanden ist. Er steht am Eingang und raucht eine nach der anderen, während er auf sie wartet, auf einen nach dem anderen, in dem großen gelben Haus bei Sørbyhaugen. So viel gelb damals. Die sechziger Jahre sind einfach gelb. Das muss er denken, viele Jahre später, als er dieses Buch schreibt. Die siebziger Jahre sind blaugrau. Die achtziger Jahre sind braun. Die neunziger Jahre sind fast weiß. Und die nuller Jahre sind wieder blaugrau, genau wie die siebziger Jahre. Aber das hier sind die sechziger Jahre. Das gelbe Buch. Das gelbe Haus im Melumvei und das gelbe Haus bei Sørbyhaugen, das eigentlich blau ist. Tante Svanhild ist begeistert von der Vorstellung, dass ihre beiden Neffen, die Goldjungs, Ballett tanzen. Außerdem hat die Ballerina eine Woche später einen Termin mit dem Fernsehen. Dort sollen die Jungs in einer Direktübertragung auftreten.

»Kannst du uns nicht einen Fernseher kaufen, Vater«, quengelt er.

»Das können wir uns nicht leisten.«

»Auch nicht, wenn Tormod und ich im Fernsehen kommen?«

»Auch dann nicht.«

»Vater, du bist grausam«, sagt er.

»Er kann sich das nicht leisten«, sagt die Mutter. »Wir können es bei Tante Svanhild sehen.«

»Kommt ihr nicht mit ins Studio?«

»Das dürfen wir nicht«, sagt die Mutter und drückt ihn beschützend an sich.

Er ist so abhängig von ihr. Auch wenn sie den ganzen Tag lang weg ist, und oft auch abends, wenn sie in der kleinen Kiste in der Oper sitzen und den großen fetten Sängern (die ihren Text vergessen haben, weil sie zu viel trinken, da ist er sicher) ihre Repliken zurufen muss, spürt er, dass sie eine Verbindung haben, sie zwei, dass es zwischen ihnen eine Funkfrequenz gibt, so, wie es gewesen sein muss, als Gagarin im Weltall war und als die, die von der Erde aus seinen Flug lenkten, seine Stimme hören konnten, selbst dann, wenn er sich nicht unmittelbar über ihnen am Himmel befand. Die Mutter ist jedesmal, wenn sie mit der Røa-Bahn in die Stadt fährt, draußen im All, und was sie dort eigentlich macht, weiß er so wenig wie der Vater. Und über den Vater weiß er auch nicht viel, nur dass der Vater offenbar bald ein eigenes Büro im sechsten Stock des Ingenieurshauses bekommt, mit Blick auf den Fjord. Sie müssen oft allein zurechtkommen, er und der Bruder. Und am meisten fühlt er sich allein, wenn er wie ein Weihnachtsschwein in dem Saal von Jorun K. bei Sørbyhaugen steht, in blauem Trikot, das deutlich zeigt, wie viele Speckwülste er inzwischen hat. Es ist unmöglich, die Diät der Penner in Mærradalen zu essen, Knäckebrot mit Ziegenkäse und ganz dick Butter, ohne irgendwann zuzunehmen. Das Schlimmste ist das Fett auf der Innenseite der Oberschenkel. Man könnte aus ihm einen Sonntagsbraten machen. Aber wie würde das schmecken? Wenn er sich in dem riesigen Spiegel sieht, wo er, zusammen mit Tormod und dem Sohn des Balletthauses, der immer freundliche und lustige Jo, versucht, alle Bewegungen so zu koordinieren, dass ein Rhythmus daraus entsteht, wie die Primadonna sagt, fühlt er sich ganz besonders hilflos.

Die Stadt Kardemomme. Kasper und Jesper und Jonatan. Letzeren sollte er selbst gestalten, wie es in der Waldorfsprache heißt. Tormod sollte Kasper sein, und der Sohn der Primadonna Jesper. Auf seinem Bruder ruhte eine große Verantwortung, denn er hatte die erste Replik allein, nämlich: »Sowohl Kasper.« Die nächste Replik fiel Jesper zu und lautete: »Als auch Jesper.« Während er selbst die allerschönste Replik hatte, da sein Name der längste war: »Und Jonatan.« Am Ende sollten sie sich auf den Boden legen, laut seufzen, als ob sie müde wären, und sagen: »Ja, das tun wir dann.« Aber lange, ehe sie bei dieser Abschlussübung ankamen, die physisch und psychisch viel von ihnen allen verlangte, sollten sie in ihren Ballett-Trikots umhertrotten, jeder mit Stock und Bündel über der Schulter. Das erinnert ihn an die Stöcke, die früher im Kindergarten verteilt wurden, wenn sie dann auf einem Lastwagen zusammengepfercht wurden und wie Bettler durch die Straßen von Oslo gefahren wurden. Sie sollten Geld für irgendeinen unbekannten Zweck einsammeln, den die Erwachsenen als wichtig bezeichneten. Jetzt war ihnen die Rolle der Räuber zugewiesen worden. Die der verdreckten Dussel, die allein wohnten und so dumm waren, dass sie die schnarchende Tante Sofie aus ihrem Haus in der sowieso idiotisch kindischen Stadt stahlen, wo alle tun konnten, was sie wollten, wenn sie nur lieb und freundlich waren.

In unserem Räuberlied behaupteten wir, auf Zehenspitzen auf Raub auszuschleichen, aber Jorun K. ließ uns wie Krebse oder wie ganz besonders behinderte Kinder aussehen. Selbst mein Fett zitterte vor Empörung. Reichte denn nicht Fräulein Ätschbätsch? Sollte ich jetzt jeden Tag an meine körperliche Unzulänglichkeit erinnert werden? Das einzige Selbstvertrauen, das ich in fast neun Jahren auf diesem herzlosen Planeten erlangt hatte, war, dass ich auf sechzig Metern nicht der Langsamste in der Klasse war und dass ich eine erstaunliche Begabung für Eisschnelllauf besaß. Das hatte Bryn entdeckt, der Reichste und Freundlichste aus der Klasse, als wir einmal in der Wintersaison zum

Bislett-Stadion hinuntergegangen waren. Dort hatten Hjallis und Kupper'n ihre Lorbeerkränze entgegengenommen. Bryn erinnerte mich daran, dass diese alte Betonkonstruktion bei den Winterspielen 1952 sogar als Olympiastadion gedient hatte. Hier war Hjallis beim Zehntausendmeterlauf gestürzt, weil ein Schafskopf von Fotograf Blitzlicht benutzt und ihn mitten in der Nordkurve geblendet hatte. Oder war es die Südkurve gewesen? Jedenfalls hatte mein Fett auf dem glatten Eis Tempo gewonnen. Es sollte nicht mehr viele Jahre dauern, bis ich fünfzehnhundert Meter in 3.40.6 schaffte, fast so schnell wie der norwegische Leichtathletikstar Arne Kvalheim diese Strecke lief. Gerade solche Aufmunterungen brauchte ich, statt mich wie ein Krebs bewegen zu müssen, während ich über Pökelfleisch und Geld und Gold sang. Aber das musste ich nun mal. Bei den Proben stand die schöne Primadonna gebückt da und starrte mir mitten in den Schritt, um zu sehen, ob ich meine bleischweren Oberschenkel hoch genug heben könnte. »Gut, Ketil, gut!«, rief sie, als ob ich zu den Allerschwächsten gehörte, den Allerhilfsbedürftigsten. Es war eine anstrengende Szene, die nicht weniger als drei Minuten dauerte, und eine Woche, nachdem ich auf Ulfs Dachboden gesessen und mich vor einer der letzten Ballettproben gegruselt hatte, standen wir in dem großen Aufnahmestudio des Rundfunkgebäudes, das damals benutzt wurde, weil das NRK-Fernsehen noch kein eigenes Haus hatte. Wir waren ein Programmpunkt in der Sendung *Im Blickpunkt,* die von Lauritz Johnson, aber auch von dem jungen und vitalen Odd Grythe moderiert wurde, der mit der freundlichsten Stimme sprach, die ich je gehört hatte, und der aussah wie einer der neuen Minister in Präsident Kennedys Regierung. Das Schöne an den Räubern und der Geschichte von Tante Sofie war, dass die Räuber, als sie bereuten, dieses Ungeheuer von Frau geraubt zu haben, damit jemand ihnen das Haus putzte und für sie kochte, auf die Idee kamen, sie einfach »zurückzurauben«, also die schnarchende Tante wieder nach Hause zu schaffen. Aber nicht diese Szene sollten wir gestalten. Wir sollten uns nur wie Krebse oder »disabled«, wie Mads sagte, verhalten, und das Räuberlied singen, das nach allen Proben mit den extremen körperlichen Schwierigkeiten einfach nur noch lächerlich wirkte.

Die Minuten vor der Sendung. Das Einzige, woran er denkt, ist, dass Tante Svanhild gleich mit übereinandergeschlagenen Beinen in ihrer Wohnung in der Gabelsgate sitzen und ihm zusehen wird. Dass seine Eltern auch dort sitzen werden, ist ein Bonus, wie man fünfzig Jahre später sagt. Es sind doch Menschen, die er gut kennt, besser als die meisten anderen, wie er zugeben muss, wenn er sich die Sache überlegt. In der Regel sind sie auf seiner Seite. Gerade deshalb hat er solche Angst davor, sie zu enttäuschen. Was, wenn er aussieht wie ein Strauß, statt wie ein Krebs? Was, wenn er nicht sagt »und Jonatan«, sondern »und Ketil«. Das wäre doch peinlich! »Kasper und Jesper und Ketil.« Er wird schon bei der bloßen Vorstellung rot, er weiß noch nicht, dass das ein Muster in seinem Leben werden wird, seine Fähigkeit, an alles zu denken, was schiefgehen kann, sich unnötig vor Dingen zu grausen, die wahrscheinlich niemals passieren werden. Er ist ganz einfach unbeschreiblich nervös, als das rote Lämpchen über der großen Studiotür aufleuchtet, und selbst die krass geschminkten Moderatoren, die doch an solche Situationen gewöhnt sein müssten, sehen ziemlich steif und elend aus. Er schaut zu Tormod und Jo hinüber. Keiner von beiden zeigt irgendwelche Anzeichen von Aufregung. Sie müssen aber auch keinen dreisilbigen Namen vorführen, ganz allein, während die ganze Welt zusieht. Ihm geht plötzlich auf, dass auch Amerikaner und Sowjets sich die Sendung anschauen. Der Vater hat ihm ja erzählt, wie überall spioniert wird und dass die Satelliten oben im Weltraum weite Bereiche überwachen. Vielleicht sitzt gerade Präsident Kennedy in seinem ovalen Büro, zusammen mit seinem Bruder Robert, dem Justizminister, und dann taucht Odd Grythe auf dem Bildschirm auf. Mads hatte diese Hypothese schon viele Wochen zuvor aufgestellt, und Mads war einer, der oft recht hatte. Öfter als er selbst jedenfalls.

Jetzt sind sie dran. Es ist eine Direktübertragung. Gleich wird er vor die Kameras treten und aller Welt sein Fett zeigen. Vielleicht sehen die Nähkränzchenmädchen aus seiner Klasse zu? Ein Mann mit Bart und Kopfhörern kommt auf sie zu und fuchtelt mit den Armen, ehe er sie in die Mitte des Raumes scheucht. »Jetzt!«, sagt er. »Jetzt!«

Jetzt muss das Schicksal seinen Lauf nehmen.

25

Die Amerikaner schießen Alan Shepard mit der Freedom 7 hoch. Auf seiner Fahrt wird sein Körpergewicht zwischen null und achthundert Kilo wechseln, ehe es sich dann wieder auf fünfundsiebzig stabilisiert. Aber er soll nur eine ballistische Bahn fliegen, die fünfzehn Minuten dauert, und er wird auch nicht höher fliegen als 187 Kilometer.

»Nicht gerade Gagarin«, sagt Mads.

Vizepräsident Lyndon Baines Johnson schreibt für Präsident Kennedy eine Notiz: »In den Augen der Welt bedeutet Erster im Weltraum Erster überall. Nummer zwei im Raum ist Nummer zwei in allem.«

In dieser Zeit fange ich an, auch mit einem anderen Jungen aus der Klasse zusammenzusein. Er heißt Sverre und wohnt in der Gegenrichtung von Mads, draußen in Eiksmarka, in den großen weißen Blocks, in denen offenbar auch Erik Bye gewohnt hat, als er *Anna Lovinda* schrieb. Wir können nicht an der Haltestelle Smestad stehen und die großen Krisen der Welt lösen. Stattdessen legen wir uns weiße Mäuse zu. Auch Sverre interessiert sich für den Wettlauf im Weltraum. Er hat genau verfolgt, wie die sowjetischen Wissenschaftler mit Korabl-Sputnik 2 einen ganzen Tierpark hochgeschossen haben. Nicht nur die beiden Hündinnen Belka und Strelka waren an Bord, sondern auch vierzig Mäuse, ein graues Kaninchen, zwei Ratten, Fliegen und allerlei Pflanzen sowie Pilze. Hündinnen sind besser für den Raum geeignet, da sie beim Pissen nicht das Bein heben müssen. Das war nicht nur an

Laika getestet worden, sondern auch an den Hunden Desik, Tsygan, Lisa, Ryzhik, Bolik, ZIB, Otvazhnaya, Snezhinka, Albina, Tsyganka, Damka, Krasavka, Bars und Lisichka, die im Laufe der Jahre nicht so viel leiden mussten wie Laika, aber gemeinsam ein Großteil der wissenschaftlichen Grundlage dafür erarbeitet hatten, diesen wahnwitzigen Tierpark ins All zu schicken, wo die Tiere einen ganzen Tag verbrachten, ehe sie glücklicherweise allesamt lebendig zurück auf die Erde gelangten. In gewaltigem Tempo, aber mit Fallschirm.

Sverre und ich waren begeistert von diesem Flug. Zu dieser Zeit wollten wir beide Wissenschaftler werden. Deshalb war die Freude groß, als unsere Elternpaare uns beiden glaubten, dass wir seriöse Raumforscher waren. Jetzt mussten wir die Überlebensmöglichkeiten von weißen Stadtmäusen in Vororten wie Røa und Eiksmarka testen. Hatten sie überhaupt eine Chance? Sie waren doch an das Leben in sicheren Käfigen in Oslo gewöhnt, im Laden *Aquarium* in der Akersgate, gleich beim Parlamentsgebäude. Obwohl Vater sich keinen Fernseher leisten konnte, half er mir beim Finanziellen, wenn es um Käfig, Sägespäne, rosa und hellblaues Plastikspielzeug und andere Einrichtungsgegenstände ging, die die Mäuse in ihrem neuen Dasein als Vorstadtbürger brauchen könnten. Die Mäuse kosteten auch nicht die Welt, und bald hatte sich in den Raumfahrtzentren Røa und Eiksmarka eine ganze Kolonie von eifrigen und intelligenten Tieren versammelt.

Sverre war ein Anführertyp, obwohl er damals nur siebenundzwanzig Kilo wog. Wir waren in der Klasse alle gewogen worden, und es war peinlich, der Schwerste zu sein mit fast schon vierzig Kilo. Die Mädchen hatten gekichert, aber aus irgendeinem Grund zogen sie mich nie auf, außer beim Völkerball, wenn sie versuchten, mich umzuwerfen. Dann hatte ich manchmal das gleiche seltsame Gefühl wie damals, als Leah zu Besuch gekommen war und wir im Bett eine Kissenschlacht veranstaltet hatten.

Aber wenn ich mit Sverre zusammen war, interessierten mich ganz andere Dinge. Es machte Eindruck auf uns, dass nicht weniger als vierzig Mäuse beim Flug von Sputnik 2 dabeigewesen waren. Wir hatten uns jeder nur zwei leisten können. Nun sollten sie sich ganz schnell vermehren. Es musste doch möglich sein, innerhalb von vier Monaten auch auf vierzig zu kommen? Sverre war besser als ich darin, sich Ziele zu setzen.

In seiner Erinnerung erscheint diese Zeit als eine andere Art von Zeit. Als die große Mäusezeit. Alles drehte sich um Mäuse. Um den Weltraum. Um Vermehrung. Er konnte zusammen mit seinem neuen Freund in den Käfig blicken und begeistert rufen: »Jetzt paaren sie sich!« Er konnte sehen, dass die eine Maus dicker wurde, bis sie zu bersten drohte, ehe die Mäusejungen geradezu aus ihr herausquollen, als ob man Kaviarpaste aus einer Tube quetschte. Er war so stolz auf die Mäuseeltern. Er kostete das Glücksgefühl aus. Auch Sverre war sichtlich gerührt und begeistert. Seine Stimme klang belegt, wenn er darüber redete. Jetzt hatten sie plötzlich insgesamt neunzehn Mäuse. Er hatte neun und Sverre hatte zehn. Es spielte keine Rolle, dass der Freund ihm um eine Maus voraus war. Sie machten das hier ja zusammen. Aber als der nächste Geburtstermin näherrückte, hatten Sverres Eltern genug. Kleinlaut kam Sverre eines Tages in die Schule und wagte fast nicht zu erzählen, was zu Hause in Eiksmarka passiert war. Nicht noch mehr Mäuse. Und die bereits vorhandenen mussten wir verkaufen. Zehn wunderschöne weiße Mäuse verkaufen, deren Anzahl sich bald verdoppeln würde oder vielleicht sogar verdreifachen? Das kam nicht in Frage. Als er Sverres flehenden Blick sah, war ihm klar, dass er eingreifen musste. Dass alle Mäuse im Melumvei untergebracht werden müssten, jedenfalls für eine gewisse Zeit. Er überlegte. Was würden seine Eltern sagen? Die waren zum Glück jetzt oft weit weg, dachte er. Nahmen morgens die Straßenbahn und kamen abends nach Hause. Der Vater war jetzt Redaktionsleiter des Technischen Wochenblattes, und die Mutter arbeitete noch immer bei Fotograf Wickmann, wenn sie nicht abends in der Oper war oder in einem Buchladen Bücher verkaufte. Tormod hatte seine Freunde. Deshalb war er sehr viel allein im Haus. Doch, es müsste gehen. Er konnte natürlich nicht an die vierzig Mäuse in einen einzigen Käfig stecken. Sie mussten verteilt werden. Im Haus gab es viele Schlupfwinkel. Bald würde der Sommer kommen. Dann könnte er im Garten einen Käfig aus Maschendraht bauen, hinter den Johannisbeersträuchern. Aber noch war es nachts zu kalt. Die Erwachsenen trugen Hut und Mantel. Plötzlich fielen ihm die Küchenschubladen ein. Genau! Die Mutter hatte fast nie mehr Zeit zum Backen. Die Brotformen, die jahrelang auf dem Küchenboden Straßenbahnen dargestellt hatten, wurden in der untersten Schublade des gelben Küchenschranks aufbewahrt. Die Mutter öffnete diese Schublade nie. Dort könnten die Mäuse untergebracht werden!

Aufgeregt kam er am nächsten Tag in die Schule und sprach mit Sverre über diese neue Möglichkeit. Er sah die Freude im Gesicht seines Freundes und dachte zum ersten Mal bewusst, wieviel es ihm zurückgab, wenn er es über sich brachte, nett zu irgendwem zu sein. Der Zwischenfall mit Tante Svanhild im vergangenen Jahr hatte ihm gezeigt, dass man unglücklich wird, wenn man gemein zu anderen ist. Aber jetzt hatten er und Sverre einen Plan. Sverre sollte zu Hause erzählen, dass er ein Zuhause für alle Mäuse gefunden hatte, und wenn sie fragten, wo, sollte er nicht den Namen des Freundes im Melumvei nennen, sondern den eines Jungen aus einer anderen Klasse, den seine Eltern nicht kannten. Dann war es weniger wahrscheinlich, dass die Eltern dort anriefen und nachfragten. Und warum sollten sie auch? Sverre hatte die Mäuse ja weit weg gebracht. Am selben Nachmittag, lange bevor die Eltern aus der Stadt zurückkommen würden, fuhr Sverre mit der Straßenbahn von Eiksmarka nach Røa und hatte eine gewisse Anzahl Mäuse in einem Schuhkarton. Der Freund hatte Löcher in den Karton gebohrt, die gerade so groß waren, dass keine der Mäuse, weder die Neugeborenen noch die Eltern, die Onkel oder Tanten, entkommen könnten. Zu allem Glück war auch Tormod nicht zu Hause. Dieses Geheimnis musste er für sich behalten. Es war das erste große Geheimnis in seinem Leben. Bei allen anderen war er zu schwach gewesen, sie zu bewahren.

Und plötzlich war das große Geheimnis im Melumvei untergebracht.

Viele Jahre später fragte er sich: Habe ich damals wirklich geglaubt, dass das gutgehen könnte? Dass Tag für Tag geheimzuhalten war, dass es ein Gewimmel aus weißen Mäusen in der Küchenschublade gab? Ja, er besaß diesen Übermut, den er auch nicht abschütteln konnte und der ihn noch oft in unhaltbare Situationen bringen würde. Schon damals war er von seinen eigenen Analysen so überzeugt gewesen, hatte sie für so überlegen gehalten, dass sie eigentlich nicht auf Widerspruch stoßen könnten. Das Einzige, was ihm Sorge machte, war, dass es unten in der Schublade kein Tageslicht gab. Tageslicht war ein Menschen- und ein Mäuserecht. Aber es war ein Trost, dass sich wilde Mäuse oft in die Erde vergruben, wo sie in Höhlen hausten und sich nur nachts, wenn es dunkel war, wieder hervorwagten.

Also brauchten diese Tiere nicht in erster Linie Licht, sondern Geborgenheit und Fürsorge, und beides wollte er ihnen doch geben.

Behutsam brachte er zusammen mit Sverre die exilierten Mäuse in ihrem neuen Heim in der Küchenschublade in Røa unter. Zur Feier des Tages war die Schublade gefüllt mit Sägespänen, Mäusefutter, Laufrädern, Mäusespiegeln und Mäuseknabbereien. Sogar zwei Salatblätter hatte er sich im Lebensmittelladen in Randklev erschmeicheln können. Alle Mäuse wirkten gesund und munter und überaus neugierig auf ihre neue Umgebung. Das war ein gutes Zeichen. Er schloss die Schublade vorsichtig wieder. Dann gingen er und Sverre hinaus auf die Straße, um Fuchsen zu üben.

Sverre wirkte geheimnisvoll. Das tat er immer, wenn er eine neue Idee hatte. Ich fragte ihn, woran er dachte.

»Dass wir uns an die russische Botschaft wenden sollten«, sagte er.

»Die russische …?«

»Oder die amerikanische. Aber die Russen werden dieses Wettrennen gewinnen, und ich will auf der Gewinnerseite stehen. Du nicht auch?«

Ich zögerte ein bisschen, ehe ich antwortete. Vielleicht, weil ich Gewinner noch nie hatte leiden können. Ich mochte doch die Verlierer, konsequent und jederzeit. Ich mochte Nixon, ich mochte Shepard, der nach Gagarin hochgeschossen worden und der nicht einmal richtig im

Weltraum gewesen war. Ich mochte den fetten Sänger, der sich in der Oper bei Mutter blamiert hatte, als er beim höchsten Ton gepatzt hatte und von allen ausgelacht worden war. Ich mochte mich selbst, wenn ich beim Völkerball ausscheiden musste. Gewinner waren anbiedernde und selbstsüchtige Fanatiker, die sich in den meisten Fällen ihren Sieg erschwindelt hatten. Kennedy, zum Beispiel. Mit der Familie stimmte doch etwas nicht. Sie waren zu schön, zu heldenhaft. Sie schwitzten nicht vor laufender Fernsehkamera. Aber jetzt begriff ich doch, dass Sverre Visionen hatte, und einen Menschen mit Visionen durfte man nicht aufhalten, ehe die Visionen sich der Wirklichkeit hatten stellen können.

Als ich nicht sofort antwortete, redete Sverre einfach weiter. »Diese Mäuse sind Raumfahrtmäuse, Ketil. Deshalb haben wir sie ja. Jetzt sitzen ziemlich viele von ihnen in einer dunklen Schublade. Sie bereiten sich auf die große Fahrt vor. Und sie werden diese Fahrt auch überleben. Sie werden nicht auf grausame Weise in den Tod geschickt werden. Ist Norwegen nicht Mitglied der NATO?«

»OTAN«, sage ich. »Auf Französisch heißt das OTAN.«

»Dann sagen wir OTAN-NATO«, entscheidet Sverre. Er hat keine Lust, sich von Spitzfindigkeiten aufhalten zu lassen.

»OTAN-NATO klingt irgendwie wie ohne NATO«, sage ich.

»NATO-OTAN«, sagt Sverre, leicht genervt.

»Vater ist dagegen«, sage ich.

Sverre verschluckt sich fast. »Kann man gegen die NATO-OTAN sein?«

Ich zuckte mit den Schultern. Leicht verlegen. Genau wie damals, als ich mit dem Plakat der Freien Wählergruppen vor dem Wahllokal in Huseby stand und der konservative Politiker Stranger, mit dem ich später auf Lesereise gehen sollte, zu uns kam und zu Vater sagte: »Jetzt kommt es darauf an! Überlegen Sie es sich gut, ehe Sie Ihre Kinder zu derart mieser Propaganda missbrauchen!«

Stranger verlor die Wahl, aber die Freien Wählergruppen hatten auch nicht viel Glück. Ich fing an, Stranger zu mögen, weil er ebenfalls ein Verlierer war. Er wurde von dem Sozialdemokraten Brynjulf Bull geschlagen, der mit dem Slogan »Wachstum und Wohlstand in Straße und Dorf« in den Wahlkampf gezogen war. Aber da auch die Freien Wählergruppen verloren hatten, mochte ich Vater noch viel mehr.

Sverre hat derweil den Blick zur internationalen Großpolitik gehoben. »Ist doch egal, was dein Vater meint«, sagt er fast wütend. »Hier geht es darum, norwegische weiße Mäuse in den Weltraum zu schicken. Verstehst du? Begreifst du überhaupt, wie wichtig es für Oslo vor neun Jahren war, die Olympischen Winterspiele auszurichten? Dann kannst du dir auch vorstellen, welche Wirkung es haben muss, wenn die Russen diese weißen Mäuse aus dem freundlich gesinnten kleinen Nachbarland Norwegen in den Weltraum schießen und dann unversehrt zurück auf die Erde holen?«

Ich nicke. Er hat ja nicht unrecht.

»Jetzt lass uns mal klaren Kopf behalten, Ketil. Wenn du gut auf die Mäuse in der Schublade aufpasst, haben wir einen Stamm von kleinen potenziellen Raumfahrern, die Eindruck auf die Russen machen werden. Gib der Sache eine Woche, dann haben viele sich wieder vermehrt. Dann ist die Zeit reif für einen Ausflug in den Drammensvei.«

»Was passiert im Drammensvei?«

»Da ist doch die russische Botschaft. Hast du denn überhaupt keine Ahnung?«

Ich nicke wieder. Sverre hat diese Fähigkeit, auf lange Sicht zu denken. Während ich hier mit ihm rede, merke ich, dass der Erwartungsdruck zu groß für mich wird. Mir muss etwas gelingen. Aber ich will nicht, dass mir etwas gelingt! Ich will im Verborgenen leben. Ich will vom Lehrer übersehen werden, von Fräulein Ätschbätsch, von Tormod, wenn er anstrengende Sportspiele mit mir betreiben will, von Vater, wenn er mit uns in die Hütte oben in Vestmarka gehen will. In *Aftenposten* habe ich gerade erst gelesen, dass es im Herzen des Hurrikans vollkommen windstill ist. Da will ich sein! Das Leben an sich ist der Hurrikan. Alle Menschen, die jeden Morgen zur Straßenbahn losstürzen. Mutter und Vater, die einander missverstehen und sich streiten. Der Krach in der Klasse. Die Lehrer, die mit der Hand aufs Pult schlagen, sodass ihre Handknochen Risse werfen. Fräulein Ätschbätsch, die mir ihre Rechtehand-Monotonie einhämmert. Ich will nicht monoton sein! Ich will kein Hurrikan sein! Ich will ganz still in der Mitte sitzen und zusehen, wie die anderen durch ihre Tage und Nächte schwirren.

»Abgemacht?«, fragt Sverre und streckt die Hand aus.

»Abgemacht«, antworte ich und versuche zu lächeln. Mit mir hat die Feigheit ein Gesicht bekommen. Ich werde ein wenig rot.

Als Mutter und Vater nach Hause kommen und auch Tormod wieder da ist, schleiche ich durch das Haus und registriere jedes einzelne Detail. Im Hauptkäfig im Wohnzimmer lebt die erste Mäusegeneration ihr normales Leben, unabhängig davon, was mit der Nachkommenschaft in der Küche passiert. Ich setze mich vor den Käfig und lasse mir nichts anmerken.

»Alles in Ordnung mit dir?«, fragt Mutter besorgt. Sie kennt mich besser als jeder andere.

»Sicher. Warum fragst du?«, antworte ich.

»Wollte ich nur wissen.«

Ich sehe, dass sie heute gut gelaunt ist. Manchmal kommt sie aus der Stadt und ist nur wütend. Dann wieder ist sie butterweich und liebevoll wie die Katzen hinten am Grinidam.

»Vielleicht kann ich heute Abend Brot backen«, sagt sie.

Dieses eine Mal bin ich froh über meinen Haarschnitt, denn meine Haare haben sich sofort gesträubt.

Wie soll ich verhindern, dass sie die Brotschublade aufzieht? Die Brotformen habe ich unter meinem Bett versteckt. Ich nehme doch an, dass sie so schnell nicht putzen will.

»Ach, können wir nicht lieber Musik hören?«, frage ich. Sie freut sich immer, wenn ich darum bitte.

»Möchtest du das?«, entgegnet sie überrascht. »Vielleicht auch ein bisschen Klavier spielen?«

»Egal«, sage ich.

»Das hört sich gut an«, sagt sie und lächelt.

Sie weiß nicht, dass sie in ihrer Küchenschublade eine ungeheure Anzahl an weißen Mäusen beherbergt. Worauf um alles in der Welt habe ich mich da eingelassen? Ich sitze neben ihr, als sie Christian Sindings *Frühlingsrauschen* spielt. Das geht so schnell. Ihre leichten, geschmeidigen Finger auf den Tasten. So ist es richtig! Niemand spielt besser Klavier als Mutter, obwohl sie nie übt.

»Bravo«, sage ich.

»Versuch es auch mal«, sagt sie.

»Du machst Witze«, sage ich. Aber ich versuche es. Es klingt nicht gut.

Immerhin ist der Abend gerettet. Musik am Klavier. Musik aus dem Radio. Jetzt kommt die Nacht.

Obwohl es keinen Grund dazu gibt, gehe ich auf Zehenspitzen, als ich im Badezimmer gewesen bin, mich gewaschen und mir die Zähne geputzt habe.

Tormod steht im Gang und sieht mich an. »Warum gehst du auf Zehenspitzen?«, fragt er fröhlich. Ihm ist klar, dass ich etwas im Schilde führe.

»Ich habe Pilze unter dem Fuß«, antworte ich mürrisch.

Aber Mutter hat gute Ohren. »Per!«, ruft sie Vater zu. »Ketil hat Pilze. Schmierst du ihn mit der Schwefelmischung ein, ehe er ins Bett geht?«

Ach verdammt, denke ich. Eins von Vaters Hilfsmitteln. Etwas, das er und Abel im Schokoladenrausch zusammengekocht haben.

»Komm zurück ins Badezimmer«, ruft Vater. »Dann schau ich auch mal in deinem Po nach. Aber du hast keine Würmer mehr, oder vielleicht doch?«

Kindheit. Als ob sie nicht begreifen, dass wir erwachsene Menschen sind, trotz aller Dummheiten, die wir sagen. Jetzt kommt die fiese Schwefelmischung. In einem kleinen, altmodischen Gefäß.

»An sowas kann man sterben«, sage ich. »Denk an Chessman, Vater.« Ich weiß, dass er immer weich wird, wenn ich diesen Namen nenne. Aber diesmal beißt er nicht an.

»Chessman ist mit Zyanid getötet worden«, sagt er kurz. »Lass mal sehen.« Ich zeige meine Fußsohlen. »Aber du hast ja gar keinen Pilz«, sagt er beleidigt. Er gibt mir zu verstehen, dass er mitten in einem wichtigen Artikel in *Orientering* gestört worden ist.

»Entschuldigung«, sage ich. »Es hat gejuckt. Ich dachte, das wären Pilze.«

»Aber du hast Lakritz zwischen den Zehen. Wasch dich, Junge!«

Tormod steht in der Türöffnung und sieht zu. Sein belustigtes Lächeln. Ab und zu sind große Brüder das Nervigste, was es auf der Welt gibt.

Noch sind es zwei Stunden bis zum Schrei.

Ich habe versucht, eine Weile allein in der Küche zu sein, aber das ging nicht. Vater sitzt da mit *Dagbladet* und hat angefangen, seine schrecklichen Furzbrote zu essen. Graubrot, Butter, rohe Zwiebeln und Ziegenkäse. Es gibt kein besseres Essen auf der Welt, aber nach einer halben Stunde verwandelt man sich wegen der Darmgase in einen Raumfahrer. Der Weg zur Schwerelosigkeit ist ungeheuer kurz. Da sitzt er und liest über das Treffen des NATO-Ministerrates, das gerade in Oslo stattgefunden hat.

Wenn er nur wüsste!

Aber irgendwann gehen mir die Gründe aus, warum ich noch immer nicht ins Bett will. Ich umarme Vater, der kaum von seinem Artikel aufschaut, mir aber trotzdem einen feuchten Schmatz auf die Wange pflanzt. Danach Mutter, die im Wohnzimmer sitzt und Bilder retuschiert. Porträts der vielen müden Menschen, die sie so schön macht, wie sie kann. »Gute Nacht, mein Schatz«, sagt sie und drückt mich an sich.

»Wir zwei und der Mond«, sage ich.

Aber sie begreift nicht, was ich meine.

Ich gehe in mein Zimmer. Ich sehe Mitzi Gaynor an. Versuche, mich auf das Gesicht zu konzentrieren, statt auf den riesigen Busen. Sie ist doch so schön. Die wohlgeformten Lippen. Die funkelnden Augen. Die hohen Wangenknochen. Die flaumweiche Haut. Fast so schön wie Mutter. Aber da verläuft die Grenze.

Ich bin schlecht gelaunt. Sverre macht zu große Pläne. Ich bin nicht dafür geschaffen. Ich kann niemals Einar Rose werden, der in regelmäßigen Abständen mit der Zigarre im Mund durch den Melumvei fährt. Im offenen Chevrolet. Oder ist das ein Cadillac? Ich kann ja nicht einmal einen Fiat von einem Saab unterscheiden. Ich weiß nur, dass er ein Revuekönig ist. Dass er zusammen mit der bildschönen Schauspielerin Wenche Foss, die vielleicht noch schöner ist als Mitzi Gaynor und die fast Tante Svanhild-Qualitäten besitzt, Geld für Grimebakken gesammelt hat. »Ein Musterheim für schwachsinnige Kinder«, wie in einer Illustrierten stand. Es liegt offenbar oben am Randsfjord, und ich hoffe, dass Fräulein Ätschbätsch dort eine Stellung finden kann und ihre Rechte-Hand-Unterweisungen an Kindern fortsetzt, die das dringender brauchen als ich. Ich komme doch zurecht, denke ich.

Aber stimmt das auch?

Ich liege in meinem Bett und schaue zur Decke hoch. Ich glaube nicht mehr jedesmal vor dem Einschlafen, dass ich jetzt sterben muss. Diese Zeit ist vorbei. Ich bin ein Kind mit den Qualitäten eines Erwachsenen, denke ich. Nicht einmal Mads oder Sverre sind klüger als ich. Dennoch will ich meinen Intellekt nicht überbewerten. Wenn ich daran denke, worauf ich mich eingelassen habe, bricht mir der Schweiß aus, genau wie Nixon und all den anderen Verlierern.

Die Vorwarnung zum Schrei kommt um zwei Minuten nach Mitternacht.

Eine kleine weiße Maus läuft über meine Bettdecke.

»Hallo, du kleiner Raumfahrer«, sage ich leise. »Bist du sicher, dass das so klug ist?« Ich schalte die Nachttischlampe ein. Nun sehe ich weitere Mäuse. Mindestens sieben. Sie sind aus der Küchenschublade entkommen. Die Situation ist also außer Kontrolle geraten. Und nun höre ich den Schrei. Aber es ist nicht Mutter. Es ist Tormod.

»Hier sind Mäuse!«, ruft er aus seinem Zimmer. Aber alle wissen ja, dass er zum Schlafwandeln neigt. Was er nachts sagt, wird meistens nicht so wichtig genommen.

»Schlaf weiter, mein Junge«, murmelt Mutter aus dem anderen Schlafzimmer. »Du träumst doch nur.«

»Ich träume nicht! Lebende Mäuse, Mutter! Weiße Mäuse auf meiner Bettdecke!«

Das Haus, das eben eingeschlafen war, wird wieder wach. Voller Angst stehe ich auf und sehe, dass sie überall sind. Das ist das Ende der Welt. Schlimmer als ein Atomkrieg!

»Nicht auf sie treten!«, schreie ich hysterisch. »Das sind Raumfahrer! Jedes einzelne Leben ist wichtig!«

Mutter und Vater haben das Deckenlicht angeknipst. »Eine ganze Heerschar«, ruft Vater. »Ganz ruhig jetzt! Nicht voreilig handeln!«

Nun höre ich Mutters Stimme. »Ach, was sind die süß!« Sie sitzt im Bett. Beugt sich zum Boden hinunter. Nimmt eine Maus in die Hand. Hebt sie an ihr Gesicht. Redet beruhigend auf sie ein und streichelt sie mit dem Zeigefinger.

»Mutter?«, frage ich vorsichtig. »Bist du wirklich richtig bei Verstand?«

»Ich habe mir immer Tiere gewünscht«, sagt sie. »Viele Tiere. Aber ich bin doch allergisch. Und das sind vielleicht ein bisschen viele?« Sie niest heftig.

»Das glaube ich schon«, sagt Vater, seufzt und holt einen alten Schuhkarton.

Am nächsten Tag gibt es in der Waldorfschule eine Mäuseauktion. Aber niemand bietet. Unten im Tiergeschäft in der Akersgata sagt immerhin ein freundlicher Verkäufer, dass er alle Raumfahrer nehmen kann.

Sverre und ich verdienen jeder zwei Kronen.

Auf der anderen Seite des Atlantik spricht Präsident Kennedy mit James E. Webb, dem Direktor der NASA. »Ich glaube, das Wichtigste, was wir tun können, ist, vor den Russen auf dem Mond zu landen. Ansonsten sollten wir nicht so viel Geld ausgeben, denn eigentlich interessiert mich der Weltraum nicht. Das Einzige, was diese Kosten rechtfertigen kann, ist die Hoffnung, sie zu schlagen, damit wir der Welt zeigen können, dass wir, statt im Weltraumwettlauf zurückzuliegen, sie überholen.«

Am 25. Mai stellt Kennedy dem US-Kongress das Apollo-Programm vor und sagt: »I believe this nation should commit itself to achieving the goal before this decade is out, landing a man on the Moon and returning him safely to the earth.«

Mads und ich sitzen im dunklen Saal des Palassteaters und sehen ihn an, als er seine gefühlsbetonte Rede hält und den Funken bei den Menschen entzündet, die er so oft Gottes auserwähltes Volk nennt. »So, God bless America!«, sagt er zu ohrenbetäubendem Jubel.

»Der hat doch eine Meise«, sage ich.

»Aber er ist die Zukunft«, sagt Mads.

26

Ich bewundere Präsident Kennedy inzwischen heimlich, vor allem wegen seiner Frau. Sie hat einwandfrei Audrey Hepburn-Qualitäten. Aber das sage ich niemandem. Verdammt. Er hat aber auch etwas an sich. Dieses verführerische Lächeln, das zu einem gewissen Punkt in Erinnerungen an Onkel Kjell übergeht. Und ich mag Onkel Kjell, den rauchenden Pianisten, der mit einem Orchester *Rhapsody in Blue* gespielt hat. Außerdem ist da etwas in seinem Blick, das mich an guten Tagen an unseren Lehrer denken lässt, an Sam Ledsaak. Der Blick ist so offen. So direkt. So freundlich und vertrauensvoll. Nicht alle Menschen haben so einen Blick. Ich weiß noch nicht, dass es Präsident Kennedy wirklich gelingen wird, die ersten Menschen auf den Mond zu bringen, ehe das Jahrzehnt, das wir beide die sechziger Jahre nennen, zu Ende geht. Aber das klappt nur haarscharf, mit einer Frist von fünf Monaten. Dann »weilt er nicht mehr unter uns«, wie Tante Svanhild sagen würde. Dann ist er schon seit sechs Jahren tot.

Aber jetzt schreiben wir 1961. Er lebt noch. Und hat Probleme in seinem eigenen Land. Gottes auserwähltes Volk. USA. Amerika. Die Vereinigten Staaten. Aber dort leben sehr unterschiedliche Volksgruppen. Die Schwarzen und die Weißen sind zwei davon. Welche von ihnen ist auserwählt?

Abel kommt auf dem Motorrad angesaust. Leah sitzt hinten. Sie ist gewachsen. Ist schlanker. Attraktiver. Das versetzt mir einen Stich. Sie trägt eine kurze Hose und ihre Oberschenkel sind braun. Ihre schwarzen Locken glänzen in der Maisonne. Sonntag in Røa. Sie starrt mich an mit diesem neckenden Blick, als wolle sie sagen: »Jetzt komm schon!« Ich werde sofort rot. Wir sitzen draußen im Garten und trinken Stachelbeersaft von Oma aus Sarpsborg, die eigentlich keine richtige Oma ist, sondern eine Stiefoma. Aber wir tun so, als wüssten wir das nicht, denn wir wollen sie nicht verletzen. Der Saft schmeckt gut, auch wenn nicht genug Zucker drin ist. Aber Zucker bekommen wir durch die Schokolade. Riesige Mengen. Abel ist bester Laune. Er hat am Vortag drei Filme im Kino gesehen und erzählt lebhaft von den schlimmsten Szenen, in denen Menschen Treppen hinunterfallen, ertrinken, aus Wolkenkratzern stürzen, mit dem Flugzeug verunglücken, als sie eigentlich auf dem Weg zur Beerdigung ihrer Mutter sind, oder von ihrem eigenen Vater ins Gesicht geschossen werden. Aber an diesem Tag erzählt er etwas Neues aus den USA und von »Gottes auserwähltem Volk«, wie er noch immer sagt. Und dabei lacht er herzlich. Denn die Juden halten sich doch auch für »Gottes auserwähltes Volk«. »Aber das ist ja alles nur Unsinn«, sagt er. Deshalb weiß ich, dass Abel ironisch ist. Aber oft ist er ernst. Diesmal geht es um die *Freedom Rides,* Aktionen von Bürgerrechtlern, die die Rassentrennung in Bussen nicht hinnehmen wollen. Darüber haben Vater und Abel in letzter Zeit oft gesprochen. Und Vater und Ulf auch. Ich habe Ausdrücke gehört wie »Ein Appell für die Menschenrechte«. Die Sit-ins legen das Fundament für die gewaltsamen Rassenunruhen in Alabamas Hauptstadt Montgomery, wo weiße Rassenfanatiker versuchen, eine Kirche zu stürmen, in der Pastor Martin Luther King predigen wird. Der Gouverneur verhängt den Ausnahmezustand. Während Kennedy verspricht, dass die Amerikaner innerhalb von zehn Jahren auf dem Mond landen werden, setzen sich schwarze Studenten in Mensen, in Parks, an Strände, in Bibliotheken, in Theater, Museen und andere öffentliche Orte, wo sie sich eigentlich nicht aufhalten dürfen. Ende Mai treffen sie in Jackson, Mississippi ein, benutzen den Wartesaal »nur für Weiße« und setzen sich an die Essenstische in den Kantinen. Ross Barnett, der Gouverneur von Mississippi, sagt, ein »Neger ist anders, weil Gott ihn anders gemacht hat, um ihn zu strafen.«

»Und in diesem Land ist Kennedy Präsident«, sagt Abel und beißt in die Milchschokolade.

Die Schwarzen werden ins Gefängnis gesteckt. Sie werden in kleine, verdreckte Zellen gepfercht. Sie werden zusammengeschlagen. Sie müssen in gleißendem Sonnenschein schuften. Das Gefängnis Mississippi State Penitentiary bei Parchman gehört zu den Schlimmsten. Das Essen für die Häftlinge wird zu stark gesalzen. Die Matratzen werden aus ihren Betten entfernt. Die Fenster werden an besonders heißen Tagen geschlossen, um den Häftlingen das Atmen zu erschweren.

Nicht sitzen dürfen, wo man will? Norwegen wird vielleicht eigene Räume für Linkshänder und Übergewichtige einrichten? Vielleicht müssen wir dann in besondere Straßenbahnwagen steigen? Vielleicht gibt es in Randklev dann einen Ladeneingang nur für uns?

Nicht einmal in der Schule kann man sich noch sicher fühlen. Irgendwann im nächsten Schuljahr wird die neue Schule in Hovseter fertig sein. Ich bin mit dem Rad hingefahren und habe mir oft die Gebäude angesehen. Die Hebekräne und die Bagger. Fräulein Ätschbätsch wird sicher ihre eigene Abteilung erhalten, und dann kommt Lindholm zurück, und auch wenn er uns Kinder gut behandelt, ist er nicht so lustig wie Ledsaak, der uns in den letzten Wochen von Reineke Fuchs und dessen vielen Streichen erzählt hat. Wir haben über die vielen Einfälle des Fuchses gelacht und wurden noch ungezogener, aber Ledsaak hat sich davon nicht aus der Ruhe bringen lassen. Noch ein Jahr wird er bei uns bleiben. Zum ersten Mal denke ich, dass ein Jahr schnell vergeht.

Die Gedanken fliegen, dort draußen im Garten. Leah zupft an einer Wundkruste herum. Sie ist so schön, wenn sie ernst ist. Die dunklen Locken. In diesem Licht schimmern sie plötzlich bläulich, als ob sich hundert Schmeißfliegen auf Leahs Kopfhaut versammelt hätten. Aber das ist ein widerlicher Gedanke. Tormod sitzt neben ihr und zeichnet ihr Profil. Niemand außer Mutter übertrifft Tormod, wenn es um solche Zeichnungen geht. Er hat dieses Talent von ihr geerbt. Mir kribbelt es im Bauch, wenn ich an die Rolle mit Kohlezeichnungen denke, die in ihrem Abstellschrank stehen. Es sind Examensaufgaben von der Kunstschule. Akt-Zeichnungen. Nackte Frauenkörper. Einer ist schwarz. Mutter sagt, an dem Tag hätten noch dreizehn andere im selben Raum gezeichnet. Alle zeichneten dieselben Körper. Die Modelle stellten sich eins nach dem anderen auf. »Warum tun sie sowas?«, habe ich einmal gefragt. »Sie brauchen Geld«, war Mutters Antwort.

Die Haare dort unten. Ich habe in Wirklichkeit noch nie eine nackte Frau gesehen. In unserer Familie sind wir zurückhaltend. Wir schließen die Tür ab, wenn wir ins Badezimmer gehen. Wir stolzieren nicht nackt von einem Zimmer ins andere. Deshalb ist es so unerträglich, zappelnd über Vaters Knien zu liegen, wenn ich Würmer im Po habe.

Ich sehe Mutter an. Wo ist sie mit ihren Gedanken? Sie denkt die ganze Zeit. Legt den Arm um mich, wenn sie merkt, dass ich sie ansehe. Drückt mich an sich. Auch sie hat Locken. Aber ihre sind rot. Außerdem hat sie Sommersprossen. Millionen von Sommersprossen. Ich liebe jede einzelne. Als ich kleiner war, habe ich versucht, jeder einen Namen zu geben. Ich nannte sie Dulle und Krulle und Nipsi und Stipsi. Aber ich kam immer nur bis zur Nummer sieben, dann hatte ich den Namen der ersten schon wieder vergessen.

Eine Familie sein können, denkt er. Die schwarzen Gefangenen in den USA erinnern ihn an den Aufenthalt im Krankenhaus. An die unerträgliche Einsamkeit im Zimmer, wo er mit den anderen Jungen zusammen war. Seine Eltern, die so weit weg waren. Gerade jetzt, im Garten in Røa, denkt er, dass er glücklich ist. Er erinnert sich daran, dass er gerade neun geworden ist. Kein schlechtes Alter. Das Geburtstagsfest zu Hause im Melumvei liegt nur wenige Tage zurück. Sie hatten es gut gemeint, aber er hasst Geburtstagsfeste. Wiegenfest, wie sie sagen. Er ist unsicher, was die Gäste angeht, ob die ihn wirklich leiden mögen. Er hasst Ballons und Krepppapier. Die lächerlichen Hüte mit dem Gummi unterm Kinn. Er mag nicht einmal Kuchen. Was soll er mit Sahne, wenn es doch Butter gibt? Selbst Limonade kann ihn traurig stimmen. Das Allerschlimmste sind die Spiele. Wenn sich alle organisieren und nacheinander dasselbe machen müssen. Sechzigmeter läuft er aus purem Trotz. Die albernen runden Pappmedaillen, die die Mutter für diesen Tag gezeichnet hatte. So tief durfte sie doch nicht sinken.

Geburtstagsfeste hatten etwas zutiefst Unheimliches. Nur zwei Wochen vorher hatte es ein Fest bei Willen unten im Fådvei gegeben. Zuerst hatte er sich gefreut, denn Willen war etwas Besonderes. Ledsaak hatte einmal Willen und ihn an die Tafel gerufen. Sie sollten ein Spiel üben, oder was das nun eigentlich sein sollte. Ledsaak hatte ihn aufgefordert, den Arm um sie zu legen. Aber er hatte noch nie den Arm um eine Gleichaltrige gelegt. Er wurde »weich in den Knien«, wie Tante Svanhild sagen würde. Es fiel ihm wirklich schwer, sich auf den Beinen zu halten. Sie stand so dicht neben ihm. War so zierlich. So schön. Das größte Wunder war, dass sie es ihm erlaubt hatte. Sie hatte ihn sogar angelächelt, ehe sie losgekichert hatte.

Unvergesslich.

Deshalb kam er mit dem Gefühl, fast ein Auserwählter zu sein, auf das Fest. Willen hatte ihn nie verspottet. Das hier würde gutgehen.

Aber dann ging es einfach nur schief. Sie sollten Jagd nach einer verschwundenen Tafel Kvikk Lunsj machen. Die befand sich ganz hinten in einem langen Tunnel, den Willens kreative Eltern angelegt hatten, vom Garten in den Keller, und von dort weiter zur hinteren Toilette. Dorthin sollte man kriechen und die Schokolade dem wütenden Troll entreißen, der offenbar dort unten saß. Er stellte sich an der Warteschlange an und sah, wie die, die vor ihm an die Reihe kamen, im Tunnel verschwanden und wieder auftauchten, verängstigt und schreiend, aber mit einer Tafel Kvikk Lunsj in der Hand.

Dann war er an der Reihe.

Er kroch durch die Dunkelheit, während ihn die anderen draußen im Garten anfeuerten. Sein Herz hämmerte, und er war nicht so mutig, wie er erwartet hatte. Warum hatten die anderen alle so verängstigt ausgesehen, als sie wieder zum Vorschein gekommen waren? Was erwartete ihn am Ende des Tunnels?

Eine geschlossene Tür. Dahinter war die Kvikk Lunsj. Das bedeutete, dass er die Tür öffnen musste, obwohl er dahinter einige bedrohliche Geräusche hörte.

Das hier war das Kellerklo des Hauses. Er mochte Kellerklos nicht. Bei den Großeltern in Sarpsborg stand das Klo in einem kalten Raum, in dem es immer nach Schimmel roch. Außerdem hing der Spülkasten ganz oben an der Wand und er musste an einer Schnur ziehen. Scheußlich. Aber egal. Ihm war jedenfalls klar, dass er die Tür öffnen musste, wie alle anderen es auch getan hatten.

Aber als er die Klinke packt und die Tür aufmacht, sieht er dahinter eine erwachsene Person auf dem Klo sitzen. Es ist dieselbe widerliche Konstruktion wie in Sarpsborg, mit dem Spülkasten ganz oben an der Wand. Und das Monster auf dem Klositz ist rot angezogen. Es ist der gemeinste Weihnachtsmann, den er je gesehen hat. Und der sitzt da und bewacht die Kvikk Lunsj-Tafeln, die zwischen seinen Beinen liegen, und schreit, nein brüllt, als er ihn sieht. Ein Ungeheuer! Eine schrecklich beängstigende Person! Ein böses, grauenhaftes Lachen. Der widerliche Bart aus Stahlwolle. Nie im Leben wird er es wagen, die Hand auszustrecken und sich eine Kvikk Lunsj vom Boden zu nehmen. Er schwebt hier in Lebensgefahr. Er macht kehrt und stürzt davon.

Als er ins Licht entkommt, warten schon alle auf ihn. »Wo ist denn deine Kvikk Lunsj?«

Er kann keine Antwort geben. Fleht sie mit Blicken an, nicht zu lachen.

Aber sie lachen. Natürlich lachen sie, alle. »Bist du wirklich so ein Angsthase? Das ist doch bloß Willens Papa.«

Als ob er aus einem Traum aufwacht. Warum hat er daran gedacht? Noch sitzen Abel und Leah im Garten. Noch liegt der Arm der Mutter um seine Schultern. Noch scheint die Sonne. Noch zeichnet Tormod das Profil dieses Mädchens, das für sie beide fast wie eine Schwester ist. Ist er in sie verliebt? Warum nicht? Zwölfjährige haben offenbar starke Gefühle. Er sehnt sich nicht danach, älter zu werden. Er will da sein, wo er gerade jetzt im Leben steht. Auf den großen Flächen, die nur seine Arena sind. An den Orten, die er mit dem Rad erreichen kann, oben in Richtung Brunkollen. Das Gestrüpp, in dem er sich verstecken kann.

Und als er das gerade denkt, hört er den Hubschrauberlärm.

An einem Sonntag, staunt er. Ist das nicht der Ruhetag? Hubschrauber sind nichts für normale Menschen. Sie sind für Generäle und Soldaten. Hubschrauber fliegen fast nie über ihre Gegend. Sie sind böse, sie haben Bomben. Atombomben diesmal?

Seltsamerweise fürchten sich weder Leah noch Tormod. Sie sitzen da wie früher, in Positionen, die wie ein Bild sind, das er selbst von seinem Bruder malen könnte, während der Leah zeichnet. Abel schaut auf. Also kommt da nicht irgendein beliebiger Vogel angeflogen.

Schmeißfliegen.

Da ist wieder diese Assoziation. Er hat doch eben erst an sie gedacht. Ob das eine Vorahnung war? Seine Mutter hat dauernd Vorahnungen. Und sie verabscheut Requien in der Musik. Immer, wenn sie eins gehört hat, ob nun von Verdi oder von Mozart, stirbt gleich danach jemand, behauptet sie.

Nur, weil sie zugehört hat?

Nun kommen also, nur weil er an Schmeißfliegen gedacht hat, Hubschrauber am Himmel angeflogen?

Dieses schreckliche monotone Dröhnen. Das langsame Crescendo. Und jetzt sieht er sie. Ungefähr über Fossumbakkene. Es sind drei. Eine Formation. Sein Magen krampft sich zusammen, seine Mutter merkt es und drückt ihn fester an sich.

»Keine Angst, Ketil. Das sind doch nur Hubschrauber.«

»Die werden genau über uns wegfliegen. Die nehmen uns mit, Mama!«

Mama?, denkt er, sowie er das gesagt hat. Er sagt doch immer Mutter.

»Aber Ketil, die sind nicht gefährlich.«

Er hört die Stimme des Vaters. Aber der Lärm der Hubschrauber ist jetzt ohrenbetäubend. Nichts, wo man sich verstecken kann. Die Mutter und die Großmutter im Krieg. Sie liefen über ein Feld. Hatten nichts, wo sie sich verstecken konnten. Die deutschen Jagdflieger kamen im Tiefflug und schossen auf sie. Deshalb hasst sie die Deutschen noch heute. Die Mutter ist nachtragend. Auch wenn sie der liebste Mensch auf der Welt ist. Sie vergisst nicht so schnell.

Er vergisst auch nicht, worüber der Vater mit Ulf gesprochen hat, oben auf dem Dachboden in der Bygdøy allé. Ein Tag wird kommen. Ja, genau das haben sie gesagt. Und vielleicht ist heute dieser Tag!

Er kann nicht mehr. Auch wenn er sie alle liebt und mit ihnen zusammen sterben will, will er auch leben. Noch ein bisschen jedenfalls. Er springt auf und rennt davon. Die Hubschrauber sind jetzt genau über dem Grinidam. Jetzt geht es um Sekunden.

Er reißt die Kellertür auf. Dort unten ist es unheimlich, aber jetzt lässt er es darauf ankommen. Es ist zu weit zum nächsten Luftschutzraum, oben bei der Haltestelle Røa. Er kann nur hoffen, dass die anderen hinterher kommen. Ohne die Mutter ist das Leben nicht lebenswert. Die Mauern beben. Jetzt sind sie genau über ihm. Jetzt können sie schießen.

Er legt beschützend die Arme über den Kopf. Er kneift die Augen zusammen und denkt an Pilze. An den großen Pilz. Den Atompilz. Der allem das Leben nimmt.

Dann wird alles weiß.

27

Sommer bedeutet immer Wehmut. Es regnet und es blitzt. Dann scheint die Sonne durch die Bäume. Dann summen die Mücken. Dann haben Mutter und Vater zu viel Zeit füreinander. Aber sie sind nicht dazu geschaffen, in winzigkleinen Hütten, die der Vater gemietet hat, für Geld, das er nicht besitzt, das er aber angeblich bei der Bank geliehen hat, umeinander herumzuschleichen. Dann kann es zwischen den beiden leicht zum Streit kommen. Mir graust vor diesem Sommer. Ich glaube nicht an die Idylle. Es ist fast nicht zu begreifen, an dem Tag, an dem sich Chruschtschow und Kennedy in Wien treffen und die ganze Welt angrinsen, erzählt der Vater von der Hütte unten auf Østerøya bei Sandefjord. Wir können da offenbar eine ganze Woche wohnen. Wir fahren einige Tage später los.

Der Autor Ernest Miller Hemingway begeht in Ketchum, Idaho, Selbstmord. Es ist der zweite Tag im Juli. Hemingway ist so alt wie die eine Großmutter, noch keine 62. Sie sind im Abstand von einer Woche geboren. Vater hat schon viel über ihn geredet. *Der alte Mann und das Meer.* Will Vater gerade jetzt an die Küste, weil er das Buch gelesen hat? Der Traum, seinen eigenen Wittling zu fangen. Das hatte er als Kind gemacht. So, wie er über den Wittling sprach. So, wie er über Hemingway sprach.

In das Negative hineingleiten, dachte ich, viele Jahre später. Zu wissen, dass man die falsche Entscheidung trifft, während man sie trifft. Die Beziehung zu Hadley, über die Hemingway spät in seinem Leben schrieb. Die jungen Jahre in Paris. *A Moveable Feast.* Alles, was noch nicht zerbrochen war. Der Betrug. Die andere. Die, die in *The Garden of Eden* beschrieben wird. Die Kriege, an denen er teilnahm. Die Invasion in der Normandie. Die Befreiung von Paris. Die vielen Notizbücher, die er später im Hotel Ritz finden sollte, und die er fast vergessen hatte. Zugleich: Der Autounfall 1945, als er sein Knie zerschlug und sich eine tiefe Kopfverletzung zuzog. Die ersten Depressionen, als Freunde wie William Butler Yeats, Ford Madox Ford, F. Scott Fitzgerald, Sherwood Anderson und James Joyce während der Kriegsjahre einer nach dem anderen starben. Kopfschmerzen, Bluthochdruck, Gewichtsprobleme und Zucker. Das Trinken, das fast seine Leber zerstört hätte. Die vielen Manuskripte, die er nicht vollenden konnte. Die Trilogie *The Land, The Sea, The Air.* Die Arbeit an *The Garden of Eden.* Die Frau, die in eine neue und glückliche Beziehung eintritt. Sie, die alles zerstört, die er aber trotzdem heiratet, wieder und wieder. Eva im Garten des Paradieses. Danach die fast tödlichen Flugzeugabstürze in Afrika. Ein bisschen wie bei den Kennedys, denke ich später. Schöne, begabte Menschen, die anscheinend alles haben. Und dann geht es trotzdem total zum Teufel. Hemingway fuhr nach Venedig. Dort trank er noch mehr als zuvor. Er wollte die körperlichen Schmerzen betäuben. Zugleich kommt der Literaturnobelpreis. Er sagt der Presse, dass Tanja Blixen, Bernard Berenson und Carl Sandburg den ebenfalls verdient hätten, aber dass er das Geld dennoch dankend annimmt. Er hatte sich den Nobelpreis gewünscht, aber als er ihn erhielt, hatte er den Verdacht, dass die Jury ihn vielleicht für einen Sterbenden hielt. Er führte die Schmerzen nach den Unfällen in Afrika an, um nicht nach Stockholm reisen zu müssen, wo er zur Preisübergabe erwartet wurde. Stattdessen schrieb er eine Rede, in der er klarstellte, dass Schreiben bestenfalls »ein einsames Leben« sei. Er schrieb darüber, wie vergeblich es sei, Trost oder Gesellschaft zu suchen. Er schrieb darüber, dass ein Schriftsteller Tag für Tag seine Arbeit allein machen muss in der Gewissheit, dass das, was er geschrieben hat, entweder in die Ewigkeit eingehen oder gar nicht bemerkt werden wird.

Ketchum. Blaine County. An die 2000 Einwohner, am Fuße des Bald Mountain. Bergwerksstadt. 1784 Meter über dem Meer. Ein Ort für Angeln, Bergtouren, Tennis, teure Boutiquen, Kunstgalerien, Prominente, die sich fort von der Welt wünschen, aber doch nicht ganz.

Hemingway denkt an die Manuskripte, die in Havanna im Safe liegen. Er ist davon überzeugt, dass ihn das FBI überwacht, und zwar schon seit dem Zweiten Weltkrieg, dass es über ihn ein eigenes Dossier gibt. Als diese Paranoia zunimmt, raten Mary und Saviers ihm, sich in der Mayo-Klinik in Minnesota wegen seines hohen Blutdrucks behandeln zu lassen. Er lässt sich unter Saviers Namen einweisen. Alles geschieht unter tiefster Geheimhaltung. Er wird mit fünfzehn Elektroschocks behandelt und im Januar 1961 entlassen. Nun ist er klinisch deprimiert. Ein Freund beschreibt ihn als mental »vollständig zugrundegerichtet«. Als der Frühling kommt, findet Mary ihren Mann eines Morgens mit einem Schrotgewehr in der Küche. Sie fährt ihn zurück in die Mayo-Klinik, wo er mit weiteren Elektroschocks behandelt wird. Am 30. Juni kehrt er nach Ketchum zurück. Zwei Tage später, am frühen Morgen, schließt er den Verschlag im Keller auf und holt sein Lieblingsschrotgewehr heraus, das er früher zur Jagd benutzt hat. Er lädt es mit zwei Patronen. Dann geht er hinauf in die Diele, hält sich den Lauf in den Mund und bläst sich das Gehirn aus.

Seine Frau Mary wird von dem Schuss geweckt und ruft sofort das Sun Valley Hospital an. Der Arzt ist rasch vor Ort. Anfangs wird eine Pressemeldung versandt, nach der es sich um einen Unfall handelt. Erst fünf Jahre später gibt Mary Hemingway zu, dass ihr Mann Selbstmord begangen hat.

28

Alles wurde so traurig. Auch der Sommer wurde traurig. Die Hütte bei Sandefjord war schön. Aber auch dieses Plumpsklo war voll von alter Kacke. Es gab Fliegen und Bremsen. Und jeden Nachmittag, nach den üblichen Regenschauern, wenn alles nass war, bestand Vater darauf, zum Angeln hinauszurudern. Dann musste er sein Hörgerät an Land lassen. Normalerweise dachte ich nur selten daran, dass Vater nicht nur hinkte, sondern auch taub war, wenn er nicht sein großes Hilfsmittel benutzte, das Knäckebrot, wie wir das nannten, was er in der Brusttasche seines Hemdes befestigte. Dieses Hilfsmittel hatte eine Leitung zum Ohr hoch, die er auf allerlei Weisen zu verstecken versuchte, was aber nie gelang. Vater war ein tapferer Mann. Als ihm aufging, dass er taub und lahm war, war ihm auch klar, dass er sich einen Beruf suchen musste, der möglichst wenig Kommunikation mit anderen verlangte.

Chemieingenieur.

Aber dann bekam er das Hörgerät doch in den Griff und musste sich viel mehr anhören, als er sich je hatte träumen lassen. Und nun wurde er wieder aufgeschlossener anderen gegenüber, zu Mutters großer Erleichterung.

Aber noch immer kann ihn etwas von der alten Abwesenheit überkommen. Vor allem, wenn er vor sich hinrudert. Woran denkt er? An die Atombombe, die kommen und uns alle umbringen wird? Oder denkt er an seine Mutter, die gestorben ist und ihn und alle vier Kinder zurückließ, als er zwei Jahre alt war? Ab und zu holt er Bilder von ihr hervor und zeigt sie uns. Ob sie ihm wohl fehlt? Weint er um sie, wenn er glaubt, dass wir es nicht sehen? Wir haben ein wenig ein schlechtes Gewissen, wenn wir uns die Bilder seiner eigentlichen Mutter ansehen, während wir an die Großmutter denken, die also nicht die echte ist, aber doch so echt, dass sie ihn großgezogen hat. Es fällt uns schwer, uns Vater als Kind vorzustellen. Er ist doch so groß. Und Mutter sagt, dass er immer schon so war. Deshalb heißt er Bjørnstad. Mutter heißt eigentlich Martinsen. Aber sie ist doch nicht die Tochter von Martin, sondern von einem Mann, über den sie nie sprechen, obwohl er viele Jahre lang in Stummfilmen, die in den Kinos von Fredrikstad gezeigt wurden, Geige gespielt hat. Die Großmutter spielte dazu Klavier. Das alles sind Geschichten, die in einen undurchdringlichen Schleier aus Vergangenheit gehüllt sind. Ich kann sie dort nur mit Mühe erkennen, in einer Zeit, die mehr und mehr Licht verliert, während die Tage vergehen. Wer soll sich daran erinnern, wenn ich eines Tages anfange, sie zu vergessen? Und das denke ich, obwohl Mutters Mutter ja noch gar nicht tot ist. Sie kommt mir nur so alt vor, wie sie da in ihrer kleinen Wohnung in Gressvik sitzt, wenn wir zu Besuch kommen, und nach Luft schnappt, während sie alle zehn Minuten ein kleines Spray hervornimmt und sich den Mund damit duscht. »Asthma«, sagt Mutter.

Es ist der Sommer, in dem ich an einem Seil hinter dem Boot herschwimmen darf. Vater rudert und rudert. Tormod hält Ausschau nach Quallen. »Ein bisschen rechts! Ein bisschen links!«

Ich liege mitten im Kielwasser. Vater rudert mit rhythmischen Bewegungen. Die ganze Zeit trage ich den Schwimmgürtel. Warum ein Leben ohne Schwimmgürtel leben? Wenn alle Schwimmgürtel benutzten, würde niemand ertrinken. Ich habe Vater gegenüber diese Theorie erwähnt, und er versuchte, ein ernstes Gesicht zu machen, während er nachdenklich nickte. Ich bin trotzdem nicht sicher, was er wirklich meint.

Wenn wir zur Angelschäre kommen, senken wir die Angelschnüre ins Wasser. Es dauert nie sehr lange, bis ein Fisch anbeißt. Aber meistens ist es die falsche Sorte. Streifenlippfisch. Hornhecht. Petermännchen.

Igitt! Spitze und giftige Flossen. Schleimige Haut. Und danach sollen wir einige von diesen armen Geschöpfen auch noch essen.

Liegt es daran, dass ich Linkshänder bin, dass wir dauernd unnormale Fische an der Angel haben?

Nur ausnahmsweise kommt ein Seelachs oder Kabeljau, aber nie der Wittling, von dem Vater träumt, den er in seiner Jugend in Skjebergkilen gefangen hat. Das waren noch Zeiten. Da biss der Fisch nach zwei Sekunden!

Was hat der Sommer an sich, das mich so misstrauisch macht? Wenn ich hier hinter dem Ruderboot hertreibe, denke ich, dass sie einen Außenbordmotor haben könnten, und der würde stehenbleiben, ganz plötzlich, ich aber würde auf meinem Fett weiterschwimmen und mit dem Kopf gegen den Propeller knallen. Ich weiß nicht, dass der amerikanische Astronaut Virgil Grissom fast gleichzeitig vor Cape Canaveral fast im Meer ertrunken wäre. Ich weiß auch nicht, dass Grissom einige Jahre später in der Apollo I verbrennen wird. Feuer, Erde, Wasser, Luft. Manche haben Glück. Andere sind vom Pech verfolgt. Grissom, der am 21. Juli in die Höhe schoss, nachdem der Start zweimal verschoben worden war. Auch diesmal gibt es Probleme. Es stellt sich heraus, dass einer der Bolzen im Kapselverschluss der Mercury-Redstone 4 nicht richtig sitzt. Aber da es neunundsechzig solcher Bolzen gibt, beschließen die Ingenieure von McDonnel und NASA, trotzdem grünes Licht zu geben. Beim Start ist Grissom nervös. Die ersten Sekunden können fatal sein. Als Grissom merkt, dass die Rakete Tempo gewinnt, wird er ruhiger.

Grissom soll 187 Kilometer Höhe erreichen, ehe er wieder zur Erde zurückfällt. Er spürt die Vibrationen und spricht mit seinem Kollegen Shepard unten auf der Erde, der das alles schon erlebt hat. Das Raumschiff rotiert, aber später übernimmt Grissom manuell die Kontrolle über die Kapsel. Er sieht den Horizont der Erde. Er sieht den blauschwarzen Himmel. Er sagt zu Shepard, es sei schwer, sich zu konzentrieren. Das Universum sei so schön.

Sechzehn Minuten später landet die Kapsel vor Florida im Meer. Die Liberty Bell treibt im Meer und hat stark Schlagseite nach links.

Grissom hat das Gefühl, das Raumschiff schwimme auf dem Kopf. Große Hubschrauber, die das Landegebiet umkreist haben, nähern sich der Kapsel. Plötzlich löst sich eine Luke. Das Wasser strömt herein. Grissom kann im letzten Augenblick entkommen und fängt an, um sein Leben zu schwimmen. Er trägt ja nicht gerade eine leichte Badehose.

Ein Schwimmgürtel, denke ich, als ich später in *Aftenposten* über diese Aktion lese. Ein Schwimmgürtel wäre ihm eine große Hilfe gewesen.

Ich habe eine Theorie, so, wie Vater seine Theorien hat. Auch Mutter hat manchmal Theorien. Aber dann lese ich auch, dass Grissom, anders als vor ihm Shepard, nicht zu Kennedy ins Weiße Haus eingeladen wird. Kennedy kann Verlierer nicht leiden, denke ich. Natürlich hätte Nixon Präsident werden sollen.

Allein mit Tante Svanhild im Sommer-Oslo. Alle anderen sind noch in den Ferien. Tormod ist mit seinen Freunden zusammen. Vater und Mutter sind bei der Arbeit. Der Traum von Frogner. Tante Svanhild und ich könnten ein perfektes Paar sein. Wir sehen gern zusammen fern. Die vielen Nachrichten. Die nervöse Stimmung. Es ist so viel die Rede von UdSSR und USA.

»Warum nur diese Länder?«, frage ich.

»Das sind die größten«, sagt sie.

»Was ist mit Afrika? Was ist mit China? Was ist mit Indien?«

Sie weiß keine Antwort. Aber ich sehe, dass sie überlegt. »Manchmal ist es einfach so«, sagt sie. »Die Sieger nehmen alles.«

Aber sind sie Sieger?

Wir sehen eine Sendung über den sowjetischen Balletttänzer Rudolf Nurejew. Wir sehen uns sein Bild an. Er sieht russisch aus. Da ist irgendetwas mit seinem Aussehen. Er wird niemals amerikanische Steaks mit Ketchup essen oder Mitzi Gaynor in einer romantischen Musical-Szene küssen, denke ich. Die Zeiten sind nicht so. Obwohl Chruschtschow und Kennedy gelächelt hatten, bis sie fast einen Kieferkrampf bekamen, als sie sich in Wien trafen, kann ich an diese

Jovialität nicht glauben. Das Fernsehen zeigt Bilder von einem Flugplatz. Der Kommentator erklärt, das sei Le Bourget bei Paris. Dort geschah das Drama. Der dünne Tatar, der in der Nähe von Irkutsk geboren worden war. Seine Kindheit in Armut, als das jüngste von vier Kindern, in der Stadt Ufa. Er musste ohne Schuhe zur Schule gehen, denn seine Eltern konnten ihm keine kaufen. Im Winter trug er die alte Jacke seiner großen Schwester. An dieser Stelle der Sendung fängt Tante Svanhild an zu weinen. »Armer Junge«, sagt sie wieder und wieder, während sie sich die Augen mit einem bestickten Taschentuch abtupft, das sie jedes Mal, wenn sie es benutzt hat, in eine Handtasche steckt. Ich bemerke, dass sie sich ein Glas Sherry extra einschenkt. Als ob dieser Nurejew in ihr einen Funken entzündet hätte. Als ob sie eigentlich gern etwas mit ihm hätte. Ein widerlicher Gedanke, aber er muss dennoch gedacht werden. Bilder von Nurejew, der in Paris französische Kollegen trifft. Danach wichtige Sowjetpolitiker in Hut und Mantel. Sie sehen besorgt aus. Das Kirow-Theater ist auf Tournee. Als Kennedy sagt, dass die Amerikaner den Wettlauf um das All gewinnen werden, müssen die Kommunisten im Osten mit dem antworten, was sie wirklich können: Ballett. Klassisches Ballett. Männer im Trikot, die Frauen mit bloßen Händen hochheben und herumwirbeln wie Pfannkuchen. Nurejew ist einer dieser Männer. Aber dort, auf dem Flugplatz, haben die Kommunisten Lunte gerochen. »Sie ahnten schon, dass Nurejew mit dem Gedanken spielte, abzuspringen«, sagt der Fernsehkommentator.

»Was bedeutet, abspringen?«, frage ich Tante Svanhild.

Sie prustet los und läuft dann knallrot an.

»Entschuldige«, sage ich.

»Nein, um Himmels willen«, sie lächelt. »Ich war nur mit meinen Gedanken woanders. Abspringen bedeutet einfach, dem *furchtbaren* kommunistischen Regime entkommen. Verstehst du das, mein Junge? Nur Steckrüben und gekochte Kartoffeln zum Essen. Hunde, die zu Tode gequält werden. Und das im Lande Tschaikowskis. Hast du dir das schon mal überlegt? *Eugen Onegin*. Bestimmt hat Alfhild dir diese Arie vorgesungen …«

Sie fängt an zu summen mit dieser seltsamen Stimme, die in einer Mansarde ganz oben in ihrem Kopf wohnt, und die ein Vibrato besitzt, das drei Etagen überspringt, und zwar mit einem wahnsinnigen Satz. Als spiele Onkel Bjørn mit seinem Lachen auf der Säge.

»Ja, die kenne ich«, sage ich leise und versuche gleichzeitig, mitzubekommen, was im Fernsehen passiert.

»Ja«, sagt Tante Svanhild triumphierend. »Da tanzt er doch den *Schwanensee.* Wieder Tschaikowski.« Sie summt weiter.

Aber plötzlich sind wir wieder auf dem Flugplatz Le Bourget. Wir sehen ein sowjetisches Flugzeug mit Soldaten und anderen Wachen. Nurejew soll eigentlich mit dem Kirow-Ballett weiter nach London, um neue Triumphe zu feiern. Aber jetzt lächelt Chruschtschow nicht mehr. Nurejew soll zurück nach Moskau und damit basta. Die ganze Ballett-Truppe wird nach Hause befohlen.

Nurejew, umringt von sowjetischem Botschaftspersonal und Sicherheitswachen. Nun rennt er plötzlich auf eine Gruppe von französischen Polizisten zu und ruft: »Helft mir! Ich will frei sein!«

Nurejew ist in den Westen abgesprungen. In die große Enklave der Freiheit, zwischen Diktatoren, Folterknechte und Hundemörder.

Ich sehe, dass Tante Svanhild bewegt ist, während Nurejew im Schutz von einem Dutzend französischer Gendarmen dasteht und winkt. Kusshände wirft. Er weiß nur zu gut, wie schön er ist, denke ich.

Ich schaue vorsichtig zu Tante Svanhild hoch. Warum ist sie so hingerissen? Hat sie noch nicht gesehen, dass Chruschtschow Ähnlichkeit mit Onkel Birger hat? Und jetzt ist Chruschtschow traurig.

29

Aber es kommt ein Tag. Es kommt immer ein Tag, aber dieser Tag ist doch anders als andere Tage, nach denen ein Tag kommt. Vater kommt früh von der Arbeit nach Hause. Er hat *Dagbladet* unter dem Arm, wie immer, aber er hat vergessen, Brot zu kaufen, er ist starr im Gesicht. Wütend, auf eine Weise, die er sich sonst nicht gestattet, nicht einmal, wenn er sich mit Mutter streitet. Es ist nicht die normale Wut. Er ist persönlich verletzt. Etwas, das er nicht für möglich gehalten hat, ist passiert.

Mutter ist zu Hause. An diesem Abend muss sie in der *Fledermaus* soufflieren. Als sie das Gesicht ihres Mannes sieht, begreifen Tormod und ich, dass die Lage ernst ist, auf eine ganze andere Weise als jemals zuvor.

»Kommt der Weltkrieg?«, frage ich.

»Vielleicht«, sagt Vater.

Und dennoch weint er nicht. Der, der diese Geschichte schreibt, hat seinen Vater nur zweimal weinen sehen. Das eine Mal bei Hallingskarvet, als Vater mit Mutter gestritten hatte. Sie lief weit vor ihm her und war außer sich vor Zorn. Aus irgendeinem Grund ging damals Tormod neben Mutter. Sie gingen 200 Meter vor uns anderen. Er selbst blieb beim Vater, der einen schweren grauen Rucksack trug und schweißnass war. Sie waren unterwegs zu einer Hütte weit oben im Gebirge. Es gab dort keinen Strom, und Wasser musste aus einem See geholt werden. All diese armseligen Hütten in seiner Kindheit, auf die der Vater doch so stolz war, auch wenn er Kacke aus dem Plumpsklo schaufeln musste. Weshalb hatten sie sich diesmal gestritten? Jedenfalls nicht um ein Ingenieursessen, zu dem die Mutter nicht gehen wollte. Er ahnte, dass es um Wichtigeres ging. Gefährlicheres. Wo man wohnen sollte. Worauf man im Leben setzen sollte. Der Vater sprach oft davon, umzuziehen. »Aber wie sollen wir uns das leisten können?«, fragt die Mutter.

Die lange Wanderung durch das Gebirge. Der Vater, der nichts sagte, sondern weinte, bis er schluchzte. Weinte und weinte. Als sei sein Kummer bodenlos.

Das zweite Mal sah er seinen Vater weinen, als der, nachdem er aus China zurückgekommen war, erzählte, wie die Mutter gestorben war. Der Vater saß im vierten Stock im Pflegeheim. Die Mutter lag eiskalt unten in der Kapelle. Als er zum Vater nach oben kam, nachdem er sich von der Mutter verabschiedet hatte, setzte er sich zu ihm und sagte, die Mutter habe ausgesehen, als ob sie ihm zulächelte, obwohl sie doch tot war.

»Aber wie ist sie gestorben?«, fragte er.

Da weinte der Vater zum zweiten Mal.

Alle sind schrecklich aufgeregt. Das weiß er schon lange. Er hat versucht, die Miene des Vaters zu deuten. Schon, als sie aus Sandefjord nach Oslo zurückkamen, stimmte etwas nicht. Die Leichtathletikkämpfe zwischen USA und UdSSR. Der Vater hatte den Kopf geschüttelt. Und der Sohn hatte gefragt: »Was ist denn los, Vater?«

»Dass sie sich auf diese Weise gegenseitig aufstacheln. Nicht nur Raumfahrt und große Politik. Auch Sport. Wo soll das denn noch enden?«

Leichtathletik. Auf viermal hundert Metern stellt die Mannschaft der USA einen Weltrekord von 39,1 auf. Danach kommt der schwarze Weitspringer Ralph Boston und springt 8,28. Gott sei Dank setzt Valeri Brumel mit 2,24 einen neuen Rekord im Hochsprung für Herren und Jolanda Balas, die eigentlich aus Rumänien stammt, springt 1,90 für die Sowjetunion.

Vater liebt Leichtathletik. Er liebt Schlittschuhlauf. Er liebt den Sport, in dem einfache Arbeiter nach oben kommen und Ruhm und Ehre ernten können. Aber was hier vor sich geht, ist keine Leichtathletik. Schon seit Längerem kommen jeden Tag über tausend Flüchtlinge aus der DDR und anderen von der UdSSR kontrollierten Gebieten in die Durchgangslager in Westberlin. An einem einzigen Tag, dem 1. August, werden 1322 Flüchtlinge registriert. Etwas über eine Woche darauf sind es 1926 Personen. Die 53 000 Pendler, die jeden Tag von Ost- nach Westberlin strömen, werden strengen Kontrollen unterzogen und in vieler Weise behindert.

Aber während US-Außenminister Dean Rusk im Urlaubsort Cadenabbia in Italien sitzt und mit Bundeskanzler Konrad Adenauer überlegt, was zu tun sei, beschließt die Volkskammer in Ostberlin, zu außergewöhnlichen Mitteln zu greifen, um der Massenflucht vor dem kommunistischen Regime ein Ende zu setzen.

Zugleich kreist der sowjetische Kosmonaut German S. Titow nicht weniger als siebzehn Mal in seiner Wostok II um die Erde und hält sich länger als einen Tag im Weltraum auf, zur großen Verzweiflung der Amerikaner.

Die Volkspolizei der DDR und Abteilungen der Volksarmee beginnen, die Grenze zwischen dem sowjetischen und dem amerikanischen Teil Berlins mit Stacheldraht abzusperren. Es ist die Nacht zum 13. August. Von nun an brauchen Ostberliner und Bürger der DDR eine Sondererlaubnis, um den von den Westalliierten kontrollierten Teil der Stadt zu besuchen. Das gilt auch umgekehrt. Die achtzig Grenzübergänge zwischen Ost und West werden auf zwölf reduziert.

Die Machthaber im Osten lassen dort, wo bisher Stacheldrahtzäune waren, Betonelemente anbringen. Willy Brandt, der Regierende Bürgermeister von Berlin, unterstützt einen offiziellen Protest gegen die Sowjetunion, in dem daran erinnert wird, dass die neuen Maßnahmen gegen das Viermächteabkommen verstoßen. Großbritannien und Frankreich kündigen an, ihre Truppenpräsenz in der BRD verstärken zu wollen, aus den USA kommen Vizepräsident Johnson und General

Clay zusammen mit 1500 Soldaten, die in augenblickliche Bereitschaft versetzt werden. Diese Soldaten werden begeistert empfangen. Im Norden der S-Bahnstation Staaken fahren Panzer auf, um die Stadtgrenze vor Übergriffen zu sichern. Aber der Osten hat kein Interesse daran, den Westen anzugreifen. Stattdessen wird eine Mauer gebaut. Dass vier Panzer der USA durch Friedrichstraße und Kochstraße rollen, kann das katastrophale Ergebnis nicht verändern. Berlin wird endgültig geteilt. Das passiert an dem Tag, an dem Vater so ernst ist. Die Mauer wird gebaut, DDR-Soldaten fliehen in letzter Minute in den Westen. Bald wird auf Flüchtlinge geschossen. In den kommenden Jahren wird es viele davon geben.

»Was für eine Schande«, sagt Vater. Er legt sich mit leichenblassem Gesicht auf das Wohnzimmersofa.

Ich gehe zu Mutter, die in der Küche steht. »Was ist denn eigentlich los?«, frage ich.

»Vater ist vor Kummer am Boden zerstört«, sagt Mutter. Sie schüttelt den Kopf. Dann nimmt sie die Brotformen aus der untersten Schublade.

An der Straßenbahnhaltestelle Smestad haben Mads und ich viel zu besprechen.

Aber Mads ist nicht mehr so sicher, ob man gerade jetzt zur Sowjetunion halten sollte.

Ich weiß nicht, was ich sagen soll. Es passiert so schrecklich viel. Die Leute von *Orientering* sind nach den Parlamentswahlen sehr wichtig. Sie haben zwei Mandate geholt. Finn Gustavsen und Asbjørn Holm. Ich finde, Gustavsen sieht aus wie Reineke Fuchs. Vielleicht ist auch er ein Schlaukopf.

Auf General de Gaulle wird, als er von Paris nach Colombey les Deux Églises unterwegs ist, ein Attentat mit vier Kilo Plastiksprengstoff verübt. Zehn Tage darauf kommt der UN-Generalsekretär Dag Hammarskjöld über Nord-Rhodesien bei einem Flugzeugabsturz ums Leben.

»Hier wird uns vieles verheimlicht«, sagt Mads, während die Blätter an den Bäumen gelb werden. Die Nachmittage füllen sich mit herbstlichen Sonnenuntergängen. Der Himmel über Ullernåsen steht in Flammen.

30

Es ist Sonntag. Später Herbst. Vater sagt, dass wir zur Hütte nach Vestmarka fahren. Ich stöhne. Ich habe versucht, tot im Bett zu liegen, aber das half nichts. Vater sieht, dass ich lebe. Und auch wenn ich länger aushalte, als ich es für möglich gehalten hätte, bin ich hilflos, als er anfängt mich zu kitzeln.

Der Bus nach Guriby. Die langen Hänge hoch nach Vensåsseter. Ich bin kurzatmig und erschöpft, und als der Waldweg endlich abflacht, ist es nur vorübergehend. Vater hat die Hütte für zehn Jahre gemietet, sie liegt oben am steilsten Hang.

Als sie aber dort sind, kann er sich keinen Ort denken, wo er lieber wäre. Vestmarka. Nicht weit von Kampen. Sie haben Aussicht auf den neuen Tryvannsturm, der noch nicht in Gebrauch genommen worden ist. Der Vater kümmert sich um das Plumpsklo. Das Brunnenwasser ist kalt und gut. In der Hütte ist es wie in alten Tagen. Rohe Holzstühle. Ein Tisch, von dem die Farbe abblättert. Ein Sofa, das eigentlich eine Holzbank mit Kissen ist. In der Ecke gibt es einen riesigen Kamin, den der Vater repariert hat. Er bewundert den Kamin, weil der so groß ist. Der Vater kann alles. Der Vater ist Ingenieur. Allein mit dem Vater und dem Bruder hat er keine Angst, dass sich die Eltern streiten und die Mutter mit den Türen knallt und in Tränen ausbricht. Der Vater ist streng, aber man kann mit ihm reden. Er hat die stärksten Hände auf der Welt, aber er schlägt nicht damit. Und beim Armdrücken merkt er immer, dass diese Hände groß sind und dass sie Geborgenheit und Wärme schenken.

Die Dämmerung setzt früh ein. Der Himmel ist rot. Sie haben zwei Dosen Rentierfrikadellen mitgenommen, die sie auf dem Primuskocher aufwärmen und zu dem grünen Sauerteigbrot essen wollen, das sie alle so lieben. Der Bruder darf den Primuskocher anwerfen, den der Vater einige Meter von der Hütte entfernt aufgestellt hat, wo es eine alte, von Steinen eingerahmte Feuerstätte gibt.

Er dagegen darf die Rentierfrikadellen in dem alten Blechtopf anwärmen. Es ist ein Freitagnachmittag im Oktober und mäuschenstill im Wald. Nur eine Krähe regt sich hoch oben in der riesigen Eiche.

»Jetzt hört mal zu«, sagt der Vater. »Wisst ihr noch, dass ich voriges Wochenende allein hier war?«

Sie nicken.

»Ich wollte den Kamin fertigmauern und den Abzug überprüfen. Kaum hatte ich meinen Rucksack abgestellt, habe ich losgelegt. Das Wichtigste war, den Zugbegrenzer so zu justieren, dass er genau in die Öffnung passte.«

»Ja?«

»Ich schob den Arm hinein, machte ihn krumm und tastete dann nach der schweren Klappe. Aber als ich sie gefunden hatte, löste sich etwas aus seiner Befestigung, fiel auf meinen Unterarm und presste auf mein Handgelenk. Weil ich den Arm angewinkelt hatte, steckte ich fest. Ich konnte den anderen Arm nicht hineinschieben und spürte, wie mein Blut an der Stelle hämmerte, wo der Zugbegrenzer auf die Adern drückte.«

»Was hast du da gedacht, Vater?«, fragt der Bruder mit großen, ängstlichen Augen.

»Ich dachte, dass Freitag war, dass ich ganz allein war und dass mich vor Sonntagabend niemand vermissen würde.«

»Und dann?«

»Dann habe ich mit langsamen Bewegungen versucht, den Arm zu befreien. Zwei Stunden lang habe ich eine Position gesucht, um mit dem Daumen die Klappe hochschieben zu können, auch wenn ich riskierte, den Daumen zu brechen.«

»Und das hast du geschafft?«

»Ja.«

»Und nichts gebrochen?«

»Nein.«

»Warum erzählst du uns das?«

»Weil ich euch daran erinnern will, dass es immer, fast immer, Möglichkeiten gibt, an die man anfangs nicht gedacht hat. Auch, wenn die Lage hoffnungslos wirkt.«

»Gilt das auch für Mutter und dich?«, fragt er.

»Wie meinst du das?«

»Dass es die Möglichkeit gibt, dass ihr eines Tages aufhört, euch zu streiten?«

Der Vater weiß nicht, was er antworten soll. »Mutter und ich, wir lieben uns«, sagt er ernst. Er zieht seinen älteren Sohn an sich. Zwischen den beiden gibt es eine besondere Beziehung, denkt der andere.

»Warum kommt sie nie mit nach hier oben?«

»Mutter hat anderes zu tun. Und sie ist nicht gern da, wo sich Fuchs und Hase gute Nacht sagen, meint sie.«

»Aber sie mag doch Hasen und Füchse und alle Arten von Tieren?«

»Sie braucht ein bisschen Zeit für sich.«

»Aber was macht sie in dieser Zeit?«

Vater rührt im Frikadellentopf, wo die Soße langsam ins Kochen kommt. »Ich weiß nicht«, antwortet er zerstreut, wie oft, wenn er an etwas anderes denkt.

In diesem Moment verliert der Blechtopf das Gleichgewicht. Die kleinen Rentierfrikadellen aus der Dose und die ganze Soße kippen über in alte Asche und alles verwandelt sich im Handumdrehen zu einer ungenießbaren Masse. Der Vater flucht laut.

Nicht weinen, denkt der jüngere Sohn. Nicht noch mal weinen, wie damals im Gebirge.

Aber der Vater weint nicht. Er sieht nur traurig aus. Und müde. Als ob er die ganze Welt auf den Schultern trüge. Vielleicht tut er das ja.

»Nicht traurig sein, Vater«, sagt Tormod. »Wir haben Graubrot, Zwiebeln und Butter. Außerdem wird es jetzt kalt. Haben wir nicht auch Milchschokolade? Wollen wir reingehen?«

31

Am letzten Oktobertag wird der Sarg von Josef Stalin, der seit dessen Tod vor mehr als acht Jahren neben Lenin gestanden hat, aus dem Mausoleum und über den Roten Platz in Moskau geschoben. Chruschtschow hat sich abermals öffentlich von Stalin distanziert und dessen Massenmorde einige Jahrzehnte zuvor ans Licht geholt.

An der Straßenbahnhaltestelle Smestad erzählt mir Mads, dass Chruschtschow bei Stalins letzter Mahlzeit zugegen war. Mads liest keine Jugendbücher mehr, sondern Lexika und die Zeitschrift *Farmand.* Er findet den Kommunismus einfach wahnsinnig komisch. Stalins Tod zum Beispiel. Da saßen also im März 1953 die künftigen Regierungschefs Malenkow, Bulganin und Chruschtschow zusammen mit Stalin und Innenminister Beria und aßen mit ihrem Chef. Danach trennten sich ihre Wege. Als Stalin am nächsten Morgen nicht zur üblichen Zeit aufstand, wurden die Wächter nervös. Aber Stalin hatte streng befohlen, niemals früh am Tag gestört zu werden, deshalb wurde er erst am Abend in seinem Zimmer gefunden, wo er eine starke Gehirnblutung erlitten hatte. Chruschtschow sollte später erzählen, dass Beria sofort »seinen Hass ausgespien und seinen Führer verspottet« hatte, doch als Stalin noch einmal zu Bewusstsein kam, kniete der Innenminister nieder und küsste ihm die Hand. Dann versank Stalin abermals in Bewusstlosigkeit. Beria erhob sich und verspottete ihn ein weiteres Mal. Später sollten amerikanische und russische Historiker zu dem Schluss kommen, dass Stalin an einer Dosis Warfarin gestorben war. Rattengift. Es verdünnt das Blut und kann deshalb auch bei

Patienten mit Vorhofflimmern angewandt werden, auch wenn das Risiko einer Gehirnblutung steigt. Warfarin schmeckt nach nichts. Es ist ein perfekter Zusatzstoff in fester und flüssiger Nahrung, wenn man jemanden umbringen möchte.

In der Schule bereiten wir uns auf die Weihnachtsfeier vor, als Mitte November der bundesdeutsche Verteidigungsminister Franz Josef Strauß nach Norwegen kommt. Wir kochen Vogelbeergelee und basteln Laternen aus Pappe. Außerdem soll die dritte Klasse das Paradiesspiel aufführen, während die fünfte das Weihnachtsspiel einübt, die Geschichte von Jesus und Maria. Strauß wird von heftigen Protesten empfangen. Er gilt allgemein als Vertreter des aggressiven Teils der westdeutschen Atompolitik. Dass ein Land, das vor weniger als zwanzig Jahren Millionen von Juden ermordet hat, das Recht für sich in Anspruch nimmt, auf den Atomknopf zu drücken, wird als abscheulich empfunden. Vater ist oft oben bei Ulf in der Bygdøy allé. Die politische Unruhe ist groß, in all diesen Wochen, als ich oben vor der Tafel stehe und versuche, Gott Vater darzustellen. Ist das ein Trostpflaster für die entsetzlichen Wanderungen über den Schulhof zum *Haus im Wald?* Die gehen ja weiter. Die hören nicht auf. Ich muss mit der rechten Hand schreiben. Aber dann stehe ich plötzlich hier als Gott Vater, während Verteidigungsminister Strauß, der noch dicker ist als ich, dem eifrigen NRK-Journalisten Per Øivind Heradstveit erzählt, er nehme diese Demonstranten nicht ernst, denn sie seien »junge bezahlte Menschen, die von den Kommunisten aufgepeitscht werden, wie Moskau das eben so macht«.

Die Lage in Europa ist äußerst angespannt, vor allem im Norden, weil Finnland jetzt von Chruschtschow & Co hart unter Druck gesetzt wird. Werden sie mit ihrer Neutralitätspolitik weitermachen oder nicht? Präsident Kekkonen balanciert auf Messers Schneide zwischen der Sowjetunion und dem Westen. Mit der langen Grenze zu Russland ist die Lage dieser Nation, die Vater so sehr liebt, dass er ab und an zu Mutters großem Ärger eine echte finnische Freundin anbringt, strategisch noch schwieriger als die Norwegens. Kekkonen tobt, weil

Norwegen gerade jetzt auf die Idee gekommen ist, Strauß zu einem Besuch einzuladen. Damit erweist man Finnland einen Bärendienst, sagt er, während ich in einer alten Deutschenbaracke am Smestaddam in Oslo stehe und Adam und Eva aus dem Paradies vertreibe. Mir ist das ein bisschen peinlich. Ich bin nicht Chruschtschow. Ich werde nicht mit dem Schuh auf den Tisch hauen. Ich bin auch nicht Kennedy. Außerdem sind die, die Adam und Eva spielen, die Schönsten in der Klasse. Im wirklichen Leben gibt es nicht viel, was ich mir ihnen gegenüber herausnehmen würde. Aber hier, in diesem Schauspiel, stehe ich da mit meinem Stab und spiele Diktator, während Mads und Bryn in den Kulissen kichern.

Aber die sind ja auch nur Engel.

Dezember 1961. In Toronto in Kanada knallt der Schwergewichtsboxer Floyd Patterson seinem Kollegen Tom McNeeley einen grausamen Haken ins Gesicht, McNeeley geht zu Boden und wird schon in der vierten Runde ausgezählt. Mads und ich sitzen im Palassteater, jeder mit einem kleinen Weihnachtsschwein aus Marzipan und Schokolade, und sehen die entsetzlichen Bilder. Zehn Tage später wird Adolf Eichmann in Jerusalem zum Tode verurteilt. Als wir wieder auf der Straße stehen, ist es schon dunkel. Die Schokoladenreklame am Egertorg blinkt uns entgegen, und an der Mauer des Hauses neben dem Odd-Fellow-Gebäude sinkt die Temperatur auf fast 15 Grad. Am 23. Dezember kommen 71 Italiener ums Leben, als ein Eisenbahnwagen bei Catanzaro in Süditalien in einen Abgrund stürzt. Und in Algerien sterben mindestens 44 Menschen bei Attentaten. Die Sowjetunion hat die diplomatischen Beziehungen zu Albanien an dem Tag abgebrochen, an dem Dag Hammarskjöld mit dem Friedensnobelpreis ausgezeichnet wurde. »Wie traurig, einen so großen ehrenvollen Preis einer Leiche zu geben«, sagt Mads, als er da an der Straßenbahnhaltestelle steht und vor Kälte bibbert.

Es wird das kälteste Weihnachtsfest seit Menschengedenken.

1962

32

Ein Auto verfährt sich auf dem Weg nach London. Der Fahrer heißt Neil Aspinall. Im Auto sitzen außerdem vier junge Männer aus Liverpool, die von ihrem Manager Brian Epstein geschickt worden sind. Es ist Silvester 1961, und es ist kalt. Seit fast anderthalb Jahren tritt das Trio John Lennon, Paul McCartney und George Harrison an verschiedenen Orten in Hamburg auf. Ihr vierter Mann, der Bassist Stuart Sutcliffe, wollte irgendwann lieber sein Kunststudium fortsetzen. Aber zu Hause im Casbah Coffee Club hatte Harrison Pete Best entdeckt, den Sohn der Clubleiterin, Mona Best. Zusammen hat das Quartett das skandalumwitterte Stadtviertel St. Pauli in Hamburg erobert. Es ist eine von Seeleuten, Landratten, Prostituierten und Alkoholikern bevölkerte Gegend. Die vier, die sich The Beatles nennen, haben hinter der Bühne des Bambi Kinos geschlafen, und sind im Indra und im Kaiserkeller aufgetreten. Später auch im Top Ten Club auf der Reeperbahn 136. Harrison, der erst 17 war, als sie nach Hamburg gekommen sind, bezeichnete diese Stadt als »the naughtiest city in the world«. Paul McCartney, der nur wenig älter war, sagte, wenn man in Hamburg eine Freundin fände, dann aller Wahrscheinlichkeit nach eine Stripperin. Lennon und Gerry Marsden von Gerry & the Pacemakers hatten ein Bordell in der Herbertstraße besucht, und als sie bezahlt hatten, kam eine Frau, die so groß war wie ein Bus. Sie trug nur einen

BH und machte ihnen furchtbare Angst. Die Auftritte dauerten oft vier Stunden, deshalb bekamen die Jungs Preludin und Dexedrin, um sich wachzuhalten.

Neil Aspinall braucht zehn Stunden, um in die Londoner Innenstadt zu finden, gerade rechtzeitig, um die vielen Betrunkenen zu sehen, die trotz der winterlichen Temperaturen in den Brunnen auf dem Trafalgar Square springen. Am nächsten Morgen finden sie sich im Studio von Decca Records in Broadhurst Gardens ein, wo der A&R-Mann Mike Smith schon auf sie wartet. Später wird er Hits für Georgie Fame, die Tremeloes, Marmalade, Love Affair und Brian Poole produzieren. Das Quartett ist während der Aufnahmen sichtlich nervös. Die Lieder werden mit einem zweispurigen Mono-Tonbandgerät eingespielt. A&R-Chef Dick Rowe hatte vor neunzehn Tagen Smith nach Liverpool geschickt, um sich diese neue Band anzuhören, für die der Manager Brian Epstein so heftig Reklame machte. Rowe sollte später die Rolling Stones, Van Morrisons Them, die Moody Blues, Tom Jones und John Mayall & the Bluesbreakers unter Vertrag nehmen. Jetzt sitzt der Assistent Mike Smith im Decca-Studio und hört, dass die Jungs im Studio nicht so gut sind wie auf der Bühne.

Das Quartett fängt an mit seinem eigenen *Like Dreamers Do,* dann gehen sie über zu Gordy/Bradfords *Money* und Meredith Wilsons *Till there was you.* Sie spielen vierzehn Stücke, unter anderem *Hello Little Girl,* ehe sie mit Leiber & Strollers *Searchin* enden. Aber nicht alle Lieder werden aufgenommen. Decca hat am Ende eine Rohaufnahme von zehn Stücken. Die Jungs fahren nach Liverpool zurück und Smith setzt sich mit seinem neuen Chef, Dick Rowe, und Ex-Shadow Tony Meehan hin, um sich alles anzuhören.

Einige Tage später trifft bei den Beatles die Absage ein. Decca ist zu dem Schluss gekommen, dass die Gruppe in der Popwelt keine Chance hat. Decca kennt den Markt besser als alle anderen. »Guitar groups are on the way out.« Es wird zudem erklärt, dass die Beatles mit diesem Sound als Gitarrengruppe keine Chance haben. Decca nimmt deshalb Brian Poole und die Tremeloes unter Vertrag.

Brian Epstein beschließt, auf eigene Faust ein Album zu produzieren. Später kann er dann bei EMI und Parlophone einen Vertrag abschließen.

Es ist der Winter 1962. Leonard Bernstein veröffentlicht mit den New Yorker Philharmonikern bei der CBS seine erste Einspielung von Mahlers Dritter Symphonie.

Zu Hause im Melumvei starre ich die Schallplatten an. Vater kann sich weder Fernseher noch Waschmaschine oder Auto leisten, und auch der Kühlschrank war fast schon zu teuer. Aber links vom großen Wohnzimmerfenster stehen ein großes Radio, ein kleiner Plattenspieler und ein braunes Tonbandgerät Marke Tandberg. Es ärgert mich, dass wir nicht Grynet Molvigs Version von *Ninon Ninette* haben, die ich im Vorjahr bei Tante Svanhild in der *Schlagerparade* gehört habe. Aber es steht nicht einmal fest, dass es davon eine Schallplattenaufnahme gibt. Außerdem lehnt Mutter Popmusik ab. Sie sieht im Auftreten der 19-Jährigen nicht dieselben Qualitäten wie Tante Svanhild und ich. Wir haben noch immer einen geheimen Bund. Sie kennt die Sängerin Nora Brockstedt, die mit samischer Mütze beim Grand Prix das Lied *Voi Voi* sang und dabei mit den Händen fuchtelte, als das NRK-Fernsehen noch jung und frisch war. Wir mögen hübsche Mädchen. Hübsche Frauen. Für Tante Svanhild war Farah Dibas Besuch in Norwegen ein Höhepunkt. Das ist fast ein Jahr her, aber noch immer redet sie darüber, als sei es gestern gewesen. Die Fahrt nach Westnorwegen musste abgesagt werden, denn Farah Diba hatte Angst, der viele Regen könnte ihr die Frisur ruinieren. Jetzt stecken sich Mutters bildschöne Kusinen, die alle jünger sind als sie, Weißbrote in die Haare. Ich habe es selbst nicht gesehen, aber Tante Svanhild hat es mir mit geheimnisvollem Lächeln erzählt.

»Die haben wirklich ein Weißbrot in den Haaren, Ketil.«

»Ganz bestimmt?«

Sie zögert. »Naja, ein halbes.«

»Hast du auch Weißbrot in den Haaren?«

»Nein, meine Haare sind nicht lang genug. Und auch nicht füllig genug.« Sie sieht traurig aus. Zugleich ist sie so hübsch mit ihren

Löckchen. Ich drücke ihre Hand. Wenn sie zurückdrückt, bekomme ich eine Gänsehaut.

Von jetzt an sehe ich Frauen auf eine andere Weise. Spüre sie auch auf eine andere Weise. Vor allem sehe und spüre ich die mit dem Weißbrot in den Haaren. Die Frisur wird davon so hoch, so ägyptisch, wie Sam Ledsaak sagen würde. Wir zeichnen Pyramiden und Pharaonen in unsere Arbeitshefte. Wir haben die schönen Derwent-Farben, die für strahlende Sonnen, dunkelblauen Himmel und insgeheim für die schönsten Frauen geeignet sind.

Aber was machen sie danach mit dem Weißbrot? Essen sie es auf? Nichts schmeckt leckerer als Weißbrot, das man mit den Händen aus der Kruste puhlt. Aber das Weißbrot muss frisch sein. Man muss die Wärme des weißen Brotes spüren, eine letzte Erinnerung an die gute, warme Geborgenheit im Ofen, als alles aufquoll und seine Form fand. Ich quelle ebenfalls auf, habe aber deshalb nicht das Gefühl, meine Form gefunden zu haben.

Wird die Unruhe von Dauer sein? Ohne es selbst begriffen zu haben, fühlt er sich zu Menschen hingezogen, die älter sind als er. Wie durch ein Wunder wird er bei der Blaskapelle aufgenommen. Die nennt sich Gjallarhorn. Es gibt dort fast keine Mädchen, und das bedauert er. Die anderen in der Kapelle gehen in die fünfte und die siebte Klasse. Es ist umwerfend, dass er mit ihnen zusammensein kann, wo er doch nur in die dritte geht. Er ist stolz, aber auch ein wenig verwirrt. Liegt es nur daran, dass er der Bruder von Tormod ist, dass er neben Bjørn sitzen und Tenorhorn spielen darf? Bjørns Vater ist der Direktor von Det Norske Teatret. Später wird der junge Bjørnstad Theaterrepliken von sich geben. Aber vorläufig schweigt er und sieht zu, wie sein neuer Freund mit grünem Rotz in der Nase spielt. Solche kleinen Popeldinger gibt es auch in manchem Backwerk. Ist es nicht schwer, damit Luft zu holen, denkt er und presst die Lippen gegen das Mundstück. Aber Bjørn ist ein Held. Ein Damenheld mit schmutzigen Fingern, der ganz bestimmt bei Frauen mit Weißbrot in den Haaren Erfolg haben könnte. Er sieht immer aus, als käme er direkt aus dem Dschungel, ein

Tarzan, der sich mithilfe von Lianen durch das Unterholz schwingt. Neben ihm zu sitzen ist fast, wie bereits in die sechste Klasse zu gehen. Sie sind dreiundzwanzig Jungen, und das Letzte, was sie in den alten Deutschenbaracken tun, ist, ein Konzert in tiefer Finsternis zu geben. Sie haben keinen Strom mehr, aber im Eurythmiesaal flackern die Kerzen in den viel zu großen Haltern. Ihr Dirigent heißt Anton. Allein dieser Name. Tante Svanhild würde von »volkstümlich« reden. Wenn er die Hände hebt, sollen wir *Die Jungen kommen* von William Farre spielen. Der Theaterdirektor hat ein feierliches Gedicht geschrieben: »Seht die Jungen kommen, in ihrer fröhlichen Uniform. Sie heben die Instrumente. Oh hört, bald bläst der Sturm …« Er fühlt sich unbehaglich mit der schwarzen Baskenmütze, dem weißen Hemd, der roten Fliege und der ebenso roten Schärpe, der grauen Hose und den blankgeputzten schwarzen Schuhen. Er kommt sich vor wie ein Angehöriger einer vergessenen Volksgruppe, die soeben irgendwo oben im Kaukasus entdeckt worden ist und die vielleicht einen drei Minuten langen Bericht in der Wochenschau verdient hat. Aber Anton, der selbst noch ein Teenager ist, kann die Gesangsstimme aus ihm vertreiben, und übrig bleibt dann nur ein seltsamer Furz, der innerhalb weniger Unterrichtsminuten zu einem mächtigen Ton wächst, zum *Tenorhornton*. Nicht mehr die traurigen Geräusche, die neue Abgase ankündigen. Sondern eine tiefe, füllige, sonore Stimme.

Klinge ich denn wirklich so?, überlegt er.

Plötzlich kann er seinen Körper ein bisschen besser leiden.

33

Die Schule wird nun also umziehen. Er ist mit dem Rad zu dem neuen Gebäude gefahren, das im Gebüsch oben bei Hovseter liegt, und hat versucht, die Gründe für alle Veränderungen im Leben zu verstehen. Warum suchen wir sie, und was wollen wir damit? Auch Mads ist unsicher. Der Freund ist ein ebenso großer Zweifler wie sein Vater. Weil er Fragen stellt, untergräbt er das Bestehende. Er kann sich nicht am allgemeinen Jubel darüber beteiligen, dass Oberstleutnant John H. Glenn dreimal den Erdball umrundet und eine Höhe von 260 Kilometern über der Erdoberfläche erreicht hat. Wieso denn jubeln? German Titow ist das doch schon siebzehn Mal gelungen. Aber die Amerikaner schaffen es, aus Glenns Raumfahrt ein Ereignis zu machen, einfach weil er Amerikaner ist. In den Nachrichten ist es eine größere Sensation, dass ein Amerikaner es dreimal um die Erde schafft, als dass ein Russe viele Monate vorher siebzehn Mal um denselben Planeten geflogen ist.

»Wir müssen die USA weiterhin kritisch sehen«, sagt Mads, als wir das letzte Mal an der Straßenbahnhaltestelle Smestad stehen, ehe die Schule nach Hovseter verlegt wird und wir widerwillig unsere Arena für die Diskussionen weltpolitischer Gegebenheiten verlegen müssen.

»Warum?«, frage ich, während ich meinen Teil des frischgekauften Weißbrotes auskratze, ehe ich endlich in der Straßenbahn nach Hause die Zähne in die knusprige braune Kruste schlage.

»Die belügen uns«, sagt Mads. »Bei Laika hat Chruschtschow uns die Wahrheit gesagt. Wir haben erfahren, wie schrecklich das alles war. Sie werden für sie ein Denkmal aufstellen. Aber was haben die Amerikaner mit Enos und Ham gemacht? So getan, als wären das hochqualifizierte Generäle?«

Die Melancholie steigt langsam in ihm auf. Beim bloßen Gedanken an den Schimpansen Ham, das erste menschenähnliche Wesen, das ein Jahr zuvor ins All geschossen wurde. Bilder von Ham, wie er mit dem NASA-Helm auf dem Kopf auf dem kleinen Schleudersitz hockt. Die vielen Schläuche, die in seinen Körper hinein- und aus seinem Körper herausführen. Die Leitungen. Die Riemen. Vater war außer sich gewesen, Mutter noch mehr, als sie las, wie das kleine Tier abgerichtet worden war, um auf einfache Herausforderungen zu reagieren. Wenn Ham die Wünsche der Menschen erfüllte, bekam er Bananenpellets. Wenn er versagte, bekamen seine Füße kleine Elektroschocks verpasst. Monatelang waren sechs Schimpansen abgerichtet worden, um die Belastungen einer Raumfahrt zu ertragen. Dennoch wurde Ham bei seinem Flug 14,7 G ausgesetzt, 3 G mehr als geplant. Die Rakete beschleunigte zu stark und brachte das Mercury-Redstone-Fahrzeug auf eine Geschwindigkeit von 5857 Meilen in der Stunde, mehr als 1400 Meilen schneller als berechnet. Dort oben, allein im Weltraum, musste Ham einfache Operationen durchführen, die durch weiße und blaue Warnlämpchen angekündigt wurden. Er hatte das jetzt im Blut. Wenn er etwas falschmachte, kamen unweigerlich die Elektroschocks.

Aber Ham machte nichts falsch. Er kehrte auf die Erde zurück, er lag auf seinem Schleudersitz und drückte dem Kapitän des Bergungsschiffes die Hand. Dann wanderte er an Deck umher und begrüßte alle. Lächelte mit seinen liebenswürdigsten Grimassen. Dankte ihnen für alles, was sie für ihn getan hatten, dafür, dass er noch am Leben war. Er konnte ja nicht sprechen.

Das konnte Enos auch nicht, als er mit der Mercury-Atlas 5 in eine Umlaufbahn geschossen wurde, nur wenige Wochen vor Glenns Triumphzug. Ich hatte nachts von ihnen geträumt, war in diesen Raumkapseln, als die Trägerrakete gezündet wurde. Die gewaltige Flamme, die unter den Motoren hochschoss. Die Erschütterung auf dem Weg in den Weltraum. Die total Stille dort oben. Den Menschen auf diese Weise ausgeliefert zu sein. Nicht sprechen, seine Gefühle nicht äußern zu können.

»Uns ausgeliefert«, sagte Mads.

Die Bilder von Glenn, auf denen er im offenen Wagen zum Capitol in Washington fährt, während die Menschen am Straßenrand jubeln und winken. Das Siegeserlebnis. Das Gefühl der Überlegenheit. Aus einem zweiten einen ersten Platz zu machen. So zu tun, als führten die USA im Wettlauf um das All. Gottes auserwähltes Volk.

Ich glaube, ich kann Abel lachen hören, wie er da auf unserem Sofa sitzt und sich mit Schokolade vollstopft.

Ich dagegen spiele noch immer den Rechtshänder.

Es ist der letzte Besuch bei Fräulein Ätschbätsch. Wenn die Schule am 26. März umzieht, kann niemand von mir verlangen, mit der Straßenbahn zum *Haus im Wald* zu fahren. Niemand weiß, was sie nun machen wird. Sie haben in dem neuen großzügigen Gebäude offenbar nicht einmal eine kleine Kammer für sie reserviert.

Das versetzt mir einen Stich. Werde ich sie denn wirklich vermissen? All die idiotischen Versuche, aus mir einen besseren Menschen zu machen. Ihre verfehlten pädagogischen Methoden, die trotzdem dazu geführt haben, dass ich ihre Hände liebgewonnen habe, wenn sie mich festhielten. Ihre Wärme. Ihre Milde und ihr unbeschreibliches Alter. Sie war nicht mehr meine Lehrerin. Ich war ihr Schüler, und ich fühle mich bei diesem letzten Mal verantwortlich dafür, ihr ein Gefühl von Erfolg zu geben, ein Gefühl, dass das Leben einen Sinn hat, sogar mitten in allem Unsinn. Sie steht in der Tür und wartet schon auf mich. Umarmt mich, als wäre ich ihr Sohn.

»Sind wir wirklich am Ende des Weges angekommen?«, fragt sie mit einem müden Lächeln.

»Das sind wir wohl«, sage ich.

»Dann schreib für mich«, sagt sie. »Du bist der beste Schüler, den ich jemals hatte.«

Zum letzten Mal in meinem Leben schreibe ich mit der rechten Hand. Ich schreibe so schön, wie ich nur kann. Es ist, als ob sich in mir etwas umstülpt bei jedem einzelnen Buchstaben. Aber ich schreibe. Ich schreibe. Und ich weiß, wenn ich mich entscheiden müsste, entweder mit der rechten Hand zu schreiben oder gar nicht, dann würde ich Letzteres wählen. Denn das Gefühl dabei ist so entsetzlich, dass ich es nur damit vergleichen könnte, durch den Mund zu scheißen und mit dem Hintern Würstchen zu essen. Aber ich mache weder das eine noch das andere, und mit der rechten Hand will ich auch nicht schreiben. So sehr hasse ich es. Mir stehen Tränen in den Augen, aber Fräulein Ätschbätsch sieht es nicht, denn sie weint ebenfalls. Aber es sind Freudentränen.

»Dass du das wirklich geschafft hast, mein Junge!«

Ja, dass ich das wirklich geschafft habe, denke ich, ohne begriffen zu haben, dass dieses Gefühl keine einzigartige Erfahrung ist. Es wird sich wieder und wieder einstellen, später im Leben. Es wird die Lüge nach einem misslungenen Konzert sein, einem vergeudeten Arbeitstag, einer Eroberung, zu der ich kein Recht hatte.

Sich tüchtig zu lügen.

Ja, gerade da, beim letzten Mal im *Haus im Wald,* war ich der tüchtigste Junge der Klasse. Da schrieb ich mit der rechten Hand. Da gab ich vor, alle Aufgaben zu meistern. Sie hatte es sich so sehr gewünscht, zwei lange Jahre hindurch.

Dem Vater grauset's, er reitet geschwind,
Er hält in den Armen das ächzende Kind,
Erreicht den Hof mit Müh' und Not,
in seinen Armen das Kind war tot.

Ich schrieb Goethes gesamten *Erlkönig* auf Deutsch ab. Dieser entsetzliche Todesritt. Der Vater, der das, was sein Sohn sieht und hört, nicht sehen und hören kann, während er das kranke Kind auf dem Weg zum Schloss in den Armen hält. Die Unwissenheit des Vaters. Die Ohnmacht. Die starken Arme, die ihm keine Hilfe sind. Er hält den Sohn in den Armen, kann aber dessen Gedanken nicht aufhalten. Seine Sinne. Seine Gefühle. Als das Kind endlich tot war, stand ich auf und zeigte Fräulein Ätschbätsch mein Werk. Sie schlug die Hände zusammen, überwältigt von der Schönschrift, ausgeführt mit den passenden Derwent-Buntstiften. Jeder einzelne Buchstabe hatte seine Farbe bekommen, nicht die von Fräulein Ätschbätsch, sondern meine eigenen. Das meeresblaue A. Das braune B. Das weiße C. Das gelbe D. Das E, noch weißer. Das graubraune F und das stahlblaue G. Das rote A. Das kupferfarbene H. *Erlkönig.*

»Das ist ja prachtvoll«, sagte sie.

»Ja, es ist ganz hübsch geworden«, gab ich zu.

Alles, was sie nicht wusste. Ich würde jetzt ihre Welt verlassen. Aber anders als das kranke Kind in Goethes Gedicht würde ich weiterleben. Nur alles, was sie mir so energisch beigebracht hatte in diesen beiden Jahren würde ich begraben.

Der Stolz in ihren Augen. »Ja, du warst ein ungewöhnlich tüchtiger Schüler«, sagt sie. »Möge es dir im Leben gut ergehen.«

Jetzt wein nicht wieder, denke ich. Wein jetzt bloß nicht. Du hast doch eben erst geweint.

Aber wir weinen nicht, weder sie noch ich. Stattdessen umarmen wir einander. Sie ist so alt und müde. Einen Moment lang denke ich, dass ich im Schatten des Todes stehe.

Dann verlasse ich das *Haus im Wald.* Sie steht in der Tür und ist die Hexe aus dem Märchen. Erst jetzt, da ich weiß, dass ich sie niemals wiedersehen werde, geht mir auf, dass sie unersetzlich ist. Denn wo gibt es ein Märchen ohne Hexe? Wo gibt es ein Leben ohne Widerstand oder Gegenpole? Wo gibt es eine Gesellschaft ohne Personen, die lehren und helfen wollen? Und wo gibt es Menschen, die sich nicht nach etwas oder jemandem sehnen, um sich davon zu befreien?

34

Ulfs Dachboden. Ich stehle mir eine Scheibe von dem, was »normales Brot« genannt wird. Dazu gute Butter und Salami. Tubenmayonnaise, die auf der Zunge zergeht. Die beiden Freunde und Aktivisten studieren den ersten großen Aufruf gegen den Gemeinsamen Markt. Insgesamt haben 143 Frauen und Männer unterschrieben. Und unter diesen Menschen finden wir die Schriftsteller Johan Borgen, Finn Carling, Tarjei Vesaas und Aksel Sandemose. Außerdem den NRK-Journalisten Rolf Kirkvaag und den Juristen Torstein Eckhoff.

»Natürlich haben sie recht«, sagt Ulf und grinst, während er ein Glas Milch trinkt. »Sie verweisen auf 1814, 1905 und 1940. Ein Volk hat sich zu einer Gemeinschaft zusammengeschlossen. Die Entscheidungen wurden uns nicht aufgezwungen wie in alten Feudalzeiten. Sie kamen vom Volk selbst. Natürlich können wir nur, wenn wir unsere politische Freiheit bewahren, die demokratischen Ideen in unserem Bereich sichern und dazu beitragen, dass diese Ideale sich in der Welt durchsetzen. Der Gemeinsame Markt ist eine Totgeburt, so lange er undemokratisch ist und von oben her gelenkt wird.«

»Aber bist du dir da sicher, Ulf?«, fragt Vater. »Geht es nicht auch darum, auf europäischem Boden dauerhaften Frieden zu sichern?«

Ulf schüttelt den Kopf. »Aber begreifst du nicht, dass es absolut nicht darum geht, Per? Jedenfalls nicht um Frieden. Es geht um Geld.«

Ach, Vater, denke ich.

Als ob Vater sich immer den schwierigsten Weg aussucht. Den Zweifel. All die schwierigen Fragen.

Ich will mir die leichtesten nehmen.

Aber Vater ist eben so. Wenn er einen Gedanken gedacht hat, muss er zugleich einen anderen Gedanken denken. Später im Leben werde ich begreifen, dass das Dialektik genannt wird. Aber jetzt kommt es mir so vor, als nähme er den schweren grauen Rucksack auf sich, der seine Haltung ganz besonders krumm macht. In der Politik passiert alles so schnell und so langsam zugleich. Plötzlich steht in *Dagbladet*, als Ende März der Schnee schmilzt, dass in Algerien ein Waffenstillstand unterzeichnet worden ist nach einem Krieg, der sieben Jahre, vier Monate und achtzehn Tage gedauert hat. Zugleich reagiert die OAS mit einer Kriegserklärung an die FLN und startet eine grauenhafte Terrorwelle in Oran und Algier.

Hier können Vater und Ulf nichts ausrichten, denke ich, auch wenn sie auf dem Dachboden sitzen und neue Nein-zu-Atomwaffen-Demonstrationen planen und Pamphlete drucken, die Ulf auf der Straße verteilt oder in Briefkästen steckt. Es ist die Zeit der großen Kundgebungen, und der Gymnasiastenverband von Drammen lädt den Pastor Bjarne Eriksen und den Prediger Åge Samuelsen zu einer Diskussion mit dem Atheisten Arnulf Øverland ein. Vater liebt Øverland. Immer, wenn wir durch den Schlosspark gehen, kommen wir an der gelben Villa vorbei, der Künstlerwohnung, in der er seine großen Gedichte schreibt. »Du sollst das Unrecht, das dich selbst nicht trifft, nicht so wunderbar gut ertragen.« Vaters Lebensmotto. Und Mutter findet, man könnte alles übertreiben. Wie dann, wenn die Landfahrer durch den Melumvei ziehen und ihre Waren ausrufen. Dann holt Vater Butter und Knäckebrot, während Mutter ohnmächtig zusehen muss. Am liebsten würde er diese Leute ins Haus bitten, sie in unseren Betten schlafen lassen, während wir uns im Zelt im Garten zusammenkauern. »Nein«, sagt Mutter. »Nein!« Aber er scheint sie nicht zu hören. Plötzlich sitzen sie alle auf der Treppe, und Vater diskutiert mit ihnen über die großen Weltprobleme. Aber auf dem Podium in Drammen steht Arnulf Øverland vor einem vollbesetzten Saal, vor über tausend Menschen, und draußen vor großen Lautsprechern hören noch viele hundert mehr zu. Wieder hält der Große Dichter, König Olavs einziger Skalde und nächster Nachbar, seinen umfassenden Vortrag: *Das Christentum, die zehnte Landplage,* der ihm schon 1931 eine Anklage wegen Blasphemie eingebracht hat, doch er wurde freigesprochen, nachdem er sich vor Gericht selbst verteidigt hatte. Diesmal hält er seinen Vortrag begleitet von Halleluja-Rufen. Øverland weiß nicht, welchen Gegner er im Ekstatiker und Jubelprediger Samuelsen hat, der mit seiner ganzen Gemeinde in Drammen aufkreuzt. Halleluja! Während Øverland über den Gottesbegriff Gericht hält, diesen Mann mit »viel Haar, vor allem Bart«, er, der Nase und Mund und Darmkanal hat. Vielleicht auch Geschlechtsorgane? Øverland verbreitet sich über die heiligsten Rituale des Christentums, den Kinderglauben, der uns eingeprügelt wird. Das Abendmahl, zum Beispiel. Dass wir Gottes Leib essen und sein Blut trinken sollen. Øverland nennt das »widerliche, kannibalische Magie«, ein Ritual, das es möglich macht, sich so ungefähr jede Schandtat zu erlauben, wenn man danach zu Gott betet. Wenn man nur *glaubt* und *getauft* ist. Øverland steht auf dem Podium und speit seine Verachtung für diese Rituale und Zwangsvorstellungen aus. Seine Sprache ist reich an Konsonanten, schließlich ist er in Kristiansund und in Bergen aufgewachsen. Der alte tuberkulöse Kommunist, der sich nach Stalins Politik in den dreißiger Jahren neu orientieren musste, und der während des Krieges im Gestapo-Hauptquartier in der Møllergate sowie in Grini und Sachsenhausen gesessen hat. Für Øverland ist das Christentum Gefasel. Die Geistlichen können von ihm aus ihren Unfug treiben, aber was ist mit uns anderen? Øverland geht es darum, dass man bei den Gläubigen nicht an die Vernunft appellieren kann. Die Dummheit ist unsterblich. Er meint, dass religiöse Illusionen vor hundert Jahren auch bei ansonsten vernünftigen Menschen verbreitet waren. »Aber jetzt bestehen die Gemeinden vor allem aus verkorksten Eigenbrötlern und Trotteln«, faucht Øverland.

»Halleluja«, ruft Samuelsen. »Halleluja«, stimmt seine Gemeinde ein.

Aber bis auf Weiteres lässt sich Øverland nicht aus dem Konzept bringen. Er bläst zur Attacke gegen die Pantheisten und alle, die »nicht an der christlichen Dogmatik festhalten und sich mit einer Art zusammengerührter Milchsuppe als Privatreligion begnügen, bei der Gott zu einem abstrakten, vagen philosophischen *Prinzip* degradiert ist, einem flüssigen Gelee, das das gesamte Universum füllt (Gott ist alles!). Aber das hilft den Kindern doch nicht. Die gehen in die Schule, lernen biblische Geschichte und Choräle und Katechismus, und *das ruiniert ihren Verstand.*« Øverland hat sich jetzt in Rage geredet. Er steht auf dem Podium in Drammen und predigt seinen Atheismus zu fast rhythmischen Hallelujarufen: »Neulich fiel mir ein Vers ein, eine Art Poesie, die ich vor 35 Jahren gelernt habe. Ich erinnere mich seit 35 Jahren daran! Es geht so: ›Es wird das Zepter von Juda nicht entwendet werden noch der Stab des Herrschers von seinen Füßen, bis dass der Held komme; und demselben werden die Völker anhangen.‹«

Øverland hebt die Hand. »Das habe ich in der Schule gelernt. Mit diesem Wissen sollte ich für das Leben gewappnet sein.«

»Halleluja«, ruft Samuelsen.

»Nein, hört!«, fährt Øverland fort. »Die christliche Vernunft ist in der Entwicklung stehengeblieben, und die natürliche Wissbegierde wurde ermordet. Hand in Hand mit verblendeter Autoritätshörigkeit gehen ein unüberwindlicher Abscheu vor Erkenntnis, eine wahre Angst vor Tatsachen und eine leidenschaftliche Vorliebe für das Vernunftwidrige.«

»Jesus! Jesus Christus!«

»Also reden wir jetzt über die christliche Sexualmoral!«, ruft Øverland. »So gut wie alle Kirchenväter haben erotische Gefühle als sündhaft bezeichnet. Schönheit und Anmut sind Blendwerk des Teufels, und die Frau ist das Einfallstor Satans …«

»Satan! Jesus! Halleluja!«

»Da ist es den perversen Kirchenvätern wirklich gelungen, die Liebe zu besudeln und die Menschen mit einer solchen Sexualangst zu vergiften, dass das Europa des Mittelalters wirkt wie ein gewaltiges Irrenhaus. Und bis in unsere Zeit hinein werden junge Menschen vor Angst halb verrückt, wenn sie ihren Geschlechtstrieb wahrnehmen. Ja, denkt an die jungen Menschen! Freud hat den neurotischen Charakter des Christentums schon längst nachgewiesen. Wir wissen, dass Kinder, die in einem modernen Kulturmilieu aufwachsen, ihre Jugend nicht hinter sich lassen, ohne eine mehr oder weniger neurotische Phase durchzumachen. Das liegt daran, dass das Kind viele Triebe hat, die es nicht ausleben darf und die es durch die Vernunft allein nicht eliminieren kann. Hört ihr!«

Aber das Publikum im Saal hat schon längst jegliche Vernunft über Bord geworfen. Samuelsen hat seine Gitarre hervorgeholt und angefangen zu singen. Der Gesang übertönt Øverland, der immer verbissener auf dem Podium steht und nicht aufgeben will.

»Oh Jesus, der alles in allen erfüllt. Singt mit! Preiset den Herrn! Jesus hat gesagt, dass er bald kommen wird!«

»Halleluja!«

»Er hat mich erlöst! Was kann die Welt denn ohne ihn ausrichten?«

Øverland schaut sich verzweifelt um, während Gesang und Hallelujarufe an Stärke zunehmen. »Die neunte Landplage, die Gott über die Menschen geschickt hat, war eine tiefe Finsternis. Sie lag drei Tage über Ägypten. Die zehnte Landplage war eine Finsternis, die sich über ganz Europa und Amerika ausbreitete und nach 1900 Jahren noch immer vorhanden ist.«

»Halleluja!«, wird aus dem Saal zurückgerufen.

Die Kakophonie nimmt zu. Samuelsen steht mit der Gitarre da und fordert alle zum Mitsingen auf. Nun schüttelt Arnulf Øverland den Kopf, sucht seine Papiere zusammen und verlässt das Podium. Er geht mit rhythmischen Schritten zum Ausgang, während der Rest der Versammlung Gott und Jesus mit Erweckungsrufen und spontanen Gesangsausbrüchen preist. Die Klangwelle wächst zu einem gewaltigen Crescendo an.

35

Ohne die Mutter ist er nichts. Bevor sie abends nach einer langen Vorstellung in der Oper mit der Straßenbahn kommt, liegt er auf dem Sofa und behält die Uhr im Auge. Er kennt den Fahrplan auswendig. Wenn sie zu spät kommt, konzentriert er sich auf die nächste Bahn. Wenn sie auch darin nicht sitzt, steigen seine Katastrophenvorstellungen wie eine Flut. Er denkt an damals, als er einen Stein auf die Straßenbahnschienen gelegt hat, in der Hoffnung, die Bahn zum Entgleisen zu bringen. Der Straßenbahnfahrer stieg wortlos aus dem kleinen Raum ganz vorn im Wagen und nahm den Stein mit traurigem Gesicht weg. Er kam sich so dumm vor! Aber jetzt denkt er, dass es vielleicht noch andere Verrückte außer ihm gibt, denen es durchaus zuzutrauen ist, dass sie Steine auf die Straßenbahnschienen legen. Vielleicht wird eines schönen Tages die ganze Røa-Bahn entgleisen und umkippen, mitten auf der Husebybrücke, und dann auf den Boden knallen, während die Fahrgäste auf Feld und Wiese hinausgeschleudert werden, ohne dass die Generäle im Gardelager irgendetwas hören, weil sie gerade mit Kennedy in den USA telefonieren und den Atomkrieg vorbereiten, von dem alle wissen, dass er kommen wird. Die Mutter, sterbend im Gras. An ihrem eigenen Blut erstickt. Ihre Augen. Flehend. Sie bitten um Hilfe. Aber wie kann er helfen? Der Blick wird vage und leer. Er beschwört diesen Augenblick herauf, badet im großen Meer der Angst, das größer ist als der Stille Ozean, bis er dann aufstehen und zum Fenster gehen muss, zur Haltestelle hinüberstarren, sehen, dass die letzte Bahn aus der Stadt kommt. Ein kleines Schluchzen, wenn er ihre schöne Gestalt erblickt. Sie ist noch keine vierzig. Sie könnte sich ein Weißbrot in die Haare stecken. Aber sie hat Locken. Sie und Tante Svanhild sind seine engsten Vertrauten hier im Leben. Er fällt ihr um den Hals, als sie endlich in der Diele steht und kleine Pralinen mitgebracht hat, die ihr die dankbaren Sänger geschenkt haben.

Es ist doch ihre Aufgabe, auf die Sänger aufzupassen, ihnen den Text zuzuflüstern, wenn sie ihn vergessen. Die Mutter sitzt in dem kleinen schwarzen Soufflierkasten. Manchmal darf er im Saal sitzen und sie hören. Und dann würde er am liebsten in die Hände klatschen und bravo rufen.

Immer, wenn in dem großen Saal der Oper das Licht ausgeht, schaut er zu dem riesigen runden Kronleuchter hoch. Im Halbdunkel ist er am schönsten. Die kleine Sekunde, in der alle Farben, die eben noch vorhanden waren, davonlaufen und sich in der Dunkelheit verstecken. Das ist sein Augenblick. Dann kommt der Dirigent, Arvid Fladmoe, der aussieht wie ein Freund von Chruschtschow. Die dunklen Haare. Irgendwie östlich. Eine andere Art von Freundlichkeit. Nicht die anbiedernde amerikanische. Und dann, wie ein Blitz aus heiterem Himmel, kommt die Ouvertüre. *Don Giovanni.* Ihm wird innerlich eiskalt. Bald wird er einen Menschen sterben sehen. Der treulose, gemeine Don Giovanni betrügt Donna Elvira, Donna Anna und Zerlina. Der lustige Diener Leporello, der Buch über alle Eroberungen führt und feststellt, dass sein Herr allein in Spanien 1003 Damen verführt hat. Eintausendunddrei! Mille tre! Ingvar Wixell spielt den Schurken, und keine Geringere als Aase Nordmo Løvberg ist Donna Anna. Die Bauerstochter aus Målselv in Troms, die Tante Svanhild und seine Mutter lieben. Die Mutter spricht zudem in allen Pausen mit ihr. »Sie ist schon ein Weltstar«, sagt die Mutter. »Sie hat Wagner in Bayreuth gesungen!« Das klingt alles wunderbar. Aber die seltsamste Geschichte ist die aus dem Krieg, wie der norwegische Generalstab unter Führung von General Otto Ruge den Nordmohof in Troms erreicht, auf der Flucht vor den Deutschen, die von Süden her das Land besetzen. Die schreckliche Geschichte der Blücher, die bei Drøbak versenkt wurde. Die vielen Deutschen, die im eiskalten Aprilwasser um sich schlagen und wie Fliegen sterben. Der kleine Vorsprung, der König und Generälen die Flucht erlaubte, wenn sie sich nicht aus unterschiedlichen Gründen eine Kugel in den Mund schossen. Aber auf Nordmo weiß Hausmutter Sigrid, dass die Gäste dieser Nacht wichtigere Dinge zu tun haben als zu schlafen. Und als der Morgen kommt, bittet sie ihre Tochter Aase, die damals siebzehn ist, sich an die Hausorgel zu setzen. Während Aase die Pedale tritt, singt sie das Lied, von dem er weiß, dass auch seine Mutter es liebt: *Die Bitte eines Sängers.* Obwohl er noch keine zehn ist, kann er es auswendig: »Herr der Geister, du gebietest über die Schätze, die du mir gabst.« Generäle und Offiziere erwachen. Und obwohl sie nur an den Krieg denken, dringen diese Klänge »in ihre Seelen ein«, wie die Mutter sagt. Sie erzählt ihm diese Geschichte so gern. Wie eine der größten Sängerinnen aller Zeiten entdeckt wurde, da und dort, von Offizieren und Generälen und Kriegern. »Schicken Sie Ihre Tochter nach Oslo und lassen Sie ihr Gesangsunterricht geben«, sagte General Ruge zu Sigrid Nordmo. Und nun steht sie auf der Bühne der norwegischen Oper und singt Donna Annas phantastische Arien.

Danach lungern sein Bruder und er am Bühneneingang herum, der dem Publikumseingang gegenüberliegt. Don Giovanni ist ins Totenreich gestürzt, gleich unter der Bühne der norwegischen Oper. Von dem vielen Rauch, der dabei aufstieg, musste die Mutter niesen. Aber in der Regel kann sie sich zusammenreißen. Jetzt ist die Vorstellung vorüber. Er kann sehen, dass Kim Borg, der den Kommandanten gespielt hat, in einem dicken Wintermantel herauskommt. Seltsam, einen Mörder aus nächster Nähe zu sehen, denkt er. Und wie konnte Borg wie eine Statue dastehen, am Anfang und dann später in der Handlung?

»Bravo! Bravo!« Fast ruft er. Auch sein Bruder ruft.

»Man dankt«, sagt Kim Borg auf Schwedisch und lächelt die beiden Jungen an, die dort auf ihre Mutter warten. Da kommen sie alle. Donna Elvira, Zerlina, Don Ottavio und endlich Donna Anna, Aase Nordmo Løvberg persönlich. Sie scherzt mit Don Giovanni, auf den sie erst vor einer Stunde so wütend war.

»Bravo!«, ruft er wieder und hält ihr sein Autogrammheft hin. Alle unterschreiben. Eines Tages werden diese Autogramme ihn zum Millionär machen. Und endlich kommt seine Mutter, auch sie lacht, während der Dirigent Arvid Fladmoe die Arme schwenkt und eine Geschichte aus Trondheim erzählt. Er steht da mit seinem Bruder und kann nicht glauben, dass das möglich ist, dass alle diese Menschen, die so um ihr Leben gekämpft und gespielt und gesungen haben, dass das Glas fast zersprungen ist, jetzt aus dem Allerheiligsten hervorkommen und scherzen und lachen. Er selbst hat noch immer eine Gänsehaut.

Die Welt der Mutter. Die Welt des Vaters. Im Melumvei treffen sich beide. Er weiß, dass die Eltern einander lieben. Er kann es daran sehen, wie sie sich berühren. Ein plötzlicher Kuss. Eine freundliche Bemerkung. Aber die Zeit ist kurz. Und wenn er oben in seinem Zimmer im Bett liegt, hört er die Stimmen, die auf und ab wogen und stärker werden, ehe alles still wird.

Zu still.

36

Kundgebung mitten in Oslo. Ulf ist zur Stelle. Tormod und ich ebenfalls. Seit drei Tagen wird im Parlament über § 93 diskutiert. Der neue Paragraph, der die Regierungsgewalt an internationale Organe übertragen kann, wenn drei Viertel der Abgeordneten das beschließen.

Die erste große Debatte über die EU. Die aber einstweilen Gemeinsamer Markt heißt. Und EWG.

Wir sehen die großen Transparente: »Für die UNO, gegen Blockbildung!«, »Ein unabhängiges Norwegen ist ein starkes Norwegen!«, »Kein Gemeinsamer Markt!«, »Fragt das Volk!«

Aber weder Vater noch Ulf stehen diesmal in der ersten Reihe. Sie stehen am Rand, während sie sich die vielen Reden anhören, die nacheinander gehalten werden. Dort steht Bürgermeister Lars Sulheim, der von den Bauern in Gudbrandsdalen grüßt. Dort steht Oskar Lindberget, der in so wichtigen Fragen eine Volksabstimmung fordert. Der Zimmermann Ragnar Kalheim, ein Gewerkschaftsmann, warnt vor der unwürdigen Blockbildung, die von Moskau, dem Gemeinsamen Markt und Washington angestrebt wird. »Sozialismus auf Norwegisch!«, wird zu seinem wichtigsten Schlagwort. Dann tritt Karl Evang auf. Der Gesundheitsminister. Ich habe heimlich über ihn gelesen. Er hat ein Buch geschrieben, von dem mehr als 120 000 Exemplare im Umlauf sind. Dort sagt er angeblich, Onanie sei gesund. Aber ich weiß nicht, was Onanie ist, und ich will es auch nicht wissen. Ich weiß nur, dass weder Mutter noch Tante Svanhild dieses Wort in den Mund nehmen würden. Evang ist ein Mann, den Vater bewundert, auch wenn er seltsam unsicher wirkt, als er ihm zuhört. Evang lobt die Demonstranten und sagt, sie hätten eine Volksbewegung ins Leben gerufen, die quer zu den alten Trennlinien agiert. Er dankt auch dem Lohn- und Preisminister Gunnar Bøe, dem grundsoliden Politiker aus Bergen, der viele Jahre später als Sowjetspion mit dem Decknamen Mono entlarvt werden wird. Aber noch weiß niemand, dass er zwei Jahre zuvor angeworben worden ist. Seine Hauptaufgabe ist es, über die Entwicklung der NATO-Verteidigungspläne im Westen zu berichten. Als Bezahlung für diese Informationen wird er zwischen Februar 1961 und Februar 1963 mehr als 110 000 norwegische Kronen erhalten. Er wird sich von diesem Geld ein Haus und ein Grundstück kaufen. Er wird in der Debatte über die EWG eine abweichende Meinung vertreten und die Regierung verlassen. Aber das weiß noch niemand an diesem Tag im März, als Vater und Ulf, vertieft in ein leises Gespräch, die Demonstration verlassen. Vater ist ausnahmsweise einmal nicht sicher, ob er auf der Seite der Demonstranten steht. Mehrmals hat er in letzter Zeit darüber gesprochen, dass der Gemeinsame Markt dazu beitragen kann, den Frieden in Europa zu sichern. Ich selbst habe keine Meinung. Das Wichtigste für mich ist im Moment, dass Ende des Monats die Waldorfschule in den neuen Palast in Hovseter ziehen wird.

Es schneit, wie immer Ende März, wenn die Krokusse glauben, der Frühling sei da. »Reingefallen«, sagt Gott und bläst seinen eiskalten Stahlatem über Ostnorwegen. Da stehen wir, die 23 handverlesenen Musikanten, Vertreter eines fernen, aussterbenden Volkes, mit Baskenmützen und roten Schärpen, aber dennoch stolz, als wir von der Straßenbahnhaltestelle in Hovseter losmarschieren zu rhythmischen Schlägen des Trommel-und-Becken-Battaillons. Anton ist bei uns. Seine leise Autorität wird tiefe Spuren hinterlassen. Man muss nicht immer schreien. Aber da steht ja auch noch Bürgermeister Rolf Stranger zusammen mit Angehörigen der Schulleitung. Der Geschäftsführer von Hanssen & Bergh AS, Spezialisten für Arbeitskleidung, Hemden und Sportkleidung. Er ist ein gebildeter Mann mit Hut und Zigarre. Groß und elegant. Ein bisschen wie Onkel Sigurd. Vielleicht wusste er, dass der eigentliche Gründer dieser Schule die Zigarettenfabrik Waldorf Astoria in Stuttgart betrieben und, als Handreichung für die Arbeiter, die Waldorfschule Uhlandshöhe gestiftet hatte. So gesehen, war es die Weiterführung einer soliden Proletarier- und Arbeiterschule, die er jetzt zusammen mit den anderen am Waldrand in Hovseter eröffnete. Die Gegend gefiel mir. Die Flieger, die in den weißen Blocks wohnten. Flyvei. Landingsvei. Luftfartsvei. »Warum nicht Absturzweg und Bombenweg?«, fragte Mads. »Natoweg? Atomversuchsweg? General von Schweinehund-Weg?« Wir machten Witze über die großen Dinge, wir beide. Mads spielte nicht mit in der Kapelle. Er stand da und sah zu, während wir vorübermarschierten und spielten, dass es nur so widerhallte. Vor der Blindenschule standen die Blinden und winkten uns zu. Die Frau des Theaterdirektors, Karin, die die Uniformen entworfen hatte, lief zwischen uns hin und her und passte auf, dass Mützen und Schärpen nicht verrutschten.

Neue Schule. Neue Fenster. Neue Böden. Ein riesiger Eurythmiesaal mit einem alten Bechstein-Flügel, den Klavier-Smith mit seinem sanften Anschlag in Betrieb nahm. Ist man das Beschwerliche jetzt wohl los, überlege ich. Oder wird auf dem Schulhof weiterhin »Uääääh!« gebrüllt? Aber sicher doch. Da sind sie alle. Die mit den seltsamen Gesichtern. Die mit kurzen starren Haaren. Die, über die wir uns lustig machen, ohne dass sie das merken. Die, die uns in Verlegenheit stürzen, wenn sie die Arme um uns schlingen und uns reizende Dinge sagen. Aber das *Haus im Wald* ist nicht mehr da. Fräulein Ätschbätsch ist nicht mehr da.

Alles hier ist feierlicher. Als wäre die Schule von Helge Sivertsen und dem Kirchen- und Unterrichtsministerium entworfen. Ja, als wäre Einar Gerhardsen persönlich hier gewesen und hätte das Resultat für gut befunden. Der Ministerpräsident mag keine Privatschulen. Er findet sie zutiefst suspekt. Dennoch durften Ledsaak, Lindholm, Borgen & Co bauen. Ich gehe in das neue Klassenzimmer. An der Wand hängen keine Bilder. Nur Ledsaak steht da mit vielsagendem Lächeln und wartet auf uns.

»Ist das nicht schön, Leute? Sollen wir dann mal loslegen?«

Wenn es zu viel wird, klettert er auf den Sprungschanzen nach ganz oben. Es gibt so viele davon. Sie stehen nach der Wintersaison nur da, bleich und schwerfällig am Waldrand. Er liebt den Frühling über alles. Aber der Frühling ist auch so traurig. Das Licht ist scharf. Vielleicht mag er ja doch den Herbst lieber, wenn der Sommer in Dunkelheit versinkt. Er mag den ersten Schneegeruch. Nicht den letzten. Er mag auch den Geruch von nassem Asphalt, der in der Sonne trocknet. Den schmutzigen Geruch von winterlichem Kies, ehe die Kehrwagen kommen. Was er nicht mag, ist zu sehen, wie das Laub im Garten an dem nassen Gras klebt. Bald wird der Vater sagen: »Raus zum Harken, Jungs!« Dann liebt er seine Mutter, die Gärten hasst, Apfelbäume und alles, was verpflichtet. Er fährt mit dem Rad nach Fossumbakkene hinaus, klettert das schwankende Gestell hoch, bis er oben ist. Warum ist er der Einzige auf der Welt, der das hier entdeckt hat? Sprungschanzen müssen im Frühling benutzt werden, im Herbst und im Sommer, wenn es keinen Schnee gibt, wenn keine Skispringer da sind, wenn in der gesamten Anlage keine Menschenseele zu sehen ist. Ganz oben starrt er über die Bahn und weiter zum Sägewerk. Er schaut hoch zum Holmenkollbakken, dem großen, berühmten, der noch einschüchternder wirkt, wenn man ihn schräg von hinten sieht. Dann legt er sich auf die kalten Bretter. Verliert sich in Träumen. Denkt an *101 Dalmatiner*, den er zusammen mit Tante Svanhild im Saga-Kino gesehen hat, an ihrem Geburtstag, dem dritten Weihnachtstag. Die 101 Dalmatiner, die von Cruella de Ville bedroht werden, der Frau mit den langen Nägeln. Die sich einen Pelz wünscht. Was an diesem Film hat ihn so stark berührt? Er hat ihn schon mehr als fünfmal gesehen, traut sich aber nicht, das Mads zu erzählen. Er hat eine kindliche Ader. Zeichentrickfilme sind Traumwelten. Er will darin sein. Er hat das Gefühl, Musik zu hören, wenn er oben auf einer Sprungschanze liegt und zum Himmel hochschaut. Dort oben denken alle anderen, dass sie nach unten müssen, in wahnsinnigem Tempo die Schanze hinuntersausen und treffen, sich nach vorn beugen und so elegant wie möglich nach unten kommen, noch dazu an der richtigen Stelle. Sie wissen nicht, wozu Sprungschanzen gut sind. Das hier ist doch eine Festung, denkt er. Und wenn er sich aufrichtet, kann er fast bis nach Hause in den Melumvei schauen. Das Haus, aus dem sie vielleicht bald ausziehen werden, denn das hat der Vater gesagt. Er hasst Veränderung! Gerade jetzt hat er das Gefühl, dass er anwesend ist in seinem Leben. Bei den anderen sieht es nicht so gut aus, beim Vater, der in der großen Frage des Gemeinsamen Marktes schwankt, bei der Mutter, die sich an die französischen Romane von Françoise Sagan verloren hat. Sie hat über *Bonjour tristesse* gesprochen. Jetzt spricht sie über *Lieben Sie Brahms?* Er versucht schon lange, herauszufinden, worum es in diesen Filmen geht, und es macht ihm Sorgen, dass sie so melancholisch sind. Einmal fand er im Bücherregal ein Buch, es war die Vorlage zu *Bonjour tristesse,* hatte auf Norwegisch aber einen anderen Titel. Er war gerade allein im Haus. Allein zu Hause zu sein ist fast wie oben auf einer Sprungschanze zu liegen und in den Himmel zu schauen. Allein das Geräusch des Airedale Terriers Pet, der in regelmäßigen Abständen über den Fußboden im ersten Stock tapst, wo Familie Bruun wohnt. Das Geräusch von Hundepfoten und Krallen, wenn sie auf das Parkett treffen. Er stand vor dem Bücherregal im Wohnzimmer und fing an zu lesen. Nach zwei Seiten konnte er das Buch nicht mehr aus der Hand legen. Die Autorin war erst achtzehn, als sie die Geschichte der siebzehn Jahre alten Cécile schrieb, die den Sommer mit ihrem Vater und dessen Freundin an der französischen Riviera verbringt. Der Vater, Raymond, hat offenbar »das Leben ausgekostet«, wie Tante Svanhild sagen würde, und Cécile ist daran gewöhnt, dass er immer neue Frauen anschleppt. Ihre Mutter ist nicht da, ist vielleicht tot. Er versteht diesen Teil der Geschichte nicht ganz. Aber als plötzlich eine andere Frau auftaucht, Anna Larsen, beginnt das Drama. Cécile versucht, Männer im Alter ihres Vaters zu verführen, um zu überspielen, wie jung und unsicher sie sich fühlt. Dann lernt sie Cyril kennen, der nur ein paar Jahre älter ist als sie. Die Beziehung zwischen den beiden wird zur Katastrophe. Das Drama dreht sich allerdings eher um die beiden Frauen, die um Raymonds Gunst wetteifern. Für welche er sich entscheidet, wird auch für Cécile Folgen haben. Schon mitten im Buch ist ihm klar, dass die Geschichte mit dem Tod enden wird. Aber wer wird sich am Ende das Leben nehmen?

Er liest mit großen Augen und bekommt Bauchschmerzen. Genau davor hat er doch Angst, dass im Leben der Eltern eine neue Person auftaucht. Eine gefährliche Person, eine, die sie zum Streiten bringen kann. Sie sind doch so oft unterwegs, und er weiß nicht, was sie dann machen, auch wenn sie sagen, dass sie zur Arbeit müssen. Aber was ist Arbeit? Etwas war seltsam an der Mutter, damals in der Oper. Ihr fröhliches Lachen. Wie oft hatte er das zu Hause im Melumvei gehört? Und der Vater, als ihnen beim Weihnachtsfest im Ingenieursverein seine finnische Freundin begegnet ist. Wurde er da nicht sehr seltsam? Sah nicht auch die Mutter ziemlich verbissen aus? Ein Mensch kann kommen und alles zerstören. Genau davon handelte *Bonjour tristesse*. Und die Mutter las so eine Geschichte, und dann ging sie ins Kino und sah sich die Geschichte an, mehrere Male sogar. Ihr seltsames Nähkränzchen, mit der Freundin Rigmor, seiner Patentante, die als Sekretärin beim Orchester der Philharmonischen Gesellschaft arbeitete. Und dann die eleganten Namen mit den vornehmen Nachnamen. Biong und Føyn. So einen Nachnamen hätte Tante Svanhild haben müssen, nicht das ziemlich gewöhnliche Svensen. Sie sahen so geheimnisvoll aus, diese Frauen, die zwar kein Weißbrot in den Haaren hatten, aber die immer erst vor kurzer Zeit beim Friseur waren. Sie treffen sich in Villen überall in der Stadt. Er darf nicht einmal an der Tür horchen, wenn sie im Melumvei tagen. Was ist so gefährlich? Haben sie allesamt Liebhaber? Wenn sie laut lachen, lachen sie dann über ihre Männer? Und der Vater bleibt respektvoll auf Distanz, wenn diese Treffen in seinem Haus stattfinden. Dann liegt er meistens im Keller auf dem Rücken und repariert ein undichtes Rohr oder flickt den Kokskoben. Die schwarzen Klumpen, die man nicht anfassen kann, ohne selbst schwarz zu werden. Der Vater kommt nach oben, wenn die Damen gerade gehen wollen. Das ganze Gesicht schwarz vor Koks. Das kreischende Lachen in der Diele. Der Vater sagt, er werde sofort duschen. Dann lachen die Damen noch mehr. Aber ist es nicht ein freundliches Lachen? Auch wenn der Vater lahm und taub ist und ohne Hörapparat nicht zurechtkommt, hat er Glück bei den Frauen. Das ist dem Sohn schon oft aufgefallen. Der Vater und die Schauspielerin Liv Dommersnes auf dem Hof der Huseby Schule. Sie teilten die Wahllisten der Freien Wählergruppen aus. Zwischen den beiden knisterte die Luft. Die berühmte Schauspielerin beugt sich zu den beiden Jungs herunter und sagte: »Wisst ihr überhaupt, was ihr für einen phantastischen Papa habt?« Er hatte das abends der Mutter erzählt, als sie nach Hause kamen. Sie hatte sich offenbar nicht darüber gefreut. Dennoch ist die Mutter ein Mensch, der sich gern freut. Oder nicht? Er liegt oben auf Fossumbakkene und beschwört sie in seinen Gedanken herbei. Die Art, wie sie summend durch die Zimmer geht. Sie summt sogar, wenn sie sich über den Fototisch beugt und retuschiert. Vielleicht hat sie auch gesummt, als sie die nackten Frauen mit Kohle gezeichnet hat? Aber das waren ja nicht nur Frauen. In der anderen Rolle, die sie nur ungern vorzeigt, und die er sich heimlich angesehen hat, als er einmal allein zu Hause war, gab es auch nackte Männer. Sogar einen *Neger* hatte sie gezeichnet. Einen nackten Neger mit einem Geschlecht von Atombombengröße. Warum hatte sie den zeichnen müssen? Und was hatten sie zueinander gesagt, als er da stand und sich für sie entblößte, und sie da saß, hoffentlich »die Beine überkreuz«, wie es aus irgendeinem seltsamen Grund hieß. Die Mutter und der Neger. Er läuft rot an, wenn er nur daran denkt. Jetzt hat er endlich begriffen, was Leah damit gemeint hatte, dass er einen »stehen« hatte. Was, wenn dem Neger damals plötzlich auch einer gestanden hätte? Was, wenn seine riesige Atombombe direkt auf sie gezeigt hätte, bereit zum Abschuss? Was, wenn sie keine Wahl gehabt hätte? Kann der Vater deshalb manchmal so traurig aussehen, und die Mutter so weit weg wirken, wenn sie vor dem Radio sitzt und sich in der Musik ertränkt, sich weit weg träumt? Es ist sein großer Albtraum, dass die Eltern sich trennen könnten. Das darf nicht passieren. Er ist in diese Familie hineingeboren. In dieses Drama darf jetzt keine Finnin kommen, keine Schauspielerin vom Nationaltheater und kein Neger aus Afrika. Hier sind alle Rollen längst zugeteilt worden.

37

Der Frühling explodiert. Die Bäume blühen. Knallgrünes Gras. Er kann sich nicht daran gewöhnen. In Algerien kommen 200 Menschen ums Leben, als die OAS zu neuen Angriffen übergeht. 15 000 Soldaten der lokalen muslimischen Ordnungstruppen werden nach Algier geschickt, während Oran durch fünfzehn Bataillone von algerischen Artilleristen verstärkt wird. Sie gehören der französischen Armee an, aber sie stehen unter dem Kommando von algerischen Offizieren. Die französische Regierung hat eine Luft- und Bootsbrücke zwischen Algerien und Frankreich eingerichtet. Alle französischen Staatsbürger können jetzt auf Staatskosten nach Frankreich zurückkehren. Sein Vater spricht über alle, die als Flüchtlinge leben müssen, die ihr Zuhause verlassen, auch wenn sie das nicht wollen. Und nun schaltet sich Abel wieder ein. Der Flüchtling aus Schweden, aus Palästina, von Gott weiß woher. Aber wo ist das Motorrad, und wo ist Leah? Stattdessen hält er eine junge blonde Frau an der Hand, die Ähnlichkeit mit Liv Ullmann hat. Er weiß viel über Liv Ullmann. Er hat sie im Theater von Bjørns Vater im *Kaukasischen Kreidekreis* gesehen.

Aber wo ist Leah?

Abels Blick weicht aus. »Die ist bei ihrer Mutter.«

»Und wo ist das?«

Aber Abel will nicht über Leah sprechen. Jedenfalls nicht heute. Stattdessen will er über die junge Frau sprechen, um die er den Arm gelegt hat. Kristina. Sie lächelt verlegen. Reicht ihnen die Hand, erst dem Vater, dann der Mutter. Lächelt die Jungs an. Leah ist anderswo. Das versetzt ihm einen Stich.

»Und wo ist das Motorrad?«

Abel wirkt noch immer ausweichend. Will ihm nicht ins Gesicht sehen.

»Musste es verkaufen, jetzt, wo wir bald heiraten.«

Die Geschichte wird erzählt, als wir im Wohnzimmer sitzen. Ich sehe Abel an, wie er da auf dem Sofa sitzt und seine neue blonde Freundin begrabscht. Sie ist jedenfalls keine Jüdin. Sie hat in allerlei schwedischen Institutionen Gemüsesuppe gekocht. Abel hat sie in einer dieser furchtbaren Diätanstalten kennengelernt, mit denen Vater dauernd droht, wir sollen dort Urlaub machen, um »unsere Verdauung auf Trab zu bringen«. »Steck dir die Verdauung doch sonstwohin«, murmelt Mutter. Auch sie hat Vaters rohe Zwiebeln gegessen und weiß Bescheid. Da sitzt also Abel und erzählt begeistert von ihren Kochkünsten. Er ist ja total verschossen! Ich rutsche verlegen hin und her. Wird er jetzt auch noch über ihren Körper erzählen? Soll Mutter eine Kohlezeichnung von ihr machen, splitternackt? Nach meinen Albtraumvorstellungen oben auf Fossumbakken ist dieser Besuch vielleicht eine grauenhafte Vorahnung von etwas anderem, das passieren wird, das mich mehr treffen wird als die Tatsache, dass Abel sein Motorrad verkauft hat. Mutters Bruder wurde ja auch von einer fremden Frau getroffen. Sie kam von Nirgendwo und zog in sein Haus ein, eine elegante und temperamentvolle Frau, sie sah aus, als ob sie die Hauptrolle in italienischen Filmen spielte, aber das tat sie doch gar nicht. Stattdessen machte sie Onkel Kjell zu einem glücklichen Vater. Jedenfalls war nichts mehr so wie früher. Und auch jetzt ist alles verändert, da Kristina neben Onkel Abel sitzt und die *Schwedische Sünde* verkörpert. Die habe ich nämlich gesehen, quicklebendig und in Vierfarbdruck, im Wäldchen unterhalb der neuen Schule, wo ich zusammen mit den schlimmsten Jungs aus der Klasse herumgestanden habe. Die ganze Zeit werde ich zwischen den Braven und den Schlimmen hin und her gerissen. Aber es ist viel witziger, mit den Schlimmen zusammenzusein. In den Pausen rennen sie schreiend mit dem Hockeyschläger durch die Gegend. Sie klettern auf die hohen Bäume, dann fallen sie herunter und brechen sich den Arm oder schlagen sich ein Loch in den Kopf. Sie machen sich an den Autos zu schaffen, die vor den weißen Wohnblocks stehen, und sie brüllen »Uääääh!«, wann immer sie einen Mongoloiden sehen. Einige von ihnen wohnen weit außerhalb der Stadt, in Lambertseter oder so. Aber auch unter ihnen gibt es Millionäre. Einer wird jeden Morgen in einem grünen Jaguar zur Schule gefahren. Ein anderer, ein vielversprechender Eishockeyspieler, wohnt irgendwo bei Galgeberg. Ein Dritter holt zu allen möglichen und unmöglichen Zeiten seinen Schniedel hervor und zeigt, wie steif der ist. Er steht mit der *Schwedischen Sünde* im Gebüsch und starrt sie an, zusammen mit uns anderen. Wir wissen nicht, was wir mit dem Bild anfangen sollen. Eine nackte Frau ist dermaßen überwältigend, dass uns ein Gefühl der Ohnmacht überkommt. Ja, was zum Teufel sollen wir denn machen? Einfach hier stehen und gucken? Wir haben offenbar keine andere Wahl. »Scharfe Titten.« »Ach, seht euch doch bloß den Stachelbeerbusch zwischen den Oberschenkeln an!« »Das ist die Kusine von meinem Vater!« »Red kein Blech!« »Doch. Total sicher. Tatsache. Dieselben glänzenden Lippen. Und Weißbrot in den Haaren.«

Aber es ist Kristina, die am vorletzten Tag im Mai 1962 mit uns im Garten sitzt. Ach, was ist sie schön. Obwohl ich erst ein Jahr alt war, als Ingmar Bergmans *Die Zeit mit Monika* in die Kinos kam, weiß ich gut, dass Harriet Andersson ihren Badeanzug abstreifte und sich von ihrem Filmliebhaber die Schultern streicheln ließ. Vater hatte eine alte Ausgabe des *Time Magazine,* in dem über »Sin & Sweden« berichtet wurde. Lange, ehe ich geschlechtsreif werde, weiß ich, dass Schweden das Land der Sexualität ist. Dort wird die Sünde in der Schule durchgenommen. Vielleicht werden auch Pornozeitschriften an die Schüler verteilt. Abel hat viele Jahre in Schweden gelebt. In vielen Zusammenhängen, vielleicht zu vielen, hat er »das Leben dankend angenommen«. Deshalb bekam er das wunderbare Juwel Leah. Und deshalb sitzt er jetzt hier neben der *Schwedischen Sünde.* Aber zum Glück merke ich, dass Mutter sich ein bisschen distanziert. Sie ist schon einige Male mit Abel aneinandergeraten. Auch, wenn sie nackte Neger zeichnen kann, passt es ihr nicht, dass Abel immer wieder mit seiner Tochter FKK-Treffen besucht. »Es gibt Grenzen«, hat sie zu Vater gesagt. Aber Vater bringt kein böses Wort über Abel über die Lippen. Nur, dass Abel eben Abel ist. Das meine ich ja auch, als ich hier sitze und höre, wie er sich über seine Zukunftspläne verbreitet, er will nach Hallingdal ziehen und sich dort häuslich niederlassen, Lehrer werden, sich von Rohkost ernähren und Kristina Kinder machen. Ein Kind war schon da, in ihrem Bauch. »Zeig mal deinen Bauch, Kristina!«, befiehlt er. Gehorsam entblößt sie ihren Bauch, indem sie die Bluse hochstreift. Der kleine niedliche Nabel. Fast wie Leahs. Die weiße Haut, bei der ich Schlangen im Kreuz und ein Bleigewicht zwischen den Beinen verspüre. Ist sie nicht viel zu jung für ihn? Da sitzt er nun und redet, über die Zukunft, über die Arbeit, über Ernährung. Er stopft sich mit der mitgebrachten Schokolade voll, von der er uns allen auch etwas anbietet. Er füllt allein den kleinen Garten aus. So, wie er das Wohnzimmer füllt, wenn er auf dem Sofa sitzt. Er redet die ganze Zeit. Mutter und Vater sind niemals richtige Gesprächspartner. Es gibt solche Menschen, das werde ich noch lernen. Sie sind der Mittelpunkt des Universums. Sie sind Sonnen und Planeten auf einmal. Wir sind wie Satelliten oder bleiche Monde um seinen Tisch verteilt. Seine schwarzen Locken. Die Brille, die die Augen so groß macht. Die muntere Stimme, die bis nach oben in Randklev zu hören ist. In seiner Welt sind wir alle eine Kulisse. Aber eine wichtige Kulisse. Und weil wir alle ihn lieben, aus verschiedenen und ab und zu unbegreiflichen Gründen, wollen wir, dass er sitzenbleibt, auch mit dieser Liv-Ullmann-Gestalt, die so still und gehorsam neben ihm sitzt. Wir wollen, dass er Abel ist, dass er noch immer auf dem Motorrad in unser Leben kommt, mit Leah auf dem Gepäckträger. Und wenn es doch nicht passiert oder in der Zukunft nicht mehr passieren kann, müssen wir mit dieser Kristina leben, versuchen, sie zu verstehen und sie zu mögen. Sie sagt kein böses Wort. Sie ist ein Engel. Ein schöner schwedischer Engel. Aber sie hat einen Stachelbeerbusch zwischen den Beinen, und nur für den interessiert sich Abel. Was soll ich denken oder meinen.

Wo ich es doch nicht einmal wage, daran zu denken, wie Mutter oder Tante Svanhild da unten aussehen. Es gibt einzelne Gedanken. Aber damit steht noch nicht fest, dass man sie unbedingt denken muss. Sie können in den Bibliotheksregalen stehen. Dort sein, bis zur passenden Gelegenheit. Und das findet Vater wichtig, weil er doch die Bibliothekshochschule besucht hat. Er wirft keine Bücher weg, zu Mutters großer Verzweiflung. Deshalb habe ich Sagan im Bücherregal gefunden. Da gehören Bücher hin, findet Vater. Reisegefährten auf dem Weg durch das Leben. Abel zog ein Buch heraus, und da stand *Stachelbeerbusch* und *Die schwedische Sünde.* Aber jetzt, an diesem Tag im Mai, erzählt er von einem weiteren Film, den er gesehen hat, Antonionis *La notte.* Er erzählt von Mastroianni und Moreau, darüber, wie dieses unglückliche Ehepaar einen sterbenden Freund im Krankenhaus besucht. Der fehlende Kontakt zwischen den beiden, als sie wieder draußen im Leben sind, vor dem Krankenzimmer. Aber der Sterbende scheint auch die sterbende Beziehung zu symbolisieren. Sie, die in den Teil der Stadt zurück will, in dem sie als Jungverheiratete gewohnt haben. Er, der nicht begreift, was sie empfindet oder worüber sie mit ihm zu sprechen versucht. Wie immer fängt Abel an zu lachen, als es wirklich traurig wird. »Eine total zerstörte Ehe!«, sagt er. »Sie haben ihre Beziehung verfaulen lassen! Sie sind zu ihrem eigenen Kompost geworden!«

»Das ist nicht komisch«, sagt Mutter mit scharfer Stimme.

»Doch«, sagt Abel und zieht Kristina noch fester an sich. »Und das Komischste ist, als Lidia, also Moreau, einen Liebesbrief hervorzieht und Giovanni zeigt. Ja, sie liest ihm den Brief vor. Einen phantastischen Brief, so einen, wie alle ihn gern einmal im Leben bekommen würden. Aber er verbindet nichts damit. Deshalb fragt er, wer ihr das geschrieben hat. Und sie sieht ihn an und sagt: »Das warst du!«

Abel kippt vor Lachen fast von der Gartenbank. Kristina fühlt sich sichtlich unwohl in ihrer Haut.

»Ist das nicht tragisch? Ist das nicht komisch?«, heult er.

Mutter und Vater geben keine Antwort. Warum können sie das nicht sagen, denke ich, während ich die Lippen zusammenkneife. Dass das überhaupt nicht komisch ist. Dass ich jede Nacht Albträume davon habe. Dass es bei Mutter und Vater genauso aussieht. Dass sie vergessen werden, warum sie zusammen sind, warum sie geheiratet haben, warum sie einander lieben. Dass alles am Ende tragisch wird. Wie in der Oper.

Nun versinkt Abel für einige Sekunden in Gedanken. Als ob ihm klargeworden ist, dass er nicht ganz das erhoffte Publikum gefunden hat. Etwas Wachsames, tief dort drinnen: Freund oder Feind?

Wer ist er? Woher kommt er? Ich weiß nur, dass er Jude ist. Aber was bedeutet es, Jude zu sein? Isaac Stern ist Jude. Einstein war Jude. Abel ohne Land. Er reist die ganze Zeit auf dem Weg zu etwas oder auf dem Weg fort von etwas.

»Heute Nacht wird Eichmann gehängt«, sagt er plötzlich und gibt dabei Kristina ein Zeichen zum Aufbruch.

»Wie denkst du darüber, Abel?«, fragt Vater vorsichtig. Ich sehe sein kluges Gesicht an, versuche, etwas von ihm zu lernen. Von seiner langsamen, aufmerksamen Art, in der er sich Menschen nähert. Abels Miene verändert sich.

»Du weißt, was ich meine, Per«, sagt er. »Auch wenn ich Jude bin, will ich nicht, dass Juden so morden, wie Juden ermordet worden sind. Aber Eichmann ...«

Er sitzt plötzlich mit krummem Rücken da und starrt vor sich hin. Kristina legt ihm den Arm um die Schultern.

Nicht weinen, denke ich. Um Gottes willen. Nicht weinen. Dann muss ich nur an Mutter denken, wenn sie sich mit Vater streitet. Ich will hier keine Tränen.

Aber Abel weint nicht. »Es ist alles so sinnlos«, sagt er leise.

Sechs Stunden später wird Eichmann hingerichtet.

»Lang lebe Deutschland«, sagt er, als er unter dem Galgen steht. »Lang lebe Argentinien. Ich musste der Flagge des Krieges und meines Landes gehorchen. Ich bin bereit.«

Die Luken unter ihm fallen zur Seite. Der Tod öffnet sich. Eichmann ist nicht mehr da.

38

In diesem Sommer können wir uns keine Hütte leisten. Stattdessen besuchen wir Oma in Fredrikstad und die anderen Großeltern in Sarpsborg. Chrutschtschow besucht Boris Gleb, die kleine russische Enklave bei Skoltfossen, auf dem Westufer des Pasvikelva, an der Grenze zu Finnmark. Triphon von Petsamo ließ im sechzehnten Jahrhundert die russisch-orthodoxe Kirche errichten zur Erinnerung an die Heiligen Boris und Gleb, die 1015 den Märtyrertod erlitten und von ihrem Bruder Swatopolk erdolcht wurden. Swatopolks Vater, König Wladimir, hatte ihn zum Prinzen von Kiew ernannt. Aber Swatopolk wollte auch die Gebiete, die seinen Brüdern zugesprochen worden waren, und er schickte Leute, um die beiden zu töten. Zuerst gingen sie zu Boris nach Alta. Sie fanden ihn auf Knien vor einer Christus-Ikone, er sang fromme Lieder und bat Gott, Swatopolk nicht zu hart zu bestrafen. Widerstandslos legte er sich auf eine Bank und wurde erstochen. Danach schickte Swatopolk einen Boten zu Gleb und ließ ausrichten, der Vater sei erkrankt und wolle seinen Sohn sehen. Gleb machte sich auf den Weg, erfuhr jedoch unterwegs, dass der Vater schon tot war und dass Swatopolks Leute Boris ermordet hatten. Dennoch setzte er die lange Reise mit dem Schiff fort, bis er von Swatopolks Leuten entdeckt wurde. Aber es war Glebs Koch, der ihn dann erstach. Der Körper des Märtyrers wurde ins Wasser geworfen, ans Ufer, zwischen zwei Bäume. Später wurde er zusammen mit seinem Bruder in St. Basil begraben. Sie waren die ersten russischen Heiligen in der russischen und byzantinischen Glaubensgemeinschaft.

Eine Messe wurde komponiert zu Ehren dieser beiden Brüder, die sich widerstandslos hatten töten lassen.

Aber Chruschtschow besucht Boris Gleb nicht als Pazifist. Er ist der oberste Führer der Sowjetunion und besichtigt das sowjetische Kraftwerk in Skoltfossen, das von Norwegern gebaut wird. Er bringt seine Freude darüber zum Ausdruck, dass ein solcher Auftrag nach Norwegen gegangen ist. Vater ist sichtlich erfreut, als wir im Zug nach Fredrikstad sitzen und gemeinsam *Dagbladet* lesen.

»Es gibt Hoffnung!«, sagt er. »Russland ist unser Nachbarland. Wir dürfen keine Feinde sein.«

Ich höre auf alles, was Vater sagt. Wenn er über Chruschtschow und Kennedy spricht, denke ich an zwei strenge Väter, die uns alle töten können. Das hat jedenfalls Mads gesagt, als wir an der Haltestelle Hovseter unser letztes Gespräch vor den Sommerferien führten.

»Denk doch nur, Ketil, die können uns vernichten, diese beiden!«

»Wie denn?«

»Jeder hat seinen roten Koffer. Und sein rotes Telefon. Und seinen roten Knopf. Und wenn sie auf den Knopf drücken, dann ist es aus und vorbei mit uns!«

Ich hatte ihn noch nie so aufgeregt erlebt. Das machte mir Sorgen. Er ist der stabilste Punkt in meinem Leben. Wir entdecken die Welt gemeinsam. Nicht so, dass wir auf dem Schulhof kitschig unzertrennlich sind, wie einzelne Mädchen das sein können, wenn sie sich in kleinen Gruppen zusammentun und alle anderen wegekeln. Neben der Weltpolitik haben Mads und ich schlichte Interessen. Mads bastelt gern, schnitzt. Werklehrer Breivik, den wir den Tjapp-Tja-Mann nennen, weil er immer »Tjapp tja« sagt, wenn er ein neues Holzstück beurteilen soll, beschäftigt Mads die ganze Zeit mit Erle, Lärche, Weide, Tanne und Kiefer. Immer neue Schüsseln, Löffel und Gebrauchsgegenstände. Mads verfügt über die Gnade der Konzentration, während ich selbst auf dem Schulhof herumwandere und hoffe, nicht bemerkt zu werden. Eigentlich bin ich ein schwebender Ballon. Ich sehe gern. Ich betrachte gern. In dieser Zeit beobachte ich vor allem die junge Fredriksen mit den phantastischen Locken. Sie ist ein Sportsmädel.

Trägt keine Klamotten von Fusalp und den anderen albernen Kram. Ich sage mir, dass ich sie liebe. Aber niemand sonst darf das wissen. Ich habe sie nie so angefasst, wie ich einmal Willen anfassen konnte. Aber eines Tages vielleicht, denke ich. Eine zufällige Hand auf ihrer Schulter, wenn wir im Gang stehen und unsere Mäntel an die Haken hängen. Beim bloßen Gedanken prickelt alles in mir.

Aber zuerst kommt der lange Sommer. Ich stehe in Onkel Egils Kiosk unten bei Gressvik und verkaufe Bonbons zu fünf und zehn Öre das Stück. Er ist kein echter Onkel, er ist Großonkel, der Bruder von Tante Svanhild und von Oma. Alle Kinder meines Urgroßvaters, Severin Svensen, sind verrückt nach Musik. Das verbindet sie. Sie singen und summen die ganze Zeit irgendetwas, wenn sie glauben, dass niemand sie hört. Und wenn sie sich treffen, holen sie ihre Instrumente hervor, Onkel Birger die Geige, Onkel Sigurd das Cello, Onkel Aage das Klavier (das steht natürlich schon irgendwo im Zimmer), Tante Astrid und Tante Svanhild singen. Oma wandert durch die Wohnung in dem großen weißen Haus und sucht nach Noten, die Tormod und ich uns ansehen sollen. Sie weiß, dass im Melumvei jetzt ein Rönisch-Klavier steht, und findet, da könnten doch einige von den Melodien passen, die sie in alten Zeiten zusammen mit ihrem Mann zu den Stummfilmen in der Blauen Grotte und der Roten Mühle gespielt hat. Ihr Mann, ja. Von dem spricht niemand. Wurden sie auch geschieden, oder verschwand er einfach, nachdem er sie zusammengeschlagen hatte? Warum wurde Mutter immer so wütend, wenn jemand diesen Großvater erwähnte? Er ist nicht mehr da. Ich kenne nicht einmal seinen Namen. Selbst jetzt, fünfzig Jahre später, kenne ich ihn nicht. Wie konnte es so weit kommen? Stimmt es wirklich, dass er über Bord eines Kreuzfahrtschiffes gefallen ist? Unten bei Onkel Egil gibt es nicht so viele Erinnerungen und so gewaltige Gefühle, sondern den wunderbaren Geruch von Tabak, Lakritz und Schokolade. Ich stehe hinter dem Tresen und denke, dass das Leben voller Möglichkeiten ist. Man müsste sich einen Laden zulegen. Einen kleinen Kiosk, wo die Kundschaft ihre Totozettel abgibt. Is ja nich so arch. Sie reden hier eine Sprache, über die sie selbst lachen, während sie sie sprechen. Sie finden, dass diese Sprache unbeschreiblich blöd klingt. Und sie klingt ja auch blöd. Trotzdem sprechen sie sie. Hier kann man Arnt und Bernt und Raymond heißen. Draußen in Greåker heißen sie Darlén und Désirée. Aber in unserer Familie heißen sie Snefrid, Alfhild und Svanhild. Die Urgroßeltern hatten sich offenbar mit Richard Wagner vergiftet. Eine echte germanische Überdosis. Komisch, dass etwas aus uns geworden ist, sagt Großmutter Snefrid. Sie hat einen besonders lakonischen Humor, wenn sie mit krummem Rücken wie ein alter Papst durch ihre Wohnung geht mit ihrem Asthmainhalator. Einen Stock über ihr wohnt ihre Tochter Ellinor, die ihre eigene Zigarettenmaschine hat, sodass es beim Rauchen fast keine Unterbrechungen gibt. Mutter liebt ihre große Schwester, kann aber wegen der schlechten Luft nicht mit ihr im oberen Stock zusammen sein. Ich dagegen bin ungeheuer gern dort, denn es gibt da oben eine hübsche Kusine. Mutter hat hübsche Kusinen. Tormod und ich haben hübsche Kusinen. Sie sind so hübsch, dass es seltsam ist, dass wir nicht versuchen, sie zu heiraten, aber es steht ja nicht fest, ob sie uns wollen, und außerdem möchte ich Leah treu bleiben. Dennoch sitze ich da oben im ersten Stock, wo alle Zimmer in dichten Nebel gehüllt sind, während Ellinor auf dem Ledersofa sitzt und ihre selbstgedrehten Zigaretten raucht, damit sie nicht über die Straße zu Onkel Egil gehen muss, wenn sie eine neue 20er-Packung braucht. Ich kenne keinen so anheimelnden Ort wie diese Wohnung. Zugleich gibt es hier oben *die Welt.* Ausgesuchte Andenken aus allen Ecken des Erdballs. Kampfergeruch. Eine Truhe aus China, eine Geishapuppe aus Japan, ein Ebenholzneger aus Durban, eine Señorita aus Spanien und eine fast nackte Frau aus der Karibik. Onkel Ragnar ist um die ganze Welt gefahren. Er weiß, wie es mitten auf dem Stillen Ozean aussieht. Er kann über den Tafelberg reden, als wäre es Kolsåstoppen. Er kann über San Francisco erzählen wie über Drøbak. Wenn er über den Kongostrom spricht, habe ich das Gefühl, dass er den Lysakerelv meint. Er war in Jazzclubs in Shanghai und hat Hulatanz in Hawaii gesehen, er ist die ganze Küste von Westafrika hinuntergesegelt und hat sich in den Tropen Malaria geholt. Wenn er über den Südpolarstern redet, spricht er eigentlich über Navigation. Er ist ein stiller, gebildeter Mann. Er ist nicht Kapitän, aber vielleicht Steuermann, und das macht ihn mir besonders sympathisch. Als ich beim Skirennen im Kindergarten, das durch den unheimlichen Åsjordet-Wald führte, Fünfter wurde, fand ich diese Platzierung perfekt. Ich wünschte mir nichts anderes, als Nummer fünf zu sein. Dann blieben mir das Siegertreppchen und die ganze Aufmerksamkeit erspart. Außerdem wurde ich nicht Nummer vier, was die Position der Enttäuschung ist. Nummer sechs zu sein ist auch enttäuschend: das große Nichts. Denn wenn du Nummer sieben, acht oder neun wirst, spielt es eigentlich keine Rolle, ob du mitgemacht hast, wenn du der Siegerkultur angehörst, die die Welt erobert. Wenn du Nummer fünf wirst, bist du in der Allgemeinheit geborgen, aber dennoch steht dein Name auf dem Nachspann, selbst wenn sich niemand deshalb so richtig an dich erinnern wird. Und dort wollte ich sein, für den Rest meines Lebens. Eigentlich total unsichtbar, aber dennoch nicht total ausgelöscht. Ein Fünfer kann hoffen, dass in hundert Jahren eine Doktorarbeit über ihn geschrieben wird. Denn dann werden die Einser, Zweier, Dreier und Vierer aufgebraucht sein. Dann kann man den Scheinwerfer auf die vielen Fünfer richten. Und vielleicht können linkshändige Fünfer zum Thema einer besonders umfangreichen und wichtigen Doktorarbeit werden? Selbst wenn man dann längst tot ist, wäre das doch eine kleine Ehre. Vielleicht gibt es einen unbekannten Zusammenhang zwischen Fünfern und Linkshändern, der erklären kann, wieso Leonardo da Vinci so überraschend wenige Bilder gemalt hat, wenn man bedenkt, wie groß seine Begabung gerade auf diesem Gebiet war. Man könnte auch eine Doktorarbeit über den Zusammenhang zwischen Fünfern und Waldorfschülern schreiben. Den Zusammenhang zwischen Fünfern und Sexualität, Fünfern und Verschlossenheit, Fünfern und Sexualverbrechern. Großer Gott, was denke ich eigentlich für einen Unsinn! Der gehirntote Imperativ der Konkurrenzgesellschaft. Noch denke ich nicht zu ausgiebig an zukünftige Doktorarbeiten. Ich habe mehr als genug mit meiner Kindheit zu tun, und ich finde es aufregend, dass dieses Wohnzimmer von Onkel und Tante, das in vieler Hinsicht so typisch

Gressvik ist, zugleich ein Weltall bedeutet. Wenn Tante Ellinor blaugrünen Likör aus einem winzigen Glas getrunken hat, erzählt sie gern von ihren Reisen, die in ihrem Fall mit Boot und Linienflug vor sich gehen. Sie spricht über die Großen Seen wie über den Mjøsa. Zusammen mit Ragnar war sie in der Symphony Hall in Chicago und hat die *Symphonie Pathétique* gehört. Damit können nicht viele andere aus Fredrikstad prahlen. Sie prahlt aber auch nicht, sie raucht einfach eine nach der anderen und denkt an die letzte Landung in Johannesburg, die unangenehm war, weil das Flugzeug sozusagen in Stufen absackte. Aber, denke ich, wie kann man so ruhig sein, wenn man mit großen modernen Jetflugzeugen gereist ist und auf Hawaii Hulatänzerinnen gesehen hat? Warum steht sie nicht bei Onkel Egils Kiosk an der Ecke und schreit alle diese außergewöhnlichen Erfahrungen aus sich heraus? Soviel ich weiß, hat Mutter Norwegen in ihrem ganzen Leben noch nicht verlassen, während ihre Schwester, Tante Ellinor, überall war. Nur der Südpol fehlt. Aber dorthin kommt sie sicher auch noch. Erst vor zwei Jahren war sie mit der DC-7 der SAS geflogen, über den Nordpol und Anchorage nach Tokio. Und sie war fast an dem Tag in Los Angeles, an dem Elvis Presley die skandinavischen Prinzessinnen Margrethe von Dänemark, Margaretha von Schweden und Astrid von Norwegen traf. Er hatte vor ihnen auf Knien gelegen mit seiner phantastischen Schmalztolle. Deshalb frisierte Tormod sich jetzt mit Brylcreme. Presley nahm in den Paramount Pictures Studios den Film *G. I. Blues* auf. Die Prinzessinen hatten Shirley MacLaine, Dean Martin und Juliet Prowse getroffen. Das ist der Vorteil, wenn man aus einer Königsfamilie stammt. Aber obwohl Tante Ellinor gerade das verpasst hatte, ließ sie sich von all ihren Reisen um den Erdball nicht beeindrucken. Man konnte ihr nichts ansehen.

Einige Jahrzehnte später wird Elvis Presley zum bedeutendsten Namen des 20. Jahrhunderts gewählt, vor Hitler, Yitzak Rabin, Papst Johannes Paul II und Martin Luther King. Ich fand es schon damals schwierig, Presley zu verstehen. Etwas an seiner fettigen Frisur, dem schmierigen Lächeln und den seltsamen Gitarrenklängen erregte meinen Widerwillen. Außerdem hasste Mutter Popmusik doch so sehr.

Aber warum sah man den Menschen ihre Reisen nicht am Gesicht an? Warum wurde Tante Ellinor nicht exotischer, nachdem sie diese vielen Länder besucht hatte? Stattdessen saß sie da, rauchte selbstgedrehte Zigaretten und starrte die Wand an. Als ob sie nur kurz in Sarpsborg gewesen wäre, um in der Konditorei in der St. Mariegate eine Sahneschnitte zu verzehren.

39

Sarpsborg. Das Haus in der Nansens gate 19. Erster Stock. Mit dem Klo ganz unten im Keller, mit dem unheimlichen Spülkasten hoch oben an der Wand. Der Garten steht voller Stachelbeersträucher. Ich schnuppere vorsichtig daran und denke, dass sie ein bisschen komisch riechen. Einmal fahre ich zusammen, weil eine schwarzweiße Katze aus einem Busch herausspringt.

In Sarpsborg ist alles anders als in Fredrikstad. Meine Großeltern haben eine andere Art von Ordnung, eine andere Art von Stille in den Zimmern. Man braucht hier nicht viele Fehler zu machen oder zu sehr am Esstisch zu kleckern, um ausgeschimpft zu werden. Aber Großvater ist sanft. Der alte Elektriker von Hafslund, der für zwei seiner vier Kinder eine akademische Ausbildung ermöglichen konnte. Vater hat erzählt, wie einmal wegen eines Versehens 20 000 Volt durch ihn hindurchgejagt wurden. Da ich zusammen mit Mads zum Experten für Todesstrafe werde, kann ich mir ausrechnen, dass sogar der elektrische Stuhl im Vergleich dazu ein Spielzeug ist. Immer, wenn ich den Großvater sehe, muss ich schnuppern. Riecht es nach gebratener Leber? Nieren? Herz? Aber Großvater hat nicht einmal eine Schramme im Gesicht. Auch nicht an den Händen. Er trägt einen braunen Anzug mit Weste und hat eine goldene Uhr in der Brusttasche. Es ist schwer, zu begreifen, dass ein Arbeiter so aussehen soll, aber er kann seine Vergangenheit nicht verleugnen, auch wenn im Bücherregal Tolstoi und Dostojewski stehen. Großmutter kocht Kohlrouladen und Obstkompott. Die Fenster sind beschlagen, wenn wir essen, und Großvater kaut viermal so oft wie normale Menschen. Ich finde es immer ein bisschen peinlich, ihm dabei zuzusehen. Aber ich glaube, er ist der liebste Mann der Welt, und das ist eine große Hilfe. Er hat wohl etwas mit dem Magen. Oder mit dem Herzen? Ich sehe die braunen Flecke auf seinen Wangen und seinem Hals an. Es gefällt mir nicht, dass Mutter sie Leberflecke nennt. Wie sehen Nierenflecke oder Darmflecke aus? Großvater ist Großvater, und Großmutter ist ebenfalls lieb, aber manchmal hat sie einen seltsamen Humor. Ab und zu jagt sie mir eine Höllenangst ein, wenn sie sagt, dass es im Keller riesige Ratten gibt. Aber sie meint es ja nicht ernst. In der Nansens gate ist alles so sauber und ordentlich, dass sogar Fridtjof Nansen über die Küchenschränke streichen könnte, ohne danach Walfett an den Fingern zu haben.

Großvater. Immer, wenn ich ihn mit Vater zusammen sehe, sehe ich die Ähnlichkeiten. Was ist mit mir? Habe ich Ähnlichkeit mit Vater? In mir gibt es so viel, das Mutter ähnelt, finde ich. Die schnellen Entschlüsse. Die Musik und all die sichtbaren Gefühle. Bei Vater und Großvater geht alles so langsam. Wenn Vater einen Staubsauger kaufen will, geht er nicht in den erstbesten Laden und sagt dem Verkäufer, welches Modell er sucht. Er bringt Broschüren in allen Regenbogenfarben mit nach Hause. Electrolux, Bosch, Siemens. Er kann stundenlang in der Küche sitzen und sich in diese Unterlagen vertiefen. Dann entscheidet er sich, nach einer Woche.

Großvater hat dieselbe Langsamkeit. Nicht nur, wie er kaut, auch wie er Beeren pflückt, zum Beispiel. Diese methodische Art, wie er anfängt und sich langsam bewegt, Stück für Stück, ohne auch nur eine einzige kleine rote Johannisbeere zu übersehen. Die vorsichtigen Handbewegungen, um keine zu beschädigen. Ich würde mit den schönsten und rotesten Beeren anfangen, sie an mich reißen, in den Korb werfen und nach Lust und Laune weitermachen.

Ich denke an Großvaters Achtsamkeit. Sein mildes Wesen, das es niemals eilig hat. Wer hat den Fehler begangen, als er von den 20 000 Volt getroffen wurde? War er das selbst? Oder war es jemand anderes, jemand, dem er vertraut hatte? Großvater war *Arbeiter.*

Niemand in seiner Familie hatte es sich leisten können, ihn Abitur machen zu lassen. Deshalb war es so wichtig für ihn, dass wenigstens Vater und Onkel Bjørn diese Gelegenheit bekamen. Zugleich war er stolz auf sein Leben und die Arbeit, die er verrichtet hatte. Was konnte er sich noch mehr wünschen?

Er war auf dieser kleinen Halbinsel gegenüber dem Wasserfall Sarpefoss aufgewachsen. Vater zeigte uns jedesmal sein Elternhaus, wenn wir auf Sichtweite herankamen, vor allem dann, wenn uns Onkel Odd mit dem Auto aus der Nansens gate abholte, um über die Brücke nach Borgenhaugen hochzufahren. Dort wohnte er mit seiner Frau, mit unserem Vetter und unserer Kusine sowie dem Zwergpinscher Prins, und ihm gehörte der große Kleiderladen im Erdgeschoss des großen grauen Hauses. Dort hatte er Jungenkleidung in Sondergrößen. Vielleicht hatten er und Vater eine heimliche Abmachung. Aber wenn wir über die Brücke fuhren und fast in die Schlucht des Sarpefoss hinunterblicken konnten, während wir zugleich das Haus draußen auf der Landzunge sahen, wo Großvater damals gewohnt hatte, als sich unsere erste Großmutter an Tuberkulose zu Tode gehustet hatte, schien es immer Winter zu werden, obwohl es Sommer war. Wir konnten den Frostnebel über der Glomma sehen. Die Strömung wurde mit jedem Meter reißender, mit dem sie sich dem eigentlichen Wasserfall näherte. Wir hatten das Gefühl, die Großmutter husten zu hören, wenn sie vor der Wäscheleine stand und die Kleider ihrer Kinder aufhängte. Wir hatten das Gefühl, ihre Gedanken zu hören, als ihr zum ersten Mal aufging, dass der Tod sie von den Kindern wegholen würde. So viel Drama, das sich niemals in Großvaters mildem Gesicht lesen ließ, fast vierzig Jahre später. In der Nansens gate war alles viel weniger gefährlich. Da kamen niemals zwei arme Seelen in einem Boot den Fluss entlang, wobei sie um Hilfe riefen. In der Nansens gate war es sogar unvorstellbar, dass eine Katze überfahren werden könnte. Das war auch noch nie vorgekommen. Aber auf die Halbinsel gleich beim Sarpefoss war der Tod gekommen. Großvater sprach nie über sie, aber Vater hatte ein Bild von ihr. Das Bild war sein Gedächtnis. Seine einzige Möglichkeit, sich an sie zu erinnern.

Großvater hatte dicke Bücher über Hafslund, das alte Krongut am Sarpefoss, wo es schon vor über 5000 Jahren Besiedlung gegeben hatte. Kurz nach 1870 war der junge Trønder Knud Ørn Bryn nach München gereist, um dort an der Technischen Hochschule zu studieren. Er bekam einen Beraterposten in Kristiania, als jemandem die Idee kam, die Stadt müsste sich ein Elektrizitätswerk bauen. Bryn war klar, was Elektrizität für die Menschen bedeuten würde. Deshalb konnte er so viel ausländisches Kapital aufbringen, dass er 1895, mit vierzig Jahren, für 800 000 das Gut Hafslund mit den dazugehörigen Wasserfallsrechten am Sarpefoss und in der Glomma kaufen konnte. Die durch den Wasserfall produzierte Energie sollte zur Aluminiumherstellung verwendet werden. Aber die Pläne ließen sich nicht in die Tat umsetzen. Deshalb nahm man die Produktion von Karbid auf. Vier Jahre später war das Kraftwerk Hafslund vollendet. Fünf Generatoren belieferten die Fabrik mit Energie, während der sechste die »bürgerlichen Bedürfnisse« der Stadt Fredrikstad an Strom und Triebkraft befriedigen sollte. Hafslund übernahm das A/S Fredrikstad Gas- und Elektricitetsværk und errichtete Holzmasten für zwei 5 kV-Leitungen, die auf dem Ostufer der Glomma nach Fredrikstad geführt wurden. Nach drei Jahren übernahm Hafslund auch das Kraftwerk Kykkelsrud bei Askim, das die A/S Glommens Træsliberi mit Strom versorgte. Später wurde eine Stromleitung bis zur Slemmestad Cementfabrik in Røyken auf dem anderen Ufer des Oslofjords gebaut. Eine Leitung von 84 Kilometern Länge, die als erste in Europa für nicht weniger als 20 kV errichtet wurde. Die Stromleitung musste den Gemeindegrenzen zwischen Aker und Kristiania folgen, aber weil die Slemmestad-Leitung durch die dichtestbevölkerten Gegenden des Landes führte, kam es immer wieder zu Diebstählen der wertvollen Kupferleitungen. Das führte zu Verspätungen bei den Lieferungen. Als die Leitung auch für Privatkunden geöffnet wurde, nahmen achtzig Haushalte ein Abonnement, von Nordstrand über Grefsen bis nach Sandvika. Die Angestellten kamen zu Fuß, um die Stromgebühren zu kassieren. Anfangs wurde der Strom nur zur Beleuchtung verwendet, aber nach und nach, als auch Bügeleisen und Elektroherde im Gebrauch waren, musste Hafslund die Gebühren auf andere Weise berechnen. Es wurde ein Wippschalter eingeführt, der die Stromzufuhr unterbrach, wenn die Belastung des Stromnetzes größer wurde als vereinbart.

Das alles bildete die Grundlage dafür, dass Großvater sich innerhalb des Hafslund-Systems einen Arbeitsplatz schaffen konnte. Vater maß dem mehr Bedeutung bei als Großvater selbst. Lag das daran, dass er ein schlechtes Gewissen wegen der Möglichkeiten hatte, die ihm offengestanden hatten, redete er deshalb so viel darüber, was Großvater alles geleistet hatte, die wahnsinnige Strommenge, die seinen Vater durchbohrt hatte, und die dramatischen Episoden am Sarpefoss während des Krieges, als die Brücke mehrmals um ein Haar in die Luft gesprengt worden wäre?

In diesem Sommer sitzen wir in der behaglichen Stube und reden über die Nordlandsbahn, die zwar nicht elektrifiziert ist, die König Olav aber soeben in Bodø eröffnet hat, nachdem der Zug von Trondheim nach Norden gerollt ist, durch Levanger und Verdal, weiter hoch nach Snåsa, Grong, Mosjøen, Tverrånes, Storforshei, Grønfjelldal, Dunderland, Lønsdal und Fauske. 5000 sowjetische Kriegsgefangene haben für die deutschen Nazis die Bahnlinie durch Rana gebaut, und seit Kriegsende wurden jeden Tag tausend Sprengladungen verwendet. 59 Menschen haben im Laufe der Bauzeit ihr Leben verloren. Vater ist entsetzt.

»Aber so ist es eben«, sagt Großvater.

Die Rolling Stones haben ihren ersten Auftritt im Marquee Club in London. Die Beatles ersetzen Pete Best durch Ringo Starr. Auf der anderen Seite des Erdballs, in Santiago de Chile, wird Brasilien Fußballweltmeister. Bald werden die Stachelbeeren reif sein. Wir pflücken sie, sowie es uns befohlen wird. Dann essen wir heimlich, mein Bruder und ich. Die dicke Schale, ehe der Saft herausquillt. Die überraschende Süße. Das alles ist rätselhaft.

Ich durchlebe eine Zeit der Fragen. Sie können das nicht mehr ertragen, weder Vaters noch Mutters Familie. Ich frage jetzt nach allem. Warum ist ein Meter ein Meter? Was ist der Veitstanz? Ich bin so sicher, dass es ein Tanz ist, der zu Mittsommer getanzt wird. Aber als Vater antwortet, Huntingtonsche Chorea, muss ich weiter fragen. Jede einzelne Frage führt zu einer neuen. Denn was ist Huntingtonsche Chorea? Hat das etwas mit Korea zu tun? Nein. Aber mit Setesdal. Die Setesdalzuckungen. Was sind Setesdalzuckungen? Er kann nicht mehr. Dennoch erzählt er mir von Tics. Von unfreiwilligen Bewegungen. Ich muss dabei an die Schüler von Fräulein Ätschbätsch denken, an die Spastikerbande, die »Uääääh!« schreit. Aber darüber möchte ich mit Vater nicht sprechen. Deshalb muss ich mir neue Fragen ausdenken. Die ganze Zeit. Im Zug zurück nach Oslo. Das unverkennbare Gefühl von August.

Hat Marilyn Monroe das auch so empfunden? Schon im April gab es eine Vorwarnung. Während der Dreharbeiten zu *Something's got to give* weigert sie sich plötzlich, eine Szene mit Dean Martin aufzunehmen, als sie hört, dass er erkältet ist und fast Fieber hat. Sie selbst hatte bei Beginn der Dreharbeiten Grippe und entwickelte dann noch eine Nebenhöhlenentzündung. Sie klagt zudem über andauernde Schlaflosigkeit. Der Produzent, Henry T. Weinstein, ist an ihr Lampenfieber gewöhnt. Aber diesmal hat er den Eindruck, dass es sich bei ihr um pure Panik handelt. Drei Wochen später singt sie im Madison Square Garden *Happy Birthday Mr. President* auf persönliche Einladung von John F. Kennedy. Danach sagt der Präsident, er könnte als Politiker nun auch gleich abtreten. Er habe alles erreicht, wovon er habe träumen können. Hartnäckige Gerüchte wollen von einer Beziehung der beiden wissen.

Monroe wirkt bei den Dreharbeiten weiter mit und schwimmt nackt in einem Schwimmbecken. Sie ist neidisch auf alle Aufmerksamkeit, die Elizabeth Taylor aufgrund von *Kleopatra* zuteil wird. Sie würde gern die Titelseite von *Life* kapern. Doch sie wird gefeuert und zieht sich eine Schadensersatzklage über eine halbe Million Dollar zu. Die Produzenten haben genug von ihren Starallüren. Peter Levathes, der Vizepräsident der Fox, erklärt, die Starhysterie sei vollkommen aus den Fugen geraten. »Wir lassen die Insassen die Irrenhäuser leiten, und sie haben diese mehr oder weniger ruiniert.«

Lee Remick soll Monroe ersetzen, aber Dean Martin weigert sich. Er will nur mit Monroe spielen. Der Film bleibt unvollendet.

Monroe wird von der *Vogue* angerufen. Sie möchten den Fotografen Bert Stern eine Fotoserie von ihr machen lassen. Monroe ist bereit, das Ergebnis wurde dann als *The Last Sitting* bekannt. Danach trinkt sie Champagner und lässt sich von *Cosmopolitan* vor Peter Lawfords Strandhaus ablichten. In *Life* spricht sie mit Richard Meryman über ihren früheren Ehemann, den Autor Arthur Miller, dem 1956 kommunistische Sympathien nachgesagt werden. Die Filmgesellschaft hat ihr mitgeteilt, wenn sie sich öffentlich für ihn einsetzte, wäre sie erledigt. Und sie sagt: »Mach's gut, Ruhm. Ich habe dich gehabt.«

Dennoch schmiedet sie Pläne. Ihr Kosmetiker, Allen »Whitey« Snyder, trifft sie einige Tage vor ihrem Tod. Er sagt, sie sei in strahlender Laune gewesen. Sie habe niemals besser ausgesehen. Sie habe zudem Pläne für mehrere Filmrollen gehabt, unter anderem in *Irma la Douce*, *Immer mit einem anderen* und in einem biographischen Film über Jean Harlow.

Am Morgen des 5. August läuft bei dem Polizeibeamten Jack Clemmons ein Notruf aus Monroes Haus in Brentwood in Los Angeles ein. Zehn Minuten darauf findet er die 36-Jährige tot in ihrem Heim. Der Pathologe Thomas Noguchi obduziert sie und findet acht Milligramm Chloralhydrat und viereinhalb Milligramm Nembutal in ihrem Blut. Dazu dreizehn Milligramm Nembutal in der Leber. Im Magen keine Medikamentenreste.

Todesursache: vermutlich Selbstmord.

40

»Überaus wahrscheinlich«, schnaubt Mads, als wir gleich nach Schulbeginn wieder an der Haltestelle Hovseter stehen. Wir werden jetzt von Nachrichten aus den USA überhäuft. Presley und Monroe, Kennedy und Jacqueline. Nichts anderes zählt mehr. Abgesehen von *Ælle så ner som a Ingebjørg* mit Nora Brockstedt. Aber an der Tafel im Klassenzimmer ist Ledsaak durch Lindholm ersetzt worden. Jetzt sind wir wieder in der großen ernsten Wirklichkeit. Dennoch flimmert Marilyn Monroe über unsere Netzhaut. »Der blonde Porno«, wie irgendein Geistlicher sie im Radio genannt hat. Monroe hatte genau solche Locken wie Mutter und Tante Svanhild. Das macht mir Sorgen. Vielleicht gibt es auch in meiner Familie psychisch labile Personen? Vielleicht wird auch Mutter eines Tages obduziert?

»Weichheit und Genusssucht«, predigt Lindholm am Pult.

Ja, diese Zeitschriften, die ich in aller Heimlichkeit kaufe. Das *Filmjournal* und *Det Nye* sind nicht gerade von Rudolf Steiner erfunden worden. Aber sie sind immerhin kein Porno. Was sündhaft ist, ist der Glanz des Papiers. Der Glanz der roten Lippen. Der Glanz der Augen. Der Glanz der seidenweichen Haare. Monroe lächelt, aber nur für mich.

Tormod interessiert das alles nicht. Er spielt jetzt Trompete, als gälte es sein Leben. Er trifft Reisegg, Thaulow, Fürst, Blekastad und Kirkenær. Die fast erwachsene Clique. Sie haben ganz andere Gleichungen in ihren Rechenbüchern. Sie besitzen bald Wissen genug, um einen Satelliten ins Weltall zu schießen. Sie sind drei Jahre älter als wir. Das ist viel, wenn man zehn ist.

Vater greift zu drastischen Maßnahmen. Runter mit dem Schwimmgürtel. Grausame Augustnachmittage am Bogstadvann. Eben erst ist dort jemand ertrunken, aber das macht keinen Eindruck auf meinen Vater, wenn er mich unter dem Bauch festhält. Ich muss diese entsetzlichen Bewegungen machen. Brustschwimmen ist dasselbe wie zu träumen, man sei ein Gummibärchen, das versucht, über Marshmallows zu gehen. Man kann das einfach nicht schaffen. Diese Arm- und Beinbewegungen werden keinen von uns nach Amerika bringen. Wir schwimmen weniger weit als ein Igel laufen kann.

Aber eines Dienstags Ende August schwimme ich fünf Meter in dem ekelhaften Süßwasser, das nicht einmal wie Salzwasser Fett oben treiben lässt. Ich schwimme ganz allein, und Vater ist fast hysterisch, als er dort neben mir im Wasser steht und sieht, dass es möglich ist, sogar für seinen jüngeren Sohn. Fünf Meter durch das Wasser, den Mund haarscharf über dem Wasserspiegel. Arme und Beine schießen ziellos zur Seite. Ich schwimme wie ein geistesgestörter Krebs.

Ist das wirklich ein Fortschritt, frage ich mich, während Tormod um den ganzen See schwimmt mit ruhigen, rhythmischen Bewegungen.

Vater steht neben Mutter, und sie blättern in einem Buch, das sie aus dem Bücherregal gezogen haben. »Was ist das?«, frage ich. »*Der Steppenwolf* von Hermann Hesse«, antwortet Mutter. Ich sehe sie selten so gemeinsam mit etwas beschäftigt. Vater liest Maigret, Saint-Exupéry, die Hardy Boys und Tolstoi. Mutter liest Tove Ditlevsen, Marguerite Duras und Terje Stigen. Ich höre sie nur selten über die Bücher reden, die sie lesen. Vater liest zwar die Hardy Boys Tormod zuliebe und zum eigenen Vergnügen, damit sie Gesprächsstoff haben, aber sie rechnen nicht damit, dass wir jemals heimlich in diese Erwachsenenbücher schauen. Mutter würde aus allen Wolken fallen, wenn ich ihr erzählte, dass ich *Bonjour tristesse* gelesen habe. Sie weiß auch nur wenig von dem, worüber Mads und ich an der Haltestelle Hovseter sprechen. Sie wissen beide nicht, was ich weiß, nämlich, dass es ein Buch von Agnar Mykle mit dem Titel *Das Lied vom Roten Rubin* gibt. Syver aus meiner Klasse hat mir davon erzählt. Er ist ein sanfter und treuer Junge, der mehr mitbekommt als viele andere von uns. Er hält kleine Vorträge über etliche verbotene Dinge auf eine Weise, die diese Dinge nicht gefährlich wirken lassen. Er erzählt uns, dass wir, die wir bald Männer sein werden, dann nicht nur Pisse pinkeln werden in gewissen Situationen. Wir begreifen nicht, was er meint, aber wir hören zu. Man kann offenbar etwas pissen, das fast ganz weiß ist.

»Es kann ein bisschen aussehen wie Wachs«, sagt Syver. »Das Wachs, das man über die Marmelade in Einmachgläsern gibt.«

»Stachelbeermarmelade«, sage ich.

»Das auch«, antwortet er milde. Er weiß so viel. Er erzählt uns, dass dieser Roman, der offenbar so skandalös ist, dass der Autor irgendwann in den fünfziger Jahren deshalb vor Gericht gestellt wurde, von diesem weißen Pisskram handelt. Man soll aber nicht darüber sprechen, sagt er. Denn es geht darum, wie Frau und Mann zusammen nackt sind. Er verdreht die Augen und sieht uns vielsagend an. Inzwischen haben sich immer mehr Jungen um ihn versammelt.

»Und wie heißt dieses Zeug?«, fragt der Mutigste unter uns.

»Es heißt Sperma«, sagt Syver, ohne rot zu werden. »Sperma, versteht ihr? Nicht gerade gelbe Pisse.«

»Und wir haben sowas in uns, meinst du?«

»Alle Jungs haben das in sich«, sagt er gelassen, fast wie ein Pastor, der neben dem Taufbecken steht und über das Jesuskind redet.

»Und wie kommt das aus uns raus?«

»Wir müssen zuerst vierzehn Jahre alt sein«, sagt Syver. »Wenn wir dann den Pimmel irgendwo reinstecken, dann kommt dieser weiße Kram offenbar ganz von selbst raus.«

»Wo rein denn?«

»Nimm doch mal deine Phantasie zu Hilfe«, sagt Syver leicht irritiert. »Eine Daunendecke, ein Waschlappen, eine Fischfrikadelle oder ein Schneeball.«

Wir nicken allesamt. Auch wenn ich mir das alles nicht so leicht vorstellen kann, tue ich so, als hätte ich verstanden, ehe ich nach Hause gehe und im Bücherregal nach einem Roman von Agnar Mykle suche.

Aber da stehen meine Eltern mit dem *Steppenwolf* von Hermann Hesse.

»Was ist mit dem Buch?«, frage ich.

»Hesse ist tot.«

»Na und?«

»Hesse war Pazifist«, sagt Vater. »Er war der größte Kriegsgegner der Literatur. Noch größer als Thomas Mann. Wenn er Präsident wäre, brauchten wir niemals einen Atomkrieg zu fürchten.«

»Ich weiß auch nicht, wer Thomas Mann ist.«

Mutter streichelt meine Haare. »Du wirst irgendwann beide lesen. Und dann wirst du dich daran erinnern, dass deine Eltern sie einmal gelesen haben und dass diese Bücher dazu beigetragen haben, uns aneinander zu binden.«

Ich verspüre Erleichterung. Sie spricht über etwas, das sie miteinander teilen. Etwas, das ihnen gute Erinnerungen schenkt. Ich wünsche mir, dass der *Steppenwolf* für alle Zeiten aufgeschlagen auf dem Wohnzimmertisch liegt.

Schon am nächsten Nachmittag, als er allein ist, beginnt er, über diesen Mann »von annähernd fünfzig Jahren« zu lesen, Harry Haller, dem im Vorübergehen ein Traktat über den Steppenwolf in die Hände gedrückt wird. Diese seltsame Grauzone zwischen Haller und dem Steppenwolf. »Schon bei jenem ersten Gespräch, bei der Araukarie, nannte er sich den Steppenwolf, und auch dies befremdete und störte mich ein wenig.« Ach, dieses Fremde, das wieder ins Dasein eintritt! Genau wie in *Bonjour tristesse*. Es ist so unheimlich. Wie können meine Eltern Freude an einem Buch haben, in dem Menschen »die Neigung« verspüren? In dem jemand halb Mensch und halb Wolf ist. Eine Entscheidung fällen zu müssen. Ein Mensch zu sein, der von Persönlichkeitskonflikten geprägt ist, von Selbstmordgedanken. Ein Mensch zu sein, der eines Tages plötzlich vor Pablos Magischem Theater steht und die Wahl hat, in welche Wirklichkeit er eintreten möchte. Das ist wie der Vater, wenn er entweder zu seinem sicheren Arbeitsplatz im Ingenieurshaus geht oder zu den Pennern in Mærradalen.

Der Vater, bei Ulf auf dem Dachboden oder zusammen mit seinen Eltern in dem Geborgenheit schenkenden Haus in Sarpsborg. Und die Mutter, zu Hause am Radio, während sie retuschiert oder Strümpfe stopft, oder wenn sie aus dem Künstlereingang der Oper tritt, zusammen mit berühmten Menschen, die noch immer Schminke im Gesicht haben. Menschen, die eben noch auf der Bühne gestanden und treulose Charaktere gestaltet haben. Sehr weit auseinanderliegende Welten. Aber einige davon waren gefährlich. Wenn sie beide ein Buch liebten, in dem sich die Hauptperson für einen halben Menschen und einen halben Wolf hielt, wofür hielten sie sich selbst? Der Vater war ein halber Mensch und ein halber Hund, weil er so lieb war, zugleich aber knurren und die Zähne fletschen konnte. Die Mutter war ein halber Mensch und eine halbe Katze, weil sie schnurren und verschmust sein konnte. Niemand konnte sie fangen. Wo hielt sie sich nachts auf? Obwohl sie nachweislich neben dem Vater lag und schlief, wusste er, dass sie an einem anderen Ort war, tief in ihren Träumen. Anders der Vater: Der war ja die ganze Zeit weit draußen im Kosmos, wo alle Rätsel der Wissenschaft verborgen sind. Aber egal, wie viele Lichtjahre er sich jenseits der Milchstraße befand, er war doch immer nah.

41

Chruschtschows Ingenieure schicken im Abstand von 24 Stunden Wostok III und Wostok IV in den Weltraum. Im ersten Raumschiff sitzt Andrijan G. Nikolajew, im zweiten Pawel Popowitsch. Das erste Raumschiff soll fast vier Tage lang den Erdball umkreisen. Das zweite einen Tag weniger. Die beiden Kosmonauten stehen miteinander in Funkverbindung, und einmal sind sie nur fünf Kilometer voneinander entfernt. Sie können einander sehen. Popowitsch sagt, Wostok III sehe aus wie ein winziger Mond. Nikolajew macht die ersten Farbbilder der Erde vom Weltraum aus. Die Fahrt soll testen, wie Menschen über längere Zeit auf einen schwerelosen Zustand reagieren. Als beide Fahrzeuge wohlbehalten auf der Erde gelandet sind, sieht sich Präsident Kennedy gezwungen, Chruschtschow ein Glückwunschtelegramm zu schicken.

Die Schule fängt wieder an. Wir haben ein neues Klassenzimmer bekommen. Lindholm hat seine Haare immer zur Seite gekämmt. Das erinnert an Adolf Hitler, aber das sage ich nur zu Mads. Er ist ganz meiner Meinung. Der scharfe Blick. Lindholm besitzt nicht Ledsaaks kameradschaftlichen Frohsinn. Er wechselt zwischen Strenge und Milde. Ich sehne mich immer nach seinem Lächeln. Und jetzt lächelt er uns an. Die Runzeln, die sich dabei zeigen, geben ihm ein fast chinesisches Aussehen, wie ein alter Weiser im Schatten eines Banyanbaumes. Er hat sich auf das Wiedersehen mit uns gefreut, sagt er. Ich denke an die Pöbelbande in der zweiten Klasse, die ihren früheren

Lehrer in die Kündigung getrieben hat. Nur Lindholm hat es gewagt, seine Nachfolge anzutreten. Jetzt steht er in unserem Klassenzimmer. Warum scheint an den ersten Schultagen nach den Sommerferien immer die Sonne? Der Geruch nach Hagebutten, der Geschmack von Erdbeeren, der schwitzende Käse auf den Pausenbroten, weiß und Blasen treibend unter dem Butterbrotpapier.

Der neue Junge kommt von weither. Aus Peru. Sein Name gefällt mir. Christopher. Mir gefällt sein zurückhaltendes, abwartendes Auftreten. Seine Mutter ist tot. Sie ist an Polio gestorben. Sie wurde in einer Eisernen Lunge nach Oslo gebracht. Sie ist gestorben. Bald wird auch sein Vater sterben. Alles, wovor ein Kind sich am meisten fürchten kann, wird er erleben. Ich merke, dass ich versuche, mich ihm zu nähern, weil er so still ist. Weil er sich für keine Clique und keinen Club interessiert. Die Gemeinschaft, die er mit anderen hat, ist nicht abhängig von Wörtern und Ritualen. Ich spüre instinktiv, dass er eine weite Reise hinter sich hat, mit seiner Mutter oder ohne sie, und dass er viel allein war. Vielleicht verbindet uns das, uns beide. Wir sind gern allein.

Eines Tages darf ich mit ihm nach Hause gehen. Er wohnt in Bestum. Er hat einen Globus und eine Weltkarte an der Wand. Er hat eine Fotografie einer Frau. Sie ist schön wie ein Filmstar. Ich kann sehen, dass er Ähnlichkeit mit ihr hat. In seinem Zimmer gibt es auch einen großen Tisch. Der ist mit allerlei kleinen Stücken bedeckt. Zuerst begreife ich nicht, was das ist. Dann sehe ich, dass es die Bauteile eines Bootes sind. Ein Vollschiff mit Masten und Segeln. Mit Kiel und den ganzen Dingen, deren Namen ich nicht weiß. Er hat alle Teile, sagt er. Bald wird das Schiff über die Weltmeere segeln. Er braucht es nur noch zusammenzukleben.

Es ist die Zeit der Angst. Nicht nur die Angst vor der Atombombe. Sondern auch die Angst vor der Vergangenheit, vor Polio. Ich sehe Christophers Mutter vor mir, wie sie in der Eisernen Lunge liegt und sich nicht bewegen kann. Bald wird sie ihrem Kind wegsterben. Ich sehe sie vor mir, wie sie über die Weltmeere gebracht wird. Sie sitzt nicht im Flugzeug und trinkt Champagner. Sie liegt in einer Eisernen Lunge. Die eiskalten mechanischen Teile atmen für sie, so lange das geht. Sie kann sich nicht bewegen. Sie kann nicht die Wange ihres Jungen streicheln. Sie kann ihn nicht hochheben. Kann ihn nicht an sich drücken. Es ist die Krankheit, gegen die wir alle geimpft werden. Vater kann Impfen nicht leiden. Er hat die Broschüren studiert und Für und Wider abgewägt. Aber vor Polio gibt es offenbar kein Entrinnen. Es ist die grauenhafte Krankheit. Eine Freundin von Mutter hatte angeblich einen Mann, der daran gestorben ist. Plötzliche Lähmungen. Atmen unmöglich. Es ist so entsetzlich, dass ich es nicht einmal schaffe, Angst zu haben. Der Krebs ist wirklicher, wenn er angeschlichen kommt. Und auch Herzinfarkt, der sich einstellt, wenn man zu viel fetten Hammeleintopf isst.

»Tierische Fette«, sagt Vater.

»Jetzt hör aber auf, Per«, sagt Mutter.

Vater hat lange kein so ernstes Gesicht gemacht. Man kann es seinem Gang ansehen, als er von der Haltestelle hochgehumpelt kommt, *Dagbladet* zusammengefaltet unter dem Arm, das Graubrot von *Bios* in einer Papiertüte in der Aktentasche.

»Was ist los, Vater?«

»Die Sowjets haben mit Waffenlieferungen nach Kuba begonnen. Angeblich wegen der amerikanischen Aggression in der Umgebung.«

»Ist das denn so gefährlich?«

»Das ist mehr als gefährlich.«

Auf General de Gaulle und seine Frau wird geschossen. Ein weiterer Attentatsversuch. Sie sind gerade mit dem Auto unterwegs zu ihrem Landsitz in Colombey les Deux Églises. Zur gleichen Zeit beschießen Exilkubaner von Schnellbooten aus ein Hotel in Havanna. Zu Hause im Garten im Melumvei schießen Tormod und ich mit Luftgewehren.

Es ist so ein klarer Septembertag, und der Herbst liegt noch immer irgendwo in Sørkedalen in tiefem Schlaf. Irgendwer hat vergessen, ihn zu wecken. Noch immer können wir im Lysakerelv baden, auch wenn es »arschkalt« ist, wie Syver sagen würde.

Wieder ist Sonntag, und Sonntage sind gefährlich. Das hat Mutter mir beigebracht. Ich weiß aus eigener Erfahrung, dass Hubschrauber sonntags kommen. Menschen ertrinken am Sonntag, Nachbarn fallen vom Apfelbaum und brechen sich das Genick. Auf den Höfen überfahren Bauern ihre eigenen Söhne, wenn sie mit dem Traktor zurücksetzen. Großeltern sterben gern an einem Sonntag, mit verdutztem Gesicht in der Rhabarbersuppe. An der Küste fahren die Fischer mit ihren Kindern in kleinen Jollen zum Angeln. Alle fallen über Bord, draußen bei den äußersten Schären, und niemand trägt eine Schwimmweste. Sonntage mit Sonne sind besonders gefährlich. Und heute ist so ein Sonntag. Der Himmel ist fast durchsichtig. Wenn es wirklich einen Gott gäbe, würden wir ihn jetzt sehen, aber ich wage nicht, das zu sagen, weder zu Mutter noch zu Vater. Nicht einmal der Erzengel Gabriel oder der machtgeile Luzifer sind sichtbar. Und es lohnt sich gar nicht erst, an Thor mit dem Hammer zu denken.

Vater hat das Luftgewehr hervorgeholt. Er weiß nie so ganz, was er seinen Kindern zu Weihnachten schenken soll, wenn es keine Bücher von Einstein und Tolstoi sein dürfen. Deshalb gibt es solche überraschenden Geschenke. Ein Luftgewehr, das wir uns teilen müssen, mit kleinen spitzen Pfeilen, die sich in die Zielscheibe bohren, oder in die Hauswand, wenn man besonders viel Pech hat. Die Pfeile haben Federn in verschiedenen Farben, und obwohl sie niedlich aussehen, sind sie lebensgefährlich. Das erzählt Vater uns immer wieder. Wann immer das Luftgewehr hervorgenommen wird, muss Vater dabei sein. Das hier ist *sein* Geschenk, nicht Mutters. Sie findet die Sache blödsinnig, aber Tormod und ich lieben das Gewehr. Man fühlt sich fast wie ein erwachsener Mann, wenn man die Waffe an die Schulter legt und den Mittelpunkt der Zielscheibe anvisiert. Jetzt stehen wir im Garten und schießen auf die Scheibe, während Vater sich in den ramponierten Liegestuhl gesetzt hat. Von dort aus spielt er den Schiedsrichter. Wer ist hier der Meisterschütze? Tormod ist überlegen, das ist er schon, seit wir das Gewehr zu Weihnachten bekommen haben. Ich besitze nicht dieselbe Konzentrationsfähigkeit. Ich mag Entscheidungen nicht, deshalb entscheide ich mich ganz schnell. Wenn ich eine Zielscheibe sehe, schieße ich darauf. Ich begreife nicht, wozu Warten gut sein soll, wo die Scheibe doch gleich vor mir an der Wand hängt.

Bei Tormod ist das anders. Er wägt gern ab, überlegt, genau wie Vater. Er kann minutenlang dastehen und einfach zielen. Was für ein Unsinn, denke ich. Wozu soll das gut sein? Die Zielscheibe bewegt sich doch nicht. Kann man da nicht gleich losballern? Das Seltsamste an diesem Spiel ist, dass Vater Pazifist ist, dass er Waffen hasst. Ist dieses Luftgewehr denn keine richtige Waffe? Begreift er nicht, dass dieses Spiel auch gefährlich sein kann? Nein, er sitzt im Liegestuhl und lächelt uns an. Ich sehe, dass er müde ist. Er hat im Büro sehr viel zu tun. Und dann kommen da noch diese Unternehmungen von Chruschtschow, die ihn immer so unruhig machen. Kann die große Politik nicht selbst sehen, wo sie bleibt? Vater kann ja doch nicht viel ändern. Das sagt jedenfalls Mutter, während sie einen sogenannten Schlager summt: »Was passiert, passiert. Mehr kann ich dir auch nicht sagen.« Mutter findet das gut gesagt, Vater dagegen hält es für Blödsinn. Natürlich muss man sich *engagieren.* Na gut, denke ich, als Tormod auf die Scheibe zielt, ohne schießen zu wollen, und Vater wie ein selbsternannter Friedensfürst im Liegestuhl sitzt. Hier können wir uns vielleicht engagieren. Ohne Vorwarnung renne ich in die Schusslinie, genau vor Tormod, senke ein bisschen den Kopf und merke erst, dass es knallt, als ich einen brennenden Schmerz ganz oben im Schädel verspüre, aber da bin ich schon auf der anderen Seite, sinke gegen eine Schubkarre, die dort steht, hebe die Hand, ziehe sie wie einen Kamm durch meine Haare und sehe Blut daran, begreife, dass Tormod genau in dem Augenblick geschossen hat, in dem ich angestürzt kam. Ach, verdammt. An diese Möglichkeit hatte ich nicht einmal gedacht. Ich hatte geglaubt, er würde noch einige Sekunden lang auf den richtigen Augenblick warten. Jetzt sehe ich, dass ihm das Gewehr auf den Boden gefallen ist. Er ist leichenblass im Gesicht. Das ist aber nichts im Vergleich zu Vaters Gesichtsfarbe, als er sich nun aus dem Liegestuhl erhebt und bereits aussieht wie der tote Kommandant in *Don Giovanni.* Kaum ist er aufgestanden, schwankt er und muss sich wieder setzen. Dann fängt er an, Mutter zu rufen. Heult fast.

»Aufhören«, sage ich. »Ich lebe. Das ist nicht gefährlich.« Ich gehe zu meinem Bruder und klopfe ihm auf die Schulter, reiße ihn aus der

Trance, in die er einige Sekunden lang versunken war. »Tut mir leid«, sage ich. »So war das wirklich nicht gemeint.«

»Aber du blutest ja«, sagt er mit toter und vager Stimme. Sein Blick haftet an einem Punkt irgendwo weit draußen in Østerås.

Ich betaste die Wunde. Sehe das Blut, das über meine Stirn fließt, erst später, als ich vor dem Badezimmerspiegel stehe. »Das ist nicht gefährlich«, sage ich. »Das ist nur ein Kratzer.«

Aber Vater ist jetzt doch aufgestanden. Kaum steht er auf den Beinen, schwankt er wieder. Nun kommt Mutter um die Ecke gerannt. Sie hat die schärfsten Ohren auf der Welt. Selbst bei geschlossenem Fenster bekommt sie alles mit.

Aber ich bin ihr nicht wichtig. Ihr geht es um Vater. Später werde ich denken, dass sie eine Fähigkeit besitzt, blitzschnell eins vom anderen zu unterscheiden. Sie hat die Rufe gehört. Sie hat mich gesehen. Sie braucht die Wunde an meinem Kopf nicht zu untersuchen, um zu wissen, dass mit mir alles in Ordnung ist. »Du musst mit reinkommen, Per!«

Vater murmelt etwas wie einen verwirrten Protest.

»Nein, du musst kommen«, sagt sie energisch und legt ihre Hand in seine Armbeuge. »Es ist gut gegangen, das siehst du doch. Ketil ist nicht verletzt. Jetzt musst du dich hinlegen. Jetzt musst du an dein Herz denken.«

Sein Herz? Was ist denn mit seinem Herzen? Aber Mutter darf man jetzt keine solche Frage stellen. Sie hat das Kommando an sich gerissen. Dort geht sie, Schritt für Schritt, neben ihrem Ehemann auf dem Weg zur Haustür im Melumvei. Sie sehen plötzlich alt aus, alle beide.

Ich stehe neben Tormod, der dasselbe gesehen hat wie ich. Er fängt an zu weinen. Ich tröste ihn mit unbeholfenen Armbewegungen. »Aber um Himmels willen«, sage ich, »das war doch nur so ein Einfall von mir. Und es war meine Schuld.«

»Kapierst du denn gar nichts?«, fragt er.

42

Vielleicht war das das Vorzeichen. Von dem Großen, das kommen würde. An der Heimatfront und in der riesigen außenpolitischen Arena, wo Ulf und Vater saßen, in der Nordre Sving, und die Geschehnisse kommentierten. Zu allem Überfluss starb Karen Christence Dinesen, die spätere Karen oder Tanja Blixen, die Mutter aus vielen unterschiedlichen Gründen so wichtig war und die angeblich *alles* gehabt hatte. Eine liebevolle Mutter, eine gütige Großmutter, eine unwiderstehliche Tante und jede Menge Taschengeld. Sie war das Mädchen gewesen, das schon als kleines Kind ermutigt worden war, zu malen, zu zeichnen und sich innerhalb der sogenannten Kunst auszudrücken. Karen war hellhörig. Sie begriff sogar, dass sie privilegiert war. Nicht alle hatten es so gut. Deshalb hieß ihr erstes Schauspiel *Hochmut kommt vor dem Fall.* Später besuchte sie die Kunstakademie für Frauen in Charlottenborg bei Kopenhagen. Allein schon der Name. Aber dann ging es Schlag auf Schlag. Die Verliebtheit in das Reiter-Ass Hans von Blixen-Finecke, ihr Vetter zweiten Grades. Aber er war von Adel und hatte ihre Qualitäten noch nicht entdeckt. Deshalb beschloss sie, sich in den Fuß zu schießen, um nicht mit ihrer Familie in die Ferien fahren zu müssen, sondern ihn bei einem Pferderennen sehen zu können. Als ihr endlich aufging, dass der Weg zu diesem Hans mit besonders hohen Dornen bepflanzt war, fuhr sie mit ihrer Schwester Inger nach Paris. Dort könnte sie Hans vergessen, glaubte sie, aber da traf sie seinen Zwillingsbruder, der zu allem Überfluss Bror hieß, also Bruder, und der ebenfalls auf dem Herrensitz Næsbyholm in Schonen aufgewachsen war. Zusammen reisten sie nach Britisch Ostafrika, wo sie ihn am Tag ihrer Ankunft heiratete und Baronin Blixen wurde. Über das, was danach geschah, sind Filme gedreht worden. Bror ging fremd und steckte sie mit Syphilis an. Sie konnte keine Kinder bekommen. Die Scheidung von Bror und danach die Liebesbeziehung zu Denys Finch Hatton, die stürmisch war und von Abwesenheit geprägt, bis zur endgültigen Trennung, als Finch Hatton mit einem kleinen Flugzeug über der Savanne oder wo auch immer abstürzte. Mutter hatte mir Fragmente dieser Geschichte erzählt, ohne dass ich damals viel verstanden hätte. Außerdem ging es Mutter vor allem um Tanja Blixens *Novellen.* Später im Leben begriff ich, dass sich viele Frauen mit Blixen identifizierten. Das tragische Leben, während sie gleichzeitig träumen und dichten, alle Geschehnisse mit einem literarischen Skalpell sezieren, alle bösartigen Geschwulste freilegen, aber niemals entfernen konnte. Sie sollten stattdessen unter dem verbalen Vergrößerungsglas studiert und mit dem verglichen werden, was frisch und gesund und vor allem menschlich war. Aber neben dieser rein literarischen Faszination schien auch Blixens Schicksal ihre Leserinnen stark zu berühren. Es waren die Frauen, oft die, die bemerkt werden wollten durch ihr ausagierendes Verhalten oder ihre besonders betonte Kleidung, die Blixens Namen erwähnten, oft am späteren Abend, ein wenig animiert und mutig durch Weißwein und Champagner. Aber Mutter war weder angetrunken noch animiert, wenn sie vor dem Bücherregal stand und in *Sieben phantastische Erzählungen* blätterte, traurig beim Gedanken an den Tod der großen Schriftstellerin. Obwohl der nicht überraschend gekommen war, machte es Mutter offenbar Probleme, an Blixens Leiden zu denken, an die großen physischen Komplikationen, die die Syphilis mit sich brachte, die vielen Operationen und das vergebliche Projekt, das die Farm in Afrika gewesen war. Dass sie, nach ihrer Rückkehr nach Dänemark, wieder auf die Beine gekommen und sogar zu einer der angesehensten Autorinnen auf der Welt geworden war, war nicht nur eine Freude, sondern zudem etwas, das Mutter viel Grund zum Nachdenken gegeben hatte, wobei ich die Einzelheiten nicht erfuhr. Erst viele Jahre später begriff ich, welches konstante

Krankenlager das Leben dieser Autorin gewesen war. Es war ein Wunder, dass sie zwischen den vielen Operationen und Behandlungen so bedeutende Literatur erschaffen konnte. Mutter sagte, bei ihrem Tod habe sie nur 35 Kilo gewogen.

Mutters Gesicht, als sie mir das erzählte. Ihre Fürsorge für ihren Bruder, ihre Schwester, für Großmutter und Vater, Tormod und mich. Jetzt war sie mit Blixens Tod beschäftigt, und ich wusste nicht, dass ich mich später an diesen Augenblick erinnern würde, dass es regnete, dass die Blätter an den Bäumen schon gelb wurden und herunterfielen. Eine tiefere Tristesse als ich bisher jemals empfunden hatte. Mutters fast kraftlose Stimme, als sie es wiederholte: »35 Kilo, Ketil.«

Zwei Tage später ging mir auf, dass Mutter und Vater große Geheimnisse hatten. Nichts konnte beängstigender sein als das. Worüber redeten sie? Wenn es etwas war, das sie vor uns zu verbergen versuchten, dann war es sicher etwas Schlimmes. In der Klasse gab es schon einen, dessen Eltern geschieden waren. Die Mutter wohnte in Sagene. Der Vater wohnte an Orten, deren Namen der Junge nicht einmal kannte. Einige Monate im Jahr lebte er sogar in Nordnorwegen. Gab es ein schrecklicheres Ende für eine Ehe? Der Sohn war bleicher als normal. Außerdem trug er eine Brille. Vielleicht hatte auch ein Elternteil bei ihm Syphilis? Ich überwachte Mutter und Vater mit Argusaugen. Versuchte, jeden einzelnen Blick aufzufangen, den sie einander zuwarfen, ihre Bemerkungen zu verstehen. Wer von ihnen würde ausziehen? Mutter hatte oft, wenn sie sich mit Vater stritt, den grauenhaftesten aller Sätze gesagt: »Ich nehme mir ein Zimmer.« Einmal hatte ich mich in die Kriegszone gewagt und gerufen: »Aber was ist mit mir?« Mutter hatte sofort die Angst in meinen Augen gesehen und sich beruhigt. »Aber mein Junge, das war doch bloß ein Scherz.«

»Aber warum sagst du dann sowas?«, fragte ich.

Die Bombe ging am nächsten Wochenende hoch. Es war Samstag. Tante Svanhild war zu Besuch, und Mutter hatte in einer Muschelform Fischpudding gemacht. Auch eine Flasche des allersüßesten deutschen

Rieslings stand auf dem Tisch, der Wein hieß Liebfrauenmilch, ein Wort, dessen eigentliche Bedeutung ich eine Woche zuvor im Deutschunterricht erfahren hatte. Die Flasche hatte Vater im Vorjahr zu Weihnachten bekommen, und jetzt hielt er die Zeit für gekommen, sie auszutrinken. Tormod und ich bekamen jeder eine kleine Flasche Solo. Mir war klar, dass jetzt eine Ankündigung kommen würde, eine Mitteilung. War die festlich muntere Stimmung nur Teil eines raffinierten Planes? Die Erwachsenen stopften sich mit dem Essen voll. Sie stießen mit uns Kindern an. Alle drei sahen aus, als ob sie im Toto gewonnen und sich noch nicht getraut hätten, uns das zu erzählen. Dass Gjøvik-Lyn Sarpsborg oder Odd geschlagen hätte, oder umgekehrt. Dass der Gewinn mehr als 50 000 Kronen betrüge. Dass Mutter und Vater sich endlich einen Fernseher kaufen konnten. Vater setzte sich ganz gerade hin. Tormod und ich begriffen, dass der Zeitpunkt näherrückte. Aber der Zeitpunkt wofür? Es würde doch nicht die Mitteilung sein, dass Mutter und Vater sich trennen wollten? Dann wäre Fischpudding in Blätterteigmuschel eine schlechte Entscheidung. Dann müssten eher Fischfrikadellen und geriebene Möhren auf dem Tisch stehen.

»Wir müssen euch etwas erzählen, Jungs«, sagte Vater endlich.

Ich schielte zu Tormod hinüber. Er sah genauso ängstlich aus wie ich.

»Wir ziehen um«, sagte Mutter.

Großer Gott, allein dieses Wort! »Wer von euch zieht denn um?«, fragte ich. Es klang wie ein Wimmern.

»Alle ziehen um«, sagte Vater.

»Alle?«, fragte Tormod. »In ein Zimmer? Für jeden eins?«

Nun prustete Tante Svanhild los. »Meine Güte, ihr seid ja vielleicht niedlich!«, kreischte sie.

Sie weiß nicht, was es bedeutet, eine Familie zu sein, dachte ich.

»Natürlich ziehen wir zusammen um«, sagte Mutter.

»Auch Tante Svanhild?«

Die lachte. »Nein, ich bleibe in der Gabelsgate.«

»Wir haben ein Haus gekauft«, sagte Vater.

»Eine Hütte«, sagte Mutter.

»Beides?«, fragte Tormod.

»Ein Haus, das wie eine Hütte aussieht«, sagte Mutter.

»Da werden wir wohnen«, sagte Vater.

Vater machte die Nachricht größer, als sie war. Mutter machte sie kleiner. Vater freute sich ganz besonders. Tante Svanhild war begeistert, denn jetzt hatten wir endlich »Grundbesitz«, wie sie sagte. Nur Mutter war unergründlich, selbst wenn ihre Lippen behaupteten, sie sei froh. »Es ist weiter weg von der Stadt«, sagte sie.

»Aber es gehört uns«, sagte Vater.

»Größerer Garten«, sagte Mutter. »Mehr Äpfel, die wir nicht schnell genug ernten können, damit sie nicht verfaulen.«

»Tormod und Ketil können helfen«, sagte Vater. Ich sah, dass er Mutter einen warnenden Blick zuwarf. Das war etwas, worüber sie gesprochen hatten. Wie sie uns diese Neuigkeit beibringen sollten. Es war viele Jahrzehnte vor der Zeit der Overhead-Präsentationen. Aber so eine war es, Botschaft und Information waren schon vorher gezeichnet worden mit überdeutlichen Symbolen. Die ewige Angst der Vortragenden, die Zuhörer könnten nicht selbst denken. Weshalb man ihnen alles mit dem Teelöffel eingeben musste. Graphische Figuren, die aussahen wie die allerschlichtesten Kinderzeichnungen.

Aber Tormod und ich dachten uns unser Teil. Wir dachten, das hier sei Vaters Projekt. Davon hatte er lange geträumt. Jetzt zog er einen Ordner hervor und zeigte uns Bilder des Hauses, das wirklich eine Hütte war, eine winzige Hütte im Parksvingen in Bærum. Aus vorgefertigen Palisadenwänden, aber mit gemütlich aussehenden kleinsprossigen Fenstern. Eine richtige Weihnachtshütte. Eine, die im Gebirge liegen müsste, bei Høvringen, Wadahl oder Fefor, dort, wo Tante Svanhild jeden Sommer eine Woche und ab und zu auch ein Osterfest verbrachte. Eine Hütte, die im Schnee vergraben sein müsste, mit einer einzelnen Skispur zur Eingangstür. Eine Hütte, wo der Rauch rund um die Uhr aus dem Schornstein aufsteigen müsste und wo warmes, Geborgenheit schenkendes Licht aus den Fenstern fiel. Ich betrachtete Vater, während er erzählte und zeichnete. Sein glückliches, jungenhaftes Gesicht. Der Traum vom eigenen Haus. Die

Wohnung im Melumvei war nur gemietet. Bei meiner Geburt hatten sie in Nordstrand gewohnt, im Ådalsvei. In einem großen Haus in der Nähe des Kyhns vei. Das hatte ihnen gehört. Aber dann hatten sie es verkauft. Vater hatte mehrere Jahre lang den Immobilienmarkt beobachtet und einen langfristigen Plan aufgestellt. Von einem großen Haus in Nordstrand über ein gemietetes Erdgeschoss in Røa zu einer kleinen Hütte in Bærum. Mutter hatten seine Projekte noch nie gefallen. Aber in der Regel gab sie nach. Jetzt ließ ich meinen Blick zu ihr weiterwandern, beobachtete, wie sie loyal trank, mit dem süßen Weißwein anstieß und sich freute, weil Vater sich freute. Sie würden sich also doch nicht scheiden lassen.

Am nächsten Tag fuhren wir zur Hütte, um sie zu besichtigen. Nicht Tante Svanhild, wir vier aus dem Haus im Melumvei, Erdgeschoss. Mir gefiel die Vorstellung nicht, dass Sonntag war. Sonntags passierte doch niemals etwas Gutes, und diese Hütte sollte etwas Gutes sein. Trotzdem fuhren wir mit der Røa-Bahn nach Storbyhaugen und wechselten dort den Bahnsteig, warteten einige Minuten auf die Kolsåsbahn, mit der ich noch nie gefahren war und die blau und exotisch war, anders als die braunlackierten Holzwagen, die nach Lijordet, Sognsvann und Frognerseter fuhren. Die Kolsåsbahn hatte etwas fast Sowjetisches. Jedenfalls Osteuropäisches, vielleicht Ostdeutsches. Ich kannte mich da nicht so gut aus. Auch die Sitze waren anders, das gesamte Wageninnere, nicht einmal der Schaffner sah norwegisch aus. Als wären wir auf dem Weg nach Leipzig, Danzig, Leningrad.

Und dann ging es los zu fremden Stationen. Montebello, Åsjordet, Ullernåsen, Bjørnsletta, Jar, Tjernsrud und endlich Ringstabekk. Ich schielte zu Mutter hinüber, sie drehte mir ihr Profil zu und war loyal, sie saß neben Vater, der lächelte, der aus diesem Tag einen Festtag machen wollte, trotz des Nieselregens.

Aber wir hatten weder Regenmäntel noch Regenschirme mitgenommen. Ab und zu hatte Mutter, die sonst auf uns aufpasste, eine Lässigkeit, die einen ganzen Weltkrieg ausbrechen lassen könnte, ohne dass sie auch nur eine Augenbraue gehoben hätte. Als ob sie sagen wollte: »Das hier ist Vaters Projekt. Also muss er auch daran denken, was wir anziehen sollen.«

Dennoch hatten wir uns feingemacht. Wir waren eine gepflegte, aber auch ziemlich ängstliche Familie, die aus der Bahn ausstieg, den Bærumsvei überquerte und in den langen, schmalen Underhaugsvei abbog, wo alle Häuser größer wirkten als im Melumvei. Irgendwie respektabel, aber dennoch nicht so versnobt wie oben in Vinderen, wo Mads wohnte. Wir bogen um die Kurve im Parksvingen und gingen den steilen Hang zum Bjerkelundspark hoch. Noch eine Kurve. Die großen Häuser auf beiden Seiten, ehe die kleine Hütte zwischen Birken und Apfelbäumen in Sicht kam, in dem großen Garten auf der rechten Seite. Vater blieb stehen und wies darauf. Hier!

Was hatten wir erwartet? Wir hatten doch Bilder gesehen, aber die Hütte war noch kleiner, als ich sie mir vorgestellt hatte. Braun. Vorgefertigte Palisadenwand. Weißer Steinsockel. Kleine, vielsprossige Fenster. 50 Quadratmeter. Hütte.

Niemand wohnte dort.

Eine leere Hütte, mitten in Bærum, wo die Häuser sonst groß waren und alle ein Auto in der Garage stehen hatten. Wer hatte diese Hütte verlassen? Sie lag im Schatten, obwohl es regnete. Sie lag zwischen hohen Bäumen. Sie hatte eine Vergangenheit. Jemand hatte dort gewohnt. Warum wollten sie nicht mehr dort wohnen? Die Hütte rührte sich nicht und hatte keine Wahl. Sie wirkte abwartend und zurückhaltend.

Ich dachte, sie könnte vielleicht eine Familie wie uns brauchen. Wir hingegen brauchten eine Gelegenheit, einander etwas näherzukommen.

»Ist sie nicht schön?«, fragte Vater.

»Ja, sie ist schön, Per«, sagte Mutter und streichelte seine Wange. Es war so seltsam, wenn sie Per sagte. So seltsam, wie wenn sie Ketil oder Tormod sagte. Ich konnte mich nie daran gewöhnen. Ketil? Litek?

»Wir ziehen im November ein«, sagte Vater.

Ich dachte an Mads. Jetzt musste ich wieder mit der Straßenbahn fahren. Ich konnte in Smestad in die Røabahn umsteigen. Dort könnten wir stehen wie in den alten Tagen und über Kennedy und Chruschtschow reden.

Obwohl alles neu war, würde alles sein wie früher. Und vielleicht noch besser. Möglicherweise freute ich mich darauf ein wenig.

Der Vater wirkte so jung, als er sich unser zukünftiges Zuhause ansah. Optimismus im Regenwetter. Aber konnte der Sohn daran glauben? Er starrte seine Eltern an, sah, wie sie dort standen und die kleine Hütte anstarrten, die der Vater gekauft hatte mit dem widerwilligen Einverständnis der Mutter. Welche Gedanken hatten sie im Kopf, als sie dort im Regen standen und zu dem Gebäude hinüberblickten, das der Vater schon vor dem Gartentor »unser Haus« zu nennen begonnen hatte. Obwohl niemand dort wohnte, wagten sie nicht, den Garten zu betreten.

»Das wird schön«, sagte der Vater.

»Aber eng«, sagte die Mutter.

»Wir werden ausbauen. Ich stehe schon in Kontakt zu Architekt Slaatto.«

Während die Eltern redeten, verspürte er eine Art Müdigkeit. Unbedingt müsste ein Sofa im Wohnzimmer stehen. Ein Sofa, auf dem er liegen könnte.

Diese Müdigkeit hatte er schon seit vielen Jahren versteckt, wie man einen Schatz versteckt oder einen besonders kostbaren Gegenstand, den man nicht mit anderen teilen will. Die Müdigkeit konnte ohnehin nicht geteilt werden. Sie gehörte nur ihm. Die Unlust auf das Leben, die unter allem lag, was er tat. Bisher hatte niemand etwas gemerkt, außer seinem Bruder, der ihn dort auf dem Sofa liegen sah, Tag für Tag. Tormod war höflich, wie immer, und sagte nichts. Dort zu liegen und die Tage zu zählen, an denen nichts passierte.

Er hasste Veränderung.

43

Der Melumvei ist nicht mehr dieselbe Straße. Die vertraute Kurve nach links oben am Hang unterhalb der Haltestelle ist nicht mehr eine Befreiung, sondern ein Stich im Zwerchfell. Alle Häuser, mit den Farben, die er vor sich sehen kann, egal, wo er sich aufhält, sind wie die Kulissen in der Oper. Er bezweifelt schon fast, dass hinter diesen Hauswänden Menschen leben. Nicht einmal den berühmten Skiläufer, der etwas näher an der Haltestelle wohnt, sieht er noch auf der Straße. Frau F., die Klavierlehrerin, die in dem braunen Haus bei den uralten Teichen wohnt, macht ihm die Tür nicht mehr auf, denn die Mutter hat gesagt, dass er nicht mehr zu ihr kommen wird, jetzt, da sie umziehen werden. Die Nachbarn in dem blauen Haus grüßen nicht mehr wie früher, kommen nicht an den Zaun, lächeln nicht mehr. Als ob seine Familie eine Krankheit hätte, denkt er. Eine Krankheit, die sich nicht als Ausschlag im Gesicht zeigt, die aber dennoch zu erkennen ist, sowie die Gesunden den Opfern gegenüber stehen. Es ist die bekannte und ansteckende Umzugskrankheit, von der sie nun bald immer mehr befallen werden. Das hat jedenfalls der Vater gesagt. Es hilft nichts, dass John Steinbeck den Nobelpreis für Literatur bekommen hat und dass die Eltern sich offenbar beide darüber freuen. *Jenseits von Eden* steht schon im Bücherregal, so lange er sich erinnern kann. Außerdem dieses dünne Buch mit dem seltsamen Titel *Von Menschen und Mäusen.* Der Umzug scheint eine negative Auswirkung auf die ganze Welt zu haben. Wusste der Vater eigentlich, was er tat, als er beim Immobilienmakler die Papiere unterschrieben hat? Und wo ist Leah? Warum kann sie nicht mehr bei ihnen übernachten? Warum kommt Abel nicht und redet über makabre Filme? Wo ist die Schokolade? Wo ist Ulf? Wo ist das Lachen? Und warum gehen sie nicht mehr zu den Kriegsmatrosen in Mærradalen? Die Eltern haben sogar aufgehört, sich zu streiten. Ja, das ist unheimlich. Am 16. Oktober sieht Präsident Kennedy zum ersten Mal ein Foto, das beweist, dass der ewig lächelnde Chruschtschow auf Kuba sowjetische Atomwaffen aufstellt. Ihm ist bereits klar, dass Fidel Castro seit langer Zeit den amerikanischen Interessen auf der Insel entgegenarbeitet und große Teile der kubanischen Industrie verstaatlicht hat. Diese Information erleichtert es ihm, Dissidentenorganisationen wie Alpha 66 und die Kubanisch-Amerikanische Stiftung zu Terrorangriffen und Attentaten auf kubanische Politiker und Zivilpersonen aufzufordern. Aktivitäten, die nach und nach an die 3500 Kubaner das Leben kosten werden. Aber sowjetische Mittelstreckenraketen auf Kuba sind etwas ganz anderes.

Später Nachmittag im Melumvei. Der Wind trägt das Laub vorbei an den Geijer-Zäunen, zum Harald Løvenskiolds vei und hoch zur Haltestelle, wo Wilhelm im Rollstuhl in seinem Kiosk gerade Feierabend macht. Alle Bonbons, die er verkauft hat. Alle Lohengrin- und Nero-Schokoladen. Alle Zigaretten. Alle Drops. Wie viele Jahre habe ich wohl im Halbdunkel am Fenster gestanden und zu den Straßenbahnschienen hochgeschaut, wenn die Bahn von der Haltestelle und weiter in Richtung Ekravei losgefahren war? Der humpelnde Gang. Das getreue Kamel mit *Dagbladet* unter dem Arm und dem Sauerteigbrot in der Papiertüte. Dem Hut auf dem Kopf. Dem grünen Mantel. Der braunen Aktentasche mit den vielen Papieren, den Notizen, die er bei seinen Besprechungen mit Redakteur Solem machte. Ulfs Pamphlete. Die Broschüren von SF und Volksaktion gegen den Krieg. Wenn er bei Keim vorüberkommt, kann ich sein Gesicht unter der Straßenlaterne sehen, ehe es wieder im Schatten verschwindet, bis dann die nächste Straßenlaterne ihn anleuchtet. Dann ist er näher gekommen und ich sehe ihn deutlicher. Er ist nicht mehr jung. Er ist einundvierzig. Wenn man über vierzig ist, ist man alt. Das hat Mads gesagt. In der Sowjetunion stirbt man dann. In Afrika ist man schon längst tot. Aber Vater darf nicht sterben. Mutter darf nicht sterben. Dann wären mein Bruder und ich wie die beiden nackten Knaben vor dem Kamin. Dem Bild, das im Wohnzimmer hängt und das es auch bei vielen der Onkel und Tanten in Fredrikstad gibt. Dünne Knaben, die sich am Feuer wärmen. Sie haben nicht einmal Geld für Kleider. Alles ist jetzt unheimlich. Vater sieht bleich aus, als er näherkommt. Sein Blick ist weit weg, wie so oft, wenn er von der Arbeit kommt.

Mutter ist nicht zu Hause. Sie hat Vorstellung in der Oper. Tormod spielt auf der Trompete Haydn. Er übt immer so gewissenhaft. Nun höre ich Vater in der Tür. Tormod hört auf zu spielen.

»Vater!«, aus dem Wohnzimmer.

»Vater!«, aus Tormods Zimmer.

Wir laufen ihm entgegen. Da steht er mit zutiefst verhärmtem Gesicht. Regentropfen auf dem grünen Mantel.

»Was ist denn los, Vater?«

»Es ist etwas passiert.«

»Etwas mit Mutter? Kommt der Weltkrieg?«

Er streichelt unsere Wangen. Hängt seinen Mantel auf. Bringt das Brot in die Küche, kommt zurück, gibt uns ein Zeichen, mit ihm ins Wohnzimmer zu gehen. »Nicht Mutter, nicht der Weltkrieg«, sagt er, als wir uns um den kleinen Couchtisch gesetzt haben. »Aber vielleicht kurz davor.«

Tormod schaudert zusammen. Er ist viel empfindsamer als ich. »Kurz davor, Vater?«

Vater sieht ihn mit ernster Miene an. »Ja, es ist kurz davor, mein Junge.« Er erzählt von den auf Kuba stationierten sowjetischen Mittelstreckenraketen. Er versucht uns zu erklären, dass die UdSSR die USA jederzeit mit Atomwaffen angreifen kann. »In meinem ganzen Leben hat die Welt noch keine gefährlichere Situation erlebt«, sagt er. »Nicht einmal während des Zweiten Weltkriegs.«

»Aber Chruschtschow und Kennedy sind Freunde«, sage ich tröstend. »Sie haben sich doch zugelächelt, als sie damals in Venedig waren?«

»In Wien«, sagt Tormod. »Und es heißt Venezia.«

»Tut mir leid«, sage ich beleidigt. »Ich hatte an die Operette *Eine Nacht in Venedig* gedacht.«

»Das hier ist keine Operette«, sagt Vater.

»Was ist es dann?«

»Es kann der Untergang der Welt sein, mein Junge.«

Viele Jahre später erinnere ich mich an Vaters Gesicht. Er war so erschöpft. Er blieb abends immer lange auf und las Zeitungen. Er registrierte jede Einzelheit. Wir waren jetzt so alt, dass er uns nichts mehr verheimlichen konnte.

Die dreizehn bleigrauen Tage für die Welt. Vom 16. Oktober bis zum 28. Oktober 1962. Als der Himmel über Røa alle Farben zu verlieren schien. Und die Häuser ebenfalls. Mutter war fast weiß im Gesicht, als sie spätabends nach Hause kam. Am nächsten Tag zogen die Wolken tief über den Baumwipfeln dahin. Wenn das hier die Welt war, dann war die Welt ein Traum. Es war ein U-2-Flugzeug, gelenkt von Major Rudolf Anderson, das die entscheidenden Bilder der SS-4-Raketen mit einer Reichweite von 1770 Kilometern machte. Diese Raketen konnten Washington und New York treffen und diesen Städten das antun, was die USA Hiroshima und Nagasaki angetan hatten. Totale Vernichtung. Präsident Kennedy saß in geheimen Besprechungen mit dem Nationalen Sicherheitsrat, ExComm. Der Plan der Generäle war klar: »Lasst uns sie in Grund und Boden bombardieren, ehe sie das mit uns machen.« Die USA im Atomkrieg gegen die Sowjetunion. Aber Kennedy zögerte. Zwei ExComm-Angehörige erinnerten daran, wie die Japaner während des Zweiten Weltkriegs Pearl Harbor angegriffen hatten. Die Beziehung zwischen den beiden Nationen wurde vollkommen ruiniert. Damals war die Rache der USA entsetzlich gewesen, die beiden Atombomben, die wehrlose Menschen auf der anderen Seite des Erdballs getroffen hatten. Deshalb sollte man sich nicht einbilden, dass der joviale, aber zugleich so temperamentvolle Chruschtschow gnädig sein würde, wenn die USA die erste Bombe abwarfen. Deshalb wurde Kennedy vorgeschlagen, eine Seeblockade zu errichten, sodass kein sowjetisches Schiff Kuba erreichen könnte, ohne zuvor von den

Amerikanern durchsucht worden zu sein. Das war eine Operation, zu der die USA nicht befugt waren, weil die Meeresgebiete außerhalb von Kuba internationales Fahrwasser waren, aber Kennedy nannte die Blockade eine »Quarantäne« und schickte 180 Schiffe in das Gebiet.

Montag 22. Oktober. Zu Hause im Melumvei sitzen wir am Radio und hören Kennedys Rede aus dem Weißen Haus, in der er erklärt, dass die Blockade in zwei Tagen eingerichtet werden wird, um die Aufstellung weiterer sowjetischer Raketen zu verhindern. Die Rede wird in den USA und in Europa gesendet. Der Präsident bezeichnet Kuba als Gefängnisinsel und betont, dass Chruschtschow ihn immer wieder belogen hat. Vater hört zu und schüttelt den Kopf.

»Sind das schlechte Nachrichten, Vater?«

»Ja, Jungs. Sehr schlechte.«

Mutter strickt. Sie schaut nicht einmal von ihrer Handarbeit auf, während wir reden. »Mannsbilder«, sagt sie nur.

Als ob alle auf Zehenspitzen liefen. Auch in der Schule ist die Stimmung verändert. Die Lehrer sind ernst. Lindholm starrt uns vom Pult her an und redet über die Vergänglichkeit des Lebens, darüber, dass wir alle eines Tages zu Asche zerfallen und auf dem Friedhof unter einem Stein liegen werden. »Mausetot, im wahrsten Sinne des Wortes«, flüstert Syver, was Lindholm aber nicht hört. Der predigt einfach weiter: Die Vögel werden singen und die Sonne wird aufgehen, aber wir werden das nicht sehen, denn wir sind tot. Unsere Körper werden unter den Grabsteinen liegen und verwesen. Würmer und Käfer werden sich unter unsere Augäpfel bohren und Wühlmäuse werden sich an unserem Fleisch gütlich tun. Ich denke mit Schrecken an mein vieles Fett, das man wirklich als Weihnachtsbuffet für die vielen kleinen Nagetiere bezeichnen könnte. Schinkenbraten für alle. Und Rippchen. Lindholm lässt uns nicht die geringste Hoffnung. Er redet nicht einmal über Reinkarnation, auf die Rudolf Steiner so energisch gesetzt hat, inspiriert von den Gedanken der Hindus und Buddhisten. Die geniale anthroposophische Lösung: dass wir mehrere Leben leben, dass wir wieder und wieder auf die Welt kommen können, als Katzen, Hunde,

Mäuse und Könige. Dieser Theorie verdanke ich viele witzige Träume. Ich war schon Ratte, Vogel und Verbrecher. Es war ein unbeschreibliches Erlebnis, bei strahlendem Winterwetter über Makrellbekken zu fliegen, und es war grausig, auf dem Marktplatz enthauptet zu werden wegen eines Verbrechens, das ich nicht begangen hatte, während Mutter und Vater und Tormod zusahen. Zum Glück wachte ich auf, ehe mein Kopf in den widerlichen Zinkeimer mit den alten Fischabfällen fiel. Aber an diesem Tag im Oktober hat niemand Hoffnung in den Augen, es gibt nur Angst und Ernst. In der Pause spielen wir nicht einmal Völkerball, sondern stehen in Gruppen zusammen und reden über Süßigkeiten, Muschis, Stachelbeerbüsche und Briefmarken.

Mads kann berichten, dass die Sowjetunion die amerikanische Blockade als grundlose Aggression bezeichnet. Er erzählt auch, dass Chruschtschow in der Bolschoi-Oper war, um die Öffentlichkeit zu beruhigen. Natürlich, denke ich. Dieser Mann ist gütig. Gütiger als Kennedy. Chruschtschow tröstet die Menschen. Kennedy dagegen droht nur. Wen hat er je getröstet? Vater jedenfalls nicht. Zu Hause im Melumvei an diesem Nachmittag kann Vater erzählen, dass Castro 270 000 Mann mobilisiert hat. Ich hatte nicht einmal geahnt, dass auf Kuba so viele Menschen leben. Die Insel sieht ja nicht gerade groß aus, wie sie da wie ein zerplatzter Punkt auf der Weltkarte liegt.

Am nächsten Tag sind zwei sowjetische Schiffe und ein U-Boot auf direktem Weg zu der Sperrlinie vor Kuba. Die amerikanische Marine hat den Befehl aus dem Weißen Haus erhalten, ihnen den Weg abzuschneiden und notfalls Tiefseebomben einzusetzen, um das U-Boot an die Oberfläche zu zwingen. Aber um 10.25 Uhr erfährt Kennedy, dass die Schiffe beigedreht haben. Ist das ein Zeichen dafür, dass Chruschtschow nachgibt? Nein, neue Spionagebilder zeigen, dass in den sowjetischen Raketenstützpunkten Jetbomber stehen und dass rund um die Uhr daran gearbeitet wird, die Waffen einsatzbereit zu machen.

In der Schule redet Lindholm widerwillig über Luftschutzräume. »Die sind hier unten. Wir haben Schilder an die Türen gehängt. Bei einem Atomangriff müssen wir alle sofort nach unten gehen.«

»Aber ist da Platz genug?«

»Das wird sich zeigen.«

»Und wenn der Angriff erfolgt, wenn wir zu Hause sind?«

»Dann gibt es überall hier in der Stadt Luftschutzräume. Es gibt welche in Røa, in Eiksmarka, in Vinderen. Sogar draußen in der Oststadt haben sie einige. Also keine Angst haben. Haltet einfach Ausschau nach den Schildern. Hört auf die Sirenen. Das Verteidigungsministerium hat getan, was es kann, um uns zu beschützen. Aber es gibt immer Dinge, vor denen wir uns nicht schützen können, das ist eben das Schicksal der Menschheit. Wer hat das alles vorausgesehen?«

»Rudolf Steiner!«

»Genau, Ketil!« Dan Lindholm starrt mich beifällig an. Ich winde mich. Ich fetter Schleimer. Einige an den vorderen Tischen drehen sich um und glotzen höhnisch.

Vater schafft es nicht, abends ins Bett zu gehen. Er bleibt bis in die Nacht hinein auf, behauptet, seine zahllosen Maigret-Romane zu lesen, die er so sehr liebt. Aber wenn ich gegen drei Uhr morgens zum Pissen aufs Klo gehe, sitzt er nur da in unserer kleinen Küche, und das Buch ist auf derselben Seite aufgeschlagen wie vor Stunden, als ich schlafengegangen bin, und er starrt aus dem Fenster.

»Ist alles in Ordnung, Vater?«

»Ja, es wird schon gutgehen.«

Aber ich gehe nicht zu ihm hinein. Will nicht, dass er mich umarmt und in Tränen ausbricht.

»Wir müssen Chruschtschow eine Chance geben«, sage ich.

»Ja, Ketil. Das stimmt. Er bekommt sicher noch eine Chance. Geh jetzt schlafen.«

Erst später kommt heraus, dass Chruschtschow und Kennedy in diesen Tagen Briefe gewechselt haben. Die Briefe waren kodiert, sodass niemand sonst sie lesen konnte. Chruschtschows Wut. Die Anschuldigung, dass Kennedy mit der Blockade vielleicht private Interessen verband. Zugleich: seine Überlegungen, wie furchtbar ein Krieg zwischen den beiden Supermächten sein würde. Hatte er sich nicht kürzlich erst von Stalin distanziert? Hatte er nicht die ganze Zeit gegen Machtübergriffe, sinnlose Gewalt und Krieg gekämpft? Wer war hier eigentlich der Aggressor?

Es ist der Freitag vor dem »schwarzen Samstag« und ich stehe zum letzten Mal vor unserem Umzug zusammen mit Mads an der Haltestelle Hovseter und diskutiere über Weltpolitik. Wenn wir dann nicht allesamt tot sind, stehen wir bald wieder an der Haltestelle Smestad, genau wie in alten Tagen. Ja, wenn man zehn Jahre alt ist, bald elf, kann man anfangen, über »alte Tage« zu reden wie die Erwachsenen. »In den alten Tagen, in den Deutschenbaracken unten in Smestad.« »In den alten Tagen, zu Eisenhowers Zeit.« »In den alten Tagen, als wir noch Sam Ledsaak als Klassenlehrer hatten.« Aber Mads ist nicht mehr munter. Ist nicht mehr Weltmeister, so wie früher. Nicht mal Europameister. Auch nicht norwegischer Meister. Er ist nur Mads aus Vinderen. »Mein Vater sagt, dass das hier sehr, sehr ernst ist«, sagt er.

»Mein Vater hat heute Nacht nicht geschlafen«, sage ich.

»Ich auch nicht«, sagt Mads. »Du vielleicht?«

»Man muss doch schlafen?«, frage ich, habe aber sofort ein schlechtes Gewissen. Wovon habe ich geträumt? Von einem Mädchen aus unserer Klasse? Von Seidenhaaren und blauen Augen aus Nedre Ullern? Je fetter ich wurde, desto wichtiger wurden mir die Mädchen. Natürlich hätte ich nicht schlafen dürfen. Jetzt, wo die ganze Welt wacht. Im Leben geht es nicht nur um Mädchen. Selbst Tormod sah verzweifelt aus.

Es ist Samstag, der 27. Oktober, und die ganze Welt hätte sich verändern können, der Krieg hätte anfangen und die Atombomben hätten über Washington, New York, Moskau und Leningrad aufleuchten können, die halbe Welt hätte ausgelöscht werden können. Später sollte ich Harry Martinsons Gedicht *Ich wurde von einem Schrei geweckt* aus dem Band *Aniara* lesen, über das Raumschiff mit 6000 Personen, dem letzten Rest der Menschheit, die die Erde verlassen, das Land von Doris, nachdem ein Atomkrieg den Planeten unbewohnbar gemacht hat. Durch »eisige Räume« jagt die Aniara in wahnsinnigem Tempo auf das »unendlich abgelegene Sternbild Leier« zu. Denn das Raumschiff ist vom Kurs abgekommen, und Miman, Martinsons Vorahnung des Internets, ist defekt. Miman, das Füllhorn, welches das Glück der Menschen suchen, finden und wiederherstellen kann, wird gesprengt von der »Härte, die der Mensch in der Zeit seines Übels zeigt«. Miman erträgt es nicht mehr und bricht zusammen. Die Aniara ist zum Tode verurteilt. An Bord befinden sich der Diktator Chefone, und Chebaba, die noch immer ihr totes Kind wiegt, Libidell, die schöne, nackte Venusähnliche mit einer Schönheit und einer Fruchtbarkeit, die nun dem Untergang geweiht sind, die blinde »Poetesse«, die über das Land Rind singt, und der Oberastronom, der zugibt, dass der Weltraum anders ist, als er erwartet hatte. Er ist nur eine »kleine Blase im Glase des Geistes Gottes«. Das große, monumentale Ereignis, das alles zerstört hat. Mutter und Vater hatten beide *Aniara* gelesen. Sie hatten über die Frau gelesen, die *von einem Schrei* geweckt wird. Alles passiert so schnell, dass es fast nicht passiert. Das Gedicht über die Menschen, die in Xinombra Sombra schreien. Das Gedicht über die Uhr auf dem Nachttisch, die erfunden wurde, um die Zeit in Sekunden zu messen, die jedoch »überrumpelt wurde von ihrem eigenen Schmelzen, die verkocht und wie Gas davonwirbelt«. Das Gedicht über sie, die »ahnungslos im Bett schlief, und eine Sekunde vorher erwachte und fror.« Sollte das wirklich passieren? Sollte es jetzt passieren? Sollten wir von dem entsetzlichen Licht geblendet werden? Sollten wir wirklich allesamt sterben? Sollte es den Melumvei nicht mehr geben? Sollte der Pilz über unseren Köpfen explodieren? Sombra! Der Ruf aus der Finsternis, als alles Vertraute und Liebe zu Stücken aus Licht zersprengt wurde. Nachts hatte ich wieder von Laika geträumt. Sie kreiste draußen im dunklen Raum. Ich war außerhalb der Kapsel gewesen. Ich schwebte im All und hätte sie so gern gestreichelt. Aber weil ich schwerelos war, hatte ich keine Kraft. Ich konnte die Luke nicht öffnen. Deshalb starre ich durch das kleine Fenster in die Kapsel. Sie sah mich! Sie bewegte die Augen! Sie war doch nicht tot! Ach, Laika!

Beim Frühstück sitzen wir alle zusammen. Vater isst Knäckebrot mit rohen Zwiebeln und Ziegenkäse. Mutter isst Weißbrot mit Marmelade. Tormod isst Graubrot mit Kuhkäse, und ich esse Weißbrot mit Erdnussbutter. So ist es jetzt bei uns. Mutter hat in einer Zeitschrift über Erdnussbutter gelesen. Und plötzlich standen im Laden in Randklev 30 Gläser in den Regalen. Mutter kaufte mehrere.

»Wir könnten heute Laub harken«, sagt Vater.

»Und die letzten Äpfel pflücken«, sagt Mutter. »Die fangen schon an zu faulen.«

Samstag im Melumvei. Der schwarze Samstag. Es war in jeder Hinsicht schwarz. Schwarzer Himmel. Schwarzer Asphalt. Regen. Ich hasste Gartenarbeit. Und besonders schlimm war sie, wenn es regnete. Vielleicht war das mit der Atombombe ja doch nicht so blöd.

An einem anderen Tag hätte ich darüber Witze reißen können. Abel riss doch die ganze Zeit Witze über Dinge, über die Mutter und Vater nicht einmal zu sprechen wagten, wenn sie ernst waren.

Aber wir wussten nicht, was zwischen den beiden Männern, die über das Schicksal der Welt entschieden, vor sich ging. Zwei Männer! Jeder hatte genug Macht, um uns auszulöschen. Das empörte Vater so sehr. Deshalb war er für die UN, aber gegen die NATO. Beim Gemeinsamen Markt hatte er sich noch nicht entschieden. Bündnisse waren nicht automatisch gut. Auf der kleinen Insel Kuba gerieten zwei Bündnisse aneinander. Kuba an sich war für keines davon wichtig. Aber die Lage der Insel machte sie zu einer militärstrategischen Perle, jedenfalls aus der Sicht der Sowjetunion. Vater versuchte, uns das zu erzählen. Seine pädagogischen Kräfte waren unermüdlich. Mutter dagegen schaltete ab, wenn es zu viele Wörter wurden. Mehrmals während der dramatischen Nachrichtensendungen der vergangenen Tage hatte sie gesagt: »Bitte sehr, verliert den Verstand!« Obwohl ich nicht ganz begriff, was sie damit meinte, verstand ich doch die Botschaft. Diese Mannsbilder hatten sich zu sehr aufgeblasen. Mutter brachte Mannsbildern, vor allem Ingenieuren, Politikern und Trinkern, nur Skepsis entgegen. Sie konnte Männer nicht leiden, die Frauen übersahen. Und wo waren die

Frauen in dieser Geschichte? Nirgendwo. Wenn die Welt unterginge, wären diese Idioten schuld. Deren Frauen jedenfalls nicht.

Mutters lakonisches Talent war immer ein Trost, wenn es wirklich schlimm kam. Sie mochte große Worte nicht. Sie mochte aufgeblasene Trottel nicht. Sie war *geerdet,* wie man viele Jahre später sagen würde. Also nicht hochtrabend oder hochschwebend. Wenn alles zu chaotisch wurde wie jetzt, schaltete sie ab. Wenn Vater sich in komplizierte Überlegungen verwickelte und vor Aufregung schwitzte, während er sich den großen Rätseln des Universums näherte, konnte sie ausrufen, das Strickzeug fest in der Hand: »Ist doch egal, wenn nur die Zeit vergeht!«

Aber nun lief die Zeit besonders schnell, und die Uhren tickten einem Nullpunkt entgegen, dem die Zeit sich niemals zuvor auch nur genähert hatte. Im Luftwaffenstützpunkt McCoy in Orlando, Florida, startete der 35 Jahre alte Flieger Rudolf Anderson jr. in seiner U-2F. Die Maschine hatte die Seriennummer 56-6676 und war bereits ein wichtiges Werkzeug gewesen, als es darum ging, das Vorgehen der Sowjetunion in Bezug auf die neuen Raketenstützpunkte zu dokumentieren. Bisher hatte es 4080 amerikanische Überflüge in großer Höhe gegeben, eine unbekannte Menge von Bildern war aufgenommen worden. Jetzt fanden Chruschtschow und seine Männer, es müsse reichen. Also schossen sie das Flugzeug lieber gleich in der Nähe von Banes auf Kuba mit einer Rakete ab. Anderson starb, als die Rakete den Druck in der Kabine und in seinem Schutzanzug abfallen ließ. Er war bereits bewusstlos, als das Flugzeug abstürzte und auf den Boden aufprallte.

Doch dass Anderson ums Leben gekommen war, wurde erst drei Tage später bekanntgegeben, als der UN-Generalsekretär U Thant aus Kuba zurückkehrte und berichten konnte, dass Castro ihn von Andersons Tod informiert hatte. Inzwischen war bei Kennedy ein Ultimatum von Chruschtschow eingetroffen. Wenn der US-Präsident seine strategisch platzierten Raketen aus der Türkei abzöge, würde die Sowjetunion das Gleiche auf Kuba tun. Mads würde das später als »fairen Deal« bezeichnen. Wenn er sich besonders klug vorkam, griff er immer zu englischen Wörtern. Die Türkei war für die Amerikaner doch strategisch ebenso wichtig wie Kuba für Chruschtschow.

Es gab gewaltige diplomatische Aktivitäten. Die USA hatten bereits beschlossen, die Raketen in der Türkei gegen Polaris-U-Boote auszutauschen, aber das sollte die Sowjetunion nicht dokumentieren dürfen. Der Bruder des Präsidenten, Justizminister Robert Kennedy, und Ted Sorensen, der von dänischen Einwanderern abstammende engste Berater des Präsidenten, schlug vor, diese Forderung zu ignorieren und lieber den vorigen Brief zu beantworten und zuzusagen, dass die USA nicht in Kuba einmarschieren würden, wenn Chruschtschow seine Raketen zurückzöge. Gleichzeitig suchte Robert Kennedy den sowjetischen Botschafter auf und versicherte, dass die in der Türkei stationierten Raketen nach und nach abgebaut werden würden.

»Vielleicht sind sie beide außer sich vor Angst«, sagte Vater.

»Wieso denn?«

»Denk an Ingemar Johansson, ehe er gegen Floyd Patterson antreten sollte«, sagte er.

»Red nicht mehr über diese brutalen Trottel«, verlangte Mutter.

»Dann denk an Eisschnelllauf.«

»Das ist nicht gerade dasselbe«, sagte Tormod lächelnd.

Vater schüttelte den Kopf und gab auf.

Alles, was wir nicht wussten. Dass beide wirklich außer sich vor Angst waren. Dass Sorensen ausschlaggebend gewesen war, als es darum ging, Kennedy zu besänftigen. Der Sache Zeit zu geben. Weniger als zwei Jahre zuvor hatte er Kennedys Antrittsrede verfasst: »And so, my fellow Americans, ask not what your country can do for you; ask what you can do for your country.«

Vater liebte dieses Zitat. Mutter verdrehte nur die Augen. Aber Chruschtschow akzeptierte.

Die Raketen würden entfernt werden. Alles würde sein wie zuvor. Vaters Gesicht nahm wieder Farbe an. Tormod übte wieder Haydn. Als der Montag kam, brauchte ich nicht mehr zum Himmel hochzustarren und nach einem seltsamen, viel zu grellen Licht Ausschau zu halten. Ich war ruhig, zum ersten Mal seit vielen Tagen. Selbst Hubschrauber konnten jetzt kommen. Ich brauchte nicht mehr loszustürzen, um mich zu verstecken. Wir sollten dieses Leben offenbar doch behalten. Mads wartete an der Haltestelle auf mich. Er hatte sein seltsames, verlegenes und zugleich verwegenes Lächeln.

»Sie sind offenbar zur Vernunft gekommen?«, sagte er fragend.

»Ja, das sind sie wohl?«

»Hattest du Angst?«

»Nein, wieso denn. Du vielleicht?«

»Ein bisschen.«

Er erinnerte mich plötzlich an Vater. Eine Art Zittern im Gesicht.

»Na gut. Ich hatte auch Angst.«

»Kaufen wir uns ein Weißbrot zum Teilen?«

»Ja, gern.«

Wir gingen langsam zur Schule hoch, jeder mit einem halben Weißbrot in der Hand.Vielleicht kamen wir zu spät, aber obwohl Lindholm streng war, wusste selbst er, dass es Tage gab, die anders waren als alle anderen.

Ich sah die Gärten am Straßenrand an. Die Farben waren wieder da. Die Bäume waren wieder gelb, rot und grün.

Und in einigen Tagen würden wir umziehen.

1963

44

Er sitzt auf der Schaukel oben im Bjerkelundspark und blickt über die Welt hinaus. Er kann den Fjord sehen, wenn er will, aber vor allem sieht er das gleichaltrige Mädchen, das in einem der Nachbarhäuser wohnt und Katja Bodin heißt. Sie hat ihm ihren Hintern gezeigt, als er gerade ganz besonders hoch geschaukelt war. Sie streifte ihre braune Cordhose hinunter und zeigte ihre »vier Buchstaben«, wie seine Mutter die beiden Hinterbacken nennt, die in seinem Fall zu groß geworden sind. Als er sich zum ersten Mal auf diese frischgestrichene Schaukel setzte, eines der sieben Weltwunder (oder waren das neun?), dachte er, es wäre eine gewaltige Tragödie, wenn die ihn nicht tragen könnte, wenn sie in Stücke bräche, kaum, dass er sich darauf gesetzt hatte. Aber der Bürgerverein von Bekkestua, oder wer auch immer dafür zuständig war, hatte gute Handwerker. Die Schaukel war wie für ihn geschaffen, und er wagte es, so hoch zu schaukeln, dass es ein echtes U wurde, ein Buchstabe, bei dem er sich in der Eurythmie nie ganz sicher war, während er auf der Schaukel ganz vertraut damit umging. Daneben steht noch eine Schaukel, und als Katja sich zum ersten Mal darauf setzte und ebenfalls schaukeln wollte, wurde ihm vom Zwerchfell abwärts warm. Denn jetzt ging es ihm nicht mehr nur um Leah. Auch wenn Leah immer Leah sein würde, wo immer sie jetzt sein mochte, gab es nun eine Katja. Und Katja war brünett.

Das war wichtig, das hatte er von Tante Svanhild gelernt, die ebenfalls brünett war und echte Locken hatte. Eine ungeheuer seltene Kombination. All diese Informationen waren ihm zuteil geworden, als er mit der ganzen Familie unten in der Gabelsgate gesessen hatte nach dem Tod der großen Sängerin Kirsten Flagstad. Aber es gab keine ausführlichen Nachrufe, weil Flagstad im Krieg angeblich Nazi gewesen war, was seine Mutter allerdings energisch abstritt. Sie hatte mit der großen fetten Frau mit Stock und Elefantenbeinen gearbeitet, die sogar in New York in der Met aufgetreten war, ein Wort, bei dem Tante Svanhild sofort zu singen anfing. Die Mutter war fast zwei Spielzeiten hindurch bei Flagstad in der neuen norwegischen Oper angestellt gewesen, die allerdings um einiges kleiner war als die Met. Dass er die Sängerin einmal selbst getroffen hatte, war für ihn ein weniger wichtiges Ereignis. Aber Tante Svanhild versank fast in einer Trauertrance. Es war immer etwas ganz Besonderes, wenn Tante Svanhild zu singen anfing. Zuerst wurde sie sehr still. Dann schien sie zu murmeln, und das Gemurmel wurde zu einer Art Zittern. In diesem Augenblick konnte sie an eine brünstige Pute erinnern. Sie verlor den Blickkontakt zur Umwelt, ihre Augäpfel wurden weiß, und dann sang sie, ob sie nun am Mittagstisch saß oder auf dem Sofa. Ich wusste, was sie dachte, denn das hatte sie mir einmal erzählt. Sie hielt sich für Kaia Eide Norena, die märchenhafte Sängerin, die eigentlich aus Horten stammte, nun aber in Lausanne lebte. Sie hatte in der Scala gesungen und war in die französische Ehrenlegion aufgenommen worden. »Fremdenlegion«, sagte ich. »Nein, Ehrenlegion«, sagte Tante Svanhild, ihre Stimme schoss ihr ganz oben in den Kopf und blieb dort. »Sing, sing, Nachtigall, du.« Ein kranker Vogel schien durch den Raum zu flattern, aber es war nur Tante Svanhild. Sie wollte Kirsten Flagstad ehren, für die Mutter gearbeitet hatte und der ich einmal so fest die Hand gedrückt hatte, dass die Knochen ächzten. Aber egal. Das Leben ging weiter, und als Tante Svanhild mit ihrem Lied fertig war, erklärte sie mir den großen Unterschied zwischen Blondinen, Brünetten und Schwarzhaarigen.

»Aber was ist mit Mama?«, fragte ich voller Angst, Tante Svanhild könnte sie vergessen haben. »Die ist doch rothaarig.«

»Die Rothaarigen sind Engel«, sagte Tante Svanhild mit einem koketten und liebevollen Blick zu Mutter hinüber, die in dem grünen Tante Svanhild-Sessel saß und die Augen verdrehte.

»Nein, man soll sich vor den Blondinen hüten«, sagte sie.

»Warum denn?«

»Die bilden sich ein, sie seien so schön, Monroe zum Beispiel. Dabei sah sie doch eigentlich aus wie ein Waschweib.«

»Aber Tante Svanhild!«, rief Mutter empört.

Doch Tante Svanhild zwinkerte uns beiden zu. »Ich versuche doch nur, dem Jungen ein bisschen Lebensweisheit beizubringen, denn solche Dinge lernen sie in der Waldorfschule ja wohl nicht, oder?«

Vater war in die mitgebrachte Nummer von *Orientering* vertieft und hatte sein Hörgerät ausgeschaltet. Tormod konzentrierte sich auf eine Fernsehsendung über die amerikanische Raumsonde Mariner 2, die an der Venus vorbeiflog, dem Planeten der Liebe. Dieses Gespräch fand also zwischen den Damen und mir statt.

»Also«, sagte nun Tante Svanhild, »Blondinen sind die am wenigsten Interessanten. In unserer Familie gibt es keine Blondinen, und darüber kannst du froh sein, Ketil. Du kannst auch froh darüber sein, dass es nicht allzu viele Schwarzhaarige gibt.«

»Leah hat schwarze Haare«, murmelte ich und wurde rot.

»Ach, du wirst rot«, kreischte Tante Svanhild und hob auf eine schelmische Weise die Hand zum Mund.

»Der Junge ist doch erst zehn«, sagte Mutter. »Mach dich nicht lustig über ihn.«

»Ich mache mich nicht lustig«, sagte Tante Svanhild schelmisch. »Ich versuche nur, ihm klarzumachen, dass Klugheit und Anmut bei den Brünetten zu finden sind.« Sie griff sich in die Haare und zog demonstrativ eine Locke hervor.

In der Gabelsgate wurde auch gegessen, Leber in Sahnesoße, Möhren und Preiselbeermarmelade, daran denkt er jetzt, als er auf der Schaukel sitzt, knallrot im Gesicht, und sich klarmacht, dass er soeben den Hintern seiner Nachbarin Katja gesehen hat. Denn Katja war brünett. Und er ahnte schon, dass Tante Svanhild recht hatte. Die Brünetten hatten etwas Unerklärliches an sich. Katjas lange glatte Haare, ihre feine schlanke Taille, als sie die Hose wieder hochzog, ohne zu kichern, wie Leah es auch getan hätte, und ohne sich zu schämen. Natürlich stimmte mit ihm etwas nicht. Mit ihm und diesen Mädchen stimmte etwas nicht. Sie waren zu jung für diese Dinge. Er hätte Tenorhorn oder Klavier üben müssen. Und Katja hätte in Øvrevoll reiten müssen, denn sie hatte gesagt, dass sie dienstags reiten ging, und jetzt war Dienstag. Stattdessen sprang er mit einem Tempo und einem Gewicht von der Schaukel, die sein Fett noch viele Sekunden lang vibrieren ließen. Aber das Seltsame an Katja war, dass sie ihn sein Fett vergessen ließ. Er kam sich vor wie der Sohn des Theaterdirektors, sein Kumpel aus Gjallarhorn, in den alle Mädchen verliebt waren, obwohl er Rotz in der Nase hatte. Jetzt ging er neben Katja über den kleinen Hügel und hinunter zur Bühne auf der anderen Seite. Sie hatte etwas mit ihm vor. Aber er wusste nicht, was. Sie nahm einfach seine Hand. Ihre warme, glühende, zehn Jahre alte Hand, wie er noch nie eine gekannt hatte. Sie zog ihn unter den Bühneneingang. Dort waren sie ganz allein wie in einer Grotte. Er dachte an Leah. Hinterging er sie jetzt? Leah mit den Schmeißfliegenhaaren war bisher das Schönste gewesen, das er je gesehen hatte. Aber das, was Tante Svanhild über Brünette gesagt hatte, ließ ihn denken, dass Katja genauso hübsch war. Und zugleich: das Gefühl von etwas gewaltig Verbotenem. So spielten Zehnjährige nicht. Zehnjährige spielten Völkerball. Aber Katja sah ihn an. Ihre kastanienbraunen glänzenden Haare, die ihr bis auf die Schultern reichten. Jetzt war ein Teil davon über ihr halbes Gesicht gefallen. Sie war schön, wie auf einem Gemälde. Plötzlich hielt sie ein Stöckchen in der Hand. Sie lächelte, zum ersten Mal ein bisschen unsicher. Das Stöckchen hatte keine Rinde und sah ein bisschen aus wie Syvers Schniedel.

»Bist du oft hier?«, fragte er.

»Ab und zu.«

»Was machst du hier?«

»Ich spiele mit diesem Stöckchen. Willst du mit mir spielen?«

»Hab noch nie mit Stöckchen gespielt.«

»Das ist einfach. Komm.«

Sie zog ihn an sich. Gab ihm das Stöckchen, ließ es aber nicht los. Dann schob sie es in ihre Hose. Zu dem Stachelbeerbusch, obwohl der sicher noch keine Blätter oder Beeren trug. Er konnte nicht glauben, was hier geschah.

»Findest du, dass ich einen schönen Hintern habe?«

Er schluckte. Wagte nicht, sie anzusehen. Sie ihn auch nicht. Sie starrten in unterschiedliche Richtungen.

»Der ist sehr schön. Und weiß.«

»Hast du den Spalt gesehen?«

»Ja, den auch.«

»Ich hab auch vorn einen Spalt. Weißt du, wie der heißt?«

Er hätte fast etwas über Stachelbeeren gesagt, schluckte es aber sofort hinunter.

»Nein, ich weiß nicht.«

»Der Spalt heißt Möse. Du darfst ihn nicht sehen. Aber du darfst ihn mit dem Stöckchen berühren. Bewegst du das Stöckchen ein bisschen auf und ab? Langsam. Ja, so. Merkst du was? Der ist weich und ein bisschen hart. Der verändert sich die ganze Zeit. Wenn du lieb bist, darfst du ihn sehen, wenn wir sechzehn sind. Vorher darf ihn niemand sehen. Mit einer Ausnahme.«

»Wer ist das?«

»Das verrate ich nicht. Der eine reicht.«

Ich fühlte mich plötzlich krank.

»Warum müssen wir so lange warten?«

»Weil das, was wir tun, vorher verboten ist. Weißt du das? Wenn wir sowas machen, ehe wir sechzehn sind, können wir ins Gefängnis kommen. Lange Gefängnisstrafen. Und da sitzen wir dann ganz allein und starren die Wand an. In diesen Scheiß Kindergefängnissen gibt es nicht mal Stöckchen.«

Ich schiebe das Stöckchen auf und ab. Sie fängt an zu kichern.

»Aufhören, das kitzelt!«

Ich höre sofort auf.

»Du kannst das Stöckchen jetzt vorsichtig rausziehen. Willst du mal riechen?«

»Ja.«

»Du hast auch ein Stöckchen«, sagt sie nickend. Sie greift mir rasch in den Schritt.

»Ach, das weiß ich nicht so genau.« Schamröte. Die war zu nichts gut. Jetzt war es an der Zeit, die Flucht zu ergreifen.

»Es gibt gleich Essen bei uns«, sagt er.

»Was gibt es denn?«, fragt sie und schnuppert interessiert an dem Stöckchen, das sie soeben aus ihrer Hose gezogen hat.

»Kretin«, sagt er.

»Kretin kann man ja wohl nicht essen. Meinst du Gratin?«

»Fisch mit Paniermehl oben drauf.«

»Das ist Gratin«, sagt Katja und legt das Stöckchen auf einen Balken, ehe sie sich die Sache anders überlegt, es noch einmal in ihre Hose schiebt und hinaus ins Licht kriecht. Er kriecht hinterher. »Großer Gott«, sagt sie.

»Mutter und Vater sagen Kretin«, sagt er.

»Dann sind sie schwachsinnig«, sagt sie.

»Uääääh!«, sagt er.

»Spinnst du total, oder was? Was macht deine Familie eigentlich?«

»Vater ist Ingenieur und Redaktions-irgendwas beim Technischen Wochenblatt. Eine sehr wichtige Zeitschrift. Sie wird auf Glanzpapier gedruckt. Ich glaube, die haben sogar Farbbilder. Er hat ein Büro im Haus der Ingenieure mit Blick auf den Fjord.«

»Ich habe nicht nach deinem Vater gefragt, sondern nach deiner Familie.«

»Meinst du meinen Bruder?«

»Deine Familie, habe ich gesagt.«

»Tormod spielt in der Blaska …«

»Ach, lass mich damit in Ruhe. Dann eben deine Mutter. Bist du denn total blöd?«

»Sie arbeitet bei der Oper. Sorgt dafür, dass die Sänger den richtigen Text singen. Sie ist Schaufensterdekorateurin bei Gunnerius Pettersen.

Und Verkäuferin im Buchladen Cammermeyer. Und außerdem retuschiert sie Bilder für Fotograf Wickmann. Macht Leute schöner. Und sie zeichnet nackte Männer und Frauen. Auch Neger.«

»Seid ihr eigentlich pervers?«

»Nein, das ist nur Kunst.«

Die Tage mit Katja. Bald wird sie wegziehen. Ich selbst bin gerade erst hergezogen. Dieses gewaltige Gefühl von Trauer, obwohl ich vor einem Monat noch nicht gewusst habe, wer sie ist. Wieder ein Abschied. Ich binde mich so schnell an Menschen, aber vor allem habe ich mich an Mutter, Vater und Tormod gebunden. Als wir einige Wochen vor Weihnachten, während das Schiff *Sanct Svithun* der Hurtigrute auf Grund sank und 21 Menschen bei der Explosion im Kings Bay-Bergwerk auf Svalbard ihr Leben verloren, zum letzten Mal im Haus im Melumvei standen, tat ich dasselbe, was Lollo Schanke unmittelbar vor unserem Einzug getan hatte. Viele Jahre später sollte sie mir erzählen, dass auch sie in diesem Haus im Melumvei gewohnt hatte, sogar im selben Zimmer wie ich. Ehe sie das Haus verließ, hatte sie die Wände geküsst. Mit Lippenstift. Und obwohl ich ihr erst als Erwachsener begegnen sollte und diese Geschichte noch nicht gehört hatte, tat ich genau dasselbe wie sie. Ich küsste die Wände, allerdings ohne Lippenstift. Ich küsste die Stellen, wo Natalie Wood, Mitzi Gaynor und Doris Day gehangen hatten. Ich küsste die Stelle, wo Margarete Robsahm hätte hängen müssen. Ich stand in dem leeren Wohnzimmer und dachte an jeden Heiligen Abend, den wir in diesem Raum verbracht hatten. Ich erinnerte mich an alle Sonnenuntergänge über Grini, an den rotflammenden Westhimmel, an die vielen Nachmittage allein auf dem grünen Sofa, wenn ich das Gefühl hatte, auf dem Meeresgrund zu liegen, wo niemand mich sehen konnte. Ich spielte zum letzten Mal mit den Brotformen in der Küche, obwohl sie nicht mehr dort waren. Sogar Mutter und Vater wirkten ein wenig skeptisch, als sie nun die Leere anstarrten. Was hatten sie getan? Warum wollten wir dieses Paradies eigentlich verlassen? Was erwartete uns dort draußen in den gespenstischen Wäldern von Bærum?

Und jetzt ist es längst 1963 geworden, und ich habe eine Freundin, die mir ihren Hintern zeigt, und jetzt wird sie umziehen, ehe ich sie richtig kennengelernt habe. Die Sache mit ihrem Stöckchen ist mir nicht ganz geheuer, aber egal, sowas muss ein echtes Mannsbild aushalten können. Vor allem wird mir ihr Profil fehlen, wenn sie ganz schnell den Kopf zur Seite dreht und versucht, mir etwas zu erzählen, das wichtig für sie ist. Aber dann kommt sie doch ins Stocken. Ihre plötzliche Art zu verstummen. Wie sie mich an der Hand nimmt. Dass ich sie gewähren lasse, obwohl ich die ganze Zeit ein schlechtes Gewissen habe wegen Leah. Wird die Treulosigkeit mein Schicksal sein?

»Du wirst mir fehlen«, sagt sie.

»Du wirst mir auch fehlen. Aber wohin zieht ihr denn?«

»Nach Åsen.«

»Holmenkollåsen?«

»Gibt's denn noch ein anderes Åsen?«

»Sind deine Eltern reich?«

»Meine Oma ist neulich gestorben. Mein Opa ist schon lange tot. Reeder, weißt du.«

»Ja, dann. Dann wirst du Bryn kennenlernen. Und Mads. Auch wenn die ein bisschen weiter unten wohnen.«

»Die Aussicht ist mir egal. Ich hab gern hier gewohnt, zwischen den Birken.«

»Mads und ich werden ungefähr jeden Tag um zwei oder drei an der Haltestelle Smestad stehen. Ich weiß das nicht mehr so genau.«

»Warum steht ihr da?«

»Wir reden über die großen Themen.«

»Die großen Themen? Meine Güte.«

»Es gibt vieles, das groß ist.«

»Ja, was denn, zum Beispiel?«

»Politik, zum Beispiel.«

Sie zuckt mit den Schultern und sieht abwesend aus. »Das Größte von allem ist das Reiten.«

»Wieso denn?«

»Wenn du noch nie geritten bist, hast du einfach keine Ahnung.«

»Keine Ahnung wovon?«

»Bist du eigentlich blöd?«

»Nein, aber ich gehe auf die Waldorfschule.«

»Das ist nur eine Redensart, du Dussel.«

»Ach so.«

»Reiten. Auf dem Pferderücken. Das Wogen spüren. Das Tempo.«

»Ich bin zu schwer. Das würde das Pferd nicht aushalten. Sein Rücken würde mittendurch brechen.«

Sie streichelt schnell meine Wange. »Dussel. Du bist schon in Ordnung. Du siehst nur ein bisschen erwachsen aus. Das Fett macht dich nett. Wenn du versprichst, mich nicht zu vergessen, schenke ich dir mein Stöckchen.«

»Versprochen.«

Sie zog das weiße Stöckchen aus ihrer Hose. Sie hatte es die ganze Zeit an ihrem Oberschenkel. Dann reicht sie es mir, kehrt mir aber den Rücken zu. Sie findet das hier auch peinlich. »Wenn ich weg bin, kannst du daran riechen, wenn du willst.«

Sie läuft weg von mir, ganz plötzlich. Sie ist eine gute Läuferin. Schafft ganz sicher sechzig Meter in acht-irgendwas. Ihr dünner schlaksiger Körper ist schon zu groß für sie.

»Bis dann!«, rufe ich.

»Bis dann!«, ruft sie zurück.

45

Ein neues Haus. Auch wenn es eine Hütte ist. Hier ist Platz für sie, denkt er. Platz für alle vier. Zu viel Platz. Obwohl sie fast keinen Platz mehr haben. Die Zimmer sind zu klein. Und eben, weil alles zu klein ist, wird alles so groß. Aber sie kommen einander zu nahe und fangen an, sich zu verstecken. Finden Winkel, Keller, Dachboden. Es ist nicht einmal genug Platz für alle Möbel aus dem Melumvei. Hier kann er nicht auf dem grünen Sofa liegen. Und der Dachboden, wo zwei von ihnen schlafen müssen, weil es unten nur ein Schlafzimmer gibt, ist so unheimlich, dass er und Tormod dort nicht allein schlafen können. Deshalb schläft er zusammen mit seinem Vater. Dennoch, denkt er, sie könnten doch hier schlafen. Stimmt etwas nicht? Wollen die Eltern nicht mehr im selben Bett schlafen? Die alte Angst, dass sie sich trennen könnten, obwohl die Mutter schon lange nicht mehr gesagt hat, dass sie sich ein Zimmer nehmen will. Aber etwas wie ein Schleier hängt jetzt über ihr. Sie ist jetzt weit von der Stadt weg, und sie liebt Städte. Sie fährt jeden Morgen mit der Straßenbahn in die Stadt und kommt jeden Abend nach Hause. Sie arbeitet als Dekorateurin und außerdem auf der Prachtstraße Karl Johan in einem Buchhandel. Der liegt neben Tanum. Ein großer, eleganter Buchladen, in dem die Mutter an der Kasse sitzt und die vielen feinen Leute bedient, die Bücher kaufen. Das tun ja nicht alle. Und jetzt ist Winter. Die Männer tragen lange Mäntel und Hüte mit Krempe, genau wie Onkel Sigurd. Die Frauen haben Persianer und Mützen aus echtem Nerz, genau wie Tante Svanhild. Er hat jetzt eine große neue Freiheit, jetzt, wo er von der Haltestelle Ringstabekk aus die Kolsåsbahn nehmen muss, dann umsteigen in Sørbyhaugen oder Smestad oder wo er will, und dann mit der Røabahn weiter nach Hovseter fahren. Und wenn nachmittags die Schule zu Ende ist, kann er mit seiner Monatskarte bis in die Stadt fahren und auch dort machen, was er will, denn Tormod ist jetzt so oft anderweitig beschäftigt. Blaskapelle und sogar Mädchen. Deshalb kann der Bjørnstadjunge Mads locken, ins Palassteater mitzugehen und sich die Wochenschau mit den Nachrichten aus aller Welt anzusehen, und gleich nebenan sitzt Mutter, ohne zu wissen, dass ihr Sohn vor dem Schaufenster steht und sie betrachtet, zusieht, wie ihre Klavierfinger auf die Tasten der Registrierkasse tippen. Die reiche Kundschaft kauft Hemingways *Tod am Nachmittag.* Er findet es abstoßend, dass man ein Buch von einem Autor kaufen kann, der gerade gestorben ist. Haben die denn keinen Anstand im Leib? Gibt es denn keinen Respekt vor den Toten mehr? Aber sie kaufen auch Winston Churchills *Der Zweite Weltkrieg* und nicht zuletzt *Koloss,* den ersten Roman des jungen norwegischen Autors Finn Alnæs. Die Mutter hat ein Leseexemplar mit nach Hause genommen, und sein Vater hat das Buch schon zweimal gelesen. Der Sohn hat gefragt, wovon das Buch handelt, und der Vater hat versucht, etwas über eine Skitour zu erzählen, über das Gebirge und über ein Mädchen, das die Hauptperson liebt, das aber wie in einen Eisblock eingefroren ist. Er denkt sofort an Leah, mehr an Leah als an Katja, obwohl Katja ihm das Riechstöckchen gegeben hat. Das Leben ist ungerecht, denkt er, aber er phantasiert trotzdem weiter über diese Siv, oder wie sie heißt, die schön und eingefroren irgendwo dort oben im Gebirge liegt. Vielleicht ist das auch Leahs Schicksal. In Eis eingefroren zu sein. Es ist besorgniserregend, dass Abel nicht mehr mit dem Motorrad kommt. Er hat seine Tochter im Stich gelassen, sie in irgendeine Anstalt gesteckt. Vielleicht liegt er jetzt den ganzen Tag mit Kristina im Bett. Und das ist eine furchtbare Vorstellung. Die entsetzliche schwedische Sünde. Wie riecht das Bett wohl nachher? Essen sie auch Schokolade? Rieseln kleine Schokoladenflocken auf das weiße Laken, während sie miteinander beschäftigt sind und die Süßigkeiten mit ihren Hintern verreiben? Über solche Gedanken ist seine Mutter sicher erhaben, wenn sie da sitzt und Alfhild heißt, hochaufgerichtet wie Snehvit, die Tochter von Snefrid, mit ihren kupferroten Locken, und die prominenten Buchkäufer anlächelt, die bestimmt in feinen Villen und Wohnungen leben und Krabbenbrote essen und den ganzen Winter lang ein Feuer im Kamin haben. Im Parksvingen gibt es kein Geld für Brennholz. Der Vater ist total abgebrannt. Manchmal kann er sich nicht einmal eine Straßenbahnfahrkarte kaufen. Dann muss der Sohn das Bargeld nehmen, das die Mutter immer in der Nachttischschublade liegen hat. Dennoch will der Vater ausbauen. Der Architekt, der berühmte Slaatto, ist sogar ein Bekannter der Familie. Er ist der Vater des Klassenkameraden Helge. Er kam zur Besichtigung, ein bedrohliches Wort, als ob in der Wettervorhersage von schlechten Aussichten die Rede wäre. Jedenfalls schlechte Aussichten für Mutter, die lieber Geld im Portemonnaie hat. Sie arbeitet jetzt viel. Fast den ganzen Tag. Kommt erschöpft mit der Straßenbahn nach Hause, wenn es schon dunkel ist, ab und zu später als der Vater. Dass sie in unterschiedlichen Straßenbahnen sitzen müssen, ohne einander an den Händen halten zu können, tut ihm weh. Aber so ist das Leben. Die Eltern arbeiten, der Bruder ist Gott weiß wo, und das Klavier steht mitten im Wohnzimmer. Am Ende kann er es nicht lassen. Er spielt, obwohl die Mutter ihn darum gebeten hat. Ja, sie hat es fast schon verlangt. Er tut nicht gern, was andere verlangen. Deshalb ist zwischen ihm und Fräulein Ätschbätsch alles schiefgelaufen. Aber bei der Mutter ist das etwas ganz anderes. Er spielt einzelne Lieder, die er entweder von Frau F. im Melumvei gelernt oder dem Bruder abgehört hat, der ein viel besserer Klavierspieler ist, oder von der Mutter, die rasend schnell spielen kann, auf den weißen und auf den schwarzen Tasten, aber auch so langsam, dass er fast mitkommt. Da sitzt er allein im Wohnzimmer und spielt *Lisa ging zur Schule,* den *Pferdetrampler* und Finn Mortensens pädagogisches Geklimper. Erst wenn alle anwesend sind, spätabends, hat er das Gefühl, Teil einer Familie zu sein. Er ist gern in der kleinen Hütte. Bald begreift er auch nicht mehr, warum der Vater unbedingt ausbauen will. Es wird Probleme mit den Nachbarn geben, die dann die Abendsonne verlieren, aber auf diesem Ohr ist der Vater taub. Er hat zwei Ohren, wie die Mutter immer sagt. Und eins davon ist taub.

In diesem Winter schläft er zusammen mit dem Vater auf dem Dachboden und liest die Hardy Boys. In dieser kurzen Zeit, ehe er mit dem Bruder den Platz tauscht und unten bei der Mutter übernachtet. Viele Jahre später fragt er sich, ob solche Dinge dazu geführt haben, dass er niemals ein richtiger Junge wurde, ein Teil von Syvers Clique. Dass er, anders als Mads und zwei andere, einen Bogen um die Fussballjungs und die Wichsbande gemacht hat, die sich irgendwann bildete. Er konnte den Schweißgeruch und die hoffnungslose Prahlerei nicht leiden. Er wollte lieber mit den Damen zusammensein, den Mädchen, den weiblichen Wesen. Den *Frauen*. Und nach dem Verlust von Leah und Katja blieben ihm immerhin seine Mama und Tante Svanhild. Was auch nicht wenig war.

Aber in den Hardy Boys findet er die andere Art von Spannung, eine Art Versöhnung mit seinem eigenen Geschlecht und seinem Körper, und das verdankt er Chet Morton, dem freundlichen Briefmarkensammler, der immer Hunger hat und dann an einem Apfel knabbert. Dem Sechzehnjährigen, der ein Gewichtsproblem hat, vielleicht, weil er auf einem Bauernhof wohnt und immer genug zu essen hat. Bei seinen Freunden ist das nicht der Fall, drinnen in Bayport. Aber die haben immer genug Verbrecher zur Hand. Da ist der dunkelhaarige Frank Hardy, dem es gelingt, alle Verdächtigen zu beschatten. Sein Bruder heißt Joe und ist blond. Sie sind keine Brünetten, die Tante Svanhilds Ideale erfüllen können, aber unter Jungs gibt es eben keine Brünetten. Bei denen heißt es dunkelblond. Und da er selbst dunkelblond ist und bis zu einem gewissen Grad den Kriterien der Tante entspricht, stellt er sich vor, dass Chet, was sicher die amerikanische Version von Ketil ist, auch dunkelblond sein muss, schlimmstenfalls hellblond. »Das ist doch egal«, würde seine Mutter sagen. Sie nimmt das alles nicht so genau.

Er übernachtet zusammen mit seinem Vater auf dem Dachboden und findet diese Gemeinschaft phantastisch. Während er selbst *Die*

Hardy Boys und das Geheimnis der Strahlenpistole liest, liest der Vater *Die Hardy Boys und der Schlüssel des Hexendoktors.* Wenn er *Die Hardy Boys und das Geheimnis des Affenmannes* liest, liest der Vater *Die Hardy Boys und die zischende Schlange.* Es ist fast nicht zu glauben. Die tiefe Gemeinschaft zwischen Vater und Sohn, dort oben auf dem Dachboden. Anfangs glaubt er, der Vater verstelle sich nur. Er kann doch nicht ernsthaft zwischen Dostojewski und Franklin W. Dixon hin und her springen? Doch, offenbar kann er das. Jedenfalls liegt er da und liest zusammen mit ihm im trüben Lampenlicht und vergisst die Uhrzeit. Unten liegen Mutter und Bruder und schnarchen. Während der Vater das Buch zuklappt und sagt: »Morgen gehe ich mit dir und Tormod ins Kino und wir sehen *Der Gefangene von Alcatraz.*«

Er begreift, dass es eine Ehre ist, obwohl auch der Bruder mitkommen wird. Sie warten vor der Haltestelle Nationaltheatret auf den Vater. Noch können sie die Reste der Basare von Vika sehen, die früher Tunis, Algier und Tripolis genannt wurden, während die Bagger den Grund für das monumentale Versicherungsgebäude der Architekten Rune Lund und Alf Valentin bereiten, das aussehen wird wie ein angebissener Apfel oder wie eine Eieruhr aus Stein und Glas, mit Salz hinter den Mauern. Das Salz aus der oberen Kammer strömt durch eine enge Öffnung in die untere und braucht dazu genau fünf Minuten. Die vielleicht wichtigste Erfindung des Bürgertums im Kampf um ein sinnvolles Frühstück. Bestimmt hat Katja eine Eieruhr in ihrer neuen Reedervilla. Sie muss doch reich genug sein, wenn sie und ihre Familie so ein Grundstück geerbt haben. Reeder sind nicht wie andere Menschen. Sie sind unvorstellbar reich. Reicher als Onkel Dagobert und reicher als der Direktor der Norske Creditbank. Einmal war er mit Bryn im Ferienhaus auf Tjøme. Dort standen mindestens drei Hütten, die alle doppelt so groß waren wie die Hütte in Bærum. Sie hatten sogar ein Wasserklosett. Und Kühlschrank, Staubsauger und Fernseher. Elektrischen Küchenmixer und Sodamaschine. Was kann ein Mensch sich noch mehr wünschen? Die Mutter hatte das alles zu schätzen gewusst, das war ihm klar. Der Vater dagegen hatte nur vor der Hüttenwand gestanden und den Sternenhimmel angesehen. Der spiegelte sich in dem nachtschwarzen Meer.

Sie haben das alles schon häufiger erlebt. »Um sechs«, sagt der Vater. Aber eine Dreiviertelstunde später stehen die beiden Jungen immer noch schräg gegenüber dem Hotel Continental und singen das herzzerreißende Lied *Wir warten auf Vater.* Er fürchtet sich nicht, ist nur ein bisschen ängstlich. Und es ist fast ein Trost, dass auch Tormod ängstlich ist. Der ist empfänglich für alle Stimmungsschwankungen. Zugleich versucht er, auf seinen kleinen Bruder aufzupassen, und das tut er, indem er den Arm um ihn legt und sagt, dass alles gut wird, dass der Vater bald kommt. Er versucht, einige von den Witzen des Vaters zu erzählen, die eigentlich ziemlich blöd sein können. Aber wenn es länger als eine halbe Stunde dauert, fängt seine Stimme an zu zittern. Dann wird alles überaus bedrohlich. Die Menschen um ihn herum wirken müde, wenn sie wie eine schmutziggraue Welle auf ihn zukommen, auf dem Weg zur Treppe hinunter zur Haltestelle. Sie waren allesamt bei der Arbeit. Vielleicht kommen sie ebenfalls zu spät. Sie wollen nach Hause zu ihren Familien, ihren Kindern, zu Lungenhaschee und Schellfisch, zu leicht gesalzenem Kabeljau und Kohlrouladen. Aber jetzt kommt er! Aus dem Gewimmel! Sie sehen ihn schon oben beim Außenministerium. Fast sechzig Minuten zu spät! Das hinkende Kamel mit dem grünen Mantel. Warum sollten sie böse sein? Nur die Mutter darf böse auf den Vater sein. Er kommt mit seiner Tasche und fragt von der anderen Straßenseite her: »Ihr wartet doch hoffentlich nicht schon lange?«

Dann fahren sie mit der Straßenbahn hinauf zum Ullevål-Kino. Der Vater hat sein Hörgerät eingeschaltet und erzählt ihnen über den Film, den sie sehen werden. Der ist ab 16 freigegeben, aber der Vater hat seine eigenen Regeln. Es spielt für ihn nicht die geringste Rolle, dass sein jüngerer Sohn noch keine elf ist. Die Mutter hat ihm zur Feier des Tages einen neuen Mantel gekauft. »Burberry-Imitat, das gekocht werden kann, und ein Sonderangebot war es zum Glück auch.« Tormod ist hier nicht das Problem. Er ist vierzehn und so »fesch« geworden, wie Tante Svanhild bei ihrem letzten Besuch gesagt hat.

Er geht neben den beiden von der Straßenbahnhaltestelle zum Kino. Ihm graust vor der Eintrittskartenkontrolle, aber das hier ist schon so lange verabredet, und vielleicht ist das Fett ausnahmsweise einmal sein Freund. Er ist doch bereits ein Berg von Junge. So viel Fett passt nicht in einen Zehnjährigen.

Gleichzeitig staunt er darüber, dass der Vater wirklich lügen kann. Er macht es um des Filmes willen. »Ihr seid alt genug, Jungs. Diesen Film müsst ihr unbedingt sehen.«

Der Sohn ist stolz und zugleich ein bisschen verwirrt. Sie werden den Film über den Mörder Robert Stroud sehen, der eine ganz besondere Beziehung zu Vögeln entwickelt im Gefängnis Alcatraz, auf der kleinen Insel vor San Francisco. Er staunt darüber, dass sich der Vater so sehr für diese Dinge interessiert. Zuerst Chessman in San Quentin, etwas weiter nördlich in derselben Gegend. Dann dieser Stroud, der sich in dem anderen Gefängnis um Vögel kümmert, genau wie Saddam Hussein es auf der anderen Seite der Welt über fünfzig Jahre später machen wird.

Aber vorläufig sieht er nur den Kartenkontrolleur. Der Vater hat schon die Eintrittskarten geholt und kauft jetzt bei dem rotgekleideten Verkäufer mit Freiareklame und Fez eine Tafel Haselnussschokolade. Jedenfalls ist er sicher, dass es ein Fez ist, er hat welche in der Wochenschau gesehen, wenn es Berichte über Nordafrika gab. Er fühlt sich nicht wohl in seiner Haut. Alle hier sind erwachsen. Natürlich fällt er sofort auf. Jetzt hat er wieder Zweifel. Das Fett allein lässt ihn nicht aussehen wie sechzehn. Hier steht er nun zusammen mit Erwachsenen im Foyer. Sie tragen Hut und Mantel, genau wie der Vater. Die Doppeltür zu dem vornehmen Kinosaal steht offen. Dort hat bereits die Lichtbildreklame von Sverdrup Dahl angefangen. Kino ist das Größte. Größer als das Leben selbst. Aber sowie er den Kontrolleur sieht, der genauso schleimig wirkt wie Ben Bella, ist ihm klar, dass das hier schwierig wird. Der Vater aber ist furchtlos und geht mit den Eintrittskarten in der Hand auf die Tür zu.

»Drei Erwachsene«, sagt er.

»Was Sie nicht sagen«, erwidert der Kontrolleur.

»Naja, der eine Junge ist zwar noch nicht ganz sechzehn, aber …«

»Sind das Ihre Kinder?«

»Ja, meine Kinder«, sagt der Vater.

»Die komm'n nich rin. Da sin wir verdammt streng mit hier. Sie ham doch von Evensmo gehört? Der staatlichen Filmkontrolle?«

Der Vater nickt gereizt. »Das weiß ich selbstverständlich alles. Ich kenne Sigurd Evensmo sogar persönlich. Ich habe diesen Film bereits gesehen. Er enthält eine wichtige Botschaft. Gibt da drin auch nix Anstößiges oder Gewalt oder so.«

Großer Gott, redet der Vater jetzt wie der Kontrolleur? Ist das ein umgekehrter Snobismus? Er traut seinen Ohren nicht. Aber der Kontrolleur gibt mit gleicher Münze zurück: »Weiß ich, die komm'n aber trotzdem nich rin.«

Er würde sich gern im Mantel des Vaters verstecken. Es ist so peinlich. Er hat den Vater noch nie so energisch erlebt. Begreift er nicht, dass der Kontrolleur sich schon längst über ihn lustig macht? Ihm stehen jetzt Schweißtropfen auf der Stirn. Ein schlechtes Zeichen.

»Aber ich hab doch schon die Eintrittskarten, schaunse her!« Der Vater schwenkt sie fast vor der Nase des Kontrolleurs.

»Is Ihr Problem, nich das von uns.«

»Ich fleh Ihnen an«, sagt der Vater.

»Ach ja, ich fleh auch schon«, sagt der Kontrolleur.

Hinter ihnen hat sich eine lange Schlange gebildet. Er ist rot im Gesicht und betet zu einem Gott, den er sich nicht richtig vorstellen kann. Gott muss jetzt eingreifen, dieser unglaublich peinlichen Szene ein Ende machen, ehe sich im Foyer Lynchstimmung ausbreitet.

»Ich übernehme die Verantwortung«, sagt der Vater und hat sich wieder gefasst »Ich habe diesen Film bereits zweimal gesehen. Ich habe im Laufe der Jahre diesem Kino beträchtliche Geldsummen zukommen lassen. Wenn wir zählen wollten, würden wir auf einiges über tausend Kronen kommen. Also ein guter Kunde. Ein sehr guter Kunde.«

Endlich zeigt sich im Blick des Kontrolleurs eine Spur von Unsicherheit. Er sieht einen nach dem anderen an. Tormod hat die Brylcreme. Er selbst hat den Crew-Cut der amerikanischen Generäle und Marineoffiziere.

»Wie alt sin die'n eigntlich?«

»14 und 15«, sagt der Vater. Es ist nicht zu glauben. Der Vater lügt tatsächlich! Lügt dem Kontrolleur voll ins Gesicht. Aber etwas an seinem beharrlichen Auftreten scheint seine Wirkung zu tun.

»Jetzt lassen Sie die Familie doch rein!«, ruft plötzlich ein Herr gleich hinter ihnen, mindestens ein stellvertretender Abteilungsleiter bei der Oslo Sparebank, wo der vornehme Onkel Sigurd arbeitet. Er trägt einen noch längeren Mantel als der Vater und so einen Persianerhut ohne Krempe, wie sie in Jakarta und Indien üblich sind.

»Ja, lassen Sie die Leute rein«, ruft eine Dame von der ebenso gepflegten Sorte. Ihr Persianermantel ist so teuer, dass er in dem grellen Lampenlicht ganz von selbst leuchtet und glitzert.

»Hören Sie auf mit dem Unfug«, ruft ein zitternder Greis ganz hinten in der Schlange.

Der Kontrolleur ist jetzt nicht mehr der Stärkere. Das Publikum ist gegen ihn. Er spürt die feindselige Stimmung. Der Sohn möchte sich nicht mehr hinter dem Vater verstecken. Er hat Lust, nach vorn zu laufen und den Kontrolleur in die Wange zu kneifen. Er ist jetzt einer aus der Volksmenge. Von nun an ist alles möglich. Es gibt die Gesetze der Osloer Lichtspielhäuser. Aber es gibt auch die Gesetze des Vaters. Lex Bjørnstad. Wer könnte behaupten, klüger als sein Vater zu sein? Der Vater ist sogar Ingenieur. Mit Ingenieuren ist nicht zu spaßen. Das hat jedenfalls Mutter gesagt.

»Na, dann verliern'se doch den Verstand«, sagt der Kontrolleur und reißt die Eintrittskarten durch.

Das sagt die Mutter auch immer, denke ich. Die Leute stehlen heutzutage aber auch wie die Raben.

Aber sie werden eingelassen. Er kann es nicht glauben. Ein zehn Jahre alter Junge in einem Film für Erwachsene.

Dem Vater laufen Schweißtropfen über beide Wangen. Vielleicht hat er es ja doch mit dem Herzen.

Einige Tage später sitzen wir alle im dunklen Kinosaal des Colosseum. Vater hat es wieder geschafft. Aber diesmal sind auch Mutter und Tante Svanhild mit von der Partie, und die *West Side Story* ist ab zwölf freigegeben. Das große amerikanische Musical von Stephen Sondheim und Leonard Bernstein, das Mutter liebt. Shakespeares *Romeo und Julia* auf New Yorker Art. Hinterhoftreppen und harte Cliquen. Natalie Wood erinnert mich ein bisschen an meine Kusine aus Gressvik. Musik und Handlung treffen mich voll im Zwerchfell. Der *Gefangene von Alcatraz* dagegen war ein echter Erwachsenenfilm. Obwohl Vater ergriffen war und ein starres Gesicht hatte wie immer, wenn er kurz vor den Tränen ist, fiel es mir nicht so leicht, mich mit diesem Häftling zu identifizieren, der Vögel so gern hatte und darum kämpfte, dass ihm geglaubt und dass er verstanden wurde. Außerdem war der Film schwarz-weiß. Als er zu Ende war, fragte mich Vater nach meiner Meinung. Ich musste lügen. Lügen führen zu Lügen. Aber ich brachte es nicht über mich, zu sagen, dass ich von dem Film nicht so viel verstanden, ja, dass ich mich einige Male geradezu gelangweilt hatte. Vater hatte sich solche Mühe gegeben, uns diesen Film sehen zu lassen. Deshalb spielte ich Mads, der sich mit allem auskannte und über alles reden konnte. »Ergreifend«, sagte ich nur. Und das kam an, obwohl Tormod gleich hinter ihm stand und die Augen verdrehte. Er hatte jedenfalls Mut genug, um zu sagen, der Film sei kompliziert gewesen. Aber an diesem Abend im Colosseum ist alles anders. Musik und Handlung sind wie eine Faust. Mir kommen die Tränen, als ich Maria höre. Und *Tonight* ist einfach unerträglich »hübsch«, wie Tante Svanhild sagen würde. Sogar Mutter gefällt der Film, obwohl sie Schlagzeug, Jazz und Popmusik hasst. Das liegt an Bernstein. Dem Dirigenten, den sie so oft im Radio gehört hat, in Übertragungen auf Langwelle, aus fernen Ländern und Städten. Mutter und Vater haben mir erzählt, dass Bernstein Jude ist, genau wie Abel. Juden scheinen besonders musikalisch zu sein. Vielleicht kann Leah singen, denke ich. Eines Tages kann ich sie vielleicht auf dem Klavier begleiten, wenn ich mich zum Üben aufraffen kann. Ich sitze in einem weichen Plüschsessel mitten im Colosseum Kino und sehe einen Film im Todd-AO-70-Millimeterformat. Es ist die größte Filmleinwand der Welt. Ich weiß noch nicht, dass im Laufe der

Jahre die Filmleinwände immer mehr schrumpfen werden, reduziert zuerst zu normalen Fernsehschirmen, dann zu iPads und am Ende zu Mobiltelefonen von der Größe einer altmodischen Briefmarke. Ich genieße das Grandiose, das unheimliche Wirklichkeitsgefühl, die riesigen Lautsprecher hinter der Leinwand, die die schöne, aber bisweilen auch bedrohliche Musik ausspeien. Größer als die Wirklichkeit. Größer als ein Symphonieorchester. Größer als New York. Das ist die Welt des Kinos. Die Welt der Kindheit, seit ich im Røa Kino die ersten Zorrofilme gesehen habe. Filme, die in zwei Teilen gezeigt wurden, sodass der erste Teil immer damit endete, dass Zorro sich in einer furchtbaren und unmöglichen Situation befand, zum Beispiel in einer Zelle, in der sich die eine Wand in Bewegung setzt, damit alle begreifen, dass er innerhalb von zwanzig Sekunden zerquetscht werden wird. Aber als noch zehn Sekunden übrig sind und Zorro all seine Kraft einsetzt, um die Wand anzuhalten, wenn auch vergebens, kommt eine schwarze Tafel mit weißer Schrift: »Fortsetzung nächste Woche.« Verdammt! Doppelt verdammt! Eine ganze Kindheit des Wartens. Kampf auf Leben und Tod. Nicht auszuhalten!

In der *West Side Story* befinden sich ebenfalls Menschen in äußerster Lebensgefahr. Jemand wird erstochen und stirbt. Mutter hat mich schonend darauf vorbereitet. Sie ist nicht immer mit Vater einer Meinung darüber, was wir, ihre Jungen, ertragen können. Aber wenn es zu schlimm wird, hält sie mir einfach die Augen zu. Ich protestiere nicht. Mutter weiß immer, was sie tut. Jedenfalls fast immer. Außerdem ist Tante Svanhild da. Wenn sie in der Nähe ist, kann die Welt nicht untergehen.

Schwindlig von Eindrücken, Klängen und Bildern schwanken wir drei Stunden später aus dem Kinosaal. Aus irgendeinem Grund drehe ich mich zum Kinogebäude um, als wir vor dem Zebrastreifen im Sørkedalsvei stehen und auf Grün warten. Die Kuppel ragt in der Dunkelheit auf. Ich weiß noch nicht, dass sich diese Kuppel nur wenige Tage später in einem Flammenmeer krümmen wird, nach einer Probeaufführung des Monumentalfilms *Meuterei auf der Bounty.* Das Colosseum, der

Palast der Illusionen und damit auch des wirklichen Lebens, brennt im Laufe weniger Vormittagstunden bis auf die Grundmauern ab. So ist es immer, denke ich, mit einem Gefühl von Schuld. Nichts Gutes währt ewig.

46

In Frankreich werden sechs Personen zum Tode verurteilt, weil sie General de Gaulle ermorden wollten. Der achte Putsch in Syrien bringt einen Nationalrat an die Macht. Ein Vulkanausbruch auf Bali fordert 1900 Menschenleben, und in Bergen finden zwei Angestellte des Wasserwerks die Leiche der fünfzehn Jahre alten Rita Elisabeth Håkonsen in der Nähe des Sees Garpetjern in Munkebotten. Sechs Wochen der Angst und der Ungewissheit verwandeln sich in Gewissheit, aber auch in noch größere Angst. Seit Donnerstag, dem 29. November des Vorjahres, haben alle Eltern mit Töchtern in den Teenagerjahren Angst um ihre Mädchen gehabt. Katja hat den Fall Rita als einen der Gründe dafür genannt, warum sie nach Anbruch der Dunkelheit nicht mehr in den Bjerkelundspark gehen wollte. Mutter und Tante Svanhild machen sich ebenfalls Sorgen. Rita Håkonsen, die in der Haustür steht und braune Stiefel und einen dunklen Regenumhang anzieht. Sie nimmt auch einen Regenschirm ihres Vaters mit. Sie ist erst 14, also ein wenig älter als Leah, denke ich. Sie will eine Freundin beim neuen Marinestützpunkt in Haakonsvern besuchen. Sie hat eine Schallplatte in der Tasche, zusammen mit einer Illustrierten und einem Portemonnaie mit vier Kronen. Für den Weg braucht sie normalerweise zehn Minuten. Der Weg führt durch unbebautes Gelände, aber die ganze Strecke ist erleuchtet.

Als die Freundin auf die Uhr schaut und sich fragt, wo Rita denn bleibt, zieht sie einen Mantel an, um ihr entgegenzugehen. Aber keine Rita taucht auf dem Weg auf, und als die Freundin bei ihr zu Hause anklopft, erfährt sie von den Eltern, dass Rita schon lange nach Haakonsvern aufgebrochen ist.

Einige Stunden später rufen die Eltern den Lensmann Sigurd Valvik in Laksevåg an und berichten, dass ihre Tochter verschwunden ist. Sie sind überzeugt davon, dass Rita nicht durchgebrannt ist. Nichts an ihrem Verhalten weist auf solche Pläne hin. Der Lensmann hat sofort bange Ahnungen. In letzter Zeit wurde mehrmals besorgt gemeldet, dass junge Mädchen von einem Mann in einem Auto angesprochen worden sind. Valvik bittet Freiwillige, die Umgebung zwischen den Häusern der beiden Freundinnen zu durchkämmen, und acht Mann aus Haakonsvern durchsuchen in der Nacht den Wald, finden aber nichts. Sowie die Zeitungen von Ritas Verschwinden berichten, melden sich etliche andere junge Mädchen. Sie erzählen von einem höflichen Mann, der in einem hellen Volkswagen saß und nach dem Weg nach Skare fragte, an dem Abend, an dem Rita zuletzt gesehen worden ist. Zwei der Jüngsten berichten, dass sie ihm den Weg erklärt haben. Der Mann aber bat eine, ein Stück mitzufahren und ihm den Weg zu zeigen. Den Mädchen war die Situation offenbar nicht ganz geheuer. Deshalb bestanden sie darauf, beide mitzufahren. Es war sieben Uhr abends.

Sie fahren mit ihm zum Laden in Skare. Danach bringt der Fremde sie zurück zu der Stelle, wo er sie angesprochen hatte.

Einige Minuten darauf hält bei einem weiteren Teenager ein heller Volkswagen, als das Mädchen nach Haakonsvern unterwegs ist. Der Fahrer fragt sie, ob sie einsteigen und ihm den Weg nach Skare zeigen könnte.

Lensmann Valvik gleicht die Informationen ab und denkt sofort an den zweifachen Vater Carl Jacob Schnitler. Schnitler hat eine Schwester in Skare und wurde vor anderthalb Jahren zu 90 Tagen Gefängnis verurteilt, weil er eine Siebzehnjährige aus Storetveit in sein Auto gelockt hatte. Dort hat er ihr angeblich mit einem Gummihammer auf den Kopf geschlagen, aber da andere Autos in der Nähe waren, konnte sie ihn ablenken und fliehen. Bei den Vernehmungen sagte Schnitler, er habe sie bewusstlos schlagen wollen, um dann Geschlechtsverkehr mit ihr auszuüben. Aber diese Aussage zog er später wieder zurück.

Lensmann Valvik lässt vier Tage verstreichen. Dann klopft er an Schnitlers Tür.

Schnitler öffnet, und sowie er sieht, wer dort steht, sagt er: »Ich habe schon auf euch gewartet.«

Aber es kommt kein Geständnis. Schnitler behauptet zudem, nichts über Rita Elisabeth Håkonsen zu wissen. Außerdem will er an der Abendandacht in der Centralkirche teilgenommen haben. Als die Polizei erklärt, dort habe ihn niemand gesehen, erwidert Schnitler, er habe in einer dunklen Ecke gesessen.

Obwohl das Alibi nicht überzeugt, sind der Polizei vorerst die Hände gebunden. Sie haben keine Leiche. Keinen Beweis für einen Mord. Nun beschließt Valvik, sowohl die Wälder der Umgebung noch einmal durchkämmen zu lassen als auch Froschmänner von der Marine in die Seen in der Nähe der Straße zu schicken, über die Rita an jenem Donnerstagabend gegangen ist. 600 Personen beteiligen sich an der Suche, aber vergebens.

Lensmann Valvik sagt gegenüber der Presse, er glaube nicht, dass Rita in der Nähe des Ortes gefunden werden wird, an dem sie verschwunden ist.

Zwei Angestellte von der Bergens Wasser- und Abwasseraufsicht öffnen am frühen Samstagnachmittag, dem 9. Februar 1963, einen Gullydeckel in der Nähe des Garpetjern. Kaum haben sie den schweren Deckel weggezogen, sehen sie das verschwundene Mädchen quer in dem anderthalb Meter breiten Schacht liegen. Sie wissen sofort, wen sie gefunden haben, und als weitere Kollegen dazukommen, beschließen sie, die Tote nicht herauszuholen, sondern auf die Polizei zu warten. Rita Elisabeth Håkonsen ist nur teilweise bekleidet, die Kleider liegen im Gullyschacht, mit einer Ausnahme: ein Handschuh fehlt.

Das gibt die Polizei nicht bekannt.

Generalstaatsanwalt Aulie beauftragt Rolf Harry Jahrmann von der frisch eingerichteten Mordkommission, der Bergenser Polizei bei den

Ermittlungen behilflich zu sein. Draußen in unserer Hütte beim Bjerkelundspark verfolgen Tormod und ich die Entwicklung dieses Falls. Mordkommission ist ein abschreckender Name. Ich gehe abends nicht mehr gern durch den Parksvingen oder den Underhaugsvei, auch wenn ich mir nicht vorstellen kann, jemand könnte auf die Idee kommen, einen Fettsack von meinen Ausmaßen zu überfallen. Aber was denkt Mutter mit ihren schönen Locken, wenn sie jeden Abend nach Sonnenuntergang allein aus der Stadt kommt?

Jahrmann und seine Leute beschließen, in der Umgebung des Gullys, in dem Rita gefunden worden ist, mit Schneidbrennern und Heizbläsern den Schnee zu schmelzen. Sie tauen einen Bereich von hundert Quadratmetern auf und finden deutliche Reifenspuren eines kleinen Autos, die bis an den Rand des Gullys führen. Rita wird derweil von den Pathologen obduziert. Sie stellen fest, dass sie vergewaltigt und danach erwürgt worden ist.

Ich liege nachts wach und muss die ganze Zeit an Leah und Katja denken. Was, wenn sie es gewesen wären, die an jenem Abend den düsteren Weg nach Haakonsvern gegangen sind! Was, wenn ein Mann sie überfallen und seinen Schniedel hervorgeholt hätte! Wie scheußlich das Erwachsenenleben doch ist! Wie unheimlich! Wie widerlich es ist, Mann zu sein! Unten auf der Hockeybahn bei der Haltestelle Ringstabekk jagen sie mit ihren riesigen muskulösen Körpern umher, fluchen laut und treiben den roten Ball wie eine Kugel über das Eis, das zum Glück bald schmelzen wird, wenn die ersten Frühlingsbrisen kommen. Selbst die beliebten Follvar-Brüder, die unten bei Bekkestua einen Lebensmittelladen haben, kommen mir jetzt ein bisschen unheimlich vor.

In Bergen schwirren die Gerüchte. Überall werden Rita-Mörder gesehen. Aber wenn man genauer zuhört, was getuschelt wird, auf Torgallmenningen und am Strandkai, dann hört man das Zischen und das scharfe T: Schnitler … Schnitler … Schnitler …

Am Freitag, dem 21. Februar, kommen Jahrmanns Leute zu einem Lagerhaus in der Kong Oscarsgate, gleich neben einem Hotel. Schnitler hat Zugang zu diesem Lagerhaus. Im Waschkeller finden sie Ritas anderen Handschuh.

Als sie später an diesem Abend an Schnitlers Tür klingeln, sieht er sich gerade den Fernsehkrimi an. *Perry Mason.* Er gesteht den Mord, aber nicht die Vergewaltigung.

Am nächsten Tag hält er sich eine Hand vors Gesicht, als er in einem schwarzen Wagen vor dem Gerichtsgebäude von Bergen eintrifft und sofort von Fotografen umringt ist.

Im Parksvingen atmet die ganze Familie erleichtert auf. Eine Albtraumdecke hatte uns eingehüllt. Die Stimmen im Radio, die Artikel in *Aftenposten* und *Dagbladet.* Schnitler überall. Als der Prozess begann, standen zweihundert Bergenser vor dem Gerichtsgebäude und wollten Schnitler lynchen. Der Hass war groß. Aber Schnitler befand sich in sicherer Obhut der Polizei. Er wurde verurteilt. Wir wussten noch nicht, dass es weitere Opfer geben würde. Mordversuche und Vergewaltigungen, begangen während des Hafturlaubs. Nur Vater brachte es über sich, bis zu den mildernden Umständen weiterzulesen, dass Schnitler im Gefängnis zum Computerexperten geworden war, dass er trotz seiner Sexualverbrechen unter seinen Mithäftlingen beliebt war, dass er vielleicht nicht die »mangelhaft entwickelten seelischen Fähigkeiten« besaß, von denen im Urteil die Rede war.

Er hatte sogar einem seiner Mitgefangenen geholfen, nach der Haftentlassung ein neues Leben anzufangen.

»Der Mensch ist rätselhaft«, sagte Vater und las weiter in seinem dicken Buch. Er hatte es immer bei sich. Es stammte von dem französischen Aristokraten, Jesuiten, Naturphilosophen und Theologen Pierre Teilhard de Chardin. Der war offenbar ein entfernter Nachkomme von Voltaire. In Vaters Leben gab es keinen wichtigeren Autor, keinen anderen, der die Widersprüche in einer Person erklären und beschreiben konnte, den ewigen Kampf zwischen Gut und Böse, die Voraussetzungen für das Leben, das wir lebten, auf dieser dünnen Erdkruste, zwischen kochender Lava und eiskaltem Weltraum. Das Buch hieß *Der Mensch im Kosmos.*

47

Der Frühling liegt in der Luft. Es ist der letzte Frühling, in dem Mutter in den Schaufenstern von Gunerius Pettersen A/S steht, dem riesigen Einkaufszentrum in der Storgate 32, um die Plastikpuppen von der Winterkleidung zu befreien. In dem alten Bauernkaufhaus, das früher einmal Stallungen und Schnapsschenken beherbergt hatte, arbeitet sie mit den kalten und glatten Puppen, zieht sie an, kurze Röcke, wie sie die britische Modeschöpferin Mary Quant und der Franzose André Courrèges neuerdings kreieren. Aber noch sind die Röcke nicht so kurz, dass sie unanständig wirken. Und Mutter gibt sich alle Mühe, die nackten Oberschenkel durch lange Schals oder sogar Decken zu verstecken, in die sie die hoffnungslos dünnen Körper wickelt. Syver möchte Mutter bei der Arbeit sehen. Da er in der Oststadt wohnt, kann er in der Stadtmitte einfach für einige Minuten aus der Straßenbahn springen. Er ist womöglich noch besessener von Frauen als ich. Außerdem hat er Vorsprung vor mir, wenn es um Bilder von nackten Frauen geht. Er hat Blätter mit Fotomodellen, die im Evakostüm dastehen und Ähnlichkeit mit Claudia Cardinale, Natalie Wood, Elizabeth Taylor und Harriet Andersson haben. Es ist die Zeit der wirklich schönen Frauen. Ich kann mich an ihnen nicht sattsehen. Selbst die nicht mehr so junge Wenche Foss ist beunruhigend hübsch. Mutter hat uns noch nicht entdeckt, als sie dort steht und Arme und Beine verdreht. Sie hat versucht, das Fenster mit Packpapier abzudecken, aber es gibt viele Spalten, wo man hineinschauen kann. Und als ich nun mit Syver vor Gunerius Pettersen in der Storgate stehe, kommt Mutter mir plötzlich so fremd vor, so geheimnisvoll, so unerreichbar. Ich erlebe das nicht zum ersten Mal. Ich habe es auch in der Buchhandlung erlebt, in der Oper. Sie lebt ein anderes Leben mit Kolleginnen und Arbeitskameraden, deren Namen ich nicht einmal kenne.

»Die ist ja eine ganz schön scharfe Nummer, deine Alte«, sagt Syver.

»Lass das«, fauche ich. »Du sollst dir die Puppen ansehen.«

Aber auch ich sehe mir ja Mutter an. Sie ist noch keine vierzig. Sie schuftet sich fast zu Tode, um dafür zu sorgen, dass Vater sich mit seinen hochtrabenden Bauplänen nicht vollständig ruiniert. Aber sie weiß nicht, wie hübsch sie ist. Da bin ich mir sicher. Sie schminkt sich nicht wie einige der Kusinen oben in Tåsen, die lebende Sexbomben sind mit den höchsten Absätzen, die ich je gesehen habe, und dabei sind sie auch so schon groß genug.

»Ich muss weiter«, sagt Syver und spielt den Gleichgültigen.

»Ach ja«, sage ich. Er glaubt, ich sei enttäuscht, weil er versucht, mich auszuschließen, wie die Mädchen das immer miteinander machen. Er begreift nicht, dass ich erleichtert bin. Jetzt können wir beide unbemerkt von Mutter verschwinden.

Als es April wird, liegt kein Schnee mehr in den Straßen. Er kann sein Fahrrad hervorholen und zum Parksvingen hochfahren, die Anhöhe umrunden und bei Hoslesiden wieder herunterkommen, wo die Freiheit wartet, die schönen Straßen nach Bekkestua und weiter nach Nadderud und hoch nach Haslum. Dort steht eine Sprungschanze. Eine schöne, unbenutzte Sprungschanze, die nach Westen schaut und die erst in sieben Monaten wieder gebraucht werden wird, und selbst dann vielleicht nur wenige Male. Sind das Idioten, die diese phantastischen Konstruktionen errichtet haben und nicht begreifen, was es für ein Gefühl ist, nach ganz oben zu klettern, aber nicht, um mit 80 Stundenkilometern nach unten zu sausen, sondern um dort zu sein?

Er stellt das Fahrrad unten am Auslauf ab und geht langsam nach oben, schwerfällig und kurzatmig. Dieser Teil der Tour ist nicht witzig. Dann bleibt er stehen und atmet durch. Nach ein oder zwei Minuten kehrt seine Kraft zurück. Er kann sich an die Treppen zur

Aufsprungbahn machen, ruhig und zielbewusst gehen, und am Ende, ganz oben auf dem allerhöchsten Plateau, kann er den Fjord sehen. Er kann Bekkestua sehen, den Hügel links, wo er unter einer Freilichtbühne gesessen und mit Katja Bodin unaussprechliche Dinge gemacht hat. Er kann fast bis Kolsåstoppen blicken. Sein Vater hat ihm erzählt, dass die NATO oder OTAN dort unterirdische Gänge und Höhlen benutzt. Kammern mit lebensgefährlichen Waffen. Eine immer widerwärtigere Organisation, die vorgibt, den Weltfrieden sichern zu wollen. Das hat jedenfalls Ulf gesagt. Ulf war eines Abends zu Besuch. Er war in der Hütte und hat sich beifällig über die allgemeine Senkung des Lebensstandards der Bjørnstad-Familie geäußert. Von den Ausbauplänen des Vaters hat er nichts erfahren. Er ist eher damit beschäftigt, welche falsche Richtung der Drang der USA nach der Weltherrschaft jetzt nimmt nach dem makellosen Sieg im Zweiten Weltkrieg. Die Macht scheint ihnen ganz einfach zu Kopf gestiegen zu sein. Wie sie Chruschtschow provozieren, der sich trotz allem menschlicher verhält und nur versucht, die massive Aggression zu beantworten, die die USA in der Türkei und sicher auch in Norwegen vorbereiten, wo »die naiven Trottel umhertorkeln und auf die Gunst der Generäle hoffen, damit sie Elvis Presley die Hand schütteln dürfen«. Er liegt oben auf der Sprungschanze von Haslum und hört in Gedanken Ulfs Kichern. Ein Mensch, der ganz andere Meinungen vertritt als die meisten anderen, der aber dennoch vernünftiger wirkt. Soll das sein Schicksal werden, dass er mehr auf solche Leute hört, inklusive seines Vaters, als auf die Menschen oben auf Holmenkollen, die finden, Chruschtschow habe einen in die Fresse verdient? In seinem Kopf herrscht jetzt Chaos. Er ist nach dem Umzug noch durcheinander, hat noch nicht wieder zu Mads zurückfinden können. Sie haben versucht, die Treffen bei Smestad wieder aufzunehmen, aber es ist nicht so wie früher. Vielleicht, weil er gestresst ist. Er schaut jetzt auf die Uhr. Er muss zurück zur Hütte und zusammen mit seinem Bruder tiefgefrorene Fischstäbchen braten, obwohl sie keine Tiefkühltruhe haben. Sie müssen die Fischstäbchen an dem Tag kaufen, an dem sie gegessen werden sollen. »Das ist das Mindeste, was ihr tun könnt«, hat die Mutter gesagt, ebenfalls deutlich gestresst. Sie braucht ja fast eine halbe Stunde für den Weg in die Stadt. Aber sie will in der Stadt sein, nicht hier draußen zwischen den Apfelbäumen. Dort arbeitet sie, steht im Schaufenster oder sitzt an der Kasse eines Buchladens ober bei Fotograf Wickmann. Sogar die Oper bittet weiterhin ab und zu um ihre Dienste. Und nun kommen auch noch die ganzen Handwerker, morgens um sieben, um Architekt Slaattos Visionen zu verwirklichen. Ein großer Anbau soll an die kleine Hütte angefügt werden. Er hat die Grundrisse gesehen und begreift nicht, wie man so groß denken kann. Ein riesiges Wohnzimmer mit Fenstern, die größer sind als die Schaufenster bei Gunerius Pettersen, ein gewaltiger Kamin aus gelben Backsteinen und darunter drei Schlafzimmer mit Gitterfenstern neben den echten Fenstern, damit man rund um die Uhr frische Luft haben kann. Großer Gott. Sie sind jetzt alle gestresst, und als die Mutter erzählt, dass der Sohn von nun an zum Klavierunterricht zur Frau von Dan Lindholm gehen soll, zu der bildschönen Amalie Christie im Ruglandvei in Jar, ist das alles fast zu viel für ihn. Er steht mit Tränen in den Augen da und sagt: »Dann will ich nicht mehr tanzen!«

Es ist der Tag, an dem er oben auf der Sprungschanze gelegen und nachgedacht hat. Oben auf Sprungschanzen gelingt ihm das Nachdenken besonders gut. Wenn er nicht selbst springt, beginnen seine Gedanken zu springen. Er hat gedacht, dass es zu viel ist, dass der Druck für sie alle zu groß ist. Er begreift nicht ganz, wie diese Familie zusammenhalten soll, wenn der Vater das Technische Wochenblatt herausgibt, der Bruder Ballett tanzt und in der Blaskapelle spielt, die Mutter in Schaufenstern steht und ansonsten zwischen ihren vielen Arbeitsplätzen hin und her rennt. Und er soll nun auch noch bei einer neuen Lehrerin Klavier spielen? Null Ballett!

Die Eltern wechseln einen Blick. Danach schauen sie meinen Körper an. Die Speckwülste und das Fett. Es sieht grotesk aus, wenn ich das Trikot anziehe. Natürlich ist ihnen das klar. Sie wissen es schon lange. Im Tanzstudio von Herrn und Frau K in Sørbyhaugen bin ich ein Monster. Wenn ich auf Kommando die Oberschenkel hebe, erleben die

Zuschauer ein Naturphänomen. So wenig, wie die Hummel angeblich fliegen kann, so wenig kann der Bjørnstad-Junge einen Oberschenkel heben und den Oberkörper in die Horizontale beugen, was die große Primadonna für eine Bedingung hält, wenn man auf der höchsten, erhabensten Ebene tanzen will. Deshalb liebe ich Eurythmie. Sie ist ruhig, sie ist rhythmisch, und wir tragen lange Kittel in typischen Goethe- und Steinerfarben. Wenn wir richtig gut sind, sehen wir aus wie ein Regenbogen. Wir streben das Licht an, während Musik-Smith auf dem Bechsteinflügel die allerschönsten Stücke von Schubert spielt. Unsere Füße stehen fest auf dem Boden. Obwohl wir ab und zu aufgefordert werden, die Hacken zu heben, gehen wir nicht auf Zehenspitzen wie im klassischen Ballett. Ein Junge von meinen Ausmaßen sollte überhaupt nicht versuchen müssen, auf Zehenspitzen zu gehen. Ich versuche, das meinen Eltern zu erklären an diesem Abend im Parksvingen, mit Tränen in den Augen.

»Ist schon gut«, sagt Mutter rasch und kneift mir in den Arm.

»Natürlich, mein Junge«, sagt Vater. »Aber morgen gehst du zu Amalie.«

Er würde wieder und wieder über Amalie schreiben, viele Jahre später. Er würde sie verkleiden, sie als Hexe ausstaffieren, als Mutter Gottes, als die große Befreierin. Als Engel. Im Moment ist kein Platz, um sie noch weiter zu beschreiben. Nur noch dieses eine: Als er mit Dan Lindholm zusammen die Straßenbahn genommen hatte, gleich nach der Schule in Hovseter, bei diesem allerersten Mal, begriff er, sowie er einen Fuß durch die Tür gesetzt hatte, dass das hier sein zweites Zuhause war. Er liebte seine Eltern, aber hier gab es Ruhe, eine andere Art von Ruhe. Immer, wenn sie sich trafen, und das war oft, entstand eine neue Welt, die er bisher nur in kurzen Augenblicken gesehen hatte, dann, wenn die Eltern mit ihren Söhnen ihre innersten Gedanken teilten. Abende ohne Staubsaugen, Wäschewaschen, Buchführung, Retuschieren, *Orientering,* Ulfs Pamphlete und auf der Abziehmaschine hergestellte Flugblätter oder notwendige Abendtelefonate mit Verwandten oder Arne Solem, dem Chefredateur des Technischen Wochenblattes. Eine

Welt, aus der sich die Zeit zurückzog und nicht mit ihrer Uhr herumquengelte. Die Zeit, in der man in einem Gespräch verschwinden und von Wort zu Wort auf Entdeckungsreise gehen konnte, als ob man sich durch eine unbekannte Höhle vortastete. Bei Amalie war nichts unheimlich. Sie griff nicht zu Fräulein Ätschbätschs Regeln. Man musste nicht. Aber man konnte, wenn man wollte. Er begriff instinktiv, dass das ein gewaltiger Unterschied war. Die vielen Wochen vor dem Klavier, in denen sie nicht mit den schwierigen Noten ankam, die Frau F. ihm vorgelegt hatte, verwirrten ihn. Was wollte sie eigentlich? Dass er nach Gehör spielte? Wie Säuglinge das konnten? Er spielte mit ihr Mozart, aber er spielte auch vieles andere zwischen den langen Sitzungen in der Küche, wo sie nur Tee tranken und redeten. Er begriff nicht, dass das ihre Art war, sich mit ihm bekanntzumachen. Ohne dass es wie ein Verhör wirkte, ließ sie ihn alles erzählen, was ihn im Leben beschäftigte. Er sprach mit ihr über die Opernaufführungen, die sie beide gesehen hatten. Über Konzerte in der Aula. Amalie hatte nicht allzu viele Meinungen. Nicht in solchen Augenblicken. Sie ließ *ihn* meinen. Er erzählte ihr, dass zu Hause immer das Radio lief, dass die Mutter noch nie ohne Musik hatte leben können, dass er zusammen mit seinem Bruder ein Leben gelebt hatte, in dem die Musik einen Teil des Alltags bildete, ebenso unentbehrlich wie die Hose, die er trug, der Tisch, an dem er saß, oder das Bett, in dem er schlief. Er erzählte, dass das Radio mit dem grünen Auge zu einem ganzen Orchester heranwuchs, dass er und Tormod vor dem großen Mono-Lautsprecher stehen und dirigieren konnten, aber nicht, weil er ein besonderes Bedürfnis hatte, diese mächtige Rolle einzunehmen, eher im Gegenteil. Er hätte am liebsten im Orchester die fünfte Geige gespielt, wenn es so etwas gab. Aber es war etwas mit dem Rhythmus, den Klängen, der Energie der Musik, das ihn dazu brachte, die Arme zu heben, genau wie bei der Eurythmie. Und dennoch tanzte er nicht gern. Er versuchte ihr von den Paradoxa in seinem Leben zu erzählen, obwohl er nicht so beredt war wie Mads. Er stöhnte und stammelte, redete aber trotzdem drauflos. Er erzählte, welche Angst er hatte, dass seine Eltern sich scheiden lassen könnten, dass der Vater sich vielleicht mit dem Ausbau des Hauses zu viel zugemutet hatte, dass die lange Fahrzeit zur Stadt schuld daran war, dass sie sich, alle vier, oft erst am späten Abend sahen. Er erzählte, wie viel ihm Tschaikowskis Klavierkonzert bedeutete, vor allem die Stelle gegen Ende des ersten Satzes, wo der Violinist Henryk Szeryng auf der Aufnahme, die die Mutter gekauft hatte, die Geige singen ließ wie einen Vogel, einen magischen Vogel mit einer hohen, innigen Stimme, bei der sich ein Vorhang öffnete, sodass man sehen konnte, wie die Landschaft, die man die ganze Zeit schon gesehen hatte und die man bisher für die Wirklichkeit an sich gehalten hatte, eine andere Tiefe und Klarheit gewann. Wie dann, wenn morgens das erste Licht zu sehen ist nach einer Nacht mit Nebel, und wenn die Bäume wieder sichtbar werden. Eine Landschaft, die sich langsam, aber unwiderruflich aus dem Grauen löst. Und jedesmal, wenn er diese Partie hörte, war es so überwältigend, dass er am liebsten geweint hätte. Aber das wagte er nicht, denn dann hätten sie ihn für verrückt gehalten. Deshalb weinte er nur in Gedanken, aber es war anstrengender, seine Gefühle zu verbergen, als ihnen freien Lauf zu lassen.

Die ganze Zeit hörte sie ihm zu. Sie war über zehn Jahre jünger als Tante Svanhild, und er hatte ein schlechtes Gewissen, weil er ihr so viele seiner innersten Gedanken schenkte. Tante Svanhild war doch »seine Liebste«, das hatte sie jedenfalls gesagt. Aber Amalie hatte einen Plan, und den hatte Tante Svanhild nicht. Er ging zu Amalie, um zu spielen. Aber da sie ihn nie an den Flügel setzte und ihm nie befahl, auf die Tasten zu drücken, wurde der Flügel irgendwann zu etwas Ersehntem, nicht zuletzt, weil es ein Flügel war, ein großes schwarzes Instrument mit geschwungenen Linien, die das kleine Rönisch-Klavier nicht hatte. Mason & Hamlin. Er wollte ihn ausprobieren. Er wollte für Amalie spielen. Auf den schwarzen und weißen Tasten.

Er hing an ihrem Haken.

48

Als Ostern näherrückt, fängt Mutter an, auf Katastrophen zu warten. Außerdem war ihr Freund aus der Oper, der Intendant und Sänger Svein Bruun, den Mutter »seit Ewigkeiten« kennt, zu Besuch und hat Verdis *Requiem* auf dem Grammophon gespielt. Mutter ist nach solchen Erlebnissen immer außer sich vor Angst. Wenn man das *Requiem* hört, wird jemand sterben. Zugleich liebt sie Musik zu sehr, um das *Requiem* nicht zu hören. Sie muss es einfach. Da soll eben irgendwer krepieren, denke ich. Svein Bruun feiert gern und sieht außerdem aus wie ein Opernsänger. Ein energischer, muskulöser Bauch, eine Autorität, die sich mit Dan Lindholm messen kann, und eine Stimme, die die kleine Hütte in Bærum zittern lässt, wenn er Peppino Turcos und Luigi Denzas freches *Funiculi, Funiculà* singt, das Lied, das 1880 zur Eröffnung der ersten Drahtseilbahn auf den Vesuv geschrieben wurde. Ein alberner schmissiger Marsch von der Sorte, die nur Italiener zustande bringen. Sogenannte feurige Musik. Die Klavierbegleitung ist so einfach, dass Tormod und ich die verwickelten Akkorde meistern. Aber es ist schwer, auf die Noten zu schauen, wenn Svein Bruun im Gesicht hummerrot anläuft. Ich denke immer, dass schon in der ersten Strophe eine Ader platzen wird, dass er zu Boden sinken wird, ehe das Lied zu Ende ist. Aber der Hausfreund überlebt jedes Mal, lacht herzlich und zufrieden über seine kraftvolle Gesangsstimme und trinkt einen Schluck von dem widerlichen VSOP-Cognac. Das ist ein Ritual. Sogar Mutter, die Schnaps eher ablehnt, nippt daran. Vater ebenfalls. Svein Bruun ist ein hart arbeitender Festmensch, der immer in unserer

Hütte wohnen müsste, dann würde niemandem hier etwas Schlimmes passieren, nicht einmal, wenn wir ein Requiem auflegten. Aber es gibt noch mächtigere Kräfte als Opernsänger. Und gerade, weil er am Karfreitag im Wohnzimmer im Parksvingen Verdis *Requiem* laufen ließ, an dem großen und langen Tag der Trauer, stürzt zwei Tage später eine Vickers Viscount 759-D von Flúgfélag Islands über einem Wohngebiet auf Nesøya ab, im Nordosten von Nesøy Hovedgård, im Anflug auf den Flughafen Fornebu.

»Was habe ich gesagt!«, sagt Mutter mit verhärmtem Gesicht. »Ein tödliches Unglück, und noch dazu am Ostermorgen!«

Sie ist noch immer erschüttert nach dem Verlust des amerikanischen Atom-U-Boots Thresher, das bei einem Manöver vor der Ostküste der USA mit 129 Mann an Bord gesunken ist. Ihre Fähigkeit zum Mitleiden übertrifft noch die von Franz von Assisi. Mutter kann alles Leid der Welt nehmen und es in einem großen unsichtbaren Sack mit sich tragen. Dieser Sack ist sogar noch größer als Vaters grauer Rucksack.

Einige Stunden darauf waren im Flughafen Kastrup bei Kopenhagen sieben Personen an Bord eines großen Turbopropflugzeugs mit 47 Sitzen gegangen. Das dänische Ehepaar West, die Deutsche Ilse Hochapfel, der britische Direktor P. A. Haume, Margret Bardardóttir und Þorbjörn Akselsson aus Island und keine Geringere als Anna Borg, die isländische Schauspielerin, deren dänischer Ehemann, Poul Reumert, im Sommertheater im Frognerpark Schubert gesungen hatte. Sie galt als bestes Gretchen in Goethes *Faust* in Skandinavien, dem Schauspiel, das Dan Lindholm allen anderen vorzog. Sie wollte zurück in ihr geliebtes Reykjavik mit einem Flugzeug, das in Oslo und Bergen zwischenlanden würde, um dann nach Westen auf den Atlantik zuzufliegen. Der weite Weg über die Wellen. Aber noch befanden sie sich über dem Land. Sie hatte in den grauen Wolken gesessen und das Dröhnen der besonders lauten vier Motoren gehört. Sie sahen fast aus wie Raketen. Sie musste die Veränderung der Geräusche bemerkt haben, wie ich sie bemerken sollte, als ich sechs Jahre später anfing, mit dem Flugzeug zu reisen. Den unverkennbaren Augenblick, wenn die Piloten die Motorenkraft dämpfen und die Flughöhe verlassen.

Das ruhige Summen der Motoren, die nicht mehr das Äußerste leisten müssen. Das Gefühl, an Höhe zu verlieren. Die beruhigende, vertraute Prozedur. Der Tag war ziemlich windstill, aber die Wolkendecke hing tief. Die beiden Stewardessen, Maria Jonsdóttir und Helga Henkell, hatten das Servieren eingestellt und saßen angeschnallt auf ihren Sitzen. Vorn im Cockpit saß der Flugveteran John Johnsen zusammen mit dem Co-Piloten Olafur Zoega und dem Navigator Ingi Lárusson. Sie waren jetzt nur noch wenige hundert Meter von der Landebahn auf Fornebu entfernt.

An der Ecke des Hovedgårdsvei auf Nesøya sitzt Hjørdis Berntsen in ihrer Küche. Per Brusdal sitzt in seinem Wohnzimmer im Otto Blehrs vei. Der ehemalige SAS-Kapitän Eivind Veiersted steht ganz in der Nähe vor seinem Haus, und der Rechtsanwalt Gunnar Mack spaziert in Richtung Brønnøya allé. Alle hören das Geräusch eines näherkommenden Flugzeugs. Aber plötzlich steigert sich um 13.18 Uhr dieses Geräusch zum Gebrüll. Sie sehen ein Flugzeug in einem Winkel von 45 Grad durch die tiefhängende Wolkendecke brechen und zu Boden gehen. Eine Flammensäule lodert zum Himmel auf. Eine Reihe von Explosionen ist zu hören, und im Wald um die Absturzstelle herum sind kleine Feuer zu sehen. Aber die Feuer verlöschen, und das Flugzeugwrack liegt rauchend auf dem Boden wie ein frischgeschlachteter Wal. Die Augenzeugen kommen herbeigerannt.

Bald treffen auch Presseleute und Fotografen ein. Polizei, Rettungsmannschaften und Feuerwehrleute lokalisieren die Leichen. Dreieinhalb Stunden arbeiten sie innerhalb der polizeilichen Absperrungen, ohne Überlebende zu finden. Die Toten werden zur Identifizierung ins Rikshospital nach Oslo gebracht. Als es auf fünf Uhr zugeht und das Licht schwindet, zieht ein Unwetter über Nesøya auf. Am Ende bedeckt eine dünne feuchte Schneeschicht die ganze Umgebung. Bald sieht es aus, als wäre nichts geschehen.

Die Havariekommission wird die Ursache des Unfalls niemals ermitteln. An den Stabilisatorrohren kann sich Eis gebildet haben. Oder der Propeller kann aus Versehen auf den geringsten Steigungswinkel eingestellt gewesen sein. Das ist die wahrscheinlichste Ursache.

Zu Hause in der Hütte im Parksvingen wird alles so traurig. Mutter hatte den Tag damit begonnen, den Choral *Ostermorgen tilgt die Sorgen* auf voller Lautstärke laufen zu lassen, als im Radio der Gottesdienst übertragen wurde. Sie liebte dieses Lied. Es hat sie sicher an etwas Glückliches in ihrer Kindheit erinnert. Hatte sie wohl etwas von diesem Glück in sich, als sie fast fünfzig Jahre später an einem Ostermorgen starb? Damals in den sechziger Jahren sang sie aus voller Kehle mit »… beendet die Sorgen in Ewigkeit! Ihr seid uns gegeben, das Licht und das Leben!« Wenn Mutter froh war, waren alle froh. Aber jetzt saßen wir schockiert da und hörten die Nachrichtensendungen. Sogar der Sprecher schien traurig zu sein. Es war nicht weit bis Nesodden. Ich könnte mit dem Fahrrad hinfahren, wenn ich wollte. Vielleicht würde ich es tun, wenn der Schnee verschwunden wäre.

»Jetzt können wir jedenfalls das *Requiem* hören, Mutter, das Unglück ist ja schon passiert.«

Aber Mutter schüttelte entschieden den Kopf. »Das können wir nicht, Ketil. Sonst passieren noch weitere Unglücke. Beim nächsten Mal stürzt das Flugzeug dann vielleicht genau über uns ab. Oder die ganze Hütte brennt ab.«

»Eine schreckliche Vorstellung, Alfhild«, sagte Vater vorsichtig.

»Ich stelle mir vor, was ich will«, sagte Mutter.

49

Als ob wir provisorisch wohnten. Auf Abruf. Als ob diese ganze vierköpfige Familie es nicht schaffte, alle Zimmer zu füllen, obwohl wir nur halb so viel Platz haben wie im Melumvei. Wir finden Stühle, Sofa, Esstisch nicht. Wir finden keine Ruhe. Oben auf dem Dachboden liegen Vater und ich und lesen. Wie früher liegen wir da im Lampenlicht. Wir lesen Norman Conquest, ersonnen von Edwy Searles Brooks alias Berkeley Gray. Dieser einzigartige Detektiv mit der Dachwohnung in der Londoner Park Lane. Eine Wohnung mit Fahrstuhl, auch zur Garage. Drinks und elegante Anzüge. Blankgeputzte Pistolen und gedämpfte Musik vom Grammophon. Ich liebte diese Mysterien, den Luxus, Sätze wie »Norman Conquest sauste in seinem silbergrauen Hispano durch die einsame Landschaft von Sussex, neben sich seine entzückende Freundin Pixie.« Vor allem von Pixie hatte ich sehr klare Vorstellungen. Sie war die perfekte Mischung aus Drude, Tale, Willen, Sissel, Britt, Fredriksen, Karen/Karen, Elin, Liv, Anne/Anne, Kaci, Hanne, Trine und wen konnte ich hier vergessen haben, irgendwen hatte ich hier ganz sicher vergessen. Pixie konnte ich nach Belieben modellieren. Es überraschte mich immer wieder, dass Vater kindlich genug war, um neben mir zu liegen und die gleichen Bücher zu lesen. Vater hatte zudem die anstrengende Eigenschaft, dass er ein Buch nicht weglegen konnte, wenn er erst einmal mit Lesen angefangen hatte. Er musste einfach fertigwerden. Ich selbst schlief oft mitten in einem Kapitel ein. Dann hatte ich einige wenige Sekunden, um Pixie vor mein inneres Auge zu rufen, die Superfrau, ehe die Träume ihre eigenen Geschichten schufen. Vielleicht waren sie vom Erzengel Michael und von Luzifer verfasst, dem Fürsten der Finsternis. Ein ewiges Hin und Her. Der unendliche Kampf zwischen Gut und Böse.

Dann kommt endlich der Frühling, er kann hinaus nach Fornebu fahren und sich das neue Flughafengebäude ansehen, das Odd Nansen entworfen hat, der Sohn des großen Mannes und Entdeckers Fridtjof Nansen, aus dem er niemals so ganz schlau geworden ist. Da steht er nun und bewundert das funkelnde Bauwerk, die vielen Menschen, die durch die Glastüren aus und ein gehen, die Taxis, die vorfahren und Männer in langen Wintermänteln absetzen, Frauen, die aussehen wie Tante Svanhild an einem besonders feinen Sonntag. Er stellt sein Fahrrad rechts vom ersten Eingang ab. Dann betritt er eine Welt, zu der er noch nicht gehört. Eine erwachsene Welt mit eigenen Codes und Geheimnissen. Vor den Eincheckschaltern stehen die Menschen und rauchen dünne Zigaretten, während sie darauf warten, ihr Gepäck bei den uniformierten Menschen abgeben zu können, die Gepäckzettel ausschreiben und an den Koffergriffen befestigen. An einem Schalter steht in roten Buchstaben First Class. Der ist sicher für Botschafter, Reeder und Amerikaner reserviert. Vielleicht auch für den einen oder anderen Sowjetrussen. An diesem Schalter riecht es nach Zigarren und Alkohol. Weiter hinten in der Halle gibt es ein großes Glasfenster, damit man zu den Flugzeugen hinaussehen kann. Unterirdische Gänge führen zu ihnen. Ansonsten gibt es auf zwei Etagen Bars und Restaurants. Das schönste heißt nach dem tollsten Flugzeug Caravelle. In der Zeitung stand, dass das Caravelle eins von Norwegens exklusivsten Restaurants ist. Wenn Weihnachten näherrückt, werden sich die Tische dort drinnen unter Lachs, Hummer, Majonnaise und Schweinerippe nur so biegen. Er wandert ein wenig umher und versucht, sich einen Überblick zu verschaffen. Er bleibt nirgendwo zu lange stehen, sondern tut so, als sei er unterwegs zu seinen einige Meter weiter wartenden Eltern. Hier ist man sicher nicht an Kinder gewöhnt, die allein herumlaufen. Was er hier sieht, ist eine verfeinerte, kontinentale Welt. Das hier ist nicht die Kolsåsbahn. Oben auf dem Dach der Halle hat er Ausblick bis zur Rollbahn, wo die großen Flugzeuge landen und abheben. Er sieht den riesigen Hangar, der Koksaverk heißt, obwohl dort gar kein Koks aufbewahrt wird, es gibt nur weiße Wände und Flugzeuge, die repariert werden müssen. Zum ersten Mal in seinem Leben sieht er eine echte Caravelle. Ein quicklebendiges Jetflugzeug! Fast wie ein Raumfahrzeug. Er weiß nicht, dass in wenigen Monaten ein solches Flugzeug bei Dürrenäsch in der Schweiz abstürzen wird und dass alle achtzig Insassen ihr Leben verlieren werden, zusammen mit einem Fünftel der 217 Einwohner des Dorfes Humlikon. Das lange elegante Flugzeug mit dem Namen *Schaffhausen* wird abstürzen, brennend, aus 2700 Meter Höhe. Aber das Flugzeug, das hier auf Fornebu steht, ist eine SAS-Maschine. Auf den Seiten ziert es das blaue Logo der Fluggesellschaft. Die skandinavischen Flaggen sind ebenfalls zu sehen. Er weiß, dass dieses Flugzeug fast Schallgeschwindigkeit erreichen kann. Dann lässt er seinen Blick zu zwei Braathens S.A.F.E.-Maschinen weiterwandern, einer DC-6B und einer Fokker F-27. Er entdeckt zudem ein Stück weiter draußen bei dem alten Hauptgebäude ein Fred Olsen-Flugzeug mit großen Propellern, vermutlich ebenfalls eine DC-6B.

Plötzlich entdeckt er eine Maschine von Flúgfélag Islands. Es ist eine viermotorige Vickers Viscount 759D. Unverkennbar. Der Flugzeugtyp, der über Nesøya abgestürzt ist. Ihm schaudert. Kann die Fluggesellschaft einfach so weitermachen, nach einem so schrecklichen Unfall? Er sieht die Menschen, die an Bord gehen. Sie haben Hüte, Mäntel und Handgepäck. Machen sie sich keine Gedanken? Ist ihnen nicht klar, dass sie einen fliegenden Sarg betreten?

Er merkt, wie sich sein Magen zusammenkrampft.

Ihm ist klar, dass er nach Nesøya fahren muss, um sich das Wrack der abgestürzten Maschine anzusehen.

So weit ist er noch nie von zu Hause weggefahren. Aber hier draußen in Bærum gibt es gute Straßen. Er folgt dem Drammensvei am Wasser entlang, bis nach Høvik. Dann überquert er die Hauptstraße und erreicht den Gamle Drammensvei. Danach durch Blommenholm und weiter nach Sandvika. Es ist Frühling. Der Asphalt ist trocken. Die ersten grünen Knospen an den Birken öffnen sich schon. In den Gärten blüht der Krokus. Er kann sich nicht an die Kontraste des Lebens gewöhnen. Im Fahren denkt er an Lindholms Stimmungsschwankungen, an die angespannte Situation zwischen den Eltern im Parksvingen, jetzt, da die Handwerker gekommen sind und von sieben Uhr morgens an hämmern und Krach machen. An das Instabile um ihn herum. An das Instabile in ihm.

Ich fahre über die Brücke nach Nesøya und verspüre trotz des schönen Maiwetters das unruhige Gefühl im Bauch. Was, wenn sie nicht alle Leichen entfernt haben? Was, wenn sie eine vergessen haben? Einen verkohlten Körper mit zerbrochenen Zähnen. Vielleicht auch einem zerbrochenen Schädel. Zerbrochenen Armen. Zerbrochener Hüfte. Zerbrochenen Hacken. Man weiß ja nie. Ich denke an diese Zeugen, die sich nach Unglücken und Mordfällen immer melden. Die, die gesehen haben. Mit sieben Jahren wäre ich fast zum Zeugen geworden, als ein Anstreicher beim Restaurant Bjørnen in Fredrikstad von einer Leiter fiel. Oma wohnte in der Glemmengate, und als Tormod und ich eines Nachmittags dort spazieren gingen, war das Unglück gerade geschehen. Der arme Anstreicher hatte das Gleichgewicht verloren und war vier Meter tief auf den Asphalt gestürzt. Er war angeblich sofort tot gewesen. Wir konnten gerade noch den Krankenwagen sehen, der langsam zum Krankenhaus von Fredrikstad fuhr. Es gab keinen Grund mehr für Eile. Der Mann war schon an einem ganz anderen Ort, während Polizei und Feuerwehr noch immer im Bezirk Østfold standen. Das Blut, das vielleicht noch wenige Minuten zuvor durch seinen Körper geströmt war, verbreitete sich als Pfütze auf dem Asphalt. Jetzt streute ein Polizist Sägemehl darüber. Die gleiche Sorte Sägemehl, die Sverre und ich damals für unsere weißen Mäuse verwendet hatten. War der Anstreicher jetzt im Kosmos, draußen im Weltall, wie Vater glaubte? Oder war er bei den Engeln und dem gütigen, musikliebenden Gott Vater, wie Mutter glaube? Ich glaube keins von beidem.

Ich fahre immer langsamer, je näher ich der Unfallstelle komme. Am Ende schiebe ich das Rad, erreiche das offene Gelände, wo wie durch ein Wunder keine Häuser stehen. Hatten die Flieger noch denken können, dass sie keine Menschen treffen dürften? Auf Nesøya war man sicher nicht auf solche Katastrophen vorbereitet. Hier waren die Reichen aufgetreten wie Grafen und Herzöge und hatten die schönen Grundstücke am Meer an sich gerissen. Hier war das Wohnen so teuer, dass Flugzeugwracks nicht unbedingt willkommen geheißen wurden. Deshalb war dieses auch umgehend entfernt worden. Wie gelähmt stehe ich da und sehe, dass keine Flugzeugteile mehr vorhanden sind. Dennoch gibt es einen weiten Umkreis, in dem kein Gras wächst. Ein Bagger steht am Rand der eigentlichen Absturzstelle, aber niemand sitzt darin. Alles wirkt verlassen. Ich bin der einzige Augenzeuge an diesem Tag. Bald wird das Gras keimen. Die Reichen reden jetzt sicher wieder über Aktien und Schiffsladungen. Aber was ist mit Poul Reumert? Der so schön Schubert gesungen hat. Er hat seine Allerliebste verloren. War er hier und hat er an der Stelle gekniet, wo seine geliebte Anna Borg gestorben ist?

50

Mads und ich haben gute Tage. Endlich passiert wieder etwas. Nicht nur, dass Dan Lindholm sein großes Theaterstück *Baldurs Tod* inszeniert, in dem Mads und ich wichtige Rollen haben, auch in der Welt geschieht einiges. Odin zu spielen ist übrigens keine Traumrolle für einen, der ewig Fünfter sein und sich in der Menge verstecken wollte. Es muss an meiner Größe liegen, dass ich die ganze Zeit in diesen aussichtslosen Hauptrollen lande. Doch Mads ist ein wenig neidisch. Er spielt immerhin nur Hod. Mit solcher Kreativität, wie sie die Waldorfschule an der Theaterfront zeigt, wird vielleicht einmal ein Stück über Chruschtschow und Kennedy inszeniert. Dann würde Mads in jedem Fall Kennedy spielen. Er sagt, dass ich aufgrund meines Aussehens natürlich die Rolle als Chruschtschow bekäme. Ich weiß nicht, ob das ein Kompliment ist.

Außerdem öffnet endlich das seit Langem angekündigte Munch-Museum in Tøyen, aber das geht uns beiden am Arsch vorbei. Tøyen ist keine Umgebung für uns. Obwohl in der Klasse Mädchen und Jungen aus dem gesamten Großraum Oslo sind, gibt es niemanden aus Tøyen. Ich erinnere mich nur an den Dschungel dort. Die dampfende, widerliche Luft. Die glänzenden Pflanzen im Botanischen Museum mit Käfern und Mücken. Pfui. Nein, es sind andere Dinge, die unsere erschöpften, überarbeiteten und durchtrainierten Gehirne beschäftigen. Christine Keeler, die nicht mit der von Vater so oft erwähnten taubstummen Helen Keller zu verwechseln ist. Die Letztgenannte sah außerdem aus wie eine Waldorfschullehrerin. Christine Keeler hingegen sah aus wie Pixie, Norman Conquests bezaubernde Freundin. Nun saß sie mit gespreizten Beinen splitternackt auf einem sogenannten Arne Jacobsen-Stuhl, Modell 3107, und entblößte sich vor aller Welt. Man konnte die Oberschenkel, die Arme und die nackten Schultern sehen, »aber leider nicht die Titten und den Blaubeerbusch«, wie Syver sagte. Er war es, der uns auf das Bild aufmerksam gemacht hatte. Er hatte es aus einer sogenannten britischen Zeitschrift. Gott weiß, woher er die bekommen hatte. Aber wir standen jetzt da unten im Wald und vergnügten uns, während ich den gleichen Sog im Magen spürte, den ich gespürt hatte, als ich in der Nähe der Absturzstelle draußen bei Nesøya stand. Etwas, das zu groß war. Wie hatte Chessman über den Tod geschrieben: dass er »ein seltsames Gefühl« war, »etwas, das deinen Unterleib zusammenpresst, das in dich hineinkriecht und dich lähmt. Der Tod ist zu groß, um begriffen zu werden.« Ja klar, aber ich könnte das Gleiche ja über Frauen und Mädchen schreiben. Und ich war gerade erst elf Jahre alt! Natürlich war mit mir etwas nicht in Ordnung! Und mit Syver! Und mit uns anderen! Aber Syver war uns sowieso weit voraus und würde als Erster von uns allen verhaftet werden. Da war ich mir sicher. Er beschäftigte sich hauptsächlich damit, alle möglichen Beerenbüsche aus den Zeitschriften herauszuschneiden, die niemals bei Narvesen verkauft wurden, außer *Cocktail*. Aber wer wagte es, als Elfjähriger *Cocktail* zu kaufen? Auch wenn es keine Altersbeschränkung für Zeitschriften gab, jedenfalls nicht die gleiche wie für Filme, gab es wenigstens etwas, das freigegeben ab achtzehn hieß.

Mads und ich nahmen genau wie in alten Zeiten wieder die Bahn hinunter in die Osloer Innenstadt. Auf dem Weg zum Palastteater kamen wir immer an der Eisbar vorbei, die an der Ecke von Karl Johan und Universitätsgaten lag.

Dort gab es Eisbecher mit Moltebeeren und es gab Bananasplit. Letzteres sogar mit Schokoladensauce. Wir standen dort und schleckten so viel wir konnten in uns hinein, bevor wir in den dunklen Saal gingen und das Filmjournal ansahen, in dem uns die jüngsten Fotos von Christine Keeler und auch von Kriegsminister John Dennis

Profumo gezeigt wurden, um den es bei diesem Skandal eigentlich ging. Frankreich hatte einen Atomminister und Großbritannien einen Kriegsminister. Politik war nicht immer leicht zu verstehen. Minister für Landwirtschaft, Bildung, Kultur, Kirche und Krieg. »Ein einziges Durcheinander«, sagte Mads. Profumo ist also mit Christine Keeler im Bett gewesen, aber das war auch Jewgeni Iwanow von der sowjetischen Botschaft in London. Schlimmer konnte es nicht kommen. Was hatte Profumo dem reizenden jungen Fräulein Keeler im Champagnerrausch über Großbritanniens Strategien in Bezug auf Krieg und Frieden und insbesonders den Kalten Krieg erzählt? Und was könnte sie Iwanow weitererzählt haben? »Frauen sind treulos, wenn sie nur genug Geld bekommen«, sagte Syver. Es wurde nicht bewiesen, dass Profumo Staatsgeheimnisse an die Dame weitergegeben hatte, die es offenbar nicht so genau nahm mit der Wahl ihrer Männer. Trotzdem wurde er bestraft. Er musste die Regierung am 5. Juni 1963 verlassen, am selben Tag, als der geistige Führer der schiitischen Moslems, Ajatollah Ruhollah Musawi Chomeini, vom Schah von Persien verhaftet wurde. Ich dachte an Farah Diba. Vielleicht steckte sie sich immer noch dasselbe Weißbrot in die Haare. Es wurden Geschichten über Frauen erzählt, die gestorben sind, weil Maden, Läuse und Käfer aus den schimmelnden, Jahre alten Weißbroten in die Kopfhaut eingedrungen und direkt in ihr Gehirn gelangt sind. Aber es wurde nichts über Farah Dibas Gesundheitszustand gesagt. Hingegen sah man, wie die Soldaten Reza Schah Pahlavis die Anführer der Aufständischen gefangen nahmen. Der Hintergrund dafür war die neue Reform, durch die der Schah das Wahlrecht für Frauen einführen, den Schleierzwang für Frauen aufheben und außerdem einen Großteil der religiösen Steuern an die Bauern überführen wollte. Drei Frauen, die sich weigerten, Schleier zu tragen, wurden ermordet. Deshalb verhaftete der Schah von Persien dreißig Mullahs in Teheran. Drei Tage später war die Situation aus Sicht des Schahs unter Kontrolle, und elf Tage darauf sauste die erste Astronautin aller Zeiten hinauf in den Weltraum. Walentina Tereschkowa. Sechsundzwanzig Jahre alt. Sie sollte zwei Millionen Kilometer zurücklegen und im Laufe von 71 Stunden 48 Mal die Erde umkreisen. »Die Amerikaner können heimgehen und sich hinlegen«, sagte Mads. »Wen können sie in den Weltraum schicken? Doris Day?« »Natalie Wood!«, sagte ich. »Diese Damen haben noch nicht einmal die Konstitution, um einen Aufenthalt in der Schwerelosigkeit zu verkraften«, sagte Mads mit imponierender Selbstsicherheit. »Und mit wem, denkst du, hat Walentina am Telefon gesprochen dort oben in der Eiseskälte?«

»Kennedy?«, sagte ich versuchsweise.

»Chruschtschow, du Dummkopf. Es war sogar ein langes und intelligentes Gespräch. Nicht nur dieses God Bless America-Zeug.«

Aber es sollte mehr passieren. Am 26. Juni hatten wir das Mittsommernachtsfest schon hinter uns. Den hellsten Tag des Jahres. Wir bekamen davon nicht so viel mit, unten im Parksvingen. Die hohen Bäume verdeckten die Sonne. Und jetzt errichteten die Handwerker auch noch die riesige Mauer des Anbaus gegenüber den Nachbarn Richtung Süden, sodass Familie E., die früher immer so freundlich zu uns war, nicht mehr grüßte. Ich fürchtete mich inzwischen, an dem weißen Haus in der Kurve vorbeizugehen. Ich verstand sie ja so gut. Was hätten Mutter und Vater gesagt, wenn das Haus, das weiter oben lag als unseres, auf das Doppelte anwachsen und das gesamte Abendlicht wegnehmen würde. Aber Vater wollte auf diesem Ohr nichts hören. Er hat ja dieses fast taube Ohr, und in dem anderen hat er ein Hörgerät, das er ausschalten kann, wann er will. Die Bauarbeiten gingen weiter, und ab und zu kam sowohl die entferntere als auch die engere Verwandtschaft zu Besuch, um zu sehen, wie es uns ging. Das seltsamste Paar war einer von Mutters vielen Onkeln und seine Frau. Er war der netteste Mensch der Welt, vielleicht ebenso nett wie Chruschtschow. Aber seine Frau, die eigentlich auch nett war, hatte Angst zu stören. Sie wollte nie unangemeldet kommen. Während nun der Großonkel anklopfte, saß sie im Auto und weigerte sich zu stören. Aber gerade weil sie dort draußen im Auto blieb, richtete sich die Aufmerksamkeit erst recht auf sie. Und so störte sie alle. Zuerst ging Mutter hinaus, um mit ihr zu sprechen. Sie insistierte, dass die Tante nicht störte, dass auch sie einfach nur mit hereinkommen solle. Aber dieses

Gespräch brachte nichts. Die Tante blieb auf dem Vordersitz sitzen und starrte in die Luft, als existierte sie gar nicht, denn all das war der Einfall ihres Ehemanns gewesen, und deshalb war der Ehemann und nur er zur Verantwortung zu ziehen. Dann kam Vater mit seinem gewichtigen, hinkenden Gang und bestand darauf, dass die Tante mit ins Haus kommen sollte, sodass sie zumindest eine Tasse Kaffee, zwei Stück Zucker und drei Butterkekse bekommen würde, was der englischen Tea Time in Norwegen zu dieser Zeit am nächsten kam. Ohne Erfolg. Die Tante blieb im Auto sitzen. Der Onkel saß in der Küche und trank Kaffee, aß Kekse und sprach über die Jahreszeiten. »Dies ist die hellste Woche«, sagte er. »Wir müssen das wirklich genießen.« Aber Mutter wurde wehmütig. »Nach dem Mittsommerfest hören die Vögel auf zu singen«, sagte sie. »Von jetzt an wird es jeden Tag dunkler und dunkler.« »Bis es wieder andersherum ist, Alfhild«, sagte der Onkel. »Ja, aber das ist noch lange hin. In einem halben Jahr kann viel geschehen.« Sie strich dem Onkel rasch über die Wange. Dann begann der Onkel, über Musik zu reden. Über ein Streichquartett von Schubert, das er gerade im Radio gehört hatte. Das gefiel Mutter viel besser.

Nachdem eine Stunde vergangen war, sah er auf die Uhr. »Es ist Zeit, nach Hause zu fahren. Danke für die nette Unterhaltung.« Er ging hinaus zum Auto, wo seine Frau immer noch saß und auf ihn wartete.

Sie wechselten kein einziges Wort. Dann fuhr der Onkel rückwärts durch das Tor und die Sackgasse entlang, Richtung Parksvingen. Wir standen alle an der Hauswand und winkten.

Der Präsident der USA, John F. Kennedy, geht die Treppe des Schöneberger Rathauses in Berlin hinauf, wo Außenminister Dean Rusk zusammen mit Bundeskanzler Konrad Adenauer und Willy Brandt auf ihn wartet. Später sollten die Nachrichtenagenturen berichten, dass fast 500 000 Menschen den großen Platz vor dem Rathaus bevölkert hatten. Kennedy wusste da noch nicht, dass er nur noch knapp fünf Monate zu leben hatte und dass der Platz später in

John-F.-Kennedy-Platz umbenannt werden sollte. Die Rede war sehr gut vorbereitet worden, nicht zuletzt von Ted Sorensen, dem dänischstämmigen Berater, der mit den Jahren immer dänischer aussah, ohne dass er je mit der »Kleinen Meerjungfrau« verwechselt wurde. Sein Erfolg während der Kubakrise hat ihm einen sicheren Platz in Kennedys Regierung eingebracht. Damals war es das Wichtigste, den Berlinern – und Chruschtschow – zu signalisieren, dass die USA Westberlin um jeden Preis verteidigen würden. »Die reine und sprudelnde Ader des Kapitalismus«, wie Ulf einige Tage später ironisch sagte, war umringt von ostdeutschen Grenzsoldaten und sogar abgeschnitten durch die berüchtigte Mauer, die den Kalten Krieg in eine neue Phase geführt hatte. Es war Ostdeutschlands Walter Ulbricht, der die Mauer als einen »antifaschistischen Schutzwall« bauen ließ, um Spione und Agenten aus den NATO-Ländern daran zu hindern, einzudringen und die moralisch, kulturell, politisch und ökonomisch so grundsolide Bevölkerung zu infizieren. In diesem propagandistischen Kampf bedurfte es einer klaren, symbolkräftigen Sprache, wie Moses sie auf dem Gipfel des Berges gebraucht hatte. Mit Sorensens Hilfe hatte Kennedy ein Jahr zuvor »Civis Romanus sum« zitiert unter Hinweis auf das, was vor 2000 Jahren gesagt worden war: »I am a citizen of Rome.« Er schrieb den berühmten Satz um und sagte in New Orleans, wo die Rassenunruhen größer als in vielen anderen Orten waren: »Today, I believe, in 1962, the proudest boast is to say, I am a citizen of the United States. And it is not enough to merely say it; the proudest boast is to say I am a citizen of the United States. And it is not enough to merely say it; we must live it.«

Das stand bereits im Manuskript. Es hat viele Tage dort gestanden. Es stand dort, dass Kennedy sagen soll: »Ich bin ein Berliner!«, unter ohrenbetäubendem Applaus dankbarer Deutscher, die völlig verzweifelt über die Auswirkungen der neuen Mauer sind. Familien, die auf viele Jahre getrennt sind. Desperate Ostdeutsche, die versuchen zu flüchten, aber von ihren eigenen Landsleuten erschossen werden. »Ich bin ein Berliner!«, donnert Kennedy. »Ich bin … was?«, murmelt Ulf kichernd, als er zum ersten Mal in unserem Haus am Küchentisch sitzt und über seine dicken Brillengläser blinzelt. »Sagte er das wirklich? Ich bin ein Berliner? Das bedeutet ja eigentlich: Ich bin ein Berliner Pfannkuchen. Er sollte sagen: 'Ich bin Berliner'. Aber man kann von Amerikanern nicht zu viel erwarten. Nicht wahr, Per?«

In diesem Jahr geht es in den Ferien nach Bergen. Vater soll an einer Festveranstaltung irgendeiner Vereinigung teilnehmen, die Mutter hasst, obwohl sie eine Schwäche für einige der Ingenieure hat, die in seltenen Fällen einen Hauch von Selbstironie gezeigt hatten. An einem schönen Sommertag fahren wir mit dem Zug los. Der Osloer Ostbahnhof ist für einen Elfjährigen ein Ereignis. Das große gewölbte Dach. Als die Bergenbahn auf Gleis 4 zur Abfahrt bereit steht, sind sogar Gesprächsfetzen »auf Ausländisch« zu hören, wie Mutter zu sagen pflegt. Ein Gewimmel heiterer Menschen auf dem Bahnsteig. Es ist derselbe Tag, an dem der Journalist und Libanon-Korrespondent Kim Philby enttarnt wurde, als dritter Mann in dem großen Spionagefall der Fünfzigerjahre mit Burgess und Maclean in den Hauptrollen. Es wird angenommen, dass er sich hinter dem Eisernen Vorhang befindet. Diesen Vorhang würde ich gerne sehen, denke ich, während der Zug Richtung Finse saust. Das klingt so konkret, aber wo ist das Eisen? Wo ist der Vorhang? Der Begriff an sich ist genau so eine Behauptung wie alle Behauptungen von Fräulein Ätschbätsch. Wenn man ihn wenigstens hätte sehen können, so wie man die Venus vor Weihnachten sehen kann oder den Orion und den Großen Wagen das ganze Jahr über. Obwohl sie Lichtjahre entfernt sind. Daran musste man nicht zweifeln. Die Sterne existierten. Und damit basta! Aber der Eiserne Vorhang? Einen halben Tag später klettern wir aus dem Eisenbahnwagen. Ich sehe, dass wir in Bergen sind, einer Stadt, die ganz und gar nicht norwegisch aussieht, jedenfalls nicht so wie Norwegen von Oslo aus aussieht oder vom Parksvingen in Bærum. Meine Güte, was für Berge ragen mitten aus dem Stadtzentrum steil aufwärts. Sonne und Wolken gleichzeitig. Das Schlimmste, was ich kenne, ist Sonnenregen. Ein eigenartiger Angstanfall der Natur. Es regnet heftig. Und die Sonne scheint. Eine völlig unmögliche Kombination. Wir gehen mit unseren schweren Koffern zum Hotel in die Kong Oscars Gate, weil wir uns kein Taxi leisten können. Wir schleppen das Gepäck über das glatte Pflaster. Nachdem wir einen großen Platz überquert haben, kommen wir in eine Straße mit Backsteinhäusern und Holzhäusern auf beiden Seiten. Kong Oscars Gate! »Wir sind in Schnitlers Straße«, sage ich. »Was meinst du?« Mutter und Vater wirken irritiert. »Lest ihr keine Zeitung? Hier war es, wo er sein Lager hatte! Direkt neben einem Hotel. Hier im Waschkeller hat die Polizei den anderen Handschuh gefunden!« Mutter zuckt zusammen. »Lasst uns nicht von ihm sprechen. Er war ein Mörder. Schluss damit.«

Aber ich bin nicht fertig. Im Gegenteil. Wir sind pitschnass, als wir in die Rezeption des Hotels kommen. Der Sonnenregen hat sich in Wind und waagerecht fallenden Regen verwandelt. Ich habe das nie zuvor gesehen. Regen, der nicht auf den Boden fällt, sondern von rechts kommt und direkt nach links verschwindet. Seit dem verhängnisvollen Ausflug zur Hütte in der Nähe von Hallingskarvet habe ich Vater nicht so nass gesehen. Jetzt steht er in der Rezeption und bittet um ein Familienzimmer für Bjørnstad. »Es wurde telefonisch gebucht«, sagt er mit Bestimmtheit.

Die Dame hinter dem Tresen hat feste, graue Locken. Sie sehen aus wie mehr als fünfzig kleine Fragezeichen. »Ich finde niemanden mit diesem Namen.« Vater ist gereizt. Das wird er immer, wenn er weiß, dass er Recht hat. »Wir haben eine Reservierung«, sagt er. »Wo hatte Schnitler sein Lager?« frage ich. »Sprich jetzt nicht von dem Mörder!«, sagt Mutter. »Im Garten direkt nebenan«, sagt die Dame hinter dem Tresen und deutet fast ein wenig stolz auf die Wand. »Ich wusste es!«, sage ich. »Beruhige dich jetzt, Ketil«, sagt Tormod. »Haben Sie nun ein Familienzimmer?«, fragt Vater. Er hat sich beherrschen können und ist nicht hinter den Tresen gegangen, um in die Papiere der Hoteldame zu schauen. »Ja sicher. Wir haben viele Zimmer«, sagt die Dame.

Wir drängen in das Zimmer. Es riecht nach Schimmel und Regen in einer perfekten Mischung. »Sehr hübsch«, sagt Vater, begeistert über jede neue Erfahrung. »Hauptsache sie haben einen Föhn«, sagt Mutter.

Ich höre es ihrer Stimme an, dass ein Festessen bevorsteht. Ein großes Bankett für Ingenieure im Hotel Norge, das offenbar feiner ist als das Hotel, in dem wir wohnen. Vater hat sogar einen Smoking mitgenommen. Mutter wird ein langes Kleid tragen. »Absurd«, sagt sie, während sie es aus dem Koffer hervorwühlt und auf einen Bügel hängt. »Was sollen wir in der Zwischenzeit machen?«, fragt Tormod. »Zwei Wiener Würstchen an einer Würstchenbude kaufen«, sagt Vater. »Tolles Fest«, entgegne ich. »Also auch zwei halbe Solo«, sagt Vater. »Und ein Kvikk Lunsj zum teilen«, sagt Mutter.

Sie verschwinden in ihren feinsten Kleidern. Weil es in Strömen regnet, wartet sogar ein Taxi auf sie. Vielleicht bezahlt der Ingenieurverein. Ich habe Bauchschmerzen, aber jetzt muss ich keine Angst haben. Sie gehen zu einem Fest. Dort können sie nicht streiten. Sie werden in einem Saal mit Kronleuchtern sitzen. Es wird mehrere Gläser pro Gedeck geben. Auch mehrere Teller. Das habe ich auf Fotos vom Weißen Haus gesehen oder bei Festessen im Bristol und Grand. Mutter kann nicht weinen. Vater auch nicht. Warum fürchte ich immer, dass sie weinen könnten? Was macht das Weinen so schrecklich? »Wir gehen raus und suchen das Lager von Schnitler«, sage ich. Tormod zuckt mit den Schultern. Er hat keine besondere Lust, aber er ist nett. Außerdem hat es plötzlich aufgehört zu regnen. Und die Sonne ist irgendwo hinter Ulriken verschwunden. Dieses merkwürdige Gefühl, wenn es zwischen Mutter und Vater nicht stimmt. Kurz bevor wir von Røa wegzogen, entwickelte sich ein gewaltiger Streit zwischen ihnen, ausgerechnet als ein Freund der Familie Tormod und mich nach Oslo in das Neue Theater einlud, wo *My Fair Lady* unter der Leitung von Kåre Siem aufgeführt wurde. Henki Kolstad als Mr. Doolittle. An die übrige Besetzung erinnere ich mich nicht. Vielleicht Wenche Foss. Vielleicht Helge Reiss. Arne Aas? Per Theodor Haugen? Toralv Maurstad? Manchmal ist das Gedächtnis ein unzuverlässiger Freund. Außerdem war ich während der Vorstellung abwesend, trotz der tollen Kostüme, der vergnüglichen Handlung und der bezaubernden Musik. Ich saß dort im obersten Rang, ließ Handlung, Farben und Musik vorübergleiten und dachte daran, was wohl zu Hause im Melumvei geschah. Rissen sie das Haus jetzt nieder? Standen sie da und schrien sich an? Ich suchte mittlerweile nach den geringsten Anzeichen von Meinungsverschiedenheiten zwischen ihnen. Ich vergaß all die schönen Stunden, die es gab. Sie zählten nicht, solange ein einziges Wort genügte, um mein Leben zu ruinieren. In der Pause war ich krank vor Angst. Ich wollte nur nach Hause, hätte mich hinausschleichen und alleine mit der Straßenbahn fahren können, wenn ich nur gedurft hätte. Aber ich wagte nicht zu fragen. Ich verbarg meine Angst sogar vor Tormod. Vom zweiten Akt weiß ich nichts mehr. Ich starrte auf die Bühne, aber was sich dort ereignete, erschien sinnlos. Und als ganz am Ende applaudiert wurde, wirkte es absurd, dass alle um mich herum begeistert und glücklich waren. Ich wollte nur nach Hause in den Melumvei und sehen, was zwischen Mutter und Vater passiert war. In der Straßenbahn zurück nach Røa bekam ein Junge in unserem Abteil einen Anfall. Er trug eine grüne Militäruniform. Er wollte wohl nach Huseby, um unser Land in den heimlichen Gängen und Höhlen zu verteidigen. Es war so unheimlich, die Spasmen, die unkontrollierten Bewegungen und die sich verdrehenden Augen zu sehen, sogar als ein Arzt kam und ihn auf den Boden legte, während er ihm etwas zwischen die Zähne schob und rief, dass es sich um einen epileptischen Anfall handele und er alles unter Kontrolle habe. Weshalb Kontrolle? Hatte der arme Soldat die Kontrolle? Hatten Mutter und Vater die Kontrolle? Hatten Tormod und ich die Kontrolle? »Gut, dass es gerade keinen Weltkrieg gibt«, sagte ich zu Tormod mit einem vielsagenden Blick auf den Soldaten, der wie eine Makrele auf dem Boden zappelte. »Da hätte die norwegische Armee ein ziemliches Problem.« »Sei still, Ketil!«, sagte er streng. »Überleg, was du sagst!« Ja, ich überlegte. Jetzt sprach und dachte ich wie Abel. Er konnte über das Schlimmste scherzen und lachen. Aber das Schlimmste wartete ja zu Hause auf uns. Waren sie am Leben? Oder hatten sie sich mit einer Axt erschlagen? Die Straßenlaternen verbreiteten eine düstere Stimmung. Ich ging wie in Trance. Es gab nichts, worüber ich mit meinem Bruder reden konnte. Er musste es gespürt haben, denn als wir in den Melumvei einbogen, fragte er: »Stimmt etwas nicht?« Ich schüttelte den Kopf. Es war mir so wichtig, diese Gedanken zu verbergen. Natürlich stimmte etwas nicht mit mir. Aber mit meiner Angst war alles in Ordnung. Ich hatte keine lustigen Kommentare parat, als wir die Haustür aufschlossen. Wir waren schon längst Schlüsselkinder, alle beide, aber Tormod war ja vierzehn und fast zu erwachsen, um noch zu zählen. Mutter und Vater eilten uns aus dem Wohnzimmer entgegen. Sie sahen glücklich aus. Auf dem Küchentisch stand sogar eine brennende Kerze. Sie waren begeistert. So froh. Miteinander versöhnt. Mutter hatte große rote Flecken am Hals. Und Vater hatte glänzende Augen, wie er sie sonst nur hatte, wenn er sich in seltenen Fällen ein Glas genehmigte. Sie schauten uns mit großen, neugierigen Augen an: »Wie ist es gewesen? War es lustig? War es großartig?« Ich brachte kein Wort heraus. Obwohl ich mit aller Kraft die Zähne zusammenbiss, fing ich an zu weinen.

Ich verlasse das Hotel in der Kong Oscars Gate in Bergen zusammen mit meinem Bruder, um das Lager von Schnitler zu finden. Es ist krankhaft, dass ich alles wissen, alles sehen, alles erfahren will. Ich treibe meine Familie in den Wahnsinn, weil ich es nicht ertrage, ein Gespräch zu verpassen. Wenn jemand etwas gesagt hat, das ich nicht mitbekommen habe, drängle ich solange, bis sie wiederholen, was sie gesagt haben. Nun scheint also weder die Sonne noch regnet es. Was zum Teufel ist das für eine Stadt? Diese Wetterumschwünge machen einen nervös, oder man muss sie übersehen, so wie der klitschnasse Mann es macht, der gelassen an uns vorübergeht in Richtung Fisketorget. Aber wir gehen nicht mehr gelassen, wir sind stehengeblieben. »Hier ist es«, sage ich. »Ich erkenne es wieder von den Zeitungsfotos.« Ein Schauder durchfährt uns beide. Ich kann es Tormod deutlich ansehen. Eine Schlange saust seinen Rücken hinauf und beißt ihn in den Nacken. Schnitler. Zwischen diesen Steinwänden ist er in den engen Hof hineingefahren. Da muss Rita, die irgendwo außerhalb der Stadt im Kanalschacht lag, noch warm gewesen sein. »Stell dir vor, dass er sie gequält hat«, sage ich, während wir beide auf die Tür zum Lager schauen, wo der andere Handschuh gefunden wurde. »Und denk daran, was er mit ihr gemacht hat, bevor sie starb«, sagt Tormod. Ja, was tat er? »Schnitler«, sage ich plötzlich. »Warum sagst du das?« »Ich musste es einfach sagen«, antworte ich. »Schnitler. Schnitler. Schnitler.« Dann gibt es nichts mehr zu sagen. »Vielleicht sollten wir uns ein Wiener Würstchen kaufen«, sagt Tormod beruhigend. »Das dürfen wir ja?«

Wir kommen auf die Regierungskrise zurück. Wegen der Kings-Bay-Affäre musste die Gerhardsen-Regierung zurücktreten. Alles begann in Svalbard am 5. November im vorigen Jahr, als eine viel zu hohe Konzentration von Metangas eine Explosion in der Grube Esther 1 in Kongsfjorden verursachte, die von dem ehemals englischen Kohlebergbauunternehmen Kings Bay AS betrieben wurde. Einundzwanzig Menschen verloren ihr Leben. In den Jahren 1948, 1952 und 1953 waren dreiundvierzig Menschen in derselben Grube getötet worden. Die nicht sozialistischen Parteien stellten mit Unterstützung der Repräsentanten der Sozialistischen Volkspartei einen Misstrauensantrag gegen die Regierung von Gerhardsen. Die Voraussetzung für die Wiedereröffnung der Grube 1953 waren zufriedenstellende Sicherheitsvorkehrungen. Aber die Grube war weiterhin so gefährlich, dass nicht alle Umgekommenen herausgeholt werden konnten. Vater war wütend. Er achtete nicht auf den schönen Augusttag draußen und all die Äpfel, die zu Mutters Verzweiflung an den Bäumen hingen. Er ärgerte sich, dass die Sozialistische Volkspartei für eine bürgerliche Alternative im Parlament stimmte. Was sollte Norwegen mit dem Teddybär John Lyng? Wer war er im Gegensatz zu Gerhardsen, dem Landesvater? Vater bekam diesen gereizten Zug um die Mundwinkel. Die ganze Welt war dumm, nur er kapierte, wie es richtig war. Ich versuchte, ihn zu verstehen. Schon da hatte ich meine schlimmste Charaktereigenschaft entwickelt.

51

Bei der Weltmeisterschaft im Schwergewicht in Las Vegas schlägt Sonny Liston Floyd Patterson bereits in der ersten Runde bewusstlos. Die Zeitungen bringen den Knockout auf den Titelseiten. Zu Hause bei Tante Svanhild sitzen die Bjørnstad-Jungs und sehen, wie der sympathische Floyd Patterson zappelnd auf der Matte liegt, während der große, schreckliche Sonny Liston über ihm steht und lächelt. Immer noch werden sie Neger genannt. Er ahnte noch nicht, wie die Sprache sich verändern sollte, wie er viele Jahre später überlegen muss, wann er Wörter wie »farbig«, »braun« oder »schwarz« benutzt. Aber mit einem Vater, der mit wutentbrannter Stimme über die Gräueltaten des Ku-Klux-Klans spricht, fühlt er sich wie ein Bürgerrechtskämpfer. Er blickt zur Tante, die die Hand vor den Mund hält und sagt: »Wie grauenhaft«. Wer will einen Menschen sehen, der halb bewusstlos und desorientiert auf dem Boden herumkrabbelt? Vater schüttelt den Kopf angesichts der Brutalität. Der Pazifist in ihm erträgt keine Gewalt, aber es steckt dennoch genug von einem Arbeiterjungen in ihm, der sich an die Boxkämpfe in Sarpsborg während seiner Jungend erinnert und die Namen einiger alter Helden nennt, die auf beste Weise einen verwerflichen Sport ausübten. Sportverein Sparta. Im wahrsten olympischen Geist. »Das muss bald beendet werden«, sagt er, während er ein weiteres Stück Mandelkuchen nimmt, den Tante Svanhild ihm zu Ehren bei Samsons gekauft hat. Niemand liebt Mandelkuchen mehr als Vater. Er isst sich satt daran. Nicht selten muss er sich danach übergeben. Die Bemerkung macht den Sohn wehmütig. Denn sobald der Sommer vorbei ist, wird einiges vorbei sein. Tormod zum Beispiel wird nicht länger auf die Waldorfschule gehen. Wenn du vierzehn bist, kommt nicht nur weißes klebriges Zeug aus deinem Körper, du musst außerdem die Schule wechseln. Zur Realschule gehen. Er spürt einen Stich im Unterleib. Allein der Name. Real. Er weiß, was das bedeutet. Naturwissenschaftliche Fächer. Physik. Chemie. Mathematik. Alles, was sein Vater kann, von dem er selbst aber nichts versteht. Glücklicherweise versteht auch die Mutter nicht so viel davon. Aber der Bruder wird es sicher schaffen. Nadderud Schule für Vierzehn- und Fünfzehnjährige. Zwei Jahre lang diese langweiligen, schwierigen Fächer, bevor einen das Gymnasium mit all seinen Schrecken erwartet. Oh, dachte er in den dunklen Augustnächten, wenn der Kummer ihn überwältigte, weil der Bruder ihn nicht länger den steilen Hang von Parksvingen hinunter und nach rechts in den Underhausgsvei begleiten würde. Die oft so schönen und sonnigen Spätsommertage ohne Tormod, wenn am Morgen Tau auf dem Gras und den Apfelbäumen lag. Alles, worüber sie sprechen könnten, wenn sie die Kolsåsbahn nahmen, Musik, die sie beschäftigte, die allerbesten Conquest-Bücher. Die Hardy Boys auf neuen Abenteuern. Oder warum der Vater und die Mutter so traurig wirkten, als sie sich mit der Straßenbahn auf den Weg zur Arbeit machten. Ja, er hatte es im Gefühl, dass in diesem Herbst etwas vorbei war. Die alte Heimat verschwand in dem großen, neuen Haus, das sie umschloss. Alles sollte größer werden. Aber es fühlte sich wie ein Gefängnis an, als ob sie langsam eingemauert würden von den großen Ambitionen, die der Vater hatte. Dass sie gut wohnen mussten, dass es wichtig war, in Wohneigentum zu investieren. Woher hatte er diese Ideen? Schrieben sie so etwas im *Technischen Wochenblatt*? Konnten sie deshalb nicht mehr durch die Fenster sehen? Überall Baugerüste und Planen. Die beiden netten Schreiner, die versuchten, so leise wie möglich zu sein, wenn sie morgens um sieben Uhr kamen. Das war nicht von Bedeutung, denn die Familie stand dann sowieso auf.

Die Wehmut verstärkte sich durch die Mönche. Plötzlich war auf der Titelseite von *Dagbladet* ein Foto, das einen brennenden Mönch im Lotussitz zeigte. »Was ist das, Vater?« »In Vietnam protestieren

Mönche, weil es unter dem kommunistischen Regime keine Religionsfreiheit gibt.« »Verbrennen sie sich zu Tode? Ist das möglich? Reicht ein Streichholz aus?« »Sie begießen sich vorher mit einigen Litern Benzin. Sobald sie es entzünden, brennen sie lichterloh. Sie sitzen viele Minuten ganz still, während sie zu Asche werden.« »Tut das nicht schrecklich weh?« »Das kannst du dir doch denken.« »Aber warum schreien sie nicht?« »Frag mich nicht, mein Junge. Diese Menschen haben eine innere Ruhe. Sie haben einen Glauben.« »Hast du einen Glauben, Vater?« Der Vater ging mit schnellen Schritten neben ihm den Underhaugsvei entlang. Ausnahmsweise sollten sie dieselbe Straßenbahn nehmen. Vater war zu spät aufgestanden, offenbar hatte er am Abend zuvor auf dem Dachboden allzu lange in einem Maigret-Buch gelesen. »Ich glaube an das Universum, mein Junge«, sagte er wie so oft. »Ich glaube an den Kosmos. Ich glaube an die Sterne. Ich glaube an die Vernunft. Ich glaube an die Menschen.« »Tust du das wirklich?«, musste er fragen. »Ja«, sagte der Vater. Aber ohne den Sohn anzusehen. Er starrte mit fernem Blick geradeaus. Der enge Underhaugsvei mündet direkt vor ihnen in den Bærumsvei.

Hatte der Bruder auch einen Glauben? War er wie einer dieser Mönche in Vietnam, die sich verbrannt hatten? Im Laufe des Herbstes war etwas unverkennbar Christliches über ihn gekommen. Die Jesusmädchen, die durch den neuen Eingang des immer noch nicht fertigen Hauses hereinkommen, in dem sein Bruder und er wieder jeder ein eigenes Schlafzimmer bekommen werden und, was das Allerwichtigste ist, Mutter und Vater werden es auch bekommen, werden sozusagen wiedervereinigt mit Ausblick auf die Nachbarn, die sie nicht mehr grüßen, aber das ist egal, was bedeuten solche Kleinigkeiten schon in Anbetracht des Großen und Ganzen. Viele Jahre später erinnert er sich nicht, ob diese Mädchen Bibeln in ihren Händen hielten, aber jedenfalls strahlten ihre Augen, und der Bruder nahm sie mit in sein Zimmer, das nicht fertig war und nach Sägespänen und Spanplatten roch. Gott weiß, was sie dort taten, wenn die Tür sich geschlossen hatte. Lasen sie Paulus, 13? Den Brief an die Korinther, oder waren es Korinthen? Der wesentliche Unterschied zwischen der

Bibel und Brötchen. In jedem Fall ging es um Liebe. Zu Brötchen oder zu Gott. Es war etwas mit klingenden Glocken und einem, der keine Liebe hat. So oder so. Er verstand es. Hier gab es mehr als genug zu verstehen. Hinter einer geschlossenen Tür glitt der große Bruder hinein in eine christliche Gemeinschaft, die grundsätzlich ebenso widerlich war wie Syvers Auslassungen darüber, was wirklich mit dem Pimmel von Vierzehnjährigen passiert. Sie trugen verschlissene Jeans und hatten grüne Pullover. Sie waren nicht so snobistisch wie die Mädchen oben in Vinderen bei Mads und Bryn. Sie hatten diese lässige Art der Leute aus Baerum, die ihm den Eindruck vermittelte, dass sie aus etwas zwangloseren Familien kamen als die Dynastien oben Richtung Holmenkollbakken. Nicht so abgehoben und herablassend. Nicht so große Ferienhäuser in der Umgebung von Tønsberg und Sandefjord. Vielleicht hatten die Eltern sogar einen Kredit aufgenommen, wie sein eigener Vater. Ja, vielleicht waren sie bis über beide Ohren verschuldet, sodass die Kinder ihre Kurse an Tanzschulen und diesen ganzen Blödsinn, mit dem diejenigen sich beschäftigten, die näher am Zentrum der Macht waren, nicht bezahlt bekamen. Sie spielten Handball draußen im Wald, wo die wirklich großen Gärten und Schulen waren. Handball und Turnen. Und dann spielten sie Klavier auf kleinen nussbraunen Instrumenten, unter deren Klaviatur irgendwo alte flachgepresste Kaugummis klebten. Sie übten keine Czerny-Etüden auf riesengroßen schwarzen Flügeln, die von ihren Großeltern stammten. Aber sie waren christlich. Tormod hatte diesen frommen Gesichtsausdruck, wenn er sie in sein unfertiges Zimmer hereinzog. Dann fühlte er sich auf eine schmerzlichere Weise ausgeschlossen als dann, wenn die Königinnen der Klasse ihn zum Narren hielten. Das war die altersbedingte Ausgrenzung. Triumph der Vierzehnjährigen. Wichtiger als reicher zu sein als andere war es, älter zu sein. Sie konnten sogar freundlich sein, ihm auf die Schulter klopfen und sagen, dass er süß sei. Das wollte er sich verbeten haben. Er wusste, wie er aussah. Er war nicht süß. Eine Schweinepfote war süßer, zudem kann die auch auf einem Teller mit Kümmelkohl und Kartoffeln angerichtet werden.

Über Tilla kam heraus. Ein perfekter Film für Vater. Er handelte vom Unverständnis der Gesellschaft gegenüber »denjenigen, die es am nötigsten hätten«, wie er sagte. Ein Film von Arne Skouen. Ein Mann, über den der Vater oft und gerne sprach. Hatte er Skouen nicht angerufen, als er Rat suchte, ob es richtig war, die Jungen in der Waldorfschule anzumelden? Seitdem der Sohn sich für Filme interessierte, insbesondere für diejenigen, für die er zu jung war, wusste er, wer Arne Skouen war. Skouen war für einen Oscar nominiert, doch er verlor gegen Fellini. Ein Oscar war wohl das Beste, was es gab, weil der Preis von den Amerikanern verliehen wurde. Und obwohl Vater das Verhalten der Amerikaner gegenüber Schwarzen, Asiaten und Sowjetrussen, mit Chruschtschow an der Spitze, nicht besonders mochte, beeindruckte es ihn, dass Skouen diesen bedeutsamen Preis fast bekommen hätte. Selbst Tante Svanhild fand es eindrucksvoll, obwohl Skouen ihr allzu radikal war. Aber er sah ja ziemlich attraktiv aus. Die gleiche schlanke Gestalt wie Onkel Sigurd. Deshalb empfand der Bjørnstad-Junge es als Privileg, als eine Geste der Erwachsenenwelt, dass er mit Mutter und Vater ins Gimle Kino gehen und *Über Tilla* sehen durfte. Er verliebte sich sofort in die Tochter. Skouens Tochter, die in Wirklichkeit Synne hieß, im Film aber Tilla. Er war vollkommen hingerissen, als sie sich an das Klavier setzte und spielte. Das lange, dunkle Haar. Der wehmütige Zug in ihrem Gesicht. Sie erinnerte ein wenig an Leah. Wie er Leah vermisste! Wo war sie? Was tat sie? Dachte sie manchmal an ihn und den Bruder? Seine Wunschträume von diesen Mädchen verwirrten ihn, machten seine Kindheit und Jugend zu einer heimlichen Affäre, aber glücklicherweise noch nicht anrüchig, wie in Tormods Fall. Noch immer war der Kleinste in dieser Familie rein und unbefleckt. Er saß im Gimle Kino und sah einen Schwarz-Weiß-Film über ein schönes junges Mädchen, das Hilfe brauchte. Synne, dachte er. Wenn er tatsächlich in ihrer Nähe gewesen wäre, hätte er ihr die Hilfe gegeben, die sie brauchte. Das wäre ja noch schöner, würde der Vater sagen.

Aber dann kam Leah. Zuerst hörte er das Motorrad weit unten im Underhaugsvei. Auf der geraden Strecke beschleunigte es, um den Parksvingen in einem Rutsch nehmen zu können. Es war Samstag, es war immer ein Samstag und ein freudiges oder feierliches Gefühl, wenn Abel mit seiner Tochter kam. Als er sie, sich an den Vater klammernd, auf dem Rücksitz sitzen sah wie damals, zuckte sein Körper wie eine kleine frischgefangene Makrele. Leah! Da war sie! Der ganze Wohnzimmertisch war sofort mit Schokolade bedeckt. Abel hatte wieder eine Runde Kino hinter sich und sechs Filme an zwei Tagen gesehen. Nun ließ er sich auf das Sofa fallen und starrte durch das Loch in der Wand, das für das neue Wohnzimmer und den riesigen immer noch nicht fertigen Kamin geschlagen worden war. Nichts war fertig. Alles war kurz davor. Aber Leah hatte einen neuen Zug im Gesicht. Etwas Fremdes, das vielleicht mit dem Alter zu tun hatte. Sie war kein Kind mehr. Sie war wie Tormods christliche Mädchen. Sie wusste etwas, aber worüber? Über Mathematik? Über Gott? Über das Leben? Ja, vielleicht über das Leben. »Was willst du mit diesem ganzen Platz anfangen, Per?«, fragte Abel belustigt. Diese Frage gefiel der Mutter. Sie verdrehte die Augen, warf ihrem Mann aber glücklicherweise ermunternde Blicke zu. Vor ein paar Tagen hatten sie sich gestritten. »Damit Freunde wie du übernachten können, darum, Abel«, sagte Vater mit einem Lächeln. »Kann Leah bis morgen bleiben?«, fragte Abel und nahm einen riesigen Happs von der Schokolade. Ihm wurde warm im Kopf. »Natürlich kann sie das«, antwortete Mutter. »Aber die Schlafzimmer sind ja noch nicht fertig. Wir schlafen in dem einen Schlafzimmer oben auf dem Dachboden, wie zuvor. Aber Leah kann auf dem Sofa im Wohnzimmer schlafen.«

Er ging mit ihr hinaus in den Garten. Der Bruder war bei einem Jugendgruppentreffen in der Nadderud Schule. Dort saßen sie und sangen Choräle, die sie vermutlich zu anzüglichen Texten umschrieben. »Nun bringt dem Herrn ein neues Glied«. Er verstand es nicht so ganz. Aber draußen zwischen den Apfelbäumen konnte er so nah bei ihr stehen, dass er einen fremden Duft wahrnahm. Sie hatte begonnen, Parfüm zu benutzen. Er schnupperte vorsichtig, ohne sich anmerken zu lassen, dass er schnupperte. Sie standen nebeneinander und schauten auf die Apfelbäume, die wenigen Äpfel, die immer noch an den Ästen hingen und all die, die heruntergefallen waren, auf dem Boden lagen und verrotteten, wie Mutter es vorhergesagt hatte. »Warum nehmt ihr die Äpfel nicht zum Kuchenbacken?«, fragte Leah verwundert. »Was für ein Kuchen soll das sein?«, fragte er. »Apfelkuchen natürlich.« Er dachte nach. »Wir backen solche Sachen hier bei uns nicht«, sagte er. »Vater mag lieber Mandelkuchen.« »Dann solltet ihr Mandelbäume haben«, sagte Leah ernst. Endlich, dachte er. Vielleicht lacht sie sogar wieder. Aber sie lachte nicht. »Warum hast du uns so lange nicht besucht?«, fragte er. »Hast du mich vermisst?« »Es ist immer lustig, wenn ihr kommt.« »Alles ist jetzt anders, seit Papa mit dieser Schwedin zusammenwohnt.« »Aber wohnst du nicht bei deiner Mutter?« »Hätte ich tun sollen. Aber dann bin ich weggeschickt worden.« »Fort? Wohin fort?«

»Ein Heim für schwierige Mädchen. Irgendwo im tiefsten Østfold.« »Wohnst du dort?« Sie nickte. »Ganz alleine? Passt noch nicht einmal Abel auf dich auf?« »Papa hat genug mit Kristina zu tun«, sagte sie. »Die schwedische Sünde?« Leah kicherte. »Nennt ihr sie so?« Ich nickte und errötete. »Weißt du überhaupt, was Sünde ist, du Pimpf?«

Sie strich ihm leicht über den Arm, wie um ihn zu trösten. Aber es gab ja nichts, worüber er traurig war. Jedenfalls nicht jetzt, wo Leah neben ihm stand. »Ich weiß so dies und das«, sagte er versuchsweise. »Kristina und Papa werden ein Kind bekommen«, sagte Leah. »Deshalb hat er mich anstelle von ihr mitgenommen. Ihr ist übel. Außerdem ist wohl was mit dem Blut. Und mit den Hüften. Sie muss Ruhe halten.« »Wo wohnen sie?«, fragte er. »Irgendwo am Stadtrand. Aber sie werden bald in den Norden ziehen.« »Und was ist mit dir?« »Ich muss in dieser Anstalt bleiben.« »Bist du wirklich so schwierig?« »Ach, ich war ziemlich schwierig.« »Wie denn schwierig?« »Ich bin abgehauen. Bin nachts weggeblieben. Hab so Sachen gemacht.« »Was für Sachen?« »Ach, nichts Besonderes, gewisse Sachen eben, Ketil.« »Gab es da auch Jungen?« »Ein paar vielleicht. Bist du eifersüchtig?« Er errötete wieder. »Weiß nicht so genau, was Eifersucht ist«, murmelte er und hob einen Apfel vom Boden auf. Der war nicht so verfault wie die anderen. Der Novembernachmittag wurde spürbarer. Die Kälte. Die Feuchtigkeit.

Die roten Wolken am Himmel. »Kann ich dich dort besuchen?«, frage er, als er sah, dass sie fror und in wenigen Sekunden wahrscheinlich hineingehen würde. »Das wäre nett«, antwortete sie. »Aber das ist nicht so einfach.« »Vater wird es hinbekommen«, sagte er. »Er lässt sich nicht aufhalten.«

»Hoffen wir es«, sagte sie. »Es wäre lustig, dich und Tormod einmal da draußen zu sehen.« Er überlegte. »Vermisst du deine Mama nicht? Vermisst du Abel nicht?« »Ich vermisse sie die ganze Zeit. Es ist unmöglich, zu verstehen, wie höllisch das ist.« »Ja, ich verstehe es.« »Wie kannst du das verstehen?« »Es ist möglich, so etwas zu verstehen, auch wenn man es nicht erlebt hat«, sagte er. »Das glaube ich nicht«, sagte sie.

Sie drehten sich um, wollten schnell hineingehen. Einen Moment lang blieben sie stehen und schauten das halbfertige Haus an, die Hütte, die bald vollständig umbaut sein würde. Der neue Anbau, der nach der einen Seite herausragte, hin zu dem unseligen Nachbarn, der im selben Moment aus seinem weißen, idyllischen Haus herauskam und dasselbe sah, was er und Leah sahen. Ein riesengroßes Gebilde in der Novemberdunkelheit. Ein Bauplatz ohne Handwerker. Auch der Nachbar blieb lange stehen, zusammen mit ihnen, aber auf der anderen Seite des Zauns. Ohne ein Wort zu sagen. So als ob sie alle in ein Bild hineinglitten, das genau in diesem Moment gemalt wurde. Ein Bild, das in ihrem Leben bestehen bleiben und in der Kammer der Erinnerungen an der Wand hängen würde, obwohl der Augenblick bereits vorüber war, als einer von ihnen sich zu bewegen begann. Sie waren trotzdem in der Zeit eingefroren. Er hatte dasselbe Erlebnis als Dreijähriger gehabt. Damals hatte er draußen auf der Treppe im Melumvei in Røa gesessen und auf ein kleines Loch im Beton gestarrt. Er wusste, dass alle anderen fort waren. Es gab nur ihn und Pet, den Airdalterrier der Familie Bruun oben in der ersten Etage. Der lag da und schlief auf seiner eigenen Treppe, einige Meter entfernt. Er selbst war wach. Er saß dort und bohrte mit dem Zeigefinger abwechselnd in der Nase, um Rotz herauszubefördern, oder er grub in dem Loch im Beton, um die poröse Oberfläche zu spüren, dort wo der Beton sich gelöst hatte.

Die Welt war so klein und trotzdem so groß. Und er hatte dort gesessen und zum ersten Mal daran gedacht, dass er in all dem lebte, dass er existierte, dass er wusste, wie alt er war und wie er hieß. Aber Pet, der dort auf der anderen Treppe lag, wusste nichts davon. Jetzt stand er mit Leah da und erfuhr das gleiche großartige Gefühl: ein Teil zu sein von etwas anderem und gleichzeitig sich selbst von außen sehen zu können. Nannte Vater dies das Universum? Er dachte wieder über das Alter nach: Ich bin elfeinhalb Jahre alt. Mein Bruder ist vierzehn. Leah ist vierzehn. Aber ich bin es, der hier mit Leah zusammensteht. Und ich werde mich an diesen Moment mein Leben lang erinnern.

In dieser Nacht schläft er auf dem Dachboden beim Vater. Jetzt ist er an der Reihe. Er bemerkt, dass der Vater müde ist. Der Vater hatte mit Abel über vieles gesprochen: Buddhisten, die sich in Asien verbrennen, die Rassenunruhen in Amerika. Die Unruhen in Algerien und dem übrigen Afrika. Es ist lange her, dass er etwas über Chruschtschow und Kennedy gehört hat. Der Vater beginnt, eines der neuen Conquest-Bücher zu lesen, die er am Kiosk beim Nationaltheater gekauft hat, aber er schläft entgegen seiner Gewohnheit diesmal schon ein, bevor er das erste Kapitel zu Ende gelesen hat. Er bleibt liegen und lauscht. Der Vater schnarcht schon. Aber was ist mit denen, die da unten liegen? Es ist kein Laut zu hören. Sie müssen beide eingeschlafen sein, sowohl der Bruder als auch die Mutter. Der Bruder schläft immer tief. Als er endlich das leise Schnarchen der Mutter vernimmt, denkt er, dass nur Leah und er noch wach sind. Warum ist er sich so sicher, dass Leah wach ist? Er zieht die Bettdecke leise zur Seite, krabbelt auf dem Fußboden hinaus, weil es hier oben nicht hoch genug ist, um aufrecht zu gehen. Dann klettert er die steile Treppe hinunter. Es ist nicht verboten, nachts auf die Toilette zu gehen.

Sie liegt dort auf dem Sofa mit der Decke bis zum Hals. Sie sieht nicht mehr so erwachsen und andersartig aus. Das Licht, das aus der offenen Badezimmertür fällt, spiegelt sich in ihren Augen wider. Sie sind so groß. »Bist du wach?«, fragt er und bleibt still im Raum stehen. »Ja«, antwortet sie. Eine ganze Weile schweigen sie beide. »Was willst du?«, fragt sie endlich. »Ich weiß es nicht«, sagt er.

52

Jacqueline Kennedy hat mit ihrer Ankleidefrau besprochen, dass sie die rosa Chanel-Kopie mit den marineblauen Aufschlägen, die im Modehaus Chez Ninon auf der Madison Avenue gefertigt wurde, tragen wird. Ein Jahr vor der nächsten Präsidentschaftswahl war es wichtig, jung und frisch zu erscheinen. Damals, 1960, hatten sie Texas mit nur knappem Vorsprung gewonnen, obwohl es der Heimatstaat des Vizepräsidenten war. Die beiden Tage, die für den Besuch abgezweigt wurden, sollten aus der Not eine Tugend machen. Selbst hätte man vielleicht gesagt, dass es Wichtigeres im Leben zu tun gab als Stimmen einzusammeln, aber es waren unter anderem diese Stimmen aus Texas, die ihr und ihrem Ehemann den Einzug in das Weiße Haus ermöglicht hatten.

Sie entscheidet sich für den rosa Hut und die weißen Handschuhe. Die dunkelblauen Schuhe bilden einen lebhaften Kontrast zu der Tasche und der Bluse, die farblich übereinstimmen.

Das Flugzeug aus Forth Worth landet um 11.40 Uhr Ortszeit auf dem Love Field Flughafen außerhalb von Dallas. Die Air Force One rollt in einen Bereich des Flughafens, wo bereits mehrere Autos warten. Von denen sind einige offen, weil vorgesehen ist, dass die Wagenkolonne mit dem Präsidentenehepaar und mit Gouverneur John Connally und seiner Frau Nellie im selben Auto für das Publikum am Straßenrand gut sichtbar sein soll. Der Vizepräsident und seine Frau mit dem eindrucksvollen Namen Lady Bird werden in einem anderen Auto zusammen mit Senator Yarborough fahren. Texas ist bekannt für seine stechende

Hitze, aber zu dieser Zeit des Jahres, am 22. November, ist die Luft eine Spur kühler. Die Frau des Präsidenten sieht, dass die Leute Jacken tragen. Sie weiß, dass es bis zur Wahl im nächsten Herbst noch viele dieser Wagenkolonnen geben wird. Die Kennedys werden von den konservativen Amerikanern nicht unterstützt. Die Demokraten sind in den Südstaaten generell schwach. Und obwohl gerade die USA sich rühmen können, die älteste Demokratie der Welt zu sein, ist es nicht der gesunde Menschenverstand, der die Wählermassen lenkt, sondern der Strom des Geldes, der von den Milliardären kommt, die den sogenannten freien Willen der einzelnen Wähler beeinflussen wollen. Das Fernsehen ist das neue Hauptmedium für politische Werbung. Die Wenigsten, die sich am Straßenrand versammelt haben, haben eine Vorstellung davon, wie sehr diese Demokratie bereits manipuliert ist. Im Capitol spricht man von der immensen Korruption in der Sowjetunion und davon, dass die kommunistischen Machthaber das Vermögen des Landes veruntreuen. Niemand spricht über die Finanz-Tycoone in den USA, die direkte Telefonverbindungen zu ihren Politikern haben.

Die Kennedy-Familie umgibt eine Aura von Reichtum. Jackie trägt mit dem Nachnamen Bouvier dazu bei und mit einer Erscheinung, die ihr einen Platz in der Regenbogenpresse sichert, in der bisher nur Filmstars und Sängerinnen mit tief ausgeschnittenen Blusen und Pailletten vorkamen. Bisher hat es den Präsidentenfrauen oft an Glamour gefehlt. Jackie hat eine Verbindung zu den Menschen geschaffen. Und die hübschen kleinen Kinder, Caroline und John, haben das perfekte Alter, sodass selbst Tante Svanhild auf der anderen Seite des Atlantiks über sie spricht, als gehörten sie zu ihrer eigenen Familie.

Weniger als fünfzig Minuten, nachdem Air Force One gelandet ist, biegt die Autokolonne in die Houston Street ein. Mit blinkenden Scheinwerfern, die in dem intensiven Sonnenlicht allerdings an Strahlkraft verlieren, fahren die Wagen zwei Blocks weiter, bevor sie in die Elm Street einbiegen und das riesige Gebäude passieren, welches das Schulbuchdepot des Staates Texas beherbergt.

Knapp zweihundert Meter vor sich sehen die Fahrer und die Insassen der Wagen die große Eisenbahnunterführung. Als die Uhr 12.30

zeigt, sind es noch zwei Sekunden bis zum ersten Schuss. Abraham Zapruder hat sich mit seiner 8 mm Schmalfilmkamera auf einem von Rasen umgebenen Betonpodest postiert. Die Fahrtroute der Autokolonne war drei Tage zuvor in den beiden führenden Tageszeitungen der Stadt bekanntgegeben worden. Man hört einen Knall. Zapruders Kamera zeichnet auf, wie Kennedys Kopf sich plötzlich nach rechts wendet, als ob ein Schlag seinen linken Kiefer getroffen hätte. Gleichzeitig hebt er seine rechte Hand zum Gesicht. Unmittelbar danach dreht Gouverneur Connally, der unmittelbar vor dem Präsidenten im Auto sitzt, sein Gesicht nach rechts. Er wird später aussagen, dass er sich umgedreht hat, weil er einen Schuss gehört hatte. Im selben Augenblick verschwindet die Autokolonne hinter einem Straßenschild mit der Aufschrift Stemmons Freeway. Doch als das Auto des Präsidenten wieder für Zapruders Kamera sichtbar wird, zuckt Gouverneur Connally zusammen. Der Präsident hebt die zu Fäusten geballten Hände an seine Kehle. Connally öffnet den Mund und sein Oberkörper verdreht sich nach rechts. Sein rechtes Revers schlägt im selben Moment hoch, als Jacqueline Kennedy sich zu ihrem Mann beugt, nachdem ein neuer Schuss die rechte Hälfte seines Schädels explodieren ließ. Die Kamera nimmt eine Wolke aus Blut und Gehirnmasse auf, die zusammen mit der Kugel herausspritzt. Man sieht, wie der Präsident zusammensackt und in den rosa Schoß seiner Frau fällt, wo das Blut sich über den maßgeschneiderten Rock ergießt. Sie dreht sich hilfesuchend um, krabbelt für einige Sekunden auf die Karosserie des Autos, streckt ihre Hände aus, während der Geheimdienstagent Clint Hill von hinten auf das Auto aufspringt und sie in den Sitz zurückdrängt. In diesem Moment verschwindet das Auto in der Eisenbahnunterführung. Es sind weniger als sechs Sekunden vergangen, seit der erste Schuss abgefeuert wurde. Später wurde darüber gestritten, ob es zwei oder drei oder noch mehr Schüsse waren, die in der kurzen Zeit abgefeuert wurden, in der sich die Autokolonne auf der Elm Street zwischen dem Schulbuchlager und der Eisenbahnunterführung befand.

Dem Schulbuchlager gegenüber steht Howard L. Brennan und sieht einen Mann in der sechsten Etage des riesigen Gebäudes auf der anderen Seite der Straße. Fünfzehn Minuten, nachdem die erste Kugel den Präsidenten getroffen hatte, wurden über Polizeifunk eine Personenbeschreibung und eine Beschreibung des Attentäters ausgestrahlt. Die Jagd nach Lee Harvey Oswald hatte begonnen. Doch diejenigen, die sich im Parkland Memorial Krankenhaus des verletzten Gouverneurs und des bereits toten Präsidenten annehmen, kümmern sich um Näherliegendes.

Präsident John F. Kennedy wird bereits dreißig Minuten, nachdem der erste Schuss fiel, offiziell für tot erklärt. Connally wird mit erheblichen Schussverletzungen sofort in den Operationssaal gebracht. In Kennedys Fall wurde festgestellt, dass er von einem Schuss, der durch die Kehle hindurchging, im Nacken getroffen wurde. Ein anderer Schuss hat ihn in den Hinterkopf getroffen und den vorderen Teil des Gehirns auf der rechten Seite herausgesprengt.

Zu Hause in Norwegen ist es Abend, als dies geschieht. Er sitzt am Klavier und spielt ein wenig. Wichtig ist für ihn, dass er nicht übt. Das hat er Amalie anvertraut, und sie akzeptiert es mit einem Lächeln. Er kann spielen, nicht üben. Niemand ist zu Hause. Diese Art des Alleinseins liebt er. Tormod ist bei einem Treffen der Schulmannschaft in Nadderud, singt Lieder mit Lars Klevstrand und all den anderen. Nicht nur christliche Lieder. Nein, Lieder über die Liebe und die Sommernacht. Tormod und Lars haben beide schöne Stimmen. Die Mutter und der Vater sind im Gimle Kino. Ein irischer Film. Es kommt nicht oft vor, dass sie zusammen ins Kino gehen. Die Art, wie sie sich anlächelten, als sie ihre Mäntel anzogen, um zur Straßenbahn zu gehen. Verheißungen einer neuen Zeit. Bald werden sie alle in die großen Schlafzimmer einziehen. Bald wird die Wand zum neuen Wohnzimmer geöffnet. Onkel Wilhelm hat da drinnen die letzten Wochen damit verbracht, nach Vaters Anweisungen den großen Kamin zu mauern. Auch er ist kein richtiger Onkel. Sie sind fast alle keine richtigen Onkel oder Tanten, aber sie sind gewissermaßen trotzdem echt. Onkel Wilhelm ist nett und genießt die Vorzüge des Lebens. Doch es belastet ihn, dass er und seine Familie in Galgeberg wohnen. Als der elfeinhalb Jahre alte Junge am Klavier sitzt und die

Erste der einfachen Beethoven-Sonaten spielt, die zu seinem Erstaunen gut klingt, überlegt er, wie absurd es ist, an einem Ort zu wohnen, der Galgeberg heißt. Ebenso absurd wie im Schafottweg, am Guillotinefelsen, in der Gaskammerallee, im Elektrischer-Stuhl-Weg oder in der Hinrichtungsgasse zu wohnen. Wenn er bei Onkel Wilhelm zu Besuch ist, stellt er sich vor, dass sich im Keller des Mietshauses vielleicht erhängte Menschen stapeln. Ja, vielleicht besteht das ganze Gerüst des Hauses aus alten Galgen. Jedes Mal, wenn er zu Besuch ist und Onkel Wilhelm und Tante Ruth Kaffee und leckere Waffeln mit frischgeschlagener Sahne und Erdbeermarmelade anbieten, was er eigentlich nicht mag, spürt er einen gewaltigen inneren Druck, all diese Hirngespinste von Menschen, die in den schrecklichen Minuten, bevor der Tod eintritt, in der Luft baumeln und zappeln. Auch Beethovens Musik kann derartige Imaginationen erzeugen, weil sie so gewaltig ist. Beethoven erinnert ihn an seinen Klassenlehrer Dan Lindholm. Vielleicht ist Beethoven deshalb Amalies Lieblingskomponist. Obwohl sie sanft und gütig ist, mag sie kraftvolle und strenge Männer. Solche, die in großen Dimensionen denken. Leute, die anderen Menschen das Leben nehmen, denken in großen Dimensionen. Richter in schwarzen Roben, die die gleichen Ungeheuerlichkeiten herausschleudern können, wie Beethoven es im letzten Satz der *Mondscheinsonate* und der *Appassionata* macht, oder wenn Dan Lindholm über die Klasse Gericht hält. Aber dann erscheint auch das wohlwollende Lächeln. Richtig herzensgut ist es. Als ob all das andere nur einer Krankheit geschuldet war.

Anderen Menschen das Leben zu nehmen sei eine Krankheit, meint sein Vater.

Kurz vor neun kommen die Eltern heim. Er hört den Schlüssel im Schloss und beendet sofort sein Spiel. Niemand soll ihn auf frischer Tat ertappen. Er freut sich, sie wiederzusehen. Das Leben ist immer angenehm, wenn die Mutter und der Vater sich gut verstehen. Er läuft in den Flur und ruft: »War der Film gut?« Er sieht das in Tränen aufgelöste Gesicht der Mutter und das weiße, erstarrte Gesicht des Vaters, wie damals während der Kubakrise. Sie haben sich wieder gestritten!, denkt er. Sie waren überhaupt nicht im Kino! Sie haben in einem Café gesessen und beschlossen, sich scheiden zu lassen! Der umsichtige Vater hat die richtigen Unterlagen mitgenommen. Sie wollten es so sauber und kontrolliert wie möglich erledigen, aber dann hat ein Wort das andere gegeben und sie sind erregter und wütender geworden, so wütend, dass die Mutter schließlich das Limonaden-Glas vom Tisch gefegt hat und aufgesprungen ist, um zu gehen, während der Vater versucht hat, sie zurückzuhalten, die Rechnung im Nu bezahlt hat und hinter ihr her zur Straßenbahn gerannt ist. Deshalb stehen sie jetzt vollkommen aufgelöst vor ihm. »Oh, mein Gott!«, sagt er und hält die Hand vor den Mund. »Kennedy ist tot«, sagt der Vater.

In dieser Nacht schneit es. Er liegt auf dem Dachboden und denkt, dass es merkwürdig war, dass es die Mutter war, die geweint hatte. Sie war nicht besonders interessiert an Politikern. Sie konnte bei Flugzeugunfällen weinen. Sie weinte sogar, als Edith Piaf starb, obwohl sie immer der Meinung war, dass Piaf übertrieben theatralisch war und schrecklich sang. Aber Piafs Aussehen erinnerte ein wenig an Tante Ingrid. Vielleicht war das ausschlaggebend. Er hatte sofort an Mads gedacht. Jetzt hatten sie wieder etwas, worüber sie sprechen konnten! Seit dem letzten Mal war viel Zeit vergangen. John Lyng und die Auseinandersetzungen nach der Kings Bay-Affäre waren längst nicht so spannend.

Als der Morgen anbrach und er unten aus dem Fenster des alten Wohnzimmers schaute und eine Märchenwelt erblickte, spürte er eine tiefe Freude – nicht darüber, dass Kennedy tot war, sondern weil etwas geschehen war, das die Eltern noch stärker zusammenband. Außerdem war Weihnachtsmarkt. Er würde von Sverre und seinem Vater abgeholt werden. Sie würden zu dem Büro und dem Laden von Sverres Vater im Bogstadvei fahren und eine Büromaschine für die Schule abholen, bevor sie gemeinsam zu dem großen Ereignis fahren würden, dem absoluten Höhepunkt des Weihnachtsfestes, obwohl es noch mehr als einen Monat bis Heiligabend war. Kennedys Tod machte es wahrscheinlich, dass sie sich bei Tante Svanhild versammeln würden, um den ganzen Abend Nachrichtensendungen zu sehen. Er empfand ein Glücksgefühl, von dem er niemandem erzählen konnte. Die Tragödie würde sie noch mehr aneinanderbinden. Deshalb brauchten sie gerade jetzt nichts anderes als tragische Ereignisse. Sverre und sein Vater holten ihn so wie versprochen um zehn Uhr ab. Die zwei Väter standen lange an der Tür und sprachen über das, was geschehen war. Die Mutter arbeitete im Buchladen und Tormod schlief. Er liebte es, an den Wochenenden lange zu schlafen, aber er hatte versprochen, den kleinen Bruder in der Rolle der wütenden Herbergswache im Krippenspiel der fünften Klasse anzusehen. Es geht um die Geburt Jesu. Glücklicherweise bekam er diesmal eine normale, einfache Rolle. Nicht Odin wie beim letzten Mal. Das passte perfekt zu seinem Wunsch, ewig Fünfter zu sein. Ein ganz gewöhnlicher Drecksack, der Joseph und Maria nicht in die Herberge einlassen will. Eine der Königinnen der Klasse spielte Maria, und der liebe, hübsche Knut war natürlich Joseph mit dem Stab. Er liebte die Lieder, die sie einander vorsangen: »Joseph, lieber Joseph mein, hilf mir wiegen mein Kindelein.« Er fing beinahe an zu weinen, als die Hirten auf dem Feld nacheinander erwachten und erkannten, dass etwas Außerordentliches geschehen war, genau wie alle verstanden hatten, dass an diesem Tag auch etwas Außerordentliches geschehen war, auch wenn die Geburt Jesu und Kennedys Tod sich unterschieden. Aber nach dem kurzen Aufenthalt unten im Bogstadvei zwischen den Kopierern und Druckmaschinen, dem schwachen Geruch nach Brennspiritus und Öl, fuhren sie durch den tiefen Schnee, der noch nicht fortgeräumt war, hinauf nach Hovseter. Mit Müh und Not parkte Sverres Vater den schicken Peugeot, von dem, wie er wusste, sein Vater heimlich träumte. Vor einigen Tagen hatten nämlich Peugeot-Prospekte von Bertel O. Steen auf dem Küchentisch gelegen. Während der ganzen Fahrt hatten sie über Kennedys Tod gesprochen. Besonders Sverre, der große Einbildungskraft besaß, fabulierte darüber, wie es sich wohl angefühlt haben musste, als die erste Kugel durch die Kehle ging. Er hatte es am Abend vorher im Fernsehen gesehen. Bilder vom Präsidenten mit beiden Händen am Hals. Der Norwegische Rundfunk hatte außerdem mitgeteilt, dass es nach und nach auch Filmaufnahmen geben würde. Diejenigen, die einen Fernseher besaßen, erlebten tatsächlich das Weltgeschehen. Doch als sie auf das Schulgelände kamen, merkte er, wie im Gewimmel von lauter schockierten Menschen, die trotzdem zum Gelingen des schönsten Tages des Jahres beitragen wollten, die Erregung nachließ. Die Lehrer rannten zwischen dem Hauptgebäude und den beiden Nebengebäuden hin und her, eifrig damit beschäftigt, ein Puppentheater vorzubereiten, die verschiedenen Klassenräume zu schmücken und selbstgebackene Brötchen und Nelkenkekse in dem provisorischen Café zu essen, in dem es auch Glühwein gab. Außerdem gab es eine Eurythmie-Aufführung und die beiden Krippenspiele, für die die dritte und fünfte Klasse verantwortlich waren. Sverre verschwand mit einigen kichernden Mädchen. Er hielt nach Mads Ausschau, den er zwischen den Brötchen mitten im Café entdeckte, wo er mit Sechstklässlern zusammenstand und über den Mord an Kennedy dozierte, als ob er ein Professor und sie seine Studenten wären. »Es müssen mehrere Mörder gewesen sein! Ein einziger Mann kann ein so großes Verbrechen nicht vollbringen.« »Aber sie haben ihn ja schon erwischt! Er heißt Oswald. Lee Harvey Oswald. Sie haben ihn einige Stunden nach dem Mord im Texas Theater verhaftet!« Er verhielt sich ruhig und lauschte der Diskussion. Er vermisste das Alleinsein mit Mads, war ein wenig eifersüchtig. Sie redeten über das Texas Theater als ob es sich um das Gimle Kino handelte. Plötzlich kam Amerika noch näher, doch als er noch nicht einmal Augenkontakt zu Mads aufnehmen konnte und die kleine Gruppe von Jungen verlassen hatte, nahm er die großartige Atmosphäre wahr, die sich ansonsten in der Schule ausgebreitet hatte, diese einzigartige Waldorf-Atmosphäre, die sich nicht vom Weltgeschehen stören ließ. Dan Lindholm kam über den Schulhof geschritten mit dem langen grünen Wintermantel und dem unverkennbaren Hut mit Krempe. Jetzt würde er die gehorsamen Schüler der Klasse zu einer Vorführung des Krippenspiels versammeln, an das man sich erinnern würde. Für ihn war Kennedys Tod nichts weiter als eine erneute Bestätigung für den Mangel an Kultur und Bildung in der Welt, dafür, dass der Ätherleib dort überhandnahm wo der Astralleib hätte sein sollen, dass der Pöbel seinen kümmerlichen Kampf gegen das Geistige kämpfte, dass Luzifer und Ahriman so lebendig waren wie nie zuvor, denn es gab Not in der Welt und es war eine Schande für die Menschen.

Als er seine Eltern und Tormod eine Stunde später im Saal entdeckte, wurde ihm warm ums Herz, ja, beinahe feierlich zumute. Mads, der einer der Hirten auf dem Feld war, war zu ihm zwischen die Kulissen gekommen, wo sie auf ihren Auftritt warteten, und hatte gesagt, dass sie reden müssten. Danach schaute er Kasperletheater. Es gab nichts Lustigeres, als dass die Lehrer selbst Puppentheater spielten. Sam Ledsaak war offensichtlich Kasper, die Hauptfigur, die alles und alle zum Narren hielt. Welche andere Schule hatte Lehrer, die Puppentheater für ihre Schüler spielten? Er bewunderte sie, weil sie witzig und romantisch waren. Sie spielten das Märchen von der indischen Prinzessin, die auf die Lofoten kam. Sieh an, da tauchte der unverkennbare gelbe Südwester am unteren Bühnenrand auf, alle lachten. Jetzt war die Elm Street weit weg, obwohl er im Laufe des Tages immer wieder daran dachte, was in Dallas geschehen war. War nicht der Präsident der ganzen Welt gestorben? Was wird die Welt nun tun? Würde Lyndon B. Johnson tatsächlich übernehmen? Er sah ja wie der langweiligste Mensch des Universums aus. Als er den Cowboyhut trug, musste man sogar Mitleid mit ihm haben. Vielleicht war es jetzt an der Zeit, auf Chruschtschow zu setzen, Klartext zu reden und sich um einen Mann mit Humor und Führungsqualitäten zu versammeln. Solche Gedanken schossen durch seinen Kopf, während er auf dem Gelände des Weihnachtsmarktes herumlief und alles mitbekommen wollte. Präsident Kennedy im Leichenschauhaus, Ledsaak, der durch die Puppe auf der Bühne zu ihm sprach und ihn fragte, warum er Joseph und Maria nicht in die Herberge hatte einlassen wollen, und die schönen Mädchen aus der Klasse, die in Gruppen zusammenstanden, während sie lange Blicke auf den auserwählten Jungen des Tages warfen. Schon wieder war es Knut.

Vier Stunden später saßen sie bei Tante Svanhild, so wie sie es auch am folgenden Tag tun sollten, als wieder ein Schuss fiel und Lee Harvey Oswald vom Nachtclubbesitzer Jack Ruby vor laufenden Kameras ermordet wurde. Was war los mit diesem Land? Während sie bei Tante Svanhild saßen und alle Filmausschnitte von den Stunden nach der Ermordung des Präsidenten ansahen, begann die Mutter wieder zu weinen. Sie sah, dass die Frau des Präsidenten, die nun plötzlich die Witwe des Präsidenten war, das Kleid mit all den Blutflecken nicht ausgezogen hatte, als sie im Flugzeug zurück nach Washington saß, um Zeugin der Vereidigung von Lyndon B. Johnson als neuem Präsidenten der USA zu sein, und die erstaunliche Vogelscheuche Lady Bird zur First Lady ernannt wurde. Ja, der Austausch der Damen war vielleicht der größte Bruch. Nichts Französisches lag mehr in der Luft, nicht der Duft von Croissant, Champagner und heimlichem Sex, wie in *Bonjour tristesse*. Keine Marilyn Monroe im Schrank. Keine maßgeschneiderten Chanel-Kleider und Gartenpartys in Hyannis Port. Sondern T-Bone-Steak aus Texas und Teegesellschaften mit Zitrone. Vielleicht war das ebenso gut. Diejenigen, die jetzt die Welt führen sollten, erinnerten an einige der Ehepaare, die er gesehen hatte, als der Vater sie zum alljährlichen Weihnachtsbaumfest in das Haus der Ingenieure mitgenommen hatte. Diejenigen, die mit einem wohlmeinenden Lächeln versuchten, mit ihm zu sprechen. Denen wollte er entgehen.

Plötzlich tauchte der Film auf Tante Svanhilds Bildschirm auf. Der mit den Live-Bildern, über den sie gesprochen hatten. Nicht Zapruders Film, sondern der andere, aus größerer Entfernung aufgenommene. Das Auto des Präsidenten kommt in der langen Autokolonne angefahren. Das Geräusch eines Schusses. Kennedy, der die Arme an seinen Hals hebt. Jackie, die nach hinten über das Auto klettert. Der Leibwächter, der angelaufen kommt. »Ach, die armen Menschen«, sagte die Mutter, und fasste sich ebenfalls an den Hals. Ihr Mitgefühl war grenzenlos. »Jetzt ist es wohl an der Zeit, dass du dir einen Fernseher anschaffst, Per.« Es war Tante Svanhild, die einen Vorstoß wagte. »Wir sprechen jetzt nicht über solche Sachen, Tante«, sagte er verärgert. Aber Tante Svanhild ließ nicht locker. »Ich meine jetzt oder nie«, sagte sie. »Denk an deine Jungen. Denk an alles, was sie benötigen, um mitzuhalten. Denk an das neue Haus und das große Wohnzimmer, für das du mehr brauchst als einen großen Kamin.« Ich drückte ihre Hand von meinem Platz neben ihr. Das war mein bevorzugter Platz. Sie drückte zurück.

Es waren die letzten Tage des Jahres 1963. Die Handwerker gaben ihr Bestes, damit der Anbau bis Weihnachten fertig würde. Sie machten Überstunden bis spät in den Abend. Onkel Wilhelm war bald mit dem Kamin fertig. Der war höher als die Berliner Mauer und nahm eine ganze Wand ein. Die Anweisungen des Vaters gegenüber der Sarpsborger Verwandtschaft nahmen kein Ende. Er schleppte Prospekte über norwegische, dänische, schwedische und sogar isländische Kamine an. Mit starken und sicheren Ingenieurshänden fertigte er Zeichnungen auf Papier an, veranschaulichte Onkel Wilhelm, wie der Rauch der Birkenscheite in einem speziellen Winkel auftreffen musste, damit die Saugleistungen des Zugbegrenzers und des Schornsteins funktionierten. Es musste auch genug Luft von unten kommen. Er stand am Esstisch über Onkel Wilhelm gebeugt und zeichnete mit dem Bleistift Skizzen. »So, Wilhelm. Ein Winkel von 45 Grad hier, dann treffen die Flammen die Wand, die aber auch nicht genau in einem Winkel von 90 Grad stehen soll, sondern sich zwei bis drei Grad nach hinten neigt, hinauf in Richtung des Zugbegrenzers. Glaubst du, dass du das schaffst?« Er vermutete, dass der Vater mit dieser wahnsinnigen Fixierung darauf, dass der Kamin ziehen sollte, das Ereignis damals in der Hütte im Wald bei Vensåsseter verarbeitete. Der Kamin dort hatte ihn fast das Leben gekostet, weil er ein wichtiges Detail während der Montage vergessen hatte: Das Gewicht des Zugbegrenzers konnte eine Hand zerquetschen. Außerdem zog er nicht richtig, als er fertig war. Unter dem Zugbegrenzer bildete sich Rauch, sodass die ganze Hütte innerhalb von wenigen Minuten in dichten, verbrannt riechenden Nebel gehüllt war. Es gibt nichts Unerträglicheres für einen Ingenieur als unvorhersehbare Ereignisse. Jetzt bekam er eine neue Chance, und dieses Mal würde der Kamin ziehen, verdammt nochmal. Die Prospekte und die verschiedenen technischen Anleitungen lagen stapelweise auf dem Nähtisch der Mutter. Gelegentlich blätterte Vater mit nachdenklicher Miene darin. Es konnte dann so aussehen, als ob er einige der früher getroffenen Entscheidungen bereute. Er murmelte etwas vor sich hin und ging, um mit Wilhelm zu sprechen, der schon seit vielen Tagen mit dem Kopf im Kamin dagestanden hatte. Am Tag vor Heiligabend nahm Onkel Wilhelm die letzten Einstellungen am Zugbegrenzer vor. Der Vater stand wieder über ihn gebeugt, so wie der wütende Mann mit Gicht sich über Chaplin beugte, als er sich am unsichersten fühlte. Aber der Vater war nicht wütend. Er respektierte die Handwerker, sogar diejenigen, die etwas falsch machten oder ungeschickt waren. Dann sprach er ruhig und langsam mit ihnen und versuchte zu erklären, warum das, was sie taten, nicht funktionieren würde. Aber im Falle von Onkel Wilhelm ging es ihm ausschließlich darum, dass der Kamin ziehen sollte, denn er wusste, dass der Verwandte ein geschickter Maurer war. Obwohl die Mutter allergisch war und Birkenholz sie zum Niesen brachte, würde echtes Feuer im Kamin an den Winterabenden sehr zur Stärkung des Familienzusammenhalts beitragen. Außerdem gab es Spanscheite, falls es zu schlimm wurde. Der letzte Schrei. Nach all diesen Monaten mit Staub und Umbau sollte die Mutter nicht das Gefühl haben, dass ihre Beschwerden nicht ernst genommen würden.

Nachts träumte er von diesen beiden über alles geliebten Menschen, die er Mutter und Vater nannte. Die Mutter hatte die alte Geschichte von damals erzählt, als sie arme Studenten in Trondheim waren und sie ein Kind erwartete, ihn, der Tormod genannt werden sollte. Sie wohnten direkt gegenüber des großen Chemiegebäudes. Von der Küche der kleinen Studentenwohnung aus konnte die Mutter sehen, wie dort nach und nach alle Lichter in den Fenstern ausgingen, bis der Stundenzeiger Mitternacht überschritten hatte und nur noch ein einziges Licht brannte. Und in diesem Zimmer saß der Vater mit seinen Reagenzgläsern. In seinem Traum war er bei der Mutter, saß am Küchentisch und berührte ihren Bauch, der große Bruder trat von innen dagegen. Der große Bruder, der hinaus wollte. Aber er erkannte, dass die Mutter traurig war. Sie vermisste den Vater. Da bot er sich an, ihn abzuholen. »Aber du bist ja noch gar nicht geboren«, sagte die Mutter. »Du solltest warten, bis dein Bruder geboren ist.« »Das macht nichts«, antwortete er beruhigend. »Ich kann ihn trotzdem holen.« Aber sowie er hinaus in die Dunkelheit kam und auf das große Gebäude zuging, in dem der Vater saß, fühlte er sich unsicher. Er war ja ungeboren. Er war noch nicht einmal geplant. Er war noch nicht entstanden, so wie der große Bruder es war. Er hatte wie alle Kinder eine weiche, schwammige Mulde in der Mitte des Kopfes. Plötzlich spürt er ein Klopfen, als ob etwas trat und heraus wollte. Da blieb er mitten zwischen den zwei Häusern stehen. Er drehte sich um und sah hinauf zur Mutter am Küchenfenster. Sie stand dort und fuchtelte mit den Armen, als ob sie ihn zurückwinken wollte. Aber dann wandte er seinen Blick dem Chemiegebäude zu und sah, dass der Vater ihm ebenfalls zuwinkte. Was sollte er machen? Es war, als würde sich ein gewaltiger Druck in seinem Kopf aufbauen. Jetzt erkannte er, dass er in ernster Gefahr war. Sein Körper war nicht dafür gemacht, das zu tun, was er sich vorgenommen hatte. Er hätte sich still verhalten und darauf warten sollen, in den Körper der Mutter zu kommen, sobald Tormod sich da drinnen startklar gemacht hatte. Gleichzeitig tauchte ein schwarzes Auto mit blinkenden Lichtern und lauten Sirenen auf. Es kam direkt auf ihn zu. Er musste sich zur Seite werfen, um nicht angefahren zu werden. Er spürte, dass sein Schädel platzte. Eine Fontäne von Blut schoss zusammen mit der grauen Gehirnsubstanz aus der weichen Mulde. Er sah, wie sich der Boden unter seinen Füßen rot färbte, bevor der breiige Schleim, der an Gerstensuppe erinnerte, langsam vor seinen Augen herablief. Er fing an zu weinen. Denn er begriff, dass er starb. Aber er hatte keine Lust zu sterben, bevor er geboren worden war, bevor er eine Chance gehabt hatte zu leben.

Ein neues Weihnachtsfest und ein neues Haus. Sie öffneten die Türen zu dem großen Wohnzimmer, sogen den Farbgeruch ein, schnupperten wie kleine Mäuse, die soeben durch Risse in der Wand den neuen Luxus witterten, den sie, zusammen mit dem leckeren Käsestück, fanden, das auf dem kleinen Tablett mit einem Metallbügel und dem dünnen Draht direkt vor ihnen lag. Die Mutter kam aus dem Buchladen und war erschöpft von den vielen Tagen vorweihnachtlicher Hektik. Aber sie lächelte, als sie sah, dass der Vater schon das alte

Doppelbett aufgebaut hatte in dem neuen »prächtigen« Schlafzimmer, wie der Vater es nannte. Er benutzte dieses Wort gerne, wenn etwas ganz ausgezeichnet war. Prächtig. Das Haus in Parksvingen. Hafslund Hovedgård. Beide Orte voller Pracht. »Hier werden wir tatsächlich wohnen?«, sagte die Mutter überrascht, aber nicht vorwurfsvoll. »Ja, hier«, sagte der Vater und küsste sie auf die Wange. »Ich freu mich schon lange auf mein Zimmer«, sagte Tormod. »Es ist so groß, dass viele Gäste kommen können.« Da meinte auch der Jüngste, er müsse etwas beitragen. »Mir gefällt mein Zimmer auch. Es ist großartig, was Vater geschafft hat.« Es bildete sich fast eine Träne in Vaters linkem Augenwinkel. »Genug jetzt«, sagte er. »Jetzt wollen wir den Kamin einweihen! Wilhelm hat versprochen, dass er zieht.«

Später sollten sie erfahren, was am selben Abend in der kleinen Wohnung in Galgeberg geschehen war. Ein erschöpfter Mann kommt am späten Nachmittag des Heiligen Abends zu seiner Frau nach Hause und wirft sich mit einem Seufzer auf das Sofa. Es klingt wie ein Röcheln. »Was ist los?« fragt seine Frau besorgt. »Der Kamin von Alfhild und Per«, antwortet Onkel Wilhelm, bevor er so laut stöhnt, dass sie glaubt, er tue seinen letzten Atemzug: »Er zieht!«

1964

53

Die Trauer. Die Feierlichkeit. Das versteinerte Gesicht von Jackie Kennedy hinter dem dunklen Schleier. Die zwei kleinen Kinder, die sie an der Hand halten. Caroline und John-John. Als ich viele Jahre später dieses Foto betrachte, sehe ich auch den erwachsenen, immer noch jungen John, der eine Spritztour mit seinem Privatflugzeug macht und auf dem Weg nach Hyannis Port mit zwei schönen Frauen an Bord ins Meer stürzt. Es sind diese unvorhersehbaren, aufsehenerregenden Ereignisse, die die Familie verfolgen. Als das Jahr 1964 beginnt, scheint die Welt immer noch feierlich gestimmt nach den Beerdigungszeremonien und Gedenkfeierlichkeiten in Washington im vergangenen Jahr. Die Menschen, die auf dieser dünnen Erdkruste wohnen, flüstern miteinander, so wie man es macht, wenn man die Kirche nach einer Beerdigung verlässt, um den Toten oder die Trauernden nicht zu stören. Nach den Weihnachtsferien scheint es, als könne ich nicht mehr zum Alten, Vertrautem zurückkehren. Mads und Bryn sind immer öfter zusammen und Sverre hält sich an die Mädels. Ich gehe allein zur EM im Eisschnelllauf ins Bislett Stadion und sehe wie Knut Kupper'n Johannesen es nicht einmal auf das Siegertreppchen schafft. Ist es so, wenn man älter wird? Dass man ständig gegen sich ankämpfen muss. Schlechter und schlechter wird? So schlecht, dass man sich schließlich erhängt oder sich zum Sterben niederlegt? Tormod und Vater hätten mitkommen sollen, aber es kam ihnen etwas dazwischen. Tormod hat eine Karteikarte über jeden Läufer und weiß mehr über Rundenzeiten als Jorsett und Bjørnsen vom NRK. Sie waren im letzten Winter um sechs Uhr früh aufgestanden, als Jonny Nilsson Kupper'ns Weltrekord auf zehntausend Meter brach und einen Vorsprung von fast dreißig Sekunden hatte. Ich stehe in der Südkurve, wo es am billigsten ist, und nehme einen schwachen Geruch von warmen Würstchen, scharfem Senf, Grog, Tabak und Schnaps wahr. Der Geruch des erwachsenen Mannes. Vater hat mir beigebracht, ruhig im Publikum zu stehen und Rednern zuzuhören, die ich nicht einmal verstehe, aber als ich sehe, wie Ants Antson, Jurij Jumasjev und der junge Peter Ivar Moe sich Runde um Runde vorwärts kämpfen, gibt es für mich nichts zu verstehen. Ich spüre nur die Magie des Ereignisses, etwas das uns über den Alltag hinaushebt, egal was es ist. Die Rundenzeiten sind für alle um mich herum wichtig. Es wird sogar von alten Männern mit Hut gejubelt, als Per Ivar Moe sich bei jedem Durchgang einige Zehntel weiter voranarbeitet. Ich stehe mäuschenstill und halte heimlich zu den sowjetischen Läufern. Besonders Ants Antson aus Estland hat etwas an sich. Das lange Gesicht, das dunkle Haar, der elegante Name. Wie es wohl wäre, wenn ich Ketil Ketilson hieße. Der Name würde Autorität verleihen. Mit einem solchen Namen könnte man Trainer oder Sportlehrer sein. Oder könnte Sagaliteratur in mehreren Bänden schreiben. Aber mein Vater heißt Per und Ants Antson ist nur Eisschnellläufer. Er setzt sich nicht in Szene, sondern blickt geradeaus, während er seinen Körper den unerträglichsten Prüfungen aussetzt. Meine Freude war groß, als er es schließlich schafft, auf das oberste Siegerpodest steigt und den Lorbeerkranz entgegennimmt. Das behalte ich für mich. Dennoch wird mir warm ums Herz, als Per Ivar Moe Bronze bekommt. Er ist ja erst dreiundzwanzig Jahre alt. Er wirkt einsam, schüchtern. Er lächelt nur zaghaft, als alle seinen Namen brüllen. Er gefällt mir. Bald wird er an der Reihe sein. Nachdem Knut Johannesen glücklicherweise die Zehntausendmeter gewonnen hat und die Siegerehrung vorüber ist, bleibe ich noch stehen, bis alle außer den Wachleuten gegangen sind. Dieser schnelle Übergang vom Ereignis zur Leere bewegt mich, versetzt mich in eine Art Trance. Dies ist meine Einsamkeit. Nur meine. Es gefällt mir dort, wo ich einfach nur hinaus ins Nichts schauen kann, so wie ganz oben auf den Skisprungschanzen im Sommer. Menschen, die das Stadion verlassen. Die langen Schlangen an den Ausgängen. Die zunehmende Leere, die vereiste Bahn, die allmählich größer und kälter wirkt. Die sich verlierende Energie. Das Echo eines Ereignisses, das von nun an nur noch als Erinnerung hervorgerufen werden kann. Ein allmählicher Abbau der Ekstase. Das schwindende Licht. Das blaue, kalte Januarlicht über den Tribünen der Westseite und der Nordkurve. Es wird bald ganz dunkel sein, doch ich bleibe stehen. Die Gedanken sind lange Gänge, in die ich hineingehe. Die vibrierende Leere, in der alles Zukünftige erschaffen wird. Nach einer halben Stunde werfen die Wachleute mich hinaus.

Aber am Montag bin ich zurück mit meinen Schlittschuhen und meinem Speck. Ich erzähle Bryn nicht, dass ich in die Stadt fahre, um zu trainieren. Ich bin lieber allein. Bislett wartet auf mich. An diesem Nachmittag trainiert niemand sonst auf dem Eis. Die Wachleute haben oben auf den Tribünen aufgeräumt, aber nach dem Zehntausendmeter-Lauf gestern ist das Eis immer noch voller Spuren von den letzten Läufern. Ich beschleunige auf der Längsseite, damit die Geschwindigkeit ausreicht, um es ohne Zwischenschritt durch die Nordkurve zu schaffen. Dann stürze ich genau dort, wo Hjallis während der Europameisterschaft 1951 gestürzt ist. Der Oberschenkel schmerzt, ich rapple mich auf und laufe weiter, vergesse aber, die Zeit zu stoppen. Das spielt auch keine Rolle. Ich krümme den Rücken und laufe, gleite, setze einen Fuß über den anderen, laufe weiter.

Danach hänge ich mir die Schlittschuhe um den Hals und schlendere hinunter durch Homansbyen und den Schlosspark zum Nationaltheater, wo ich stehenbleibe und mir die Fotos der aktuellsten Filme anschaue.

Die schwedischen Filme werden immer sündhafter und die Schauspielerinnen sind so schön. Ich sehe Ingrid Thulin an, die nackt in einer Badewanne sitzt und von einer Person eingeseift wird, die Junge oder Mädchen sein könnte. Jetzt ist also der Film *Das Schweigen* angelaufen, über den ich in Vaters Zeitungen gelesen habe. Wieder die schwedische Sünde, diesmal allerdings nicht von unserem Hausfreund Abel inszeniert, sondern von dem sonderbaren schwedischen Filmemacher Ingmar Bergman, der wie irgendein Onkel aussieht, aber gewagte Filme aus seinem dunklen, dampfenden Inneren hervorbringt, die Titel haben wie: *Eva, Einen Sommer lang, Szenen einer Ehe, Geschieden, Sehnsucht der Frauen, Die Zeit mit Monika, Lektion in Liebe, Frauenträume, Das Lächeln einer Sommernacht* und *Die Jungfrauenquelle.* Du lieber Himmel, gab es für diesen Mann denn keine Grenzen? Er und Abel mussten Seelenverwandte sein, die Schokolade knabberten und hemmungslos die Freuden des Lebens genossen. Ich erkenne etwas von Leah, während ich dort am Odd Fellow-Gebäude stehe und diese Thulin anstarre, die Sexbombe aus Schweden, die zu allem Überfluss einer von Mutters hübschen Kusinen ähnelt, die mit dem fabelhaften Mann verheiratet ist, der manchmal ins Gefängnis muss, ohne sich das anmerken zu lassen, und der uns alle zu Ausflügen mit dem Auto nach Østfold und zu Segeltörns in die Gegend von Hvasser einlädt. Ich frage mich, wie Thulin wohl untenherum aussieht, wenn sie mit Schmollmund in der Badewanne sitzt und vielleicht sogar mit einem Viertel Weißbrot in den Haaren. Syver hat bunte Hochglanzzeitschriften mit in die Schule gebracht, die ihn nötigten, seinen Wortschatz zu erweitern. Es sind nun nicht nur Stachelbeerbüsche sondern Blaubeerbüsche, Dornendickichte und Moltebeeren. Gerade Moltebeeren sind die allerbesten, begriff ich. Vater mag auch Moltebeeren, fast so gerne wie Mandelkuchen. Jeden Heiligabend drückt er Mutter einen feuchten Schmatzer auf die Wange, wenn sie gekauften Sandkuchen mit selbstgemachter Moltecreme füllt. Das ist das reinste Glück! Mein Glück wäre es gewesen, ins Gimle Kino zu gehen und diesen verdammten Film mit seiner Altersbeschränkung von sechzehn Jahren zu sehen, über den alle sich aufregen. Sogar Mutter spricht darüber. »Schweinerei«, sagt sie. »Denk daran, dass Bergman *Wilde Erdbeeren* gedreht hat«, sagt Vater. »Ein egoistischer Greis auf dem Weg zu einer Ehrung in der Männerstadt Lund«, sagt Mutter. »Aber der Film hat dir doch gefallen«, sagt Vater. »Ja, weil Victor

Sjöström süß war«, sagt Mutter. »Ingmar Bergman ist großartig«, sagt Vater und betont jede einzelne Silbe, sodass es eher eine Feststellung als eine Aussage ist. Mutter gibt auf. Diese Unterhaltung fand vor einigen Tagen statt, nachdem beide in einem Artikel gelesen hatten, dass die norwegische Filmzensur mehr als eine Minute des Films herausgeschnitten hat. Es macht mich krank, wenn ich nur an diese Minute denke. Was geschah da? Wer entblößte was? Waren es Moltebeeren? War es ein Blaubeerbusch? Einfache Stachelbeeren? Entblößte Brüste? Hemmungslose Begierde? Und dann all das andere. Zwei, die sich küssen, nackt, in einem Bett, unter einem Baum, in einer Badewanne, was auch immer. Allein bei dem Gedanken wird mir schwindelig. Aber wann werden Gedanken zu Erfahrungen? Wann werde ich guten Gewissens sagen können: »Ich habe es gesehen. Ich weiß, was das ist. Ich bin ein Mensch. Obwohl ich noch nicht vierzehn bin, bin ich bereit für die Welt.« Noch nicht einmal für Oslo Kinematografer bin ich alt genug. Aber als ich da draußen vor den Film-Schaukästen stehe und die Schwarz-Weiß-Fotografien des Films anschaue, von dem diese eine Minute dem gesamten norwegischen Volk altersunabhängig vorenthalten wird, weil ein Mann und eine Frau genau in diesem Moment miteinander Sex haben, da blicke ich hinauf zu der großen Uhr und erkenne, dass ich es noch rechtzeitig zur Fünf-Uhr-Vorstellung ins Gimle schaffen kann. Wenn ich es schaffte, mit den Schlittschuhen um den Hals den Drammensvei hinaufzugehen und in die Bygdøy allé abzubiegen, würde ich einige Minuten später vor dem Ticketschalter im Gimle Kino stehen und so tun, als wäre ich sechzehn Jahre alt. Das schaffe ich. Verdammt, ich bin fast zwölf Jahre alt. Mit Bauchspeck und Schlittschuhen um den Hals sehe ich sicher wie ein Achtzehnjähriger aus, denke ich. Diese Selbstsicherheit hat Vater mir vermacht. Sich über die gesellschaftlichen Normen hinwegzusetzen, wenn es unbedingt notwendig erscheint. *Das Schweigen* zu sehen ist unbedingt notwendig. Ich bin euphorisch, habe einen Frischluftschock, nachdem ich die halbe Eisschnelllauf-EM gesehen habe und danach mindestens fünftausend Meter gelassen meine Runden gelaufen bin, unterbrochen von gelegentlichen kläglichen Stürzen, die ich lieber vergesse. Später werde ich lernen, dass es Endorphine heißt. Bereit zu sein für die Welt. Die Eisschnelllaufschuhe geben mir Gewicht und Erfahrung, dachte ich.

Es gibt nicht viele, die in meinem Alter Eisschnelllauf machen. Es gibt auch nicht viele, die so viel wiegen wie ich. Als ich die Glastür zum Gimle Kino in der sicheren Gewissheit öffne, dass die Fünf-Uhr-Vorstellung kaum besucht wird, vor allem, nachdem eine Minute des Films herausgeschnitten wurde, vertraue ich meiner Überzeugungskraft. Aber ich bin nicht alleine im Kino. Es sind außer mir mehrere, die trotz allem Ingrid Thulin in der Badewanne sehen wollen. Meine ausgeprägte Schüchternheit hätte es mir unmöglich gemacht, in meiner üblichen Kleidung in dieses Foyer zu gehen. Aber nun, mit diesen Schlittschuhen, ist es so, als käme ich auf dem Weg vom Training vorbei, um mich auszuruhen und einen Film anzusehen. Dass es sich dabei ausgerechnet um *Das Schweigen* handelt, muss als reiner Zufall betrachtet werden. Es könnte ebenso gut John Wayne oder Donald Duck sein. Aber es sagt etwas über meinen Sinn für Qualität aus, dass ich ins Gimle gehe, das Kino für Filme, die nicht aus Amerika kommen. Die wirklich guten Filme. Vielleicht ist es also nicht zufällig. Es könnte mein Sinn für eben diese Qualität der Filmkunst Bergmans sein, der mich an diesem Montagnachmittag zu diesem Ort geführt hat. Ich gehe an den Schalter und nehme das Taschengeld aus der abgenutzten Geldbörse, die ich vor zwei Jahren zu Weihnachten bekommen habe. Ich erröte, weil es dennoch so unglaublich peinlich ist, um eine Karte für einen gewagten Film zu bitten. Vor einem halben Jahr hätte ich mir nicht einmal vorstellen können, die Hauptperson in einer solchen Konstellation zu sein, aber Syvers ungewöhnliche Lektionen in Pflanzenkunde haben mich angefeuert. Jetzt ist es an der Zeit, Klartext zu reden. Damit die Dinge sich fügen. Stattdessen sinkt mir der Mut, als ich die Dame mit ihren Locken hinter der Glaswand des Schalters sitzen und das Geld zählen sehe, das sie, dank der offenkundigen Neugierde der Leute, bereits entgegengenommen hat. Sie hat eine frisch polierte Brille und eine Wolljacke, die Filmstars niemals tragen würden. Das ist eine von diesen Jacken, die zu nichts anderem zu gebrauchen sind, als menschliche Körper warmzuhalten, wenn sie Geld zählen. Vielleicht habe ich das Glück, dass sie nicht einmal aufschaut, wenn ich das Geld durch die kleine Öffnung im Glas stecke und sage: »Eine Eintrittskarte, bitte.«

Aber sie ist nicht von dieser Sorte. Sofort, als sie meine Stimme hört, blickt sie auf, zuerst abwartend, dann lächelt sie. »Du musst doch der Sohn von Alfhild sein«, sagt sie. »Nein, meine Mutter heißt Elisabeth«, sage ich rasch. »Alfhild heißt auch Elisabeth«, sagt sie und zwinkert listig. »Ich habe dich wohl schon gesehen, nicht wahr. Wir waren Nachbarn, als ihr im Åsdalsvei in Nordstrand gewohnt habt.« »Da war ich noch gar nicht geboren«, sage ich. »Doch, das warst du«, sagt sie. »Du warst zwei Jahre alt, als ihr weggezogen seid. Später seid ihr zu Besuch gekommen. Erinnerst du dich nicht?« »Nein, überhaupt nicht!« »Aber ich tu es«, sagt die Dame und zwinkert wieder. »Ich wohne in der Nummer 32. Außerdem ist es unmöglich, so auszusehen wie du, ohne der Sohn von Alfhild Elisabeth zu sein.« »Vielleicht nicht«, sage ich und schlucke. »Und dann ist es auch nicht möglich, älter als elf, bald zwölf Jahre zu sein.« »Nein, da haben Sie vielleicht recht«, sage ich, während die Röte in mir aufsteigt. »Weißt du, dass dieser Film erst ab sechzehn freigegeben ist?«, sagt sie. »Vater sagt, dass Bergmann ein *groooßer* Künstler ist«, murmele ich. »Ja, natürlich deshalb«, sagt sie. »Man muss ein wenig größer als du sein, um ihn anzusehen.« Ich wollte gerade entgegnen, dass ich mehr als sechzig Kilo wiege, ließ es aber bleiben. »Komm ich also nicht hinein?«, frage ich kleinlaut. »Nein, kleiner Freund. Und vor allem nicht mit diesen Schlittschuhen um den Hals.« Sie lacht. Das ist das Allerschlimmste. »Darf ich Sie bitten, meiner Mutter nichts zu erzählen?« Sie nickt freundlich. »Ich sehe sie nicht so oft. Zuletzt war es an dem Abend, als Kennedy ermordet wurde. Da kam sie zusammen mit deinem eleganten Vater. Die sind schon ein tolles Paar, die zwei.«

Ich nicke, drehe mich um, und da steht Tante Svanhild, direkt hinter mir in der Warteschlange, in ihrem schwarzen Persianer und einem ihrer schicken Hüte. Das kann nicht wahr sein. Aber glücklicherweise schaut sie in eine andere Richtung. Blitzschnell schleiche ich mich aus ihrem Blickfeld. Ich gehe so gelassen wie möglich zu den Glastüren und flehe das Schicksal, die Engel, Gott, was auch immer an, dass sie nicht nach mir ruft. Sie ruft nicht. Draußen auf der Straße hole ich Luft und wage es, mich umzudrehen. Tante Svanhild steht immer noch in der Warteschlange und starrt geradeaus. Sie kann mich nicht gesehen haben. Sonst würde sie versucht haben, mich aufzuhalten. Was für ein blöder Einfall. Was ist los mit mir? Doch während ich mit den vor der Brust baumelnden Schlittschuhen zur Station Valkyrie schlendere, empfinde ich eine warme Freude. Sie wollte auch *Das Schweigen* sehen.

54

Der zweiundzwanzig Jahre alte Cassius Marcellus Clay Jr. aus Louisville, Kentucky, geht in Miami Beach in Florida gegen den gefürchteten Weltmeister im Schwergewicht, Sonny Liston, in den Ring. Nach seinen Siegen über Floyd Patterson durch Knockout in der ersten Runde, zweimal hintereinander, jagt Liston allen Boxern Angst ein. Der Manager des britischen Boxers Henry Cooper sagt, dass Cooper einen Kampf gegen Clay in Erwägung ziehe, selbst wenn Clay den Sieg davontrüge, aber an Liston würden sie sich nicht heranwagen. »We don't even want to meet Liston walking down the same street.« Der Promoter Harold Conrad sagte später einmal, »wenn Liston dir einen Schlag auf das Auge versetzt, schrumpfst du zu einem zwei Fuß großen Mann.« Liston ist für seine gefürchteten linken Haken bekannt. Tex Maule schrieb in *Sports Illustrated* unmittelbar vor dem Kampf: »Listons Arme sind massiv muskulös. Sein Schlag mit der linken Faust ist mehr als ein Schlag. Die Hand trifft den Gegner mit ungeheurer Kraft. Es kam Liston nie in den Sinn, dass er einmal einen Kampf verlieren könnte.« Andere Sportreporter schrieben, dass Liston dem Boxsport schade, weil er unbesiegbar sei. Er war so gefürchtet, dass das Männermagazin *Esquire* ihn spaßeshalber und um die Auflage zu steigern 1963 mit einer Nikolausmütze auf die Titelseite der Weihnachtsausgabe gebracht hatte. Liston hatte das Boxen im Gefängnis in Missouri gelernt, wo er eine Haftstrafe wegen bewaffneten Raubüberfalls verbüßte. Als er später verurteilt wurde, weil er einen Polizisten zusammengeschlagen hatte, kam er wieder ins Gefängnis. Um seine geschäftlichen Angelegenheiten kümmerte sich Frankie Carbo, ein führendes Mitglied des kriminellen Lucchese-Clans, der im Auftrag der Mafia in den Boxsport investierte. Dadurch war Liston stigmatisiert und bekam einen äußerst schlechten Ruf bei den Sportjournalisten, die oft extrem rassistisch waren und ihn als einen »Gorilla mit Händen so groß wie riesige Bananen« bezeichneten. Aber der Autor James Baldwin, auch ein Schwarzer, verteidigte ihn und schrieb: »Liston ist der große Neger im Eingang zum Haus des weißen Mannes.«

Clay dagegen war »die Lippe aus Louisville«. Nachdem er während der olympischen Sommerspiele in Rom 1960 problemlos im Schwergewicht gewonnen hatte, galt er als »braggadocio«, ein Angeber mit schnellen Händen und noch schnelleren Füßen. An seinen Reflexen war auch nichts auszusetzen. Aber seine Karriere war im Vergleich zu Sonny Listons Eskapaden ganz und gar nicht furchteinflößend. Er war von Sonny Banks in einem früheren Kampf ausgeknockt worden, und davon abgesehen, dass er bei einer Reihe von Kämpfen, die nicht zu seinen Gunsten ausgegangen waren, Streit angefangen hatte, hätte er nach einem Knockdown in der vierten Runde und Schwächen in den Runden zuvor fast gegen Henry Cooper verloren. Niemand gab Clay eine Chance. Auch *Dagbladet* und *VG* nicht, die in diesen Jahren genauso viel über Boxen wie über Langlauf schrieben. Alles, was in den Boxringen in den USA geschah, erhielt enorme Aufmerksamkeit. Auf den Titelseiten der norwegischen Zeitungen waren die schwarzen, superstarken Kämpfer nun genauso vertreten wie Harald Grønningen, als er beim 15-Km-Lauf in Zakopane 1962 Silber gewann, dreißig Sekunden hinter Assar Rönnlund. Die Wettbüros gaben Clay kaum eine Chance. Mehrere Sportreporter sagten voraus, dass Clay, genau wie Patterson, gleich in der ersten Runde geschlagen würde. Aber weil er diesen tänzelnden, leichten Stil hatte, würde er vielleicht einige Sekunden länger aufrecht stehen bleiben. Am Abend vor dem Kampf veröffentlichte der Fernsehsender *I've Got a Secret* ein Gedicht, das Clay als Gruß an Liston geschrieben hatte: »Clay swings with a left, Clay swings with a right. Just look at young Cassius carry the fight.«

Sonny Liston schrieb als Antwort: »Cassius, du bist mein Million-Dollar-Baby, also pass bis morgen Abend auf dich auf.« Damit endete für Cassius Clay eine hitzige Propagandaschlacht. Am Tag, als der Vertrag für den Kampf unterzeichnet wurde, lieh Clay einen Bus und schrieb auf die Karosserie »Liston Must Go In Eight«. Clay fuhr auch zu Listons Haus in Denver, wo der Boxer gerade in eine weiße Gegend gezogen war. Um drei Uhr nachts stand Clay in Listons Garten und rief: »Steh auf! Komm raus! Ich will dich jetzt verprügeln!« Dies war lediglich der Beginn zahlreicher schikanierender Äußerungen von Clay. Danach nannte er Liston konsequent »den großen, hässlichen Bären«. Und er setzte noch eins drauf, indem er sagte »nach dem Kampf werde ich mir ein schönes Zuhause bauen und ihn als Bärenfell benutzen. Liston riecht sogar wie ein Bär. Ich werde ihn dem örtlichen Zoo geben, nachdem ich ihn gehäutet habe. Aber wenn Sonny Liston gewinnt, werde ich ihm die Füße im Ring küssen, auf den Knien hinauskrabbeln und ihm sagen, dass er der Größte ist, bevor ich mich in den nächsten Flieger setze und das Land verlasse.« Clay glaubte inzwischen nicht mehr an eine Niederlage. Als er sagte, dass er Liston in der achten Runde besiegen würde, sah er den Verlauf des Kampfes mit derselben Genauigkeit voraus, wie er es später noch zwölf Mal tun sollte. Er verstand es, seine Gegner psychisch unter Druck zu setzen. Indem er mit seinen Äußerungen den Eindruck erweckt, verrückt zu sein, will er Liston dazu verleiten, ihn so rasch wie möglich niederzuschlagen und das Kämpfen zu vergessen. Clay war der Ansicht, dass gerade die Konzentration auf den Kampf selbst ihm den Sieg bringen würde. Möglicherweise wusste er auch, dass Liston körperliche Probleme hatte. Man wusste nicht genau, wie alt er war. Vermutlich wusste er es selbst nicht. Angeblich war er zweiunddreißig, aber wahrscheinlich war er bereits über vierzig Jahre alt. Seit über einem Jahr hatte er Entzündungen in den Schultern und wurde mehrfach mit Cortison behandelt. Er verletzte sich zudem während des Trainings für diesen Kampf, der weltweit erhebliche Aufmerksamkeit erregen sollte. Listons Problem war außerdem, dass er seine Gegner bisher in wenigen Minuten besiegt hatte. Deshalb hatte er keine wirkliche Erfahrung mit längeren

Kämpfen. In den letzten fünfunddreißig Monaten hatte er nur wenig mehr als sechs Minuten im Ring gestanden. Seine Art zu boxen unterschied sich außerdem sehr von Clays Stil. Er tanzte nicht um seine Gegner herum und stiftete Frustration und Verwirrung. Gerade durch diesen ruhigen Boxstil war Clay anfälliger und verwundbarer für die furchtbaren linken Haken Listons, die wie Blitze aus heiterem Himmel kommen konnten. Aber Liston begann sich alt und erschöpft zu fühlen, trotzdem war er selbstsicher genug zu glauben, er könne Clay während der ersten paar Runden niederschlagen. Deshalb lief er seine üblichen fünf Meilen während des täglichen Trainings nicht mehr. Er lief nur eine. Und er achtete nicht darauf, was er aß. Bis zum Kampf trank er weiterhin Bier und aß Würstchen. Er hatte auch reichlich Zugang zu Prostituierten. Sie waren Tag und Nacht bei ihm. Einige Wochen vor dem Kampf wurde Clays Vater vom *Miami Herald* interviewt. Er griff die Black Muslims an und warf der Organisation vor, seinen Sohn schon mit achtzehn Jahren einer Gehirnwäsche unterzogen und auch seinen Bruder Rudi unter ihre Fittiche genommen zu haben. Cassius Clay sr. sagte, dass die Söhne nun so durcheinander seien, dass sie nicht einmal mehr wüssten, wer sie waren. »Die Muslime erzählen unseren Söhnen, dass sie weiße Menschen hassen sollen, Frauen hassen sollen, ihre Mutter hassen sollen.« Cassius Clay antwortete, dass es ihm egal sei, was der Vater sage. Er müsse sich auf den Kampf konzentrieren. Aber die Veranstalter waren beunruhigt. Sie drängten Clay, vor dem Kampf öffentlich auf Distanz zu *The Nation of Islam* zu gehen, aber Clay weigerte sich. Er war ein enger Freund des Bürgerrechtlers Malcolm X, der bei den weißen Südstaatlern verhasst war. Er verkörperte alles, was Organisationen wie der Ku-Klux-Klan bekämpften. Aber Malcolm X wollte Clay diese wichtige Chance nicht zerstören und bot an, die Stadt vor dem Kampf zu verlassen. Ein Versprechen, das er nicht halten sollte, doch da war es auch zu spät, den Kampf abzusagen.

Am Morgen des 25. Februar, dem Tag, an dem der Kampf stattfinden sollte, tauchte Clay beim Wiegen in einer Jeansjacke mit der Aufschrift »Bear Hunting« auf. Außerdem hatte er einen afrikanischen

Stock dabei mit dem er in der Luft herumfuchtelte und schrie: »Ich bin der Meister! Erzählt Sonny, dass ich hier bin! Holt den großen, hässlichen Bären her!« Als Sonny Liston hereinkam, geriet Clay außer sich: »Heute Abend wird jemand im Ring sterben!«, rief er. »Du hast die Hosen voll, Schwachkopf!« Mehrere der Anwesenden glaubten, dass Clay kurz vor einem Schlaganfall stände. Clay steigerte sich in einen Erregungszustand hinein, der sein Herz mehr als 120 Mal pro Minute schlagen und den Blutdruck ansteigen ließ. Der Chefarzt der Miami Boxing Commission war der Meinung, dass Clay »emotional unausgeglichen ist, Todesangst hat und zu kollabieren droht, bevor der Kampf begonnen hat.« Er sagte, dass der Kampf abgesagt werden würde, wenn Clays Blutdruck sich nicht normalisierte. Aber nach einer Stunde zeigten neue Messungen, dass Clay sich stabilisiert hatte.

Als der Kampf beginnt, wiegt Clay 95 Kilo. Vier Kilo weniger als Liston, der mehr als sonst wiegt. Als sie einander gegenüberstehen, ist deutlich zu sehen, dass Clay größer ist als Liston. Alle sehen, dass Liston es bemerkt. Und Clay steht auf den Zehenspitzen, um noch größer zu wirken. Später sagt er: »Ich will ehrlich sein. Ich hatte Angst. Es erschreckte mich, dass er so hart zuschlagen konnte. Aber ich hatte keine andere Wahl als hinauszugehen und zu kämpfen.«

Die Glocke läutet. Der Kampf hat endlich begonnen. Liston schlägt hart und direkt, aber Clay tanzt um ihn herum und weicht den meisten Schlägen aus. Der Weltmeister erscheint plötzlich ungeschickt und verunsichert. Clay greift Liston in einer dreißigsekündigen Phase an, die um zwanzig Sekunden verlängert wird, weil Ringrichter Barney Felix das Klingeln nicht gehört hat. In den letzten Sekunden vor der Pause hatte Clay durch Listons rechte Hand einen harten Schlag in den Bauch versetzt bekommen, aber dennoch scheint es, als ob er alles unter Kontrolle hat.

Zweite Runde. Liston findet sein Gleichgewicht wieder. Er greift Clay mit einigen Schlägen an, die ihn fast wehrlos auf die Matte zwingen. Liston trifft Clay mit einem seiner gefürchteten linken Haken. Clay wird später zugeben, dass er verletzt wurde, aber Liston konnte keinen weiteren Schlag landen, durch den der Kampf bereits da hätte entschieden werden können. Ungefähr dreißig Sekunden nach Beginn der dritten Runde überrascht Cassius Clay Liston mit einem von einer geraden Rechten gefolgten Schlag, einer sogenannten 1-2-Kombination. Er verpasst dem furchteinflößenden Gegner einen Bluterguss unter dem rechten Auge und eine offene Wunde unter dem linken, die später von den Ärzten mit acht Stichen genäht wurde. So etwas hatte Liston noch nie zuvor erlebt. Man sieht, dass er erschüttert ist und ihm die Knie einen Moment lang versagen, während er auf die Matte stürzt. Der Reporter Les Keitel ruft außerhalb des Rings: »Das kann die Sensation des Jahrhunderts werden!« In diesem Augenblick begreifen alle, die den Kampf entweder am Boxring oder im Fernsehen verfolgen, dass Cassius Clay kurz davor ist, Sonny Liston durch Knockout in der dritten Runde zu besiegen, als Liston zum Gegenangriff übergeht und zu gewaltigen Schlägen von rechts und von links ausholt.

Clay wirkt deutlich erschöpft, ist aber noch in der Lage, seinem Gegner zuzurufen: »You big sucka! I got you now!«

In der Pause wird Listons Platzwunde behandelt, doch die Zeit läuft. Als es zur vierten Runde läutet, kontrolliert Clay den Gegner und geht keine unnötigen Risiken ein. Aber als er wieder in seiner Ecke sitzt, beklagt er, dass er nichts mehr sehen kann und die Augen brennen. Er möchte sich die Boxhandschuhe abnehmen lassen, damit er beweisen kann, dass Betrug im Spiel ist. Aber Clays Trainer Angelo Dundee versucht, ihn zu beruhigen, und sagt, dass er sich konzentrieren und nicht ablenken lassen soll. Dies ist der große Kampf. Alles steht auf dem Spiel. Dennoch legt er seinen kleinen Finger in ein Auge Clays und anschließend in sein eigenes. Da bemerkt er auch, dass es brennt. Es muss Säure sein, denkt er. Aber die Uhr tickt unerbittlich auf die fünfte Runde zu. Er nimmt einen nassen Schwamm und drückt Clay das Wasser in die Augen, in der Hoffnung, so viel wie möglich auszuwaschen. Der Ringrichter schöpft Verdacht und geht in Clays Ecke. Falls Clay nicht deutlich zu erkennen gibt, dass er eine fünfte Runde schafft, ist der Kampf entschieden, aber Clays Trainer ruft: »Run!«

Clay sagte später, dass er Liston während des größten Teils der zweiten Runde nur schemenhaft sehen konnte. Da er sich aber ständig um ihn herum bewegte, gelang es ihm, den schlimmsten Schlägen des Gegners auszuweichen. Die Sicht wurde allmählich klarer und in der sechsten Runde hält er den immer erschöpfteren Liston in Schach. Gegen Ende der Runde trifft er ihn mit einer Reihe von Kombinationsschlägen, die zur Lähmung der Schulter des Boxers führen. Die Reporter ahnen, dass der Kampf zu einer Sensation werden kann. In der Pause vor der siebten Runde hört Clay von seiner Ecke im Ring aus, was Reporter sagen. Davon angespornt ruft er ihnen zu: »I'm gonna upset the world!« In Sonny Listons Ecke stellt man fest, dass der Boxer kein Gefühl mehr in den Schultern hat und weitgehend gelähmt ist.

Es entsteht ein Missverständnis, als Liston sagt: »That's it!« Sein Team glaubt, es bedeute, dass er so wütend ist, dass er Clay mit seinem üblichen Knockout in der siebten Runde besiegen wird. Aber er meint das Gegenteil. Es ist vorbei. Er kann nicht mehr. Er ist diese Art des Boxens nicht gewohnt. Er ist erschöpft. Und um klar zu machen, dass er aufgegeben hat, spuckt er den Mundschutz aus. Das ist das endgültige Zeichen. Als die Glocke erklingt, bleibt Liston auf dem Stuhl in seiner Ecke sitzen. Clay entdeckt, dass der Gegner seinen Mundschutz ausgespuckt hat, und hebt die Arme in die Höhe, während er den Tanz beginnt, der später als *The Ali Shuffle* weltberühmt werden wird. Clay besiegt Liston in der siebten Runde durch ein technisches Knockout. Er läuft direkt an die Ringseile und ruft den Reportern und den anderen außerhalb des Rings zu: »Ihr habt euch getäuscht! I am the greatest! I shook up the world!«

Zwei Tage später verkündet Cassius Marcellus Clay jr. aller Welt, dass er Mitglied von *The Nation of Islam* ist. Als Konsequenz daraus nimmt er den Namen Muhammad Ali an. Zur Frage, was in der fünften Runde eigentlich mit Clays Augen passiert war, äußert sich der Schwergewichtsboxer Eddie Machen, der 1960 gegen Liston geboxt hatte: »Ich glaubte, meine Augen würden in meinem Kopf verbrennen, und es wirkte, als ob Liston verstand, was vor sich ging.« Nach seiner Theorie rieb Listons Team seine Schultern mit Ätznatron ein, das Clay in den typischen Nahkampfsituationen auf die Handschuhe bekam.

Indem die Flüssigkeit von den Handschuhen auf sein Gesicht tropfte, wenn er die Arme zur Verteidigung hob, machte sie ihn blind.

Später wurde behauptet, das Ergebnis des Kampfes sei vorher abgesprochen worden. Der Mafia, die hinter Sonny Liston stand, hatte der Kampf, in dem die Quote 1:7 für Liston stand, mehrere Millionen Dollar eingebracht.

55

Sie wohnen in einem neuen, schönen Haus. Es hat sich in ein Schloss verwandelt. Zusammen mit dem Bruder betritt er das große Wohnzimmer, das nach frischem Holz, Farbe und Spanplatten riecht. Sie stehen da und schauen die ganzen Herrlichkeiten an. Die neue Rauhfasertapete, der große Ziegelsteinkamin, der die eine Wand einnimmt, die neuen Möbel, die die Eltern sich ganz sicher nicht leisten können. In einigen Tagen werden sie endlich einen Fernseher bekommen. Was für ein Kaufrausch ist das eigentlich? Nach all den Jahren ohne etwas? Der Vater hat am Küchentisch die Prospekte gewälzt. Was war das Beste? Grundig, Telefunken? Blaupunkt? Es ist Philips. Doppelt so groß wie der von Tante Svanhild. Aber Mutter oder Vater sind nicht da. Sie arbeiten. Sie nehmen früh am Morgen die Straßenbahn und kommen spät am Abend zurück. Gemeinsam mit seinem Bruder ist er ein Meister darin geworden, Fischstäbchen, Hamburger und Kartoffelmus zuzubereiten. Obwohl die Mutter ausgerutscht ist und sich den Arm gebrochen hat, bringt sie Lebensmittel mit, die sie am nächsten Tag verarbeiten sollen. Sie trägt die Einkaufstaschen in der linken Hand. Eines Tages bringt sie ein großes und dickes Buch mit. Auf dem Umschlag steht, dass es von Betty Friedan geschrieben ist. Er sieht ihr Foto. »Ist das die Schwester von Abel?«, fragt er. »Nein«, sagt die Mutter. »Aber sie ist auch Jüdin.« Er schaut auf den Titel. *The Feminine Mystique (Der Weiblichkeitswahn).* »Was heißt Mystique, Mutter?« »Das Theaterstück über Baldur, in dem du selbst mitgespielt hast, handelt von einem Mythos. Der Mythos von der Unverwundbarkeit des

Menschen. Dieses Buch handelt von den Frauen in der Welt, die eben nicht unverwundbar sind. Die Mythen über uns.« »Welche Mythen sind das?« Sie seufzt, setzt sich an den Küchentisch. Auf dem Tisch liegt die Tageszeitung von gestern mit dem großen, abschreckenden Foto von Cassius Clay, der beim Kampf in Florida das Auge von Sonny Liston trifft. Er erkennt plötzlich, dass es jetzt ernst ist. Es ist fast wie bei Amalie. Es fehlt nur der Tee. »Der Mythos, dass die Frau dem Mann unterlegen ist«, sagt sie. Er hört zu. Er sieht die Fältchen in ihrem Gesicht, die in der letzten Zeit deutlicher geworden sind. Sie ist eine fröhliche Person, eine sanfte Person, eine gutmütige Person. Nur wenn sie mit ihrem Ehemann streitet, ist da eine Wut, die aber dennoch nicht Wut, sondern eine tiefe Verzweiflung ist. Deshalb hält er zu ihr. Der Vater hat die Oberhand, ohne dass er sich dessen bewusst ist. Er ist auch fröhlich, sanft und gutmütig. Aber er nimmt viel mehr Raum ein als Mutter, ohne dass er es sieht oder begreift. Bald wird er Chefredakteur des Technischen Wochenblatts. Mutter sitzt in Cammermeyers Buchhandlung an der Kasse. »Denk an Aristoteles«, fährt sie fort. »Er meinte allen Ernstes, dass die Menschheit aus dem Mann hervorgegangen sei, dass die Frau nur ein Brutkasten sei.« »Dass sozusagen nichts von dir in mir ist?« »Genau.« »Aber jeder sagt doch, dass wir uns ähnlich sehen?« Sie streicht ihm rasch über die Wange. »Ja, und darüber bin ich froh. Glücklicherweise siehst du auch Vater ähnlich.« Er denkt über das nach, was sie sagt, und errötet leicht. Sie haben ja nie zuvor über solche Sachen gesprochen. Er weiß auch nichts von dem Zeug, das Aristoteles geschrieben hat. Was geschieht eigentlich, wenn man Kinder bekommt? Es ist diese weiße Schweinerei von Syver, und dann? Danach? Da drinnen im Stachelbeerbusch, Blaubeerbusch oder den Moltebeeren? Wenn es geschneit hat, oder wie sollte er das nennen. Er hat keine Ahnung. Will auch keine haben. Er will Kind sein. Mehr Kindheit. Dieser Sog im Körper ist genug für ihn. Das Kribbeln, wenn er in einer Warteschlange im Kino steht und *Das Schweigen* sehen will. Das reicht ihm. Es gibt so vieles in der Welt der Erwachsenen, das ihm Angst macht. Sie sitzen schweigend zusammen, als sei es auch der Mutter peinlich. Er hat die Eltern nie nackt gesehen.

Er weiß nicht, was sie im Schlafzimmer machen. Er spürt nur, dass sie es besser haben miteinander, obwohl sie mit diesem Buch ankommt, in dem es offensichtlich um wichtige Dinge geht. Schwierige Dinge. Sie seufzt. »Es ist wichtig, dass irgendjemand diese Gedanken denkt, aber meistens sind es Frauen, die sie denken.« »Welche Gedanken?« »Dass der Mann und die Frau gleichwertig sind.« »Aber ist das nicht selbstverständlich?« »Das ist nie selbstverständlich gewesen. Nicht einmal hier in diesem Haus. Aber dein Vater ist nicht wie all die anderen. Er hat etwas verstanden. Es ist nur so schwer zu ändern, was der Großteil der Gesellschaft für das Wichtigste hält. Was glaubst du, wer das Sagen hat? Sind es die Frauen?« »Die Männer.« »Genau. Haben die USA jemals eine Präsidentin gehabt? Und wie sieht es in Norwegen aus? Wie viele Ministerinnen gibt es in der Regierung? Kennst du Namen von Dirigentinnen? Das ist es, worüber Betty Friedan schreibt. Und viel, viel mehr. Die Unterdrückung von Frauen. Im Zentrum der Macht und außerhalb in Tausenden von Häusern, wo wir Frauen leben.« Er spürt, dass sie noch so vieles mehr zu sagen hat, aber sie hält inne. Sie schweigen eine Weile. Ihr Blick fällt auf die Zeitung. Das große Foto von den Boxern. Der eine, der den anderen verletzt und ihm eine tiefe Wunde unter dem Auge zufügt. »Diese Idioten«, sagt sie. »Was für eine Schande, dass *Dagbladet* solche Fotos druckt. Dieser abscheuliche Sport ist hier in Norwegen nicht einmal erlaubt.« Er weiß nicht, was er sagen soll. Er findet Boxen auch gemein. Aber alles, was in Amerika geschieht, ist offenbar wichtig. Er denkt an seinen Großvater, der geschlagen hat. Schlug er Großmutter ebenso heftig wie Sonny Liston? Die Großmutter will nie darüber sprechen, wenn er sie fragt. Auch die Mutter tut es nicht. Einmal hat er Tante Ellinor gefragt. Sie saß da mit ihrer selbstgedrehten Zigarette und starrte vor sich hin, während sie sagte: »Unser Vater war böse. Am besten sprichst du nicht mehr über ihn.« Aber die Mutter folgt seinen Gedanken glücklicherweise nicht. Sie sieht auf die Uhr. »Ich muss in den Keller hinunter, um die restlichen Kartons auszupacken. Es muss noch so vieles in die neuen Schränke geräumt werden. Kochst du heute das Essen?« Er nickt. Er hat gestern schon gekocht. Er kocht gerne. Der Bruder hat einen langen Tag in Nadderud. Danach ist wohl die Schulmannschaft dran. Das sogenannte christliche Zusammensein. Vater ist heute auch nicht da, weil eine Versammlung in der Polytechnischen Vereinigung stattfindet. »Aber du hast dir doch den Arm gebrochen«, sagt er. »Damit kannst du doch nicht aufräumen?« »Es ist nur der eine Arm, mein Junge. Der andere funktioniert weiterhin. Weißt du, ich kann doch nicht auf einen Arm warten. Nicht, wenn man bei der Arbeit und zu Hause Putzfrau ist.« Sie lächelt, aber sie sieht blass aus. Sind es die ersten grauen Locken, die er in ihrem schönen rotbraunen Haar entdeckt? Er stellt sich vor, wie sie mit gebrochenem Arm an der Kasse sitzt. Ist das eine gute Idee? Die aus dem Gips herausragenden Finger drücken auf die Tasten. Und jetzt. Die vielen Kartons mit der Kleidung. Sollte sie es nicht etwas ruhiger angehen? Aber wer soll dann Ordnung in dieses Chaos bringen? Er weiß, dass sie die Kleidung für alle im Haus wäscht. Sie haben einen kleinen altmodischen Turnamat mit einer separaten Wäscheschleuder, die kaum mehr als einen Bettbezug auf einmal schafft. Oft bleibt sie mehrere Stunden im Waschkeller und schleudert. Sie hängt die Wäsche auf die Leine, die sie unten im neuen, großen Flur oder draußen im Freien spannt. An mehreren Abenden in der Woche bügelt sie im Schlafzimmer. Die Hemden ihres Mannes, die er bei der Polytechnischen Vereinigung oder bei den vornehmen Abendessen der Ingenieure trägt. Um es ihm und seinem sozialen Netzwerk heimzuzahlen, ist sie dem Maria-Orden beigetreten. Ein Orden, zu dem nur Frauen Zugang haben. Alle ihre Freundinnen aus Nordstrand sind dort. Und Patentante Rigmor. Auch einige, die bei Cammermeyer arbeiten. Der Vater ist kein Freimaurer. Er ist all dem gegenüber skeptisch. Aber Svein Bruun, der Freund der Familie, der immer noch als Regieassistent an der Oper arbeitet, hat Freimaurerblut. Die verschiedenen Orden. Die steile Hierarchie. Die Spitze ist irgendwo hoch oben. Das Ziel ist es, aufwärts zu streben, nicht nach außen. Aber Mutter will nur nach außen, will mit ihren Freundinnen sprechen, lachen und ein wenig Sherry trinken, rosige Wangen bekommen und Geschichten aus dem Leben der anderen aufnehmen, von anderen Frauen, die vielleicht in der gleichen Situation wie sie sind. Sie pfeift auf die Medaillen, die Zeremonien und die höhere Macht. Solche Dinge sind ihr egal.

Aber sobald er alleine in der Küche ist und hört, wie die Mutter im Keller rumort und die Waschmaschine einschaltet, sieht er das auf der Seite mit Lucy Stone aufgeschlagene Buch. Er denkt, dass er noch einige Minuten mit dem Kochen warten kann. Stattdessen beginnt er zu lesen. So wie Betty Friedan über sie schreibt, versteht er rasch, das sie eine wichtige Rolle in der Emanzipationsgeschichte der Frauen spielt, dass sie im neunzehnten Jahrhundert gelebt hatte und zu den Suffragetten gehörte, die dafür waren, dass auch Frauen das Wahlrecht haben sollten. Du lieber Himmel, dachte er, war das nicht immer so? Konnten Großmutter und Urgroßmutter bei Wahlen nicht stimmen? Er liest im Buch: »Wer heute den Namen Lucy Stone hört, denkt an eine männermordende, den Regenschirm schwingende Furie in Hosen. […] Als sie zur Welt kam, rief ihre Mutter: »O je, ein Mädchen! Die tut mir jetzt schon leid. Das Leben ist so hart für eine Frau.« Er sitzt in der neuen, offenen Küche in Parksvingen in Bærum und liest von dieser Lucy, die die Frauen befreien will, die aber gleichzeitig einen Mann liebt, der sie heiraten möchte. Sie erwiderte seine Liebe, wollte aber, als sie schließlich nachgab, seinen Nachnamen Blackwell nicht annehmen. Lucy Stone, die sich dagegen auflehnte, als Mädchen geboren zu sein, die mit der Gewissheit aufwuchs, »dass es nur einen Willen in unserem Hause gab, und das war der meines Vaters.« Sie wollte nicht so demütig sein, wie die Bibel und ihre Mutter es verlangten. Sie rebellierte jedes Mal, wenn sie ihre Hand in der Kirche hob und nicht mitgezählt wurde. Sie trat für die Rechte der Sklaven ein, wollte aber auch für das eigene Geschlecht bessere Lebensbedingungen erkämpfen. Sie war die erste Amerikanerin, die ihren Abschluss am Oberlin College machte, und weil es Frauen verboten war, öffentlich in einer Versammlung eine Rede zu halten, organisierte sie heimliche Zusammenkünfte außerhalb des Schulgeländes im Wald. Er hört, dass die Schleuder der kleinen Waschmaschine im Keller auf Hochtouren läuft. Hört das Geräusch von großen Kartons, die umgeräumt werden. Er hätte ihr helfen können, aber er war aufgefordert worden, Essen zu kochen. Er sieht sie vor sich, diese Lucy Stone, er möchte Fotos von ihr sehen, erfahren wer sie war. Es gibt keine Abbildungen in Betty Friedans Buch. Er geht zum Bücherregel und schlägt unter dem Buchstaben S in der großen Enzyklopädie der Familie nach, aber es steht nichts über Lucy Stone drin, nur über jede Menge Männer mit demselben Nachnamen. Also kehrt er zum Küchentisch und zum Buch zurück. Er liest weiter über diese Frau von kleiner Gestalt, die eine sanfte, silberhelle Stimme hatte und eine Volksmenge in Schach halten konnte. Samstags und sonntags sprach sie als Vertreterin der Antisklaverei-Gesellschaft, aber an den anderen Wochentagen sprach sie über die Frauenrechte. Oft war sie gezwungen, sich gegen Männer zu wehren, die ihr mit Knüppeln drohten oder ihr Gebetbücher und Eier an den Kopf warfen. Sie erlebte, dass ihr eiskaltes Wasser aus dem Fenster eines Mietshauses über den Kopf gegossen wurde. Bösartige Gerüchte gingen ihr voraus. Sie sei die männliche, stiefeltragende und zigarrenrauchende Frau, die schlimmer fluchte als ein Landsknecht. Dennoch wollten viele Damen sie reden sehen, dann erlebten sie eine kleine und zierliche Frau in einem schwarzes Seidenkleid mit weißem Spitzenkragen. Den Zeitungen zufolge erwies sie sich als »ein Vorbild an weiblicher Anmut … frisch und klar wie der Morgentau.« Er hört den Lärm der Pappkartons, wenn die Mutter sie vom Stapel zieht und sie auf den Kellerboden krachen. Danach die Stille, wenn sie die Wäsche aus der Waschmaschine nimmt und sie zum Trocknen auf die Leine hängt. Er sieht ihre Bleistiftkommentare am Rand. Sie finden sich überall im Buch. Ellinor! Tante Svanhild! Randi! Øyunn! Hinweise auf Frauen, die sie kennt und mag oder die zur Familie gehören. Notizen über ihre eigene Mutter und über den Großvater und die Großmutter. Außerdem die Nachnamen einiger Ingenieure oder Wirtschaftsführer, von denen er bei festlichen Anlässen gehört hatte. Viele der Sätze sind undeutlich, als wären sie in großer Erregung niedergekritzelt.

Er liest Lucy Stones Geschichte, nacherzählt von Betty Friedan. Während die Mutter die alltägliche Hausarbeit unten im Keller erledigt, lernt er an diesem Tag etwas ganz Neues über sie. Etwas, wodurch vielleicht die heftigen Streitereien zu erklären sind und ihr vehementer Protest, wenn sie den Eindruck hat, dass ihr Ehemann über ihren Kopf hinweg entscheidet. War dieses ganze Hausprojekt nicht eigentlich gegen ihren Willen gewesen? Alle Äpfel, die noch im tiefsten Winter von den Bäumen fallen, weil sie weder Zeit noch Kraft hatten, sie zu ernten, genau wie sie es vorhergesagt hatte. Er liest Friedans Zitat aus einer Rede, die Lucy Stone 1855 hielt: »Soweit ich zurückdenken kann, bin ich immer eine enttäuschte Frau gewesen. Als ich gleichzeitig mit meinen Brüdern den Weg zu den Quellen der Erkenntnis suchte, hieß es stets: Das schickt sich nicht für dich; das gehört sich nicht für eine Frau. Es soll die Aufgabe meines Lebens sein, die Enttäuschung im Herzen jeder Frau so zu vertiefen, daß sie sich ihr nicht länger fügt.« Er hört, dass die Mutter fast fertig ist. Er hätte das Essen vorbereiten sollen. Aber dieses Buch bringt ihn dazu, weiter darin zu blättern. So als ob er nach seiner eigenen Mutter suchte, als ob sie irgendwo in diesem Text versteckt wäre, in dem er Kapitelüberschriften liest wie *Ein dornenvoller Weg; Sigmund Freuds sexueller Solipsismus; Funktionaler Dornröschenschlaf, femininer Protest und Margaret Mead; Sexusgeleitete Erziehung; Die Fehlentscheidung; Weiblichkeitswahn im Dienste der Absatzsteigerung; Hausarbeit läßt sich wie Gummi dehnen; Auf der Jagd nach Liebe; Progressive Entmenschlichung: Das komfortable Gefängnis; Das verwirkte Ich; Ein neuer Lebensplan für Frauen* und ganz am Schluss: *Zwischen Wahn und Wirklichkeit.* Er versteht nichts davon und trotzdem ist es, als ob er alles versteht. Als die Mutter plötzlich in der Tür zum Keller steht und sagt: »Hast du immer noch nicht angefangen, das Essen zu kochen?«, nimmt er zur Erklärung das Buch in die Hände. Sie lacht: »Du kannst Betty Friedan nicht als Entschuldigung anführen, um dich vor der Hausarbeit zu drücken«, sagt sie gleichwohl streng. »Außerdem kannst du unmöglich etwas von diesen Dingen verstehen, so jung wie du bist. Das sind Bücher, die Mutter und nicht zuletzt Vater lesen müssen. Aber komm jetzt, Junge. Was wollen wir zu Mittag essen?« »Das, was du gestern eingekauft hast. Fischstäbchen mit Kartoffelmus.« »Das hatten wir vorgestern auch. Was haben wir sonst noch?« Sie öffnet den Kühlschrank. »Ja, schau, hier haben wir Käse, Salat, rohe Zwiebeln, Rote Beete, Karotten, Blumenkohl und saure Sahne. Lass uns einen leckeren Salat für Vater und Tormod machen. Ja, wir wollen sie überraschen. Das haben sie wirklich verdient!«

Er steht neben ihr und schneidet Käse und Gemüse. Er hat sich ihr lange nicht so nah gefühlt. Sie summt Mozart. Taminos und Paminas Duett aus der *Zauberflöte* »Weib und Mann und Mann und Weib«. Er benutzt *Dagbladet* als Unterlage. Die rohen Zwiebeln verteilen sich über die wütenden Augen von Cassius Clay. Bald ertrinken beide Boxer in einem Meer aus saurer Sahne, Käse und rohem Gemüse.

56

Konstantin wird König von Griechenland. Die USA verstärken ihren Einsatz in Vietnam, unterstützen den Militärputsch und die neue Junta in Süd-Vietnam, die zusammen mit Präsident Johnsons willigen Helfern aktiv gegen die FNL und die »abscheulichen Kommunisten« kämpft. Willy Brandt wird Parteivorsitzender der SPD, und über der DDR wird ein amerikanisches Flugzeug abgeschossen. Zum ersten Mal gibt Norwegen eine Fünf-Kronen-Münze anstelle eines Fünf-Kronen-Scheins aus. Juri Gagarin besucht zusammen mit seinem Kollegen Waleri Bykowski Norwegen. Mads und ich stehen wie in alten Zeiten an der Haltestelle Smestad und schauen hinauf in die Wolken, halten Ausschau in Richtung Fornebu und sehen ein Flugzeug im Landeanflug: »Da kommt er! Gagarin! Der Größte!« Aber direkt danach kommen mehrere Flugzeuge, und es ist nicht einmal sicher, dass er am Nachmittag ankommen wird. Ratlos gehen wir unserer Wege. Später lasen wir, dass er schon stundenlang in Norwegen war, als wir an der Straßenbahnhaltestelle standen und riefen. Den norwegischen Journalisten gegenüber wiederholte Gagarin, dass er dort oben im Weltraum weder Gott noch Engel gesehen habe, hingegen aber sowjetische Kolchosen und schöne norwegische Fjorde. Das gute alte Sowjet-Gefühl stellt sich wieder ein. Wenn nur Chruschtschow auch hier wäre! Aber Mads hat in der Zeitung gelesen, dass der große, freundliche und humorvolle kommunistische Machthaber erst im Sommer nach Norwegen kommen wird. Nach der Ermordung Kennedys bleibt er als Einziger übrig, es sei denn, Nixon würde wieder auftauchen.

Im Parksvingen in Bærum kommt ein Fernseher an. Zwei Männer mit blauen Arbeitskitteln klettern aus einem weißen Auto und liefern einen funkelnagelneuen Philips-Apparat, 18 Zoll, an der Haustür ab. Er ist in einem Pappkarton verpackt, und die zwei Männer verschwinden sofort, nachdem sie die Unterschrift von Tormod erhalten haben. Zu diesem Zeitpunkt ist er der Älteste im Haus, wie auch sonst so oft. Der große Pappkarton mit dem Philips-Logo darauf steht mitten im Wohnzimmer und wartet auf Vater. Nur ein Ingenieur von der Norwegischen Technischen Hochschule kann einen so edlen Gegenstand auspacken und an die Antenne anschließen, die er schon vor Wochen mit Onkel Wilhelms Hilfe auf dem Dachfirst in nächster Nähe zum weiterhin nicht grüßenden Nachbarn montiert hatte. Mutter hatte gefragt, ob es nötig sei, sie ausgerechnet dort zu platzieren, aber er hatte entgegnet, dass dies mit den Signalen vom Tryvannsturm zu tun habe. Außerdem sei die Antenne durchsichtig, meinte er. Die Abendnachrichten waren schon vorbei, als ich Vaters hinkenden Gang in der Dunkelheit erkannte, wie er den steilen Hügel von Parksvingen heraufkam. Tormod war zum Treffen der Schulmannschaft gegangen, aber Mutter war längst zu Hause, und das Antennenkabel war über den Fußboden bis zum Rand des Pappkartons gezogen worden. Es war das Einzige, was sie und ich tun konnten. Gemeinsam standen wir da und schauten auf das riesige Monster, als ob es ein gefährliches, schlafendes Tier aus dem Zoo war, das bald erwachen würde. Wir lasen keine Gebrauchsanweisungen. Uns wurde übel davon. Wir misstrauten jedem Prospekt, der uns etwas Neues über einen Gegenstand erzählen wollte, den wir grundsätzlich mit Skepsis betrachteten und von dem wir ganz sicher wussten, dass wir nie verstehen würden, wie man ihn benutzt. Wir betrachteten Stereoanlagen, Bandgeräte, Föhne, Staubsauger und nicht zuletzt Kühlschränke als lebendige Dinge, die uns eigentlich nicht wohlgesonnen waren und denen man deshalb auch nicht trauen konnte. Für Tormod und Vater war das anders. Sie liebten neue Erfindungen und machten sich sofort darüber her, wenn diese in äußerst seltenen Fällen zu uns ins Haus kamen. Vater hatte die ganze Arena für sich. Sofort, nachdem er ohne seinen Mantel auszuziehen das Wohnzimmer betreten hatte, fixierte er den Fernseher und stellte zu seiner Erleichterung fest, dass sich der Apparat noch sicher in seinem Pappkarton befand. Er traute niemandem außer sich selbst zu, ihn einzurichten. Nur er konnte den Fernseher in Gang setzen und feststellen, ob die Signale von der Antenne richtig waren, so wie Onkel Wilhelm es versichert hatte, weil er einen Kompass zu Hilfe genommen hatte, als er den Tryvannsturm anvisierte. Seit vielen Tagen hatte Vater am Küchentisch gesessen und über die Einstellung der Kanäle geredet. Das war anders als beim Radio. Man konnte nicht einfach auf die Langwellentaste drücken und Sender aus aller Welt empfangen. Zuerst musste man den Fernseher vorsichtig auspacken, dann alle Kabel korrekt anschließen und die Suche nach dem richtigen Sender im entsprechenden Frequenzbereich vornehmen. Für Vater bedeutete das, einen einzigen Kanal einzustellen, nämlich den NRK-Kanal. Sicherlich könnte man eine besonders starke Antenne kaufen, mit der auch Sendungen aus Schweden zu empfangen wären, aber das konnten wir uns nicht leisten. NRK war mehr als genug. Ich sah, wie der sonst immer so besonnene und umsichtige Vater noch immer im Mantel den Pappkarton mit dem kleinen Messer aufschlitzte, das er in der Tasche hatte und statt einer Schere oder Feile zum Schneiden der Nägel benutzte. »Willst du deinen Mantel nicht ausziehen, Per?«, fragte Mutter mit einem Lächeln. »Oh ja.« Auch er lächelte. Was nun passieren würde, war ein großes Ereignis für uns. Mutter freute sich besonders auf den Fernseher, weil ihre Söhne dann nicht mehr so oft zu Tante Svanhild gehen müssten. Sie genoss es, uns zu Hause zu haben. Soviel wie möglich, selbst wenn wir in der Blaskapelle spielten und samstags zur Schule gingen. Wir waren eigentlich nicht so viel zu Hause, auch wenn es uns so vorkam. Doch ab jetzt werden wir das, was sich draußen in der Welt abspielt, auf andere Weise verfolgen. Seit die Filmzeitschrift eingestellt wurde und Mads und ich nicht mehr mit der Straßenbahn in die Stadt fuhren, um zu erfahren, welche Späße sich unser Held Chruschtschow in der UN oder andernorts erlaubte, war das Wohnzimmer im Parksvingen ebenso gut wie ein Kinosaal. Außerdem standen die Olympischen

Winterspiele in Innsbruck bevor. Vater vor dem Fernseher. Die vollkommene Konzentration. Es war nicht möglich, ihn unter solchen Umständen anzusprechen. Zuerst wurde die Gebrauchsanweisung Wort für Wort gelesen. »Du kannst ein wenig Klavier spielen gehen«, sagte Mutter. Ich seufzte, tat aber, was sie sagte. Das Klavier stand im anderen Zimmer, das früher in der Hütte das Wohnzimmer gewesen war, nun aber den Übergang in den irrsinnig großen Raum mit dem Kamin bildete. Ich spielte drei der Preludien von Chopin, die Amalie mir aufgetragen hatte zu spielen, und nicht zu üben. Besonders das in As-Dur mit den tiefen Tönen wie Glockenklang mochte ich. Ich musste dann immer an Mädchen denken. Leah, Katja, die Kusinen, Fredriksen und all die anderen in der Klasse. Würde es jemals eine Chance für einen fetten, Mayonnaise und Erdnussbutter essenden Knäckebrot-Junkie geben? (Das Wort Junkie hatte ich von Sverre.) Aber ich kam nicht dazu, länger darüber nachzudenken, weil Vater rief, dass es gleich soweit sei. Jetzt würde der große Augenblick kommen. Der Fernseher stand mitten auf dem Fußboden. Die Pappe lag überall verstreut, so wie Leahs Klamotten jedes Mal auf dem Boden um sie herum lagen, wenn sie hier übernachtete. »Wollen wir nicht zuerst aufräumen?«, fragte Mutter, erstaunt über die planlose Arbeitsweise ihres Mannes. »Ja, klar«, sagte Vater beschämt. Wir halfen ihm schnell, die Pappen vom Wohnzimmerboden zu räumen und den Fernseher an die Wand zu rollen, an der er hoffentlich für alle Zeit stehen bleiben würde. Nun blieb nur noch die Suche nach dem Kanal. Vater wusste, in welchen Frequenzbereichen, die so schwierige Namen wie Mhz, UHF und VHF hatten, er suchen musste. Sehr komplizierte Dinge, die nur Ingenieure verstehen können. Würde Vater es verstehen? Es schneite wie verrückt auf dem großen Bildschirm, der, obwohl nicht so groß wie die Leinwand im Colosseum Kino, bereits ein beachtlicher Mittelpunkt in diesem enormen Raum war. Selbst der Kamin verschmolz mit der Wand und wurde unsichtbar. Das hatte etwas mit dem Fernseher zu tun. Noch fünfzig Jahre später ist es das Erste, wonach ich in einem Hotelzimmer schaue: Wo ist der Fernseher und wo ist ein Arbeitsplatz, an den ich mich zum Schreiben setzen kann? Aber Vater war nun einmal Chemieingenieur. Auch wenn er Tante Svanhild vor vielen Jahren geholfen hatte, ihren Fernseher anzuschließen, war nicht sicher, dass er mit den vielen physikalischen Neuerungen Schritt hielt. Jetzt war er außerdem Chefredakteur des Technischen Wochenblatts geworden. Wusste er überhaupt, wie die Frequenzen auf einem brandneuen Fernseher zu finden waren? »Jetzt passiert es«, sagte er plötzlich. »Wartet noch kurz!« Und es passierte. Es passierte in derselben Sekunde. Das Schneien im Bild hörte auf. Es kamen einige Zickzackmuster und dann erschien ein Bild. Am Anfang war das Bild. Das Bild war bei Gott, und Gott war das Bild. Und das Bild wurde ein Fernsehapparat und wohnte unter uns. Und wir sahen seine Herrlichkeit usw. Da wusste ich noch nicht, dass dieser Freitag zu Hause im Parksvingen eine Zeitenwende bedeutete, dass ich als Mutters und Vaters Sohn zum Miteigentümer eines Fernsehapparats wurde, dem Ergebnis einer Technologie, die, obwohl sie sich noch in den Kinderschuhen befand, das menschliche Leben auf der Erde revolutionierte. »Da!«, rief Vater triumphierend wie ein kleiner Junge. »Seht ihr nicht? NRK. Ein kristallklares Bild! Prachtvoll!« »Nochmals Dank an Onkel Wilhelm«, sagte Mutter. »Dank an Onkel Wilhelm«, wiederholte ich. Ich hatte nächtelang wachgelegen und mir vorgestellt, die Antenne auf dem Dach wäre im falschen Winkel eingestellt und Vater müsste allein in der Dunkelheit auf dem Giebel herumkriechen, um sie zu justieren. Ich konnte ihn förmlich von dem nassen, vereisten und glitschigen Winterdach herunterrutschen und auf die Erde fallen sehen, genauso wie es der Maler am Restaurant Bjørnen in Fredrikstad getan hatte und der Mann von Mutters Freundin, der in Nordstrand von einem Apfelbaum gefallen und dann von der Hüfte abwärts gelähmt war. Ein hoher Preis für einen Apfelkuchen. Im selben Augenblick kam Tormod von seiner christlichen Versammlung zurück. Er stand im Zimmer und war überrascht und erfreut, als er bemerkte, was vor sich ging. »Komm«, sagte Vater begeistert. »Komm und sieh! Aber nicht zu nah. Ihr müsst mindestens zwei Meter Abstand vom Bildschirm haben, damit er die maximale Wirkung hat. Außerdem muss die Lampe hinter dem Apparat eingeschaltet sein, damit das starke Bild nicht den Augen schadet. Mach die Lampe an, Ketil, dann ist es vollkommen perfekt!«

Ich schaltete die Lampe ein. Danach standen wir zusammen da und schauten. Das messerscharfe Schwarz-Weiß-Bild. Der große Philips-Bildschirm. Der Testsieger laut der Verbraucher-Berichte, die Vater so sorgfältig gelesen hatte, bevor er in das große Geschäft beim Nationaltheater ging, das, wie ich annahm, *Panorma*, aber tatsächlich *Panorama* hieß. Aber das Bild war makellos. Wir standen da und schauten NRK-Fernsehen. Den allerersten Sender. Es gab eine Natursendung mit Per Hafslund, den wir schon früher bei Tante Svanhild gesehen hatten. Er hatte sich zum Ziel gesetzt, alles Lebendige von angemessener Größe zu essen, abgesehen von seiner Ehefrau. Er sollte später versuchen, einen ganzen Schleimaal zu essen, ohne daran zu denken, dass das Tier ein Sekret absonderte, das wie Klebstoff wirkte und ihm derart akute Atemprobleme verursachte, dass er einige Schlucke reinen Essigs trinken musste, um zu überleben. Diesmal war es harmloser. Er saß im Bildschirm von Philips und lächelte uns an, während er einen lebendigen Frosch verzehrte. Der eine Schenkel hing aus seinem Mund. Es zappelte und war noch lebendig. Mutter machte ein angeekeltes Gesicht, als der Zoologe die Zähne zusammenbiss und wir das knackende und quietschende Geräusch des schleimigen Tier hörten. »Was für ein Fernseher!«, rief Vater begeistert. »Was für ein Bild! Was für ein Ton!«

57

Richard Henry Sellers, englischer Komiker und Schauspieler aus Southsea, Portsmouth, mit jüdisch-portugiesischen Vorfahren. Die Eltern waren Komiker und fanden es lustig, Richard Henry den Namen seines verstorbenen Bruders Peter zu geben. Vonseiten der Mutter verzeichnet der Familienstammbaum die Boxlegende Daniel Mendoza. Der winzig kleine Meister im Schwergewicht aus dem achtzehnten Jahrhundert hatte den Boxsport revolutioniert, indem er durch wissenschaftliche Tests eine Verteidigungsmethode entwickelte, die aus seitlichem Wegducken, plötzlichem Abtauchen mit dem Kopf, abwartendem Tänzeln um den Gegner herum bestand, also dieselben Qualitäten, durch die Cassius Clay zweihundert Jahre später den Weltmeistertitel errang. Peter Sellers hatte dieselbe wissenschaftliche Herangehensweise. Er war in ganz Großbritannien durch die Radiosendung *The Goon Show* bekannt, in der er ein außergewöhnliches Talent für das Imitieren unterschiedlicher Dialekte und Sprachen bewies, was ihm später in seinen wichtigsten Filmen von Nutzen war. Insbesondere für Italienisch *(After the Fox)*, Französisch *(Inspektor Clouseau)*, Indisch *(The Party)* und Deutsch. Letzteres parodiert er in *Dr. Strangelove,* wo er den deutschstämmigen Wissenschaftler und Raketeningenieur Wernher von Braun spielt, den Vater des amerikanischen Raumfahrtprogramms und späteren Direktor des NASA-Planungsbüros. Im Film ist der Charakter des Dr. Strangelove eine erstaunliche Vorahnung des in Fürth geborenen späteren US-amerikanischen Außenministers Henry Kissinger. Sellers sitzt wegen eines gebrochenen Beins im Rollstuhl und spielt den hochbegabten Wissenschaftler mit Nazivergangenheit. Der deutsche Akzent ist unüberhörbar, sein größtes Problem ist es, dass seine mit einem schwarzen Handschuh bekleidete rechte Hand bei jeder unpassenden Gelegenheit zum Hitlergruß hochschnellt. Er drückt sie mit der anderen Hand wieder herunter, aber es scheint, als ob der Arm und die Hand ein Eigenleben führen. Die Parodie trifft Wernher von Braun hart, denn ihm wurde auch seine unsaubere Vergangenheit in Deutschland während des Zweiten Weltkriegs angelastet, wo er an der Entwicklung der V2-Rakete, der ersten ballistischen Rakete der Welt, mitgearbeitet hatte. Sellers, der zu gern Verkleidungsrollen spielte, fand es schade, dass er zusätzlich zu Dr. Strangelove und Präsident Muffley nicht auch noch den geistesgestörten General Jack D. Ripper, den Chef des Burpelson Air Force-Luftwaffenstützpunkts spielen konnte. Ein verrückter Charakter, der überzeugt davon war, dass die Sowjetunion versuchte, durch die Fluoridierung der amerikanischen Trinkwasserreserven die »Reinheit der natürlichen Körperflüssigkeiten« zu zersetzen und so die gesamte amerikanische Bevölkerung zu vergiften. Mit Regisseur Stanley Kubrick aus der Bronx und Sellers als Hauptdarsteller gingen zwei außerordentlich starke Persönlichkeiten zum Frontalangriff auf die aggressive amerikanische Außenpolitik über. Die Filmaufnahmen fanden in John F. Kennedys Amerika unmittelbar nach der Kubakrise statt. Die Denkweise der NATO ist von einem einzigen Leitgedanken bestimmt: »God bless America.« Kubrick wählt ganz in der Tradition Charlie Chaplins den Humor als seine wichtigste Waffe. Der vollkommen verrückte Jack D. Ripper hat entdeckt, dass er die Sowjetunion und Dimitri Kissoff mit seinen vierunddreißig B-52-Bombern auf eigene Faust angreifen kann, ohne die Genehmigung seiner Vorgesetzten. Ripper erzählt den Piloten an Bord der vierunddreißig Flieger, dass der große Krieg zwischen den USA und der Sowjetunion begonnen habe. Im War Room des Pentagon versucht Air Force General Buck Turgidson, in der imposanten Gestalt von George C. Scott, den Präsidenten davon zu überzeugen, dass dieser Angriff vielleicht gar nicht so blöd ist. Plötzlich sind die

USA in einer einzigartigen strategischen Lage und könnten neunzig Prozent der sowjetischen Waffenlager vernichten, ohne dass die Verluste für die USA mehr als zehn bis zwanzig Millionen Menschen betragen würden. Aber der sowjetische Präsident Dimitri Kissoff, der direkt angerufen wurde, berichtet, dass man bereits eine »Weltvernichtungsmaschine« installiert habe, die automatisch alles menschliche und tierische Leben auf der Erde vernichten werde, wenn die Sowjetunion mit Atomwaffen angegriffen würde. Zu diesem Zeitpunkt wird der Strategieexperte Dr. Strangelove kontaktiert, der den amerikanischen Präsidenten konsequent mit »Mein Präsident« oder »Mein Führer« anspricht. Er kann sofort die Funktionsweise der sowjetischen Weltvernichtungsmaschine verstehen und erklären. Aber als die fatale Bombe gefallen ist und die sowjetische Weltvernichtungsmaschine ausgelöst wird, empfiehlt Dr. Strangelove dem amerikanischen Präsidenten, dass man eine Gruppe von ungefähr 200 000 Amerikanern in ein atombombensicheres unterirdisches Bergwerk schicken solle, wo sich diese, um die Verluste in der Bevölkerung auszugleichen, reproduzieren kann. Aufgrund des Platzmangels empfiehlt er zehn Frauen pro Mann. Die Frauen sollen nach sexuellen Vorlieben ausgewählt werden, während die Männer aufgrund ihrer körperlichen Gesundheit, ihres intellektuellen Vermögens und ihrer Stellung in Wirtschaft und Politik ausgesucht werden sollen. General Turgidson merkt an, dass die Sowjetunion möglicherweise einen noch besseren Bergwerkstollen für das Überleben hat als die Amerikaner, und dass die USA es nicht zulassen dürften, der Sowjetunion einen Vorsprung zu erlauben. Ein sichtlich aufgeräumter Dr. Strangelove erhebt sich aus seinem Rollstuhl und ruft: »Mein Führer, I can walk!« Gleichzeitig sieht man Atombombenexplosionen und Atompilze aufsteigen, während Vera Lynns berühmtes Soldatenlied aus dem Zweiten Weltkrieg *We'll Meet Again* das erstarrte Kinopublikum überflutet.

Mads und ich durften den Film nicht sehen. Wir waren zu jung. Wir wussten es, und es war schrecklich. Aber es war trotzdem so, als hätten wir ihn gesehen, weil wir alle Erwachsenen anflehten, uns von ihm zu erzählen. Es war einer dieser seltenen Abende. Ulf und

Abel waren beide zu Besuch. Leah allerdings nicht, aber im Laufe des Jahres wird es Tormod und mir sicher erlaubt werden, sie zu besuchen. Sie sprachen über Dr. Strangelove. Mutter und Vater hatten ihn noch nicht gesehen. Aber Ulf und Abel waren im Kino gewesen und konnten mir die Handlung schildern. Vater lachte Tränen, als er die irrsinnige Geschichte hörte, und es sah dann immer so aus, als weine er. Abel erzählte vom geisteskranken General, von der Reinheit in den natürlichen Flüssigkeiten, von Peter Sellers' Hand, die zum Nazi-Gruß in die Höhe schnellte, vom großen Aufrüstungswahn, den der Film beschrieb und der bei der gegenwärtigen politischen Stimmung keinesfalls übertrieben war. Die ganze Zeit saß der sanftmütige Ulf daneben, nickte und lächelte. Mutter saß auf dem Sofa und strickte. »Männer«, sagte sie, als sie mit dem Erzählen fertig waren. Aber sie lächelte ebenfalls.

An der Haltestelle Smestad hieß Chruschtschow nicht länger nur Chruschtschow. Er hieß nun auch Kissoff. Aber aus Respekt vor dem Original, das wir beide verehrten, benutzten weder Mads noch ich diesen Namen oft. Wir hatten genug damit zu tun, unsere Arme unten zu halten, wenn sie plötzlich und unversehens in die Höhe schnellten, während wir auf dem Bahnsteig herumliefen und schrien: »Mein Führer, I can walk!«

58

Eines Tages begreift er, dass der Vater nicht nur Vater auf die alte, zuverlässige Weise ist: der allwissende Ingenieur, der die richtigen, wohlüberlegten Dinge tut, der weiß, was wissenswert ist. Er macht diese Erfahrung, als er erlebt, wie sein Vater das Autofahren lernt. Erstaunlicherweise denkt der Vater daran, seinen Führerschein zu machen. Vielleicht ist die Anschaffung des Fernsehapparates ihm zu Kopf gestiegen, denkt der Sohn, als er sieht, wie eine von Mutters allerhübschesten Kusinen mit ihrem neuen Mann in die Einfahrt einbiegt, nicht mit dem charmanten Kriminellen, sondern mit dem freundlichen und etwas einnehmenden Frithjof, der bereits wie ein Onkel behandelt wird oder wie einer von den vielen Freunden des Hauses, die die Mutter und der Vater immerhin haben. Er stellt fest, dass es viele gibt, die sich mit seinen Eltern gut verstehen, darauf ist er stolz. Gleichzeitig wundert er sich, wie verschieden sie sind; von Ulf und Abel bis hin zu den amüsanten Freundinnen der Mutter in der Buchhandlung auf Karl Johan. Jetzt sind es Frithjof und Mutters Kusine Diana. Sie sieht Sophia Loren so ähnlich wie irgend möglich, jedenfalls wenn man innerhalb der norwegischen Grenzen aufgewachsen ist. Sie hat die gleichen dicken Lippen, die immer etwas feucht sind, das gleiche prächtige dunkle Haar und eine Garderobe, die einer Millionärin würdig wäre. Und immer mit den hochhackigsten Schuhen der Welt an den Füßen, obwohl sie die Größte der Damen in dieser vielköpfigen Familie ist. Außerdem hat sie eine rüpelhafte, direkte Art zu sprechen, die ihn ein wenig an Katja erinnert. Sie verwendet sicher

Lux, wenn sie ein wohltuendes Wannenbad nimmt. Die Seife, die alle Filmstars benutzen, wenn man der Werbung glaubt. Im Gegensatz zum Vater glaubt er der Werbung immer. Er glaubt an die Versprechen der Werbung. Er glaubt, dass das Reinigungsmittel Ajax wie ein weißer Wirbelwind reinigt, dass Freia Milchschokolade direkt von braunen norwegischen Kühen kommt, die irgendwo oben im Gudbrandsdal grasen, und selbstverständlich sitzen Elizabeth Taylor und Audrey Hepburn, Blaubeerdamen und Stachelbeerdamen und die vielen tollen Moltebeer-Filmstars, angeführt von Doris Day, in einer Lux-Badewanne. Sie seifen sich mit einer Seife ein, auf deren Verpackung der Firmenname Lilleborg steht. Was sollten sie sonst benutzen? Sie sitzen in einem riesigen Schaumbad und sprechen von der Kinoleinwand zum norwegischen Volk mit solchen Schmollmündern, dass der Kameramann die Scharfeinstellung vergisst und das Bild besonders verschwommen wirkt. Aber gerade jetzt ist Frithjof für den Vater die Hauptperson. Er hat seine Diana in einem neu gekauften, senfgelben Opel Rekord hergefahren. Jetzt schaut er sich mit dem Vater das Auto an, während er sagt: »Es wird wohl Zeit, dass du auch anfängst, Auto zu fahren, Per?« Der Vater schweigt und denkt nach. Der Sohn merkt, dass dies ein wichtiger Augenblick für die Familie ist. »Wie immer geht es ums Geld, Frithjof«, sagt der Vater leise. »Aber manche Dinge sind wichtiger als Geld«, sagt Frithjof mit einem liebenswürdigen Lächeln. Er klopft dem Vater auf die Schulter und deutet mit der anderen Hand auf den Opel. »Mit so einem kannst du die Welt erobern, Per. Dafür bist du geschaffen. Stell dir vor, was all diese Monatskarten für die Straßenbahn kosten und die Züge, wenn ihr in den Urlaub fahrt. Die Familienbesuche in Sarpsborg und Fredrikstad. Das ist eigentlich eine sehr einfache Rechnung, verstehst du? Aber all das musst du nicht jetzt entscheiden. Das Allerwichtigste ist, dass du Autofahren lernst. Machen wir eine kleine Spritztour?«

Er und sein Bruder dürfen bei der allerersten Fahrt, die Vater mit Onkel Frithjof unternimmt, nicht dabei sein, aber als sie zurückkommen und der Vater sich sichtlich über seine Fortschritte freut, drängeln sie so lange, bis es ihnen erlaubt wird, beim nächsten Mal, wenn

Frithjof und Diana kommen, auf dem Rücksitz mitzufahren. Diana und die Mutter setzen sich in die Küche. Sie haben sich viel zu erzählen. Außerdem ahnt das jüngste Familienmitglied, dass Diana Mutter zugeflüstert hat, wie herrlich es mit einem Auto ist. Und die Mutter ist im Sternzeichen des Wassermanns geboren. Der Sohn weiß, dass sie gerne Abwechslung hat. Dann sitzt er also plötzlich direkt hinter Vater und erlebt, wie der sich von dem Vater und Ingenieur, der auf alles eine Antwort weiß, in einen gehorsamen Schüler verwandelt, der hinter dem Steuer sitzt und darauf hört, was Onkel Frithjof ihm erklärt. »Was musst du als Erstes tun, Per?« »Den Schlüssel herumdrehen.« »Nein, bist du sicher?« »Oh nein«, sagt der Vater ein wenig verwirrt. »Die Kupplung natürlich!« »Genau. Zuerst musst du die Kupplung treten. Danach schaltest du in den Leerlauf und dann kannst du starten.« Der Vater tut, was Frithjof sagt. Der Sohn hört das Geräusch des Motors, den scharfen, metallischen Ton, der ihn immer erwartungsvoll stimmt. Aber als der Vater auf Anweisung von Onkel Frithjof den Hebel zwischen den beiden Vordersitzen in den ersten Gang schaltet, lässt er die Kupplung zu schnell kommen, ohne ausreichend Gas zu geben. Und so macht der Opel einen Satz nach vorne, bevor er stehen bleibt.

Der Sohn bemerkt, dass der Vater aufgeregt und verwirrt ist, als ob er nicht kapiert, was schiefgelaufen ist. »Nur die Ruhe, Per. Wir machen es noch einmal. Langsam.« Jetzt geht es besser. Das Auto rollt langsam die Sackgasse entlang und den steilen Hang hinauf in Richtung Bjerkelundsvei. »Erinnerst du dich, Per? Du musst einen gewissen Druck auf das Gaspedal geben, um die Geschwindigkeit zu halten. Und dann, wenn du hinauf zum Bjerkelundsvei kommst, musst du die Kupplung treten und die Stange zum Bremsen hochziehen, sodass du nicht vom Weg abkommst und mit entgegenkommenden Autos zusammenstößt.« Ist das wirklich so schwierig, denkt der Sohn, als er sieht wie sein Vater sich damit abmüht, sich das beizubringen, was all die Onkel schon viele Jahre lang können. Ohne sein Gesicht zu sehen, weiß der Sohn, dass sein Mund schmal und hart ist, was ihn immer so gereizt aussehen lässt. Gleichzeitig ist der Vater irritiert über das, was er seit letzter Woche alles vergessen hat. Obwohl er selbst behauptet, es nicht vergessen zu haben. Aber die Bewegungen mit beiden Füßen seien ganz neu für ihn. Außerdem sei das eine Bein kürzer als das andere. Dies erklärt er Onkel Frithjof, als wolle er damit entschuldigen, dass es zu Beginn der zweiten Fahrt so schlecht läuft. »Konzentrier dich nur auf das Fahren«, sagt Onkel Frithjof. Der Sohn ist sich sicher, dass dem Vater der Schweiß auf der Stirn steht, als das Auto den steilen Hügel hinauf auf den stärker befahrenen und asphaltierten Bjerkelundsvei zusteuert. Da heult der Motor auf. »Nicht so viel Gas geben, Per. Und lass die Kupplung los!« Doch dann macht das Auto wieder einen Satz nach vorne. Der Motor geht aus und das Auto rollt rückwärts. »Tritt die Bremse, Per! Die Bremse!« Der Vater sitzt wie paralysiert da. Oder hört er nicht, was Frithjof ruft? Es ist der Onkel, der die Bremse hochzieht, sodass das Auto unten an der Sackgasse zum Stehen kommt. »Ich meine, dass Ketil und ich aussteigen sollten«, sagt der Bruder ruhig. Der jüngere Bruder ist für diesen Wunsch dankbar. Der Vater dreht sich mit hochrotem Kopf um. »Ja, es ist wohl das Beste, wenn ihr Jungs aussteigt. Ich muss besser Auto fahren, bevor ihr mit mir mitfahren könnt.«

Später überlegt er, dass es sowohl eine Niederlage als auch ein Versprechen war. Der Vater hat zugegeben, dass er nicht genug gelernt hat. Gleichzeitig kündigte er an, dass der Lernprozess mit Onkel Frithjof fortgesetzt wird. Er wird ein besserer Fahrer werden. Und so wie der Sohn seinen Vater kannte, war es unvorstellbar, dass er kein Auto für die Familie kaufen würde, wenn er erst einmal den Führerschein gemacht hätte. Im Laufe der Jahre hatte er bei den Diskussionen und Streitereien zwischen den Eltern mitbekommen, dass der Vater sich niemals gescheut hatte, bei der Bank mehr Kredit aufzunehmen. Auf diesen Teil der Finanzen der Familie hatte die Mutter ohnehin keinen Einfluss. Sie beschränkte sich auf die Lohntüte aus glänzendem, transparentem Papier, die sie von Cammermeyers Buchhandlung an jedem Ersten im Monat bekam. Das Honorar für alle zusätzlichen Arbeiten bekam sie ebenfalls bar auf die Hand. Sie hatte kein Bankkonto wie der Vater. Doch gerade durch dieses Konto bei Den norske Creditbank und mit den anderen Konten, die der Vater bei der Kredittkasse oder bei der Landsbank hatte, war es möglich, dass Hütten zu Häusern wurden und dass der Traum vom eigenen Auto nicht aus der Luft gegriffen war. Zugleich aber war es nach den heutigen Ereignissen nicht leicht zu begreifen, dass der Vater es jemals schaffen würde, Auto zu fahren. Es war fast wie ein Schock, als der Sohn begriff, dass es auch im Leben des Vaters Bereiche gab, die er nicht beherrschte, dass er sich ähnlich ungeschickt verhalten konnte wie der Sohn, wenn er ein Stück in Fis-Dur spielen sollte, ein Stück, das er sich selbstverständlich weigerte zu üben, das er aber Amalie und der Mutter zuliebe dennoch korrekt zu spielen versuchte. Oder die Ungeschicklichkeit während des Sportunterrichts, wenn der Sportlehrer, der groß und stark und noch nicht einmal Anthroposoph war, ihn zwang, einen Salto zu machen. So etwas hatte er noch nicht gemacht und würde es auch nie machen, nur dieses eine Mal, als der Sportlehrer ihn so plötzlich und brutal herumgeschleudert hatte, dass die ganze Welt buchstäblich Kopf stand. Dass der Vater gegenüber Onkel Frithjof sein kurzes steifes Bein als Entschuldigung angeführt hatte, brachte ihn auf den Gedanken, dass sein Vater tatsächlich lahm war, dass er eine Behinderung hatte auf die gleich Weise, wie sein Sohn mit seinem Übergewicht zu kämpfen hatte. Zum ersten Mal dachte er: Ich bin nicht der Einzige, mit dem etwas nicht stimmt. Wir sind ja alle nicht normal, niemand von uns.

59

Vielleicht hatte es mit Ostern in dem uralten Pfarrhaus in Flatdal zusammen mit der Familie von Mutters Freund Svein Bruun zu tun, dass wir plötzlich so fromm und demütig wurden. Bruun liebte Kirchen. Besonders all die Stabkirchen, die in jedem Winkel von Telemark existierten. Überall Frömmigkeit und Kirchenlieder. Obwohl Vater wieder und wieder behauptete, dass er keinen Gott brauchte, solange er den Kosmos hatte, ging er zu allen Ostergottesdiensten in die verschiedenen Holzkirchen mit. Wo es eine Orgel gab, forderte Svein Bruun mich auf zu spielen, obwohl ich die Pedale nicht zu bedienen wusste. Ich mochte diesen rauen, atmenden Klang der Orgelpfeifen. Und wenn sich Svein Bruuns gewaltiger Bariton darüber legte und er mit hummerrotem Gesicht neben mir stand und ein Kirchenlied nach dem anderen hervorbrachte, spürte ich, wie das Leben sich weitete, jedenfalls ein wenig. Aber als Svein sang *Großer Gott wir loben dich; Ostermorgen nimmt die Sorgen; Das Grab ist leer, der Held erwacht* und *Die große weiße Herde zu sehen*, sah ich stattdessen das fünfzehnjährige Mädchen mit dem harten und erfahrenen Gesichtsausdruck, das direkt auf der anderen Straßenseite dem Pfarrhaus gegenüber wohnte und etwas schwierig und starrsinnig wirkte, so wie manchmal Leah. Sie schminkte sich wie die Filmstars und hatte weiße Haut, die unter ihren Kleidern sicher noch weißer war. Sie hieß Jeanette. Ein ausländischer Klang und Duft. Sie benutzte Parfüm. Ein herbes, süßes und vulgäres Parfüm, ganz anders als Amalies Chanel No 5. Selbst die Schulmannschaft von Nadderud hätte ihre Probleme mit Jeanette gehabt, und Tormod würdigte sie keines Blickes. Aber gerade das Harte, Herbe und Süße ließ meine Gedanken mit mir durchgehen inmitten von Telemarks Stabkirchen. Obwohl ich immer dachte, dass *Die große weiße Herde zu sehen* vom Tod handelte, ging es dabei auch um die Frau an sich. Die große weiße Herde entkleideter Frauen, »wie tausend schneebedeckte Berge«. Die Melodie hatte etwas von *Anna Lovinda*. Dieses grenzenlos Traurige, das ich immer mit schönen, erwachsenen Damen verband, und das, wie ich später begreifen sollte, gleichzeitig dem Tod nahe war. Sich nach etwas zu sehnen, das man niemals bekommen wird. Wie konnte ein Fettsack wie ich überhaupt von Frauen träumen, so wie ich da saß und die nackte Jeanette heraufbeschwor. In vielerlei Hinsicht hatten Mutters Kohlezeichnungen von entkleideten Männern und Frauen Nacktheit zu etwas Erlaubtem gemacht. Die Kunst machte es möglich, Frauen auszuziehen. Wenn es keine Kunst war, war es Pornographie, und in dieser Welt hatte Syver das Sagen. Trotz all seiner Beerenbüsche war das nicht der Garten, in dem ich sein wollte. Mein Garten kam in den Bildern, die er bei jeder Gelegenheit anschleppte, nicht vor, er war in meinem Kopf, gerade jetzt, als ich *Die große weiße Herde zu sehen* spielte und an Jeanette dachte, die etwas getan, etwas erfahren haben musste, wovon ich immer noch keine Ahnung hatte. Es war so etwas wie eine Vorahnung dessen, was mir später im Leben wie ein Albtraum folgen oder wie eine Besessenheit in mich hineinkriechen sollte: dass ich wissen musste, was Jeanette wusste. Der Körper war lediglich der Zugang zu dieser Gewissheit. Erotik war nicht die Verheißung von Nacktheit. Erotik war so viel mehr. Die Verheißung von etwas, das niemals entblößt werden oder ans Tageslicht kommen sollte. So vermischten Gott und Erotik sich für mich zu einem Brei. Und ich fühlte mich nicht alleine. Es musste einen Grund geben, dass alle Maler der Welt die Jungfrau Maria immer erotisch darstellten, das war so offenbar, dass es selbst ein fast zwölfjähriger Junge sehen konnte. In meinem Alter damals brauchte ich kein physisches Werkzeug für meine Sehnsüchte. Deshalb hielt ich mich von Syver fern. Es sollte nicht zu konkret sein. Jedenfalls noch nicht. Es sollte wie die Musik sein. Der große Lebensraum für Gedanken, Begehren und Gefühle. Ein Raum, in dem Leid und Freude in den gleichen Tönen zusammenkommen. *Die große weiße Herde zu sehen* ist ein Offenbarungslied. Aber für mich war es vor allem ein Lied über Jeanette.

Die Frömmigkeit nahm überhand. Svein Bruun war der Meinung, dass mein Bruder und ich getauft werden sollten. Tormod war einverstanden. Mit seinem treuherzigsten und ergebensten Blick schaute er den Opernsänger an und warf mir einem raschen, durchdringenden Seitenblick zu, und ich bemerkte, dass auch ich fromm wurde. Es machte Spaß in Kirchen zu gehen, weil es dort Orgeln gab. Wenn Svein Bruun sang, war es immer großartig. Jedes Mal, wenn er sich einen VSOP genehmigte, war er fast ebenso fröhlich wie Abel. Dann lachten wir alle zusammen. Er träumte davon, einen Knabenchor zu gründen nach dem Vorbild der St. Olavsguttene, einem der besten Knabenchöre Nordeuropas, der sich aber jetzt nach dem Tod des Dirigenten Ragnvald Bjarne aufgelöst hatte. Ich saß da und hörte mir all diese weitschweifigen Pläne an. Es war wirklich lustig, dass dieser sicher ganz fantastische Dirigent Bjarne mit Nachnamen hieß. Als ob Vater Jens oder Birger statt Bjørnstad mit Nachnamen hieße. Wir hatten noch einen Tag in Flatdal. Wir waren bei den Grøstad-Brüdern, den Künstlern, die beide Dan Lindholm ähnelten und sich nicht schämten, Holzschnitte von nackten Frauen anzufertigen, auch wenn auf der rechten Seite des Bildes ein Kreuz war. War es einfach die Schwärmerei für Mädchen und Frauen, die mich zur Kunst hinzog? Die Bilder der fleißigen Grøstad-Brüder spornten mich an, den Versuch zu wagen, mich Jeanette zu nähern. Bis zu unserem Abschied waren es kaum noch zwei Stunden. Ich verdächtigte sie, ein Auge auf Tormod geworfen zu haben. Sie wirkte immer so liebenswürdig, wenn er in ihrer Nähe war. Aber er hatte ja die gottesfürchtigen Mädels der Schulmannschaft. Und ich? Bald würde ich die Altersfreigabe für Filme ab zwölf Jahre erreichen. Dann wäre ich nicht länger ein Kind. Aber ich wäre auch noch nicht erwachsen. Ich war also etwas dazwischen. Ich sehnte mich danach, ernst genommen zu werden, als Heranwachsender wertgeschätzt und nicht nur als ein Junge angesehen zu werden. Mit all diesen Gedanken, Träumen und Bildern im Kopf verdiente ich etwas Besseres, als übersehen zu werden. Gegen meine Fettpolster könnte ich etwas tun. Erkennt Jeanette, was für ein toller Junge in all dem Speck steckt? Die hellen Augen? Das ernste Gesicht, das sie geradezu um Liebe und Verständnis anfleht? Als der Abreisetag kam wie ein mieses Ereignis, das sich einreihte in all die anderen deprimierenden Ereignisse im Leben, die ich noch erfahren sollte, stand Jeanette auf der anderen Seite der Straße, während die Familien Bruun und Bjørnstad auf den Bus nach Oslo vor dem Gasthaus Nutheim warteten, diesem schönen, alten Gebäude in der scharfen Kurve, das die Grøstad-Brüder nutzten, um Enthusiasten, insbesondere Damen, in die Welt der Malerei einzuführen. Ich konnte nicht anders, ich musste zu ihr hinüberlaufen, so wie ich zu Klara gelaufen war, damals in Tolga im grausamen Moment des Abschieds. Ich starrte ihr schamlos in die Augen und sagte so höflich wie möglich: »Es war ein Erlebnis, in diesen Ostertagen mit dir zusammenzusein.« »Wer bist du?«, fragte sie erstaunt, als hätte sie mich noch nie gesehen. Die Frage kam so direkt und selbstverständlich, dass mir keine Antwort einfiel. Es war kein Funken Freundlichkeit in ihrem Blick. »Ich bin der Jüngere der Bjørnstadjungs«, sagte ich. »Derjenige, der auf die Alm soll, um fett zu werden.« Ich fand das witzig. »Du bist schon fett genug«, sagte sie. »Lass mich in Ruhe. Und verschone mich mit deinen Scherzen.« Die Wangen glühten. Was für eine Demütigung! Und alle, die auf der anderen Straßenseite standen, konnten es sehen. Ich lief zurück über den Asphalt und dachte: Tu was du willst, nur weine nicht. »Was ist passiert?«, fragte Mutter. »War das Mädchen gemein zu dir?« Sie legte ihren Arm um meine Schulter. »Vielleicht ein wenig«, sagte ich und unterdrückte das Weinen. »Ich wollte mich nur höflich von ihr verabschieden. Wir sind doch eine höfliche Familie, nicht wahr?« »Was hat sie gesagt?« »Sie hat gesagt, dass ich fett bin.« »Mein Junge«, sagte Mutter und schüttelte den Kopf. »Du bist doch ganz und gar nicht übergewichtig.« »Alfhild!«, sagte Vater ermahnend. Er stand daneben und hörte das Gespräch mit an. Aber Mutter stellte sich taub. »Ich weiß, was fett ist«, sagte sie entschieden. »Ketil ist nicht fett. Außerdem sollte das Mädchen weniger Schminke benutzen. So wie sie jetzt aussieht, wird sie es einmal schwer im Leben haben.«

Ostern war vorüber, aber es war, als ob wir es nicht schafften, den festlichen Ritualen zu entkommen. Als Svein Bruun erkannte, dass vor allem Tormod durch und durch christlich geworden war in den Tagen der Stabkirchenbesuche, sprach er dezent mit Mutter und Vater. Am folgenden Sonntag waren wir plötzlich zur Taufe bei Pastor Larsen in der Jar Kirche angemeldet. »Ist das nicht etwas lächerlich«, fragte ich Tormod. »In einigen Wochen werde ich zwölf.« »Offenbar wollen Mutter und Svein das«, sagte Tormod ausweichend. In Ordnung, dachte ich. Wir werden in jedem Fall Geschenke bekommen. Bibeln, neue Gesangbücher und vielleicht auch Geldgeschenke von Tante Svanhild & Co. Aber an der Haltestelle Smestad erwähnte ich die Taufe mit keinem Wort, obwohl Mads und ich in diesem Frühjahr nicht besonders viel zu besprechen hatten. Die politischen Ereignisse kamen in Wellen. Jetzt wurden keine Präsidenten erschossen, und die Gefahr eines Atomkriegs hielt sich in Grenzen. Sogar die Olympiade in Innsbruck, die zuhause im Wohnzimmer zu sehen ich mich gefreut hatte, war seltsam ereignislos, trotz der norwegischen Goldmedaillen im Eisschnelllauf über fünftausend Meter, in der Nordischen Kombination und im Skispringen von der Großschanze. Kupper'n, Tormod Knutsen und Toralf Engan. Die Eisschnellläufer und die Langläufer gaben ihr Bestes, aber der Zauber blieb aus. Kankkonen und Eero Mäntyranta, Sixten Jernberg und Jewgeni Grischin. Namen, die in meinem Leben auch fünfzig Jahre später noch nachklingen. Aber der große Bildschirm, der uns die Ereignisse so nahebringen sollte wie überhaupt möglich, bewirkte das Gegenteil. Er offenbarte, dass gewöhnliche Menschen in Innsbruck und Seefeldt konkurrierten. Ich wollte Engans Nervosität oben auf der Skisprungschanze nicht sehen. Er hätte sich stattdessen hinlegen und in den Himmel schauen sollen. Ich hätte ihm das eine oder andere beizubringen. Eine Welt ohne Ereignisse, war eine langweilige Welt, und eine Erwachsenentaufe bei Pastor Larsen in der Jar Kirche war nicht so spannend wie ein paar Schüsse in Dallas.

Aber der Sonntag brach an, und wieder gingen wir gut gekleidet in die Kirche. Ich hatte einen neuen Anzug bei Follestad in der Storgate bekommen, wo sie Hosen und Jacken für besonders dicke Menschen verkauften. Statt zu schreiben: etwas fett, fett oder extra fett, stand auf den Etiketten etwas stattlich, stattlich und extra stattlich. Ich war extra stattlich. Mutter hatte mit dem Verkäufer gesprochen und einen Anzug aus hundert Prozent Kunstfaser ausgesucht, sodass sie ihn nicht bügeln musste. Obwohl der Bauch wie eine Trommel hervorstand, war die Taillenweite groß genug. Sie mussten nicht einmal etwas ändern. Es tröstete mich, dass es noch andere Menschen gab, die einen ähnlichen Körperbau hatten, sodass mir immer noch eine reguläre Größe passte. Und als ich am frühen Sonntagmorgen in den Anzug stieg, fühlte ich mich zum ersten Mal seit Langem dünner. Vielleicht lag es an dem neuen, glatten und bügelfreien Stoff. »Kleider machen Leute«, pflegte Mutter zu sagen, wenn sie über die Nähmaschine gebeugt saß und für uns alle Hemden und Hosen änderte. Sie war so gut wie jede Schneiderin.

Feier. Hierarchie. Gott oben auf dem Thron und Jesus Christus als sein hingerichteter Handlanger. Ich dachte an all die Kruzifixe, die ich dieses Ostern gesehen hatte. Was wäre, wenn Christus seinen Besuch um fast zweitausend Jahre aufgeschoben hätte. Würde er sein Leben auf dem elektrischen Stuhl beenden? In der Gaskammer? Würde er gehängt? Geköpft? Erschossen? Die Kreuzigung war vielleicht die schlimmste von allen Hinrichtungsmethoden, aber es wäre ziemlich traurig gewesen, wenn alle Altarbilder in den Kirchen auf der ganzen Welt Galgen, Gaskammern, elektrische Stühle, Exekutionskommandos abbildeten oder Guillotinen. Christus mit abgeschnittenem Kopf? Der Organist spielte einen friedlichen Auftakt, während wir in die Kirche gingen. Zuerst sollten wir die Choräle singen, die Texte hören und Gebete sprechen. Die Botschaft des Tages war, dass Gott uns sah. Überall wo wir waren, konnte er uns sehen. Ich fand diesen Gedanken etwas unangenehm. Konnte er auch sehen, woran ich unter der Bettdecke herumfummelte? Ich versuchte, solche Gedanken nicht zu denken. Tante Svanhild saß neben mir. Sie war in Schwarz gekleidet, als handelte es sich um eine Beerdigung. Vielleicht gefiel es ihr nicht, dass wir uns taufen ließen? Das alles war etwas merkwürdig. Rigmor, die keine Tante war, nicht einmal eine Großtante, und auch nicht mit Onkel Birger verheiratet war, saß neben Tormod. Bald würde sie Patentante Rigmor sein. Sie war ebenfalls schwarz gekleidet. Vater ging in Schwarz, Svein Bruun auch, nur Mutter hatte sich hellrosa angezogen. Plötzlich sprach Pastor Larsen von uns. Er sprach von der Taufe, die am Ende des Gottesdienstes stattfinden sollte. Zwei Jungen, bald zwölf und fünfzehn Jahre alt, die von Gottes Händen gefangen werden wollten, sodass Gott sie noch deutlicher sehen konnte. So wie er sich ausdrückte, hörte es sich wie eine Kapitulation an. Wir ergaben uns dem großen, unsichtbaren Vater, der dort oben im Himmel saß und sich die Hände rieb, weil er zwei Menschen mehr in seine Herde bekommen hatte. Pastor Larsen wirkte besonders erfreut über das, was geschehen würde. Er musterte uns während des Gottesdienstes mehrmals mit einem fast zärtlichen Blick. Ich war nicht sicher, ob mir das gefiel. Es graute mir davor, Wasser auf die Haare zu bekommen. Auch ich hatte mir das Haar wachsen lassen. Ich hatte begonnen, heimlich etwas von Tormods Pomade zu nehmen, ohne dass er es bemerkte. Bald würde ich eine richtige Schmalztolle haben. Aber dafür musste das Haar nach hinten gekämmt werden und das Fett durfte nicht mit Wasser verschmiert werden. Gab es keine Trockentaufe? Genauso wie Tütensuppe? Ein Pulver, das man nach eigenem Gutdünken verwenden, womit auch immer vermischen konnte. Wenn man wollte, könnte man Saucen zubereiten, ohne das Rezept zu beachten, sich etwas ganz Neues einfallen lassen und es dabei immer trocken halten. Die Gedanken flogen, während wir Choräle sangen, die den meisten unbekannt waren, nur nicht Svein Bruun, der lauter als alle anderen sang. Ich dachte an all die widerlichen Taufzusammenkünfte, an denen teilzunehmen Mutter mich gezwungen hatte. Denn dafür trug Mutter die volle Verantwortung. Vater, der aus der Staatskirche ausgetreten war, war nicht die treibende Kraft, wenn es darum ging, Gottes großer Gemeinde beizutreten. Aber er akzeptierte, dass die Geschwister ihre Kinder taufen ließen. Darin äußerte sich sein vor allem und allen feinfühliger Respekt, der so verstörend sein konnte. Selbst jetzt saß er irgendwo hinter mir und tat so, als ob er dem Pastor lauschte, während ich in dem schwarzen, synthetischen und luftundurchlässigen Anzug dasaß und kochte. Er zeigte trotzdem Achtung vor der Bibel, vor Pastor Larsen und den Gläubigen. Zeigte Achtung vor Svein Bruun. Er würde alles lieben, was Mutter liebte, und so musste er auch Svein Bruun lieben. Aber als die Choräle erklangen, sang er nicht. Er begründete es damit, dass er nicht musikalisch sei, aber ich wusste, dass das gelogen war. Er schluchzte vor Rührung, als wir zum ersten Mal zusammen die *Zauberflöte* hörten und Mutter in dem kleinen Souffleusenkasten Tamino mit dem Text helfen musste, als er Pamina seine große Liebe erklären sollte. Vater hatte die Musik in sich verborgen, weil ihm klar war, dass Mutters Familie ihr um so vieles näher stand. Erst viele Jahre später würde ich es ganz und gar verstehen, wie viel sie für ihn bedeutete. Das Ende des Gottesdienstes näherte sich. Alle Choräle handelten von Hingabe, Unterwerfung, den Geboten gehorchen, beten, glauben und keine Fragen stellen. Als das Vater Unser von der ganzen Versammlung aufgesagt werden sollte, bemerkte ich, dass meine Familie, außer Vater, die Hände faltete, den Kopf senkte und die Augen schloss. Ich selbst mogelte, indem ich die Hände faltete, aber die Augen offen hielt. Außerdem senkte ich nicht den Kopf. Ich wollte sehen. Dachte Tante Svanhild jetzt wirklich an Gott? Sah sie ihn innerlich vor sich? Wie sah er aus in ihrem Kopf? Vielleicht sah Gott wie David Niven aus und besaß ein Penthouse in der Bygdøy allé. Ich merkte, dass ich aufsässige Gedanken hatte. Jetzt, da ich endlich getauft werden sollte, wollte ich schlecht über Gott denken. Ich wollte ihn bestrafen, weil ich jetzt rechtsverbindlich in die Staatskirche aufgenommen werden sollte, aus der Vater schon vor langer Zeit ausgetreten war.

Dann erklang der letzte Choral im Kirchenraum. Etwas über Himmelspforten und Seligkeit. Plötzlich merkte ich, dass ich nervös war. Ich scheute das Rampenlicht. Der erste Schülerabend bei Amalie war schrecklich gewesen. Ich war sicher, dass ich mich verspielen würde, und ich verspielte mich. Jetzt dachte ich an das Wasser, das gleich über meinen Kopf fließen würde. Was, wenn ich unruhig wäre. Was, wenn es nicht träfe, sondern mit einem Platscher auf dem Boden landete. Was, wenn die gesamte Zeremonie nur wegen mir wiederholt werden müsste? Ich hatte gehofft, dass die festen Gemeindemitglieder sich erheben und vor dem Taufritual gehen würden. Das wäre in jeder Hinsicht das Beste. Aber einige blieben sitzen. Vielleicht war es der Kirchenvorstand, der es nicht wagte zu gehen, bevor sie sichergestellt hatten, dass zwei neue Mitglieder in die Norwegische Staatskirche eingetreten waren. Wir erhoben uns, als Pastor Larsen uns nach vorne winkte. Jetzt gab es keine Musik. Es war mucksmäuschenstill. Tormod und ich gingen zum Altar, gefolgt von Mutter, Patentante Rigmor und den anderen Paten und Patinnen, wie sie wohl genannt wurden. Aber Vater blieb im Kirchengang stehen. War das so verabredet? Ja, Mutter nickte und lächelte ihn an. Vater wollte sich bei Pastor Larsen nicht anbiedern. Er war wie gesagt aus dieser Kirche ausgetreten. Er verzichtete auf all ihre Vorteile und ihre konkreten Erzählungen über die Schöpfung und die da ganz oben im Himmel.

Er stand dort, wach und gegenwärtig, ohne zweideutigen Gesichtsausdruck, aber räumlich eindeutig positioniert: als Betrachter. Als ich ihn so sah, unabhängig von den Ritualen, die uns erwarteten, fühlte ich mich betrogen. Als ob das warme, fast stolze Lächeln von Pastor Larsen das Lächeln eines Verkäufers wäre. Einer von denen, die an die Tür kommen und uns Staubsauger andrehen wollen. Aber Tormod und ich wollten kein technisches Hilfsmittel kaufen. Es war der wahre Sinn des Lebens. Und ich war mir nicht sicher, ob ich den haben wollte. Obwohl Vater stets glänzende Augen bekam, wenn er die Bergpredigt zitierte, sprach er nie von Gott. Gegebenenfalls beschäftigte er sich mit Jesus. »Jesus, der Humanist«, wie Vater ihn nannte. Dann war er nicht mehr der Sohn Gottes. Dann war er nur ein Mensch unter Menschen. Erkannte ich in Pastor Larsens Augen einen listigen Schimmer? Sollte ich mit einer skeptischen Haltung Menschen gegenüber ins Leben gehen, die ich jedenfalls nicht von Mutter und Vater geerbt hatte? Am allerwenigsten von Vater. Nein, der Pastor war nett und er tat nur, was ihm auferlegt war: Wasser über unsere Köpfe zu schütten und uns zu Gottes Kindern zu machen. Aber ihm gefiel seine Aufgabe. Platsch machte es, als das Wasser auf die Kopfhaut traf und das Fett der Pomade sich mit dem Quellwasser aus der Sakristei vermischte. »Verdammte Scheiße«, dachte ich. Aber als ich all die frommen Gesichter um mich herum sah, bekam ich ein schlechtes Gewissen. Sie standen ja deswegen alle zusammen hier. Sie opferten ihren Sonntag, um zu erleben, wie die Bjørnstad-Söhne sicher in Gottes Hände übergeben wurden. Tante Svanhild hätte mit einer ihrer Freundinnen die Straßenbahn nach Frognerseteren nehmen können, um von dort hinunter in die Stadt zu gehen, wie sie es sonst an solchen Tagen tat. Aber jetzt stand sie hier zusammen mit ihren Großneffen und erwies uns die Ehre. Es war ihr anzusehen, wie gerührt sie war. Svein Bruun ebenfalls, obwohl er mir zuzwinkerte, als Pastor Larsen seine Hände zur Segnung erhob. Ich bekam Gänsehaut. Danach gab es Kuchen mit Schlagsahne. Torte mit Marzipanüberzug und Walnüssen. Vaters Lieblingskuchen, gleich nach Mandelkuchen.

60

Was geschah im Weißen Haus? Es war seltsam still dort, als wäre die Luft aus dem Ballon entwichen. Keine Jackie Kennedy, die dem grauen Alltag der Politiker Glanz verleihen konnte. Kein Präsident, der einem Hollywood-Schauspieler zum Verwechseln ähnelte. Die Magie war vorbei. Zum ersten Mal kam mir der Gedanke, dass Magie etwas von Menschen Geschaffenes war. Mads wirkte auch verdutzt, als wir an der Haltestelle Smestad standen und noch nicht einmal mehr die Filmzeitschrift hatten. Das Fernsehen war damit nicht vergleichbar. In den Nachrichtensendungen gab es vor allem Berichte über Molkereien, Milchbauern und die Schwerindustrie in Westnorwegen. Es gab auch Berichte über Gewerbeschulen, Hauswirtschaftsschulen und sogenannte Aufbauschulen, wo diejenigen, die wie Vater keine Akademiker werden wollten, ihre Jugend in Holzwerkstätten verbrachten. Keine Berichte über Stewardessen mit schicken Hütchen, die winkend vor den neu entwickelten Düsenflugzeugen von Boeing oder McDonnel Douglas mit der Aufschrift Pan Am standen. Dieses Frühjahr war so seltsam ereignislos, dass noch nicht einmal Syver mit neuen *Cocktail*-Zeitschriften ankam. Es wirkte so, als ob die Welt auf etwas oder jemanden wartete, der uns alle ergreifen sollte. Was war aus den Plänen für die Mondlandung geworden? Aber eines Tages sagte Mads endlich: »Chruschtschow kommt.« »Was sagst du?« »Ja, klar. Er kommt nach Norwegen. Es steht in *Aftenposten*. Liest du keine Zeitungen? Aber wir haben ein großes Problem.« »Welches denn?« »Es wird in den Sommerferien passieren. Ende Juni nämlich. Und dann bin ich mit meinen Eltern auf der verfluchten Hütte.« Ich wusste, wovon er sprach. Die Ferienhütte seiner Eltern irgendwo an der Küste, sicher schön, aber vielleicht nicht so schön wie die von Bryn. »Was soll ich mit Feuerquallen und dem verdammten Salzwasser, wenn Chruschtschow zusammen mit König Olav vom Balkon des Schlosses winkt?« Ich nicke ebenfalls verstimmt. »Und wo bist du?« »Wahrscheinlich oben in Jotunheimen. Svein Bruun, unser Freund, hat angeblich eine Hütte bei Vinstervatn.« »Wo Baldur, Odin und die anderen wohnten?« »Jedenfalls in der Nähe.« Mads nickt nachdenklich. Ich warte darauf, dass er etwas sagt, eine zündende Idee hat, aber auch Ideen sind Mangelware in diesem Frühjahr 1964. Als ob Lyndon B. Johnson und seine Lady Bird die Welt dazu brächten, in Ohnmacht und Hilflosigkeit zu versinken. Teegesellschaften und Wohltätigkeitsbälle. Der Tod des indischen Ministerpräsidenten Jawaharlal Nehru hatte keine allzu großen Schlagzeilen in den norwegischen Zeitungen gemacht. Sie waren hauptsächlich damit beschäftigt, dass er seinen eigenen Urin zum Frühstück getrunken hatte. Das gab Mads und mir zu denken. Dass Papst Paul VI. sich gegen die Antibabypille und alle anderen Arten der »unnatürlichen Empfängnisverhütung« aussprach, war für uns ziemlich abstrakt, weil wir immer noch nicht ganz verstanden hatten, wie die Empfängnis funktionierte. Dazu kam der 150. Jahrestag der norwegischen Verfassung. Nervenkitzel gab es nur in den Büchern der Hardy Boys. Sogar Dan Lindholm hatte nicht viel zu bieten, obwohl er angefangen hatte über *Draumkvedet* zu sprechen, das wir einstudieren und im hintersten Winkel von Telemark, nicht weit entfernt von Flatdal, aufführen sollten. Endlose Wochentage, die sich wie Perlen auf der Schnur aneinanderreihten. Wir wagten es nicht, einmal von Jotunheimen oder Hvasser abzuhauen, um unseren Kindheitshelden, den fantastischen Präsidenten Chruschtschow, zu sehen, wenn er nach Oslo kommen und die Huldigungen des ganzen Volkes entgegennehmen würde. Was für ein Ereignis! Aber so, wie Dan Lindholm jeden Tag am Pult stand und über alte Kulturen von den Ägyptern bis zu den Griechen und Römern sprach, schien es, als wüsste er nicht einmal, wer Chruschtschow war. Ich wagte auch nicht, ihn zu fragen. Hannibal hingegen. Oder Julius Caesar. Und bald war es Olav Åsteson, der Held aus *Draumkvedet*. Er, der so lange geschlafen hatte.

Er fühlt sich unwohl, als ihm eines Tages zu Hause beim Abendessen eine zweiwöchige Reise ins Gudbrandsdal angekündigt wird. Der Vater beginnt das Gespräch. Da begreift er, dass es zumindest nicht Mutters Plan ist. »Du hast keine Kontrolle über dein Gewicht, Ketil«, sagt er auf die ihm eigene direkte Art, auf die der Sohn gerade jetzt verzichten könnte. Er versucht es mit einem der alten Aussprüche seines früheren Lehrers Sam Ledsaak: »Erschafft man nicht etwas, gerade indem man die Kontrolle verliert?« Die Mutter und der Vater lächeln ihr höfliches Lächeln, das immer schwierige Gespräche einleitet. Glücklicherweise ist Tormod bei einem Treffen der Schulmannschaft. »Wenn man auf dem Mond landen will, muss man die Kontrolle haben«, sagt der Vater. Er kennt die Schwachstellen seines Sohnes. »Ich finde, dass ich gut esse«, sagt der Sohn. »Das ist das Problem«, sagt der Vater. »Deshalb möchten Mutter und Patentante Rigmor mit dir hinauf in eine Anstalt, ein Hotel in Gudbrandsdalen. In Hundorp. Abel ist dort gewesen.« »Zusammen mit Leah?« Er spitzt die Ohren. »Nein, zusammen mit Kristina. Als sie schwanger wurde, wollten sie entgiften und sich von allen Schlackenstoffen reinigen.« »Ich bin nicht schwanger«, sagt der Sohn und bemerkt erleichtert, dass die Mutter lacht. Vielleicht ist diese Unterhaltung nur ein Traum. »Aber die ganze Erdnussbutter hat sich möglicherweise um deinen Bauch herum festgesetzt«, sagte der Vater behutsam. »Das ist, weil ich den Schwimmgürtel vermisse«, antwortet er trotzig. »Du hast mir den Schwimmgürtel weggenommen, Vater!«, sagt er theatralisch.

»Lass gut sein«, sagt der Vater, dessen Mundwinkel bereits strenger wirken. Da begreife ich, dass es schon entschieden ist, dass die Zugfahrkarten bereits gekauft sind, dass sie, die jetzt auch noch »Patentante Rigmor« heißt, nur weil er und der Bruder getauft wurden, seine und Mutters Reisebegleiterin sein sollte und sie alle zusammen den schönen norwegischen Frühling in einer Anstalt, nein, einem Hotel, verbringen sollten. Hielt der Vater ihn für völlig bescheuert? »Wie viel Erdnussbutter gibt es dort oben?«, fragt er mit den schlimmsten

Vorstellungen im Kopf. »Gar keine«, sagt der Vater. »Aber wird dort nicht die Freia Milchschokolade hergestellt? Das behaupten sie jedenfalls in der Werbung.« »Glaub nicht der Werbung«, sagt der Vater. »Hier wird es um gesunde Ernährung gehen. Geriebene Karotten, Kohlrabi, rohe Zwiebeln, Vollkornbrot. Rote Beete. Rüben. Sellerie. Alles, was du gerne magst.« »Ich wette, dass Abel dort oben jede Menge Schokolade gegessen hat!« »Ganz bestimmt«, sagt Mutter plötzlich lächelnd. »Es war ja nicht er, der schwanger war.« Oh, wie er seine Mutter liebte, die nie prinzipientreu war! Selbstverständlich will er gerne mit diesen zwei wunderbaren Frauen, die ihm so nahestehen, ins Tal und zwei Wochen lang Rohkost essen. Sicher gab es ein Geschäft in der Nähe, in dem man Erdnussbutter kaufen konnte. »Dann ist es abgemacht«, sagt er feierlich. Als ob er eine Wahl gehabt hätte.

61

Das gleißend helle Sonnenlicht. Norwegen Anfang Mai. Die Erde, die immer noch braun ist, die ersten grünen Triebe an den Birken, Schneereste auf der Schattenseite der höchsten Bergkämme. So sieht sein Land aus. Ach, wenn dieser Zug zu Leah gefahren wäre. Aber er fuhr nach Hundorp. Er wusste nichts über den Ort, außer dass er in der Nähe von Olav Aukrusts Reich lag. Dan Lindholm zitierte diesen Lyriker immer, wenn er plötzlich begann Nynorsk zu reden. Aukrust hatte vermutlich auch einen Sinn für den Dialekt von Gudbrandsdalen gehabt, obwohl er in Lom geboren war. Zwei Frauen, seine vierzigjährige Mutter und ihre einige Jahre ältere Freundin, stiegen am Bahnhof zusammen mit dem dicken Jungen aus, der nicht auf die Alm sollte, um Fett anzusetzen. Er wird das Gegenteil tun. Er wird so dünn wie eine Bohnenstange werden. Im Paradies des Wurzelgemüses wird ein Wunder geschehen. Am Bahnhof wartet ein weißer VW Pick-up auf sie. Ein weißhaariger Mann mit Wolljacke und Lodenhose erkennt sie aufgrund ihres Aussehens und begrüßt sie im Gesundheitsinstitut. Ja, klar! Es war trotzdem eine Anstalt! Sein Vater versuchte tatsächlich, ihn zu belügen! Hotel, sozusagen. Pah! Aber Versprecher lügen nie. Sie sind genauso wahrhaftig wie Betrunkene, wie seine Mutter für gewöhnlich sagte. »Siehst du einen Betrunkenen, siehst du in seine Seele«, sagte sie einmal. Er dachte sofort an seinen Großvater, der geschlagen hatte, den Geiger, dessen Namen er nicht kannte. Aber jetzt war keine Zeit, allzu viel über die Großväter nachzudenken. Der sie zum Volkswagen führte, verursachte einen Schneesturm, sobald er sich bewegte. Sein Kopf war so voller weißer Schuppen, dass man nur aus der Nähe erkannte, dass der Mann, der sich Rasmussen nannte, tatsächlich dunkles Haar hatte. So wie er Patentante Rigmor unverzüglich und mit großer Fachkenntnis mit den Augen auszog, als ob sie direkt aus einer von Syvers Illustrierten käme, interessierte er sich wohl ebenso für den Arsch wie für die Möse. »Willkommen bei uns«, sagte er zum zweiten Mal, als ob er noch nicht gemerkt hätte, dass die Begrüßung erledigt war. Aber die Aussprache des Satzes wurde von einem Geruch begleitet. Dieser kam aus der Tiefe seines Verdauungssystems zusammen mit dem Schweiß, der von seiner Stirn tropfte, als er Patentante Rigmor ernsthaft betrachtete und ihm klar wurde, dass bei ihr mehr als eine gewöhnliche Annäherung an einem Samstagabend in Harpefoss nötig sein würde. Die hübsche, kleine, dunkle und flotte Sekretärin von der Osloer Philharmonie, die Direktor Eigil Bech in seinem Büro den Kaffee servierte. Sie, die uns in den Tagen vor dieser bemerkenswerten Zugfahrt erzählt hatte, dass auch der wunderbare Dirigent Herbert Blomstedt, der das Publikum in der Aula der Universität dazu brachte, aufzustehen und bravo zu rufen, wenn er nur eine Banane in die Luft malte, ein Rohkostfanatiker von Rang war, der Solisten wie Elisabeth Schwarzkopf und David Oistrach ein schlechtes Gewissen machte, wenn sie nach dem Konzert bei Blom in ein blutiges Steak bissen. Da war es das erste Mal, dass ich sah, wie ein Mensch sich verliebte. Meine eigenen Verliebtheiten konnte ich ja nicht von außen betrachten, und Tormod machte immer ein Geheimnis aus seinen tiefsten Gefühlen. Aber während die Schuppen von Rasmussens Kopfhaut rieselten, konnte man sehen, wie das Feuer in seinen Augen leuchtete. Patentante Rigmor! Dieses schöne, erlesene Gesicht. Eine Kreuzung aus Audrey Hepburn und Elizabeth Taylor. Ihre braunen, glühenden und leidenschaftlichen Augen. Genau wie bei Vater, Tormod und mir! Ich musste lachen. Aber niemand beachtete mich. Rasmussen nutzte die wenigen Minuten im Auto bis zur Anstalt, um zu erzählen, wie gut die Resultate ihrer Rohkostkuren waren. Er selbst sei ein Beweis dafür, sagte er. Und da bemerkte ich wieder den Geruch. Ich brauchte einige Sekunden, um zu verstehen, was es war. Zuerst dachte man, dass es der Geruch nach faulem Kohl war. Doch das stimmte nicht. Es war eher etwas Metallisches. Es mochte der Geruch von Kohlrabi sein, der sich da unten in seinen Därmen in Auflösung befand nach monatelangen, vielleicht jahrelangen Rohkostkuren. Verfaulter Kohlrabi, nicht mehr und nicht weniger. Vielleicht hatte sich all das rohe Gemüse des Gesundheitsinstituts in der einen Darmkurve festgesetzt, die wir in dem obszönen Buch mit ausklappbaren Seiten sehen konnten, die den gesamten Darmtrakt mit Gallenblase, Harnwegen, Hintern und allem zeigten. »Die Damen werden einen wunderbaren Aufenthalt haben!«, sagte Rasmussen, der hinter dem Steuer saß und sich für jede Bemerkung zu uns umdrehte. »Schauen Sie auf die Straße!«, schimpfte Mutter. Wir wären beinahe mit einem Tanklaster zusammengestoßen, als wir die Hauptstraße kreuzten. »Wie kann ich auf die Straße schauen, wenn ich so schöne Damen auf dem Rücksitz habe!«, sagte Rasmussen. Mutter und Rigmor blickten sich an. »Wir haben auch einen Jungen dabei«, sagte Rigmor in ihrer lakonischen Art. »Er ist es, der abnehmen soll.« Das war ein blöder Spruch. Ich soll ja nicht abnehmen. Ich soll mich reinigen. Ich bemerkte Rasmussens Blick im Rückspiegel. Er mochte mich nicht. Ich war ein Fremdkörper. Aber für mich wurde er bezahlt. »Wieso riechst du nach Kohlrabi, Rasmussen?«, fragte ich, während Mutter mir fest in die Seite knuffte. »Das kommt daher, weil wir hier oben in der Anstalt Rohkost essen«, sagte er. »Das ist also wirklich eine Anstalt«, sagte ich böswillig. »Gibt es hier oben auch Geisteskranke und Mongoloide?« Mutter stieß mir noch fester in die Seite. »Nein«, sagte Rasmussen mit seinem liebenswürdigsten Lächeln. »Wir haben nur fette Menschen wie dich. Mit Ausnahme der beiden hübschen Damen, die dich begleiten. Was für ein Geschenk!« Weder Mutter noch Rigmor wollten Letzteres kommentieren. »Uääääh!«, rief ich. Ich wusste keine andere Antwort.

Die Sonne blendet ihn. »Wach auf.« Die Vorhänge sind nicht blickdicht. Um fünf Uhr ist es hell, und es gibt erst in zwei Stunden Frühstück, aber er ist hungrig. Was hatte er geträumt? Ja, Abel hatte Beischlaf mit seiner Kristina gehabt. Er wusste noch nicht, was Beischlaf war, wie das aussah auch nicht. Aber im Traum waren es zwei Körper, die gegeneinander wogten, während sie Laute ausstießen. Er fand es ekelhaft, denn er stand im Traum ganz nah dabei. Er betrachtete sie, aber sie bemerkten es nicht, außer als Abel plötzlich laut rief, er brüllte geradezu, und sich im selben Moment zu ihm umdrehte, als er dort stand und träumte. Er lachte das vertraute Abel-Lachen. Das Lachen über die Dummheit der Welt. Er lachte über das, was er und Kristina gerade getan hatten. Er reichte dem Jungen, der träumte, eine große Tafel Schokolade. Fragte, ob er davon haben wolle. Fragte, ob er auch Kristina haben wolle, die sich zum Ausruhen hingelegt hatte. Aber der Junge, der träumte, verneinte höflich. Er wusste ja nicht, was er dann mit ihr tun sollte. Die Mutter schläft im anderen Bett im Zimmer. Patentante Rigmor schläft auf der anderen Seite der Wand. Er konnte sie hören, mitten in der Nacht. Die Gezeiten des Schlafes. Ein enormes, sich wiederholendes Crescendo. Vielleicht kam es auch aus dem Nachbarzimmer auf der anderen Seite. Der große, alte Mann, dem sie am Abend zuvor begegnet waren. Er heißt Landsverk. Welch ein Name für einen bemitleidenswerten Körper. Ein ganzes Land voll von Entzündungen. Meine Güte. An diesem Ort gibt es keinen Überfluss. Er liegt mit weit geöffneten Augen im Bett und starrt auf die braune Fichtenholzverkleidung, die sich im Laufe der vielen heißen Sommer verzogen hat. Würde er ein Streichholz in die Wand stecken, wäre die Anstalt innerhalb von Sekunden niedergebrannt. Nur vergammeltes Wurzelgemüse wäre übrig. Diese Trockenheit, die sich mit Verfaultem mischte. Alle, denen er am Tag zuvor begegnet war, hatten Mundgeruch. Nannte man das Reinigung? Das Gebäude ist groß, weiß und heruntergekommen. Die Architektur verspricht nichts von Luxus und Schokolade. In diesem Moment wacht die Mutter auf. Sie lächelt ihm vom Bett auf der anderen Seite des Zimmers zu. Ob er gut geschlafen habe? Ja, danke. Und sie? Sie gingen immer lieb miteinander um, die zwei. Eine stillschweigende Übereinkunft. Nicht laut werden. Es sollten sich keine Meinungsverschiedenheiten einschleichen. Es gab ohnehin nicht viel, worüber sie uneinig waren. Sie gingen nacheinander ins Bad. Sich sauber zu fühlen, wenn der Tag beginnt, ist keine Selbstverständlichkeit. In der Schule gibt es immer jemanden der riecht. Altes Essen. Alter Schweiß. Mutter hat ein Stück Seife mitgenommen. Rosa Lux. Er lässt sie über den Körper gleiten, sodass alles glänzt. Glatt. Er liebt das Glänzende und Glatte. Er liebt es, sauber zu sein. Dann vergisst er den Speck und alles andere.

Unten im Frühstückssaal kommt es ihm vor, als ob er sich unter Monstern bewegt, abgesehen von dem dünnen Jungen mit den weißen Haaren, der Asthma hat. Er heißt Kurt und ist vier Jahre älter als er, weshalb er keine Eltern dabei hat, die auf ihn aufpassen. Alleine auf der Welt. Er, dessen Nachname Bjørnstad ist, weiß nicht, ob er Kurt bedauern oder beneiden soll. So oder so muss es unangenehm sein, alleine in einer Anstalt im Gudbrandsdal zu sein, gemeinsam mit fetten Menschen. Kurt ist wegen Asthma hier. »Rohkost soll gut sein, wenn man Atemprobleme hat«, sagt er und schaut den Neuankömmling mit einem hilflosen Lächeln an, um zu betonen, dass sowieso alles vergebens ist.

Im größten Stuhl des Aufenthaltsraums sitzt Emma aus Risør. Sie ist die Dickste von allen. Zugleich hat sie das liebevollste Lächeln. Wenn er sich umsieht, denkt er, dass dicke Menschen oft etwas gutmütiger sind als andere. Aber sich selbst nimmt er davon aus. Er fühlt sich nicht gutmütig, nur egozentrisch. Aber Emma ist gutmütig, wie sie da in dem grünen Ohrensessel sitzt und über seine dummen Witze lacht: »Achte auf den Leoparden da drüben! Erschieße ihn vom Fleck weg!« »Von welchem Fleck denn?« Sie lacht Tränen, und er empfindet eine besondere Verbundenheit mit ihr. Sie isst geriebene Karotten zum Mittagessen, gießt aber so viel Sahne darüber, dass die Schlankheitskur in animalischem Fett ertrinkt. Solche Begriffe hatte er bereits als Fünfjähriger gelernt, dank der Kenntnisse des Vaters über Ernährung und insbesondere über Gemüse. Begriffe wie pflanzlich, animalisch, polyungesättigt, biodynamisch und makrobiotisch waren ihm fast ebenso vertraut wie die Namen Beethoven, Haydn und Mozart. Bereits nach einem Tag war ihm klar, dass diese Anstalt keinerlei Kontrolle hatte. Hier essen die Patienten, was sie wollen, und wenn sie rohes Gemüse satt haben, bringen sie Kurt oder ihn dazu, hinunter zur

Hauptstraße zum Dorfladen mit dem Café zu gehen, wo sie Kuchen, Würstchen und Limonade kaufen und dabei einen so beträchtlichen Gewinn machen, dass sie sich ebenfalls all das verbotene Essen kaufen können, das sie wollen, sodass sie das ekelhafte rohe Gemüse nicht zum Mittagessen, Abendessen und Nachtessen verzehren müssen. Die zwei Jungen sind sehr beliebt bei all den fetten Patienten, die sich kaum noch bewegen können. Sie bringen Muffins, Brötchen, Milchschokolade, Frikadellen, Würstchen und Drops. Die Übergabe findet statt, wenn alle nach dem Mittagessen im Aufenthaltsraum sitzen und sich schlafend stellen. Dann sind die weißgekleideten Wachen in ihrem Büro, paffen und lästern über all die Fleischberge, für deren Bedienung sie bezahlt werden. Diejenigen, die das schlechteste Gewissen haben, geben das meiste Geld. »Bist du nicht hungrig, Ketil?«, fragt die Mutter besorgt, als er beim Abendessen sitzt und die geriebenen Karotten und den geriebenen Kohlrabi verrührt. »Ich versuche nur abzunehmen«, sagt er schuldbewusst und schaut leidend auf den Teller hinunter. »Nimm nicht zu viel ab«, sagt die Mutter besorgt. »Etwas musst du aber essen.« »Ja«, stimmt Rigmor zu, ebenfalls besorgt. »Nimm es nicht zu streng.« Die beiden Freundinnen sind sich immer so einig. Jedes Mal, wenn sie sich treffen, sprechen sie in einem stetigen Redefluss. Die Mutter senkt ihre Stimme auf Rigmors niedrigeren Pegel, bei dem die Worte nicht akzentuiert sind. Eine Aneinanderreihung von Vokalen, Konsonanten, Ereignissen und Betrachtungen über alles, von Igor Oistrachs letztem Besuch in der Philharmonie bis zu den Häkelanleitungen in einer Frauenzeitschrift. Er erträgt es nicht, ihnen zuzuhören, weil das Gespräch hypnotisierend auf ihn wirkt. All die Namen von Freunden und Kollegen, die er nicht kennt. Zwei Frauenleben verweben sich zu einem während dieser zwei Wochen, in denen er selbst und der asthmatische Kurt entweder in den Laden gehen, um verbotenes Essen zu kaufen, oder in dem schrottreifen, alten Bus sitzen, der in der Mitte des Feldes beim Nachbarhof steht. Er versucht mit Kurt zu sprechen, wie er mit Mads spricht. Er erwähnt Chruschtschow und Gagarin, aber Kurt spricht nur von Vergasern und Auspuffrohren. Er denkt daran, den alten Bus instandzusetzen, ihn wieder auf die

Straße zu bringen. Es ginge nur darum, ein paar neue Zündkerzen zu bekommen, sagt er. Und Zugang zum Zündschlüssel des Busses. Kurt spricht über Volvo, Saab und Trabant. »Schubert«, sagt der Fette eines Tages plötzlich, weil er die Musik vermisst. »Weiß nicht, was das ist«, sagt Kurt. »Eine Traktormarke?« »Nein, ein Komponist.« »Was das ist, weiß ich auch nicht«, sagt Kurt. »Musik«, sagt er. »Oh«, sagt Kurt. Sie werden Freunde, weil sie nichts haben, worüber sie miteinander sprechen können. Es gibt nichts, worüber sie uneinig sein könnten, denn das, was der eine weiß, weiß der andere nicht. Er fühlt, dass sie sich mögen, weil keiner für den anderen eine Bedrohung ist. Sie sind keine Konkurrenten. Sie sind nur zwei junge Burschen, die allmählich lernen, sich in der Welt der Erwachsenen zu orientieren. »Beethoven«, sagt er versuchsweise. »Mähdrescher«, sagt Kurt.

Der hellgrüne Bus wird zum Ort für Träume und Stille. Oft sitzen sie viele Minuten beisammen ohne zu sprechen. Es ist nicht nötig, so viel mehr zu sagen, weil das meiste schon gesagt ist. Er hat erfahren, dass Kurt aus Süd-Odal kommt. Die Mutter und der Vater sind geschieden. Der Vater fährt Bus zwischen Elverum und Røros und hat eine neue Frau, die gemein ist und mehrere Kinder mitgebracht hat. Die Mutter arbeitet im Friseursalon, den ihre Tante mitten in Skarnes führt. Kurt murmelt etwas davon, dass das ganze Haarspray vielleicht einer der Gründe für sein Asthma ist. Während seiner gesamten Kindheit war er im Friseursalon, wenn er nicht in der Schule war. Es gab nicht viel anderes zu tun. »Du hattest also keine Freunde, Kurt?« »Die Freunde waren miteinander beschäftigt. Hatten nie Zeit, wenn ich fragte.« »Was hast du gefragt?« »Naja, ob wir etwas spielen.« Er nickt. Verstehe. »Ich habe einen Freund, der Mads heißt«, sagt er. »Aber wir sind keine Freunde auf die Weise.« »Auf welche Weise denn sonst?« »Als ob Politiker sich treffen. Kennedy und Chruschtschow. Wir sprechen sozusagen über die großen Dinge.« »Kann da nicht mitreden.« »Ich auch nicht. Aber ich tu so als ob. Es gibt eine Menge hier in der Welt, das du vortäuschen kannst.« Kurt nickt. Er setzt sich hinter das Lenkrad, schaut durch die riesige zersprungene Frontscheibe. »Wir sind jetzt auf dem Weg nach Svinesund«, sagt er und sieht dabei nicht mehr so blass aus. Fast ein wenig aufgeregt. Er dreht das Lenkrad. Sieht aus wie ein richtiger Busfahrer. »Bald sind wir in Schweden, Ketil.« »Das sehe ich.« »Da müssen wir auf der linken Seite der Straße fahren.« »Ja, stimmt.« »Stell dir vor, wenn ich das nicht hinkriege? Vielleicht stoßen wir mit jemandem zusammen, frontal?« »Es ist nicht gut, so zu denken.« »Ja. Das sagt Papa. Sei vorbereitet. In diesem Leben muss man auf das Schlimmste vorbereitet sein. Jedes Mal, wenn er hinauf ins Østerdal fährt, denkt er, dass es seine letzte Fahrt ist. Einmal fuhr er mit 80 Stundenkilometern auf einen Elch. Die Windschutzscheibe zersprang. Das Glas schlitzte ihn auf. Blut floss. Elchfleisch bis über die Heckscheibe. Er hätte tot sein können, kapierst du?« »Ja«, sagt er nachdenklich. »Aber es gibt so viel, woran wir sterben könnten.« »Ich werde an Asthma sterben«, sagt Kurt überzeugt und fährt weiter auf den Kontinent zu.

Nachdem zwei Wochen herum sind, hat er nicht mehr als ein halbes Kilo an Gewicht verloren. Die Mutter findet das beeindruckend. »Die Kilos gehen runter, Ketil. Ein halbes Kilo in deinem Alter ist wunderbar. Wenn du so weitermachst, hast du nichts zu befürchten.« »Nein, das hast du tatsächlich nicht«, sagt Rigmor und tätschelt ihm die Wange. Die letzte Gewichtskontrolle vor der Abreise war für die meisten Patienten katastrophal. Emma hatte fünf Kilo zugenommen. Jetzt fuhr sie mit baumstammdicken Beinen nach Hause nach Risør. »Ihr müsst uns nächsten Sommer besuchen!«, sagt sie. »Es gibt dort unten Meer und Sonne und Leoparden.« »Erschieß sie vom Fleck weg!«, sagt er. Emma fällt vor Lachen um.

Rasmussen fährt sie in seinem Auto zum Bahnhof. Zwei Wochen lang hat er sich bei Rigmor eingeschmeichelt, aber vergeblich. Er hat sich einen gestreiften Anzug im Bekleidungsgeschäft in Ringebu gekauft und angefangen, Pomade im Haar zu benutzen, wodurch die Schuppen verklumpen und wie Brei aussehen. Wenn die schwarzen Haarsträhnen, die er sorgfältig nach hinten kämmt, aus all dem Weiß zum Vorschein kommen, sieht der ganze Kopf wie englische Lakritze aus oder wie ein Nudelgericht, das noch nicht erfunden wurde. Außerdem riecht er stark nach Old Spice, ein Aftershave, das mittlerweile auch die Männer im Parksvingen benutzen. »Möchten die Damen vielleicht die Stadt besuchen?«, fragt Rasmussen und vergisst, auf die Straße zu schauen. »Wir könnten zum Beispiel ein Butterbrot bei Blom essen?« Er schafft es gerade noch, vor einem Traktor zu bremsen, der in Schrittgeschwindigkeit Richtung Norden fährt. »Wir haben genug Besuch«, sagt Rigmor schroff. »Aber Sie können gern in die Philharmonie kommen und eine Beethoven-Symphonie hören, Rasmussen. Oder Strawinsky? Vielleicht Bartók? Wie ist es mit Prokofjew? Wenn Sie rechtzeitig anrufen, kann ich Ihnen und Ihrer Frau Eintrittskarten besorgen. Aber die Hotels in Oslo sind derzeit teuer.« »Ich bin nicht verheiratet«, sagt Rasmussen. »Das wissen Sie nur zu gut, Fräulein M.« »In meinem Alter beginnt man, Dinge zu vergessen«, sagt Rigmor leicht daher. »Das müssen Sie mir nachsehen.« »Kommen Sie, wenn Sie wollen, Rasmussen«, sagt die Mutter. »Mein Mann möchte sicher auch gerne mit Ihnen sprechen. Er versteht viel von Karotten und Kohlrabi.« Sie fängt an zu kichern und wirft der besten Freundin einen spöttischen Blick zu. Der Geruch aus Rasmussens Bauch ist schlimmer denn je. Als ob er gerade gegorene Zwiebeln gegessen hat, verquirlt mit einem fauligen Brei aus Karotten, Rüben und Kohlrabi, der ihn im Zweiminutentakt aufstoßen lässt. Er sitzt neben ihnen auf dem Rücksitz und hört der Unterhaltung mit gespitzten Ohren zu. Die sonderbare Anrede »Sie«. Innerhalb von zehn Jahren würde sie verschwinden, die norwegische Bevölkerung hätte nach Mads' Auffassung etwas Bedeutendes verloren. Die Kunst, Abstand zu halten. Er wusste nicht, dass die gutmütige Patentante Rigmor so boshaft sein konnte. Tante Svanhild verbrachte ihr Leben allein, jedenfalls glaubte er, dass sie es immer noch tat. Kein Rasmussen in ihrem Leben, nein. Männer hatten in den allermeisten Bereichen eine begrenzte Funktion, entweder waren sie Leiter von Orchestern, Vettern oder Anstaltsleiter. Sie stehen am Bahnhof und warten auf den Zug von Trondheim nach Oslo. »Dann hoffen wir, dass die Damen sich an den Aufenthalt hier bei uns in Hundorp erinnern werden und dass ihr Sohn seine weise Diät beibehalten wird. Es passiert nicht jeden Tag, dass wir so ermutigende Resultate sehen.« »Nein, ganz sicher nicht«, nickt Mutter höflich mit einem anerkennenden Blick auf ihren Sohn. Da sticht ihn der Hafer. Er holt die letzte Tüte mit Sahnekaramellbonbons hervor, die er zusammen mit Kurt im Dorfladen gekauft hatte.

»Möchtet ihr?«, fragt er mit seinem unschuldigsten Gesicht. »Was für eine köstliche Überraschung!«, sagt Rasmussen. Er legt zwei Karamellbonbons zwischen seine Lippen und küsst sodann seine große Flamme, Fräulein Rigmor M., mit feuchter, warmer Spucke auf beide Wangen.

62

Im Festzug mitmarschieren. Die schwarze Baskenmütze, das weiße Hemd, die rote Fliege, die ebenso rote Schärpe um den Leib, die graue Hose und die blankgeputzten schwarzen Schuhe. Sich fühlen wie ein Abgesandter einer vergessenen Bevölkerungsgruppe, die soeben irgendwo oben im Kaukasus wiederentdeckt wurde und jetzt dem norwegischen Volk vorgeführt wird. Und diesmal wird uns sogar der König persönlich sehen. König Olav der Gute. Der seine geliebte Märtha verloren hat. »Schrumpfleber«, hat Mutter gesagt. Die schlimmste Krankheit, von der ich je gehört habe. Ein inneres Organ, das einfach eintrocknete. Konnte das möglich sein? Die erschreckenden Bilder von Märtha aus den Monaten vor ihrem Tod. Runzeln, Haut und Knochen. Mutter hatte sie mir gezeigt. Sie sprach zu gern über tödliche Krankheiten. Sie machte das mit großer Empörung und tiefem Mitgefühl.

Dennoch war das Königshaus im Parksvingen kein Gesprächsthema. Nur Großtante Esther rief immer, wenn sie uns besuchte, mit ihrem charakterischen Merdøer Akzent: »Gibt's was Neues über die Königsfamilie?« Wir wussten nichts. Wir verkehrten nicht bei Hofe. Vater war ja Republikaner. Mutter war höflich. Aber König Olav stand hoch im Kurs, vor allem bei Tante Svanhild. Sie servierte uns die Gerüchte über den König, der nach vielen Jahren als Witwer offenbar ein heimliches Verhältnis mit der Besitzerin eines Modesalons in der Osloer Innenstadt unterhielt. Ihre Augen funkelten, als sie davon erzählte: »A. B.«, sagte sie endlich. »Ihr wisst schon, wen ich meine. Sie sind jedenfalls eng befreundet.« Sie gurrte wie eine Taube, sah sich mit schelmischen Blicken um und bekam rote Wangen. Dass Gjallarhorn nun zum ersten Mal im Hauptzug mitmarschieren würde, erschien ihr als phantastische Möglichkeit für die Bjørnstad-Familie, in direkten Kontakt zum Königshaus zu treten. Und sie verließ sich dabei auf Tormod und mich, denn sie wusste ja, dass von Vater nicht viel zu erwarten war. »Du musst dir die Haare schneiden lassen, Ketil, damit man deine hohe Stirn sehen kann.«

»Ich habe doch keine hohe Stirn, Tante«, sagte ich beleidigt. Wenn ich mir in jenen Jahren etwas wünschte, dann, durch und durch normal zu sein. Hohe Stirnen waren etwas für die, die durch die Gegend rannten und »Uääääh« schrien.

Tante Svanhild zwinkerte mir zu und flüsterte mir ins Ohr, als ob sie mir ein tiefes Geheimnis anvertraute: »Wir Frauen lieben hohe Stirnen, Ketil. Verlass dich da ganz auf mich.«

Wir kommen an wie kleine Ameisen, wir kriechen aus der tiefsten Finsternis der Stadt nach oben. Wir sind seit vier Uhr auf. Wir sind mit der Straßenbahn zur Schule in Majorstuen hinuntergefahren. Dort haben wir uns hinter der Blaskapelle dieser Schule aufgestellt und sind dann den ganzen Weg zum Youngstorg marschiert, wo wir eine Stunde frierend herumstehen mussten. Danach fanden wir unseren Platz im Zug. Wir sind ein Teil des Volkes. Des norwegischen Volkes. Wir sind Gjallarhorn. Die Blaskapelle der Waldorfschuljungs, die glücklicherweise bald auch Mädchen zulassen wird. Wir treffen die Sonnenstrahlen zwischen den Bäumen am Hang unterhalb des gelben Schlosses. Schon, als wir an der Universität vorbeigehen, sehen wir, dass jemand da oben auf dem Balkon steht. Es sind mehrere und sie winken. Es sind König Olav, sein Sohn, Kronprinz Harald, dazu Prinzessin Astrid, Frau Ferner, und Prinzessin Ragnhild. Wir erreichen die rechte Seite des Schlossvorplatzes. Die Fernsehkameras des NRK sind auf uns gerichtet. Sowie wir mitten vor dem Schloss angekommen sind, bleiben wir stehen und treten auf der Stelle, während wir »Norwegens Söhne« spielen.

Lindholm geht neben uns her. Er winkt zur Königsfamilie hinauf und lächelt stolz, wie um ihnen zu erzählen, was er da draußen in Hovseter doch für phantastische Kinder erzieht.

Lindholm hat uns gesehen in diesem ganzen Winter und Frühling. Er hat sich von jedem von uns ein Bild gemacht. Er weiß nicht nur, wie wir heißen. Er scheint auch zu wissen, wie wir in unseren Köpfen aussehen, welche Gedanken wir haben, was wir träumen. Er sieht sich unsere Arbeitsbücher an. Wie eifrig wir uns in Olav Åstesons Welt einleben. Lindholm hat etwas Seltsames an sich. Sowie er das Klassenzimmer betritt, habe ich das Gefühl, mich ganz gerade setzen zu müssen. Viele andere Jungen in der Klasse machen es umgekehrt. Sie ducken sich. Und obwohl ich das Gegenteil tue, kann ich sie verstehen. Aber ich fühle mich wie der schwanzwedelnde Hund, der etwas lernen möchte. Ich akzeptiere Lindholms Strenge. Nichts ist unwiderruflich. Selbst wenn er wütend ist, weiß ich, dass ich ihn bald wieder lächeln sehen werde. Dieses Lächeln will ich. Das Verständnis. Er merkt, dass ich schnuppere, dass ich auf der Suche nach irgendetwas am Straßenrand herumirre. Er legt mir die Hand auf die Schulter. Möchte mir helfen. Manchmal scheint er nur zu mir zu sprechen. Hat er mich auserwählt? Sieht er mich häufiger an als viele der anderen? Wird es nicht ein bisschen peinlich, da auf meinem Stuhl zu sitzen neben dem lieben Kjell, dem großen Blitzableiter der Klasse, der alle Veränderungen im Raum wahrnimmt. Er merkt auch, dass Lindholm oft zu unserem Tisch herüberblickt. Liegt es daran, dass ich bei Lindholms Frau spiele? Ich wage nicht einmal, daran zu denken, wie das Schlafzimmer der beiden wohl aussieht. Keine der wilden Phantasien, die ich über andere Menschen und deren Unternehmungen habe – wenn niemand sie sehen kann –, hat Zugang zu dem Haus am Ruglandvei oder zu meinen Gedanken. Lindholm ist anders als die anderen Lehrer. Mit ihm kann man sich keine Witze erlauben, darf keine Frechheiten sagen. Wenn es Witze geben soll, dann macht er sie mit uns. Er hat nicht das Lachen von Hartmann, die Liebenswürdigkeit von Borgen, die freundschaftliche Vertraulichkeit von Brodersen oder die Klugheit von Parmann. Wenn er zusammen mit König Olav auf dem Schlossbalkon stünde, würde sich der König in einen kleinen Tolpatsch verwandeln. Aber woher kommt die Autorität? Von Vater habe ich gelernt, wie leicht man sie verliert, damals, als er sich hinter das Lenkrad setzte, um Auto zu fahren. Was entscheidet darüber, dass manche dazu geschaffen sind, andere zu dominieren, und dass anderen vorbestimmt ist, sich einem fremden Willen zu unterwerfen? Ich vertrete weiterhin mein Recht, nicht sichtbarer zu sein denn als Fünfter. Dieser Gedanke gibt mir Sicherheit, auch wenn es durchaus keine Selbstverständlichkeit ist, auf dem fünften Platz zu landen. Aber der fünfte Platz ist wahrscheinlicher als der erste. Auf diesem Platz sitzt bereits Knut und strahlt.

So ist es mit Lindholm. Eines Tages sagt er plötzlich etwas zu uns, das ich für den Rest meines Lebens im Gedächtnis behalten werde. Das geschieht am Tag nach dem 17. Mai 1964, während wir noch immer Eiscreme und Zuckerwatte in den Mundwinkeln kleben haben. Wir versuchen, uns die Blasmusik aus dem Kopf zu schlagen und uns in Olav Åstesons Schicksale hineinzuversetzen.

Und nun sagt Lindholm: »Wer liest, ist auch ein Dichter.«

Zuerst begreife ich die Bedeutung dieses Satzes nicht. Er lässt uns eine Weile schweigend in den Arbeitsbüchern zeichnen, dann fügt er hinzu: »Seht euch an, was ihr gezeichnet habt. Alle haben unterschiedlich gezeichnet. Ihr schreibt denselben Text auf, aber die Bilder, die in euren Köpfen entstehen, sind eure eigenen. Begreift ihr, dass ihr sie dichtet? Versteht ihr, dass ihr schöpferische Menschen seid? Ihr kopiert nicht, ihr stehlt bei niemandem. Die Bilder entstehen in euch, vor dem Hintergrund von allem, was ihr erfahren und geträumt habt, in den zwölf Jahren, die ihr schon auf der Erde lebt. Das ist das große Geheimnis der Literatur, Kinder. Nicht der Dichter diktiert, was ihr sehen und verstehen sollt. Der Dichter gibt euch einen Text, der ursprünglich ihm gehört hat. Aber den Text übernehmt dann ihr. Die Wörter entstehen in euch aufs Neue in der Sekunde, in der ihr sie lest. Wenn ihr singt *Ich fuhr über weite Seen und durch tiefe Täler,* dann erschafft ihr in derselben Sekunde dreißig verschiedene Seen und Täler. Und wenn ihr an den tapferen Olav denkt, der innerhalb von dreizehn Tagen in den düstersten Zeiten der Welt ins Jenseits und zurückreisen soll, dann seht ihr ihn vor euch. Ihr zieht ihn an. Ihr gebt ihm einen Bart, einen langen oder einen kurzen. Oder auch keinen. Ihr gebt ihm blaue oder braune Augen. Er ist muskulös oder schmächtig. Das entscheidet ihr. Wenn er seiner Patin begegnet, dann gebt ihr auch der Fleisch und Blut. Hat sie Ähnlichkeit mit eurer Großmutter? Vielleicht mit eurer Mutter oder einer lieben Tante? Ähnelt sie einer Lehrerin hier an der Schule? Und was ist mit Jesus Christus und dem Erzengel Michael? Wem ähneln die? Was für Personen sind sie eigentlich? Ihr müsst entscheiden, was die Wörter in diesem Text bedeuten. Deshalb beginnt das Johannesevangelium mit dem rätselhaften Satz: ›Am Anfang war das Wort.‹ Denn es ist das Wort, das uns zu Menschen macht. Das Wort sorgt dafür, dass wir verstehen, begreifen können, sogar, dass wir nicht verstehen können. Und an dem Tag, an dem ihr das erfasst mit euren eigenen, selbstständigen Gedanken, werdet ihr verstehen, dass die Literatur zu den wichtigsten Dingen in eurem Leben gehört. Sie wird ein Quell des Verstehens werden, wird Trost spenden, das Gemüt heilen oder wird euch im Gegenteil Höllengedanken, Schreckvisionen und Entsetzen bringen, gegen die ihr kämpfen müsst, Tag für Tag, um zu überleben. Dieses Risiko gehen wir ein, wenn wir leben. Ein einziger Satz zwingt euch zum Weiterdichten. Und deshalb sitzt ihr hier, Tag für Tag, denkt an Olav Åsteson und seid so still, dass wir eine Stecknadel fallen hören könnten.«

Ich sehe plötzlich, dass Lindholm das mit Tränen in den Augen sagt. Und alle verstehen, dass das, was er uns an diesem Tag klarzumachen versucht, wichtig für ihn ist auf eine andere Weise als andere Dinge, die er sagt, auch wichtig sein können. Wir wissen, dass er der Sohn einer Schriftstellerin ist. Ingeborg Møller. Wir wissen, dass er nur für uns das Schauspiel *Baldurs Tod* geschrieben hat. Literatur ist für ihn dasselbe wie für Mutter und Vater, sie ist unentbehrlich. Ich zeige auf. »Was ist mit der Musik?«, frage ich.

Er lächelt. Er weiß besser als irgendjemand sonst, dass ich ein Klavierschüler seiner Frau bin.

»Die Musik ist ebenfalls ein Wunderwerk«, sagt er. »Alle Kunst hat das Unentbehrliche in sich. Ich könnte tagelang über Malerei sprechen, über Bildhauerei, über Theater, über Tanz, über Eurythmie. Alle Kunst hat einen gemeinsamen Nenner. Aber alle Ausdrucksformen haben auch ihre besondere Eigenart. Musik ist unsichtbar. Sie lässt sich nicht einfangen. Sie gibt dir Gefühle in dem Moment, in dem sie entsteht. Sie muss wieder und wieder erschaffen werden, auch wenn sie vor langer Zeit geschrieben worden ist. An dieser Stelle begegnen sich Literatur und Musik. Aber alle Kunst strebt dasselbe Ziel an, das tiefste Bedürfnis der Schöpfung, den Traum von Vollendung.«

»Was ist Vollendung?«, fragt Kjell.

»Das wissen wir eben nicht. Deshalb sind wir Menschen. Deshalb suchen wir die Kunst, wieder und wieder. Wenn wir nach Vinje kommen und dort im Gemeindehaus *Draumkvedet* aufführen, wird ein berühmter Dichter im Saal sitzen. Er heißt Tarjei Vesaas. Eines Tages werdet ihr seine Bücher lesen. Ihr werdet über die Tümpel lesen oder die Seen, von dem es in seinen Büchern so viele gibt, über das Haus, über die Menschen, die dort wohnen, über den Fremden, der kommt, und über den Vogel, der über den Himmel fliegt. Ihr werdet über die große Erregung lesen, über die Bosheit, die uns in die Irre führt, über den ewigen Kampf, um einen Platz im Dasein zu finden. Und ihr werdet ergriffen sein.«

Es wird ganz still im Klassenzimmer. Niemand sagt etwas. Lindholm hat nie mit uns gesprochen, als ob wir Kinder wären. Er hat immer ernsthaft mit uns gesprochen, so wie Erwachsene über die schwierigsten Dinge miteinander reden können. Er hat uns Angst gemacht, hat uns ermutigt, hat uns bestraft. Er hat immer verlangt, dass wir verstehen, was er sagt.

»Hört zu«, sagt er. »Hört euch noch länger die Stille an, die jetzt in diesem Raum herrscht. Sie entsteht nicht jeden Tag. Sie entsteht in dem Raum, in dem die Kunst lebt. Zeichnet weiter in euren Büchern. Zeichnet weiter über Olav Åsteson und seine lange Reise. Zeichnet alles, was ihr denkt, alles, was ihr am Wegesrand seht. Der Bus nach

Vinje fährt hier von der Schule aus ab, am Donnerstag um neun Uhr morgens. Seid ausgeruht und offen für das, was jetzt passieren wird.«

Als ob die ganze Klasse in Trance versunken wäre. Das hier ist Lindholms Höhepunkt. Wenn er die ganz große Leinwand aufspannt. Er ist nicht für die kleinen Details und die alltäglichen pädagogischen Wiederholungen geschaffen. Der Bus wartet an diesem Frühlingsmorgen im Mai auf uns. Einige Eltern werden auch mitkommen. Paals Familie hat eine Hütte ganz hinten in Vinjesvingen, in Smørklapp, wo Harald Kihle seine Bilder malt. Henrik Sørensen hat den inzwischen so berühmten Hang gemalt. Die Beschreibung der Natur von Telemark, wie ich sie erlebt habe an jenem Osterfest in Flatdal. Telemark ist für mich zu einer Art Mumintal geworden. Die Gegend existiert nicht. Die, die dort leben, leben nicht wie bei uns in Bærum. Sie sind Huldren und Trolle. Dennoch sind sie für mich wirklicher als alle anderen Wesen. Die Mädchen sind schön, hochgewachsen, immer singen sie oder »kveden«, wie es in diesen Tälern heißt. Sie haben Zöpfe oder offenes Haar, und sie können alles tun, was auch Männer tun können, Traktor fahren, Dach decken, Rechnungen bezahlen. Vor allem aber können sie Kühe melken. An der richtigen Stelle zudrücken, sodass die Milch nur so spritzt. Dann bekommen sie Farbe in den Wangen und fangen an zu lachen. Einige der Mädchen aus der Klasse haben das Telemarksgen in sich. Sie sitzen ganz hinten im Bus und singen. Ehe wir nach Blommenholm kommen, steigen Lydia und Iens Ludvig Høst zu. Lydia ist Kleopatras Zwillingsschwester, und Iens Ludvig Høst ist der originale David Niven, nur ohne Schnurrbart. Ein schöneres, erfolgverwöhnteres Paar gibt es nicht. Die Waldorfschule ist bekannt für ihre schönen Lehrerinnen, aber Lydia übertrifft alle mit ihren dunklen Locken. Sie braucht kein Weißbrot. Sie braucht auch keine Schminke. Die ganze Klasse jubelt. Iens Ludvig hat Süßigkeiten für die Kinder mitgebracht, und die verteilt er, wenn weder Lindholm noch seine Frau es sehen. Iens Ludvig Høst ist Vertriebschef im Aschehoug-Verlag. Er setzt sich neben Dan Lindholm. Sie scheinen ein Gespräch fortzusetzen, das sie bei ihrer letzten Begegnung nicht abschließen konnten. Sie sehen nicht den Flieder am Straßenrand, nicht die Birken, nicht den Löwenzahn. Sie stecken bereits tief in der Literatur. Mir ist klar, dass sie einander schon längst in ihrer gemeinsamen Bewunderung für Johan Falkberget gefunden haben, den Bergwerksdichter aus Røros. Sozialist, Bauer und Bergmann. Fünfmal hat Lindholm versucht, uns die Handlung von *Die vierte Nachtwache* zu erzählen, aber immer bricht er in Tränen aus und muss aufhören. Die Geschichte des Pastors Benjamin Sigismund, der in die Bergwerksstadt kommt und den Schmied und Spielmann Ol-Kanelesa kennenlernt. Der ist auch Glöckner in der Kirche. Doch erst, als Gunhild die Bäuerin und David der Finne in die Handlung eintreten, wird es schwierig. Ehe Lindholm dann jedesmal in Tränen aufgelöst dasteht, begreife ich immerhin, dass er über die Tragödie der Liebe erzählen möchte, darüber, wie die Ehe zwischen Benjamin und seiner Frau Katrine auf die allergrößten Proben gestellt wird, wenn Benjamin ein Verhältnis mit Gunhild eingeht. Tod und Verderben. Reue und Leid. Katrines Tod. Davids Selbstmord. Die Tragödie derer, die verraten werden. Ja, denke ich so bei mir. Wieder die Untreue. Die größte Pest. In meinem Bauch krampft sich alles zusammen, als ich hier gleich hinter den beiden mächtigen Männern sitze und höre, wie sie die verschiedenen Lesarten für Falkberget diskutieren, während wir die Hänge nach Lier hochfahren. Sie haben uns Kinder hier im Bus vergessen. Sie schauen einander an und reden über das Problem der Untreue, den Sündenfall, die Gnade und die Auferstehung. Und das alles nur, weil Benjamin Gunhilds Verlockungen nicht widerstehen konnte. In *Draumkvedet* gibt es keine solchen Frauengeschichten. Es ist befreiend, dass Olav Åsteson mit seinen eigenen Problemen vollauf beschäftigt ist, er muss dort im Jenseits überleben, zwischen den vielen toten, sündigen Menschen, und danach mit heiler Haut zurück auf die Erde gelangen. Das ist genug für ein Leben. Mehr als genug. Deshalb höre ich den beiden Mannsbildern nicht mehr zu. Ich rede mit Paal über den Bus, in dem wir fahren. Wir interessieren uns beide für Busse. Wo ist der gebaut worden? Wie viele PS hat er?

Dennoch vergesse ich nicht, was Lindholm über die Literatur gesagt hat. Über die vielen Bilder, die die Kunst in uns erschaffen kann. Und wieder sehe ich diese Gunhild vor mir. Sie hat Ähnlichkeit mit Leah, ist aber älter. Und Benjamin ist Lindholm selbst. Zwei absolut unterschiedliche Persönlichkeiten. Das Begehren, das entsteht. Der Autor, der schreibt, der sieht und phantasiert. Der düstere Sog. Die Leidenschaft, die das schönste Bauwerk zum Einsturz bringt und Vertrauen, Ernst und Glauben von zwei Menschen zermahlt, die einst alles dafür eingesetzt hatten, zusammenleben zu dürfen. Das Buch, das gedruckt wird, das in großen Auflagen erscheint und in den Zeitungen besprochen wird. Iens Ludvig Høst, der jedes Jahr durch ganz Norwegen reist und den Inhalt vieler unterschiedlicher Bücher vermittelt, von Pearl S. Buck bis Torborg Nedreaas, der sich in die Geschichte hineinversetzt, der lebende Autorinnen und Autoren mitnimmt, manchmal sogar Falkberget selbst. Der Name ätzt sich in mein Gedächtnis ein.

Aschehoug.

Wir richten uns in den alten, handgezimmerten Campinghütten unten am Fluss ein. Ich wohne zusammen mit Helge, Kjell, Mads und Harald. Christopher, Ole Jacob, Jørgen und Knut wohnen in der Nachbarhütte, und auf der anderen Seite sind Elin, Tale, Drude und Willen. Dahinter hausen dann die anderen. Das hier wird gut. Es ist Frühling. Das Gras ist grün, die Birken sind kurz vor dem Ausschlagen. Sogar mitten in der Nacht ist der Himmel hell. Irgendwer flüstert unten am Fluss. Und zwar Stig und Jens Christian. Anne, zwei Mal Karen, Hanne, Ida und Trine stehen zusammen mit Liv und Sissel drüben bei der Rezeption und haben Geheimnisse miteinander. Die Erwachsenen schlafen schon. Wir können durch die Holzwände der untersten Hütte Lindholms Schnarchen hören. Dort sind die ganzen Alten. Bald hören wir noch weitere Erwachsene schnarchen. Ein ganzer Chor von schlafenden Menschen. Wir lächeln einander an. Die sind müder als wir. Die leben schon länger. Sollen sie schlafen. Ja, sie sollen so lange wie möglich schlafen. Das hier ist unsere Nacht. Eine Bande von Zwölfjährigen, die plötzlich begreift, dass sie machen können, was sie wollen. Der Mond geht hinter den steilen Felswänden auf und leuchtet über dem Nadelwald im Westen die grauen Berge an. Plötzlich singen wir leise im Chor, wir alle, die wieder aus ihren Betten auferstanden sind, die zwischen die Bäume oder an den wilden, schäumenden Bach getreten sind: *Der Mond, der scheint, die Wege sind so weit.*

Elins Gesicht. Gleich vor mir in der Dunkelheit. Der Widerschein des Mondes in ihren Pupillen. Das geheimnisvolle Lächeln. Drude. Willen und Tale gleich dahinter. Werden wir in dieser Nacht zu Erwachsenen?

Zwei und zwei, Junge und Mädchen. Gehen in der Dunkelheit zwischen den Bäumen spazieren. Kichern. Lachen. Kommen zurück, Minuten später. Die Mutigsten haben die Arme umeinander gelegt. Aber immer nur für Sekunden.

Wir küssen nicht. Dennoch.

Lindholm liegt in seiner Hütte und schnarcht.

Und morgen werden wir für Tarjei Vesaas *Draumkvedet* singen.

63

Es ist noch immer die hellste Zeit des Jahres. Die Tage sind nur um ein paar Minuten kürzer geworden, als das sowjetische Staatsschiff *Bashkiria* am Montag, dem 29. Juli 1964, von Kopenhagen kommend norwegische Gewässer erreicht. An Bord befindet sich der seekrank gewordene Nikita Chruschtschow. Der oberste Führer der Sowjetunion ist völlig erledigt. Im Skagerrak tobt ein Sturm, der Regierungschef liegt in seiner Kajüte und übergibt sich. Schon seit zwei Wochen befindet er sich auf Staatsbesuch in den skandinavischen Ländern. In Harpsund, dem Haus des schwedischen Ministerpräsidenten Tage Erlander, hat er den Wunsch geäußert, den schwedischen Außenminister Torstein Nilsson auch zum neuen sowjetrussischen Außenminister zu machen, weil »er so schön singt«. Chruschtschow ist die ganze Zeit bester Laune gewesen. Diesseits des Eisernen Vorhangs beginnen sogar die ärgsten Feinde der Kommunisten, ihm Vertrauen zu schenken. Bei allen Gelegenheiten versucht er, die Gemüter zu beruhigen, nachdem die Welt knapp zwei Jahre zuvor am Rande des Abgrunds gestanden hat. Inzwischen ist viel geschehen. Kennedy wurde erschossen. Ein Strich durch die Rechnung. Doch der ehemalige Vizepräsident Johnson scheint die Wahl gegen den reaktionären Republikaner Barry Goldwater im November ganz klar zu gewinnen. Chruschtschow hat gesagt: »Die Amerikaner haben genügend Kernwaffen, um jeden Russen dreimal zu töten. Wir haben genug Waffen, um jeden Amerikaner einmal zu töten. Das dürfte reichen.«

Henry Shapiro, der Korrespondent der amerikanischen Nachrichtenagentur *UPI* in der Sowjetunion, glaubt, dass Chruschtschows Werbungsversuche gegenüber dem Westen ernst gemeint sind. Wie er es schon so häufig auf anderen Reisen getan hat, begleitet er den Präsidenten auch auf seiner Rundreise durch Skandinavien. Schließlich weiß man nie, ob etwas Unvorhergesehenes passiert. Und vielleicht wirkt es auf manche tatsächlich beunruhigend, wenn Chruschtschow nach einem schlaflosen Albtraum im Sturmgewitter völlig ermattet und grau im Gesicht auftritt.

Doch Chruschtschow gelingt es, aufrecht auf den Beinen zu stehen, als die *Bashkiria* ein paar hundert Meter vor dem Empfangskai die Geschwindigkeit drosselt und die Zerstörer *Bergen* und *Stavanger* in respektvollem Abstand folgen. Oben am Vinstervatn klebe ich am Radio und lausche der direkt übertragenen Zeremonie. Vielleicht ist Mads ja doch in Oslo. Vielleicht hat er mich angeschwindelt. Von der Festung aus werden einundzwanzig Kanonenschüsse abgegeben. Der Radioreporter informiert die Hörer, dass Chruschtschow blass und ernst wirkt. Das klingt nicht gut. Norwegen ist schließlich nicht Schweden. Wir sind ja nicht neutral. Und dann noch diese Blamage mit dem U2-Flugzeug damals. Aber Gerhardsen, der norwegische Ministerpräsident, ist ja ein Freund der Russen. Seine Frau ebenfalls. Die ganze sozialdemokratische Partei ist den Russen wohlgesonnen. Vermutlich ist es spaßiger, einen Staatsbesuch in Moskau zu absolvieren als in Washington. Das glaubt jedenfalls Mads. Zwei Minuten lang stehen die beiden Staatsführer schweigend nebeneinander und gedenken vor dem Ehrenmal in der Festung Akershus der gefallenen norwegischen Patrioten. Endlich ist er da, der Mann, den wir angefangen haben »Krust« zu nennen und der von Gattin Nina und den drei Töchtern begleitet wird. »Er is einer von unsern«, wie Tante Ellinor sagen würde. Jetzt lächelt er bestimmt auch. Gerade hat er einen Kranz zum Gedenken an die toten norwegischen Soldaten abgelegt: »Sie kämpften. Sie fielen. Sie gaben alles für uns.«

Wir alle sitzen vor dem Radio und hören zu. Heute, da Krust nach Norwegen gekommen ist, wird wohl nichts aus einer Gebirgstour.

Fjellvåken und Kalvehøgda müssen warten. Das kleine Radio steht auf dem Steintisch vor Bruuns Ferienhütte. Der Sturm hat sich beruhigt, jetzt scheint wieder die Sonne. Krust begrüßt die Vertreter der sowjetrussischen Kolonie in Oslo und wird dann zum Storting eskortiert, wo Parlamentspräsident Langhelle ihn erwartet. Chruschtschows Botschaft während der ganzen Reise lautet »friedlicher Wettstreit und Koexistenz«. Shapiro erklärt gegenüber *VG*, dass Chruschtschow seine kommunistischen Ideale in keiner Weise aufgegeben habe. Der Kommunismus werde, so der sowjetische Staatsführer, am Ende siegen. Allerdings hat Chruschtschow in ideologischer Hinsicht mit China gebrochen. Er sieht die Möglichkeit, sich auf verschiedene Arten dem Westen anzunähern. Während des Essens mit der norwegischen Regierung ist er geradezu aufgetaut und lächelt und lacht in altem Stil. Die Stimme des Radioreporters überschlägt sich fast vor Ekstase, als er der norwegischen Bevölkerung davon berichtet. Am nächsten Tag gilt im südlichen Teil Norwegens ein Flugverbot für Privatmaschinen. Um 9.30 Uhr hebt die gecharterte Caravelle vom Osloer Flughafen Fornebu ab. Es herrscht strahlendes Wetter, der Gast kann die Hardangervidda von oben betrachten, in Bergen allerdings soll es später am Nachmittag regnen. Ich sitze an der Hütte am Vinstervatn und lausche dem Radio. Chruschtschow in Norwegen. Ein Ereignis, so groß, dass es sich kaum fassen lässt. In Bergen besucht er die Kriegsgräberstätte Solheim und den Friedhof Laksevåg, bevor er sich nach Nordnes begibt, wo die Familie Bjørnstad einst die Pinguine besuchte, als sie in Schnitlers Stadt weilte. Endlich ein Ereignis. Chruschtschow in Norwegen. Tragisch dagegen sind die Sommerferien und die damit einhergehende Entfernung zum Zentrum des Geschehens. Und Leah haben wir auch nicht besucht. Das Radio ist unser einziger Kontakt zur Außenwelt, denn Fernsehen gibt es hier oben in den Bergen noch nicht. Deshalb greife ich jetzt auf die Phantasie zurück, von der Lindholm gesprochen hat. Obwohl ich sehr genau weiß, wie Chruschtschow aussieht, erschaffe ich mir ein Bild von ihm in meinem Inneren, sehe ihn zusammen mit seiner Frau und seinen Töchtern. Wie die aussehen, weiß ich nicht genau, stelle mir dabei aber Mutters Kusinen vor. Die haben diesen speziellen hübschen russischen Zug. Ach, Mads! Warum sind wir jetzt nicht zusammen? Warum waren wir nicht in Bergen, als er, nach dem Lunch auf dem Fløien, den Fischmarkt besuchte und Bergen mit blumigen Worten für all das lobte, was er gesehen hatte? Warum standen wir nicht vor dem Volkskundemuseum, während die Ministerpräsidenten zusammen tanzten und danach Sauerrahmbrei verzehrten? Weshalb sind wir am zweiten Tag nicht nach Herøya gefahren, als ein Helikopter den Sonderzug begleitete, wo der sowjetische Führer im eigens für die Direktion der norwegischen Eisenbahn eingerichteten Waggon saß? Mehrere hundert Menschen auf dem Bahnsteig, als der Zug in den Bahnhof Porsgrunn einfuhr und Chruschtschow samt Gefolge hinüber auf den firmeneigenen Schienenstrang von Hydro umgeleitet wurde, der über Gunneklev zu der großen Fabrikanlage am Frierfjord führt. Dort warteten dreitausend Arbeiter auf die Besucher, darunter der sowjetische Außenminister Gromyko, Ministerpräsident Gerhardsen, Außenminister Halvard Lange sowie die Minister Trasti, Granli und Gundersen. Chruschtschows Enthusiasmus angesichts der norwegischen Kunstdüngerproduktion. Triumph der Industrie. Und all das, während Frau Nina und ihre Töchter in der Wohnung des norwegischen Ministerpräsidenten in der Helgesensgate mit dessen Frau Werna Tee tranken.

Es ist der Sommer der Miniröcke. Bis hinauf zum Hochgebirgshotel Bygdin kommen jetzt Mädchen mit den kürzesten Röcken, die er je gesehen hat. Die jungen Frauen sind kräftig geschminkt. Ihre Blicke sind direkt. Die Schenkel sind nackt und weiß. Er weiß nicht, wohin er gucken soll. Steht da und grübelt, zieht es vor, allein zu sein. Hört Popmusik im Radio und lauscht ein paar neuen Beatles-Songs. *A Hard Day's Night*. Der Titel ist allerdings besser als die Musik. Doch *Can't Buy Me Love …* Das wird bis zu seinem Tod in ihm klingen. Als alle wieder zurück im Parksvingen sind, sitzt er oft am Klavier. Er übt nicht, sondern spielt nur. Nicht die Beatles. Sondern Schumann, Bach und Chopin. Jetzt gelingt es ihm sogar, in es-Moll zu spielen.

Aber das behält er für sich.

Endlich trifft er Mads wieder. Da stehen sie wieder wie zuvor an der Straßenbahnhaltestelle. Das vorletzte Schuljahr ist angebrochen. Schon bald werden sie in alle Winde zerstreut sein.

Wenn er besonders unruhig ist, geht er zum Modellbauer. Christopher ist immer da, im Reihenhaus in Bestum. Er strahlt eine Ruhe aus, die es dem Bjørnstad-Jungen erlaubt, im Zimmer zu sitzen, ohne etwas zu sagen. Christopher sagt auch nicht viel. Sie können gut zusammen schweigen. Sie schweigen über alles, was sie wissen, und über die Träume, die sie haben. Er erinnert sich aber daran, was Christopher gesagt hat, als er mit Karlsons Leim eine große Fregatte zusammenbastelte: dass er hinaus auf die Weltmeere wolle, dass er über den ganzen Erdball reisen würde. In seiner Welt ist es gar nicht so weit nach Peru.

»Wann fährst du?«, fragt der Freund.

»Sobald dieses Schiff auf ordentliche Weise zusammengesetzt und verklebt worden ist«, erwidert Christopher.

Ein Leben ohne Christopher? Den Gedanken möchte er gar nicht denken. Diese kurze Freundschaft ist so wichtig für ihn geworden, und Veränderungen erträgt er schlecht.

»Könntest du nicht wenigstens so lange warten, bis wir mit der Schule fertig sind?«, fleht er.

Christopher nickt, blinzelt mit den Augen und klebt einen Mast mit vollen Segeln an das Modell.

»Klar kann ich warten.«

Es ist Indian Summer, als der Speerwerfer Terje Pedersen mit einem Wurf von 91,72 Meter im Bislett Stadion einen neuen Weltrekord aufstellt. »Ich hätte dabei sein sollen«, denkt er. Zusammen mit Bryn. Die stille Bewunderung für alle Helden. Patentante Rigmor war mit der Philharmonie in Griechenland, wo sie in den großen, klassischen Amphitheatern gespielt und Olympia besucht haben. Einer der Gesangssolisten war so überwältigt, dass er in der dritten Symphonie von Carl Nielsen zu singen vergaß. Es ist die Zeit zum Nachdenken. Zuhause in der Küche in Bærum analysieren Vater und Ulf den

Tonkin-Zwischenfall. Die drei nordvietnamesischen Patrouillenboote, die einen amerikanischen Zerstörer angriffen und zwei Tage später abermals zuschlugen. Massive amerikanische Vergeltungsmaßnahmen entlang der vietnamesischen Küste. Der Sicherheitsrat der UN versucht, die Parteien an den Verhandlungstisch zu bekommen. Aber es ist zu spät. Lyndon B. Johnson hat sich entschieden. Der amerikanische Kongress gibt ihm freie Hand, große Truppeneinheiten nach Südostasien zu verlegen.

Es ist der Herbst, in dem Chruschtschow stürzt. Mitte Oktober werden Ost- und Westmächte vom kompletten Austausch der sowjetischen Staats- und Parteiführung überrascht. Mads und ich bleiben an der Haltestelle Smestad stehen und reden bis weit in den Nachmittag hinein. Der flammend rote Himmel. Die Straßenbahnen, die eine nach der anderen halten und weiterfahren. Keiner von uns beiden will nach Hause. Was gerade passiert, ist einfach zu dramatisch. Wir beide müssen jetzt zusammenhalten. Das ehemalige Mitglied im Politbüro, im Zentralkomitee der KPdSU, der ehemalige Erste Sekretär und spätere Vorsitzende des Ministerrats wird im Laufe eines Tages, vom 14. auf den 15. Oktober 1964, aller Ämter im Zentralkomitee sowie im Präsidium des Obersten Sowjets der UdSSR enthoben. Die Parteizeitung *Prawda* wirft Chruschtschow Subjektivismus, Phantasterei, Angeberei, Personenkult, unrealistische Vereinbarungen und fehlerhafte Politik vor, sowohl gegenüber China als auch den USA während der Kuba-Krise und im Suez-Konflikt. Die Kronprinzen stehen bereit, die Macht zu übernehmen. Sie heißen Anastas Mikojan, Alexej Kossygin und Leonid Breschnew.

Eine Welt ohne Chruschtschow? Weshalb mussten sie ihn so hart bestrafen? Hatte er während des Besuchs in Norwegen zuviel Aquavit getrunken? Mit meinem neu erworbenen Speer stehe ich allein auf dem kleinen Sportplatz im Bjerkelundspark. 91,72 Meter. Terje Pedersen kann seinen Erfolg bei den Olympischen Spielen in Tokio nicht wiederholen. Ich habe angefangen, mit dem Speer zu trainieren. Bis jetzt habe ich 18,63 Meter geworfen. Mutter würde sagen, das sei gar nicht so schlecht. Ich finde es selbst gar nicht so schlecht. Aber die

Leistung an sich ist nicht das Wichtigste. Der Speer erlaubt es mir, allein zu sein. Wenn ich sage, dass ich in den Park gehe, um zu üben, kommt mir niemand nach. Mutter und Vater sind zufrieden. Sie glauben, ich bewege dann mein Fett. Zwar nehme ich beim Werfen auch immer ein paar Meter Anlauf, stehe ansonsten aber ganz ruhig da. Ich denke. Ich denke an Leah, die in einer Einrichtung für schwierige Mädchen lebt. Ich denke an Katja Bodin, die aus meinem Leben verschwand, bevor ich sie überhaupt richtig kennenlernen konnte. Ich denke an das Stöckchen, dass ich ihr in die Hose stopfen durfte. Es ist schon so lange her. Fast genauso lange wie die Mondscheinnacht auf dem Mjonøy-Campingplatz, als ich Elin in die Augen starrte. Lyndon B. Johnson trägt in den USA einen überragenden Sieg über Barry Goldwater davon. Die FNL greift einen Flugplatz in der Nähe von Saigon an, und Jean-Paul Sartre, Camus' alter Freund, lehnt den Nobelpreis für Literatur ab. Martin Luther King hingegen nimmt den Friedensnobelpreis dankend an. Sartre begründet seine Ablehnung damit, dass seiner Ansicht nach die Koexistenz der westlichen und östlichen Kultur nur durch direkten Kontakt der Menschen untereinander entstehen könne. Er unterstützt den Sozialismus, verwehrt sich aber dagegen, so etwas wie eine intellektuelle Instanz zu werden. Deshalb lehnt er das Preisgeld ab. Erst elf Jahre später ändert er seine Meinung und fragt nach, ob er das Geld trotzdem bekommen könne. Aber da ist es zu spät.

Ich sehe den Speer durch die Luft fliegen, als ich ihn in Richtung der Birken und des brennenden Himmels über Haslum werfe. Hinter mir höre ich das Geräusch eines Autos. Es ist Vater, der in einem senfgelben Opel sitzt und Fahrstunden bei Onkel Frithjof nimmt. Er ist ganz oben am Parksvingen, als ich mich umdrehe und für eine Sekunde die roten Bremslichter sehe, während er vorsichtig den Hügel in Richtung Nadderud hinunterrollt.

1965

64

Er hat den Schnee von der Schaukel gebürstet, sitzt oben im Bjerkelandspark und baumelt mit den Beinen. Der Speer liegt neben der Schaukel. Vielleicht wird er ein bisschen trainieren, wenn es nicht zu glatt ist. Aber er ist nicht sicher. Am liebsten sitzt er da, schaukelt hin und her, keine zu großen Schwingungen, nicht zu hoch. Gerade richtig. Fünfter Platz. Die Zeit war immer wichtig für ihn. Es ist 1965. Auf den Plakaten für den neuen James-Bond-Film, *Goldfinger*, liegt eine splitternackte Frau, eingeschmiert mit Gold. Das erregt ihn. Aber er weiß nicht, was er mit seiner Erregung anfangen soll. Er weiß nur, dass er anfangen muss, sich in Erwachsenenfilme zu schleichen, um das Verbotene zu sehen. Es müsste jetzt leichter sein, wo er Creme in den Haaren und eine Schmalztolle hat. In vier Monaten wird er dreizehn. Teenager. Er kostet das Wort ein bisschen aus. Fast erwachsen. Noch ein Jahr bis zu dem, was laut Syver allen Jungen passiert, wenn sie vierzehn werden. Er wird als altklug bezeichnet. Aber Mads ist viel altklüger als er. Mads wusste schon mit sechs alles über Politik. Zum Ausgleich weiß er selbst einiges über Musik. Er weiß, dass Mozart 1756 geboren wurde. Das wissen nicht alle, vor allem nicht in seinem Alter. Aber er ist nicht gut in Physik. Seine Physik ist auch nicht gut. Außerdem trägt der Physiklehrer einen blauen Kittel. Sein Selbstvertrauen bekommt immer einen Knacks, wenn er einen blauen Kittel sieht. Eisenwarenhändler, Automechaniker, Leute, die etwas können. Die große Prüfung rückt näher. Obwohl sie keine richtigen Zensuren bekommen, möchte er etwas von den naturwissenschaftlichen Fächern verstehen. Der Vater ist Ingenieur. Tormod versteht alles, was der Vater ihm sagt, er selbst versteht nichts. Er begreift nur, dass die Kugel, wenn der Physiklehrer sie mit einer Flamme erwärmt, am Ende durch den Ring fallen wird. Reicht das nicht für ein Leben? Zu wissen, dass man bei Wärme schrumpft und sich bei Kälte ausdehnt? Also ist er noch fetter und schwerer, wenn es kalt ist. Und jetzt ist es kalt. Er spürt es im Hintern, und er denkt, dass er jedenfalls einige Würfe schaffen muss, ehe er nach Hause geht und der Vater ihm wie verabredet bei den Hausaufgaben hilft. Der Unterschied zwischen Watt, Volt und Ampere.

Er steht auf dem kleinen Sportplatz und wirft zum dritten Mal. Der erste Wurf ging am weitesten. Etwas über fünfzehn Meter. Drei Meter weniger als sein persönlicher Rekord. Er interessiert sich nicht für persönliche Rekorde. Eigentlich ist er gegen Fortschritt. Fortschritt durchkreuzt seine Absichten. Er möchte nur unbemerkt durch dieses Leben gleiten. Ist das nicht Ziel genug?

Er wirft wieder. Noch kürzer. Das macht nichts. Das klirrende Geräusch, wenn der schwere, große Glasfaserspeer den Kontakt mit der Handfläche verliert und durch die Luft fliegt, gefällt ihm. Warum macht er das, wieder und wieder? Er hat keine Antwort. So wenig, wie er erklären kann, warum er öfter als normal am Klavier sitzt. Es ist, als ob diese bestimmten Aktivitäten, die er mit einem gewissen Grad an Monotonie und Gesetzmäßigkeit ausführen muss, ihm ein Gefühl von Frieden gäben. Er hat das Gefühl, dass er eigentlich nichts Neues zu lernen braucht. Er muss nur mehr von dem lernen, was er schon gelernt hat. Von dem Grundlegenden. Aber wenn es um Physikstunden und Prüfungen geht, muss er ganz neue Dinge lernen, und das ist anstrengend. So anstrengend wie Freundschaften mit Menschen, denn dabei muss man sich die ganze Zeit damit beschäftigen, was andere denken. Nur weiß man ja nicht, was die anderen denken, und das ist anstrengend. Man muss mit unerwarteten Einfällen umgehen können. Mit Gedanken und Stimmungen. Nach einem letzten Wurf, dem kürzesten von allen, merkt er, dass er durchgefroren ist. Der Boden unter ihm ist außerdem glatt, fast vereist. Er nimmt den Speer in die linke Hand und macht sich auf den Heimweg. Aber als er den Parksvingen erreicht hat, biegt er nicht nach rechts ab, sondern geht einige kurze Schritte weiter in Richtung Nadderud. Genau in der Kurve befindet sich auf der rechten Seite ein braunes Haus im Bauhausstil. Er bleibt stehen. Bleibt stehen und starrt. Als ob das Haus von einem Magnetfeld umgeben wäre. Er sieht sich selbst als Erwachsenen. Dann wohnt er in diesem Haus. Er wohnt da ganz allein. Und mitten im Wohnzimmer steht ein großer schwarzer Flügel. Es kann ein Steinway sein, ein C. Bechstein oder ein Yamaha. Er weiß es nicht mit Sicherheit. Vielleicht ein Blüthner. Es ist eigentlich egal, wenn der Flügel nur schwarz ist und Tasten aus Elfenbein hat. Er kann dieses große Zimmer so deutlich sehen. Dennoch denkt er nicht an den Grund, warum er dieses Bild vor sich sieht.

Er stellt den Speer in der kleinen Diele ab. Da steht er dann in der Ecke neben dem Haken, an dem die Schlittschuhe hängen. Er hat schon lange nicht mehr mit Bryn in Bislett trainiert. Aber wenn EM und WM näherrücken, wird Tempo in die Sache kommen. Bryn wird seine unverwechselbare Bård-Henrik-Parodie vorführen. Und dann muss man den Rücken so krumm machen wie möglich.

Der Vater sitzt am Küchentisch mit *Orientering* und *Dagbladet* vor sich und einem Zahnstocher im Mund. Er ist weit weg. Eine Doppelseite über Vietnam und Präsident Johnsons Strategien. Er hat diese strenge, müde Miene. Dem Sohn ist klar, dass er bei Ulf war. Noch ein Konflikt, um den man sich Sorgen machen muss im Gewimmel der Konflikte. Bald werden sie wohl wieder demonstrieren.

»Du wolltest mir bei Physik helfen«, sagt er.

Der Vater reagiert nicht sofort. Wenn er so weit weg ist, weiter weg als der Mond, kehrt er nicht mit Lichtgeschwindigkeit zurück. Es geht langsam, wie dann, wenn ein kleines Propellerflugzeug auf Fornebu landet. Du siehst es am Horizont, viele Minuten, ehe die Räder die Rollbahn berühren. So ist es auch mit dem Blick des Vaters. Er braucht Zeit, um in der Küche zu landen, auf dem Weg aus dem Weltraum über Vietnam, und zu verstehen, was der Sohn gerade gesagt hat.

»In Physik, Ketil?«

»Ich habe morgen eine Prüfung.«

»Ach ja, die.« Der Vater küsst den Sohn liebevoll auf die Wange. Zu viel Spucke, aber der Sohn erträgt es. Der Vater meint es ja nicht böse. »Was willst du denn wissen?«

»Den Unterschied zwischen Watt, Ampere und Volt.«

»Aber das ist doch einfach, mein Junge. Vergiss nicht, dass dein Großvater Elektriker ist.«

»Wissen wird aber nicht vererbt«, antwortet der Sohn verärgert. »Du weißt doch, wie sehr ich es hasse, etwas Neues lernen zu müssen.«

»Die Veranlagung kann vererbt werden.«

»Dann habe ich sie nicht geerbt.«

»Das kannst du nicht wissen.«

»Dann erklär mir endlich Ampere.«

»Natürlich. Ampere ist eine SI-Einheit, für elektrischen Strom, also Stromstärke. Und die Definition für ein Ampere ist einfach: Zwei parallele und unendlich lange dünne Leiter werden im Abstand von einem Meter in einem Vakuum angebracht. Der gleiche Strom wird durch beide Leiter geschickt. Wenn die einander mit einer linearen Kraft von 2 x 107 N pro Meter Leiter beeinflussen, dann ist der Strom ein Ampere. Verstehst du?«

»Das möchte ich meinen.«

»Was wolltest du sonst noch wissen?«

»Volt.«

»Ja. Volt ist eine abgeleitete SI-Einheit, die den Wert einer elektrischen Spannung beschreibt. Ein Volt ist definiert als das elektrische Potenzial über einem Leiter, wenn der ein Watt in Leistung abgibt und ein Ampere führt. Das bedeutet übrigens, dass der Leiter einen Widerstandswert von einem Ohm hat, aber das hat nichts mit der Definition zu tun.«

»Na gut.«

»Damit wären wir dann beim Watt. Watt ist ein Maß für die Schnelligkeit, in der Energie verwandelt wird, aus einer Form in eine andere. Diese Einheit ist definiert als ein Joule pro Sekunde. Kilowatt hat übrigens die gleiche Größenordnung wie Pferdestärke. Eine metrische Pferdestärke entspricht 0,73549875 Kilowatt. Wusstest du übrigens, dass Watt nach James Watt benannt worden ist, wegen seines Beitrags zur Entwicklung der Dampfmaschine?«

»Nein, das wusste ich nicht.«

»Aber sind wir jetzt fertig?«

»Ja, jetzt sind wir fertig.«

»Du hast das verstanden?«

»Ich habe das verstanden.«

Sein Gehirn ist nicht dafür geschaffen. Ampere, Volt, Watt. Und noch dazu Ohm! Wenn er den ganzen Abend mit dem Vater hier säße, würde er es immer noch nicht begreifen. Dann ist es einfacher, sich ans Klavier zu setzen und irgendetwas zu spielen, sogar in es-Moll. Die Physikprüfung geht ohnehin zum Teufel.

Aber am Vortag hat er heimlich im Tagebuch seines Vaters gelesen, wo der alle seine Termine und auch die klugen Worte von allerlei Philosophen und Wissenschaftlern aufschreibt. Er zitiert einen Satz des bereits vor fast 150 Jahren verstorbenen Joseph Joubert: »Ein Mann, der nie einen Fehler begeht, ist entweder ein Idiot oder ein Heuchler, vor dem man sich hüten sollte.«

Das ist vielleicht ein Trost.

Später an diesem Abend steht Svein Bruun in der Tür, zusammen mit einem Betrunkenen, dem die Haare nach allen Seiten abstehen und der gekleidet ist wie die Säufer auf der Treppe vor dem Majorstuhaus. Zu dieser Bande gehören auch mehrere Musiker.

»Das ist Bottolf Lydersen«, sagt er mit einem vielsagenden Blick hinüber zur Mutter, die gerade aus dem Keller und von ihrer Wäscheschleuder gekommen ist.

»Hallo, Bottolf«, sagt die Mutter lächelnd und starrt den Mann an, der in ihrem Alter sein muss und einen großen braunen und alten Mantel mit Essensflecken und Löchern in den Ärmeln trägt. Also kennt sie ihn schon, denkt der Sohn. Oder es liegt daran, dass Svein Bruun das gesagt hat. Die Mutter ist ja begeistert von allem, was der sagt. Sie reißt die Tür sperrangelweit auf, was sie für Landstreicher oder Hausierer niemals tut.

»Kommt rein.«

»Wir stören doch nicht?«

»Ihr stört nie«, sagt die Mutter. Der Vater steht im Hintergrund und nickt, dann machen beide den Neuankömmlingen Platz.

»Bottolf saß frierend vor dem Nationaltheater. Wollte im Freien übernachten. Da dachte ich, ich nehme ihn besser mit hierher zu euch. Ihr habt jetzt ja Platz genug.«

»Ja, Bottolf kann auf dem Wohnzimmersofa schlafen«, sagt die Mutter. »Das ist kein Problem.«

Bewahre, denkt der Sohn. Er nimmt den scharfen Geruch von Schnaps und ungewaschenen Kleidern wahr.

»Der Mann braucht etwas zu essen«, sagt Svein Bruun.

Der jüngere Sohn des Hauses registriert, dass alle über den Fremden hinweg reden, als ob er taub wäre. Aber Lydersen nickt und lächelt und ist mit allem zufrieden, was gesagt wird. Er setzt sich an den Küchentisch, zieht aber seinen schmutzigen Mantel nicht aus.

»Willst du nicht ablegen«, fragt die Mutter mit der Stimme, die sie immer benutzt, wenn jemand ihr leidtut.

»Er friert«, sagt Svein Bruun.

Lydersen nickt nur.

»Du kannst Graubrot mit Butter, rohen Zwiebeln und Ziegenkäse haben«, sagt der Vater, aber die Mutter faucht.

»Wir haben Schweinerippe«, sagt sie. »Reste von Weihnachten. Das kann ich schnell aufwärmen.«

»Habt ihr auch Aquavit?«, fragt Lydersen mit wachsamem Blick vom Küchentisch her.

Aber Svein Bruun steht hinter ihm und schüttelt den Kopf. »Vielleicht ein Bier?«, fragt er die Mutter vorsichtig.

Sie nickt. Normalerweise haben sie nie Bier im Kühlschrank. Aber jetzt liegt ganz unten eine große braune Flasche Pils. Noch ein Überbleibsel von Weihnachten.

»Das geht vielleicht«, sagt sie.

Lydersen setzt die Flasche an den Mund und trinkt in langen Zügen. Gluck, gluck, sagt es tief unten in seiner Kehle. Der Bjørnstadjunge hat noch nie einen dermaßen durstigen Menschen gesehen.

In diesem Moment kommt der Bruder vom Training. Er bleibt in der Tür stehen und verschafft sich einen Überblick über die Lage.

»Bottolf Lydersen«, sagt Svein zur Erklärung.

»Ach was.« Der Bruder stellt sich abwartend.

»Er übernachtet heute hier. Aber ich habe mir auch überlegt, dass er für euch spielen soll, bevor er nicht allzu spät zu Bett geht, denn er braucht Schlaf. Machst du das, Bottolf?«

»Ich spiele alles.«

»Das ist es ja gerade«, sagt Svein Bruun ruhig. »Er kann einfach alles spielen, ohne vorher geübt zu haben. Würdest du ein bisschen über dich erzählen, Bottolf?«

Bottolf schüttelt den Kopf. »Nein, mach du das, Svein.«

»Bottolf hat bei den Olavsknaben mitgesungen. Dann wurde er Opfer eines Übergriffs. Mehr sage ich nicht. Solche Dinge kommen leider überall vor. Er hörte beim Chor auf, aber die Musik fehlte ihm, deshalb fing er an, Klavier zu spielen.«

Svein Bruun erzählt die Geschichte des Menschen, der neben ihm sitzt. Der Sohn des Hauses hört zu, versteht aber nicht alles. Ist es das, was der Vater als Subtext bezeichnet? Wo ist dieser Übergriff passiert? War das ein Junge? Bottolf war einer der Starsoprane im Knabenchor. Dann wurde er zu einem Mann, dem nur das Klavier und die Musik geblieben sind. Sein Lehrer meinte, er sollte öffentlich auftreten. Bottolf Lydersen spielte offenbar besser als alle anderen Pianisten auf der Welt. Aber Bottolf wollte nicht. Seine Nerven waren ruiniert. Er fing an zu trinken, und nach vielen Jahren des Alkoholismus wurde er in ein Nervensanatorium irgendwo in Ostnorwegen eingewiesen. Dort stand ein Flügel. Bottolf fing wieder an zu üben. Im Sanatorium traute er sich, vor den anderen Patienten zu spielen, weil sie, wie er sagte, wussten, womit er zu kämpfen hatte. Er verliebte sich in eine Mitpatientin und sie heirateten. Bottolf fand eine Stelle als Organist in einer von Norwegens kleinsten und abgelegensten Kirchen, hoch oben in der Finnmarksvidda. Dort lebten er und seine Frau fünfzehn Jahre lang glücklich. Sie bekamen keine Kinder, aber die Frau spielte Geige, deshalb füllte die Musik ihrer beider Leben. Eines Tages kam ein anderer Mann in den Ort, und er und Bottolfs Frau verliebten sich ineinander. Bottolf fing wieder an zu trinken und verlor seine Stelle. Er fuhr nach Oslo und traf seine alten Trinkkumpane im Postkafe in der Dronningensgate. Seither ging er beim Blauen Kreuz ein und aus. Fremde Herbergen. Sanatoriumsaufenthalte. Entzug. Flucht. So kann man es jahrelang machen, und jetzt saß er hier, in einer Küche im Parksvingen in Bærum. Aber die ganze Zeit hat er Klavier gespielt. Unten in Gerhard Aspheims Klaviergeschäft konnte er stundenlang im Hinterzimmer spielen. Wenn er spielte, trank er weniger. Wenn er nicht spielte, trank er mehr.

»Deshalb musst du heute Abend für uns spielen, Bottolf.«

Bottolf Lydersen spielt. Er spielt vor und nach der Schweinerippe. Und da es im Kühlschrank nur eine Flasche Bier gibt, bekommt er den Aquavit, um den er gebeten hat. Ein Glas. Zwei Glas. Oder noch mehr? Seine Wangen werden heiß und sein Blick blank und dankbar. Aber er spielt. Zuerst Chopin. Die Ballade in F-Dur. Der jüngere Sohn des Hauses steht neben ihm und sieht abwechselnd die Noten und Lydersens Finger an, die dicht und nahe über den Tasten sind, genau so, wie Amalie es für richtig hält. Keine großen Gebärden. Kein Verdrehen der Augen. Keine Arme, die theatralisch in die Luft fahren, sozusagen um zu demonstrieren, wie tüchtig und virtuos sie sind. Ach, wie ihm das gefällt! Dieser versoffene, verdreckte Mann mit der Schnapsfahne, dem die Haare nach allen Seiten abstehen, der plötzlich die Bachnoten aufs Klavier gestellt hat, um die komplizierten Präludien und Fugen des *Wohltemperierten Klaviers*, Band 2, zu spielen. »Gerade die habe ich noch nie versucht«, murmelt Bottolf Lydersen, aber er spielt vom Blatt mit seinem dichten, nahen Anschlag. Kein falscher Ton, trotz des Aquavits. Zum ersten Mal in seinem Leben lernt der Junge nun etwas anderes, als dass Alkohol gefährlich ist und dass Männer im Rausch zuschlagen. Lydersen schlägt nicht zu. Er nähert sich Präludium und Fuge in D-Dur. Dem triumphierenden, jubelnden Präludium, das auf einen Feiertag einstimmt. Ja, es ist ein Feiertag im Parksvingen, heute an diesem Abend. Bottolf Lydersen ist der Hauspianist. Danach wird er seinen Rausch ausschlafen. Der Sohn des Hauses denkt an Svein Bruuns Worte: »Er trinkt weniger, wenn er spielt.«

»Das ist Physik«, ruft der Vater begeistert. »Bachs Fugen gehören zu den Naturgesetzen.«

»Ach, verschone mich damit«, sagt der Sohn.

Während Bottolf Lydersen auf dem Wohnzimmersofa schnarcht, liegt der jüngere Sohn des Hauses in seinem Bett und denkt an alles, was an diesem Abend passiert ist. Alles, was er verstanden, und alles, was er nicht verstanden hat. Er weiß, dass er niemals in seinem Leben den Unterschied zwischen Ampere, Watt und Volt begreifen wird. Aber er weiß auch, dass er es schaffen wird, Bachs Fugen zu spielen.

Wenn er nur genug übt.

Am nächsten Morgen sitzen sie alle am Frühstückstisch, nur nicht Svein Bruun, der mit der letzten Straßenbahn nach Hause gefahren ist. Bottolf Lydersen hat Geschmack am Schlaf gefunden und schläft eigentlich noch immer. Während er da sitzt, fallen ihm die Augen zu und er vergisst, den von der Mutter aufgegossenen Kaffee zu trinken. Es riecht so gut, dass der Bjørnstadjunge fast schon selbst Lust auf Kaffee bekommt.

»Wir hätten das Konzert gestern Abend auf Tonband aufnehmen müssen«, sagt der Vater, noch immer begeistert und nach dem großen Ereignis des vergangenen Tages erfüllt von Gefühlen.

Ja, denkt der Sohn. Das hätten sie tun müssen. Tonbandaufnahmen halten den Klang fest. Filmaufnahmen halten den Blick fest. Die Menschen leben in beiden Formaten.

»Stellt euch vor, es gäbe einen Apparat, der nicht nur Klang und Bild einfängt, sondern auch unsere Empfindungen verewigt«, sagt der Sohn plötzlich.

»Dann hätten wir ewiges Leben«, sagt der Vater mit einem Lächeln.

»Ich muss nur noch ein bisschen schlafen«, sagt Bottolf Lydersen.

65

Die DC-8-Maschine Olav Viking startet am Mittwoch, dem 6. Januar 1965, um 20.30 Uhr vom Flughafen Fornebu. Hinter dem Steuerknüppel sitzt der 43 Jahre alte SAS-Pilot Fridtjof Giørtz aus Ålesund. An Bord befinden sich auch König Olav und sein Gefolge. Außerdem die junge blonde Pianistin Liv Glaser, die Amalie ihm vorgestellt hat und die so unglaublich hübsch ist. Ihr Vater heißt Ernst und war Konzertmeister bei der Philharmonie. Er hat rote Haare und spricht Deutsch. Er ist offenbar Jude wie Abel, aber ich glaube nicht, dass sie einander kennen.

Es ist immer eine große Angelegenheit, wenn König Olav auf Reisen geht. Wir fühlen uns dann als Nation ein wenig mächtiger. Vor allem Tante Svanhild und Patentante Rigmor sind bester Stimmung. Der König wird keinen Geringeren besuchen als den Schah von Persien und dessen phantastische, Sophia-Loren-ähnliche Gemahlin Farah Diba, die auf Bildern aussieht, als ob sie sich weiterhin das Weißbrot in die Haare steckt wie damals, als sie Norwegen besucht hat. Je älter das Weißbrot ist, um so härter wird es. Vielleicht ist dieses Weißbrot jetzt so alt und steinhart, dass es sogar den Regen in Bergen vertragen könnte, und deshalb würde sie den Besuch in Bergen auf der nächsten Reise nicht absagen müssen.

Giørtz sitzt hinter dem Steuerknüppel der riesigen Maschine und steuert zuerst Kopenhagen an, dann Frankfurt und Genf, ehe er in die asiatische Nacht hineinfliegt zu Halbmond, Sternen und Teheran. Der verzauberten Stadt. Der Hauptstadt des Iran. Persien. Der König hat auch den Wunsch geäußert, Isfahan und Shiraz zu sehen, mit seinen prachtvollen Moscheen und Minaretten. Shiraz ist offenbar bekannt als poetische Hauptstadt des Iran, denn es ist der Geburtsort von zwei der größten Dichter aller Zeiten, Hafiz und Saadi, die weder Vater noch Tormod oder ich gelesen haben.

Mutter und Vater lieben König Olav, trotz Vaters republikanischen Herzens. Der König scheint ihnen ein bisschen leidzutun. Der arme Witwer, der da ganz allein mit seinem Hund in dem riesigen Schloss haust. Jetzt sitzt er im SAS-Flugzeug, dem ich gern beim Abheben zugesehen hätte, trinkt Champagner und löffelt dazu russischen Kaviar. Obwohl, der iranische soll auch gut sein. Und in meinem verwirrten Kindergemüt kann ich sie vor mir sehen, die ganze politische Elite und das, was wir »den Hof« nennen, Zofen und Gouvernanten und wie sie alle heißen. Tante Svanhild hat Überblick über das Ganze. Sie behauptet sogar allen Ernstes, der Sohn des Königs, der sympathische und melancholische Kronprinz Harald, habe ein Verhältnis mit einer jungen Dame aus Vinderen, die Haraldsen heißt. Sonja Haraldsen. Tante Svanhild gurrt ein wenig, wenn sie darüber spricht. Sie ist der königlichen Familie in all ihren Gefühlen so nahe. Jetzt ist sie in Gedanken beim König. Sie müsste ebenfalls an Bord sitzen und ein wenig Glanz ausstrahlen. Die edelste Repräsentantin des Volkes.

Kapitän Giørtz hat Genf verlassen und hält jetzt auf das Mittelmeer zu. Die Fluglotsen im Flughafen von Teheran haben mögliche Wetterprobleme gemeldet, aber vorläufig gibt es keine Änderung im Plan. Als es im Iran Morgen wird und die Olav Viking sich von Westen her nähert, stellen sich an die fünftausend Soldaten auf dem Flugplatz und entlang der Straße zur Stadt auf. Der kaiserliche Galawagen steht frisch geputzt vor dem Flughafengebäude. Norwegische Kinder, die in Teheran wohnen, haben ihre Flaggen und Trachten hervorgesucht. Der Bürgermeister steht mit dem goldenen Schlüssel zum Stadttor von Teheran bereit, den er dem königlichen Gast überreichen soll, und der Schah hat seine Galauniform angelegt. An diesem Morgen soll an nichts gespart werden. Norwegen gehört zu den wichtigsten Verbündeten der USA. Der Schah sucht Unterstützung im Westen, jetzt, wo die Islamisten unruhig werden. Innerhalb der Landesgrenzen spielen sich zu viele gewalttätige Zwischenfälle ab. Deshalb sind Staatsbesuche wichtig. Gibt es ein Volk, das Pomp und Pracht nicht liebt? Außerdem ist der norwegische König ein Kriegsheld. Ein Witwer, der alles für sein Land gegeben hat. Es gibt kaum einen besseren Vertreter für die echten westlichen humanistischen Werte.

Aber kurz vor der Landung fängt es an zu schneien. Vom Flughafen aus kann man das Elbursgebirge mit dem über 5600 Meter hohen Damavand nicht mehr sehen. Die Stadt liegt mehr als 1200 Meter hoch. Die Wüste im Süden bedeutet wenig Regen und glühendheiße Sommer. Im Winter kommen Kälte und Schnee. Die Fluglotsen im Tower stehen in hektischer Kommunikation mit Kapitän Giørtz. Zuerst wollen sie das Flugzeug nach Abadan im Südiran umleiten, doch als auch von dort Schnee gemeldet wird, geht es nach Beirut. Die mehreren tausend Menschen, die besonders früh aufgestanden sind, um den König zu empfangen, sind zutiefst enttäuscht. Der Schah und seine Gemahlin kehren in ihren Palast zurück, und die Soldaten werden in ihre Kasernen beordert. Die norwegischen Kinder müssen nach Hause und ihren Feststaat ablegen, dann werden sie in die Schule geschickt. Diese vielen trivialen Details. Das Festmahl wird verschoben, das Essen muss zurück in die Kühlschränke, Gläser, Teller und Besteck müssen zurück in die Lager gebracht werden, die Privatchauffeure müssen die Autos abliefern, die Flaggen müssen eingeholt werden, die Nachrichtensprecher von Rundfunk und Fernsehen, die an der Rollbahn bereitgestanden haben, müssen zurück zu ihren Sendern, während Kapitän Giørtz das Flugzeug mit sicherer Hand nach Beirut lenkt, wo die Olav Viking am selben Morgen um 10.40 Uhr landet. Beirut ist die Schweiz des Mittleren Ostens. Hier gibt es Teppichhändler, Luxusrestaurants und nicht zuletzt ein Weltklassehotel, erbaut von dem libanesischen Geschäftsmann Nahib Salha. Schon 1953 träumte er von einem internationalen Hotel mit höchstem Standard in dieser Stadt, die in Geld schwimmt und in der Geschäftsleute aus aller Welt ihre Verträge unterzeichnen. Der Schah selbst hat offenbar den Hoteldirektor angerufen und Platz für den König von Norwegen und seinen Hof schaffen lassen. Wo es schnelles Geld gibt, gibt es auch schnelle Entscheidungen. Nur eine Stunde, nachdem Kapitän Giørtz das umgeleitete Flugzeug sicher auf die Landebahn des internationalen Flughafens gesetzt hat, sind König Olav und sein Gefolge bereits Ehrengäste im maurischen Speisesaal des Hotel Phoenicia InterContinental. Während die Soldaten und die Palast- und Hotelangestellten in Teheran einen unerwarteten Ruhetag genießen, werden mehrere hundert Kellner, Köche, Chauffeure und Hotelangestellte einbestellt, um in Beirut ein Mittagessen auf höchstem Staatsgastniveau zuzubereiten. Regierungsangehörige, Spitzenpolitiker, Geschäftsleute und Diplomaten haben ihre Pläne für diesen Tag über den Haufen geworfen. Jetzt sitzen sie mit dem norwegischen König zu Tisch.

Am selben Abend bittet der libanesische Präsident, Charles Helou, nach einem großen Empfang, den der norwegische Konsul für das gesamte diplomatische Korps zusammengetrommelt hat, im Präsidentenpalast zu einem privaten Abendessen.

König Olav ist in Hochform. Schon auf der Fahrt vom Flughafen in die Stadt äußert er sich zu dem angenehmen Klima und der schönen Umgebung. Die Temperatur außerhalb des Autos liegt bei 23 Grad, und als er das Hotel erreicht und in der berühmten Fürstensuite einquartiert wird, kann er das blaue Mittelmeer sehen, den weißen Strand, der sich nach Norden hin krümmt, und die verschneiten, in der Sonne gebadeten Gipfel im Osten. Er sieht auch die vielen norwegischen Handelsschiffe, die an der Reede liegen und auf einen Platz am Kai warten. Sein vom Hotel gestellter Leibdiener, der lange Erfahrung mit allerlei Ölscheichs, Generälen, Prinzen und Emiren hat, fragt diskret, welches Toilettenpapier Seine Majestät bevorzugen.

Im Hotel Phoenicia gibt es drei Sorten.

Präsident Charles Helou stammt aus einer einflussreichen Maronitenfamilie in Baabda. Er hat an der St. Josephs-Universität in Beirut studiert und wurde rasch zu einem erfolgreichen Geschäftsmann. Er war politischer Redakteur bei der französischsprachigen Zeitung *Le Jour* und gründete seine eigene französischsprachige Zeitung, *L'Eclair du Nord*. Allein schon der Name. Licht des Nordens. Der König versteht sich auf Anhieb gut mit Helou, vor allem, als sie auf die schönen verschneiten Berge zu sprechen kommen, über die sich König Olav gerade erst so begeistert geäußert hat und wo man vielleicht ein Wintersportzentrum von internationalem Standard bauen könnte, gleich in der Nähe von Beirut, in 2000 Meter Höhe. Der Präsident war Direktor der libanesischen Tourismusorganisation. Der König hört sich die weitreichenden Pläne voller Interesse an. Helou betont, dass er dann norwegische Skitrainer benötigen wird. Aber die Zeit ist begrenzt. Der König soll ja schließlich den Schah besuchen nach vielen Monaten der Vorbereitungen. Schon um acht Uhr am nächsten Morgen startet das SAS-Flugzeug in Beirut und landet knappe zweieinhalb Stunden später in einem verschneiten Teheran, wo der Schah mit seinem Ministerpräsidenten und anderen Regierungsangehörigen wartet, ehe ein neuer Schneesturm losbricht und der Flughafen abermals geschlossen werden muss. Einundzwanzig Salutschüsse werden abgegeben, und eine Militärkapelle spielt die Nationalhymnen beider Länder, ehe der Schah und der König eine Gardekompanie abschreiten und die Vertreter des offiziellen Persien begrüßen. Alle Menschen vom Vortag sind wieder angetreten.

Die norwegischen Kinder rufen hurra und winken mit ihren Flaggen.

Der König winkt zurück.

Am Stadttor wird König Olav der goldene Stadtschlüssel überreicht. König und Schah sitzen in einem offenen Wagen, einer von vier Pferden gezogenen goldenen Kutsche.

Wieder säumen Tausende von Menschen die Straße zum Golestanpalast. Es schneit noch immer. Alle winken. Die wichtigsten persischen Zeitungen, mit *Kayhan* an der Spitze, huldigen Norwegen. Nun muss eine fruchtbare Zusammenarbeit beider Länder in die Wege geleitet werden. Norwegen hat es geschafft, seine Wasserfälle zu nutzen, und es hat sein Eisenbahnnetz trotz hoher Berge und tiefer Fjorde auf bewundernswerte Weise ausgebaut. Auch der Iran ist ein Gebirgsland.

Vielleicht kann Norwegen zum Kampf gegen die iranischen Salzwüsten nicht viel beitragen, aber wenn es um die gewaltigen Fischmengen im Persischen Golf geht, müssten die beiden Länder zusammenarbeiten können. Der Fisch kann von ebenso großem Wert sein wie die unterirdischen Ölvorkommen.

66

Zu Hause in Norwegen ist das Interesse an König Olavs Besuch riesig. Mads und ich haben viel zu besprechen, als wir da an der Haltestelle Smestad stehen und in der eiskalten Januardunkelheit frieren. Wir leben uns in die Situation von Kapitän Giørtz ein, als der Schneesturm losbricht und er wenden muss. Wir haben auch Farah Diba nicht vergessen. Wir hören zu gern, dass Norwegen mit im Spiel ist. Der amerikanische Fernsehmoderator David Susskind interviewt die SAS-Stewardess Turid Stav aus Stjørdal in einer zwei Stunden langen Fernsehsendung. Der Moderator möchte über Romantik in der Luft und über Flugangst sprechen. Werden Stav von Fluggästen Angebote gemacht? Ja, auf jeder Reise. Aber sie ist mit einem Militärflieger in Nordnorwegen verheiratet. Sie ist zwar in Kopenhagen stationiert, aber es kommt nicht in Frage, den Abend mit einem anderen Mann zu verbringen. Sie möchte auch noch betonen, dass die Arbeit einer Stewardess härter ist, als viele sich das vorstellen.

Als der Samstag kommt, kaufen wir *VG*. Diese Zeitung bringt ab und zu Bilder von jungen Mädchen. Das gefällt uns. Sie brauchen nicht einmal Filmstars zu sein. Aber am Samstag, dem 9. Januar 1965, macht *VG* sich Sorgen um König Olav. »Bezahlen wir den König zu schlecht?«, lautet eine Überschrift in der Zeitung. Aber die Schlagzeile auf der Titelseite bringt bereits das Fazit: »Der König verdient zu wenig!« Der unsignierte Artikel stammt von einem Journalisten, der mit König Olav in Teheran war. »Wenn der König von Norwegen Staatsbesuche bei fremden Fürsten macht, reist er nämlich nicht mit einem eigenen Flugzeug oder einer Chartermaschine, sondern mit einem normalen Passagierflugzeug – einer Sondermaschine zwar, aber dennoch …« Mads liest mir in der Winterdunkelheit vor: »König Olavs Apanage, die im vergangenen Jahr 1,5 Millionen Kronen betrug, wurde im neuesten Haushaltsplan auf 1,7 Millionen angehoben. Der Kronprinz erhält 100 000. Aber sie haben hohe Ausgaben, höhere, als den meisten von uns bewusst ist, und es ist eine Tatsache, dass beide jedes Jahr tief in die eigene Tasche greifen müssen, um alle Kosten zu decken.« Mads schaut zu mir hoch, um zu sehen, wo ich stehe. Ich entscheide mich für ein besorgtes Gesicht, und er liest weiter: »Mehrmals pro Jahr bittet der König zu Festmahlzeiten im Schloss, oft für mehrere hundert Personen auf einmal. Dazu kommen kleinere Gesellschaften zu Mittag und zu Abend. Das alles kostet.«

Wir nicken beide.

»Vater ist Republikaner«, sage ich.

»Ein echter Kommunist«, sagt Mads beifällig.

»Aber wir mögen unseren König doch.«

»Ja, das ist ja gerade das Problem.«

Sowie der König mit seinem Gefolge im Golestanpalast eingetroffen ist, dem ältesten Baudenkmal in Teheran, errichtet unter Tahmasp aus der Safawiden-Dynastie im 16. Jahrhundert, mit den Marmorterrassen Takht e Marmar und Khalvate Karimkhani und den vielen Kunstschätzen von Negarkhaneh, setzt er sich mit den Norwegern zum Mittagessen hin. Es ist mitten im Fastenmonat Ramadan, und kein guter Mohammedaner isst vor Sonnenuntergang etwas. Aber als die Sonne über Wolken und Schneestürmen untergegangen ist, beginnt das große Staatsbankett. Endlich hält König Olav seine große Rede: »Die geographische Entfernung zwischen unseren Ländern hat einen engeren Kontakt verhindert, aber das bedeutet nicht, dass wir einander fremd wären. Unsere Handelsbeziehungen reichen weit in die Geschichte zurück. Unsere Schiffe sind oft in iranischen Häfen zu Gast, und norwegische Wissenschaftler hegen ein ausgeprägtes

Interesse an Geschichte, Sprache und Kultur des Iran. Die Zukunft aller Nationen hängt ab davon, ob die Bemühungen, die angestellt werden, um den Weltfrieden zu schaffen und zu sichern, gelingen oder scheitern. Norwegens geographische Lage an sich reicht schon als Erklärung, warum die Bewahrung des Friedens zwischen Ost und West von allergrößter Bedeutung für uns ist, und auch Irans Lage zwischen Orient und Okzident ist ein starkes Motiv für die iranischen Anstrengungen, den Frieden zu bewahren.«

»Der König ist ein rhetorisches Talent«, sagt Mads beifällig.

»Ich weiß nicht, was rhetorisch bedeutet«, sage ich.

»Das bedeutet, dass man reden kann, Ketil. Dass man wie ein Wasserfall reden kann, dass man sogar puren Blödsinn sagen kann, und dass es doch klug und vernünftig klingt.«

»Ach«, sage ich. »Ich interessiere mich ja eher für Liv Glaser. Sie sollte doch Grieg spielen. Steht da etwas darüber, was sie gespielt hat? Wie sie angezogen war? Wie sie aussah?«

»Da steht nichts über Liv Glaser«, sagt Mads und wirft noch einmal einen Blick in die aufgeschlagene Zeitung, er ist meinetwegen enttäuscht.

Aber im Fernsehen sehe ich sie an diesem Abend. Meine Güte, was ist sie hübsch! Wie ein französischer oder schwedischer Filmstar. Ich seufze lautlos, als ich ihre blitzschnellen Finger über die Tasten huschen sehe.

»Sie spielt auf den schwarzen und auf den weißen Tasten«, sagt Tormod ironisch.

»Hör auf«, sage ich.

Ich weiß, warum er das sagt. Er findet, dass ich zu wenig übe. Er spielt rund um die Uhr Trompete. Er spielt Gitarre. Und er spielt besser Klavier als ich. Ich kann nicht sagen, wie nervend das ist. Er müsste sich schämen. Kleine Brüder können in dieser Hinsicht empfindlich sein.

Aber bei Amalie wächst mein Selbstgefühl. Sie bringt mich immer dazu, mich in meinem eigenen Leben am richtigen Platz zu fühlen. Zugleich bringt sie mich dazu, mich nach mehr zu sehnen, nach etwas, nach dem ich mich strecken kann. »Vielleicht solltest du mehr Mozart spielen«, sagt sie. Dann spiele ich natürlich mehr Mozart. Sie wählt ihre Standpunkte immer sehr sorgfältig aus. Wir sprechen über Liv Glaser. Das große Talent. Noch ist sie sehr jung, auch wenn sie bald dreißig wird. Amalie hat mich offenbar durchschaut. Weiß, wie fasziniert ich von Liv Glaser bin.

»Sie hat alles richtig gemacht«, sagt Amalie mit einem Lächeln.

»Ja und?«

»Du solltest es vielleicht auch richtig machen«, sagt sie.

Worauf will sie hinaus? Ich murmle etwas und starre in meine Teetasse.

»Im Herbst gibt es einen Wettbewerb«, sagt Amalie. »Er heißt Jugendlicher Pianomeister. Ich finde, da solltest du mitmachen.«

»Warum?«

»Weil du gewinnen kannst.«

»Ich will nicht gewinnen. Außerdem bin ich nicht gut genug.«

»Vielleicht merkst du das selbst nicht, aber du bist in letzter Zeit wirklich viel besser geworden.«

»Ach?«

»Ja. Das kann doch ein Ziel sein, nach dem du dich strecken kannst.«

»Werden da viele mitmachen?«

»Sehr viele.«

»Auch Mädchen?«

»Natürlich.«

Sie lächelt vielsagend. Ich denke an Liv Glaser. Vielleicht gibt es jüngere, die ebenso hübsch sind. Eine wie Leah oder Katja. Elin …

»Aber ich will nicht gewinnen«, sage ich.

»Gewinnen ist nicht das Wichtigste«, sagt sie.

»Ich will Fünfter werden«, sage ich.

»Na gut«, sagt sie. »Das werden wir schon schaffen.«

67

Am nächsten Tag reist König Olav weiter nach Thailand. Hier wird er von seinen alten Freunden König Bhumibol und Königin Sirikit empfangen im »Land des Lächelns«. Es gibt eine Operette, die so heißt. Mutter summt oft eine der Melodien daraus. Bangkok ist in rot, weiß, blau geschmückt. Wieder stehen Tausende von Menschen an der Straße, und wieder wird König Olav ein goldener Schlüssel überreicht, den er benutzen kann, wenn er Bangkok aufschließen möchte. Und man weiß ja nie, auf welche Ideen so ein echter König kommt. Der König wird an der Thammasat-Universität zum Ehrendoktor der Staatswissenschaft ernannt werden, und danach wird er die norwegische Shippingfirma Thoresen & Co besuchen, ehe er sich in den Mariners Club begibt und die Seeleute auf dem Wilhelmsen-Schiff Toreador begrüßt. Am folgenden Tag werden er und sein Gefolge nordwärts nach Chiang Mai fahren, wo der Staatsbesuch dann zum Abschluss gebracht wird.

Der Junge im Parksvingen liegt auf dem Sofa und liest über das alles. Wenn er an seine Kindheit zurückdenkt, erinnert er sich an die Gedanken über alle anderen. Die Gedanken über Natalie Wood, Doris Day, Margarete Robsahm, Leah, Katja, Elin, Synne Skouen, Liv Glaser. Er denkt ernsthaft darüber nach, was Amalie zu ihm gesagt hat: dass er bei dem Pianowettbewerb mitmachen soll. Okay, denkt er, von mir aus, vor allem, weil es ihn nicht so viel kostet, zu verlieren. Zu verlieren müsste ein Ziel an sich sein. Immer den fünften Platz anzustreben. Das ist weder beeindruckend noch ein Grund zur Kritik.

Auf dem Sofa liegen, ab und zu Knäckebrot mit Erdnussbutter essen, Salami mit Mayonnaise, italienischen Salat, köstliche fette Fleischwurst, Maarud-Kartoffelchips, die er heimlich kauft, ein wenig Klavier spielen, wenn niemand zu Hause ist. Aber nun kommt der Vater zur Tür herein mit dem ernsten Gesicht, das andeutet, dass er entweder bei Ulf war oder dass etwas Weltbewegendes geschehen ist.

Letzteres. Churchill ist tot.

Winston Leonard Spencer Churchill. 90 Jahre alt. Der Junge aus dem Blenheim Palace. Der Vater hat aus der Stadt mehrere Zeitungen mitgebracht. Er setzt sich an den Küchentisch, vergisst, den Mantel auszuziehen, wie üblich.

»Wir haben ihm für alles zu danken.«

Die Mutter kommt aus der Waschküche hoch.

»Was ist denn jetzt schon wieder?«

»Churchill«, sagt der Vater, bewegt. Aber er weint nicht.

Die Mutter nickt. »Ja, der war wirklich ein Kerl.«

Aus dem Zimmer des Bruders im Untergeschoss ist leise Popmusik aus dem Kofferradio zu hören. Die Mutter kann das nicht ausstehen.

»Tormod, komm jetzt her!«

Der Bruder kommt. Er steht auf der Treppe und blickt die Eltern verwirrt an.

»Churchill ist tot.«

»Ach. Na dann.«

Sie setzen sich an den Küchentisch, allesamt. Nichts ist schwerer, als sich nach einem friedlichen Nachmittag vom Sofa zu erheben. Dann wiegt sein Körper mehrere Tonnen.

Aber wenn es um Churchill geht, bleibt ihm nichts anderes übrig.

Der jüngere Sohn des Hauses begreift, dass die Eltern nun ihre eigene Jugend begraben müssen. Churchill, der sie gerettet hat. Der den Krieg beenden konnte, zusammen mit den Amerikanern. Er sieht die Eltern bekümmert am Küchentisch sitzen und an diesen Mann denken, zu dem der Sohn nur eine vage Beziehung hat, so ähnlich wie zum Papst. An diesem Nachmittag redet niemand über Churchills Glauben an ethnische Säuberung: »Deportation ist die Methode, die, so weit wir sehen können, die befriedigendste und dauerhafteste sein wird. Es wird keine Mischung von Bevölkerungsgruppen mehr geben, die unendliche Mengen von Problemen mit sich bringt …« Stattdessen denken sie an den Krieg, die beiden Elternteile. Sie sprechen über Episoden, die sie erlebt haben, die bekannte von den Deutschen, die auf Mutter und Großmutter geschossen haben, als sie bei Fredrikstad über ein Feld liefen. Der Vater, der erlebt hat, dass die Brücke von Sarpsborg beinah gesprengt worden wäre, während er selbst darüber rannte. Die persönlichen Erinnerungen, die mit den großen Taten des Staatsmannes verbunden sind. Außerdem, dachte der Sohn, hatte Churchill Ähnlichkeit mit der Familie der Mutter. Er sah aus wie einer dieser zigarrerauchenden und alkoholfrohen Großonkel. Ein echter Lebemann. Sogar bis in den Parksvingen in Bærum waren Gerüchte vorgedrungen, denen zufolge Churchill sehr viel Whisky getrunken hatte. Oder Portwein? Er konnte sich nicht richtig erinnern, und es war ja wohl auch egal. Er saß da und hörte die Eltern reden, während er diesen großen Churchill mit der schwarzen Fliege vor sich sah, genau wie Onkel Aage. Und in diesem Moment ging ihm auf, dass man Erfolg haben kann, auch wenn man fett ist. Niemand war fetter als Churchill, aber jetzt würde doch die ganze Welt um ihn trauern. König Olav musste direkt vom Opiumdreieck in Nord-Thailand zu seinen alten Verwandten im britischen Königshaus reisen. Churchill wurde geachtet, auch wenn er offenbar dreimal so viel trank wie die Jungs im Postkafe in der Dronningensgate. Konnte das möglich sein? Ja, sicher. Churchills Tod versetzte eine ganze Welt in Trauer. Der Sohn im Parksvingen saß still da und hörte dem Gespräch der Eltern zu, und dabei dachte er, er sollte es sich vielleicht zum Ziel setzen, noch fetter zu werden, und vielleicht auch anfangen, Alkohol zu trinken und Zigarre zu rauchen. Ja, Churchill sollte sein großes Vorbild sein. Der Bjørnstad-Junge wollte aussehen wie er! Er wollte zu den groteskesten Umfängen anschwellen und damit jeden Flügel, an den er sich setzte, in ein Liliputinstrument verwandeln, so eins, wie das von Schroeder in den *Peanuts*.

Aber an diesem Tag ist für solche Phantasien am Küchentisch gewissermaßen kein Platz. Churchills Tod ist mehr als der Tod irgendeines Menschen. Ein Stück Europa stürzt ein. Der Vater sitzt da mit seinem Zahnstocher, wie üblich, vergisst aber, sich zwischen den Zähnen zu stochern. Stattdessen predigt er: »Niemand ist eine Insel ganz für sich allein. Jedermann ist ein Stück des Kontinents, ein Teil des festen Landes. Wäscht das Meer eine Scholle fort, wird ganz Europa ärmer, so, als ob eine Landzunge verschlungen würde oder ein Schloss, das deinen Freunden gehört oder dir. Und deshalb verlange nie zu wissen, wem die Stunde schlägt. Sie schlägt immer für dich selbst. Jedermanns Tod macht mich ärmer, denn ich bin hineinverstrickt in die Menschenwelt.«*

»Meine Güte«, sagt die Mutter, fast ein wenig bewegt. »Ist das nicht von Hemingway?«

»Das ist von John Donne«, sagt der Vater.

»War Churchill wirklich so groß?«, fragt der Sohn. Es beeindruckt ihn, was sein Vater alles auswendig weiß.

»Ohne Churchill hätte vielleicht Hitler gewonnen«, sagt der Vater.

Der Sohn schämt sich. Mads und er, die auf dem Bahnsteig von Smestad herumtoben und Hitler spielen. Ihm geht auf, dass sie damit vielleicht aufhören sollten. Noch ein bisschen erwachsener werden, trotz allem.

»Denk daran, dass Churchill sich für die Idee einer Weltregierung eingesetzt hat.«

»Und ich dachte, du bist gegen die EWG«, sagt die Mutter und neckt ihn ein wenig.

»Vielleicht bin ich das nicht mehr. Es gibt jetzt zu viel Krieg. Zu viele Interessenkonflikte. Seht euch nur Vietnam an. Hört, was Churchill gesagt hat.«

Der Vater liest aus *Dagbladet* vor:

»Wenn keine durchsetzungsfähige Weltregierung eingesetzt werden kann, deren Ziel es ist, Kriege zu verhindern, sind die Aussichten für Frieden und menschlichen Fortschritt finster. Wenn es sich als möglich herausstellt, eine Weltorganisation von unwiderstehlicher

Stärke und unverbrüchlicher Autorität zu errichten, mit dem Ziel, den Frieden zu sichern, dann gibt es keine Grenzen für die Wohltaten, auf die wir uns alle freuen können.«

»Bewahre.« Das sagt diesmal der Sohn.

»Ja, Gott bewahre uns alle.«

Der ehemalige Gestapochef von Norwegen wird festgenommen. Hellmuth Reinhardt hat zwanzig Jahre lang unter seinem früheren Namen, Helmut Patzschke, ein ehrbares Leben als Anwalt in Baden-Baden geführt. Das beschäftigt Mads ganz besonders.

»Der Mann hat doch in der Victoria terrasse Gefangene gefoltert!«

»Da hat mein Vater ja sein Büro«, sage ich begeistert. »Jedenfalls gleich um die Ecke. Neben dem Rohkostrestaurant.«

»Ja, genau. Und jetzt wird von dort aus über ihn ermittelt. Er hat im Krieg norwegische Juden deportieren lassen. Wusstest du das?«

Es läuft mir eiskalt den Rücken hinunter. Abel hat darüber gesprochen. Das riesige Schiff. Donau. Dieser Name strahlt Frost aus. Ein Fluss. Es war eiskalt im November, als die vielen Menschen, zu denen Abel und durch ihn Leah hätten gehören können, auf dem Schiff saßen, nachdem sie von Oslos gehorsamen Taxifahrern geholt und zu dem grauenhaften Schiff gebracht worden waren, das im Hafen von Oslo am Amerikakai lag. 532 Juden wurden in die deutschen Konzentrationslager deportiert, und dort wurden sie wenige Tage später vergast. Nur neun kehrten zurück. Die Donau wurde während des gesamten Krieges zum Transport von deutschen Truppen von und nach Norwegen eingesetzt. Die Donau war das Schiff des Bösen, hatte Abel einmal gesagt. Ursprünglich ein Kriegsschiff, danach umgebaut zum Begleitschiff für U-Boote, um dann zu Kriegsbeginn zu allem Möglichen benutzt zu werden. Sie transportierte Verletzte und Rekonvaleszenten aus der 6. Armee, die aus Stalingrad ausgeflogen worden waren. Dann fuhr sie zurück nach Norwegen, mit ausgeruhten Truppen, die an der Ostfront kämpfen wollten. Auf dem Rückweg dann wiederum hatte die Donau russische Kriegsgefangene an Bord, die in Norwegen Bunker bauen sollten.

Der Krieg taucht in seinem Kopf auf, wenn er von diesen Ereignissen hört. Einmal war das alles so lange her. Jetzt scheint es viel näher zu sein. Wenn die Eltern über die vierziger Jahre sprechen, ist es, als sei das alles erst vor fünf Jahren passiert. Diese Menschen, deren Namen er weiß. Er hat vom D-Day gehört. Er weiß über Nürnberg, Stalingrad, Auschwitz, Bergen-Belsen, Dachau, Göring, Goebbels, Hess. Ja, als ob der große Krieg, der Zweite Weltkrieg, ihn jetzt einholt, wie er nachts manchmal träumt, wenn jemand versucht, ihn einzuholen, während er durch unwegsames und schweres Terrain läuft, wie durch ein nasses Moor, seine Beine verwandeln sich zu Blei. Warum träumt er diese Träume? Wovor fürchtet er sich? Die Albträume werden schlimmer, als er begreift, dass die Lage in Vietnam immer unmöglicher wird. Der Vater kommt jeden Nachmittag nach Hause und schüttelt den Kopf, während er auf die Zeitungsüberschriften zeigt. »Das kann nicht gutgehen, Jungs. Alles, wofür wir gekämpft haben, wird sich als vergebens herausstellen.«

Dann wissen weder der jüngere Sohn des Hauses noch sein Bruder, wie sie den Vater trösten sollen. Er ist keiner, der sehr viel Trost braucht. Er kann fast alles ertragen. Aber als der Sohn liest, dass Malcolm X auf offener Straße in Harlem, New York, erschossen worden ist, denkt er, dass die Welt der Erwachsenen eine schwierige Welt ist.

* (Übersetzung von John Donnes Gedicht: Johannes Mario Simmel. In: *Zweiundzwanzig Zentimeter Zärtlichkeit und andere Geschichten*. Droemer Knaur 1979.)

68

Es ist der 4. Februar 1965, um 7.30 Uhr morgens, als der neunzehn Jahre alte Schüler Lasse Birkeland sich auf seinen täglichen Weg vom Gustav Vigelands vei durch den Thunes vei hinunter zum Drammens vei und weiter in Richtung Stadt macht. In der Nacht hat es geschneit. Dicker, tiefer Februarschnee, der das Gehen mühsam macht. Deshalb tritt er in die Reifenspuren eines Autos, bis ein Mann, der älter ist als er, ihm in dieser Spur entgegenkommt. Der Junge weicht aus und geht zu dem Maschendrahtzaun hinter den parkenden Autos, passiert zwei Arbeiter, die mit irgendetwas beschäftigt sind, wohl mit dem Gully. Er spürt, dass einer seiner Füße eine dünne Schnur berührt. Die ist an einer Stoßstange befestigt und zieht sich zu einem der Zäune hin. Birkeland denkt nicht weiter darüber nach und geht weiter. Er will nicht zu spät zur ersten Stunde kommen. Nach wenigen Sekunden hört er einen gewaltigen Knall. Er spürt den Luftdruck und denkt, dass es sich um Dynamit gehandelt haben muss. Die beiden Arbeiter kommen angelaufen, um ihm zu helfen, aber Birkeland glaubt, dass sie etwas gesprengt haben, und ruft wütend, sie müssten vorsichtiger sein. Dann geht er weiter zum Handelsgymnasium.

Als er auf dem Schulhof steht und über den Zwischenfall nachdenkt, spürte er plötzlich in seinem Rücken etwas Feuchtes. Er schiebt die Hand unter seinen Hosenbund und berührt etwas Nasses. Zuerst begreift er nicht, was das sein kann, aber als er die Hand wieder hervorzieht, ist sie rot vor Blut. Er geht zu einem Lehrer und zeigt seine Hand. Der Lehrer schickt ihn zum Rotkreuz-Zentrum in der Frederik

Stanges gate. Dort entdecken die Ärzte mehrere Verletzungen, wie sie bei Sprengstoffunfällen häufig auftreten. Aber da Birkeland noch immer glaubt, dass die beiden Arbeiter die Explosion verursacht haben, melden die beiden Ärzte den Vorfall nicht der Polizei. Erst einige Stunden darauf wird Birkeland zum Rektor gerufen.

Dort sitzen zwei Männer mit ernsten Gesichtern. Sie stellen sich als Kriminalbeamte vor.

Birkeland begreift nicht sofort, dass er nun vernommen wird. Er wird gefragt, ob er früher an diesem Tag etwas weggeworfen habe.

»Nein, was sollte das denn gewesen sein?«

»Eine Handgranate.«

Im Laufe dieses Tages machen sich die Ermittler ein Bild des möglichen Vorgangs. Die Granate lag halb versteckt unter einem Zaun in einer kleinen Mulde. Wenn sie auf dem Bürgersteig gelegen hätte, hätte Birkeland nicht überlebt. Der Täter hat offenbar den Sicherungsstift aus der lebensgefährlichen Waffe entfernt, ehe er mit Klebeband und einem Stück Papier einen Aluminiumdraht am Auslösemechanismus befestigte. Dann hat er den Draht über den Bürgersteig zum nächststehenden Auto gespannt. Die Operation war riskant, auch für den Täter. Offenbar sollte ein Autofahrer die Tür öffnen und den Mechanismus auslösen. Dann hätte es nur fünf Sekunden bis zur Explosion gedauert, und jemand, der auf dem Bürgersteig stand, wäre aller Wahrscheinlichkeit nach ums Leben gekommen. Ein Glück für Birkeland, dass er weitergegangen war.

Die nächste Explosion folgt um 23.40 Uhr am selben Abend in Iladalen, zwischen Uelandsgate und Collettsgate. Die Granate ist im Gebüsch versteckt. Ein Fünfundzwanzigjähriger nähert sich, merkt aber nicht, dass er einen Aluminiumdraht berührt und fünf Sekunden darauf eine Granatenexplosion auslöst. Erst, als er nach Hause kommt, sieht sein Vater, dass er eine zwölf Zentimeter lange Wunde am Hinterkopf hat. Keiner der beiden weiß etwas von der früheren Explosion an diesem Tag.

Eine Woche später bringt *VG* die beiden Ereignisse miteinander in Verbindung.

Der *Granatenmann* wird zum Begriff.

Die Polizei befürchtet, hier sei ein Serienmörder am Werk.

Am 22. Februar ist es zum dritten Mal so weit. Eine Frau aus Vinderen verlässt ihr Haus im Svalbardvei und findet auf dem Bürgersteig eine Schnur. Sie ruft einem Passanten zu, dass sie nicht wagt, ihr Tor zu öffnen. Könnte er wohl nachsehen, wohin die Schnur führt? Der Passant schaut an der Schnur entlang und stellt fest, dass sie an einer Granate befestigt ist.

Im Laufe des Februars sind im Hauptquartier der Kriminalpolizei in der Victoria terrasse über tausend Hinweise eingegangen. Die ganze Stadt ist in Alarmbereitschaft versetzt.

»Das gefällt mir überhaupt nicht«, sagt die Mutter. »Ihr müsst mir versprechen, gut aufzupassen, meine Jungs.«

»Pass du auf dich selbst auf«, sagt der Bruder.

Aber jetzt hat die Polizei eine Granate. Sie hat eine Seriennummer. Sie hat begriffen, wie der Granatenmann seine Fallen anlegt. Sie entwickelt die ersten Theorien darüber, aus welchem Milieu der Täter wohl stammt.

Der Sohn des Hauses registriert, dass der Blick des Vaters in diesen Tagen noch abwesender ist als sonst. Und das steigert sich noch, als zwei fünfzehn Jahre alte Jungen am 5. März um 21.30 Uhr den schmalen dunklen Weg vom Glads vei zum Kapellvei in Grefsen hinuntergehen. Direkt vor ihnen läuft die Samojede Pekantue-Hündin, und sie ist läufig, aber nicht angeleint. Sie sehen einen Mann mit Hut und Mantel, der ihnen auf dem steilen Weg entgegenkommt. Als sie ihn nach der Uhrzeit fragen, gibt er keine Antwort und wendet sich ab. Der Samojede läuft schneller, und die beiden Jungen, Jan Ulvin und Tore Kopseng, rennen hinterher. Jan Ulvin bemerkt, dass er eine Schnur streift. Nach den vielen Zeitungsartikeln der letzten Wochen steigert er nun sein Tempo. Einige Sekunden später verursacht die Explosion eine Druckwelle, die die Jungen vornüberschleudert. Sie spüren, wie die Granatsplitter von hinten kommen und dicht über ihre Köpfe fliegen. Wenn der Hund die Explosion ausgelöst hätte, wären sie von den Splittern im Gesicht getroffen worden.

Ein Mann zwischen dreißig und vierzig, in Hut und Mantel.

Der Blick des Vaters wird noch abwesender.

In Radio, Fernsehen und Presse explodiert die Hysterie. Weiterhin strömen Hinweise ein. Aber Kommissar Reidar Bjørn-Larsen, auch »Strich« genannt, hat zusammen mit seinen Kollegen die Theorie, dass der Granatenmann einen militärischen Hintergrund hat.

An Hinweisen aus der Öffentlichkeit fehlt es nicht. Der Täter soll ein Polizist sein. Ein Arzt. Der beliebte Schauspieler Odd Berg. Oder auch …

Am 1. April um 7.00 Uhr finden zwei Angestellte der Stadtreinigung in der Nähe des Colosseum Kinos zwei in Zeitungspapier eingewickelte Handgranaten. Sie waren offenbar mit Messingdraht am Vorderreifen eines Autos befestigt. Entweder wurde der Draht abgerissen, ohne die Explosion auszulösen, oder der Granatenmann wurde beim Anbringen der Sprengladung gestört.

Der Vater kann nicht mehr. Am nächsten Tag sagt er beim Abendessen zu Hause im Parksvingen:

»Ich weiß, wer der Granatenmann ist.«

Die beiden Söhne sehen, dass die Eltern offenbar miteinander geredet haben, denn die Mutter wirkt überhaupt nicht überrascht. Der jüngere Sohn bemerkt noch dazu, dass der Bruder unruhig auf seinem Stuhl hin und her rutscht.

»Und wer ist es also?«, fragt er.

»Danielsen«, sagt der Vater, graubleich im Gesicht.

Danielsen. Der seltsame Mann, dem sie ab und zu im Büro des Vaters begegnet sind. Er war auch einige Male bei ihnen zu Hause. Ein grauer, höflicher Mann in Hut und Mantel. Er wirkte immer so traurig und zerbrechlich. Einmal hatte der Sohn den Vater gefragt, ob mit Danielsen etwas nicht in Ordnung sei.

»Nein, absolut nicht«, hatte der Vater gesagt. »Aber er ist anders.«

»Wieso denn anders?«

Der Sohn sah, dass dem Vater das Thema peinlich war.

»So schwer ist das doch nicht, Per«, sagt die Mutter. Und mit einem Blick zu den Söhnen: »Danielsen mag Männer.«

Männer mögen doch alle, überlegt der jüngere Sohn. Und alle mögen doch auch Frauen. Syver hat zwar einige Male das Wort Homo benutzt, aber er begreift nicht, was das bedeutet. Sind das Männer, die sich besonders für Sex interessieren? Selbst Mads ist unsicher. Er weiß alles über Politik, aber nichts über Homos.

»Ist Danielsen Homo?«, fragt der Bruder.

Der Vater atmet erleichtert auf. »Ja, Tormod«, sagt er.

»Muss er deshalb der Granatenmann sein?«, fragt der jüngere Bruder.

»Nein und abermals nein«, sagt der Vater. »Das ist etwas ganz anderes.«

»Danielsen hat sich eurem Papa anvertraut«, sagt die Mutter. Sie merkt, dass ihr Ehemann sich gar nicht wohl in seiner Haut fühlt. »Er hat es im Leben nicht leicht gehabt. Und weil er zu Per bestimmte Dinge gesagt hat, muss der ihn jetzt bei der Polizei melden.«

»Ihn denunzieren?«, fragt der jüngere Sohn.

»Benutz dieses Wort nicht«, sagt der Vater. Er wirkt kleinlaut, hilflos. Obwohl er einen Entschluss gefasst hat.

»Willst du jetzt die Polizei anrufen?«, fragt Tormod.

»Mir bleibt wohl nichts anderes übrig«, sagt der Vater.

Der jüngere Sohn lässt ihn nicht aus den Augen, als er zu dem großen grauen Telefon hinübergeht, das in der Ecke des Esszimmers steht. Auf dem kleinen Tisch mit dem alten Sessel der Großmutter in Fredrikstad. Wo er abends so oft sitzt und mit seinen Kollegen beim Technischen Wochenblatt spricht, mit der Druckerei und anderen, die mit dem Ingenieursverlag zu tun haben. Seinem großen Projekt. Jetzt wählt er die kurze Nummer der Polizei.

»Nicht zuhören, Jungs«, bittet er und wendet sich ab. Redet leise in die Sprechmuschel.

»Warum hat er das nicht vom Büro aus gemacht?«, fragt der jüngere Sohn.

»Er hat sich erst heute Nachmittag entschieden«, sagt die Mutter. »Sowas tut doch niemand gern. Aber manchmal muss es eben sein.«

»Glaubst du, dass es Danielsen ist?«

»Ich weiß nicht. Aber er hat in letzter Zeit offenbar sehr viele seltsame Dinge gesagt und getan. Bei ihm stimmt etwas nicht.«

Die Mutter weint. »Aber gerade Danielsen, der so lieb ist! Und so allein auf der Welt!«

»Kommt er jetzt ins Gefängnis?«

»Vermutlich.«

»Dann muss er vielleicht lange sitzen«, sagt der Bruder.

»Ja. Aber noch hat er es nicht geschafft, jemanden umzubringen. Deshalb muss Vater jetzt anrufen. Es kommt auf jede Minute an.«

69

In Vietnam toben heftige Gefechte. Die Amerikaner setzen jetzt brennendes Napalm ein, wenn sie den Norden des Landes bombardieren. Überall auf der Welt kommt es zu Protesten. Es ist die *Operation rollender Donner.* Präsident Johnson hofft, dass amerikanische Bomber die Möglichkeiten der Kommunisten zum Kriegführen schnell vernichten werden. Auf diese Weise soll verhindert werden, dass zu viele amerikanische Leben verloren gehen. Der amerikanische Offizier Curtis LeMay, der auch Johnsons Erklärung, »Wir werden sie in die Steinzeit zurück bombardieren«, wiederholt, erklärt, die Vietnamesen sollten »die Hörner einziehen und die Aggression beenden«. Die Zerstörungen sind von gewaltigem Ausmaß. Tausende von Vietnamesen werden getötet. Das Land ist den Bomben aber doch nicht so preisgegeben, wie die Amerikaner gehofft hatten. Obwohl Vietnam technologisch nicht entwickelt ist, ist die Bevölkerung nicht primitiv, wie die Amerikaner geglaubt haben. Das Land setzt auf Landwirtschaft mit einfachen Transportwegen. Bei den Bombardierungen gehen keine riesigen Industrieanlagen verloren. Das meiste kann schnell wieder aufgebaut werden. Außerdem kommt Unterstützung aus China und der Sowjetunion. Kapitalisten helfen einander.

Kommunisten auch.

Svein Bruun kommt zu Besuch. Er hat sich ein Auto zugelegt. Es ist grün und überaus viereckig. Ein Hillman Minx. Bald ist Vater der

Einzige, der keinen Führerschein hat, er nimmt noch immer Fahrstunden bei Onkel Frithjof.

Ich freue mich immer, wenn Svein kommt. Er ist wie ein Onkel, obwohl wir ihn nicht Onkel Svein nennen. Aber er hat zwei Söhne, die wir fast als Vettern betrachten, und seine Frau kommt aus Heggernes in Valdres, gleich unterhalb der Hütte am Vinstervatn, die die ganze Bjørnstadfamilie liebt. Wir haben nicht genug Geld, um etwas zu mieten oder ins Hotel zu gehen.

Aber er ist nicht gekommen, um über die Hütte zu sprechen. Es geht um sein großes Lebensprojekt, die Sankt Johannesknaben. »Prost, Sankt Johannes«, sagt er, als er mit einem unsichtbaren Cognacglas in der Hand im Wohnzimmer sitzt. Es ist ein seltsamer Frühling. Die Polizei hat die Suche nach dem Granatenmann eingestellt. Es gab keine weiteren Explosionen oder Granaten. Keine Festnahmen. Nicht einmal Danielsen wurde verhaftet. Der Vater erwähnt das Thema in den ersten Wochen nach seinem Anruf bei der Polizei nicht wieder. Aber er wurde zu einer Vernehmung zur Victoria terrasse bestellt. Obwohl wir tagelang quengelten und Fragen stellten, wollte er nicht verraten, worüber er mit den Ermittlern gesprochen hatte.

Und Danielsen sahen wir nie wieder, weder im Haus der Ingenieure noch im Parksvingen.

Langsam geriet der Fall in Vergessenheit. Und die Bürger von Oslo starrten nicht mehr den Boden an, wenn sie spazieren gingen. Ich war so sicher gewesen, dass der Underhaugsvei der nächste Schauplatz sein würde. Diese enge, dunkle Straße, die zur Haltestelle Ringstabekk hinunterführt, schien für solche Greueltaten wie geschaffen. Die großen Bäume. Die Sträucher in den Gärten. Die soliden Zäune. Viele mögliche Verstecke.

»Es ist jetzt ein Knabenchor«, sagt Svein Bruun begeistert. Und ich spüre die Begeisterung meiner beiden Eltern. Sie bewundern alles, was dieser Freund sagt, meint und tut. Mutter hat auch im Chor gesungen, zuerst bei Urgroßvater in Fredrikstad, später bei Ludvig Nielsen, noch dazu im Nidarosdom in Trondheim. Ihr jubelnder Sopran, der am Ostermorgen immer zur vollen Blüte erwacht. An diesem Osterfest schien sie den Granatenmann aus unserem Leben hinauszusingen. »Ostermorgen löscht die Sorgen. Löscht die Sorgen auf ewige Zeit.«

»Ich will Tormod und Ketil in diesem Chor haben«, erklärt Svein Bruun.

»Ich spiele Klavier und bin in einer Blaskapelle«, sage ich eilig.

»Noch niemand hat dich solo singen hören«, sagt Svein allen Ernstes.

»Solo?«

»Ja, ich bin sicher, dass du ein wunderbarer Sopran bist. Und ich bin ebenso sicher, dass Tormod ein wohltönender Bass ist.«

Tormod, ja. In diesem Sommer wird er sechzehn. Ein Schicksal, schlimmer als der Tod. Bald wird die volle Brutalität des Erwachsenenlebens über ihn hereinbrechen. Er hat das sexuelle Mindestalter überschritten. Von nun an kann ihm alles passieren. Die verführerischsten Mädchen mit schändlichen Plänen. Höre ich mich jetzt neidisch an? Warum sollte ich neidisch sein?

Mutter sieht uns beide unsicher an. Sie weiß, dass wir viel zu tun haben. Aber sie hat Svein zu gern, um sich seinen Plänen zu widersetzen.

»Lass sie doch probesingen«, sagt Svein begeistert. »Ich kann dazu Klavier spielen.«

Tormod macht den Anfang. Svein Bruun hat einen der roten Bände von *Norwegens Melodien* herausgesucht, die Mutter immer im Notenstapel neben dem Klavier liegen hat. So oft, wie wir oben auf Bygdin gesungen haben, können wir fast jedes Lied.

»Wir nehmen *Sonntag der Sennerin*«, sagt Svein. »Das kannst du doch sicher, Tormod?«

Natürlich kann Tormod dieses Lied. Er ist so aufreizend tüchtig. Er kann sogar den Text auswendig. Fängt an zu singen, voller Gefühl, über dieses arme Mädchen oben in den Bergen, das sich so sehr nach einem gewissen Odd sehnt. Nun lächelt die ganze Familie, denn sie kann ja wohl nicht Onkel Odd aus Sarpsborg meinen? Nein, sie meint Odd unten im Tal, wenn sonntags zum Hochamt geläutet wird. Das Mädchen in diesem Text muss mindestens auf diese Schule in

Nadderud gehen, so bereitwillig, wie sie sich den kräftigen Burschen anbietet. Und mein Bruder lebt sich in ihr vieles Stöhnen und Seufzen hinein. Ich höre, dass es zum Glück nicht glaubwürdig klingt, weil er einen tiefen und maskulinen Bass hat. In dieser Stimme gibt es nichts von einer frühreifen Sennerin, nein. Da hätte er lieber Odds brünstige Geschichte singen sollen. Er singt so laut, dass die Wände im Parksvingen vor Rührung zittern. Svein sitzt am Klavier, bringt ab und zu seine Kommentare. Während mein Bruder sich durch alle Strophen hindurchsingt. Und danach rufen wir alle bravo. In dieser Familie feuern wir einander an. Das machen nicht alle. Wenn ich ein seltenes Mal einen Klassenkameraden zu Hause besuche, beobachte ich in regelmäßigen Abständen, dass es auch gemeine Eltern gibt. Mütter und Väter, die versuchen, ihre Kinder kleinzuhalten, die ihnen sagen, dass sie nicht genug können, nicht genug wollen, dass ihnen im Leben nichts gelingen wird und dass das ganz und gar ihre eigene Schuld ist. So ist es in unserer Familie nicht. Wir halten uns nicht für Genies, aber wir wollen, dass sich alle wohlfühlen. Wir verspotten Vater nicht, weil Danielsen nicht verhaftet worden ist. Wir wühlen nicht das unangenehme Ereignis im Auto wieder auf, als Vater seine zweite Fahrstunde hatte. Selbst, wenn Mutter und Vater sich fetzen, sind sie nicht gemein zueinander. Sie wollen sich nicht verletzen. Sie wollen nur verstanden werden. Und jetzt bekommt Tormod seinen Applaus.

»Ohne Tormod wird das kein Chor«, sagt Svein voller Überzeugung. »Es ist immer schwer, gute Bässe zu finden.«

Ich versuche, Tormods Blick zu lesen. Ist er jetzt in die Falle gegangen? Noch ein Wochentag voller Proben? Er ist ja noch immer bei Gjallarhorn. Ja, er ist sogar eine der Stützen dieser Kapelle. Einer von denen, die irgendwann eine erwachsene Brassband gründen werden. Jedenfalls hat Anton Fredrik Klavenes das vorgeschlagen.

»Ich singe gern bei den Sankt Johannesknaben«, sagte er ruhig.

Verräter! Verdammt! Zweimal verdammt! Dann habe ich keine Chance. Wenn ich nicht versuche, so schrecklich zu singen, wie ich nur kann. Das ist natürlich eine Möglichkeit. Knabenchor. Kein einziges Mädchen, das man ansehen könnte. Bei Gjallarhorn war es schon schlimm genug, ehe die Mädchen gekommen sind. Ich hasse Milieus, wo es nur Jungen gibt. Deshalb interessiere ich mich ja auch nicht für Fußball. Warum soll ich mir elf Exemplare meines eigenen Geschlechts ansehen, die auf einem Platz herumirren und einen Fehler nach dem anderen begehen, die angegriffen werden, denen jemand ein Bein stellt, auf deren Trikots die Spucke der anderen Jungen landet, die Rotz in der Nase haben, Schweißtropfen auf der Stirn, und die immer wieder das Tor verfehlen. Nein, verdammte Pest. Verglichen mit diesem Schreckensszenario, einem Ball hinterherlaufen zu müssen, ist der Knabenchor vielleicht der pure Segen. Denn nun bin ich an der Reihe. Es bleibt mir nicht erspart. Ich beiße in die Cremeschnitte, die Svein Bruun mitgebracht hat. Er isst genauso gern Kuchen wie Mutter. Wenn ich schon singen muss, brauche ich jedenfalls leckere Nahrung.

»Was soll ich denn singen?«, fragte ich mit Eiercreme im Mund.

»Sing etwas aus *Norwegens Melodien*«, befiehlt Svein.

»Na gut«, sage ich nach kurzem Zögern. »Ich nehme *Ich legte mein Ohr an der Quelle Rand.*«

»Hervorragend«, sagt Svein beifällig. »Halfdan Kjerulf in Hochform. Aber wo du doch so gut Klavier spielst, kannst du dich vielleicht selbst begleiten?«

»Nie im Leben«, wehre ich eilig ab. »Das schaffe ich nicht.«

»Na gut, dann helfe ich dir«, sagt Svein.

Aber ich will doch nicht! Ich setzte mich zur Wehr und merke, dass ich immer wütender werde. Sie versuchen, mich in die Falle zu locken. Auch wenn Mutter jedes Weihnachten den Knabenchor Sølvguttene hören muss, steht noch lange nicht fest, dass ihr jüngerer Sohn deshalb bei den Sankt Johannesknaben mitmachen soll. Aber dann singe ich, ich kann nicht dagegen an, sowie ich das Vorspiel höre, den wogenden, etwas trägen und langsamen Rhythmus, ehe die eigentliche Melodie einsetzt. Wie ist es möglich, so etwas zu schreiben? Die Musik erfasst mich, während ich merke, dass ich den Mund öffne. Ich singe über den Nöck. Über den Nöck weiß ich nur, dass er ein Wassermann ist und etwas mit Erotik zu tun hat, denn das hat Syver gesagt. Es ist nur ein so unsäglich trauriger Text. Dieser wehmütige Nachmittag mit seiner tiefen Sehnsucht. Aber wonach sehnt sich eigentlich dieses Ich im Lied? Vermutlich nach Sex. Aber das wagt der Autor nicht zu schreiben. Er schreibt nur, dass die Dämmerung über Berg und Wiese ruht und »die Münder aller Welt« verschließt. Dann summt der Nöck sein schönstes Lied. Seine Nacht ist lang. Er findet weder Rast noch Ruh. Ja, das gefällt mir!

»Kopfstimme«, ruft Svein Bruun vom Piano her. »Hol die Stimme bis hinter die Stirn, dann lege ich die Tonart noch höher.«

Die Autoritäten in meinem Leben. Denen ich nicht zu widersprechen wage. Was ist der gemein! Aber ich füge mich. Ich bin gehorsam wie ein Lamm und ebenso dumm. Ich habe es satt, mit meinem Fett der Abweichler in der Schule zu sein. Will nicht auch noch zu Hause ein Abweichler sein. Der, der keine Musik will. Wie würde das denn aussehen. Außerdem mag ich diesen Mann ja. Er ist ein Geschenk für diese seltsame Familie. Er verbreitet überall Freude.

In diesem Moment spüre ich, wie meine Stimme aus meinem Hals in meinen Kopf hüpft, wie Popcorn, wie ein Golfball. Rund und hart. Fast hätte es geknallt.

»Hört euch den Jungen an!«, ruft Svein begeistert und vergisst zu spielen. »Der behauptet, er könnte nicht singen? Hier haben wir den Sopransolisten der Zukunft!«

Oh nein, denke ich. Solist will ich auf keinen Fall sein. Zusätzliche Proben. Schwierig, sich vor den Konzerten zu drücken. Aber zugleich scheint mich der Golfball in meinem Kopf am Schädel zu kitzeln. Und ich muss noch lauter singen. Ich komme mir vor wie ein Idiot, aber sie wollen ja offenbar einen Idioten, so, wie sie hier um mich herumstehen, als wäre ich die entsetzliche Missgeburt im Zirkus. Ein Vorher/Nachher-Gefühl tritt ein. Plötzlich habe ich etwas begriffen, was ich einige Sekunden früher noch nicht begriffen hatte. Dass die Stimme im Kopf sitzen kann, wie ein Golfball herumzischen und Frequenzen zustandebringen, über die nur Vater mit seinem Ingenieurswissen etwas weiß. Es ist eine Berufung. Nicht meine Berufung, sondern die des Chorleiters Svein Bruun. Von jetzt an bin ich sein Werkzeug. Seine Stimme. Zusammen mit den anderen Stimmen, die ich bald kennenlernen werde. Oh verflixt. Wie soll das hier enden? Und was wird Amalie sagen? Und wann soll ich meine Matheaufgaben machen? Wann werde ich den Unterschied zwischen Ampere, Watt und Volt begreifen?

Svein Bruun scheint das egal zu sein. Er hat soeben für seinen frischgegründeten Chor zwei wehrlose, brave und ein wenig autoritätshörige Knaben erbeutet.

Ich bin nicht länger ein freier, selbstständiger und denkender Mensch, wie es Mads und viele andere aus meiner Klasse immer noch sind. Ich breche ebenfalls in Gesang aus. Genau wie Tante Svanhild. Ich zeige das Weiße im Augapfel, während sich meine Pupillen verdrehen. Ich bin zu einem Sankt Johannesknaben geworden.

70

Nachts träume ich vom Granatenmann. Ich weiß nicht, warum jetzt, wo die Ermittlungen eingestellt worden sind und ganz Oslo wieder zur Ruhe kommt. Aber als ich in diesem Haus an dem Morgen erwache, den der Traum erschaffen hat, sehe ich aus dem Fenster und entdecke einen dünnen Aluminiumdraht. Wo kommt der her? Wo führt er hin?

Die anderen sind noch nicht aufgestanden. Ich stürze aus meinem Zimmer zur Kellertür. Auch dort ist ein Draht. Ich renne die Treppe hoch und ins Wohnzimmer. Der Draht läuft über das große Fenster und die Terrassentür. Sogar die kleinen Fenster in der anderen Wand haben draußen einen Aluminiumdraht. Aber was ist mit den Fenstern im Esszimmer? Der Küche? Draht, auch dort. Nun ist nur noch die Diele übrig. Die Haustür. Jetzt renne ich nicht mehr. Jetzt habe ich Angst. Jetzt gehe ich mit langsamen Schritten durch den Gang, der immer dunkel ist, vielleicht, weil wir nie dazu gekommen sind, dort eine Lampe anzubringen. Ein Mangel, der auf Vaters Konto geht, und den Mutter in unfreundlichen Augenblicken immer wieder erwähnt, wenn Vater dort sitzt, Abend für Abend mit seinem Zahnstocher und *Dagbladet* liest, *Orientering* oder Ulfs Dokumente und Pamphlete. Ist auch vor die Tür ein Draht gespannt? Ich weiß es nicht. Die Tür hat kein durchsichtiges Glas. Ich versuche, die Nase an das Fensterchen auf der rechten Seite zu pressen, um zu sehen, ob ein Draht um das ganze Haus gespannt ist. Aber ich kann nicht an der ganzen Wand entlang sehen. Vielleicht verläuft dort ein Draht. Vielleicht auch nicht.

Ich sitze reglos und kalt unten im Keller und warte darauf, dass die anderen aufwachen. Ich hatte nicht gewusst, dass auch ein Haus schlafen kann, genau wie Menschen. Aber jetzt höre ich Vater schnarchen, fast kläffen. Und aus Tormods Zimmer höre ich gedämpfte Popmusik. Dieser Verräter! Sie rumoren dort, in den beiden Zimmern. Viele seltsame Geräusche. Dann kommen sie heraus, fast gleichzeitig, mit Schlafspuren in allen Gesichtsöffnungen, nichtsahnend auf dem Weg ins Badezimmer.

Da stehe ich, mitten im Raum, wie eine Salzsäule.

»Wir sind eingesperrt«, sage ich.

Sie starren mich zweifelnd an.

»Was ist das für ein Unsinn«, sagt Vater mit seiner neuen gebieterischen Chefredakteursstimme.

»Der Granatenmann hat uns eingesperrt. Seht selbst.«

Ich zeige auf die Kellertür. Der Aluminiumdreht funkelt in der Morgensonne wie Silber. Es ist fast schön.

Mutter erbleicht. »Das kann doch nicht sein«, sagt sie.

»Das ist durchaus möglich«, sagt Tormod. Er erfasst die Tatsachen immer als Erster.

»Seht euch die Fenster an! Jedes einzelne Fenster im ganzen Haus! Nur die Haustür und das Fensterchen daneben weisen offenbar keinen Draht auf. Aber die Haustür hat ja kein durchsichtiges Glas, und das Fensterchen ist so klein, da kann niemand von uns durchkriechen.«

»Alles klar«, sagt Vater mit starrem Gesicht.

»Wie entsetzlich«, sagt Mutter und presst sich die Hände an die Wangen wie auf dem berühmten Bild von Edvard Munch.

Langes Schweigen.

»Wir können ja erstmal ins Badezimmer gehen und uns waschen«, sagt Tormod.

Als alle der Reihe nach wieder aus dem Badezimmer gekommen sind, ziehen wir uns an, und dann stehen wir da und wechseln unschlüssige Blicke.

»Wir müssen jedenfalls zuerst frühstücken«, entscheidet Mutter.

»Ohne Brot und Wein, geht der Held bald ein«, sage ich beifällig, um die Stimmung ein wenig zu lockern, und weil ich selbst in seiner solchen Situation merke, dass ich Hunger habe.

Wir essen schweigend. Wir schauen den blanken Draht vor dem Küchenfenster an.

»Könnte es möglich sein«, sagt Vater leise.

»Aber das war doch wohl nicht Danielsen?«, fragt Tormod vorsichtig.

Vater schüttelt langsam den Kopf. »Nein, das war nicht Danielsen.«

»Was machen wir also?«, fragt Tormod. Er ist genauso ergebnisorientiert wie Vater.

»Nichts«, sagt Mutter. »Wir dürfen uns nicht in Gefahr begeben. Wir können einige Tage hier bleiben. Wir haben genug zu essen.«

Vater schüttelt den Kopf. »Natürlich müssen wir etwas machen. Sofort. Wir rufen die Polizei an.«

»Gute Idee, Vater.«

Er nimmt den Hörer von der Gabel, hält ihn sich ans Ohr.

»Kein Freizeichen«, sagt er. »Jemand hat die Leitung durchgeschnitten.«

Ich sehe Mutters Gesicht an. Sie scheint zu schrumpfen, immer kleiner zu werden. Bald kann ich sie mit einer Hand hochheben.

»Wer will uns das antun?«, fragt sie mit vagem Blick.

»Haben wir Strom?«, fragt Vater.

»Im Badezimmer war Strom«, sagt Tormod.

Vater drückt auf den Schalter des Wohnzimmerleuchters. Nichts.

»Sicher hat er auch die Stromleitung durchgeschnitten.«

»Bist du sicher, dass es ein Er war?«, fragt Mutter. »Warum sollte es keine Frau sein? Du kennst doch so viele. Diese Finnin zum Beispiel.«

»Alfhild!«

Ich halte mir die Ohren zu. Kann das jetzt nicht auch noch ertragen. Vielleicht haben wir ja alle nur noch wenige Minuten zu leben.

Aber als Mutter mich sieht mit den Händen an den Ohren, ist sie besänftigt.

»Das ist nicht so gefährlich, Ketil. Hab keine Angst.«

»Unsere einzige Möglichkeit ist die Haustür«, sagt Vater. »Da haben wir noch keine Beweise dafür gesehen, dass wir eingesperrt sind.«

»Aber ist es nicht logisch, dass der Draht um das ganze Haus herumführt?«, fragt Tormod.

»Das schon, aber es ist trotzdem unsere einzige Chance.«

»Aber können wir nicht das Fensterchen öffnen, wo es keinen Draht gibt, und um Hilfe rufen?«

»Du weißt so gut wie ich, dass dieses Fenster auf den Wald hinausgeht. Die nächsten Nachbarn in dieser Richtung wohnen viel zu weit weg. Da hört uns niemand.«

»Es gibt also keine Alternativen?«

»Nein«, sagt Vater. »Wir können uns nicht einfach hinsetzen und warten. Das tut doch der ganze Erdball in der Welt der großen Politik. Deshalb wird alles böse enden.«

»Aber wenn wir die Haustür öffnen?«

»Auch das kann böse enden. Aber es ist trotzdem unsere einzige Chance.«

»Dann riskieren wir es«, sagt Mutter plötzlich. Energisch.

»Wer geht zuerst?«, frage ich.

»Ich«, sagt Vater.

Wir gehen in die Diele, alle vier. Dann umarmen wir einander, bilden eine kleine Kugel oder Säule aus Liebe. Mutter versucht zu trösten:

»Wenn es schiefgeht, sehen wir uns auf der anderen Seite, wisst ihr.«

»Bei Gott, meinst du?«

»Ja, bei Gott. Und bei Urgroßmutter und Urgroßvater. Ihr könnt euch wirklich freuen.«

»Genug geredet«, sagt Vater. »Bringen wir es hinter uns.«

Er dreht den Türknauf und öffnet die Tür. Die gleitet auf, sperrangelweit.

Auf der obersten Treppenstufe liegt ein abgeschnittenes Stück Schnur.

Dann kommt der Knall. Ein wahnsinniger Knall.

Wir werden in alle Richtungen auseinandergeschleudert, Mutter weit ins Wohnzimmer hinein, Vater hinaus auf den Hofplatz, Tormod in die Küche. Nur ich bleibe stehen. Ich will zu den anderen gehen, mich neben sie legen, mit ihnen reden. Aber ich kann mich nicht rühren. Sie starren mich an. Warten darauf, dass ich etwas unternehme. Ihre Augen, Ohren und Münder bluten. Sie brauchen Hilfe. Nun höre ich Schritte draußen im Kies. Jemand kommt vom Gartentor her. Ein Schatten fällt über den Hofplatz.

Der Granatenmann!

Seine Silhouette gleitet vor die Haustür.

Aber das Unterbewusstsein hat jetzt genug.

Ich wache auf und schnappe nach Luft.

Den ganzen Tag bin ich in diesem Traum gefangen.

Er war nicht wie andere Träume. Er war wirklicher. Er klebte sich an mich, ließ sich unter der Dusche nicht wegspülen, verschwand nicht, als ich die Zahnpasta ausspuckte. Er glitt zusammen mit dem Frühstück in meinen Magen und lagerte sich dort als schwerer Klumpen ab.

Zum ersten Mal denke ich in dieser Lebensphase an den Tod als etwas Konkretes. Ich denke daran, dass wir alle sterben werden. Wir werden nicht in alle Ewigkeit in diesem teilweise neuen und umgebauten Haus wohnen. Wir werden uns hinlegen, allesamt, und in die Dunkelheit gleiten. Oder wir werden explodieren, mit einem Flugzeug abstürzen, von einem Fahrrad fallen, von einem Auto überfahren werden. Wir werden voneinander getrennt werden, nie wieder auf dem Sofa sitzen, zusammen Musik hören, gemeinsam Kuchen essen. Wir werden einander nicht mehr umarmen, trösten, gute Nacht wünschen und uns auf den nächsten Tag freuen. Wir werden Schmerz und Angst verspüren. Wir werden uns einsam und furchtsam fühlen. Unsere Herzen werden stehenbleiben. Unsere Augen werden leer in die Luft starren. Es wird keinen Trost geben, keine Hoffnung, nur die vagen Bilder, die ich vom Kosmos und von dem Gott habe, an den jedenfalls Svein Bruun glaubt, viel mehr als Mutter. Ist es möglich, im Augenblick des Todes zu sagen: »Prost, Sankt Johannes«? Das bezweifle ich. Aber am selben Nachmittag stehe ich in der Ruseløkka-Schule unten in der Stadt, zusammen mit Tormod, und singe Mendelssohns *Hear My Prayer*. Knaben und junge Herren jeden Alters. Sie kommen von überall in der Stadt, und Gott weiß, wo Svein Bruun sie gefunden hat. Einige singen Bass, andere singen Sopran. Alt und Tenor gibt es auch. Einige sind dick, andere sind dünn, groß und klein nebeneinander, Pickel, Schuppen und Brylcreme, aber Svein sieht uns mit seinem Eisenblick an, nagelt uns und unsere Konzentration an die Wand, vor der wir stehen. Und plötzlich entsteht ein Klang, eine andere Art Klang als der bei Gjallarhorn. Gjallarhorn klingt so, wie der Stern von Bethlehem aussieht; eine Menge Kraft, aber mit Spitzen an allen Rändern. Die Sankt Johannesknaben klingen so, wie ich mir den Mond vorstelle: bleich und rund, mit Frostringen. Hypnotisch mit seinem Licht, aber umgeben von Finsternis. Ich hätte es nicht für möglich gehalten, aber ich finde es wunderbar, in dieser Gemeinschaft zu sein, mit diesen Jungen, diesen jungen Herren zusammen zu singen. Vielleicht sind wir allesamt aus imaginären Gossen gefischt worden. Vielleicht hat Svein Bruun einigen von uns das Leben gerettet, ohne auch nur zu ahnen, dass er es für einige andere ruiniert. Dort, wo Jungen auf diese Weise versammelt sind, kann im Verborgenen allerhand geschehen. Der Preis der Unschuld. Aber jedenfalls singen wir, starren diesen fabelhaften Chorleiter an, der ein Kraftwerk aus Energie ist und zum Text lautlos den Mund bewegt, während er uns diktiert, was wir ausdrücken sollen, welche Gefühle wir, von Takt zu Takt, in die Musik legen sollen.

Aber es ist anstrengend, stundenlang so zu stehen. Ich gehe auf die neunzig Kilo zu. Ich stellte mich auf die Badezimmerwaage, wenn ich weiß, dass ich allein im Haus bin. Ich starre die Zahlen an. Sie werden jetzt jeden Tag größer.

71

Und dennoch geht er. Diese ganze Kinder- und Jugendzeit ist ein Gehen. Er geht und geht mit tausend Gedanken im Kopf und mit Melodien in sich. Sie kommen aus dem Mittelalter über Mozart und Schubert und holen ihn ein. Wenn es nicht der letzte Schlager vom Grand Prix ist. Jolly Kramer-Johansens *Karussell*, gesungen von Kirsti. Er geht von zu Hause aus nach Ringstabekk. Er geht von Hovseter zur Waldorfschule und wieder zurück. Er geht mit Mads bis nach Smestad, Heggeli oder Borgen, ganz nach Lust und Laune. Er geht in die Stadt, geht zur Ruseløkka-Schule, und ab und zu bis zu Tante Svanhild in die Gabelsgate. Sie hat den Schrank voll Karamellbonbons.

Wenn er nicht geht, fährt er mit dem Rad. Mit seinem treuen blauen DBS-Rad, das bisher noch nie eine Panne hatte. Das ist wie ein Wunder. Er weiß auch nicht, wie man einen Fahrradschlauch flickt. All die Dinge, die der Vater mit seinen starken Armen und Händen schafft, werden ihm niemals gelingen. In der grellen Frühlingssonne fährt er langsam durch Sørkedalen, nach Fossum oder Skui, zu den Sprungschanzen in seinem Leben. Die Stille an diesen Sprungschanzen wird mit den Jahren immer stärker. Jetzt ist die Stille so hörbar, dass nicht einmal der Lärm einer Motorsäge sie ruinieren kann. Sie ist wie ein beschützender Kolben um die riesigen Holzkonstruktionen. Wieder liegt er da, ganz oben, und schaut zum Himmel hoch. Ab und zu fährt er bis nach Midstubakken mit der endlosen Aussicht. Dort bleibt er stehen und schnuppert im Wind, während er sieben geheimnisvolle Berge und die große Stadt sieht, die Oslo heißt. Er sieht Rathaus und

Schloss, Frognerpark und den Turm der Uranienborgkirche. Ekebergåsen und Grefsenkollen. Den Fjord mit den vielen Inseln. Er sieht Nesoddlandet und sogar Drøbak. Die Dänemarkfähre und die Kielfähre, die gerade dort unten ablegen. Wohin wollen sie alle, die an Bord sind? Er denkt an Mädchen, und dann denkt er an Musik. Er denkt an sein Leben, das jetzt beginnt, Form anzunehmen. Aber was will er werden? Sein Bruder redet schon davon, dass er Arzt werden will. Er kommt jetzt aufs Gymnasium. Das ist ein Wort, das dem Jüngeren nicht zusagt. Alles, was mit Gymnastik zu tun hat, bedeutet Stress. Er kann sich nicht vorstellen, dass er jemals die Gleichungen in den Mathebüchern begreifen wird, über die sich der Bruder bückt in diesen Wochen, in denen es auf das Abschlussexamen zugeht. Der Stress des Bruders greift auf ihn über. Der Jüngere möchte den Problemen immer zuvorkommen. Anders als Bruder und Vater, die immer wieder genau dann an der Haltestelle Ringstabekk ankommen, wenn die Straßenbahn vorfährt. Er sitzt immer schon zehn Minuten vorher da. Es ist der Wunsch nach Kontrolle. Alles, was er nicht weiß und von dem er weiß, dass er es in den nächsten Jahren zu wissen hat. Das Unvorhersehbare voraussehen können.

Als er nach Hause kommt, ist Ulf zu Besuch da. Die besorgten Gesichter; die vielen Papiere, die Ulf mitgebracht hat, sind auf dem Küchentisch verteilt.

Vor dem Fenster zeigen sich die Blätter an den Laubbäumen. Die Krokusse blühen in den Beeten. Die letzten Schneeflächen schmelzen in ihrem Versteck im Schatten der Bäume. Weder Ulf noch der Vater sehen das alljährliche Wunder, das sich gerade um sie herum vollzieht. Dennoch sind sie auf diese Welt konzentriert, als sie hier, tief ins Gespräch versunken, am Küchentisch sitzen. Sie wollen für diese Wunder kämpfen, die sie selbst nicht sehen in ihrem Kampf gegen alle Mächte des Bösen. Nach Chinas zweitem Atombombentest analysieren sie einen Bericht der amerikanischen Kommission für Atomenergie. Ulf kichert und liest vor, sowie er den Jungen sieht. Oder schnaubt er? Ist das ein Schnauben? Aus Ulf wird man nie so leicht klug.

»Hör dir das mal an, Ketil«, sagt er. »Die Sowjetunion hat 127 Atombombentests vorgenommen. Großbritannien vierundzwanzig, Frankreich fünf und die Volksrepublik China zwei. Das finden die Amerikaner besorgniserregend.« Ulf kichert wieder.

»Aber das ist es doch sicher auch?« Der Sohn sieht, dass der Vater jetzt auch lächelt. Er hat Ulfs Denkweise immer schon bewundert.

»Kann schon sein, junger Mann. Aber ich würde es doch für besorgniserregender halten, wenn sich herausstellte, dass die Amerikaner in dieser Zeit selbst mehr als dreihundert Atomwaffenversuche vorgenommen haben.«

»Oi.«

»Aber das ist noch nicht das Allerschlimmste, Ketil«, sagt der Vater. Er lächelt jetzt nicht mehr. »Ulf hat nämlich noch beunruhigendere Nachrichten. Sag schon, Ulf.«

Dem Sohn hat es immer schon gefallen, wie Ulf mit ihm spricht. Ganz ohne pädagogischen Schnickschnack. Stattdessen hält er es wie Abel: Wenn die Welt zu entsetzlich wird, muss man darüber lachen.

»Um das zu begreifen, was jetzt in Vietnam geschieht, musst du auch etwas über die Vorgeschichte wissen. Hast du gewusst, dass im März 1945 über dreihundert B-29-Bomber von den amerikanischen Fliegerstützpunkten auf den strategisch günstigen, in der Nähe von Japan gelegenen Inseln Saipan und Tinian gestartet sind? In dieser Nacht warfen diese Flugzeuge mehr als 1600 Tonnen Napalmbomben über Tokio ab, einem der am dichtesten bevölkerten Gebiete der Welt. Es ging also nicht darum, dem Feind Angst zu machen, sondern so viele Menschen wie möglich zu töten.«

»Wie viele wurden denn getötet?«

»Ungefähr 100 000 Japaner, auch wenn die USA meinten, bei diesem Einsatz, der auf die zwei Monate zuvor durchgeführte Bombardierung von Kobe erfolgte, seien es nur 90 000 gewesen. Aber die Amerikaner teilten auch mit, dass 40 000 Menschen schwere Brandverletzungen erlitten und dass mehr als eine Million Einwohner Tokios ihre Wohnungen verloren.«

»Was ist Napalm?«, fragt der Sohn verständnislos. Es ist ein Wort, das er in diesem Frühjahr schon mehrmals gehört hat. Jetzt ergreift der Vater das Wort. Schließlich ist er hier der Chemieingenieur.

»Napalm ist die Bezeichnung für eine Gruppe brennbarer Flüssigkeiten, aus denen Brandbomben hergestellt werden. Sie wurden bereits bei der Invasion in der Normandie eingesetzt. Dann kamen die Angriffe auf Japan. Jetzt wenden die Amerikaner diese grauenhaften Bomben wieder an.«

»Aber was ist das?«

»Eine Mischung aus Benzin und Seife. Der Mischprozess ist gefährlich, denn das Geheimnis dieser schrecklichen Bomben ist, dass eine Napalmbombe, wenn sie erst gezündet worden ist, so gut wie nicht mehr gelöscht werden kann.«

»Sie brennt und brennt.« Ulf unterdrückt ein Kichern. Nein, ein Schnauben.

»Und jetzt setzen die USA diese grauenhaften Waffen im Kampf gegen die Kommunisten in Nordvietnam ein. In nur drei Wochen sind sie fünfzehn heftige Bombenangriffe geflogen. Sie haben zwar drei Millionen Flugblätter über den größten Städten abgeworfen, um die Bevölkerung über den Angriff zu informieren. Aber wo sollen diese Menschen denn hin? Napalm ist, neben den Atomwaffen, das Schlimmste, was die Menschen je erfunden haben. Die Amerikaner sollten sich schämen!«

Der Sohn merkt, dass der Vater das Letzte mit ziemlicher Erregung sagt. Er weiß, wie sehr dieser Mann im tiefsten Herzen Amerika liebt. Die Freiheit. Die Demokratie. Die hohen Ideale. Washington. Lincoln. Roosevelt. Kennedy. Was jetzt geschieht, ist unverzeihlich.

Nach der Schule geht er zu Mads nach Hause. Er sieht Bilder von brennenden Kindern vor sich. Die wurden am Vorabend in den Fernsehnachrichten gezeigt. Ein kleiner Junge mit brennender Hose, brennendem Pullover, brennenden Haaren. Sie konnten die Flammen an seinem Körper nicht löschen. Es brannte und brannte. Hinter ihm brannte es auf den Feldern. Es brannten die Autos am Straßenrand.

Ob er am Ende gestorben ist? Konnten sie ihn wirklich nicht retten? Mads hatte es auch gesehen. Er kann Mads nichts Neues erzählen. Mads weiß immer alles als Erster.

Bei Mads zu Hause sind nie irgendwelche Eltern. Und wenn sie doch da sind, bleiben sie in ihren Zimmern. Das Haus ist gelb. Alles, was wichtig ist in den sechziger Jahren, ist gelb. Das Haus im Melumvei war gelb. Das Haus im Parksvingen ist braun, und das macht ihm Sorgen. Mads wohnt zusammen mit den Allerreichsten. Dieser Teil von Oslo heißt Vinderen. Mads wohnt gern hier oben. »Ursprünglich hieß es Vindarvin. Es war also ein Weinberg.« Mads ist ein Prinz, denkt er. Wie *Le Petit Prince*. Ein Junge, der seine eigene Welt erschaffen muss, seine eigenen Gesetze, Geschichten und Mythen. Und der, der das hier schreibt, hat die Welt von Mads geliebt. Er wollte mit ihm zusammensein, von ihm lernen, immer. Dennoch wurden sie niemals Freunde. Nicht auf diese Weise. Sie waren wie zwei Politiker im Parlamentssaal, aber jeder von einer anderen Partei. Sie konnten über alles diskutieren, aber nicht über das Allerwichtigste. Es war fast wie mit Kurt, oben in der Anstalt bei Hundorp. Die Sehnsucht nach Freundschaft. Als ob sie beide gewusst hätten, schon in der ersten Klasse, dass das unmöglich ist. Dass sie niemals alles teilen könnten. Er konnte niemals *Schubert* zu Mads sagen. Im Gegenzug konnte Mads niemals *Das Norwegische Gesetzbuch* zu dem Bjørnstadjungen sagen. Aber was sie teilten, war trotzdem zu groß für sie. Sie waren politische Kommentatoren an der Straßenbahnhaltestelle Smestad. Sie teilten den Glauben an Chruschtschow. Sie hätten ihre Mitteilungen und Einschätzungen mit *Associated Press* und *Reuters* in die Welt hinausschicken können. Aber sie waren zu jung.

»Gerhardsen fährt für zehn Tage in die Sowjetunion«, sagt Mads, als sie in seinem Zimmer sitzen und Leberwurstbrote essen, was sie früher an diesem Tag in der Schule vergessen hatten. Sie sind allein im Haus. Eltern und Schwester sind unterwegs. Der Bjørnstadjunge fühlt sich ein wenig wie ein Erwählter. Nicht jeden Tag kann er mit Mads nach Hause gehen. Dessen Familie ist etwas Besonderes und empfindsam. Fast wie die Muminfamilie. Sie brauchen viel Ruhe und Frieden.

Man darf nicht unangemeldet zu Besuch kommen. Mads ist ein politisches Genie. Aber er ist auch verletzlich. Man kann nicht mit ihm über *Das Schweigen* reden. Einmal hat er auf dem Schulhof geweint, als ein Junge aus der Klasse ihn angepöbelt hat. Er hat nie zu Syvers Clique gehört. Er ist mit niemandem einer Meinung. Ihm geht es um die Welt. Und im Moment um Gerhardsen.

»Wird ihm Chruschtschow nicht fehlen?«

»Natürlich«, sagt Mads. »Breschnew und Kossygin werden nie sein wie er. Die Sowjetunion und die USA sind in ihrer eigenen Tragödien gelandet. Ihnen fehlen Persönlichkeiten. Chruschtschow und Kennedy wären perfekt gewesen, um die Welt in eine friedliche Zukunft zu führen. Jetzt bekommen wir diesen Texastrottel Johnson, und Kossygin ist auch nicht besonders interessant. Ein ehemaliger Direktor der Oktyabrskaya-Textilfabrik in Leningrad. Was? Was?«

»Kannst du diese Namen wirklich alle?«

»Was sollte ich denn sonst können? Aber hüte dich vor Leonid Iljitsch Breschnew. Der ist trotz allem Präsident. Nikolai Podgorny ist total uninteressant. Er ist dieser russische Ingenieur aus der Ukraine, genauer gesagt aus Dniprodzerzhynsk am Ufer des stolzen und mächtigen Dnepr, der die Welt in den kommenden Jahrzehnten prägen wird. Merk dir meine Worte, Ketil! Ein echter Sohn der metallurgischen Industrie!«

»Vater redet auch über Metallurgie.«

»Ja, da siehst du's!«

»Aber wie kann ein Russe aus der Ukraine stammen?«

»Lies deine Geschichte, mein Freund. Die Amerikaner tun das nie. Chruschtschow ist doch in Donezk aufgewachsen. Die Ukraine und Russland werden immer ein Minenfeld sein. Aber erwarte von diesem neuen Mann, Breschnew, bloß nichts Neues. Er wird sich niemals mit Begeisterung über norwegischen Aquavit äußern können, so wie Chruschtschow das getan hat. Ich bitte dich nur, auf diese Veränderungen zu achten. Die passieren gewissermaßen in aller Stille, wie die Wahl von Trygve Bratteli zum neuen Vorsitzenden der Sozialdemokraten. Ein Mann, der Häftling in Sachsenhausen und Natzweiler war.

Ein Mann mit großem Bedürfnis nach dem Schutz durch die NATO. Mehr sage ich nicht.«

Er geht in Gedanken versunken von Mads nach Hause. Mads ist ihm so weit voraus. Die vielen fremden Namen. Die Orte. Er wird die niemals lernen können. Die Politik ist kompliziert. Aber manches ist einfacher. Im Fernsehen kann er an diesem Abend sehen, wie Cassius Clay Sonny Liston, seinen alten Feind, in der ersten Runde k. o. schlägt. Aber tut er das wirklich? Der große beängstigende Bär mit den Bananenarmen liegt jedenfalls einige Sekunden lang auf dem Boden, während Clay durch den Ring springt und ruft: »I'm the Greatest!«

»Es geht voran mit der Welt«, sagt die Mutter lakonisch auf dem Wohnzimmersofa, mit dem Strickzeug in der Hand.

72

Der Flieder blüht an diesem Samstag im Mai, als ein gelber Peugeot 404 Kombi langsam durch die Sackgasse vom Parksvingen her auf unser Haus zufährt. Ich stehe in der Tür und putze meinen Speer. Ich mache Fortschritte, kann jetzt fast über zwanzig Meter weit werfen. Dabei tut meine Schulter weh.

Ich drehe mich um und denke, dass da sicher einer der Großonkel, Svein Bruun oder Onkel Fridtjof kommt, aber es ist ein Auto, das ich nicht kenne. Es sieht fast ganz neu aus. Tormod kommt aus dem Haus gestürzt:

»Vater!«

»Hast du das gewusst?«, frage ich empört.

»Große Brüder müssen auch ihre Privilegien haben«, sagt er, und Mutter steht gleich hinter ihm.

Vater sitzt hinter dem Lenkrad. Stolz wie ein Hahn. Er drückt auf die Hupe, und der blanke Messinglöwe auf der Motorhaube zuckt vor Schreck zusammen. Danach kurbelt Vater das Fenster herunter, legt den Ellbogen in die Öffnung wie im Film und fragt aufgesetzt lässig: »Lust auf eine Spritztour?«

»Ihr habt es beide gewusst«, sage ich, noch empörter.

»Einige Geheimnisse müssen wir eben haben«, sagt Mutter. »Nun nimm das doch nicht so schwer. Wir wollten dich doch nur überraschen. Freust du dich nicht auch? Ich freu mich jedenfalls.« Und zu Vater: »Ja, danke, unser lieber Papa. Ich fahr gern mit.«

Ich habe jetzt die Wahl. Ich kann weiter meinen Speer putzen. Oder ich kann mitfahren. Warum bin ich so verletzt? Sie haben es doch mir zuliebe getan, wollten mich überraschen. Und ich fühle mich nur jung und dumm. Ausgeschlossen.

»Natürlich komme ich mit«, sage ich und lehne den Speer gegen die Wand.

»Was für ein Auto!«, sagt Tormod. »Hast du es geliehen?«

»Nein«, sagt Vater, als wir einsteigen, Mutter auf den Beifahrersitz, Tormod und ich hinten.

»Oh verflixt«, sage ich. »Ist das neu?«

»Fast neu«, sagt Vater. »Es ist erst 150 000 Kilometer gefahren. Das ist für so einen Wagen doch nichts.«

»Es riecht neu«, sage ich zufrieden.

»Und es ist sauber«, stimmt Mutter zu. Sie fängt sofort an zu niesen. »Entschuldigung«, sagt sie und schwenkt die Hand. »Das sind nur die Waschmittel. Das legt sich bald. Ich habe meine Pillen genommen.«

»Hast du vollgetankt?«, fragt Tormod mit dem Blick auf die Benzinuhr.

»Nein, nur ein Drittel. Bertel O. Steen liefert Gebrauchtwagen so. Aber wir füllen nach, wenn wir was brauchen. Wohin wollen wir?«

»Zum Holmenkollåsen«, sagt Mutter. »Zur Kragstatue!« Sie liebt diese Aussicht.

»Sehr wohl«, sagt Vater. Er schafft es sogar, im Rückwärtsgang aus der Sackgasse zu fahren und in den Parksvingen einzubiegen, ohne die Kontrolle zu verlieren. Dann gibt er Gas und landet mit einem Sprung im Underhaugsvei.

»Hilfe!«, sagt Mutter.

»Übung macht den Meister«, sagt Vater.

Die erste Fahrt mit Vater. Ich verspüre Wehmut, als ich auf der Rückbank sitze und seinen Hinterkopf anstarre. Obwohl er so gut gelaunt ist, kommt er mir plötzlich ein bisschen alt vor. Hat er nicht graue Haare an beiden Schläfen bekommen? Sein Nacken, den ich so gut kenne. Sein Rücken, auf dem ich gesessen habe. Die starken Arme, die mich hochgehoben haben. Wenn das, was wir Geborgenheit nennen, irgendwo gewohnt hat, dann in Vaters Körper. Aber jetzt? Ich kann ihn nicht berühren, darf ihn nicht stören. Er konzentriert sich. Es ist leicht zu sehen, dass er unsicher ist.

»Fährst du in den Kurven nicht ein bisschen schnell?«, fragt Mutter vorsichtig.

»Die Schwerkraft«, sagt Vater. »Grundlegende Gesetze. Man darf in den Kurven niemals bremsen. Dann vergeudet man nur Benzin, wenn man danach wieder auf das Gaspedal tritt.«

»Seit wann hast du den Führerschein?«

»Seit voriger Woche.«

»So lange hast du das geheimgehalten?«

»Fast. Bis Mutter und Tormod gestern gehört haben, wie ich mit dem Autohändler telefonierte.« Vater schaut in den Rückspiegel, während er mit mir spricht, und fährt bei Rot. Er kann einem Volvo, der auf der Jar-Kreuzung vom Bærumsvei kommt, gerade noch ausweichen.

»Paps nicht beim Fahren stören!«, sagt Mutter streng.

»Entschuldigung«, sage ich.

Schweigend fahren wir zum Holmenkollåsen hoch. Hier oben wohnen viele aus meiner Klasse. Auch der freundliche Lehrer Sandvik, der den ganzen Kopf voll Musik hat, wohnt hier, in dem riesigen Haus im Besserudsvingen.

»Hier oben sind sie so reich, dass Geld keine Rolle mehr spielt«, murmelt Mutter.

»Du darfst doch nichts sagen!«, sage ich scharf.

»Das geht schon«, sagt Vater.

Er ist jetzt sicherer, auch wenn er nicht beide Hände auf dem Lenkrad liegen hat. Es ist sein Ingenieursgehirn. Keine Energie für unnötige Dinge verwenden. Wenn er beim Lenken nur einen Daumen benutzen kann, ist das mehr als genug.

Die Kragstatue! Ich verrate nicht, dass ich erst vor wenigen Tagen mit dem Fahrrad hier oben war, als ich ganz hoch nach Midstubakken wollte, und dass ich danach eine Runde gedreht habe. Vater hält vor der Statue, lässt den Motor aber laufen. Wir brauchen nicht auszusteigen. Die Welt durch ein Autofenster zu sehen, ist das Allerschönste. Ein Luxusgefühl, das wir bisher nur mit Onkeln verbunden haben.

»So schön wie heute war die Aussicht noch nie«, sagt Mutter und küsst ihren Mann auf die Wange.

»Lasst uns zu Leah fahren«, sage ich am nächsten Morgen. Es ist Sonntag.

»Es ist weit bis zu Leah«, sagt Vater.

»Es war immer weit bis zu Leah«, erwidere ich.

»Weiter denn je«, sagt Vater.

»Aber jetzt haben wir ein Auto«, sage ich.

»Na gut«, sagt mein Vater und sieht Mutter an. Ihr Gesicht sagt ja.

Was ist aus ihnen geworden, aus Abel und Kristina? Sind sie in ihrer Liebe verschwunden? War sie die kleine Pfütze nach einem Regenguss, die dann in der Sonne austrocknete und verschwand? Haben sie an Leah gedacht, als das neue Kind kam? Ich habe oft an Leah gedacht, aber ich habe sie auch vergessen, und wenn ich sie lange vergessen hatte, hatte ich immer ein schlechtes Gewissen, wenn ich dann wieder anfing, an sie zu denken.

Tormod kommt nicht mit. Er ist sechzehn und hat möglicherweise eine Freundin. Und zwar die Handballerin, eine große, blonde, schöne Gymnasiastin aus der Nachbarschaft mit knallblauen Augen, phantastischem Körper und einem Lachen, das auch uns andere alle zum Lachen bringt. Sie weiß einige grobe Witze und erzählt sie in einem Pseudo-Französisch, das sich sehr fein und vornehm anhört. Niemand lacht lauter als Mutter.

Aber jetzt geht es um Leah. Endlich Leah! Und Vater, der mit seinem rechten Daumen da sitzt und Auto fährt ohne in den Kurven zu bremsen. Cruisecontrol. Lange, ehe sie in Norwegen eingeführt wurde. Wir sitzen ziemlich gerade da, Mutter und ich, während der Peugeot bei Vinterbro in Richtung Stockholm abbiegt und Kurs auf

Mysen nimmt oder Askim oder wie dieser Ort in Indre Østfold nun heißen mag, wo Leah schon viel zu lange ist. Dieses Ziehen im Magen. Leah, Leah, Leah! Was, wenn sie nicht mehr Leah ist?

»Warum ist sie eigentlich hier draußen in der Wildnis?«, frage ich nach fast einer Stunde Fahrt.

»Weil sie eine Dummheit gemacht hat«, sagt Mutter.

»Was denn für eine Dummheit?«

»Das wissen wir nicht«, sagt Vater und blickt in den Rückspiegel. »Aber es war so dumm, dass jemand auf sie aufpassen muss.«

»Warum nicht Abel?«

»Abel ist Abel«, sagt Mutter lakonisch.

»Und warum nicht ihre Mutter.«

»Das wissen wir nicht, Ketil«, sagt Vater ein wenig gereizt.

»Schau auf die Straße«, ruft Mutter.

Wir können eine Frontalkollision gerade noch verhindern.

Dann steht sie plötzlich da, genau vor mir, auf einem Hof mit Pferden, Hühnern und Ziegen, gleich am Waldrand. Sie trägt einen verschlissenen lila Pullover mit Heu aus der Scheune. War sie mit einem der Jungen dort? Gibt es hier draußen in der Wildnis überhaupt Jungen? Nein, ich sehe nur Mädchen. Sie stehen auf der Wiese bei den Pferden. Leah kommt zu uns herüber, umarmt Mutter und Vater. Soll ich sie auch umarmen? Nein, wir bleiben stehen. Sie ist so fremd. Zuletzt war sie drei Jahre älter. Jetzt sind es sieben. Vielleicht noch mehr. Ihr Gesicht ist ein wenig zerquetscht. Als wäre sie vor ein Fenster gelaufen, ohne das Glas zu zerbrechen.

Ihre Brüste sind groß. Sie sieht, dass ich die Brüste ansehe. Sie lächelt ein bisschen, als ob es ihr gefällt, dass ich hinschaue.

»Wie geht es dir denn, Kleiner?«, fragt sie und fährt mir rasch mit der Hand über die Wange, als ob ich noch immer ein Kind wäre. Das finde ich schrecklich.

»Gut«, sage ich. »Und dir?«

Meine Eltern lassen uns allein. Sprechen mit der Heimleiterin, einer Frau, die durchaus mit Rasmussen aus Hundorp verheiratet sein könnte, manche Menschen sind geborene Anstaltsleiter, denke ich, viele Jahre später. Sie sind beide so geboren oder so geworden.

»Das hier ist eine Scheißanstalt«, sagt Leah. »Ich habe drei Fluchtversuche hinter mir. Jetzt hab ich keinen Bock mehr. Die interessieren sich nur für mich.«

»Das kann ich gut verstehen.«

»Komm mir ja nicht so, Schnuffel.«

»Du bist so erwachsen geworden.«

»Dieser Ort hier macht mich erwachsen.«

»Willst du hier weg?«

»Ja, weit weg.«

»Ich fahre nach Dänemark.«

»Ach, wenn ich doch mitfahren könnte!«

»Mit der Blaskapelle.«

»Da hast du aber Schwein.«

Endlich nimmt sie meine Hände. »Komm«, sagt sie. »Dann zeig ich dir etwas.«

Wir gehen in den Stall. Dort sind Schafe. Fünf Stück. Die anderen sind alle auf der Weide.

»Warum dürfen die nicht raus?«

»Weil sie Probleme haben. Einige sind krank. Einige brauchen noch Zeit bei ihrer Mama. Das ist auch bei Lilith so. Siehst du sie?«

Leah zeigt auf Lilith. Ein kleines Lamm, ganz allein in einer Ecke. Aber als Lilith Leah entdeckt, kommt sie angesprungen. Leah streichelt sie mit ruhigen, sicheren Händen. Ich kenne diese Hände nicht. Ich kenne Leah nicht mehr.

»Wo ist ihre Mutter?«

»Die ist tot.«

»Du bist jetzt also ihre Mutter?«

»Ja. Dieses Kind werden sie mir nicht wegnehmen.«

Wir machen einen Spaziergang, allein, am Waldrand. Es ist, als sei sie in ein anderes Land gezogen, mit einer anderen Sprache, obwohl sie noch immer Norwegisch spricht.

Vielleicht merkt sie, wie sehr ich suche, denn sie nimmt meine Hand.

»Auch wenn sie uns kaputtmachen wollen, dürfen wir nicht vergessen, dass wir noch immer alle Möglichkeiten haben.«

»Aber du hast gesagt, dass du keinen Bock mehr hast?«

»So war das nicht gemeint. Ich hab nur keinen Bock mehr, mich bei denen einzuschmeicheln. Vielleicht geh ich nach Israel. Arbeite in einem Kibbuz.«

»Was sagt Abel denn dann?«

»Der denkt bloß an Kristina und das neue Kind. Das ist das Problem für einige von uns, die der lebensfrohen jüdischen Kultur angehören. Wir denken zu viel an Sex.«

Ich schlucke. »Vielleicht denke ich auch ein bisschen an Sex.«

Sie lächelt. »Du weißt doch sicher nicht, was das ist, Kleiner?«

»Nicht ganz. Noch nicht. Aber ich kann lernen. Meinst du nicht?«

Sie umarmt mich ganz schnell.

»Darauf kannst du dich verlassen, mein Lieber.«

Am nächsten Tag sitze ich an Deck auf dem Stolz der Fährgesellschaft D.F.D.S., der M/S Kong Olav, und ich sehe, wie die Ältesten aus der Kapelle Tom Collins trinken, auch wenn ich glaube, dass das erst ab achtzehn erlaubt ist. Vielleicht ist auf diesem Schiff alles erlaubt. Sogar Sex. In der Bar auf dem hinteren Deck sind einige Frauen, die offenbar ihre Miniröcke ganz heiß gewaschen haben. Die reichen ihnen nämlich nur noch über den halben Hintern, wie sie da mit knallroten Lippen auf den Barhockern sitzen und sich an ihren Liebsten reiben. Die Waldorfschule auf Fahrt. Bläser aller Art, Jungen, die nicht wissen, wohin mit ihrem Körper, die meisten älter als ich. Morgen werden wir *Afrikander* und die vielen anderen Kompositionen in einem ganz anderen Land als Norwegen spielen. Im Sündenpfuhl. In Dänemark. Der Sohn des Theaterdirektors ist schon bei einem munteren Mädchen aus Klokkarstua gelandet. Auch zwei Trompeter haben sich die Gelegenheit nicht entgehen lassen und unterhalten sich angeregt mit einigen Mädchen, die sicher mindestens zwei Jahre älter sind als sie.

Ich denke an Syver, der krank vor Neid ist, weil er nicht mitkommen darf. Aber weil er nicht in der Kapelle mitspielt, hat er keine Chance. Er hätte ja wenigstens Althorn lernen können. Aber nichts da, Syver bleibt Syver. Ihn interessiert es mehr, dass ficken auf Dänisch »kneppe« heißt, also knöpfen. Er hat mich fast schon schwören lassen, dass ich irgendwann auf dieser Tour eine Frau fragen werde, ob ich sie »knöpfen« darf.

Ich werde schon bei dem bloßen Gedanken rot. Warum zum Henker habe ich ja gesagt? Ich sitze hier mit meiner Zitronenlimonade und beobachte meine Umgebung. Das ist mein Platz. Der des Betrachters. Obwohl eine frische Brise über den Oslofjord streicht, liegen meine Haare irgendwo über der Sonnenbrille fest an Ort und Stelle. Bryl sei Dank. Chess oder Bryl, das ist das Gleiche. Jedenfalls ist es Fett. Im Bett sieht es jeden Morgen aus, als ob jemand mit dem Kopfkissenbezug einen Teller mit Schweinerippe abgewischt hätte.

Meine Eltern verlassen und allein mit Tormod zurechtkommen. Ich komme mit ihm zurecht, denn er lässt mich in Ruhe, während er doch immer weiß, wo ich mich gerade aufhalte, und bereit steht, falls ich in Schwierigkeiten gerate. Aber was könnten das für Schwierigkeiten sein? »Behave«, sagt Anton F. K. Für uns ist er jetzt nur Anton. Später einmal werde ich mehr über Vorbilder nachdenken, wenn ich sehe, wie Fußballtrainer die Jungenmannschaft anbrüllen und sie in Grund und Boden schimpfen, weil sie mit zwei Toren verloren haben. Anton hat nie gebrüllt. Im Gegenteil, er hat die Stimme gesenkt, wenn er etwas Wichtiges sagen wollte. Wie er dort auf dem Achterdeck sitzt und uns im Auge behält, während er an einem alkoholfreien Drink nippt und mit sich und der Welt zufrieden zu sein scheint, trotz des Wehmuts, der ihm immer anhaftet. Er ist der Chef und zugleich einer von den Jungs.

Wir kommen an Hvitsten vorbei. Ich sehe zu den alten gelben und weißen Häusern hinüber. Frage mich, wer wohl dort wohnt auf den Grundstücken mit den hohen Eichen, Eschen und Blutbuchen. Ich sehe die vielen Hütten und die großen Reedervillen. Die Wimpel, die im Wind wehen. Die Fliederbüsche, die weiß und lila blühen. Weiße

Sonne vor blauem Himmel. Das versetzt mir einen Stich, denn ich sehe, dass es schön ist. Aber was hilft das jetzt? Wir fahren nach Dänemark.

Die Skagerraknacht umhüllt uns. Ich habe schon das Gefühl, in einem anderen Land zu sein. Es könnte sich um die Tropen handeln. Es fehlen nur ein paar Palmen. Aber es ist möglich, ein Leben ohne Palmen zu leben. Vor allem, wenn man nach Dänemark unterwegs ist. Die frische Brise hat sich gelegt. Das Meer ist fast spiegelglatt. Ich denke an den Vater meiner Mutter, der mit einem Kreuzfahrtschiff unterwegs war und über Bord gefallen ist. Dann träume ich mich fort in die Arme von Leah, von Katja oder von Margarete Robsahm. Etwas an all diesem Nordischen und Blond-Sündhaften erinnert mich plötzlich an sie. Einige der unternehmungslustigen Jungs haben auf dem Achterdeck eine Jazzband zusammengestellt. Aber nach zwei beeindruckenden Versionen von *Ain't misbehavin'* und *I'm in the Mood for Love* ruft eine der Minirockhinternfrauen aus der finstersten Ecke der Bar, wo sie mit zwei Jungen gleichzeitig knutscht und Spucke tauscht. »Jenka!«, ruft sie.

Das ist wie ein Stammessignal. Als ob Indianer, Hottentotten oder wie sie nun heißen, all die seltsamen Völker, über die Torbjørn Egner schreibt, sich auf den Mund schlügen, ihre Speere zückten und sich wie Aufziehpuppen verhielten. Oh verflixt, denke ich. Da mach ich jedenfalls nicht mit! Ich verkrieche mich im Liegestuhl der D. F. D. S. und setze meine Sonnenbrille wieder auf, obwohl die Mainacht ihre dunkelste Stunde erreicht hat. Wo sind die Erwachsenen, die auf uns aufpassen sollen? Plötzlich geht mir auf, welche Tragödie es ist, dass nicht Dan Lindholm unser Reiseleiter ist. Die freundlichen Eltern der Gjallarhornbande sind der Lage wohl kaum gewachsen. Einige sind schon schlafen gegangen. Die gerissenen Sechzehnjährigen aus Tormods Klasse haben so getan, als wollten sie die Verantwortung übernehmen. Aber von Verantwortung kann ja wohl keine Rede sein, wenn diese hervorragende Jazzband, die gerade mal zwei Standardstücke spielen durfte, im Lärm von Roberto Delgados *Letkiss* untergeht, einer Anglisierung des finnischen *Letkajenkka.* Ein lebensgefährlicher sozialer Angriff. Die Lautsprecher aus der Bar bringen plötzlich Horst Wendes kleine Verkleidungsnummer. Zusammen mit Bert Kaempfert und James Last gehört er zu den wichtigsten Vertretern dieser Art von Schlagermusik. Allein schon der Name. Roberto Delgado. Als ob Edvard Grieg sich Schmalz-Pettersen genannt hätte. Ich weiß, dass viele von Gjallarhorn diesen deutschen Radiopop lieben, weil der nicht von schmuddeligen Gitarristen gespielt wird. Es sind Bläser und Streicher von höchstem Niveau. Echte Deutsche, die beim Hessischen Rundfunk arbeiten, beim WDR und wie sie alle heißen, diese großen Sender im Heimatland der alten Nazis. Keine stockbesoffenen Rockgitarristen im Marquee Club in London, die kaum auf eigenen Beinen stehen oder ihre Instrumente stimmen können, sondern Gehaltsempfänger mit Reihenhauswohnung und Grundig-Fernseher, die jeden Tag viele Stunden Trompete, Posaune oder Geige üben. Sie sind es, die die schmachtende *Elisabeth-Serenade* vortragen, die ich in meinem Leben in allerlei Zusammenhängen gebührend gepriesen habe, einer der absoluten Höhepunkte der fünfziger Jahre. In der deutschen Version klang die Vokalgruppe wie ein Synthesizer, lange ehe der Synthesizer erfunden wurde.

Aber jetzt bin ich dreizehn. Ich sitze in meinem Liegestuhl und versuche, mich unsichtbar zu machen, aber das ist nicht möglich. Ich bin zu groß. Ich sehe aus wie CIA-Agent, der soeben gefeuert wurde, weil er zu jung ist. Aber an Deck gibt es Männer und Minirockfrauen, die mich nicht zu jung finden, um Jenka zu tanzen. Sie haben jetzt losgelegt. Sie ziehen mich hoch. Wollen mich dabei haben. Das ganze Achterdeck bebt: *Schön, schön siehst du wieder aus, schön, schön, komm wir geh'n heut aus, schön, schön, ich bring dich nach Haus, dann wird die Mutti ganz bestimmt nicht böse sein.* Oh, gütiger Jesus. Damit ist die Idylle zerstört. Das gesamte Achterdeck der Dänemarkfähre verwandelt sich in eine Kobra, groß und fett, die sich ohne Sinn und Ziel dahinwindet. Das Skelett sind die Menschenleiber. Ich gleite in einen kollektiven Wahnsinn. Jeder einzelne Rückenwirbel ist ein Mensch, und viele dieser Einzelindividuen sollen den Stolz der Waldorfschule vertreten, die Kapelle *Gjallarhorn. Schön, schön, ist dein blondes Haar, schön, schön, ist dein Lippenpaar, schön, schön, bist du ganz und gar, und deshalb lässt die Mutti uns auch nie allein.*

Wo sind Mutter und Vater? Wo ist Lindholm? Tormod steht fast ganz vorn in der Schlange. Er ist ein Teil ihres Schlundes. Die giftige Zunge und die Hauzähne werden dargestellt von den Angestellten der Firma Glans A/S auf Betriebsausflug. Sie gehen, tanzen, springen oder marschieren. Sie tragen blaue Hüte und sind Experten für Weihnachtspapier. Habe ich recht, wenn ich das Gefühl habe, dass die Kong Olav Schlagseite bekommt, wann immer dieses hässliche, widerliche und offenbar betrunkene Reptil gegen die hohe Reling klatscht, weil keiner der Rückenwirbel es noch schafft, die Bestie im Gleichgewicht zu halten?

Ich bilde die Nachhut. Links. Rechts. Dann ein Sprung. Dann zurück. Drei Schritte vor. Und stopp. Ich tu es! Die Zitronenlimonade muss Alkohol enthalten haben. Ich bin in eine Gemeinschaft geglitten, die alles umarmt und uns zugleich das Gehirn aus dem Kopf pustet. Wir sind keine Menschen mehr. Wir sind Jenka. Wir springen vor und zurück. Wir halten einander an den Schultern. Wir singen aus voller Kehle. Wir sind Siebzigjährige und Minderjährige. Ich bin noch minderjährig, denke ich. Ein seltsames Wort. Minder an Jahren. Bin ich ein minderer Mensch? Mein Bauchfett hüpft jedenfalls, als ich meinen Körper der infantilen Melodie anpasse, die Roberto Delgado alias Horst Wende in diesem Frühjahr ausgespien hat. Ich schäme mich. Ich weiß nicht, dass der Industriemagnat Vebjørn Tandberg genau diesen Tanz anführt, vielleicht an eben diesem Abend, oben in seiner Villa, zusammen mit seinen Geschäftspartnern. In der riesigen Villa mit Schwimmbecken als Wohnzimmer und mit der allergrößten Stereoanlage, über und unter Wasser. Vielleicht nicht mit derselben Stilsicherheit wie in Antonionis *La Notte.* Aber mit ungeheurer Kraft. Die norwegische Methode. Wir gehören einer Volksgruppe an, die im Alltag niemals *O sole mio* singen könnte. Aber wir können hurra rufen. Und wir können einander an den Schultern packen. Links. Rechts. Dann ein Sprung. Zurück. Drei Schritte vor. Und Stopp.

Aber ich schiele hinaus in die Dunkelheit. Ich habe meinen Platz in der Kobra gefunden.

Dort sehe ich zwei leuchtende gelbe Tieraugen.

Mir schaudert.

Es ist Dan Lindholm. Er steht bewegungslos in einer Ecke und sieht uns zu.

73

Mit der Gemini IV beginnen die USA ihr bisher längstes Experiment im Weltraum. Aber es ist nur eine Kopie dessen, was die Sowjets mit Woschod II bereits ausprobiert haben. Pavel Beljajew und Aleksej Leonow werden im März hochgeschossen und verlassen das Raumschiff durch eine Luftschleuse, nur dreißig Minuten nach dem Start. Sie halten sich zehn Minuten in der offenen Einstiegsluke auf, dann schweben sie frei im Raum, nur durch ein Seil mit dem Raumschiff verbunden. An der Haltestelle Smestad sind Mads und ich in Ekstase. Wir heben die Arme wie Flügel, wir geben vor zu schweben, während wir einander auf dem Bahnsteig langsam umrunden. Erwachsen, konzentriert und ernst, wie nur Raumfahrer sein können. Als Edward White genau das Gleiche tut, drei Monate später, ist die Stimmung in den USA noch ekstatischer. Man huldigt dem Astronauten wegen seiner großen Tat, als wäre er der Allererste, der das vollbracht hat. Bald sind Beljajew und Leonow vollständig in Vergessenheit geraten. Egal, was die Sowjets unternehmen, das Wettrennen um den Weltraum werden die USA gewinnen.

In dieser Nacht träume ich, ich sei schwerelos, ich schwebe über dem Haus im Parksvingen, wie die Liebenden über der Stadt Vence schweben auf dem grünen Chagall-Plakat, das ich in Mutters Buchladen gekauft habe für das Geld, das ich mir dadurch verdient habe, dass ich vorigen Monat zweimal das Haus geputzt habe. Anfangs ist das ein schönes Gefühl. Ich schwebe einfach nur. Aber nach einigen Minuten werde ich ungeduldig und will nach unten. Ich versuche, die Arme zu bewegen, aber sie sind bleischwer. Ein Gefühl, lahm zu sein, mich nicht rühren zu können, wie in den Fluchtträumen, die ich habe, solange ich mich zurückerinnern kann, in denen ich von einem Mörder verfolgt werde und versuche, mich in Sicherheit zu bringen. Ich kann nicht schneller werden. Ich bin wieder wie ein Gummibär. Dieses entsetzliche Gefühl. Das Gehirn will, aber die Muskeln gehorchen nicht. Ich liege unbeweglich einige hundert Meter über unserem Haus. Ich sehe Vater mit seinem Peugeot kommen. Ich versuche, ihm zuzurufen, aber meine Stimme ist dünner und heller, als ob man Heliumgas aus einem Ballon eingeatmet hat. Ich habe nicht einmal die Stimme eines Soprans bei den Sankt Johannesknaben. Ich höre mich an wie eine weiße Maus. Und Vater kann mich nicht hören. Aber ich weiß, dass die Schwerkraft wieder einsetzen wird, wenn Vater ins Haus geht und die Tür hinter sich zumacht. Dann werde ich fallen. Ich werde auf das Dach meines eigenen Zuhauses fallen. Ich werde wie ein Ei zerbrechen.

Da geht er durch das Tor. Da geht er über den Kiesweg. Da nähert er sich der Treppe. Gleich ist es so weit. Ich schreie, aber niemand kann es hören.

Dann greift er nach der Klinke. Dann öffnet er die Tür. Geht in die Diele. Zieht die Tür hinter sich zu.

Ich falle.

In Norwegen beschließt das Parlament, dass auf einem hundert Meter breiten Gürtel im Strandbereich keine Ferienhäuser gebaut werden dürfen. Das Verbot löst in Telemark und an der Küste Südnorwegens Panik aus. Bankdirektoren, Reeder, Makler, Anwälte, Autohändler, Bauunternehmer und andere Geldleute haben sich viele der großen Strandgrundstücke in diesen Gegenden reserviert, die früher für die Allgemeinheit zugänglich waren. In Rekordzeit werden Hütten hochgezogen. Reidar Lauring, Vorsitzender des Freiluftausschusses von Kragerø, äußert der Presse gegenüber, die Gemeinde Kragerø sei so knapp bei Kasse, dass ihr »die Mittel fehlen, um diese Ausbaupanik zu unterbinden«.

Zu Hause im Parksvingen ist die Stimmung eher entspannt.

»Das ist kein Problem für uns«, sagt Mutter. »Eine Hütte werden wir uns ja doch nie leisten können.«

Zugleich brechen die Rolling Stones über Norwegen herein. Als ihr Flugzeug auf Fornebu landet, werden die fast fünfhundert wartenden Fans von der Bahn gespült. Einer von ihnen ist ein junger Radikaler, Sohn der gefürchteten Elsa Brita Marcussen von der Filmkontrolle, die beschlossen hat, dass ich zu jung bin, um *Das Schweigen* zu sehen. Er ist zudem der Enkel des ehemaligen schwedischen Ministerpräsidenten Per Albin Hansson, dem Maurersohn aus Malmö. Aber als er dort um sein Leben rennt, um seinen Idolen so nahe wie möglich zu kommen, können diese Beziehungen ihm nicht helfen. Er rollt wie ein Ball über den Asphalt, während die Wasserwerfer ihre Salven abgeben.

Als der Bjørnstad-Junge am nächsten Tag in *Aftenposten* über diese Jugendlichen liest, weiß er noch nicht, dass der kleine energische Rebell mit den langen Haaren zu einem seiner besten Freunde werden wird. Er denkt nur an die Erregung. Die vielen Teenager, die das Viking Hotel unten beim Ostbahnhof belagern. Die sich weigern, nach Hause zu gehen, obwohl die Polizei dasteht und bedrohlich wirkt. Am Ende gewinnen die Fans. Die Polizei stellt eine feste Wache vor dem Hotel auf.

Eine neue Zeit zieht herauf.

Vor dem Parlamentsgebäude stellt der norwegisch-schwedische Künstler Kjartan Slettemark ein Gemälde aus als Nachfolger eines Bildes, das er im Mai aufgehängt hatte. Der kleine Schaukasten *Bild der Stadt* vor dem Parlament findet viel Aufmerksamkeit. Ulf hat sich mit seiner Brille für Kurzsichtige, die so ganz anders ist als die Brille für Weitsichtige, die er für Außenpolitik aufsetzt, bereits die erste Version des Bildes angesehen. Er ist begeistert. Aber das Bild wird von Vorüberkommenden zerstört. Die Abiturienten bliesen zum Angriff, nachdem mehrere Leserbriefe das Bild als Machwerk verunglimpft hatten, als schlampiges Popwerk, als Hohn gegen ehrliche Bewerber um ein Künstlerstipendium. Abiturienten übermalten die gesamte Glasfläche vor dem Bild, und egal, mit wem man ursprünglich sympathisiert hatte, so wurden die Anbringung des Bildes und seine Behandlung zum Skandal. Slettemark wurde aufgefordert, ein neues Bild zu liefern, das weniger provozierend wäre. Aber das Bild, das Slettemark jetzt hinter dem schützenden Glas anbringt, hat den gleichen politischen Inhalt und greift zu den Stilmitteln der neuen Popkunst. Zu *Dagbladet* sagt Slettemark: »Das Bild ist eine Reaktion auf rein humanistischer Grundlage. Ich bin kein Politiker. Ich arbeite und reagiere rein gefühlsmäßig. Das Bild bezieht sich auf ein bestimmtes, wirkliches Ereignis. Es war eine amerikanische Napalmbombe, die getötet hat.«

Das Bild heißt *Ein Bericht aus Vietnam. Kinder werden mit brennendem Napalm übergossen. Ihre Haut verbrennt zu schwarzen Wunden und sie sterben.*

Unten ins Bild hat Slettemark die Flagge der USA montiert. Daraufhin laufen einige Vorbeikommende Amok. Ihre Liebe zu Amerika ist so groß, dass die blutige Kriegsvision des Malers als pure Provokation aufgefasst wird. Ein Passant, der sich nicht beherrschen kann, reißt das Bild in seiner Empörung herunter.

»Es ist nicht richtig, diesen Ort hier zu politischer Agitation zu benutzen. Ich habe es heruntergerissen. Jetzt muss ich die Folgen tragen.«

Am nächsten Tag wartet die Polizei auf ihn, aber er lässt sich nicht blicken. Im Gegenzug zeigt der Verband der Jungen Künstler die Aktion an. Ein Vertreter dieser Organisation holt zudem das Bild, das die Polizei am Vortag sichergestellt hat. Die Polizei teilt der Presse mit, dass der Vorfall als Vandalismus behandelt werden wird.

Ein anonymer Kommentator in *VG* schreibt: »Aber wenn die amerikanische Flagge geschändet wird, was dann?«

»Dann muss die Polizei eingreifen. Aber hier ist es wichtig, was die amerikanische Botschaft sagt.«

Die Botschaft sagt nichts. *VG* schreibt in einem Leitartikel:

»Der junge Künstler Kjartan Slettemark darf über den Krieg in Vietnam meinen, was er will – wie auch über alle anderen möglichen aktuellen Fragen. Es kann ihm auch niemand verbieten, sich für eine bildliche Darstellung von der tendenziösesten Sorte herzugeben. Aber es ist eine grobe Beleidigung nicht nur einer befreundeten Nation, sondern auch aller, die seine Ansicht über die Ereignisse in Vietnam nicht teilen, wenn das von ihm verbrochene Agitationsplakat zum ›Bild der Stadt‹ gemacht und in einem öffentlichen Schaukasten vor dem Parlament angebracht wird. Wir wissen nicht, wer die Verantwortung für diesen schwerwiegenden Missbrauch des Wohlwollens trägt, das die Gemeinde Oslo den jungen Künstlern in der Hauptstadt bisher erwiesen hat. Aber es muss klargestellt werden, dass die Einrichtung ›Bild der Stadt‹ augenblicklich abgeschafft werden muss, wenn es keine absoluten Garantien dafür gibt, dass sich ein solcher Vorfall nicht wiederholt. Und dann haben die jungen Künstler alles nur sich selbst zuzuschreiben.«

Einige Tage nach den Auseinandersetzungen vor dem Parlament fährt die Familie aus dem Parksvingen in Bærum zum ersten Mal mit dem eigenen Auto nach Jotunheimen. Der Peugeot ist vollgestopft mit der Fürsorge der Mutter, denkt der Sohn. Es gibt Kleidung für Regen und Sonne, Stiefel und Hausschuhe. Konservendosen, Milchpulver, Mückennetz und Creme für Insektenstiche. Kopfschmerztabletten. Zäpfchen gegen Verstopfung. Allergietabletten. Vitamin-B-Präparate. Hagebuttenpulver. Rohe Zwiebeln. Ziegenkäse, Lecithin und Tomatenpüree. Würstchen von Jens Evensen. Saft und Möhren. Papiertaschentücher. Dazwischen eine Flasche VSOP für den lieben Svein und seine Frau und Süßigkeiten für deren zwei Söhne.

Es regnet. Schwerer, wehmütiger Sommerregen. Er sitzt auf der Rückbank und denkt an Leah, wie schnell sich das Leben ändern, wie jählings Lachen verschwinden kann. Aber es ist jetzt lange her, dass sich die Eltern gestritten haben. Er fragt sich, woran das liegen mag. Kann es sein, dass in den vergangenen Wochen ein Auto in der Garage stand? Die Eltern haben mehrmals allein Autoausflüge unternommen. Die Mutter fährt so gern umher und sieht sich Häuser und Menschen an. Der Vater scheint das auch zu mögen, weil sie es so oft machen. Aber das hier ist etwas anderes. Sie werden mindestens fünf Stunden unterwegs sein. Sie fahren bis nach Hønefoss und dann weiter vorbei am Sperillen nach Valdres. Sie werden an Fagernes vorbeikommen, wo sie im Vorjahr den Zug genommen haben. Den Zug, der auf dem Ostufer des Randsfjords durch den Wald fährt. Die schönen altmodischen Bahnhöfe mit den hölzernen Bahnhofsgebäuden. Bleiken, Skrukkli, Fall, Hov, Dokka.

Nach Sollihøgda hoch fährt der Vater in scharfem Tempo, bremst in keiner einzigen Kurve, aber solange es aufwärts geht, ist es nicht weiter beängstigend. Erst, als es wieder abwärts geht, als wir die dramatische Landschaft am Tyrifjord mit ihren steilen Felsen sehen, wird es ein bisschen unheimlich.

»Musst du so schnell fahren, Per?«, fragt die Mutter.

»Ich muss in den Kurven das Tempo halten«, sagt der Vater.

»Aber die Straße ist glatt und nass.«

»Die Reifen sind sicher nicht so alt«, sagt der Vater.

»Weißt du das nicht?«, fragt der Bruder.

Der Vater gibt keine Antwort. Er konzentriert sich auf die nächste Kurve, wo man zum allerersten Mal Utøya sehen kann. Dort, wo die Jugendorganisation der Sozialdemokratischen Partei ihr Sommerlager abhält. Einige der Jungen aus der Klasse haben davon erzählt. Er findet, dass es seltsam sein muss, viele Tage auf dieser kleinen Insel zu verbringen und über Politik zu sprechen. Das Schöne an der Haltestelle Smestad ist, dass man in die Straßenbahn steigen kann, wenn man will, man kann die Diskussion abbrechen, wenn man nicht einer Meinung ist, oder zusammen in die Stadt fahren und sich in den Schaukästen vor dem Scala Kino schöne Filmstars ansehen. Utøya liegt einsam mitten im Fjord und ist auf allen Seiten von blaugrauem Süßwasser umgeben.

Es geht so schnell. Der große weiße Lastwagen jagt brüllend an ihnen vorbei, wenn auch in die Gegenrichtung. Der Vater ist offenbar erschrocken, denn er bremst. Der Peugeot gerät ins Schleudern und trifft den LKW um ein Haar mit dem Heck. Dann prallt er auf der anderen Seite gegen die Felswand. Er hört die Mutter schreien. Es ist kein normaler Schrei. Er kommt direkt aus dem Bauch.

»Vater!«

»Per!«

Es wird still. Ganz still.

Der weiße Lastwagen ist verschwunden.

Der Peugeot steht mit der Schnauze zur Felswand, fast im Straßengraben, schnuppert an dem, was fast zur Unfallstätte geworden wäre.

Aber sie haben überlebt.

»Was hast du dir denn dabei gedacht, Per?«

Vater murmelt etwas. Er begreift selbst nicht, was hier gerade passiert ist. Er tut dem Sohn leid. Der versucht zu trösten.

»Wir haben überlebt, Vater. Das ist das Wichtigste.«

Der Bruder sieht das auch so.

Die Mutter sagt nichts mehr.

Hinter ihnen fangen die Autos an zu hupen. Ein langer Stau entsteht.

»Du musst weiterfahren, Per«, sagt die Mutter.

»Ich weiß nicht so recht«, sagt der Vater.

»Doch, das musst du«, sagt sie.

Es ist der lange Sommer, in dem wir in den Bergen klettern. Das ist Svein Bruuns Idee. Sein Wille. Schon nach einigen Tagen ist es der Wille aller. Einzelne Menschen füllen die Räume, in denen sie sich aufhalten, umarmen die Menschen, die bereits dort sind, und die vielleicht sogar schon lange dort sitzen, mit ihren Gedanken. Legen von hinten die Arme um sie, damit sie nicht fliehen können. Das ist nicht gefährlich. Nicht gemein. Aber sie sind mächtig. Bald will auch Vater auf die Berggipfel. Store Knutholdstind heißt der höchste Berg. Der Gipfel befindet sich 2341 Meter über dem Meer. Dann gibt es Kalvehøgde. Der ist 2205,5 Meter über dem Meer. Beide Gipfel sind von der Hütte am Vinstervatn aus zu sehen. Mutter findet es witzig, wenn sie ihren Freund erzählen hört, wie Johannes Heftye und William Cecil Slingsby sich über den Knutholdstind gestritten haben, der um die Mitte des 19. Jahrhunderts als höchster Berg Norwegens galt. Heftye bestieg den Gipfel 1875 als Erster. Das galt als Heldentat. Aber Slingsby ärgerte sich und fragte ein Mädchen aus dem Dorf, Marie Sønstenes, ob es nicht einen Weg nach oben gäbe, und fünf Jahre später erreichten sie den Gipfel gemeinsam. Das gefiel Heftye nicht.

Svein Bruun ist für Slingsby. Der britische Bergsteiger, der 1876 als Erster Store Skagastøltind bestiegen hat, war schließlich Organist gewesen und hatte in der Gemeinde Carleton in Yorkshire den Kirchenchor geleitet. Svein liebt das Paradoxe im Dasein. Er liebt kleine Buden oben im Gebirge, die »Würstchen und Grammophonnadeln« verkaufen, wie er sagt. Mutter, Vater und Tormod lauschen und lernen, während ich mich in Träumen verliere.

Ja, wir sind in diesem Sommer viel in den Bergen unterwegs. Die Väter wollen die Gipfel bezwingen. Mutter und Frau Bruun sehen das nicht so eng. Sie wollen nur wandern. Ich staune, wenn ich sehe, wie Mutter über Valdresflya von Fels zu Fels springt, leicht wie eine Gazelle, und zugleich ausdauernd und zäh, genau wie ihre Mutter. Sie freut sich so darüber, draußen in der Natur zu sein, bekommt Sommersprossen im ganzen Gesicht, an Armen und Beinen, wenn sie ihre kurzen Sommerhosen trägt. Sie singt zusammen mit Tormod und Svein. »Im Frühtau zu Berge wir zieh'n«. Sie sieht so froh aus. Vater legt ihr den Arm um die Schultern, wenn wir eine Ruhepause einlegen. Svein kennt die Pfade, weiß von Hängen, die wir fast nicht bemerken, wenn alle singen. Wir erreichen das Plateau, gleich unterhalb des zehn Kilometer langen Halvehøgde-Massivs, das sich von Bygdin zuerst langsam erhebt und dann in einer Steilwand im Norden endet. Alle zehn Gipfel sind über 2000 Meter hoch, der höchste 2207,5. Svein Bruun sagt es, singt es: »Zweitausend zweihundert und sieben komma fünf«. Bald singen wir es alle zusammen, während wir zum Kalveholbreen hochsteigen, wo Vater in einem kleinen See baden möchte. Weil ihn sein Vater als Kind nackt in den Schnee geworfen hat, um seine Immunabwehr zu stärken, sucht er immer wieder solche Extremsituationen. Er glaubt an die augenblickliche Kälte. An Abreibungen. Schock. Obwohl er so ein sanftes Gemüt hat.

Tormod und ich baden mit ihm zusammen. Das Wasser ist grün und wirklich eiskalt, so kalt, dass ich es nicht glauben kann. Danach scheinen 10 000 Nadeln in meine Haut zu stechen.

»Ist das nicht phantastisch«, sagt Vater und trocknet sich mit einem Handtuch ab, das Tormod und ich vor ihm benutzen durften.

»Kindesmisshandlung«, sagt Tormod und lächelt.

Aber an diesem Tag wollen wir nicht die höchsten Gipfel bezwingen. Nachdem wir drei bis vier Stunden durch die Berge gewandert sind, beschließen die Erwachsenen, zur Hütte zurückzukehren. Ich höre, dass sie über die Sankt Johannesknaben sprechen. Die großen Pläne, Tourneen im ganzen Land. Ich falle ein bisschen zurück, gehe allein weiter und denke wieder an Leah. Ihre Welt ist so spannend, aber sie ist auch gefährlich. Wird sie für mich ebenso gefährlich sein, wenn ich drei Jahre älter bin? Vielleicht ist der Altersunterschied zwischen uns nicht mehr so groß, wenn sie dreißig ist und ich siebenundzwanzig. Ich schaue zu Geröll und Heidekraut hinunter. Überall gibt es Lemminge, man braucht nur stehenzubleiben und nachzusehen. Ich bleibe stehen und sehe, dass sie ebenfalls stehenbleiben, nur einen halben Meter vor meinen Füßen, und dass sie zu mir aufschauen, wie die wütenden Nagetiere in Disneyfilmen, und dabei fauchen sie.

Ich schaue über Valdresflya hinweg, die weiten Ebenen hinüber nach Gjendesheim. In der Gegenrichtung liegen Bygdin Høyfjellshotell und Bitihorn, ungefähr dort, wo die Straße hinunter nach Beitostølen abbiegt.

Es ist ein heißer und sonniger Freitag im Juli. Ich weiß nicht, dass gerade heute die Felswand Trollveggen in Romsdal zum allerersten Mal bestiegen wird. Ich habe mehr als genug mit meinen Gedanken zu tun, als ich hier mit einem knotigen Wacholderstock einhergehe und zu Boden sehe, während meine Gedanken davonfliegen. Ich merke nicht, dass ich eine andere Richtung einschlage als die anderen. Ich gehe abwärts in Richtung Bygdin, während die anderen die Hauptstraße und die Wege hinab zum Vinstervatn ansteuern. Vielleicht geschieht es instinktiv. Svein will so gern für die Gäste im Hotel die norwegischen Lieder singen, während ich ihn begleite. Ich habe diese Melodien liebgewonnen. Vor allem das *Sonnenuntergangslied.* Ole Olsens Melodie. Nordahl Rolfsens traurige Worte. Ich bin nicht sicher, wovon dieser melancholische Text eigentlich handelt, da ich das Singspiel *Svein Furchtlos,* aus dem das Lied stammt, nicht kenne. Aber wir haben das Lied mit den Sankt Johannesknaben in Akershus gesungen, wo immer der Gefallenen des Krieges gedacht wird, und wo Vidkun Quisling hingerichtet wurde, wenn mein Verdacht stimmt. Ich gehe in Gedanken versunken über Valdresflya. Ich summe das *Sonnenuntergangslied* und frage mich, wie es wohl ist, als junger Mann von einem Exekutionskommando erschossen zu werden und zu wissen, dass die vielen Jahre, auf die man sich gefreut hat, niemals erlebt werden können. Das Leben, das Revue passiert, während alles unersetzlich wird: »Es gibt einen Gipfel, den du versäumst, einen Wasserlauf, von dem du nur träumst. Es gibt einen Wald, den du vergisst, es gibt ein Tal, das sich vermisst.« Ich befinde mich in einer Art Trance und spürte, wie Rolfsens Text und Ole Olsens Melodie sich in eine eigene Gegenwart weiterspinnen, mehr als siebzig Jahre, nachdem das Lied geschrieben worden ist. Die Zeitlosigkeit der Kunst, über die Amalie immer spricht.

Und dann scheint die Zeit anzuhalten. Ich stehe mitten auf der weiten Ebene. Hinten unter dem Berg, der den Anfang von Kalvehøgde anzeigt, sehe ich wie in einem Traum eine Herde von über hundert Rentieren. Sie starren mich an, allesamt. Die dunkeln Tieraugen. Sie sind nicht weiter entfernt als ein Fußballplatz lang ist. Aber plötzlich begreife ich, dass sie sich bedroht fühlen. Ich komme auf sie zu, und sie können nicht rückwärts fliehen. Es ist zu steil. Ich drehe mich verwirrt um und sehe die anderen zwei- bis dreihundert Meter weiter südlich. Sie haben die Rentiere ebenfalls entdeckt, und Svein Bruun ruft mir zu, mit der stärksten Stimme, die ich je bei einem Menschen gehört habe, obwohl sie vom Wind zerpflückt wird: »Ruhig stehenbleiben. Egal was. Ganz ruhig!«

Denn die Rentiere sind jetzt losgelaufen. Sie kommen auf mich zu, eine Wand aus Tieren, und ich denke, jetzt werde ich zertrampelt. Jetzt sterbe ich. Jetzt wird das, woran ich eben gedacht habe wegen des *Sonnenuntergangsliedes*, zu meiner eigenen Wirklichkeit. Ich werde sterben. Ich werde die Zukunft, nach der ich mich sehne, nicht erleben dürfen. Ich werde nicht vierzehn werden. Ich werde niemals Leahs und die Geheimnisse des Erwachsenenlebens erfahren. Die Rentiere kommen auf mich zu. Sie laufen schnell. Ich komme mir vor wie bei einer Kollision in Zeitlupe. Ich merke, dass ich wie im Schwebetraum jegliches Gefühl in den Muskeln verliere. Ich kann mich nicht bewegen. Ich schaffe es nicht einmal, auf den großen runden Stein zu steigen, der einige Meter weiter liegt. Jetzt spüre ich, dass die Erde unter mir bebt. Mehr als vierhundert Hufe trampeln über den Boden. Und bald sind sie dicht vor mir, wie eine Welle, werden mit einer Kraft auf mich zugespült, die so groß sein muss wie die, mit der sich Weltraumraketen vom Boden lösen. Aber diese Tiere können nicht fliegen! Sie laufen in wildem Tempo über Valdresflya, und da!, genau da!, treffen sie auf mich, nehmen mich in die Mitte, mit ungefähr gleich vielen Tieren auf beiden Seiten. Sie sind so nah, ich könnte die Arme heben und sie berühren. Aber ich bin im Schwebetraum mit der Erde verwurzelt, und ich kann nur dastehen und sie ansehen, sie riechen, als sie an mir vorüberlaufen und mich fast mit ihren riesigen Geweihen streifen, dann teilt sich die Herde und öffnet sich zu beiden Seiten, um die anderen Menschen zu umgehen, die dort hinten warten.

Ich nehme die Energie wahr. Das gewaltige Leben in diesen Körpern. Den Willen zu existieren. Weitermachen. Leben. Um Gottes willen, leben. Und in diesem Moment scheint meine Lähmung nachzulassen. Ich hebe die Arme. Ich berühre eins der Tiere. Eine sekundenkurze Berührung. Die Wärme des fliehenden Tieres. Der Dampf. Als ob es in ihnen allen kocht. Als hörte ich ihre Herzschläge.

Bergtaufe, denke ich. Ich werde zu etwas anderem getauft als zu einem gehorsamen Jünger in Gottes Namen. Taufe zur Freiheit! Vielleicht zu Wildheit und Trotz. Die Tiere sind jetzt an mir vorbei und laufen weiter, sammeln sich wieder, nachdem sie einen großen Bogen um die anderen gemacht haben. Sie laufen über Valdresflya, wo niemand sie fangen kann. Und zugleich nehmen sie alle meine Träume mit.

74

Als im August die Schule beginnt, stehen Mads und ich wieder an der Haltestelle Smestad. Wir wissen, dass es das letzte Schuljahr ist. Lindholm hat es gesagt, am ersten Tag, an dem wir einander wiedergesehen haben. Er war feierlich und ernst. »In zehn Monaten schon werdet ihr auseinandergerissen werden, auf dem Weg ins erwachsene Leben, und einige von euch werden einander niemals wiedersehen.«

Du meine Güte. Das hat gesessen. Lindholm versteht es wirklich meisterlich, uns Mut zu machen. Als wir hier an der Haltestelle sehen, starre ich Mads an und denke: Werden wir dieses Gespräch fortsetzen können, wenn wir älter sind? Ich bin nicht sicher. Vielleicht wird er gleich nach dem Abitur nach Washington gehen und den Amerikanern einen tieferen Respekt für die Helden im Osten beibringen. Und ich werde mit meiner Häkelarbeit im Parksvingen sitzen.

»Weißt du, dass Sandemose gestorben ist?«, fragt er.

»Nein«, sage ich.

Mads überlegt. »Erzähl das mal deinen Eltern. Hör dir an, was sie dazu sagen.«

Ich fahre mit der Straßenbahn nach Hause, lege mich wie immer aufs Sofa. Ich müsste Hausaufgaben machen, warte stattdessen darauf, dass meine Eltern nach Hause kommen.

»Sandemose ist tot«, sage ich, sowie ich sie eintreten höre, und ich freue mich, weil sie mit derselben Straßenbahn gekommen sind. Vater fährt nie mit dem Auto zur Arbeit.

»Er hat *Ein Flüchtling kreuzt seine Spur* geschrieben«, sagt Vater.

»Er war ein Säufer«, sagt Mutter. »Wenn er dann loszog, kam er oft zu Cammermeyer und wollte einen Vorschuss auf den Buchverkauf, aber den konnten wir ihm ja nicht geben. Dafür war sein Verlag zuständig, Aschehoug.«

»Das kannst du ihm nicht vorhalten«, sagt Vater freundlich. »Er hat immerhin das Gesetz von Jante beschrieben.«

»Was nutzt uns das Gesetz von Jante, wenn er seine Frauen misshandelt hat«, sagt Mutter.

»Was ist das Gesetz von Jante?«, frage ich.

»Das Gesetz, das besagt, dass niemand glauben soll, überhaupt etwas zu sein, und dass niemand sich für etwas Besseres halten soll als die anderen.«

»Ist das denn kein gutes Gesetz?«, frage ich.

»Doch, mein Sohn. Du hast recht. So spricht ein wahrer Kommunist. Aber es steht nicht fest, ob Sandemose das so gemeint hat.«

»Wie hat er es denn gemeint?«

»Dass es möglich sein muss, dass manche besser als andere sind, ohne dass sie deshalb schlecht behandelt werden.«

»Männergerede«, sagt Mutter. »Außerdem hat er nur sich selbst gesehen. In seiner Welt war er jedenfalls der Beste und Wichtigste. Für ihn war das Gesetz von Jante niemals eine Bedrohung. Gott weiß, warum er sich dazu herabgelassen hat, es aufzuschreiben. Vielleicht geschah das in Notwehr.«

Dieses Gespräch geht mir noch immer durch den Kopf, als ich an diesem Nachmittag mit dem Rad zu Amalie in den Ruglandsvei fahre. Es ist inzwischen September, und die Wehmut wächst, wenn ich sehe, dass die Birken langsam gelb werden. Die klare Luft. Der frische Wind. Der flammendrote Himmel.

Amalie begrüßt mich wie immer. Umarmung. Duft des Chanelparfüms. Grauer Rock. Blaugrüne Bluse.

»Mein Junge«, sagt sie nur.

Der Wettbewerb rückt näher. Sie will, dass ich gewinne. Aber sie weiß, was ich meine. Wir sitzen in der Küche. Sie merkt, dass ich angespannt bin.

»Ich weiß ja, dass du das nicht willst«, sagt sie tröstend und streichelt dabei meine Hand. »Aber du wirst viele neue Freunde finden, und wenn du Glück hast und beim Finale in der Aula spielen darfst, wirst du dich dein Leben lang daran erinnern.«

»Ich brauche gar nicht so viel, woran ich mich erinnern kann«, sage ich. »Erinnerungen habe ich mehr als genug.«

»Gehen wir Schritt für Schritt vor«, sagt sie. »Dann sehen wir, was passiert.«

Begreift sie, dass ich es ihr zuliebe tue? Sie steckt so viele Erwartungen in mich. Ich bin für sie wie ein Instrument geworden. Ich verstehe das selbst nicht. Ich habe doch nie geübt. Ich habe nur gespielt. Sie hat gesagt, das sei in Ordnung so. Ich glaubte ihr, fühlte mich erleichtert. Merkte nicht, wie mich die Musik dann doch packte. Wie ich übte, wenn ich nur zu spielen glaubte. Es war eines langen Tages Reise in die Musik. Sie kannte den Zauberspruch: Wiederholung. Denn in der Wiederholung wartete das Erkennen. Und jeder Mensch, der ein Musikstück von einer gewissen Qualität erkennen kann, wird am Ende gezwungen sein, es zu lieben. Auf diese Weise hat mich Amalie gelehrt, Bach zu lieben, nur weil sie einmal im Frühling gesagt hat: »Du sollst Bach spielen. Das Präludium in D-Dur und die Fuge aus dem zweiten Band des *Wohltemperierten Klaviers.*« Und das Wort ist Fleisch geworden und hat unter uns gewohnt. Ich spielte den ganzen Frühling und Sommer Bach. Ich übte nicht. Spielte nur. Ich wurde besser und besser. Ich konnte selbst hören, dass überraschende Musik aus dem Klavier strömte. Und meine Finger wurden stark, weil ich daran dachte, was Amalie gesagt hatte: »Spiel dicht über den Tasten, spiel langsam, mach keine überflüssigen Bewegungen, sei nicht albern. Gib nie vor, mehr zu sein, als du bist.«

Ich werde in die Zentrifuge hineingesogen. Den großen Wettbewerb, der *Jugendlicher Pianomeister* heißt. Ich werde durch die Trommel geschleudert, genau wie in Mutters Turnamate, der Waschmaschine im Keller, wo sie einen so großen Teil ihres Lebens damit verbringt, unsere Kleidung zu waschen, ohne dass wir darüber nachdenken oder anfangen, unsere Kleider selbst zu waschen.

Aber das hier ist die Musikzentrifuge, die Wettbewerbsmaschine, bei der am Ende einer von uns als Sieger hinausgeschleudert werden wird. Bei der einleitenden Runde beim Verband der Musiklehrer habe ich keinen anderen Ehrgeiz als fehlerlos zu spielen. Amalie sitzt im Saal, zusammen mit ihren Kolleginnen. Sie sind allesamt wunderbare Damen, aber keine ist hübscher als Amalie.

Zu diesem Stadium kommt nur die Clique aus Oslo. Ich kenne die meisten, bin ihnen bei Schülerabenden begegnet und habe ihnen die Hand gegeben, habe gemerkt, wie sehr sie schwitzten. Ich spiele Bach, und ich bin nicht einmal nervös. Aus irgendeinem Grund kann ich Präludium und Fuge. Ist das ein Hinweis darauf, dass ich sehr wenige Freunde habe? Dass ich eigentlich nur Mads an der Haltestelle habe, und sonst niemanden? Vergesse ich, wie oft ich eigentlich zu Hause im Parksvingen am Klavier sitze, weil ich nicht weiß, was ich sonst machen sollte? In dem Fall könnte ich ja einfach wieder oben im Bjerkelundspark Speerwerfen. Aber es gibt Grenzen dafür, wie lange man Speerwerfen kann. Und bei der Blaskapelle und im Chor sind wir nur Sveins und Antons Handlanger. Das Klavier ist zum festen Punkt geworden, und am Flügel beim Musiklehrerverband spüre ich, dass die Einsamkeit hier einen Sinn bekommt. Ich entscheide selbst, was ich spielen werde und wie. Ich kann sogar etwas anderes spielen als Amalie vorgeschlagen hat, kann schneller spielen, langsamer, stärker oder schwächer. Und ich habe das Gefühl, in den blauen weichen Samt zu gleiten, aus dem die Umhänge der Sankt Johannesknaben gemacht sind. Aber diesmal singe ich nicht im Chor. Ich spiele allein. Ich spiele mich geradewegs in das Finale des Wettbewerbs, und ich bin nicht einmal überrascht, denn auch ich habe schließlich Ohren.

Aber als ich in der Aula stehe und zu Edvard Munchs *Sonne* an der Querwand hinter der Bühne hochschaue, verspüre ich Ohnmacht.

Und ich sehe die anderen, die es ins Finale geschafft haben. Wir sind nicht viele, und wir wirken allesamt nicht sonderlich interessiert an diesem Wettbewerb. Wir stehen in der Künstlergarderobe in dem ehrwürdigen Universitätsgebäude, in das Vater mich jahrelang zu den Jugendkonzerten der Philharmonie geschleift hat. Hier habe ich Magister Jon Medbøe gehört, in kariertem Anzug, weißem Hemd und schwarzer Fliege, genau wie Onkel Aage. Er sprach über die großen Komponisten und war zugleich von sich selbst erfüllt.

Aber jetzt sind andere Dinge wichtig. Die Aula. Ravi Shankar hat eben erst hier gespielt, vor acht Zuhörern. Jetzt ist der Saal vollbesetzt. Wir sind sechs Finalisten. Wir kommen aus allen Ecken des Landes, und einige von uns spielen sehr gut Klavier. Aber als ich Darlén Bakke aus Greåker sehe, weiß ich sofort, dass sie gewinnen wird. Sie muss sich fast nicht einmal ans Klavier setzen. Sie ist unglaublich hübsch mit ihren blonden Locken. Sie ist eine Königin, ohne das selbst zu wissen. Denn sie spricht mit uns anderen, als ob wir ebenfalls Gewinner wären.

Aber wir sind Verlierer.

Und als die Jury die Bühne betritt und den ersten, zweiten und dritten Platz bekanntgibt, ohne meinen Namen zu erwähnen, spüre ich, dass ich meinen Platz im Leben gefunden habe, obwohl Amalie neben mir faucht.

»Das ist nicht richtig«, flüstert sie mir zu. »Du hättest gewinnen müssen. Du hättest mindestens einen Preis verdient.«

Sie springt auf und läuft zur Jury. Ich suche nach einem Loch im Boden, um mich hineinfallen zu lassen. Es ist so peinlich. Alles ist doch perfekt. Obwohl kein vierter, fünfter und sechster Preis vergeben wird, nehme ich mit gutem Gewissen den fünften Platz ein. Der, dem ich den sechsten Platz zuteile, hätte beim Finale gar nicht erst antreten dürfen.

»Empörend!«, sagt Amalie.

»Mir geht's gut«, sage ich.«

»Den zweiten Platz hättest du jedenfalls bekommen müssen«, sagt sie.

»Hast du unsere Abmachung vergessen?«

Sie lächelt. »Nicht doch. Die über den fünften Platz?«

»Ja, genau.«

Sie streichelt rasch meine Wange. Gerade jetzt geht es mir wunderbar.

In diesem Herbst bekommt Norwegen eine bürgerliche Regierung. Die Regierung Borten. Vater schüttelt den Kopf.

»Das ist doch purer Unfug«, sagt er. »Was glauben diese Leute denn, was sie zu bieten haben?«

Dieses Wort gefällt mir. Unfug. Damit ist alles gesagt.

Als es Heiligabend wird, geht Mutter um vier Uhr den Hang vom Underhaugsvei hoch. Sie ist müde, aber noch kann man es ihr nicht ansehen. Sie hat im Buchladen unten auf Karl Johan an der Kasse gesessen und hektischen Vätern, die im letzten Moment noch ein Weihnachtsgeschenk brauchten, das neue Buch von Per Hansson verkauft und vielleicht auch einige Exemplare von Axel Jensens *Epp* und Bergljot Hobæk Haffs *Hexenaugen,* ihr eigentliches Lieblingsbuch. Es ist das Jahr, in dem *Revolver* von den Beatles unter vielen Weihnachtsbäumen liegt, aber nicht im Parksvingen. Bob Dylans *Highway 61 Revisited* hätte hier liegen können, dann Tormod ist jetzt ein guter Gitarrist und singt in seinem Zimmer so gefühlvoll *Blowin' in the Wind,* dass den christlichen Mädchen von Nadderud Tränen in die Augen treten. Aber stattdessen liegen bei uns Tschaikowski und Brahms und Stein Mehren. Bald kommt Tante Svanhild. Tormod und ich haben Vater bei der Schweinerippe geholfen. Das wird gut gehen. Keine Schulmannschaft. Kein Ingenieursverein. Nur Parksvingen. Und unsere kleine Familie. Vielleicht gibt es in diesem Jahr keinen Weihnachtsmann.

Die goldene Stunde. Alles ist Erwartung. Der Knabenchor *Sølvguttene* im Fernsehen. Bald kommt Erik Bye.

Aber als die Schweinerippe verzehrt ist und Mutter, Vater und Tante Svanhild mit Liebfrauenmilch angestoßen haben, springt Mutter auf und sagt: »Aber wir müssen doch um den Baum herumgehen!«

Sicher. Natürlich müssen wir um den Baum herumgehen.

Wir stehen auf, sehen die große, schöne Tanne an, die Vater in Bekkestua gekauft hat. Mutters viele Engel und Wichtel. Der Christbaumschmuck, den sie liebt, mit dem sie den ganzen Vorabend am Werk war, um den Baum und das ganze Haus zu dekorieren, nachdem sie den ganzen Tag im Buchladen gearbeitet hatte. Sie ist erst um zwei Uhr nachts schlafen gegangen.

»Und wir müssen singen!«, sagt sie munter und mit roten Wangen. Sicher kommt das von dem Wein, den sie eben getrunken hat, denke ich. Ich starre sie an, bewundere sie, glaube, sie so gut zu kennen. Aber zugleich wird sie so unbekannt, als sie die Hände nach Tormod auf der einen und nach mir auf der anderen Seite ausstreckt, während Tante Svanhild und Vater den Kreis schließen, mit langen Armen. Was macht sie so froh? Was macht sie traurig? Warum hat sie sich nicht längst ein Zimmer genommen, wie sie es angedroht hat, als wir klein waren? Sie scheint das alles vergessen zu haben. Sie fängt an, um den Weihnachtsbaum herumzugehen. Sie bestimmt die Richtung. Sie entscheidet, welche Lieder wir singen. Ich höre ihre strahlende Stimme, Sekunden, ehe auch Tante Svanhild einstimmt. Ich habe sie beide so lieb. Nichts anderes hat irgendeine Bedeutung in diesem Moment, außer dass es Heiliger Abend im Parksvingen ist, einer der dunkelsten Tage des Jahres. Aber auf den Bäumen liegt Schnee. Schwerer Schnee. Der Mond steht hoch am Himmel. Und Mutter singt aus voller Kehle:

»Weihnacht ist es nun auf Erden, weshalb wir alle glücklich werden!«

1966

75

In der Zentralafrikanischen Republik führt Oberst Jean-Bédel Bokassa einen Staatsstreich durch und ernennt sich zum Präsidenten. Es ist der erste Tag des neuen Jahres. Katastrophen ereignen sich am laufenden Band. Aus einer Ölraffinerie in Lyon tritt Butangas aus. Die ganze Anlage explodiert, sechzehn Menschen werden getötet und über achtzig Personen schwer verletzt. Drei Tage später sterben drei Bergsteiger, zwei Schweden und ein Norweger, als sie von einem Erdrutsch in Trolltindene in Romsdal überrascht werden. Kurze Zeit danach wird Rio de Janeiro vom schlimmsten Unwetter in der vierhundertjährigen Geschichte der Stadt getroffen. In den Favelas, den großen Armenvierteln in den Hügeln der Stadt, werden Häuser und Menschen von massiven Erdrutschen mitgerissen. Ein amerikanischer B-52-Bomber kollidiert im Luftraum über Spanien mit einer KC-135. Eine Wasserstoffbombe fällt in den Atlantik, amerikanische Soldaten suchen mit Schiffen und Flugzeugen, aber ohne Erfolg. Am folgenden Tag explodiert eine Industrieanlage in Raunheim bei Frankfurt. Drei Menschen sterben, 83 werden schwer verletzt. Sieben Tage vergehen, dann versucht eine Boeing 707 bei dichtem Nebel in Genf zu landen. Das Flugzeug rast direkt in eine Felswand des Rocher de la Tournette am Mont Blanc. Eine Woche später stürzt eine Convair der Lufthansa kurz vor der Landung in Bremen ab. Alle 46 Personen an Bord kommen ums

Leben, auch sieben Mitglieder des italienischen Schwimm-Nationalteams. Am letzten Tag des Monats gibt die Osloer Verkehrsgesellschaft bekannt, dass sich im Laufe des Januars neunzig kleine und größere Unfälle ereignet haben. Zur selben Zeit wird das Straßenbahnnetz in Bergen abgeschafft.

Die ganze Zeit über bombardieren die Amerikaner Vietnam. Die schwedische Autorin Sara Lidman reist nach Asien und berichtet im NRK darüber, wie die USA das Land in Flammen stecken, bombardieren und zugrunde richten. »Es war schrecklich zu sehen, was die Amerikaner in Nord-Vietnam getan haben. Aber dort hassen sie die Amerikaner nicht. Sie hassen Johnson. Die Bomben, die über sie herabregneten, hießen einfach nur Johnson.«

An der Haltestelle Smestad steht er mit Mads zusammen und friert. Sie reden über die katastrophalen Machtwechsel. Von Kennedy zu Johnson. Von Gerhardsen zu Borten.

»Es ist der Mangel an Persönlichkeiten, der die Welt langsam, aber sicher in den Abgrund führt«, sagt der Freund entschieden.

»Aber Borten würde es nie einfallen, Nord-Vietnam zu bombardieren.«

»Wenn die Amerikaner es sagen, schon. Gerhardsens Geniestreich war es ja, dass er sich nach dieser kolossalen Blamage mit dem U-2-Flugzeug so gut mit den Russen angefreundet hat. War die Welt jemals lustiger als bei Chruschtschows Besuch in Norwegen?«

»Aber da waren wir beide doch in den Ferien!«

»Spielt keine Rolle. Es sind die Persönlichkeiten, die die Fackel der Hoffnung brennen lassen in diesem kalten und dunklen Teil des Universums. Oh, das war aber schön gesagt. Ich sollte das eigentlich aufschreiben.«

Später denke ich daran, was Mads gesagt hat. Zwischen uns hat sich Untergangsstimmung breitgemacht. Es gelingt uns nicht, einander aufzumuntern. Dass Svein-Erik Stiansen in Drammen norwegischer Meister im Eisschnelllauf geworden ist, macht den Kohl auch nicht fett, wie Mutter sagen würde. Und in der Waldorfschule beginnt der Englischlehrer, der liebenswürdige Jørgen Borgen, uns das gruseligste aller Theaterstücke nahezubringen, Shakespeares *Macbeth.* Dunkle Machenschaften in und um Schloss Cawdor in Schottland, wo General Macbeth, der Thane of Glamis, nach seinem heldenhaften Einsatz in der Schlacht zwischen Schottland und Norwegen/Irland zum Thane of Cawdor ernannt wird. Ich bekomme die Rolle Banquos. Das passt mir gut, da Banquo nach Aussage Borgens Gegenpart und Kontrast zu Macbeth verkörpert. Er widersteht dem Bösen, zu dem Macbeth getrieben wird, als die drei Hexen weissagen, Macbeth werde eines Tages König sein. Gleichwohl ist auch Banquo mit seiner zur Schau gestellten Frömmigkeit nicht ganz über den Weg zu trauen. Auch das passt mir gut. Wir alle stürzen uns auf die englische Sprache. Niemand schafft es, uns mehr Selbstvertrauen zu geben als Borgen, der seit Jahren all die englischen Lieder mit uns gesungen hat und bei dem sich immer ein wenig Schaum in den Mundwinkeln bildet, wenn er von irgendetwas besonders begeistert ist. Nun öffnet er für uns Dreizehn- und Vierzehnjährige den schweren historischen Vorhang, hinter dem sich das Böse verbirgt. Er hält lange Vorträge über die zerstörerische Kraft der Machtgier. Knut übernimmt die Rolle des Macbeth. Mit einem fremden und etwas unheimlichen Lächeln erläutert Borgen, dass sich das Schauspiel in der Nacht ereignet. Schon im ersten Moment, als er mit knurrender Autorität die Hexen auf die Bühne im Eurythmiesaal scheucht, macht sich eine unheimliche Stimmung breit. Ohne Zweifel soll hier alles zum Teufel gehen, noch bevor das Stück vorbei ist. König Duncan von Schottland wird ermordet, Macbeth wird geköpft und die Hände von Lady Macbeth triefen vor Blut, ehe sie am Schluss Selbstmord begeht. Nur in der Waldorfschule werden Kinder mit so etwas konfrontiert. Unsere Kindheit soll so lange dauern und dabei so sinnvoll sein wie eben möglich, das ist der Plan. Und wir lieben es. Die erste, die zweite und die dritte Hexe, die nicht aus dem Club der Königinnen stammen, tanzen in der nebeligen schottischen Moorlandschaft, und wir versetzen uns vom Flyvei in Hovseter in das ungemütliche Schloss Cawdor auf der anderen Seite der Nordsee. Wir sind die Diener der Macht, wir werfen Napalmbomben und kämpfen für unsere Größe und Bedeutung. Wir werden das Wettrennen zum Mond gewinnen. Borgen verweist auf alle Parallelen zur heutigen Zeit und lässt uns gleichzeitig in der schottischen Heide sein. Auf den Feldern des Todes. Wir sind Duncan, Donalbain, Malcolm, Macbeth, Macduff, Lennox und Ross. Wir sind Lady Macbeth, drei hellseherische Hexen, Lady Macduff und Seyton. Wir sind Torwächter und englische Ärzte. Wir sind Kammerfrauen und Mörder. Wir brüllen die bösartigen englischen Sätze aus uns heraus, sodass Borgen ganz erstaunt dreinschaut und dann erschaudert, als ihm klar wird, wozu wir tatsächlich imstande sind. Vielleicht bereut er schon, dass er uns auf diese Weise an den Stoff herangelassen hat. Ich spüre meine Frömmigkeit und merke, dass sie falsch ist. Ich will weiterkommen in dieser Welt, wenngleich nicht allzu weit. Ich will Kontrolle haben, will alles auf meine Art und Weise tun. Inmitten der Theaterproben besuche ich den Fünfländerkampf in Bislett. Die Zahl Fünf ist noch immer meine Freundin. Es gefällt mir, dass andere um die Medaillen kämpfen. Deshalb ist mir auch die Banquo-Rolle so recht. Ich brauche nicht die zentrale Aufmerksamkeit. Ich kann verschlagen sein und im Verborgenen meinen Rankünen nachgehen. In gewisser Weise ist es toll, mit dieser Machtgier, dieser Bosheit und diesem Ehrgeiz konfrontiert zu werden, doch wenn ich meinen festen Platz in der Südkurve einnehme, werde ich Teil einer Gemeinschaft, die bar jeder Bosheit ist. Das Einzige, was wir wollen, ist der Sieg der Helden. Unseretwegen können sie gern Könige, Königinnen und Präsidenten werden, solange nur die richtigen Personen gewinnen. Sie sollen keine Napalmbomben werfen. Sie sollen auch keine hässlichen Störmanöver durchführen wie auf dem Fußballplatz. Sie sollen bloß eine Runde nach der anderen auf der Eisbahn drehen im Kampf mit ihrem Willen und ihrem Körper. Sie sollen niemandem ein Bein stellen. Sie sollen niemanden am Trikot ziehen oder so tun, als seien sie verletzt. Als Vater mich einmal mit ins Ullevål Stadion nahm, um mir zu zeigen, wozu Arne Pedersen aus Mutters Heimatstadt Fredrikstad so alles in der Lage war, sah ich Männer in kurzen Hosen, die alles taten, um einander zu täuschen, die nach links sahen, wenn sie den Ball eigentlich nach rechts befördern wollten, die nach hinten spielten, wenn der Gegner davon ausging, sie würden nach vorn spielen. Nach einer Weile wirkte das alles so unsagbar dumm, und die Tore ließen auf sich warten. Glücklicherweise war Mads einer Meinung mit mir.

»Der Fußballsport ist ein Pickel auf dem Arsch der Moral«, sagte er mit einem Ernst, der eines Bischofs würdig gewesen wäre. »Warte nur ab. Dieser Scheißsport, wird sich noch zu einem Monster entwickeln, sowohl ökonomisch als auch sportlich, und das schneller, als die dummen Zuschauer es begreifen. Aber dann ist es zu spät.«

Aber es ist nicht Fußball, woran ich denke, wenn ich in der Gemeinschaft der Südkurve in Bislett stehe. Ich gehe gern allein dorthin. Dann kann ich mit den verschiedenen Grüppchen zusammenstehen und mir die Diskussionen über Rundenzeiten und Siegeschancen anhören. Lobende Beurteilungen über die verschiedenen Läufer. In meinem Kopf höre ich immer noch Mads' Analyse: »Beim Eisschnellauf wird nicht gemogelt. Es geht um den Kampf gegen die Zeit, von einer Runde zur nächsten. Die Zeit ist der Gegner. Und jetzt, wo wir sogar beim Zehntausendmeter-Rennen Rundenzeiten von unter dreißig haben, wird die Zeit ein immer mächtigerer Gegner.«

Aber Mads war nicht dabei. Er saß mit seinen Eltern beim Essen in ihrem Haus in Vinderen. Die waren in dieser Hinsicht ganz strikt. Ich dagegen kaufte mir ein Würstchen mit Senf ohne Brötchen. Das war so üblich in der billigen Ecke von Bislett. Die Eisläufer wärmten sich im Innenbereich der Bahn auf. Die Bewässerungsmaschine drehte eine Runde. Alle warteten auf den Start des Zehntausendmeter-Laufs. Die edelste aller Distanzen. Die die Spreu vom Weizen trennt. Ein Sprinter würde immer ein Sprinter bleiben. Einem Langstreckenläufer standen hingegen immer alle Möglichkeiten offen. Fred Anton Maier könnte vielleicht einen neuen Gesamtrekord aufstellen, wenn er auf dieser letzten Distanz, die seine Lieblingsdistanz war, etwas zulegte, obwohl er im Vorjahr bereits einen Weltrekord über fünftausend Meter in Notodden gelaufen war. Dabei schaffte er es sogar, Jonny Nilssons Weltrekord bei der WM vor drei Jahren zu unterbieten. Der erste Mann unter 7.30 auf der 5000er-Strecke. 7.28.1. Eine Sensation. Notodden sollte nie wieder dasselbe sein. Die Industriestadt erhob sich aus ihrem Qualm und ihren Gewohnheiten und wurde zu einer Metropole. Aber Nilsson hielt immer noch den Weltrekord über zehntausend Meter. 15.33.0. Eine fast albtraumhafte Ziffernreihe. Drei Jahre lang hatte sie am Eisschnelllaufhimmel gestanden als der trefflichste aller Weltrekorde. Würde man es niemals schaffen, den zu brechen? Das norwegische Volk und Sven Låftman hatten gedacht, dass Kupper'ns Rekord aus Squaw Valley für immer und ewig stehen bleiben würde. Außerdem hatte es kräftig geschneit, als Nilsson seinen Weltrekord in Japan aufstellte. Da musste doch etwas faul sein. Man konnte den Schweden einfach nicht vertrauen.

Es brodelt förmlich vor lauter Erwartung. Nachdem sich die Dunkelheit nach und nach herabgesenkt hat, werden die großen Scheinwerfer eingeschaltet. Der Trainer Finn Hodt redet ganz ruhig mit den norwegischen Jungs, zusammen mit Stein Johnson und Bjørn Døstvedt. Norwegen steht im Mannschaftskampf gegen Schweden, Finnland, die Sowjetunion und die Niederlande recht gut da. Nun wird sich alles entscheiden. Alle Augen sind auf Fred Anton Maier von der Insel Nøtterøy gerichtet. Er wird zusammen mit Jonny Nilsson laufen, der weiß, dass er alles zu verlieren hat. Maier ist dabei, sich die Trainingsjacke auszuziehen. Schon bald ist er bereit für den Wettbewerb. Er trägt eine weiße Mütze mit Streifen in den norwegischen Farben rot, weiß und blau, ein weißes Oberteil und schwarze, eng sitzende Hosen. Er ist so dünn, so elegant, wie Tante Svanhild sagen würde. Er hat die Fünfzehnhundertmeter und die Fünftausendmeter, Letztere mit neuem Bahnrekord, bereits gewonnen. Es war völlig egal, dass er beim 500-Meter-Rennen nur auf Platz 23 kam. Er ist Schwiegermutters Traum. Ein hübscher, freundlicher Mann mit liebenswürdigem Lächeln und bescheidenem Auftreten. Ein Fußballspieler könnte niemals so aussehen. In der Südkurve herrscht allgemeine Einigkeit darüber, dass niemand eleganter läuft als Maier. Zu Beginn ist er träge und langsam und ähnelt einer viermotorigen DC-7, die vom Flughafen Fornebu abheben soll. Man glaubt nicht so ganz, dass sie es wirklich schafft. Auf den ersten Blick glaubt man auch nicht, dass Maier Weltrekorde aufstellen kann. Aber das hat er schon bewiesen. An diesem Sonntagnachmittag in Bislett schneit es nicht, und die Schweden haben nicht den Hauch einer Chance gegen die Norweger. Die Niederländer sind gefährlicher. Aber Verkerk ist krank, und weder Schenk noch Liebrechts konnten Maier bisher etwas entgegensetzen. Der junge Per Willy Guttormsen ist hingegen voller Energie, und Per Ivar Moe hat sich Bronze auf fünftausend Meter gesichert. Ich lasse mich einwickeln von dieser gefühlsbetonten Mathematik, die sich um Zahlen dreht und um Persönlichkeiten, um Strategie und um Durchhaltevermögen. Zeit und Distanz. Nichts anderes. Ich stehe in der Südkurve und spüre, wie die Spannung vor dem Startschuss steigt. Jetzt sind sie losgelaufen. Maier beschleunigt langsam. Der Sturkopf von Nøtterøy. Ich stehe zwischen Klempnern, Brauereiarbeitern, Lastwagenfahrern und Lehrern von der Hersleb Schule. Die Südkurve ist zusammen mit der Großen Stehtribüne Oslo-Ost. Die feinen Pinkel aus Holmenkollen und Ullern stehen auf der Haupttribüne und in der Nordkurve zusammen mit den undefinierbaren Menschen aus Tåsen, Nordberg und Grefsen. Doch bei uns riecht es nach Schnaps, Cognac-Essenz, Brun Bitter und Gammel Dansk, Senf und Würstchen. Tee mit Schuss. Auf der Wechselgeraden zieht Maier fast mit Nilsson gleich und geht auf die Außenbahn. Er ist jetzt so nahe, dass ich ihn beinahe anfassen kann von meinem Platz in der fünften Reihe, wo ich stehe und zusammen mit den anderen Zuschauern Anfeuerungen herausbrülle. Was wollen wir ihm geben? Einen Lohn für die Anstrengung. Plötzlich denke ich an Lindholm. All die Jahre, in denen er von Weichheit und Genusssucht gesprochen hat, und darüber, dass wir unser Leben in die Hand nehmen sollten. Maier kommt jetzt auf die Gerade an der Haupttribüne, seine Zwischenzeit liegt drei Zehntelsekunden unter der des Weltrekords. Ein Jubelschrei von uns allen. Zu Beginn hat Nilsson mit Maier gleichauf gelegen, hat aber jetzt schon ein paar Meter Rückstand, obwohl er in der Innenbahn läuft. Ich höre mich rufen, während ich mit den anderen Jungs in der Südkurve stehe. Und plötzlich denke ich an all die Weihnachtskonzerte. Es ist erst wenige Wochen her, dass ich in dem blauen Gewand mit weißem Kragen dagestanden und in allen Osloer Kirchen den Solo-Sopran gesungen habe. Die Pastoren, die von den Taten Jesu psalmodierten, ermahnten uns zu Frömmigkeit und Gehorsam. Aber ich will nicht gehorsam sein. Das ist mein Problem. Deshalb bin ich auch so fett geworden. Deshalb will ich nicht üben. Deshalb erziele ich keine Fortschritte beim Speerwerfen. Deshalb passe ich perfekt in die Rolle des Banquo. All das Verdeckte, das mir anhaftet. Doch an diesem Sonntagnachmittag in Bislett geht es um Zeiten. Ich habe keine Ahnung von der Wettbewerbsgesellschaft, doch als ich sehe, wie Fred Anton Maier Runde um Runde läuft und dabei jedesmal ein kleines bisschen verliert oder ein kleines bisschen gewinnt, denke ich an all die Konzentration, die er Tag für Tag aufbringen musste, um dieses Ziel zu erreichen: Schlittschuhlaufen, und zwar schnell. Er kann diese Leistung nicht erbringen, ohne etwas geopfert zu haben. Und dieses Opfer geschah nicht auf dem Altar Gottes, sondern auf dem Altar des Alltags. An allen Tagen, an denen ich nicht üben, sondern nur spielen wollte, hat Maier trainiert und trainiert, sich um nichts anderes gekümmert und dabei Blutgeschmack im Mund gehabt. Und nicht weil das ganze Bislett Stadion in Ekstase versetzt ist und ich in der Südkurve stehe und herumbrülle, kommen mir diese Gedanken. Sondern weil ich beobachte, dass Maier für jede dieser irrwitzigen 25 Runden, aus denen ein Zehntausendmeterlauf besteht, eine Strategie hat. Er muss sich selbst analysieren, er muss exakt wissen, wie viel Kraft er zur Verfügung hat, wo er sich zurücknehmen kann und wann er sich beeilen muss. Er hat nicht nur gespielt wie ich in all den Jahren. Er hat geübt. Er hat trainiert. In diesem Augenblick ist er so dicht an Jonny Nilssons Weltrekord herangekommen wie es eben möglich ist. Er liegt jetzt nur Zehntelsekunden zurück. Dann sind sie fast gleichauf, dann fällt er wieder zurück. Nicht nur der Jubel in mir und um mich herum bringt mich auf diese Gedanken, sondern auch die Vorstellung von all den anderen Tagen, an denen ihn niemand anfeuert und er sein Leben trotzdem weiterlebt. Ich muss aufhören, Amalie zu sagen, dass ich nicht üben will. Das ist doch bloß Unsinn. Der Wunsch, solange wie möglich ein Kind zu sein. Keine Verpflichtungen zu übernehmen.

Im Bjerkelundspark auf meiner Schaukel zu sitzen. In weniger als fünf Monaten ist die Volksschulzeit vorbei. Dann bin auch ich vierzehn. Das Abscheuliche soll jetzt passieren. Die Weichheit. Die Genusssucht. Es muss eine ganz andere Zeit kommen. Und vielleicht ist diese Zeit genau jetzt reif, als Fred Anton Maier hört, dass die letzte Runde eingeläutet wird, und er fast eine Sekunde unter dem Weltrekord liegt. Jonny Nilsson hat keine Chance mehr. Er liegt viele Sekunden zurück und ist sichtlich erschöpft. Etwas tun. Etwas wollen. Das eigene Leben in die Hand nehmen. Ist es nicht genau das, was Lindholm und Amalie mir immer wieder zu erklären versucht haben, auf verschiedene Arten. Lautet so nicht auch Vaters und Mutters Botschaft, wenn sie versuchen, mein Interesse für etwas zu wecken, das sie selbst interessant finden, ob nun Bücher, Musik oder Ausflüge in die Berge? Maier passiert die Nordkurve und kommt zu der Stelle, an der Hjallis und ich so böse gestürzt sind. Aber er fällt nicht hin. Er wechselt auf die andere Bahn und kommt wieder auf die Südkurve zu, wo wir in stetem Rhythmus seinen Namen brüllen. Er darf jetzt nicht stürzen. Um Gottes Willen nicht hinfallen. Gerade, als er die Kurve erreicht und hinüberzieht, ist es, als könnte ich ihm genau in die Augen blicken. Er sieht mich nicht. Er ist zu beschäftigt mit seinem Weltrekord. Aber ich kann ihn sehen. Ich sehe ihn für den ganzen Rest meines Lebens. Ich sehe ihn im Bislett Stadion, am 6. Februar 1966, und denke plötzlich, dass diese Erwartung, die alle verspüren, diese Sekunden, bevor wir wissen, ob es Maier gelingt, einen neuen Weltrekord aufzustellen oder nicht, zu einer Erwartung im Hinblick auf das Leben und die Zukunft wird. Es kann gelingen. Zeit. Distanz. Fokus. Der Versuch, Ordnung in all das zu bringen, was nur so herumfliegt und unseren Alltag unübersichtlich und in meinem Fall vollkommen unnütz macht.

Doch ist das Machtgier? Ist das für Macbeth und Lady Macbeth der sichere, boshafte und habgierige Weg in den Untergang? Gleich nachdem er die Ziellinie überquert hat, reißt Fred Anton Maier von Nøtterøy drüben in der Nordkurve die Arme in die Höhe. Die Uhr zeigt 15.32.2. Er hat es geschafft. Neuer Weltrekord mit weniger als einer Sekunde. Jetzt kommt er aus der Kurve herüber auf die Wechselgerade.

Er winkt, lächelt und lacht. Er mag das ganze Theater eigentlich nicht, lächelt aber dennoch. Und dann kommt er zu uns in die Südkurve. Bedankt sich für die Unterstützung, die ihm in diesen nervenzerreißenden Minuten zuteil geworden ist.

Für eine kurze Sekunde treffen sich unsere Blicke.

76

Während Robert Zimmerman alias Bob Dylan die Studioarbeit an seinem neuen Album *Blonde on Blonde* abschließt – das allererste Doppelalbum der Rockmusik – bereitet sich Oslo auf die Ski-Weltmeisterschaft vor. Zur selben Zeit sitzt Lyndon B. Johnson auf Hawaii drei Tage lang mit Außenminister Dean Rusk, Verteidigungsminister Robert McNamara, Sicherheitsberater McGeorge Bundy, verschiedenen US-Militärführern sowie Präsident Nguyen Van Thieu, Ministerpräsident Nguyen Cao Ky und weiteren südvietnamesischen Politikern und Militärführern zusammen. Sie bereiten einen Angriffsplan vor, der der kommunistischen Aggression ein Ende bereiten soll. Die Demokratische Republik Vietnam, die seit zwölf Jahren mit Hó Chi Minh als Präsident existiert, soll von der Landkarte verschwinden. Die vietnamesiche Kommunistische Partei soll mit allen Mitteln, mit Napalmbomben und sonstigen zugänglichen Waffen, bekämpft werden, sodass eine Regierungsform eingeführt werden kann, die stärker demokratisch und humanitär ausgerichtet ist. Bald soll wieder Ordnung herrschen. Doch draußen in Bærum werden weder das Honolulu-Traktat noch das große Sportereignis, das in viele Länder gesendet werden soll, sonderlich wahrgenommen. Auch nicht in der Waldorfschule, obwohl wir die Anlaufbahn der Sprungschanze auf dem Holmenkollen sehen können, ein Anblick, der mich stets erschaudern lässt. In den Pausen sitzt Helge in Leo Tolstois *Krieg und Frieden* vertieft auf dem Schulhof. Die ganze Klasse scheint sich in immer kleinere Einheiten aufzuspalten. Bald gibt es keine Gruppen mehr, sondern nur noch Einzelindividuen. Wir wissen, dass jeder von uns seinen eigenen Weg gehen wird. Mads wird mit Herbstbeginn an der Riis Schule anfangen. Ich gehe nach Stabekk, wo Tormod schon seit zwei Jahren ist. Uns allen ist das schon lange bewusst, und besonders die Mädchen freuen sich auf neue Umgebungen und neue Freunde. Ich denke, dass ich die Wenigen verlieren werde, die ich zu meinen Freunden rechne. Aber ich habe auch keine Zeit für Freunde. Ich sage jetzt zu Vater, Mutter und auch Amalie, dass ich tatsächlich Klavier übe. Ich habe es von Fred Anton Maier gelernt, sage ich. Sei freundlich, bestimmt und zielbewusst. Zeit und Distanz. Als das Wochenende anbricht, steht die ganze Stadt Kopf. Alle wollen den WM-Kampf im Skispringen auf der Normalschanze sehen. Ich warte lieber bis zum großen Skispringen am Holmenkollen. In der Zwischenzeit sitze ich Tag für Tag mit Vater und Tormod vor dem Fernseher und starre in den Fichtenwald. Auf die Markierungspunkte zwischen den langen Abschnitten, wo *7.5 KM* draufsteht und es eine Kamera gibt. Fast vierzehn Minuten haben wir gewartet, ohne dass etwas passiert ist. Dann kommt plötzlich Gjermund Eggen zwischen den Bäumen hervorgesaust. Der »Prinz aus Engerdal« mit der schönen Singstimme läuft schneller als alle anderen. Abermals werden wir mitgerissen von Norwegern, die vorn liegen. Ein dreifacher norwegischer Sieg. Eggen, Martinsen und Ellefsæter werden mit Medaillen im 15-Kilometer-Lauf ausgezeichnet. Außerdem gibt es Gold für die Herrenstaffel, wo noch Harald Grønningen, die Bohnenstange aus Lensvik, mit von der Partie ist. Ungeachtet dessen interessiere ich mich mehr für Ingrid Wigernæs, Inger Aufles und Berit Mørdre, die Silber mit der Damenstaffel gewinnen. Besonders Berit Mørdre ist unwiderstehlich. Doch obwohl Bjørge Lillelien die verschiedenen Rennen mit Fistelstimme kommentiert, ist es plötzlich spannender, im Parksvingen zu sitzen und Klavier zu spielen. Ich hätte nie geglaubt, dass das möglich wäre. Ich übe Brahms, Opus 118. Die Musik mit den großen Griffen. Ich habe die Hände dafür. Das Einzige, das an mir nicht fett ist, sind meine Finger. Als dann aber der zweite WM-Sonntag kommt, sitze ich mit Vater und Tormod in der Straßenbahn. Mit dem Auto zu fahren kann man schlichtweg vergessen, weil an diesem Tag alle zum Skispringen wollen. Wir werden Bjørn Wirkola am Holmenkollen siegen sehen. Wir erwarten, dass er gewinnt. Es geht um die Ehre der Nation. Ich bin da nicht einverstanden. Nicht Norwegen hat den Weltrekord in Bislett aufgestellt, sondern Maier. Mir ist das gerade alles ein wenig zu viel Norwegen. Ich halte daher zu den Deutschen und den Finnen. Walter Demel und Eero Mäntyranta. Ich halte zu Franco Nones. Ich halte zu Dieter Neuendorf und Takashi Futizawa, zu Alewtina Koltschina und Toini Gustafsson. Ich halte zu denen, die stürzen. An der Station Majorstuen steigen wir um in die Holmenkollenbahn. Die Waggons sind total überfüllt. Wir müssen drei Bahnen abwarten, bis wir einen Platz bekommen. Als wir an der Haltestelle Slemdal vorbeikommen, sehe ich, dass auch die Straßen voller Menschen sind. Tausende von Zuschauern auf dem Weg. Sie sind in Feierstimmung, haben die feinsten Kleider hervorgeholt, Knickerbocker und Wollstrümpfe, Anoraks und Mützen mit norwegischer Flagge. Wie geht es Bjørn Wirkola wohl gerade? Sitzt er oben im Turm der Schanze und ist nervös, wie Toralf Engen es nach eigener Aussage war, als er auf den steilen Anlauf und die lebensgefährliche Aufsprungbahn hinunterblickte, wo so viele gestürzt sind und Falkanger sich das Genick brach? Einmal stand ich während eines Trainings mit Bryn oben auf einem der besten Tribünenplätze. Die Springer kamen wie Meteore an uns vorbeigesaust. Zwei von ihnen stürzten brutal. Der eine schlug mit dem Gesicht auf und hinterließ eine Blutspur im Schnee. Lange Minuten blieb er reglos liegen. Der andere knallte mit dem ganzen Oberkörper auf die Bahn. Hackfleisch. Lungenhaschee. Unfassbar brutal. Wie bei den Gladiatorenkämpfen, von denen uns Lindholm erzählt hat. Wie eine Weltmeisterschaft im Schwergewichtsboxen. Kein Kampf gegen Zeit, Distanz und Gegenwind, sondern ein Kampf gegen den Tod. Wir quetschen uns zusammen, immer enger und enger, fremde Menschen reden miteinander. Vater fällt so etwas leicht, aber ich bin schüchtern, ich will nicht reden, habe auch nichts, worüber ich reden möchte, will nur Würstchen essen, und zwar so viele wie möglich, denn nichts ist besser als heiße Wiener Würstchen bei kaltem Winterwetter. Wir sind jetzt etwa 100 000 Menschen da oben auf dem Berg. Auf den Tribünen sitzen die Reichen mit den großen Villen im Wald weiter unten. Da ist der König in seinem Anorak, und da sind seine seltsamen Kinder, Kronprinz Harald, Prinzessin Ragnhild, Frau Lorentzen, und Prinzessin Astrid, Frau Ferner. Aber hier rund um den Auslauf und das ganze Stück hinauf nach Gratishaugen ist es klassenlos. Ich bin auch klassenlos, selbst wenn mein Vater ein Arbeitersohn ist und meine Mutter nicht mal ein Bankkonto besitzt, obwohl sie sich fast zu Tode schuftet. Wir springen zwischen den Klassen hin und her, wie wir es auf der Waldorfschule gelernt haben, wo der Millionärssohn gemeinsam mit denen spielt, die so arm sind, dass sie bloß zwei Hosen haben, eine für den Winter und eine für den Sommer. Als ich da stehe und meinen Vater beobachte, während er sich seiner philanthropischen Neigung gemäß mit den Menschen um uns herum unterhält, wird mir klar, dass er Sarpsborg und die Mittelklasse-Erfahrung ebenso einsetzt wie seine akademische Bildung, sein Wissen, das ihn zum Redakteur gemacht und ihm eines der schönsten Büros von ganz Oslo beschert hat, gleich neben dem Schloss. Und ich denke an Mutter, die oben im Durchgangszimmer sitzt oder ihrem jüngsten Sohn Hosen herauslegt, sofern sie nicht gerade retuschiert oder »Frauenliteratur« liest, wie sie diese Bücher nennt, die sie mehr als alles andere liebt. Sie hat so wenig für Sport übrig, dass sie nicht einmal weiß, wer Bjørn Wirkola ist. Niemand wird sie je zur Teilnahme an einer Sportveranstaltung überreden können. Dass Erwachsene überhaupt Wettläufe austragen, als seien sie Kinder, lässt die ganze Bande zu Dummköpfen und Idioten werden. Und ich stehe hier mit all den Dummköpfen und Idioten und verspüre nicht einmal das nagende Gefühl der Spannung, sondern nur die Angst davor, dass Wirkola oder einer der anderen stürzt und auf einer Trage herausgeschleppt wird. Ich hätte mich wegschleichen und eine leere Straßenbahn nach Hause nehmen können, um mehr Brahms zu üben, als Vater über Maiers neuen Weltrekord über zehntausend Meter sprach und einem Eisenwarenhändler aus dem Hegdehaugsvei erzählte, dass ich, sein Sohn, dabei gewesen sei, als das passierte. Wie kommt er dazu, mich in die Unterhaltung einzubeziehen? Ich spähe zu Tormod hinüber, der die Ereignisse zu verfolgen versucht, jetzt, nachdem die ersten Springer angesaust kommen, als seien sie kleine Limonadeflaschen, die wir über eine Eisbahn geschossen haben. Pötzlich sehne ich mich nach der Ruhe, die Mutter stets umgibt, nach dem Frieden und dem Gleichgewicht, über das sie fast immer verfügt. Nur selten streiten sie sich noch wie früher. Vater hat akzeptiert, dass sie ihn niemals zu solchen Sportveranstaltungen begleiten wird, auch nicht, wenn Weltmeisterschaften ausgetragen werden. Außerdem haben sie ein gemeinsames Projekt. Der Knabenchor, den sie fast genauso lieben wie den Dirigenten Svein Bruun. Sie haben noch nicht bemerkt, dass ich ein Sopran bin, der keine Kontrolle mehr über seine Stimme hat. Unbarmherzig nähere ich mich dem Stimmbruch, aber noch hat niemand etwas dazu gesagt. Ich weiß nur, dass sich bald etwas verändern wird, dass geschehen wird, worüber Syver gesprochen hat. Und ich weiß nicht, ob ich dafür schon bereit bin nach all den Jahren, in denen die Kindheit stillstand, ich auf dem Grund des Meeres lag und die Zeit wie ein kleines Boot wahrnahm, das Kielwasserstreifen in die Oberfläche über mir zeichnete. Ich träumte, dass mich niemand entdecken würde, dass sie mich einfach dort unten liegen und die Zeit spüren ließen. Nun habe ich plötzlich begriffen, dass etwas zu Ende gehen kann, wie die Zeit im Melumvei zu Ende ging. Kann womöglich auch Schluss mit Mutter sein? Kann sie vielleicht die Treppe hinuntergefallen sein und liegt jetzt da unten im Keller mit gebrochenem Genick und starrem Blick? Ein Schreckszenarium nach dem anderen breitet sich wie auf 70-Millimeter-Großbildfilm vor mir aus, während die Springer springen und die Menge brüllt. Mutter ist tot! Sie hat eine Stricknadel in die Steckdose gesteckt, liegt jetzt auf dem Fußboden und riecht verbrannt. Nein, um Gottes Willen! Als der Kommunist Neuendorf aus der DDR unten aufsetzt, habe ich nicht einmal mitbekommen, wie weit er geflogen ist. Ich weiß nur, dass Mutter im Badezimmer ausgerutscht und gestürzt ist. Ihre Stirn ist gegen den Badewannenrand gedonnert, Blut strömt ihr aus Augen und Ohren.

Und wir stehen hier am Holmenkollen und jubeln und essen Würstchen! Ich merke, dass ich zu schluchzen beginne, aber niemand hört es.

Ich denke an Christopher, der seine Mutter verlor, als er erst ein paar Jahre alt war. Noch immer habe ich es nicht gewagt, ihn nach der ganzen Geschichte zu fragen. Vielleicht sollte ich das tun. Die Wahrheit erfahren, ein für alle Mal. Nebel kommt hereingewabert. Wir können die Skispringer gerade noch sehen. Doch als Wirkola zum zweiten Mal die Anlaufbahn hinuntersaust und das ganze Rennen entschieden werden soll, sehe ich vor meinem geistigen Auge, dass Mutter den Herd außer Acht gelassen hat, dass sie vergessen hat, die Platte auszuschalten. Dass es in der Küche brennt und bald auch im Flur. Dass sie eingesperrt ist. Dass sie an die Wand hämmert und brüllt und um Hilfe ruft. Wirkola!, rufen alle. Mutter!, rufe ich.

77

Salzburg! Nachdem die Zuschauer im vollbesetzten Saal des Colosseum Kinos den Gong vernommen haben, der den Fußboden vibrieren lässt, während gleichzeitig das Licht gedämpft wird, gleitet langsam der goldene, mit glitzernden Sternen übersäte Vorhang beiseite. Sekunden später steht die englische Schauspielerin Julie Andrews auf einem Berggipfel und singt: »The hills are alive with the sound of music«. Während die Kamera aus der Vogelperspektive filmt und das Gebirgspanorama zeigt, muss er nach Luft schnappen angesichts des flauen Gefühls im Magen, wie er es schon einmal beim Fahren mit der kleinen Achterbahn im Tivoli in Kopenhagen verspürt hat. Die Musik ist süß und einschmeichelnd. Vielleicht ein wenig zu süß. Julie Andrews sieht gut aus mit den kurzgeschnittenen Haaren, wie sie da in ihrer Schürze herumtanzt. Sie erinnert an eine Hauswirtschaftslehrerin aus Hovseter oder Huseby. Vielleicht auch aus Ullern. Jedenfalls keine von der Waldorfschule. Da gibt es keine Schürzen. Höchstens Holzkellen. Julie Andrews ist jenseits von allem, was Syvers Interesse wecken könnte, denkt er, als er ohne Begleitung auf Platz 17 in Reihe 9 sitzt und an der zweiten von drei Lohengrin-Schokoladen herumkaut, die er kurz vor Beginn der Vorstellung vom Mann mit dem Fez erstanden hat. Sex kommt bei einem Film wie diesem nicht infrage. Nur mädchenhafte oder mütterliche Liebe. Das wird ihm immer deutlicher bewusst im Laufe der Handlung, die sich zu den schmachtenden Melodien von Richard Rogers und den Texten von Oscar Hammerstein entfaltet. Das Mädchen mit der Schürze ist die verwaiste Maria Rainer, die spätere Maria von Trapp, die irgendwann nach dem Zweiten Weltkrieg ihre Erinnerungen aufschrieb, die dann zum ersten Mal 1956 verfilmt wurden: *Die Trapp-Familie* mit Ruth Leuwerik in der Hauptrolle. Doch wie üblich wollten auch die Amerikaner mitreden. Schon vor fast einem Jahr hat *The Sound of Music* seinen Siegeszug um die Welt angetreten, ist aber erst jetzt nach Norwegen gekommen. In der Zeitung hat er gelesen, dass der letzte Teil des Films in der deutschen Version weggeschnitten wurde, weil er vom Anschluss handelt und weil die Trapp-Familie nach der romantischen Heirat vor den Nazis flüchten musste. Die Deutschen haben wegen der Vergangenheit schon genügend Schuldgefühle, weswegen man sie mit dieser Version des Film nicht noch zusätzlich belasten wollte. Die amerikanischen Produzenten bei der 20th Century Fox waren mit den dramatischen Schnitten einverstanden. Wie sich später zeigen soll, ist der Film der dritterfolgreichste in der amerikanischen Filmgeschichte, nach *Vom Winde verweht* und *Star Wars*. Er wird mit fünf Oscars ausgezeichnet.

Er sitzt in dem dunklen Saal und denkt an die sowjetische Raumsonde Venera 3, die am 16. November des Vorjahres in den Weltraum geschossen wurde und dann krachend auf den Planeten Venus aufschlug – drei Tage nachdem Wirkola die WM am Holmenkollen gewonnen hatte. Inzwischen ist es Frühling geworden, jedenfalls März und April. Geplant war eigentlich, dass die Venera 3 sanft aufsetzen sollte, samt Wimpel und Medaille mit sowjetischem Staatswappen. Dreieinhalb Monate war sie in schwindelerregendem Tempo durch den Weltraum gesaust. Sie hatte Bilder und Informationen zur Erde senden können, ebenso wie das Schwesterschiff Venera 2, das vier Tage zuvor auf Reise geschickt worden war und den Planeten Venus nur einen Tag früher als die Venera 3 in einem Abstand von 24 000 Kilometern passierte. Furchtbar ernüchtert hatten Mads und er an der Haltestelle Smestad gestanden. Mads war besonders enttäuscht darüber, dass die Sowjets in einem so wichtigen Stadium des Weltraumrennens versagt hatten. Wäre es nämlich gelungen, die Venera 3 weich auf dem Planeten zu landen, hätten Johnson, Lady Bird und von Braun etwas zum Nachdenken bekommen. Es wäre nur eine Frage der Zeit gewesen, bis einer oder mehrere sowjetische Kosmonauten auf dem Mond gestanden und mit der Flagge gewunken hätten.

Doch für ihn, der diese Erinnerungen aufschreibt, war die Kollision des sowjetischen Raumfahrzeugs mit der Venus kein politisches oder wissenschaftliches Ereignis gewesen, sondern ein romantisches. Immerhin waren einige Tonnen eiskalten Metalls mitten in das Herz des Planeten der Liebe gekracht. Zusammen mit Svein Bruun hatte er viele Male *O du, mein holder Abendstern* aufgeführt, das Lied der Venus aus Wagners *Tannhäuser.* Genau in dieser Art von Welt wollte er sein, es war exakt dieselbe Welt, in der sich auch die Familie von Trapp und diese reizende Hauswirtschaftslehrerin oben im Gebirge befanden. Genau solche Geschichten wollte er sehen in diesem Moment.

Abendstern. Planet der Liebe. Im Alten Testament, genauer gesagt im *Hohelied des Salomo*, hatte er gelesen, dass man »krank vor Liebe« sein kann. Und *The Sound of Music* handelte nachweislich von Liebe. Sobald Kapitän von Trapp erschien, verkörpert in der stattlichen Gestalt Christopher Plummers, wusste er, dass die ganze Geschichte wie für ihn geschaffen war. Erst die mutterlosen Kinder, die ihm trotz ihrer Gefügigkeit Tränen in die Augen trieben. Eine Mutter, die gestorben war! Es gab keinen schrecklicheren Gedanken. Amalie würde diese Musik nicht gefallen, denkt er. Viel zu süß für sie. Als die Äbtissin des Klosters jedoch *Climb Ev'ry Mountain* schmettert, fängt auch er ernstlich an zu schniefen. Mit einem Mal lauscht er auf den Text. Infolge des abscheulichen Mörder- und Machtschauspiels von William Shakespeare, das der Englischlehrer Jørgen Borgen in der Schule durchnimmt, ist er eher geneigt zuzuhören, wenn jemand im Unterricht, im Fernsehen oder im Kino Englisch spricht. Und jetzt ist er im Kino. Jetzt hört er, wie die strenge, aber liebenswürdige Äbtissin der jungen Maria erzählt, dass sie ihr Leben ernst nehmen soll, dass sie, wenn sie abgelenkt oder verwirrt ist, überall suchen soll, dass sie, falls erforderlich, jeden einzelnen Bergipfel besteigen muss, um den Sinn des Lebens zu finden. Gewiss! Das ist ja exakt dasselbe, das

Lindholm Jahr für Jahr in der Klasse verkündet. Langsam aber sicher setzt sich diese Botschaft in ihm fest. Sich auf etwas konzentrieren. Nicht nur ziellos herumschwirren.

Fast schwindelig verlässt er eine gute Stunde später den Kinosaal. Um ihn herum weinen die Menschen vor Glück. Der Glaube an die Liebe ist wiederhergestellt. Die Sehnsucht nach dem Licht der Venus ist so groß, dass einige Kinogänger den Film über 150 Mal sehen und dafür Blumen von Oslo Kinematografer bekommen. Er sieht den Film nur einmal und wagt auch nicht, Amalie oder Lindholm gegenüber zu erwähnen, dass er so genusssüchtig und weich war und sich ein kommerzielles amerikanisches Musical angesehen, Lohengrin-Schokolade geknabbert und Komponisten angehört hat, die sich, gemäß Amalie, ohnehin nicht auf dem Niveau Mozarts oder Beethovens befinden, auch wenn die Melodien durchaus gut gemeint sind.

Aber er erzählt es der Mutter. »Ich war drin. Im Colosseum. Ich hab ihn gesehen.«

»Was denn?«

»Na, den Film.«

»Welchen Film?«

»The Sound of Music«

»Ach, herrje. Den.«

»Hast du ihn gesehen?«

»Nein. *Edelweiß*. Das Lied. Ich hab's im Radio gehört. Ließ mich erschaudern.« Sie betrachtet ihn plötzlich mit einem anderen Blick. Vielleicht hat sie den flehenden Ton in der Stimme des Sohnes gehört. Er wünscht sich so sehr, dieses Erlebnis mit ihr teilen zu können, weil es in dem Film um eine Mutter geht, die nicht mehr da ist, und um eine andere Frau, die bereit ist, die Rolle zu übernehmen. Er fürchtet sich ja so sehr davor, sie zu verlieren. Jeden einzelnen Tag.

»Das ist so deutsch«, sagt sie schließlich.

»Ist aber von einem Amerikaner geschrieben. Und es war als Widerstandslied gegen die Nazis gedacht.«

»Das macht es nicht besser«, sagt sie. »Der ganze alte Kram, der wieder hochkommt.« Sie spürt, dass es ihn traurig macht. Streichelt ihm tröstend über die Wange. »Der Film ist bestimmt schön. Du darfst mir nicht böse sein«, sagt sie. »Dumme Mütter.«

»Weswegen sollte ich dir böse sein?«, sagt er. »Und außerdem bist du nicht dumm.«

78

Er hat das Gefühl, dass sich ihm etwas öffnet. Etwas Neues, etwas Größeres, etwas Mutigeres. Gleichzeitig aber auch die Angst. Was an jenem Sonntag dort oben auf dem Holmenkollen geschah, hat sich in ihm festgekrallt. Der deutliche Eindruck, dass die momentanen Erlebnisse, das Gefühl, zu wachsen und sich etwas entgegenzustrecken, unersetzlich sind. Gleichzeitig weiß er, dass er das Gefühl wieder verlieren kann. Die Katastrophenphantasien werden zu ständigen Begleiterinnen. Eine Kakophonie von Gespenstern, ein Ozean aus Albträumen. Wie in Tschaikowskis sechster Symphonie. Die Trauer. Erst die Gewissheit eines Verlusts, der noch nicht eingetreten ist. Der Wille, sich auf das Schöne zu konzentrieren. Sich der Schöheit entgegenzustrecken, wie Amalie es ausdrückt. Doch dann kommt der dritte Satz. Das unheimliche Scherzo. Als ob sich alle Toten aus den Gräbern erheben und sich tanzend und mit den Knochen klappernd zu einem bösen, bösen Marsch zusammenschließen, eine Karikatur der schrecklichen Pracht des Militarismus. Er kennt keine andere Musik, die ihm schärfere Bilder vermittelt, oder noch mehr Angst. Während die Tage um ihn herum heller werden und schmutzige Schneekrusten am Straßenrand liegen, spielt er Tschaikowski, Abend für Abend. Die Mutter hat nichts dagegen. Sie mag diese Musik genauso sehr wie er. Auch sie ist eine ängstliche Person. In dieser Zeit der Napalmbomben kann sie manchmal vor dem Fernseher sitzen, während der Nachrichtensendung im NRK die Hände vors Gesicht schlagen und nur »Oh nein, oh nein« sagen. Die Mutter, die nicht einmal ein Requiem anhören kann, weil sie sicher ist, dass dann ein Flugzeug abstürzt oder eine Fähre versinkt. Jetzt sitzen sie vereint vor Tschaikowskis Inferno, während der Vater mit einem Zahnstocher, dem fast vollständig abgeschalteten Hörgerät und den aufgeschlagenen Auslandsseiten der Zeitung am Küchentisch hockt.

Nachts wird er wieder von bösen Träumen heimgesucht. Er weiß nicht, warum das ausgerechnet jetzt passiert, wo er zum ersten Mal im Leben anfängt, sich stark zu fühlen, bereit für neue Aufgaben. Er träumt, dass er mit der Mutter die Hügel von Guriby zum Vensås-Almhof in Lommedalen hinaufrennt. Tormod ist auch dabei. Sie wollen zur Hütte im Wald, die sie gar nicht mehr mieten, die aber im Traum genau wie früher aussieht. Sie wissen, dass der Vater da oben ist. Seine Hand steckt im Zugbegrenzer des Kamins fest. Er hat schon so oft das Handgelenk verdreht, dass es zu bluten angefangen hat. Bald wird er sterben, wenn nicht die Mutter, der Bruder und er kommen und ihn retten. Sie laufen den Waldweg hinauf. Noch nie hat er die Mutter so rennen sehen wie jetzt, sie liebt den Vater wirklich. Für alle geht es um Leben und Tod. Der Vater darf nicht sterben! Aber die Mutter darf auch nicht so schnell rennen, sie darf nicht stürzen. Erst glaubt er, es handelt sich um eine Mücke. Dann denkt er, es ist eine Fliege. Aber dann wird es zu einem Flugzeug. Er dreht sich um und sieht es direkt hiner ihnen am Himmel. Er sieht das Gesicht des Piloten hinter der großen Glasscheibe im Cockpit. Wie bei einem Flugzeug aus Kriegszeiten. Der letzte Krieg, vor all den anderen. Der Krieg der Mutter. Und auf die Mutter haben sie es abgesehen. Die Gewehrmündung ist auf sie gerichtet. Ein Luftgewehr desselben Typs, den sie im Melumvei hatten.

»Nicht schießen!«, ruft er. »Ihr dürft meine Mutter nicht erschießen!«

Tormod ruft auch. Jedesmal wenn er sich ängstigt, zittert seine Stimme, dass es kaum auszuhalten ist.

Aber der Pilot schießt. Er sieht den kleinen Zündfunken. Und er sieht den Piloten lächeln.

Die Kugel trifft mit einem lauten Knall den Kopf der Mutter. Der Schädel birst. Überall fließt Blut. Dennoch ist sie nicht tot. Sie stürzt einfach hin, während Teile ihres Schädels auf den Weg regnen und Tropfen der flüssigen Hirnmasse langsam an ihrem Hals herablaufen.

»Mutter!«

Aber sie kann nicht sprechen. Bald ist ihr ganzes Gehirn verschwunden. Nur die Augen sind noch da. Im Gegensatz zu der flüssigen Masse gleiten sie nicht aus dem Schädel heraus. Die Mutter zeigt auf die Hütte. Er versteht. Sie will, dass sie den Vater retten. Er sieht zu seinem Bruder, der ihm zunickt. Sie haben jetzt eine Abmachung. Der Bruder wird hinauf zur Hütte rennen und den Vater retten. Er selbst bleibt bei der Mutter. Er nimmt die Hirnmasse in die Hand, stopft sie zurück in das offene Loch im Schädel. Was wohin kommt, kann ja nicht so wichtig sein. In der Küche hat sie es mit den Rezepten auch nie so genau genommen. Hat einfach alles zusammengeworfen. Ein Löffel Butter hier, etwas Mehl oder Kakao dort. Jetzt geht es um ihre Hirnmasse. Die fühlt sich an wie eine Qualle. Er fügt sie mit den losen Teilen des Schädels zusammen. Wie ein Puzzle, das zu seiner ursprünglichen Form zurückfindet. Trotzdem bleibt sie liegen.

»Du musst aufstehen, Mutter!«

Aber sie hört nicht, was er sagt. Ihre Augen blicken an ihm vorbei und in den Weltraum hinaus. Bis hinein in Gottes Reich. Bis nach Helheim, bis ins Reich der Toten und all der wartenden Skelette. Bis in den Sternenhimmel und in den Kosmos.

Der Frühling kommt mit Flieder. Abgesehen vom Herbst, ist es die Jahreszeit, die er am längsten auskosten möchte. Das scharfe Licht, das mit jedem Tag weicher wird. In diesem Jahr fand er den 17. Mai anstrengend. Die Märsche am Nationalfeiertag umringten ihn, wurden zur Musik des Todes. Und gleichzeitig hatte er viel zu viel Eis gegessen. Er konnte gerade noch die Hose zuknöpfen. Würde er es denn niemals schaffen, etwas abzunehmen? Ein paar Wochen zuvor umkreiste das sowjetische Raumfahrzeug Luna 10 den Mond. Vielleicht gab es ja Hoffnung für die Welt. Doch in Vietnam verbrennen sich sechs buddhistische Mönche und Nonnen im Protest gegen das südvietnamesiche Militärregime unter Nguyen Cao Ky, der jetzt die volle Unterstützung der USA genießt. Er sieht die Bilder im Fernsehen. Wie die Körper dieser Menschen aufflammen und langsam in Asche verwandelt werden. Wie die Reste eines Menschen sich von seiner ursprünglichen Form lösen, auf den Boden herabfallen und zu den Überresten eines x-beliebigen Feuers, eines x-beliebigen Gegenstands werden.

Vor ein paar Wochen war der Vater zusammen mit Ulf im Folkets Hus, wo der Norwegische Studentenverband eine Versammlung mit Nils Petter Gleditsch als Eröffnungsredner veranstaltete. USA-Anhänger stritten sich mit Gegnern. Über 2000 Menschen quetschten sich in die Räume, viele fanden keinen Platz. Als Vater nach Haus kam, war er wütend und aufgebracht.

»Die Amerikaner müssen begreifen, dass sie nicht nur von Kommunisten bekämpft werden. Wenn schon Buddhisten, die immer gegen Gewalt gekämpft haben, sich selbst verbrennen, dann hat dieser Krieg jedwede Legitimität verloren.«

All das wälzt sich durch seinen Kopf in diesen Frühlingstagen, als die amerikanische Surveyor 1 weich auf dem Mond landet und Präsident Johnson verkündet, dass die Amerikaner das Weltraumrennen jetzt anführen. An der Haltestelle Smestad ist die Stimmung gedämpft.

Am dritten Juni, einem Freitag, fährt er mit dem Fahrrad nach Bestum und denkt, dass er schon in ein paar Wochen fertig ist mit der Volksschule. Nie wieder Mads an der Haltestelle Smestad. Nie wieder die anderen Freunde. Nie wieder Dan Lindholms mächtige Stimme im Klassenzimmer. Nie wieder Eurythmie. Nie wieder die Mädchen und Jungen, die er so liebgewonnen hat. Und was ist mit Elin?

Er radelt zu Christopher, um etwas Ruhe zu finden. Den Freund umgibt stets eine friedliche Stimmung. Christopher wird die Weltmeere bereisen. Er selbst wünscht sich, Straßenbahnfahrer zu werden oder, falls es ihm wirklich gelingen sollte, Zugführer bei der Bergenbahn. Einfach vorn in einer Straßenbahn oder in einem Zug sitzen können, ohne dass man angesprochen wird, allein mit seinen Gedanken sein und vor sich eine Linie haben, zwei Schienen, die niemals auseinandergehen, sondern ihn und alle Passagiere zu einer Endstation bringen. Er liebt den Titel dieses Theaterstücks, *Endstation Sehnsucht*, wenngleich er die Bedeutung nicht ganz versteht. Aber so sollte es sein. Für ewige Zeiten. Der Traum von einem Leben. Zwischen zwei Punkten hin und her zu fahren.

Aber was, wenn er mit dem Zug entgleist? Wenn er einen Menschen überfährt?

Sobald diese Gedanken kommen, versucht er, an etwas anderes zu denken. Dennoch weiß er, dass er an diesem Tag aus einem besonderen Grund zu Christopher fährt. All die Albträume über seine Mutter haben in ihm den Wunsch aufkommen lassen, die Geschichte des Freundes in ihrer ganzen Grausamkeit zu erfahren. Er will sie ganz und gar durchleben, wie er jeden Abend mit fast zugeschnürtem Hals Tschaikowskis *Pathétique* durchlebt, bis am Schluss nur noch die Herzschläge übrig sind. Die Herzschläge eines sterbenden Menschen. Der unumgängliche Rhythmus des Endes oder der Finalität.

Christopher sitzt wie üblich in seinem Zimmer und setzt ein Segelschiffmodell zusammen. Er begrüßt mich freundlich. Das macht er immer. Ich kenne diese Ruhe von mir selbst, wenn ich Klavier spiele. Als ob die Zeit zu existieren aufhört. Es gibt dann weder Vergangenheit noch Zukunft. Nur Gegenwart. Die Konzentration überragt alles.

Aber Christopher ist ganz wach. Er schaut von seinem Segelschiff auf und fragt: »Stimmt was nicht mit dir, mein Freund?«

Es gefällt mir, wenn er »mein Freund« sagt. Er hat so eine kontinentale Eleganz, genau wie der Verkaufsleiter von Aschehoug, Iens Ludvig Høst. Haben die beiden diese weltgewandte Art, weil sie in ihrem Leben schon so viel gereist sind? Christophers Onkel heißt Erling. Der hat zusammen mit seinem Freund Carl Emil auf dem Lotsenboot *Runde* die ganze Welt bereist und danach ein berühmtes Buch darüber geschrieben. Ein Abenteurer, heute Journalist bei *Vi Menn*, dem »gewagten« Männermagazin, das Tormod neuerdings liest und wo es auf Seite 16 Fotos von halbnackten Frauen gibt. Erling ist mit Tante Anna verheiratet, der etwas eigenartigen Frau, die in den Zimmern herumschwebt und sich komisch benimmt. Ehemalige Stewardess bei SAS. Heute betreibt sie die Kantine der Freia Schokoladenfabrik sowie ein berühmtes Restaurant, wo Safranfischsuppe serviert wird, in Lyngør, wo all die Segelschiffe, von denen Christopher heute kleine Kopien zusammenbastelt, einst gelegen haben. Im Laufe der Jahre hat Christopher oft über Südnorwegen gesprochen. »Vergiss nicht, dass Arendal in den 1860er-Jahren eine Weltstadt war, Ketil. Bis hinaus nach Merdø haben da Segelschiffe gelegen. Die hatten eine Handelsflotte, die größer als die gesamte dänische Flotte war!«

All dieses Wissen schüchtert mich ein. Es gibt so viel, das ich nicht weiß. Als ich vor ein paar Moanten in Bislett in der Südkurve stand, dachte ich, dass alles möglich wäre. Jetzt hingegen werde ich von Albträumen heimgesucht, von Angstanfällen beinahe, und es ist ganz deutlich, dass Christopher es mir ansehen kann.

»Ich habe so furchtbare Angst davor, dass Mutter stirbt«, sage ich.

»Weswegen sollte sie sterben?«, sagt Christopher ganz ruhig und dreht sich endlich zu mir, während er den Verschluss an der Klebstofftube wieder zumacht.

»Weil ich es fast jede Nacht träume.«

»Ist was Besonderes passiert?«

Ich schüttle den Kopf. »Vielleicht bloß, dass die Dinge in letzter Zeit viel lustiger geworden sind. Die letzten Wochen waren wirklich phantastisch.«

»In der Schule auch?« Christopher blickt mich skeptisch an.

»Ja. Absolut.«

Er zuckt mit den Schultern. »Für mich waren diese vier Jahre ganz schrecklich.«

Ich weiß, dass er die Wahrheit sagt. Wir sind in dieselbe Klasse gegangen und hatten dieselben Lehrer. Aber seine Geschichte ist völlig anders als meine. Er redet beinahe hasserfüllt über diesen Lehrer, der ihn am wenigsten verstanden hat. Ich denke daran, was Lindholm damals gesagt hat, dass wir, wenn wir eine Geschichte lesen, ein persönliches Bild von dem erschaffen, was wir gelesen haben. Vielleicht war das in der Wirklichkeit genauso. Ein Lehrer konnte am Katheder stehen und dozieren. Ein paar von uns hörten zu, aufmerksam und interessiert. Andere fühlten sich bedroht, übersehen, missverstanden.

»Das tut mir so leid«, sage ich.

Er zuckt mit den Schultern. »Ach, du weißt ja, dass ich schon Schlimmeres erlebt habe.«

»Genau deshalb bin ich hier.«

Dieses Mal erzählt er die ganze Geschichte, zum allerersten Mal. Wir sind allein im Reihenhaus. Draußen vor den Fenstern blühen die Obstbäume und der Flieder. Unten in Bestumkilen blitzen frisch lackierte Ruderboote in der Sonne auf. Ein Plattgattboot aus Mahagony tuckert an Bygdøy vorbei auf den Fjord hinaus. Die Geräusche des Marna-Motors. Ein 16-PS-Außenborder von Evinrude, sicher montiert an einer Askeladden-Jolle. Das Geräusch der flatternden Taue an einem Kragerø-Segelboot. Auch das ist Oslo. Meine Kindheit. Die Sonne scheint, und ich denke, dass man an genau solchen Tagen über den Tod sprechen kann.

»Erinnerst du dich an unser Tanzvergnügen auf Bygdøy, letztes Jahr, bei Großvater und Großmutter?«

Ja, ich erinnere mich. Ich durfte mit Drude ein Tanzpaar bilden. Ich durfte meinen Arm um ihre Schultern legen. Sie legte den Arm auch um meine. Es war wie ein Traum. Aber der dauerte bloß dreißig Sekunden.

»Nachdem Großvater in der Türkei und in anderen orientalischen Ländern gewesen war, wo er vor und nach dem Krieg Eisenbahnen für Mustafa Kemal Atatürk baute, kaufte er eine Im- und Exportfirma, die die peruanische Walfangindustrie mit Ausrüstung versorgte. Er tat das hauptsächlich für seinen Sohn, weil Vater sein Leben nicht wirklich in den Griff bekam.«

»Bin ich ihm mal begegnet?«

»Weiß nicht. Vater starb 1964. Das war lange, nachdem ich in der Waldorfschule angefangen hatte.«

Er unterbricht seine Geschichte. Plötzlich erinnere ich mich an die ersten Monate, nachdem Christopher in die Klasse gekommen war. Wir wussten alle, dass er es schwer hatte. Aber wir wagten nicht, ihn danach zu fragen. Er weinte aus jedem noch so geringen Anlass. Aber wir zogen ihn deshalb nicht auf. Wir ließen ihn weinen. Und die Mädchen verliebten sich in ihn. Er war ja so hübsch. Kam aus der großen Welt. Und er litt unter einer Tragödie. Doch woraus bestand die Tragödie?

»Während des Krieges wohnte Vaters Familie auf Bygdøy«, fährt Christopher fort. »Damals hat er sich in Patricia verliebt.«

»Deine Mutter?«

»Ja.«

»Der wir nie begegnet sind, weil sie schon tot war?«

»Ja.«

Christopher erzählt die Geschichte seiner Eltern. Es ist so, als ob er sie in den Händen hält, wie er die kleinen Teile der Modellboote oder Modellflugzeuge, die er baut, in den Händen hält. Ein Wort oder ein Satz, der genau an der richtigen Stelle eingefügt wird, damit die Konstruktion erkennbar wird. Manchmal wählt er Wörter, die ich noch nie zuvor gehört habe. Dann wieder ist der Sinn so überdeutlich, dass ich erschaudere. Jedenfalls wird mir klar, dass sein Vater diese Frau vergötterte. Allerdings war er nicht der Schwiegersohn, den Familie L. als passend für ihre Lieblingstochter empfand. Ungeachtet dessen heirateten sie, und kurz danach wurde Christopher gezeugt.

»Ich war knapp ein Jahr alt, als Mutter und ich ein Schiff der Hamburger Lloyd nach Lima in Peru nahmen. Großvater hatte Vater ja diese Firma beschafft, in der er arbeiten sollte. Doch entgegen der Abmachungen war nichts vorbereitet, als wir in Lima ankamen. Wir mussten in ein Hotel ziehen. Es war einer der ersten Tage. Mutter nahm ein Morgenbad im Stillen Ozean. Man sagt, dass Polio bei großen Temperaturveränderungen ausbrechen kann. Vielleicht war das der Grund. Als sie am nächsten Morgen erwachte, begannen die Lähmungen, und schon bald danach war sie vom Hals abwärts völlig gelähmt.«

Ich höre mich selbst schlucken. Eine kleine Pause entsteht.

»Mutters Vater ist für Ärzte, Krankenpersonal und Eiserne Lunge aufgekommen«, fährt Christopher fort. »Das kam alles aus dem Ullevål-Krankenhaus und wurde mit dem Flugzeug von Oslo nach Lima gebracht. Für den Rückflug hatte Großvater drei Sitze nebeneinander und nochmal fünf Sitze in der Reihe dahinter gekauft, denn Mutter musste ja in der Eisernen Lunge liegen. Weißt du, wie teuer es damals war, mit dem Flugzeug zu reisen?«

»Kann ich mir jedenfalls denken«, erwidere ich.

»Sogar in der New York Times hat etwas über diesen Transport gestanden. Großvater hat seine Tochter sehr geliebt. Er war sicher, dass es ihr besser gehen würde, solange sie nur nach Oslo zurückkäme. Aber das geschah nicht. Polio macht keinen Unterschied zwischen arm und reich. Polio ist überall auf der Welt dieselbe Krankheit. Und so blieb sie da liegen. Im Krankenzimmer in Ullevål. In der Eisernen Lunge. Da habe ich sie oft besucht. Da durften wir dann Mutter und Sohn sein.«

»War das nicht schrecklich?«

»Ich habe nicht darüber nachgedacht. Ich war ja ein Kind. Dass Mutter in der Eisernen Lunge lag, war einfach eine Tatsache. So ist meine erste Erinnerung an sie. Und auch die letzte. Sie starb mit 28 Jahren.«

Er starrt auf eines der kleinen Teile auf dem Arbeitstisch. Nimmt es in die Hand. Betrachtet es, als gäbe es ihm einen Anlass für ein anderes Bauwerk oder eine ganz andere Geschichte.

Aber es fällt ihm nicht schwer, über diese Erinerungen zu sprechen. Die Geschichte ist ein Teil von ihm geworden, ohne dass er versucht, sie zu verstecken oder zu vergessen.

»Und dieses Gemälde von dir, das draußen auf Bygdøy hing?«

»Das hatte Mutter in ihrem Krankenzimmer. Sie konnte es jeden Tag anschauen, bis zu ihrem Tod.«

Ich betrachte das Foto der hübschen Frau auf der Kommode. Etwas an ihr hat Ähnlichkeit mit Mutter. Die Locken. Das Anmutige und Jugendliche. Der ausdrucksstarke Blick.

»Das ist sie doch, oder?«

»Ja, das ist sie.«

»Und das bist du?«

»Ja, das bin ich.«

»Was ist denn danach mit dir passiert?«

»Ich wurde zurück nach Peru gebracht, zusammen mit meinem Vater. Er hieß genau wie ich. Ich bin der sechste in der Reihe der Christophers. Deshalb nennen sie mich auch Six. Ich bekam eine Stiefmutter. Sie hieß Judy. Sie kam aus Wales, war aber in Peru geboren. Ihr Vater war U-Bootkapitän. Sie war nett. Aber Vater hat sein Leben nicht in den Griff bekommen. Gab's in deiner Familie nicht auch jemanden, der getrunken hat?«

»Ja. Mein Großvater mütterlicherseits ist wohl von Bord eines Kreuzfahrtschiffs gefallen.«

»Soweit ich weiß, wurde mein Vater in Rio tot auf einer Parkbank gefunden. 36 Jahre alt.«

»Und du?«

»Watzinger wollte sich um mich kümmern.«

»Der Watzinger, der mit Heyerdahl auf der Kon-Tiki gesegelt ist?«

»Hermann, genau der.«

»Gibt's in eurer Familie nur Erdumsegler und Abenteurer?«

Christopher lacht. Ich liebe es, wenn er lacht. Die Welt ist dann viel weniger gefährlich.

»Aber Vaters Vater wollte nicht, dass ich von Watzinger in Peru erzogen werde. Ich wurde nach Hause geschickt. Ich war acht Jahre alt, fast neun.«

»Du bist von Lima nach Norwegen geflogen?«

»Über New York und London. Ich erinere mich an die Reise. Ich war völlig ohne Begleitung. Hatte ausreichend Zeit, die Sterne über mir und die Wolken unter mir anzustarren. Ich hatte gelaubt, ich würde bei meinen Großeltern auf Bygdøy wohnen, aber dann bin ich hier gelandet. Bei Onkel und Tante.

»Was ist dann passiert?«

»Ich beschloss, nie wieder zu weinen.«

»Aber du hast geweint?«

»Ja, eine Zeit lang. Aber jetzt nicht mehr. Abends im Bett halte ich mich so lange wie möglich wach. Allein im Schlafzimmer habe ich Ruhe und Frieden. Dann ist der kommende Tag noch weit. Doch wenn er da ist, muss ich in die Schule und noch einen weiteren Tag mit Lindholm aushalten. Ich weiß nie, wann er zum nächten Schlag gegen mich ausholt.«

»Ist das wirklich so für dich?«

»Ja. So. Weißt du, Ketil, ich möchte nur so schnell wie möglich raus aus dieser Kindheit. Ich will die Kontrolle über mein Leben. Es reicht jetzt.«

79

Mit aufgeschlagenem Arbeitsbuch sitzt er neben seinem Vater am Küchentisch. Er hat um Hilfe gebeten, bei Algebra, bei Mathematik, beim Rechnen, bei allem. Aus dem Radio kommen die Nachrichten des Tages: Die Ölgesellschaft ESSO hat vom Industrieministerium die Erlaubnis erhalten, noch in diesem Sommer in der Nordsee nach Erdöl zu bohren. Dieser wichtige Auftrag wird von der *Ocean Traveler* übernommen, die Bohrinsel wird bereits von den USA nach Norwegen geschleppt. Er stellt fest, dass sich der Vater für die Neuigkeit interessiert. Öl in der Nordsee. Sollte das möglich sein? Eine völlig neue Industrie? Ein Projekt, das Norwegen mit seiner Mittelklasseökonomie einen Platz unter den reichsten Nationen der Welt sichern kann? Vater ist schließlich Ingenieur. Er kennt die Bosse bei *Norsk Hydro*. Er kennt sogar mächtige Menschen in der Regierung. Das ist seine andere Seite, aus der der Sohn niemals richtig klug wird. Er ist nicht nur Ulfs Freund, der gegen Atomwaffen, gegen die NATO und gegen den Krieg der Amerikaner in Vietnam demonstriert. Nicht nur der Mann, der bei Kommunal- und Parlamentswahlen mit hilflosen Plakaten für Parteien wirbt, die niemand wählen wird. Ein paar Mal durfte er den Vater in sein Büro in der sechsten Etage des Hauses der Ingenieure begleiten. Ohne jede Scham schreitet er dann durch die großen Glastüren, die sogar eines Präsidenten würdig wären. Er darf den Aufzug nehmen, der nach erstklassiger Ingenieurskunst zu riechen scheint. Öl und Gummi. Und wenn der Vater die Tür zu den Büros des Verlages des Technischen Wochenblatts öffnet, sieht er zu seiner Zufriedenheit, dass es dort einen Tresen gibt, wo die Seketärin, die von der Mutter möglicherweise nicht sehr geschätzt wird, sitzt und sich telefonisch oder im Gespräch mit Besuchern, die kommen, um einen Artikel oder Gott weiß was abzugeben, um deren Anliegen kümmert. Es gibt zahlreiche Büros auf der Etage. Vaters Büro liegt hinter der größten gepolsterten Tür, gleich neben dem Tresen der Sekretärin. Öffnet man diese Tür, betritt man einen großen Raum, der mindestens halb so groß ist wie das Oval Office in Washington, oder vielleicht sogar noch größer. Eine Reihe von Fenstern bietet Ausblicke auf den Fjord, die Boote nach Nesodden, die Dänemark-Schiffe und die Kiel-Fähre als selbstverständliche Beigaben. Vaters Schreibtisch ist schöner als der des amerikanischen Präsidenten. Genauso dunkel und glänzend, aber größer. Außerdem hat er Aktenordner und Archivmappen in einem Regal direkt hinter sich. Der amerikanische Präsident hat das nicht. Überhaupt findet der Sohn es ganz phantastisch, dass der Vater mit seiner einfachen Herkunft, über die er sehr gerne spricht, es so weit im Leben gebracht hat. Kommt man erst einmal so weit, ist es fast nicht möglich, noch weiter zu kommen. Er selbst braucht gar nicht weiter als bis in die fünfte Etage zu kommen. Er benötigt auch keine Aussicht. Sobald er allerdings auf der Remington-Maschine des Vaters schreiben darf, versucht er begabt und wichtig zu wirken. Dann schreibt er Gedichte im Stil von Stein Mehren. Der Dichter, den seine Eltern mögen. Es sind starke Worte, die er schreibt: »Dort draußen in dem großen Raum triffst du auf deinen eigenen Kosmos. Das Rätsel in deinem eigenen Rätsel!« Wirklich, das klingt absolut nach Mehren, doch als er es dem Vater zeigt, lacht der bloß kameradschaftlich und sagt: »Was für ein Quatsch.« Aber der Sohn reagiert nicht beleidigt. Er weiß, dass der Vater es gern sieht, wenn er Gedichte schreibt. Deshalb darf er auch die Gedichtsammlung *Kosmos* auf der Remington-Maschine schreiben. Dreißig Gedichte hat er in rasendem Tempo heruntergerattert. Sie heißen *Merkur*, *Eine Begegnung in der Milchstraße*, *Galaxien* usw. Aber der Vater verlangt etwas mehr von ihm. Genauso wie er etwas mehr verlangt, als sie nun, an diesem Junitag 1966, am Küchentisch zu Hause im Parksvingen sitzen und der Sohn wissen muss, was eigentlich eine Gleichung ist. Denn Lindholm hat sie aufgefordert, sich das einzuprägen, da sie bald aus dem warmen Nest der Waldorfschule in eine gnadenlose Welt hinausgeworfen werden, wo es weder Morgengedichte noch Eurythmie gibt.

»Das ist gar nicht so schwer«, sagt der Vater. »Benutzt du das Wort Gleichung, drückst du damit lediglich aus, dass zwei Größen gleich sind. Vergiss nicht, dass eine Gleichung wahr oder falsch sein kann. Oft beinhaltet eine Gleichung eine oder mehrere variable Größen, die mit Buchstaben symbolisiert werden. Die Gleichung gibt also eine Leitline darüber, welche Werte oder welche Form diese Variablen annehmen können, damit die Gleichung wahr wird. Das verstehst du doch, oder Ketil?«

»Natürlich«, erwidert der Sohn und nickt.

»Und dabei musst du auch wissen, dass die Lösung einer Gleichung beinhaltet, Werte für diese Variablen zu finden, die dazu führen, dass die Gleichung wahr ist. Vergiss nicht, dass eine Gleichung keine, eine oder viele Lösungen haben kann. Eine mögliche, für die Gleichung zufriedenstellende Lösung nennt man Wurzel. Die Lösung einer Gleichung kann eine Zahl sein, wie etwa in einer algebraischen Gleichung. Aber denk daran, dass die Lösung auch aus einer Funktion bestehen kann. Also denk an Integralgleichung kontra Differenzialgleichung. Am wichtigsten ist, dass eine Gleichung mit mehreren Variablen eine Beziehung zwischen den Variablen definiert. Formeln und Gleichungen werden verwendet, um Zusammenhänge zwischen Größen in einer mathematischen Sprache zu beschreiben. Denk nur an Einstein und seine berühmte Gleichung $E=mc^2$. Das hast du doch wohl schon mal gehört?«

»Glaub schon«, sagt der Sohn.

»Gibt es sonst noch etwas, das du wissen musst?«, fragt der Vater.

»Ja«, sagt der Sohn. »Was ist LSD?«

»Etwas völlig anderes«, sagt der Vater. »Wieso fragst du?«

»Ach, da war bloß einer in der Klasse, der davon erzählt hat.«

»Wovon?«

»Von einem Psychologieprofessor in den USA, der verhaftet wurde.«

Der Vater nickt: »Timothy Leary. Aus Harvard. Ja, die haben wohl etwas Marihuana in seiner Wohnung in New York gefunden. Aber Marihuana ist nicht LSD. Marihuana ist eigentlich gar nicht so gefährlich. Trotzdem hoffe ich, dass du niemals damit anfängst, Ketil. Sieh dir bloß die Alkoholiker in meiner und Alfhilds Familie an, dann weißt du, wie gefährlich Rauschmittel sind.«

»Aber LSD ist doch was anderes, oder? Du als Chemieingenieur kennst doch wohl die Unterschiede bei diesen Sachen?«

»Ich sollte es jedenfalls. Alkohol ist Ethanol oder Ethylalkohol. Also C_2H_5OH. Aber LSD ist schlicht und einfach Lysergsäurediethylamid, also $C_{20}H_{25}N_3O$. Ein kräftiger und synthetischer psychedelischer Stoff. Aber mir gefällt es gar nicht, dass du danach fragst. Hast du das ausprobiert?«

»Bewahre, nein!«

Der Vater denkt nach. »Vergiss nicht, dass solche Sachen, auch Marihuana, den Eindruck vermitteln, dass Gefühle, Sinne, Erinnerungen und Bewusstsein verstärkt sind.«

»Dann hab ich vielleicht doch schon mal LSD genommen. Ich träume nämlich nachts ziemlich viel. Alles wirkt plötzlich stärker auf mich ein.«

»Unsinn, mein Junge. Ich sehe dich doch jeden Tag. Du bist nicht auf Drogen. LSD kann im Übrigen zu Verwirrung und Perioden mit starkem Angstgefühl führen.«

»Ja, eben.«

»Hast du starke Angstgefühle?«

»Nein, so nicht. Aber ich habe Angst vor vielen Dingen.«

»Genau wie deine Mutter. Du musst versuchen, diese Gedanken zu vermeiden, Ketil. Die sind zu rein gar nichts nutze.«

Als der Abend kommt und er sich unbeobachtet glaubt, sucht er im Lexikon nach LSD. Er liest, die Droge könne neue Sinneseindrücke hervorrufen, wie etwa sich bewegende geometrische Muster, sichtbare Spuren von Gegenständen in Bewegung sowie scharfe Farben. LSD verursache keine Halluzinationen, sondern Illusionen und tagtraumartige Phantasien, bei denen gewöhnliche Gegenstände und Erfahrungen eine neue Färbung oder Bedeutung annehmen.

Aber ist es nicht genau das, was er in diesem Frühling erlebt? Dass die Schwerpunkte sich verlagern. Und all diese heftigen, aber oft auch sehr kurzen Verliebtheiten. Was ist damit? Zwar sind diese Mädchen keine gewöhnlichen Gegenstände, doch eine neue Färbung oder Bedeutung nehmen sie trotzdem an. Die Musik, die er spielt. Auch die verändert sich. Tag für Tag neue Sinneseindrücke.

Und während der ganzen Zeit die Angst vor Verlust.

Schulabschluss an der Waldorfschule. Es ist Ende Juni. Die hellste Zeit des Jahres. Er steht im Eurythmiesaal, der mit frischen Birkenzweigen geschmückt ist, und singt mit den anderen Schülern aus vollem Hals: »Es ist meiner Seele ein freudiger Drang«. Gerade, als sie »Kommt ins schöne Maridal, zu Kleivens schwindelndem Portal« singen, bricht seine Stimme. Er sieht zu Mads. Aber Mads erwidert den Blick nicht. Als hätte der Freund schon begriffen, dass ab diesem Punkt kein Weg zurückführt. Nie wieder Haltestelle Smestad. Außerdem hat Mads einen Plan für sein Leben. Er will Jurist werden. Und falls er nicht als zu kontrovers und sowjetfreundlich betrachtet wird, kann er womöglich eines Tages als Minister der Regierung beitreten. Was weiß man eigentlich über die Zukunft? Er hat nicht die geringste Vorstellung, als er dort steht und versucht, Mads' Blick aufzufangen. Aber Mads ist ja nicht der Einzige. Da sind Knut, Helge, Kjell, Harald, Paal, Sverre, Jens Christian, Fleming, Ole Jacob und Stig. Da sind Jørgen und Preben. Und Christopher, der bald auf die sieben Weltmeere hinausfährt. Niemand kann ihn mehr aufhalten. Und dann sind da all die Mädchen. Er bringt es kaum über sich, sie in seinem Kopf beim Namen zu nennen. So nah sie ihm gewesen sind. Das wissen sie selbst nicht einmal.

Alle Lehrer. Lindholm, der immer etwas schüchtern wirkt, wenn er den feinen braunen Anzug trägt. Jetzt hat er etwas Sanftes an sich, als er mit der Schleife am Kragen dasteht und die kleinen Schmetterlinge freilassen soll. All die Jahre ist er wie der Knopfgießer in Ibsens *Peer Gynt* gewesen. Er hat versucht, sie umzugießen nach seiner eigenen

Gebrauchsanweisung. Er hat seine besten Rezepte verwendet. Er hat gemahlen, gebrannt und gemalt. Er hat gewütet und erschreckt, gelächelt und sich eingeschmeichelt. Er hat ihnen einen ganzen Menschen gezeigt, in all seinen Facetten. Manchmal waren sie wie gelähmt, entrüstet ob der brutalen Worte, ob der direkten Ansprache. Dann wieder haben sie gelacht und sich verzaubern lassen von diesen poetischen Räumen, die er zu erschaffen vermochte, nicht zuletzt als sie mit *Draumkvedet*, dem berühmten Gedicht aus dem Mittelalter, gearbeitet haben. Tag für Tag kam er, an Gewürznelken knabbernd, in die Schule und hatte einen Plan. Er wollte etwas mit dieser Klasse. Und er schaffte es, viele von ihnen einzufangen. Ein paar entkamen ihm oder flüchteten in schierer Panik. Diejenigen, die später im Leben seinen Namen nicht mehr hören wollten. Diejenigen, die zu den anderen Lehrern wechselten, Parmann, Sandvik, Hartmann, Borgen und Smith.

Doch daran denkt er nicht, als er am letzten Tag in der Volksschule mit seinem mächtigen Körper zwischen den Mitschülern steht. Er ist sich all dessen nicht bewusst. Doch es ist da wie eine Ahnung. Und er kann nicht ganz verstehen, wie er weiter durchs Leben kommen soll. Er wird auf eine Schule wechseln, wo Tormod das Abitur machen soll. Stabekk. Da gibt es Hockey und Bandy. Mathematik, naturwissenschaftliche Fächer, Englischunterricht und Menschen, die einander blutig schlagen, wenn sie wütend werden. Die nichts wissen über das feinmaschige Netzwerk, von dem er ein Teil gewesen ist. Vielleicht gibt es im Keller eine Gaskammer oder einen elektrischen Stuhl für den Fall, dass man sich nicht ordentlich benimmt.

Der Vater kommt mit Blumen. Er ist wie geschaffen für solche Anlässe. Er möchte dem Leben danken. Er möchte Lindholm danken. Da stehen sie, die beiden Männer. Der Sohn sieht, dass den Vater so etwas Zweideutiges, Politikerhaftes überkommt, aber gleichzeitig auch etwas Aufrichtiges. Die großen Worte werden so groß, dass er sie nicht wirklich zu meistern weiß. Doch weil er meint, was er sagt, und eine veritable Lobpreisungsrede hält, kommt es beim Publikum gut an. Die Eltern klatschen begeistert und erheben sich. Sieben Jahre Schulunterricht sind nun vorbei für diese dreißig Kinder, die recht verschiedene

Gefühle und Geschichten über ihre Erlebnisse in sich tragen. Ist das Ganze eigentlich etwas zum Feiern?, denkt er. Er möchte jetzt bloß nach Hause. Zum Klavier. Zu Brahms. Zur Vertrautheit des Zuhauses. Es ist so traurig, etwas Wertvolles auf diese Weise zu verlassen. Am liebsten möchte er weinen. Aber es kommt nicht infrage, sich in so einer Situation gehen zu lassen. Obwohl einige der Mädchen weinen. Und viele Eltern. Erstaunt blickt er sie an. Er versteht nicht, worüber die jetzt weinen.

Lindholm tritt zu ihm. Lächelt sein listiges Lächeln, aus dem er nie schlau geworden ist.

»Wir beide sind ja noch nicht fertig miteinander«, sagt er.

Der Vierzehnjährige spürt die schwere Hand auf seiner Schulter. Genau solche Bilder hat er viele Male in sein Skizzenbuch gezeichnet. Der kluge Alte. Der unwissende Junge. Aber was meint der Alte damit? Dass sie einander weiter sehen werden, weil er bei Amalie Klavierstunden nimmt? Oder ist da noch mehr? Als er das letzte Mal im Ruglandvei war, hat Lindholm sich zu ihnen in die Küche gesetzt, wo er und Amalie am großen Tisch hockten, Tee tranken und über alles Mögliche sprachen. Mehrmals hat Lindholm vom Goetheaneum gesprochen, dem anthroposophischen Zentrum in Dornach, und gesagt, dass er Rudolf Steiners Ideen über Kunst und Musik in seine eigene Welt übertragen sollte. Er hat über Bruckners Symphonien gesprochen, die Steiner liebte. Schade, dass er nur so wenig für Klavier geschrieben hat, denkt der Vierzehnjährige. Aber er sagt es nicht. Im Beisein von Lindholm möchte er nur lieb und gefügig sein.

Sie stehen auf dem Schulhof. Schwirren ein wenig umher, wie sie es all die Jahre getan haben. Es ist das letzte Mal, und sie wissen es. Sie schaffen es nicht, sich voneinander zu verabschieden. Können nicht sagen: »Viel Glück weiterhin«, wie sie es tun sollten. Ein Meer von Gefühlen staut sich in ihnen auf. Trauer. Schüchternheit. Angst. Erleichterung. Dann sieht er Mads mit seinen Eltern den Schulhof verlassen, sie gehen zur Haltestelle Hovseter. Er hält sie beide an den Händen, wird zu einem kleinen Jungen, den der Bjørnstad-Junge im Laufe der Jahre, in denen sie an der Haltestelle Smestad standen und die Probleme der Welt lösten, nie entdecken konnte. Mads sagt nicht mal Tschüss.

Da kommt Erik zu ihm. Erik T. Der ist tough und ein bisschen rundlich. Könnte einer von den Hardy-Boys sein. In letzer Zeit haben sie öfter miteinander gesprochen. Nicht über Politik. Nicht über Musik. Nicht über Mädchen. Also, worüber reden sie eigentlich?

»Willst du mitkommen auf eine Reise?«, fragt Erik T.

»Ja«, antwortet er.

80

Die erste große Reise ohne Mutter und Vater. Die Reise mit Erik. Norwegen. Sommer 1966. Eriks Vater ist ein freundlicher Mann, er fährt einen Volvo, der dreimal so teuer ist wie der Peugeot seines Vaters. Er verkauft Produkte in der Tube. Eine Art Leim? Sie wollen einmal um die Küste herum und die großen Städte besuchen. Tuben an die Hotels verkaufen. Vielleicht ist das ja *Karlsons Klister*, dieser schwedische Leim?

Diesen Teil von Norwegen hat er noch nie gesehen. Es fühlt sich eigenartig an ohne Tormod neben sich auf dem Rücksitz. Er saugt die Eindrücke in sich auf, als sie durch all die Orte in Südnorwegen kurven und sich für die erste Nacht im Solstrand Hotel in Mandal einquartieren. Sie sind Freunde, ohne einander zu kennen. Sie haben zu nichts eine Meinung, sind bloß zusammen. Lassen Eriks Vater entscheiden, wohin sie fahren. Sie schlafen in einem Doppelzimmer, das einer Farah Diba würdig wäre. Essen Lachs zum Frühstück und Steak am Abend. Sie bekommen Limo und Mineralwasser und stopfen Schokoladenpudding mit Vanillesauce in sich hinein, und das sogar montags oder dienstags. Und die ganze Zeit über spricht Eriks Vater mit Menschen, die sie nur kurz sehen, über die Tuben, die er verkauft. Das Wundermittel, das die Welt einfacher machen soll. Vielleicht könnte er eine Tube bekommen und damit seine Angst loswerden oder seinen Eltern eine geben, damit sie für immer und ewig aufhören zu streiten.

Erik ist genauso friedlich wie er. Ja, dicke Menschen sind nett, denkt er. Die wollen nicht gewinnen, die Besten sein oder am weitesten springen. Die wogen nur sachte auf ihrem Fett, wie ein Segelboot bei Windstille, und spähen in die Sonne.

Fort von allem Bekannten. Fort vom Parksvingen. Fort vom Klavier. Fort von der Familie, von Lindholm und Amalie. Aber er hat keine Angst. Erik T. und dessen Vater haben so eine sanfte Art, miteinander zu reden. Ein bisschen mumintrollartig. Der Vater hat die große Pespektive vor Augen. Wie der Schnupferich. Der im Herbst in den Süden geht und im Frühjahr ins Mumintal zurückkehrt. Der alte grüne Klamotten und einen breitkrempigen Hut trägt, den er bei der Geburt bekommen hat. Der Pfeife raucht und Mundharmonika spielt. Der auch skeptisch gegenüber Autoritäten ist. Der Unterschied wird allerdings nachts offenbar, denn Eriks Vater wohnt nicht im Zelt, sondern im Hotel.

Er hat das Gefühl, dass sich eine neue Welt vor ihm öffnet. Das Erstaunen über Dinge, die er nicht wusste. Die großen braunen oder weiß gestrichenen Hotels die ganze Westküste entlang. Mit Glasveranden und englischen Lords. Das Alexandra Hotel in Loen: Ein Palast, ein Ort für König Olav höchstpersönlich, mit zu Rosenblüten geformtem Räucherlachs, mit gebratenen Forellen, Roastbeef und Remoulade, mit Gelees und Saucen in allen Farben, mit Pferd und Wagen, der die Gäste bis hinauf zum Briksdalgletscher bringt, wo sie auf das scharfe, warnende Knallen des blaugrünen alten und runzligen Eises hören können, wenn es aufzubrechen beginnt. Das Eis ähnelt der Haut uralter Menschen. Tiefe Scharten. Lange Kerben, fast wie Narben. Ein paar Menschen sind dort vorigen Sommer tödlich verunglückt. Er steht zusammen mit seinen neuen Freunden, starrt auf das 10 000 Jahre alte Wasser und fragt sich, ob es vielleicht etwas spürt, wenn es in der Sonne auftaut und Bäche bildet, die ins salzige Wasser strömen. Übersehene Details der Natur. Das Klavier, auf dem er nicht üben muss. Die Gefühle der Musik, die er aufgebürdet bekam. Jetzt hatte er nur seine eigenen. Hatte nicht einmal eine Melodie im Kopf. Die Landschaften, die er sah, waren Musik für ihn. Und jeden Abend, bevor sie schlafen sollten, lagen die beiden Freunde im Doppelbett und sprachen über alles und nichts. Er ist erstaunt über diese Freundlichkeit, über alles, was Erik T. und sein Vater ihn erleben lassen, ohne dass er sich darum verdient gemacht hat. Er wundert sich, wieso das genau jetzt passiert. Sie hätten schon so lange Freunde sein können. Aber es sind diese beiden Wochen, in denen sie zusammensein können wie Feunde.

Er soll sich mit seinen Eltern in der Juvasshütte treffen. Aber erst soll er mit Erik auf den Gipfel des Galdhøpiggen. Der höchste Berg Norwegens. Aber genau das tut er nur ungern. Wenn er Gewinner sieht, verspürt er immer eine Art Melancholie. Die haben ihr Ziel erreicht. Weiter kommen sie nicht. Aber warum soll er denn zum Galdhøpiggen, wenn der zweithöchste Berg, der Glittertind, schneebedeckt dort vorn in Sichtweite liegt. Aber der Tag ist gekommen. Mit dem längsten Seil, das er je gesehen hat, binden sie sich aneinander. Kinder aus allen Winkeln Norwegens sind hierher gekommen. Und dazwischen ein paar Erwachsene. Er ist froh, dass Eriks Vater mit dabei ist. Er hat das Gefühl, dass Erik und er zu einem Jungentyp gehören, bei dem alles schiefgehen kann. Genau dieses Gefühl hat er jetzt. Dass alle Unglücke nur für ihn geschaffen wurden, dass er sie eins nach dem anderen erleben wird und dass ihm deshalb ein langes und unglückliches Leben beschieden ist.

Die Luft an diesem sonnigen Julitag ist stechend scharf. Die Juvasshütte liegt 1841 Meter über dem Meeresspiegel. Das ist hoch. Ziemlich hoch. Ihm wird schwindelig, wenn er nur daran denkt. Und jetzt soll er auf den höchsten Berg. Doch dann denkt er an seine Mutter, die keine Angst vor der Höhe hat. Die wie eine Ziege herumklettert, sobald sie einen Berg sieht. Die den Besseggen entlanggegangen ist und auf dem Gipfel des Knutholstind war. Plötzlich denkt er, dass dieses Herumgeklettere der Mutter vielleicht ein Symbol für das war, wonach sie sich die ganze Zeit gesehnt hat: dass das Leben frei und großzügig sein sollte und nicht an große Besitztümer oder Kreditschulden gekettet. Dass sie sich Krabbensalat zu den Würstchen leisten könnte. Dass sie ganz nach Belieben ein Konzert besuchen könnte. Ja, es ist die Mutter, an die er in diesen Tagen am meisten gedacht hat, während Erik T. ihn vergessen lässt, dass er nicht länger zur Waldorfschule geht, dass er in weniger als zwei Monaten in Stabekk anfangen wird, wo sich laut Tormod alles um Zahlen, naturwissenschaftliche Fächer und Noten dreht. Alles, bei dem er zu Misserfolg verurteilt ist. Doch in der Juvasshütte findet an diesem Tag kein anderer Wettbewerb statt, als dass sie allesamt Norwegens höchsten Berg besteigen und an einem Seil den Styggebreen-Gletscher überqueren.

Allein der Name. Styggebreen. Es ist offensichtlich, ja es steht geradezu in den Sternen geschrieben, dass genau er in eine Spalte fallen und der Junge sein wird, von dem später alle in den Zeitungen lesen können. Derjenige, der aus unerklärlichen Gründen aus der Seilschaft glitt und dreißig Meter tief in die eiskalte Spalte stürzte, wo er erfroren und zerschmettert liegenblieb. Vielleicht etwas, worüber Finn Alnæs seinen nächsten Roman schreiben könnte. Das wäre dann allerdings der einzige Trost. Er wollte doch so gern leben.

Als er erst einmal dabei ist, fühlt es sich an, als säße er auf dem Podium am Flügel. Das Ganze ist nicht mehr so erschreckend. Es geht um pure Konzentration. Es ist beinah ein Glück, zusammen mit diesen fremden Menschen in seinem Alter auf dem Eis zu gehen. Ein Gletscherführer läuft voran. Er heißt Hogne, hat kräftige Muskeln und trägt nur ein Baumwollunterhemd. Und der Vierzehnjährige fängt an, über das Mannsein nachzudenken, er fragt sich, ob Hogne mit den hübschen Sennerinnen schläft, die jeden Morgen in der Juvasshütte das Frühstück servieren und kaum älter als sechzehn sein können. Dann jedenfalls tut er etwas, das gerade so gesetzlich erlaubt ist. Und das findet der Vierzehnjährige erschreckend. Denn wie kann etwas im Mai verboten sein und im Juni erlaubt. Er versteht das mit dem Alter einfach nicht. Doch als er sich über den Styggebreen kämpft und spürt, wie ihm der Schweiß aus allen Poren tropft, schaut er zu Hogne und weiß, dass er niemals so ein Mann sein wird. Niemals ein Gletscherführer. So einfach ist das. Gleichzeitig spürt er dieselbe Freude wie seine gleichaltrigen Begleiter, als er endlich wieder den Fuß auf festen Untergrund setzen kann und weiß, dass er außer Lebensgefahr ist, jedenfalls so lange, bis sie zurückgehen. Und in der Zwischenzeit soll der Gipfel bestiegen werden.

Er stürmt die letzten hundert Meter hinauf. Es ist einfacher als er geglaubt hatte. Fühlt es sich so an, zu gewinnen? Mit dem Lorbeerkranz dazustehen wie damals Ants Antson in Bislett. Wie es auch Fred Anton Maier hätte tun können, wenn der Fünfländerkampf im Februar eine Weltmeisterschaft gewesen wäre.

Aber da steht er auf dem Gipfel, zusammen mit allen anderen in der Gruppe. Es gibt kein Publikum, dem er zuwinken könnte. Nur die Natur. Der Glittertind in der Ferne. Er hat das Gefühl, über sämtliche Berggipfel und Hügel Ostnorwegens blicken zu können bis hinunter zum Parksvingen. In einem der Täler gleich unterhalb kommen die Mutter und der Vater im Peugeot angefahren. Sie wollen ihn abholen. Zurück in die Sicherheit.

Doch auch das Neue und Unbekannte fühlt sich plötzlich sicher an.

Der heiße Sommer mit dem großen Elefanten. Fußball-WM in England. Er mag diesen Sport nicht, muss ihn aber zwischen Schumann und Brahms auf dem Klavier widerwillig ein wenig verfolgen. Eusébio da Silva Ferreira beschäftigt ihn. Die schwarze Perle aus Lourenço Marques in Mosambik. Das dunkle Muskelpaket, der Prinz mit dem irrsinnigen Tempo. Genau dieses Tempo fällt ihm auf, als er in heimlichen Stunden vor dem Fernseher sitzt und, genau wie Mads es getan hätte »Ich mag keinen Fußball. Ich mag keinen Fußball« vor sich hin murmelt. Er hält zu Portugal und der Sowjetunion, nicht zu England und Westdeutschland. Aber er kennt es von früher. Diejenigen, zu denen er hält, sind zum Scheitern verurteilt. Könnte er zu England halten, würde Portugal gewinnen. Aber das kann er nicht. Er erkennt einen Verlierer auf hundert Meter Entfernung. Und er kann die Größe eines Verlierers sehen. Er kann die Fehler eines Verlieres mögen, wie er die Fehlgriffe von Pianisten wie Arrau und Rubinstein bewundert. Kein anderer sieht die dahinter liegende Genialität. Sie sind auf Perfektion aus. Auf Reinheit und Fehlerlosigkeit. Aber sogar Fred Anton Maier kann nicht die ganze Zeit perfekt sein. Auch ihm können Fehler unterlaufen. Sport und Musik geraten völlig durcheinander, während er zwischen Fernseher und Klavier zu Hause auf dem Sofa sitzt und

Knäckebrot mit Erdnussbutter, Käse oder Dorschrogen isst. Solange nur für reichlich Butter gesorgt ist, geht es ihm gut. Es gibt keinen Brotbelag, den er nicht mag. Am liebsten aber etwas Fettiges. Fetter Käse. Mayonnaise. Fleischwurst. Etwas Pfeffer obendrauf, und das Leben ist lebenswert. Dann kann er auf Eusébio starren, während er kaut und schwelgt und Flecken auf dem hässlichen grünen Sofa hinterlässt, das seine Mutter unverständlicherweise toll findet. Er sieht sich diesen albernen Sport an, sieht wie Geoffrey Hurst von West Ham United den Ball vor die Querlatte schießt, sodass der Ball auf den Rasen trifft, entweder vor oder hinter der Torlinie. In den kommenden Jahren wird dies ein Diskussionsthema für unzählige Männer sein. Drin oder nicht? Der Schweizer Schiedsrichter Gottfried Dienst sagt zuerst, dass es kein Tor ist, doch dann kommt der sowjetische Linienrichter Tofik Bakhramov und meint, dass doch ein Tor erzielt wurde. Der Sowjet gewinnt. England gewinnt. Er liegt auf dem Sofa, isst fette Speisen und gleitet in eine Trägheit, die dem Fernsehen entspricht. Er kann von der Fußball-WM zu *Flipper* umschalten, der Serie mit dem Delphin, mit Parkranger Porter Ricks und seinen beiden Söhnen Sandy und Bud. Sie verbringen ihr Dasein im Coral Key Park auf den Bahamas. Flipper ist der intelligente Delphin, der Bud aus schwierigen Situationen rettet. Der jüngste Sohn im Parksvingen liegt auf dem Sofa, betrachtet die dramaturgischen Albernheiten in dieser amerikanischen Fernsehserie von NBC und verspürt eine seltsame Art von Frieden. Er weiß, dass er niemals versuchen wird, die Fußball-WM zu gewinnen. Stattdessen kann er daliegen und *Flipper* anschauen. Die Ruhepunkte des Heranwachsens. Die ihn stärker machen. Ohne dass er es selbst weiß.

Manchmal liest er auch Zeitungen und Zeitschriften, die der Vater abonniert hat. Er liest, dass die Norwegische Missionsgesellschaft in Haugesund nicht mehr das Wort *Heide* für diejenigen verwenden will, die nicht an Gott glauben. Von nun an sollen sie *Volksgruppe* heißen. Gleichzeitig liest er in *Kontrast*, dass der Anton Brøgger-Stipendiat an der Universität unheimliche Wege für die Zukunft aufzeigt. Die Biologie biete völlig neue Möglichkeiten. Die Menschen dürften sich jetzt nicht so passiv verhalten wie im Zusammenhang mit den Atomwaffen.

Samen könne tiefgefroren werden, und schon lebten Kinder auf der Erde, die mit tiefgefrorenem Samen gezeugt seien. Während er auf dem Sofa liegt, begreift er, dass hier von Syvers weißem Pisskram die Rede ist. Samen ist Pisskram, nicht mehr und nicht weniger. Er sträubt sich, liest aber dennoch, dass Retortenbabys und Vorausbestimmung des Geschlechts schon bald Wirklichkeit sein werden. Auch künstliche Bildung von Eizellen ist womöglich denkbar, sodass man in einigen Jahren Tausende und Abertausende von identischen Ausgaben desselben Menschen produzieren könnte. Auch die Transplantationstechnik wird sich entwickeln, sodass Menschen, die nicht sterben wollen, sich Herz, Nieren und Leber ersetzen lassen können.

Er liegt auf dem Sofa und liest. Am meisten denkt er über die künstliche Bildung von Eizellen nach. Könnte seine Mutter wieder und wieder produziert werden? Könnte sie wiederauferstehen, ein ums andere Mal, in ständig neuen Körpern? Könnte er ein Leben haben, in dem er niemals, nicht ein einziges Mal, ohne Mutter wäre? Es fühlt sich wie ein Versprechen an. Wie ein Trost.

Doch wenn es ihn selbst betrifft? Immer weitere Ketils? Wieder und wieder?

Ein Albtraum.

Dann fuhren sie alle nach Risør, zu Emma mit der Sahne und den geriebenen Möhren. Emma in Hundorp, die Emma aus Risør war. Sie hatte es ernst gemeint. Sie sollten alle zu ihr und ihrer großen Familie kommen. Nicht weit entfernt von dem Ort, an dem Aksel Sandemose ein Jahr zuvor gestorben war. Sie kamen an dem unheimlichen Ort vorbei, an einem See. Seine Mutter erschauderte. Sie sollten dort mehrere Wochen verbringen, diese abscheulichen Fische fangen und sich den Angelhaken in den Finger rammen, dass es aus der Wunde zu bluten anfing. Sie waren ganz weit draußen an der Mündung eines Fjords. Nordöstlich von Risør. Bei klarem Wetter konnten sie bis nach Dänemark schauen. Es gab da einen Friedhof. Er ging zwischen den rostigen Eisenkreuzen umher und dachte an Erik Bye. *Anna Lovinda.* Der regenschwere Sommer in Hvalstrand, wo sie die Jukebox hatten. »Ja, schlaf unter Lilien, Anna Lovinda, schlaf süß unter Lilien und Laub. Ein Wanderer hat heute Abend sein Haupt entblößt. Ein Gedanke kniet vor deinem Staub.«

Anna. Anna Lovinda. Wie er das Lied liebte. Ganz vorn am Øysangfjord läuft er auf dem stillgelegten Friedhof umher und denkt an all die Menschen, die es dort gegeben hat, während er die Namen auf den Kreuzen und Grabsteinen liest. Manchmal berichten sie von Schiffsuntergängen, von Trauer, von Witwen und von konkreten Geschehnissen. Auf anderen steht nur der Name. Eine Jahreszahl für die Geburt, und eine Jahreszahl für den Tod.

Sie waren so jung.

Er muss Emma den Witz erzählen, wieder und wieder. »Sieh nur den Leopard da vorn! Erschieß ihn vom Fleck weg!« »Von welchem Fleck denn?« Sie ist nicht schlanker geworden. Ihre Knöchel sind immer noch dick wie Baumstämme. Sie sitzt in der Küche des kleinen weißen Hauses. Sie trinkt Sahne. Sie isst keine Mohrrüben mehr. Sie isst Brötchen mit Butter und Marmelade. Fleischwurst, Biscuitrollen und Sülze. Sie thront. Der Vater will angeln. Zieht Streifenlippfisch, Hornhecht, Petermännchen, Gefleckten Lippfisch und alle möglichen Drecksfische aus dem Wasser. Die liegen da und zappeln in dem abgenutzten Ruderboot, bevor sie ihren letzten Atemzug tun. Niemand mag sie erschlagen. Manchmal gibt es allerdings auch Kabeljau und Köhler. Der Vater freut sich. Zum Abendessen frischer Fisch, der sich in der Pfanne kringelt, mit brutzelnder Butter. Die knusprig gebratene Haut ist das Beste.

Alle sind so sympathisch. Freundlicher als in Oslo. Sie reden langsamer, sanfter, fast wie Erik T. Sie haben auch nicht viel Stress. Eine Großfamilie. Eine Oma. Zwei Söhne. Deren Familien. Die Kinder. Die Jungs, mit denen er reden kann. Die den Unterschied zwischen Öl und Benzin kennen. Die wissen, wie Boote vertäut werden müssen. Kreuzknoten. Außerdem wissen sie etwas über Marna-Motoren und Außenborder. Einer der Söhne betreibt einen Schrotthandel. Der liegt unten beim Anlieger und muss der größte im ganzen Land sein.

Nachmittags, wenn er sich unbeobachtet glaubt, schlendert er zum Anlieger hinunter, betritt die Schuppen, setzt sich zwischen all den Rost. Er ist im Museum des Verschleißes. Nägel, Muttern, Schrauben, Zylinder. Eisen in jeder Façon. Wird das eingeschmolzen? Wird es von jemandem abgeholt? Alles ist genauso verrostet wie die Eisenkreuze auf dem stillgelegten Friedhof. Fast kann er ein Skelett hinter jedem der Gegenstände sehen. Vom Wasser aus wirkt es wie ein riesiges Gebirge aus unbrauchbarem Plunder. Es wird größer, Tag für Tag. Manchmal fühlt es sich klaustrophobisch an. Dann muss er zum Friedhof hinübergehen und dann hinunter über den schmalen Pfad zu der Strandbucht, wo die Hütte des Amerikaners steht. Tolsbys Hütte. Aber der Besitzer ist niemals da. Er wohnt in Amerika. Ist mit ganz anderen Dingen beschäftigt.

Da müsste ein Flügel stehen, denkt der Vierzehnjährige.

Ein rostfreies Instrument. Mit Hämmern, Saiten, Klangboden und Zargen.

Man sollte Brahms oder Schumann über den Øysangfjord hören können. Bis nach Risør sollte man es hören können, und bis nach Stangholmen.

Zum ersten Mal im Leben vermisst er es, Klavier zu spielen.

81

Im Zentrum von Oslo, im Regierungsviertel, trägt die Planwirtschaft den Sieg davon. Nachdem die bürgerliche Koalition das Land ein Jahr regiert hat, bestätigt Ministerpräsident Borgen, was auch sein Vater die ganze Zeit schon gesagt hat, dass es nämlich unmöglich sei, einen markanten Systemwechsel herbeizuführen. Überall herrscht Planwirtschaft. Der Mann der Arbeiterpartei, Trygve Bratteli, hält eine Rede: »Die ehemaligen, in der Regierungskoalition vereinigten Widersacher der Planwirtschaft setzen den Ausbau des bestehenden Fundaments für den Sozialstaat fort. Wir müssen daher den Schluss ziehen, dass diese Politik den definitiven Sieg davongetragen hat.«

Sozialdemokratisch oder bürgerlich. Das spielt keine Rolle mehr.

Sein Vater schüttelt den Kopf.

8. August 1966. Das Zentralkomitee der Kommunistischen Partei Chinas veröffentlicht seinen *Beschluss über die große proletarische Kulturrevolution*: »Obwohl die Bourgeoisie gestürzt worden ist, versucht sie immer noch, die alten Ideen, die alte Kultur, die alten Sitten und Gebräuche der Ausbeuterklassen zu verwenden, um die Massen zu korrumpieren, ihre Herzen zu gewinnen und eine Restauration mit allen Kräften herbeizuführen. Das Proletariat muß genau das Gegenteil tun: Es muß jeder Herausforderung der Bourgeoisie auf ideologischem Gebiet hartnäckig begegnen und neue Ideen, eine neue Kultur, neue Sitten und Gebräuche des Proletariats anwenden, um das geistige Antlitz der gesamten Gesellschaft zu ändern. Gegenwärtig

besteht unser Ziel darin, gegen jene Leute in Machtpositionen, die den kapitalistischen Weg gehen, zu kämpfen und ihnen einen vernichtenden Schlag zu versetzen, die reaktionären bürgerlichen akademischen ›Autoritäten‹ und die Ideologie der Bourgeoisie und aller anderen Ausbeuterklassen zu kritisieren und zurückzuweisen sowie die Erziehung, Literatur und Kunst und alle anderen Teile des Überbaus, die nicht der sozialistischen Wirtschaftsbasis entsprechen, umzuformen, damit die Konsolidierung und Entwicklung des sozialistischen Systems gefördert werden.«

Tausende junger Chinesen strömen nach Peking. Sie betreiben Propaganda für den neuen Lebensstil, an den sie glauben. Sie suchen Geschäfte, Cafés und Restaurants auf. Sie haben einen Aufruf dabei: *Kriegserklärung an die Welt.* Sie nennen sich *Die Roten Garden.* Sie fordern ihre Landsleute inständig dazu auf, sich von der westlichen Linie zu distanzieren. Das Ziel ist die Schaffung einer kommunistischen Gesellschaft im Sinne der Theorien von Engels, Marx und Lenin. Die Diktatur des Proletariats ist nur der erste Schritt auf dem Weg zu einer ganz anderen, gerechteren Gesellschaft. Gleichzeitig besteht die Zielsetzung darin, die sozialistische Staatsbildung überflüssig zu machen. Erst wenn alle Menschen auf der Erde verstanden haben, dass ihre persönlichen Interessen am besten innerhalb einer Gemeinschaft wahrgenommen werden, kann ihr eigenes Leben befreit und können ihre Träume verwirklicht werden. Genau diese Vision vom allgegenwärtigen kollektiven Bewusstsein, anstatt des individuellen Bewusstseins in der bürgerlichen Gesellschaft, soll den neuen Menschen erschaffen. Die Fensterscheiben christlicher Kirchen werden eingeschlagen. Die Rotgardisten hissen überall rote Fahnen. Kein »bürgerliches Haus« kann sich noch sicher fühlen. Kostbare Möbel landen auf dem Müll. Modische westliche Bekleidung wird öffentlich zerstört. Die politischen Führer kommen der Jugend entgegen und preisen die Rotgardisten als die aktivsten, tapfersten und standhaftesten jungen Menschen, die China sich nur wünschen kann. Im Laufe weniger Sommerwochen verwandeln diese Studenten Peking in eine revolutionäre und proletarische Stadt. Das Politbüro errichtet die neue

Kulturrevolutionsgruppe. Der umstrittene Lin Bao, der Mao Zedong nahe steht und *Maos kleines rotes Buch* zu Papier bringt, schreibt: »Der Vorsitzende Mao ist ein Genie. Alle Worte des Vorsitzenden Mao sind die absolute, richtige Wahrheit. Ein Satz vom Vorsitzenden Mao gleicht zehntausend Sätzen von uns.«

Plötzlich sitzt Abel in der Küche. Er ist ohne Leah gekommen und ohne die schwedische Sünde und das neue Kind. Sie haben einander lange nicht gesehen. Aber er ist noch immer derselbe. Ich denke, dass es manche gibt, die sich niemals ändern. Abel ist so einer. Er knabbert Nussschokolade und erzählt von allen Filmen, die er gesehen hat, während er in der Stadt war. *Sound of Music* war seiner Meinung nach ziemlicher Kitsch. Aber er liebte den schwedischen Film *Att angöra en brygga*. Und dabei kommt er auf die Kulturrevolution in China zu sprechen.

»Mao hat ja recht!«, sagt Abel. »Das Eigentumsrecht macht uns zu materialistischen Dummköpfen. Wir sehen nicht mal, wie abgestumpft wir geworden sind, während wir in unserem Wohlstand herumlaufen und dabei immer egoistischer und kleingeistiger werden. Wir sind so kleingeistig, dass wir alle Utopien aus dem Blickfeld verloren haben. Für Mao ist die Revolution ja etwas Beständiges. Ein Zustand. Die Korruption war kurz davor, China umzubringen, genauso wie sie schon längst die Moral in der westlichen Welt umgebracht hat. Nicht wahr, Per?«

Der Vater hört Abel zu. Er hat ein paar Zeitungsartikel hervorgeholt, welche die ideologische Grundlage für die Kulturrevolution beschreiben, der Traum von Datong, die große Harmonie. Kang Youweis Gedanken vor einigen Jahrzehnten. Dass Staaten, Grenzen und Kriege aufhören. Dass Rassen bei Heirat zwischen den Volksgruppen hinschwinden. Dass es zu einer völligen Befreiung der Frau kommt und sich die Familienstrukturen auflösen. Dass Kinder in Gemeinschaftsinstitutionen aufgezogen werden. Dass sich die Öffentlichkeit alter, kranker und sterbender Menschen annimmt. Dass Privateigentum nicht länger existiert. Dass Raumschiffe und fliegende Häuser gebaut werden. Dass Spezialkleidung vor Hitze und Kälte schützt. Dass niemand mehr Körperbehaarung hat, ausgenommen in der Nase, weil das unhygienisch ist. Dass Christentum, Islam und Konfuzianismus verschwinden, weil man in der Dadong-Welt Elfen gleichen wird. Und es wird kein Leben ausgelöscht.

Ich höre Vaters Stimme, als er diese Dinge laut vorliest. Er war ja immer schon ein Utopist. Die großen Gedanken geben seinem Leben einen Sinn. Zusammen mit all den kleinen Handlungen. Doch danach, im Gespräch mit Abel, ist er unsicher. Er ist für das Verbot körperlicher Auseinandersetzung, ein Kampf soll verbal ausgetragen werden. Er ist ergriffen vom Gedanken an *die vier großen Rechte* und *die große Demokratie*. Das Recht auf freie Meinungsäußerung. Das Recht, Wandzeitungen zu verfassen und große Debatten abzuhalten. Doch als er von den elf Millionen Rotgardisten liest, die vor einer Woche Mao und Lin Bao auf dem Tiananmen-Platz feierten, sagt er, so etwas könne gefährlich sein, die Kräfte könnten außer Kontrolle geraten. Es sei nicht sicher, ob die Abschaffung der *vier Alten* richtig ist. Also der alten Sitten, der alten Kultur, der alten Gewohnheiten und der alten Ideen.

»Ohnehin wird Sokrates niemals zu alt für mich sein«, sagt er. »Aber sie versuchen immerhin, etwas gegen den Irrsinn der Religion zu tun«, sagt Abel. »Und das muss dir doch gefallen, Per?«

»Alles muss zur richtigen Zeit passieren«, erwidert Vater. »Wenn alle Kirchen geschlossen und alle Tempel geplündert werden, reagiere ich mit Skepsis. Wo ist denn da der Respekt vor der freien Meinungsäußerung?«

»Dass das größte Land der Welt einen Aufstand gegen die Religion wagt, wird ohnehin Folgen für uns alle haben.«

Vater überlegt. Mao ist viele Jahre sein Held gewesen. »Ja«, sagt er schließlich. »Vielleicht ist Mao die Garantie dafür, dass dieser enorme Veränderungswille auch zu etwas führt. Kostenloser Schulbesuch. Kostenloser Gesundheitsdienst. Garantierte Arbeit. Das alles hat er hinbekommen. Die Armut schrumpft. Der Analphabetismus ist deutlich reduziert. Die Lebenserwartung steigt, gleichzeitig nimmt die Bevölkerungsgröße zu.«

Ich sitze zusammen mit diesen beiden Männern, die es noch nie verpasst haben, eine Meinung über die Geschehnisse in der Welt zu äußern, sich zu orientieren, Behauptungen gegeneinander abzuwägen und eine Wahl zu treffen.

»Ich hätte das nicht gedacht«, sagt Vater plötzlich, »aber was da drüben passiert, ist schlicht und einfach eine Nummer zu groß für mich. Ich weiß nicht, was ich davon halten soll. Die Zukunft wird es zeigen.«

»Inschallah«, sagt Abel lakonisch und isst den letzten Bissen Schokolade.

82

Erster Schultag an der Stabekk-Schule. Feuchte Augustmorgen nach kalten Nächten. Fast reife Klaräpfel. Tormod besucht das Gymnasium, das in dem anderen großen Gebäude oben auf dem Hügel untergebracht ist. Nur selten können wir zusammen zur Schule radeln. Er hat einen anderen Stundenplan als ich, wie er mir rücksichtsvoll erklärt. »Aber ich werde versuchen, mit dir zusammen zu sein«, sagt er. »In den Pausen und so. Und du musst versprechen, mir zu sagen, wenn jemand gemein zu dir ist.«

Als ob auch er es im Gefühl hat, dass das hier schiefgeht.

Als ich aber dann auf dem Schulhof stehe, ohne jemanden von denen zu kennen, mit denen ich in eine Klasse gehen soll, habe ich trotzdem das Gefühl, dass ich auf der Stabekk-Schule zurechtkommen werde. Ich bin nicht allein. Noch immer habe ich Amalie und Lindholm. Mutter und Vater. Tormod. Ich habe Verstecke. Die Sprungschanzen. Ich habe die Musik.

Die anderen Schülerinnen und Schüler sehen ganz nett aus. Sie reden miteinander. Stehen in Grüppchen zusammen. Kennen einander von früher. Ich suche mir einen Platz am Rand. Nicht so dicht, dass ich an der Unterhaltung teilnehmen könnte, aber auch nicht so weit entfernt, dass ich nicht höre, worüber sie reden.

Worüber reden sie?

Die Sommerferien, die sie hatten. Die Ferienhütten, in denen sie waren. Sport. Fußball. Tennis. Der Klassenlehrer spielt Tennis. Er heißt Edvard R. und hat an den norwegischen Meisterschaften teilgenommen. Er ist tough. Jung. Direkt. Er wirft uns den Stundenplan hin. Dann kommen die vielen Fachbücher. Die sind dick wie Romane von Tolstoi. Der ganze Unterrichtsstoff steht darin. Von A bis Z. In der Waldorfschule bekamen wir ein Arbeitsbuch, das ganz leer war. Wir sollten den Unterricht selbst hineinschreiben. Das Schulfach langsam entdecken und die wichtigsten Sätze in unserer feinsten Handschrift notieren. Es sollte langsam gehen. Hier soll es schnell gehen. Ich spüre einen Hauch von Panik, als ich das Mathebuch und das Englischbuch sehe. Ein Dschungel von Vokabeln, die ich nicht kann. Ja, an diesem ersten Tag auf einer gewöhnlichen Schule geht mir auf, was ich alles nicht kann. Aber ich lasse mir nichts anmerken. Ich habe einen Platz neben Kim bekommen. Er ist hübsch und sympathisch und hat ein pferdeartiges, sicheres Lachen. Ich frage ihn, wie er mit Nachnamen heißt.

»Brunvoll«, sagt er.

»Verwandt mit Jonas, dem Opernsänger?«, frage ich.

»Allerdings«, sagte er. »Das ist mein Vater. Weißt du, wer er ist?«

»Ob ich das weiß? Mutter war seine Souffleuse an der Oper. Ich habe ihn in mindestens fünfzehn Rollen gesehen. Am witzigsten war er in der *Fledermaus* als betrunkener Gefängniswärter.«

»In der Wirklichkeit trinkt er nicht so viel«, sagt Kim und lacht.

Sollte das möglich sein, denke ich. Ein Freund? Schon am ersten Tag? Einer, der nett ist und das herzlichste Lachen hat, das ich je gehört habe.

Plötzlich überkommt mich ein unruhiges Gefühl im ganzen Körper. Als ob jemand hinter mir steht und mich anstarrt. Ich drehe mich um. Der kleine Typ mit der Stirnlocke. Der mich schon auf dem Schulhof angestarrt hat. Hieß er nicht Ove? Ja, Ove. Weshalb ist er so interessiert an mir? Der kalte Blick. Als ob er versucht, mich mit den Augen niederzuringen. Er starrt die ganze Zeit. Lässt mich nicht in Ruhe.

»Stimmt was nicht?«, frage ich schließlich.

»Mit dir stimmt gar nichts«, sagt er.

»Kümmer dich nicht um ihn«, sagt Kim.

Der Angriff kommt einen Tag später.

»Du bist so fett, dass man dich in einer Schubkarre rumfahren müsste. Du kannst ja kaum gehen.«

»Oh, ich kann bis nach Hause gehen, wenn ich will.«

»Wo wohnst du denn?«

»Oben am Bjerkelundspark.«

»Also bloß den Hügel runter.«

»Aber hoch, wenn ich nach Hause will.«

»Widersprichst du etwa? Willst du Krach?«

»Nö«, sage ich.

Dann springt er plötzlich von der Seite her auf mich zu und klatscht mir die Handfläche gegen den Hinterkopf. »Der hat gesessen, vermute ich mal! Knalltüte! Knalltüte mit Riss!«

»Würdest du das bitte lassen?«

»Warum sollte ich das lassen? Hast du nicht gesehen wie das Fett an deinen Wangen zittert?« Er blickt sich um und ruft: »Kommt mal her, Leute. Schaut euch Ketil Fettfisch an. Der ist genauso schlabberig wie 'ne Qualle.«

»Hör jetzt auf!«

»Nicht, wenn's anfängt Spaß zu machen. Seht, Leute. Knalltüte! Knalltüte mit Riss!«

Abermals klatscht er mir die Hand gegen den Kopf. Es tut weh. Obwohl er nur halb so groß ist wie ich, verliere ich das Gleichgewicht.

»Seht nur, er fällt! Die Fettfresse fällt, Jungs!«

Alle Jungen haben sich um uns geschart. Ein paar der Mädchen auch.

»Es schwabbelt!«

»Zum Teufel aber auch!«

Edvard R. kommt. Auch der Hausmeister Sandvik mit dem blauen Kittel. So einer, wie Eisenwarenhändler ihn tragen. Er pflanzt seine Hand auf Oves Nacken.

»Das machst du nicht noch mal!«, sagt er und schubst den kleinen Jungen quer über den halben Schulhof. Ove wagt es nicht, ein Wort zu sagen, aber ich kann den Hass in seinen Augen erkennen.

Sekunden später kommt Tormod. »Was issen hier los?«

»Nichts«, gebe ich zurück.

Zwei Tage später haben wir Geographie in der letzten Stunde. Ein paar der Jungen sind schon seit dem frühen Morgen total aufgedreht.

»Wir haben Birkebom bekommen«, sagt Eilif, ein langer Lulatsch aus dem Ringstabekkvei. »Er ist der schlechteste Lehrer der Welt. Schafft es einfach nicht, Ruhe ins Klassenzimmer zu bekommen. Mein Bruder hat ihn schon zum Weinen gebracht. Das schaffen wir doch wohl auch.«

»Ist er wirklich so übel?«

»Wart's nur ab.«

Im Klassenzimmer ist es mucksmäuschenstill, kurz bevor Birkebom kommt. Alle lauschen auf seine Schritte. Dann hören wir sie, draußen auf dem Gang. Sie nähern sich der Tür. Nur noch Sekunden. Es ist so, als betätigte man einen Lichtschalter, aber statt Licht kommt Lärm. Die Jungs fangen an zu grölen. Die Mädchen schmeißen mit Radiergummis. Ein ohrenbetäubender Radau. Dann öffnet sich die Tür und Birkebom tritt ein. Doch alle übersehen ihn. Der Lärm geht weiter. Auch Birkebom trägt einen Kittel. Eisenwarenhändler. Sein Haar ist schwarz, ein wenig hitlerartig. Sein Körper ist klein und dünn, das Gesicht wirkt traurig wie bei Charlie Chaplin. Er stellt sich vor die Tafel. Sieht uns an. Redet zu uns. Zeigt mit dem Stock. Aber niemand hört, was er sagt, weil er nicht zurückschreit. Er sagt nur immer wieder dasselbe. Endlich kann ich es hören: »Dürfte ich um Ruhe bitten! Dürfte ich um Ruhe bitten?«

Flehentlich starrt er uns an. Sucht nach einem Gesicht, das ihn anblickt. Kim sieht ihn an. Ich sehe ihn an. Deshalb erwidert er unsere Blicke. Er redet zu uns, während die Radiergummis umherfliegen und die Jungs auf den Pulten einen Kriegstanz aufführen. Die Mädchen lachen hysterisch. Er redet weiter. Hält den Blick erst auf Kim, dann auf mich gerichtet.

»Mauretanien«, sagt er.

Wir nicken.

Er dreht sich zur Tafel. Schreibt es auf.

Mauretanien.

»Heute lernen wir etwas über Afrika«, sagt er. »Afrika ist ein Erdteil.«

»Birkebom!«, grölen die Jungs im Takt. Die Mutigsten fangen an zu furzen. Die Mädchen lachen noch lauter.

»Was ist ein Erdteil?«, fragt Birkebom.

»Der Arsch meiner Oma!«, ruft Ove.

Da fängt Birkebom an zu weinen. Still wie ein Juniregen tropfen die Tränen an seinen Wangen herab. Die Mädchen sehen es und dämpfen ihr Gelächter. Die Jungs machen weiter wie zuvor.

»Es gibt sieben Erdteile«, sage ich.

»Bist du nicht auf die Waldorfschule gegangen?«, fragt Ove.

»Allerdings«, sage ich.«

»Dann weißt du 'nen Scheiß«, sagt er. »Schule für Geistesschwache. Alles, was du sagst, ist sowieso falsch. Du kannst einfach den Mund halten, du mit deinem fetten Fischkopf.«

»Sieben Erdteile«, wiederhole ich. Kim nickt.

Birkebom steht ganz still da und sieht uns an. Er hat Tränenspuren auf den Wangen.

83

Die Studienrätin Mosse Jørgensen gründet zusamen mit der Gymnasiastin Kirsten Rytter, dem Lehrer Carl Hambro, fünfzig Schülern und diversen anderen mit Schulunterricht verbundenen Menschen das Norwegische Versuchsgymnasium. Sie möchten die neue Schule gern in einem Jahr eröffnen. Sie soll eine Alternative zu den traditionellen Schulen sein und ein besseres Vertrauensverhältnis zwischen Schülern und Lehrern herstellen. Das Klassensystem soll abgeschafft werden. Die Schüler sollen stattdessen in kleinen Gruppen zusammenarbeiten und selbst die Themen wählen, die sie interessieren. Ziel ist es, dass die Schüler lernen, selbstständiger zu sein, selbst zu denken, gegen wahrgenommene Ungerechtigkeiten und Fehler zu protestieren und nicht alles, was vom Katheder heruntergepredigt wird, unkritisch hinzunehmen.

Er hat das Gefühl, sich verstecken zu müssen. Orte finden zu müssen, an denen ihn niemand erreichen kann. Das Scala ist das schönste aller Osloer Kinos. Das hat Tante Svanhild gesagt. Allein der Name. Der verlockende Eingangsbereich gegenüber den Kino-Schaukästen am Nationaltheater. Wie oft hat er hier mit Mads gestanden und sich die Bilder der Filme angeschaut, die drinnen im Kinosaal gezeigt wurden. Erwachsenenfilme. Französische Filme. Frauen, die im Bett liegen und ihre Schultern entblößen. Viele Jahre lang war das aufregend. Jetzt ist er vierzehn, und nichts von dem, was Syver vorhergesagt hat, ist eingetreten. Im Gegensatz zu Syver hat er ein Schamgefühl. Er stellt seine Erregung nicht zur Schau. Er hält sie tief in seinem Körper gut versteckt. Dort kann sie brodeln wie irgendein Orkan.

Sowohl die halbblinde Frau am Schalter, die sommers wie winters eine burgunderrote Strickjacke trägt, als auch der tollpatschige Kartenkontrolleur am Haupteingang haben aufgehört, ihn nach seinem Ausweis zu fragen. Er sagt immer, dass er ihn vergessen hat. Natürlich ist er sechzehn. Wieso fragen sie? Er hat verstanden, dass es nicht schlau ist, mit irgendwelchen dummen Einfällen daherzukommen, wie etwa Schlittschuhe um den Hals zu tragen. Am besten ist es, eine Jacke anzuziehen. Die Mutter hat ihm eine braune Cordjacke genäht. Er findet, dass er darin wie ein Intellektueller aussieht, und erwägt, eine Pfeife zu kaufen. Dann könnte ihm niemand aufgrund der Altersgrenze den Zutritt verwehren. Außerdem gibt es ja gar keine Vierzehnjährigen, die versuchen, sich in so merkwürdige französische Filme hineinzuschleichen. Die schleichen sich in Filme ein, die im Eldorado, im Saga oder im Klingenberg gezeigt werden. Actionfilme, Kriegsfilme und Kriminalfilme, in denen die Amerikaner tapfer für Freiheit und Demokratie kämpfen, während der dunkelhäutige oder kommunistische Feind am Ende umgemäht wird in Gottes Namen, und das Gute siegt, glücklicherweise. Er selbst geht in Filme, in denen sich die Figuren kaum bewegen, wo niemand in rasendem Tempo Auto fährt, wo die Nahaufnahme eines Frauengesichts fast eine halbe Minute dauern kann. Die Ruhe im Scala-Kino. Die Fünf-Uhr-Vorstellung ist meist schlecht besucht. Außerdem ist dies das Kino für die Wiederholungen. Filme, die vor Monaten schon gelaufen sind oder vor Jahren. Er entdeckt die beiden Schwestern Françoise Dorléac und Catherine Deneuve. Erst entdeckt er Deneuve, die jüngere Schwester, in *Les Parapluies de Cherbourg.*

Im Kino heißt der Film *Die Regenschirme von Cherbourg.* Er handelt von Frau Emery und ihrer Tochter, die in der französischen Hafenstadt Cherbourg ein Regenschirmgeschäft betreiben. Deneuve spielt die Tochter, die sich in den Automechaniker Nino verliebt. Sie wird schwanger, aber Nino zieht in den Algerienkrieg und die Regenschirmtochter heiratet den reichen und langweiligen Juwelier Roland

Cassard. Erst viele Jahre später treffen sich die ehemals ineinander Verliebten wieder und erleben die Liebesgeschichte, die einst kein glückliches Ende fand. Der ganze Film ist ein Singspiel, voll mit der zuckersüßen Musik von Michel Legrand. Während er im Kinosaal sitzt, weiß er, dass Amalie den Film hassen würde. Als lutschte man an einem viel zu großen Drops. Er mag den Film aber trotzdem, weil er sich in Catherine Deneuve verliebt. Wäre sie Eurythmielehrerin an der Waldorfschule gewesen, hätte er angefangen, sich selbst zu verletzen, nur um nach der siebten Klasse nicht aufhören zu müssen. Er hätte so getan, als sei er geisteskrank, zurückgeblieben, ein würdiger Kandidat für Fräulein Ätschbätsch und Hilfseurythmie auf allen Ebenen. Einer, der rausfällt und das Schuljahr noch mal machen muss. Aber Deneuve ist acht Jahre älter als er, und er kann sich nicht vorstellen, dass sie überhaupt jemals von Rudolf Steiner gehört hat. Dann entdeckt er die Schwester. Dorléac hat den Mädchennamen ihrer Mutter angenommen. Dorléac ist anderhalb Jahre älter und spielt die Stewardess in *La peau douce* oder *Die süße Haut*. Er kann sehen, wie sehr die Schwestern einander ähneln, aber Dorléac ist dunkler. Sie ist die Brünette, von der Tante Svanhild gesprochen hat. Sie beginnt ein Verhältnis mit dem etwas gewöhnlichen Literaturkritiker Pierre Lachenay. Der Schauspieler Jean Desailly ist beileibe kein Clark Gable. So könnte er in ein paar Jahren selbst aussehen, sofern er es schafft, etwas abzunehmen. Das Verhältnis der beiden lässt ihn vermuten, dass in der Welt letztlich doch nicht das Aussehen entscheidet. Die phantastische Sophia Loren entschied sich ja auch für den fetten kleinen Produzenten Carlo Ponti, und sicher war auch irgendjemand mit Willie Hoel verheiratet. Ganz zu schweigen von Churchill oder Alfred Hitchcock. Männer, denen es gelungen war, die visuellen Unterschiede zwischen Homo sapiens und englischer Bulldogge zu verwischen. Obwohl er sitzt, werden seine Knie weich, als Desailly die weiße Haut Dorléacs entblößt, die hübschen, jungfräulichen Schenkel, und sich bereit macht, in sie einzudringen. Sie ist so jung und schön. Der Literaturmann ist so alt und hässlich. In diesem Stadium seines Lebens ist es der perfekte Plot. Ihm gefällt nicht, dass der Film von Untreue handelt. Der Literaturprofessor hat ja auch eine Ehefrau. Er lässt sich nicht von ihr scheiden, und er demütigt die Stewardess, als sie ihn zu einer Veranstaltung in Reims begleitet. Er lässt sie allein oder bittet sie, im Zimmer zu bleiben und auf ihn zu warten. Der Film berührt ihn, aber nicht mehr so wie früher. Der Gedanke, dass die Eltern sich eines Tages scheiden lassen, dass haarsträubende Fakten ans Tageslicht kommen könnten und sich die ganze Familie auflöst, überkommt ihn nicht mehr so häufig. Er sitzt im Kinosaal und merkt zu seiner Überraschung, dass er an Amalie denkt. Sie ist nicht wie eine Mutter für ihn. Er hat ja eine Mutter. Amalie ist etwas ganz anderes. Vermutlich benutzen diese Schwestern Chanel No. 5. Dieses noble französische Parfüm. Die Schwestern sind Schönheiten, wie es sie in Amerika nicht gibt, vielleicht mit Ausnahme von Jane Fonda. Aber die hat ja auch englische, französische, schottische, italienische und niederländische Vorfahren. So ähnlich wie bei der europäischen Musik. Die klingt auch anders als Musik von Charles Ives und Aaron Copland. Dorléac und Deneuve auf diese Weise zu erleben war etwas Ähnliches wie Brahms oder Schubert zu hören. Niemals vulgär. Sogar dieses alberne Regenschirm-Musical vermied die amerikanischen Banalitäten. Zwar ein Drops, aber ein europäischer.

Er sitzt im Kinosaal und ist dabei, sich ein solides Wissen über europäische Regisseure wie François Truffaut, Jean-Luc Godard, Jacques Demy, Roger Vadim, Luis Buñuel, Vittorio de Sica, Michelangelo Antonioni und Marco Ferreri anzueignen. Noch weiß er nichts über all die anderen großartigen Regisseure und Regisseurinnen, die ihre Meisterwerke etwa zur selben Zeit außerhalb Europas erschaffen. Die Iranerin Forugh Farrochzad, der Japaner Nagisa Ōshima, der Russe Andrej Tarkowski, der Senegalese Ousmane Sembène oder der bengalische Inder Ritwik Ghatak. Doch er ist in der Lage, die Unterschiede in der Filmsprache amerikanischer Hollywood-Regisseure und der Ästhetik Truffauts zu erkennen. Das ist in etwa so einfach, wie den Unterschied zwischen Strawinski und Legrand herauszuhören. In diesem fast leeren Kinosaal am Nationaltheater entwickelt er im Laufe der Jahre einen Blick für das Visuelle, gern begleitet von den

Erregungszuständen, in die ihn die Inhaberinnen der Hauptrollen bringen. Das Wiedersehen mit Deneuve findet in dem klaustrophobischen Film *Repulsion* oder *Ekel* des Polen Roman Polanski statt. Lange hat er vor dem Schaukasten in der Stortingsgate gestanden und die schöne Schwester von Françoise Dorléac angeschaut, die in der Rolle der belgischen Maniküristin Carol Ledoux in einer Londoner Wohnung in Kensington liegt. Nackt auf dem Fußboden. Nur spärlich mit einem Betttuch bedeckt. Womöglich ist sie noch schöner als früher. Doch diese Schönheit ist nicht unschuldig. Sie ist gefährlich. Das begreift er, als er endlich allen Mut zusammennimmt und sich den Film ansieht. Carol Ledoux ist gestört. Sie hat ein schwieriges Verhältnis zu Männern. Mit einer Rasierklinge schneidet sie einer Kundin in die Nagelhaut, sodass es zu bluten anfängt. Als ihre Schwester Helen mit ihrem verheirateten Geliebten in die Ferien nach Italien fährt, bleibt Carol allein in der Wohnung in Kensington zurück. Sie schließt sich ein und verliert schrittweise die Kontrolle, lässt ein Stück Fleisch in der Küche liegen und verfaulen, durchleidet Halluzinationen. Die Wände in der Wohnung bekommen Risse, menschliche Hände ragen daraus hervor und versuchen, sie zu packen. Als ein Mann, mit dem sie keinen Kontakt mehr haben möchte, bei ihr einbricht, erschlägt sie ihn mit einem Kerzenhalter und legt ihn in die Badewanne. Und als der Hausbesitzer kommt und sich auf sie stürzt, schlitzt sie ihn mit einem Rasiermesser auf.

Er sitzt in dem dunklen Kinosaal und ist wie erschlagen angesichts dessen, was er auf der Leinwand gesehen hat. Er hat das Gefühl, in Carols Kopf zu stecken. Ein schachmatt gesetzter Mensch, eine junge Frau, die in der Kindheit etwas Entsetzliches erlebt haben muss. Etwas, das mit Männern zu tun hat. Und Catherine Deneuve ist nicht einfach nur hübsch. Sie ist eine Person, die auf Leben und Tod kämpft, genauso wie die Ehefrau des Literaturprofessors in *La Peau Douce*, dargestellt von Nelly Benedetti, wenn sie zum Schluss aus lauter Eifersucht und Verzweiflung im Bistro Le Val d'Isère den Mann erschießt, den sie liebt. Er stellt fest, dass die Filmsprachen Ähnlichkeiten aufweisen, genauso wie ihm schon längst die Ähnlichkeiten zwischen Brahms und Schumann aufgefallen sind. Dass er diese Filme im Scala oder im Gimle Kino sieht, manchmal auch im Frogner oder Rosenborg Kino, macht ihn völlig immun gegen die Actionfilme im Eldorado. Er will keine Männer sehen, die aufeinander schießen. Er fragt sich, ob seine Mutter ihn beeinflusst hat durch ihre Faszination für europäische Filme, besonders die französischen, wenngleich sie kein Wort Französisch spricht. Und er denkt an den Vater, der sich früher so oft in die Maigret-Bücher vertieft hat. Außerdem ist Paris die Stadt, in der die Oper *La Bohème* spielt. In diesen Jahren wächst die französische Hauptstadt für ihn zu etwas Mystischem heran. Er spürt schon eine Art Ungeduld. Er möchte in diesen Straßen wandeln, in den gleichen Cafés sitzen, ein Zimmer in denselben Hotels mieten. Als *A bout de souffle* endlich wiederholt wird, überwältigt ihn die langsame Filmsprache in der berühmten Hotelszene, in der Belmondo zunächst erfolglos versucht, mit der jungen Journalistin zu schlafen, bis er endlich seinen Willen bekommt. Er merkt, dass ihn die Filmsprache an sich sehr interessiert. Er bemerkt Godards unvermittelte Schnitte ohne vorherige Andeutungen oder unnötige Gefühlsduselei. Der Regisseur verwendet die verspielte Tonsprache des Jazz, um die Intensität der Handlung zu verstärken.

Und Jean Seberg ist makellos. Unwiderstehlich. Er schlägt das Filmlexikon auf, um mehr über sie zu erfahren. Er liest, dass sie Amerikanerin ist, aber schwedische, englische und deutsche Vorfahren hat.

Es ist wie eine Besessenheit. In diesen beiden Stunden zwischen fünf und sieben, wenn er allein ist, ohne Anleitung, entdeckt er eine ganz neue Ästhetik in der Welt. Gerade weil ihn niemand darüber belehrt, was er sehen soll und was er denken soll, nachdem er es gesehen hat, werden diese einsamen Erlebnisse im Dunkeln zu etwas sehr Wichtigem in seiner Jugend. Er findet, dass er viel Zuwendung bekommen hat. Aber er ist auch viel allein gewesen. Und gerade jetzt ist das Alleinsein das Wichtigste. Das Alleinsein bildet eine Art Schild, der ihn vor den Geschehnissen in der Stabekk-Schule schützt, vor der Klasse, zu der er niemals ganz gehören wird, vor dem Unterricht, der ohne Überraschungen und ohne das leere Arbeitsbuch, das er einst nach Belieben formen konnte, über ihn hereinbricht. In dieser Schule, einem Paradebeispiel für eine gewöhnliche norwegische Schule, wird er den Unterrichtsstoff genauso lernen, kopieren, pauken und wiederholen, wie es jeder Schüler bereits getan hat, der ihm eine Klasse voraus ist. Ohne Abweichungen und ohne individuelle Deutungen. Allein im Kino hat er Zeit zum Denken und Überlegen. Aber das verrät er niemandem. Er kennt auch niemanden, der solche Filme ansieht, abgesehen von den Eltern, die aber keine Zeit mehr haben, ins Kino zu gehen. Falls sie nicht gerade arbeiten oder zu Hause sind, sitzen sie in der Straßenbahn. Und er merkt, dass sie einander alle wieder fremd werden, weil sie sich so selten sehen. Wenn er aus dem Kino nach Hause kommt, sagt er, er habe mit Kim oder jemand anderem gespielt. Aber kaum jemand spielt überhaupt noch. Alle machen Hausaufgaben. Jeden Tag setzt er sich hin und versucht, sich durchzumogeln, die Mathematik-Lösungen in einem der Bücher seines Bruders zu finden und so zu tun, als pauke er englische Vokabeln, ohne sich jedoch hinterher an eine einzige erinnern zu können. Mutter und Vater sind wachsam. Sie haben verstanden, dass er mit dem Stoff hinterherhängt, aber jetzt kann er nicht mehr, er sagt, er müsse Klavier üben, denn bald nähert sich wieder der Wettbewerb, und Amalie hat ihm neue Aufgaben gegeben. Dazu hat er sich verpflichtet, es ist seine eigene Wahl. Bach und Brahms.

Später wird er denken, dass ihn dieser erste Herbst ohne Waldorfschule gezwungen hat, auf dem Weg weiterzugehen, den ihm seine alten Lehrer gezeigt hatten. Ein Weg, auf dem nichts vorherbestimmt war. Ein Weg, auf dem er fast täglich neue und überraschende Gedanken und Sinneseindrücke haben konnte. Es passt zu ihm, Klavier zu spielen, während er denkt und verdaut, was er außerhalb der Welt der Musik erlebt. Wenn er am Klavier sitzt und übt, ist niemand da, der ihn stört.

84

Vater fährt nach Sarpsborg. Etwas stimmt nicht mit Großvaters Herz. Bei den letzten Begegnungen hat er so alt ausgesehen. Krummgebeugt. Eingesunken. Und gleichzeitig hat ihn etwas Sanftes überkommen. Eine Langsamkeit, die Großmutter stört, wenngleich sie es nicht sagt. Sie verbringen ihr Leben im ersten Stock in der Nansensgate 19. Im Sommer sind wir fast nie dagewesen. Alle waren zu beschäftigt. Vater bekam ein schlechtes Gewissen, und Mutter war sauer, weil wir auch nicht besonders häufig bei ihrer Familie in Fredrikstad waren.

»Wir haben gar keine Zeit mehr für die wichtigsten Dinge. Was ist denn bloß los?«

Eigentlich wollen wir nach Bolkesjø. Ein Wochenende im Luxushotel mit dreigängigem Abendmenu und Mittagsbuffet mit Räucherlachs, Roastbeef, Remoulade, Würstchen und hart gekochten Eiern mit Krabben und Mayonnaise. Mutter liebt das. Ich auch. Da macht es auch nicht so viel aus, dass Vater zwischen den Mahlzeiten ein bisschen arbeiten muss. Es geht um geheime Verhandlungen zur Gründung eines neuen norwegischen Verlags. Der Ingenieursverlag. Vater hat einen Plan. Er hat stets irgendwelche Pläne. Jetzt soll er also ein Wochenende in Bolkesjø sitzen und mit anderen von der Fachpresse noch mehr Pläne schmieden. Ob Mutter, Tormod und ich nicht mitkommen, ein paar schöne Bergwanderungen machen und uns die hübschen Herbstfarben ansehen wollen? Doch ja, das möchten wir. Mutter und ich kommen überein, dass die Ausflüge nicht allzu lang sein müssen. Wir bekommen eigene Zimmer, und in einem der Salons steht sogar ein braunes Klavier, auf dem ich üben kann.

Aber als Vater aus Sarpsborg zurückkommt, ist er niedergeschlagen.

»Wie geht es ihm denn?«, fragt Mutter und streichelt ihrem Ehemann die Wange. »Unserem lieben, guten Papa?« Ich werde immer ganz gerührt, wenn sie das sagt.

Vater ist kurz davor, in Tränen auszubrechen. Eine neue Art von Erschöpfung. Nicht nur, was er bei der Arbeit leistet, sondern auch, dass er bald seinen Vater verlieren wird.

»Er ist schwach«, sagt Vater. »Sehr schwach. Aber es kann noch Wochen oder Monate dauern. Wir fahren aber trotzdem am Freitag nach Bolkesjø.«

Auf der Strecke nach Kongsberg sitze ich hinter Vater. Dieses Mal ersparen wir uns die lebensgefährlichen Kurven am Tyrifjord. Den Weg nach Drammen kennen wir von früher. Seit Vater den Wagen bekam, haben wir schon viele Autofahrten in diese Gegend gemacht. Ausflüge nach Moss oder nach Åsgårdstrand. Cremetorte in ausgewählten Konditoreien und Gastwirtschaften. Zum ersten Mal fällt mir auf, dass Vater ein wenig schief sitzt, als ob er den Kopf zur Seite neigt. Von hinten erinnert er mich plötzlich an einen Hund, der Angst davor hat, abgewiesen zu werden, und sich verstellt.

Vater verstellt sich niemals, aber er verbirgt einiges. Vielleicht genauso viel wie Mutter. Sie sitzt auf dem Beifahrersitz und schaut auf die schöne Landschaft in Eiker. Seltsamerweise erscheinen sie mir deutlicher, wenn ich sie von hinten sehe. Dann stören die Gesichter nicht. Es sind die Gestalten, die ich dann sehe, die Linie, die sich vom Nacken über den Rücken nach unten fortsetzt. Sie sehen dann mitunter unsicher und unerfahren aus. Wird Großvater wirklich sterben?

Wir kommen durch Tønsberg und fahren weiter nach Telemark hinein. Aus irgendeinem Grund denke ich an Donald Duck, wie die Entenfamilie mit den drei Kindern einen Ausflug macht und über Berge und durch grüne Wälder fährt. Später wird das dann zu einem festen Begriff, wenn ich auf solchen Touren unterwegs bin: *Donald Duck in der Wildnis.* Am Fuße des Blefjell liegt das Hotel mit Aussicht auf den See. Ein neuer Flügel wurde fertiggestellt, und wir bekommen Zimmer mit weißen Waschbecken und glänzend sauberen Badewannen. Karierte Sofagruppen und hübsche Gardinen. Mutter kann fast nicht glauben, dass es wahr ist.

»Hier könnte ich eine ganze Woche bleiben!«, sagt sie.

»Nicht gerade wie Hundorp«, sage ich.

»Hoffentlich nicht nur Rohkost«, sagt Tormod.

Vater verschwindet, sobald er das Gepäck in das Zimmer gebracht hat, in dem er und Mutter wohnen sollen. Die anderen Ingenieure und Verleger warten schon auf ihn.

»Und was machen wir jetzt?«, frage ich Mutter.

»Vielleicht gehen wir vor dem Essen ein wenig spazieren«, sagt sie.

Wir laufen über die kleinen Pfade zum See hinunter. September in Norwegen. Die Abendsonne steht hinter den Wolken im Westen. Sie sind flammend rot, und Mutter, die ein Talent für Ängste hat, redet über Großvater. Dass wir bei ihm sein sollten, dass wir uns darauf einstellen müssten, ihn zu verlieren. Dass nichts so bleibt, wie es ist.

Ich gehe neben ihr her und höre ihr zu. Tormod geht uns ein paar Meter voraus und ist in eigene Gedanken versunken. Auch er wirkt ein wenig wehmütig. Geht es vielleicht um das Handballmädchen? Ist er etwa nicht verrückt nach ihr? Wir alle sind verrückt nach ihr. Sie hat ein helles Licht über unsere Familie gebracht.

»Aber wir haben ihn doch gar nicht so oft getroffen«, sage ich. »Trotzdem ist er dein Großvater«, sagt Mutter. »Er war ein netter Mann.«

»Er lebt doch noch.«

»Pfff. Bitte entschuldige.«

»Und wir haben doch noch gar kein Requiem gespielt. Vielleicht stirbt ja überhaupt niemand.«

Mutter zieht ihr Taschentuch hervor. Versucht zu lachen. All diese Gefühle. Habe ich das von ihr geerbt? Das Starke und gleichzeitig Unstete. Als ob wir ständig zwischen Ereignissen und Gefühlen hin und her sprängen. Tränen, Gelächter und Erregungszustände. Jetzt geht es um Großvater. Auf etwas konzentrieren. Es passiert so viel zur selben Zeit. Das Klavier ist das einzig Beständige. Die beiden Stunden, die ich jeden Tag zu üben beschlossen habe. In der Welt der Musik ist es ohne Bedeutung, ob ich schlank oder fett bin. Abgesehen von den Stunden bei Amalie, bin ich allein mit allem. Genau das gefällt mir. Niemand kann beschließen, wie ich zu spielen habe. Ich entscheide selbst.

Aber falls Großvater stirbt?

Er wohnt ja trotz allem in Sarpsborg, denke ich, mit einem Hauch von schlechtem Gewissen. Er ist mir ferner als Großmutter. Älter als sie ist er auch. Musik hat ihm nie etwas bedeutet. Dafür kennt er den Unterschied zwischen Ampere, Watt und Volt. Sein Körper hat einmal ja sogar 20 000 Volt ausgehalten. Plötzlich erinnere ich mich an unsere letzte Begegnung, als er mir das erste der Bücher über die Löwin Elsa gab. Ich hatte schon das zweite und das dritte. Das erste allerdings, das mit dem braunen Umschlag, war vergriffen. Das Exemplar hatte jahrelang in seinem Bücherregal gestanden. Jedes Mal wenn ich in die Nansengate kam, nahm ich dieses Buch aus dem Regal, um mir die Bilder anzusehen und die Geschichte von Joy Adamson zu lesen, die die Löwin Elsa gezähmt und das Raubtier zu ihrer besten Freundin gemacht hatte. Die drei Bücher hießen *Born free, Living free* und *Forever free. Born free* fehlte mir, und während ich wie üblich dort saß und in dem Buch blätterte, kam Großvater zu mir und sagte mit seiner sanften Stimme: »Du brauchst es nicht ins Regal zurückzustellen, Ketil. Ich schenke dir das Buch.«

Ich wagte kaum, es anzunehmen. Das Bücherregal von Großmutter und Großvater war das tollste, das ich kannte. In Leder gebundene Bücher, Lexika, Grimberg, Reiseberichte, Heyerdahl. Sogar das Buch von Christophers Onkel stand da.

Ich traute mich auch nicht, ihn zu umarmen. Er war einfach keine Person, die man umarmte. Auch Großmutter nicht. Nur in Mutters Familie nahm man sich, so oft es ging, gegenseitig in den Arm. Umarmung zur Begrüßung und Umarmung zum Abschied. Und oft auch zwischendurch.

»Vielen lieben Dank, Großvater«, sagte ich.

»Ich hoffe, es bereitet dir Freude«, sagte er ernst. Er war kein Mann, der lächelte, solange es nicht unbedingt nötig war.

Als wir von unserem kleinen Spaziergang zurückkommen und uns schon auf das Abendessen freuen, sehen wir Vater an der Rezeption stehen. Er wartet auf uns, ist ganz blass und abgekämpft.

»Großvater hatte einen massiven Herzinfarkt. Wir müssen nach Hause.«

Mutter nickt. »Selbstverständlich. Wie schrecklich.«

Sie umarmt Vater und sieht uns fragend an. Verstehen wir den Ernst der Lage?

»Ich kann Vater nach Sarpsborg begleiten«, sagt Tormod. »Ich kann sogar fahren, dann kann er sich ein bisschen ausruhen.«

»Dann machen wir das so«, sagt Mutter.

Wir vier fahren zurück nach Oslo. Mutter hätte es ohnehin nicht über sich gebracht, in einem fremden Hotel Räucherlachs oder Eier mit Krabben und Mayonnaise zu essen, während ihr Schwiegervater im Sterben liegt. Zwischen Mutter und Großvater gibt es eine Achse der Stille. Alles, was nicht gesagt zu werden braucht. Blicke. Kleine Zeichen.

Allein mit Mutter in der Woche, bevor Großvater stirbt. Vater und Tormod, die unten in Sarpsborg wachen. Ich radle zu meinen Sprungschanzen und denke an Großvater, der für alle Zeit verschwinden und einfach nicht mehr da sein wird. Was denkt Großmutter? Diese Frau mit dem gutmütigen Wesen, die immer wusste, dass sie eine Stiefmutter war, und die ein halbes Jahrhundert für Großvater gekocht hat. Kohlrouladen, Hackbraten und leicht gesalzenen Kabeljau. Geräucherten Schellfisch und Blutwurst mit Sirup. Mittagsruhe nach der roten Grütze. Danach Kaffee und Gebäck. Diese Frau, die seine Kinder mit aufgezogen hat. Die im feuchten Keller gestanden und Wäsche gewaschen hat. Es gab niemals Zeit, an sie zu denken. Und auf keinen Fall jetzt.

Und dennoch denke ich an sie.

Hat das etwas mit Mutter zu tun?

Ich spiele Brahms. Und ich spiele Mozart. Die beiden sind so verschieden voneinander. Und dann wieder so ähnlich. Die einfachen, horizontalen Themen, die auf den ersten Blick flach wirken können. Ohne Tiefe. Aber dann ist es gar nicht so. Amalie hat recht. Diese Musik muss wieder und wieder angehört werden, bis man jede Zeile, jeden Ton kennt. Ich werde in Trance versetzt.

Mutter begreift, dass ich dabei bin, mich in etwas zu vertiefen und dort zu verschwinden. Sie lässt mich in Ruhe. Abends ist sie oft nicht zu Hause. Dass wir voneinander getrennt sein können, macht eine gewisse Stärke in unserer Familie aus. Die Straßenbahn klaut viel von unserer Zeit. Die langen Fahrten nach und von Oslo. Mutter hat schon davon gesprochen, ins Zentrum zu ziehen. Eine Wohnung zu besorgen. Die muss auch gar nicht so groß sein.

»Eure beiden Großmütter könnten ja auch bei uns wohnen. Die brauchen ja nicht viel Platz, weißt du, Ketil. Frauenzimmer sind recht genügsam. Zwei kleine Räume …«

Das Wort Frauenzimmer hat sie aus der Fledermaus. Jonas Brunvoll. Kims Vater. Der besoffene Gefängniswärter. Mutter hasst es, wenn man sich betrinkt, liebt aber diese Art von Saufhumor. Das liegt an den Verdrahtungen in ihrem Kopf, denke ich. Die sind etwas anders. Wie eine misslungene Dauerwelle. Und trotzdem ist sie so klug. Sie hat immer kluge Gedanken. Jetzt denkt sie an Großvaters baldigen Tod. Dann müssen wir uns um Großmutter kümmern. Und um die andere Großmutter auch. Was Menschen angeht, werden in ihrer Familie keine Unterschiede gemacht.

Plötzlich habe ich sieben Stunden Klavier geübt. Mutter ließ mich die Schule schwänzen. Der dritte Tag allein im Parksvingen.

»Oh Mutter, ich habe heute solche Bauchschmerzen.«

»Hast du gestern zu viele Zwiebeln gegessen? Ach, Schatz. Dann bleib heute besser zu Hause.«

Mutter ist lebensgefährlich. Sie hat genauso wenig Ahnung von einer staatlichen Schule wie ich. Aber sobald ich aufgestanden bin, spüre ich einen enormen Tatendrang. Ohne Schule habe ich nur das Klavier. Falls ich keine Gedichte à la Mehren schreibe oder ins Scala-Kino gehe.

Also Brahms. Mozart. Bach.

Beethoven.

Noch einmal Mozart.

Noch einmal Brahms.

Mutter ist in der Stadt. Sitzt bei Cammermeyer an der Kasse. Hat ihren Spaß mit Krokann, Jynge, Widmark, Borchgrevink, Frau Johnsrud und all den anderen da unten auf Karl Johan, die es gemütlich miteinander haben und die Literatur lieben. Sie bringt Saul Bellows *Herzog* mit nach Hause. Bücher von Finn Carling und Bjørg Vik. Und Truman Capotes *Kaltblütig*. Letzteres soll ich aber nicht lesen. Es könnte zu schockierend sein. Ist eher was für Vater. Für mich wird das Allensein, bevor sie nach Hause kommt, plötzlich ganz entscheidend. In einem Haus herumzulaufen, in dem eigentlich vier Menschen wohnen sollten. Jetzt bin nur ich dort. Und ich merke, dass es mir gefällt, mich unbeobachtet zu fühlen. Dass niemand hört, was ich spiele. Es soll auch niemand sehen, was ich lese.

Ohne dass es mir bewusst wird, entscheidet sich etwas in diesem Herbst. Dass ich Klavier spielen werde. Dass ich üben werde. Dass ich bald, zum zweiten Mal, an dem großen Wettbewerb teilnehmen werde.

Mutter steht in der Küche am Telefon und weint.

»Großvater ist tot. Er ist letzte Nacht friedlich eingeschlafen. Entschuldige. Ich wollte gar nicht weinen. Der Lauf der Welt. Aber wir hatten ihn doch so gern.«

Ich sehe in ihr Gesicht und erkenne darin ein Leben, das niemals meines sein kann. Das Leben, das sie zusammen mit Vater hatte, in ihrer Jugend. Dass sie irgendwann zum allerersten Mal in die Nansensgate 19 kam. Dass sie den Kopf neigte. Errötete. Dass sie Vaters Verlobte war. Dass Großvater und Großmutter dort standen und sie akzeptierten. Dass sie nicht so genau verstanden, was ihre komische

Musikerfamilie in Fredrikstad eigentlich trieb, sie aber trotzdem willkommen hießen. Ein Teil ihres Lebens stirbt jetzt auch. Nie wieder Großvater.

»Wann kommen Vater und Tormod nach Hause?«

»Morgen früh. Sie bleiben heute Nacht noch bei Großmutter.«

85

Sturmflut in Italien. Ein Drittel des Landes steht unter Wasser. In Indien wollen die Hindus erreichen, dass Kühe nicht mehr geschlachtet und für die Fleischproduktion verwendet werden. Kühe sind heilige Tiere. Doch für die fünfzig Millionen Muslime im Land ist Rindfleisch eines der wichtigsten Nahrungsmittel. Nach großen Demonstrationen wird in zwei Bundesstaaten ein Schlachtverbot verhängt. Nach zwanzig Jahren Haft wird Albert Speer aus dem Spandauer Gefängnis für Kriegsverbrecher entlassen, und der amerikanische Filmschauspieler Ronald Reagan wird zum Gouverneur von Kalifornien gewählt. Mutter kommt von Cammermeyer nach Hause. Die Buchhandlung fusioniert mit Tanum, sodass es dort unten auf Karl Johan Tanum/Cammermeyer heißt. Bald heißt es nur noch Tanum. Mutter hat Bücher von der neuen Autorengruppe um die Zeitschrift Profil dabei. Jan Erik Vold, Dag Solstad und Espen Haavardsholm. Einar Økland und Paal-Helge Haugen. Tor Obrestad schreibt: »Wir fühlen uns keiner anderen Tradition verpflichtet als der, die wir selbst erschaffen … Modernismus und andere moderne Ismen können nach einer Weile einen schlechten Geschmack im Mund hervorrufen, so ist das eben. Doch für uns ist das ein geeigneter Arbeitsbegriff. Wir würden auch gern klarstellen, dass dieser Begriff nicht so viel mit Zeit zu tun hat. Es geht mehr darum, die Dinge auf andere Art auszudrücken, auf andere Art darüber zu schreiben, als es unsere Altehrwürdigen hier im Land getan haben, seit Snorre seine Königssagen schrieb. Für uns ist also derjenige, der *Draumkvedet* schrieb, moderner als ein Øverland, ein Skjæraasen.«

Nachdem Mutter einige Bücher dieser Autoren ausgeliehen und mit nach Hause gebracht hat, lese auch ich sie oder blättere jedenfalls darin herum. Eine ungeheure und nicht zu zügelnde Neugier überkommt mich. Ich möchte mehr Filme sehen, mehr Musik hören, mehr lesen, mehr Klavier spielen, ich möchte im Chor singen, aber dafür vielleicht nicht mehr so viel Tenorhorn spielen. Was ich definitiv nicht will, ist, zur Stabekk-Schule zu gehen. Es liegt nicht an der Schule. Die Lehrer sind alle ganz nett, und Birkebom ist ein Fall für sich. Aber das, was ich ihrer Meinung nach unbedingt lernen soll, interessiert mich momentan eben nicht. Stattdessen lese ich lieber in der Gedichtsammlung *HEKT* des jungen Poeten Jan Erik Vold:

Eiszapfige Häuser haben Zähne bekommen während Bomben
fallen in fernen Kriegen plumpst die Morgenzeitung

auf den Boden mit Telefotos auf denen alte Bomben
unter Fugzeugen hängen wie Eiszapfen über Zielen

längst schon vernichtet oder fehlbombardiert und während du
den letzten Kaffee trinkst und mit großen Schritten

den Gehweg entlangläufst bevor du zur Haustür rüberschaust
wo Eiszapfen vom Dach herabhängen wie Axtschneiden

über dem Holzstapel ist schon
das fehlbombardierte Dorf von oberster Stelle tief

bemitleidet und das Feindesdorf als Volltreffer verzeichnet

Nun gut, denke ich, während ich registriere, dass Vater, der das Gedicht mit mir zusammen liest, mit den Schultern zuckt. In ein paar Tagen wird er mit Ulf auf die große Demonstration gegen die Kriegführung der USA in Vietnam gehen. Er sieht mich an und fragt, was ich darüber denke.

»Etwas überraschend«, sage ich. »Der Alltag trifft auf den Krieg? Meinst du das?«

»Aber das reicht nicht«, sagt Vater.

Am 10. Dezember, dem UN-Menschenrechtstag, dem Tag, an dem normalerweise auch der Friedensnobelpreis in der Aula der Universität überreicht wird, geht es los mit der Demonstration. Allerdings wird in diesem Jahr kein Friedensnobelpreis verliehen. Das Komitee hat keinen würdigen Kandidaten gefunden. Die Demonstration ist unmittelbar gegen die USA gerichtet, die laut Ansicht der Aktivisten die UN-Charta mit Füßen treten. Der NRK und mehrere Zeitungen beschließen, nicht im Voraus über die geplanten Demonstrationen zu berichten. Doch als sich dann 5000 Menschen am Abend zu einem Fackelzug versammeln, ist es nicht länger möglich, die Demonstration zu ignorieren. Der Journalist und Historiker Isaac Deutscher soll als Hauptredner zu den Menschen sprechen. Er ist der Sohn eines religiös aktiven jüdischen Paars und wurde von einem chassidischen Rabbi unterrichtet, doch als die Zeit für die Bar Mitzva gekommen war, verlor er den Glauben – genau wie Abel. Später sollte er als einer der hervorragendsten marxistischen Intellektuellen bekannt werden, Spezialist für die sowjetische Revolution und eng verbunden mit Universitäten wie Cambridge, Berkeley, Princeton und Harvard. Den norwegischen Demonstranten ruft er zu: »Die USA sind gespalten. Auf der einen Seite diejenigen, die sich wirtschaftliche Gewinne und politischen Einfluss in der Welt sichern wollen, und auf der anderen diejenigen, die an den demokratischen Traditionen des Landes festhalten. Warum befindet sich die reichste Nation der Welt im Krieg mit dem kleinsten und ärmsten Land in Asien?« Er liefert die Antwort gleich dazu. Der Krieg hilft Amerika dabei, die westliche Ökonomie zu konsolidieren. Gleichzeitig stellt er fest, dass die FNL, die kommunistisch dominierte Front zur Befreiung Süd-Vietnams, von 80 bis 90 Prozent der vietnamesischen Bevölkerung unterstützt wird.

Am gleichen Abend sitze ich in meinem Zimmer und versuche, politische Gedichte zu schreiben. Etwas über Napalm und Vietnam im Stil von Jan Erik Vold. Aber das gelingt mir nicht. Meine Phantasie schwirrt ziellos umher. Stattdessen schreibe ich:

Dezemberzeit, die roten Fackeln
Dorléac, die weißen Schenkel

Die kleine schwarze Fliege auf der Haut
In der Zeitung wie ein Jagdflugzeug eine Falschmeldung

Es hätte Deneuve sein sollen der helle
Schnee das blonde Haar Parksvingen

Wie Engelsstaub am Weihnachtsbaum schmutzige Gedanken
An grünen Ästen aufgehängt wie Schmuck

Für die Fortsetzung der Träume ist welche Frau
mein Ziel heute Nacht

Eine Fliege auf dem Käse, wenn der Morgen kommt

Vater habe ich es allerdings nicht gezeigt.

Eines Nachmittags stehe ich mit meinem Speer oben im Bjerkelundspark. Es ist einer der letzten Versuche, kurz bevor ich die Sportart endgültig aufgebe. Plötzlich höre ich hinter mir jemanden pfeifen. Ich drehe mich um und sehe eine Gestalt, die mir bekannt vorkommt.

»Syver!«

Er grinst. Steht da in schmutzigen Klamotten, wie immer. Er ist etwas größer geworden. Und etwas stärker. Sogar Andeutungen eines Barts am Kinn.

»Aber ich dachte, du wohnst in Bøler?!«

»Jetzt in Nadderud. Wieder mal ’ne Scheidung. Mutter und ich in einer Zweizimmerwohnung.«

»Gehst du etwa auf die Nadderud Schule?«

»Jepp.«

»Und was machst du hier?«

»Kann dir doch egal sein. Hab 'nen Freund im Ringstabekkvei besucht.«

Allerdings, denke ich. Syver und ich werden wohl niemals Freunde. Wir halten einander aus, mehr nicht. Aber immerhin.

»Ich wohne gleich da vorn«, sage ich verdutzt.

»Ich weiß. Hab dich 'n paarmal gesehen. Aus der Entfernung. Wie geht's denn mit dem Weltrekord?«

»Mit dem Speer? Ach, nicht besonders. Ich schaffe nicht mal 25 Meter. Ich glaub, ich lass es lieber ganz.«

»Solltest du. Spiel lieber Klavier. Dafür brauchst du nicht mal abzunehmen. Hast du's eigentlich schon gehört?«

»Was denn?«

»Einer von unseren Waldorflehrern hat ein pornografisches Buch geschrieben.«

»Wer denn?« Mein Kopf läuft auch Hochtouren. Parmann? Brodersen? Ledsaak? Jedenfalls nicht Lindholm.

»Bjørneboe. Jens Bjørneboe.«

»Ach, der. Der hat doch schon in dem Jahr aufgehört, bevor wir anfingen.«

»Ja. Aber *Draumkvedet* hat er trotzdem gesungen. Ein paar von seinen alten Schülern sind ganz cool. Hab die ein paarmal getroffen. Besonders dieser irre Maler. Nerdrum.«

»Und was ist so skandalös an diesem Buch?«

»Dass es pornografisch ist, Hirni!«

»Sag bitte nicht Hirni zu mir.«

»Was'n daran so schlimm? Dann eben Dummschädel. Aber sei nicht so empfindlich, alter Freund. Zu deiner Freude kann ich dir allerdings verraten, dass ich mir ein Exemplar des Buchs besorgt habe, obwohl es bereits im Oktober verboten wurde und der Scala-Verlag sein ganzes Vermögen verloren hat.«

»Scala?«

»Ja. Liest du etwa keine Zeitungen?«

»Nein, ich war in letzter Zeit ziemlich beschäftigt. Der Klavierwettbewerb.«

»Du hockst wohl da und übst die ganze Zeit? Ziemlich langweilig auf Dauer. Aber wenn du wissen willst, was die Erwachsenen eigentlich so treiben, darfst du ein wenig in dem Buch blättern, zusammen mit mir. Das ist voll mit Sex. Echt feuchte Angelegenheiten. Du wirst nicht glauben, was die alles machen. Also, was meinst du?«

»Wann denn?«

»Freitag. Da bin ich vermutlich hier in der Nähe. Soll ich zu dir kommen?«

»Das ist zu riskant. Mutter würde so ein Buch in Fetzen reißen. Da bin ich mir sicher. Aber ich kenne da einen Ort.«

»Und wo?«

»Unter der Bühne da vorn. Das kleine Schlupfloch. Manche sagen Herrengarderobe dazu.«

»Im Ernst?«

»Nein, ist bloß ein Ort, wo wir in Ruhe sitzen können.«

Als der Freitag kommt, schleiche ich zwischen den Bäumen im Bjerkelundspark umher. Es ist kurz vor Weihnachten. Die Menschen haben Weihnachtssterne in die Fenster gehängt. Überall liegt Schnee, allerdings nicht so viel, dass man deswegen nicht schaukeln könnte. Ich hocke da und warte auf Syver, während ich an Katja denke und überlege, wie es ihr da oben auf dem Reichenhügel wohl geht. Spielt sie noch mit ihren Stöckchen? Vermisst sie mich? Dann denke ich an Leah. Abel wollte nicht über sie reden. Als hätte er ein schlechtes Gewissen. Als wüsste er nicht genau, wo sich seine Tochter eigentlich aufhielt. Als gäbe es für ihn jetzt nur noch die Schwedische Sünde.

Zeit der Verwirrung. Ich hatte ja keine Ahnung. Ich schwärmte bloß, verliebte mich in Frauen, die in der Welt der Erwachsenen lebten. Vielleicht tat ich das, weil es das Erwachsensein war, nach dem ich mich sehnte, die Kindheit verlassen zu können, wie Christopher es gesagt hatte. Einfach, weil es reichte. Dorléac und Deneuve wurden zusammen mit Seberg zu Symbolen meiner Zukunft. Sie waren die Art von Frauen, die ich irgendwann in einigen Jahren zu treffen erwartete, wenn ich schlank sein und wie ein Prinz aussehen würde. Ich war sicher, dass es sie gab, auch in Norwegen. Liv Glaser war der lebende Beweis dafür. Ganz zu schweigen von Grynet Molvig und Margarete Robsahm.

Wieder den Kontakt mit Syver aufzunehmen fühlt sich wie eine Niederlage an. In mancherlei Hinsicht hatte ich mir gewünscht, dass er nicht wusste, wo ich wohnte. Dass er nicht in diesen Straßen herumschlich, die meine waren. Aber da kommt er schon von der Nadderud-Seite heraufgelaufen. Und ich sehe, dass er ein Buch in einer Plastiktüte dabei hat. Er hält es in der Hand, während ich ihm von der anderen Seite des Parks entgegengehe und auf das kleine Schlupfloch unter der Bühne zutrete. Es ist bereits dunkel. In einigen Wochen werde ich vielleicht zum letzten Mal als Sopransolist mit den Sankt Johannesknaben auftreten bei einem Konzert in der Pauluskirche in Grünerløkka. Ich kann die Kopfstimme gerade noch halten, wenn ich sie treffe. Es liegt nur an Svein Bruuns Weichheit mir gegenüber, dass er mich noch einmal *Mariä Wiegenlied* singen lässt.

»Hast du eine Taschenlampe dabei?«

»Ja.«

»Gut. Ich hab meine nämlich vergessen.«

»Aber wovon handelt das denn jetzt?«

»Es geht um die Gymnasiastin Lilian. Sie ist bloß ein bisschen älter als wir, Ketil. Und sie hat Probleme mit ihrer Sexualität. Sie geht zu Doktor Pedersen, dem Orgasmusspezialisten. Mit seiner besonderen Art von Sexualtherapie befreit er das Mädchen. Vielleicht war Pedersen auch mal Lehrer auf der Waldorfschule. Jedenfalls wird sie dann in die Welt entlassen, um das Leben zu genießen.«

»Orgasmus? Was ist das?«

»Ein Krampf.« Syver starrt mich voller Ernst an. Er ähnelt jetzt Doktor K. Sie beide werden immer todernst, wenn sie mir etwas erklären wollen.

»Ein Krampf?«

»Ja. Du hast doch sicher manchmal Krämpfe im Bein, oder? Das hier ist ein Krampf im Schniedel.«

»Hat das was mit diesem weißen Pisskram zu tun?«

»Ja, klar. Das ist das Entscheidende.«

»Hast du das schon mal gehabt?«

»Nee, noch nicht. Wird langsam etwas knapp mit der Zeit. Nur drei Monate, und ich werde fünfzehn.«

»Aber tut das weh? Der Krampf, meine ich.«

»Bestimmt. Aber gleichzeitig macht das süchtig. Die Erwachsenen wollen das immer wieder haben. Deshalb macht es süchtig.«

»Ist das auch für Mädchen? Oder nur für Männer?«

»Für alle. Aber diese Lilian hat jedenfalls Probleme damit und muss zum Arzt. Ist wahrscheinlich wie mit dem Rauchen. Oder mit Schnaps. Manche können damit besser umgehen als andere. Komm, wir setzen uns und lesen jetzt was.«

Er nimmt das Buch aus der Tüte. »Von einem bekannten Autor geschrieben.« *Nackt im Hemd*. Ich denke an Amalie. Ich denke an Mutter und Vater. Und an Tormod. Ich bin nicht sicher, ob ich das lesen will. Aber Syver hat sich schon ans Rezitieren gemacht: »Eine Weile lagen wir nur einander zugewandt da und küssten uns auf den Mund. Er benutzte fleißig seine Zunge, schob sie unter meine Lippen und unter meine Zunge, leckte den Rand meines Mundes von außen, meine Lippen von außen, und dann drang seine starke Zunge erneut zwischen meine Lippen, als sei er direkt mit meinem Spalt beschäftigt. Ich spürte seine Stange hart an meinem Bauch, und sie war feucht an der Spitze.«

»Was ist Stange, Syver?«

»Na, der Schwanz. Aber hör mal jetzt: ›Als ich spürte, dass seine Stange abermals in mich eindrang, und dieses Mal von vorn, biss ich ihn ins Gesicht, ich leckte und küsste und biss ihn, und die Muskeln in seinem gebräunten Körper spannten sich, bis der ganze Junge so schwer und hart wie ein Stein wurde. Er wuchs in mir, und ich schrie gleichzeitig mit ihm, ich warf den Kopf hin und her, und ich kratzte seine Schultern und seinen Rücken … So genau weiß ich das nicht mehr. Und dann war ich wohl etwas bewusstlos. Jedenfalls kam ich im selben Moment, als es bei ihm abging und sein Saft sich in mir ergoss – ich spürte es im ganzen Körper, vorne und hinten und oben und unten, gleichzeitig im Nacken und im Bauch.‹«

Ich sitze ganz still. Denke an den Schrei. Denke an das Kratzen. Wie erschreckend. Und dieser große Krampf. Den man sowohl *abgehen* als auch *kommen* nennt. Im ganzen Körper. Überall. Das muss doch wehgetan haben.

»Waldorflehrer«, sagt Syver nach ein paar Minuten. Wir wissen nicht so recht, worüber wir danach noch reden sollen. Keiner von und hat schon mal was Ähnliches gelesen.

»Ich mag Waldorflehrer«, sage ich.

»Vermisst du unsere Schule?«, fragt er.

»Ja, Ich vermisse sie sogar sehr.«

»Kennst du noch Steiners Motto? Erziehung zur Freiheit. Dass ich nicht lache.«

Wir sind wieder in die Novembernacht hinausgetreten. Wäre das Ganze ein Jahr früher passiert, hätten wir an allen Türen geklingelt und das Weihnachtsheft der Waldorfschule verkauft. In der Hoffnung auf Süßigkeiten hätten wir Weihnachtslieder gesungen und unser strahlendstes Lächeln aufgesetzt. Jetzt zieht jeder seiner Wege.

»Hat dir das eigentlich gefallen, was ich vorgelesen habe?«

»Ja sicher. Aber ich verstehe das mit dem Krampf irgendwie nicht richtig.«

»Ich auch nicht«, muss Syver zugeben. »Aber was, wenn Bjørneboe verurteilt wird. Ein Waldorflehrer. Was würde wohl Lindhom dazu sagen?«

Ich bringe kein Wort hervor. Ich denke an Amalie.

86

Ich klingle an Tür des Hauses im Ruglandvei. Noch eine Woche bis zum Wettbewerb der Klavierjugend. Ich überlege, was der Unterschied zwischen abgehen und kommen sein kann. Lindholm öffnet mir die Tür. Jetzt, nachdem er nicht mehr mein Lehrer ist, kommt er mir anders vor. Er tut so, als wäre ich ein Freund der Familie. Er hat angefangen, mit mir über Dinge zu reden, über die er nie zuvor gesprochen hat. Über Bücher, die mir vielleicht gefallen könnten. Dass die Waldorfschule in der Zukunft einen Musiklehrer gebrauchen kann.

Amalie kommt aus dem Wohnzimmer. Wieso hat sie sich geschminkt? So spät spiele ich nur selten bei ihr. Vielleicht habe ich sie bei irgendwas gestört? Beide wirken so gut gelaunt.

»Lasst uns alle in der Küche einen Tee trinken«, sagt sie. »Dann spielen wir später.«

Die Skalen in meinem Leben. Die Welt der Erwachsenen. Die Akteure darin, die mir erzählten, was ich lesen, spielen, sehen sollte. Was ich denken sollte. Ich betrachte Lindholm, der mir am Küchentisch gegenübersitzt. Er kannte ja Bjørneboe. Jahrelang waren sie Lehrer an derselben Schule. Nachdem ich in Hovseter aufgehört habe, ist es so, als streckte Lindholm sich mir entgegen. Und wenn ich mich jetzt auch strecke und ihn Dinge frage, die ich nie zu fragen gewagt hätte, als ich noch sein Schüler war?

»Was ist eigentlich mit Jens Bjørneboe los?«, frage ich.

Er sieht mich an. Sagt nichts. Doch Amalie seufzt.

»Jens ist eben Jens«, sagt sie. »Vielleicht musste er das einfach machen.«

»Wir dürfen nicht vergessen, dass er trotz allem ein hervorragender Lehrer war. Aber dann steckt wohl etwas zu viel vom Teufel in ihm.«

Lindholm lächelt etwas verlegen.

Ich nicke. Alles ist so anders. Er ist überhaupt nicht mehr belehrend. Zum ersten Mal habe ich das Gefühl, mit ihm zu reden, fast wie mit einem Freund. So, wie ich die ganze Zeit schon mit Amalie geredet habe. Ich bin nicht mehr jemand, der nur erzogen werden soll, sondern einer, mit dem sie gern reden wollen, egal wie jung ich bin und in welcher Beziehung ich zu ihnen stehe.

»Was meinst du denn, Ketil?« Lindholm sieht mich an. Sein Gesichtsausdruck wirkt ganz offen. Fast fragend. Was ich dazu meine?

»Ich habe das Buch ja nicht gelesen«, sage ich. »Ihr etwa?«

Ich werde rot bei der Frage. Womöglich hat Amalie über diese Krämpfe gelesen. Über kommen und abgehen. Dass es abgeht. Dass jemand kommt. Ich will sie hier nicht haben, in dieser unverständlichen, erwachsenen Landschaft, wo alle Phantasien verschwunden sind und vieles ziemlich unheimlich ist. Genau wie in den französischen Filmen. Sie muss jetzt nein sagen!

»Wir haben viel von Jens gelesen«, sagt sie. »Und wir lesen auch bestimmt noch mehr. Vielleicht brauchte er ja Geld? Aber lassen wir's dabei bewenden. Wird Zeit, was zu spielen, oder Ketil? Mozart? Brahms? Wollen wir ins Wohnzimmer gehen?«

Als ich an dem Mason & Hamlyn-Flügel sitze – mit den in die Tasten hineingebohrten Bleikugeln, damit das Instrument mehr Widerstand gibt –, denke ich, dass etwas passiert ist. Dass es nicht eine Zeit für alles gibt, wie Mutter sagt. Sondern dass es ein Alter für alles gibt. Unsere Welt. Niemand sonst weiß davon. Nur sie und ich. Ihre Hände, wenn sie ihre Finger mit meinen verschränkt, um mir zu zeigen, wie ich einen Anschlag machen soll. Die Nähe, die sie sich in allen Lebenslagen wünscht. Die Nähe beim Anschlag, die Nähe, wenn sie mit mir spricht. Das, was jedes Mal entsteht, wenn wir uns beim Abschied umarmen. Als hätten wir einmal zusammengelebt, in einer anderen

Zeit. Als hätten wir einander wiedergefunden. Ich versteh alles, was sie sagt, auch wenn wir uns nicht einig sind. Sie kann zum Beispiel sagen, ich solle schneller spielen. Dann versuche ich es für eine Weile. Und spiele dann wieder langsamer. Sie fängt an zu lachen.

»Aha, das willst du also, du kleiner Lümmel.«

»Das ist dann viel schöner. Genau an dieser Stelle. Gegen Ende der Strophe. Findest du nicht?«

»Das steht aber nicht in den Noten. Weit und breit kein ritardando.«

»Aber so ist es wie ein Sommertag in den Bergen. Alle anderen gehen schnell. Doch ich muss stehenbleiben und Luft holen.«

»Schön gesagt, Ketil. Ich versteh das ja auch. Aber wenn du so eine Wahl triffst, dann musst du auch dazu stehen. Ansonsten gibt es nur Chaos.«

»Wie meinst du das?«

»Dass du nicht nur ein Schwärmer sein darfst. Hast du ein Gefühl, an das du glaubst, dann musst du ihm eine Chance geben. Nicht gleich zum nächsten hasten. Gefühle sind wichtig. Sie verpflichten. Genau wie Gedanken. Du musst eine Entscheidung treffen. Tust du das nicht, bist du bloß ein Blödmann. Und jetzt spiel Brahms.«

Ich spiele Brahms für sie. Lege so viel Gefühl in diese kurzen Klavierstücke, dass es fast unanständig klingt. Sie sitzt neben mir und lächelt. Wenn sie begeistert ist, summt sie. Dann will sie die Textur mit mir zusammen formen.

»Genau, Ketil. Richtig! Bravo!«

Sie feuert mich an, wie sie es schon viele Jahre getan hat. Aber das hier ist anders. Früher wollte ich nur gelehrig sein. So wenig Enttäuschung wie möglich verursachen. Mich mit ihr zusammen freuen. Doch plötzlich bedeutet die Musik etwas ganz anderes. Und ich weiß nicht, ob das nur an der Musik selbst liegt oder daran, was sonst alles noch mit mir passiert. Die ganzen Eindrücke. Die Filme. Die Bücher, die ich angefangen habe zu lesen. Die Gedichte, die ich zwar schreibe, zu denen ich aber noch nicht richtig stehen kann. Vorläufig sind es nur Imitationen dessen, was berühmte Autoren geschrieben haben. Brahms zu spielen wird allerdings nie bloß eine Imitation sein. In der Welt der Musik herrschen andere Gesetze. Brahms ist Brahms. Ich werde ihn nicht plagiieren. Es sind seine ureigensten Töne, die ich lebendig mache. Dabei ein Gefühl, als käme ich nie tief genug in das Instrument hinein. Mozart hat das Hammerklavier erst entdeckt. Aber Brahms hatte dieses Wissen schon. Er konnte noch weiter gehen. Später sollte ich es verstehen: als Hendrix seine Gitarre verbrannte. Das allerdings war politischer Protest. Wenn Brahms seinen Flügel verbrennen wollte – natürlich in symbolischem Sinne –, dann um Grenzen zu sprengen und neue Lautbilder zu erschaffen. Das Klavier war das Instrument, das man lieben und gleichzeitig überwinden sollte. Und niemals liebte ich das Klavier mehr als Mitte der sechziger Jahre, als ich mit Amalie zusammen war und Brahms für sie spielte. Ein Gefühl von Schamlosigkeit. Jede Phrase wie ein Geständnis.

Die Korrekturen kamen natürlich trotzdem: »Pass auf mit den Sechzehnteln. Behalte die Stärke bei, auch in den Oktaven. Vergiss niemals den Rhythmus. Aber lass ihn nicht zu einer Geißel werden. Denn wenn du ihn wegnimmst, steht die Welt still. Und diesen Augenblick bestimmst nur du allein.«

»Wie meinst du das?«

»Wie ich es sage. Du brauchst gar nicht mehr zu fragen.« Sie lächelt mich an. »Als ob du in den letzten Monaten tatsächlich geübt hättest.«

»Habe ich? Davon hab ich dann aber nicht viel gemerkt.«

»Du wirst es nächste Woche merken. Im Finale.«

»Ich komme nicht ins Finale.«

»Sei kein Dummkopf. Du wirst gewinnen.«

Ich unterbreche mitten im Intermezzo. »Das ist doch wohl nicht dein Ernst?«

»Aber sicher doch.«

»Ich will überhaupt nicht!«

Amalie verdreht die Augen. »Manchmal bist du wirklich ein Idiot.«

»Na, dann wäre das ja auch gesagt.«

»Aber auch Idioten können Unterricht gebrauchen. Morgen kommst du auch hierher. Fünf Uhr. Pünktlich. Hast du gehört? Diese Chance kannst du dir nicht entgehen lassen.«

1967

87

Ove steht jetzt immer am Eingang und wartet auf mich. Es ist Winter. Bandyzeit auf allen Eislaufbahnen in ganz Bærum. Ich schlittere zur Stabekk Schule hinunter und habe plötzlich Angst davor, mir einen Arm oder einen Finger zu brechen. Früher hatte ich das nie.

»Angsthase! Du siehst ja aus wie ein Tattergreis, wie du da langschleichst«, sagt Ove.

»Kümmre dich um deinen eigenen Kram, Ove.«

»Ich kümmre mich, worum ich will. Bist du heute *hostile*?«

In der letzten Englischstunde ertappte er mich dabei, wie ich *hostile* mit *obliging* verwechselt habe. Alle sollten etwas über Menschen erzählen, die ihnen wichtig waren, freundliche und entgegenkommende Menschen. Es ging darum, das richtige Wort zu finden. Aber seit letztem Herbst waren so viele neue Wörter aufgetaucht. *Execrate, exaggerate, tug, twaddle, imprint* und *inability.* Ich hatte keine Zeit zum Pauken. Deshalb sagte ich: »My grandmother ist very hostile.« Die Klasse brüllte vor Lachen. Und Ove brüllte am lautesten.

»Ich bin very obliging«, erwidere ich jetzt.

Da versetzt er mir einen Schlag gegen den Hinterkopf. »Du vermischst also Norwegisch und Englisch in einem Satz? Wieso glaubst du eigentlich, dass das gehen soll, Knalltüte?«

Ich spüre dieses flaue Gefühl im Bauch. Als müsste ich auf ein Podium hinauf und Klavier spielen. Ove ist nicht zu stoppen. Er hasst mich abgrundtief. »Hab ich dir eigentlich irgendwas getan?«, frage ich. Versuche, seinen Blick aufzufangen, damit er meine Verzweiflung erkennt.

»Ja. Du gehst verdammt noch mal auf diese Schule.«

»Ich kann gern aufhören.«

»Das wäre für uns alle am besten, Knalltüte. Dann müssten wir nicht jeden Tag diesen Gestank nach tranigem, vergammelten Fisch ertragen.«

Als schritten die Worte den Gedanken voran und zeigten den Weg. *Ich kann gern aufhören.* Was, wenn ich ernst damit machte? Allein es gedacht und gesagt zu haben tat etwas mit mir.

Ich erzähle es Kim. Er ist ein Jahr älter als ich, obwohl wir in dieselbe Klasse gehen. Er spielt auch Klavier. Aber niemand triezt ihn. Er hat seinen Platz gefunden. Alle mögen sein Lachen. Außerdem ist er ruhig und selbstsicher. Ich bin überhaupt nicht sicher, außer wenn ich bei Amalie in der Küche sitze. Spiele ich deswegen jetzt viel mehr Klavier? Zu Hause spitze ich die Ohren. Mutter und Vater haben so viele Geheimnisse. Sitzen am Küchentisch und reden leise miteinander. Unterbrechen das Gespräch, sobald ich hereinkomme.

Abends gehe ich mit Langlaufschlittschuhen auf die Bandybahn, während die Follvar-Brüder den roten Ball wie eine Kugel über das Eis feuern. Stabæk ist Vorletzter in der 1. Liga, Abteilung A, nur Pors liegt noch dahinter. Drafn führt souverän, vor Sagene. Aber ich pfeife auf die Liga. Ich pfeife auf Mannschaften. Zeit und Distanz sind für mich wichtiger als Spaß und Vergnügen. Ich bleibe auf der Außenbahn. Drehe langsame Runden und stelle mir dabei Fred Anton Maier vor, obwohl Kees Verkerk und Valery Kaplan die besten bei der EM sind. Wenn ich es schaffe, den Rücken durchzudrücken, sieht es nicht ganz so idiotisch aus. Außerdem bin ich jetzt fast so groß wie Maier.

In Cape Canaveral treffen die Astronauten Virgil Grissom, Edward White und Roger Chaffee die letzten Vorbereitungen für den Start der

Apollo 1. Das Gemini-Programm der NASA wurde mit der Gemini 12 im November des Vorjahres beendet. James Lovell und Buzz Aldrin haben erprobt, welche Belastungen der menschliche Körper im Weltall ertragen kann. Aldrin war über fünf Stunden allein draußen vor der Raumkapsel. Die USA scheinen den Wettlauf zum Mond für sich zu entscheiden. Ich hätte Lust, Mads anzurufen, aber man ruft nicht einfach so Feunde an, wenn man vierzehn ist. Außerdem besucht Mads jetzt eine Schule im Westteil der Stadt. Vermutlich ist er da oben in den Hügeln schon ganz im Milieu der vornehmen Gesellschaft aufgegangen. Mit Fusalp-Jacken und Davy Crockett-Mützen. Vielleicht hat er die Sowjetunion bereits vergessen und angefangen, Amerikanisch zu reden, wie es einige Mädchen aus der alten Klasse zum Schluss taten, weil sie zu viele amerikanische Filme gesehen hatten.

Ich betrachte das Bild der drei Apollo-Astronauten, das, auf dem sie beten, nicht mit gefalteten Händen, sondern wie es Buddhisten und der Dalai Lama machen. Das ist etwas Neues. *God bless America.* Könnte dieser Gruß etwas mit dem Vietnamkrieg zu tun haben? Ich zeigte Vater das Bild, wie es in *Dagbladet* abgedruckt war.

»Das ist schön«, sagte Vater.

Grissom ist jemand Besonderer für mich. Nachdem er damals fast ertrunken wäre mit der Liberty Bell 7 beim Project Mercury, wurde er zu einem der Helden, die ich zu Hause an der Wand hängen hatte neben Maier und dem Pianisten Claudio Arrau. Er sieht nett aus. Ähnelt ein wenig dem Pianisten Cziffra. Hätte fast sowas wie einer meiner Großonkel sein können. Am viertletzten Tag im Januar 1967 soll die NASA in Zusammenarbeit mit den Astronauten den für den 21. Februar geplanten Start simulieren. Ein sogenannter Plugs-Out-Test, um herauszufinden, ob sich das Raumschiff normal verhält, wenn alle Kabel entfernt sind und der Bodenstrom abgestellt ist. Das Ganze ist auch ein psychologischer Test für die Astronauten, die dann so angezogen sind wie für einen richtigen Start, mit voll ausgestatteten, an das eigenständige Sauerstoffsystem der Raumkapsel angeschlossenen Raumanzügen.

Die drei Astronauten werden an ihre Sitze festgeschnallt. Bis ins kleinste Detail soll der gewöhnlichen Prozedur für einen echten Start gefolgt werden. Grissom gibt an das NASA-Hauptquartier durch, dass sein Raumanzug einen merkwürdigen Geruch von sich gibt, fast wie sauer gewordene Sahne. Der planmäßige Countdown wird für eine Stunde und zweiundzwanzig Minuten unterbrochen, dann aber wieder fortgesetzt, als man keine Ursache für den Geruch finden kann. Danach wird die dreifache Luke auf die übliche Art geschlossen, die Luft in der Kabine wird durch reinen Sauerstoff ersetzt. Es entsteht ein Problem mit der Luftzufuhr, außerdem schaltet sich Grissoms Mikrofon nicht ab, wenn er nicht mit der Bodenkontrolle spricht.

»How are we going to get to the Moon if we can't talk between three buildings?«, fragt er lakonisch.

Abermals wird der Countdown unterbrochen. Die Astronauten nutzen die Zeit, um noch einmal die Checkliste durchzugehen. In der Stromzufuhr wird ein Spannungsabfall entdeckt. Zehn Sekunden später hört die Bodenkontrolle, dass Chaffee »Hey!« ruft. Die Fernsehmonitore der NASA zeigen, dass White versucht, die innerste Luke zu öffnen, gleichzeitig breiten sich Flammen von links nach rechts aus und hüllen das Fenster ein. White ruft, dass es in der Kabine brennt. Sechs Sekunden später schreit Chaffee: »It's a bad fire!« Im selben Moment hört man Geräusche vom Raketenrumpf, der aufgrund des Überdrucks zu bersten droht. Einer der Astronauten ruft: »Ich verbrenne!« Die Mannschaft draußen versucht, die Luke zu öffnen, wird aber durch starken Rauch und giftige Gase, die aus der Raumkapsel entweichen, daran gehindert. Darüber hinaus funktionieren die Gasmasken nicht so wie sie sollen. Es dauert über fünf Minuten, um die inneren Luken zu öffnen, und niemand weiß, wie groß die Explosionsgefahr ist. Als endlich die letzte Luke geöffnet wird, sehen die Brandbekämpfer, dass die aus Nylon bestehenden Raumanzüge geschmolzen sind. Grissom hat sich von seinen Gurten befreit und liegt auf dem Boden. White, der die größten Brandwunden davongetragen hat, liegt neben der Luke, während Chaffee noch immer angeschnallt auf seinem Sitz hockt, weil er gemäß der strengen Routine derjenige Astronaut ist, der die Kommunikation mit der Bodenkontrolle aufrecht erhalten sollte. Aufgrund der Hitze und der geschmolzenen Nylonanzüge dauert es fast neunzig Minuten, bis man die Leichen aus der Apollo-Kapsel bergen kann.

Ich fühle mich wie meine Mutter. Ich trauere angesichts der Toten. Einige Tage lang bin ich erschüttert und denke daran, wie es sich angefühlt haben muss, auf diese Weise zu verbrennen mitsamt dem massigen Raumanzug um sich herum. Ich denke an Grissom. Gab es Pechvögel? Solche, die weniger Glück hatten als andere? War diese Episode, als er beinahe ertrunken wäre, vielleicht nur eine Vorwarnung? Plötzlich denke ich nicht mehr an die sowjetischen Kosmonauten. Vielleicht weiß ich auch gar nicht, zu wem ich bei diesem Wettlauf im Weltraum eigentlich halten soll. In einer Welt ohne Mads scheinen die USA so oder so die Vormachtstellung einzunehmen. Manchmal liege ich zu Hause unter der Decke und höre Radio Luxemburg. The Beach Boys. The Monkees, mit dieser idiotischen Fernsehshow. California. Phantasien vom Stillen Ozean. Palmen, Strände und schöne Frauen. Amerika. Ich schäme mich.

Im Scala-Kino sehe ich mir den neuen Truffaut-Film an, *Fahrenheit 451*. Ein merkwürdiger Titel. Ich weiß nicht, dass 451 Grad Fahrenheit die Temperatur beschreibt, bei der Dinge zu brennen anfangen können. Die drei Astronauten haben erfahren, was 451 Fahrenheit bedeutet. Im Film, der auf Ray Bradburys Roman aus dem Jahr 1953 basiert, gibt es eine von einem totalitären Regime ausgewählte Gruppe von Feuerwehrmännern, die die Häuser der Menschen nach Büchern durchsucht. Guy Montag, dargestellt von Oskar Werner, begegnet seiner Nachbarin Clarisse, gespielt von Julie Christie. Sie ist eine junge Lehrerin und hat Angst, ihre Arbeit zu verlieren, weil sie unorthodoxe Ansichten vertritt, die dem Regime nicht gefallen. Sie fragt den Feuerwehrmann, ob er manchmal die Bücher liest, die er verbrennt. Das hat er noch nie gemacht. Aber dann fängt auch er an, Bücher zu verstecken. Die junge Frau hat seine Neugier geweckt. Er liest Charles

Dickens. *David Copperfield*. Das führt zu einem Konflikt mit seiner Frau, die davon besessen ist, so populär zu werden, dass sie Teil des interaktiven Fernsehprogramms *The Family* werden kann. Ich sitze im dunklen Kinosaal und sehe mir die Geschichte von Montag, Linda, Clarisse und einem Regime an, das Bücher verbrennt. Einem Regime, das der Ansicht ist, Bücher könnten die Menschen verändern und sie glauben machen, etwas Besseres zu sein als andere, was das Regime als anti-sozial betrachtet.

Ich erkenne Truffauts Handschrift wieder, gleichwohl vermisse ich Dorléac. Diese Geschichte ist ganz anders als der Film über den Literaturkritiker und die Stewardess. Dennoch gibt es etwas an der Art, wie er die Menschen betrachtet. Die Wehmütigkeit in der Filmsprache, die sich zum Schluss hin verstärkt, als Clarisse Guy Montag von den Buchmenschen erzählt, einer Sekte, die sich verborgen hält. Diese Menschen laufen als lebende Bücher herum. Jeder von ihnen kann ein Buch auswendig, sodass der eine sich als *Madame Bovary*, die andere als *Die Brüder Karamasow* und ein Dritter als *Krieg und Frieden* präsentieren kann. Montag beschließt, einer von ihnen zu werden. Das Buch, das er auswendig lernt, ist *Tales of Mystery & Imagination* von Edgar Allan Poe.

88

Die Amerikaner schicken ein Flugzeug los, das Pfanzenvernichtungsmittel geladen hat. Sie wollen den Wald im südlichen Abschnitt der entmilitarisierten Zone zwischen Nord- und Südvietnam vernichten. Vater sitzt am Küchentisch und liest laut aus der Zeitung vor. Die Amerikaner verwenden Stoffe wie *Agent Purple, Pink, Green, Blue* und *White.* Der am häufigsten verwendete Stoff ist allerdings *Agent Orange.* Er ist dioxinhaltig. Abgesehen davon, dass er alle Blätter von den Bäumen entfernt, verursacht er Krebs, Missbildungen und andere gesundheitliche Schäden bei der Lokalbevölkerung. Die Amerikaner setzen außerdem Artillerie gegen Ziele in der entmilitarisierten Zone ein, und parallel dazu werden nordvietnamesiche Flüsse mit Hilfe von Flugzeugen vermint.

»Begreifst du, was die da machen, Ketil? Das ist einfach nur entsetzlich.«

Kjell Bækkelund ruft an.

»Hei, ist da Ketil?«

»Ja?«

»Hier ist Kjell.«

»Welcher Kjell?«

»Kjell Bækkelund.«

»Oh.«

»Gratuliere zum Sieg beim Klavierwettbewerb der Jugend.«

»Danke.«

»Ist es nicht herrlich zu gewinnen?«

»Na ja, ich weiß nicht.«

»Keine falsche Bescheidenheit. Das passt nicht zu dir. Ich hab dich im Radio gehört. Du hast ein Gespür für Brahms. Für Mozart auch, komischerweise. Diese Kombination kommt nicht so häufig vor, aber du schaffst das. Ich wollte nur sagen, dass ich dich im Auge behalte.«

»Schön zu wissen.«

»Na, lass das bloß nicht die Arbeiterpartei hören, hehehe.«

»Ich habe Sie immer bewundert, Herr Bækkelund.«

»Davon gehe ich aus. Und sag um Gottes Willen du, mein Junge. Adieu.«

Du meine Güte. Bækkelund höchstpersönlich. Und vielleicht hat der Bjørnstad-Junge wahr gesprochen. Dass er diesen Pianisten mit dem entschiedenen und etwas kantigen Spielstil bewundert. Bækkelund hat bei einer großen internationalen Plattengesellschaft eine LP herausgegeben. Das zweite Klavierkonzert von Rachmaninoff. Eine Aufnahme, die er als Offenbarung erlebt hat. Außerdem weiß er, wie schwierig das Stück ist, denn Amalie hat ihm die Noten gezeigt. Dennoch hatte er zu dick aufgetragen. Die Worte klangen noch in seinem Kopf nach, als er bereits aufgelegt hatte: »Ich habe Sie immer bewundert, Herr Bækkelund.«

Was war das für ein Unsinn? Zwar auch nicht direkt unwahr, aber schmeichlerisch. Anbiedernd. Zweideutig Was immer er im Leben tun würde, er wollte nicht zweideutig sein. Robert Riefling war vermutlich ein viel größerer Pianist. Einer, der das gesamte *Wohltemperierte Klavier* oder alle Beethoven-Sonaten auf Platte einspielen könnte. Nördlich von Kopenhagen gab es nicht viele, die das getan hatten.

Wie dem auch sei. Bækkelund hat angerufen. Völlig unabhängig von der amtierenden Regierung war er lange Zeit Kultur- und Unterrichtsminister. Er ruft seinen neuen Freund an. Einar Henning Smebye, der bei den Ältesten gewonnen hat.

»Hat sich Bækkelund bei dir gemeldet?«

»Ja. Bei dir auch?«

»Er hat eben angerufen. Was will er eigentlich?«

»Bækkelund ist nett, Ketil. Vor dem brauchst du keine Angst zu haben. Er will uns nur Gutes. Er sprach davon, uns junge Pianisten einmal alle zusammenzubringen. Und bei einem Konzert zu präsentieren.«

Er lauscht der leisen und gleichermaßen enthusiastischen Stimme von Einar. Er hat so großen Respekt vor ihm. Als Smebye den Wettbewerb der Ältesten gewann, gab es tosenden Applaus. Aber da hatte er selbst schon gewonnen. Da gab es auch tosenden Applaus. Und er war gar nicht darauf vorbereitet. Kletter wieder aufs Podium und nimm den Jubel entgegen. Spiel eine Zugabe. Das fühlte sich eigenartig an. Und dennoch sehnte er sich nicht nach dem fünften Platz, wie er geglaubt hatte. Einen fünften Platz gab es bei diesem Wettbewerb auch gar nicht.

»Abgesehen davon müssen wir wie gesagt einmal vierhändig spielen«, sagt Einar. »Komm doch einfach mal bei mir vorbei.«

Ich bleibe ein wenig betäubt neben dem Telefon sitzen. Ich bin nämlich überhaupt nicht daran gewöhnt, dass mich jemand anruft. Diejenigen, deren Anruf ich mir während der ganzen Kindheit gewünscht hatte, meldeten sich nie. Keine Elin, kein Mads. Und jetzt hat Bækkelund angerufen. Als sei ich schon ein vollwertiger Pianist. Bin ich das? Ich bin bei allem so unsicher. Ich setze mich an den Plattenspieler und schaue mir den Preis an, den ich gewonnen habe. Claudio Arrau, mit Beethovens *Hammerklavier*. Als hätte die Jury es gewusst. Dass Arrau einer meiner Favoriten ist. Diese besondere Schwere, wenn er sich über die Klaviatur auf den Grund hinunterspielt und eine andere Klangwelt findet, ein anderes Instrument, irgendwo da unten. Der neue Flügel in der Aula ist wie geschaffen für Pianisten wie Arrau. Ich habe das gleich gemerkt, als ich zum ersten Mal darauf gespielt habe, im Finale, nachdem Arrau nur ein paar Wochen zuvor Brahms' B-Dur-Konzert und Liszts zweites gespielt hatte. Der Flügel leistet Widerstand, und deshalb kann man darauf antworten, kann sich ganz zurückziehen oder für einen maximalen, dynamischen Ausdruck kämpfen. Zum ersten Mal wird mir richtig bewusst, dass Amalie mir die technischen Grundlagen vermittelt hat. Ihr ständiges

Gequengel, dicht an den Tasten zu bleiben und große Gesten zu vermeiden. Es stimmt ja auch. Keine Grimassen. Keine Ablenkungen vom eigentlichen Ausdruck.

»Sieh dir nur all die Pianisten an, die sich verstellen«, sagt sie. »Die glauben, ihre Gefühle säßen im Gesicht oder in den Armen. Mach sowas ja nicht.«

Hatte ich deshalb gewonnen? Weil sie es geschafft hatte, mir Eitelkeit und schlechte Angewohnheiten auszutreiben? Als ich da mit meinen über hundertzwanzig Kilo saß, war ich jedenfalls nicht eitel. Die Eitelkeit hatte sich schon längst in Verzweiflung verwandelt. Und was die Angewohnheiten betraf? Ich wusste es nicht.

Die Rotgardisten in China drücken wieder die Schulbank, nachdem die weiterführenden Schulen neun Monate geschlossen waren. Indira Gandhi wird als Ministerpräsidentin Indiens vereidigt, und vor der Südwestküste der Britischen Inseln läuft der Supertanker Torrey Canyon auf Grund. Es wird das am schlimmsten von Unglücken heimgesuchte Osterfest seit Menschengedenken. Sechzehn Menschen sterben im norwegischen Gebirge. Und britische Düsenflugzeuge bombardieren die Torrey Canyon mit Napalm, um das austretende Öl in Brand zu stecken. Am Tag danach läuft in Cherbourg das erste französische Atom-U-Boot, Le Redoutable, vom Stapel.

Ich lese davon in den Zeitungen und denke an Catherine Deneuve.

In der Schule ist es zum völligen Stillstand gekommen. Ich akzeptiere Oves Bosheiten, wie ein dummer Esel die Peitschenschläge seines Herrn akzeptiert. Ich akzeptiere die Fächer, die uns Tag für Tag eingetrichtert werden. Auf der Waldorfschule war alles so anders. Die Ziele waren nicht so deutlich. Was wir hervorbringen sollten, lag schon in uns bereit. Aber auf der öffentlichen Schule sind die Anforderungen kristallklar und die Noten das Wichtigste. Ich denke daran, wie viele Jahre ich mich mit der Musik abgerackert habe, ohne Sinn und Ziel, und wie Amalie mich wahrgenommen und mir Zeit gegeben hat, es unterließ, mich zu etwas zu zwingen, bis sie sah, dass ich bereit dafür war.

Die Hausaufgaben sind ein Albtraum. Mehr oder weniger bewusst protestiere ich dagegen, indem ich meinen Gedanken freien Lauf lasse. In all den Stunden, die ich in der Schule verbringe, kann ich mich nicht konzentrieren, doch sobald ich nach Hause komme, verspüre ich überall eine Struktur. Ich stürze ans Klavier und wärme mich mit den technischen Übungen auf, die Amalie mir gezeigt hat. »Vermeide um Himmels Willen Tonleitern und Czerny-Etüden. Spiel lebendige Musik!«

Also Chopin, Bach, Mozart und Beethoven. Außerdem Prokofjew, Debussy und Ravel. All das ist Musik. Themen, mit denen ich mich aufhalten, die ich wieder und wieder spielen kann. Ich merke, dass sie recht hat. Schneller als vermutet mache ich technische Fortschritte, weil ich mich in der Musik befinde und nicht bloß pauke, wie ich mathematische Gleichungen oder englische Vokabeln pauke, wenn ich Hausaufgaben mache. Kongruente Dreiecke. Wie ich sie hasse.

Der Satz hat sich festgesetzt: »Ich kann gern aufhören.«

»Das wäre für uns alle am besten, Knalltüte.«

Nachts liege ich wach und denke, dass das eine neue Möglichkeit ist. Dass ich die Freiheit wiedererlangen werde. Diese Freiheit, die ich seltsamerweise die ganze Zeit auf der Waldorfschule zu spüren glaubte, obwohl wir dort ebenso viel mit den Fächern gearbeitet haben wie in Stabekk. Aber diese Freiheit werde ich zu etwas verwenden! Mich auf etwas konzentrieren, das sowohl wichtig als auch lustbetont ist, die Musik. Gleichzeitig könnte ich die achte und die neunte Klasse als externer Schüler absolvieren und mich danach für die Musiklinie auf der Hartvig-Nissen-Schule bewerben. Ingeborg Kindem war nach dem Finale in der Aula zu mir gekommen und hatte mit ihrem klangvollen Akzent aus Bergen gesagt: »Natürlich kommst du in ein paar Jahren zu uns!« Sie war eine etwas kräftigere Ausgabe von Tante Svanhild. Mit geradezu militärischem Stil. Musik war ein Gebot. Ein Imperativ. Ich mochte sie dennoch.

Externer Schüler? Ich schlage die gelben Seiten im Telefonbuch auf und suche nach der Norsk Korrespondanseskole, dem Lehrinstitut für Externe. Ich rufe an und frage, was sie machen. Eine freundliche Dame erzählt mir von den Fernkursen, die dort angeboten werden. Die man durcharbeiten kann, wann immer man möchte, in eigenem Tempo. Eigene Lehrbücher. Lehrer, die die Aufgaben betreuen. Und schwupps, schon hat man die erforderlichen Examen abgelegt.

Klingt paradiesisch. Allein zu Hause zu sitzen, wenn alle anderen fort sind, und die Aufgaben im eigenen Tempo zu lösen. Dem Gebrüll zu entgehen, sobald Birkebom die Klassentür öffnet. Klavier üben zu können, wann immer ich will.

Aber es kostet etwas. Nun ja. Ich könnte arbeiten. Zeitungen austragen, vielleicht sogar mehrere Touren. *Aftenposten* sucht jede Woche in Anzeigen nach neuen Zeitungsboten für alle Viertel der Stadt. Ja, das war eine Möglichkeit. Alles war möglich.

Ich gehe zu Onkel Aage. In der Universitetsgate 12 hat er ein Klaviergeschäft eröffnet. Dort stehen die glänzenden Flügel und warten auf Käufer. Seiler und Grotrian-Steinweg. Onkel Aage hat mir angeboten, dass ich da jederzeit üben kann. Wir haben zu Hause darüber gesprochen. Vielleicht ist es ja möglich, einen gebrauchten Flügel zu finden, der bei einer alten Witwe gestanden und vor sich hin gestaubt hat. Onkel Aage hat seine Hilfe angeboten. Er ist ja selbst mit einer Musikerin verheiratet. Tante Marie, die Schuberts a-Moll-Konzert mit dem Studentenorchester gespielt hat und die zu Hause in der Bygdoy allé Klavierschüler unterrichtet. Onkel Aage bewegt sich ständig in der Welt der Musik. Jetzt schaue ich mir die prächtigen Instrumente an, die hier mit offenem Deckel stehen. Er lässt mich auf jedem von ihnen spielen. Einen Flügel zu spielen heißt, sich im Innersten des Instruments zu befinden. Sie alle haben Persönlichkeit. Manche sind zornig und männlich. Andere sind weich, feminin und fast schelmisch. Onkel Aage hat seinen Platz im Leben gefunden. Daran bestand nie ein Zweifel. Er wuchs in einem musikalischen Zuhause auf und machte weiter mit der Musik, in seiner Ehe und durch die Instrumente, die er zu stimmen und schließlich sogar von Grund auf zu bauen lernte.

»Ich überlege, mit der Schule aufzuhören«, sage ich.

Onkel Aage steht neben mir. Sein großer, vertrauter Körper. Anzug, Hemd und graue Fliege. Das freundliche, allzeit enthusiastische Gesicht. Er denkt nach. Ich kann sehen, dass er Urgroßvater ähnelt. Der große Musiker, den alle in der Familie bewunderten. Die Bestimmtheit, aber auch die Freundlichkeit. Der große Musiker, der in Johan Halvorsens Orchester im Nationaltheater den Chor dirigierte und die Bratsche spielte. Der mit Pablo de Sarasate höchstpersönlich spielte. Der Kantor in der Vestsiden Kirche war.

»Was sagen denn wohl Alfhild und Per dazu?«

»Das weiß ich nicht.«

»Vielleicht verstehen sie dich ja und lassen dich als Externen weitermachen.«

»Das hoffe ich. Ich habe schon die Norsk Korrespondanseskole angerufen.«

89

Die Musik hat ihn gepackt. Oder versteckt er sich in ihr? Ist er eigentlich nur ein so schlechter und dummer Schüler, weil er einen Vorwand sucht, um von der Schule abzugehen? Auf dem Rückweg von Onkel Aage besucht er alle vier zu jener Zeit im Osloer Zentrum existierenden Plattengeschäfte. Das kleinste ist Thiis. Dann gibt es Musikkhuset mit den freundlichen Verkäufern, sowohl in der Noten- als auch in der Plattenabteilung, und dann den Norsk Musikkforlag, wo Kjell Hillveg bedient. Außerdem gibt es noch Grøndahl, die nicht nur im Erdgeschoss die Plattenabteilung haben, wo das strenge Fräulein Kristiansen arbeitet, sondern im ersten Stock auch die Flügelabteilung, in der Anders Backer-Grøndahl und seine Mithelfer Steinway- und Grøndahl-Instrumente verkaufen und wo es einen Proberaum mit zwei großen Steinway D-Modellen gibt.

Grøndahl ist ein netter Mann, der Amalie kennt und sagt, dass er kommen und dort üben kann, sofern der Raum nicht gerade von einem der weltberühmten Pianisten zum Einspielen benutzt wird, bevor er ein Konzert in der Aula gibt. Oder er kann draußen vor der Tür stehen und zuhören. Dort hat er zuletzt im Oktober gestanden und Martha Argerich zugehört, der 25-jährigen argentinischen Pianistin, die am selben Abend auftreten sollte. Er saß in der Ecke des großen Showrooms, wo ein kleines braunes S-Modell stand. Er sah sie zusammen mit ihrer Agentin eintreffen, einer Frau, die ihre Mutter hätte sein können. Wie hübsch und bezaubernd sie war! Und wie hilflos er sich fühlte, jedesmal wenn er diesem Typ von Schönheit begegnete, was häufig geschah. Sie begrüßte Grøndahl und William Nilsen, den Klavierstimmer, der sowohl den Flügel in der Aula als auch Amalies Mason & Hamlyn-Flügel regelmäßig stimmt. Mit ihrem schlanken Körper und ihrem ausdrucksvollen Gesicht hätte sie in einem Truffaut- oder Godard-Film mitspielen können. Aber das war nicht ihre Art von Schauspiel. Sie spielte Klavier. Als sie an ihm vorbeikam, bedachte sie ihn mit einem munteren Blick, wie um zu sagen, dass sie verstand, was er da trieb, nämlich heimlich zu lauschen. Dann betrat sie den Proberaum, und die Agentin verschwand in Grøndahls Büro. Er konnte aufstehen und sich zur Wand hinschleichen. Er presste das Ohr an die Tür und hörte sie ganz deutlich, wenngleich der Raum gut isoliert war. Sie spielte Chopin. Die b-Moll-Sonate. Er hörte, wie sie einzelne Passagen extra langsam spielte und mehrmals wiederholte. Wie sie die besonderen Stellen in allen Sätzen ganz punktuell übte. Danach das cis-Moll-Scherzo, das sie schon auf Platte eingespielt hatte, sowie die Polonaise Opus 53, bevor sie abrupt zu Prokofjews drittem Klavierkonzert wechselte, zu den schwierigen Läufen im dritten Satz. Grøndahl kam zu ihm und flüsterte: »Ist sie nicht phantastisch? Gehst du heute Abend in das Konzert?« Natürlich würde er das tun. Es war ihr erster Besuch in Norwegen, als weltberühmte junge Pianistin. Erst vor zwei Jahren hatte sie den Chopin-Wettbewerb in Warschau gewonnen. Danach schaute er bei Kjell Hillveg im Norsk Musikkforlag vorbei. Hillveg war ein paar Jahre zuvor abgegangen, hatte der Musik den Vorzug vor der Schule gegeben. Schuld daran war die Ouvertüre zu *Figaros Hochzeit* gewesen. Jetzt war er das Orakel für Musiker und Musikliebhaber jeden Alters, die Tipps zu neuen Platten und Musikern haben wollten. Er erzählte Hillveg, was er gerade eben erlebt hatte. Hillveg verdrehte nur die Augen. Auch er würde wohl das Konzert am Abend besuchen. Danach war er zu seiner Mutter in die Buchhandlung gegangen und hatte gesagt, dass er in der Stadt bleiben würde, bis das Konzert anfing. Sie hatte ihm daraufhin zehn Kronen zugesteckt, wie lieb sie doch immer war. Davon könnte er sich ja an der Würstchenbude auf dem Aschehougs plass eine doppelte Wienerwurst mit Brot kaufen.

Das Konzert hatte eine hypnotische Wirkung auf ihn ausgeübt. Hinterher hatte er mehrere Minuten bloß dagesessen und auf das leere Podium gestarrt, bevor er mit anderen Autogrammjägern, die er von früher kannte, die Treppe zum Künstlerraum hinaufging, vor dem sich schon eine lange Schlange gebildet hatte. Sie saß auf dem roten Sofa und gab Autogramme. Ihre Agentin war auch da. Er merkte, dass sie ihn wiedererkannte, als er an die Reihe kam. Kein Wunder, dachte er, so fett wie ich bin. »Are you following me, young man?«, fragte sie mit einem Lächeln und unterschrieb schnell. Er biss sich auf die Lippe, durfte jetzt bloß nichts Falsches sagen. »I like you very much«, sagte er stotternd. Man konnte einfach nicht so schön sein und gleichzeitig so gut Klavier spielen.

An all das denkt er, als er wieder einmal bei Grøndahl steht und sie ihm ein Zeichen geben, ganz still zu sein. Dieses Mal sitzt Wilhelm Kempff im Proberaum. Auch er soll ein Konzert in der Aula geben. Der Name verursacht ihm dasselbe andächtige Gefühl wie bei Arthur Rubinstein. Selbstverständlich wird er dieses Konzert besuchen. Warum hat er nicht früher daran gedacht? Er möchte noch viel mehr Konzerte als früher besuchen. Er will seine Ersparnisse für noch mehr Noten und noch mehr Platten ausgeben. Er will sich in der Musik ertränken, einer werden, der sich an der Musik vergeht, genau wie Professor Timothy Leary, der sich an narkotischen Substanzen vergangen hat.

Als er abends nach Hause kommt, sitzen die Mutter, der Vater und der Bruder am Küchentisch. Anscheinend haben sie sich lange unterhalten. Alle drei wirken so glücklich.

»Was ist denn los?«, fragt er neugierig.

»Vater hat ein Haus gefunden«, sagt die Mutter.

»Ein Haus? Aber haben wir denn kein Haus?«

»Das ist ein neues Haus!«, sagt der Bruder.

»Nein, ein altes«, sagt der Vater. »Aber es könnte wie neu werden.«

»Aber haben wir denn kein Haus? Und haben wir nicht schon sehr viel Zeit darauf verwendet, es auszubauen?«

»Das ist etwas anderes«, sagt die Mutter. Er sieht, dass ihre Wangen rot sind. Nur wenige Tage zuvor hatte sie stundenlang darüber geweint, dass mehr als 10 000 Nerze in Telemark und Aust-Agder gestorben waren, weil das Futter aus einer Zentralfutteranlage in Treungen vergiftet war. Als könnte sich seine Mutter ganz tief in die Trauer hineinbegeben und fast ebenso tief in die Freude, und das zur selben Zeit. Dann überkommt sie so etwas Jungmädchenhaftes und Unruhiges. Das rührt ihn und versetzt ihn in eine gewisse Stimmung. Es ist etwas, in dem er sich wiedererkennt. Die Gefühle, die er zum Übermaß in sich trägt, vor denen er aber jedesmal durch die Musik gerettet wird.

Er hatte sich vorgenommen ihnen zu sagen, dass er die Schule aufgeben will. Dass er schon einen Plan ausgearbeitet hat. Auch die Finanzierung. Aber jetzt ist nicht der richtige Zeitpunkt dafür. Es wäre völlig falsch. Alles hat seine Zeit.

»Dann lasst uns doch mal losfahren und das Haus ansehen«, sagt er.

Das Licht kommt zurück. Die Nachmittage werden länger. Der April wirkt so verheißungsvoll. Am Tag danach nehmen alle vier die Straßenbahn nach Majorstuen. Auf dem Weg in die Stadt wirft er den Eltern und dem Bruder einen kurzen Blick zu. Vaters Wagen ist in der Werkstatt. Wie oft hat er wohl schon ganz in Gedanken versunken in der Kolsåsbahn gesessen und aus dem Fenster gestarrt. Vielleicht war für ihn die Straßenbahn manchmal wichtiger als die Schule. Sogar auf der kurzen Strecke nach Jar, um zum Klavierunterricht bei Amalie zu kommen, im Winter, oder wenn er keine Lust zum Radfahren hatte. In Gedanken versunken dazusitzen, ohne von jemandem gestört zu werden. Eine Landschaft zu sehen, die zwar vertraut war, sich aber mit dem Licht und den Jahreszeiten veränderte. Die Moorlöcher rund um Tjernrudsvann. Der steile Felsen am Lysakerelv. Der Ausblick auf die Stadt, wenn man sich Montebello näherte. Der Asphalt auf den Straßen, der nach dem letzten Schneegestöber gerade wieder getrocknet war. Nichts tun zu müssen. Frei denken zu können. Das Wichtige im scheinbar Unnützen.

Ein Haus in der Stadt? Von dem sie alle im Stillen geträumt, sich aber nicht getraut haben, darüber zu reden, nicht mal untereinander. So wohnen zu können wie Tante Svanhild. Sich in der Nähe von allem zu befinden, was ihnen wichtig war. Doch als er da in der Straßenbahn sitzt, merkt er, dass das Ganze zwei Seiten hat. Er wird die Straßenbahnfahrten vermissen, wenn er in ein Konzert will, ins Kino oder nach Bislett. Amalie wird zwar im Ruglandvei wohnen bleiben, aber das ist dann zu weit weg, um mit dem Rad dorthin zu fahren. Wieder einmal Veränderungen! Doch dieses Mal merkt er, dass er gespannt ist, als sie von der Haltestelle Majorstuen den Kirkevei hinaufgehen. Die kleine Familie. All die Träume. Was denken sie, die drei anderen, als sie zusammengedrängt am Frognerpark entlanggehen, während er auf die Skulpturen da drinnen schaut, die nackten Granitmänner, die kein Fleisch haben, aber Muskeln. Die Frauen mit offenem Haar in die Höhe heben. Ein ziemliches Gelage da drinnen zwischen den Bäumen. Männer und Frauen, die einander nichts versagen. Man stelle sich vor, in der Nähe von so etwas zu wohnen! Ein erotisches Minenfeld, das noch gewaltiger und viel größer ist als der Bjerkelundspark.

Sie nähern sich dem Frogner plass. Die Mutter wirkt erfreut. Gleichzeitig schaudert sie.

»Was ist denn, Mutter?«

»Das Gebäude da drüben. Das hohe. Da hat sich Odd Frogg hinausgestürzt. Er war wohl unglücklich verliebt in die berühmte Schauspielerin Gerd Egede-Nissen.«

»Das ist mehr als dreißig Jahre her, Alfhild«, sagt der Vater warnend.

»Auch mit der Zeit werden Tragödien nicht minder klein«, erwidert die Mutter trotzig. »Es sind nur wir, die Überlebenden, die sie vergessen. Außerdem haben sich noch andere in dem Gebäude das Leben genommen. Der Lyriker C …«

»Bitte erspar uns das«, sagt der Bruder zur großen Erleichterung des Jüngeren.

»Wollten wir uns nicht ein Haus angucken? Es ist doch wohl nicht *das* Haus?«

»Geduldet euch«, sagt der Vater. Er bemerkt, dass der Vater den Kopf schräg gelegt und das Gesicht ein wenig nach oben gerichtet hat. Dabei sieht er aus, als wäre er sieben Jahre alt. Jetzt ist er 45 und Chefredakteur. Der Sohn ist froh, dass die Kollegen im Haus der Ingenieure den Vater jetzt gerade nicht sehen. Gleichzeitig mag er ihn in Augenblicken wie diesem am liebsten. Er findet, dass der Vater dem *Petit Prince* ähnelt, während er zur selben Zeit mit seiner ganzen Persönlichkeit der Flieger ist. Als ob die Phantasiefigur und Saint-Exupéry, durch sein Alter Ego, in ein und demselben Körper lebten.

Welches Haus kann es sein? All die weißen Zweifamilienhäuser auf der linken Seite sind zu teuer. Es muss ein kleines, halb verfallenes Haus geben, irgendwo versteckt zwischen hohen Blöcken, wie bei Ulf. Aber wo befindet es sich? Der Kirkevei ist ja eine Avenue, ein Boulevard, oder wie man das nennt. Jedenfalls etwas Großes, Breites und Prächtiges. In der Mitte fährt sogar eine Straßenbahn, es gibt zwei separate Gleise. Gibt es so etwas wie diese Straße überhaupt ein zweites Mal in Norwegen? Müsste nicht eigentlich hier der Umzug am 17. Mai entlangführen?

Er merkt, dass der Vater jetzt so geheimnistuerisch ist, dass er beinahe platzt.

»Das Leben ist zu kurz, um nicht mal etwas zu riskieren«, sagt der Vater plötzlich.

Sie sind jetzt am Frogner plass. Er sieht an dem hohen Gebäude hoch, das mit dem Reklameschild auf dem Dach. Viele Jahre später weiß er nicht mehr, ob es für *Fiat* oder *Aftenposten* warb, vermutlich aber *Fiat*? Das Stinkauto, das die Nachbarn in Røa hatten. Der feurige kleine Italiener. Er vermutet, dass sie jetzt in schmale Gassen treten und zwischen Häusern verschwinden werden, wo es fast kein Licht gibt. Aber der Vater ist stehengeblieben.

»Hier ist es?«

»Wo hier?«

»Na, hier. Ratet mal wo.«

Sie sehen sich um, allesamt. Nicht einmal die Mutter weiß also, um welches Haus es geht.

»Das Odd Frogg-Haus?«, fragt der jüngste Sohn, spaßeshalber.

»Jetzt hör aber auf«, sagt der Vater. »Seht ihr denn wirklich gar kein Haus?«

Sie stehen genau vor dem letzten der weißen Häuser, die den Kirkevei säumen. Der Vater nennt sie »englisch«, warum, weiß der Sohn nicht.

»Das da?« Die Mutter starrt ungläubig den Mann an, mit dem sie verheiratet ist.

»Ja«, sagt der Vater. »Das Eckhaus. Unser Teil hätte Zugang vom Frognervei.«

»Aber das ist ja ein Schloss«, sagt der Sohn.

»Ich mag Schlösser«, sagt der Bruder.

»Aber das ist ja Wahnsinn, Per«, sagt die Mutter. »Können wir uns so was denn überhaupt leisten?«

»Ich habe mit der Bank gesprochen. Wenn wir es für 240 000 Kronen bekommen, gewährt uns die Bank einen Kredit. Das Haus im Parksvingen ist in den letzten Jahren ja auch im Wert gestiegen.«

»Bitte sehr, verliert den Verstand«, sagt die Mutter, aber der Sohn sieht, dass sie weit davon entfernt ist, schlechte Laune zu bekommen.

»Gefällt es euch?«, fragt der Vater.

»Natürlich gefällt es uns!«, sagt der Sohn. Fast wird ihm schwindelig, wenn er daran denkt, wie es wäre, hier zu wohnen.

»Oben auf dem Dachboden könnte man einen Flügel unterbringen.«

»Gibt's auch ein Zimmer für einen frustrierten Gymnasiasten?«, fragt der Bruder.

»Es gibt Platz für uns alle. Aber noch haben wir den Zuschlag nicht. Kommt eben auch darauf an, was wir für das Haus im Parksvingen bekommen können.«

Der jüngere Sohn blickt den Bruder, die Mutter und den Vater an. Sie schauen auf das Haus. Sie können nicht hineingehen, denn noch wird es nicht offiziell zum Kauf angeboten. Ein Schiffsmakler oder so etwas, der gestorben ist.

Als ob er all die Bilder sehen könnte, die sie im Kopf haben. Das Leben, das sie da leben werden, wenn sie die Chance dazu bekommen.

»Schade, dass du es nicht früher gekauft hast, Papa. Bald muss ich mir ja was Eigenes suchen.«

»Tja, das liegt natürlich an dir, Tormod«, sagt der Vater.

Der Jüngste steht da und guckt. Träumt vor sich hin. Er passt da nicht wirklich hinein. Keiner von ihnen passt da hinein. Und dennoch möchte er an keinem anderen Ort sein. Tante Svanhilds Wohnung lässt sich bequem zu Fuß erreichen. Auch das Gimle und das Frogner Kino sind bequem zu Fuß erreichbar. Unmittelbare Nähe zum Rosenborg Kino. Zum Scala, zum Saga und zum Klingenberg. Unmittelbare Nähe zum Colosseum. Unmittelbare Nähe zum Fischladen und zu den Metzgern, die Fleischwurst verkaufen. Die Mutter liest seine Gedanken.

»Und alles in unmittelbarer Nähe!«

»Darum allein kann es ja wohl nicht gehen«, sagt der Vater.

»Nein«, sagt der jüngere Sohn. Den richtigen Augenblick finden. Er packt die Gelegenheit beim Schopf: »Ich habe zum Beispiel beschlossen, von der Schule abzugehen.«

»Aber sicher kannst du von der Schule abgehen«, sagt die Mutter.

In der Straßenbahn, auf dem Rückweg, reden sie über das Haus im Frognervei. Nichts anderes. Gleichwohl weiß er, dass der Vater sich Gedanken macht. Mit der Schule aufhören? Kurz bevor er fünfzehn wird? Aber wenn die Mutter so redet, das weiß der Sohn, dann hat nicht einmal ihr Ehemann irgendeine Chance, obwohl er Ingenieur und Chefredakteur ist. Er kommt sich ein bisschen genial vor. Fast wie ein Politiker. Genau dann mit seinem Vorstoß zu kommen, wenn alle mit etwas anderem beschäftigt sind.

»Wann erfahren wir denn, ob du das Haus kaufen kannst?«, fragt Tormod.

»Wenn ihr aus Dänemark zurück seid.«

Oh je. Sie sollen mit den Sankt Johannesknaben auf Konzerttournee gehen. Das hat er total vergessen. Er wird jetzt also die letzten Sopranschreie aus seinem von der Pubertät gequälten Körper herauspressen, wo schon überall Haare hervorlugen. Verfluchter Mist. Aber das Risiko muss er eingehen.

Er wird misstrauisch. Das kann doch nicht so einfach sein. Es muss hier doch irgendwelche Fallgruben geben. Viel zu teure Häuser zu kaufen bedeutet vielleicht so etwas Ähnliches wie ein Requiem zu spielen. Jemand wird sterben. Schreckliche Unglücke brechen herein. Ist Mutter nicht arg blass? Hat sie womöglich Krebs?

Er nimmt ihre Hand, als er neben ihr in der Straßenbahn sitzt, auf dem Weg nach Hause.

Sie ist heiß, glüht fast. Er hat sie so gern. Er sieht seinen Vater im Profil auf der anderen Seite des Mittelgangs. Was er alles zu schaffen versucht. Irrwitzige Projekte, die trotzdem gelungen sind. Jedenfalls bis jetzt. Luxus spielt keine Rolle für ihn. Es geht um den Platz. In der Stadt wohnen zu können, in etwas Größerem. Erwachsener sein. Nicht dieser schwüle feuchte Geruch in der Herrengarderobe unter der Bühne im Parksvingen, sondern Frauen mit langen, wehenden Haaren, die den Frognervei oder den Kirkevei entlangkommen. Die Kolsåsbahn ist nicht mehr dieselbe. Das hier ist nicht der Heimweg. Das ist ein Umweg.

Er schließt die Augen. Faltet die Hände.

Was wenn?

90

Der Brigadier Stylianos Pattakos sowie die Obristen Georgios Papadopoulos und Nikolaos Makarezos schließen sich mit weiteren griechischen Militärführern für einen geplanten Staatsstreich in Griechenland zusammen. Sie nutzen das Überraschungsmoment. Am Freitag, dem 21. April, werden zahlreiche Panzer an strategisch wichtigen Stellen in ganz Athen aufgefahren. Kleinere militärische Einheiten verhaften linksorientierte Politiker und andere, die ihrer Meinung nach für Griechenland gefährlich sind. Nach einer Weile zeigt sich, dass die Putschisten von den Amerikanern eng unterstützt werden. Sie bezeichnen das Ganze als »eine Revolution zur Rettung der Nation« und begründen den Putsch damit, dass eine kommunistische Konspiration Politiker, Intellektuelle, Medien und auch Vertreter des Militärs infiltriert habe. Griechenland hat strategisch wichtige Bedeutung für die USA, und seit vielen Jahren betreibt die CIA Spionage im Land. Die Putschisten bezeichnen ihre Widersacher als Anarchokommunisten.

Die Pressefreiheit wird unverzüglich aufgehoben, nicht nur aus Angst vor einem Vormarsch des Kommunismus, sondern auch, weil Popkultur, Rockmusik sowie aufkeimender Atheismus und Religionsfeindlichkeit als reale Bedrohung wahrgenommen werden.

Generalleutnant Gregorios Spandikakis und Ministerpräsident Panagiotis Kanellopoulos werden festgenommen. Im ganzen Land werden Militärgerichte eingesetzt. König Konstantin II., der drei Jahre zuvor das Norwegische Große Kreuz mit Kette des St. Olav Ordens erhalten hat – das Beste, was König Olav und das norwegische Königshaus ihm geben konnten –, wird in aller Öffentlichkeit gedemütigt.

Ich sitze zu Hause im Parksvingen vor dem Fernseher und sehe die Nachrichten. Bisland haben der griechische König und seine Gattin Anne-Marie zu meinen absoluten Favoriten gehört. Anne-Marie ist drei Jahre älter als Tormod und ähnelt zum Verwechseln unserer hübschen Kusine in Gressvik bei Fredrikstad, Tante Ellinors und Onkel Ragnars Tochter. Als Konstantin 1964 König wurde, wünschte er sich, ein König mit Macht und Einfluss zu sein. Aus diesem Grund hat er die politische Situation durcheinandergebracht. Ein Politiker nach dem anderen bekam die Erlaubnis zur Regierungsbildung, ohne über die parlamentarische Mehrheit zu verfügen, und die Anführer der Zentrumsunion liegen seit Langem im Streit miteinander. Es ist allgemein bekannt, dass der König Neuwahlen fürchtet, weil diese vielleicht zu einem Sieg von Georgios Papandreou führen könnten. Dieser ist ein Gegner der Monarchie, sein Sohn Andreas hat sogar versucht, den König zu stürzen, weswegen er zusammen mit seinen Mitverschwörern zu einer Gefängnisstrafe verurteilt wurde. Der König hat den rechtsradikalen Kanellopoulos zum Regierungschef ernannt. Die Putschisten allerdings setzen den Staatsanwalt Konstantinos Kollias als Ministerpräsident ein und erlassen ein Verbot gegen alle politischen Parteien, weil sie glauben, einen angeblich für den 24. April geplanten kommunistischen Putsch verhindert zu haben.

Der König wird aufgefordert, sich gegen die Putschisten zu stellen. Stattdessen vereidigt er jedoch die neuen Machthaber. Er ist sicher, dass sie in der Absicht gehandelt haben, »das Land zu retten«.

Vier Tage später werde ich fünfzehn. Drei Tage nachdem ein Feuer in einem Brüsseler Kaufhaus mehr als dreihundert Menschenleben fordert, wird mit Kuchen und Limonade gefeiert. Tante Svanhild vermacht mir ein Skizzenbuch, in das sie Zeitungsausschnitte und Rezensionen der Konzerte ihres Vaters eingeklebt hat. Ich lese über Sarasate, der sich bei einem Beethoven-Quartett verspielte und dem

Publikum versichern musste, dass er den Fehler begangen habe und dass seine Mitmusiker, einschließlich Urgroßvater, tadellos musiziert hätten. Ganz vorn in das Buch hat Tante Svanhild geschrieben: »Für Ketil zum Geburtstag am 25. April 1967, mit den Ausschnitten, die ich über meinen Vater, deinen Urgroßvater, gesammelt habe. Wie es aussieht, hast du sein Talent geerbt und gehst den Weg der Musik. Ich wünsche dir viel Glück auf deinem Weg – auch wenn der sich einmal als dornenreich erweist, wird die Freude an der Musik dies sicher überwiegen. Liebe Grüße von deiner ›Tante‹ Svanhild.«

Es ist so rührend. Alles, was ich nicht ausdrücken kann. Alles, was sie mir bedeutet, mit ihrer ruhigen Präsenz. Ich spiele für sie Chopin. Die Ballade in g-Moll.

Cassius Clay, alias Muhammad Ali, weigert sich, bei der Musterungsbehörde in der San Yacino Street in Houston den Treueeid auf die amerikanische Flagge abzulegen. Dieser Akt wird als öffentliche Demonstration seiner Verachtung für die Gesellschaft betrachtet, der er doch angehört. Infolge des Vietnamkrieges werden alle jungen Männer zum Kriegsdienst einberufen. Ali wird der Weltmeistertitel im Schwergewicht aberkannt, und er wird vor Gericht gestellt.

Er gilt als Feind der USA. Er riskiert fünf Jahre Gefängnis.

Was riskiere ich, als ich am Tag, an dem Michelangelo Antonioni beim Filmfest in Cannes die Goldene Palme für *Blow Up* gewinnt, auf dem Schulhof der Stabekk Schule stehe? Putsch. Protest. Befreiung. Allerdings habe ich noch niemandem verraten, dass ich die Schule verlassen werde.

Am Tag davor habe ich Mutter und Vater von dem Telefonat mit der Norsk Korrespondanseskole erzählt. Vater musste breit grinsen. Noch nie zuvor hat er mich so zielbewusst erlebt.

»Ich glaube fast, du meinst es ernst«, sagte er.

»Natürlich meint er es ernst!«, sagte Mutter.

Vater hat keine Einwände, wenngleich es ihn offenbar bekümmert, dass ich in den naturwissenschaftlichen Fächern so schwach bin. Der

Physik bin ich wohl am nächsten gekommen, als es mir gelang, einmal eine Glühbirne auszuwechseln. Gleichzeitig machte er aber deutlich, dass er mich sehr genau im Auge behalten wird. So einfach sollte ich nicht davonkommen. Volt, Watt, Ampere. Kongruente Dreiecke. Gleichungen mit x hoch zwei. Oh, gütiger Jesus.

Tormods Blick verriet mir, dass er mich für aalglatt hielt. Er verdrehte vielsagend die Augen, als er hörte, welche Zusicherungen ich heruntergerattert hatte, wie leicht das alles für mich sein und wie sorgfältig ich die Kurse der Norsk Korrespondanseskole durcharbeiten würde. Er glaubte mir kein Wort. Er kannte mich zu gut. Gleichzeitig wusste ich, dass er mich beneidete. Er hätte das selbst ebenfalls tun können, dann wäre ihm vieles erspart geblieben. Jetzt bleibt es mir erspart, weil ich »es angepackt« habe, wie man fünfzig Jahre später sagt. Als ich auf dem Schulhof stehe und Kim entdecke, verspüre ich einen Stich Wehmut. Er ahnt nicht, dass er mich heute zum letzten Mal auf diesem Schulhof sehen wird. Mutters Strategie ist perfekt. Krankmeldung. Einen Tag, zwei Tage, mehrere Tage. Vielleicht Wochen. Dann ein Brief an den Rektor: Der Junge hat aufgehört. Wird Musiker. Macht sein Examen als Externer. Kein Grund zur Besorgnis usw. Mutter ist meine Heldin. Als könnte sie meine Gedanken lesen. Das Bedürfnis, selbst zu entscheiden. Das taucht in einem menschlichen Leben sehr früh auf. Mutter hatte mich im Wohnzimmer im Melumvei herumtapsen sehen: »Allein machen! Allein machen!« Noch bevor man zwei wird, protestiert man ja gegen alle Regeln, die einem auferlegt werden. Ich wusste nicht, dass mein kleiner Protest das Resultat eines ansteckenden und weltumspannenden Virus war. Noch bevor sich das Jahrzehnt dem Ende zuneigte, sollten alle protestieren, auf die eine oder die andere Art. Mutter hatte das schon die ganze Zeit in sich. Vater auch. Protest war fast eine Voraussetzung für sie beide. Nein zu Atomwaffen. Nein zu Abendessen mit den Ingenieuren. Nein zur NATO. Nein zum Vietnamkrieg. Nein! Nein! Nein!

Ja zur Freiheit. Du liebe Güte, was für eine Freiheit das wohl wird, denke ich, als ich Kim zurücklasse und auf das Schultor zugehe, an einem ganz gewöhnlichen Tag an der Stabekk-Schule, und plötzlich hinter mir einen Schatten wahrnehme, einen Atemhauch, wie von Morra bei den Mumins. Aber Morra ist doch ein ängstliches, unbeholfenes und einsames Wesen. Wer ist Ove? Niemand von uns weiß, dass er zwei Jahre später bei einem Mopedunfall ums Leben kommen wird. Noch sind wir quicklebendig. Und Todfeinde. Oves Augen blitzen triumphierend auf. Der böse, funkensprühende Blick. »Willst du jetzt nach Hause, Knalltüte?«

»Ja.«

»Dich in deinem Heringsfett wälzen?«

»Ja, wieso nicht?«

»Fette Heringe sind gesund, heißt es. Fischtran. Aber wenn ich mir dein Fett anschaue, Fettfisch-Ketil, begreif ich nicht, wie jemand das essen könnte. Ekelhaft, das muss doch nach Tran und Dreck und Furz und richtiger Scheiße schmecken.«

»Ist dir nicht aufgefallen, dass ich dünner geworden bin?«

»Doch, ja. Der kleine bleiche Pianist ist ja richtig anmutig geworden. Wie hast du das hingekriegt?«

»Indem ich jeden Tag seit Schulbeginn hierher und wieder zurück gelaufen bin. Sind schon ein paar Kilometer.«

»Nur arme Schlucker wohnen oben am Bjerkelundspark. Am Wichspark.«

»Was redest du denn da für'n Scheiß?«

»Oh je, hab ich dich verletzt? Sind deine feinen, empfindlichen Pianistenfinger jetzt traurig? Alle im Bjerkelundspark wichsen. Das setzt sich an den Fingern fest wie Schleim. Lass mal sehen. Lass sehen, du Knalltüte. Knalltüte mit Sprechklappe. Fettfisch. Ket-Fisch. Ach, herrje. Schlägst du mich jetzt? Du? Soll ich dich beim Rektor melden? Rektor! Sandvik! Der fette Schleimaal hat mich geschlagen! Rettet mich. Au, au, au! Oh, rettet mich doch vor ihm, verflucht!«

Kims Hand auf meiner Schulter.

»Ganz ruhig, mein Feund. Das ist die Sache nicht wert.«

Ove liegt auf dem Boden und windet sich. Ich habe ihm ordentlich in den Magen getreten.

»Du Makrele«, sage ich. »Du verdammter kleiner Drecksfisch. Wir sehen uns am Montag.«

Dann gehe ich.

Aber ich winke Kim zum Abschied zu.

Beim Bäcker oben am Kino kaufe ich ein Weißbrot. Ein ganzes Weißbrot. Ich gehe weiter und kaue daran herum, den ganzen Weg zum Parksvingen hinauf. Wäre Mads jetzt hier, hätte er die Hälfte abbekommen. Aber er ist nicht hier. Ich esse das Brot für uns beide auf.

Ich überquere den Bærumsvei. Plötzlich denke ich an Leah. Spreize ein wenig die Federn. Diese neuen Kräuselhaare an den seltsamsten Stellen. Ich bin schlanker geworden. Nicht viel, aber etwas.

Vielleicht wäre sie trotzdem stolz auf mich. Vielleicht hätte sie mich angelacht wie in alten Tagen und mir ein Kissen ins Gesicht geschleudert, während sie da in ihrer niedlichen Pyjamahose stand, während sie lachte und etwas rief, das meinen Schniedel anging. Etwas, das ich nicht verstanden habe.

91

Das Haus ist so still. Wenn ich morgens wach werde, sind alle fort. Ich gehe nicht in die Schule. Ich liege im Bett, lausche auf all die Geräusche im Haus, die nicht da sind. Mutter hat den anderen befohlen, leise zu sein. Sie dürfen den Goldjungen nicht aufwecken. Er braucht seinen Schlaf. Er muss so viel Klavier üben, der Ärmste. Muss all die Lehrbriefe von der Norsk Korrespondanseskole durcharbeiten, die sich auf dem kleinen Schreibtisch stapeln. Bemitleidenswert. Er ist so tapfer.

Ich fühle mich allerdings nicht sonderlich tapfer, während ich da im Bett liege. Ich wälze mich herum und denke an Dorléac. Und wenn ich nicht an sie denke, denke ich an Deneuve. Oder an Seberg. Ich genieße diese langen, sündigen Vormittage, an denen ich ganz für mich allein bin. Aber ich sündige ja nicht. Ich bin immer noch ein Kind, wenngleich mir das selbst nicht klar ist. Ich komme aus dem Bett, stelle mich unter die Dusche, ziehe mich an und setze mich zum Üben ans Klavier. Brahms, Bach, Chopin, Mozart, Debussy, Ravel, Mortensen und Prokofjew. Nur ein paar Stunden. Dann frühstücke ich. Knäckebrot mit Butter. Viel Butter. Erdnussbutter. Ich kann nicht widerstehen.

Ich bin zur Stabekk Schule gegangen. Ganz buchstäblich. Hin- und Rückweg jeweils ein paar Kilometer.

Jetzt habe ich aufgehört.

Ich gehe nicht mehr.

Die Lokalzeitung *Asker og Bærum Budstikke* kommt zu Besuch. Eine junge, enthusiastische Frau, die auch Fotos macht. Sie weiß nichts über

Musik, lässt mich aber reden. Sie lächelt ein bisschen über mich. Vielleicht nehme ich mich selbst etwas zu ernst, während wir über Musik reden.

Sie fragt: »Welche Musik spielst du am liebsten auf dem Klavier?«

»Am liebsten klassische Klaviermusik«, antworte ich. »Leichtere Rhythmen liegen mir nicht so.«

Später habe ich begriffen, wie idiotisch sich so eine Antwort angehört haben musste in einer Zeit, in der die Beatles und die Stones wüteten und die amerikanischen Bands, angeführt von The Doors, wie ein Sturm über uns hinwegfegten.

Dann fragt sie mich, wer mein Ideal ist. Ich erwidere: »Mein Ideal ist Amalie Christie aus Jar.«

So lautet dann die Überschrift.

Mit dem Rad fahre ich zu Amalie. Sie hat den Zeitungsartikel gesehen. »Wie süß du bist«, sagt sie und streichelt mir die Wange. Die ganze Zeit diese leichten Berührungen zwischen uns. Ich spiele ihr vor. Sie weiß, dass ich die Schule verlassen habe, obwohl das offiziell noch nicht bekannt ist. Sie erwähnt es nicht. Lindholm ebenfalls nicht. Wenn ich da bin, wandelt er bloß wie ein Schatten im Haus umher. Setzt sich in die Ecke. Liegt in der Küche auf der Holzbank. Freundlich, aber wachsam.

Wir fahren mit dem Knabenchor auf Tournee nach Dänemark. Ein reizendes Land. Allerdings bin ich krank vor Angst. Was, wenn Vater den Kampf um das Haus verliert? Er soll in Norwegen bleiben, das Haus im Parksvingen veräußern und das im Frognervei kaufen, während Mutter, Tormod und ich nach Dänemark fahren mit der Holger Danske, einem alten Fährkahn, der schon nach Kotze und Seekrankheit riecht, als er noch am Kai in Oslo liegt und auf uns wartet. Ab nach Dänemark. Aber ich habe auf dem Schiff nichts zu suchen. Ich habe keine Stimme mehr. Svein Bruun weiß es. Mutter weiß es. Sogar Vater kann es vermutlich hören. Tormod hört es jedenfalls. Wenn Vater jetzt nicht mit Kauf und Verkauf eines Hauses beschäftigt wäre, würde ich nicht mit dem Schiff fahren. Das ist Kindesmisshandlung. Ich klinge wie ein Hahn mit Keuchhusten. Es könnte mit dem Ausruf eines sterbenden oder hysterischen Menschen verwechselt werden. Aber es ist die Brunst.

Es ist der Sommer des Wahnsinns. Der erste Sommer der Erregung. Der letzte Sommer der Unwissenheit.

Alles liegt noch vor mir.

Ich erinnere mich weder an die Konzerte noch an die Orte, wo wir wohnten, noch an die Würstchen, die wir aßen, oder an die Kuchen, die ich in mich hineinstopfte. Ich weiß nicht mal mehr, wann meine Stimme zersprang und ich den ganzen Chor mit Schande überhäufte. Ich erinnere mich nur, dass ich an Vater dachte, dass er Erfolg haben müsste, dass wir die Hälfte dieses verfluchten Hauses im Frognervei 55 bekommen müssten, koste es, was es wolle. Dass wir einen größeren Bankkredit bekommen könnten, dass ich nachts bei Freia arbeiten könnte. Niemals hätte ich gedacht, dass ein Haus so wichtig für mich werden könnte. Als hinge das ganze Leben davon ab. Blieben wir im Parksvingen wohnen, würde ich zugrunde gehen und die Eltern würden sich scheiden lassen. Bekämen wir das Haus im Frognervei, würden wir alles tun können, wovon wir träumten, jeder für sich, und das war nicht wenig.

Auf der Rückreise wütete ein Sturm über dem Skagerrak. Das Geräusch all derer, die sich übergaben, war lauter als das des Windes und der riesigen Wellen, die die Holger Danske seitlich trafen und die Fähre mit aller Gewalt von einer Seite auf die andere warfen. Ich lag die ganze Nacht wach und dachte an das Haus, ob Vater es wohl bekommen hatte oder nicht. Gleichzeitig dachte ich an all die Lastwagen, die unter Deck zusammengepfercht waren. Was, wenn die anfingen, unkontrolliert umherzurollen, und das Schiff kenterte? Stell dir nur mal vor, dass Vater den Zuschlag bekommt, und dann ertrinken Mutter, Tormod und ich, wenn das Wasser in die Kabinen dringt und das Schiff kieloben liegt!

Ich hatte mit dem Ausdruck »grün im Gesicht« nie wirklich etwas anfangen können, aber als der Morgen kam und wir wieder an Deck krochen, konnte ich mit eigenen Augen sehen, dass eine Bedeutung dahinter steckte. Sogar Svein Bruun war ganz grün.

Schließlich beruhigte sich die See. Der Oslofjord. Der Drøbaksund. Wir glitten über die Blücher hinweg, als sei nie etwas geschehen. Die ertrunkenen Soldaten des deutschen Kriegsschiffes waren so nachdrücklich vom Universum absorbiert worden, wie Vater sich ausgedrück hätte, dass sie den ersehnten Frieden bei Håøya nicht zu stören vermochten.

Ich treffe Mutter und Tormod an Deck. Wir stehen da zusammen mit Svein Bruun und schauen auf den Fjord hinaus, allesamt etwas mitgenommen. Die kühle Maibrise umhüllt unsere Gesichter. Frühsommer in Norwegen. Ich sehe all die Fliederbüsche, die jetzt in den Gärten der Hütten und der großen Holzvillen, die sich Richtung Hallangspollen und weiter nördlich nach Nesoddtangen erstrecken, erblüht sind. Zum ersten Mal habe ich bewusste Gedanken darüber, wo ich leben möchte. Früher war alles selbstverständlich, weil Mutter und Vater ohnehin die Entscheidungen trafen. Røa war das Paradies. Bærum war etwas anderes. Dort gab es größere Freiheit und mehr Verstecke. Aber während der ganzen Zeit übte die Stadt ihre Anziehungskraft aus, und seit wir vier dort draußen gestanden haben, am Frogner plass, habe ich dieses weiße Zweifamilienhaus nicht mehr aus dem Sinn bekommen.

Tormod unterhält sich mit ein paar Tenören und Bassisten.

Für ihn ist das mit dem Haus nicht so wichtig. Er steht bereits so eindeutig auf der anderen Seite der Pubertät. Vater hat ihn Auto fahren lassen, die ganze Strecke bis nach Sarpsborg. Wenn er in ein paar Tagen achtzehn wird, bekommt er seinen Führerschein. Dann kann er fahren, wohin er will.

Vater steht am Kai. Ich kann ihn schon aus zweihundert Metern Entfernung sehen. Was weiß er und was hat er uns bis jetzt noch nicht erzählt? Geht das Leben weiter wie zuvor? Das wäre dann jedenfalls kein schlechtes Leben. Man müsste wohl krank sein, um etwas anderes zu behaupten. Ich sehe Mutter an, dass auch sie gespannt ist. Das Haus im Parksvingen war Vaters Projekt. Eine Investition. Der

Wunsch, in den Immobilienmarkt hineinzukommen. Weder Mutter noch ich haben begriffen, wie er eigentlich denkt oder wie er an einen Kredit herankommt, wenn er doch nicht einmal genug Geld in der Tasche hat, um den Wagen aufzutanken.

Unterhalb der Festung Akershus legen wir an. Die jüngsten Soprane und Altisten sind nach der stürmischen Nacht mehr oder weniger bewusstlos. Doch Svein Bruun ist wie immer bester Laune.

»Jetzt stellen wir uns an Deck zusammen und singen *Landerkennung*, Jungs!«

Das war ein Scherz.

Einer nach dem anderen gehen wir an Land. Die Jüngsten zuerst. Die ihre Mutter vermisst haben. Die Eltern stehen wartend am Kai, umarmen ihre Jungen, küssen sie auf die Wangen, sogar die Faulenzer unter ihnen.

Vater. Er sieht uns direkt an. Steht da und lächelt.

»Vater!«

»Willkommen daheim!«

Mutter wirft sich ihm um den Hals, als seien sie frisch verliebt. Sie küssen einander auf die Wangen, dann auf den Mund. Gott bewahre!

»Aber um Himmel Willen!«, sage ich. »Hast du den Zuschlag für das Haus bekommen, Vater?«

Vater dreht sich zu mir um. »Der Dachboden gehört dir. Obwohl das ja auch ein Musikzimmer für uns alle wird. Außerdem Bibliothek. Wir haben doch viel zu viele Bücher. Oder etwa nicht?«

Ich drehe mich weg. Niemand soll sehen, dass ich zu heulen anfange.

92

Ein Junimontag im Parksvingen. Alle sind fort. Er ist allein im Haus. Vorläufig werden sie weiter dort wohnen, fast bis November. Wenn Vater große Pläne hat, gibt es kein Halten. Das Haus im Frognervei wird renoviert. Wände sollen herausgerissen werden. Neue Türen und Treppen, neue Eingänge. Aber Mutter hat gesagt: »Noch einmal ertrage ich das nicht.«

Der Sohn hat den Vater nach den Kosten gefragt. Wie hat er es hinbekommen? Jeder Idiot versteht ja wohl, dass sie sich kein Haus im vornehmen Westen leisten können, wenn sie kaum genügend Geld haben, um den Kühlschrank mit gefrorenem Fisch oder den Tank des Wagens mit Benzin zu füllen.

»Das ist nicht so schwierig«, hatte der Vater geantwortet. »Es geht um Sicherheiten. Wenn die Bank eine Sicherheit hat, dann kann man so viel Geld leihen wie man will, innerhalb des gegebenen Rahmens.«

»Des gegebenen Rahmens?«, fragt der Sohn. So redet der Vater, wenn er am Expansionsknopf dreht. Etwas völlig anderes als der Sarpsborg-Knopf, der Nein-zu-Atomwaffen-Knopf oder der Raus-ins-Grüne-Knopf. Das hier ist der Chefredakteurs-Knopf.

»Ja, Ketil. Jedes Haus hat ja einen Marktwert. Danach richtet sich die Bank. Du kannst so viel Kredit aufnehmen, bis du zu einem Punkt kommst, an dem die Bank sicher sein kann, ihr Geld zurückzubekommen, falls der Hauseigentümer verkaufen muss. Dieses Mal hab ich den Rahmen bis zum Äußersten ausgeschöpft. Und ich zahle nicht eine Krone an Tilgung zurück.«

»Aber müssen nicht alle etwas zurückzahlen?«

»Nein, wieso sollte man? Die Eigentumspreise steigen ja die ganze Zeit. Und dann gibt es die Inflation. Wenn ich mir heute eine halbe Million Kronen leihe, ist der Realwert der Summe in zehn Jahren tatsächlich weniger. Solange du nicht mehr leihst, als das Haus wert ist, ist alles in Ordnung. Und da kannst du viel leihen. Ohne einen einzigen Øre an Tilgung zurückzuzahlen. Die Banken wollen ja, dass du einen Kredit nimmst. Sie verdienen ihr Geld ja mit den Zinsen. Und die Zinsen werden wir wohl noch bezahlen können.«

Vater setzt alles auf eine Karte.

Dem Sohn ist das heitere Gesicht des Vaters nicht entgangen bei dieser Finanzbelehrung. Wieder einmal wird der Vater zu dem kleinen Jungen, der hinkend und beinahe taub im Kulåspark in Sarpsborg herumläuft, während er Cowboy und Indianer spielt. So viele Dinge, in denen der Sohn sich wiedererkennt. Zwar ist er nicht taub, hat aber auch ein Gebrechen: Er ist fett. Aber noch tut er so, als sei das alles gar kein Problem. Vielleicht ist das der Grund, warum sich die Mädchen trotz allem gern mit ihm unterhalten. Vielleicht hat Katja ihn deswegen an ihrem Stöckchen riechen lassen. Vielleicht hat Drude deshalb dreißig Sekunden lang den Arm um seine Schultern gelegt und Elin ihm in die Augen geblickt, damals beim Mjonøy Camping. Jetzt tut der Vater so, als ob die Finanzen kein Problem seien, als müsse er nicht einmal Geld für die Tilgung des irrsinnig hohen Kredits zahlen. Aber was, wenn er tatsächlich recht hat? Vielleicht gehört eine Portion Frechheit dazu, um ein Rockefeller oder ein Rothschild zu werden. Was weiß er schon über Finanzen? Nichts. Er will es auch gar nicht wissen. Möchte bloß Geld verdienen. Klavier spielen. Französische und italienische Filme im Kino anschauen. Jemanden bewundern. Klarkommen, genau wie der Vater. Vielleicht hat er recht.

Als er an diesem Montagmorgen im Juni allein durch das Haus streift, ist er sowohl heiter gestimmt als auch dankbar. Svein Bruun hat ihm beigebracht, was Dankbarkeit bedeutet. Nicht die falsche und schmeichelhafte. Aber die aufrichtige Dankbarkeit. Etwa, wenn Svein das

Cognacglas hebt und »Prost, Sankt Johannes!« sagt nach einem besonders geglückten Konzert mit seinem Knabenchor. Er muss lernen, die Freude anzunehmen, denkt er. Erfolg anzuerkennen, auch wenn sein ganzes Ich mit dem Gegenteil rechnet.

Dann schaltet er das Radio ein. Will die Nachrichten hören, bevor er mit Bachs Peludien und Fugen beginnt. Die Stimme aus dem Lautsprecher klingt angespannt.

Im Nahen Osten herrscht Krieg.

Israel gegen Ägypten, Jordanien und Syrien. Irak, Marokko, Algerien, Tunesien, Saudi-Arabien und Sudan unterstützen die arabische Seite.

Einige Wochen zuvor hat der ägyptische Präsident Gamal Abdel Nasser die UN-Friedenstruppen von der Sinai-Halbinsel vertrieben. Gleichzeitig mobilisierte er tausend Panzer und über 90 000 Soldaten. Sie haben die Aufgabe, die Straße von Tiran zu blockieren. Israelischen Schiffen und ausländischen Fahrzeugen, die Israel mit Waffen versorgen, soll der Weg versperrt werden. Es ist eine Kriegserklärung. Als Israel seine fast 70 000 Reservisten einberuft, erklärt Nasser, dass Israel ausgelöscht werden soll: »Unser Ziel ist die Zerstörung Israels. Das arabische Volk ist bereit zu kämpfen.«

Der Krieg beginnt im Morgengrauen. Israelische Jagdflugzeuge ziehen im Tiefflug über die Sinai-Halbinsel und bombardieren ägyptische Flugzeugbasen. Da sie von den ägyptischen Radarstationen nicht entdeckt werden, können die Israelis 286 von 400 ägyptischen Jagdmaschinen zerstören. Der ägyptische Generalstab ist darauf völlig unvorbereitet. Erst nach einigen Stunden wird der Umfang der Zerstörungen deutlich. Tatsächlich hat Ägypten im Laufe weniger Minuten seine ganzen Luftstreitkräfte verloren. Nassers Militärführer bezichtigen amerikanische und britische Jäger, an den Angriffen teilgenommen zu haben. Diese Behauptung wird von Präsident Johnson und Premierminister Harold Wilson umgehend zurückgewiesen.

Ägypten verfügt über Bereitschaftstruppen von 180 000 Soldaten. 50 000 davon sind im Jemen stationiert, doch im Sinai-Gebiet befinden sich fast 800 Panzer und fünf Infanteriedivisionen in

Verteidigungsbereitschaft. Israel hat 260 000 Soldaten zur Verfügung. Diese greifen entlang der Küstenlinie zunächst von Norden her an. Da die ägyptische Luftwaffe ausgeschaltet wurde, gelingt es den Israelis, fast die gesamte siebte Divison der Ägypter bei Rafah zu vernichten.

Er sitzt vor dem Radio und verspürt Übelkeit. Als der Vater am Nachmittag nach Hause kommt, ist es fast so wie damals während der Kuba-Krise. Ein Gefühl, dass die ganze Welt untergehen könnte. In diesem Moment an das Haus im Frognervei zu denken ist geradezu lächerlich. Natürlich war das nur ein Traum. Was hatten sie eigentlich geglaubt? Die Mutter kommt später als der Vater nach Hause und sieht ganz aufgewühlt aus.

»Wie schrecklich«, sagt sie nur, und kann sich nicht einmal in Ruhe hinsetzen.

»Ist das gefährlich, Vater?«

Aber Vater telefoniert mit Abel, der sich irgendwo weit entfernt im Land befindet. Sie reden lange miteinander. Der Sohn registriert, dass der Vater zuhört und etwas auf einem Block notiert. Ein paar Mal wiederspricht er, als er Abels negative Sicht auf Israel oder auf das, was dem Land einfallen könnte, nicht teilen kann. Eine Atombombe zu werfen, zum Beispiel.

Der israelische Ministerpräsident Levi Eshkol hat die Sperrung der Straße von Tiran als *Casus Belli* bezeichnet. Israel werde alle zur Verfügung stehenden Mittel einsetzen, um diesen wichtigen Transportweg wieder zu öffnen. Solange Ägypten nicht mit Angriffen begonnen hat, wird es von der Sowjetunion unterstützt. Israel hat Dschenin und die Altstadt von Jerusalem erobert. Die Ägypter haben sich über den Mitla-Pass auf die Sinai-Halbinsel zurückgezogen. Die Sowjets geben im UN-Sicherheitsrat ihre Forderung nach Rückzug der Israelis auf. Man einigt sich auf eine Resolution über unmittelbare Waffenruhe und ein Ende der Kriegshandlungen.

Aber der Krieg geht weiter. Am 7. Juni besetzt Israel die Westbank und rückt bis zum Jordan vor. Mittlerweile haben sie auch den Mitla-Pass und Sharm el-Sheikh erobert. Die USS Liberty wird in internationalen

Gewässern angegriffen, dabei kommen vierunddreißig amerikanische Soldaten ums Leben. Fast zweihundert werden verletzt. Jordanien und Ägypten billigen schließlich die Resolution über ein Ende der Kriegshandlungen, aber zur selben Zeit rücken israelische Truppen bis zum Suez-Kanal vor. Sie bombardieren syrische Verteidigungsstellungen in den Golan-Höhen und stürmen das Gebirge. Damit üben sie Kontrolle über einen möglichen syrischen Angriff aus. Aufgrund dessen kann Israel jetzt die UN-Resolution anerkennen. Nasser übernimmt die Verantwortung für die militärische Niederlage und gibt sein Präsidentenamt auf. Eine halbe Million Ägypter protestiert dagegen und demonstriert in den Straßen zwischen Nassers Wohnung in Manshiet el-Bakry und dem Parlament. Nasser widerruft seine Entscheidung.

Durch die israelische Besatzung der Westbank sind mehrere jüdische Heiligtümer zugänglich geworden. Nach langer Zeit ist es wieder möglich, an der Klagemauer zu beten.

Der Sechstagekrieg. Die schockierende Brutalität. Abel findet keine Worte und ruft Vater mehrmals am Tag an. Er muss eingestehen, dass in seinem Innern derzeit viele Gefühle miteinander kollidieren. Wie immer fragt Vater, ob er etwas tun kann.

»Nichts«, erwidert Abel. »Das ist einzig und allein unsere Verantwortung. Unsere Chance. Unsere Tragödie. Aber ich hätte wirklich nicht gedacht, dass ich das erleben würde.«

Nachdem Vater endlich aufgelegt hat, sitzt er da und starrt die Wand an.

93

Mitte Juni verkündet China, dass es seine erste Wasserstoffbombe gezündet hat. Für die kleine Familie im Parksvingen bricht wieder die Zeit der Erwartungen an. Aber sie sind nicht mehr so unsicher wie beim letzten Mal, denkt er. Woher haben sie nur dieses Selbstvertrauen, sie alle? Er kurvt mit dem Fahrrad durch Bærum und denkt, dass er gerade eine Freiheit genießt, die er nicht mehr lange haben wird. Er kommt nicht mehr so weit aus der Stadt heraus, wenn er am Frogner plass wohnen wird. Leb wohl, Sprungschanze. Die Aussichtsplätze. Die Schaukel im Bjerkelundspark.

Am Johannisabend fahren sie mit dem Wagen los, um sich all die Feuer anzusehen. Der Mutter ist wehmütig zumute.

»Die Sonne macht kehrt. Dieser Frühling ist viel zu schnell vergangen.«

»Der Frühling vergeht immer schnell«, sagt der Bruder.

»Außerdem hören die Vögel auf zu singen.«

»Das ist doch Unsinn, Alfhild«, sagt der Vater.

»Doch, Per! Hör nur selbst.«

»Aber dann kommen doch auch die Vogelkinder!«

»Ja, vielleicht. Wenn wir umziehen, müssen wir in den Frognerpark gehen und uns die Enten ansehen.«

»Und da sind Vögel in den großen Bäumen. Massenhaft Spatzen.«

»Und Eichhörnchen.«

Der Vater fährt zur Kragstøtte, wie beim ersten Mal. Sie sitzen im Wagen und schauen auf die Stadt und den Fjord in der Ferne, auf alle

Feuer, die in Nesoddland und auf Bygdøy, Snarøya und Nesøya entzündet werden. Der Sohn sitzt wie immer hinten, sieht am Kopf des Vaters vorbei und denkt an das Flugzeugwrack, das einmal da draußen gelegen hat. Er ist wie die Mutter. Wenn alles gut geht und die Welt auf sie wartet, muss er an das denken, was schiefgehen kann, an die Sonne, die mit jedem Tag etwas tiefer am Himmel steht, an die kommende Zeit der Dunkelheit. Doch im Gegensatz zur Mutter fürchtet er sich nicht vor Herbst und Winter. Er braucht die Sonne nicht so wie sie. Wenn das Licht verschwindet, kommt die Konzentration. Er muss nicht mehr den Garten harken, die Äpfel pflücken, mit den anderen baden gehen, sich mit Brustschwimmen abmühen, und er fängt sich auch keine große rote Feuerqualle auf der Schulter ein.

Am nächsten Tag ist Samstag. Er sieht sich die Nachrichten im NRK an. Er denkt an die Menschen in Tromsø, die gerade Fernsehen bekommen haben. Bald wir es Fernsehen in ganz Norwegen geben. Schon wird darüber geredet, wann das Farbfernsehen kommt. In Amerika gibt es das bestimmt schon. Die Eislaufkünstlerin und Multimillionärin Sonja Henie legt den Grundstein für das Henie-Onstad-Zentrum in Høvikodden. Den Reportern sagt sie, dass es ein neues Kunst- und Kulturzentrum werden soll. Die Gemäldesammlung ist einzigartig, und auch die Musik soll nicht zu kurz kommen. Er nickt vor sich hin. Als er einmal bei Amalie spielen sollte, saß der neu eingestellte Direktor, Ole Henrik Moe, in ihrem Wohnzimmer. Er wusste nicht, dass die beiden befreundet waren. Moe war groß und schlank, mit einen freundlichen Blick, und sein Gesicht hatte einen melancholischen Zug. Er war nur gekommen, um ihn spielen zu hören. Es sollte ein Film über das Zentrum gedreht werden. Jemand müsste den neuen großen Steinway-Flügel spielen, den sie anschaffen würden. Konnte der Junge nicht vielleicht etwas Modernes spielen?

Er hatte dem fremden Mann etwas von Finn Mortensen vorgespielt. Diese knifflige Fuge aus der Sonatine Nr. 2.

»Gut«, hatte Moe gesagt. »Sehr gut. Du hörst von mir. Aber zunächst müssen wir das Haus bauen.«

Nach dem Beitrag über Høvikodden gibt es eine Reportage über das große Fernsehereignis, das am nächsten Tag Premiere haben soll. *Our World*. Eine zweieinhalbstündige internationale Sendung, für die der BBC-Produzent Aubrey Singer verantwortlich zeichnet. Neunzehn Länder sind beteiligt, und es werden Direktübertragungen aus der ganzen Welt gezeigt. Die Sendung wird in einunddreißig Ländern ausgestrahlt, und man geht davon aus, dass mehr als eine halbe Milliarde Menschen zusehen. Der Vater setzt sich neben den Sohn: »Überleg mal, was der Mensch trotz allem erschaffen kann!«

Der Sohn nickt. Der Vater ist also begeistert, wenn »der Mensch« etwas hinbekommt.

»Du bist immer so optimistisch, Vater.«

»Ja«, sagt der Vater. »Das ist eine moralische Verpflichtung. Sieh nur, was diese Leute alles zusammen bewerkstelligen, wie sie miteinander kommunizieren müssen, um diese gigantische Sendung zu machen. Die Möglichkeiten des Menschen sind unbegrenzt. Denk immer daran, mein Sohn. Eines Tages wird es uns gelingen. Dann wird es keinen Krieg mehr auf dem Erdball geben. Wir werden friedlich zusammenleben und unsere Aufgabe hier auf Erden erfüllen.«

»Glaubst du das wirklich?«

»Natürlich glaube ich das.«

Er gleicht zu sehr seiner Mutter, um an die Visionen des Vaters zu glauben. Gleichwohl spürt er seine eigene Begeisterung. In der Hauptnachrichtensendung werden viele der Mitwirkenden interviewt. Die Sendung soll ausschließlich Direktübertragungen zeigen. 10 000 Techniker, Produzenten und Mitwirkende erschaffen zusammen *Our World*. Er macht es sich auf dem Sofa bequem und denkt, wie gern er doch fernsieht, insbesondere solche Programme, die nicht aufgezeichnet sind. Die Spannung in dem, was hier und jetzt entsteht.

An den Sonntagen kann er es kaum abwarten, dass die große Abendsendung beginnt. Unten im Keller hat die Mutter schon angefangen, Bekleidung und Hausrat einzupacken, obwohl es noch viele Monate dauert, bis sie umziehen. Dem Haus wurde die Seele geraubt. Als ob es sich geschwächt fühlt, denkt er. Nach all den Mühen werden sie also doch nicht länger hier wohnen. Das Haus fühlt sich verletzt. Das Haus liebt nicht mehr diese Menschen, die hier herumlaufen und an ein noch größeres und schöneres Haus denken. Er kann das Haus gut verstehen. Aber er bereut nichts. Andererseits – was denkt eigentlich der Kamin, inmitten all dessen?

Der Bruder ist mit einem Freund aus dem Underhaugsvei auf Angeltour. Er schafft es immer wieder, hinauszukommen. Zusammen mit dem Freund angelt er Forellen am Brunkollen.

Er sitzt allein im Wohnzimmer und muss einen Vorhang zuziehen, weil die Sonne über dem Bjerkelundspark noch immer kräftig scheint. Als die Sendung beginnt, singen die Wiener Sängerknaben die Titelmelodie, *Our World*. Ein Knabenchor! Svein Bruun wird stolz sein!, denkt er erfreut, während sich der Fokus von Wien nach Toronto in Kanada verlagert, wo Marshall McLuhan interviewt wird. Dann wird nach New Jersey umgeschaltet. Oi, was für ein beeindruckender Perspektivwechsel! Präsident Johnson ist im Gespräch mit dem sowjetischen Ministerpräsidenten Alexei Kossygin. Aber niemand bekommt die Politiker zu sehen, nur das Haus, in dem sie sitzen.

In Tokio ist früher Morgen. Er bekommt eine Einführung in das U-Bahnnetz der Stadt. Einige Minuten später wird der Äquator überschritten. Technisch gesehen ist es der komplizierteste Moment, weil sowohl die japanische als auch die australische Satellitenstation umschalten muss.

Winter in Melbourne. Bis zum Sonnenaufgang dauert es noch eine Weile. Er sitzt auf dem Sofa im Parksvingen und verspürt etwas von der Energie seines Vaters, wenn der anfängt über das Universum und den Kosmos zu reden. Eine große, phantastische Welt. Ungeahnte Möglichkeiten. Aber es herrscht Krieg auf mehreren Kontinenten. Zurück nach Europa. Filmdreharbeiten in Italien. Der Regisseur Franco Zeffirelli instruiert Olivia Hussey und Leonard Whiting in einer der Klosterszenen in Shakespeares *Romeo and Juliet*. Außerordentlich, denkt er. An diesem Sonntag ist anscheinend alles möglich. Wird Vietnam gerade von den Amerikanern bombardiert? Und was ist mit Griechenland, Israel, Ägypten und all den Kriegsgebieten in Afrika, einem Kontinent mit so vielen Konflikten, dass er sie nicht einmal voneinander unterscheiden kann? Biafra, mit seinen vierzehn Millionen Einwohnern, hat einen eigenen Staat ausgerufen und Enugu als Hauptstadt gewählt, unabhängig von Nigeria. Aber *Our World* sendet nicht aus Biafra. Auch nicht aus Algerien oder Vietnam. Zum Ausgleich dafür mündet die Sendung in eine Liebesbotschaft auf Englisch. Die Produzenten haben The Beatles um ein Lied mit einer einfachen Botschaft gebeten, die von allen Nationen verstanden werden kann. The Beatles, angeführt von John Lennon. *All You Need Is Love.* Genial! Der Song soll das Programm abschließen! Er sitzt jetzt wie gebannt vor dem Fernseher. Die letzten beiden Stunden waren großartig, denkt er. Und jetzt kommt ein musikalisches Weltereignis! Die Jungs aus Liverpool haben viele ihrer Freunde um sich geschart. Die Hälfte der Rolling Stones, Eric Clapton, Marianne Faithfull, Keith Moon und Graham Nash. Er lauscht. Ist ganz enthusiastisch. Ist bereit, sich begeistern zu lassen. Aber was ist das? Ein kraftloses Shuffle mit hoffnungslosen »ra-ta-da-ta-da«-Saxofonen. Der eintönige Refrain erinnert ihn an das schreckliche *Chanson d'Amour.* Das grauenhafteste Lied der Welt. Der Text hingegen versprüht eine ganz andere Energie. Die Stimme John Lennons, die er auf vier Kilometer Entfernung wiedererkennen kann, und dieser merkwürdige Rhythmus, den er nach verzweifeltem Zählen als $7/4$-Takt entschlüsselt. Wenn er dieses Wissen doch bloß in der Mathematik hätte einsetzen können!

Dann ist die Sendung zu Ende. Alle winken in die Kamera. Der Abspann mit den unbekannten Namen. Auf der ganzen Welt herrschte Hochspannung. Der Vater ist bei einer Besprechung, die Mutter ist im Keller, der Bruder auf Angeltour. Plötzlich ist alles so trist.

Und der neue Beatles-Song war trotz allem eine ordentliche Enttäuschung.

Die Stille danach. Die Leere. Wie damals in Bislett. Er setzt sich ans Klavier. Spielt etwas aus Schumanns *Kinderszenen.*

Die Mutter kommt aus dem Keller. Sie hat für sie alle Kleider sortiert und angefangen, sie in Kartons zu legen.

»War die Sendung schön? Ich habe die Wiener Sängerknaben durch die Decke gehört. Die singen ja so toll. Aber auch nicht besser als die Sankt-Johannes-Jungen.«

»Aber ja doch, Mutter. Die sind viel besser als wir.«

»Unsinn. Aber es gibt ja auch keinen Wettbewerb. Du darfst im Chor nicht aufhören, mein Junge. Svein würde sehr traurig sein.«

»Vielleicht muss ich aber. Ich bin kein Sopran mehr. Und es ist nicht sicher, dass sich in meinem Körper ein Tenor findet.«

»Svein wird ihn schon finden, irgendwo im Hals. Vielleicht steckt da sogar ein Bass?«

»Ich glaube nicht. Dann läge der jedenfalls in meinem großen Zeh versteckt. Das Beste, worauf ich hoffen kann, ist eine Art Männerstimme. Aber ich habe meine Zweifel.«

Sie zupft an seinem Haar. »Das ist gar keine Frage, Ketil. Du bist jetzt ein richtiger Mann.«

Am nächsten Morgen steht er auf und bleibt lange im Bad. Ein richtiger Mann? Er schmiert sich Brylcreme in die Haare und Nivea ins Gesicht. Er wird langsam etwas eitel. Betrachtet sich von außen. Er hat sogar das Gefühl, Elvis Presley ein wenig zu ähneln, ohne sich darüber hinaus mit ihm vergleichen zu wollen. Dieses Weiche, etwas Schleimige und Aufgedunsene. Dicke Wangen. Glänzende Hautcreme. Beinahe etwas Feminines. Obwohl er sich nie so gefühlt hat.

Es ist Montag, der 26. Juni 1967. Ein paar Kilometer westlich von Nizza setzt sich Françoise Dorléac in einen Leihwagen, einen Renault 10. Sie sieht auf die Uhr und stellt fest, dass sie sich beeilen muss, um den Flug nach London zu erreichen. In den Pinewood-Studios sollen die letzten Aufnahmen von Ken Russells *Billion Dollar Brain* gemacht werden, wo sie die Gegenspielerin von Michael Caine verkörpert.

In großem Tempo rast sie über die Autobahn 8, auch La Provençale genannt. Als sie sich dem Ort Villeneuve-Loubet nähert, verliert sie die Kontrolle über den Wagen und kollidiert mit einem Straßenschild.

Der Renault überschlägt sich und geht in Flammen auf. Augenzeugen berichten später, wie die französische Schauspielerin verzweifelt versucht, die Autotür zu öffnen, doch ohne Erfolg. Im Laufe weniger Minuten verbrennt sie. Die Polizei kann sie später nur identifizieren, weil ihr Führerschein, ein Scheckbuch und ihr Tagebuch nicht von den Flammen verzehrt wurden.

Noch am selben Nachmittag hört er die Neuigkeit im Radio. Er kann nicht glauben, dass das wahr ist. Für den Abend hat er geplant, sich die norwegische Premiere von *Les Demoiselles de Rochefort* anzusehen mit Dorléac und ihrer Schwester in den Hauptrollen. Tot? Ist sie wirklich tot? Verbrannt? Auf einer Autobahn in Frankreich?

Er ist nicht der Einzige, der an jenem Abend ins Scala Kino geht. *Die Mädchen von Rochefort.* Obwohl viele schon in die Sommerferien und zu ihren Ferienhütten aufgebrochen oder mit der Dänemark-Fähre zum Tivoli nach Kopenhagen oder nach Legoland in Jütland gefahren sind, gibt es doch noch einige Menschen in der Stadt. Ältere Männer, jüngere Mädchen, einige weinen ungehemmt. Die französischen Schwestern sind nicht so bekannt wie die amerikanischen Schauspielerinnen. Nicht wie Natalie Wood, Elizabeth Taylor oder Shirley MacLaine. Aber anscheinend gibt es einige Personen bei Oslo Kinematografer, die der romanischen Kultur sehr gewogen sind. Alle französischen und italienischen Filme von gewisser Bedeutung werden im Scala Kino gezeigt. Die schwedischen kann man sich im Gimle anschauen.

Bei dem Verkäufer mit dem Fez kauft er eine Tafel Freia Milchschokolade. Zur Abwechslung muss er sich einmal nicht in den Saal hineinmogeln, denn der Film hat eine Altersfreigabe ab zwölf Jahren. Französische Farbfilme waren bisher eher rar, doch in diesem hat der Regisseur Jacques Demy eine der Rollen mit Gene Kelly besetzt. Die Musik ist wieder einmal von Michel Legrand. Weich, schmachtend, sentimental. Die Geschichte handelt von den beiden aus der Kleinstadt Rochefort stammenden Schwestern Delphine und Solange, die nach einer Karriere in Paris streben, wobei die Deneuve-Figur Ballett unterrichtet und die Dorléac-Figur Musiklehrerin ist.

Er blickt auf die Leinwand, verspürt einen Schock, als er sie zum ersten Mal in diesem Film sieht. Ja, das ist unverkennbar sie. Keine ausladende Schönheit. Alles ist zurückhaltend. Er bekommt die Story gar nicht mit. Sitzt bloß da und denkt, jedesmal wenn Dorléac auftaucht: »Sie ist tot. Sie ist tot. Sie ist tot. Aber gestern hat sie noch gelebt.« In den letzten Jahren hat es viele tödliche Unfälle auf den Straßen gegeben. Mit dem Fahrrad ist er zu den Unfallorten gefahren, mitunter sogar am selben Tag, wenn noch Sägespäne auf den Blutflecken lagen. Er ist zu der Autowerkstatt gleich neben dem Follvar-Geschäft geradelt und hat sich die Wracks angeschaut. Damals, als die beiden Neunzehnjährigen starben. In Höhe des Fahrersitzes klebte getrocknetes Blut auf der Außenseite der Tür. Er war ganz dicht an das Auto herangetreten, hatte durch die zerbrochene Scheibe geschaut und sich vorgestellt, wie die Köpfe der beiden jungen Männer gegen Lenkrad und Armaturenbrett geknallt waren. Bei diesem gewaltigen Zusammenstoß müssen die Schädel der beiden geborsten sein. Den Moment des Todes heraufzubeschwören, den ein anderer Mensch erfahren hat. Er tut das nicht ohne eine gewisse Scham. Er denkt an die Geier in den Westernfilmen. Die den Ort des Geschehens am Rande umkreisen. Die darauf warten, den Kadaver in sich hineinzuschlingen. Jetzt sitzt er im Kinosaal und sieht den Renault vor sich, auf dem Dach liegend, auf der Autobahn, in Flammen. Die Zeugen, die angelaufen kommen, aber gleichzeitig Angst davor haben, dass der Wagen vielleicht explodiert. Dorléacs Hände, die gegen die Autoscheibe drücken. Sie müssen auch ihr Gesicht sehen können, den flehenden Blick: »Helft mir!«, während die Flammen im Wageninnern auflodern und an ihren Kleidern und Haaren zehren. Sie hebt die Hände zum Kopf, versucht die Flammen zu ersticken, aber es ist zu spät. Sie wälzt sich hin und her. Noch ist die Feuerwehr nicht vor Ort. Die erschrockenen Augenzeugen, die sehen, wie die Bewegungen langsamer werden, wie Dorléac gezwungen wird aufzugeben, wie die Flammen angefangen haben, sich in die Haut zu brennen, die junge Schauspielerin zu Tode zu rösten, ihren Kopf in einen schwarzen Klumpen zu verwandeln, der vornüber auf das Armaturenbrett fällt. Der Tod, der sie einholt, genauso wie er die

Mönche in Vietnam eingeholt hat, als sie durchtränkt mit Benzin in Lotusstellung dasaßen und sich freiwillig verbrennen ließen. Fast ist es so, als ob er in Gedanken um die ganze Welt reist, zu all den Menchen, die einmal in Flammen gestorben sind. Ihm wird übel, als er zu den Napalmopfern in Vietnam kommt. Diese nackten, dünnen, davonstürmenden Körper. Die Flammen, die vom Himmel kommen und Bäume und Landstraßen und Dörfer entzünden. Er kann es nicht ertragen, das vor sich zu sehen, er muss zurück zu Dorléac. Sie steht da und singt zusammen mit ihrer anderthalb Jahre jüngeren Schwester. Er wird jetzt zu Deneuve. Der kleinen Schwester. Tormod darf nicht sterben, denkt er. Keine ältere Schwester darf sterben.

Als er aus dem Kino tritt, scheint ihm die Sonne direkt ins Gesicht. Es dauert noch zwei Stunden, bis sie untergeht. Er hätte Lust, den ganzen Weg nach Hause zu Fuß zu gehen, weiß aber, dass es zu weit ist. Stattdessen geht er in Richtung Majorstuen. Er will über den Drammensvei zum Frognervei hinaufgehen. Das ist zwar ein Riesenumweg, aber er kann dann an dem Haus vorbeigehen, das der Vater gekauft hat und in das sie in ein paar Monten ziehen werden. Frische Luft. Zurück zum Alleinsein. Er denkt an die jungen Mädchen, die im Kinosaal geweint haben. Was hat Françoise Dorléac ihnen wohl bedeutet? War das so wie mit Tante Svanhild und der königlichen Familie, dass sie mit ihnen lebte und fast täglich daran dachte, was sie taten? Ob die Gerüchte über diese Sonja zutrafen, in die sich Kronprinz Harald anscheinend verliebt hatte. Er denkt über sich selbst nach. Warum kauft er Illustrierte und das Filmjournal, und warum liest er Mutters Frauenmagazine? Er will etwas über die Filmstars erfahren. Was sie tun und denken, wie sie leben. In der letzten Nummer vom Filmjournal hatte es ein Interview mit Françoise Dorléac gegeben. Sie stand kurz vor ihrem internationalen Durchbruch, war nicht länger nur in Europa bekannt. Sie hatte gesagt: »Ich erlebe mich als ein Mädchen, das stets von der Liebe träumt, und davon, den richtigen Mann zu finden. Ein Mädchen, das einfach nur tanzen will, wenn es sich glücklich fühlt.«

Er geht am Schloss entlang den Drammensvei hinauf. Es ist warm. Noch immer sitzen Menschen zwischen den Bäumen im Park. Nicht im Dronningpark, der der Königin vorbehalten ist, obwohl sie schon fast dreißig Jahre tot ist. Aber bei Abelhaugen und weiter oben auf der anderen Seite der breiten Auffahrt. Er denkt an die Stewardess, die Dorléac in *La peau douce* verkörperte. Wie es Truffaut gelang, dem Inneren der jungen Frau nahe zu kommen, die so verschlossen wirkt. Diese Kontrolle, die sie in der ersten Szene an Bord des Flugzeugs hatte, als sie umherging und servierte. Die Blicke zwischen ihr und dem Literaturkritiker. Dass sie sich überraschenderweise in ihn verliebt. Er war so alt und gewöhnlich, während sie jung und aufregend war. War es seine Macht, die sie reizte? Das Geld? Wusste sie in diesem Moment schon, dass er in einer schönen Wohnung mitten in Paris lebte und eine Frau und ein Kind hatte? Waren es solche Dinge, in die sich junge Frauen wie Dorléac verliebten? Würden sie sich in Vater verlieben, jetzt, nachdem er ein großes Haus in Frogner gekauft hatte? Würde irgendeine junge, ehrgeizige Frau jetzt anfangen mit ihm zu flirten? Die Finnin, zum Beispiel? Die Mutter hasste. Würde sie plötzlich auftauchen? Würde Vater wie Abel enden, mit einer anderen Ausgabe der Schwedischen Sünde, und sich irgendwo in einem Tal niederlassen, eine Sauna bauen, Wodka trinken, ein völlig anderes Leben leben und die ganze Familie vergessen, die er vorher hatte?

Er weiß selbst nicht, warum er so düstere Gedanken hat. Er ist am Solli plass vorbeigekommen und in den Frognervei eingebogen. Junge verliebte Paare kommen ihm auf dem Gehweg entgegen. Vielleicht wollen sie etwas einkaufen und ein Bier trinken, bevor das Straßencafé am Nationaltheater schließt. Sommer-Oslo schläft nie. In den Mietshäusern stehen die Fenster offen. Man kann Gelächter und Musik hören, obwohl Montag ist. Feriengeräusche. Als er die Niels Juels gate überquert, blickt er auf die großen Schulgebäude nördlich der Gyldenløvesgate. Ganz oben befindet sich das Hartvig-Nissen-Gymnasium. Das wird er vielleicht besuchen, aber bis dahin ist noch über ein Jahr Zeit. In einem Jahr kann viel passieren. An diesem Abend liegt die Schule dort wie ein schlafender Troll. Leer und dunkel.

Er läuft den Hügel hinauf und folgt der Biegung zur Lille Frogner allé. Geht an den hübschen Holzhäusern mit den Gärten auf der rechten Seite vorbei. Genau auf der letzten Anhöhe, bevor der Frognervei abflacht, kann er direkt in den Hinterhof von Tante Svanhilds Haus schauen. Sitzt sie jetzt wohl auf dem kleinen Balkon, trinkt Sherry und raucht eine Ascot? Nein, es ist schon zu spät. Auf dieser Seite liegt der ganze Hof im Schatten. Aber ihre Verandatür steht auf. Hat sie vielleicht einen Mann zu Besuch? Diese ewige Geheimnistuerei, wenn sie von Liebe redet. Als hätte sie ausgiebige Erfahrung. Als trüge sie eine Geschichte mit sich herum, die sie nicht erzählen kann. Vielleicht ist sie wie Dorléac im Truffaut-Film? Vielleicht hat sie ein Verhältnis mit einem verheirateten Mann? Sofort sieht er sie vor sich. Und dann Dorléac. Sie ähneln einander sogar! Warum ist ihm das früher nie aufgefallen? Das erklärt vielleicht, warum ihm Dorléac soviel bedeutet, obwohl er sie vorläufig nur in zwei Filmen gesehen hat. Etwas mit dem Gesicht. Der gerade, traurige Mund. Tante Svanhild hatte von Brünetten gesprochen. Damals hatte er nicht begriffen, dass sie über sich selbst sprach, und über Dorléac. Fast hätte er Lust, im Frognervei stehenzubleiben und zu ihr hineinzurufen. Aber das traut er sich nicht. Man stelle sich nur vor, sie käme auf den Balkon hinaus, womöglich halb nackt.

Angesichts seiner Gedanken wird er rot. Es gibt keine Grenzen mehr. Aber das hier muss er abschotten, das kann nicht so weitergehen. Besonders jetzt nicht, wo so viel von ihm erwartet wird. Die Fortschritte, die er gemacht hat. Beim letzten Mal im Ruglandvei, vor den Ferien, hatte Amalie gesagt, dass er vielleicht schon im kommenden Jahr debütieren sollte. Ein Solokonzert in der Aula der Universität. Aber allein der Gedanke daran hatte ihn erschreckt. Sie konnte es ihm ansehen und strich schnell mit der Hand über sein Gesicht.

»Dann machen wir es nicht, Lieber. Wir tun nichts, was du nicht willst.«

Er geht das letzte lange Stück zum Frogner plass hinauf. Nähert sich dem Haus aus einer anderen Richtung, als wenn er mit dem Vater im Wagen sitzt. All die Ausflüge in letzter Zeit, bloß um das Haus anzuschauen. Im Wagen sitzen und auf dieses weiße, altmodische Zweifamilienhaus mit den feinen Linien starren. Das schräge Dach. Die noble Veranda mit den Glastüren. Die großen Bäume draußen. Als wären sie schon immer dagewesen.

Aber dieses Mal ist er allein. Und kommt außerdem zu Fuß. Mit jedem Schritt steigt sein Puls. Vielleicht ist ja jemand da? Ein Anstreicher, ein Maurer oder ein Elektriker, der Überstunden leistet? Es gibt so wahnsinnig viele Dinge, die der Vater in Gang gesetzt hat, die, wie er meint, getan werden müssen, ehe sie einziehen können. Als er dann vor dem Eingang steht, ist nirgendwo in den Fenstern Licht zu sehen. Er ist etwas unschlüssig. Bringt es nicht über sich, unmittelbar weiterzugehen über den Kirkevei. Bald ist es zehn Uhr abends. Eine einsame Gestalt betritt das hohe Haus in der Mitte des Platzes. Das Selbstmörderhaus. Oftmals, wenn ihm dieser Schauspieler in den Sinn gekommen ist, der sich vor vielen Jahrzehnten ins Leere stürzte und beim Aufprall auf den Asphalt ums Leben kam, hat er gedacht, dass das Ereignis einen Schatten auf sie werfen wird, da sie bald schräg gegenüber wohnen und mehrmals täglich auf das Haus blicken werden. Die magnetische Anziehungskraft des Ortes. Als ob sich das Gedächtnis immer an der Landkarte des Schmerzes orientiert und nie an der des Glücks. Als er aber an diesem Abend dort steht, überkommt ihn eher das Gefühl, dass der Schatten von dem Haus kommt, in das sie bald einziehen werden. Es ist eine geografische Tatsache. Die Sonne steht jetzt fast oben am Holmenkollåsen. Sie scheint hinunter auf das Frogg-Haus, während der Eingangsbereich ihres zukünftigen Hauses im Schatten liegt. Die hohen Bäume auf dem Nachbargrundstück stehlen dem Himmelsraum viel Licht. Einen Moment lang blickt er auf das große Haus etwas weiter oben im Frognervei. Es ist doppelt so groß wie das Haus, in dem er wohnen soll. Offenbar wohnt dort ein Mann ganz allein. Ein Fotograf. Der Vater hat einmal mit ihm gesprochen. Er war freundlich, sagte der Vater. Er hieß sie alle als Nachbarn willkommen.

Noch immer erscheint es ihm unwirklich, dass er tatsächlich hier wohnen wird, in dieser noblen Umgebung. Gibt es in diesem Stadtteil überhaupt Kinder? Oder laufen sie in kurzen Hosen im Inneren der Häuser herum, sogar wenn sie Teenager geworden sind und englische, französische und deutsche Kinderlieder singen, während sie kompliziertete Mathematikaufgaben für ihre Väter lösen und ganz lieb auf dem Schoß alter Tanten sitzen, die zu Besuch kommen, um sie zu bewundern?

Es ist nicht so schlimm, wenn er ihnen nicht begegnet. Aber wie soll er bloß neue Menschen kennenlernen, wenn die Musik ihm jetzt alles abverlangt? Smebye will vierhändig mit ihm spielen. Bækkelund hat angerufen. Amalies Erwartungen. Die Finalisten aus dem letzten Wettbewerb. Die er vielleicht wiedertreffen wird, später im Herbst? Werden sie zu seinen Freunden?

Er tritt an das Eingangstor, um zu prüfen, ob es verschlossen ist. Keiner kann ihn deswegen belangen. Der Vater besitzt das Haus ja schon. Nur er? Besitzt die Mutter es nicht auch? Der Vater sagt zwar: »Unser Haus, Alfhild«, aber dann antwortet sie immer: »Es ist dein Haus, Per. Aber ich freue mich, dass ich darin wohnen kann.«

Vor der Ostwand stehen ein paar verrottet wirkende Bretter. Es muss sich um Holzverkleidung oder altes Gebälk handeln, das gegen neues Material ausgetauscht werden soll. Er sieht zur Küchentür in der Ostwand hinüber, die auf den Garten hinausgeht, etwa fünzehn Meter entfernt. Was wenn einer der Handwerker vergessen hat, abzuschließen? Zögernd geht er auf die Tür zu, blickt sich um. Langsam wird es dunkler. Auf dem Bürgersteig ist niemand zu sehen.

Er steigt die Stufen zur Tür hinauf. Drückt die Türklinke herunter. Nichts passiert. Die Tür muss verschlossen sein. Aber dann drückt er etwas fester, und die Tür gleitet auf. Er sieht den dunklen Küchenraum. Kein Herd. Kein Kühlschrank. Das Linoleum wurde herausgerissen. Der Geruch nach Farbe. Er tritt ein und schließt die Tür hinter sich.

Jetzt ist er allein im Haus.

Er geht ins Wohnzimmer. Sieht diese Räume zum ersten Mal. Entdeckt die Treppe zum Keller. Die große Treppe, die bis auf den Dachboden hinaufführt. Ist wirklich er derjenige, der hier wohnen wird? Das Haus kennt ihn nicht. Das spürt er. Das Haus ist abwartend, fühlt sich womöglich ein wenig überrumpelt. Ist er nicht reichlich unverschämt? Doch, das würde er sagen. Etwas stimmt nicht mit ihm. Er weiß nicht, woher er das hat. Ein Genfehler oder so etwas. Sich irgendwo hineinzuschleichen, wo er nicht sein darf. Das ist schon früher vorgekommen. Das letzte Mal im Bislett-Stadion hat er keinen Eintritt bezahlt.

Aber jetzt hat der Vater bezahlt. Eine ungeheure Summe. Die Bank hat den Kredit bewilligt. Jetzt wird er ein Frogner-Junge. Ob er sich wohl jemals daran gewöhnt? Er steigt über die Treppe in den ersten Stock hinauf. Alle nicht tragenden Wände sind herausgerissen. Was hat sich der Vater bloß gedacht? Er weiß es nicht. Hat nur die Planzeichnungen gesehen und nichts davon verstanden.

Er geht weiter. Über den schmalen Teil der Treppe bis nach oben zum Dachboden. Dort kommt das Licht zurück. Das blassrosa Johannislicht. Draußen die Oslo-Nacht. Neue Fenster im Schrägdach. Er wagt nicht einmal, sie anzurühren. Sie müssen ein Vermögen gekostet haben.

Lange bleibt er stehen und denkt nach. Aber es gibt keinen Gedanken. Nur ein Gefühl. Das Gefühl, dass in seinem Leben etwas Wichtiges geschieht. Mehrere Dinge gleichzeitig. Dann plötzlich kommt ihm wieder Françoise Dorléac in den Sinn, das Bild des brennenden Wagens. Die junge Tante Svanhild, die an der Scheibe der Wagentür kratzt. Schafft er es wirklich nicht, sie zu retten? Nur wenige Sekunden früher, und sie wäre eine unverletzte, schöne junge Frau geblieben. Vielleicht hatte auch sie am Abend zuvor die *One World*-Sendung gesehen? Hatte mitgesummt, als John Lennon und all die anderen *All You Need Is Love* sangen? Oder hatte sie im Bett gelegen, mit einem Mann? Unabhängig davon wollte sie am nächsten Tag nach London. Vielleicht dachte sie an den neuen Film, in dem sie mitspielte, *Billion Dollar Brain.* Vielleicht überlegte sie, was sie danach tun würde, in London, wenn der Abend käme. Vielleicht dachte sie an Michael Caine. So oder so, sie dachte bestimmt nicht, dass sie wenige Minuten später sterben und zu Asche verbrennen würde.

Er steht auf dem Dachboden. Denkt daran, was der Vater sagte, dass hier Platz für einen Flügel sei. Aber ein Flügel kostet Geld. Er muss jetzt anfangen zu arbeiten. Muss sich einen Job suchen. Zeitungsbote werden. Etwas schreiben. Für die Alten spielen, in den umliegenden Altersheimen. Noch einmal den Klavierwettbewerb gewinnen. Eine Geldprämie bekommen. Alles ist möglich.

Leise schleicht er wieder hinaus, zieht die Küchentür hinter sich zu. Hört, wie sie ins Schloss fällt. Er atmet tief durch. Dann tritt er durch das Tor, umrundet die Ecke am Frogner plass und geht den Kirkevei hinunter in Richtung Majorstuen. Er merkt, dass er wieder dicker geworden ist. Der Gürtel spannt. In letzter Zeit geht er zu wenig. Vielleicht sollte er wieder mit dem Speerwerfen anfangen?

Eine Juninacht in Oslo.

Das Licht steht im Norden.

94

Die norwegische Regierung überreicht der Sowjetunion eine Protestnote, mit der sie sich dagegen verwahrt, dass eine sowjetische Fregatte am 13. August in den Varangerfjord eingedrungen ist und sich mehrere Stunden in norwegischen Gewässern aufgehalten hat. Zwei Tage danach erklärt Cassius Clay, alias Muhammad Ali, dass er von nun an als Prediger wirken will, nachdem er eine strenggläubige Muslimin geheiratet hat. Eine Delegation norwegischer Abgeordneter kehrt aus Griechenland zurück und bezeichnet die Verhältnisse unter der neuen Juntaführung als in höchstem Maße tadelnswert. Zur selben Zeit wird bekannt, dass der NRK-Korrespondent in Peking, Harald Munthe-Kaas, nach Norwegen zurückgeschickt wird, nachdem er während einer Demonstration von chinesischen Rotgardisten überfallen, seines Tonbandes beraubt und der Sicherheitspolizei übergeben wurde. Die Behörden werfen ihm vor, allzu kritische Reportagen über die Entwicklung in China zu produzieren.

Die USA verstärken ihre Truppenpräsenz in Vietnam. Über eine halbe Million Amerikaner sollen jetzt in dem asiatischen Land stationiert sein. Der Senat winkt eine Erhöhung des Verteidigungshaushaltes um vierundzwanzig Milliarden Dollar durch. Zum ersten Mal fallen Bomben auf die nordvietnamesische Hauptstadt Hanoi. Am Tag, als Munthe-Kaas aus China ausgewiesen wird, greifen amerikanische Jagdflugzeuge vietnamesische Ziele an, die nur fünfzehn Kilometer von der chinesischen Grenze entfernt liegen.

Der Herbst ohne Schule. Als alle anderen nach den Sommerferien in die Schule zurückkehren, bleibe ich allein im Parksvingen. Morgens sitze ich am großen Wohnzimmerfenster und sehe zu, wie die Nachbarskinder, die ich kaum kenne, mit ihren Ranzen davoneilen. Sie alle haben frisch angespitzte Bleistifte und neue Radiergummis dabei. Auch Tormod zieht los, kurz nachdem Vater und Mutter aufgebrochen sind, um die Straßenbahn ins Zentrum zu erwischen.

»Na, du kleiner Schlaukopf«, sagt er mit einem Lächeln. »Was wirst du denn heute so treiben?«

»Ich übe Klavier«, antworte ich. »Mindestens sieben Stunden. Und dann widme ich mich dem Mathematik-Kurs der Norsk Korrespondanseskole.«

»Das geht sicher gut«, sagt er. Tormod hat mir stets vertraut und mich verteidigt. Es gibt keinen besseren älteren Bruder. Auch wenn er noch weniger zu Hause ist als ohnehin schon, treffen wir uns zum Üben mit der Blaskapelle Gjallarhorn und im Chor, wo ich von meiner eigenen Mutter zum Probevorsingen als Tenor gezwungen wurde. Svein Bruun hat mich durchgewunken. Allerdings hätte er das nicht tun sollen. Ich klinge so, als ob man einen Grashalm zwischen die Handflächen gepresst hält und aus voller Kraft Luft darauf bläst. Ansonsten verstecke ich mich in der Menge der Tenöre. Da klinge ich wie ein Hamster, ein Tier, das ich mir im Übrigen anschaffen möchte. Aber das habe ich bisher noch niemandem gesagt.

Als Michelangelo Antonionis *Blow Up* im Scala Kino zur Wiedervorführung kommt, gehe ich hin und sehe mir Vanessa Redgrave an, die ihre Brüste entblößt. Diese Szene ist berühmt geworden, weil norwegische Zeitungen über den armen Filmvorführer in Westnorwegen schrieben, der eines Abends, nachdem das Publikum gegangen war, den Film zurückspulte, um den nackten Oberkörper der Schauspielerin noch einmal anzusehen. Der Lensmann ertappte ihn auf frischer Tat, und er verlor seinen Job.

Redgraves nackte Brüste sind allerdings keine Sensation, nicht einmal für mich. Obwohl ich in diesem Spätsommer und Herbst mehr oder weniger nur drinnen sitze und Klavier spiele, entgeht mir nicht, dass mehrere Mädchen angefangen haben, manchmal ihren Oberkörper freizumachen. Es ist schon viele Jahre her, dass Syver mir ein Playboy-Foto der nackten amerikanischen Schauspielerin Jayne Mansfield zeigte. Ich wurde damals in keinen Erregungszustand versetzt, bin allerdings ziemlich mitgenommen, als sie drei Tage nach Dorléacs Tod bei einem Autounfall ums Leben kommt. Die Einzelheiten sind ebenso entsetzlich. Es heißt, der Kopf der Schauspielerin sei vom Rumpf getrennt gewesen, als die Rettungsmannschaft sie fand. Später wurde dieses Gerücht dementiert. All diese sinnlosen Todesfälle. Mansfields 1966er Buick Electra 225 Hardtop, vollgestopft mit Passagieren, darunter ein Fahrer und ihre drei Kinder. Sie ist mitten in der Nacht auf dem Weg von Biloxi, Mississippi nach New Orleans, um früh am nächsten Morgen in einer Fernsehshow aufzutreten. Der Wagen hat gerade die Rigolets Bridge auf dem U. S. Highway 90 überquert und nähert sich einer sanften Kurve. Wir sind im Bundesstaat Louisiana. Der junge Student Ron Harrison, der für Cus Stevens Supper Club arbeitet und am Steuer des Buick sitzt, fährt viel zu schnell und übersieht den Sattelschlepper, der hinter einem Lastwagen angehalten hat, der Insektenmittel auf das Sumpfgebiet auf der rechten Seite versprüht. Mit enormem Tempo rast der Buick in den Sattelschlepper und landet unterhalb des Fahrgestells zwischen den Rädern. Die drei größten Personen, einschließlich Mansfield, sterben auf der Stelle, wohingegen die drei Kinder dank ihrer geringen Körpergröße den Unfall überleben.

Übelkeiterregende Details, während ich dasitze und Schumann, Bach und Brahms einstudiere. Jayne Mansfields große Brüste. Gibt es sie noch? Wurden sie einbalsamiert? Verbrannten sie? Oder liegen sie irgendwo und verfaulen in einem Grab in den Sümpfen Louisianas? Ungeachtet dessen gibt es jetzt immer mehr Brüste. Sie stehen Schlange und werden vom Haight-Ashbury-Viertel in San Francisco in die Welt hinausgespült. Erst jetzt, spät im August, begreife ich, dass dies der *Summer of Love* ist. Ich hatte gerade noch mitbekommen, dass sich einige der farbenfroh gekleideten Menschen, die im Schlosspark auftauchten, Hippies nannten, wusste aber nicht mehr, als dass sie einer gegenkulturellen Graswurzelbewegung angehörten. Bevor wir die Waldorfschule verließen, hatte Syver versucht mir zu erklären, dass ein Hippie eine »hip person« sei, ein Mensch, der mit der Zeit ging, durch die Blume gesagt: Das konnte er von mir nicht gerade behaupten. Dennoch wusste ich mehr über französische Filme und »gewagte« Schauspielerinnen als er. Aber jetzt fing auch der NRK an, Reportagen über Geschehnisse in den USA und vielen europäischen Großstädten zu zeigen. Die Vorankündigung für mich war *All You Need Is Love* gewesen, zu Hause im Parksvingen. Aber da mir der Song nicht gefiel, war das alles nicht so interessant. Erst jetzt sitze ich im großen Wohnzimmer und weiß, dass ich Beethovens *Waldstein*-Sonate üben müsste. Stattdessen gucke ich im Fernsehen eine Dokumentation über Jefferson Airplane, die einige Wochen zuvor auf der Fantasy Fair beim Monterey Pop Festival in Kalifornien aufgetreten sind. So viele Menschen sind auf diesen Festivals. Sie tragen Blumen im Haar und tanzen umher, einige der Frauen mit nackten Brüsten. Ich sitze ein wenig verwirrt vor dem Fernsehapparat und höre zum allerersten Mal von The Who, Grateful Dead, The Animals, Jimi Hendrix, The Byrds, Otis Redding und Janis Joplin. Und dann kommt plötzlich Tormod mit einer Single nach Hause. Eine von diesen Platten aus farbigem Vinyl. Er legt die Platte auf das Grammophon, verstellt den Regler von 33 1/3 auf 45 rpm und sagt: »Jetzt hör zu, Ketil.«

Es ist der Monatswechsel August/September. Die kalten, feuchten Nächte. Die warmen Tage. Die Sonne steht immer noch hoch am Himmel. Ich befinde mich mitten in meiner eigenen kleinen Protestbewegung. Aber in meiner Welt sind die Visionen nicht allzu groß. Die Hippies protestieren gegen Materialismus und Verbraucherkultur in der westlichen Welt. Möchte man Mitglied dieser Bewegung sein, ist es nicht so schlau, ein Haus am Frogner plass zu kaufen. Ich tröste mich allerdings mit dem Gedanken, dass das Haus trotz allem Vaters Projekt ist. Tormod und ich, wir sind die Kinder. Wir können mit unserem Leben machen, was immer uns gefällt. Gerade jetzt sitzen wir zusammen auf dem Sofa und hören Scott McKenzie, der *San Francisco (Be Sure to Wear Some Flowers in Your Hair)* singt. »All across the nation, such a strange vibration. People in motion. There's a whole generation with a new explanation. People in motion. People in motion … Summertime will be a love-in there.«

Ich sitze wie gebannt da und lausche. Das hätte ich gerade jetzt in meinem Leben nicht erwartet. Was für eine fantastisch reine, unbeschwerte und schöne Melodie. Plötzlich ruft Mutter aus dem Keller: »Was hört ihr euch da für einen Müll an, Jungs?«

»Popmusik, Mutter!«

»Schluss damit, Leute. Ihr seid viel zu groß für sowas!«

»Ach, wir sind genau im richtigen Alter«, ruft Tormod.

Mutter erwidert nichts mehr. Die Wäscheschleuder läuft auf Hochtouren. Wie ein bedrohliches Insekt liegt sie plötzlich irgendwo am Grunde des Lautbildes.

Das Lied trifft mich genauso stark wie die Elisabeth-Serenade vor fast zehn Jahren. Ich träume vor mich hin, gehe in Tormods Zimmer und leihe mir heimlich die Platte aus, als ich am nächsten Vormittag allein im Haus bin. Ich sehe mich selbst in einem Flugzeug sitzen, hoch oben am Himmel, auf dem Weg nach San Francisco. Ich stelle mir vor, wie ich aussteige, am liebsten aus der Ersten Klasse einer PAN AM oder TWA-Maschine, von einem Privatchauffeur (den Vater über den Ingenieurverlag organisiert hat) abgeholt und zum Hotel gebracht werde, dem großen Hotel, das, wie ich viele Jahre später weiß, *Fairmont* heißt. Von dort aus werde ich losziehen, mit einem Blumenkranz um den Hals. Ich werde ein weißes Hemd tragen und viel schlanker sein. Meine Haare werden länger sein und nicht so fettig. Und da, auf einem der großen Festivals, werde ich Leah wiedertreffen. Sie wird sich halbwegs entkleidet haben und nackte Brüste zeigen, wie in alten Tagen. Sie wird einen Blumenkranz in ihrem schönen schwarzen Haar tragen. Ringelblumen von der Institution in Østfold. Sie wird ein wenig berauscht wirken, als hätte sie gerade eine kleine Dosis LSD oder Marihuana zu sich genommen. Sie wird mir die Arme um den Hals legen, als sei es eine Selbstverständlichkeit, dass wir beide uns zur selben Zeit an diesem Ort befinden. San Francisco. Die Stadt der Blumenkinder. Nein zu Gewalt. Nein zu Atomwaffen. *Make love, not war.* Und während ich mit ihr tanze, am Rande des Festivalgeländes, wo sich schon ein paar weitere Liebende zwischen die Bäume gelegt haben, die genauso groß und schattig sind wie die im Frognervei, erscheint auch Katja Bodin. Auch sie trägt einen Blumenkranz im Haar. Ringelblumen aus Vindern. Auch sie wirkt etwas berauscht, als hätte sie eine kleine Dosis LSD oder Marihuana zu sich genommen. Oder vielleicht hält sie auch eine Weinflasche in der Hand, einen italienischen Chianti mit Bastgeflecht um den bauchigen Rumpf. Sie wird uns anlächeln und sagen: »Lasst uns trinken! Lasst und lieben! Wie phantastisch, euch hier zu treffen!« Und sie muss nicht einmal ihren Oberkörper freimachen. Stattdessen hat sie ein Stöckchen dabei und zeigt es mir. Sie lächelt ein wenig verlegen und fragt: »Weißt du noch?« Und es ist so, als ob die ganze Kindheit um mich herum aufersteht. Aber es sind nur gute Erinnerungen. Ohne Kuba-Krise, ohne Laika, ohne Autounfälle, ohne Napalmbomben, ohne Tod und Verderbnis. Nur das Glück, wenn alle Kerzen im Wohnzimmer angezündet sind und Mutter Blätterteigmuscheln mit Fischpudding und Krabbensauce gemacht hat. Das Glück, wenn *Ostermorgen tilgt die Sorgen* in voller Lautsärke aus dem Radio dringt. Das Glück, wenn alle froh sind, niemand böse ist und niemand sich scheiden lassen will. Leah und Katja gleichzeitig. Was, wenn Synne Skouen auch dazukommen könnte? Und Grynet Molvig, Ingrid Thulin, Françoise Dorléac, Catherine Deneuve und Margarete Robsahm. Mats würde da sein. Helge und Knut, Christopher und Elin, Sverre und Willen. Amalie und Lindholm. Vielleicht würde ich es sogar wagen, ihn Dan zu nennen. Alle würden zusammen tanzen, hier in San Francisco. Und die Welt würde uns offen stehen. Die USA würden sich aus Vietnam zurückziehen. Biafra würde als eigenständiger Staat anerkannt werden. Und das Versuchsgymnasium in Oslo würde Unterstützung vom Storting bekommen. Der große Kreis aus tanzenden Menschen würde größer. Wir würden tanzen zu diesem schönen Lied, das die Zeit aufhebt und alle Bosheit auslöscht. Wir würden unsere Ambitionen und unser Gold und Geld aufgeben. Wir würden dafür kämpfen, woran auch die Waldorfschule glaubte: biodynamische Landwirtschaft und geistige Erbauung. Wir würden gegen den Militarismus und diesen lächerlichen Raumfahrt-Wettbewerb zwischen den Sowjets und den USA kämpfen. Wir würden einander in die Augen sehen, wie Elin und ich es damals getan hatten, irgendwo in den Tiefen von Telemark. Wir würden tanzen an den Ufern des Stillen Ozeans. Wir würden dort bis in alle Ewigkeit tanzen.

Schon im Januar hat es ein *Human Be-In* am Golden Gate Park gegeben. Initiator ist der Künstler Michael Bowen, ein dreißig Jahre alter Maler und Mystiker, der mit der östlichen Theosophie vertraut ist, die Bhagavad Gita studiert hat und von Arjuna inspiriert ist. Gemeinsam mit seinen Kollegen Arthur Monroe und Michael McCracken hatte er in den späten Fünfziger- und frühen Sechzigerjahren ein Atelier in der 72 Commercial Street, wo die Künstlergemeinschaft mit Spontanmalereien und Collagen die Grenzen für visuelle Kunst auslotete. Der fast dreißig Jahre ältere norwegische Arzt und Kunstsammler Reidar Wennesland interessierte sich für Bowen. Die beiden wurden enge Freunde, und Wennesland kaufte sowohl Bowens Porträt der Freundin und Sängerin Janis Joplin aus dem Jahr 1963 als auch das prophetische *Love Painting* aus dem Jahr 1966. Wennesland ist Philantrop und Mäzen, schnell baut er eine der weltweit größten Beat Art-Sammlungen auf. Er hat ein schlechtes Gewissen angesichts all der Tierversuche, die er als Forscher unternommen hat. Als er sich in Potrero Hill niederlässt, hat er achtzehn Haustiere, die alle frei herumlaufen können: vier Hunde, fünf Affen, sieben Katzen, ein Wickelbär und ein Waschbär. Nach und nach wird das den Nachbarn zu viel, Jahrzehnte später versucht Wennesland, die Tiere im Zoo von Kristiansand unterzubringen, was ihm allerdings misslingt.

San Francisco, 1967. Die beiden Off-Broadway-Schauspieler James Rado und Gerome Ragni haben seit 1964 an einer Idee zu einem Musical gearbeitet, das sie *Hair* nennen, und nehmen an den großen Versammlungen teil, die in der psychedelischen Zeitung *San Francisco Oracle* annonciert werden. Die Zeitung ist von Bowen und dem Poeten Allen Cohen gegründet worden, der zu jener Zeit eine Kombination aus Studio und Ashram in Haight-Ashbury unterhält. Bereits im Herbst 1966 haben die beiden *The Love Pageant Rally* organisiert, einen

Protestmarsch gegen die Kriminalisierung von LSD. Grateful Dead und Janis Joplin traten gratis auf. Bowen und Cohen verteilten Flyer, auf denen stand: »Bringt die Farbe Gelb mit. Bringt Fotos eurer persönlichen Heiligen, Gurus und Untergrundhelden mit. Bringt Kinder, Blumen, Flöten, Trommeln, Federn, Stirnbänder, Betten, Banner, Flaggen, Weihrauch, Uhren, Gongs, Becken, Kostüme und Freunde mit.«

Der Psychologe und Autor Timothy Leary, der Mann, der später von Richard Nixon als »the most dangerous man in America« bezeichnet werden sollte, wird zu einem wichtigen Unterstützer all der jungen Leute, die sich zum Sommer hin versammeln. »Turn on, tune in, drop out!«, lautet seine Botschaft, die er allerdings von seinem kanadischen Freund, dem Philosophen Marshall McLuhan, übernommen hat. Mit Unterstützung einiger der einflussreichsten Intellektuellen der amerikanischen Linken versuchen Bowen und Cohen eine ideologische Grundlage für das zu formulieren, was sie in Gang gesetzt haben: »A new concept of celebration beneath the human underground must emerge, become conscious, and be shared, so a revolution can be formed with a renaissance of compassion, awareness, and love, and the revelation for unity for all mankind.«

Als Vater von der Arbeit nach Hause kommt, stürze ich mich auf ihn und erzähle ihm alles, was ich im Fernsehen über die Ereignisse in Amerika gesehen habe.

»Vater, das musst du doch geradezu lieben?! Endlich jemand, der deine, Ulfs und Abels Gedanken ernst nimmt?«

Er steht im Flur. Ich kann ihm seine Erschöpfung ansehen, der Zeitpunkt für meinen Enthusiasmus ist falsch gewählt, aber er versucht, es zu verbergen.

»Das ist phantastisch«, sagt er. »Ulf wird bestimmt zu einer dieser großen Veranstaltungen reisen.«

»Du meinst, Ulf mit einem Blumenkranz im Haar?«

»Schluss mit dem Unsinn«, sagt Mutter, die gerade aus dem Keller kommt. Aber auch sie lächelt. »Ulf kann machen, was er will, er hat ja keine Familie.«

»Und Abel?«, frage ich.

»Abel lässt sich von niemandem einfangen«, sagt Vater.

Er setzt sich an den Küchentisch und fängt an, ein paar der Artikel zu lesen, die ich ihm herausgesucht habe, die meisten aus *Dagbladet.* Er hatte in letzter Zeit nicht so viel Gelegenheit, die Zeitungen zu lesen, und zur Abwechslung zeige ich ihm ein paar Dinge, die es sich lohnt zu erfahren. Mutter späht über seine Schulter. Auch sie ist neugierig.

»Warum müssen sich die Mädchen denn unbedingt obenrum ausziehen?«, fragt sie.

»Ich fürchte die Romantisierung von LSD. Hier sollte man viel vorsichtiger sein«, sagt Vater.

Und wie ich sie so vor mir sehe, Vater am Tisch sitzend und Mutter vornübergebeugt, liebevoll, interessiert, mit einer Hand auf seiner Schulter, kommt es mir vor, als sähe ich nun bei ihnen ein anderes Alter als das, was ich zuvor wahrgenommen habe. Ich sehe es ganz deutlich: Vater wird niemals an diesen Hippiedemonstrationen teilnehmen. Es ist zu spät. Seine Jugend ist vorbei. Er ist 46. Mutter ist 43. Vater hat es versucht. Lange Jahre hat er es versucht. Und Mutter hat ihn stillschweigend unterstützt, hatte aber niemals die Zeit oder die Kraft, um sich auf dieselbe Weise zu beteiligen. Der Kampf gegen die Atomwaffen, gegen das Militärwesen, gegen die Macht des Geldes. Viele Jahre verwandte er mehr Zeit darauf als auf seine eigentliche Arbeit. Aber sie kamen nicht weiter. Damals nicht. Das hier ist etwas anderes. Das ist nicht nur eine Protestbewegung, sondern eine gegenkulturelle Strömung, bei der junge Menschen aus der ganzen Welt ihre Visionen und Ideen mitbringen. Sie wagen zu zeigen, wer sie als Menschen sind, mit all ihren Eigenarten, ihrer Musik, ihren Farben und ihren Worten. Sie haben sich zu einem gemeinsamen Ausdruck zusammengefunden. Das hier ist nicht bloß ein beliebiger Demonstrationszug, bei dem alle nach den üblichen Ansprachen und Appellen wieder nach Hause gehen. Vielmehr lehnen sie sich an die Beat-Generation an, die schon seit den Fünfzigerjahren existierte, als Jack Kerouac *On the Road* schrieb, Allen Ginsberg *Howl* und William S. Burroughs *Naked Lunch.* Es zieht sich eine direkte Linie von den derben, unerschrockenen Beat-Schriftstellern zur Hippie-Generation, den Kindern des Vietnam-Krieges. Und diese Linie weitet sich bis nach Europa hin aus. Die Provos in Amsterdam sind gegen alle politischen Parteien, gegen Militarismus und gegen Snobismus. Sie sind für Pazifismus, freie Liebe und individuelle Lebensentfaltung. Als Kronprinzessin Beatrix im März des Vorjahres heiratete, warfen die Provos Rauchbomben auf die königliche Goldkarosse, um zu demonstrieren, was sie von der Monarchie hielten. Die Aktionsformen sind verschieden, aber die Botschaft ist die gleiche: *Make love. Make peace. Not war.*

Die Osloer Polizei geht gegen fünf Kioskbesitzer vor und beschlagnahmt massenweise Pornohefte.

Ich weiß, wo sich einer der Kioske befindet. Ganz unten im Hegdehaugsvei. Ich weiß noch von einem weiteren, wenngleich ich da nie vorbeigekommen bin. Aber der liegt in der Rådhusgate. Syver hatte mir das schon vor vielen Jahren erzählt. Kurz bevor wir die Waldorfschule verließen, verriet er uns, wie er an alle Hefte gekommen war, die er uns im Laufe der Jahre gezeigt hatte. Er hatte regelmäßig Geld aus dem Portemonnaie seines Vaters geklaut. Dann war er in eine der Säuferkneipen gegangen und hatte Kontakt mit einem besonders versoffenen Mann aufgenommen, der dort den ganzen Tag mit bayrischem Bier und braunem Bitterschnaps saß. Er wurde zu Syvers Lakai. Zwei Pornohefte für einen Elfjährigen im Tausch gegen Bier und Schnaps. Die Hefte lagen immer unter dem Verkaufstresen, zumindest die schlimmsten. Die allerdings weigerte sich der Alkoholiker zu kaufen. *Cocktail* und *Playboy* müssten reichen, fand er. In diesen spreizten jedenfalls die Frauen nicht die Beine. Aber das taten sie wohl in den Heften, die man in den Pornoschuppen bei Svinesund kaufen konnte, an der Grenze zu Schweden.

Svinesund, denke ich.

Allein der Name.

Ein paar Wochen später wird in Oslo ein *Love-In* veranstaltet. Die Hippies sind inzwischen sichtbarer geworden. Was auf der anderen Seite des Globus geschehen ist, wird jetzt von Menschen aufgegriffen, die sich in geschlossenen Zirkeln verborgen gehalten haben, aber nun auf die Straße herauskommen und sich leicht bekleidet auf Karl Johan oder in den Parks zeigen. Sofern man nicht schüchtern sei, könne man, so die Zeitungen, gleich neben dem großen gelben Haus von König Olav Mädchen im Gras liegen sehen, die ihre Brüste entblößten. Ich bin ein paar Mal durch den Park gegangen, mit Sonnenbrille. Aber ich wagte nicht, mich genauer umzusehen. Dort nicht.

Am Sonntag, dem 17. September, wird eine Hippiehochzeit veranstaltet, die vom Schlosspark zum Frognerpark ziehen soll. Zwischen Gustav Vigelands Skulpturen von nackten Männern und Frauen traut Pastor John ein Paar, das sich für drei Monate die Treue schwört.

In seiner Rede an die frisch Vermählten sagt John, der Mensch könne weitaus glücklicher werden, wenn jeder Einzelne mehr daran dächte, freundlich zu seinem Nächsten zu sein, anstatt ihn im Kampf um das Dasein beiseite zu stoßen.

Ich stehe am Rande einer Hippiegruppe. Als Zuschauer, denke ich. Die entwürdigendste aller Positionen, die man im Leben einnehmen kann. Immerhin weiß ich, weswegen ich gekommen bin: Ich will die Mädchen sehen, von denen in der Zeitung gesprochen wurde. Die sich ihre BHs ausziehen und den Oberkörper entblößen. Die Sonne wärmt noch immer. Die Hippies haben sich im Schlosspark versammelt. Ein plötzlicher Indian Summer. Ein Grüppchen von bunt geleideten Jugendlichen steht am Abelhaugen und raucht irgendetwas. Plötzlich sehe ich sie. Oh, denke ich. Wie schön sie ist. Die kleinen Brüste. Die weiße Haut. Die langen blonden Haare. Ist das möglich? Seit Leah habe ich etwas Ähnliches nie wieder gesehen. Und damals war ich ein Kind. Doch als ich sie sehe, begreife ich, dass ich kein Kind mehr bin. Sie fängt meinen Blick auf. Lächelt. Ich komme näher. Ihre Augen glänzen. Sie trinkt Weißwein aus der Flasche. Feteasca.

»Komm doch zu uns, Süßer«, sagt sie. »Wir tun dir nichts. Möchtest du?« Sie hält mir die Flasche hin. »Nein, du bist wohl noch zu jung?«

Wie alt mag sie sein? Drei Jahre älter als ich? Gerade fertig mit dem Gymnasium? Ich kriege keinen Ton heraus. Starre sie nur an.

»Sind das meine Rehkitze, die dich so aufregen?«

»Entschuldigung« sage ich, dunkelrot im Gesicht. »So war das nicht gemeint ...«

»Entschuldige dich doch nicht«, sagt sie und trinkt wieder etwas.

Ich stehe so dicht neben ihr, dass ich sie schlucken hören kann. »Seid ihr Hippies?«, frage ich. »Echte Hippies?«

»Ja, wir sind Hippies«, sagt sie und kommt dabei so nahe, dass ihre Brüste das Nylonhemd berühren, das ich von Mutter bekommen habe.

»Wie heißt du?«, frage ich.

»Aurora«, erwidert sie. »Und du?«

»Ich heiße Syver«, sage ich. So verlegen war ich noch nie. Sie merkt es und streichelt meine Wange.

»Alles ist Liebe«, sagt sie. »Denk mal drüber nach.«

»Ja, ich denke«, sage ich, während mein Blut in den Adern hämmert.

Jeder Tag ist so, als wachte ich mit einem Kater auf. Bis weit in die Nacht hinein habe ich mit dem Kopf unter der Bettdecke gelegen und Radio Lux gehört. Immer wenn *San Francisco* gespielt wurde, in regelmäßigen Abständen, kam ich ins Träumen. Der gleiche Traum. Leah, Katja und all die anderen. Aurora. Oh je, hat mir die Phantasie einen Streich gespielt? Bin ich betrunken? In meinem Leben habe ich gerade mal ein paar Schlückchen Wein getrunken. Einmal gab es zu Hause ein Fest, möglicherweise Tormods Konfirmation, und alle waren fast so glücklich wie in San Francisco in meinem Traum. Ich durfte probieren. Es schmeckte wie Luchspisse. Ich rannte zum Klo und spuckte es wieder aus, obwohl es Liebfrauenmilch war.

Ich setze mich an das Rönsch-Piano und übe das h-Moll-Scherzo von Chopin. Zwei Stunden lang. Nach einer Weile sitzt es. Ich höre mich selbst spielen. Die schnellen Läufe. Klingt eigentlich schrecklich kompliziert. Geradezu beeindruckend. Ist es schwieriger, Klavier zu spielen, als am Holmenkollen Skispringen zu praktizieren? Das werde ich wohl niemals erfahren. Beides verlangt allerdings Mut. Misslingt dir etwas in der einen Kunst, brichst du dir die Knochen. Misslingt dir etwas in der anderen, fangen alle an zu lachen. Oder schlimmer:

Du tust ihnen leid. Ich denke an die bösen Menschen in der Scala oder der Met, die die Künstler ausbuhen und mit Tomaten und faulen Eiern bewerfen. Als ob es nicht genug wäre, zu versagen. Als seien die auf der Bühne obendrein noch Verbrecher, die bestraft werden müssen. Auf der Sprungschanze ist das niemals so. Man lacht nicht, wenn jemand stürzt. Man verspürt Mitleid.

Ein paar Stunden später lassen meine Ambitionen nach, als sich der Nachmittag in die Länge zieht und weder Mutter noch Vater noch Tormod nach Hause kommen. Ich hätte einen der Lehrbriefe von der Norsk Korrespondanseskole lesen sollen, aber das habe ich nicht getan, obwohl ich es Vater hoch und heilig versprochen habe. Jeden Morgen fragt er mich: »Lernst du auch?«

»Ja, natürlich.«

»Vergiss nicht, dass wir dafür bezahlen. Viel Geld.«

Mir kommt eine freche Antwort in den Sinn. Fast hätte ich erwidert: »Jedenfalls kostet es weniger als das Haus im Frognervei.« Aber das sage ich nicht.

Dann falle ich mit ein paar fetten Stullen aufs Sofa. Brot mit Butter und jeder Menge köstlichem Käse und Schinken. Wie soll man abnehmen, wenn Brot und Butter und Hammelfett und Schweinefett erfunden wurden? Ich schalte den Fernseher ein. Mein treuer Freund durchs Leben. Ohne Fernseher ist die Welt ein verlassener Ort. Ich kann mich nicht mal mehr daran erinnern, wie das Leben war, bevor das Fernsehen erfunden wurde. Ich lande mitten in einem Programm über die Entstehung eines Liedes, das noch nicht veröffentlicht wurde. Wir sind im A&R-Studio in New York. Der Tontechniker heißt Phil Ramone, der Komponist heißt Burt Bacharach und der Texter ist Hal David. Zwischen ihnen steht die schwarze Sängerin Dionne Warwick. Oder »die farbige«, wie Tante Svanhild sagen würde. Vielleicht sogar »die gefärbte«. Es ist gar nicht so leicht zu wissen, was gerade in Mode ist. In der Sendung ist es der 9. April 1966. Der gleiche Tag, an dem die Deutschen Norwegen besetzten, 26 Jahre zuvor. Hal David hat sich in die Gefühle einer jungen Frau hineinversetzt, die an ihren geliebten Mann denkt, der als Soldat in Vietnam kämpft. »The moment I wake up, before I put on my make up: I say a little prayer for you.« Aber nicht der Text fasziniert mich so. Es ist die Melodie. Das hier ist etwas ganz anderes als *San Francisco.* Und trotzdem gibt es ein wenig von derselben Sentimentalität. Ich werde rot, als ich merke, wie sehr mich die Musik berührt. Amalie hätte den Kopf geschüttelt. Mutter ebenso. Das ist keine Kunst, würden sie sagen. Aber ich bin völlig eingenommen. Zur Abwechslung denke ich einmal nicht ausschließlich an die Frau. Dionne Warwick ist hübsch, keine Frage. Es ist überhaupt erstaunlich, wie viele hübsche Frauen es in den Sechzigerjahren gibt. Aber ich träume mir nicht sofort eine Affäre mit ihr herbei. Stattdessen ist es die Bewunderung für Bacharachs Melodie, die mich fast auf die Knie fallen lässt. Wesentlich feiner und verzwickter als *All You Need Is Love.* Der Rhythmus im Vers ist $^{10}/_{4}$ mit zwei zusätzlichen $^{4}/_{4}$-Takten. Dann kommt der Refrain im $^{11}/_{4}$-Takt mit $^{4}/_{4}$, $^{3}/_{4}$ und $^{4}/_{4}$. Gleichwohl ist der Rhythmus nicht das Wichtigste. Sondern die Art, wie Bacharach die Harmonien »umkehrt« und dadurch der Melodielinie etwas Überraschendes gibt, ohne dass die Melodie ihre Zugänglichkeit verliert. Sie trifft Kopf, Herz und Bauch gleichzeitig. Das können nicht viele Melodien von sich behaupten. Dennoch ist Bacharach frustriert. Normalerweise singt Dionne Warwick seine Lieder bei der ersten Aufnahme fertig ein. Dieses Mal jedoch benötigen sie zehn Anläufe. Er will etwas Bestimmtes hervorkitzeln. Etwas, das noch nicht da ist. Ich finde, dass alles da ist. Ich habe eine ähnliche gute Melodie noch nie gehört. Aber du lieber Gott, denke ich. Bin ich etwa dabei, mich zu einem Popmusiker zu entwickeln? Mit *Voi-Voi* und dem ganzen Drumherum? Kann es wirklich sein, dass ich von einem Chopin-Scherzo direkt zu Bacharach und den Hitlisten wechsle?

Das Programm hinterlässt einen unvergesslichen Eindruck bei mir. Ich wage aber nicht, jemandem davon zu erzählen. Ich habe einen Pop-Komponisten entdeckt. Ich denke, er ist besser als die Beatles. Man muss nicht jedes Mal das Pulver neu erfinden. Ist weniger ambitiös. Ganz klar ein Fünfer, in welcher Kategorie auch immer. Aber für mich ist er die Nummer eins. Ich habe meinen Mann gefunden.

Aber die Musik macht süchtig. Ein paar Wochen später fahre ich in die Innenstadt zu den Plattenläden, die gerade die Single hereinbekommen haben. Erst gehe ich zum Musikk-Hus und bitte darum, mir die Platte anhören zu dürfen, bevor ich sie kaufe. Dann schallt sie aus dem Kopfhörer. Das Wiederhören macht mir große Freude. Warwick ist tief drinnen in meinem Kopf. Außerdem höre ich jetzt die Details des Arrangements viel besser als im Fernsehapparat. Ich versuche, meine Erregung zu verbergen, als ich darum bitte, die Platte noch einmal hören zu dürfen, schließlich müsse ich mir sicher sein, das Stück auch wirklich zu mögen. Der Verkäufer sieht mich etwas erstaunt an. Für gewöhnlich kaufe ich doch Klassik.

Nach der zweiten Runde habe ich das Gefühl, dass ich nicht um eine dritte bitten kann. Stattdessen schüttle ich den Kopf und sage: »Nicht so gut, wie ich eigentlich dachte. Aber danke, dass ich sie anhören durfte.«

Dann gehe ich weiter zum Norsk Musikkforlag. Zum Glück gibt es einen Verkäufer für die Pop- und Jazz-Abteilung. Ich muss also nicht Kjell Hillveg bitten, mir die Platte anhören zu dürfen. Das wäre wirklich zu peinlich. Aber er sieht mich trotzdem von seinem Platz weiter hinten im Laden. Ich werde rot. Will ich wirklich Popmusik hören? Ich mogle mich auch hier zu zwei Abspielungen. Verberge alle Gefühle tief in mir. Tu letztlich so, als gefiele sie mir nicht. Wenn ich doch bloß die sieben Kronen hätte, die die Platte kostet. Aber ich bin pleite. Völlig pleite. Und Vater ist das wohl auch, glaube ich. Mutter wage ich nicht einmal zu fragen, jetzt, da so viel Neues für das Haus angeschafft werden muss.

So bleibt nur noch Grøndahl übrig, und ganz zum Schluss: Thiis.

Ich habe *I Say A Little Prayer* an jenem Vormittag acht Mal gehört, ohne einen Øre zu bezahlen. Aber bald fange ich an, Zeitungen auszutragen.

Dann kommt endlich etwas Geld ins Portemonnaie.

95

Im Glanz des Pfauenthrons in Teheran krönt der Schah von Persien sich und seine Gemahlin Farah Diba zu Schahanschah und Schahbanu oder *König der Könige* und *Herrscherin*. Bei einem Scharmützel zwischen Guerillasoldaten und Regierungstruppen nahe der bolivianischen Stadt Higueras wurde neulich Che Guevara erschossen. Castros alter Freund und zeitweiliger kubanischer Industrieminister. Einer der größten Feinde des CIA. Vater schüttelt den Kopf.

Wir sollen vom Parksvingen in den Frognervei umziehen. Da der Umzug an einem Donnerstag stattfindet, hat Tormod schulfrei bekommen. Für mich ist das kein Problem. Viel schlimmer ist, dass ich seit einigen Wochen keinen einzigen Lehrbrief der Norsk Korrespondanseskole geöffnet habe.

Ich merke, dass wir an diesem Tag fast schüchtern miteinander umgehen. Passiert das hier wirklich? Ziehen wir tatsächlich um? Das Haus, das wir verlassen, wirkt unsagbar schlecht gelaunt. Bald wird es leerstehen.

Ich aber tue das, was Lollo Schanke mir beibrachte: Die Wand in meinem Zimmer küssen. »Danke für dein Vertrauen«, sage ich, fast unter Tränen. »Trotz allem war es schön, hier zu wohnen. Sehr schön. Und bald schon kommen neue Eigentümer. Die sind bestimmt viel netter und sympathischer als wir, du wirst schon sehen.«

Aber das Haus antwortet nicht. Schon als wir mit unseren Besitztümern die Straßenecke am Fuß des Hügels umrunden, wird das Haus zu einer Erinnerung. Schwupps, und wir sind für alle Zeiten verschwunden.

Als wir in die Stadt hinunterkommen, hat die große Umzugsfirma schon alle Möbel ins Haus gebracht. Vier Männer stehen da und warten auf Vaters und Mutters Instruktionen. Im Wohnzimmer steht die alte Möbelgarnitur, die sich im Haus befunden hat und die Mutter hat neu beziehen lassen. Hellblau und hellrosa. Das ganze Zimmer sieht aus wie eine Lux-Reklame. Doch die Teppiche auf dem Boden sind dunkelblau.

Mit unseren Sachen laufen wir treppauf und treppab. Das Klavier wird auf den Dachboden geschleppt. Die Treppenstufen knirschen. Die großen Männer in ihren blauen Overalls stöhnen. Als es endlich an seinem Platz steht, kommt Vater und sagt: »Das wird hier nur zeitweilig stehen. Bald kommt hier ein Flügel hin.«

Die Männer schauen ihn ungläubig an und fangen dann an zu lachen. Sie glauben, er macht einen Scherz.

Die erste Nacht. Ich liege in dem Zimmer neben Tormods im ersten Stock. Mutter und Vater haben das große Zimmer ganz hinten. Die Umzugsmänner nennen es »Master Bedroom«. Von meinem Bett schaue ich auf die Bäume im großen Garten des Nachbarn, sehe das Licht von der Straßenbeleuchtung im Frognervei herüberscheinen und höre die Geräusche der Straßenbahn, die bei jedem Vorbeifahren das Haus erzittern lässt. Es riecht nach frisch gestrichenen Wänden und neuem Linoleum. Und dann höre ich das schwache Glucksen der Zentralheizung. Unten im Keller steht ein riesiger Kessel und kocht vor sich hin.

Ein neues Leben. Und trotzdem bin ich ganz der Alte. Ob Mutter und Vater jetzt glücklicher werden? Werden sie sich öfter sehen, werden sie weniger in der Straßenbahn sitzen und morgens später aufstehen? Werden sie zusammen ins Kino gehen wie in alten Tagen?

Schon am nächsten Morgen lese ich in *Aftenposten*, dass eine Botentour frei ist, die am Frogner plass beginnt und über die Thomas Heftyes gate hinunter zur Eckersbergs gate führt, von wo aus es dann über die Erling Skjalgssonsgate zum Solheimvei, dann hinüber zur Nobelsgate und schließlich die Bygdoy allé hinunter geht. Derjenige, dem diese Route zugeteilt wird, kann mehrere hundert Kronen im Monat verdienen, muss aber auch *Aftenavisen* austragen. Ich hänge mich sofort ans Telefon, erzähle, wer ich bin und wo ich wohne. Ich sage, mein Vater sei Redakteur und Verlagsleiter und dass meine Mutter im Buchhandel beschäftigt ist. Außerdem erzähle ich, dass ich Klavier spiele und viel Zeit zur Verfügung habe, weil ich die Realschule als Externer absolviere. Die Frau am anderen Ende der Leitung hat eine weiche und freundliche Stimme. Fast alle Frauen bei *Aftenposten* haben das.

»Dann liegen die Zeitungen für die ganze Runde ab drei Uhr morgen früh am Frogner plass bereit. Wir haben viele wichtige Abonnenten in diesem Viertel, daher sei bitte sei so gut und fang nicht später als halb vier an. Die Schlüssel für die Treppenhäuser werden dir im Laufe des Nachmittags gebracht. Bist du zu Hause?«

Mist, das war ein Strich durch die Rechnung. Den ganzen Herbst habe ich mich ja bis weit nach neun Uhr im Bett herumgefläzt. Ich habe gehört, wie die Haustür hinter den anderen zuschlug und habe der Stille gelauscht, nachdem der Letzte gegangen war. Aber ich habe jetzt keine Wahl mehr.

»Ja, ich bin zu Hause«, sage ich.

»Ich kann dich morgen früh wecken«, sagt Mutter, als sie von der Arbeit nach Hause kommt und ich mit dem riesigen Schlüsselring herumklimpere, der gerade eben von der Abonnementabteilung bei *Aftenposten* geliefert wurde.

»Das brauchst du nun wirklich nicht«, erwidere ich aufrichtig.

»Ja, aber gegen drei muss ich sowieso immer raus zum Pinkeln. Lass mich das ruhig mal machen, Ketil.«

Mutters liebevolle Hände, wenn sie ihn jede Nacht weckt. Er steht auf und duscht. Jetzt fängt er auch an, eiskalte Duschen nach den heißen zu nehmen. Das hat er vom Vater gelernt. Die schnellen Bäder bei den Gletschern oben in Jotunheim im Sommer. Bloß dreißig Sekunden, dann ist er wach.

In aller Eile ein Knäckebrot mit Butter und Ziegenkäse. Vielleicht ein Glas Wasser. Dann tritt er in die Oslo-Nacht hinaus. Es ist erst Viertel nach drei, als er auf dem Platz steht. Die alte Frau, die die andere Route in Richtung Gimleveien hat, sagt kein Wort. Sie nicken einander nur zu und nehmen sich ihren Zeitungsstapel. Seiner ist schwerer als ihrer. Wie gut, dass er jung ist, denkt er. Aber das Fleisch macht all die Treppen nicht eben leichter.

Es gefällt ihm, vor allen anderen wach zu sein. Nicht einmal die langen faulen Morgenstunden vermisst er. Draußen ist noch kein Verkehr. Der erste Schnee kommt früh und legt sich auf die Straßen. Keine andere Spur als die von *Aftenpostens* Zeitungswagen. Die Straßenbahn fährt auch noch nicht. Er schlendert die Thomas Heftyes gate hinunter. Die ersten Treppenhäuser sind groß und stattlich. Solide, mit dem Kulturleben verbundene und kaufkräftige Namen an den Türschildern. Engelstad, Fasting, Agerup, Eckbo, Sommerschield, van der Hagen und Hansson. Per Hansson, denkt er. Der Schriftsteller? Aber nur die Wenigsten sind um diese Tageszeit wach, abgesehen von ihr in der zweiten Etage in Nr. 54. Wenn er aus der Vierten wieder nach unten kommt, hat sie die Zeitung schon hereingeholt. Etwas weiter die Straße hinunter, bevor er in die Eckersbergsgate abbiegt, steht immer eine alte Frau im Türspalt und wartet. Allerdings grüßt sie ihn nicht. Sie streckt nur die Hand aus und will nicht, dass er die Zeitung auf die Türmatte legt. Er reicht ihr die Zeitung mit einem höflichen »Guten Morgen!«. Er hört sie eine Antwort murmeln, versteht aber nicht, was sie sagt. Im Eckhaus gibt es noch eine, die wartet. Sie ist groß und dunkelhaarig und sieht wie eine Ausländerin aus. Dunkelroter Morgenrock. Auch sie möchte die Zeitung gern gereicht bekommen, aber im Gegensatz zu der alten Frau bedankt sie sich immer mit einer warmen, tiefen Stimme. Sie heißt Maria Quisling. Er verspürt eine gewisse Ehrfurcht vor ihr. Er denkt an all das, was sie erlebt hat. Die Ehe mit Vidkun Qusiling, dem Landesverräter, der nach der Niederlage der Deutschen in der Festung Akershus hingerichtet wurde. Was dachte sie in jener Nacht, als sie ihn erschossen? Zehn Männer schossen aus einer Entfernung von acht Metern auf ihn. Acht Kugeln durchs Herz.

Schließlich der Schuss des Kommandanten in die Stirn, mit einer Pistole. »Ich wünsche Ihnen einen schönen Tag«, sagt er zu ihr, ehe er weitergeht die Erling Skjalgssonsgate hinauf, dann in den Solheimvei und die Nobelsgate wieder hinunter, wo auch die Schauspielerin Ella Hval in dem alten gelben und gemütlich wirkenden Holzhaus immer auf ihn wartet. Er weiß, dass sie mit dem Dichter Rudolf Nilsen verheiratet war, dem Kommunisten, der nur achtundzwanzig Jahre alt wurde und in Paris starb. Der den Osloer Osten besser als jeder andere kannte. Der Zeitungsbote kann *Großstadtnacht* auswendig: Ich geh und träume in der langen Straße / am Grund der meilenweiten Stadt. / So lang das Auge reicht geht diese Trasse / die glänzend blitzt und niemals matt / im Schein der hohen Bogenlampen. / Denn es ist Nacht. Es leuchtet hell und prangend / hier unten in den asphaltierten Tiefen. / Schon längst ist Tages Düsternis vergangen.« Ja, das ist wahre Poesie!, denkt er, als er der Witwe die Zeitung reicht, sie anlächelt und »Guten Morgen« sagt. »Guten Morgen, junger Mann«, erwidert sie. Allein das reicht, um ihm gute Laune zu machen. Sie warten auf ihn, diese Frauen. Sie brauchen ihn! Und danach wächst dieses phantastische Gedicht mit den vier Versen zu einem Jubelruf heran, zu einer Bestätigung dessen, was er fühlen wird in diesen ersten Wintermonaten in Frogner: »Hier blitzen keine Sterne durch die Nacht / als stumme Drohung einer Ewigkeit / hier flüstert keine Finsternis ans Ohr / mir ihre fremde Heimlichkeit.« Der Kosmos des Vaters darf eine Weile ruhen. Auch das Universum. Die Freude über all das von Menschen Erschaffene, die Rudolf Nilsen in diesem Gedicht aus der Sammlung *På stengrunn* (Auf steinernem Grund) preist. Das warme Glück, das er beschreibt, weil er auf Straßen wandelt, wo er »mein Zuhause, meine Wurzeln« hat. Der Zeitungsbote kann das nicht von sich behaupten. Er muss sich dieses Heimatgefühl erst erobern. Doch jeden Morgen geht er in die Oslo-Nacht hinaus und ist vor Sonnenaufgang zurück am Frogner plass. Dann legt er sich wieder zum Schlafen hin. Von sechs bis zehn. Danach übt er bis 14 Uhr Klavier. Im Anschluss daran gibt er sich bis 15 Uhr als braver Schüler aus, mit den Lehrbriefen der Norsk Korrespondanseskole vor sich. Dann tritt er abermals auf den Platz hinaus und vergewissert sich, dass der Stapel mit *Aftenavisen* dort liegt und auf ihn wartet. Die Botenkollegin ist schon dagewesen. Er geht die ganze Runde noch einmal, aber nachmittags gibt es nicht die gleiche Magie. Lärmende Autos. Die Straßenbahn klingelt zur Warnung der Fußgänger, die im letzten Augenblick die Schienen kreuzen. Die meisten Türen in den Häusern sind verschlossen. Nur Frau Quisling öffnet, genauso wie morgens.

»Einen schönen Nachmittag.«

»Danke, das wünsche ich Ihnen auch, junger Mann. Und danke für die Zeitung, die Sie mir freundlicherweise immer bringen.«

96

Eigentlich hat er etwas Ähnlichkeit mit Quisling, findet er. Presley und Quisling. Was für eine Kombination. Sind es die Wangen? Die Augen? Ist es der Mund? Wohl kaum die Entschlossenheit. Er weiß, er ist unbestimmt, ausweichend, eigentlich genusssüchtig und weich. Oh je, was für flammende Worte Dan Lindholm ihm mit auf den Weg durchs Leben gegeben hat. Der Klavierwettbewerb der Jugend rückt wieder näher. Er hat nicht mal die Zeit, nervös zu werden. Das neue Haus gibt ihm Selbstvertrauen. Er ist jetzt ein Stadtjunge. Kann einfach um die Ecke und über die Straße gehen und Brot und Milch kaufen. Kann in fünf Minuten zum Gimle Kino hinüberlaufen. Kann ganz nach Belieben die Straßenbahn in die Innenstadt und zum Nationaltheater nehmen. Er hat eigenes Geld. Das scheint von *Aftenposten* nur so hereinzuströmen. Gewinnt er den Wettbewerb dieses Jahr, bekommt er fünfhundert Kronen auf die Hand.

Doch sobald das Ausscheidungsverfahren beginnt, verspürt er das flaue Gefühl im Bauch. Er spielt *Aufschwung* von Schumann, das aber nicht so ganz sitzt, wie er findet. Aber die Oslo-Jury lässt ihn durchkommen. Zum dritten Mal also das Finale in der Aula. Zum ersten Mal in der Gruppe der Ältesten. Er sieht die süßen kleinen Pianistinnen in der Klasse der Jüngsten. Sie tragen Pluderröcke und lassen sich von ihren Müttern die Haare einsprayen. Da sind Désirée Paulsen aus Greåker und Anita Skorgan aus Bærum. Da ist Eva Stadven aus Kråkstad und viele andere. In der mittleren Altersgruppe sind Ingunn Adland und Tone Meljva, zusammen mit Erling Ragnar Eriksen, der auch aus Kråkstad kommt. Er selbst wird gegen Solveig Nordheim aus Mandal und Tore Dingstad aus Våler in Moss antreten. Alle schwirren umeinander herum im großen Orchesterraum und in der Künstlergarderobe. Ein paar der Jüngsten sind so nervös, dass sie sich spontan übergeben müssen. Sie beschmutzen ihre Anzüge und Kleider und fangen an zu weinen. Die Aula ist rappelvoll. Oldeman Isaksen führt durch das Programm. Der große, dunkelhaarige Rechtsanwalt wirkt nicht gerade sehr norwegisch, denkt er. Die ihn umgebende Melancholie. Ein Mann, an den er später denken wird, schon in ein paar Jahren, wenn er anfängt, Dostojewskis Romane zu lesen. Das hier ist nicht nur ein Musikwettbewerb, den der Beste gewinnen soll. Es ist auch ein Wettbewerb, hinter dem alle norwegischen Musiklehrerverbände und Konservatorien stehen, um auf diese Weise die Politiker zur Einrichtung einer Hochschule für Musik zu drängen, ein akademisches Zentrum für Musikverständnis und Musikausübung auf höchstem Niveau. Er weiß, wie wichtig dieser Gedanke auch für Amalie ist. Sie ist in erster Linie Pädagogin. Nachdem der Wettbewerb mehr und mehr Aufmerksamkeit in der Presse hervorgerufen hat, spürt er, dass es wichtig ist, ihre Erwartungen zu erfüllen.

Auf dem Podium fühlt er sich ganz ruhig. Der Applaus aus dem vollbesetzten Saal strömt ihm entgegen. Dort unten sitzen viele professionelle Musiker. In der fünften Reihe entdeckt er Liv Glaser. Sie soll unter Kirill Kondraschin höchstpersönlich in ein paar Tagen Ravels G-Dur-Konzert spielen. Ungeachtet dessen wird er nicht nervös. Zum ersten Mal spürt er, dass er das Recht hat, an diesem hoch gepriesenen Steinway-Flügel zu sitzen, der laut Ashkenazy der »beste der Welt« ist. Er spürt, welche Möglichkeiten es bietet, ein gutes Instrument zu haben. An einem viel größeren Flügel als beim vorigen Mal spielt er *Aufschwung* mit einer Leidenschaft, die er zwar noch nicht hat, die die Musik ihn aber dennoch fühlen lässt.

Als er sich nach der Vorführung erhebt, hört er Bravo-Rufe.

Sollte es wirklich möglich sein, ein weiteres Mal zu gewinnen?, denkt er.

Er gewinnt nicht.

Die Jury, bestehend aus dem Klavierpädagogen Nicolai Dirdal, dem NRK-Musikchef Kristian Lange sowie dem Pianisten Robert Levin, verliest die Gewinner aus der unteren und mittleren Altersklasse. Als die Ältesten an die Reihe kommen, entsteht eine besondere Stille im Saal. Die Fünfzehn- bis Siebzehnjährigen. In diesem Alter entscheidet es sich. Viele Musiker arbeiten dann schon ganz professionell. Kjell Bækkelund war erst acht, als er mit der Osloer Philharmonie debutierte. Robert Riefling war elf. Liv Glaser war fünfzehn. Eva Knardahl, die nach langjährigem Aufenthalt in Minneapolis gerade zurückgekommen ist, war zwölf. Die drei, die jetzt auf der Bühne stehen, werden vermutlich allesamt professionelle Musiker. Aber sie müssen sich ranhalten.

Kristian Lange räuspert sich. Der schlanke, introvertierte Mann. Gleichwohl umgibt ihn eine Aura. Der NRK-Musikchef. Wie oft hat er ihn nicht im Radio reden gehört? Als er beim letzten Mal gewann, kam Lange hinterher zu ihm und sagte, er müsse ins NRK Studio 19 kommen und ganz nach Belieben etwas einspielen. Wieso hat er das bis jetzt noch nicht getan?

»In diesem Jahr wird es keinen Ersten Preis geben«, sagt er und genießt förmlich das Aufseufzen im Saal. Ist das hier ein Skandal? Jedenfalls eine Sensation. Dann fährt er fort: »Die drei, die wir als Gewinner ausgewählt haben, stehen qualitativ so nahe beieinander, dass wir, anstatt sie in eine Reihenfolge einzuordnen, drei Zweite Preise vegeben.«

Er spürt, dass er rot wird. Die Eitelkeit. Die er immer zu unterdrücken versucht hat. Der Fünfte Platz wäre so viel besser gewesen. Der Zweite Platz ist so überdeutlich sichtbar. Amalies Enttäuschung, während sie unten in der dritten Reihe sitzt. Noch am Vormittag hatte sie ihm ins Ohr geflüstert: »Natürlich gewinst du!«

Aber der Applaus ist ohrenbetäubend. Er denkt: Klatschen die so begeistert, weil er nicht gewonnen hat? Gewiss! Einer der anderen hätte gewinnen sollen, natürlich. Dass er zusammen mit den anderen auf dem Podium steht, ist bloß lächerlich.

Dann kommt Liv Glaser aus dem Publikum herauf. Soll etwa sie die Preise überreichen? Das ist einfach zu viel für ihn. Fast so unglaublich wie Martha Argerich, die ihn damals in der Künstlergarderobe wiedererkannte. Liv Glaser lächelt alle drei an. Vielleicht sind die beiden anderen tatsächlich viel besser als er?, geht es ihm durch den Kopf. Vielleicht lässt die Jury ihn nur deshalb zu den Gewinnern gehören, weil Kristian Lange oder Robert Levin Angst davor haben, später von Amalie ausgeschimpft zu werden. Ja, verdammt. So ist es!

»Ihr habt alle drei großes Talent«, sagt Liv Glaser und umarmt zuerst Solveig Nordheim und dann Tore Dingstad. Als die Reihe an ihm ist, nimmt er ihr Parfüm wahr. Für einen kurzen Augenblick träumt er sich weg. Tief hinein in Truffauts Filme.

Drei Tage später trifft er sie zufällig auf Karl Johan wieder. Sie umarmt ihn, als seien sie alte Freunde. Sie trägt einen hellbraunen Kamelhaarmantel, so einen, bei dem man am ehesten an Dandys oder Lebenskünstler denkt. Vor gar nicht langer Zeit kam der Skandalautor Jens Bjørneboe in ebenso einem Mantel aus Mutters Buchhandlung. Er war leicht betrunken gewesen, selbstsicher und gut gelaunt. Wie ein echter Waldorfschulenlehrer aussehen sollte, hatte er gedacht und dabei in sich hineingegrinst. Die Mutter konnte später berichten, dass Bjørneboe lange an der Kasse gestanden und sie zu überreden versucht hatte, ihm einen Vorschuss auf diejenigen seiner Bücher auszuzahlen, die bei Cammermeyer verkauft wurden, genauso wie Sandemose es vor vielen Jahren getan hatte. *Nackt im Hemd* erwähnte er nicht, meinte aber, dass das Honorar für *Der Augenblick der Freiheit* und ein weiteres Werk schon längst zur Zahlung überfällig wäre. Offenbar hatte sich eine lebhafte Unterhaltung ergeben. Dem Sohn schien es, dass die Mutter dem Schriftsteller möglicherweise einen Schein aus ihrer eigenen Geldbörse zugesteckt hatte. Weder Vater noch Mutter war es jemals schwer gefallen, sauer verdientes Geld fortzugeben, wenn sich jemand in Not befand.

Aber jetzt steht also Liv Glaser da und gibt sich vertraut, während sie eine Hand auf seinen Arm legt und sagt: »Weißt du, Kondraschin verlangt fast doppelt so viel Tempo als worauf ich mich vorbereitet habe!«

Eine ganz neue Welt öffnet sich ihm. Sie spricht ganz im Vertrauen mit ihm, obwohl sie 17 Jahre älter ist als er, ein Altersunterschied, den er später wieder aufgreifen wird, in dem, was er schreibt.

»Aber das kann er doch nicht ernsthaft verlangen?«, erwidert er. »Du bist doch ein Star, genauso wie er.«

»Ach nein, du. Er ist immer noch Chefdirigent der Moskauer Philharmonie. Überleg mal, was er alles zusammen mit Rostropowitsch und Oistrach und Richter gemacht hat. Er hat Schostakowitschs 4. und 13. Symphonie uraufgeführt. Er war Dirigent, als Van Cliburn den Tschaikowski-Wettbewerb in Moskau gewonnen hat, und er war Dirigent bei der berühmten Plattenaufnahme mit dem Tschaikowski-Konzert und Rachmaninows Dritter. Die Tschaikowski-Platte war übrigens die erste klassische LP, die es in den USA zu Platin gebracht hat. Verstehst du? Da ist das gar nicht so einfach für mich, das Tempo zu bestimmen.«

»Aber trotzdem bist du die Solistin!« Er spürt seine Erregung.

Sie lächelt. »Danke für deine Anteilnahme, Ketil. Aber bitte wünsch mir Hals- und Beinbruch für morgen. Oder wie es im Englischen heißt: Break a leg!«

»Break a leg«, sage ich. »Natürlich komme ich.«

Er sieht sie zur Straßenbahn eilen. Ihr blondes Haar im Dezemberwind. Es ist schon Advent. Der glänzende Weihnachtsbaum vor der Universität. Die Dunkelheit setzt früh ein. Hat sie wirklich Ketil gesagt? Hat sie sich seinen Namen gemerkt? Sie haben zusammen gesprochen wie Kollegen, die von ihren Erfahrungen berichten. Er kann fast nicht glauben, dass das wahr ist – ernst genommen zu werden. Sie hat ihm von ihren Frustrationen hinsichtlich des morgigen Konzerts erzählt. Hat sich an ihn gewandt, als sei er ein Gleichaltriger. Ein Mensch, der weder seine Mutter noch sein Vater war, auch nicht Amalie, Svein Bruun oder einer der Waldorfschullehrer, sondern Liv Glaser höchstpersönlich. Es kommt ihm vor wie ein Traum.

Wenn er noch tanzte, hätte er sich wohl an einen Hallingsprung gewagt. Stattdessen geht er ins Café *Studenten* und bestellt eine Banenensplit. Er bittet um extra viel Schokoladensauce.

In etwas eigeweiht sein. Die Gemeinschaft der Musiker. Eine Welt ohne Altersgrenzen. Jetzt hatte er das Gefühl, ein Stück zu wachsen. Er nimmt die Straßenbahn und fährt zu Amalie. Klavierstunde. Es ist eigenartig, in der Stadt zu wohnen und nicht mehr mit dem Rad zu ihr fahren zu können.

»Ich habe gestern Liv Glaser in der Stadt getroffen«, sagt er.

»Ah, ist sie nicht großartig!?«

Er erzählt von dem Gespräch, über Kondraschin, der sie unter Stress setzt. Amalie schüttelt den Kopf.

»Mir ging es ebenso, schon oft. Dirigenten, die nicht begreifen, dass Musik immer ein Zusammenspiel ist. Eigenartig. Sogar Kondraschin? Aber ich muss noch über etwas anderes mit dir sprechen, Ketil.«

Warum wird er jedes Mal so glücklich, wenn sie ihn Ketil nennt. Liegt es etwa daran, dass er wohl doch gesehen werden will, obwohl er immer davon geträumt hat, ganz unbemerkt am Grund des Meeres zu liegen? Wieso gibt es Tage, an denen ihn die Aufmerksamkeit anderer stärkt, und dann wieder Tage, an denen er sich seines Selbstvertrauens beraubt sieht und an allem zweifelt? Sie sagt ihm, dass sie nicht glaubt, ihm noch etwas beibringen zu können. Sie möchte, dass er ab jetzt bei Robert Riefling studiert, dem größten Pianisten von ihnen allen.

Er hört, was sie sagt. Glaubt aber fast, sich verhört zu haben. Robert Riefling?

Er ist ihr Ex-Ehemann.

Die Verwirrung nach dem Wettbewerb ist vergessen. Er spürt, dass er wieder festen Boden unter den Füßen hat. Am Tag danach hört er Liv Glaser Ravels G-Dur-Konzert in einem atemberaubenden Tempo spielen. Er steht ganz hinten, zusammen mit den anderen Pianisten in seinem Alter und den etwas älteren. Wenn es direkt vor Konzertbeginn freie Plätze gibt, laufen sie mit Genehmigung der Saaldiener nach vorn und setzen sich in eine der vorderen Reihen. Als Liv Glaser spielt, sitzt er in der sechsten Reihe. Sie trägt ein blaues Kleid mit kurzen Ärmeln. Er betrachtet ihre Arme. Die feinen, fast unsichtbaren Muskeln. All die Stunden, die sie am Klavier gesessen und sich diese

Musik angeeignet hat. Jetzt herrscht ein Ringkampf zwischen ihr und Kondraschin. Aber sie lässt sich nicht unterkriegen. Sie spielt brillant, souverän, konzentriert. Der zweite Satz ist beinahe zum Heulen. Er steht auf und ruft Bravo!, noch bevor der letzte Akkord verklungen ist.

Selbstvertrauen oder Zweifel? Zwei Wörter. Zwei Zustände. Beide können ein Leben verändern. Im Groote Schur-Hospital in Kapstadt hält Professor Christiaan Barnard die Zeit für gekommen, seinem schwer kranken Patienten Louis Washkansky eine neues Herz einzusetzen. Barnard strahlt vor Selbstvertrauen, als er wenige Stunden nach der Operation vor die Fernsehkameras tritt. Eine verunglückte fünfundzwanzigjährige Frau verschaffte dem Herzchirurgen und seinem riesigen Operationsteam die Möglichkeit, das zu probieren, was nie zuvor gewagt wurde: eine Herztransplantation an einem Menschen. Am 3. Dezember 1967 erwacht Washkansky mit einem anderen Herzen als dem eigenen in der Brust. Die Welt hält den Atem an. Alle hoffen auf einen Erfolg der Operation, nicht nur wegen Louis Washkansky, sondern weil es ab jetzt nicht mehr so erschreckend sein wird, herzkrank zu sein. Man tauscht einfach ein Organ aus, wie man einen Vergaser oder einen Auspuff an einem Auto austauscht. Als Barnard vor den Kameras steht und bekanntgibt, dass die Transplantation ohne Komplikationen vonstatten gegangen ist, stöhnen die Menschen rund um den Globus erleichtert auf. Sollte dem Menschen jetzt etwa alles möglich sein? Sich selbst ausrotten, auf dem Mond landen und ein krankes Herz gegen ein gesundes austauschen? Was ist mit meinem Fett? Das sollte nicht ausgetauscht, sondern einfach weggeschnitten werden. Es wegschneiden, damit ich mir das Abnehmen ersparen kann?

Am 13. Dezember unternimmt König Konstantin von Griechenland einen Gegenputsch, um die Militärregierung loszuwerden. Über das Radio verliest er eine Proklamation und ersucht das Volk, ihn bei seinen großen Aufgaben zu unterstützen: die Wiederherstellung von Ruhe und Ordnung im Land. Allerdings kann er nur ein paar wenige Offiziere auf seine Seite ziehen, außerdem hat der Radiosender nur eine begrenzte Reichweite, was dazu führt, dass nur ein Bruchteil der Bevölkerung von dem erneuten Putschversuch überhaupt erfährt. Die königstreuen Offiziere werden bald verhaftet, und König Konstantin flieht mit seiner schönen Königin Anne-Marie sowie Prinzessin Irene, Prinzessin Alexia und Königinmutter Friederike mit einem seit Langem bereitstehenden Flugzeug nach Rom.

Eine Woche später stirbt Louis Washkansky im Groote Schur-Hospital in Kapstadt. Doktor Christiaan Barnard drückt sein Bedauern über den Todesfall aus, versichert der Weltpresse allerdings, dass er nicht vorhat aufzugeben. Gleich nach Neujahr soll erneut eine Herztransplantation durchgeführt werden.

Das erste Weihnachtsfest in einem neuen Haus. Auch in diesem Jahr wird kein Friedensnobelpreis vergeben. Niemand hat sich nach Meinung des Nobelkomitees um solch eine Ehrenauszeichnung verdient gemacht.

Vater hat auf dem Frogner plass einen Weihnachtsbaum gekauft. Mutter hat ihn mit Engeln, roten Äpfeln, Sternen und Lametta geschmückt. Aus dem geplanten Hamster wird nichts. Stattdessen gibt es ein Meerschweinchen.

Es heißt Brahms. Nach Johannes Brahms.

Es ist braun und weiß und gibt kleine Grunzlaute von sich, wenn ich es streichle.

Am Silversterabend kommt auch Tante Svanhild, um Fischpudding in Blätterteigmuscheln zu essen. Noch lange bevor die Raketen abgefeuert werden, gehe ich in den Frognerpark. Alles ist still. Von oben auf der Treppe am Monolithen kann ich die Turmspitze der Uranienborg Kirche sehen sowie die glitzernden Lichter auf Ekebergåsen.

Ich denke an Rudolf Nilsen, und an Ella Hval in ihrem gelben Haus dort unten. »Denn es ist Nacht. Es leuchtet hell und prangend / hier unten in den asphaltierten Tiefen. / Schon längst ist Tages Düsternis vergangen.«

Danach gehe ich langsam zurück zu unserem Haus.

Die Raketen leuchten und krachen am Himmel. Mehrere Hundert Menschen haben sich im Frognerpark versammelt, um Champagner zu trinken und sich die Schusssalven anzuhören. Das Feuerwerk anschauen, in all seiner Pracht. Mutter will nicht, dass wir hinausgehen. Das kann gefährlich für die Augen sein, sagt sie. Vater nickt und stimmt ihr zu. Stattdessen stehen wir in dem kleinen Badezimmer und schauen durch die kleinen Fensterscheiben. Wir trinken Zitronenbrause und Liebfrauenmilch und sehen uns die vielen Raketen an, die in der Dunkelheit aufleuchten. Mutter hat zu niesen angefangen. Anlässlich des Abends hat Tante Svanhild ein neues Parfüm aufgelegt.

»Gefällt es dir?«, fragt sie und lächelt vorsichtig.

»Es ist jedenfalls betörend«, sage ich. »Hab noch nie was Ähnliches gerochen. Wie heißt es?«

»Estée Lauder«, sagte sie und streichelt meine Wange.

Neues Jahr. Neue Möglichkeiten. Der König hat zu uns allen gesprochen. Erik Bye im Radio. Dann die norwegische Nationalhymne »Ja, vi elsker dette landet«, gesungen vom üblichen Chor, an dessen Namen ich mich nicht erinnern kann.

»Das müssten die Johannesknaben sein!«, sagt Mutter.

»Allerdings«, sagt Vater.

In Vietnam läuten die Kampfparteien eine sechsunddreißigstündige Waffenruhe ein. Im Augenblick keine Bombenflugzeuge. Keine knatternden Maschinengewehre. Keine brennenden Kinder.

»Können wir nicht *Schön ist's auf Erden, schön in Gottes Himmel* singen?, fragt Vater.

»Aber du kannst doch gar nicht singen«, sagt Mutter. Und dennoch küsst sie ihn auf die Wange.

Wir singen. Es klingt etwas dünn. Vater versucht mitzumachen, in einer ganz eigenen Tonart. Tante Svanhilds Vibrato füllt das ganze Zimmer aus. Mutter ist berührt.

»Frohes neues Jahr, ihr wunderbaren Jungs! Frohes neues Jahr, Tante Svanhild! Frohes neues Jahr, geliebter Per!«

1968

97

Brahms ist ein außergewöhnlich hübsches Meerschweinchen. Mitten in der Nacht, nachdem Mutter mich für meine Morgenrunde geweckt hat, öffne ich die Luke an seinem Käfig und nehme ihn heraus. Er ist schwerer als er aussieht. Schön fett. Übergewicht steht Meerschweinchen eigentlich besonders gut, denke ich. Ich halte ihn für ein paar Minuten an meine Brust. Spüre sein Herz schlagen. Und meines auch.

»Wir haben einander, wir zwei«, sage ich. »Alles ist Liebe. Jedenfalls hier drinnen. Draußen ist es bestimmt schlimmer.«

Januar 1968. Die letzte der amerikanischen Surveyor-Sonden landet weich auf dem Mond. Eine Kältewelle in den USA kostet sechsundsiebzig Menschen das Leben. Auf Sizilien werden Trapani, Agrigent und Palermo von Erdbeben heimgesucht. Mehrere hundert Menschen sterben, Tausende verlieren ihr Zuhause. Am 15. Januar wütet ein Orkan über Nordwest-Europa. Hunderte Menschen auf den Britischen Inseln werden obdachlos. Sechs Tage danach stürzt ein amerikanischer B-52-Bomber elf Kilometer außerhalb von Thule in Grönland ab. Die Maschine hatte vier Wasserstoffbomben an Bord, von denen nach langwieriger Suche Bruchstücke gefunden werden. Obwohl sich diese bis zu zwei Meter tief in das Eis hineingeschmolzen haben, versichern die Amerikaner, dass keinerlei Gefahr durch Strahlung vorliege.

Zeit, dass Ulf zu Besuch kommt. Er wohnt ja jetzt nur noch einen Steinwurf von uns entfernt. Die große Küche im Erdgeschoss ist zum intellektuellen Zentrum des Hauses geworden. Mutter stellt das kleine Küchenradio auf volle Lautstärke. Klassische Musik, falls sie etwas findet. Vaters Zeitungen und Ulfs Pamphlete stapeln sich am Tischende.

»Wusstet ihr, dass seit 1950 mehr als dreißig Zwischenfälle mit amerikanischen Kernwaffen verzeichnet wurden?«, fragt Ulf.

»Nein, aber das überrascht mich überhaupt nicht«, erwidert Vater mit strengem Gesichtsausdruck.

»Glücklicherweise ist es nie zu einer Detonation gekommen«, fährt Ulf fort. »Aber radioaktive Strahlung wurde freigesetzt. Und wie sollen wir uns davor schützen? Während der gesamten 50er-Jahre gab es Unfälle mit B-47-Maschinen. Die stürzten ab oder ließen versehentlich Bomben fallen. Ein paar von denen sind über bewohnten Grundstücken abgestürzt und haben im weiten Umkreis Gebäude zerstört. Und andere sind in Atomwaffenlager hineingerast oder gingen am Boden in Flammen auf.«

Vater nickt. »Der Ehrgeiz übertrifft das technische Wissen. Deswegen haben wir ja immer gegen Atomwaffen protestiert.«

»Und mit den B-52-Bombern passierte dasselbe. Wusstest du, dass so ein Flugzeug vor sieben Jahren einfach in der Luft zerbrochen ist?«

»Nein.«

»Die Atomwaffen fielen in ein Sumpfgebiet und wurden nie gefunden. Und dann vor zwei Jahren dieser berühmte Absturz in Spanien. 1750 Tonnen mit kontaminierter Erde mussten in die USA transportiert werden. Und trotzdem rollt der Johnson-Zug immer weiter, als sei nie etwas geschehen. Doch wo wird der beim nächsten Mal anhalten? Wieder in Asien? Oder vielleicht in Osteuropa?«

»Aber sind denn Johnsons Tage nicht gezählt?«, höre ich mich fragen. Ich habe mich noch nicht daran gewöhnt, eigene Meinungen zu haben.

»Doch«, sagt Vater, mit Anerkennung in der Stimme. »Aber ich fürchte, dass Nixon die Wahl im Herbst gewinnen wird.«

»Was ist denn an Nixon so schlimm?«, frage ich. »Er hat schließlich Ähnlichkeit mit dir.«

Ulf kichert. »Doch ja, das stimmt, Per!«, sagt er.

Es hilf nicht viel, dass dies der Winter des Fred Anton Maier ist. Er gewinnt sowohl die EM als auch die WM. Ich habe allerdings keine Zeit, ihn im Stadion anzuschauen. Stattdessen höre ich mir Eva Knardahl in der Aula an. Sie spielt Prokofjews siebte Klaviersonate, die mit dem infernalischen letzten Satz. Die Musik geht mir durch Mark und Bein. Als ob mein Skelett sich auflöste. Ich beschließe, das Stück einzuüben. Zur selben Zeit kommen die junge Cellistin Jacqueline du Pré und ihr Mann, der argentinisch-israelische Pianist Daniel Barenboim, zu Besuch nach Oslo. Du Pré ist nur sieben Jahre älter als ich. Barenboim zehn. Beide sind schon weltberühmt. Die ganze Welt liegt du Pré zu Füßen. Sie strahlt eine musikalische Leidenschaft aus, die ihresgleichen sucht. Jetzt sitzt sie in der Aula und spielt Beethoven-Sonaten zusammen mit ihrem Mann, der klein und rundlich ist, ein wenig wachsartig, mit kurzen Fingern. Und dennoch spielt er Klavier auf eine Art und Weise, die fast sogar Riefling in den Schatten stellt. Du Pré hat rotes Haar, wie Mutter. Sie sitzt unruhig auf dem Stuhl und gibt Geräusche von sich, ein leises Wimmern oder Stöhnen. Unanständig zur Schau gestellt, denke ich. Unangnehm, obwohl die Musik großartig ist. Als ob es nicht genügend Platz für all die Sehnsucht gäbe, die sie im Inneren verspürt. Dieses Gefühl muss einen Weg hinaus finden, muss durch die Finger auf das Cello übertragen werden, das wiederum mit ihr leidet und die gefühlvoll flehentlichen Rufe beantwortet, als seien die beiden ein Liebespaar. Es fühlt sich fast an, als beginge sie Ehebruch mit diesem Cello, während sie nur zwei Meter von ihrem Mann entfernt sitzt. Barenboim ist der Hahnrei. Und dennoch folgt er ihr hinein in die Crescendi und Diminuendi. Was um alles in der Welt verbindet die beiden bloß?, denke ich. Ich werfe einen Blick auf Amalie, die neben mir sitzt. Schnell greift sie nach meiner Hand, wirkt genauso hingerissen wie ich. Und gleichzeitig sind wir Beobachter, so wie ich ein Beobachter war, als ich die halbnackte

Aurora im Schlosspark anstarrte. Und obwohl sie da vorn vollständig angezogen sitzt, ist du Prés Nacktheit dennoch sichtbarer. Würde ich so etwas wagen?, denke ich. Bin ich dafür geschaffen? So weit zu gehen?

Danach stehe ich mit meinem Autogrammheft vor der Künstlergarderobe. Ich komme mir so unbeholfen vor. Aber Per Gottschalk, der Impresario, steht in der Tür. Er weiß, wer ich bin, und winkt mich herein.

»Wir müssen uns gelegentlich mal unterhalten«, sagt er.

»Ja, gern ...?«, sage ich.

Aber mehr sagt er nicht. Er ist jedenfalls derjenige, der die Türen zu den Konzertpodien öffnen kann. Hat er mich schon im Blick? Weiter denken kann ich aber nicht, denn schon stehen sie vor mir, du Pré und Barenboim. Ich merke sofort, wie verliebt sie sind, völlig voneinander eingenommen. Und trotzdem war sie untreu, denke ich. Er konnte ihr auf dem Klavier nicht bis in die letzten Winkel folgen. Noch immer etwas außer Atem, steht sie da mit roten Wangen. Trinkt Wassser.

»Could you give this talented young pianist your autographs, please?«, fragt Gottschalk hinter mir.

Sie mustern mich. Wohlwollend. Neugierig. Ein neues Talent? Nein, denke ich. Ich bin dessen nicht würdig. Nicht auf diese Weise. Und dennoch kommt es mir auf seltsame Art ganz natürlich vor. Ich spreche mit Vaters Stimme, als ich ihnen auf Englisch Komplimente mache und sage, wie phantastisch das Konzert war. Dass ich es niemals vergessen werde. Um Himmels willen. Gerät jetzt alles aus der Fasson? Wachse ich wie ein Pilz? Glaube ich, dass ich jemand bin? Dass ich etwas sagen kann? Ohne etwas zu können?

Jacqueline du Pré lächelt mich an. Erwidert meinen Blick. So wie Argerich damals.

Barenboim steht dicht hinter ihr.

Die Welt öffnet sich.

Es passiert so schnell. Ich habe mit Stunden bei Riefling begonnen. Robert Dankwart Leo Riefling. Dort oben in Lysebu, ganz in der Nähe der Skiloipen, steht er im Wohnzimmer seines braunen Hauses und hört mir zu. Ich spiele Chopin, merke, dass meine Technik sicherer geworden ist. Die Zeit allein zu Hause hat etwas mit mir getan. Ich kann mich länger konzentrieren, kann eine Beethoven-Sonate einstudieren und sie nach drei oder vier Tagen auswendig spielen. Doch Riefling steht da im Winterlicht, fast durchsichtig, und schnauft leise vor sich hin. All diese von seinem Gesicht ausgehenden Geräusche, die nicht Sprache sind, sondern Atem. Allein das Geräusch aus seiner Nase verrät mir, ob das, was er hört, ihm gefällt oder nicht.

»Du darfst nicht so langsam spielen«, sagt er.

»Aber es gefällt mir so langsam«, sage ich.

»Da irrst du dich aber«, erwidert er.

Ich sage nichts. Versuche, mich zu beugen, wie ich mich Lindholm gebeugt habe. Riefling ist zweifellos einer der besten Pianisten der Welt. Sein Repertoire ist enorm. Bald wird er das dritte Klavierkonzert von Bartók mit der Philharmonie aufführen. Ich werde da sein. Amalie wird da sein. Die Musik strömt jetzt von allen Seiten auf mich ein. Aber inmitten dieser Flut steht Riefling wie ein Fels. Er rührt sich nicht. Nur, wenn ich nicht auf das höre, was er sagt, trifft mich dieser Fels mit voller Kraft. Ich will aber nicht zerschmettert werden. Nicht jetzt. Ich will es versuchen. Lernen, zuhören und verstehen.

Aber ich will mich nicht völlig unterwerfen.

98

»Du brauchst einen Flügel!«, sagt Vater unvermittelt. Eigentlich sitzt er am Tisch und liest in *Orientering* einen Artikel über Alexander Dubček. Das tschechische Zentralkomitee der Kommunistischen Partei hat beschlossen, das Amt des Präsidenten von dem des Ersten Sekretärs des Zentralkomitees zu trennen. Präsident Antonín Novotný ist nicht länger Parteichef und Präsident. Der neue Parteichef reist nach Moskau, um den Kreml über den Umfang aller Reformen zu informieren, die er durchzuführen gedenkt.

»Gut«, sagt Vater. »Dubček ist sicher ein guter Mann. Trotzdem brauchst du einen Flügel, mein Junge. Wie viel Geld hast du denn schon bei *Aftenposten* verdient?«

»Nicht genug für einen Flügel.«

»Du kannst ja was von mir leihen. Mutter und ich haben schon darüber gesprochen. Heute ist ein Carl-Mand-Flügel für 8000 Kronen in der Zeitung annonciert.«

»Das ist viel Geld«, sage ich.

»Aber nicht so viel, dass du es dir nicht von mir leihen kannst. Der Flügel steht in einer Villa im Apalvei. Willst du ihn etwa nicht haben?«

»Lass uns den erst mal ansehen.«

Meistens geht Vater langsam und gründlich vor. Manchmal aber geht alles ganz schnell. Mir gefällt das. Mir gefällt es manchmal sogar, dass er in die Kurven hineinfährt, ohne vorher zu bremsen. Es ist eine Ungeduld, in der ich mich wiedererkenne. Hätte man ihn entscheiden lassen, wäre die Welt schon seit vielen Jahren ein besserer Ort.

Durchdachte Beschlüsse. Weg mit den Atomwaffen. Schluss mit dem Krieg. Die Sowjetunion und die USA werden zum Gespräch zitiert. Die Präsidenten können sich am Küchentisch im Frognervei 55 zusammensetzen, unter Beobachtung von Ulf und Abel.

Carl Mand. Der Klavierbauer aus Horchheim, mit einer Werkstatt in Koblenz und engen Verbindungen zu Felix Mendelssohn Bartholdy. Die Produktion von Instrumenten wurde 1909 eingestellt. Der Flügel steht ganz hinten in einem grünen Zimmer, in einem Haus mit Aussicht auf den NRK. Er ist schwarz und etwas abgenutzt, jedoch mit strahlend weißen Elfenbeintasten. Onkel Aage ist mitgekommen. Mein lieber Onkel mit der Fliege. Vater ist natürlich auch da, hält sich aber diskret im Hintergrund. Eine ältere Frau steht mitten auf dem Perserteppich und verdrückt eine Träne. Die Witwe Figenschou. »Hätte nie gedacht, dass ich mich einmal von meiner besten Freundin trennen müsste. Aber mit diesen Fingern geht es nicht länger.« Sie streckt die Finger aus und zeigt sie vor, will unsere Aufmerksamkeit, obgleich wir doch wegen des Flügels gekommen sind. Es sind die Hände eines Krüppels. Gelenkrheuma. Vater hat mir erzählt, dass die Dame in dem schönen Kleid, dem edlen, leicht betörenden Parfüm und den hübschen grauen Locken ihr großes Haus verlassen muss. Sie kann sich nicht mehr selbst versorgen. Zieht sie jetzt wohl ins *Altersruhe*? Das Seniorenheim, von dem Mutter immer faselt, wenn sie sich erschöpft fühlt und findet, dass alles zu viel geworden ist. Jedenfalls besser, als sich ein Zimmer zu nehmen. Für Frau Figenschou ist es allerdings eine Katastrophe. Die Bilder wurden schon von den Wänden genommen. Die Sofagruppe ist verschwunden. Helle Flecken, wo die Bilder hingen. Spuren der einstigen Möbel auf dem Fußboden.

»Ihre Freundin«, sagt Onkel Aage und streichelt ihr vorsichtig die Wange. »Ich weiß, wie das für Sie ist. Aber im Altenheim Fagerborg steht ein hübsches kleines Piano. Ich könnte vorbeikommen und es für Sie stimmen.«

»Oh, würden Sie das tun?!«, erwidert Frau Figenschou voller Dankbarkeit. Ihr reizendes Lächeln erinnert mich an Aurora im Schlosspark.

Oh je, welch seltsame Verwirrung herrscht da gerade in meinem Kopf? Onkel Aage hat aber schon den Deckel geöffnet und inspiziert die Flügelmechanik. Er betätigt die Tasten, während die Hämmer auf und ab hüpfen. Er schaut sich die Dämpfung an, nickt und grunzt, prüft Stifte und Saiten.

»Gut«, sagt er. »Sehr gut. Was für eine treue Freundin Sie haben, gnädige Frau!«

Frau Figenschou fängt an zu weinen. »Sie ahnen ja nicht, wie schwer es mir fällt, mich von Agathe zu trennen.«

»Agathe?«, fragt Vater freundlich.

»Ja. Sie wurde nach Agathe Backer Grøndahl benannt. Norwegens größte Komponistin. Nach Grieg. Aber wer weiß das schon? Und wer erinnert sich heute noch an Fredrikke Egeberg? Wie oft habe ich hier gesessen und *All die taufrischen Blumen* und *An meinen Goldlack* auf diesem herrlichen Flügel gespielt. Wir Frauen müssen zusammenhalten, wissen Sie. Die Männer sind heutzutage so abscheulich. Atombomben und Napalm. Wo soll die Welt bloß enden, was glauben Sie?« Sie schaut mich an, als ob ich die Antwort wüsste.

Ich spiele Chopin für sie. Das *Regentropfen*-Prélude.

Vier Männer sollen den Flügel auf den Dachboden im Frognervei hinaufschleppen.

Es ist tiefste Nacht, als neunzehn nordvietnamesische Sprengstoffexperten die amerikanische Botschaft auf dem Thong Nhut-Boulevard in Saigon angreifen. Die Tet-Offensive. Eine gemeinsame Aktion der NLF und des nordvietnamesischen Heeres. Die Botschaft wurde neu eröffnet und liegt an der Ecke zur Mac Dinh Chi-Straße. Das Botschaftsgelände ist mit einer zweieinhalb Meter hohen Mauer umschlossen. Die NLF-Gruppe versammelt sich in einer Autowerkstatt in der Phan Thanh Gian-Straße. Dort befindet sich bereits ein Waffenlager, das der Kontrolle höhergestellter Offiziere untersteht. Die NLF-Gruppe wird mit Munition versorgt und begibt sich mit einem Lastwagen und einem Taxi zur Botschaft. Sobald das Taxi um die Ecke der Mac Dinh Chi-Straße biegt, eröffnet die Gruppe das Feuer auf zwei amerikanische Wachmänner vor dem Eingang. Die Stahltüren werden sofort verschlossen, die Botschaft gibt bekannt, dass sie angegriffen wird.

Die Sprengstoffexperten bohren vom Thong Nhut-Boulevard ein Loch in die Außenmauer. Zwei NLF-Soldaten kriechen auf das Botschaftsgelände, werden aber umgehend von Torwächtern liquidiert, die über Funk Hilfe herbeirufen. Ein amerikanischer Sergeant versucht, dem Angriff etwas vom Dach der Botschaft aus entgegenzusetzen, doch die Entfernung zu den Feinden ist zu groß. Erst bei Sonnenaufgang kann eine amerikanische Verstärkungstruppe auf das Botschaftsgelände vordringen. Dort können sie feststellen, dass achtzehn der neunzehn Sprengstoffexperten sowie fünf amerikanische Soldaten getötet wurden.

Nur wenige Tage zuvor dringen militärische Kräfte der NLF bis an den Stadtrand von Saigon vor. Die Kommunisten müssen jedoch feststellen, dass die Lokalbevölkerung die Amerikaner und die südvietnamesische Armee weitaus mehr unterstützt, als die Führung in Hanoi gehofft hat. Etwa zu selben Zeit greifen amerikanische und südvietnamesische Truppen die Kaierstadt Hue an, wo die Nordvietnamesen bereits die NLF-Flagge über dem Kaiserpalast, der alten Zitadelle, gehisst und alle feindlichen religiösen Führer, Staatsbeamten und Ausländer hingerichtet haben. Die Amerikaner kommen mit Truppen der US-Marines und nehmen die Stadt Straße für Straße wieder in ihren Besitz. Innerhalb von vier Tagen verlieren die Kommunisten mehr als siebentausend Soldaten, während sich die Verluste der Amerikaner und Südvietnamesen auf unter fünfhundert beschränken.

»Eines der größten Gemetzel der neueren Geschichte«, sagt Vater, während die Transportmänner anfangen, den Flügel die Treppe hinaufzutragen, wo schon die erste Stufe verdächtig knirscht.

Alle nicken.

»Wir sollten allerdings nicht gerade jetzt darüber sprechen«, sagte der Älteste von ihnen. Ein eleganter Mann mit feinen dünnen Fingern.

»Nein, gewiss nicht«, sagt Vater ein wenig beschämt. »Jetzt geht es nur darum, den Flügel nach oben zu bekommen.«

»Falls die Treppe hält«, sagte der Dickste der Männer, als es abermals im Holz knackt.

»Die hält schon«, sagt Vater.

99

Als ich nun ganz oben im Haus sitze und auf einem Flügel spiele, der noch vor dem Ersten Weltkrieg gebaut wurde, denke ich, dass das Leben eine Richtung angenommen hat. Zum ersten Mal wünsche ich mir, sichtbarer zu sein, habe nicht länger das Gefühl, mich verstecken zu müssen. Der Flügel macht mich erwachsener und mutiger. Die Tasten sind schwerer. Der Klang ist voller. Noch immer verspüre ich Sehnsucht nach der Schaukel im Bjerkelundspark. Ich denke auch an die Sprungschanzen. Aber ich habe einen Teil meiner offenbar angeborenen Bescheidenheit verloren und weiß nicht so recht, ob mir das steht oder nicht. In *Morgenposten* erscheint plötzlich der Artikel einer gewissen Torunn Løvberg, die sich über uns junge Musikstudenten aufregt, die »Fünf-Kronen-Eintrittskarten kaufen und während des gesamten Konzerts ganz hinten stehen sollen. Doch was passiert? Kaum ist die erste Programmnummer vorbei, wird man auch schon aus der angenehmen Stimmung gerissen, und zwar von einer Horde Studenten mit und ohne Norwegerpullover, die sich wie auf Kommando nach vorn stürzt … Nationalgefühle sind in der Regel ein schöner Zug, und Norwegerpullover tun dazu das Ihrige. Doch soweit uns bekannt ist, gehören sie nicht zu festlicher Kleidung …« Meine Augen werden beim Lesen immer größer. Schließlich fallen sie mir aus dem Kopf und rollen auf dem Zeitungspapier umher: »Bevor man die Reife zum Gehen erreicht hat, muss man lernen zu kriechen. Was in diesem Fall bedeutet, dass wir lernen müssen, was Konzertkultur beinhaltet, bevor wir reif genug für ein Konzerthaus sind.« Sie fordert die Veranstalter auf, »ein Rundschreiben an die auftretenden Künstler« zu versenden.

Ich fahre mit der Straßenbahn zu Amalie und lese ihr vor, wie diese Warnung, die nach Meinung Torunn Løvbergs Künstlern wie Barenboim und du Pré beim nächsten Besuch vorgelegt werden sollte, zu lauten hat: »Beachten Sie bitte, dass uns in dieser Stadt jedweder Sinn für Kultur abhold gegangen ist. Wir möchten Sie daher bitten, Rücksicht auf das Publikum zu nehmen und in Wanderstiefeln und Arbeiterkluft aufzutreten!«

Amalie kichert. »Du hast die Aula doch vermutlich nie in Wanderstiefeln betreten, Ketil?«

Ich schüttle den Kopf. Schließlich schnalle ich mir ja nicht einmal mehr Skier unter. Ich denke an die schöne braune Cordjacke, die Mutter für mich genäht hatte. Die mich wie einen Intellektuellen aussehen ließ. Ist das Arbeitertracht? Nein, die Autorin hat es wohl auf einige der anderen jungen Pianisten abgesehen. Die haben vielleicht nicht so feine Sachen, aber was soll das Ganze?

»Ich hätte Lust, auf diesen Artikel zu antworten«, sage ich.

»Gute Idee«, sagt Amalie.

Ich habe mir eine Schreibmaschine besorgt. Eine grüne Remington, die ich Sverres Vater abgekauft habe. Die steht auf dem kleinen Tisch unten im ersten Stock, wo ich nachts weiterhin schlafe. Ich richte meinen Blick auf Brahms. Er sitzt in seinem Käfig und knabbert an einer Mohrrübe. Er ist von diesem Leiden nicht betroffen. Sich auszeichnen zu müssen, etwas zu sein, sich geltend zu machen, seine Stimme hören zu lassen. Er ist mit sich selbst zufrieden. Ein Viertel Quadratmeter in einem Zimmer in Frogner. Warum in aller Welt möchte ich überhaupt dieser Torunn Løvberg antworten, die sich darüber aufregt, dass Inhaber von Fünf-Kronen-Billetts ein Konzert auf Plätzen anhören können, die zwanzig Kronen kosten? Wäre das etwas für Ulf? Für Vater? Für Abel? Ist der Kampf um die Kultur in der Aula schlimmer als der Sechstagekrieg oder die Tet-Offensive?

Ich schreibe aber trotzdem. Und zwar so gemein wie es nur geht. Die kurzzeitige Unruhe, die die Stehplatzinhaber hervorrufen, wenn sie nach vorn laufen, ist ja nicht schlimmer als das Gehuste und Geflüster zwischen den Sätzen. Und dafür sind in erster Linie die älteren Zuschauer verantwortlich. Oberärzte, Amtsrichter und ihre Gemahlinnen mit Leberflecken, hinfälligen Lungen und eingeschränkter Schließmuskulatur. Sollten nicht auch die einen Teil der Schuld bekommen? Ich schreibe mir die ganze Verachtung von der Seele. Es geht auch gar nicht mehr um Torunn Løvberg, sondern um meinen Wunsch nach Sichtbarkeit, nach haarscharfen Formulierungen und nach Treffsicherheit. »Gebt nicht den Stehplatzinhabern die Schuld!«, schreibe ich in einem beleidigten Leserbrief, in dem ich es mir verbitte, dass Stehplatzinhaber wie ich als »Provos« beleidigt werden. »Wir sind weder intellektuelle Snobs noch unkontrollierter Pöbel!«

Der Leserbrief wird gedruckt. Mutter und Vater sind stolz auf mich. Amalie ebenfalls. Du meine Güte, denke ich und verspüre eine unveränderte Sehnsucht nach dem Vergangenen, nach der anderen Person in mir, die niemals nach Sichtbarkeit strebte, sondern ganz ruhig oben auf den Sprungschanzen lag ohne den geringsten Wunsch, am Wettkampf teilzunehmen. Brahms, das Meerschweinchen, wird mein Psychotherapeut. Er kommt in seinem Käfig bestens zurecht, beschwert sich mit keinem Wort. Ich beneide ihn um Sägemehl und Trockenfutter. Die kleine Wasserschale. Die Mohrrübenstückchen. Das Salatblatt. Genug für ein ganzes Leben. Mutter bemerkt, dass ich grüble. Als ich von der Morgenrunde nach Hause komme, sitzt sie da mit ihrem Kaffee, der Sahne, dem Zuckerwürfel im Mund und der Marmelade auf der Weißbrotscheibe und wartet auf mich. »Bist du einsam, mein Junge?«

Ich setze mich an den Küchentisch. Um diese Tageszeit liegt da nur *Aftenposten.* Vater wird noch zwei Stunden schlafen. Tormod auch. Mutter und ich, im Februar 1968. Das Licht umfängt den mächtigen Ahorn im Osten. Knäckebrot mit Butter. Ziegenkäse. Ein Glas Milch. Ich denke über ihre Frage nach. Draußen in Bærum fühlte ich mich eine Zeitlang so einsam, dass ich mit dem Fahrrad durch Nadderud kurvte und nach einem Freund suchte. Ich fand dann einen an der Straßenecke Hoslevei und Nadderudvei. »Wollen wir Freunde sein?«, fragte ich ihn. »Ja«, erwiderte er. Er hieß Aslak. Hatte einen Hund namens Topsy. Wir wurden Freunde. Doch wenn wir uns trafen, herrschte immer Stille zwischen uns, weil es nichts gab, worüber wir beide reden konnten. Ungeachtet dessen genossen wir die Gesellschaft des anderen. Wir saßen einfach da und waren irgendwie Freunde. Das war alles, was wir uns wünschen konnten.

»Nein«, sage ich zu Mutter. »Ich bin ganz und gar nicht einsam. Ich habe doch die Musik, weißt du?«

»Aber ist das auch genug?«

»Mehr als genug. Warum fragst du?«

»Du bist so viel allein.«

»Ich bin doch wie du, Mutter. Ich passe mich den Umständen an. Und gerade im Moment bin ich verliebt.«

»Ach, wirklich? In wen?«

»In Ravel. Klavierkonzert G-Dur. Zweiter Satz.«

»Ach, du Quatschkopf.«

»Aber es stimmt! Nachdem Liv Glaser es gespielt hat!«

»Jetzt geh und leg dich hin, mein Junge. Auch du brauchst deinen Schlaf.«

Die goldenen Morgenstunden mit Brahms, nachdem ich meine Runde absolviert habe und die anderen aufgestanden sind. Mit Brahms auf dem Bauch liege ich im Bett und höre die Geräusche wie durch Watte. Jemand betätigt die Klospülung. Auf dem Weg in die Küche läuft Tormod durchs Wohnzimmer. Leise Worte, die ich nicht zu deuten vermag. Die Erschütterungen im Haus, wenn die Straßenbahn vorbeifährt.

Dann schlafen wir ein, Brahms und ich.

Und wenn ich wieder wach werde, blicke ich in die freundlichen, abwartenden Augen des Meerschweinchens. »Alles ist Liebe«, hatte Aurora gesagt. Brahms sagt das Gleiche. Er wartet auf etwas. Die ganze Zeit wartet er. Auf Liebe. Freundlichkeit. Fürsorge. Ich streichle sein braunes Fell. Höre, wie er grunzt. Er bewegt die Augen nicht. Die sehen, was sie sehen müssen. Und dann lauschen wir beide auf die Geräusche im Haus. Niemand ist da. Es gibt nur uns.

»Zeit zum Aufstehen«, sage ich und setze Brahms zurück in den Käfig. Bevor ich duschen gehe, gebe ich frisches Wasser in die Schale und hole aus der Küche eine Möhre.

Danach gehe ich wieder in die Küche hinunter und esse mein zweites Frühstück. Ich denke an all die Lehrbriefe von der Norsk Korrespondanseskole, die ich schon vor Weihnachten hätte durcharbeiten und abgeben müssen. Diese Sache geht langsam, aber sicher vor die Hunde. Und ich lasse es geschehen. Stattdessen übe ich Klavier. Mittlerweile fast acht Stunden täglich. Ich erweitere mein Repertoire um eine Beethoven-Sonate pro Woche. Und Riefling will, dass ich Chopin spiele.

Doch jetzt finden die Olympischen Spiele in Grenoble statt. Ich muss es mir ja nicht ansehen, denke ich. Die Leere danach ist kaum auszuhalten. Trotzdem gehe ich wieder ins Wohnzimmer hinunter, nachdem ich ein paar Bach-Preludien und Fugen heruntergeleiert habe. Mich interessieren die Ergebnisse nicht, aber die Energie des Fernsehens, wo sich die Kameras bereits auf den irrsinnigen Abfahrtslauf vorbereiten. Wird Jean-Claude Killy gewinnen, wie alle vermuten? Der gutaussehende Mann aus Saint-Cloud, der schon als Fünfzehnjähriger von der Schule genommen wurde, um sich auf den Alpinsport zu konzentrieren. Es war beabsichtigt, dass er 1962 im Riesenslalom bei der Weltmeisterschaft in Chamonix antreten sollte. Killy war allerdings mehr daran interessiert, sich für den Abfahrtslauf in Cortina d'Ampezzo zu qualifizieren. Drei Wochen vor Beginn der Weltmeisterschaft geriet er 180 Meter vor dem Ziel auf eine vereiste Fläche. Er stürzte und verlor einen Ski, stand aber wieder auf und beendete das Rennen auf einem Ski und in Bestzeit.

Alledings hatte er sich den Fuß gebrochen.

Ich sitze im Wohnzimmersessel und höre mir an, was der Sportreporter Knut Th. Gleditsch an Informationen zu bieten hat, während der NRK alte Ausschnitte mit dem verrückten Franzosen zeigt. Er sieht aus wie ein Filmstar. Er hätte mit Jean Seberg und Catherine Deneuve spielen können, und wenn Françoise Dorléac noch lebte, hätten die beiden ein perfektes Paar abgegeben. Die Verrücktheit bei beiden. Killy hatte entdeckt, dass das elektronische Messsystem von Omega ihm für sechs Sekunden eine Wahl ließ. Die Uhr zählte von drei auf null herunter, daraufhin hatte man noch drei Sekunden zur Verfügung, bevor man auf die Piste hinausmusste. Alle Konkurrenten standen mit den Beinen dicht an der Startlinie und schossen von dort aus los, aber Killy dachte anders. Sobald die Uhr tickte, stellte er sich erst gerade auf, riss die Stöcke in die Höhe und zog dann die Füße ewas zurück, während er sich gleichzeitig mit dem Oberkörper nach vorn beugte, sodass er schon in Fahrt war, als seine Beine die Startlinie durchbrachen. Dieses Vorgehen sicherte ihm die erforderlichen Hundertstel-Sekunden zum Sieg über den Landsmann Guy Périllat, obwohl er erst eine Stunde vor dem Start über pures Eis gefahren war und sich den Wachs an den Skiern ruiniert hatte.

Die Details eines Lebens. Hundertstel, die einen Unterschied ausmachen. Der irrsinnige Lauf Killys, als er die steilen Hänge auf der Abfahrtspiste von Grenoble hinuntersaust. Die Selbstsicherheit. War es die gleiche Art von Selbstsicherheit, die Françoise Dorléac auf das Gaspedal treten ließ, nur Sekunden vor dem Unfall? Könnte sich Killy den Fuß noch einmal brechen?

Die Welt sollte es nie erfahren. Dorléac starb. Killy gewann das Rennen.

100

Zielstrebigkeit versus Willenlosigkeit.

Die Lehrbriefe der Norsk Korrespondanseskole.

Nachdem ich drei Stunden die *Waldstein*-Sonate geübt habe, widme ich mich der Mathematik. Die Gleichungen. Die kongruenten Dreiecke. Um für die Musiklinie am Nissen Gymnasium aufgenommen zu werden, brauche ich besonders Mathematik und Deutsch. Englisch und Norwegisch werde ich wohl hinbekommen. *Sind Sie alle fleißig und gehorsam? Ja, wir sind alle fleißig und gehorsam!* Aber ich habe keine Lust. Wirklich. Solange ich deutsche und österreichische Komponisten spiele, kann Deutsch doch warten, oder? Und Mathe? Halte ich nicht aus. Vater kennt sich mit diesen Zahlen aus, ich nicht. Ich hasse es, wenn da eine kleine Zahl rechts oben neben einem Buchstaben steht. Es bereitet mir Übelkeit. Das ist nicht die Welt, in der ich leben möchte. Viel einfacher ist es, sich in den Sessel vor dem Fernseher fallenzulassen. Aber alles wirkt jetzt fern, die Freude über das Wiedersehen mit Grønningen, Ellefsæter, den Staffeljungs und den Skimädels. Solberg und Maier holen Gold.

Ich steige wieder auf den Dachboden und übe weiter.

Am Nachmittag kommt Vater mit Zeitungen nach Hause und Mutter mit Büchern. Vater liest laut einen Artikel über das europäische Überschallflugzeug Concorde vor, mit dem es möglich sein soll, in weniger als vier Stunden von Europa in die USA zu fliegen, sowie über die amerikanische Boeing SST-2707, die sich wenige Jahre danach mit Überschallgeschwindigkeit in die Lüfte erheben soll. Ich sehe das Leuchten in Vaters Augen, als ob er ein eigenes Universum im Kopf hätte, in dem die Planeten von umherschwirrenden Visionen ersetzt sind. Mutter wirft Bjørg Viks Novellensammlung *Das gierige Herz* auf den Tisch. Ich verschlinge es roh. Genau wie Mutter ist Vik Feministin. Mutter ist in einer Frauengruppe, für die die Autorin aus dem Buch liest und in der die Lebensbedingungen der Frauen diskutiert werden. Im Sommer wird sie am Frauenkurs an der Nansenschule in Lillehammer teilnehmen, während ich Kammermusik mit Onkel Sigurd spielen werde, der das Cello im Nordrud-Quartett spielt. Eines der besten Amateurquartette in Norwegen. Auf dem Programm steht das Quintett von César Franck.

Aber Mutter hat auch noch andere Bücher mit nach Hause gebracht. Ich stürze mich auf Le Clézios *L'Extase matérielle*. Zu diesem Zeitpunkt weiß ich nicht, wie viel mir das Buch später einmal bedeuten wird. Momentan ist es in erster Linie eine Erweiterung des existenziellen Universums von Stein Mehren, eine Weiterführung des Standpunktes, der, wie ich glaube, von Vater vertreten wird: dass der Mensch allein im Kosmos ist, dass alle ihren Weg finden müssen, ohne Zuflucht zu religiösen Erklärungen und Hierarchien zu nehmen. Erich Fromms *Das Christusdogma* liegt ebenfalls auf dem Tisch. Ich nehme die Bücher mit in mein Zimmer und lese in einem nach dem anderen mit Brahms auf dem Bauch. In mir ist eine Unruhe, die sich in den von außen kommenden Nachrichten spiegelt. Reformen in der Tschechoslowakei, Studenten- und Arbeiterdemonstrationen in Polen, Rassenunruhen in den USA, weltweite Proteste gegen den Vietnamkrieg. Und mit jedem weiteren Tag wird der Himmel heller. Bald sind die Hippies zurück in den Parks. Vielleicht treffe ich Aurora wieder. Und Leah, wo ist sie überhaupt geblieben?

»Es passiert gerade etwas«, sagt Vater. »Wart's nur ab.«

»Aber wo ist Leah, Vater?«

»Sie ist wieder in Oslo und lebt bei ihrer Mutter.«

»Warum sehen wir sie gar nicht mehr? Und wo ist Abel?«

Der Rote Rudi kommt nach Oslo. Rudi Dutschke aus Schönefeld bei Luckenwalde in Brandenburg. Der Marxist, über den Vater und Ulf so oft gesprochen haben. Der achtundzwanzigjährige Studentenführer, der von den Spartakisten Rosa Luxemburg und Karl Liebknecht beeinflusst ist. Ein Sozialismus, der auch das Christentum mit einschließt. Der Glaube, dass Jesus Christus der größte aller Revolutionäre ist. Der Rote Rudi kommt mit der Botschaft nach Oslo, dass die nötige Umformung der westlichen Gesellschaft mit einer Befreiung der Dritten Welt und einer Demokratisierung der Länder des Ostblocks einhergehen muss. Alles hängt zusammen. Einige Stunden, bevor Dutschke an der Osloer Uni zu mehreren tausend Studenten sprechen soll, kommt Ulf vorbei.

»Vielleicht geht ja doch alles unseren Weg, Per?«, sagt er und blickt erst Vater freundlich an und danach Mutter, die mit ihrem Strickzeug neben ihm sitzt. Dann richtet er den Blick auf mich: »Oder was meinst du, Ketil?«

»Wozu?«

»Dass der Wind der Linken, der über die ganze Welt hinwegweht, nun etwas an unserer Gesellschaft verändern wird.«

Die Frage bohrt sich in mich hinein. Ich gehe ja nicht zur Schule. Ich weiß nicht genau, was eigentlich geschieht. Alles sind unverpflichtende Empfindungen. »Ich hoffe es«, sage ich ausweichend.

Der Rote Rudi am Rednerpult im Frederikke, der Mensa auf dem Universitätsgelände in Blindern. Studenten und andere Interessierte sitzen und stehen dicht gedrängt in dem Lokal herum. Kein Quadratmeter ist frei. Nicht einmal als Stokely Carmichael von Black Power hier gesprochen hat, waren so viele Menschen vor Ort wie jetzt. Nur vier Wochen später wird Dutschke in West-Berlin von drei Kopfschüssen niedergestreckt. Verantwortlich dafür ist der dreiundzwanzigjährige Rechtsextremist und ungelernte Arbeiter Josef Bachmann, der sich bemüßigt fühlt, die BILD-Kampagne des Axel-Springer-Verlags *Stoppt Dutscke jetzt* in die Tat umzusetzen. Nur vier Wochen später erwacht Dutschke mit derart gravierenden Gehirnverletzungen aus dem Koma, dass er zum zweiten Mal sprechen lernen muss. Nur vier Wochen später wird er aufgrund des Attentats eine Epilepsie entwickeln, die dazu führt, dass er elf Jahre später in seinem Haus in Århus bei einem Anfall in der Badewanne ertrinkt, im Alter von neununddreißig Jahren.

Aber noch ist Zeit. Immer wieder unterbrochen von Rufen und Applaus, redet er über eine Stunde über »die antiautoritäre Gesellschaft«. Über die Notwendigkeit, die bestehende Gesellschaft, deren einziges Ideal in schneller und effektiver Ausbildung besteht, einzureißen. Denn was macht die bestehende autoritäre Denkweise mit uns Menschen? Welche Ideale werden uns vermittelt, wenn unsere besten Wissenschaftler zur Entwicklung von Massenvernichtungswaffen angehalten werden und darüber hinaus auch die Konsumgesellschaft vorantreiben, die der Zivilisation eines Tages das Genick bricht? Dutschke berichtet, die Studenten in Berlin hätten ihren eigenen Unterricht begonnen. »Wir brauchen eine freie Gegen-Universität!«

Tron Øgrim, der junge Brauereiarbeiter und Initiator des Sozialistischen Jugendverbandes *Bryn og Hellerud* (SUF), ergreift nach tosendem Applaus das Wort und berichtet, dass die Schülerzeitung der Manglerud Schule beschlagnahmt und die für die Zeitung verantwortlichen Schüler von der Schule verwiesen worden seien. Diese Information weckt unmittelbar den Zorn der Zuhörer, den verfolgten jungen Autoren wird umgehend volle Untersützung zugesichert.

Ganz aufgeregt kommt Ulf von der Veranstaltung zurück. Nie zuvor habe ich ihn so erlebt. Seine phlegmatische Haltung ist wie weggeblasen, er glüht förmlich. »Das hättest du sehen sollen, Per!«

Vater nickt. »Ich hatte einfach keine Zeit, Ulf!«, sagt er bedauernd. »Die Gründung des Ingenieurverlags steht kurz bevor.«

»Natürlich«, erwidert Ulf, fast ein wenig beschämt. »Ich weiß ja, wie viel du zu tun hast.«

Die beiden Freunde. Der eine ist Aktivist und lebt auf einem Dachboden. Der andere ist Redakteur und Gründer. Die ständigen Telefonate am Nachmittag oder Abend. Das bevorstehende große Ereignis. Fünf Fachzeitschriften. Technisches Wochenblatt, Elektro, Maschine,

Bau und Chemie. Fachbereiche, die ich niemals begreifen werde. Aber Vater versteht sie. Tormod versteht sie.

»Eine neue Zeit«, konstatiert Vater. »In jeder Hinsicht.«

101

Eine Woche später treffen wir uns alle zum Essen bei Tante Svanhild. Es ist Dienstag, der 19. März. Die Schneewehen auf dem Gehsteig sind zu Eis geworden. Unter der Eisschicht, über die ich wochenlang mit der Morgenausgabe von *Aftenposten* zu Frau Quisling und den anderen geschlittert bin, ist der Asphalt zu sehen.

Tante Svanhild steht bereits girrend in der Tür, als wir ankommen. Wie elegant sie ist! Wie chic! Frische Dauerwelle. Frühjahrskostüm von Molstad. Sie ist zwar nicht reich, weiß aber ganz genau, wofür sie ihr Geld ausgibt.

»Was für ein Tag!«, sagt sie, gleichermaßen frohgemut und wütend.

»Ja doch, wir wissen es«, gibt Mutter leicht verdrossen zurück. Sie ist erschöpft, kommt direkt von der Arbeit.

»Die Verlobung, gerade heute!«

»Welche Verlobung?« Tormod und Vater wirken desorientiert.

»Harald und Sonja«, sage ich.

»Genau, mein Junge!« Tante Svanhild küsst mich auf die Wange.

»Oh bitte, erspar mir das«, sagt Mutter.

Aber Tante Svanhild lässt sich nicht aufhalten. »Nun ist es passiert!«, sagt sie. »Was wir alle befürchtet haben!«

»Was haben wir befürchtet?«, fragt Vater mit abwesendem Blick. Es ist leicht zu erkennen, dass er an etwas völlig anderes denkt. Doch Tante Svanhild fährt unbeirrt fort.

»Eine bürgerliche Kronprinzessin! Was sagt man dazu? Aber immerhin ist sie ja wirklich reizend.«

»Oh bitte, Svanhild«, sagt Mutter.

»Vor lauter Durcheinander hab ich die Leber anbrennen lassen!«, sagt Svanhild.

»Die wird schon runtergehen«, sagt Vater.

»Wir müssen die Nachrichten gucken!«

»Meinetwegen«, sagt Mutter und seufzt. »Aber muss man das so ernst nehmen?«

Vater wird plötzlich ganz wach. »Es geht um die Zukunft der Monarchie. Vielleicht ist ja bald Schluss mit diesem dämlichen Quatsch.«

»Ach, Per!«, sagt Tante Svanhild vorwurfsvoll.

Aber nun sitzen wir da in der Wohnung in der Gabelsgate und betrachten das direkt übertragene Märchen: Die fast dreißig Jahre alte Frau, die einst an der Osloer Berufsschule eine Ausbildung zur Damenschneiderin absolvierte, hat sich am Vormittag mit dem Kronprinzen verlobt und soll bald das Großkreuz des Sankt-Olav-Ordens verliehen bekommen. In der folgenden Zeit erhält sie das Großkreuz des Verdienstordens der Italienischen Republik, den japanischen Orden der Edlen Krone, den Orden Polonia Restituta, den Großen Verdienstorden der Königin Jelena, den Drei-Sterne-Orden, den Orden Vytautas des Großen, den Nassauischen Hausorden vom Goldenen Löwen und den Orden Isabellas der Katholischen. Verliehen wird ihr darüber hinaus das Großkreuz des Verdienstordens der Bundesrepublik Deutschland, der Militär- und Zivildienst-Orden Adolphs von Nassau, die König Carl XVI. Gustav Erinnerungsmedaille und der Olympische Orden in Gold. Sie wird Ritter des Königlichen Seraphinenordens und erhält das Großkreuz des Verdienstordens der Republik Ungarn. Und in Österreich bekommt sie den Groß-Stern des Ehrenzeichens für Verdienste.

»Und dabei hat sie nicht mal einen Schuh verloren«, sagt Tormod.

»Unserem König gefällt es wohl nicht«, sagt Tante Svanhild lakonisch, während wir vor dem Fernseher sitzen und dabei zusehen, wie die Kronprinzessin aus der Tuengen allé 1 B vom Kronprinzen in seinem Wagen mit dem Kennzeichen C 570 abgeholt und für den formellen Empfang zum Schloss gebracht wird. Danach findet ein

Verlobungsmahl bei Marianne und Nils Jørgen Astrup jr. in Lysaker statt. Die zukünftige Kronprinzessin posiert in einem Persianer auf der Außentreppe.

»Gar nicht so einfach, frisch verlobt auszusehen«, sagt sie lachend. Die Journalisten sind hingerissen.

Der NRK-Reporter sagt, es handle sich um ein Verlobungsessen »der allereinfachsten Art«.

»Sie ist aber auch reizend!«, entfährt es Tante Svanhild. »Ganz unmöglich, sie nicht zu mögen! Und schaut nur, der arme mutterlose Harald. Wie glücklich er ist! Darauf müssen wir anstoßen. Alfhild und Per, Tormod und Ketil. Hört ihr?! Alles andere mag kommen, wie es will.«

Am nächsten Tag sitze ich mit Tormod und Vater am Küchentisch und lese Zeitung. Vater beschäftigt sich mit einem Artikel in *VG*, aus dem hervorgeht, dass fast die ganze Welt schon am Montagabend von der Verlobung wusste, weil eine als vertraulich eingestufte Meldung der Presseagentur NTB, die erst am Dienstag veröffentlicht werden sollte, von einem Pressebüro in Deutschland vorab an die Öffentlichkeit gebracht wurde. Die größte Zeitung Schwedens, *Expressen*, hat eine ganze Seite für die Berichterstattung über die Verlobung geopfert, und im Laufe des Montags gab es im Ausland kein Medium mehr, das sich an die Sperrfrist gehalten hat. Nur in Norwegen war alles still. Völlig still.

»Ist dieser Gehorsam gut?, frage ich Vater. »Wer hat in diesem Land eigentlich das Sagen?«

Vater sagt nichts.

Ich denke an Rudi Dutscke, während ich zusammen mit Amalie in der Aula sitze und meinen Lehrer Robert Riefling mit der Philharmonie unter Comissiona Bartóks drittes Klavierkonzert spielen höre. Erst zwei Tage vorher war ich oben bei ihm in Lysebu und wurde bei zwei Beethoven-Sonaten von ihm korrigiert. Diese sanfte, vorsichtige Art, in der er mich zurechtweisen kann. Jetzt schaue ich auf seine Hände und beobachte, wie seine Finger dieses makellose Klavierkonzert aus dem besonderen Steinway-Flügel herauskitzeln, der jetzt in der Aula steht. Der beste Flügel, auf dem Ashkenazy je gespielt hat. Vielleicht habe auch ich wieder die Chance dazu, wenn ich es in ein paar Monaten in das Finale des Jugendlichen Pianomeisters schaffe. Riefling ist so zurückhaltend, denke ich. Beinahe versteckt. Wie war wohl das Zusammenleben mit Amalie? Haben sie einander berührt? Waren sie leidenschaftlich, wie du Pré und Barenboim es ganz offensichtlich in ihrer Beziehung sind. Mit Amalie kann ich über alles reden. Mit Riefling kann ich über nichts reden. Nur über das, was mein Klavierspiel besser machen könnte. Die Technik. Die Phrasierung. Der Ausdruck. Doch was will der Ausdruck vermitteln?

Loyalität oder Aufruhr? Etwas nagt an mir. Zum ersten Mal denke ich, dass auch Riefling nicht perfekt ist. Ihm sind ein paar Fehlgriffe unterlaufen. Er hat zuviel Pedal benutzt.

»Hast du das gehört?«, frage ich Amalie.

»Was denn?«

»Dass er es da etwas ungenau gespielt hat?«

»Robert ist stets einzigartig«, sagt sie, fast warnend.

»Ja, natürlich«, erwidere ich nervös. »Ich hab's ja nicht so gemeint. Ich dachte nur, dass vielleicht ... dass vielleicht ...«

Aber mehr kommt nicht.

Und trotzdem weiß ich es in diesem Moment: Das ist das Konzert, das ich nächstes Jahr mit der Philharmonie beim Konzert der Neuen Talente spielen möchte. Immerhin hab ich mich ja durch das Nadelöhr gezwängt. Die strenge Jury mit Arvid Fladmoe, Karsten Andersen und Kristian Lange. Sie ließen mich ins Warme herein. Jetzt kann ich spielen, was immer ich will. Mit dem besten Orchester Norwegens.

Aber zunächst muss ich diesen verdammten Wettbewerb noch einmal gewinnen.

Alles, womit ich gerechnet habe. Und womit ich nicht rechnen konnte. Oben in der Pfarrwohnung der Ris Kirche finde ich in Einar Henning Smebye endlich einen Freund, der ein wenig an Mads erinnert. Wir können nicht über alles reden. Aber über alles lässt sich reden. Wir bringen es nur nicht über uns. Wir orientieren uns an der Musik. Einar hat etwas von Riefling an sich. Diese verfeinerte Art. Eine fast durchsichtige Freude. Die Begeisterung, wenn er eine neue Chopin-Polonaise entdeckt und sie fast fehlerfrei vom Blatt spielt, noch dazu in einer der schwierigsten Tonarten. Ich werde wieder zum kleinen Jungen. Er ist anderthalb Jahre älter als ich. Das, wovon ich angefangen habe zu träumen, wirkt mit einem Mal so unerreichbar. Aber Einar lässt mich nicht allein, er hält die Konzentration auf die Musik wach.

»Es gibt so viel, was wir lernen müssen, Ketil. Komm jetzt!«

Er meint das vierhändige Spiel. Schubert. Die f-Moll-Phantasie. Er überlässt mir die Rolle des ersten Spielers. Als wir es einmal durchgespielt haben, tauschen wir die Plätze. Es gibt bei diesem Stück einen Punkt, kurz vor dem dramatischen Tempowechsel, an dem sich für mich alles konzentriert. Alles fließt, wird horizontal, wie das nur bei Schubert möglich ist. Wie im Halbschlaf. Wie in einem Traum. Wo beginnt das Verliebtsein? Ich sollte jetzt eigentlich an Leah denken, an Katja oder an Aurora, aber es ist Aimée, an die ich denke. Zum ersten Mal auf diese Weise. Ich sehe sie über den Schulhof gehen. Beim letzten Mal, vor der Weihnachtsmesse. Mit gebrochenem Bein. Sie war eine Klasse unter mir. Spielte immer noch Klarinette in der Gjallarhorn-Blaskapelle. Ich wusste, dass sie in Majorstuen wohnte. Ihre Mutter und ihr Vater waren beide so schön. Ihre jüngere Schwester auch. Sie war auf Krücken gekommen. Ihr linkes Bein lag in Gips. War es wegen ihrer Verletzung, dass ich sie auf diese andere Art sah, auf die Aurora-Art, mir gänzlich der Tatsache bewusst, dass etwas geschehen war, dass ich mich plötzlich auf der anderen Seite von Syvers Zeitschwelle befand? Das Blut, das in mir hämmerte, wann immer ich sie sah.

Aimée.

Schubert.

Ach, was für ein idiotischer Tagträumer doch aus mir zu werden beginnt!

Ich schließe die Augen, als ich neben Einar sitze und als zweiter Spieler die Phantasie in f-Moll übe. Aber ich habe die Noten nicht auswendig gelernt und spiele falsch.

Einar lacht. »Aber Ketil, was ist denn heute mit dir los?«

Mit der Straßenbahn fahre ich nach Majorstuen hinunter. Es ist der 27. März 1968. Arnulf Øverland ist vor drei Tagen gestorben. Vater hat getrauert, als hätte er einen Verwandten verloren, und Mutter spielte auf dem Grammophon Alnæs' *Die einhundert Violinen* mit Kirsten Flagstad.

Plötzlich sehe ich Mads.

Ist das möglich? Aber er steht auf dem Bahnsteig gegenüber. Er ist auf dem Heimweg nach Vinderen. Er steht in einem Gewimmel von Menschen, die von der Arbeit kommen. Graue Gesichter, wie im März bei allen, die sich nach einem Frühling sehnen, der nicht kommt. Ich würde ihn gern rufen, bin aber zu schüchtern. Und Mads sieht mich nicht. Er steigt in die Straßenbahn und fährt aus meinem Leben.

Auf einem Militärflugplatz außerhalb von Moskau setzt sich Juri Gagarin zusammen mit seinem Kollegen Wladimir Serjogin in eine zweisitzige MiG-15. Sie sollen einen routinemäßigen Trainingsflug absolvieren. Zur selben Zeit befindet sich ein weiterer Jagdfliegerkollege mit einer Su-15 in der Luft. Der Pilot, dessen Name nie veröffentlicht wird, durchbricht die Schallmauer, als Gagarin und Serjogin abheben. Als sie die Marschflughöhe erreichen, nähert sich der unbekannte Pilot in rasendem Tempo und mit gezündeten Nachbrennern der MiG-15 von hinten. Er fliegt weniger als fünfzehn Meter an ihr vorbei. Dann verschwinden beide Maschinen in den Wolken.

Die von der Su-15 herrührenden Turbulenzen verursachen eine unkontrollierte Krängung bei der MiG-15. Keiner der Piloten kann die Kontrolle zurückgewinnen, und das Jagdflugzeug gerät in ein Hochgeschwindigkeitstrudeln. Sekunden später zerschellt es bei einer Geschwindigkeit von 750 Kilometern pro Stunde am Boden.

102

In Memphis, Tennessee, befinden sich die von der Gewerkschaft AFSCME Local 1733 vertretenen Arbeiter seit dem 12. März im Ausstand. Sie streiken für höhere Löhne und bessere Behandlung, weil ein schwarzer Arbeiter nur für zwei Stunden Arbeit bezahlt wurde, nachdem alle Arbeiter an einem Tag wegen schlechten Wetters nach Hause geschickt worden waren. Die weißen Arbeiter hingegen wurden für den ganzen Tag bezahlt.

Der amerikanische Baptistenprediger und Bürgerrechtskämpfer Martin Luther King jr., der 1964 den Friedensnobelpreis erhielt, hat gerade zusammen mit der SCLC (Southern Christian Leadership Conference), einer Gruppe, die King mit Ralph Abernathy und anderen Bürgerrechtlern bereits 1957 gründete, die *Poor People's Campaign* organisiert. Ziel ist es, alle schwarzen Kirchengemeinden in den USA zur Durchführung von gewaltlosen Protestaktionen aufzurufen. Auf diese Weise sollen Bürgerrechtsreformen durchgesetzt werden. King wuchs in Atlanta auf und war ursprünglich dem Christentum gegenüber skeptisch eingestellt.

Der Pazifismus war ganz entscheidend, als King sich im Kampf gegen die Jim Crow-Gesetze von 1876 engagierte, die vorsahen, dass Weiße und Schwarze in Schulen und Krankenhäusern, in öffentlichen Verkehrsmitteln, in Restaurants und Hotels voneinander getrennt werden sollten. Als sich die fünfzehnjährige Schülerin Claudette Colvin aus Montgomery im März 1955 weigerte, ihren Platz im Bus einem weißen Mann zu überlassen, führte dies zu einem erhöhten Bewusstsein für die Konsequenzen der Rassentrennung. Colvin war schwanger und unverheiratet, der Zwischenfall hatte für sie keine strafrechtlichen Folgen. Am 1. Dezember desselben Jahres jedoch wurde Rosa Parks festgenommen, als sie ihren Platz nicht an einen weißen Mann abtreten wollte. King war eine der Frontfiguren während des 385 Tage anhaltenden Boykotts der Busgesellschaft. Die Situation verschärfte sich schließlich derart, dass das Haus, in dem King wohnte, bombardiert und er verhaftet wurde.

Jetzt ist King ein weltbekannter Bürgerrechtler, berühmt für seine rhetorischen Fähigkeiten, die er unter anderem vor viereinhalb Jahren auf der Treppe des Lincoln-Monuments in Washington unter Beweis stellen konnte: »Ich habe einen Traum, dass eines Tages unten in Alabama mit den brutalen Rassisten, mit einem Gouverneur, von dessen Lippen Worte der Einsprüche und Annullierungen tropfen, dass eines Tages wirklich in Alabama kleine schwarze Jungen und Mädchen mit kleinen weißen Jungen und weißen Mädchen als Schwestern und Brüder Hände halten können. Ich habe einen Traum.«

I have a dream.

Es ist dieser Traum, der King veranlasst, nach Memphis zu fahren, um abermals schwarzen Arbeitern seine Unterstützung zu zeigen. Am 3. April spricht er im Welthauptquartier der Church of God in Christ. Sein Flugzeug ist aufgrund einer Bombendrohung verspätet und King sagt: »Und dann landete ich in Memphis. Und einige sprachen von den Drohungen, die im Umlauf waren, und von dem, was mir von einigen unserer kranken weißen Brüder widerfahren könnte. Nun, ich weiß nicht, was jetzt geschehen wird. Schwierige Tage liegen vor uns. Aber das macht mir jetzt wirklich nichts aus. Denn ich bin auf dem Gipfel des Berges gewesen. Ich mache mir keine Sorgen. Wie jeder andere würde ich gern lange leben. Langlebigkeit hat ihren Wert. Aber darum bin ich jetzt nicht besorgt. Ich möchte nur Gottes Willen tun. Er hat mir erlaubt, auf den Berg zu steigen. Und ich habe hinübergesehen. Ich habe das Gelobte Land gesehen. Vielleicht gelange ich nicht dorthin mit euch. Aber ihr sollt heute Abend wissen, dass wir, als ein Volk, in das Gelobte Land gelangen werden. Und deshalb bin ich glücklich heute Abend. Ich mache mir keine Sorgen wegen irgendetwas. Ich fürchte niemanden. Meine Augen haben die Herrlichkeit des Herrn gesehen.«

Lorraine Motel. Memphis, Tennesse. King bewohnt Zimmer 306. Es ist jetzt Donnerstag, der 4. April. King steht auf dem Balkon im ersten Stock, zusammen mit Jesse Jackson und anderen. Er redet mit dem Tenorsaxophonisten Ben Branch, einem ehemaligen Mitglied von B. B. Kings Band, der jetzt *The Breadbasket Orchestra and Choir* leitet. King beugt sich zu ihm und sagt: »Ben, vergiss nicht, heute Abend bei dem Treffen *Take My Hand, Precious Lord* zu spielen. Spiel es richtig schön.«

Sekunden später hören alle den Schuss. Es ist 18.01 Uhr. Die Kugel durchdringt Kings rechte Wange, zerschmettert seinen Kiefer, durchschlägt das Rückenmark und bleibt irgendwo in seiner Schulter stecken. Nach einer Stunde und vier Minuten wird der neununddreißigjährige Martin Luther King im St. Joseph's Hospital für tot erklärt.

Der Mord führt in den gesamten Vereinigten Staaten zu Aufruhr, von Washington D. C. über Chicago bis in die Südstaaten. Der ehemalige Justizminister Robert F. Kennedy, der gegen seinen ebenfalls demokratischen Konkurrenten Hubert Humphrey um die Präsidentschaftskandidatur bei der Wahl im Herbst kämpft, ermahnt im Gegensatz zu Stokely Carmichael alle, Kings gewaltloser Linie zu folgen. Präsident Johnson erklärt den 7. April für einen Tag der Trauer und Erinnerung an King, schickt aber aus Angst vor Unruhen und Protesten Vizepräsident Humphrey zur Beerdigung.

Zwei Monate später wird auf dem Londoner Flughafen Heathrow der bereits zuvor straffällig gewordene James Earl Ray festgenommen, als er sich auf dem Weg in das »weiße« Rhodesien des Ian Smith befindet. Er erklärt sich zunächst für unschuldig, gesteht aber auf Anraten seines Anwalts Percy Foreman schließlich doch. Damit vermeidet er die Todesstrafe, wird aber zu neunundneunzig Jahren Gefängnis verurteilt.

Die Konspirationstheorien blühen ebenso wie die um Lee Harvey Oswald und Jack Ruby nach der Ermordung von Präsident Kennedy. Jesse Jackson sollte später sagen: »Es ist eine Tatsache, dass Saboteure den Marsch gestört haben. Und innerhalb unserer eigenen Organisation fanden wir eine Schlüsselperson, die von der Obrigkeit bezahlt worden war. Ich kann nicht glauben, dass James Earl Ray das Motiv, das Geld oder die Möglichkeit hatte, diesen Mord selbst zu begehen.«

Spätere Nachforschungen zeigen, dass sogar Robert F. Kennedy in seiner Zeit als Justizminister das Abhören von Kings Telefonaten genehmigt hatte und dass J. Edgar Hoover, der Direktor des FBI, aktiv für eine Beschränkung von Kings Einfluss auf die Bürgerrechtsbewegung kämpfte. Das FBI beschuldigte King, er »habe eine Schwäche für Frauen«, und spielte Politikern, Journalisten und Wirtschaftsbossen, die den SCLC und Kings Familie unterstützten, Berichte über seine Eskapaden zu. Kurz bevor King den Friedensnobelpreis bekam, erhielt er einen Brief, in dem stand: »… die amerikanische Öffentlichkeit, Kirchenorganisationen, die dir geholfen haben, Protestanten, Katholiken und Juden – alle wissen, was für ein Typ du bist – eine abnorme Bestie. Du bist erledigt, King. Zu tun bleibt dir nur eins. Du weißt, was es ist. Dafür bleiben dir noch 34 Tage. Du bist erledigt …«

Erneut wird die Frage gestellt, wo der Schütze stand, als der Schuss abgefeuert wurde. Die allgemeine Vermutung lautete, dass der Schuss aus einem der Hotelfenster kam. Einige Zeugen hingegen meinen, der Schuss sei aus einem dichten Gebüsch in der Nähe des Hotels gekommen. Die Büsche wurden kurz nach dem Attentat entfernt. Eine andere Konspirationstheorie beschäftigt sich mit der schräg gegenüber dem Lorraine Motel liegenden Feuerwache, direkt neben der Pension, in der James Earl Ray gewohnt hatte. In dieser Feuerwache waren Polizeioffiziere stationiert, die King überwachen sollten. Zum Zeitpunkt seiner Ermordung stand King demnach komplett unter Beobachtung. Nachdem der Schuss abgefeuert worden war, wurde bemerkt, dass die Polizisten aus der Feuerwache und hinüber zum Hotel rannten. Der Polizeibeamte Marrell McCollough war einer der Ersten, der seine Hilfe zur Rettung Kings anbot.

Die Polizei allerdings gab niemals eine Fahndung nach einem möglichen Mörder heraus.

Konspirationstheoretiker können also festhalten, dass eine direkte Verstrickung des FBI in den Mord in keiner Weise ausgeschlossen werden kann.

103

Er denkt, dass er mehr Geld verdienen und sich unabhängig machen muss. *Aftenposten* auszutragen verschafft ihm eine Art Monatslohn, doch nicht genug, um sich dafür die Schallplatten und Noten kaufen zu können, mit denen er sein Leben, seine Perspektive erweitern könnte. Und gleichzeitig gibt es etwas ganz Konkretes, das er tun soll. Er soll eine Prüfung ablegen. Die Lehrbriefe von der Norsk Korrespondanseskole liegen ja direkt vor ihm. Weshalb öffnet er sie nicht? Er kann doch die *Hammerklavier*-Sonate von Beethoven aufschlagen, die schwierigste von allen, ohne sich dabei zu fürchten. Aber sobald er die Mathe- oder Deutschlehrbriefe von der Korrespondanseskole sieht, erschaudert er.

Gibt es keine Abkürzungen?

Er hat einen immer wiederkehrenden Traum. Er soll mit der Philharmonie in der Aula spielen. Ein Klavierkonzert von Mozart. Das späte, in B-Dur. Er tut so, als hätte er geübt, aber das hat er nicht. Er hat zwar die Noten, aber er hat nicht mehr als einen kurzen Blick darauf geworfen. Der Tag rückt näher. Dennoch übt er nicht. Es gibt auch nichts anderes, was ihn ablenken könnte. Er schafft es einfach nur nicht, sich zum Üben ans Klavier zu setzen. Er spürt die Unruhe im Körper, weiß aber, dass es schon zu spät ist. Es wird ihm nicht mehr gelingen, dieses Konzert auswendig zu lernen. Er muss so tun, als wäre er vorbereitet. Aber wie soll das gehen, wenn er zu den schwierigsten Passagen kommt? Er beschließt, Noten zu verwenden, auch wenn das peinlich ist. Es gibt aber noch immer Pianisten, die so etwas tun, und er tröstet sich damit, einer von denen zu sein. Im Traum gibt es auch keine Proben mit dem Orchester. Kondraschin ist der Dirigent, und Kondraschin braucht so etwas Einfaches wie Mozart überhaupt nicht zu proben. Der weltberühmte Dirigent sitzt nur wenige Stunden vor dem Konzert im Continental und schlägt sich den Bauch mit Kaviar und Champagner voll. Er selbst geht in der Garderobe unter der Aula im Kreis, kann auch nicht üben, weil der Klavierstimmer stundenlang auf dem Podium hockt und den Steinway-Flügel stimmt. Nach einer Weile kommen die Orchestermusiker mit ihren Instrumenten herein. Die Herren tragen Frack. Herrje, der Anzug! Er hat ihn vergessen! Er trägt die braune, von seiner Mutter geschneiderte Cordjacke und die schwarze Nylonhose, die noch dazu nicht ganz sauber ist. Er errötet dermaßen, dass er beinahe aus dem Traum erwacht. Aber in solch wiederkehrenden Träumen gibt es keine Barmherzigkeit. Er rennt in die Künstlergarderobe und betritt die Toilette, versucht, die Flecken mit kaltem Wasser auszuwaschen. Die Hose wird feuchter und feuchter, dann klopft Gottschalk, der Impresario, an die Tür: »Nur noch zwei Minuten!« »Ich weiß«, erwidert er. Intuitiv spürt er, dass Kondraschin gekommen ist. Er ist in der anderen Garderobe, wo die Obstschalen und Weinflaschen stehen. Er hört, dass alle Musiker aufs Podium gegangen sind und angefangen haben, ihre Instrumente ein letztes Mal zu stimmen. Bjarne Larsen ist Konzertmeister. Dann wird es still. Die Sekunden des Wartens, während das Licht gedämpft wird. Mit den Noten in der Hand, läuft er die Treppe hinauf. Aber die Treppe führt nicht zum Podium. Er hört den Applaus aus dem Saal. Kondraschin ist hineingegangen! »Ketil!«, ruft Gottschalk. »Ketil?! Wo bist du?« »Hier!«, ruft er zurück. Und dann begreift er. Er muss ja zu der anderen Treppe! Er rennt, gerät außer Atem, kommt zu der geöffneten Tür, die aufs Podium hinausgeht. Kondraschin steht schon am Dirigentenpult und hebt die Arme, sobald er ihn sieht. Das Orchester fängt an zu spielen. Die bekannte Eröffnungspassage. Zwischen Ersten und Zweiten Geigen tritt er ganz ruhig hervor und setzt sich an den Flügel. Der Notenhalter wurde entfernt. Zu spät, um ihn wieder anzubringen. Dennoch blättert er in den Klaviernoten, hält sie in den

Händen, versucht, sich an das zu erinnern, was er sieht, und wirft sie dann von sich. Er muss jetzt einfach versuchen, zu improvisieren, denkt er. Improvisieren, so gut er eben kann.

In etwa so fühlt er sich auch, als er die Straßenbahn zur Foss-Schule nimmt, um die Prüfung als Externer abzulegen. Das passiert an dem Tag, als die New Yorker Polizei gegen Studenten an der Columbia Universität vorgeht, die fünf Gebäude besetzt haben. In Oslo ist es allerdings ruhiger. Lehrstoff der neunten Klasse. Zusammengerechnet hat er ungefähr anderthalb Wochen gelernt. Der Vater hat ihn skeptisch angeschaut, als er erzählte, er wolle an der Prüfung teilnehmen. Aber er hat ihm versichert, dass er vorbereitet sei.

»Aber wann hast du denn gelernt, mein Junge? Die Lehrbriefe haben doch wochenlang ungeöffnet herumgelegen, wenn ich mich nicht täusche.«

»Das ist nur, weil ich schon kann, was da drin steht.«

»Ach ja?« Der Vater zuckt mit den Schultern. Keine Drohungen. Nur Vertrauen.

Kühles, graues Wetter in Oslo. Der letzte Tag im April. Als er in Grünerløkka aus der Bahn steigt und hinüber zum Fossvei schlendert, ist der Schulunterricht schon beendet. Er sieht Gleichaltrige, die ihm auf dem Heimweg entgegenkommen. Sie wirken glücklich und unbeschwert, haben nicht mal ihre schweren Schulranzen ordentlich zugemacht. Sie essen Weißbrot oder Schokolade und reden über … ja, worüber reden sie eigentlich? Ein paar von ihnen summen Cliff Richards *Congratulations*, den Song, mit dem England am Grand Prix teilgenommen und den zweiten Platz belegt hat. Beglückwünschen sie einander, weil der Schultag vorbei ist? Er ist sich nicht sicher. Ohnehin wird er niemals zu ihrer Gemeinschaft gehören. Aber vielleicht will er das auch gar nicht. Bei so vielen Gelegenheiten hat er es vorgezogen, außerhalb zu bleiben, und heute bekommt er, was er verdient. Nur Zurückgebliebene und Versager sind um drei Uhr nachmittags auf dem Weg zur Foss Schule. Er hält Ausschau nach den anderen Prüfungskandidaten. Könnte eine von ihnen die dicke Kuh in Dufflecaot und Schaftstiefeln sein, die ein Kopftuch trägt und wie eine Obdachlose aussieht? Sie schlägt jedenfalls die gleiche Richtung wie er ein. Und da, auf der anderen Straßenseite, dieser ausladende Junge mit den Elefantenbeinen? Sollte es wirklich möglich sein, dass …? Natürlich. Der auch! Sie sind auf dem Weg zum großen, braunroten Ziegelbau. Alle staatlichen Schulen sind wie schwere Steinschiffe, denkt er. Da gibt es nicht einen schiefen Winkel wie in der Waldorfschule. Nicht das winzigste bisschen Lila, und dabei werden doch die Hippies sicher bald wieder die Stadt besetzen. Obwohl der Tag so grau ist wie ein Schotterwerk, setzt er die Sonnenbrille auf. Will nicht verraten, dass er etwas sieht. Oh Herrje, was kommen denn an diesem Nachmittag für Außenseiter zur Foss Schule gelaufen? Es könnten beinahe Hattifnatten sein, diese kleinen zylinderförmigen Wesen von Tove Jansson, die an Gespenster erinnern und nach einem Gewitter nicht berührt werden dürfen. Aber die hier sind viel zu groß und konkret, um Hattifnatten zu sein. Obwohl die in der Zeichentrickserie nervend und aufdringlich sind, wirken sie in den Büchern geheimnisvoll und interessant. Aber was ist an dieser Bande schon interessant?, denkt er. Nichts. Und plötzlich wird er von einer heißen Woge aus Scham und Schüchternheit durchströmt, wenn er daran denkt, dass er den Klassenraum mit einem dieser Monster teilen soll, die möglicherweise weniger Monster sind als er selbst und Aufgaben vorgelegt bekommen, die er mit großer Sicherheit nicht wird lösen können. Je mehr er an diese Prämissen denkt, desto klarer wird ihm, dass das, was er heute machen soll, das Mindeste ist, was von ihm erwartet wird. Das ist der Preis, den er dafür bezahlen muss, monatelang in Freiheit gelebt zu haben. Er soll die Prüfung ablegen, hat aber die letzten Lehrbriefe von der Korrespondanseskole noch gar nicht bearbeitet, was die Grundvoraussetzung dafür gewesen wäre, dass der Vater das Geld zurückbekommt, das er für seinen Sohn ausgelegt hat. Und da kommen die anderen Versager, unten vom Fluss und oben aus dem Sandankervei. Sie sind Externe. Sie kommen aus Grotten und Katakomben, aus Lehmlöchern und Krankenhäusern für die Aussätzigen, aus den Tuberkuloseheilanstalten, von Emma Hjort, aus Martin A. Hansens Hospital und von der Freimaurerloge. Sie kommen aus dem Metropol und vom Verbund von 1948, den Lokalen und Vereinen der Homosexuellen. Sie kommen von der Telefonseelsorge und von der Krüppelvereinigung, vom Landesverband der Krippenbeißer und von der Christlichen Gemeinde. Der Albino da drüben an der Ecke: Steht er nicht da und sabbert? Und das junge Mädchen, das vom Markvei kommt, muss doch wohl aus Asche und Stearin gemacht sein? Sehen Externe tatsächlich so aus? Die abscheulichste Klientel, die er sich vorstellen kann, und dann bewirkt eine plötzliche Windböe, dass er sich intuitiv an den Schritt fasst, um festzustellen, dass sein Hosenstall offensteht. Welch eine Erniedrigung! Er zieht den Reißverschluss mit einer resoluten Bewegung zu. Und dann begreift er, dass er keine andere Wahl hat. Die ganze Gegend riecht nach Furz. Hierher kommen die Menschen, die sich seit Wochen nicht gewaschen haben. Er schnüffelt unter seinen Armen und glaubt, einen scharfen Schweißgeruch wahrzunehmen. Hat er nach dem Zeitungsaustragen womöglich vergessen, Deodorant zu benutzen? So ist es also geworden, hier sind alle, die schon seit langer Zeit an Weichheit und Genusssucht leiden. Sie hätten es verdient, dass Dan Lindholm am Tor stünde und sie in den Keller jagte, wo die Bögen mit den Aufgaben auf sie warteten. Es wäre ihnen allen nur recht geschehen, wenn er sein *Silentium!* verkündet und in all den nervösen Mägen Diarrhoe verursacht hätte, ohne dass jemand zum Klo hätte gehen dürfen.

Er gleitet in den Strom, wird zu einem Teil der Horde. Er glaubt, Abels Gelächter zu hören; das Talent des Hausfreundes, das Komische in allen Dingen zu sehen. Aber das hier ist nicht komisch. Es ist bloß traurig. Wenn er sich doch bloß vorbereitet hätte, aber er weiß so oder so, dass es schiefgeht. Er kommt als Verlierer und ist bereit für neue Niederlagen.

Die Stille im Klassenraum. Der gehört eigentlich einer anderen Klasse. Er hat nicht das Recht, hier zu sitzen, außer jetzt, wo die Externenprüfung stattfindet. Hier soll er also mehrere Nachmittage sitzen und die richtigen englischen Wörter, die richtige norwegische Grammatik, die richtigen Zahlen in Mathe und die richtigen Vokabeln in

Deutsch aufschreiben. Er gehorcht und schämt sich für all das, was er nicht kann. Ein Fehler wird auf den nächsten folgen. Verstohlen schaut er zu den anderen. Die sehen jetzt gar nicht mehr wie Verlierer aus. Wie sie da an ihren Pulten sitzen, wirken sie intelligenter als er. Der Typ nebenan trägt sogar eine Cordjacke und riecht nach Rasierwasser. Das junge Mädchen in der ersten Reihe ist ausgesprochen hübsch, jedenfalls bis sie sich umdreht. Und der dunkelhaarige Junge ganz hinten mit der Hornbrille sieht aus wie ein deutsch-jüdischer Intellektueller.

Alle sitzen still da und versuchen, ihre Aufgaben zu lösen. Haben Sie die gleichen Lehrbriefe von der Norsk Korrespondanseskole durchgeackert? Oder hatten sie Privatlehrer? Einige von ihnen sind über vierzig. Die meisten sind zwischen zwanzig und dreißig. Nur wenige sind in seinem Alter.

Er gibt den Prüfungsbogen als Erster ab. Das Gefühl im Körper entspricht in etwa dem, das er immer hatte, wenn Syver ihm ein neues Pornoheft gezeigt hat. Eklig. Schmutzig. Die Aufgabe stinkt. Und nachdem er sich aus dem Klassenzimmer geschlichen und das sinkende Schiff verlassen hat, auf dem er selbst Kapitän war, spürt er eine Aggression in sich aufsteigen wie den Wasserspiegel bei Flut. Aber dann weiß er nicht, worauf oder auf wen er eigentlich wütend ist, außer auf sich selbst. Was soll er damit jetzt anfangen?

Er muss es irgendwie loswerden. Es wäre allerdings zu blöd, sich jetzt mit einem Hammer auf den Kopf zu schlagen. Er braucht einen Auslöser für das Gebrüll, das er nicht aus vollem Halse brüllen kann. Er läuft die ganze Strecke bis zum Saga Kino, wo er sich eine Eintrittskarte für *Bonnie & Clyde* kauft. Da werden Menschen so brutal niedergemäht, dass sich die norwegische Filmkontrolle mit Evensmo und Marcussen an der Spitze genötigt sah, ein paar Schnitte anzusetzen. Oh Herrgott, Faye Dunaway. Die junge Schauspielerin aus Bascom, Florida. Noch eine sogenannte amerikanische Schauspielerin, die mit den europäischen konkurrieren kann, aber sie hat ja auch schottische, irische, englische und deutsche Vorfahren. Ich sehe sofort, wie sehr sie Aimée ähnelt. Die Sehnsucht in ihrem Gesicht, wenn sie die verzweifelte Bonnie Elizabeth

Parker spielt auf dem Weg in den Untergang mit Clyde Chestnut Barrow, verkörpert von Warren Beatty. Ich stärke mich mit zwei Zitronen-Fox, einer großen Tafel Nussschokolade und einem Lohengrin für dieses Drama, das Vater sich anzuschauen weigert wegen dieser irrsinnigen Gewaltverherrlichung, wie er sagt. Aber genau darin möchte ich im Augenblick baden, nachdem ich die erste Prüfung abgelegt habe. Ich will Schüsse hören und Blut sehen. Ich will mich im hübschen jungen Gesicht Faye Dunaways verlieren, das gleichzeitig so alt wirkt, besonders wenn sie lächelt. Abel würde den Film lieben, denke ich. Er hätte gelacht über all die Gewalt, und dann hätte er die weibliche Hauptperson begehrt, wie er einst Leahs Mutter begehrt hatte und wie er nun *die schwedische Sünde* begehrt. So ist der Mann. Ich bin selbst ein Mann. Zumindest fast. Und ich hocke da und mampfe Schokolade, während ich jede Nuance in Dunaways kolossalem Ausdrucksregister verfolge, bis schließlich diese fatalen Schüsse kommen auf der einsamen Wegstrecke in der Nähe des Verstecks der beiden bei Bienville Parish in Louisiana. Vermutlich war es diese Szene, die teilweise geschnitten wurde. Die erschütternde Hinrichtung der beiden Staatsfeinde aus Texas, die während der großen Depression mit Mitgliedern der Barrow-Bande im Mittleren Westen der USA wüteten. Die vier Jahre von 1931 bis 1935, als auch Ma Barker und John Dillinger in Aktion waren. Bonnie Elizabeth Parker, die so frühreif war und gut in der Schule. Die sich in kreativem Schreiben ausgezeichnet hatte und den Wettbewerb *Country League* in literarischer Kunst an der Clement City School gewann. Die Einführungsreden für lokale Politiker halten konnte und als intelligente und charmante junge Frau mit eigenen Ansichten galt. Und dann Clyde, der eigentlich nicht das Ziel hatte, reich und berühmt zu werden und Banken auszurauben, sich aber für den sexuellen Missbrauch rächen wollte, der ihm in einer Anstalt des texanischen Gefängnissystems widerfahren war. Clyde, der nicht töten mochte, es aber dennoch tat.

Entmutigt verlässt er das Kino. Kann nicht die Fehler vergessen, die er bei der Beantwortung der Prüfungsfragen am frühen Nachmittag mit Sicherheit begangen hat. Und noch drei weitere Prüfungstage stehen ihm bevor.

Er beschließt, jeden Abend ins Kino zu gehen. Der Trost der Armen, denkt er am nächsten Morgen nach der Zeitungsrunde und dem kurzen Morgenschlaf, der ihm stets das Gefühl vermittelt, Wattebällchen im Kopf zu haben. Er versucht es loszuwerden, indem er Sergei Prokofjew, Fartein Valen und Finn Mortensen spielt. Die Dissonanzen, die, abgesehen von Prokofjew, eine Melodie brechen lassen, als ob etwas in Faye Dunaways Gesicht aufweicht.

Dieses Mal ist es Deutsch. Und er schafft es nicht. *Gerüst, gesamt, gesättigt, geschäftig.* Er fühlt sich sowohl gesättigt als auch geschäftig. Aber das hat alles keinen Sinn, denn er wird es ja ohnehin nie lernen. Die einzige deutsche Sprache, die er zu kennen glaubt, ist die von Ludwig van Beethoven. Und dann natürlich die von Mozart und Schubert. Obwohl die ja, streng genommen, Österreicher waren.

An diesem Abend wählt er *Elvira Madigan*, der im Rosenborg Kino gezeigt wird, gleich neben der Hegdehaugen Schule, wo Tormod bald das Abitur macht, um danach Hirnchirurg zu werden. Bewahre, was sie beide doch für Lebenspläne haben. Aber da geht Pia Degermark mit Thommy Berggren durch den Wald, während Mozart im Hintergrund ertönt, und er weiß nicht, was er davon halten soll. Er weiß nicht, dass ihn diese Szene fünfundvierzig Jahre später in einem Hotelzimmer in Fredrikstad zu Tränen rühren wird. Jetzt ist er der Sechzehnjährige, der vor wenigen Tagen erst das sexuelle Schutzalter hinter sich gelassen hat und der denkt, dass Degermark in erster Linie schwedisch, hübsch und makellos ist.

Sechzehn Jahre. Beinahe ein Grund zum Trauern. Jetzt kann er sich nicht mehr in die Erwachsenenfilme hineinschleichen.

Zwei weitere Nachmittage.

Die Straßenbahn vom Frogner plass nach Grünerløkka.

Am vorletzten Tag steht Norwegisch auf dem Programm. Er hat das Gefühl, die Prüfung zu meistern. Deshalb geht er an diesem Tag ins Gimle Kino und sieht sich das *1. Evangelium – Matthäus* von Pier Paolo Pasolini an. Aber er kann sich nicht konzentrieren.

Am Tag danach kommt Mathe dran. Er weiß, dass er komplett versagen wird. Er geht ins Karl-Johan-teatret und sieht sich *Skrollan, Rüpel und Knurrhahn* an. Die wohnen auf Saltkråkan, wo keinerlei Gefahren lauern.

104

Es knallt in Frankreich. Gerade erst ist es mir gelungen, die komplette *Waldstein*-Sonate einmal auswendig durchzuspielen, als ich mich vor den Fernseher setze, um die Nachrichten anzuschauen. Die große NATO-Übung *Polar Express* soll bald unter starker Kritik der Sowjetunion in Nordnorwegen beginnen, aber diese Neuigkeit geht völlig unter in den Bildern aus Paris, wo Chaos herrscht, nachdem der Rektor der philosophischen Fakultät der Universität im Vorort Nanterre das ganze Institut geschlossen hat. Die Hauptursache für dieses Chaos ist im Beginn der Kämpfe gegen die Konsumgesellschaft zu suchen. Auch hier kommt die Rhetorik Rudi Dutschkes zum Tragen, die unter anderem weitergeführt wird vom deutsch-französischen Soziologie-Studenten Daniel Cohn-Bendit, der einige Monate zuvor Dutschke auf einem Kongress in Berlin, wo der Widerstand gegen den Vietnam-Krieg im Mittelpunkt stand, kennengelernt hatte. Zu diesem Zeitpunkt war der deutsche Student Benno Ohnesorg schon seit fast einem Jahr tot. Er war am 2. Juni 1967 bei einer Demonstration gegen den Schah von Persien – seiner ersten politischen Demonstration überhaupt – von einem Polizisten in Zivil vor der Deutschen Oper erschossen worden. Ohnesorg war verheiratet, seine Frau erwartete ein Kind. Der Todesfall weckte ungeheuren Zorn und führte zu weiteren Studentenunruhen in West-Berlin. Nach dem Attentat auf Dutschke betrachtete Cohn-Bendit es als seine Aufgabe, die französischen Rebellen anzuführen, ausgehend von einem anarchistischen Standpunkt, bei dem sowohl Kapitalisten als auch Kommunisten die Sündenböcke waren.

Da sitze ich also vor dem Fernseher und betrachte den möglichen Untergang der alten Hierarchien. Die gesamte Zeit der Proteste über tritt die französische Polizei ungeheuer brutal auf, und als ich die Straßenschlachten im Quartier Latin sehe, verspüre ich die Unruhe in mir umso stärker, fast schon wie eine Aggression. Als ob die Voraussetzungen für das Lernen, sei es im Zusammenhang mit Musik oder mit einem Schulpensum, beinah automatisch negative Gefühle hervorriefen. Als wünschte ich mir nichts mehr, als mit den Studenten in Paris zusammenzusein, wenngleich ich doch so viel Freiheit und Vertrauen genossen habe. So wird auch daraus eine Aggression, die sich gegen mich selbst richtet, gegen alles, was ich noch nicht erreicht habe, und gegen die Erwartungen, die zu erfüllen mir noch nicht gelungen ist.

Gegen Ende der Nachrichten kommt Vater von der Arbeit nach Hause. Mutter ist in der Maria-Loge, Tormod ist mit seinen Brass-Freunden unterwegs.

»Was ist denn los?«, fragt Vater mit abwesendem Blick und Gedanken an den Ingenieursverlag im Kopf.

»In Paris ist das Chaos ausgebrochen, Vater. Die Studenten werden von der Polizei auf die Boulevards getrieben. Es sind mehr als 20 000 Polizisten auf den Straßen. Sieh selbst!«

Wir sitzen im Wohnzimmer und sehen uns die TV-Bilder an. Fassungslose Reporter. Rauchbomben. Sirenen. Junge Frauen und Männer liegen auf dem Boden, während Polizisten mit Gewehren und Schlagstöcken über ihnen stehen und an ihren Kleidern zerren. Studenten werden über das Kopfsteinpflaster gezogen, einige bluten, andere regen sich nicht mehr, die meisten aber kämpfen und zappeln herum wie Tiere.

»Woher kommt bloß dieser Hass?«, fragt Vater. Ich sehe Wehmut in seinen Augen. Sein ganzes Leben lang hat er für Frieden gekämpft. Für Pazifismus. Gandhis gewaltloser Widerstand. Aber das hier ist Krieg. Konfrontation. Gewalt.

Zehn Tage später entwickeln sich die Studentenunruhen beinahe zu einem Bürgerkrieg. Die größten französischen Gewerkschaften rufen einen vierundzwanzigstündigen Solidaritätsstreik aus. Der

Streik entwickelt sich zu einer Streikwelle, die dazu führt, dass u. a. die Renault-Werke schließen müssen. Die Gewerkschaften fordern Lohnerhöhungen, kürzere Arbeitszeiten und eine Verbesserung der sozialen Rahmenbedingungen. Am 20. Mai befinden sich mehr als fünf Millionen Franzosen im Ausstand.

»Das kann de Gaulle unmöglich überleben«, sagt Vater.

Das Frühjahr der Aufstände. In Frankfurt am Main wird der junge notorische Autodieb und Berufskriminelle Andreas Baader zusammen mit Gudrun Ensslin, Thorwald Proll und Horst Söhnlein wegen Kaufhausbrandstiftung zu drei Jahren Zuchthaus verurteilt. Infolge eines Revisionsantrages kommen sie aber wieder frei und gehen ein Jahr danach in den Untergrund, als das Urteil für rechtskräftig erklärt wird. Die neuen Staatsführer der Tschechoslowakei werden immer häufiger nach Moskau einbestellt, da mehrere Länder des Warschauer Pakts ihre Beunruhigung über die Geschehnisse in Prag zum Ausdruck bringen. Bei einem am 8. Mai in Moskau stattfindenden Treffen verlangt der DDR-Staatsratsvorsitzende Walter Ulbricht, der Warschauer Pakt solle Truppen einsetzen, um die Kontrolle über die Unruhen wiederzuerlangen, die unter anderem aufgrund des Aktionsprogramms der tschechoslowakischen kommunistischen Partei entstanden seien. Im Rahmen dieses Programms wird ein innerer Demokratisierungsprozess auf allen Gebieten des öffentlichen Lebens gefordert, gleichzeitig verlangt man, dass die Nationalversammlung mit allen Vollmachten ausgestattet wird, »über die ein Parlament in einer demokratischen Republik verfügen soll«. Im Aktionsprogramm der Partei wird darüber hinaus der Wille zur Zusammenarbeit mit kapitalistischen Staaten geäußert, und zwar ohne Einschränkung und mit der Möglichkeit zur Einführung einer dezentralen Verwaltung der Betriebe. Zur selben Zeit kommt es an der Universität von Dakar im Senegal zu blutigen Zusammenstößen zwischen Studenten und Polizei. In Brüssel und Mailand besetzen Studenten die Universitäten, derweil gehen die Unruhen an der Columbia-Universität in New York weiter.

Am 24. Mai hält Präsident de Gaulle eine Fernsehansprache und verspricht weitgehende soziale Reformen und eine Neuordnung des Universitätssystems. Drei Tage danach einigen sich die Machthaber mit den Gewerkschaften. Es werden Lohnerhöhungen für Arbeiter sowie die schrittweise Einführung der 40-Stunden-Woche angekündigt.

Am Frogner plass liegt ein Brief im Postkasten. Er ist von der Schule. Der Norwegischen Schule. Wappenschild und Löwe. *Der Staat.* Allein der Umschlag wirkt unfreundlich. Er ist nicht weiß. Er ist grau. Und hat ein Fenster. Solche Umschläge verbinde ich sonst nur mit Vaters und Mutters Rechnungen. Als ich meinen Namen hinter dem durchsichtigen Cellophan sehe, denke ich, dass auch dies in gewisser Weise eine Rechnung ist. Etwas, das ich zurückzahlen muss. Etwas, das ich schulde.

Am Postkasten stehend, öffne ich den Brief.

Ich bin in Mathe und Deutsch durchgefallen. Das heißt, dass dort Ungenügend steht. Ansonsten steht da 4 – Ausreichend.

Mutter kommt am Nachmittag als Erste nach Hause. Ich zeige ihr sofort den Umschlag und den Brief mit der Beurteilung. »Ach, wie schön, Ketil. Norwegisch und Englisch hast du bestanden!«

»Danke, Mutter, aber das reicht doch nicht. Ungenügend. Auch das ist ein Schicksal.«

»Na, ja«, sagt sie. »Du weißt ja, was ich von den Deutschen halte. Was die gemacht haben, war auch nicht gut. Und was Rechnen angeht, bin ich wohl genauso schwach wie du, sitze aber trotzdem an der Kasse einer der größten Buchhandlungen in Norwegen. Und bis jetzt hat sich noch niemand über mich beschwert.«

»Danke, dass du mich immer tröstest«, sage ich.

Vater kommt vier Stunden später. Die ständige Abwesenheit, weil doch das große Schiff namens Ingenieurverlag vom Stapel gelassen werden soll. Vater lebt in der sechsten Etage in der Kronprinsengate 17 ein völlig anderes Leben. Haus der Ingenieure. Die prominenten Namen, die er manchmal erwähnt. Møst. Berner. Varvin. Harlem.

Solem. Jacobsen und wie sie alle heißen. Ärzte, Direktoren, Redakteure, Minister. Sie alle haben ein Examen abgelegt. Für sie war der Lehrstoff der neunten Klasse nur eine Bagatelle. Sie alle haben auf ihrem Gebiet die beste Ausbildung genossen. Sie können Gleichungen auflösen, die so lang sind wie eine Chopin-Etüde. Sowie ich Vater an diesem Frühlingsabend entdecke, denke ich an all die Dinge, die er kann und von denen ich keine Ahnung habe. Lysergsäurediethylamid. $C_{20}H_{25}N_3O$. Es würde mir sehr gefallen, wenn diese Unterhaltung ungefähr so verliefe: »Dann wird es wohl $C_{12}A_{14}X_9Y_6$, Vater.«

»Ja, gut. Also nicht $F_2A_{14}Z_{13}W_{19}$, wie wir alle gehofft haben?«

»Nein, leider nicht. Kannst du es trotzdem billigen?«

»Natürlich, aber vergiss bitte nicht Z_{13} und W_{19}. Trotz allem sind die hier am wichtigsten.«

»Gewiss doch, Vater. Natürlich vergesse ich sie nicht.«

Aber die Unterhaltung verläuft anders. Ich stehe da und sehe ihn an, etwas abwartend, mit dem Umschlag in der Hand.

»Was ist denn, mein Junge?« Er ist schon grau im Gesicht, aber noch ist das nicht meine Schuld.

»Das hier«, sage ich und reiche ihm den Umschlag.

»Er sieht mich prüfend an und nimmt den Brief heraus. Liest ihn, noch bevor er die Tür schließt.

»Ungenügend in Mathe und Deutsch«, sagt er.

»Aber dann war ich doch wohl genügend in Englisch und Norwegisch«, sage ich voller Hoffnung.

»Das ist aber nicht der Punkt, Ketil. Die Vereinbarung war, dass du diese Prüfungen ablegst, damit du nächsten Herbst die Zulassung für die Musiklinie auf der Hartvig-Nissen-Schule in der Tasche hast. Ich habe erst vor ein paar Tagen mit Ingeborg Kindem gesprochen. Und wenn du nicht bestehst, bekommen wir unser Geld nicht zurück.«

»Ich mach's wieder gut«, sage ich mit der gleichen Selbstsicherheit, die Vater mitunter aufsetzt. »Da steht ja, dass ich im Juni noch mal antreten kann. Und dann gibt's sogar nur mündliche Prüfungen. Ich kann doch gut reden, Vater.«

»Vor allem hast immer gute Ausreden, Ketil!«

»Lysergsäurediethylamid!«, sage ich.

»Hör jetzt auf mit diesem Unsinn, Junge!« Vater Stimme ist streng, aber er hat angefangen zu lächeln.

»$C_{20}H_{25}N_3O$!«, sage ich.

»Na, sowas. Stimmt«, sagt er. »Ist aber trotzdem LSD. Muss ich mir Sorgen machen?«

»Ich mach doch nur Spaß«, sage ich. »Aber du musst mir vertrauen. Die *Waldstein*-Sonate ist eigentlich schuld daran.«

»Machst du jetzt auch noch Beethoven verantwortlich?«

»Nein, das nicht. Es ist nur alles etwas zu viel geworden.«

»Na gut«, sagt er, verhalten lächelnd. »Aber wir sind jetzt gerade nicht die allerbesten Freunde. Das verstehst du hoffentlich. Du hattest schon so viele Chancen.«

»Wart nur ab«, sage ich. »Ich hab noch eine in petto.«

Diese Euphorie in mir, trotz allem. Diese eigenartige Selbstsicherheit, die kommt und geht und sich spielend leicht mit meiner zerstörerischsten Selbstverachtung abwechseln kann. Die Morgen im Mai. Mai 1968. Mutter braucht mich nicht einmal zu wecken. Der Flieder blüht. Mutter niest, nimmt aber Pillen. Ich liege mit Brahms auf der Brust und genieße mit dem liebenswürdigen Meerschweinchen eine Morgenstunde gegen 3 A. M. Eine Zeitangabe, aus der zum Teil der Titel einer LP besteht, die das Duo Simon & Garfunkel vor vier Jahren herausgegeben hat.

Das Jahrzehnt der Ablenkungen. Denn es gibt soviel, das gleichzeitig geschieht. Die Popmusik hat mich gepackt, wenngleich ich mir nicht vorstellen kann, in Grünerløkka herumzulaufen und *Congratulations* zu singen. *Lyckliga gatan* ist auch nichts für mich. Für mich zählt in erster Linie Bacharach. Und ein paar Beatles-Melodien. Und die ganze Zeit *San Francisco*. Flowers in your hair. Aurora. Aimée. Katja und Leah. Vielleicht sogar Elin.

Eines Tages stehen wir alle gemeinsam in einem Park in Haight-Ashbury. Und nicht das Geringste soll zwischen uns stehen.

Vielleicht kann ich ihnen sogar Chopins Ballade Nr. 2 in F-Dur vorspielen.

Sie wären hingerissen.

Es sind nur noch wenige Tage, bis ich wieder zur Prüfung muss. Als litte die ganze Welt unter Schlaflosigkeit. Der wogende, heiße Frühsommer. Voller Hoffung.

Im Storting lehnen achtundsiebzig Politiker der Sozialdemokraten den Misstrauensantrag gegen Minister Bondevik wegen seiner ablehnenden Haltung gegenüber dem Norwegischen Versuchsgymnasium ab. Die Studentenunruhen haben Norwegen noch nicht erreicht.

Aber vierundsechzig Politiker stimmen für den Sturz des Ministers. Eine Vorwarnung, die besagt, dass konservative Christen es in den kommenden Jahren nicht so leicht haben werden.

105

Ich habe begonnen zu denken. Das ist ungewohnt. Denn jetzt bin ich mir der Tatsache bewusst, dass ich denke. Vorher habe ich es einfach nur gemacht. Ich trage *Aftenposten* aus und denke dabei, dass wir alle in dieser Gesellschaft dieselben Informationen über den Zustand der Welt besitzen. Wir wissen, dass es Unruhen in Europa gibt, dass einige Länder in Afrika am Rande des Abgrunds stehen, dass die USA sich im Krieg mit Vietnam befinden. Und dennoch denken wir ganz verschieden über diese Dinge.

Ulf kommt zu Besuch.

Es ist wieder wie in den guten alten Tagen. Anfang Juni. Die NATO-Übung *Polar Express* ist jetzt in weiten Teilen Nordnorwegens im Gange. Ein Militärmanöver, an dem die Amerikaner und all die anderen NATO-Länder teilnehmen und dabei bis dicht an die sowjetische Grenze in Sør-Varanger heranrücken.

»Das ist Irrsinn«, sagt Ulf, während er Nüsse knackt, die Vater bei Bios gekauft hat. Wir sitzen alle zusammen. Sogar Mutter ist dabei.

»Ja, das sind wirklich ungemütliche Zeiten«, sagt Mutter.

Ich nicke und höre zu. Je mehr Unruhe in der Welt ist, desto unwichtiger wird die Tatsache, dass ich Deutsch und Mathe bestehen muss.

»Ist es dann nicht ganz klar, dass Norwegen aus der NATO austreten sollte? In knapp zwei Wochen wird das Thema ja im Storting beraten. Starke Kräfte setzen sich dafür ein, dass Norwegen den Vertrag kündigt, insbesondere nach dem Putsch in Griechenland, und als Konsequenz aus der amerikanischen Kriegsführung in Vietnam sowieso. Sollen wir mit einem Land alliiert sein, das Napalmbomben auf wehrlose Kinder wirft? Sollen wir uns daran gewöhnen, dass die USA so eine Art Weltpolizei werden? Im Augenblick provozieren wir nur die Sowjetunion mit dieser verfluchten Militärübung im Norden des Landes. Oder wie siehst du das, Per?«

Vater gibt keine Antwort. Viele lange Sekunden vergehen. Schließlich sagt er: »Ich weiß nicht.« Sein Gesicht. Manchmal ist er einfach sehr leicht zu durchschauen. Die Gedanken stehen ihm dann in Großbuchstaben auf der Stirn oder in den Mundwinkeln geschrieben. »Vielleicht brauchen wir die NATO trotzdem«, sagt er und scheint sich dabei fast schuldig zu fühlen. »Wir können uns auf die neue Führung in Moskau nicht verlassen.«

»Aber das kann doch nicht dein Ernst sein, Per?«, sagt Ulf beleidigt, obgleich er lächelt.

»Doch, ich glaube schon, dass das mein Ernst ist.«

Am Tisch wird es still. Nur Mutter wagt es schließlich, das Schweigen zu brechen. »Das sind aber auch wirklich Idioten, alle zusammen. So oder so.«

Zur selben Zeit rollen etwa siebzig T-54-Panzer in der Gegend von Pasvik auf die norwegische Grenze zu. Vierzig Kanonen. Vierhundert Militärfahrzeuge. Die 100-Millimeterkanonen werden auf militärische Ziele in ganz Nordnorwegen ausgerichtet. Die Rache der Sowjetrussen an der NATO und der großen provokativen Übung, die von den Amerikanern in Gang gesetzt wurde. Aber hier geht es um Norwegen. Es war immerhin die Sowjetunion, die einst Finnmark befreite, und das unter großen Verlusten. Die Norweger dort oben lieben die Russen. Die hätten gar nicht überlebt, wenn die Russen nicht gewesen wären. Jedenfalls haben das Ulf, Abel und Vater gesagt. Nun sind die Soldaten der Garnison in Sør-Varanger darauf vorbereitet, dass es zu einem bewaffneten Konflikt kommen kann. Und deshalb wurde auch bereits scharfe Munition verteilt. Bei Boris Gleb haben die Bewacher des Staudamms am Kraftwerk schon ihre 88-Millimeter-Panzerabwehrraketen geladen. Sie haben Befehl zu schießen, sobald sowjetische Panzer die Grenze nach Norwegen überschreiten.

Die Sowjet-Armee stoppt dreißig Meter davor.

Im Storting wird über den Vorschlag zum Austritt Norwegens aus der NATO abgestimmt. Drei Vertreter der Sozialdemokraten stimmen zusammen mit zwei Parlamentariern der Sozialistischen Volkspartei und einem Angehörigen der Christlichen Volkspartei für den Austritt.

Wie üblich werde ich gegen drei Uhr wach und denke an meinen Bruder, der neunzehn wird. Die gemütlichen Feiern, die es in dieser Familie immer gibt. Vaters und Mutters Besonnenheit. Tormod singt Bach. *Bist du bei mir.* Ich begleite ihn.

Was für ein schöner Tag, denke ich, als ich in strahlender Morgensonne die Zeitung austrage. Nichts ist mit Oslo im Juni vergleichbar. Ich bringe die Zeitungen zu all den bekannten Namen. Auch heute steht Frau Quisling schon da und wartet. Ich lächle sie an und wünsche ihr einen guten Tag. Und später auf meiner Runde: Ella Hval. Sie gibt einen Kommentar zum Flieder ab, der schon verblüht ist. Ihr trauriges Lächeln erinnert mich an Mutter.

Am Vormittag lasse ich die obligatorischen Bach-Fugen zur Abwechslung aus. Habe auch keine Lust, Beethoven-Sonaten zu spielen. Manchmal ist Klavierüben das Langweiligste auf der Welt. Ausnahmsweise denke ich einmal daran, Deutsch zu sprechen. Das ist meine Strategie: Ich werde mich durch die Prüfung quatschen. Ich werde den Prüfern keinen Anlass für Zweifel bieten. *Sind Sie fleißig und gehorsam? Ja, ich bin sehr gehorsam. Kennen Sie Beethoven? Nicht? Ach, wie schlecht!* Was allerdings Mathe anbetrifft, sieht es düster aus. Ich bin nicht mal in der Lage, mir ein rechtwinkliges Dreieck auch nur vorzustellen.

Um die Mittagszeit verspüre ich eine unsagbare Müdigkeit. Ich muss mich einfach hinlegen. Ich schlafe bis 14 Uhr und wache fast zu spät auf. Aber die Straßenbahn ist pünktlich. Wieder einmal steige ich in Grünerløkka aus, doch an diesem Tag sind all die Sabberer, Furzer und Versager mit Chromosomenfehler nicht gekommen. Nur ich bin da. Der Schlimmste von allen. Und der Fetteste. Der durchgefallen ist.

Die Prüfer sitzen in dem erbärmlichen Klassenzimmer und warten auf mich. Obwohl der Sommer schon gekommen ist, tragen sie Wollsakkos mit Fischgrätmuster. Es ist ein sonniger Tag, die Temperatur liegt bei über 20 Grad im Schatten. Allerdings sind zwei der Prüfer schon tief in die deutsche Sprache abgetaucht. Sie nicken mir kurz zu, als ich hereinkomme, und geben mir einen Bogen Papier. Verwirrt starre ich sie an. »Soll ich nicht sprechen«, frage ich.

»Nein, leider nicht«, sagt der eine.

»Schreiben Sie, bitte«, sagt der andere.

Ich schaue auf das Blatt Papier. Aber das ist doch leicht, denke ich. Viel leichter, als zu sprechen. Ist das ein Scherz? All diese Sachen kann ich doch. *Durch, für, gegen, ohne, um.* Wieso habe ich diese Aufgabe nicht beim ersten Versuch bekommen? Ich füge Verben, Substantive oder Pronomen in die vorformulierten Sätze ein. Das ist ja total leicht. Im Augenblick habe ich das Gefühl, besser Deutsch zu können als irgendjemand sonst. Ich könnte sogar mit Karajan reden, wenn das erwünscht wäre. Nach fünf Minuten bin ich fertig und gebe den Bogen den beiden armen Lehrern zurück, die beide eine Brille tragen und aussehen, als hätten sie irgendwo auf dem Weg hierher ihr Leben verloren.

»So«, sage ich. »Angenommen?«

Sie starren auf den Prüfungsbogen.

»Aber gewiss«, sagte der eine. »Das ist sehr gut. Sie haben bestanden.«

»Und welche Note bekomme ich?«

»Ausreichend minus.«

»Ausreichend minus? Hä?«

»Ja. Das erste Prüfungsergebnis war ja ganz furchtbar. Womit haben Sie denn gerechnet?«

Ich lege eine Zigarettenpause ein. Allerdings rauche ich nicht. Deshalb laufe ich bloß auf dem Schulhof herum und warte darauf, dass die Mathe-Prüfer zur verabredeten Zeit erscheinen, eine Stunde später. Aber sie kommen nicht. Erst in diesem Moment geht mir auf, dass es dieselben Herren im Fischgrätsakko sind. Eines grau, das andere braun. Ich begrüße sie, als hätten wir uns noch nie zuvor gesehen. Auch sie wirken so, als wären sie gerade eben aus dem Nichts gekommen. Kein Zeichen des Wiedererkennens.

Bin ich wirklich der Einzige? Sitzen sie hier allein wegen mir den ganzen Nachmittag herum? Haben alle anderen bestanden? Wirklich? Auch die mit dem Kopftuch?

Es ist nicht zu fassen. Aber jetzt sitze ich da, allein mit der Obrigkeit. Dasselbe Ritual wie zuvor.

»Ihre Personenkennnummer, bitte.«

Genau wie vor einer Stunde lese ich sie laut vor. Sie schreiben sie beflissen in ihre Unterlagen.

»Sie sind Ketil Bjørnstad?«

»Ja«, sage ich. »Genau wie eben.« Ups, denke ich, und beiße mir auf die Zunge. Bloß keine Gereiztheit zeigen. Auch keinerlei Ironie oder Spott. Nur Wohlwollen und Unterwerfung.

»Sie wollen heute mit Mathematik fortfahren?«

»Ja«, erwidere ich mit ernster Miene. »Das ist ungeheuer wichtig für mich. Tatsächlich eine Sache von Leben und Tod. Ich hege nämlich die berechtigte Hoffnung, auf die Hartvig Nissen Schule gehen zu können ...«

»Wir möchten wissen, was Sie zu kongruenten Dreiecken zu sagen haben«, beginnt der eine.

»Nein, wie nett, also«, sage ich mit dem liebenswertesten Lächeln, das ich zustandebringe.

»Freuen Sie sich nicht zu früh«, sagt der andere. »Es ist nämlich nicht gesagt, dass das so leicht ist.«

»Das habe ich auch nie geglaubt«, sage ich.

»Dann fangen wir an«, sagt der eine.

»Bitte sehr«, sage ich.

»Welche vier Bedingungen müssen erfüllt werden, wenn zwei Dreiecke kongruent sein sollen?«

Ich nicke und lausche. »Eine gute Frage«, sage ich schließlich.

»Ja«, sagt der andere. »Und wir freuen uns auf eine Antwort des Kandidaten.«

Oi, bin ich jetzt ein Kandidat? Welch feiner Titel, mit dem ich mich schmücken könnte. Kandidat Bjørnstad. »Tja«, sage ich und wähle eine langsame und bedächtige Herangehensweise, wie ich sie manchmal bei Vater beobachtet habe in schwierigen Situationen, zum Beispiel wenn er nicht genügend Geld hatte, um das getankte Benzin bezahlen zu können.

»Es handelt sich ja um Dreiecke«, sage ich.

»Genau.«

Lange lasse ich meinen Blick über die Prüfer gleiten. Dann betrachte ich für einen Augenblick meine Nägel. Dabei vergesse ich, dass ich gern auf ihnen herumkaue. Sie sind bis zum Ansatz abgenagt. Ich blicke wieder auf.

»Bei jedem Dreieck gibt es Winkel«, sage ich.

»Das kann man wohl sagen«, sagt der eine.

»Und diese Winkel müssen …«

»Ja, was müssen diese Winkel?«

Ich hole tief Luft und stürze mich ins kalte Wasser. »Paarweise gleich groß sein«, sage ich.

Beide sehen mich verdutzt an.

Hab ich jetzt schon wieder versagt?

»Das ist richtig«, sagt der andere. Sein Blick zeigt allerdings noch keine große Anerkennung.

»Und was ist mit den Seiten?«, fragt der eine.

»Die Seiten müssen paarweise gleich lang sein«, sage ich.

»Ja«, sagt der andere. »Dann wäre die Aufgabe ja schon mal zur Hälfte gelöst. Aber wenn zwei Seiten paarweise gleich lang sind, was ist dann mit den Winkeln?«

»Dann müssen die Winkel zwischen diesen Seiten gleich groß sein«, sage ich.

»Das ist ebenfalls richtig«, sagt der eine. »Und wenn wir nun festhalten, dass zwei Seiten paarweise gleich lang sind, was ist dann mit den Winkeln, die der längeren Seiten gegenüberliegen?«

»Die sind gleich groß«, sage ich.

»Bestanden«, sagen beide im Chor.

Abermals vier minus. Obwohl ich etwas beleidigt bin, weil ich kein Befriedigend bekommen habe, finde ich, dass es Grund zum Feiern gibt. Ich fahre mit der Straßenbahn in die Stadt und verschaffe mir vor dem Scala Kino einen Überblick über alle neuen Filme. *Warte, bis es dunkel ist.* Das passt mir ausgezeichnet. Ich stürze mich kopfüber in die Dunkelheit des Klingenberg Kinos und sehe einen Film, der mir Gänsehaut verursacht. Terence Youngs Thriller mit zwei meiner Favoriten in den Hauptrollen: Audrey Hepburn und Alan Arkin. In einer Puppe versteckte Drogen. Eine blinde Frau allein in einer Souterrainwohnung in New York. Keine aufdringlichen Verfolgungsjagden im Auto. Der größte dramaturgische Kniff ist eine offene Kühlschranktür, die es dem Mörder ermöglicht, etwas zu sehen, während er in der dunklen Wohnung nach der Frau sucht. Schockeffekte um des Schocks willen. Weitaus extremer als Maigret, die Conquest-Bücher oder die Hardy Boys. Im Laufe der zwei Stunden, die der Film dauert, ist es, als würde mein Innerstes nach außen gestülpt. Ich hatte immer schon Angst davor, erschreckt zu werden. Erst vier Jahre ist es her, dass ich zum ersten Mal eine Leiche gesehen haben, im Fernsehen. Und das war nicht einmal eine echte Leiche, sondern eine Schauspielerin, die eine erwürgte Frau darstellte. Das war in der abscheulichen schwedischen Serie *Das Halstuch*, einer jener Produktionen, die vom NRK immer freitags in der *Krimistunde* gezeigt wurden.

Ich hatte in der folgenden Nacht ganz dicht neben Mutter schlafen müssen und mich in einen Angstzustand gesteigert, der überhaupt nicht im Verhältnis zu meiner existenziellen Angst im Allgemeinen stand. So viel Angst zu sterben hatte ich ja nicht. So gesehen, fürchtete ich mich mehr davor, den Tod eines anderen Menschen zu sehen, als davor, ermordet zu werden.

Völlig durchgerüttelt stolpere ich in den Juni-Abend hinaus und gehe durch die Rathauspassage zurück zur Roald Amundsens gate, wo sich viele Menschen in der warmen Abendsonne am Kiosk vor Papyrus zusammengefunden haben. *VG* und *Dagbladet* haben Extraausgaben gedruckt. Diesmal ist es Robert Kennedy. Das Bild von ihm, als er am Boden liegt. Er ist gerade erschossen worden.

106

Vier Stunden nach Schließung der Wahllokale in Kalifornien erklärt sich Robert F. Kennedy am 4. Juni 1968 zum Sieger der Vorwahlen bei den Demokraten. Am selben Abend versammeln sich alle freiwilligen Wahlhelfer zu einem Fest im Ballsaal des Hotels Ambassador am Wilshire Boulevard in Los Angeles.

Das Hotel hatte in den 1930er- und 1940er-Jahren häufig als Ort für die Oscar-Verleihungen gedient. Der berühmte Nachtclub des Hotels, Coconut Grove, war eine natürliche Arena für Künstler wie Judy Garland, Frank Sinatra, The Supremes, Bing Crosby und Barbra Streisand. In den zwanziger und dreißiger Jahren war der Nachtclub auch ein Treffpunkt von Berühmtheiten wie Charlie Chaplin, Rudolph Valentino, Gloria Swanson, John Wayne und Clark Gable gewesen. Das Hotel sollte später häufig bei Dreharbeiten Verwendung finden für Filme wie *Die Reifeprüfung, Pretty Woman, L. A. Story, Hoffa* und *Apollo XIII.*

Das Hotel Ambassador ist ein mythischer Ort, ein natürliches Refugium für Präsidenten. Nachdem er lange gezögert hat, will auch Robert F. Kennedy Präsident werden. In der Familie gibt es viele, die glauben, der Kennedy-Clan sei mit einem Fluch belegt. Robert hat ein besonders enges Verhältnis zur Witwe seines älteren Bruders, es gibt Gerüchte. Gleichzeitig hat es in der Regierung Lyndon B. Johnsons diverse Reibereien gegeben. Als Johnson sich schließlich – nicht zuletzt aufgrund der Tet-Offensive und der negativen Meldungen aus Vietnam – gegen eine erneute Kandidatur entscheidet, hat Robert

F. Kennedy bereits vierzehn Tage für seine Nominierung gekämpft und die Primärwahlen in Indiana und Nebraska gewonnen. Anders in Oregon, wo er verloren hat.

Aber jetzt kämpft Kennedy nicht länger gegen Johnson, sondern gegen Hubert Humphrey. Der Sieg in Kalifornien ist wichtig. Robert F. Kennedy tritt mit der Forderung eines schnellstmöglichen Rückzugs der USA aus Vietnam zur Wahl an. Inzwischen seien genug Bomben gefallen.

Die Stimung im Ballsaal ist ekstatisch. Obwohl Robert nicht ganz so gut aussieht wie sein älterer Bruder John, gelingt es ihm, die Kennedy-Magie am Leben zu erhalten. Als wünschte sich niemand wirklich, dass diese Ära vorbei ist. Sie müssen weitermachen, irgendwie. John F. Kennedy hat in der Kuba-Krise die Welt vor dem Untergang gerettet. Nun soll sie der Bruder am Laufen halten. Die Erleichterung darüber, dass Johnson keine Verlängerung seiner Präsidentschaft wünscht, gibt den Kennedy-Unterstützern Auftrieb. Und wer will schon Hubert Humphrey? Hä? Hallo? Den Sohn von Hubert Humphrey sr. und Ragnhild Kristine Sannes aus Tveit in Vest-Agder, Norwegen. Den ehemaligen Apotheker aus dem winzigen Ort Huron in Süd-Dakota, dessen größte Touristenattraktion darin besteht, sich mit »dem größten Bauern der Welt« fotografieren zu lassen. Er sieht aus wie ein hauptsächlich für Nebenrollen geschaffener Schauspieler am Oslo Nye Teater. Er müsste muntere Farcen spielen mit Willie Hoel, Sidsel Sellæg und Arne Aas, begleitet von Kaare Siem im Orchestergraben, anstatt im ovalen Büro des Weißen Hauses in Washington zu sitzen und zu glauben, er sei jemand.

Zehn Minuten vor Mitternacht erscheint Robert F. Kennedy begleitet von tosendem Applaus am Rednerpult im Ballsaal. Er hält die Zukunft in seinen Händen. Und er weiß es. Er hat die Schwelle überschritten. Jetzt gibt es nur noch einen Weg für ihn, und der führt direkt nach Capitol Hill.

Da der Secret Service nur das Leben von Präsidenten und nominierten Präsidentschaftskandidaten schützt, liegt die Sicherheit Robert F. Kennedys an diesem Abend lediglich in den Händen des ehemaligen

FBI-Agenten William Barry sowie zweier Bodyguards, dem Zehnkampf-Goldmedaillengewinner der Oympischen Spiele in Rom, Rafer Johnson, der später eine Rolle in dem James-Bond-Film *Licence to kill* übernahm, und dem Football-Spieler Rosey Grier, der in Filmen wie *Endstation Hölle* mit Charlton Heston und in einer Reihe anderer Filme und Fernsehserien auftreten wird.

Robert F. Kennedy bedankt sich gern persönlich bei seinen Bewunderern. Das hat William Barry und seinen Männern schon einige nervenaufreibende Momente beschert. Nun möchte Kennedy nach seiner Rede durch den ganzen Saal in einen anderen Raum gehen, wo weitere Unterstützer auf ihn warten. Der Presseverantwortliche der Kennedy-Kampagne, Fred Dutton, sieht derweil auf die Uhr und begreift, dass die Deadline für die Journalisten näherrückt. Immerhin ist die Befriedigung der Presse wichtiger, als Wahlkampfmitarbeiter bei Laune zu halten. Während Kennedy zu den Versammelten spricht, informiert er deshalb Barry, dass Kennedy den Besuch bei den anderen Unterstützern ausfallen lassen und durch den Küchenbereich des Hotels direkt in den Presseraum gehen muss.

Kennedy beendet seine Rede, bedankt sich für die Unterstützung und kündigt zu ohrenbetäubendem Jubel aus dem Saal an, dass sie auch in Chicago siegen werden. Dann beginnt er, sich den Weg durch die Zuschauermenge zu bahnen. Doch Barry tritt ihm in den Weg und sagt: »No, it has been changed. We're going this way.« Barry und Dutton räumen Kennedy den Weg frei, damit er links durch die Schwingtüren in den Küchenkorridor gehen kann. Doch Kennedy wird von nahezu wild gewordenen Unterstützern im Saal belagert. Da greift der Küchenchef des Hotels, Karl Uecker, Kennedys rechten Arm und zeigt ihm und seinem Gefolge den Weg durch den hinteren Eingang, der unmittelbar in den Küchenbereich führt. Sie durchqueren einen Gang, wo rechts eine Eismaschine an der Wand steht und auf der linken Seite ein sogenannter Steam table, mit dem sich Speisen warmhalten lassen.

Der siebzehn Jahre alte Küchenhelfer Juan Romero ist hingerissen, als er sieht, wer sich da nähert, und streckt ehrerbietig die Hand aus. Im selben Moment tritt der vierundzwanzigjährige Sirhan Bishara Sirhan, geboren in Jerusalem, das zu jener Zeit zum Völkerbundsmandat für Palästina gehörte, hinter einem niedrigen Schubladenschrank neben der Eismaschine hervor. Er feuert drei Schüsse aus einem Iver-Johnson Cadet-Revolver, Kaliber 22, auf Kennedy ab. Eine Kugel dringt hinter Kennedys rechtem Ohr direkt in den Schädel ein. Die beiden anderen Projektile treffen Kennedy auf der Rückseite der Achselhöhle des rechten Arms. Das erste tritt vorn durch die Brust aus, das andere bleibt in Kennedys Nacken stecken.

Kennedy fällt zu Boden, gleichzeitig schlägt Barry Sirhan zweimal hart ins Gesicht. Johnson und Grier, unterstützt vom Küchenchef, dem Koch Edward Minasien und dem Schrifsteller George Plimpton, ringen Sirhan nieder und halten ihn fest, indem sie ihn auf den Wärmetisch drücken. Dennoch schießt Sirham weiter. Schließlich steckt Grier seinen Daumen hinter den Abzug, um zu verhindern, dass Sirhan weitere Schüsse abfeuert. Allerdings hat der Angreifer zu diesem Zeitpunkt bereits fünf andere Personen verletzt – zwei Journalisten, einen Gewerkschaftsführer und zwei von Kennedys Unterstützern.

Nach einer Minute hat Sirhan die Kontrolle über seine Waffe wiedererlangt und versucht, noch einmal zu schießen. Aber es befinden sich keine Patronen mehr in der Trommel. Barry zieht seine Jacke aus und legt sie unter Kennedys Kopf. Er hat gesehen, dass die Waffe nicht allzu groß war, und hofft, dass dies auch auf die Verletzungen zutrifft. Dann aber entdeckt er das Loch hinter Kennedys Ohr und begreift, dass der ehemalige Justizminister lebensbedrohlich verletzt ist. Aus allen Richtungen kommen Journalisten und Fotografen in den Raum gelaufen, nach wenigen Augenblicken herrscht totales Chaos. Der Küchenjunge Romero wirft sich über Kenndy, streichelt seinen Kopf und legt ihm einen Rosenkranz in die Hände.

Kennedy ist noch bei Bewusstsein. Er starrt dem jungen Mann in die Augen: »Is everybody safe? OK?«

»Yes, yes«, erwidert Romero mit Tränen in den Augen. »Everything is going to be OK.«

Kennedys Frau Ethel ist neben dem Rednerpult im Ballsaal stehengeblieben. Sie wird geholt und sofort in den Küchenbereich gebracht, wo Robert noch immer auf dem Boden liegt. Sie kniet sich neben ihn. Er dreht ihr den Kopf zu und scheint sie zu erkennen.

Einige Minuten vergehen.

Schließlich stürzt Rettungspersonal herein. Sie packen Kennedy an Armen und Beinen, um ihn auf eine Trage zu legen. Kennedy flüstert: »Don't lift me.«

Aber sie tun es trotzdem. Es sollten seine letzten Worte bleiben. Auf der Fahrt zum Central Receiving Hospital, nur einige hundert Meter vom Hotel entfernt, verliert er das Bewusstsein. Die Ärzte, die ihn in Empfang nehmen, begreifen schnell, dass sie es mit einem Sterbenden zu tun haben. Einer von ihnen streichelt seine Wangen und ruft: »Bob! Bob!« Ein anderer beginnt mit Herzmassage, und tatsächlich gelingt es ihm, Kennedys Herzrhythmus zu stabilisieren. Er reicht Ethel Kennedy, die ihrem Mann nicht von der Seite gewichen ist, sein Stethoskop. Sie setzt es auf, horcht und lächelt. Noch gibt es Hoffnung.

Dreißig Minuten später wird Kennedy in das Hospital of the Good Samaritan gebracht. Ein Gymnasium in der Nähe des Krankenhauses wird der Presse als Hauptquartier überlassen. Kurz nach drei Uhr morgens beginnt eine Operation, die drei Stunden und vierzig Minuten dauern wird. Nach zehneinhalb Stunden verkündet Kennedys Sprecher Frank Mankiewicz, dass der Zustand des Senators lebensbedrohlich sei.

Nach weiteren neun Stunden kommt Mankiewicz zum Pressezentrum und liest eine vorbereitete Erklärung vor: »Ich habe eine kurze Meldung, die ich vorlesen muss. Senator Robert Francis Kennedy ist heute Morgen, am 6. Juni 1968 um 1.44 AM, gestorben. … Er wurde 42 Jahre alt. Danke für Ihre Aufmerksamkeit.«

Sirhan Bishara Sirhan wird dazu verurteilt, in derselben kleinen Gaskammer im San Quentin State Prison außerhalb von San Francisco zu sterben, in der schon mehr als acht Jahre zuvor Caryl Chessmans Leben geendet hatte. Sirhan wird allerdings später begnadigt und in das Corcoran State Prison in der Nähe von Los Angeles überführt.

Der palästinensisch-arabische Christ mit jordanischer Staatsbürgerschaft gab zu, eine ausgeprägt antizionistische Überzeugung gehabt zu haben. Es wurden Tagebücher gefunden, in die er geschrieben hatte, Kennedy müsse aufgrund seiner Israel-Verbundenheit sterben. Der Mord hätte vor dem 5. Juni 1968 stattzufinden, dem Tag, der den Ausbruch des Sechstagekrieges vor einem Jahr markierte. In einem Fernsehinterview mit David Frost im Jahr 1989 berichtete er, seine einzige Verbindung zu Robert Kennedy habe darin bestanden, dass der Senator die Juden unterstützte und fünfzig Bomber nach Israel schicken wollte, »um den Palästinensern zu schaden«.

An das Attentat konnte er sich nicht erinnern.

Seine Verteidiger argumentierten, Sirhan sei für seine Handlungen nicht verantwortlich.

Er selbst sagte, die CIA habe ihn einer Gehirnwäsche unterzogen.

Irgendetwas erlosch an diesem Abend in Vater. Ich kam mit der Extraausgabe der Zeitung vom Klingenberg Kino nach Hause. Dass ich die Prüfungen gerade so bestanden hatte, war gar kein großes Thema. Wir saßen alle vier in der Küche. Das Licht stand im Norden, und vom Küchenfenster ließ sich leicht erkennen, dass der Johannistag näherrückte.

»Er war doch der Beste von allen«, sagte Mutter.

Manchmal konnte Mutter solche Dinge sagen und strahlte dabei eine Autorität aus, die Vaters, Tormods und meine übertraf. Sie tat immer so, als verfolge sie das Weltgeschehen nicht, war aber stets über alles informiert.

»Das Wichtigste war, dass er die USA aus dem Vietnamkrieg hätte herausmanövrieren können«, sagte Vater. »Jetzt bekommen wir auf alle Fälle Nixon.«

»Aber er ähnelt dir doch«, sagte ich.

»Lass gut sein, mein Junge«, sagte Vater mit wehmütigem Lächeln.

107

Josip Broz Tito beugt sich den Studenten, die an Universitäten in ganz Jugoslawien für Unruhe gesorgt haben, und verspricht soziale und politische Reformen. Der Duft der Hippieblumen verbreitet sich über die ganze Welt. Joni Mitchell bereitet mit Stephen Stills an der Gitarre und Henry Lewy am Mischpult die Einspielung des Albums *Cloud* im A&M-Studio in Hollywood vor, nicht weit von dem Hotel entfernt, in dem Robert F. Kennedy ermordet wurde. *Both Sides Now* lautet der Titel eines der Stücke. Während der Bjørnstad-Junge morgens früh mit *Aftenposten* loszieht, ahnt er nicht, dass all das ihn nach und nach immer mehr beschäftigen und sein Leben völlig verändern wird. Die Unwissenheit ist eine Schatzkammer. Er hat nicht die geringste Vorstellung davon, was sich alles darin verbirgt. Mit der Straßenbahn fährt er zu Robert Riefling und fühlt sich traurig. Etwas stimmt nicht. Muss er sich womöglich auch gegen etwas auflehnen? Aber für so etwas ist er doch gar nicht geschaffen. Unabhängig davon, was er bis jetzt im Leben erreicht oder gewonnen hat, ist er dennoch ein ewiger Fünfter. Er will gar nicht in der ersten Reihe stehen. Damit, dass Rieflings Lehrmethoden autoritär und altmodisch sind, kann er leben, doch dass Riefling ihm die Chance, im Januar mit der Philharmonie zu spielen, versagen will, weil er ihn nicht für reif genug hält, ist schon schwerer zu verdauen.

Riefling oben in seiner dunklen Stube. Das Licht, das durch die Bäume und die kleinen Butzenfenster dringt. Sein bleiches, kultiviertes Gesicht. Das Milde in seinem Wesen, das den eisernen Willen überdeckt. Er ist zwar nicht der berühmteste Pianist auf der Welt, aber einer der besten, einer der ehrgeizigsten.

Ist es der Perfektionismus dieses großen Künstlers, der ihm das Gefühl gibt, dorthin nicht zu passen? Irgendwo in sich hat er das deutliche Gefühl, dass er für Unglück, Irrtümer und plötzlichen Tod geschaffen ist. Er ist derjenige, der eine Woche nach Erwerb des Führerscheins mit dem Wagen von der Straße abkommen kann. Er ist derjenige, der an einem schönen Sommertag vor die Straßenbahn läuft und getötet wird, nur weil er verliebt ist. Er ist einer der vielen, die einen Schmerz in der Leistengegend verspüren und, lange bevor die Ärzte etwas dazu gesagt haben, wissen, dass es sich um bösartigen Krebs handelt. Andererseits trägt das Untergangsgefühl dazu bei, dass er vorwärtsgetrieben wird. Es gibt ihm Mut, weil er grundsätzlich voraussetzt, dass er nichts zu verlieren hat. Und deshalb kann er auch etwas riskieren.

Also fragt er Riefling abermals: »Sie meinen also nicht, dass ich bereit bin, mit der Philharmonie zu spielen?«

»Sag um Gottes willen du«, erwidert der andere und wedelt mit der Hand.

»Also gut. Du.«

»Nein. Du bist nicht bereit. Es würde dich ablenken. Das, womit wir gerade beschäftigt sind, dauert seine Zeit. Du musst mir vertrauen. Zunächst musst du dir ein Repertoire erarbeiten. Du musst dir einen Überblick über deine technischen Möglichkeiten verschaffen. Du darfst nicht etwas präsentieren, das noch nicht ausgereift ist. Das verdienst du nicht. Und das verdient auch das Publikum nicht.«

Er lauscht Rieflings Stimme und würde gern fragen: »Bist du fertig? Kommt da wirklich irgendwann ein Punkt, an dem man fertig ist?« Aber das wagt er nicht.

Er spielt, worum Riefling ihn gebeten hat. Ravel. *Le Tombeau de Couperin.* Die teuflische Toccata. Aber sein Spiel ist nicht mehr von Freude durchdrungen. Er sitzt am Steinway-Flügel und verspürt einen stechenden Schmerz im Rücken. Wie ein Speer, der sich gegen ihn presst. Riefling unterbricht ihn, äußert sich anerkennend, verweist aber gleichzeitig auf ein nicht genügend berücksichtigtes Crescendo. Aber ist das so schlimm, denkt er. Will Riefling ihm wirklich bis ins kleinste Detail erklären, welche Gefühle er haben, in welchem Tempo er spielen und wann er das Pedal weglassen soll. Wird es dann nicht einfach nur zu einer Kopie des künstlerischen Willens einer anderen Person? Er bezweifelt, dass es Malern genauso ergeht. An der Akademie oder an der Kunsthandwerksschule können sie den Studenten doch auch nicht jedes Detail in einem Bild vorschreiben. Der Gedanke verwirrt ihn. An diesen Institutionen soll doch nichts wiedererschaffen werden. Die Studenten stehen doch nicht da und kopieren Vermeer oder de Chirico. Sie sollen ein Handwerk erlernen. Und dann selbst etwas erschaffen. Und die Schriftsteller? Die haben ja nicht einmal Lehrer in diesem Sinne. Und im Jahr 1968 existiert auch keine Akademie für Schreibkunst. Es gibt nur Schreibkurse, und die sind meist für ältere Menschen, denkt er. Niemand hat Finn Alnæs gesagt, was er Satz für Satz schreiben soll. Und genau das ist die große Freiheit. Der enorme Unterschied zwischen dem, was sie tun, und dem, womit er gerade beschäftigt ist. Während er auf Rieflings Beethoven-Stuhl sitzt, weiß er, dass das Ziel dieser Stunde darin besteht, dass er Ravel annähernd genauso spielen können soll wie Riefling. Das ist die Geißel aller jungen Musiker, auch an den altehrwürdigen Institutionen überall auf der Welt. Hat Geir Henning Braaten ihm nicht neulich von Professor Bruno Seidlhofer erzählt, der seine Anmerkungen sogar mit Kugelschreiber auf die Notenblätter schrieb? Sein Wort war Gesetz. Geir sollte genau wie Seidlhofer spielen. Die Weitergabe von Wissen, die zu einem reinen Diktat wird. Aber sind es nicht auch diese pädagogischen Methoden, gegen die Studenten auf der ganzen Welt protestiert haben? Werden die aufrührerischen Tendenzen bei jungen Menschen nicht gerade durch die autoritäre Art der Weitergabe von Wahrheiten geweckt, die einmal anerkannt waren, aber heute vielleicht keine Wahrheiten mehr sind? Mitunter hat er wirklich Lust, einfach auf dieses Crescendo zu pfeifen, das Riefling für so wichtig hält. Er selbst hält es überhaupt nicht für wichtig. Ravels *Toccata* ist ein weiter Horizont voller Hammerschläge. Er hat seinen eigenen Weg, der in diese Musik hineinführt, und genau den mag er. Es ist ein anderer Weg als der Rieflings, aber Ravel hält das aus. Solange der Pianist weiß, was er mit der Musik will, hält Ravel so gut wie alles aus. In seinem Inneren ist er davon überzeugt. Hat niemals Zweifel gehegt. Er weiß auch, wie er Bartóks drittes Klavierkonzert spielen würde, wenn er die Erlaubnis dazu bekäme. Er würde wohl nicht sagen, dass er es besser als Riefling spielen würde, aber er würde es anders spielen, definitiv. Schwerer, fast wie Brahms. Und plötzlich, inmitten seiner Unterrichtsstunde, begreift er, dass es so nicht gehen kann. Er kann nicht Tag für Tag sieben oder acht Stunden üben, nur um die Kopie eines phantastischen Pianisten zu werden, der all diese Dinge selbst bereits kann. Denn wenn er es täte, würde er ja wie Riefling klingen. Er könnte dann irgendwann in der Zukunft zum NRK-Musikchef Kristian Lange gehen und sagen. »Jetzt bin ich bereit, Beethovens 32 Variationen zu spielen, nach denen Sie verlangt haben.« Und dann würde er es tun. Und wenn er dann einen guten Tag erwischte, würde es genauso klingen, als ob Riefling selbst spielte. Aber wozu sollte das gut sein?

Die Stunde ist vorüber. Er steht auf. Fast ist ihm schwindlig angesichts dessen, was ihm gerade durch den Kopf gegangen ist. Er ist viel größer und dicker als Riefling, wenn er so neben ihm steht, fühlt sich aber ungeschickt und unausgereift. Und dennoch ist etwas passiert. Er hat eine Wahl getroffen. Noch allerdings behält er alles für sich.

»Dann wird das wohl nächstes Jahr nichts mit mir und der Philharmonie«, sagt er.

Riefling schüttelt den Kopf. »Definitiv nicht. Es gibt, wie gesagt, noch so viel zu lernen.«

»Dann belassen wir es dabei«, sagt er und nickt, verbeugt sich beinahe, zum Dank für das Vertrauen, das Riefling ihm geschenkt hat. Obwohl im Inneren seines Kopfes gerade eine Straßenschlacht stattfindet, darf er nicht vergessen, dass er privilegiert ist. Er sagt es laut vor sich hin. Mehrmals am Tag. Privilegiert.

Es ist so, als wäre eine Wand eingestürzt. Er sieht einen ganz anderen Weg als diesen gewundenen, langen und anstrengenden Pfad voller Steigungen und Moorlöcher, den Riefling für ihn vorbereitet hat. Und auch wenn Riefling sich anbietet, diesen Weg noch einmal zu gehen, gemeinsam mit ihm, weiß er, dass er ablehnen muss. Er muss es wie die Maler und Schriftsteller machen. Sich befreien. Und Inspiration aus einer anderen Quelle beziehen, als Riefling es tut.

Als er wieder in der Straßenbahn stadteinwärts sitzt, sieht er die Dänemark-Fähre den Fjord hinausdampfen. Die Anziehungskraft des Kontinents. Die großen Dinge, die genau jetzt dort draußen in der Welt geschehen. Endlich ist alles möglich. Reformen in der Tschechoslowakei, Unruhen in Mexiko und ein französischer Präsident, der von Studenten und Gewerkschaften fast gestürzt wurde. Die massive Druckwelle aus Amerika. Das Sich-Losreißen von allen alten und verstockten Denkweisen. Das Verdienst der Jugend. Nicht der Alten. Er steigt am Valkyrien plass aus und macht einen Schlenker durch den Schlosspark, um nachzusehen, ob Aurora aus der winterlichen Dunkelheit zurückgekehrt ist. Wo ist sie gewesen? Was hat sie in all den Monaten getan? Hat sie studiert? Ist sie gehorsam gewesen? Er sieht die Hippies in Grüppchen bei Abelhaugen herumstehen wie im Jahr zuvor. Er weiß, dass dort Drogen verkauft werden. Hasch. Marihuana. Vielleicht auch LSD. Die Männer sind dünn. Groß und mager. Viele haben langes offenes Haar, andere laufen mit Bart oder Pferdeschwanz herum. Sie tragen Westen und T-Shirts mit psychedelischen Mustern oder kleinen Statements wie *I Love San Francisco* oder *Make love, not war.* Die Frauen sehen toll aus, tragen leichte Kleidung. Verschlissene Jeans, lange Hemden und Blumen im Haar. Er denkt, dass Leah hier auftauchen und mit einem der Männer abhängen könnte, genauso wie es Aurora tut, wie er feststellt, als er plötzlich an ihr vorbeikommt. Ein blonder Junge mit langem, offenen Haar, genau wie sie. Muskulöse Arme. Er umarmt Aurora, besitzt sie lustvoll mit seinem ganzen Wesen. Er erinnert an die großen Granitmänner im Frogner Park. Die sogar etwas Tierisches an sich haben, wenn sie einander im Monolithen hochheben und sich nach etwas anderem strecken, das erhabener ist als das Weltliche. Etwas durchzuckt ihn. Er spürt die Traurigkeit in seinem Inneren. Aurora. Viel zu alt für ihn. Und dennoch. Er dreht sich weg. Läuft schnell weiter. Darf sich nicht noch einmal blamieren. Wird rot, als er an die Unterhaltung im letzten Jahr denkt. Hatte sie ihn zum Narren gehalten? Unten im Schaukasten vor dem Scala Kino sieht er, dass Bergmans *Die Stunde des Wolfs* noch immer im Gimle läuft. Müde geworden von seinen eigenen Gedanken und den Entscheidungen, die er getroffen hat, geht er ins Kino, nur um zuzusehen, wie Johan Borg, gespielt von Max von Sydow, im Zusammenleben mit seiner Frau Alma, dargestellt von Liv Ullmann, von seinen Dämonen gequält wird. Das Ganze ist intensiv und verzweifelt. Doch sind es diese Gefühle, nach denen er sich sehnt, diese Gefühle, die das Unerwartete möglich machen. Er liebt die Filmsprache. Der Film im Film. Die gesetzten Rahmen und Bedingungen, sodass nicht alles einfach nur herausflutet. Die Kontrolle, die Bergman hat, um das Unkontrollierte zu schildern. Ist es das, wonach er sich sehnt? Will er ein Künstler werden, der etwas erschafft? Er schließt die Augen. Und sieht Amalie vor sich.

Am nächsten Tag ist er wieder bei ihr. Er ist nervös angesichts dessen, was er sagen will. Er erzählt ihr alles. Sitzt in der Küche. Streichelt die Katze. Trinkt Tee. Sagt, dass da ein Knoten in seiner Brust sitzt, jedesmal wenn er die Straßenbahn nach Lysebu nimmt. Dass er kleiner wird, dass er schrumpft, dass die Freude schwindet und die dunklen Gedanken überhand nehmen. Es ist kein Vorwurf. Riefling ist phantastisch, aber Riefling ist für andere Schüler geschaffen, für solche, die gehorsamer sind, die auf Kommando fühlen können, die ein Kunstwerk so nachahmen und vorführen können, dass es bis auf den Punkt demjenigen ähnelt, das der Professor in seinem Kopf hat. Doch soll das so sein? Soll sich die Musikgeschichte auf diese Weise weiterentwickeln? Dass die Jungen die Deutungen der Alten übernehmen, sie nachahmen und sich ihnen unterwerfen? Soll man den Willen eines anderen Menschen wieder und wieder kopieren? Reicht es nicht, wenn man über die erforderlichen Grundlagen verfügt, wenn man Ratschläge darüber bekommt, wie man seine eigene Deutung der Musik findet? Er sieht ständig diesen Weg vor sich. Den Weg, den

Riefling schon gegangen ist. Riefling geht den Weg abermals, gemeinsam mit ihm, er passt auf, dass er nicht aus der Spur tritt, die schon bereitet worden ist. Riefling sagt »Pass auf!«, wenn er sich gefährlichen Stolpersteinen nähert, Riefling geleitet ihn vorsichtig und rücksichtsvoll die steilsten Hügel hinauf und hinunter und sagt, in welche Richtung er schauen soll. Auf diese Weise kann die Musik weitergeführt und übertragen werden, von einer Generation auf die andere. Aber etwas ist dabei falsch. Der Speer, den er im Rücken spürt, sagt ihm, dass er das zu bemerken beginnt, was von den modernsten Psychologen in den Zeitungen Stress genannt wird. Er fängt an, Angst zu verspüren. Verliert Tag für Tag immer mehr an Freude. Wieso ist das mit Amalie nie so gewesen? Auch sie stand auf dem Pfad. Seinem Pfad. Aber sie folgte ihm nicht so dichtauf. Manchmal machte sie sich sogar unsichtbar, wartete auf ihn in den steilsten Hügeln, rief vorsichtig eine Warnung, ließ ihn aber manchmal auch um die ausgetretene Spur herumgehen, ja, fand es sogar spannend, wenn er zwischendurch einmal ausscherte, um einen anderen Weg zu finden, wenn er einen Abhang hinunterstürzte und dort eine Weile liegenblieb, um dann festzustellen, dass der Ort, an dem er sich jetzt befand, viel bessere Aussicht bot als der Hauptpfad. Lag es daran, dass sie seine Ungeduld verstand? Sein heftiges Gemüt, das er immer so sorgfältig verbarg, außer wenn er Klavier spielte? Die Höflichkeit, die verschwand. Hatten sie beide nicht genau das erlebt, als sie Jacqueline du Pré hörten? Sie erwies niemandem Höflichkeit. Sie sagte nicht Sie zu Fremden. Vom ersten Moment an war es du. Du, da unten im Saal, komm und hör zu. So hast du nie zuvor jemanden Beethoven spielen hören. Und es stimmte. Etwas Ähnliches hatten sie nie gehört. Es war du Prés Deutung, nicht die ihres Lehrmeisters. Wenn sie phrasierte, waren es ihre Phrasen. War genau das nicht geradezu magisch? Amalie liebte ja Beethoven, nicht weil Beethoven Mozart bewunderte, sondern weil er ein Revolutionär war, im Laufe der Jahre sogar immer mehr. Er hüllte sich in eine Tonsprache ein, die immer persönlicher wurde, und dann, gegen Ende seines Lebens, als er die großen Quartette schrieb, zeitweilig völlig unzugänglich wirkte. War es nicht dieser Prozess, über den

Amalie gern ein Buch schreiben wollte? Das große Beethoven-Buch, an dem sie bereits arbeitete? Kann sie also verstehen, warum er an diesem Tag zu ihr gekommen ist? Um ihr zu sagen, dass es nicht länger geht, dass er nicht Woche für Woche, Monat für Monat neben einem Genie hergehen kann mit dem einzigen Ziel, dieses Genie zu kopieren. Und wenn er Glück hat, am Ende genauso gut zu spielen wie das Genie. Aber niemals besser. Niemals anders. Weil er irgendwann gar keinen anderen Weg mehr erkennen kann, als den, den der Meister schon ausgetreten hat. Jetzt will er ihr das alles erzählen. Dass er sich entschieden hat. Dass er dem Meister trotzen will. Dass er Bartók spielen will. Dass sie ihm helfen muss. Wieder übernehmen soll. Ihn dabei unterstützen soll, die erforderliche Freiheit zurückzugewinnen. Das zu gewinnen, was er braucht, um ein schöpferischer Mensch zu werden, nicht nur ein gehorsamer Nachplapperer. Sie haben so viel gemeinsam. Noch ist es nicht vorbei. Es hat gerade erst angefangen. Sie muss Riefling anrufen und es ihm erklären. Es tut ihm so leid. Er schämt sich. Und dennoch …

Er braucht gar nichts mehr zu erklären. Sie begreift alles. Sie umarmt ihn, als er fast in Tränen ausbricht. Was in ihm und außerhalb von ihm gerade passiert, ist so ungeheuer groß. Er versteckt das Gesicht an ihrem Hals.

»Alles wird gut«, sagt sie. »Hab keine Angst. Robert ist nicht dumm. Er wird schon verstehen, warum du das machen musst.«

108

Svein Bruun bringt eine Doppel-LP vorbei. Eine Aufnahme von Verdis Requiem, die er gerade entdeckt hat, obwohl sie schon 1964 erschienen ist.

»Oh Gott, nein!«, sagt Mutter.

»Das müsst ihr euch einfach anhören!«, sagt Svein.

Wir sitzen auf dem Dachboden, wo die tolle Musikanlage mit den selbst gezimmerten SEAS-Lautsprechern steht. Carlo Maria Giulini dirigiert den Chor und das Orchester der Philharmonie. Elisabeth Schwarzkopf, Christa Ludwig, Nicolai Gedda und Nicolai Ghiaurov.

»Besser könnte es gar nicht sein«, sagt Svein.

»Müssen wir wirklich?«, fragt Mutter.

Eine Woche danach sitzt Vetter Gunnar auf dem Sofa im Wohnzimmer. Eine Überraschung. Tante Minnie und Onkel Odd sind auch gekommen. Ich urmarme sie der Reihe nach. Obwohl sie lächeln, haftet ihnen etwas Trauriges an. Früher war das nie so. Gunnar und seine Schwester Eva sind die schönsten Menschen, die ich kenne. Ich begreife irgendwie gar nicht, dass ich mit ihnen verwandt sein kann. Jedesmal, wenn wir als Kinder nach Borgenhaugen bei Sarpsborg kamen, war es so, als käme man nach Amerika. Das große graue Haus mit dem Bekleidungsgeschäft im Erdgeschoss und der hübschen, geschmackvollen Wohnung im ersten Stock. Der Zwergpinscher Trine. Eva und Gunnar, die sich immer so nett gegenüber Tormod und mir verhielten, obwohl sie älter waren, fast erwachsen. Ihre Sanftheit. Vielleicht war das damals schon eine Art Melancholie. Ungeachtet dessen lag die Zukunft offen vor ihnen. Gunnar wollte nach Amerika und sich als Chiropraktiker ausbilden lassen. Nach mehreren Jahren Ausbildung war er jetzt zurück und hatte eine eigene Klinik in Moss eröffnet.

»Wie schön, dass ihr zu Besuch gekommen seid!«, sage ich.

Minnie fängt plötzlich an zu weinen. Mutters Gesicht ist aschgrau, und Vater hat diesen traurigen Gesichtsaudruck wie immer, wenn etwas Schlimmes in der Welt passiert ist.

»Mutter«, sagt Gunnar freundlich. »Es ist doch gar nicht sicher, dass es so ernst ist.«

»Ernst? Was?«, frage ich.

Gunnar seufzt. »Ein paar Geschwulste«, sagt er. »Wir müssen zum Radiumhospital und sie untersuchen lassen.«

»Heutzutage sind die bei solchen Dingen sehr geschickt«, sagt Vater. »Jeden Tag gewinnt man neue Informationen über Krebs.«

»Sprich dieses Wort nicht aus«, sagt Mutter.

»Es kommt wie es kommt«, sagt Gunnar, matt lächelnd. Auch er wirkt jetzt grau im Gesicht.

Ich stehe mitten im Zimmer und sehe sie an. Als sei eine Sonnenfinsternis durchs Fenster hereingedrungen. Kaum wirklich zu spüren. Alles nur etwas dunkler. Dennoch hören die Vögel auf zu singen. Die Blüten der Blumen schließen sich langsam. Ja, denke ich. Mutter läuft immer durchs Haus und singt vor sich hin, wenn sie daheim ist. Solange Gunnar krank ist, wird sie das nicht mehr tun.

Etwas ist vorbei.

Neue Einschränkungen. Trotz meiner elenden Noten hat Ingeborg Kindem mich auf dem Hartvig-Nissen-Gymnasium angenommen. Ich sollte natürlich froh und dankbar sein, sträube mich aber. Jetzt verliere ich meine Freiheit. Erlebe ich diese Augusttage 1968 deshalb so intensiv? Oder ist es wegen Gunnar? Die Geschwüre waren bösartig. Gunnar liegt jetzt im Radiumhospital und bekommt Bestrahlungen.

Am ersten Schultag, an dem immer die Sonne scheint, egal wie weit ich mich zurückerinnere, stehe ich auf dem Schulhof neben dem ehrwürdigen gelbroten Schulgebäude, das trotz allem ein bisschen freundlicher wirkt als das Foss Gymnasium. Ingeborg Kindem steht an der Tür und hält Hof, heißt uns neue Erstklässler willkommen. Unsicherer als je zuvor schleiche ich mich an ihr vorbei. Plötzlich habe ich einen straffen Stundenplan. Ich kann mich jetzt nach der morgendlichen Zeitungstour nicht mehr ein paar Stunden schlafen legen. Deswegen muss ich abends früher ins Bett gehen. Aber ich sitze doch so gern bis spät in die Nacht da und höre Musik über Kopfhörer.

Die anderen Schüler. All die Weisheit, die sie ausstrahlen. Neun Jahre lang haben sie sich Tag für Tag neues Wissen angeeignet, während ich, in meine Phantasiewelt eingelullt, unnütze Romane gelesen, »gewagte« Filme gesehen, Bacharach gehört und Prokofjew gespielt habe. Was für ein Kauz bin ich eigentlich? Oder, wie Amalie gesagt hätte: Was für ein Blödian. Können sie es mir ansehen? So wie wir in alten Tagen auf der Waldorfschule sehen konnten, wer von der Hestafivel-Schule kam und besonderer Hilfe bedurfte. Vielleicht entwickle ich ja spastische Anfälle? Vielleicht fehlt es mir an Impulskontrolle? Plötzlich stehe ich in einer Ecke des Schulhofs und rufe »Uääääh!«.

Voller Schamesröte drehe ich mich um. Hat das jemand gehört? Kapieren die, wie es eigentlich um mich steht? Habe ich meine schmutzige Phantasie offenbart, die von Frauen in allen Formen bevölkert und zerrüttet ist? Merken sie, dass ich in meinen eigenen Leerraum hineinfalle, als ich später im Klassenzimmer sitze und dem distinguierten Hansen-Bauer zuhöre, der uns durch diese Phase des Lebens leiten soll, gemeinsam mit Ingeborg Kindem, die viel mehr Musikchef ist als Kristian Lange vom NRK und noch dazu aus Bergen kommt. Master of Music an der University of Southern California, Abschluss 1949, außerdem Dirigentin für den Gesangsverein der Studentinnen. Unverheiratet, streng, aber freundlich. Ja, natürlich kapieren sie es. Sie behandeln mich mit einer distanzierten Freundlichkeit, die mich geradezu rührt. Als ob sie zueinander sagten: Dieser Junge ist offenbar so verschroben, dass wir ihm seine Eigenheiten lassen müssen. So geht es, wenn man aus dem Schulsystem fällt und sich Weichheit und Genusssucht hingibt. Ein Wunder, dass er überhaupt Klavier spielen kann.

Die Freiheit, die ich bei Amalie gesucht habe. Die Einschränkungen ausgerechnet jetzt, wo von mir verlangt wird, das Abitur zu machen. Großvater hatte dafür gekämpft, dass allen seinen Kindern die Möglichkeit offen stand, Akademiker zu werden, wenn sie es wollten. Nur zwei von ihnen gelang es. Jetzt wird sein jüngstes Enkelkind völlig versagen. Es liegt förmlich in der Luft. Es ist so, als ob Peter Sellers in einem Film auftritt. Schon in der ersten Szene weiß man, dass etwas schiefgehen wird. In den USA hat Blake Edwards gerade die Dreharbeiten zu *Der Partyschreck* abgeschlossen, wo Sellers in der Rolle des indischen Schauspielers Hrundi V. Bakshi zum falschen Zeitpunkt eine gigantische Explosion auslöst und gleichzeitig die albernste Sterbeszene der Weltgeschichte hinlegt. Der Regisseur in dem fiktiven Film schreibt »Fire this Guy« auf einen Notizzettel. Seine Sekretärin setzt Bakshis Namen jedoch irrtümlich auf die Gästeliste für eine große Hollywood-Party im Haus des Regisseurs. Der Zuschauer weiß zu diesem Zeitpunkt, dass alles für diesen armen Teufel vor die Hunde gehen wird, darf aber ein paar unvergessliche Szenen miterleben, bevor es dazu kommt. Tatsächlich brüllt man vor Lachen, ungläubig und hingerissen ob der Tatsache, dass dieser hilflose Inder es schafft, eine Katastrophe nach der anderen auszulösen. Momentan fühle ich mich exakt wie Bakshi. Ich bin nur aufgrund eines Irrtums im Klassenraum, im Musiksaal und auf dem Schulhof. Es sollte eigentlich unmöglich sein, mit so elenden Noten wie meinen diese ehrwürdige Schule besuchen zu dürfen. Ausreichend minus. Dazu all die persönlichen Gebrechen und Charakterschwächen. Vielleicht ergeht es mir wie Bakshi. Vielleicht verursache ich eine ordentliche Überschwemmung, weil ich es geschafft habe, eines der Klos zu verstopfen? Ich bin dazu geschaffen, Fehler zu begehen.

Truppen aus der Sowjetunion, aus Polen, Ungarn und Bulgarien ziehen mit Panzern und mehreren hunderttausend Soldaten in die Tschechoslowakei. Ihr Ziel ist es, die tiefgreifenden politischen Reformen Alexander Dubčeks aufzuhalten. Nach Ansicht von Leonid Breschnew, Andrej Gromyko und anderen sowjetischen Führern ist es in der Tschechoslowakei schon viel zu weit gegangen. Der sogenannte Prager Frühling war demnach ein Irrtum, und dies soll das tschechoslowakische Volk schon bald zu spüren bekommen. Am 21. August 1968 wird Geschichte geschrieben.

Als ich am zweiten Schultag vom Unterricht nach Hause komme, fühle ich mich in gewisser Weise erleichtert. Ich sehe die Kriegsschlagzeilen in der Zeitung und begreife, dass die Welt um mich herum wieder zunehmend gen Normalität tendiert. Als Mutter und Vater von der Arbeit kommen, wird gar nicht darüber gesprochen, wie ich auf der Hartvig-Nissen-Schule zurechtkomme. Stattdessen kleben wir vor dem Fernsehgerät und sehen zu, wie die Tschechoslowaken aktiven Widerstand leisten, als die sowjetischen Truppen versuchen, das Rundfunkgebäude in Prag zu besetzen. Ein aufgeregter Reporter berichtet über den Verlust von Menschenleben, mehrere hundert Personen seien verletzt worden. Im Untergrund operierende Radiosender versorgen die Bevölkerung mit Informationen über das Geschehen.

Die Bilder der Panzer und der wütenden Menschen in den Straßen Prags geben mir das Gefühl, wieder dort zu sein, wo ich vorher gewesen bin. Ich war nur auf einer Reise. In meiner Einfältigkeit habe ich eine Weile geglaubt, alles wäre möglich. Aber das ist es natürlich nicht. Lindholms Worte, als wir in die erste Klasse gingen: »Jemand sieht dich. Immer. Alle Untaten, die du begehst, werden irgendwann bestraft.«

Seit der Kuba-Krise habe ich Vater nicht mehr so empört erlebt. Er geht Ulf besuchen und bleibt den Rest des Abends fort. Worüber reden sie? Welche Pläne haben sie? Wie protestiert man gegen Panzer? Stellt man sich vor sie? Wirft man mit Flaschen nach ihnen?

»Ich fühle mich so ohnmächtig«, sagt Mutter.

Ihr Gesicht, wenn sie den Kummer der ganzen Welt auf sich lädt. Gunnar, die Tschechoslowakei, Vaters umfangreiche Pläne und Tormod, der sich bald eine eigene Wohnung in Torshov kaufen will.

»Wollen wir etwas Musik spielen?«, frage ich und versuche, sie damit zu trösten. Sie fasst sich mit beiden Händen an die Schläfen, genau wie das kleine Mädchen auf Edvard Munchs Gemälde. Variationen über *Der Tod im Krankenzimmer. Der Schrei*, nur auf andere Art.

»Nein, Ketil. Gerade jetzt bitte keine Musik.«

»Darf ich dann auch nicht üben?«

Da blickt sie mich erstaunt an. »Üben? Natürlich darfst du üben. Wieso fragst du?«

In der Nacht träume ich, dass ich in den Schlosspark gehe, um Aurora zu treffen. Sie ruft nach mir. Ich kann es bis in mein Schlafzimmer hören, wo ich mit Brahms auf dem Bauch im Bett liege. Der Traum kommt mir so wirklich vor. Ich tröste Brahms, erkläre dem Meerschweinchen, dass das nichts zu bedeuten hat, dass ich bloß ein paar Stunden weg muss, aber so schnell wie möglich zurückkomme.

Dann gehe ich los, laufe über den Frognervei und in die Odinsgate, biege nach rechts in die Gyldenløvesgate ab, nehme dann die Colbjørnsensgate, komme an Oscarsgate und Inkognitogate vorbei und laufe direkt in den Dronningpark, der geöffnet ist, dann am Schloss vorbei und bis hinunter nach Abelhaugen. Da steht sie, ganz nackt, und wartet auf mich. Aber dann kommt die Polizei. Sie haben in Büschen und hinter Bäumen versteckt gewartet. Sie haben Maschinengewehre. Sie haben alle anderen aus dem Park geholt. Nur Aurora und ich sind noch da. »Wir müssen gestehen!«, ruft sie, während zwei Polizisten mit riesigen Schäferhunden kommen und sie in einen wartenden Polizeiwagen zerren. »Wir müssen gestehen, alle zusammen. Sonst kommen wir nie wieder aus dem Gefängnis raus!«

»Was denn gestehen?«, rufe ich zurück.

»Gestehen, was wir getan haben.«

»Aber was haben wir denn getan?«

»Weißt du das denn nicht?«

»Nein! Erzähl es mir! Bitte! Erzähl!«

Aber es ist zu spät. Sie ist schon in dem gepanzerten Polizeiwagen. Den habe ich schon mal im Fernsehen gesehen, wenn ein zum Tode verurteilter Gefangener von einem Gefängnis in ein anderes gebracht wird, wo sich die Gaskammer oder der elektrische Stuhl befinden.

Im selben Moment spüre ich einen Schäferhund nach mir schnappen, die Zähne, die an meinem Ohr reißen.

»Nein, nicht die Ohren!«

Zwei Polizisten stürzen sich auf mich, ringen mich zu Boden. Der Schäferhund lässt nicht los. »Gesteh!«, ruft der eine. »Gesteh!«

Ich lebe nach dem Stundenplan. Wache um drei Uhr vom klingelnden Wecker auf. Mutter hat nicht mehr die Kraft, mich zu wecken. Das ist eine Erleichterung. So weiß ich jedenfalls, dass sie schläft.

Die Morgenrunde zu Frau Quisling und den anderen Damen. Danach die Schule. Die kurze Strecke über die Gyldenløvesgate. Weil ich zu wenig geschlafen habe, überkommt mich ein Gefühl, als ob ich schwebe. Zum Glück gibt es an der Ecke ein Lebensmittelgeschäft, wo halbe Weißbrote verkauft werden. Ich habe wieder angefangen, Weißbrot aus der Kruste zu puhlen, wie in alten Tagen. Ich vermisse Mads. Vermisse die Fluchtwege, die allesamt verschwunden sind. Die neuen Lehrbücher sind schwer wie Goldbarren und treffen mich an der Stirn. Es klingt hohl. Verflucht, obwohl die Musiklinie eigentlich eine Englischlinie ist, hätte ich das nicht erwartet. »Hostile«, sage ich zu mir selbst. »Very hostile.«

Aber die Klassenkameraden sind sympathisch, sie tun so, als ob sie nicht wüssten, mit wem sie es zu tun haben, laden mich sogar zu Geburtstagsfeiern ein, ganz oben in Nordberg. Da sind Espen, der Meistertänzer, die reizende Anne-Lise, die so schön singt, und viele, viele andere. Außerdem Guttorm, der Komponist und Gitarrist mit dem Goldzahn, der Vanilla Fudge-Platten dabei hat und sie uns in den Pausen zeigt. Er lässt mich sogar eine davon mit nach Hause nehmen. Ein grob zusammengezimmertes Musik-Universum.

Und danach: Die Runde mit *Aftenavisen*. Dicke Brotscheiben mit Butter in der Küche. Ich habe keine Zeit für Hausaufgaben. Ich muss erst üben.

Am Donnerstag, dem 29. August heiratet Kronprinz Harald seine Sonja. Und dieses Mal gibt es kein Abendessen »der allereinfachsten Art«. Das

Fest beginnt am Morgen, mit gehissten Flaggen in ganz Norwegen, von Hammerfest bis Lindesnes. Die vierzigminütige Trauung findet im Dom statt. Bischof Fridtjov Birkeli wartet am Altar. Im Frognervei sitze ich mit Mutter und Tante Svanhild und sehe die Trauung im Fernsehen an. Was hätte ich auch sonst tun sollen an einem Feiertag wie diesem? Leise Tränen rollen an Tante Svanhilds Wangen herab, während wir zusehen, wie die Frischvermählten langsam zum Schloss fahren, auf einer Strecke, über die fast dreitausend Soldaten aus dreißig militärischen Abteilungen paradieren. Der Schlossplatz ist überfüllt mit überglücklichen Menschen, die den König und das Vaterland lieben. Sonja Haraldsen ist nur deshalb Kronprinzessin geworden, weil König Olav seine Zustimmung dazu gab, dass sein Sohn eine Bürgerliche heiratet. Hätte er es nicht getan, wäre Kronprinz Harald das Erbrecht entzogen worden. Aber niemand spricht heute über solche Dinge. Die heftige Debatte über die Monarchie hat sich wieder beruhigt. Das kleine Land Norwegen ist zum Märchenland geworden. Man ist bescheiden, nett und still und kann im Übrigen tun, was man will. Im Schloss hat man genau das getan. Und weil das Volk jubelt, werden die Frischvermählten auch von Hurra-Rufen begleitet, als sie um zwei Uhr nachts an Bord des Königsschiffes *Norge* gehen und »zu einem unbekannten Ziel« aufbrechen, wie es am folgenden Tag in den Zeitungen steht.

Tante Svanhild ist ob ihrer Gefühle ganz aus dem Häuschen. »Ich glaube, ich brauche noch einen extra Sherry, bevor ich nach Hause gehe«, sagt sie.

»Selbstverständlich«, sagt Mutter.

Ein gewaltiges Erdbeben in den nordöstlichen Landesteilen des Iran kostet mehr als 10 000 Menschenleben. Das größte Kriegsschiff der Welt, die *John F. Kennedy*, soll schon bald seinen operativen Dienst aufnehmen. Vater sitzt mit seinem Zahnstocher am Küchentisch und liest die Zeitungen.

»Da ziehen neue Kriege herauf«, sagt er.

»Und was ist mit der NATO?«, frage ich. »Sollen wir da nicht austreten, wie du immer gesagt hast?«

Es gefällt ihm nicht, dass ich frage. Er spürt sein eigenes Unbehagen, seine Zweifel. Der alte Pazifist. Ist er tatsächlich auf Abwege geraten? »Was in Prag passiert ist, können wir nicht übersehen«, sagt er. »Jetzt müssen wir uns in erster Linie besinnen.«

»Auf militärische Macht?«

Er lacht, ist resigniert über meine so offen und infam vorgetragene Bemerkung. »Ach, zum Teufel, Junge. Ich habe auch keine Antwort auf alle Fragen, obwohl ich Ingenieur bin.«

Er lässt Mutters alten Scherz wiederaufleben.

»Aber ich dachte wirklich, du wüsstest alles, Vater«, sage ich ernst.

109

Viele Jahre später sollte ich denken, dass die wichtigsten Dinge im Leben meist dann geschahen, wenn sie nicht geplant waren, wenn ich keine Kontrolle hatte, wenn ich selbst nicht verstand, was sich gerade zutrug. Im Herbst 1968 denke ich nur daran, dass Vetter Gunnar ernsthaft krank ist, dass ich kurz nach Weihnachten Bartók mit der Philharmonie spielen werde, dass Sonja und Harald verheiratet sind, dass Vater angesichts der Krise in der Tschechoslowakei sagt, wir brauchen die NATO trotzdem, und dass es der Sowjetunion gelingt, erst Sond 5 und dann Sond 6 um den Mond kreisen zu lassen und sicher zurück zur Erde zu bringen.

Ich habe den Wettbewerb vergessen.

Ich habe die Konfirmation vergessen.

Oh je, Herrgott! Im wahrsten Sinne des Wortes. Herrgott. Auf Knien am Altar der Frogner Kirche. Asle Enger, den sowohl Mutter als auch Svein Bruun lieben. Der Pastor, der als Seelsorger für 1100 norwegische Offiziere diente. Der von den Deutschen 1943 verhaftet und in die Gefangeschaft geschickt wurde. Asle Enger, der während des Krieges illegalen Aktivitäten nachging und jeden Teil der Stadt und die dort lebenden Bewohner kannte. Aushilfspastor und Glöckner in der Paulus-Gemeinde, hauptamtlicher Pastor in Piperviken und dann Gemeindepfarrer in Frogner. Ein Mann, der Türen hoch und Tore weit werden lässt. Ich bin der einzige Sechzehnjährige. Die anderen sind ein oder zwei Jahre jünger. Ich bin also auch in der religiösen Welt ein

Zurückgebliebener. Das ist die Strafe dafür, dass ich mich in der Jar Kirche taufen und mir dabei die Frisur ruinieren ließ.

Hinterher bleibe ich in irgendeiner Ecke stehen und bemerke plötzlich jemanden neben mir. Er wirkt genauso schüchtern wie ich. Verängstigt mustern wir einander, dann begrüßen wir uns ganz formell, als wären wir Erwachsene.

»Ketil.«

»Lars.«

»Wohnst du auch in der Gegend?«

»Ja, unten in Skillebekk. Und du?«

»Frogner plass.«

Er nickt. Ich nicke ebenfalls. Wir stehen beide da und nicken. So beginnt eine Freundschaft. Ich weiß zu diesem Zeitpunkt nicht, dass ich viele Jahre später seine Gedichte vertonen und seine Bücher lesen werde, und dass er meine lesen wird. Dass es mir wie zehn Messer ins Herz stechen wird, wenn ich begreife, was er – im Laufe der Jahre immer gnadenloser – da zu Papier bringt. Vorläufig ist er Lars. Der hübsche, blasse Junge mit den wachsamen Augen. Seine Sprache behält er vorläufig für sich. Was geschieht nur mit all den Freunden, denke ich. Etwas an Lars erinnert mich an Mads. Allerdings haben wir keine Haltestelle Smestad für uns. Wir stehen in der herbstkalten Frogner Kirche. Die ist groß. Der Kirchenraum lädt nicht zu persönlichen Gesprächen ein.

»Was tun wir hier?«, fragt Lars plötzlich. Rastlos. Ungeduldig.

Da kommt ein anderer Junge zu uns. Er heißt Erling. Wohnt in der Odins gate. Ich sehe ihn manchmal auf dem Weg zur Schule.

»Die Konfirmation ist ein Übergangsritual«, sagt er. »Wir werden von Kindern zu Erwachsenen. Habt ihr das nicht gelesen? Habt ihr nicht zugehört, als der Pastor gesprochen hat? Außerdem steht das alles in der Pfingstpredigt des Faustus von Riez.«

»Wann lebte der?«, frage ich.

»450 nach Christus. Er ist in diesem Punkt ganz deutlich. Durch die Taufe werden wir zum Leben wiedergeboren. Nach der Taufe werden wir zum Kampf konfirmiert. Durch die Taufe werden wir geläutert. Nach der Taufe werden wir gestärkt.«

»Bewahre«, sage ich.

Lars nickt, anscheinend ist er einverstanden, und schaut zur Seite.

Aber Erling ist in Fahrt gekommen. »Kennt ihr euren Pontoppidan nicht? Wenn man bis zum 19. Lebensjahr nicht zur Konfirmation erschien, konnte man mit Zuchthaus oder Pranger bestraft werden. Pontoppidans Buch beinhaltet 759 Erklärungen biblischer Texte. Und wisst ihr, wie das Buch heißt?«

Lars und ich blicken einander fragend an.

»Nein«, sage ich.

»Nein«, sagt Lars.

Erling lächelt. Er weiß, dass er den Trumpf in der Hand hält. Er hat es lange genug gebüffelt.

»Haltet euch fest, Kameraden. Es heißt: *Anweisung zum Erkenntniß der Wahrheit zur Gottseligkeit, in einer deutlichen Erklärung über Martin Luthers Kleinen Katechismus, zum Gebrauch in den Kirchen und Schulen des Herzogthums Schleswig, des Herzogthums Holstein.*«

»Das erklärt ja alles«, sage ich.

Lars nickt zustimmend.

Eine Woche später muss der Hilfspastor den Unterricht von Asle Enger übernehmen. Er ist jung, etwas schleimig, mit verschwitzten Fingern und massenhaft Haaren in den Nasenlöchern. Er trägt einen Ehering, aber es ist unmöglich sich vorzustellen, dass er verheiratet ist. Er will so viel. Er will besser als Asle Enger sein. Jugendlicher. Er flirtet beinahe mit den Mädchen, gibt Kommentare über ihre Frisuren ab, und mit den Jungen redet er über Fußball. Ich ertrage das nicht. Wenn er in die Hände klatscht und uns in den Gemeindesaal rufen will, sind wir seine Herde. Er ist unser Hirte. Es gefällt ihm, Hirte zu sein und seine eigene Stimme zu hören. Jedesmal wenn wir einen Choral singen, singt er lauter als alle anderen, mit einer schrägen, scheppernden Tenorstimme und Quasi-Vibrato. Seine Augen treten ihm fast aus dem Kopf, wenn er die höchsten Töne erreicht. Und die ganze Zeit lächelt er. Wenn er uns alphabetisch geordnet vor sich hat, blickt er uns mit einer ganz eigenen Glut in den Augen an, als sei er sicher, uns mit dieser oder jener Erkenntnis zu bereichern oder uns ein Geheimnis anzuvertrauen, das wir für den Rest unseres Lebens nicht vergessen werden.

»Jedesmal wenn ich euch junge Konfirmanden sehe, werde ich hungrig«, sagt er und nickt vielsagend. »Hungrig darauf, zu sehen, dass ihr in das Reich Gottes eintretet und ein Teil unserer Gemeinde werdet. Hier in Frogner ist Platz für alle. Wollen wir es laut rufen, was meint ihr?«

Desorientiert blicken wir ihn an. Was rufen?

»Höre ich ein Ja?« Er legt eine Hand hinters Ohr und presst den Fledermausflügel vor. Er hat aber auch abnorm große Ohren.

»Ja«, kommt es piepsend von einem kleinen blonden Mädchen, das allenfalls gerade vierzehn geworden sein kann.

»Ah, nein!«, sagt der Hilfspastor. »Das muss ganz volltönend klingen. Wie eine Orgel, wisst ihr! Mit spanischen Trompeten und allem.«

Plötzlich kratzt er sich heftig in der Nase. Das nimmt ihm ein wenig der Autorität, die er voher hatte. Aber er gewinnt sie zurück. »Höre ich ein Ja?!«

»Ja!«

Ich schwitze. Ist das wirklich so einfach? Nur Lars und ich und ein paar der älteren Mädchen brüllen nicht zurück. Aber es ist zu spät. Der Hilfspastor hat einen Nachschlag bekommen. Den Gehorsam junger Menschen. Bester Treibstoff der Welt. Eine niemals versiegende Quelle.

»Glauben wir an Gott?«, ruft er.

»Ja!«, antworten wir.

»Glauben wir an Jesus Christus?«

»Ja!«, antworten wir.

»Und an Den Heiligen Geist?«

»Ja!«, antworten wir, wenngleich ein wenig unsicher geworden. Das hört er und erhöht sein Stimmvolumen einmal mehr.

»Glauben wir daran, dass Jesus Christus am dritten Tag von den Toten auferstand?«

»Ja!«

»Das ist doch total nazimäßig«, flüstere ich Lars zu, der dank der Tatsache, dass uns das Alphabet K und L gegeben hat, neben mir sitzt.

Er nickt zaghaft und wirft mir einen erschrockenen Blick zu. Ah, wie ich es liebe, wenn er so ist. Die Welt ist ihm fremd. Aber er lebt darin.

Ich lebe auch darin.

Eine Woche später empfangen wir alle zusammen das Abendmahl. Der Organist gibt sein Bestes. Hier soll Pracht entfaltet werden, wie Vater sagen würde. Aber dieses Mal ist es Gottes Pracht. Im Augenblick allerdings weiß ich mir keinen rechten Rat. Warum mache ich das? Nur wegen der Geschenke? Bin ich so grenzenlos anbiedernd? Vetter Gunnar ist schwer krank, an der Nissen-Schule löst sich alles auf, und bald schon findet der Wettbewerb Jugendlicher Pianomeister statt. Aber wie soll ich etwas gewinnen, wenn ich vor dem Altar liege und vorgaukle ein Junge zu sein, der aufrichtig wünscht, im *Glauben des christlichen Verzichts* aufgezogen zu werden. Gleichzeitig höre ich die Worte Asle Engers: »Die Kirche, und besonders wir, in der Frogner Kirche, wollen für euch Junge beten, euch als Christen in Verzicht und Glauben, in frommer Ehrfurcht und Gottesdienst lehren und unterstützen. Von nun an ist dies eure Wohnstatt. Hierher könnt ihr immer kommen. Die Türen sind stets weit geöffnet. Möge Gott mit euch allen sein.«

Es gibt keine Feier. Nicht so, wie ich mir das ursprünglich gedacht habe. Mit Geschenken. Mit Großtanten und -onkeln. Die sind nicht da. Das Ganze ist eher wie ein vorgezogener Leichenschmaus. Vetter Gunnar ist krank. Nur Tante Svanhild und Patentante Rigmor sind dabei, als wir hinterher bei Norum ein kleines Essen einnehmen. Erst allerdings verabschiede ich mich auf der Kirchentreppe von meinem neuen Freund Lars.

»Wir sehen uns doch wieder?«, frage ich und versuche, seinen Blick aufzufangen.

»Aber sicher«, erwidert er und nickt mehrmals. Wie um sich selbst zu beweisen, dass er ernst meinte, was er gerade gesagt hat.

Ich vermisse ihn schon, als ich mit meiner Familie bei Norum sitze und Rindersteak esse. Sein Rücken, als er zwischen seinen Eltern über die Frederik Stangs gate in Richtung Skillebekk lief.

Ja, es löst sich alles auf. Das Selbstvertrauen, das ich noch im Sommer hatte, löst sich mit jedem Tag etwas mehr auf. Riefling tritt wieder auf, diesmal in der Aula. Macht er das, um mich zu strafen? Er spielt Brahms' B-Dur-Konzert mit der Philharmonie. Das größte aller Klavierkonzerte. Das komplexeste. Ich habe das seit Langem gewusst. Schon seit erst Arrau und dann Ashkenazy es spielten. Die musikalischen Höhepunkte stehen Schlange. Ich habe heimlich angefangen, es zu üben. Zum Glück ist Amalie nicht da. Ich stehe allein neben einer der hintersten Säulen und höre Riefling das Konzert der Konzerte auf eine Art spielen, die ich mir nur erträumen könnte. Jede einzelne Phrase schreibt sich ins Gedächtnis ein. Das gewaltige Licht im Laufe des ganzen ersten Satzes. Der unberechenbare Übermut des zweiten Satzes. Die trance-ähnliche Durchlässigkeit im dritten Satz. Das unheimliche, vermeintlich muntere Lächeln im Rondo. Diese erstaunliche Kraft. Selbst wenn er kaum die Tasten berührt, füllt Riefling den ganzen Raum aus. Und das Orchester ist kein Klangteppich, sondern ein symphonischer Kontrapunkt zur Klavierstimme.

Ich winde mich neben der Säule. War es dieser Pianist, von dem etwas zu lernen ich abgelehnt habe? Aber ich begreife, dass ich es einfach nicht sein lassen kann. Es gibt Grenzen für Feigheit, sogar wenn man Ketil Bjørnstad heißt. Ich muss hinter das Podium, zur Künstlergarderobe. Er weiß ja ohnehin, dass ich im Saal gewesen bin.

Ein paar Fans stehen vor mir in der Schlange. Als ich endlich an der Reihe bin, sieht er mich an. Doch nicht mit dem Lächeln, das ich aus Lysebu so gut kenne und von dem ich nicht weiß, ob es Ironie oder Schüchternheit bedeutet. Vor allem wirkt er erschöpft.

»Ich möchte mich bedanken ...«, stottere ich hervor. »Eine makellose Vorführung.«

Einen Augenblick lang starrt er mich fast erstaunt an. Dann fasst er sich wieder. »Schön, dass es dir gefallen hat, Ketil«, sagt er kurz und gibt Impresario Gottschalk ein Zeichen, dass der Nächste in der Schlange kommen kann.

Habe ich es wirklich geschafft, ihn zu verletzen? Hatte es tatsächlich eine Bedeutung für ihn, dass ich sein Schüler war? Anscheinend ja. Ich muss es wie Sond 5 und 6 machen. Ich muss hinter dem Mond verschwinden, um danach wieder ins Sonnenlicht zu treten und sicher zur Erde zurückzukehren.

In Biafra findet ein Völkermord statt. Oh, diese Bilder! Sie liegen da und warten auf mich, jeden Tag in der Frühe, am Frogner plass, wenn ich den Stapel *Aftenposten* entdecke. Die kleinen Kinder mit den riesigen Bäuchen. Beine so dünn wie Pfeifenreiniger. In Nigeria herrscht Bürgerkrieg. Schon seit einem Jahr. Pausenlose Kampfhandlungen spielen sich ab, ohne das Nigerias oder Biafras Armee den Gegner besiegen kann. Währenddessen sterben täglich fast 10 000 Menschen in Biafra. Sie sterben an Unterernährung. Obwohl sich die meisten in Flüchtlingslagern aufhalten, finden sie kein Wasser und keine Nahrung. Das Rote Kreuz versucht, Nahrungsmittel, Hilfsausrüstung und Medikamente einzufliegen, wird aber durch die Kriegshandlungen zwischen beiden Parteien daran gehindert. Der Kampf um das Land. Der Kampf für Unabhängigkeit. Übermut, dort auch. Die Anführer in Biafra, die glaubten, die Unabhängigkeit von Nigeria erklären zu können.

Das größte Kriegsschiff der Welt, die *John F. Kennedy*, soll endlich hinaus auf die Weltmeere.

An Bord befinden sich fünftausend Soldaten sowie die modernsten Waffen und Raketen. Der Flugzeugträger kann darüber hinaus über achtzig Bomber abfertigen. Er wird von acht Turbinen angetrieben, die ihn bis auf fünfunddreißig Knoten beschleunigen können. Caroline, die Tochter des ehemaligen Präsidenten, hat die Ehre, das Schiff zu taufen.

Sie ist zehn Jahre alt.

Die Amerikaner jubeln voller Verzückung. Ein Schiff, das überall hinfahren und den Frieden bewahren kann.

Kennedy. Der Name. Eine Garantie an sich.

Die Phillips-Gruppe findet Öl in der Nordsee. Norsk Hydro wahrt seine Interessen an dem Fund durch die Gesellschaft Petronord, die etwa 270 Kilometer vor der Küste fündig geworden ist. Die Gesellschaften stehen vor enormen technischen Herausforderungen. Wie soll das Öl an Land kommen? Eine Pipeline durch die Norwegische Rinne würde mehr als 400 Millionen kosten, heißt es. Ungeachtet dessen sind die Experten optimistisch. Sie sagen, die Ölfunde können einen Wert von fünf Milliarden Kronen ausmachen.

In der Nacht zum 5. November bleibe ich auf und höre, dass Richard Nixon mit einem Vorsprung von etwa einer halben Million Stimmen Hubert Humphrey besiegt hat. George Wallace, der weiße, populistische und anti-föderalistische Demokrat aus den Südstaaten, der aktiv gegen die Bürgerrechtsbewegung arbeitet und die Rassentrennung in den USA weiterhin unterstützt, erhält fast zehn Millionen Stimmen für seine American Independent Party.

Ich erinnere mich zurück an jene Nacht im Jahr 1960, als Kennedy gewann. Ich weiß noch, wie traurig ich war, weil Nixon verloren hatte. Er hatte im Fernsehen so furchtbar geschwitzt. Damals war auch Vater nachts wach geblieben.

In dieser Nacht schläft er.

Ich wecke ihn nicht. Ich sitze in der Küche und warte auf ihn, als er schließlich die Treppe herunterkommt.

»Nixon hat gewonnen«, sage ich.

Er nickt, gibt aber keine Antwort.

»Freust du dich nicht?«, frage ich vorsichtig.

»Weil ein Republikaner gewonnen hat?« Vater sieht mich streng an. »Für mich existiert nur ein Republikaner, und der heißt Abraham Lincoln.«

Etwas später gehen wir zusammen zum Nissen Gymnasium. Wir haben eine Verabredung mit Ingeborg Kindem, im Lehrerzimmer. Ich fühle mich wie ein durchnässter Hund, der immer noch keinen Schutz vor dem Unwetter gefunden hat. Der Schwanz hängt nicht einfach herunter, sondern kringelt sich im Schritt zusammen. Ich hatte auch wieder diesen Polizeitraum, dieses Mal allerdings ohne nackte Frau. Nur die Polizei, die mich zu Boden wirft, der Schäferhund, der in mein Ohr beißt, und die Stimme, die »Gestehe! Gestehe!« ruft.

Nun gut, denke ich, als ich dieser liebenswürdigen Frau gegenübersitze. Soll ich gestehen, dass ich die Englisch-Hausaufgaben nicht gemacht habe? Ebensowenig die in Mathe, Naturwissenschaft, Französisch, Musik und Norwegisch?

Das ist gar nicht nötig. Ingeborg Kindem kommt Vater und mir entgegen. »Es ist ja verständlich, dass Ketil es nicht schafft, die Klasse weiterhin zu besuchen«, sagt sie mit ihrem nüchternen Tonfall aus Bergen, dem wohl entschiedensten und unmissverständlichsten aller Akzente. »Das war doch ganz offensichtlich, schon seit er angefangen hat. Er hat große musikalische Aufgaben vor sich. Er braucht Ruhe, um sich in das zu vertiefen, was wirklich wichtig für ihn ist. Ich wünsche ihm viel Glück im weiteren Leben und freue mich darauf, zukünftig seine Konzerte zu besuchen.«

Es herrscht dunkler November, als ich allein nach Hause schlendere. Vater hätte schon um acht im Büro sein müssen. Deshalb geht er direkt zum Haus der Ingenieure, sobald die Besprechung vorüber ist. Obwohl er nichts sagt, weiß ich, dass er enttäuscht ist. Also zurück zur Norsk Korrespondanseskole. Die Lehrbriefe werden wieder im Postkasten liegen, aber jetzt ist alles viel schwieriger. Lehrstoff für das Gymnasium. Es wird Geld kosten. Viel Geld.

Ich höre mir den weltberühmten György Cziffra an, der Francks *Symphonische Variationen* und Liszts *Ungarische Phantasie für Klavier* spielt. Er sitzt an einem großen Yamaha-Konzertflügel, der eigens für ihn nach Norwegen gebracht worden ist.

Narud, der Besitzer des Yamaha-Geschäfts am Edderkoppen Theater, kommt in der Pause zu mir. »Klingt das Instrument nicht toll?«, fragt er.

»Doch, ja. Phantastisch.«

»Es muss ja nicht immer ein Steinway sein, weißt du. Weil Cziffra ausschließlich auf Yamaha-Instrumenten spielt, mussten wir den Flügel aus Deutschland holen. Wärst du vielleicht daran interessiert, den für einen sehr guten Preis zu übernehmen, wenn wir dich dafür ein wenig für eine Yamaha-Reklame einspannen dürfen?«

Hä?, denke ich. Ich? In der Werbung? Nicht für Butter oder Schlankheitsmittel, sondern für eine Flügel- und Außenbordmotormarke?

»Du kannst ihn für 15 000 bekommen. Komm doch nachher dazu und begrüße Cziffra. Dann können wir darüber reden.«

Der Wettbewerb kommt schleichend näher. Noch einmal der älteste Jahrgang. Ich fühle mich benommen. Ich spiele noch einmal Brahms, zur Ehre meines Meerschweinchens. Ich spiele das Obligatorische. Ich spiele Bach. Aber ich bin nicht wirklich anwesend. Auch dann nicht, als ich zum Gewinner erklärt werde. Zusammen mit Gro Johnsrud, der Gewinnerin aus der mittleren Altersstufe, und Reidun Askeland, die bei den Jüngsten gewonnen hat, stehe ich auf dem Podium, nehme den Preis und die Geldsumme in Empfang. Aber ich bin nicht dafür geschaffen. Nicht für den Applaus, nicht für die Aufmerksamkeit. Ich denke an Lars' flackernden Blick, als wir in der Frogner Kirche saßen und nach Fluchtwegen Ausschau hielten.

Doch als ich dann Amalies Gesicht sehe, das aufrichtige Lächeln, während sie da unten im Saal steht, nachdem alles vorbei ist, und Glückwünsche aus dem Publikum sowie von Klavierlehrerkollegen entgegennimmt, spüre ich, dass es vielleicht doch wichtig ist, sowohl für sie als auch für mich. Dass wir uns das trotz allem gönnen dürfen. Kjell Bækkelund kommt aus dem Saal auf das Podium herauf, klopft mir mit einer seiner Riesenpranken auf den Rücken und sagt: »Es gibt nur einen Weg, junger Mann. Bewahre, was für eine linke Hand.«

»Ich bin Linkshänder«, sage ich.

»Oh bitte, verschon mich. Sieh mich nicht mit diesem kriecherischen, quasi-bescheidenen Hundeblick an. Das steht dir nicht. Komm lieber bald mal zu mir zum Frühstück. Obwohl du gewonnen hast, gibt's nämlich das eine oder andere, das ich dir über unsere spezielle Branche erzählen kann. Hast du zum Beispiel einen Impresario? Leg dir Gottschalk oder Jarner zu, und das möglichst bald. Vielleicht ist Gottschalk für euch junge Norweger am besten. Dann kann Jarner sich um die echten Meisterpianisten kümmern. Haha. Hoho. Der war ja wirklich komisch!«

Weihnachten 1968. Alles ist ganz anders, als ich erwartet hätte. Gunnar liegt im Radiumhospital. Tormod ist in seine hübsche Wohnung in Torshov gezogen. Er ist jetzt ein erwachsener Mann. Mutter und Vater haben gesagt, dass ich den Yamaha-Flügel kaufen kann, wenn ich das möchte.

In China beginnt Maos »Hinaus-aufs-Land-Bewegung«. Zehn Jahre soll diese Kampagne anhalten. Sie beinhaltet, dass junge intellektuelle Studenten aus den großen Universitätsstädten aufgefordert werden, in die Dörfer zu gehen, um dem Volk zu dienen. Weit weg von urbanen Gegenden, wo sie Unruhe stiften könnten. Im Laufe der kommenden sieben Jahre werden zwölf Millionen Jugendliche aus den Städten geschickt. Am Ende sind es über sechzehn Millionen.

Doch die Ausbreitung der Rotgardisten führt keineswegs zu einem Ende der Gewalt. Sie setzt sich in neuen Formen fort, und eine umfassende Terrorwelle unter Führung neuer Revolutionskomitees rollt über das riesige Land.

Etwas weiter entfernt, im Weltraum, umrundet Apollo 8 zehn Mal den Mond, bevor die kleine Raumkapsel wieder Kurs auf die Erde nimmt. An Bord sind die Astronauten Frank Borman, James A. Lovell und William Anders.

Heiligabend kommt.

Zu Hause im Frognervei gehen Mutter, Vater, Tormod, Tante Svanhild und ich um den Weihnachtsbaum, den Vater auf dem Frogner plass gekauft hat. Mutter will erst nicht, aber Vater besteht darauf.

»Wir dürfen die Hoffnung nicht aufgeben, Alfhild. Gunnar kann das durchaus überleben.«

Mutter singt nicht. Trotz allem.

Nun stimmt Tormod ein Weihnachtslied an.

Und dann höre ich Mutters Stimme, erst zaghaft, dann immer kraftvoller.

»Wir singen für Gunnar«, sagt sie, mitten in der zweiten Strophe.

»Ja, für Gunnar«, sagt Vater.

1969

110

Die Bäume vor meinem Fenster am frühen Morgen. Das bleiche Winterlicht, wenn die Zeiger der Uhr auf neun vorrücken. Dann bin ich vor sechs Stunden bereits zum ersten Mal aufgestanden. Jetzt liege ich mit Brahms auf dem Bauch im Bett und schaue in seine klugen Augen. Gerade die Tatsache, dass er nichts sagt, ist ein Zeichen von Weisheit, denke ich. Er tut auch nicht besonders viel. Eigentlich macht er ziemlich wenig im Laufe des Tages. Isst sein Trockenfutter und nagt an Möhren und Kohlblättern. Findet sich mit den Beschränkungen ab, die das Leben ihm auferlegt hat. Ich hingegen versuche alle Barrieren einzureißen, wenn auch nicht um jeden Preis. Als mir am 3. Januar 1969 plötzlich klar wird, dass ich schon in einer Woche zum ersten Mal mit der Philharmonie Bartók spielen werde, denke ich, dass es langsam an der Zeit ist, den zweiten Satz einzuüben.

Momentan ist Klavierspielen das einzig Einfache in meinem Leben. Es gibt keine Speerspitze mehr, die sich mir in den Rücken presst. Und dennoch denke ich beim Spielen an Riefling und frage mich, beinahe von einem Takt zum nächsten, was er wohl zu mir gesagt hätte. Aber jetzt muss ich nicht mehr tun, was er mir sagt. Ich bin ein kleiner nichtsnutziger Herumtreiber, ein kleiner dreckiger Köter, der sich in der Sonne wälzt. Der herrliche Dreck der Freiheit, die letzten Reste aller Freiheiten, die schon vor mir ausgelebt wurden. Dennoch hätte ich das alles nicht ohne Amalie tun können. Zweimal pro Woche bin ich bei ihr zu Hause im Ruglandvei gewesen. Sie hört zu und beurteilt. Doch was sie sagt, ist kein Diktat. Es sind Kommentare einer Kollegin. Keine Einmischung in Details oder Fingersatz, sondern Fokus auf die großen Linien. Ich muss darauf achten, dass ich das Fortissimo nicht zu weit treibe. Es kommt zu einem Punkt, an dem es der Flügel nicht mehr schafft, an dem die Klangfülle ausgereizt ist und ihre Kraft verliert, auch wenn der Ton an sich laut ist. »Ein Flügel muss überredet werden«, sagt Amalie zu mir. »Man muss höflich und respektvoll sein. Man muss ein wenig abwarten und hören, was der Flügel zu sagen hat. Viele Pianisten haben das überhaupt nicht begriffen. Die hämmern nur einfach drauf los, und dann wird das Instrument buchstäblich sauer und beleidigt und verweigert die Zusammenarbeit. Das Komische ist, dass das wirklich stimmt. Ein Flügel braucht stets etwas Zeit. Nicht extrem viel, aber genügend, damit der, der spielt, und der, der gespielt wird, begreifen, was eigentlich passiert. Genau das nennen wir Allgemeinbildung, Ketil. Aber nicht alle Musiker verfügen darüber.«

Ich jedenfalls nicht, denke ich und habe dabei die ungeöffneten Lehrbriefe von der Norsk Korrespondanseskole im Kopf. Doch was Amalie sagt, ist ganz logisch. Zu Hause auf dem Dachboden berücksichtige ich sowohl, was sie gesagt hat, als auch, was Robert Riefling mir gesagt hätte.

Ich muss es darauf ankommen lassen.

Am 10. Januar wird Vietnam von Schweden diplomatisch anerkannt. Am selben Abend debütiere ich mit der Philharmonie. Øivin Fjeldstad dirigiert. Ganz aufgelöst in Kummer über das, was mit Vetter Gunnar geschieht, sitzen Mutter, Vater und Tormod im Saal. Die Ärzte können nichts mehr für Gunnar tun. Er ist nach Sarpsborg zurückgekehrt, um zu sterben.

Amalie, Lindholm und Robert Riefling sind an diesem Abend ebenfalls in der Aula. Sie sitzen nebeneinander in einer Reihe. Zum Glück bin ich sehr konzentriert. Natürlich wie immer auch nervös, aber nicht allzu sehr. Der Steinway-Flügel hat exakt den Klang, den die besten Instrumente aus den 1960er-Jahren haben und den es fünfzig Jahre später nicht mehr gibt. Das Volltönende, das den Pianisten entspannen lässt. Die Wärme, sogar wenn man zu kräftig spielt. Ich befinde mich in einer Märchenwelt mit fast hundert Musikern um mich herum. Zusammen wollen wir zum Leben erwecken, woran Bartók als eines der letzten Dinge dachte, bevor er starb. Die letzten Klänge, die er in seinem Inneren vernahm. Er konnte das Konzert nicht zu Ende schreiben, aber die letzten Takte sind rekonstruiert, und außerdem habe ich Instruktionen von Ilona Kabos bekommen, die bei der Uraufführung des Konzerts für zwei Klaviere und Orchester in London dabei war. Obwohl ich mit dem Einüben des zweiten Satzes erst vor einer Woche begonnen habe, fühle ich mich gut vorbereitet. Der Blickkontakt mit Øivin Fjeldstad, der mir früher so phantastische Erlebnisse beschert hatte, wenn ich an der hintersten Säule in der Aula stand oder mir einen Platz weiter vorn erobern konnte. Der damals, in meiner Kindheit, Mozarts *Zauberflöte* dirigiert hatte. Er war immer da. Jetzt kommt es mir fast unwirklich vor, mit ihm zusammen auf der Bühne zu stehen. Und gleichzeitig ist es so leicht, nicht mehr Schüler zu sein, sondern das Ergebnis eigener Entscheidungen. Und mit einer erstaunlichen, vorübergehenden Selbstsicherheit zu spielen. Nicht um etwas zu rächen, sondern wie um zu sagen: So klingt das Konzert in meinen Ohren.

Am Montag darauf treffe ich mich mit Per Gottschalk bei Blom. Er hat mich zu Krabbenbroten und Mineralwasser eingeladen. Trinke ich Kaffee? Nein? Er trinkt ihn jedenfalls. Wir sitzen in einem der mondänsten Lokale der Stadt, wo an den Wänden erfundene Wappenschilde für angeheiterte Künstler hängen. Mitglieder des sogenannten Ordens von der Purpurnen Nase. Mitten im Lokal steht ein Aquarium mit lebenden Fischen, und die tragenden Säulen sind so dick wie die in Notre Dame. Gottschalk trägt einen schwarzen Anzug mit weißem Hemd und Fliege, genau wie Onkel Aage. So sollte ein Mann von Welt aussehen. Er hat schon Bernstein, Karajan, Ormandy, Bjørling, Gigli, Schwarzkopf, Heifetz, Menuhin und Rubinstein nach Oslo geholt. Zusammen mit seiner Frau Elsa-Mai, die wie eine Schauspielerin am Nationaltheater aussieht, und der Tochter Vibeke, die direkt aus einem französischen Film zu stammen scheint, betreibt er das *Impresario A/S*, mit einem Büro in der Tollbugate. Dass schon Dietrich, Peterson, Basie, Armstrong, Holiday, Ellington, Fitzgerald und Miles Davis in Oslo aufgetreten sind, ist allein das Verdienst der Familie Gottschalk. Er und seine beiden Frauen haben keine Angst davor, in großen Bahnen zu denken. Jetzt breitet er die Hände aus und sagt: »Die ganze Welt wartet, Ketil!«

»Wie jetzt? Was meinst du?«

»Nach den strahlenden Kritiken, meine ich natürlich. Und nachdem du den Wettbewerb zum dritten Mal gewonnen hast.«

»Den mittleren hab ich ja gar nicht gewonnen«, sage ich. »Stattdessen wurden da drei zweite Preise vergeben.«

Er wedelt abwehrend mit der Hand. »Aus Gründen der Bequemlichkeit. Die totale Geldsumme musste stimmen. Hast du das nicht gewusst? Robert Levin hat außerdem ausdrücklich gesagt, dass es unmöglich war, bei euch einen Unterschied festzustellen. Und dass drei zweite Preise anstatt einem ersten, einem zweiten und einem dritten Preis vergeben wurden, ist ja gleichbedeutend damit, dass du der Beste warst. Auch damals.«

»Einer der Besten.«

»Ja, gut. Jetzt hör schon auf. Ich kenne mich mit so was besser aus als du. Dreimal hintereinander der erste Preis. Ich finde, wir sagen das so. Außerdem dieses großartige Bartók-Konzert. Was für ein Erfolg! Was hat eigentlich Riefling gesagt? Ich hab gesehen, dass er hinterher zu dir kam?«

»Ja«, sage ich und schlucke. »Das war fast nicht zu glauben. Er hat mir die Hand gereicht. Weißt du, was er gesagt hat?«

»Nein.«

»Großartig. Verblüffend. Wirklich.«

»Du erinnerst dich so genau?«

»Ich werde das für den Rest meines Lebens nicht vergessen. Er wollte ja nicht, dass ich das Konzert spiele. Er meinte, ich müsste noch ein paar Jahre reifen, ehe ich vor einem Publikum debütieren könnte.«

»Bei allem Respekt«, sagt Gottschalk freundlich und fängt dann an zu kichern.

»Aber wir können vielleicht festhalten, dass er sich geirrt hat.«

Ich sage nichts. Habe mehr als genug damit zu tun, dass ich mit Per Gottschalk höchstpersönlich im Blom sitze. Ihm und seinen Visionen lausche. Seinen Plänen für mich. Ich weiß, dass er sich mit antiker Geschichte auskennt. Dabei sieht er aus, als käme er selbst aus der Antike. Die ist anscheinend ansteckend. Plötzlich fühle ich mich wie eine dieser Figuren, die man dort findet, wo die Etrusker lebten. *Krieger von Capestrano*, mit einem Hut, der einem Raumschiff ähnelt, wobei ich ja gar keinen Hut trage. Das Wichtigste ist aber der Ausdruck im Gesicht dieser mythenumwobenen Figur. Als ob der Etrusker aus Abruzzo fragte: »Weshalb bin ich hier? Was will ich eigentlich mit meinem Leben?«

»Ich habe schon große Pläne für dich«, sagt Gottschalk und breitet abermals die Hände aus. »Zuerst einmal wartet das Königshaus. Ja, nur noch ein paar Tage, und du wirst im Schloss spielen, bei dem großen diplomatischen Empfang. Bei den Majestäten wird zwar nie gut bezahlt, aber ich werde dir trotzdem ein erkleckliches Honorar bieten. Was hältst du von 3000 Kronen?«

»Phantastisch. Du meine Güte.«

»Hast du einen Frack?«

»Nein.«

»Den brauchst du. Aber das eilt nicht. Der sollte maßgeschneidert sein, und das dauert etwas. In der Zwischenzeit kannst du einen beim Frackverleih am Stortorv mieten.«

Ich nicke. Kenne das Geschäft. In genau diesem Gebäude, mit der schönen alten Apotheke, hat Mutter damals für Fotograf Wickmann gearbeitet.

»Und danach«, fährt Gottschalk fort, »geht's auf die große Autobahn des Lebens. Sollst du Bartók nicht auch in Stavanger spielen?«

»Ja, im Februar.«

»Gut, dann rollt der Ball, verstehst du. Das Nächste wäre dann Bergen und Trondheim. Und dann London und Paris. New York. Hast du was dagegen?«

»Nein, eigentlich nicht.«

»Aber du musst dir ein Repertoire zulegen. Ich will mich ja nicht einmischen, aber die großen Konzerte von Rachmaninow und Brahms geben dir immer gute Möglichkeiten für Konzerte.«

»Und was ist mit Mozart?«

»Mozart natürlich auch. Aber er verzaubert die Zuhörer nicht eben mit Virtuosität. Du bist jetzt in dem Alter, in dem du andere verführen kannst. Vergiss das nicht. Mach dich nicht älter als du bist. Was willst du denn im Schloss spielen?«

»Ravel«, sage ich spontan. *»Jeux d'eau.«*

»Wasserspiele. Gut.« Er nickt. »Vielleicht auch etwas Chopin?«

»Ja, sicher. Zwei Preludien. Oder eine der Balladen?«

»Klingt gut. Ich mische mich wie gesagt nicht ein. Und wann willst du dein eigenes Debütkonzert geben? Recital? Vielleicht im nächsten Herbst?«

»Gib mir etwas Zeit. Vielleicht im Frühjahr 1971?«

»Perfekt. Sagen wir doch, am 21. April. Das ist ein Mittwoch. Ich weiß, dass die Aula dann frei ist. Abgemacht?«

111

Dag Fornæss wird in Lillehammer norwegischer Meister im Eisschnelllauf. Zwei Tage später kommen fünfzehn Menschen ums Leben, als eine DC-8 der SAS kurz vor dem Flughafen Los Angeles ins Meer stürzt. Flugkapitän Davies hatte Probleme beim Ausfahren des Fahrwerks gemeldet. Am selben Tag sausen zwei sechsjährge Mädchen und zwei gleichaltrige Jungen in dem kleinen Ort Tørrberget zwischen Trysil und Elverum auf einem Lenkradschlitten über die Landstraße 25. Sie geraten unter die Räder eines Busses und sterben auf der Stelle.

Mutter steht neben dem Tischchen in der Diele und weint, während sie mit Tante Minnie telefoniert. Gunnar hat das Augenlicht verloren. Jetzt ist nur noch die Rede von wenigen Tagen.

Ich nehme den Bus und fahre zum Henie Onstad Kunstsenter, dem großen Geschenk, das der Kommune Bærum zwecks Bereicherung der Kultur gemacht wurde. Ole Henrik Moe, der freundliche Mann, den ich einmal bei Amalie getroffen habe, möchte immer noch, dass ich in einem Film über das Kunstzentrum Musik von Finn Mortensen spiele. Das würde ich auch gern, aber Mortensen ist schwierig. Atonal und heikel. Ein Jünger der Darmstadt-Schule. Es wird erwartet, dass ich auswendig spiele.

Es ist der Tag, nachdem sich der junge Student Jan Palach, im Protest gegen die Niederschlagung des sogenannten Prager Frühlings in der Tschechoslowakei auf dem Wenzelsplatz in Prag selbst verbrannte. Die Aktion hinterlässt einen gewaltigen Eindruck bei mir. Palach stirbt drei Tage später an den Verbrennungen. Ich denke, dass die Freiheit, die ich mir erobert habe, wenig ist im Vergleich zu dem, was die Tschechoslowaken gefühlt haben müssen, als sich vor einem Jahr alles öffnete und alles möglich war. Die Pressefreiheit. Die Möglichkeit, sich ohne Eingriffe der Zensur auszudrücken. Sich nicht länger einem Diktat unterwerfen zu müssen. Ich blicke schamerfüllt auf meine Füße. Sie können hingehen, wohin sie wollen, ohne dass ich dabei Angst haben muss. Ich empfinde es als Privileg, aus dem Bus steigen und durch die Glastüren in dieses Zentrum für moderne Kunst gehen zu können, wo die Musik nach Moes Wünschen eine große und aktive Rolle übernehmen soll, im Zusammenspiel mit den Ausstellungen und der festen Sammlung, die mich im Übrigen vom ersten Moment an ergreift, als ich den Prismasaal betrete und dann weiter durch das Gebäude gehe. Die Bilder von Matisse, Gris und Léger kenne ich von früher. Die von Miró und Ernst ebenfalls. Mit denen von Jorn und Weidemann kann ich nichts anfangen. Als ich jedoch Gunnar S. Gundersens und Victor Vasarelys Werke sehe, ist es fast wie eine Offenbarung. Ole Henrik Moe führt mich herum, spricht leise und freundlich mit mir, nimmt mich als Kollegen wahr, mit dem man vernünftig reden kann. Ich tue so, als verstünde ich alles, was er sagt, als er die Bedeutung der Architektur herauskehrt und betont, dass nicht nur Funktionalität einen Wert erschafft. Ich nicke und spüre dabei, dass ich ihm gern zuhöre. Es ist ja schließlich kein Diktat. Nur ein Vorschlag für ein mögliches zukünftiges Kunstverständnis. Als wir schließlich vor den kolossalen Pierre-Soulages-Gemälden aus den Jahren 1958 und 1959 stehen, mit ihren intensiven schwarzen Strichen, verspüre ich eine Dankbarkeit, die ich nicht in Worte fassen kann, da ich nun einmal keine Sprache für das Bildhafte habe.

»Gefallen sie dir, Ketil?«, fragt er auf seine sanfte, vorsichtige Art.

Ich nicke. Denke an Lars während der Konfirmation. Alles, was er nicht ausdrückte und was dennoch ausgedrückt wurde. Ich hoffe, Direktor Moe versteht mich.

»Ich möchte gern hier sein«, sage ich. »Oft.«

»Du bist immer willkommen. Hier siehst du ein nagelneues Steinway D-Modell. Benutz den Flügel, so oft du willst. Fühl dich wie zu

Hause. Bald kommen John Cage, Lukas Foss und Cathy Berberian hierher. Auch Luciano Berio. Hast du schon mal von Jan Garbarek und Terje Rypdal gehört?«

»Vielleicht.«

»Rypdal ist mit Inger Lise Andersen verheiratet. Die mit *Fru Johnsen*, weiß du. Der Schlager.«

»Ach, der. Ja.«

»Aber Rypdal studiert bei Finn Mortensen. All diese jungen Talente haben versprochen, hier herzukommen. Jon Christensen und Arild Andersen auch. Kennst du Svein Finnerud?«

»Nein.«

»Na, macht nichts. Du wirst sie ja demnächst alle kennenlernen.«

Die Sowjetunion feiert neue Triumphe. Zwei bemannte Raumfahrzeuge werden im Weltraum zusammengekoppelt. In Washington wird Richard Milhous Nixon als neuer amerikanischer Präsident vereidigt, muss während der Zeremonie allerdings vor Demonstranten und Kriegsgegnern beschützt werden. In Spanien erklärt Franco nach zahlreichen Demonstrationen von Studenten den Ausnahmezustand für das ganze Land. In der baskischen Provinz Gipuzkoa besteht der Ausnahmezustand schon seit einem halben Jahr. In Høvikodden lädt Ole Henrik Moe zu einem Vortragsabend mit anschließender Diskussion ein. Das Thema des Abends lautet: *Welche Aufgaben hat die Kunst heute?*

Der Schriftsteller Espen Haavardsholm und der Morgenbladet-Redakteur Erik Egeland halten Einführungsvorträge. Haavardsholm befasst sich mit den Lebensbedingungen der Schriftsteller und bemängelt, dass sie zu wenig Lohn erhalten. Egeland stellt angesichts der Entwicklung der modernen Kunst die Frage, ob Kunst heute überhaupt existiert. Die Schrifstellerin Torborg Nedreaas ist bei der Podiumsdiskussion ebenfalls dabei, aber das Gespräch verebbt, als der Kunstmaler Willibald Christopher Storn auf das Podium klettert und in Anwesenheit von mehr als zweihundert Zuschauern seine Hose fallen lässt.

Nachher sagt er zu *VG*: »Warum ich mich in Høvikodden entblößt habe? Um etwas Leben in eine tote Versammlung zu bringen.« Storn hatte *VG* erst vor zwei Monaten den Zutritt zu seiner Ausstellung im Kunstnerforbund verweigert. Nicht einmal der Kunstkritiker Johan Fr. Michelet durfte hinein. »VG bringt viel Unsinn unter die Leute. Deshalb möchte ich nicht, dass jemand von der Zeitung vorab über meine Ausstellung berichtet oder schreibt.« *VG* fragt später nach: »Wurden denn Ihre Bilder verkauft, Storn?« Woraufhin Storn erwidert: »Eins wurde gekauft, vom Kulturfond, da wäre ich fast umgefallen. Die Ehrlichkeit in meinen Bildern soll das Publikum erschrecken. Die sind weder schön, noch gehören sie an eine Wand, ich war also ziemlich erstaunt.«

Ich sitze zu Hause im Frognervei und lese die Zeitungen. Wie gemein sie alle zueinander waren. Haarvardsholm, der nichts von dem akzeptieren will, was Egeland sagt. Der heftige Angriff auf Ole Henrik Moe, den Mann, der vorsichtig einen Arm um meine Schultern gelegt hat und mir auf meinem Weg durchs Leben helfen möchte. Storn ist jetzt auf der Titelseite von *VG*, der Zeitung, die er hasst: »Ich habe geweint, als ich die Hosen unten hatte!«

Dieses Mal will er anscheinend mit der Zeitung reden: »Was für ein Blödsinn von Direktor Ole Henrik Moe, diese Entblößung als dummen Jungenstreich abzutun und darauf zu verweisen, dass so etwas in Schweden schon einmal vor acht Jahren passierte. Das Wichtige ist doch, dass es in Norwegen noch nie passiert ist.«

»Geschah diese Entblößung aufgrund eines spontanen Einfalls oder war das genau vorausgeplant, Storn?«

»Ich hatte die ganze Zeit die Kontrolle und war ganz ruhig, als ich aufs Podium ging. Aber die Entblößung hat stark auf mich und auf das Publikum gewirkt. Im Saal wurde es ganz still, und ich habe diesen Todestempel der Kultur, dieses Mausoleum bereits gedachter Gedanken und bereits gefühlter Gefühle unter Tränen sofort verlassen. Die ganze Diskussion war ein einziger Versuch, kalten Kaffee aufzuwärmen, und das von Menschen arrangiert, die alles nur zu ihrem eigenen Vorteil tun.«

Während ich diese Reportagen und Interviews lese, werde ich mir meiner Verwirrung bewusst. Ist es nicht genau das Frische und Neue, was Ole Henrik Moe will? Was das Recht des Lebens für sich beansprucht? Was wahr und ehrlich ist? Er lädt doch junge Musiker in diesen Todestempel ein. Er gibt keine Leitlinien vor. Alles soll möglich sein. Aber dann geht das doch nicht.

Die moderne Kunst. Ich möchte ihr nahe sein. Ich möchte Filme von Godard und Buñuel sehen, ich will Mortensen und Stockhausen spielen, ich möchte Bilder der neuen, provokativen Maler sehen. Das will Ole Henrik Moe doch auch. Ich sitze an einem ruhigen Vormittag allein in der Küche und denke an Andy Warhol. Dieser irrsinnige Ausdruckswille. Zwischen 1963 und 1968 hat er mehr als sechzig Filme produziert. In seiner Welt gab es keine Grenzen. Er fungierte sogar als Produzent für das Album *The Velvet Underground & Nico*. Glaubte er wirklich, er könnte alles tun? Dieser Mann, der später sagen sollte, dass er es liebte, shoppen zu gehen, besonders Unterwäsche, dass er ohne amerikanisches Fernsehen verrückt würde und deshalb vier Fernsehapparate in seinem Schlafzimmer stehen hatte. Bei meinem ersten Treffen mit Ole Henrik Moe hatte er ganz respektvoll über Warhol gesprochen und die Anekdote erzählt, nach der Warhol auf die Frage, wie sein Rat für jemanden laute, der 200 000 Dollar für ein Gemälde ausgeben wolle, geantwortet habe, er würde empfehlen, lieber die Geldscheine an die Wand zu hängen. Das wäre dann das Erste, was den Gästen auffallen würde. Warhol, dessen Werke einige der höchsten Geldsummen in der Kunstgeschichte erzielen sollten. Passierte das, weil Millionäre wie Sonja Henie und Niels Onstad die bildende Kunst gerade in der Welt der Wirtschaftsbosse, Börsenmakler und Aktienspekulanten bekannt machten? Warhols Besessenheit davon, berühmt zu sein. Ein indirekter Wunsch nach Dominanz, denke ich, als ich am Küchentisch sitze und mich frage, was ich wählen würde. Espen Haavardsholms Kampf für bessere Entlohnung von Schrifstellern, Erik Egelands große Kulturreise durch die Jahrtausende, Willibald

Storns Geschlechtsorgane und den aufrichtigen Wunsch, gehört zu werden, etwas zu meinen, jemand zu sein, oder Direktor Ole Henrik Moes Wunsch, das Kunstzentrum in Høvikodden solle ein Treffpunkt verschiedener künstlerischer Ausdrucksformen sein?

Ich denke an Valerie Solanas, die hinsichtlich ihres Theaterstücks *Up Your Ass* mit Warhol Kontakt suchte. Es geht darin um eine männerhassende Frau, die bettelt und sich prostituiert. Warhol war bereit, es zu lesen, fand den Inhalt aber nicht sonderlich beeindruckend und meldete sich nicht mehr bei Solanas. Daraufhin schrieb sie ihr SCUM-Manifest *Society for Cutting Up Men*, rief Warhol zu allen erdenklichen Zeiten an und verlangte die Rückgabe ihres Manuskripts. Aber er hatte es verloren. Ihre Verzweiflung. Der Schadenersatz, den sie gleichwohl forderte. Er gab ihr lediglich ein paar unbedeutende Rollen in zweien seiner Filme. Aber dann am 3. Juni 1968 die drei Schüsse. Die ersten beiden verfehlen ihr Ziel. Doch dann der dritte, der zunächst seinen linken Lungenflügel durchbohrt und schwere Schäden an Milz, Magen, Leber und Speiseröhre verursacht, bevor schließlich auch der rechte Lungenflügel getroffen wird. Darüber hinaus die Attentatsversuche auf den Kunstkritiker Mario Amaya und Warhols Manager Fred Hughes. Doch die Pistole blockiert. Solanas' Vergleich von Warhol mit einem Vampir. Die Worte, die sie zu dem Verkehrspolizisten William Schmalix sagte am Abend ihrer Festnahme: »Er hatte zu große Kontrolle über mein Leben.«

Dann schließlich Warhol, der schwer verletzt wurde, sich aber dennoch weigert, gegen sie auszusagen, sodass sie mit drei Jahren Gefängnis davonkommt. Florynce Kennedy, die Solanas als eine der wichtigsten Wortführerinnen des Feminismus bezeichnet.

Sich aus etwas heraussprengen, denke ich, als ich in der Küche sitze und höre, wie Mutter von der Arbeit kommt. Mutter, mit all ihren Talenten, den Aktzeichnungen, dem Schöpferischen in ihr, das sie zu einem gewissen Zeitpunkt unterdrücken musste, um diese Familie zusammenzuhalten. Hat sie von Solanas gehört? Vielleicht. Jedenfalls hat sie von Warhol gehört. Auch von Storn. Einmal hatte sie sogar Haavardsholms Debutroman *Munnene* von Tanum/Cammermeyer mit nach Hause gebracht. Sie interessiert sich für alles, was neu ist. Ja, ich sollte vielleicht mit Mutter reden, denke ich an diesem Abend im Januar, als ich angesichts des bevorstehenden Schlosskonzertes eigentlich Chopin und Ravel üben müsste. Doch als ich ihr Gesicht sehe, als sie da im Flur steht, so gräulich-blass und tränenüberströmt, weiß ich, dass es nicht der richtige Zeitpunkt ist.

»Aber Mutter, was ist denn?«

»Es ist Gunnar, mein Junge. Gunnar ist tot.«

112

Als der Yamaha-Flügel einen Tag, nachdem der alte, wesentlich kleinere Flügel vom Dachboden heruntergetragen wurde, im Frognervei eintrifft, kommt er mir vor wie ein Sarg. Die sechs Männer von Flygel Transportbyrå wirken auch nicht eben froh gelaunt.

»Soll das Instrument in den ersten Stock?, fragt Larsen höflich. Er ist der Chef und hat etwas Feines an sich, wie eine Art Garantie dafür, dass sich jeder Transport in gesitteter Form und völlig gefahrlos für jeden Mitarbeiter vollzieht.

»Das soll es in der Tat«, sagt Vater.

»Aber vielleicht ist das nicht möglich?«, sagt Larsen mit einem Blick den engen Treppenschacht hinauf.

»Nichts ist unmöglich«, sagt Vater. »Außerdem habe ich das berechnet. Wir dividieren 400 Kilo durch sechs und verteilen …«

»Danke, schon gut«, sagt Larsen. »Wir versuchen es.«

Die Träger schütteln unisono den Kopf.

»Nie im Leben geht das!«

»Die Treppe kracht zusammen.«

»Also, 400 Kilo dividiert durch …«

»Genug! Davon haben wir mehr Ahnung als Sie, Herr Bjørnstad. Wenn Sie die Freiheit erlauben.«

»Vater ist Ingenieur«, mische ich mich ein und klopfe ihm freundschaftlich auf die Schulter.

»Die Welt wäre ein viel besserer Ort, wenn nicht die Ingenieure …«

»Ach, ich glaube, das reicht jetzt, Roy. Herr Bjørnstad verdient den gebührenden Respekt. Wir versuchen es, wie gesagt.«

Larsen, Roy, Guttormsen, Randolph, Willy und Mekker'n sind auf der Treppe.

»So'n großen Flügel haben wir nicht mal für Bækkelund geschleppt!«

»Lass gut sein, Roy.«

Ein Schwall von Männer-Gerülpse, als ob Eingeweide, die dazu bestimmt sind, an einem bestimmten Platz zu liegen, sich plötzlich bewegen.

»Verdammte Hacke, is dat schwer!«, sagt Randolph.

»Erzähl mal was Neues«, faucht Larsen.

Roy gibt ein gurgelndes Geräusch von sich. Sie haben die Tragriemen über den Schultern und um die Körper liegen, während die Haken an dem kleinen Gestell unter dem Flügel angebracht sind. Schritt für Schritt geht es hinauf.

»Was sind das für Geräusche?«, fragt Mekker'n.

»Nur das Holz, das unter dem Gewicht nachgibt«, sagt Vater. »Machen Sie sich keine Gedanken. Da braucht's schon mehr, damit eine Treppenstufe bricht.«

»Ah, verflucht«, kommt es von Guttormsen. Ein undefinierbares Geräusch.

»Mensch, Randolph, jetzt reiß dich mal zusammen!«, ruft Larsen.

»Kann ich doch nix für!«, sagt Randolph.

Noch eine Stufe. Dann kommt die erste Kurve.

»Aber das geht einfach nicht, Larsen!«

»Es muss gehen. Zum Umkehren ist es jetzt eh zu spät.«

Der Flügel kippt plötzlich zur Seite auf die Wand zu, aber da steht Mekker'n. Er ist ganz blau im Gesicht. Schnappt nach Luft.

»Jetzt stell dich nicht so an, Mekker'n.«

»Ist mein voller Ernst, Larsen!«

»Ach Mekker'n, das kannst du doch besser!«

»Schnauze, Guttormsen. Ich hab hier 'ne halbe Tonne Klavierkonzert in den Rippen, verdammte Scheiße.«

Es knirscht bedrohlich.

»Hoch! Hoch! Geradeaus. Nächste Kurve!«

Jetzt schaut sogar Vater skeptisch drein.

»Aber das geht doch nicht, Bjørnstad!«

»Aber ja doch«, sagt Vater. »Einfach den Blick stur auf die Tür im ersten Stock halten.«

»Und das alles ist deine Schuld!«, sagt Mekker'n und sieht mich wütend an.

»Tut mir leid«, erwidere ich. »Wirklich.«

»Ich hoffe, du spielst wenigstens so gut wie Bækkelund. Sonst kapier ich nicht, was das Ganze soll.«

»Behave, Mekker'n«, ruft Larsen warnend. »Spiel nachher bisschen Schopeng für uns, ja? Falls wir überleben.«

»Versprochen«, sage ich. »Mindestens die *Revolutionsetüde*.«

Hauskonzert in Mutters und Vaters altem Schlafzimmer. Sechs Transportarbeiter plus Vater hören zu. Ich spiele auch das *Regentropfen-Prélude*.

»Das ist Kunst«, sagt Willy enthusiastisch. »Allererste Klasse. Du könntest sogar im Schloss spielen!«

»Das werde ich auch tun«, sage ich.

Aber zunächst findet Gunnars Begräbnis statt. Der eisige Januarwind direkt aus Sibirien. An der Thune Kirche liegt fast kein Schnee. Das offene Grab, das auf ihn wartet. Er war so schön. Er hätte in Hollywoodfilmen spielen können. Die freundliche Stimme. Die innere Ruhe, sogar als er die Diagnose bekam. Vaters Gesicht ist vor Kälte ganz erstarrt. Mutter weint hemmungslos. Ich weiß nicht, wohin ich sehen soll.

Später umarme ich Kusine Eva. Fange an zu weinen, auch ich.

Aber was soll ich sagen, denke ich. Was um alles in der Welt soll ich sagen?

»Ich hab ihn so gern gehabt«, sage ich.

»Das weiß ich doch«, sagt sie.

Das Fett schwabbelt, als ich beim Frackverleih am Stortorv stehe und mir ein Festgewand zulegen will. Der Verkäufer muss ganz bis ans Ende der Kleiderstange, um eine passende Größe zu finden. Leah hätte mich jetzt sehen sollen, denke ich und werde rot dabei. Sie hätte Lachkrämpfe bekommen. Frack. Ich verwandle mich von einem freien und denkenden Menschen in einen Pinguin. Obwohl ich Musiker bin, wird meine Bewegungsfreiheit eingeschränkt. Ich soll ein Pappschild vor der Brust tragen, sodass es sich wie eine Wand zwischen mir und dem Instrument anfühlt, auf dem ich spielen werde. Wieso ist das so bei der klassischen Musik?, denke ich. Jim Morrison steht im T-Shirt vor seinen Fans und singt. Doch in der Aula oder in der Carnegie Hall können sich die Musiker gerade mal verbeugen. Als der Verkäufer endlich den richtigen Frack findet und mir überzieht, denke ich an Caryl Chessman, wie er festgeschnallt in der Gaskammer im San Quentin Gefängnis saß und die Giftkapseln platzen hörte, während draußen das Begnadigungstelefon klingelte. Zu spät, zu spät.

Dieses Gefühl, gefangen zu sein und in eine Zelle geworfen zu werden, wo jemand die Tür von außen zuschließt.

»Perfekt!«, sagt der dünne Verkäufer und streicht mit der Hand an der Innenseite meiner Schenkel entlang und über die Schuhe. Beugt sich hinunter. Steht wieder auf. Atmet mir in den Nacken, während er die Fliege richtet und in den Spiegel sieht. Der fette Junge bin ich. Er ist Mephisto. Ich sehe aus wie moderne Kunst. Er sieht so aus, als hätte er Lust auf mehr. Auf etwas, das mit mir zu tun hat.

»Darf es sonst noch etwas sein?«, fragt er.

»Danke, ich glaube, wir sind fertig«, sage ich.

Mephisto nickt gemessen. »Dieses Gewand dürfte wohl des Königs und des Kronprinzen würdig sein«, sagt er. »Und falls ich mich nicht irre, ist es jedenfalls mehr als gut genug für die Kronprinzessin. Schließlich gibt es Grenzen dafür, was eine Prinzessin aus dem Volk verlangen kann, auch wenn sie in Vinderen aufgewachsen ist. Ha Ha! Im Übrigen sind Sie ganz makellos, junger Mann. Schlichtweg makellos.«

Ich zahle mit Bargeld, das ich als Vorschuss von Gottschalk bekommen habe. Sich diesen Frack für zwei Tage zu leihen kostet genauso viel wie ein Moped zu kaufen. Dennoch bleibt mir etwas übrig.

Mephisto gibt mir noch letzte Instruktionen für das Anlegen des Gewands, bevor selbiges in eine große Schachtel gelegt wird und mich der Verkäufer aus dem Laden geleitet. »Der Herr hat hoffentlich eine Mutter, die beim Ankleiden behilflich sein kann?« Mephisto lächelt freundlich, aber mit Schadenfreude.

»Gewiss«, sage ich ruhig. »Der Herr hat eine Mutter.«

Mutter sitzt im Wohnzimmer vor dem Radio und sucht nach Musik. Es ist das erste Mal seit Gunnars Tod. Da. Sender Bratislava. Brahms strömt ins Zimmer. Das Violinkonzert. Brahms oben. Brahms unten. Sie kneift beim Zuhören die Lippen zusammen. »Ist alles gut gegangen?«

»Ich hab jetzt jedenfalls einen Frack. Hab ihn auch anprobiert und alles.«

»Ich kann's fast gar nicht abwarten bis morgen. Als Vater einen Frack tragen musste, beim Festmahl des Ingenieursverbandes, brauchten wir zwei Stunden, um dieses verdammte Hemd, den Frack und die Fliege an Ort und Stelle zu bekommen. Herrje, Ketil, du bist gerade mal sechzehn. Ich begreife nicht, wieso die einen Frack vorschreiben, wenn ein Junge wie du im Schloss spielen soll.«

»Findest du, ich sollte besser in kurzen Hosen spielen? Mit Knieschützern?«

»Ach, du Blödkopf.«

Ich gehe hinauf in mein neues Schlafzimmer. Musikstudio. Büro. Alles in einem. Es ist das schönste Zimmer im Haus. Die Fenster gehen nach hinten raus auf die großen Gärten. Irgendwie verdiene ich das gar nicht. Ich schäme mich, wenn ich daran denke, was Mutter und Vater zustande gebracht haben. Ich setze mich an das Nord-Fenster und denke zurück an die Zeit, als wir in Røa gewohnt haben. Das kleine Zimmer mit den Filmstars an der Wand. Der Ausblick auf den Melumvei. Dann einfach die Tür schließen. Und ich bekam eine weitere Chance. Gunnar bekam sie nicht. Wie viel von ihm kann ich mit mir nehmen? Und wie viele Chancen werde ich bekommen? Winternacht in Oslo. Draußen fällt Schnee. Die Bäume werden weiß.

Väterchen Frost ist zu Besuch. Ich denke an den anderen Zeitungsboten, sie ist immer schon seit ein paar Minuten da, wenn ich komme, um die Plastikfolie um die Zeitungsstapel aufzureißen. Sie hat ihre dann schon in ihr Wägelchen gelegt. Hat die Titelseite von *Aftenposten* gesehen und weiß, was los ist in der Welt. Ich weiß es nicht. Ich hänge hinterher.

Brahms sitzt in seinem Käfig und schaut mich an, als ich mich an das große Instrument setze – ein volltönender Konzertflügel in einem kleinen Raum – und mich herantaste, die Kipppunkte für die Hämmer austeste und den Widerstand der Klaviatur erspüre, die zeitweilig an einen Steinway erinnert. Die weißen Elfenbeintasten. Die schwarzen aus Ebenholz. Eines der kompaktesten Hölzer der Welt. Ebenholz sinkt, wenn man es ins Wasser legt. Amalie hat mir beigebracht, dass es nicht leicht wird, auch wenn ich Ravel spiele. *Jeux d'eau*. Die Klangkaskaden. Erinnerungen an den Sommer. Vielleicht wird die Kronprinzessin verstehen. Sie ist an Kunstgeschichte interessiert. Kennt sicher die Impressionisten. Sonnenlicht. Spiegelndes Wasser. Segelboote und Frauen mit weißen Hüten, gemalt von Arne Kavli. Glückliche Menschen aus Vinderen. Besser als Bækkelund spielen? Niemals. Aber vielleicht anders.

Am nächsten Tag hat Mutter sich zwei Stunden von der Arbeit freigenommen, um mir mit dem Frack zu helfen. Gundersen aus dem Gimlevei übernimmt die Nachmittagsroute mit *Aftenposten*. Wir stehen auf dem Dachboden, wo der große Spiegel hängt.

Ich geniere mich vor Mutter. Auch vor Vater und Tormod. Würde niemals nur in Unterhosen durchs Haus laufen. Im Badezimmer versuche ich, diese Vogelscheuche von Festgewand anzuziehen. Als ich mich endlich hineingezwängt habe, ohne jedoch schon bei Kragen oder Fliege angekommen zu sein, stelle ich fest, dass ich pinkeln muss. Ich öffne den Hosenschlitz und lasse den kleinen drolligen Freund heraus, der sich nicht immer ordentlich zu benehmen weiß. Und dieses Mal geht es völlig schief. Der Urinstrahl teilt sich. Die eine Hälfte geht direkt in die Kloschlüssel, die andere trifft die frisch gereinigte

Gewandhose vom Frackverleih und plätschert als kleiner gelber Gebirgsbach auf die glänzenden Schuhe.

»Verfluchter Mist!, stöhne ich und trockne mich so gut es geht mit Klopapier ab. Der Gedanke, mit Urinflecken auf der Hose im Schloss aufzutreten, fördert nicht gerade meinen Mut. Was bin ich bloß für ein Tollpatsch. Gehe ich von der Jugendzeit direkt ins *Altersruhe*? Wo sind meine Krücken? Wo ist der Lappen, mit dem ich mir den Speichel aus den Mundwinkeln tupfen kann?

Mutter steht oben auf dem Dachboden und wartet. Gerade als sie: »Stimmt was nicht, Ketil?« ruft, öffne ich die Badezimmertür und erklimme die Treppe, krummgebeugt, um an der Hose zu riechen. Wird sie es merken? Sie ist Weltmeisterin des Geruchssinns.

Als sie mich sieht, klatscht sie in die Hände. Ich versuche, den Rücken durchzudrücken, knalle aber genau in der Treppenkurve mit dem Kopf an die schräge Decke. Peng!

»Vorsicht, Schatz!«

»Schon okay«, sage ich.

Endlich stehen wir einander gegenüber. Ich im Frack, sie in dem alten Strickkleid und mit einer Schere in der Hand.

Sie sieht mich an. Jetzt wäre der richtige Zeitpunkt für: »Was für ein Mann!« Aber stattdessen guckt sie ganz verkniffen.

»Wieso stehst du mit einer Schere da?«, frage ich verdutzt, wie um den psychologischen Druck zu lindern.

Sie antwortet nicht. Sie sieht aus, als wäre ihr ein Stück Fleisch im Halse stecken geblieben. Der Mann einer ihrer Freundinnen in Nordstrand ist an so etwas gestorben. Überhaupt sterben sie da oben an so vielen seltsamen Dingen.

Ein gewöhnlicher Sonntagmittag im Ådalsvei. Schweinekotelett. Kartoffeln. Kümmelkohl. Sauce. Vielleicht sogar ein Glas Rotwein. Plötzlich saß er da fest. Der Fleischbissen. Mitten im Hals. Saß da bombenfest. So, dass der Mann nicht mehr atmen konnte. Die Geschichte wurde noch jahrelang immer wieder erzählt. Er wedelt mit den Armen. Sie finden ihn lustig. Eine Chaplin-Parodie. Sie begreifen nicht, dass er um sein Leben kämpft. Dass der Fleischbissen die

Luftzufuhr blockiert. Sie fangen an zu lachen. Frau, Sohn und Tochter. Sie finden ihn köstlich. Er kommt ja sonst nur selten auf solche Ideen. Aber das hier ist lustig. Wirklich komisch. Er wird sogar blau im Gesicht. Wedelt mit der Armen. Gestikuliert. Zeigt mit dem Finger auf den Mund, während die Augen immer größer werden. Dann fällt er vom Stuhl und zappelt auf dem Boden herum. Jetzt sieht man nur noch das Weiße in den Augen. Was für eine schauspielerische Begabung! »Bravo!«, rufen sie. »Bravo, Papa!«

Aber Papa hört nichts mehr. Papa ist tot.

Jetzt ist Mutter dran. Sie steht da mit der Schere. Wird plötzlich blau im Gesicht. Aber sie hat keinen Fleischbissen im Hals stecken.

»Was ist denn, Mutter?«

Trotz allem erwarte ich ein wenig Anerkennung. Ihr Sohn, im Frack. Fast bereit für das Schloss. Nur noch die Fliege fehlt. Es ist ihre Aufgabe, sie anzubringen.

Ein Augenblick Stille. Dann bricht sie in Lachen aus. Kann es nicht länger zurückhalten. Einen Moment lang bin ich verwirrt. Fast ein wenig verletzt. Immerhin stehe ich da mit geradem Rücken und möchte ein wenig Eindruck schinden.

»Aber das ist ja phantastisch, Ketil!«, stößt sie zwischen Lachsalven hervor und richtet die Frackschöße. »Du siehst bloß so … so …«

»Ja«, gebe ich zu. »Es ist etwas ungewohnt.«

»Jetzt bist du ein Mann«, sagt sie schließlich und versucht, ihr Gesicht unter Kontrolle zu bringen.

»Ich sehe aus wie eine aussterbende Vogelart«, sage ich. »Die größten Pinguine der Welt. Und die melancholischsten. Die irgendwo am Südpol herumstehen und sich den Hintern abfrieren.«

113

Zwei Stunden später stehe ich an der Hintertür des Schlosses. Dieser Eingang wird von Dienern, Küchenpersonal und Musikern benutzt, während am Haupteingang die Diplomatenkarossen vorfahren. Aus ihnen steigen Botschafter und Notabilitäten mit Großkreuz, goldenen Löwen und Verdienstorden aus allen Winkeln der Welt. Viele von ihnen sind alt und haben Probleme beim Gehen, wie ich sehe. Einige tragen Monokel, andere haben altmodische Hörrohre dabei. Die Schnupftücher in den Taschen sind vom häufigen Gebrauch sicher schon steif. Ein schwacher Geruch nach Urin. Spuren von Eigelb, fast kaum mehr sichtbar. Ich hingegen eile in jugendlichem Übermut die breiten Treppen hinauf und komme zu einem Kanzleisekretär oder wie diese Leute heißen. Vielleicht Hofmarschall? Ich nenne meinen Namen, der wie durch ein Wunder bekannt zu sein scheint. Der Mann vor mir mustert mich von Kopf bis Fuß. Glänzen die Lackschuhe ordentlich? Sitzt die Fliege? Hat dieser fette Taugenichts auch seine Haare gekämmt? Mein Aufzug wird gebilligt, ich darf die Doppeltüren passieren, allerdings nicht in Richtung der großen Säle, sondern in ein Hinterzimmer, wo ich ablegen und aus der Entfernung den Flügel sehen kann. Im größten aller Säle. Wo ich Chopin und Ravel spielen werde.

Auf einer Woge verhaltener Freundlichkeit werde ich in die Räume getragen. Ich soll am Abendessen teilnehmen. Ich werde also buchstäblich am Tisch des Königs sitzen. Das hätte ich nicht erwartet. Wirklich nicht. Ich soll mich tatsächlich sogar in die von Saal zu Saal führende Begrüßungsprozession einreihen, hinter dem Botschafter von Guatemala, dem letzten in der Reihe, und einigen eher diffusen Repräsentanten aus dem Stab des Schlosses. Hofnarren? Hofdamen? Hofschranzen?

Der König, der Kronprinz und die Kronprinzessin begrüßen uns nacheinander am Eingang zum Speisesaal. Es kommt mir eigenartig vor, auf sie zuzugehen. Ich kenne sie ja so gut aus dem Fernsehen und den Zeitungen. Weiß sogar, wie sie reden. Unser König. Olav V. Der kleine Knirps auf dem Foto. Maud und Haakon, als sie in Norwegen ankommen. Die seltsamen Ereignisse 1905, als die Norweger sich eine neue Königsfamilie suchen mussten, nachdem sie sich der alten entledigt hatten. War dies der Moment, in dem die Wahrscheinlichkeit einer Republik am größten gewesen war? Kronprinz Olav, wie er damals genannt wurde. Der Junge mit dem kleinen schönen Auto, das heute im Technischen Museum steht. Auf allen Bildern wirkt er so einsam. Einsam mit seinem Hund und einsam mit seiner Frau Märtha, die der Tod ihm so früh entreißen sollte. Er steht da zusammen mit seiner Schwester Astrid und begrüßt all die bekannten Persönlichkeiten, die sich eine nach der anderen tief verbeugen. Hier gibt es keine Rauchbomben, wie sie die Provos in Amsterdam bei Beatrix' Hochzeit geworfen haben. Ehrerbietung und Respekt. Ich selbst verspüre einen Hauch von Feierlichkeit, als ich vor den König trete und ihn mit festem Händedruck begrüße, wie ich es gelernt habe. Er erwidert meinen Gruß, blickt mir freundlich in die Augen und lächelt. »Sie sind der Pianist, nicht wahr?«

Ich nicke.

»Wir freuen uns.«

Prinzessin Astrids Hand ist schlaffer, was sie aber nicht zu stören scheint. Kronprinz Harald hingegen packt ordentlich zu, fast wie ein Zimmermann. Ich verstärke den Druck meiner Hand ebenfalls. Jetzt gefällt er mir viel besser. Jung und viril, denke ich. Und frisch verheiratet.

»Der Spielmann?«, fragt er munter.

»Aber gewiss«, erwidere ich.

Dann stehe ich vor Kronprinzessin Sonja. Oh, Tante Svanhild, denke ich. Ich weiß, dass sie jetzt vor dem Fernseher klebt, in der Hoffnung, dass der NRK etwas über den Empfang sendet. Ich sehe zwar eine Kamera, kann mir aber nicht denken, dass der Hauspianist in den Abendnachrichten Berücksichtigung findet. Später am Abend will sie in den Frognervei kommen, um mich im Frack zu sehen und von mir die direkte Berichterstattung vom Hof zu hören. Das hat Mutter ihr versprochen.

Mir schwindelt ein wenig. Sonja ist hübscher, als ich dachte. Ein Hauch von Tante Svanhild in den Gesichtszügen. Vielleicht etwas mit dem Mund? Sie blickt mich abwartend an. Mit ihrem Vinderen-Blick kann sie natürlich sofort sehen, dass ich ein Emporkömmling bin, ein Mittelklassejunge aus Røa und später dann aus dem Teil von Bærum, wo keine wohlhabenden Familien wohnten. Ein Drückeberger, der Glück in den Wettbewerben hatte. Um diese Gedanken zu kompensieren, die, und da bin ich mir sicher, in ihrem Kopf herumkreisen, drücke ich extra kräftig zu, als sie mir die Hand reicht.

Sie zuckt zusammen und verzieht das Gesicht.

»Oh Entschuldigung«, sage ich. »Das lag gar nicht in meiner Absicht …«

»Eure Königliche Hoheit«, flüstert mir jemand ins Ohr. Verwirrt drehe ich mich zur Seite. Einer der Hofmarschälle. Er starrt mich ausdruckslos an. »Sie reden sie mit *Eure Königliche Hoheit* an.«

Ich wende mich wieder der Kronprinzessin zu. Knallrot. »Ich hatte wirklich nicht die Absicht … Eure Majestät …«

Aber anscheinend findet sie das nicht lustig. Und hinter mir erscheint ein Ritter aus Andorra, verspätet, vermutlich aufgrund von Inkontinenz. Er hat noch einen Finger am Hosenschlitz. Sie richtet den Blick auf ihn. Großkreuze und andere Auszeichnungen hängen wie Weihnachtsschmuck an seiner Frackbrust.

Oh verflucht, denke ich. Doppelt verflucht. Ist der Abend jetzt ruiniert? Diesen Händedruck habe ich doch schon bei Kirsten Flagstad verwendet, vor zehn Jahren. Lerne ich denn niemals dazu? Oder lerne ich nur auf die althergebrachte Art und Weise? Vielleicht kommen gleich zwei Männer und geleiten mich unauffällig aus dem Saal. Es gibt hier sicher auch ein Nottelefon im Schloss, mit direkter Verbindung zu Kjell Bækkelund, für den Fall der Fälle.

Aber nichts dergleichen geschieht. Ich werde höflich in den Saal begleitet und zu dem Platz geführt, wo ich sitzen soll. Von dort aus kann ich zum Flügel hinüberspähen. Ich habe nicht einmal Gelegenheit bekommen, mich an den Tasten aufzuwärmen. Ein Strich durch die Rechnung. Der kolossal lange Tisch knickt in einem Winkel ab und füllt den ganzen Raum. Ich sitze fast ganz am linken Rand. Aber drei Herren sitzen noch weiter links. Sind sie ranghöher oder -niedriger? Marschälle? Hoflieferanten? Dienerschaft? Botschafter aus den allererbärmlichsten Ländern? Dieser Tisch ist wie ein großes Klettergerüst. Horizontal angeordnet. Ganz oben sitzen die Gastgeber. Aus mir nicht nachvollziehbaren Gründen werde ich rot. Vor mir stehen fünf verschiedene Gläser, und die Teller haben einen Goldrand.

Das Essen beginnt. Nach jeder Tischrede soll ein Toast ausgebracht werden. Als sich der Erste nähert, kommt mein privater Hofmarschall und flüstert mir zu, welches Glas ich benutzen soll. Bewahre, Alkohol, denke ich. Aber ich bin nicht zum Nein-Sagen geschaffen. Kein einziges Gen in mir würde etwas ablehnen, was mir angeboten wird. In dieser Hinsicht bin ich genau wie Mutter. Ich erhebe also das Glas und bringe einen Toast aus, ich auch. Rechts und links von mir sitzen fremdsprachige Diplomaten. Sie reden miteinander und übersehen mich dabei völlig. Ihre Konsonanten und Vokale geben mir das Gefühl, dass sie aus Transsylvanien kommen. Haben die beiden nicht auch etwas spitzere Eckzähne? Ein Toast folgt auf den anderen. Die Rede des Königs. Die Rede der amerikanischen Botschafterin. Margaret Young Tibbets. Ich bringe ihr jeden Morgen die Zeitung. Sie wohnt in der eleganten Residenz am Vigeland-Museum, schräg gegenüber von Ella Hval. Jetzt werde ich etwas dösig im Kopf. Die Andeutung eines Nebels. Und eine leichte Brise. In wenigen Minuten soll ich Chopin und Ravel spielen. Ich warte darauf, dass mein Name aufgerufen wird. Der Zeremonienmeister des Abends, den ich nicht ganz einordnen kann, liest von einem kleinen Zettel ab. Höre ich ihn meinen Namen sagen? Bin ich dieser begabte junge Mann, der dreimal hintereinander einen Wettbewerb gewonnen hat? Oh, nein! Gottschalk! Aber ich kann nichts tun gegen diese Geschichtsklitterung. Außerdem stimmt es ja, dass ich mit der Philharmonie gespielt und teilweise aufsehenerregende Kritiken bekommen habe. Ich stehe auf, als die Menschen zu klatschen anfangen, und tappe wie ein hilfloses Vögelchen zum Steinway-Flügel in der Ecke. Ravel. *Jeux d'eau.* Der Alkohol hat die Finger so leicht werden lassen, dass sie kaum die Tasten berühren. In Ermangelung eines nüchternen Kopfes sowie Muskeln, die auf Kommando gehorchen, betätige ich das rechte Pedal und lasse den Fuß darauf ruhen. Riefling hätte mich jetzt hören sollen. Aber seltsamerweise spiele ich nicht falsch. Alles läuft glatt, und ich verspüre eine unerwartete, angnehme Zufriedenheit mit mir. Acht Stunden Klavierüben pro Tag lassen sich eben nicht mit ein paar Gläsern Alkohol auslöschen. Nach dem Verklingen des letzten Tons erwarte ich Bravo-Rufe, aber es kommt nur gedämpfter Applaus, als säßen alle Diplomaten und Persönlichkeiten mit Handschuhen da. Danach Chopin.

Ich suche den Blick der Kronprinzessin. Natürlich. Sie sitzt neben ihrem Mann und lächelt wohlwollend.

Später, als das Festessen vorbei ist und die Tische abgeräumt werden, kommt wieder der private Hofmarschall und flüstert mir zu, dass »der König und der Kronprinz sich gern mit Ihnen unterhalten möchten. Sie erwarten Sie im Rauchersalon nebenan. Vergessen Sie nicht, den König mit *Eure Majestät* anzusprechen. Sagen Sie *Königliche Hoheit* anstatt *Sie* zum Kronprinzen. Das ist überaus wichtig. Und fragen Sie nichts. Warten sie, bis der König oder der Kronprinz Sie etwas fragen.«

Ich nicke und springe auf, werde für ein Pläuschchen mit den Jungs aus dem Saal geleitet. Ein bisschen ärgert es mich, dass die Kronprinzessin nicht dabei ist, sodass ich den Schnitzer mit dem Händedruck vielleicht ausgleichen könnte. Aber da stehen der König und der Kronprinz in dem Zimmer, das an die Veranda grenzt, und rauchen wie Schlote. Beide nicken anerkennend, als sie mich entdecken.

»Danke für die Musik«, sagt der König.

»Aber doch nicht dafür«, sage ich.

»Man braucht vermutlich viel Übung, um so gut spielen zu können?«, sagt der Kronprinz.

»Ja, Sie können sich wohl denken, Verzeihung, ich meinte natürlich ... Eure Majestät ...«

Er lacht. »Entspannen Sie sich. Nehmen Sie es nicht so offiziell. Wir sind auch nur Menschen.« Der König kichert. Dann folgt sein vertrautes, schallendes Lachen, dem ganz Norwegen verfallen ist. »Nicht gerade wie Fußball, oder?«, sagt der König.

»Nein, da haben Eure Majestät wohl recht.«

Der saß. Die Kontrolle ist wiedererlangt. Eine fast gemütliche Stimmung herrscht jetzt zwischen uns.

»Eure Majestät hatten schon Liv Glaser zu Gast?«

Ah, Mist! Jetzt hab ich doch etwas gefragt. Aber König Olav lässt sich nichts anmerken. »Liv ist wunderbar«, sagt er. »Sie war mit mir zusammen in Teheran. Kennst du sie?«

Bewahre, duzen wir uns jetzt, oder nehmen sie mich nicht ganz ernst, weil ich so jung bin? »Nur ein wenig«, erwidere ich. »Sie ist sehr hübsch.«

»In der Tat«, sagt der König.

»Und wohl auch eine großartige Pianistin, nicht wahr?«, sagt der Kronprinz freundlich.

»Eine der allerbesten«, gebe ich zurück, während mein privater Hofmarschall wie üblich von hinten auf mich zutritt und erklärt, die Unterredung sei jetzt beendet.

»Vielen Dank«, sage ich und verneige mich vor Vater und Sohn. »Sie haben viel für Norwegen getan.«

Wie lächerlich! Warum habe ich das gesagt?, denke ich, als ich in schwarzem Frack, weißen Handschuhen und dem ganzen Drumherum nach Hause schlendere. Fehlt nur noch der Persianerhut. Die Schamesröte verbrennt mir die Haut. Was für ein selbstgefälliger Blödmann ich doch bin. *Sie haben viel für Norwegen getan.* Pah! Was für eine idiotische Bemerkung. Megaidiotisch. Dass ich mir überhaupt einbilden konnte, Komplimente verteilen zu dürfen. Noch dazu, wo ich doch eigentlich Republikaner bin. Völlig daneben. Komplett gaga. Außerdem habe ich »Sie« gesagt. Jedenfalls haben sie sich beide bedankt. Und sie haben gelächelt. War das so ein Lächeln, das man aufsetzt, wenn man jemanden zum Narren hält, der einem gleichzeitig leidtut? Innerlich haben sie bestimmt gebrüllt vor Lachen.

»Uääääh!«, rufe ich über den ganzen Briskebyvei. Zum Glück ist weit und breit kein Mensch zu sehen.

»Uääääh!«, rufe ich noch mal.

Eine einsame Krähe, hoch oben in einem Baum, ist die Einzige, die sich zu einer Antwort herablässt.

Tante Svanhild ist natürlich hingerissen. Hat mich sogar ganz kurz in den Nachrichten erspäht. »Ich hab dich gesehen, Ketil!«, sagt sie mit lauter Stimme und küsst mich auf beide Wangen, bevor sie mich in meinem kompletten Ornat in Augenschein nimmt. Einen Moment lang mustert sie mich regungslos. Dann plötzlich beginnt ihr Mund sich zu kräuseln, als hätte sie eine ganze Zitrone gegessen. Was ist denn los, denke ich verwirrt. Noch einmal das Ganze?

Ein Geräusch ertönt. Wie von einer Maus. Mühsam unterdrückt. Dann kommt ein Schluchzer. Schließlich ein Prusten.

Oh, lieber Gott. Jetzt bricht sie also auch in heilloses Lachen aus!

Es ist nicht zu glauben. Bin ich wirklich so lächerlich, dass sogar Tante Svanhild mich auslacht? Frack ist eben Voraussetzung, wenn man als klassischer Pianist reüssieren will. Bis jetzt hat mich nur das Alter davor gerettet. Doch wenn es Gottschalk ernst meint mit seinen Plänen, komme ich nicht um einen eigenen Frack herum. Dann muss ich darin allein um die Welt reisen, die albernen Schöße richten und darauf achten, dass die Fliege nicht verrutscht.

»Entschuldigung!«, sagt Tante Svanhild und hält sich eine Hand vor den Mund. »Ich hab das nicht so gemeint. Du bist nur … kaum wiederzuerkennen.«

»Ich weiß«, sage ich. »Vielleicht sollte ich besser Lastwagenfahrer werden. Jedenfalls ist mir jetzt klar, dass ich abnehmen muss.«

»Ach, mein Junge!«

Und dann muss ich alles erzählen. Die Pracht. Die Marschälle. Die alten Knacker mit den Orden. Die Kronprinzessin, der ich beinahe die Hand zerquetscht hätte.

»Oh nein, das ist doch nicht dein Ernst, oder?«

»Ich hab mich für einen Augenblick vergessen«, sage ich.

Dann die Tischreden. Der Alkohol.

»Hast du wirklich Alkohol getrunken?«, fragt Mutter besorgt.

»Ich musste«, sage ich. »Für jede Rede gab es ein neues Glas.«

Aber ich erzähle nichts über meine Versprecher oder über den schleimigen Schmeichler.

Schließlich nickt Tante Svanhild zufrieden. »Was für ein Tag«, seufzt sie. »Davon sollte es viel mehr geben. Alfhild, du hast wohl nicht ein Glas Sherry für mich?«

114

Der kleine Mann mit dem freundlichen Lächeln, Jassir Arafat, Anführer der palästinensischen Widerstandsbewegung Al Fatah, wird Chef der PLO. *Palestine Liberation Organisation*. Er sieht aus wie ein Restaurantbesitzer. Doch Mutter, die vor dem Fernseher sitzt, schnaubt verächtlich. »Der Mann ist gefährlich.« Sie mag lieber Golda Meir, die ein paar Wochen später zu Israels neuer Ministerpräsidentin ernannt wird. Meir sieht ein bisschen aus wie Großmutter. Zur selben Zeit bricht die SUF mit der Sozialistischen Volkspartei, und die erste Nummer der Monatszeitung *Klassekampen* erscheint. Der ehemalige amerikanische Präsident Eisenhower stirbt, und am Ussuri, dem Grenzfluss zwischen der Sowjetunion und der Volksrepublik China, kommt es zu Scharmützeln. Zahlreiche Soldaten werden getötet. Der Flugzeughersteller Boeing testet sein bisher größtes Passagierflugzeug, die Boeing 747, die auch Jumbojet genannt wird. Die Passagierkabine verfügt über zwei Etagen. Im ersten Stock soll es sogar die Möglichkeit geben, eine Bar einzurichten. Beim Mondlandungsprogramm der NASA ist man bei Apollo IX angelangt, mit den Astronauten James A. McDivitt, David R. Scott und Russell L. Schweickart. Obwohl die Reise nicht bis zum Mond geht, soll die Landefähre vom Raumschiff gelöst werden und sechseinhalb Stunden im Weltraum schweben, mit zwei der Astronauten an Bord. Allerdings ist das Ganze jetzt nicht mehr so spannend, weil Mads nicht mehr da ist, mit dem ich darüber reden könnte. Außerdem habe ich das Gefühl, dass die USA das Wettrennen zum Mond gewinnen werden. Sie haben angekündigt, nur noch einen Testflug mit der Apollo X durchzuführen, bevor sie Apollo XI Mitte Juli zum Mond schicken, sofern alles nach Plan läuft. Als hätten die Sowjets bereits aufgegeben. Doch anstatt mit den USA um die Mondlandung zu konkurrieren, planen sie, zwei Sonden zur Venus zu schicken, die mit einem Fallschirm auf dem Planeten landen sollen. Zur selben Zeit plant Thor Heyerdahl, das Papyrusboot *Ra* von Safi in Marokko aus in See stechen zu lassen.

Zum ersten Mal im Leben fliege ich. Ich soll in Stavanger spielen, und das dortige Orchester hat mir Flugscheine mit der Post zugesandt. Langsam wird es ernst, und Vater kann die Norsk Korrespondanseskole einfach vergessen, auch wenn ich ihm versichere, die Lehrbriefe zu öffnen und mehrere Stunden pro Woche für das Abitur zu pauken. Erwachsen zu werden heißt, eine neue Art von Einsamkeit kennenzulernen, denke ich, als ich in Fornebu stehe und die Flugzeuge auf ganz andere Art betrachte als in den alten Tagen, als ich mit dem Fahrrad dorthin fuhr und auf das Dach des Terminals stieg. Das Einzige, was ich damals mit Sicherheit wusste, war, dass ich mich nicht mit ihnen in die Luft erheben würde.

Aber dieses Mal tue ich es. Ganz vorn, wo der unterirdische Gang gegenüber der Kokerei an die Oberfläche kommt, steht eine DC-9 der SAS. Die fliegt nach Stavanger, und ich werde an Bord sein. Wieso bin ich plötzlich nicht mehr so mutig? Momentan passiert alles ein bisschen zu schnell. Ich habe kaum Zeit, stehenzubleiben, mich zu sammeln, Luft zu holen. Jahrelang habe ich mich gefragt, wie es ist, vom Boden abzuheben, und dort oben zu sein in den Wolken. Aber die alte Angst kommt jetzt zurück. Ich dachte, ich hätte sie ein für alle Mal abgeschüttelt. Doch dieses Mal habe ich keine Angst um Mutter, sondern um mich selbst. Stürzt das Flugzeug vielleicht ab? Seit dem letzten Unglück ist einige Zeit vergangen. Das nächste kommt bestimmt bald. Auf der anderen Seite des Sunds liegt Nesøya. Was, wenn das Flugzeug in südwestliche Richtung abhebt und genau da abstürzt, wo vor einigen Jahren die isländische Maschine verunglückt ist. Fängt man erst einmal an, sich mit Katastrophen zu beschäftigen, gibt es viele

Möglichkeiten. Zu meiner Überrschung sehe ich, dass das Flugzeug fast leer ist. Nur neun Passagiere. Haben all die anderen, die hier sitzen sollten, vorab eine Warnung erhalten? Die, mit denen zusammen ich reise, sehen seltsam aus. Verzagte Individuen, die auf ihren Sitzen hocken und den Blick gesenkt halten. So sieht man aus, wenn man in der Gaskammer oder auf dem elektrischen Stuhl hingerichtet werden soll. Aber das hier ist ein Flugzeug. Es wird aus 10 000 Metern Höhe auf die Erde stürzen. Wir alle werden zerschmettert. Die hübschen Stewardessen werden zu Hackfleisch. Übrig bleiben nur Blut und Kotze, Eingeweide und Grashalme. Unsere Gesichter werden nicht wiederzuerkennen sein. Der Einzige, den man identifizieren kann, bin ich, weil sich das ganze Fett wie ein gelber, getrockneter Schleimfleck festgesetzt hat, und der einzige unzerstörte Gegenstand der Frack ist, den ich auf den Nebensitz gelegt habe. Die Polizisten werden einander vielsagende Blicke zuwerfen und sagen: »Das muss der Pianist sein.«

Und der Kapitän. Plötzlich erscheint er in der Tür zum Cockpit. Er sieht nicht gut aus. So ein Verlierertyp, der zu lange bei der Armee beschäftigt war. Hübsch auf die falsche Art. Er wirkt genau wie ein Oberst, der seine Soldaten in ein besonders gefährliches Schneegebiet beordert, wo siebzehn von ihnen von einer Lawine mitgerissen werden und sterben. All diese Menschen, deren Fotos in den Zeitungen erscheinen, nachdem sie mit einem Flugzeug abgestürzt oder auf andere Art umgekommen sind. Alle sehen gleich aus. Hübsche Gesichter, und gleichzeitig die Gesichter von Idioten. Haben nie ausreichend minus als Note bekommen. Sondern Gut plus. Oder Sehr Gut. Und dennoch passiert etwas mit ihnen. Etwas, von dem sie keine Ahnung haben und das nun dazu führt, dass sie direkt in eine Felswand rasen, wo sie doch eigentlich 3000 Meter höher in der Luft hätten liegen müssen.

Das hier muss einfach schiefgehen.

Als das Flugzeug zur Startbahn rollt, erreicht meine Nervosität ungeahnte Ausmaße. Es kommt mir vor, als säße ich in einem Drucktank. Mein Körper explodiert sicher bald. Der lange Weg zum Anfang der Startbahn. Wir werden in Richtung Südwest abheben. Ich sitze ganz hinten im Flugzeug. Ich habe gelesen, dass man hier die besten

Chancen zum Überleben hat. Ich klammere mich an meiner Zeitung fest, lese von dem Zugunglück bei La Louvière in Belgien. Fünfzehn Menschen sind gestorben, und achtzig wurden verletzt. Hier wird niemand verletzt werden. Hier sterben wir alle zusammen. Neun Passagiere und fünf Besatzungsmitglieder. Also vierzehn Menschen. Die so dumm waren und auf Kapitän Fjøstad und seine Mannschaft vertrauten. Und Fjøstad, der so dumm war und auf sich selbst vertraute.

Da! Die Maschine nimmt Fahrt auf. Einer der Jetmotoren ist vierzig Zentimeter von meinem Kopf entfernt. Zwischen uns gibt es nur ein fragiles Fenster. Schwusch!, und die Natur verschwindet unter mir. Die Welt sinkt hinab! Es ist ganz anders, als ich es mir vorgestellt habe. Das Flugzeug schwankt. Gleich stürzt es ab. Wir stürzen ab! Und weit und breit keine Landebahn in Sicht. Nichts, worauf wir sicher landen könnten. Verzweifelt blicke ich umher. Aber nein, es geht ja hoch, immer höher. Direkt in die Wolken. Das Flugzeug beginnt zu vibrieren. Ich kralle mich an der Armlehne fest, schaue zu den Passagieren weiter vorn in der Kabine. Doch ich kann nur ihre Hinterköpfe sehen. Sie hocken da und halten wie zuvor den Blick gesenkt. Es kommt mir ziemlich unwirklich vor, als das Flugzeug plötzlich die Flughöhe erreicht und die Stewardessen aufstehen, in den Mittelgang treten, ein wenig das Gleichgewicht verlagern, wenn die Maschine rüttelt, aber dennoch allen, die es wünschen, Kaffee bringen. Ja, vielleicht Kaffee, denke ich. Den hab ich noch nie zuvor probiert. Jedenfalls kann ich dann der Stewardess ins Gesicht sehen und darin nach Zeichen von Angst suchen.

Allein in Stavanger. Ich wohne im Hotel Atlantic. Es ist groß und beeindruckend. Im Foyer höre ich jemanden Amerikanisch reden. Eigenes Zimmer mit Aussicht auf Breiavannet. Ich weiß zu diesem Zeitpunkt noch nicht, wie oft ich in den folgenden Jahren am Fenster stehen und auf das Gebetshaus auf der anderen Seite blicken werde, dabei auf Schwäne und Enten schaue, die dicht neben dem Rundweg auf dem See schwimmen und auf Brot und Vogelfutter warten, das ihnen von den Menschen zugeworfen wird, die immer wieder kommen und sie füttern. Die Gymnasiasten, die in den weißen Gebäuden auf der linken Seite ein und aus gehen. Atlantic. Als spürte ich schon den Erwartungsdruck der Zukunft. Das Tourneeleben. Die Reisen. Die Hotels. Danach die Probe mit dem Orchester und Karsten Andersen, dem noblen Violonisten und Dirigenten, der ein wenig Onkel Sigurd ähnelt und ein Schüler von Urgroßvater war. Mutters Jugendfreund. Erst vor ein paar Monaten habe ich ihn in der Aula gehört, wo er Sibelius' fünfte Symphonie ausmalte, auf eine Art, die ich nie zuvor gehört hatte. Ein waschechtes Naturereignis. Noch immer kann ich mich nicht an den Gedanken gewöhnen, der Solist zu sein. Ein Gleichwertiger. Dass wir die Partitur vor uns liegen haben und über Einzelheiten diskutieren können. Er hat ein paar Vorschläge, andere als Fjeldstad. Das ist in Ordnung. Ich koste noch dieses Freiheitsgefühl aus. Selbst bestimmen können. Weg vom Diktat.

Das Konzert in der Atlantic Hall am folgenden Tag. Nicht die gleiche Begeisterung wie in Oslo. Nicht einmal Bravo-Rufe. Nur maßvoll beherrschtes Bildungsbürgertum.

»Mehr darfst du gar nicht erwarten. Die sind hier so in dieser Stadt«, sagt die junge Flötistin. Sie hat Ähnlichkeit mit Aimée. Die langen blonden Haare, die allerdings nicht zu lang sind, sondern genau richtig.

Abendessen im Restaurant Mortepumpen mit dem Orchesterleiter Karsten Andersen und einer reichen Dame, die vermutlich auf einer Insel wohnt. Ich fühle mich plötzlich erschöpft. Denke wieder an Gunnar. Unvermittelt fällt er mir ein. Ich denke daran, dass er nicht mehr lebt. Dass seine Pläne nie Wirklichkeit werden, dass seine Praxis aufgelöst ist, dass seine Eltern und seine Schwester ganz untröstlich sind. Dass das Leben nie wieder dasselbe sein wird. Immer wird es eine Zeit vor und eine Zeit nach Gunnar geben.

»Der Pianist ist sicher müde«, sagt die reiche Dame freundlich.

»Ja«, gebe ich zu. »Es war alles ein bisschen viel in letzter Zeit.«

»Sie haben auch im Schloss gespielt, wie ich hörte?«

»Ja, gnädige Frau. Ein beeindruckendes Erlebnis.«

»Für Sie vielleicht. Aber die Monarchie wird nie wieder sein, was sie einmal war. Wenn die Verbürgerlichung erst einmal anfängt, weiß man nie, wo es endet. Unsere neue Kronprinzessin kommt zwar aus Vinderen, aber was ist mit der nächsten Generation? Stellen Sie sich nur mal vor, wie es wäre, wenn wir vielleicht eine Königin aus Haugesund oder Drammen bekämen. Das fehlte uns noch.« Vielsagend verdreht sie die Augen.

Mitten in der Nacht stehe ich in meinem Hotelzimmer und starre auf Breivannet, den kleinen See im Zentrum der Stadt. Und wieder habe ich Alkohol getrunken. Der Kellner hat mich großzügig mit Rotwein versorgt, obwohl ich noch nicht einmal 17 bin. Haben sie das vergessen? Allerdings habe ich auch nichts gesagt. Bekam sogar einen Cognac zum Kaffee.

Ich denke an Großvater, den Vater meiner Mutter. Der, den es nicht gibt. Den Mutter und Großmutter mit dem großen Radiergummi ausgelöscht haben. Der sich zu Tode trank.

Dann werfe ich einen Blick auf die Minibar. Steht da vielleicht ein Bier drin? Oder zwei?

Ich öffne die kleine Tür und starre auf die Flaschen.

Als ich am nächsten Morgen wach werde, merke ich, dass ich getrunken habe. Sofort denke ich an Mutter, die deswegen sicher traurig wäre. Lange stehe ich unter der Dusche, ohne dass das etwas nützt. Dann aber drehe ich das kalte Wasser auf. Das ist wie ein Bad im Eiswasser bei den kleinen Gletschern in Jotunheimen. Es prickelt auf der Haut. Ich halte den Kopf unter den Wasserstrahl. Der Kater verschwindet, löst sich auf wie durch Zauberhand.

Sobald ich das Propellerflugzeug von Braathens S. A. F. E. erblicke, überkommen mich bange Ahnungen. Eine DC-6B. Vier Motoren. Alt. Ich hätte gar nicht gedacht, dass heute noch Propellermaschinen benutzt werden. Dachte, es gäbe nur noch Düsenjets.

Trotzdem ist dieses Flugzeug voller. Aber im Cockpit hocken die gleichen Idioten von der Armee wie beim letzten Mal. Diese Typen, die glauben, alles zu können. Die kurzen Haare. Die Blicke, die entweder viel zu intensiv sind oder total leer wie bei Wachspuppen. Die

Stewardessen sind allerdings warmherzig und menschlich. Eine von ihnen, die Dunkelhaarige, ist so sexy, dass sie fast nicht stehen kann. Sie lächelt die Passagiere der Reihe nach auf eine Art an, bei der wir uns wie Auserwählte fühlen. Als wollte sie sagen: »Hey Süßer, kommst du nachher mit mir nach Hause?«, obwohl da ein müder Teenager mit einem Frack über dem Arm und einem Blumenstrauß in der Hand ankommt. Wieso hab ich den überhaupt mitgenommen? Mutter ist doch allergisch gegen Blumen, und der weltgewandte Yamaha-Flügel würde halbverwelkte Nelken aus Rogaland sicher nicht besonders zu schätzen wissen.

Ich setze mich wieder ganz nach hinten. Dieses Mal befinden sich die Motoren in der Mitte des Flugzeugs, machen dafür aber umso mehr Lärm. Als ob hundert furzende Fiats die Maschine zur Startbahn eskortierten. Ich habe die Zeitung gelesen. Die Kritik ist gut. Mehr als gut. Eine Erleichterung im Hinblick auf Gottschalk. Jetzt kann ich ihm etwas vorzeigen, worüber er sich freuen wird.

Dann schließe ich die Augen. Die Flötistin mit den langen Haaren.

Aber war ich denn nicht eigentlich in Aimée verliebt? Wo ist sie in diesem Chaos aus Noten, Übungsstunden und Klängen überhaupt abgeblieben? Ist sie zusammen mit Gunnar verschwunden? Bewahre, denke ich. Die von Musik hervorgerufenen Gefühle sind ja mit Tod und Verliebheit verwandt. Was ist in all diesen Monaten mit mir geschehen? War ich etwa so davon besessen, etwas zu leisten? Aber so oder so drängt sich Aimée wieder mit voller Kraft in meine Phantasie. Ich sehe sie vor mir, wie sie mit eingegipstem Bein und auf Krücken daherkommt. Das hübsche Gesicht, als sie in der Blaskapelle Klarinette spielte, wo doch alle, die Klarinette spielen, eigentlich ungeheuer einfältig wirken. Ach, Aimée! Während die alte Maschine, die sicher schon am *Kampf um das schwere Wasser* beteiligt war, vom Flugplatz Sola abhebt, denke ich, dass ich abnehmen werde, dass ich mit dem Kauf eines eigenen Fracks warten sollte, bis ich fünfzig Kilo weniger wiege, mindestens. Und dann, wenn sie eines Tages im Frognerpark spazieren geht, werde ich mich auf sie stürzen und vorschlagen, zusammen nach Paris zu fahren. Die Stadt der Städte, wo die Liebe erfunden wurde. Wir werden dasselbe Zimmer im Hôtel de Suède bewohnen, in dem Jean-Luc Godard die lange Sequenz mit Jean Seberg und Jean-Paul Belmondo filmte, in *A bout de souffle*. Dort wird es sich wiederholen. Das Gleiche wie im Film. Aber danach wird alles anders sein. Ich werde nicht in der Rue Campagne-Première von einer Kugel getötet, und Aimée kommt darum herum, denjenigen zu verlieren, den sie gern hat. Wir werden Tag und Nacht in diesem kleinen Hotelzimmer zusammensein. Wir werden Champagner trinken und über Tolstoi und Bruckner reden. Es gibt keine Grenzen.

Während des ganzen Flugs träume ich vor mich hin. Endlich habe ich mich beruhigt. Fliegen ist völlig in Ordnung, sogar in einer Propellermaschine. Dann aber drücken diese Idioten im Cockpit die Flugzeugnase nach unten und geben durch, dass wir in zehn Minuten in Fornebu landen. Wir sollen uns anschnallen.

Als ob ich das nicht schon die ganze Zeit gewesen wäre.

Die Minuten vergehen. Es ist schon eine Weile her, dass wir die Region um Oslo erreicht haben. Aber selbst die Phantasien über ein Mädchen lassen sich unmöglich während des ganzen Flugs aufrechterhalten. In meinem Kopf hat ein sehnsuchtsvolles Treffen das nächste abgelöst, aber nun sagt mein Gehirn Stopp. Es will nicht mehr. Es möchte etwas anderes. Es möchte herausfinden, wieso bereits fünfzehn Minuten vergangen sind, seit Kapitän Krigsvold (allein der Name!) die Landung in zehn Minuten angekündigt hat. Etwas muss nicht in Ordnung sein. Ich öffne die Augen und höre gleichzeitig ein ekelhaftes Geräusch, das von dem Flugzeug ausgeht. Als ob eine Waschmaschine in tausend Stücke zerbricht. Ein Ticken, irgendein komisches Knistern, dann: ein gewaltiger Knall. Ist das jetzt der Tod? Ich dachte eigentlich, ich hätte diese schreckliche Angst überwunden. Es war ja nicht der Tod an sich, den ich fürchtete. Dort ganz brav zu liegen, zusammen mit Churchill, Dorléac, Chessman, Großvater, Gunnar und den anderen, wäre eigentlich das geringste Problem. Das Problem war der Absturz. Dieses Gefühl im Bauch. Das Flugzeug, das zur Seite kippt. Die Stewardessen, die mit ihren Kaffeetabletts umhergehen und pötzlich mit einem lauten Krachen gegen die Fensterreihen geschleudert werden, mit ihrem Körper vor die Passagiersitze donnern, während das Flugzeug ins Trudeln gerät. Jemand fängt an zu schreien, und einer der Idioten im Cockpit ruft: »Oh Gott! Verflucht! Zum Teufel! Oh Jesus!« Der Gedanke, auf der Erde, an einem Berggipfel zu zerschellen oder sogar im Bunnefjord zu versinken.

Ich schaue aus dem Fenster. Der Flughafen Fornebu liegt direkt unter uns. Wir sind nur zweihundert Meter über dem Boden. Jetzt fliegen wir über den Kontrollturm hinweg. Was zum Teufel ist hier los? Plötzlich öffnet Kapitän Krigsvold die Tür zwischen Cockpit und Kabine, kommt in den Mittelgang gestürzt, bleibt ungefähr da stehen, wo sich das Fahrgestell befindet, und fängt an, den Teppich wegzureißen, diesen Läufer, der zwischen den Sitzreihen durch die ganze Kabine verläuft. Eine der Stewardessen beugt sich über ihn und fragt etwas. Er schafft es gerade noch, ihr zu antworten, und zerrt den Läufer zur Seite, der nicht rot ist, sondern grau. Alle Passagieren beugen sich in den Gang hinaus, um zu sehen, was in aller Welt er da macht. Ist er etwa völlig durchgedreht? Im Fußboden ist eine Klappe. Und allen wird klar, dass er vorhat, diese zu öffnen. Ist das jetzt eine Form von Selbstmord? Will er rausspringen? Er hat ja keinen Fallschirm. In einer der vorderen Sitzreihen schreit eine Frau.

»Seien Sie still!«, ruft der Kapitän. Er ist außer sich. Und plötzlich ist die Luke geöffnet. Im Boden dieser alten Kiste ist jetzt ein großes Loch. Ich spüre den Luftzug, der von unten hereinkommt und sehe ein paar Servietten, die jemand nach dem Kaffee vergessen hat zurückzugeben, durch die Kabine wirbeln.

Der Kapitän starrt in das Loch. Dann hebt er den Kopf und ruft: »Das Fahrwerk! Ich musste nur kontrollieren, ob es in der richtigen Position ist. Wir hatten einen Fehlalarm im Cockpit!«

»Und wie alt ist diese Klapperkiste?«, hätte ich Lust zu fragen, verkneife es mir aber. Der Kapitän lässt die Abdeckplatte fallen, überlässt es der Stewardess, den Läufer zu richten, und eilt zurück ins Cockpit. An der Tür dreht er sich um und formt die Hände zu einem Trichter um den Mund: »Es ist nicht gefährlich! Wir landen jetzt!«

Warum stehen dann Feuerwehrautos auf der Landebahn?, denke ich im Stillen. Ja, jetzt gerade ist es äußerst still. Die Erfahrung eines Erwachsenen. Sogar Abel mit seinem Motorrad kann etwas Ähnliches noch nicht erlebt haben. Und gleichzeitig denke ich: Das muss ich benutzen. Diese Erfahrungen muss ich sammeln. Damit ich ein besserer Mensch werden kann. Wie der Geist in Aladdins Lampe erscheint Lindholms Gesicht vor mir. Sein säuerliches Lächeln: »Weichheit. Genusssucht. Hab ich dich jetzt erschreckt? So geht es, wenn du zu viel an Mädchen und sonstigen Unsinn denkst!«

»Aber ich hab doch gar nicht daran gedacht«, würde ich gern zurückrufen. »Schon lange nicht mehr! Ich habe nur gearbeitet! Ich habe geübt, geübt, geübt!«

»Und Übung macht den Meister«, sagt der Lindholm-Geist. »Mach weiter so.«

115

Er fährt mit Kim, dem Freund von der Stabekk Schule, in die Osterferien. Sie haben wenig Kontakt gehabt. Sind sich ein paarmal bei Konzerten begegnet. Kim spielt auch Klavier, hat aber an keinem Wettbewerb teilgenommen.

»Wir haben eine Hütte oben in Vestre Slidre«, sagt er. »Wie wär's mit ein paar Tagen? Nur wir zwei. Wir könnten Skilaufen, in der Hütte sitzen und es uns gemütlich machen.«

Der Bjørnstad-Junge nickt. »Aber ja«, sagt er. »Das klingt doch ziemlich nett.«

Doch zunächst muss er die Mortensen-Fuge in Høvikodden einspielen. Er hat mit dem reizenden Ole Henrik Moe telefoniert. Sie haben eine Zeit für die Aufnahme vereinbart, außerhalb der Öffnungszeit, wenn sie mit dem Flügel allein im Saal sein können. Der Regisseur des Films heißt Pål Bang-Hansen. Er ist bekannt, hat *Skrift i sne,* einen Film über die radikalen Bewegungen der 30er- und der 60er-Jahre inszeniert, und leitet das *Filmmagazin* beim NRK, wo er von neuen Filmen erzählt, vom Filmfestival in Cannes berichtet und von anderen Filmfesten. Er kommt direkt aus Tovo bei Villa Faraldi in Ligurien. Er hat dort eine Wohnung. Eine Wohnung im Ausland?, denkt der Teenager. Wie ein Reeder? Ist so etwas möglich, wenn man beim NRK angestellt ist und mit Kultur arbeitet? Der ganze Saal ist in ein Studio verwandelt worden. Der Flügel steht in der Mitte, und er soll die ganze verfluchte Fuge auswendig und an die zwanzig Mal spielen, damit Bang-Hansen aus verschiedenen Winkeln filmen und hinterher alles synchronisieren kann.

Zwischen den einzelnen Aufnahmen unterhalten sie sich.

»Interessierst du dich für Film?«, fragt Bang-Hansen auf seine lakonische Art.

»Ja, sehr«, erwidert er.

»Bald gibt es eine Woche des französischen Films in Oslo. Im Gimle und im Scala. Guck dir das mal an. Ist was ganz anderes als dieser amerikanische Müll.«

Er hört zu und denkt, dass Bang-Hansen einer der Wenigen ist, die auf angenehme Art arrogant sind. Mit Bækkelund ist es so ähnlich. Die Bang-Hansen-Familie hat enge Verbindungen zur Sozialdemokratischen Partei. Pål Bang-Hansen schreibt für *Arbeiderbladet*. Bækkelund schreibt für alle möglichen Zeitungen, hat einen Tag vor Heiligabend aber immer seine Weihnachtsparty, zu der alle wichtigen Parteibonzen kommen.

Ole Henrik Moe steht abseits im Schatten und sieht zu. Ab und zu mischt er sich in die Unterhaltung ein. Er ist auch arrogant, aber auf eine sanftere Art. Ist Arroganz notwendig, um in dieser unübersichtlichen Landschaft zu überleben? Während er am Klavier sitzt, denkt er an die Erschütterungen, die Moe zu Beginn seiner Tätigkeit als Direktor erfahren musste. Es ging um einen anerkannten Künstler, der die Existenzberechtigung des ganzen Kunstzentrums hinterfragte. In allen Bereichen gibt es diese internen Kämpfe. Auch im Musikermilieu. Arne Nordheims Verachtung für das typisch Norwegische. Das Diktat der Atonalität. Die Bewunderung für Boulez. Jetzt sitzt er am Steinway-Flügel und soll einen der größten norwegischen Modernisten interpretieren, einen Repräsentanten einer musikalischen Richtung, die bei großen Teilen des Publikums verhasst ist, genauso wie viele in der Kunstsammlung des Henie-Onstad-Zentrums vertretene Maler.

Doch es kommt ihm ganz natürlich vor. Genauso natürlich, wie Bach oder Chopin zu spielen. Doch wenn die Musik atonal ist, verfügt er nicht über dasselbe melodische Erinnerungsvermögen. Er memoriert die Musik mit den Muskeln, den Intervallen. Die Tonalität ist zu abstrakt, um ihm dabei helfen zu können.

Vier Stunden arbeiten sie intensiv. Dann sagt Bang-Hansen, er sei zufrieden, und lässt ihn gehen.

Ole Henrik Moe fährt ihn nach Hause.

Die ruhigen Unterhaltungen, die er so schätzt. Sich mit einem Mann zu duzen, der viele Jahre älter ist als er.

»Hat es dich verletzt, was Storn getan hat?«

Moe überlegt. »Nicht verletzt. Aber überrascht. Ich fand es erstaunlich, dass er nicht verstanden hat, dass diese Institution auf seiner Seite ist. Es sind je genau solche Künstler, denen wir weiterhelfen wollen.«

Einen Tag später fährt Kim im großen blauen Skoda vor dem Haus im Frognervei vor. Obwohl sie dieselbe Klasse besucht haben, ist Kim ein Jahr älter und hat eben seinen Führerschein gemacht. Es ist derselbe Tag, an dem Lin Biao zu Maos Nachfolger bestimmt wird. Die Mutter ist zum Glück schon zur Arbeit gegangen. Es gefällt ihr nicht, dass die beiden Jungen allein auf Fahrt gehen. Der Bjørnstad-Junge hat alle Lebensmittel eingekauft. Milch, Brot, Wurst, Kartoffelfladen, Käse, Mayonnaise, Schinken, und jede Menge Cola. Kein Alkohol.

Sobald er Kim entdeckt, verspürt er diese Wärme in seinem Inneren. Er ist nicht an Freundschaft gewöhnt. Nicht auf diese Weise. Ein Mensch, der plötzlich anruft und fragt, ob er nicht mitkommen will in einen kleinen Osterurlaub »unter uns Pianisten«.

Kim steht am Tor und wartet. Es ist lange her, dass sie einander gesehen haben.

»Ove ist tot«, sagt Kim. »Ist letzte Woche mit seinem Moped verunglückt.«

Er spürt, dass die Nachricht einen Eindruck bei ihm hinterlässt. Unwirklich, in gewisser Weise.

»Eine Kollision?«

»Nein, er war allein. Fuhr gegen einen Baum.«

Er kann nichts dazu sagen. »Oh«, murmelt er nur. »Das tut mir ja leid.«

»Ove war eifersüchtig auf uns, weißt du.«

»Tatsächlich? Inwiefern?«

»Wir hatten die Musik gemeinsam« Kim lacht. »Haben wir doch immer noch, oder?«

Die lange Fahrt hinauf nach Valdres. Wie sollte er das jemals vergessen? Kim souverän am Steuer des alten Wagens. Langsam und ruhig fährt er durch Hønefoss und dann am Sperillen entlang. Alles ist ganz leicht, wenn Kim in der Nähe ist. Sein wieherndes Lachen. Er merkt, wie sehr er sich darauf freut, ein paar Tage wegzukommen. Ihm gefällt nicht, wie schnell gerade alles passiert. Wie er sich durch die Ereignisse hindurchgeschoben fühlt, als handle es sich um dünne Schleier, die er passiert und leicht berührt, ohne dass das Erlebte einen bleibenden Eindruck hinterlässt, ihm neue Erkenntnisse verschafft, ihm weiterhilft. Dass Gunnar starb, war konkret. Seine Gedanken über den Tod sind ebenfalls konkret. Unwirklich ist das Leben. Nicht der Tod. Das gefällt ihm nicht.

Ein zeitiger Frühling in Norwegen. Ein zeitiges Osterfest. Die Übergänge in der Natur zum Monatswechsel März/April. Der Himmel ist grau. Die Temperatur liegt bei etwa null Grad. Als sie weiter nach Leira und Fagernes hinaufkommen, herrscht dort noch Winter.

Er unterhält sich gern beim Autofahren, mag es, dass man sich dabei nicht ansieht, sondern geradeaus blickt. Zum Glück gehört Kim nicht zu der Sorte Autofahrer, die sich für jedes Wort zur Seite drehen müssen. Auf die Straße sehen. Gedanken im Kopf haben. Das Gespräch soll sich ohne Hilfe von Gesichtsausdruck, Lächeln, Gesten und Grimassen entwickeln.

Sie durchqueren das Zentrum von Fagernes und fahren weiter in Richtung Vestre Slidre. Sie reden über alles, worauf man sich im Leben freuen kann. All die Musik, die sie noch nicht kennen. Und alles, was sonst noch wartet. Die Mädchen. Die Verliebtheiten. Die Freundschaften. Daran, wie Kim redet, merkt er, dass der Freund ihm ein ganzes Stück voraus ist. Erfahrungen, von denen er nur träumen kann. In seinen Gedanken schlägt es jedes Mal hohe Wellen, wenn er daran denkt, dass er übergewichtig ist und abnehmen müsste. Früher oder später muss er das einfach tun. Aber wie soll ihm das gelingen, wenn seine Disziplin so mangelhaft ist? Acht Stunden Klavier zu üben ist kein Problem. Die Portionen Knäckebrot mit Butter zu halbieren, ist hingegen etwas ganz anderes.

»Magst du Schubert?«, fragt er plötzlich.

»Ja«, erwidert Kim. Er fährt in ruhigem Tempo mit beiden Händen am Lenkrad. »Komisch, dass du fragst. Aber überleg mal, wieso ein Mensch, der so viel Unglück in der Liebe hatte, eine so innige Musik erschaffen konnte.«

»Innig ist ein schönes Wort.«

»Ja, nicht wahr?«, sagt Kim. »Vielleicht etwas banal. Aber passend, wenn man von Schubert spricht.«

Sie fahren durch Handesvingen, als sich eines der hinteren Räder löst. Es ist nicht glatt, kein Eis auf der Straße, aber der Wagen fängt an zu schlingern, und von diesem Moment an weiten sich die Sekunden aus und werden zu Minuten. Die lange Zeit zwischen dem einen Augenblick, in dem er glaubt, der Wagen lande im Graben auf der anderen Seite, und dem nächsten, in dem der Wagen über den Asphalt rutscht und von der Straße abkommt. Der steile Abhang, die Steine, ein paar Bäume. Es könnte die Aufsprungbahn einer Sprungschanze sein, ist aber ein Abhang bei Handesvingen, und Kims Skoda stürzt hinunter. Dem Beifahrer wird bewusst, dass auch er sich im Wagen befindet, und plötzlich passiert alles nicht mehr langsam. Keine Rede mehr von Minuten. Jetzt kommen die Sekunden zurück, und er weiß, dass er sterben wird. Nur wenig ist vom Leben übrig, als er in diesem Wagen hockt, der die Geröllhalde hinunterkollert, und die Hände zum Kopf führt, in dem Versuch, sich zu beschützen, wenn das Dach zerschmettert und eingedrückt wird. Fühlt sich so ein tödlicher Unfall an? Dass es tatsächlich passiert, ist weniger unwahrscheinlich, als dass es bisher nicht geschehen ist. Denn dieser Augenblick ist immer schon dagewesen, solange er sich erinnern kann. Er war da, ein sicherer Punkt, sowohl im Traum als auch im Wachzustand. Er hat darauf gewartet, wie man auf einen lieben Freund wartet, oder, vielleicht wahrheitsgemäßer, auf einen Menschen, dem zu begegnen man am liebsten vermeiden möchte. Er hat sich darauf vorbereitet wie auf einen angekündigte Besuch. Und obwohl ihn in dem SAS-Flugzeug die Angst vor dem Augenblick des Todes überrumpelt hat, verspürt er jetzt nicht die gleiche Überraschung. Früher oder später musste es geschehen. Und jetzt geschieht es. Ja, wahrlich. Er hält die Hände über den Kopf, versucht sich zu schützen, während der Wagen sich überschlägt und auf den Bach zukollert.

Als er wieder wach wird, sieht er, dass Kim auf den Rücksitz geschleudert wurde. Auch er ist wach. Aber keiner von beiden kann aufrecht sitzen. Die Überschläge auf dem steinigen Abhang haben den Wagen ringsum eingedrückt. Dort, wo die Frontscheibe saß, ist nur noch eine kleine Öffnung zwischen Dach und Armaturenbrett.

Aber die Scheibenwischer funktionieren.

Tick tack. Von einer Seite zu anderen.

Kim fängt an zu lachen.

»Die Scheibenwischer, Ketil! Die sehen aus wie verdrehte Rentiere!«

Bald lachen beide. Das Lachen des Lebens, denkt er viele Jahre später. Wenn man so sterben sollte, war nichts gefährlich. Denn er kehrt nicht zu seinem alten Leben zurück. Dieser Unfall macht etwas mit ihm. Das weiß er schon, als er den Türgriff anfasst und merkt, dass sich die Tür öffnen lässt. Kim folgt seinem Beispiel. Sie kriechen aus dem Auto. Rappeln sich auf. Vorsichtig, erstaunt. Der Wagen ist ein Wrack. Sieht aus wie eine Kokosmakrone. Aber sind die Menschen verletzt? Da, Kims Bein. Aber es scheint nicht gebrochen zu sein. Er selbst fühlt sich wie erschlagen. Es brennt, wenn er seine Haut berührt.

Oben auf der Straße kommt ein Bauer angelaufen. Die beiden stehen wie neugeborene Krüppel am Bach und betrachten das Auto.

»Au Kacke, Jungs! Hab schon beim Lensmann Bescheid gesacht, Krankenwagen is unterwegs!«

116

Ich fahre allein mit dem Zug von Fagernes zurück nach Oslo. Kim bleibt zur Beobachtung im Krankenhaus. Ich sitze fast ganz allein im Zugwaggon und schaue auf den Randsfjord, während wir an Hov, Fall, Skrukkli und Bleiken vorbeikommen. Wie friedlich das hier oben ist. Wäre es jemals vorstellbar, hier zu wohnen? Sich ein nahezu ereignisloses Leben zu erschaffen?

Doch jedesmal, wenn man sich in Bewegung setzt, geschieht etwas. Es ist kurz nach eins am 1. Mai 1969. Eine zweimotorige Beechcraft Travel Air von Vestfold Frakt startet am Flughafen Fornebu. Außer dem Piloten befinden sich fünf Mitglieder des Pop-Orchesters Bent Sølves an Bord, das für einen Auftritt nach Schweden unterwegs ist. Nur der Saxophonist der sechsköpfigen Gruppe, Mikkel Flagstad, ist nicht dabei, weil er Flugangst hat. Er fährt stattdessen mit dem Auto. Zwei Tage zuvor hat die Band im Hotel Viking in Oslo gespielt, der nächste Auftritt soll im Club Lorry in Linköping stattfinden. Auf dem Weg nach Schweden gerät die Maschine in ein Schlechtwettergebiet und wendet, um wieder in Fornebu zu landen. Als die Beechcraft über Drammen abdreht, um die Einflugschneise zum Flughafen zu nehmen, versagt plötzlich einer der Motoren, und die Maschine kommt ins Trudeln. Mit enormer Wucht stürzt das Flugzeug gleich neben der Drammensbrücke im Industriegebiet Holmen ab, wird beim Aufprall dreißig Meter durch die Luft gewirbelt und bleibt dann völlig zerstört am Boden liegen.

Alle sechs Menschen an Bord des Flugzeugs sterben.

Das Unglück erschüttert mich zutiefst. Ich bin mit den Johannesknaben in Bergen. Wir hören im Radio von dem Absturz. Auch die Sängerin Vigdis Mostad gehört zu den Opfern. Erst vor einem Monat nahm sie zum zweiten Mal am Vorentscheid zum Grand Prix teil und kam auf den fünften Platz. Wenn sie die Zukunft bloß geahnt hätte. Aber die Dreiundzwanzigjährige aus Orkanger ahnte nichts, als sie sich nur wenige Tag vor dem Unglück mit ihren feschen Musikern ablichten ließ. Was stimmt bloß mit mir nicht?, denke ich. Ich habe schon zweimal überlebt.

Als ich wieder in Oslo bin, ruft Gottschalk an und bietet mir eine Karte für das Ella Fitzgerald-Konzert in der Njårdhalle an. Dankend nehme ich an. Ich weiß, dass die weltberühmte Sängerin einen heimlichen Liebhaber in Stabekk hat. Ove hat mir das damals erzählt. »Stell dir bloß vor, dass jemand mit dieser fetten Kuh zusammensein möchte«, so drückte er sich aus.

Doch diese fette Kuh ist eine der berühmtesten Jazzsängerinnen und hat gerade einen Hit mit *Get Ready* gelandet. Der Song hat in etwa die gleichen Qualitäten wie *I Say a Little Prayer*. Es sind Pop-Melodien, die in die Gehörgänge fließen wie Saft in ein Wasserglas, die der Zeit eine Farbe geben und zu einem Teil der Persönlichkeit werden. Ich habe einen Hang zum Sentimentalen, kann mit dem jungen Komponisten Ragnar Søderlind über die Filmmusik zu Zeffirellis *Romeo und Julia* diskutieren. Nino Rota. Ennio Morricone. Komponisten, über die er nur den Kopf schüttelt. Viel zu melodiös. Viel zu banal, nach seinem Geschmack. Ich hingegen liebe sie.

Die Njårdhalle an einem Tag im Mai. Tausende Menschen strömen in die große Sporthalle. Das Gefühl eines großen Ereignisses. Eine der besten Jazzmusikerinnen der USA auf der Bühne. In mir herrscht die ganze Zeit Unsicherheit. Ich möchte etwas anderes ausprobieren, bevor das Leben eine feste Form annimmt. Wie eine Art Fluchtversuch, den ich mir noch nicht eingestanden habe und vielleicht auch niemals im Leben eingestehen möchte. Das Gefühl, dass da irgendwo noch mehr sein muss. Das Gefühl, dass sich die Zeit selbst in einem Erregungszustand befindet. Überall Unruhen. Und die Befreiung. Ich beobachte Ella Fitzgerald, die ihre ganz eigene Freiheit hat, sie kann tun, was sie will, kann scatten und improvisieren. Sie kann all das tun, was in der klassischen Musik nicht erlaubt ist, wenngleich auch Mozart und andere Komponisten auf ebensolche Weise stundenlang mit Musik herumspielen konnten. Jetzt haben die Jazzmusiker diese Tradition übernommen, und ich stehe irgendwo zwischen den riesigen Lautsprechern und spüre die Energie. Amalie hasst diese Art von Musik. Ich werde förmlich hineingesogen, spüre, wie die Intensität ansteigt, wie die Ideen der einzelnen Musiker herausgeschleudert werden und Ella Fitzgerald anspornen, neue Wege zu gehen, zu spielen, zu formen. Der Jubel im Saal will kein Ende nehmen.

Auch das ist Musik. Aber so ganz anders.

Zu Hause lege ich eine Platte von *Blood, Sweat and Tears* auf. David Clayton-Thomas singt *God Bless the Child.*

Die Woche des französischen Films in Oslo. Ein Grund mehr, um nicht acht Stunden am Tag zu üben. Fünf reichen mir ganz und gar. De Gaulle tritt zurück. Ich sitze im Scala Kino und sehe Catherine Deneuve in der Rolle der Oberklassefrau Séverine Sérizy, die nicht in der Lage ist, sich ihrem Mann, Dr. Pierre Sérizy, hinzugeben. Erinnerungen an die Kindheit, die brutalen Traumsequenzen, in denen ein sexueller Übergriff den nächsten ablöst. *Belle de jour.* Buñuel. Die Eingangsszene in der Allee. Der Ehemann, der die Kutscher anweist stehenzubleiben, um der Gattin die Kleider vom Leib zu reißen, sie an einem Baum festzubinden und auszupeitschen, während sie um Gnade fleht. Deneuves nackter Oberkörper. Die weiße Haut. Wie hilflos sie in diesem Moment ist. Ich habe nicht einmal daran gedacht, dass diese Form von Gewalt etwas mit Sexualität zu tun haben könnte. Ebenso wenig als ich *Repulsion* sah. Ich war zu jung, um zu begreifen, dass der Mord, den die junge Maniküristin plötzlich begeht, mit Missbrauch in der Kindheit zusammenhängt. Ich dachte einfach, sie sei verrückt. Dass ihr Irrsinn angeboren war und keine Ursache hatte. Es ist eine ganz andere Deneuve als die junge hübsche Frau in *Les Parapluies de Cherbourg* und *Les Demoiselles de Rochefort.* Die Unschuld ist verschwunden, wenn sie in Trance verfällt, wenn Buñuel sie mit seinen langsamen, quälenden Kamerafahrten, die an die Adagio-Sätze in Bruckners Symphonien erinnern, zum Opfer macht. Die Szenen, in denen sie das Luxusbordell in der fiktiven Cité Jean de Saumur Nr. 11 aufsucht, um sich dort zu prostituieren, verwirren mich völlig. Will sie dem etwa nicht entkommen? Den Erinnerungen aus der Kindheit, den Übergriffen? Taucht sie wieder darin ein? Ist das denkbar? Diese Macht, die Henri Husson in der Gestalt von Michel Piccoli über sie hat. Ihre Phantasie, Sex mit ihm zu haben, während der nette Ehemann dabei zusieht. Bedeutet das, erwachsen zu sein? Ich bin fast allein im Kinosaal. Es ist die Fünf-Uhr-Vorstellung. Wer sind die anderen Zuschauer? Eine ältere Dame mit feuerrotem Lippenstift und zwei kichernde Freundinnen, die Französich vermutlich als Wahlfach belegt haben. Und Eyvind Solås, der bekannte Moderator vom NRK. Wir nicken einander zu, kennen uns, ohne einander vorgestellt worden zu sein. Er war in der Aula, als ich das letzte Mal gewonnen habe. Es ist mir etwas unangenehm, dass mich jemand erkannt hat.

Aber es gibt mehr französische Filme. Henri-Georges Clouzots intelligente Kriminalfilme, die so ungeheuer psychologisch angelegt sind. Robert Bressons reiner und ruhiger Film *Tagebuch eines Landpfarrers.* Und Alain Cavaliers *La Chamade* nach einem Roman von Françoise Sagan. Deneuve spielt eine junge Frau, die hin- und hergerissen ist zwischen dem reichen Geschäftsmann Charles, dargestellt von Michel Piccoli, und dem mittellosen jungen Antoine, gespielt von Roger van Hool. Die alte Furcht davor, dass Mutter oder Vater jemand anderes kennenlernen und sich scheiden lassen. Mein Bauch verkrampft sich, aber anders als früher. Als ob die Erinnerung an eine einmal dagewesene Angst schlimmer ist als die reale Angst jetzt. Damals hätte ich es nicht überstanden, wenn es passiert wäre. Heute weiß ich, dass ich überleben kann. Aber es ist auch lange her, dass sie einander angeschrien haben.

Abends liege ich mit Brahms auf dem Bauch da und erzähle ihm, was ich erlebt habe, wie ich anfange, nach Formen Ausschau zu halten, aber auf andere Art als beim Einstudieren eines Musikstücks. Diese französischen Filme entzünden etwas anderes in mir, so, als läse ich Gedichte. Die Macht des Wortes, Bilder zu erschaffen. Die Macht des Films, noch tiefer in die Geschichte einzutauchen. Die Geschichte, die noch nicht erzählt wurde.

Mai. Bald Sommer. De Gaulle tritt ab. Die bevorstehende Mondlandung. Der Start der Apollo-Raumschiffe. Die Hippies, die die Parks bevölkern. Wieder ist die Welt in einem Erregungszustand. Es ist ein Impuls, wie so vieles andere im Leben. Eine Idee, um etwas anderes aufzuschieben. Doch was ist dieses andere? Etwas, das immer größer und größer wird und anfängt, Schatten zu werfen. Ich weiß noch nicht, was das ist.

Ich rufe Brita Ruud an. Sie ist Redakteurin bei einem Frauenmagazin. Wie ich Mutters Wochenblättchen doch liebe. Schönheitstipps, Strickmuster, intime Bekenntnisse der Frauen untereinander. Ich will alles lesen, was über Filmstars geschrieben wird. Die Interviews mit Wenche Foss und Ingerid Vardund. »So schaffe ich den Alltag!« »Ich wusste nicht, dass meine Mutter ein Geheimnis hatte.« »Alles war anders, als mir klar wurde, wer mein richtiger Vater ist.« Die Zeitschrift, für die Brita Ruud arbeitet, ist allerdings etwas anders. Mehr Kultur. Nicht nur Lux-Seife und Hautcremes.

»Ich heiße Ketil Bjørnstad«, sage ich.

»Ach, wirklich? Der junge Pianist? Ich weiß gut, wer Sie sind.« Die Stimme am Telefon hat einen Akzent aus Bergen. Mein Mut schwindet etwas.

»Vielleicht auch nicht«, sage ich. »Ich möchte jemand anderes sein. Ich möchte meine alte Haut abstreifen.«

Sie fängt an zu lachen.

Ein paar Stunden später sitze ich in ihrem Büro. Herrje, wie hübsch sie ist. Dunkelhaarig, hochgewachsen, ein bisschen wie Katharine Hepburn. Und dann sagt es »Ping« in meinem Kopf, und eine Idee folgt auf die nächste.

»Ich dachte daran, nach Paris zu fahren, um französische Filmstars zu interviewen«, sage ich.

»Eine gute Idee«, erwidert Brita Ruud und versucht dabei, nicht allzu sehr zu grinsen.

Naja, denke ich. Sie glaubt mir nicht so recht. Das fette Schweinchen, das zwei Klavierwettbewerbe gewonnen hat.

»Das ist mein voller Ernst.«

»Zweifellos«, sagt sie. »Aber hast du auch einen Fotografen?«

»Aber natürlich«, sage ich.

Ich habe eine Abmachung mit der Zeitschrift. Mir schwindelt leicht. Ich rufe Jo an, den Freund aus alten Tagen. Der damals Jesper verkörperte bei unserem Auftritt im Fernsehen. Kasper, Jesper und Jonathan. Der Sohn des Ballett-Ehepaars. Es gibt ihn noch. Er ist schon fast ein professioneller Fotograf, hat einen Vertrag mit Kodak und wird ab Herbst in Rochester studieren. »Paris«, sage ich.

»Klingt gut«, gibt er zurück. »Aber wann?«

Am nächsten Tag sitze ich im Büro des berühmten *Dagbladet*-Journalisten Arne Hestenes.

»Ich bewundere Sie mehr als jeden anderen«, sage ich.

»Na, na, junger Mann. Bei Komplimenten sollten Sie niemals übertreiben. Das ist unpassend.«

Er sitzt da in seinem gestreiften Anzug. Sein Büro ist ein einziges Durcheinander. An der Wand hängt ein Bild, das ihn und Sophia Loren beim Tanzen zeigt. Er ist Ehrenbürger von Cannes, ein waschechter Gesellschaftsreporter, sogar noch distinguierter als Marcello Mastroianni in *La dolce vita*. Zwischen uns entsteht ein besonderer Kontakt. Er begreift, dass ich es ernst meine, dass ich diese Filme, von denen ich rede, auch tatsächlich gesehen habe. Er nickt zustimmend, als ich anfange, über Dorléac zu sprechen.

»Ja, Dorléac, das war eine Tragödie.«

»Aber Catherine Deneuve lebt«, sage ich.

Zwei Wochen später sitze ich mit Jo in einem Flugzeug nach Paris. Es ist eine Caravelle der Fluggesellschaft Sterling, die für den Reiseveranstalter Tjæreborg fliegt. Zwei Piloten und ein Bordingenieur im Cockpit. Das eleganteste Düsenflugzeug, das man sich vorstellen kann, mit drei Motoren und französischer Atmosphäre. Jo ist drei Jahre älter als ich, und mit meinem ganzen Fett sehe ich aus wie ein Achtzehnjähriger, was bedeutet, dass uns Alkohol angeboten wird. Ich rühre das Essen kaum an, trinke aber all die kleinen Flaschen aus, die auf meinem Tischchen landen. Ich spüre ein großes Gefühl der Befreiung, weil ich nicht üben muss. Eine ganze Woche ohne Klavier. Was würde wohl Amalie sagen?

»Bist du auch sicher, dass wir einen Termin mit jemandem haben?«, fragt Jo besorgt, als er sieht, dass ich um noch ein Fläschchen Rotwein bitte. Auch meine Wörter beginnen jetzt zu fliegen.

»Aber sicher«, sage ich. »Mit Natasha von Unifrance Film. Sie erwartet uns im Hauptbüro, Champs Élysées Nr. 74.«

»Bewahre«, sagte er.

»Das hat Arne Hestenes arrangiert. Er glaubt an uns.«

»Aber du sprichst doch gar kein Französisch«, sagt Jo, weiterhin skeptisch.

»Wenn man es gut macht, ist die Sprache nicht so wichtig«, erwidere ich.

Wir müssten eigentlich ein Taxi in die Stadt nehmen, können uns das aber nicht leisten. Die Busse von Tjæreborg warten auf uns. Ein paar Frauen winken mit schwedischen, dänischen und norwegischen Fähnchen. Igitt, denke ich. Würde mich gern darüber erheben. Journalist sein und kein Tourist. Aber Jo nimmt es nicht so genau. Außerdem ist er schon mal in Paris gewesen. Hat hier Verwandte. Will sie an einem der Abende besuchen. Und was mache ich dann?

Wir steigen als Letzte aus dem Bus aus und stehen vor dem schlimmsten Hotel der Stadt. Es liegt am Kanal Saint-Martin, nicht weit entfernt von Saint Denis. Wir werden auf einer Straße abgeladen, wo ausschließlich Schuhe verkauft werden. Auf der anderen Seite der Kreuzung stehen die Prostituierten. Ich starre in ihre Richtung, werde aber ins Hotelfoyer gezerrt. Die schwedische Tjæreborg-Hostess verlässt uns hier. Ab jetzt müssen Jo und ich allein klarkommen. Noch eine Befreiung. Ich fühle mich ganz gelähmt, als ich zum ersten Mal auf dem Boulevard stehe. Die Menschen in den Straßen, die Cafés, die Zeitungskioske. Das Hupen der Autos. Die jungen Liebespaare auf Rollern und Mopeds. Der Geruch von Zigaretten, Abgasen, Frittierfett. Überall Schuhgeschäfte, Hotels und Restaurants.

»Was machen wir jetzt?«, fragt Jo, nachdem wir uns in unseren Zimmern einquartiert haben.

»Oben am Bahnhof gibt es einen Autoscooter«, sage ich.

»Gut«, sagt er.

117

Später wird er an diese Übergangszeit zwischen Kindheit und Erwachsensein denken und sich fragen, was eigentlich über ihn gekommen war in diesen Frühsommertagen des Jahres 1969, als es kein Zögern gab, als er an alles glaubte, was er zu tun plante, und als sich die Welt um ihn herum zu seiner großen Überraschung auf ihn einließ. Noch immer kann er mitunter erröten, wenn er daran denkt, wie viel Raum er in seinen Aktivitäten für sich beanspruchte, wie er mit unerschütterlichem Selbstvertrauen Hindernisse beiseite räumte, ohne den Blick abzuwenden, ohne einen Hauch von Zweifel. Geschah das, weil er eine Idee von dem hatte, was er tun sollte? Ja, vielleicht. Aber jeder andere Mensch mit Verstand hätte das Abitur gemacht, an der Universität Französisch studiert und sich für einen Ferienjob in einer der großen Zeitungsredaktionen beworben, ehe er den größten aller Journalisten gebeten hätte, ihm die Türen zur weiten Welt aufzustoßen. Er hätte ein oder zwei Jahre gewartet, vielleicht etwas abgenommen und sich mit der neuen Welle innerhalb des französischen Films noch besser vertraut gemacht. Aber so war es nicht. Lag das absurderweise vielleicht daran, dass er eine strenge Erziehung genossen hatte? Dass weder Lindholm noch Amalie ihn bei jeder sich bietenden Gelegenheit angefeuert und gelobt hatten? Waren die an ihn gestellten Ansprüche so etwas wie Katalysatoren gewesen? Anstatt ihn klein und ängstlich zu machen, hatten diese Ansprüche ihn groß und kräftig werden lassen. Groß in körperlicher Hinsicht und kräftig, was die Gedanken betraf. Er hatte gelernt, so zu denken wie sie: Finde die schwachen Punkte.

Halte dich nicht zu lange mit ihnen auf, vernachlässige sie aber auch nicht, sondern versuche, über sie hinauszuwachsen und neue Landschaften und Möglichkeiten ins Auge zu fassen. Noch war er sich dessen, was er da tat, ja gar nicht sicher. Als Pianist ernst genommen zu werden, war eine ebenso große Überraschung wie die Tatsache, dass Brita Ruud und Arne Hestenes ihm zugehört hatten und auf seinen Wunsch, Journalist zu werden, eingegangen waren. Aber das bedeutete ja noch lange nicht, dass er an sich selbst glaubte. Er glaubte an seine Handlungen, nicht aber an seine Fähigkeit, diese auch auszuführen. Deshalb klinkte er sich aus an diesem ersten Abend in Paris und ging mit Jo zum Auto-Scooter. In dem Verlangen, so schnell wie möglich erwachsen zu werden, wurde er wieder zum Kind. Es war der Abend der großen Sinneswahrnehmungen. Der Geruch von Gummi, Zuckerwatte und Alkohol. Alles drehte sich in ihm, und als sie zurück zum Hotel geschlendert kamen, Jo sich todmüde verabschiedete und den Aufzug in die zweite Etage nahm, blieb der Bjørnstad-Junge unter dem Vorwand, seinen Pass vom Rezeptionisten zurückzufordern, im Hotelfoyer stehen. Doch er wollte etwas ganz anderes. Er wollte die Kreuzung überqueren und die Straßen betreten, wo keine Schuhe, sondern etwas ganz anderes verkauft wurde. Die Prostituierten, geschminkt und frisiert, mit schenkelkurzen Röcken sprachen ihn an, sobald er näher kam. Lächelten und machten ihm Komplimente, an die er nicht glaubte. Wie sollte es möglich sein? Natürlich war es nicht möglich. Er dachte an seine Mutter. Alles, was sie ihm gesagt und was sie ihm beizubringen versucht hatte. Die Pariser Nacht sank herab mit allen Sternen, die wegen der Lichter der Stadt kaum zu sehen waren. *Großstadtnacht.* Der Text von Rudolf Nilsen. Die schaudernde Erkenntnis, Teil zu sein von etwas, das nicht nur schön war, sondern brutal. Er sah sie sofort. Nummer fünf in der Reihe. Die aussah wie Dorléac.

Die Toten und die Lebenden. Er träumte von Gunnar. Gunnar, der in einer anderen Welt war und dicht vor einer Glasscheibe stand. Dort, auf der anderen Seite, herrschte Nebel. Aber konnte er da nicht die Gestalten von Dorléac, Mansfield, Grissom und Gagarin erahnen?

War Großvater auch da? Und die »richtige« Großmutter? Die gestorben war, als Vater zwei Jahre alt war. Es war, als ob Gunnar ihm etwas sagen wollte. Als ob der Vetter durch die Scheibe zeigte und seinen Blick in eine anderen Richtung lenken wollte. Vielleicht war es ihm gelungen. Als er am nächsten Morgen erwacht, denkt er an Deneuve. Sollte es wirklich möglich sein, ein Interview mit ihr zu bekommen? Kann ihm das Glück solange treu sein, bis sich sein ganzes Leben verändert? Bis nichts von dem, worauf er bis vor Kurzem gesetzt hat, überhaupt noch einen Wert hat?

Jo wartet im Frühstücksraum. Extra starker Kaffee und Baguettes mit dunkelroter Marmelade. Das hier ist kein Weißbrot, denkt er. Als er die Zähne in dieses Backwerk rammt und das knusprige Geräusch der Kruste hört, den Geschmack von Butter, süßer Marmelade und kreideweißem luftigen Weizenmehl in sich aufnimmt, kann er es nicht glauben. Das ist ja gar kein Brot, wie er es kennt. Das ist ein Kunstwerk. Außerdem ist Baguette zu dünn, um ausgepuhlt zu werden. Jeder Bissen hat etwas von dieser knusprig-goldenen Kruste an sich. Er fängt an zu lachen.

Sie nehmen die Metro zu den Champs-Elysées. Haltestelle Franklin D. Roosevelt. Auch hier ist Amerika. Mads hätte das gar nicht gefallen. Die großen Plakate, die für das Musical *Hair* Werbung machen, lassen ihn innehalten. Fragend blickt er Jo an.

»Wollen wir? Vielleicht morgen Abend?«

»Natürlich wollen wir. Wer sollte uns das verwehren?«

Nein, wer?, denkt er, als sie über die berühmte Avenue gehen, wo sich das Büro der Unifrance Film befindet. Heerscharen von Menschen in allen Richtungen. Wortfetzen in fremden Sprachen. Französisch, Deutsch, Englisch, Italienisch. Junge Mädchen mit Stirnbändern und in langen bunten Hemden. Junge Männer mit Frisuren wie Jimi Hendrix oder Jim Morrison. Sie stellen die langweiligen Geschäftsmänner mit goldener Uhr und die eleganten Damen mit Sonnenbrille und teurer Handtasche bei Weitem in den Schatten.

Natasha erwartet sie an der Rezeption des Filmpalastes, wo riesige Plakate der Filme hängen, die demnächst Premiere haben. Sie ist klein und zierlich, hat dunkelbraunes, gelocktes Haar und einen aufmerksamen und leicht amüsierten Blick, als ob alles in diesem Leben lustig ist. Und er denkt, dass das im Augenblick ja auch stimmt. Er denkt nicht einmal an sein Fett. Ist nur froh, dass Jo so gut aussieht und gebildet wirkt, ja fast wie einer aus der feinen Gesellschaft, mit seinem eleganten Hemd und den guten Manieren. Das selbstgenähte Acrylhemd, das zu tragen er seiner Mutter versprochen hat, ist dagegen etwas anderes. Aber er hat sich gewaschen und riecht nach dem Parfüm aus der Saint-Laurent-Flasche, die er im Taxfree-Shop in Fornebu erstanden hat. In den Frauenmagazinen hat er gelesen, dass Deneuve eine Saint-Laurent-Anhängerin ist.

»Da seid ihr ja, Jungs«, sagt Natasha in gebrochenem Englisch. »Wikinger aus dem hohen Norden? Dann also los.«

Sie geht mit ihnen zu einem 2CV, der zwischen einem Peugeot und einem Renault eingeklemmt auf dem Bürgersteig steht, und erklärt, dass sie ein Interview mit Robert Bresson, dem jungen neuen Star Élisabeth Wiener, der Filmlegende Michel Simon und vielleicht mit Jeanne Moreau oder Brigitte Bardot bekommen können.

»Nicht mit Catherine Deneuve?«

»Leider nicht. Sie ist in New York, um für *The April Fools* mit Jack Lemmon Werbung zu machen.«

Verflucht, denkt er. Die ganze Welt liegt offen vor ihm, aber Deneuve ist nicht da. Und gleichzeitig wird ihm bewusst, dass er sich jetzt mäßigen und es ruhig angehen lassen muss. Worüber soll er um alles in der Welt mit Robert Bresson nur reden? Einem der weltwelt profiliertesten Regisseure. Eine lebende Legende. Arne Hestenes hat den Schlüssel, der berühmte Journalist hat ihm aufgeschlossen. Er selbst hingegen hat nicht einmal das Recht, durch diese Tür zu treten. Von jetzt an muss er so tun als ob. Einige haben Doktorarbeiten über Bresson geschrieben. Er hat einen 7. Klasse-Abschluss von der Waldorfschule. Früher oder später wird er auffliegen.

Bardot? Sollte das wirklich möglich sein?

Sie fahren zu den großen Filmstudios im Bois de Boulogne. Natasha redet unentwegt. Aber da ihr Englisch so schlecht ist, versteht er alles, was sie sagt. Wenn jemand eine Sprache richtig gut beherrscht, versteht man nichts, denkt er. Je schlechter man redet, desto besser versteht man einander. Das wird er viele Jahre später erfahren, in der Dritten Welt. Doch vorläufig ist er in der ersten. Der allerersten. Er redet mit Natasha über Eisbären und die Mitternachtssonne und versucht dabei, sie über ihre Abenteuer auszufragen. Hat sie tatsächlich Deneuve getroffen? Und Dorléac auch? War sie bei den Dreharbeiten zum letzten Godard-Film dabei? Und Truffaut? Und Demy? Und Bresson? Es ist kaum zu glauben. Er glaubt ihr fast nicht. Dem Unerreichbaren so nahe zu kommen. So plötzlich. Nur aufgrund eines Einfalls und mangelnder Selbstkontrolle. Erschreckend.

Und dennoch ist er nicht wirklich anwesend. Die innere Traumlandschaft, die ihn hierher gebracht hat, ist stärker als die Welt da draußen. Er gleitet in seinen eigenen Film und übernimmt eine Rolle, die er nicht richtig zu formen weiß. Bis jetzt hat sein Leben aus verschiedenen Rollen bestanden, die er gespielt hat. Jetzt sucht er nach einer nachhaltigen Figur, einer Hauptrolle. Die ist die ganze Zeit schon dagewesen, als hätte er auf dieser Bühne gestanden, die sein Leben ausmacht, und sich ganz still verhalten, während sich die Nebenrollen austoben durften.

Es ist so plötzlich gekommen. Jetzt ist er hier. Manchmal spürt er, dass Jo ihn von der Seite anblickt, ihn mustert, als ob er die Handlungsweise des jüngeren Freundes nicht ganz versteht. Ist die ganze Reise nur ein Laune? Oder sind andere Absichten damit verbunden? Er könnte diese Frage gar nicht beantworten. Noch nicht. Er merkt, dass er sich selbst austesten muss. In einem ganz anderen Schauspiel.

Sie fahren durch das große Tor. Der Wachmann, der mit Natasha redet und dabei raucht. Sie schnorrt eine Zigarette von ihm. Es ist unmöglich zu verstehen, was sie zueinander sagen, aber er schnappt einzelne Wörter auf. Demy. Bardot. Moreau. Norvégien. Sie zieht den Rauch der Zigarette tief in die Lunge, behält ihn dort für lange Sekunden und bläst ihn langsam durch die Nase wieder aus. Etwas ungeheuer Sinnliches ist damit verbunden, denkt er. Der Wachmann sieht sie lächelnd an, wirkt verliebt. Dann fährt Natasha tiefer hinein in das Studiogelände.

»Bardot und Moreau sind jetzt beide im Hauptstudio«, sagt sie. »Sie filmen einen Zusatz für *Viva Maria*.«

»Der Film, der vor vier Jahren erschienen ist?«

»Ja, es gibt vielleicht einen Nachfolger.«

»Dürfen wir da mal reinschauen?«

»Mais oui, mon ami. Monsieur Hestenes garantiert ja für euch.«

Zusammen mit Jo steht er in einer Ecke des riesigen Studios. Sie dürfen keine Fotos machen, aber reden, mit wem sie wollen. Deshalb geht er zu einem der Kameramänner, einem kleinen Franzosen mit glänzend schwarzen Haaren wie Leah, der gerade das Objektiv säubert, während er auf den Drehbeginn wartet.

So höflich es geht, stellt er sich vor. Benutzt zu Beginn ein paar französische Wörter, die er im Reiseführer gelesen hat. Dann wechselt er zum Englischen und fragt den Kameramann, welcher von allen Filmen, an denen er mitgewirkt hat, ihm am besten gefallen hat.

Der Kameramann betont, dass er nicht der Haupt-Kameramann ist, sondern bloß der B-Fotograf. »Aber das dürfte wohl Truffaut gewesen sein«, sagt er. »*La peau douce*«.

Der Bjørnstad-Junge nickt, möchte von seinem Standpunkt am Rande unterstreichen, dass der Film einzigartig ist. »Extraordinaire!«, sagt er auf Französisch und merkt zu seiner Freude, dass der Kameramann reagiert und lächelt, froh ist über die erhaltene Bestätigung. Und wie damals im Schloss gerät er in eine Art Euphorie und sagt, dass er dabei sei, ein längeres Essay über Dorléac zu schreiben. Ob der Kameramann nicht etwas über sie erzählen könne?

Plötzlich merkt er, dass der Fotograf ganz gerührt ist. Er schluckt, seine Augen glänzen. Dann entschuldigt er sich für seine mangelnden Englischkenntnisse und sagt: »Sie war ja ganz formidable, Monsieur. Très formidable. Eine Frau, die alles gegeben hat, vor und hinter der Kamera. Sa mort est une grande tragédie.«

Der Kameramann spricht wieder Französisch. Trotzdem versteht er alles. Er sieht einen ihm unbekannten Menschen, der sich ihm öffnet und seine privaten Erinnerungen an diese Filmschauspielerin teilt, die seiner Meinung nach die größte hätte werden können, wenn sie nur hätte weiterleben dürfen.

Natasha tritt zu ihm und fragt, ob alles in Ordnug sei.

»Michel Simon ist in seiner Garderobe. Ihr könnt jetzt mit ihm reden. Fünfzehn Minuten. Okay?«

Als sie die Treppen hinuntergehen, denkt er, dass das hier verabredet war. Das Interview mit Simon. Dennoch hat er sich nicht vorbereitet. Er weiß nur das Allernötigste, weiß, dass Simon Frankreichs Antwort auf Orson Welles ist. Es gibt diese dunkle Seite seiner Persönlichkeit. Diese seltsame Ruhe, auch wenn es in ihm brodelt und er anfängt, in alle Richtungen auszuscheren. Beinahe wie eine Art Schlafwandel. Der Schock nach dem Flug mit Braathens S.A.F.E. und nach dem Unfall bei Handesvingen. Als hätte er die Zukunft und die Träume davon verloren. Als sei alles nur Gegenwart, während er plötzlich in Michel Simons Garderobe sitzt und die Freundlichkeit des älteren Mannes registriert, die sanfte Höflichkeit, die ihn denken lässt: Das muss ich mir merken. Die feine Wesensart. Keine Wachsamkeit. Nur Vertrauen. Ein weltberühmter Schauspieler, der den *Glöckner von Notre Dame* hätte spielen sollen. Carl Theodor Dreyers Favorit. Zwei junge Männer aus Norwegen beunruhigen ihn nicht. Von einem ganz anderen Ort im Leben starrt er diese Jugendlichen an, beinahe erstaunt darüber, dass sie zu ihm gefunden haben. Und der Jüngste im Raum denkt, dass es jetzt vielleicht auch an ihm ist, aufrichtig zu sein, seine Maske abzulegen und seine Unwissenheit einzugestehen, ohne gleichzeitig eine allzu große Nummer daraus zu machen. Einfach anfangen zu fragen, wie er Onkel Bjørn und Tante Tutta gefragt hatte, als Tormod und er noch Kinder waren und mitfahren durften nach Sarpsborg, wo er angefangen hatte, nach allem zu fragen, absolut allem, warum die Bäume grün waren, warum die Sterne am Himmel leuchteten, warum Autos Benzin brauchten. Er hatte gefragt, bis die auf dem Vordersitz fast wahnsinnig geworden waren. Jetzt fragte er nur: »Monsieur Simon, herzlichen Dank, dass Sie sich die Zeit genommen haben, uns zu treffen. Aber wie kam es eigentlich, dass Sie Schauspieler geworden sind?«

Michel Simon antwortete in tadellosem Englisch, und der Siebzehnjährige riss sich zusammen, um alles zu verstehen. Er saß da mit dem Stift in der Hand, machte sich fleißig Notizen, merkte, dass er diesen großen Filmstar durch eine Reihe von Fragen zu lotsen vermochte, die ihm erst kurz bevor er sie überhaupt formulierte einfielen. Und obwohl er der Anonyme war, der fast Unsichtbare, entstand ein Gespräch. Weil Michel Simon ihm antwortete. Weil es eine Geschichte gab.

»Du solltest Journalist werden«, sagt Jo mit einem Grinsen. Sie stehen wieder in dem riesigen Filmstudio. Da kommt Natasha mit Brigitte Bardot und Jeanne Moreau im Schlepptau. Er hat sie beide immer gemocht, auch wenn er findet, dass Bardot ein bisschen zu viel ist. Trotzdem sagt er: »Mach schnell ein paar Fotos. Jetzt!«

Jo drückt auf den Auslöser.

»Es gibt leider kein Interview. Aber ihr dürft die Damen begrüßen.«

»Keine Fotos«, ruft Bardot wütend und wedelt abwehrend mit der Hand. Aber es ist zu spät. Jo hat seine Arbeit schon erledigt.

Sie ist so viel kleiner, als er vermutet hat. Erschöpft. Müde. Und Moreau ist so viel älter.

Händeschütteln. Blicke. Das Desinteresse von Bardot. Zwei Idioten aus Norwegen. Natürlich hat sie keine Lust, höflich zu sein. Und dennoch gibt es so viel, das er sie gern fragen würde. Bardots Erfahrungen mit Fritz Lang, als sie mit ihm in Godards *Le Mépris* spielt, und Moreau in Antonionis *La notte* und Truffauts *Jules et Jim.* Aber vielleicht wird sich eine andere Gelegenheit im Leben ergeben, falls er diesen Weg beschreiten will. Das Auge des Journalisten. Der Blick auf die Welt. Wenn Jo die Bilder hat, wird er schon in der Lage sein, eine Geschichte zusammenzuzimmern. Wartet nur ab. Gut gelaunt gehen sie mit Natasha zum 2CV, der auf dem Parkplatz steht.

»Sind sie nicht toll, die beiden? Ich bin so stolz auf sie, als wären sie meine Kinder.«

»Wir sind äußerst dankbar.«

»Habt ihr bekommen, was ihr wolltet?« Natasha lenkt den Wagen zum Tor hinaus und winkt dem Wachmann zu, der ihr wiederum zuzwinkert. Linke Hand am Steuer, rechte Hand mit brennendem Streichholz. Sie steckt sich eine Zigarette an. Wie gern hätte er ihr die Zigarette angezündet, aber er hat keine Streichhölzer. Und in diesem Moment denkt er, dass das ja eine Szene war, eine Szene aus einem französischen Film, wo das, was nicht passiert, mehr aussagen kann als etwas, das geschieht. Die große Distanz zwischen dem Filmstudio im Bois de Boulogne und dem Filmstudio zu Hause in Jar, wo die großen Filme *Operation Maigrün* und *Stompa holt Gold* heißen.

»Ich glaube, das Interview mit Michel Simon war ausgezeichnet«, erwidert er.

Sie trennen sich am Abend. Jo ist mit seinen Verwandten verabredet. Der Bjørnstad-Junge besucht ein Konzert mit Håkon Austbø am linken Seine-Ufer. Viele Norweger sind gleichzeitig mit ihm in der Stadt. Geir Henning Braaten, Melinda, und die Schweden und Finnen. Er wird wieder von Bach-Fugen und Beethoven-Sonaten angezogen. Die Klaviermusik von Messiaen, die Håkon so meisterhaft vermitteln kann. All die Studenten aus der ganzen Welt, die in dieser Stadt zusammentreffen und sich zwischen den Übungsstunden am Conservatoire de Musique und den Konsultationen bei verschiedenen Professoren und Dozenten amüsieren, Wein trinken und Gespräche führen. Oh ja, denkt er. Hier gehöre ich hin. Und dennoch ist etwas anders.

Geir Henning lädt ihn zu einem Glas ein. Es ist schon spät am Abend. Die anderen sind zu einer Party irgendwo in der Stadt aufgebrochen. Sie schlendern vom Montparnasse zum Place Saint Michel. Obwohl Geir Henning ein paar Jahre älter ist, spürt er eine Verbundenheit, eine Ruhe, die sich auf ihn überträgt. Außerdem die Perspektive, dass nicht alles Musik ist. Nicht wie bei den Schriftstellern, die er Jahrzehnte später trifft und die einfach Schriftsteller sein müssen, die Erfolg haben, Preise bekommen, berühmt werden müssen. Geir Henning muss nicht Pianist sein, denkt er. Es gibt so viel anderes, worüber sie reden, als sie sich in eines der großen Cafés am linken Seine-Ufer setzen. Sie reden über Mädchen, Filme, Bücher. Alles andere als Musik. Geir Henning erzählt von den Maitagen im Jahr zuvor, als er mit Daniel Cohn-Bendit geprochen hatte und fast selbst verhaftet worden wäre. Håkon Austbø hatte auch auf den Barrikaden gestanden. Geir Henning, der diese Stadt schon seit Jahren kennt und die Codesprache gelernt hat, der Bier bestellen kann, indem er »une demie, s'il vous plaît«, sagt. Er selbst hat eher an Weißwein Geschmack gefunden. »Un verre de Sancerre, s'il vous plaît.« Geir Henning erzählt von Studenten, die zusammengebrochen sind aufgrund des Leistungsdrucks, aufgrund von Professoren, die sie zur Schnecke machen und ihnen alles Selbstvertrauen rauben, ohne sie wieder aufzubauen. Sie gehen von einem Café zum nächsten, kreuzen zweimal Cité und die Seine, während der Junihimmel immer dunkler wird. Der diesige, blaurote Himmel, die jungen Leute, die sich auf den Plätzen, an den Brunnen, an den Ufern der Seine versammeln. Die Musik von Simon & Garfunkel und die Hippie-Songs. »If you're going to San Francisco …« Geir Hennig führt ihn über die Brücke auf die Île St. Louis. »Jetzt essen wir Eis, Ketil. Sowas wie dieses hast du noch nie gegessen. Berthillon. Merk dir den Namen.«

Sie sitzen auf dem Gehsteig und betrachten den Abendhimmel hinter den Türmen von Nôtre Dame. Überall sind Menschen. Auf der Brücke zur Île de la Cité stehen Gaukler und Straßenmusikanten.

»Hör dir den mal an«, sagt Geir Henning. »Der steht immer hier.«

Bach. Partita für Solo-Violine. Ein dünner junger Mann, der beim Spielen auf den Asphalt starrt.

»Du kennst ihn?«

»Ja«, sagt Geir Henning. »Er ist Tscheche. Im letzten Frühjahr hat er in Prag studiert. Jetzt hat er nichts. Nicht mal einen Pass.«

Der erste Abend mit Geir Henning in Paris. Der Freund will ihn französischen Branntwein probieren lassen. Auf den Tisch kommen Calvados und Cognac, Armagnac, Eau de Vie de Prune, Poire William, Marc de Gewürz, Marc de Bourgogne, Chartreuse, ach herrje, er kann nichts davon trinken, schiebt die Gläser nur weiter zu Geir Henning, während er selbst beim Sancerre bleibt. Sie reden über Politik, über das amerikanische Engagement in der Welt, über den überall zunehmenden Einfluss des Militarismus, aber auch über die Studentenproteste, die Jugendrevolte.

»Aber geht denn das, immer wieder aufs Neue zu protestieren?«

»Das müssen wir. Und überall auf der Welt werden es die Studenten bald tun. Bis etwas Fundamentales geschieht. Wart nur ab.«

Den ganzen Abend lang hört er Geir Henning zu. Er ist noch so jung, aber etwas an ihm erinnert auch an Michel Simon. Reflektiert sein, ohne Recht haben zu wollen. Einen Gedanken formulieren, ohne zu glauben, er sei der einzig Richtige. Mit sich selbst lakonisch sein, ohne seine Identität aufzugeben.

Es ist vier Uhr morgens, als sie vor dem Turm am Châtelet stehen.

»Gleich da vorn werden große Teile des Judenviertels abgerissen. Pompidou, der neue Präsident, soll sein Mausoleum bekommen.«

»Du meinst wohl Museum?«

»Ja, genau.«

Das bläuliche Licht des neuen Tages liegt schon über dem Marais. Er steht ein paar Meter hinter Geir Henning und hört den Freund in fließendem Fanzösisch mit einer Prostituierten reden, die er anscheinend von früher kennt. Sie hat Ähnlichkeit mit Natasha. Der kleine zerbrechliche Körper. Das kurze, achtlos frisierte Haar. Das dezente Make-up. Die kleine Handtasche. Er selbst fühlt sich nicht als Teil dieser Szene. Aber der Freund unterhält sich auch nicht wie ein potenzieller Kunde mit der jungen Frau. Höflichkeitsphrasen. »Hatten Sie soweit eine angenehme Nacht?« »Ja danke, und Sie?«

Dann schlendern sie nach Hause. Geir Henning geht zu seiner Studentenbude in der Cité des Arts. Er selbst kehrt gedankenverloren zurück zu dem schmuddeligen Hotel am Kanal. Vom Châtelet nimmt er die Rue St. Denis. Die Mädchen sind immer noch da. Jeder Zuruf ist eine Möglichkeit. Wollen sie wirklich ihn? Natürlich nicht, denkt er, als er zögernd an ihnen vorbeiläuft. Sie wollen Geld. Er will das andere. Aber dann auch wieder nicht. Er möchte Vertrautheit. Das Einzigartige. Die kurzen Begegnungen in seinem Leben, die allzu kurzen, weil sie noch zu jung waren, um zu verstehen, was sie wollten.

118

Am nächsten Tag verschläft er das Frühstück. Als er auf die Uhr schaut, ist es schon nach elf. Die Schamesröte steigt ihm in die Wangen. Hatte er sich nicht um zehn mit Jo zum Frühstück verabredet? Er nimmt eine blitzschnelle Dusche, zieht sich rasch an und läuft hinunter zur Rezeption.

Jo sitzt freundlich lächelnd da und wartet auf ihn. »Spät geworden gestern Abend?«

»Ein bisschen, vielleicht.« Er errötet abermals. »Aber die Verabredung mit Natasha schaffen wir noch. Wollten wir uns nicht um zwölf treffen?«

Die Metro, die Menschen, das Geräusch der Räder auf den Schienen, die Straßenmusikanten am Châtelet. Linie 1 zur Station Franklin D. Roosevelt. Sie erreichen das Büro der Unifranc Film an der Champs-Élysées mit fünf Minuten Verspätung. Natasha sitzt an der Rezeption, raucht, liest *Libération*. Als sie die beiden entdeckt, lächelt sie und steht auf. Küsst sie auf beide Wangen.

»Fein, Jungs. Élisabeth Wiener erwartet euch bei sich zu Hause.«

Sie fahren nach Südwesten, in Richtung der eleganten Villenviertel, wo nur sehr reiche Menschen leben. Natasha redet die ganze Zeit über einen Zeitungsartikel, in dem steht, dass *The April Fools* trotz enormer Kosten doch keinen Durchbruch für Catherine Deneuve in den USA bedeutet, obwohl sie darin mit Jack Lemmon spielt.

»Die da drüben verstehen uns nicht. Und wir verstehen die nicht.«

»Bei denen heißt OTAN ja auch NATO«, sage ich.

Natasha lacht. »Ja, genau!«

»Alles ist umgekehrt, nicht wahr? Wo der europäische Regisseur Stille haben will, möchte der amerikanische eine Verfolgungsjagd mit dem Wagen. Als Godard wollte, dass Belmondo ruhig stehenbleibt und sich eine Zigarette anzündet, hätte der neueste Hollywood-Regisseur dem Helden wohl befohlen, herumzubrüllen und einen Schuss aus der Pistole abzugeben.«

»Exactement«, sagt Natasha.

»Erzähl mir was über Wiener«, flüstert Jo, als sie vor dem eleganten Haus vorfahren.

»Sie ist auf dem Weg nach oben. Spielt die Hauptrolle in Henri-Georges Clouzots *La prisonnière*.«

»Hast du den gesehen?«

»Ja, während der Filmwoche in Oslo. Ein Krimi. Ein Galerist, der sich für ganz besondere Gemälde interessiert. Nichts Außergewöhnliches.«

»Und trotzdem sollen wir sie interviewen?«

»Sie haben wir eben bekommen können.«

Abermals freut er sich auf die Befragung. Er hat keine Voraussetzung, um sie zu interviewen. Ist fast eingeschlafen, als er den Film gesehen hat. Und dennoch. Sie hat eine Geschichte zu erzählen. Er hört sich selbst fragen, was ihrer Ansicht nach den großen Unterschied zwischen Theater und Film ausmacht. Die Frage scheint ihr gut zu gefallen. Mit echtem Enthusiasmus fängt sie an zu reden, über den großen Vorzug des Theaters und dass die Schauspieler hierbei begreifen, Teil eines Ganzen zu sein. Dass man sich dessen bewusst wird, was man da gemeinsam erarbeitet. Im Film ist alles voneinander losgerissen. Man bekommt eine Replik vorgesetzt und weiß nicht, in welchem Zusammanhang sie vorgetragen werden soll. Der Regisseur bestimmt alles. Und man filmt die Szenen nicht einmal in der eigentlichen Reihenfolge. Man muss darauf vertrauen, dass jemand anderes einen selbst erkennbar macht.

Ihre Ausführungen berühren ihn, sie werden persönlicher, als er geglaubt hätte. Denn ist nicht sein Leben gerade genauso? Dass er sich in einer Vielzahl von Szenen befindet und nicht weiß, wie sie zusammenhängen. In der Musik erkennt er immer das Ganze. Als Pianist weiß er, wohin er will. Aber hier in Paris, während er Journalist spielt und nicht einmal über minimale Erfahrungen verfügt, um diese Situationen zu meistern, weiß er nichts. Was Élisabeth Wiener als Frustration bezeichnet, wird für ihn zu einer Befreiung.

Das Interview entwickelt sich zur intimen Erzählung einer Schauspielerin über den Kampf, ihre persönlichen Erfahrungen mit einem künstlerischen Ausdruck zu vereinen. Auch Natasha, die der Unterhaltung schweigend zuhört, scheint immer neugieriger zu werden. Ist es für die Schauspielerin einfacher zu reden, weil diese beiden Sonderlinge aus La Norvège dabei sind? Jo macht Fotos. Sie werden zu außergewöhnlichen Porträts eines Menschen, der sich in allen Facetten ausdrückt. Wut, Skepsis, das plötzliche Lachen. Sie unterhalten sich länger als eine Stunde.

»Voilà«, sagt sie schließlich. »So persönlich habe ich noch nie zuvor mit jemandem gesprochen.«

»Nach dem Lunch geht es zu Robert Bresson«, sagt Natasha auf dem Rückweg. »Aber du sollst ihn vorher anrufen.«

Sie essen in einem der kleinen Cafés nahe Fouquet's zu Mittag. Crocque Monsieur und ein gemischter Salat. Ein Glas Weißwein. Espresso.

»Wie geschickt ihr seid«, sagt Natasha und gibt sich Feuer.

»Weil wir etwas tun, was wir nicht können?«, fragt er, woraufhin Jo ihm einen Tritt versetzt.

»Inwiefern?«

»Nein, wirklich. Nur dank der französischen Filmwoche in Oslo haben wir uns in diese ganze Geschichte hineinbegeben. Jo ist zwar Fotograf, aber ich bin eigentlich Pianist.«

Natasha wirkt nicht im Mindesten erstaunt. »Ich liebe Musik«, sagt sie nur.

Als es auf eins zugeht, schaut sie auf die Uhr.

»Du solltest jetzt Bresson anrufen. Wenn er Zeit hat, euch zu treffen, kann ich euch hinfahren.«

Er nimmt zwei Münzen von dem Trinkgeld, das er schon für die Kellnerin auf das Tablett gelegt hat, und geht die Treppe hinunter zur Toilette im Keller. Eine Münze gibt er der Frau an dem Tischchen und beugt sich hinunter, um den kleinen Hund zu streicheln, der neben ihr auf dem Boden hockt. Dann betritt er die enge Telefonkabine und wählt die Nummer, die Natasha ihm gegeben hat.

»Herr Bresson? Mein Name ist Kjetil Bj...«

»Was?«

»Mein Name ist ...«

»Wie? Sprechen Sie doch bitte Englisch!«

»Ich spreche gerade Englisch, Herr Bresson.«

»Nein, Sie sprechen kein Englisch.«

»Ich sollte Sie vielleicht interviewen dürfen ...«

»Sprechen Sie Englisch, hab ich gesagt.«

»Aber ich spreche doch Englisch!«

»Das geht so nicht. Sie müssen sich verwählt haben. Adieu.«

»Aber, *Tagebuch eines Landpfarrers ...*«

»Das geht nicht, sage ich. Bitte rufen Sie nicht mehr an.«

Entmutigt geht er wieder hinauf zu Natasha und Jo.

»Er hatte keine Zeit. Arbeitet vermutlich an einem neuen Film.«

»Er arbeitet sehr hart. Wie alle französischen Regisseure«, sagt Natasha.

»Dann wollen wir sie nicht aus der Ruhe bringen. Wir sind äußerst dankbar.«

»Die Freude ist ganz meinerseits. Ihr seid wirklich süß.«

»Wenn Sie mal nach Norwegen kommen, müssen Sie versprechen anzurufen.«

»Das mache ich. Norwegen muss ja im Sommer sehr schön sein. Monsieur Hestenes hat mir von den hellen Nächten erzählt.«

Sie stehen auf dem Gehsteig, nur wenige Meter neben dem Triumphbogen. Die Nachmittagszeitungen sind erschienen. Die Verkäufer rufen die Schlagzeilen aus. Apollo XI. Schon bald wird die kolossale Rakete mit den beiden Kapseln an der Spitze vom Kennedy Space Center in Florida starten.

»Die Mondlandung«, sagt er und betrachtet das Foto der Abschussrampe.

»Der Mond interessiert mich nicht«, sagt Natasha. »Nachts beschäftige ich mich mit ganz anderen Dingen.«

119

In einem Gewimmel von Menschen stehen wir vor dem großen Theater am Châtelet und wollen sehen, ob wir Karten für die abendliche *Hair*-Vorstellung ergattern können. Da aber nackte Menschen auf der Bühne auftreten, ist alles schon ausverkauft. Ein junger amerikanischer Hippie mit Gitarre auf dem Rücken tritt auf uns zu und fragt, ob wir Karten wollen, zum dreifachen Preis.

»Wir nehmen sie«, sage ich und atme die abendlichen Düfte der Stadt tief ein: Abgase, Pommes Frites, Entrecôte, Muscheln und Zigaretten.

Auf dem obersten Rang sitzend, erkenne ich sofort die Musik wieder, die ich schon auswendig kann. »When the moon is in the seventh house ...« Es ist die Geschichte über junge, politisch aktive, langhaarige Hippies, die im *Age of Aquarius* in einem bohemeartigen Milieu in New York leben. Und obwohl die jungen Menschen auf der Bühne Französisch reden, verstehe ich jedes Wort. Die Geschichte von Claude, der gemeinsam mit seinem Kumpel Berger und seiner Freundin Sheila versucht, das Gleichgewicht im Leben zu finden, die Liebe zu entdecken, die sich irgendwo inmitten der sexuellen Befreiungsbewegung verbirgt, und sich gegen die konservative Elterngeneration aufzulehnen, die ihn nach Vietnam schicken will, um sein Leben für die amerikanische Flagge aufs Spiel zu setzen, obwohl er Pazifist ist. Das Ganze ist so, als ob alle Debatten zwischen Vater und Ulf plötzlich wieder lebendig werden. Ich denke an Vater, der mir meine ganze Kindheit über die Grundideen des Pazifismus beigebracht hat und jetzt trotzdem bereit ist, die NATO zu akzeptieren. Ich denke an meine Auflehnung gegen Menschen, die mir nur Gutes wollten, mir einen Weg in die Welt der Musik zu ebnen versuchten. Ich identifiziere mich mit Claude, erkenne sowohl die Wut als auch den Zweifel, und werfe dabei einen Blick auf Jo, ohne dass mir dabei klar wird, was er eigentlich denkt. Und dann ist da diese Musik mit dem volltönenden Elektrobass im Hintergrund, der den ganzen Theatersaal vibrieren lässt und meine Gefühle weckt, sodass die Botschaft von der Bühne umso stärker auf mich einwirkt: Militarismus ist Irrsinn. Krieg bedeutet Zerstörung. Wir brauchen eine völlig andere Weltordnung.

Doch wie stellen wir das an?, denke ich inmitten des Menschengewimmels, als wir wieder auf die Straße treten und die Zeitungsverkäufer rufen hören. »France-Soir! Extraausgabe. Apollo XI ist gestartet! Die Astronauten sind auf dem Weg zum Mond!«

»Ach du meine Güte, es ist Vaters Geburtstag«, sage ich zu Jo. »16. Juli. Ich muss ihn anrufen.«

»Ich geh ins Hotel«, erwidert Jo. »Danke für die Eintrittskarte.«

Ein Pariser Café mit einer Telefonkabine im Keller. Die Frau mit dem Hund. Sie ist anscheinend überall, oder sehen sich diese Frauen einfach nur alle so verdammt ähnlich?

»Herzlichen Glückwunsch zum Geburtstag, Vater!«

»Danke. Hast du schon gehört? Apollo XI ist auf dem Weg zum Mond!«

Seine jungenhafte Stimme. Seine Begeisterung, die mich stets angesteckt und weitergetrieben hat.

»Ich habe eben *Hair* gesehen, Vater. Und ich musste so an dich denken!«

»Wieso denn an mich, Ketil?«

»Die Auflehnung. Die Anti-Kriegs-Proteste. Der Pazifismus. Alles, wofür du eingestanden hast, während ich ein Kind war. Ich dachte an das U2-Flugzeug damals. Als die Amerikaner behaupteten, es handle sich nicht um einen Spionageflug. Gibt es etwa keinen Zusammenhang zwischen Krieg und Wissenschaft? Sind das nicht dieselben Menschen, die den sogenannten Fortschritt schaffen, Vater? Wird diese Mondlandung nicht auch zu neuen Waffen führen?«

»Langsam, Junge. Ich verstehe dich ja. Du bist aufgeregt. Und das ist gut. Aber die Wissenschaft an sich ist niemals negativ, solange wir dabei einen ethischen Standpunkt vertreten. Es gibt wohl eine Menge Dinge, über die wir uns eingehender unterhalten sollten.«

»Aber bist du für oder gegen die NATO, Vater?«

»Ich bin ...«

Die Leitung wird unterbrochen. Soll ich nochmal anrufen? Nein, ich weiß ja, was er sagen würde. Und ich brauche Zeit zum Nachdenken. Das Gespräch mit Geir Henning. Und das, worüber Michel Simon und Élisabeth Wiener etwas zu sagen versuchten: Seinen eigenen Standpunkt finden, auch wenn es keine Landkarte und keinen noch so kleinen Pfad gibt, den schon mal jemand betreten hat.

Auf dem Flug zurück nach Norwegen sitze ich am Fenster und starre in die Sternennacht. Irgendwo da draußen sind sie, Neil Armstrong, Buzz Aldrin und Michael Collins. Sie befinden sich außerhalb der Erdatmosphäre und sausen mit 11 Kilometer pro Sekunde, oder 40 000 Kilometer pro Stunde, durch das All. Die ganze Welt verfolgt die Ereignisse. Nie zuvor ist ein Mensch auf dem Mond gewesen. Sogar in den Dörfern Ost-Pakistans, einem der ärmsten Länder der Welt, sitzen die Menschen jetzt vor batteriebetriebenen Fernsehern und schauen zu. Und gleichzeitig beschäftigt mich etwas ganz anderes. Es war so vorhersehbar, dass die USA den Wettlauf zum Mond gewinnen würden. Aber wozu gibt es überhaupt einen Wettlauf? Ich denke an Mads, der nicht länger ein Teil meines Lebens ist. Denke daran, dass wir es als Kinder nicht immer schaffen, unsere Freundschaften aufrechtzuerhalten. Wir entfremden uns, genauso wie ich mich kurz vor dieser Paris-Reise von mir selbst entfremdet habe. Und dennoch weiß ich, dass diese Woche wichtig gewesen ist, vielleicht sogar wichtiger als all die Jahre, in denen ich zu Hause gesessen und Klavier geübt habe. Und genau das beunruhigt mich. Wie man plötzlich alles aus einem ganz neuen Winkel betrachten kann. Wie das, was vertraut war, fremd wird, und umgekehrt. Das Gleiche, worüber Simon und Wiener gesprochen haben. Das Problem beim Film: zu verstehen, von welchem Projekt man gerade ein Teil ist.

Als ich in Fornebu lande, werde ich von Mutter und Vater erwartet. Ich sehe sie für ein paar Sekunden hinter der Glaswand, kurz bevor sie mich entdecken. Ich sehe, dass sie einander an den Händen halten wie zwei frisch Verliebte. Eine Woche waren sie ganz allein in dem großen Haus, ohne Tormod und ohne mich. Als sie mich dann sehen, lösen sich ihre Hände voneinander, als hätten sie etwas Schlimmes getan. Ich muss lächeln.

»Ketil, wie ist es dir ergangen?«

»Phantastisch! Und wie ist es euch ergangen?«

Frage ich sie dies gerade zum ersten Mal? Ist es das erste Mal, dass mir dieser Gedanke kommt? Bis jetzt war ja alles ganz selbstverständlich für mich. Wie ein Kind habe ich gedacht, dass es in ihrer Verantwortung liegt, sich um alles zu kümmern, mich zu versorgen, mir Benehmen beizubringen und mir die richtigen Gedanken zu vermitteln. Bis zu einem gewissen Grad war ich also die Hauptperson in meinem Leben. Ich verspüre eine gewisse Scham, merke, dass ich rot werde. Denn sie wirken aufrichtig erstaunt, blicken einander an und scheinen sagen zu wollen: »Fragt er gerade tatsächlich danach, wie es uns geht?«

»Uns ist es gut ergangen, Lieber«, sagt Mutter und streicht mir behutsam über die Wange.

Dann gehen wir alle drei zum Wagen.

Samstag, der 19. Juli 1969. Apollo XI kreist um den Mond. Als es Sonntag wird, begeben sich Armstrong und Aldrin in die kleine Landekapsel, Eagle, während Collins in der Kommandokapsel zurückbleibt. Ich sitze mit Vater und Mutter im Wohnzimmer. Auch Tormod ist gekommen. Es ist genau wie in alten Zeiten. Mutter mit Strickzeug auf dem Sofa. Sie schläft schon fast, tut nur aus Höflichkeit so, als wäre sie interessiert. Aber das ist sie ja nicht, denke ich.

»Mads und ich haben eigentlich zu den Russen gehalten«, sage ich.

»Wieso das denn, mein Junge?«

»Weil Chruschtschow Ähnlichkeit mit Onkel Birger hatte, und weil sie damals bei dem U2-Skandal recht hatten. Die Amerikaner haben gelogen.«

»Aber jetzt ziehen sie sich langsam aus Vietnam zurück.«

»Ach ja?«

»Sie haben im letzten Monat 25 000 Soldaten zurückbeordert.«

Tormod nickt und sagt lakonisch: »Dann sind ja nur noch 540 000 übrig.«

»Bist du für oder gegen die NATO, Vater?«, frage ich plötzlich.

»Ich weiß es immer noch nicht«, erwidert er nach einer langen Denkpause.

»Tatsächlich nicht? Nach all diesen Jahren? Ulf? Die Protestmärsche und alles?«

»Nein, Ketil. Ich weiß es wirklich nicht.«

»Quäl deinen Vater nicht«, sagt Mutter vom Sofa. »Er hat genügend andere Dinge, an die er denken muss.«

Der Zweifel, denke ich. Wird er auch mein Freund? So, dass man sich zweifelnd über Jahrzehnte zu einer Antwort vortastet, die gar keine Antwort ist, sondern ein großes »Ich weiß nicht«?

Eagle landet um 21.17 Uhr auf dem Mond.

Wir sind Zeugen, als Staub von der Mondoberfläche aufgewirbelt wird. Ich spüre, dass Vater sehr berührt ist. Seine Augen glänzen, aber er weint nicht.

»Wir dürfen das sowieso nie vergessen«, sagt er plötzlich. »Dass wir Menschen sind. Dass wir immer eine Wahl haben.«

»Wie meinst du denn das?«, fragt Tormod.

»Das Böse tun. Das Gute tun können. Wissenschaft muss immer auf dem Letzteren beruhen.«

Ich lege mich hin. Eine ganze Weile wird jetzt nichts passieren. Tandberg und Jansen im NRK-Studio. Expertenkommentare. Mutter hat sich schon längst hingelegt. Die Eagle befindet sich auf dem Mond. Auch ich schlafe schließlich ein.

Aber Vater weckt mich liebevoll. Genau wie in alten Tagen.

»Ketil, du musst aufwachen. Gleich passiert es.«

Ich öffne die Augen. In meinem Traum war ich mit Natasha in Paris. Wir fuhren über eine lange Allee. Hohe Pappeln auf beiden Seiten. Ein Gefühl von Ernsthaftigkeit, auch wenn sie lächelte. Sie wollte mir etwas zeigen. Ein Haus. Einen Menschen. Etwas, das wichtiger als alles andere war.

»Was is'n los?« Ich schaue auf die Uhr. Fast vier. Die Zeitung! Meine Morgenrunde!

»Beruhige dich, Ketil«, sagt Tormod mit einem Lächeln. »Du hast doch schon vor den Ferien bei *Aftenposten* gekündigt.«

»Armstrong hat die Luke geöffnet und steigt gleich die Leiter runter.«

Wir sitzen mucksmäuschenstill da und sehen zu, wie sich der Astronaut vorsichtig mit Helm, Sauerstoff und dem Ganzen zur Mondoberfläche vorarbeitet. Was, wenn er jetzt stolpert? Wenn er hinfällt und auf dem Rücken liegenbleibt, ohne aufstehen zu können, während die ganze Welt zuschaut? Die Amerikaner gehen gerade ein echtes Risiko ein. Ich denke an Mads. Sitzt er jetzt auch vor dem Fernseher und sieht das Gleiche wie wir? Und was ist mit Sverre?

»That's one small step for a man, one giant leap for mankind.«

»Gut gesagt«, kommentiert Vater mit belegter Stimme.

Das Sternenbanner aus Nylon, in sicherem Abstand zur Eagle an einer Aluminiumstange befestigt. Die Stahlplatte mit der Inschrift, die Vater so beschäftigt: *Here men from the planet earth first set foot upon the moon, July 1969 A. D. We came in peace for all mankind.*

Unterzeichnet von den drei Astronauten.

Unterzeichnet von Richard M. Nixon, dem Präsidenten der Vereinigten Staaten von Amerika.

Ich denke an Chruschtschow. Vielleicht sitzt er ja in einer kleinen Wohnung am Rande von Moskau und sieht ebenfalls zu.

120

Die sechsundzwanzigjährige Schauspielerin Sharon Tate befindet sich in der 38. Schwangerschaftswoche, als sie mit ihren Freunden Jay Sebring, Wojtek Frykowski und Abigail Folger, der Erbin des Kaffee-Imperiums, von einem Besuch ihres Lieblingsrestaurants El Coyote um 22.30 Uhr nach Hause zurückkehrt. Es ist der 8. August 1969. 10050 Cielo Drive, Benedict Canyon, Los Angeles. In der Villa, die Tate ihr »Liebesnest« nennt, haben früher Pop-Produzent Terry Melcher, der Sohn von Doris Day, und die Schauspielerin Candice Bergen gewohnt. Tate und ihr Ehemann Roman Polanski haben ihr Haus Feunden aus sehr verschiedenen Kreisen geöffnet. Auf vielen der Feste tauchen auch zwielichtige Personen auf, die nicht so einfach einzuordnen sind. Die Ehe von Tate und Polanski gilt ebenfalls als nicht gerade traditionell. Polanski hat deutlich zum Ausdruck gebracht, er wolle »be married to a hippie, not a housewife«. Tate ihrerseits äußert, sie und Roman hätten »eine gute Abmachung. Er lügt mich an, und ich tue so, als glaubte ich ihm.« Ungeachtet dessen bilden sie eine starke Allianz. Das Ehepaar hat seinen natürlichen Platz in einem Filmmilieu gefunden, das Stars wie Jane Fonda, Peter Sellers, Steve McQueen, Kirk Douglas, Warren Beatty und Mia Farrow einschließt. Auch *Doors*-Frontmann Jim Morrison und die Mitglieder der *Mamas & Papas* gehören zum Bekanntenkreis.

Sharon Tate ist erst vor wenigen Wochen aus London zurückgekehrt, wo ihr Ehemann mit Dreharbeiten zu dem Film *The Day of the Dolphin* beschäftig ist. Sie hat sich von dem britischen Magazin

Queen zu ihrer Rolle als schwangere Frau befragen lassen und ein Interview gegeben, bei dem sie über das Schicksal spricht: »Natürlich glaube ich an das Schicksal. Mein ganzes Leben wurde vom Schicksal bestimmt. Ich glaube an eine Macht, die größer ist als wir selbst. Ich habe nie etwas von dem geplant, was mit mir geschehen ist.« Kurz zuvor hat sie auch alle Nacktbilder von sich sowie die Nacktszenen in Mark Robsons *Valley of the Dolls* kommentiert. Sie gab zu, »madly in love« mit Polanski zu sein, und äußerte ihr Unverständnis über die Diskussionen hinsichtlich der filmischen Darstellung von Sex und Nacktheit. »Das ist doch Blödsinn. Im Fernsehen können Kinder zusehen, wie Menschen einander umbringen, was nicht gerade als natürlich zu bezeichnen ist. Aber das Natürlichste der Welt, wenn sich nämlich zwei Menschen lieben, das dürfen sie nicht sehen.«

An diesem Abend sind Charles Watson, Susan Atkins, Linda Kasabian und Patricia Krenwinkel auf dem Weg zur Villa im Cielo Drive. Sie alle sind Mitglieder der Manson-Familie, einer Bande, die auf der abgeschiedenen Barker-Ranch am Rande des Death Valley in Kalifornien lebt, ein Gebäude, das häufig bei Dreharbeiten für Westernfilme Verwendung fand. Charles Manson ist ein seit seiner Kindheit kriminell veranlagter Vierunddreißigjähriger, der die Hälfte seines Lebens im Gefängnis verbracht hat. Was seine Jugend anbelangt, so ist unter anderem auch bekannt, dass er einmal von seiner Mutter gegen ein Sixpack Bier eingetauscht worden war. Der Folk-Musiker und ehemalige Scientologe Manson ist nun Anführer der gleichnamigen Family. Viele der Familienmitglieder sind heruntergekommene Blumenkinder, die er auf seinen Fahrten mit einem VW-Bus durch Kalifornien aufgelesen hat. Auf der Barker-Ranch sollten nun alle in der Nähe wilder Tiere leben und von diesen lernen. Manson zwang seine Anhänger unter anderem dazu, Skorpione auf sich herumkrabbeln zu lassen. Die Frauen in seiner Truppe wurden massiv erniedrigt, er selbst ließ sich wie ein König behandeln. Zu Beginn herrschten Frieden und Harmonie. Später kamen dann immer größer werdende Mengen an LSD ins Spiel, und Manson befahl den neu hinzugekommenen Frauen, ihn jeden Abend zu bedienen, während die Gruppentreffen in Sexorgien ausarteten. Manson kannte Dennis Wilson von den Beach Boys. Er träumte davon, mit Wilsons Hilfe ein weltberühmter Folk-Musiker zu werden. Manson war auch fasziniert von dem Beatles-Song *Helter Skelter*, den er als kodierte Botschaft der Beatles an seine Family verstand. Nach Mansons Interpretation deutete der Songtext auf einen bevorstehenden Rassenkrieg hin. Um zu überleben, müsse man reiche weiße Menschen umbringen und den Verdacht auf Gruppen wie die Black Panthers lenken. Und obwohl diese Gruppen den Krieg schließlich gewinnen würden, hätten sie nicht genügend Wissen und Selbstvertrauen, um die Macht zu übernehmen. Wenngleich nicht als Schwarzer geboren, würde sich Manson dann schließlich als natürlicher Anführer anbieten.

In der Zwischenzeit hat Charles Manson an einem Album gearbeitet, das, wie er sicher ist, die Welt verändern wird. Er will, dass Terry Melcher dieses Album auf den Markt bringt, da dieser bereits die Beach Boys und den weltbekannten Hit der Byrds, *Mr. Tambourine Man*, produziert hat. Im März 1969 erscheint er unangemeldet in der Villa am Cielo Drive in der Annahme, dass Melcher und Bergen dort immer noch wohnen. Stattdessen trifft er auf einen Freund Sharon Tates, den Fotografen Shahrokh Hatami, der gerade ein Fotoshooting mit der Schauspielerin macht. Tate sieht vom Fenster aus, wie Manson im Garten herumwandelt. »That creepy looking guy«, wie sie später sagen sollte.

An diesem Augustabend fahren Mitglieder der Family vor der Villa vor, die ihr Anführer ein paar Monate zuvor besucht hat. Sie haben klare Anweisung erhalten, zu dem Haus zu fahren, wo Melcher einst wohnte, und alle, die sich dort befinden, auf möglichst grausame Art umzubringen. Manson befahl den Frauen in der Gang, gehorsam zu sein und alles zu tun, was Watson ihnen sagen würde.

Auch Charles Watson war früher schon einmal auf dem Grundstück gewesen. Als sie nun zum Eingang der Villa kommen, bricht Watson zunächst den Telefonkasten am Mast draußen auf und schneidet die Leitungen durch. Es ist kurz nach Mitternacht. Anstatt die Haupttür aufzubrechen, die vermutlich mit einer Alarmanlage verbunden ist, stellen sie den Wagen unterhalb der Villa ab und klettern über einen überwucherten Schutzwall.

Doch die Scheinwerfer eines Fahrzeugs, das das Grundstück gerade verlässt, erfassen sie, und Watson befiehlt den Frauen, sich in den Büschen zu verstecken, während er auf die Straße tritt, den achtzehnjährigen Studenten und Hi-Fi-Enthusiasten Steven Parent anhält und dann einen Revolver Kaliber 22 auf seinen Kopf richtet. Parent fleht Watson an, ihm nichts zu tun, und verspricht, den Mund zu halten. Daraufhin zieht Watson ein Messer hervor und schneidet Parent so kräftig in die Handfläche, dass er mehrere Sehnen durchtrennt. Dann reißt er die Armbanduhr des jungen Mannes an sich und schießt ihm vier Mal in die Brust. Er befiehlt den Frauen der Family, ihm dabei zu helfen, den Wagen mit der Leiche näher an die Grundstückseinfahrt zu schieben. Watson dringt durch ein Fenster in das Haus ein und öffnet Susan Atkins und Patricia Krenwinkel die Haustür, während Linda Kasabian am Einfahrtstor Wache halten soll. Die Hausbewohner schlafen bereits, doch im Wohnzimmer erwacht Polanskis Freund, der talentierte polnische Drehbuchautor Wojciech Frykowski. Er entdeckt Watson und bekommt von ihm einen Schlag auf den Kopf verpasst. Aber Frykowski ist nicht bewusstlos. Er fragt den Fremden, was er will, woraufhin Watson antwortet, er sei der Teufel und wolle die Arbeit des Teufels erledigen. Die Frauen der Family holen die anderen drei Bewohner aus den Betten und bringen sie ins Wohnzimmer, wo Watson Sharon Tate und den Hairstylisten Jay Sebring mit einer Schlinge um den Hals aneinander fesselt. Als Sebring protestiert und Watson darauf aufmerksam macht, dass Tate hochschwanger ist, schießt Watson auf ihn, ohne ihn allerdings dadurch zu töten. Die junge Abigail Folger wird zurück in ihr Schlafzimmer gezerrt und gezwungen, ihre Geldbörse abzugeben, die 70 Dollar enthält. Wieder im Wohnzimmer, sticht Watson sieben Mal auf den verletzten und stöhnenden Sebring ein. Parallel dazu kann Frykowski sich von dem Handtuch befreien, mit dem er gefesselt wurde, und fängt an, mit Susan Atkins zu streiten, die ihm daraufhin mit dem Messer, das sie die ganze Zeit in der Hand hält, in den Oberschenkel sticht. Er schafft es, durch die Haustür nach draußen zu fliehen, doch Watson kommt von hinten, schlägt ihn mit seinem Gewehr nieder, versetzt ihm mehrere Messerstiche am ganzen Körper und feuert zwei Schüsse auf ihn ab, ohne dass Frykowski daran stirbt.

Linda Kasabian steht am Tor vor dem Haus und hört die schrecklichen Geräusche aus dem Inneren. Sie bringt es nicht über sich, dem Plan weiter zu folgen, und versucht, das Massaker zu stoppen, indem sie Susan Atkins davor warnt, dass jemand kommt. Derweil konnte Abigail Folger durch eine Tür aus ihrem Schlafzimmer entkommen und flüchtet in Richtung Swimmingpool. Auf Befehl von Watson läuft Krenwinkel ihr nach und sticht sie nieder. Folger erleidet achtundzwanzig Stiche durch Krenwinkel und die beiden anderen Frauen der Family, bevor sie stirbt.

Zur selben Zeit versucht der schwer verletzte Frykowski über den Rasen vor dem Haus zu kriechen. Watson entdeckt ihn und fängt an, mit einem Messer auf ihn einzustechen. Frykowski wird einundfünfzig Mal gestochen, dann verblutet er.

Im Haupthaus konzentriert sich The Family auf Sharon Tate, die immer noch an Sebring gefesselt ist. Sebring ist ebenfalls kurz davor zu verbluten. Tate fleht Watson und Susan Atkins an, sie immerhin so lange leben zu lassen, dass sie ihr Kind gebären kann. Sie bietet sich auch als Geisel an, Hauptsache ist, dass das Kind leben darf.

Sechzehn Mal wird Tate mit einem Messer in Brust und Rücken gestochen.

Während des Prozesses wird Watson später aussagen, dass Tate weinend nach ihrer Mutter gerufen habe, während er das Seil, mit dem die Opfer gefesselt waren, über einen Dachbalken geworfen und die beiden daran, triefend vor Blut, mitten im Raum habe hängen lassen.

Da sind Tate und Sebring allerdings schon tot.

Watson befiehlt seinen Mithelferinnen eine Spur zu hinterlassen, »something witchy«. Susan Atkins nimmt das Handtuch, mit dem Frykowski zuvor gefesselt war, taucht es in Sharon Tates Blut und schreibt »PIG« an die Haustür.

121

In Norwegen werden die Distriktshochschulen eröffnet. Minister Helge Seip bringt seinen Wunsch zum Ausdruck, die Distriktshochschule in Stavanger möge »das kulturelle Leben auf dem Lande mit den Eigenarten des städtischen Raums« vereinen. Zur selben Zeit hat Øyvind Vennerøds Film *Himmel und Hölle* mit Sigrid Huun und Lillebjørn Nilsen Premiere im Klingenberg Kino. In den Zeitungen steht, es handle sich um einen Film über »zwei junge Leute aus Norwegen, die sich in einer Drogenhölle befinden«.

Gleichzeitig lese ich, dass auf einem Bauernhof in Bethel, Staat New York, 400 000 Menschen zum Woodstock-Festival zusammengekommen sind und dass der deutsche Philosoph, Soziologe und Musiktheoretiker Theodor W. Adorno gestorben ist.

Woodstock, denke ich. Janis Joplin. Grateful Dead. Ravi Shankar. The Who. Blood, Sweat & Tears. Crosby, Stills, Nash and Young. Joe Cocker. Jimi Hendrix.

Die amerikaniche Nationalhymne. The Star-Spangled Banner. Verzerrt zu einem Schrei. Jimi Hendrix auf der Bühne kniend. Vor Tausenden von Menschen. Three Days of Peace, Music and Love.

Der Herbst kommt näher. Doch immer noch befinden sich die Hippies in den Parks, auf Karl Johan und unten am Hafen. Im indischen Bundesstaat Gujarat beleidigen Muslime die heiligen Kühe bei einem hinduistischen Priesterseminar. Bei den blutigen Zusammenstößen kommen mehr als 600 Menschen ums Leben. Aus Vietnam kommt die Nachricht vom Tod Ho Chi Minhs, in Westdeutschland wird Willy

Brandt zum Bundeskanzler gewählt, und britische Truppen beschießen mit Tränengas militante Protestanten, die in Belfast demonstrieren. Die Sowjetunion schickt acht Kosmonauten mit Sojus 6, 7 und 8 auf eine Bahn um die Erde. Zum ersten Mal in der Geschichte sind drei bemannte Raumschiffe an einem gemeinsamen Manöver beteiligt, das auf den zukünftigen Bau von festen Raumstationen und Raumlabors abzielt.

Ich spüre wieder die alte Sehnsucht danach, in den Garten zu gehen, in den Nachthimmel zu schauen und nach denen Ausschau zu halten, die sich gerade dort oben befinden, seien es nun Hunde, Ratten oder lebendige Menschen.

Vom Frogner Platz aus gesehen sind die Lichter der Großstadt dafür allerdings zu hell.

Ich gehe wieder ins Haus und bekomme einen Anruf von Ole Henrik Moe.

»Hallo, Ketil«, sagt er. »Ich wollte dich nur darüber informieren, dass Sonja Henie gestorben ist.«

»Gestorben?«

»Ja. Sie war nicht so gesund, wie es den Anschein hatte. Sie starb auf der Rückreise aus Paris in einem Rettungsflugzeug. Das ist für uns alle ein großer Verlust.«

»Und was passiert jetzt in Høvikodden? Mit dem Kunstzentrum?«

»Da geht es natürlich weiter wie bisher. Ich habe überlegt, ob wir vielleicht kurz nach Weihnachten Stravinskys *Les Noces* aufführen könnten. Vier große Flügel. Schlagzeug. Der Norske Solistkor mit Knut Nystedt als Dirigent. Bist du dabei?«

»Aber natürlich«, gebe ich zurück.

Alles ist wie früher. Nichts ist wie früher. Nachts träume ich von Charles Manson, der zusammen mit seiner Family am Feuer sitzt und hübsche Folksongs singt. Was ist mit Aurora geschehen? Zu fortgeschrittener Stunde habe ich nach ihr Ausschau gehalten. Sie war nicht in den Parks. Auch nicht auf den Straßen. Sie war komplett verschwunden. Und wo sind Katja und Leah jetzt gerade?

Ich denke an Aimée, die ich fast gar nicht kenne. Ich wüsste gern, wo sie ist. Was sie macht. Ich fühle mich bei allem so allein. Die meisten der Artikel aus Paris werden gedruckt. Jos Fotos sind phantastisch, aber ich ärgere mich über Dinge, die ich vergessen habe zu erwähnen. Doch jetzt ist es zu spät.

Mitte November findet in Washington die größte jemals durchgeführte Demonstration gegen den Vietnamkrieg statt. 250 000 Menschen nehmen daran teil, und die *New York Times* berichtet zum ersten Mal über das My Lai-Massaker, das sich mehr als anderthalb Jahr zuvor am 16. März 1968 ereignet hatte. Die Geschichte von den neun amerikanischen Helikoptern, die früh am Morgen auf einem Reisfeld südlich des Dorfes My Lai landen. Die amerikanischen Soldaten wissen, dass etwa siebenhundert Menschen dort in Backsteinhäusern oder Strohhütten wohnen. Unter Führung von Leutnant William Calley und Sergeant David Mitchell gehen sie in den Ort, wo Familien vor ihren Häusern sitzen, Reis kochen und das Frühstück bereiten. Die Soldaten folgen der üblichen Routine, trennen Männer und Frauen voneinander, suchen nach Waffen. Alles geschieht sehr schnell. Das erste Opfer ist ein Mann, der von hinten mit einem Bajonett erstochen wird. Dann explodiert die Gewalt. Ein Mann in mittleren Jahren wird aus der Menschenmenge geholt und in einen Brunnen geworfen, gefolgt von einer Granate. Fünfzehn oder zwanzig ältere Frauen versammeln sich vor einem buddhistischen Tempel, um dort zu beten. Die amerikanischen Soldaten nähern sich von hinten und schießen den Frauen in den Kopf. Gleich darauf werden über achtzig Dorfbewohner aus ihren Behausungen gezerrt, wo sie sich versteckt hielten. Ihnen wird befohlen, sich auf dem Dorfplatz zu versammeln. Sie rufen »No VC! No VC!«, aber es hilft nichts. Ob sie dem Vietcong angehören oder nicht, spielt keine Rolle. Calley überlässt es dem Soldaten Paul Meadlo, die Opfer zu massakrieren. »Du weißt ja, was du mit ihnen machen sollst.« Aber als Calley zehn Minuten später zurückkommt, sieht er, dass die Vietnamesen noch am Leben sind. »Hast du es immer noch nicht geschafft, sie loszuwerden?« Aus fünf Metern Distanz beginnt Calley, auf die Menschenmenge zu schießen. Eine Stunde danach erscheint der Hubschrauberpilot Hugh Thompson und sieht überall tote und sterbende Vietnamesen liegen. Kleine Jungen und Mädchen, die aus kurzer Distanz erschossen wurden. Er zieht sich den Zorn einiger Soldaten zu, als er versucht sie zu fotografieren, während sie sich mit den Brüsten eines fünfzehnjährigen Mädchens beschäftigen. Zur selben Zeit treibt Calley etwa achtzig Männer, Frauen und Kinder, die noch nicht getötet wurden, an einem Graben östlich des Dorfs zusammen. Er befiehlt seinen Soldaten, die Menschen in den Graben zu stoßen und sie dann zu erschießen. Einige weigern sich, andere gehorchen, darunter Meadlo, der später während des Prozesses aussagen soll, dass er an jenem Morgen etwa fünfundzwanzig Menschen getötet habe. Irgendwann kommt ein zweijähriges Kind auf die Soldaten zugelaufen. Leutnant Calley packt die Hand des Kindes, wirft es in den Graben zu den toten und sterbenden Menschen und erschießt es.

Nachdem er Zeuge der Untaten seiner Landsleute geworden ist, versucht Thompson fieberhaft, die Menschen zu retten. Er sieht, dass viele in dem Graben noch am Leben sind. Er tritt zwischen Calleys Soldaten und die Vietnamesen und rettet neun Personen, darunter fünf Kinder, die sofort in ein Militärkrankenhaus geflogen werden. Etwas später landet er abermals mit seinem Helikopter im Dorf und rettet ein Kind, das sich an seine tote Mutter geklammert hat.

Gegen Mittag ist das Massaker vorüber. »My Lai is no more«, lautet die Nachricht, die über Walkie-Talkie innerhalb des militärischen Systems weitergeleitet wird. In derselben Nacht kommen Vietcong, um die Toten zu begraben. Zwanzig Monate später erscheinen Ermittler der Armee vor Ort und entdecken drei Massengräber mit den Leichen von etwa fünfhundert Dorfbewohnern.

Das Böse tun. Das Gute tun können.

Ich sitze wieder in der Küche bei Amalie und versuche, die Verwirrung in mir zu verbergen. Sie glaubt, dass ich fleißig geübt habe. Sie rechnet damit, dass ich die letzten drei Beethoven-Sonaten auswendig kann.

Ich kann keine einzige.

»Willst du mir nichts vorspielen?«, fragt sie freundlich.

»Heute nicht«, sage ich.

»Du bist so lange weggewesen. Warst du in Paris? Hast du gute Musik gehört? Hast du bei einem der Professoren Unterricht genommen?«

»Diesmal nicht, leider.«

Wir sagen nichts mehr. In der Küche ist es nicht oft so still wie jetzt. Amalie streicht mir über die Wange.

»Bist du müde?«

»Ja, ein bisschen. So viel, was mir gerade im Kopf herumschwirrt. Aber was ist mit dir? Hast du dich entschieden, das Solokonzert zu geben?«

Sie lächelt mich an. Ist nicht daran gewohnt, dass ich sie so konkret nach Dingen frage.

»Ja«, sagt sie. »Ich habe die Aula gemietet. Hauptsächlich wegen Schubert. Ich möchte die c-Moll-Sonate spielen.«

Ich nicke. »Das zweite Thema im ersten Satz. Einzigartig.«

Dan Lindholm kommt aus dem Wohnzimmer und setzt sich zu uns. Das macht er jetzt öfter. Ich sehe, dass er etwas älter geworden ist. Er hat dieses Buch über die norwegischen Stabkirchen geschrieben, verfasst Artikel für Zeitschriften und unterrichtet Lehrer. Vermisst er uns? Seine Klasse? Die mit ihm bis nach Vinje gekommen ist, um *Draumkvedet* zu singen? Erinnert er sich an uns, so wie wir waren? Erinnert er sich an Mads? An Christopher? Weiß er noch, was er mit uns, gegen uns, für uns getan hat. Erinnert er sich an mich?

»Ich wollte dich mal fragen, ob du dir vorstellen könntest, Lehrer zu werden«, sagt er.

Ich zucke zusammen, fast so, als hätte ich einen Schlag auf den Rücken bekommen. »Ich? Lehrer?«

»Ja. Wir brauchen jemanden, der die oberen Klassen ab der vierten in Musik unterrichtet. Die Anzahl der Stunden könntest du selbst bestimmen.«

Ich? Lehrer an der Waldorfschule? Welchen Kreis versucht er da gerade für mich zu schließen? Ich jedenfalls habe ihn nicht bemerkt.

Auch nicht aufgezeichnet. Aber sobald die Worte ausgesprochen sind, spüre ich, dass dieser Kreis vorhanden ist. Und er ist rund. Völlig rund.

»Ich muss darüber nachdenken«, sage ich.

»Natürlich«, erwidert er. »Aber falls du möchstest, kannst du im Januar anfangen.«

»Dann ist schon 1970«, entgegne ich.

»Ja«, sagt er. »Eigenartig, nicht wahr? Ein neues Jahrzehnt.«

»Und du wirst deinen Debüt-Abend in der Aula geben«, sagt Amalie.

»Ja, vielleicht«, sage ich.

Samuel Beckett erhält den Literatur-Nobelpreis. Odd Hassel teilt sich den Preis für Chemie mit dem Briten Derek H. R. Barton für ihren Beitrag zur Entwicklung des Konformationsbegriffs und dessen Anwendung in der Chemie. Vater wirkt glücklich. Außerdem gewinnt Ragnar Frisch den Preis für Wirtschaft, gemeinsam mit dem Niederländer Jan Tinbergen. Sie erhalten die Auszeichnung für die Entwicklung dynamischer Modelle zwecks Analyse ökonomischer Abläufe.

Ich denke überwiegend an Beckett. *Warten auf Godot.* Die Geschichte von Wladimir und Estragon, die auf einen Herrn warten, der nie erscheint.

Es ist lange her, dass Mutter das Schauspiel von Cammermeyer mitgebracht hat.

»Wovon handelt es?«, fragte sie neugierig, als ihr klar wurde, dass ich es gelesen hatte.

»Davon, ob es uns gelingt, einander zu verstehen, hier auf der Erde. Ob wir begreifen, was die Wörter und was dieses Leben bedeuten. Ob da irgendwann einmal ein Herr vorbeikommt, der Wladimir und Estragon erklären kann, weshalb sie da stehen und warten.«

»Und kommt der?«

»Nein.«

Weihnachten im Frognervei. Wir haben den schönsten Weihnachtsbaum seit vielen Jahren.

»Ja«, sagt Vater. »Diesmal hab ich mir extra Mühe gegeben.«

»Wieso denn?«, fragt Mutter, während sie den Baum mit dem billigen Flitter behängt, den sie so sehr liebt, und die Fensterbänke mit den hübschen Engeln schmückt, die so lieblich aussehen und etwas teurer sind.

»Weil ein neues Jahrzehnt beginnt.«

»Oh, bitte erspar mir das«, sagt Mutter. »Macht das irgendeinen Unterschied?«

»Vielleicht«, sagt Vater. »In ein paar Tagen schreiben wir 1970.«

»Aber das sind doch bloß Zahlen, Per!«

»Ja, das stimmt. Aber auch die Zahlen tun etwas mit uns. Oder etwa nicht?«

Silvester. Noch ist es 1969. Mutter ist in der Buchhandlung. Tormod schläft in seiner Wohnung in Torshov. Ich nehme ein spätes Frühstück zu mir, zusammen mit Vater, der, mit einem Zahnstocher im Mund, in *Aftenposten* versunken ist.

»Nur noch wenige Monate bis zu deinem 18. Geburtstag«, sagt er plötzlich und sieht mich über seine Brille hinweg an.

»Ja?«

»Solltest du nicht lernen, wie man Auto fährt?«

»Jetzt?«

»Ja, wieso nicht? Du darfst ja fahren, solange jemand mit Führerschein neben dir sitzt.«

»Aber wir sind mitten im Winter, Vater. Es ist glatt!«

»Gerade deswegen, mein Junge.«

Eine Stunde später fahren wir in Richtung Westen. Vater sitzt am Steuer. Statt auf die Straße zu schauen, sieht er hauptsächlich mich an.

»Sieh nach vorn, Vater!«

»Schon gut, aber jetzt musst du auf die Kupplung achten! Siehst du, wie ich jedesmal das linke Bein benutze, wenn ich den Gang wechsle. Das ist es, worum es beim Autofahren geht, Ketil. Wenn du mit der Kupplung klarkommst, dann kannst du auch alles andere. So ist das mit vielen Dingen im Leben.«

»Lass gut sein, Vater. Ich will einfach nicht!«

»Was für ein Unsinn. Natürlich willst du!«

Wir befinden uns irgendwo in Sørkedal. Ein riesiger Parkplatz für all die Skiläufer. Allerdings ist er völlig leer. Niemand fährt an Silvester zum Kikut hinauf.

»Hier kannst du es versuchen«, sagt Vater.

Widerwillig setze ich mich hinter das Steuer. Ich muss an den Parksvingen zurückdenken, als Vater die Kurve nicht hinbekam. Ich möchte seine Fehler nicht kopieren. Lege keinen Wert auf sein Mitleid. Aber Vater ist geduldig.

»Tritt jetzt vorsichtig aufs Gaspedal. Achte darauf, dass du den ersten Gang eingelegt hast. Dann lässt du die Kupplung langsam kommen.«

Ich mache, was er sagt.

Der alte Peugeot rollt los.

Ich kann es fast nicht glauben.

»Fahre ich etwa Auto?«, frage ich ungläubig.

»Ja, mein Junge. Du fährst Auto«, sagt Vater.

Wir fahren auf kleinen Straßen, kommen an Pettersens Kolonialwarenhandel vorbei. Wir passieren die Røa-Kreuzung und Randklev.

»Aber ist das denn nicht gefährlich, Vater?«

»Entspann dich, mein Junge. Du kannst es ja schon. Jetzt fahren wir durch den Melumvei.«

»Kommt nicht infrage.«

Aber ich habe keine Wahl. Der Melumvei wartet schon auf mich. Wie unwirklich. Ich sitze am Steuer eines gelben Peugeots. Vater sitzt neben mir und sagt fast nichts. Verfolgt meine Bewegungen, als ich abbremse und vor unserem alten, gelben Haus anhalte. Ich nehme den Gang raus. Neue Gardinen an den Fenstern. Ein fremder Lenkradschlitten an der Treppe. Ein Kranz an der Haustür.

»Da haben wir mal gewohnt«, sagt Vater.

»Werd ich nie vergessen«, sage ich.

»Vielleicht hätten wir nie wegziehen dürfen.«

»Ach, ich denke, es ist schon gut, wie es gekommen ist.«

»Dann lass uns weiter zum Parksvingen fahren«, sagt Vater.

»Bis zum Parksvingen?«

»Das ist gar nicht weit. Du darfst nicht so ängstlich sein, Ketil.«

»Solange du dabei bist, habe ich keine Angst.«

»Ich bin hier.«

Wir nehmen den Bærumsvei stadtauswärts. Fast keine Autos sind unterwegs. An der Ringstabekk-Kurve biege ich rechts ab, hinein in den engen Underhaugsvei.

»Ich hoffe, dass ich niemanden überfahre«, sage ich.

»Solche Gedanken solltest du am besten ignorieren«, sagt er.

»Aber was, wenn ich es tue?«

»Wir kümmern uns um die Probleme, wenn sie auftauchen.«

Das steile Stück hinauf zum Parksvingen. Die vielen Male, als Mutter und Vater nach Hause kamen mit ihren Taschen, mit den Lebensmitteln, und Tormod und ich mit Trompete und Tenorhorn.

Das Haus liegt tief im Garten, wie früher.

»Weißt du, wer da jetzt wohnt?«

»Nein. Das lief alles über einen Makler.«

Der riesige Weihnachtsstern im Fenster.

»Nett haben die es hier. Das würde Mutter gefallen«, sage ich.

Dann gebe ich Gas und fahre weiter zum Park. Auf dem letzten schwierigen Abschnitt hinauf zum Bjerkelundsvei ziehe ich die Handbremse, bevor ich die Kupplung betätige.

»Du bist besser, als ich es war«, sagt Vater.

»Nein«, sage ich.

»Halt! Fahr hier rein!«, sagt Vater. Wir sind beim alten Sportplatz, wo ich noch vor ein paar Jahren mit meinem Speer trainierte, wo Katja mich das Stöckchen halten ließ und wo Syver kam und laut aus *Nackt im Hemd* vorgelesen hat.

»Aber es ist glatt, Vater! Siehst du nicht, dass es da spiegelglatt ist?«

»Gerade deswegen.«

Ich fahre auf dem Eis, weil Vater es so will. Ich bin wütend, höre ihm aber dennoch zu. Etwas, was er mir beizubringen versucht.

»Auf Eis zu fahren ist wie durch das Leben zu fahren. Hier und da ein unvorhergesehenes Manöver, verstehst du? Jetzt brems mal.«

Ich bremse. Der Wagen rutscht.

»Es ist nicht so gefährlich«, sagt Vater. »Aber wenn das Heck zu einer Seite hin ausbricht, musst du das Lenkrad in dieselbe Richtung drehen und versuchen, den Wagen abzufangen.«

»Du meinst also, wenn alles zum Teufel geht, dann aber bitte auch richtig, oder wie?«

»Ja, es scheint so. Aber nur dann kommst du wieder in die richtige Richtung. Ist das nicht seltsam, Ketil? Was du glaubst, nicht tun zu dürfen, ist das, was dich retten kann. Und gleichzeitig: Wenn der Wagen untersteuert und du weiterrutscht, musst du das Gegenteil tun. Dann musst du Gas wegnehmen und vorsichtig in die Richtung lenken, in die der Wagen gleitet, bis die Reifen wieder greifen. Du merkst es automatisch, wenn du die Kontrolle zurückgewinnst. Und dann lenkst du vorsichtig zurück in die Richtung, in die du wolltest.«

»Und wohin wollten wir?«

»Das entscheidest du.«

Wir fahren Richtung Bekkestua. Ich denke daran, was Vater mir gerade erklärt hat. Dass das, was falsch erscheint, dennoch das Richtige sein kann. Das allerdings beunruhigt mich. Ich hatte gehofft, dass das Leben über klar definierte Kontrollposten verfügt, wo man sich bestätigen lassen kann, ob das Getane richtig oder falsch war, damit man sich nicht weiter verirrt.

Vater sitzt neben mir und sagt nichts.

»Wollen wir nicht aufhören?«, frage ich ängstlich, als wir uns der Bekkestua-Kreuzung nähern.

»Nein, absolut nicht«, sagt Vater. »Fahr einfach ruhig weiter Richtung Stabekk.«

Wir kommen an der alten Schule vorbei. Das große, unfreundliche Backsteingebäude. Die traurigen Monate. Ove, der gestorben ist.

»Und jetzt?«

»Weiter in Richtung Drammensvei.«

»Drammensvei? Die Autobahn?«

»Ja, wieso nicht. Drammen ist doch einen Besuch wert, oder?«

»Erinnerst du dich an Albert Camus, Vater?«

»Wie sollte ich ihn vergessen können?«

»Er sagte, das Dümmste, was einem im Leben passieren kann, wäre, durch einen Autounfall zu sterben.«

»Du wirst nicht auf diese Weise sterben, Ketil. Jedenfalls nicht heute. Bewahre, was für ein Pessimismus!«

»Klar. Etwas muss ich ja von Mutter geerbt haben.«

Ich gerate auf die linke Fahrspur. Vor mir ist ein Wagen, und hinter mir ist ein Wagen.

Ich fange an zu bremsen.

»Nein!«, sagt Vater entschieden. »Du musst Gas geben! Du schaffst das schon, Ketil. Bewahre die Ruhe bei deinen Bewegungen. Finde deinen eignen Platz. Das ist das Wichtigste, sowohl hier auf der Autobahn als auch sonst im Leben. Siehst du, jetzt fährst du 80 Kilometer pro Stunde. Niemand kann dich aufhalten.«

Wir kommen an Høvikodden vorbei. Ich kann allerding nicht hinüberschauen, sondern blicke stur geradeaus. Dann passieren wir Sandvika. Mit hohem Tempo fahre ich auf der Autobahn. Immer weiter. Immer geradeaus. Nach Westen. Und ich weiß, was passieren wird. Aber ich sage es niemandem. Nicht einmal Vater, obwohl er es ja schon weiß. Ich fahre meiner Kindheit davon.